Leander Fischer

Die Forelle

Prolog: Goldkopf

»So, pass auf jetzt!«, noch wusste ich nichts über Ernstl, über sein Leben, über seine Ansichten, »setz dich her!«, warum er immer barfuß war, warum seine Hände ständig zitterten, »trink was!«, ob er längst das Delirium tremens oder einfach schon ein tattergreises Alter erreicht hatte. »Gentlemen!«, während Ernstl einschenkte, klackerte der Flaschenhals in solcher Frequenz auf das Glas, dass es fast ein einziger Ton wurde. Kurz trillerte das Geräusch noch im Zimmer, wurde immer leiser, verebbte, Stille. Ernstl knallte die halbvolle Doppelliterflasche auf die Tischplatte, an der wir nebeneinandersaßen, jeder einen randvollen Pokal vor sich, beide den Blick durch das Fenster in den sonnengefluteten Garten gerichtet. Die Farbe des Mittagslichts und des Weins glichen sich. Es war nicht Ernstls erster. »Endlich«, sagte er, als seine Herbergsgeberin Nina draußen an die Grundwasserpumpe trat. Aus dem Hahn schoss sogleich ein glitzernder Strahl in einen Waschzuber. Beim Aufprall spritzten die Tropfen durch die Luft, verwandelten sich in Weißwein und dann zu einem Wirrwarr aus Spektralfarben, fielen auf die Gartenerde, als wäre nichts gewesen. Ernstl nahm einen Schluck, legte einen Köder zwischen uns, flüsterte: »Die Goldkopfnymphe, eines der fängigsten Muster, die wir kennen«, ob Ernstl von sich im Majestätsplural sprach oder die Fliegenfischgemeinschaft meinte oder beides, wusste ich ebenfalls nicht: »Bitte?«, sagte ich. »Bitte fortfahren, oder was?« – »Nein, bitte was, also, was bitte?« – »Ja, was, was bitte? Gold-Kopf-Nymphe! Murmel aus Gold, auf den Haken gefädelt, ist schwer, geht unter, Nymphe, im Gegensatz zur leichten Trockenfliege, die oben schwimmt«, Ernstl hielt währenddessen die Fliege direkt vor meine Augen, wozu er den Hakenbogen zwischen Daumen und Zeigefinger nahm. Seine Hand zitterte so stark, dass ich glaubte, gleich erwache der Köder zum Leben und schwirre durchs Zimmer. Doch dann warf Ernstl ihn wieder auf die Tischplatte, wo er reglos liegen blieb. Ohne dass ich einen Luftzug gespürt, Schritte oder die Türe aufgehen gehört hätte, ging Nina an uns vorbei in das Zimmer nebenan. Ich sagte: »Aber was meinst du mit Muster?« – »Nina, Nina!«, schrie Ernstl durch die Tür. Sogleich erschien sie im Rahmen. »Sie haben uns einen Trottel geschickt, einen völligen Idioten, den geben wir an den Volki ab.« Während Ernstl sein Glas austrank, hob aus einem überdimensionierten Käfig, den Nina unterm Arm trug, ein hohes, vielstimmiges Fiepen an. Es begleitete ihre Antwort, die darunter wie ein Hauchen verklang, dazu ihr Blick, ausdruckslos, nicht gerichtet, in sich gekehrt: »Nimms nicht so schwer!«, womit sie wieder verschwand. Ich wertete das als Zuspruch an mich: »Ist der Köder kaputt? Der hat keinen Widerhaken?« Ernstl trank einen großen Schluck aus der Doppelliterflasche: »Das gehört sich so.« – »Warum?« – »Damit der Fisch leichter entkommt.« – »Ist das nicht widersinnig?« – »Du willst fliegenfischen. Warum?« – »Die Wurftechnik fand ich immer schon toll, so leicht, unbeschwert.« Und genauso sei es, sagte er. Ein Widerhaken sei widersinnig. Der Fisch habe eine faire Chance. Und fingen wir ihn doch, setzten wir ihn zurück. Nur das Erlebnis zähle, nicht das Ergebnis. Eine uralte, quasi humanistische, in England zur Hochkultur perfektionierte Gentlemenbetätigung. Wenn etwas totgeschlagen werde, bloß die Zeit, völlig widerhakenlos, sinnlos, undsoweiter, well, Ernstl deutete mit einem zittrigen, versöhnlichen Schwenken auf die Tischplatte. Mein Blick ging darüber hinaus, durch das Fenster, in den Garten, wo Nina kniete und aus dem Waschzuber den ersten reglosen Katzensäuglingskörper hievte. »Schau nicht so, erschlagen tränkt das Fell mit Blut. Dann sind die Haare für die Katz.« Wieder klackerte das Glas.

»Früher hast du mir wenigstens welche mitgebracht«, als ich noch in dem nahe gelegenen See auf Barsche fischte oder während des Urlaubs in Tiefseen mit lebendigen Ködern auf dreifachen Haken Seeteufel erbeutete, »ab und zu zumindest«, wenn ich welche fing. »Nie bist du da!« – »Er wartet sicher schon.« – »Soll er, bis er alt wird.« – »Ist er. Deswegen ja. Ich muss.« –»Geh bitte!« Wenn ich den Fluss allein hinauffuhr, dachte ich viel an Lena, und erst während meiner Unterweisungen. Sie war eine Goldkopfnymphe, mein Schatz, und ihre Maria, die Jüngste, damals noch nicht geboren, wurde wieder eine. Die Söhne schlugen mir nach, hatten meine Haare und Augen. Sie bekamen meine Abwesenheit nur an den Wochenenden und am Esstisch mit. Das Kartoffelnkochen ließ ich an meinen freien Vormittagen bleiben. Statt gebratener Fleischscheiben lagen Minutenterrinen bereit, sobald Lukas und Johannes nach Hause kamen vom Gymnasium. Meine Arbeit begann, sobald ihre endete. Als Musikschullehrer unterrichtete ich Kinder nach ihrem Unterricht auf den Saiten von Violine, Viola und Gitarre, zeitweise Mandoline, schwer aus der Mode, so gut wie vorbei. Wie der Duft von Hechten und Flundern in unserer Wohnung am Wochenende. Wie es roch, ich wusste es nicht, Lena kochte inzwischen. Ich kam immer später. Oft schlief sie schon. Das Geschirr war bereits kalt, die Küche stets durchgelüftet. Ich zitterte dann am Fenster, stellte auf Kipp, schaute hinaus zum Fluss. Auf der Fensterscheibe spiegelte sich die Kreuzspinne im Eck. Mücken rochen offensichtlich meinen Schweiß, schwärmten in ihr Netz. Äschen, Forellen und Saiblinge, das wusste ich, fressen eben Insekten, und deren detailgetreue Doppelgänger Zeit, dachte ich, überlegte sogar, mich ebenfalls bei Nina einzuquartieren, um die Wege zu verkürzen. Während Ernstl in der Morgendämmerung alle willigen Fische fing, musste ich die Kinder zum Bahnhof chauffieren. Sobald der Zug anrollte, fuhr ich zur Herberge. Meist traf ich ein, als Ernstl gerade zurückkam. Ansonsten wartete ich. Und doch entstand jedes Mal, umso bestürzender, je öfter ich kam, eine seltsame Verwirrung, wer wem den Vortritt über die Schwelle lassen sollte. Wir standen uns dann gegenüber, deuteten gegenseitig mit unseren Handrücken Richtung Tür. »Bitte«, sagte Ernstl, »bitte«, ich, »Herr Heehrmann, nehmen Sie an?« – »Und wie ich annehme, Herr Thalinger«, und ich ging Ernstl hinterher, barfüßige Schritte schmatzten auf den frisch gewischten Eichendielen im Gang. Es klang wie der Nachhall eben gestillten Hungers und das Vorspiel bald wieder unbändigen Appetits.

»Erstens das Köpfchen, die goldene Kugel, durch das Loch auf den Haken fädeln!«, die Öse ganz vorne hielt die durchbohrte Murmel, haargenau und passscharf die Durchmesser, »zweitens den Hakenbogen einspannen!«, der Anblick des Bindestocks auf der Tischplatte überraschte mich, es handelte sich um ein Bleipodest, darauf ein aufrecht stehender, torpedoförmiger Schaft, so lang, breit und hoch wie mein Arm, die Spitze, der Sprengkopf gewissermaßen, war mittig in zwei Hälften geteilt, wie ein Schraubstock funktionierten sie, mit einem Justierrädchen drehte ich die Klemmteile auseinander und zusammen, dass der Haken schwebte vor meiner Brust, »drittens gleich mit dem Faden das Köpfchen fixieren!«, Ernstl dirigierte derart rücksichtslos, dass ich mit dem Binden fast nicht hinterherkam, »viertens jetzt das weiße Katzenfell um den Resthaken wickeln, für den Körper!«, unbefriedigend hässlich gerieten meine ersten Fliegen, ihre Unförmigkeit beschämte mich, »am allerschwierigsten fünftens den Hahnenhalsbalg zur Hand«, die gesperberten Fiebern kitzelten an meinen Fingern, »aus dem Lederfleck eine Hechel reißen«, mit einem Rupfzupfgeräusch, »hinter dem Köpfchen den Nabel der Feder niederbinden«, Hahnenhals an Nymphenkehle, »und den Kiel rundherum schürzen«, der Federschaft lag sodann am Haken an und die Fiebern waren abgespreizt wie eine Halskrause, »das werden die Beinchen. Herrlich, der Hechelkranz!«, er lechzte fiebernd nach dieser Löwenmähne. »Und nun noch. Nina, Nina! Komm!«, mit einer goldenen Nagelschere schnitt Ernstl ihr eine Strähne aus dem Haar, »sechstens, die Flügelchen, exzellent!«, die ich zum Abschluss über das Katzenfell spannte, »siebtens, Schlussknoten!«, schnapp, schnipp, whip finished. Während Ernstl seine zittrigen Hände bewegungslos trank, band ich den halben Vormittag weiter. Niemals gingen Ninas Haare zur Neige. Unerschöpflich war ihr Schopf. Immer besser gelangen die Fliegen.

Ich verfertigte sie ohne Unterlass, fast besessen, außer Rand und Band, eine um die andere, vormittagelang, eingespannt in den Bindestock, ausgespannt nach dem Schlussknoten, stets von Neuem die Gestaltwandelei, bis mir die Hände schwer wurden über der Tischplatte unter Ernstls Anweisungen in der Herbergsküche Ninas. »Erst musst du ein Muster wirklich beherrschen«, ich verstand das, lehrte ich doch meine Musikschüler genauso das Gitarrenspiel, »dann kannst du die Bindeweise variieren«, ich hielt die Kinder dazu an, statt Stücke ständig durchzuspielen, die Melodien zumindest zu Übungszwecken zu zerlegen, in Akkorden zu spielen, Rhythmen zu wechseln, bis sie innigst in den Fingern waren, »wenn die Fliegen nur so aus deinen Händen fliegen, gehen wir fischen«. »Hast du punktiert geübt?«, fragte ich meine Schüler schon streichfähig. »Ja«, sagten sie. »Hast du triolisch geübt?«, fragte ich. »Ja«, die Antwort. »Hast du im Sechsvierteltakt geübt?«, die Frage. »Ja.« – »Und warum kannst du das dann immer noch nicht?«

Nachmittags um eins ließ ich den zehnjährigen Anfängerjungen acht Viertelnoten als vier punktierte Viertel und jeweils anschließende Achtel spielen, sodass die zwei Takte abschließend wieder vollständig waren. Vormittags trank Ernstl ein Achterl nach dem anderen und ließ mich bis elf die Nymphenbeinchen mal wie gehabt mit schwarz-weißer Hahnenhechel binden, mal mit braunen, mal mit schwarzen, den Körper abwechselnd mit weißem Katzenfell, grüner Wolle und aus blauem Flachs, aber nur Ninas Haar, das stets der Flügel war. Das offensichtlich eben pubertierende Mädchen, das sich seit kurzem die Haare mit Tönung und das Gesicht mit Schminke färbte, dass es aussah wie eine gescheckte Katze, ließ ich mittwochs zwölf Viertelnoten triolisch spielen, sodass der im Vierviertelktakt geschriebene Marsch wie ein Dreivierteilwalzer klang. Dann fragte mich die Kleine, viel eher zum Tanzen in irgendwelchen Diskotheken als zum Üben aufgelegt, woher die Bogenhaare kämen, und ich sagte für gewöhnlich aus dem Hengstschweif. Als sie, meine langjährigste, fortgeschrittenste und einzige Geigenschülerin, wissen wollte, woraus die Saiten waren und ich Trottel wahrheitsgemäß antwortete, das wäre verchromter Darm, wollte die Bratze nicht mehr spielen und nannte mich Barbar. Ernstl hieß mich hin und wieder, der Goldkopfnymphe zusätzlich einen Rehhaarschwanz anzubinden, mal ließ er es, doch ständig deklamierte er, »aber Vorsicht, Salmoniden beißen zart. Erst bloß, um zu testen. Wie Säuglinge. Die haben mehr Gefühl am Gaumen als in den Händen. Die nehmen statt zu tasten die Dinge in den Mund. Wenn der Schwanz der Fliege zu weit über den Hakenbogen vorsteht und die Forelle sich von hinten nähert, erwischt sie zwar die Schwanzspitze, den Haken jedoch nicht, und wir sind gearscht.« Das pubertierende Mädchen tauchte auch die nächsten drei Mittwoche nicht auf und wollte offenbar nie wieder eine ohnehin bloß von der Musikschule geborgte dreiviertel Übungsgeige anfassen. Weil es so unerhört schade um das nun brachliegende Talent dieses pubertierenden Mädchens war, sah ich am vierten Mittwoch schon die überaus adrette Mutter mit Sonnenbrille, schwarzer Federboa um die champagnercremefarbenen Schultern und Witwenhut über der puderweißen Nase in mein Unterrichtskämmerchen stolzieren und mir ins Gesicht spucken, vor meinem inneren Auge zumindest, woraufhin ich nur sagte, Hahnenfedern, oder, und der Lippenstift, Tran von Moby, nicht wahr, blutleer wäre der. Doch ich blieb allein in meinem Unterrichtszimmer, schloss anschließend die Musikschultüren ab, fuhr zu Ernstl, der mich längst wie selbstverständlich am Windfang in Empfang nahm, sperrte später die Wohnung auf und legte mich nachts neben Lena wieder, die noch wachte. Auf ihren Vorschlag hin rief ich am fünften Mittwochvormittag bei der Pubertierenden zu Hause an. Statt der Eltern ging die Tochter dran. Natürlich schwänzte das Luder die

Schule. Und selbstverständlich erzählte ich ihr, sie sei zu gut, um dem Unterricht so lange fernzubleiben, außerdem gelte für diese von der Musikschule zur Verfügung gestellten Leihinstrumente nicht, was ich über Sehnen und Bogenhaare gesagt hatte, das treffe nur auf höchstklassige Konzertviolinen zu, im Falle dieser ihrer Geige handle es sich um Kunststoffimitate. Und, fügte ich noch am Telefon hinzu, sie solle, um das Versäumte nachzuholen, bis zur nächsten Stunde versuchen, die ersten und zweiten drei Viertelnoten triolisch zu spielen, die nächsten zwei Viertelnoten allerdings gerade, undsofort. Wenn es helfe, solle sie Silben zählen, »Ka-me-run, Ka-me-run, Cey-lon«, beispielsweise, oder »E-ben-holz, E-ben-holz, teak-schwarz«, oder »Mis-sou-ri, Mis-sou-ri, Lon-don«. »Streunerin«, sagte Ernstl, »da hilft nur ertränken.«

Wenn wir auf die Wiese gingen, durfte ich seine Fliegenfischstange tragen. »Das Servieren ist schon das grundlegende Erlebnis«, ich führte meinen Arm zurück, »immer in Verlängerung die Rute denken!«, ich verharrte eine Sekunde, solange sich die Schnur hinter meinem Rücken in der Luft streckte, bis ich ein Zucken an der Stange spürte, »Spitze aufgeladen, jawohl, auf eins!«, und meinen Arm vorbewegte wie einen Uhrzeiger, »aus der Schulter werfen wir!«, und wieder zurück, »auf elf, warten, eins!«, und wieder, »Kellner sind wir!«, und, »elf, zwei-undzwanzig«, wieder, »eins a!«

»Heute haben wir den Volki getroffen am Fluss«, erzählte mir Ernstl, während ich uns chauffierte, »hat uns vollgejammert, vom Sterben der Bachforellen, halten die steigenden Temperaturen, die Kraftwerke und die Klärung nicht aus, brauchen kaltes Wasser, schnelle Strömung, werden impotent wegen der Hormone, vermischen ihr Erbgut, kreuzen sich mit Regenbogenforellen, die vor Jahrzehnten aus den USA eingewandert sind, bald nur noch Hybriden und Bastarde im Wasser. Jetzt rechts rein! Keine reinrassigen Bachforellen mehr. Hat er eh recht. Der alte Haudegen. Aber wirklich. Der schmeißt seinen Vereinskollegen einmal jährlich kreuz und quer mit dem Säbel

Narben ins Gesicht. Was für ein Minderwertigkeitskomplexler. Jetzt links rein! Seine Fliegen sehen aus wie der Struwwelpeter. Er macht den Hansschleudererpeppiwurf. Du bist jetzt schon besser. Aussteigen!« Am Schrottplatz angekommen verlangte Ernstl nach einem Radio. »Ein neues oder ein altes Modell?«, fragte die Händlerin. »Ein älteres eher.« – »Aha. Willst du auch einen Empfänger? Heute hat der Volki den letzten gekauft. Vielleicht verkauft er ihn dir.« – »Glauben wir zwar nicht, aber egal. Kann auch ein neueres sein. Hauptsache Kupfer ist drin«, zum Binden verwendete Ernstl wirklich alles. Ich setzte ihn samt erstandenem Radio bei der Herberge ab, fuhr weiter in die Musikschule.

Abends gingen wir zum Fluss. Auf einer Brücke hieß mich Ernstl zu warten. Ruhig war die Wasseroberfläche. Sie spiegelte die grünen Lindenblätter, auf denen wiederum tiefgelbe Reflexe des Sonnenuntergangs spielten. Es roch klar und rein. Plötzlich ein Platschen. Das Schlagen einer Schwanzflosse, ein Fisch, krumm im Flug sein Leib, tauchte wieder ein, »es geht los«, sagte Ernstl, »der Abendsprung!«, griff aus seiner Jackentasche Notizbuch und Stift, die er mir gab, und verschiedenste Fliegen, die er reihenweise auf das Geländer legte, »schreib auf, welche sie nehmen!« Er schnipste sie so schnell hintereinander, »schreib, schreib, verdammt, das währt nicht lang!«, dass ich fast mit dem Notieren nicht hinterherkam, ins Wasser, das voll aufsteigender Sauerstoffblasen brodelte, »die holen sich die unter Wasser schlüpfenden Insekten«, überall zerlegten Wassertropfen das Sonnenlicht in Regenbogengesprenkel. Die Forellen sprangen und tauchten ein, »keine Sorge! Die Haken haben wir abgezwickt«, so viele, so schnell, dass nur Klatschen zu hören war, ein Spektakel, zwanzig Minuten, »vorbei!«, das Schauspiel, tosender als alle Standing Ovations ob aller Abo-Ouvertüren à la Johann Sohn aller Österoperettensaisonen zusammen. »Lass uns essen gehen.«

Beim Wirten setzten wir uns an die Plätze, die am weitesten entfernt waren vom Stammtischeck. Die ersten unserer sogenannten Vereinskollegen rotteten sich dort schon zusammen. Ernstl bestellte eine Flasche Weißwein, Ham & Eggs und Toast Hawaii. Die Bedienung stutzte. Ich widmete mich dem Auswerten des Notizheftes. Als die groben Schweineschnitzel, die hässlichen Humpen aufgetragen wurden, obwohl wir zuerst bestellt hatten, grollte Ernstl, diese Scheißproleten seien nur zum Saufen hier, »wir haben die Zeit nicht.« Trotz des Rückstands schaffte Ernstl den ganzen Liter, während die Stammtischler ihr Bier leerten. »Barfüßiger«, riefen sie, »hält dir der die Stange oder den Speer?«, ich schreckte auf und Ernstl schrie: »Dies ist mein Fähndrich, dies ist meine rechte Hand!«, und als ich vom Tisch hochsah, erblickte ich Ernstls Faust. Er hielt sie dem freudlosen Gelächter entgegen, den hoch- und niedergehenden, eigentlich hängenden Bierbrüsten entgegen, den fetten Daumen entgegen, die Bierdeckel vom Krug hebelten, den auf und ab wogenden Kiefern entgegen, den pusteligen Nasen, den sich plusternden Backen, den belegten Zungen, den aufeinanderschlagenden Zahnreihen, zwischen denen schon die Schnitzelklumpen waren, den schallenden Gurgeln. Wie ein Sturzbach, wie ein Fassanstich Bier schütteten sie uns die Schallwellen entgegen, die auf Ernstl und mich preschten durch die Stube. Wie sonst nur das Poltern zweier gegeneinanderprostender Bierkrüge rollte die grollende Woge daher mit der Gewalt eines Dammbruchs. Tief kam das Brummen erst aus dem Zwerchfell heraus, dann die spitzen, kreischenden Hohnstimmen, wie schäumende, spritzende Gischtzungen, die sich nach uns streckten und in die kalten Eckzähne, Fänge, Lefzen, Masken und Schnauzen einer Schar Schäferhunde verwandelten, die aus der Welle heraushechelten, nach uns lechzend.

Ernstl ballte seine Finger gegen den Eichenholzstammtisch und die Buchentheke, auf der das lediglich aus uns einnebelnden, faulig süß riechenden Zwiebelstücken in Kartoffelsalat und einer Schüssel saftelnden Rotkrauts bestehende Salatbuffet vor sich hin vegetierte. Ernstl schmiss seine Faust noch entschiedener der Walnussanrichte entgegen, ihren nikotingelb angelaufenen Glasscheiben und dem flaschenweise dahinter ruhenden Wacholderbeerschnaps, abgerissen und verkommen, kaum mehr zu entziffern die Etikette, und am allerentschlossensten erhob Ernstl sich und seinen Arm und seine Faust, zitternd und zürnend, gegen die Widersacher, die überall an den Wänden hängenden Präparate. Ausgestopfte kapitale Forellen starrten uns an, gestrandet, vertrocknet aufgelesen, aus noch feuchten Flussuferwiesen, durchstochen von Widerhaken die Kiefer, genagelt auf Schwemmholzplatten mit Gravur, die Art, Datum, oder Stelle des Fangs verschwiegen, einstimmig die Inschriften: *Volki*. Wie die Schlachtstaccati eines pöbelnden Mobs umringten sie uns. Der beißende Spott streunte um die Tische, unsere Zehen keinen Schritt mehr von den messerscharfen, aber schartigen Reißzähnen. Nicht mal der steigende Pegel schien die Fische wiederzubeleben, nicht mal dieses Rudel blutrünstiger Kreaturen, halb Hunde, halb Hyänen, sie zu ängstigen. Ganz im Gegenteil schwebte Volkis Geist über der Flut und befehligte seine Rotte hohler Schädel, Skelette, gellende Marionetten und geschwätzige Handlanger, Schlafwandler und Opportunisten, befasst mit ihrem Aasfraß, in Bierhumpen gefangen und gedrillt, getauft und eingeschworen.

»Sakrament, verschluck dich nicht!«, flüsterte Ernstl, das Gelächter war versandet. Dann kam unser Essen. Er setzte sich wieder hin, schnitt mir das Starren sowie die Fassungslosigkeit ab, indem er mich hieß, die Notizen weiter mit den gestrigen abzugleichen. Ich tat, was er sagte, während mein Essen auskühlte. So ging es Tag für Tag. An allen Abenden war die Goldkopfnymphe am fängigsten.

Manchmal wies mich Ernstl an, die Hahnenfeder nicht gerade zwischen Kopf und Körper, sondern diagonal, den ganzen Körper entlang um den Haken zu wickeln, so entsteht eine Rippung. Der unter Zug gewundene Federkiel drückt das Katzenfell nieder, oder die Wolle, oder den Flachs, schneidet ein, und ausgleichsmäßig treten zwischen den Hechelfiebern die freien Flächen noch bauschiger hervor. In ein Korsett werde sie ihre

Tochter jetzt nähen und zum Ballettunterricht schicken, teilte mir die Mutter der Pubertierenden in einem wutentbrannten Anruf alsbald mit. Ich hielt das für eine recht wirkungslose Drohung wie eine zu lange Schwanzfeder oder ein Lagenwechsel, den es nicht braucht, um den Ton zu greifen, nur dem Schauen des Publikums geschuldet, obwohl es doch hören sollte. Die Tochter jedenfalls spiele zwar wieder, aber was falle diesem System ein, was denke ich mir dabei, als einem Vertreter desselben, sie sagte wirklich desselben, vielversprechende Kinder mit zweitklassigen Instrumenten zu traktieren, und das im Mozart-Beethoven-Haydn-Schubert-Land. Ich sagte ihr, mit der Reihenfolge stimme etwas nicht, und legte auf, musste ich doch schon wieder zu Ernstl, um erstens eine goldene Kugel durch das Loch auf den Haken zu fädeln für das Köpfchen, zweitens den Hakenbogen in den torpedoförmigen und schraubstockmäßig funktionierenden Bindestock einzuspannen, drittens das goldene Köpfchen mit dem Faden zu fixieren, viertens mit dem Faden blauen Flachs niederzubinden, denselben ohne den Faden als langsam entstehenden Körper um den Resthaken zu wickeln, wieder abzuschnüren und überstehenden Flachs abzuschneiden, fünftens eine schwarze Hahnenfeder, die Fiebern in eine Hechelspirale zu Land und zu tanzenden Beinchen im Wasser, den Kiel zu einer Rippung im blauen Flachskörper zu verwandeln, sechstens aus Ninas Haar die Flügelscheide am Rücken der Fliege zu machen und siebtens Rehhaar, das ich zu streicheln liebte, bevor ich eine Brise losschnitt vom Lederfleck, zum Schwänzchen der Goldkopfnymphe zu adeln. Achtens zirkelte ich ihr den Schlussknoten zwischen Körper und Kopf, als legte ich ihr eine Schlinge um den Hals, und wenn es wahr ist, dass Würgen erregt, so vollendete ich diese Fliege mit einem Orgasmus. »Sieh nur, was du getan hast«, und mit dem schnippenden Schrei der Schere, die den Faden final unter Zug mit jenem Sirren abschnitt, zerstreute Ernstl meine Freude wie Staub in den Wind, »du hast Ninas Haar auf den Körper, über die Hahnenfiebern gebunden, sie damit wieder niedergedrückt. Die hättest du vorher auslichten müssen. Jetzt stehen sie wie Schlingen weg! Du hast ein Monster geschaffen, einen Struwwelpeter. Der ist für die Fisch!« Als hieße er Hans, guckte Ernstl zum Plafond. Nina schritt ein: »Das merkt doch kein Fisch.« – »Aber wir«, sagte Ernstl zu ihr, schaute sie an, riss seine Augen auf, blickte zu mir, sagte dann, »bind das nochmal!« – »Spiel das nochmal!«, sagte ich nachmittags lustlos zu dem Achtzehnjährigen, »aber diesmal spiel zu jedem einzelnen Melodieton den passenden Akkord, und zwar in der Lage, dass der Melodieton jeweils der höchste im Akkord bleibt!«, er übte auf sein Abschlusskonzert hin. Er würde es sogar vergeigen, obwohl er, bereits seit er fünf Jahre alt war, bei mir Gitarrenunterricht nahm. Im Werden waren mir die Kinder lieber. Doch jenes pubertierende Mädchen kam nicht wieder in mein Unterrichtszimmer. Auch ans Telefon ging niemand. »Ganz toll, wirklich ganz tolle Idee, Lena, eine weniger.« – »Super, dann kannst du ja noch öfter, und auch beim nächsten Mal einfach zu deinem Ernstl gehen.« – »Das werde ich auch, das war meine beste.« – »Super, er ist ja auch deiner«, sagte sie, schon im Halbschlaf, erst durch mein Eintreten ins Zimmer und mein Schlüpfen unter die Decke des Ehebetts geweckt. Sie war sicher nur traumhappig grantig. »Dann seid ihr alle vereint«, sagte Lena, »eine glückliche Familie, Opa, Papa, Tochter.« – »Lena, es passt eh.«

Im Morgengrauen fischte Ernstl ein, zwei, manchmal auch drei Stunden, taufrisch und unverwunden kämpfte er sich fassadenklettersicher die jenseits des Dorfes gelegenen, verforsteten Böschungen hinab ans Wasser, hie und da an Lianen, Zweige und Büsche fassend, legte er sogleich Finger an seiner Stange Korkgriff und barfüßig Dutzende Meter stromaufwärts zurück, durchs grundgeschotterte Flussbett, mit hochgenadelten, sicherheitsgekrempelten Hosenbeinen, ins hodenkrebskalte Erregungsgewässer hinein, Bisse in den Schenkeln und den Ellen, vorbei an Strömungsschatten stiller Sandbänke, rauschende Kaskadenterrassen entlang und den Katarakt hinauf, rein in die Klamm, zwischen sich verjüngende Geröllwände, kaum ein

Quant Lichteinfall, mehrere Mann hoch aufschießend der Stein beiderseits, eingekeilt warf er die Fliegen, fing Fische und bewältigte diese Strecke unverstiegen auf Kies, dirigierte sodann die Köder durch die daliegende Äschenpassage von einsamen Brücken aus, auf deren Geländer er das Licht schon altern sah wie den Himmel, vom althergebrachten Ultramarin zum neugeborenen Babyblau, von Blutopferrot zu heiter bis wolkigem Ausschussentsorgungsorange, so nahm er die letzte Forellenetappe durch den langsam erwachenden, Zierblumenblüten aufschlüsselnden und von Bienensummen umbrummten Kurpark, der sogar den sprudelschreienden Fluss hörbar entspannte, schließlich sichtlich krümmte, sodass Ernstls Gewässer dann doch vorbeiführte, wieder wegnickend und wegknickend, an der Wirtenkreuzung, wo Ernstl gerne innehielt, in den Hocksitz ging, wenn denn da jemand lag.

Der sich herablassende Schatten traf statt des Straßengrabens manches Mal Ernstls Feinde, beispielsweise den Bäckermeister, dem Ernstl sogleich mit der einen Hand die Fransen aus der Stirn schob, um andrer Hand die Haarspitzen schnapp, schnipp etwas nachzubessern, oder Ferdl die drei viertel gerauchte Zigarette aus der klammerreflektierenden Hand zu nehmen und ihm die vergangene Glut ins Gesicht zu reiben, ein schwarzes Kreuz auf die Nasenwurzel zu setzen. Waren weder Haare noch Asche parat, was ab und an vorkam, entfernte Ernstl Ferdl eben den Hemdknopf in der Brusttasche und ließ eine Fliege hineinfallen, freilich mit reichlich angesägter Öse, die Ferdl, sobald er nicht mehr döse, sogleich ans Vorfach binde und beim vorsichtigsten Forellenknabbern verliere. Ernstl selbst führte der Fluss dann am Gasthof vorbei, an der Schonstrecke, am Bahnhof und an des Dorfes letzten zersiedelten Ausläuferhäusern, deren rückseitige Gärten Ernstl kurzerhand betrat, nur durch eine schmale Rehgipswand von den schlafenden Eigentümern getrennt, auch wenn er die Wählscheiben einiger Frühaufsteher schon zum Rasseln brachte und sich Klagen von Hausfriedensverfechtern einfing, während er noch eifrig ein paar letzte Nymphen eintreiben ließ an Stellen, die von andernorts gar nicht anzufischen waren, indes die Anzeigen von Anrufbeantwortern entgegengenommen wurden in der Wachstube, die eher einer Ernüchterungszelle glich, mit Forellen behängt die Aluminiumwände, Geweihe, Prositneutagsfotografien und Verdienstorden, dazwischen der Schreibtisch, dahinter sitzend, Kaffee atmend, Kapuziner draus machend, allmorgendlich angeschottert der Dorfsheriff, dem anspringende Anrufbeantwortung kaum mehr abrang als ein Stirnrunzeln, wann das denn aufhörte, ein Aufstehen dann doch, ein Drehen am Regler, sodass die aufgebrachten Stimmen zwar noch vernehmbar, aber nicht mehr verstehbar waren, leise genug, erträglich für Fredl klangen, zumal Ernstl, das wusste man, schon alle Forellen abgehakt hatte im Wasser, noch nicht mal ins Wasser, dafür war er bekannt, dass er seine willigen Gespielen und besten Freunde an knietiefen, ufernahen Stellen befreite, ohne zu landen, und schon selbst zusah, dass er Land gewann, sich aus dem geenterten Garten schlich, sich vertschüsste die restlichen paar Hundertschritte den Fluss hinauf, sich zu putzen über die Schwelle, um sich zu verziehen ins Zimmer wie hinter Gardinen und unter die Decke jener außerhalb des Dorfes gelegenen Herberge *Zum lachenden Haberer*, der ich auch schon zustrebte, schleunigst nach dem morgendlichen Lokruf, während Lukas und Johannes von der Elektromotive genau in die andere Richtung gen Horizont gezogen wurden, am Schienenstrang gen Unterland, den Strom entlang ins Oberland, dass ich Ernstl im Flussbett auf Asphaltpiste überholte, nicht ohne das Fenster herunterzulassen und dem Murmeln zu lauschen, das hörbar wurde, schaltete ich bloß hoch, drosselte ich doch die Drehzahl, strengte ich mich nur genug an, das Wasser als Vibrato trullernde und Salti schlagende Operettenaltmutterstimme über der pochenden, kontrapunktierenden Basspassage des Viertaktmotors.

Aus dem Wagen gestiegen schritt ich den Weg durch den Garten ab. Bärlapp und Bärlauch wuchsen bereits wie wild, satt und gesund machend in Wiesengrün, und ein orange geschecktter

Kater huschte schnellstmöglich unter der ersten Latte des Zauns hindurch und war weg, verschwunden zwischen den Buchenstämmen außerhalb des Gartens, die jüngeren Brüder der Fassade, auf die ich zumarschierte. Jedes Astloch sah ich an diesem Morgen in dem hellen Holz und hörte fast die säuselnde Säge, die dem Wachstum ein Ende setzte, die fallenden Späne, die heiß werdenden Raspeln, die beinahe schmelzenden Feilen, den Feinschliff und das gemütliche Pfeifen des Meisters, das tumbe Kautabakausspucken des Holzknechts, und ich roch fast den Rauchausstoß, spürte die Lungenflügel der herumlümmelnden Hilfshackler, dann wieder Waldgeruch. Unsäglich klar trug ihn der Föhn heran. Ich blieb vor dem Windfang und den Holzstufen stehen, wandte mich von der Herberge ab und wartete wie so oft auf Ernstl, das Gesicht dem Weg durch den Garten, den auch er gehen würde, zugetan. Die Sonne setzte die jenseitigen Fichtennadeln ins Licht und warf ihren Schatten diesseits des Lattenzauns auf meine Brust. Dazwischen flimmerten gesiebte Sonnenstrahlen, jetzt in der gewöhnlichen und von keinerlei Rot mehr getrübten Farbe, auf meinem flanellenen Hemd. Die abstehenden Fussel leuchteten, zu welchen Fliegen man sie wohl veredeln könnte? Ich nahm den Stoff zwischen die Finger, er griff sich rau und gleichzeitig glatt. »Leg niemals Hand an dein schützend Gewand!«, Ernstls Stimme ließ mich hochschrecken, »Fliegen sind Wegwerfartikel, Hemden nicht.« – »Ich hab dich gar nicht kommen hören.« – »Was glaubst du«, und ging an mir vorbei, die Fliegenfischstange noch hoch erhoben, um den Korkgriff die zitternde Hand. Sie machte die Spitze wankend, als wollte er gerade auswerfen, »warum wir immer barfuß gehen.« – »Ja, warum eigentlich?« – »Wegen der langen Auswanderung nach dem Krieg. Als Südtiroler durften wir uns entscheiden. Entweder blieben wir ansässig. Innerhalb der neuen Grenzen würden wir Italiener. Oder wir gingen nach Österreich. Kontingentsflüchtlinge würden wir dann. Nirgends gehörten wir wirklich hin. Italien hatte gerade rechtzeitig kapituliert. Abgrundtief hassten sie die deutsche Sprache neuerdings. Die nette Nachbarschaft legte uns das Exil nahe. In Graz hatten wir wenigstens entfernte Verwandtschaft. Selbstverständlich spendierte uns der Staat kein Zugticket in die Steiermark. Fünfundvierzig wäre eh niemand freiwillig in einen Waggon gestiegen. Wir waren zu arm für ein Auto. Für Benzin erst recht, versteht sich. Also auch kein Moped. Wir gingen zu Fuß. Die Schuhe überlebten nicht. Es ging auch so. Die ganze Jugend sind wir barfuß gewesen. Und dann haben wir einfach nie angefangen, mit der Mode zu gehen. Außerdem, wer hungert schon und kauft sich Socken? Auf unserer Wanderung passierten wir Höfe. Keinen trockenen Kanten Brot hatten die Bauern für uns übrig. In Graz beäugten uns die Leute missgünstig. Wir lernten schnell, dass in dieser Zeit jeder zusätzliche Mensch ein Fressfeind war, sogar jedes unnütze Tier. Was meinst du, wie oft, barfuß in den rußigen Straßen. Auf den Mülldeponien der alliierten Kasernen. Streunende Katzen und wir. Immer wieder. Im Kampf um die Reste. Ein eh schon abgenagtes Fischskelett. Abschätzige Blicke, für das Tier, für uns, die machten keinen Unterschied, Passanten, genug Geld für Schuhe. Das Stigma wurde zu unserem Markenzeichen. Moralischer Reichtum, du verstehst?« – »Aber zu arm zum Fliegenfischen wart ihr nicht?« – »Seit jeher machen wir das nicht.« – »Sowas lernt man vom Vater oder gar nicht«, sagte ich. Auch mir hatte der Vater das Angeln beigebracht. Ernstl musterte mich, seine Augen blitzten im Frühlingslicht: »Hast du eh recht. Vom Himmelvater. Aber wirklich. Das Hungertuch wurde langsam, aber sicher zum Leichentuch. Hunderte Familien litten drunter. Davon hörte der Bischof. Und dann hörten wir ihn. Über das Radio erteilte er Absolution jedem Mann, der im Wald das Wild schoss. Oder wenn man die Kohlen von den Güterzügen nahm, die unnütz auf Rangierbahnhöfen standen. Schnalzt die Fische aus den Flüssen. Verziehen sei, in oberster, himmlischer Instanz. Doch was wuselte auf Irden herum, oberstes Fußvolk, neue Besatzer, keine Generalabsolution. Frage nicht, wie sie mit den Würmern unter ihren Soldatenstiefeln umsprangen. Vor ihren Augen, in Wilderer, Diebe und

Schwarzfischer verwandelten wir uns. Der Fluss lag tief im Wald, weit abseits der Kasernen und Patrouillen, ungefährlicher. Unser Vater schickte uns also nach dem Fisch und ging selbst wegen der Kohlen. Ein Eschenast, biegsam, ein fadenscheiniger Zwirn, so fing das an, der Köder, aus Flicken zusammengetüftelt, ein Käfer voller Knoten und Knubbel. Die Fressfeinde, uneinsichtige Nazibauern von umliegenden Höfen, fett und fett, mit massenhaft Speck schmierten sie die Beamten, Mitläuferscheine für Höfe und Gesindel, Lizenz zum Töten, Fremdlinge wie wir, wen scherts, an schlechten Tagen, die guten, wenn wir hungerten, wenn Franzosen und Amis und Briten in den Auen keine Augen zudrückten. Aber die sicherten ja lieber Kohlen, im Sommer«, seine Hände zitterten noch stärker als sonst.

Die in die unterste Öse der Stange gehakte Fliege wackelte, als wollte sie sich freischlagen, die Flügel mit Luft vollpumpen, spreizen und davonzischen. Das transparente Vorfach band sie aber, hielt sie zurück, straff gespannt, im Sonnenlicht glänzend, noch nass vom Fischen rannen daran die Wassertropfen hinab. Jetzt, in Bewegung versetzt, schleuderte das Vorfach Regenbogenperlen ab und spritzte sie zu allen Seiten wie die vom Tau feuchte Kette eines morgendlich geweckten Wachhundes. Die neongrüne Kunststoffschnur verschwand in der vergoldeten Spule und die Karbonstange wippte wie wild, dahinter die Wipfel der Fichten und Buchen, dahinter die verkarsteten Felswände der Kalkalpen, dahinter die schroffen Grate des Dachsteinmassivs, dahinter erhoben sich im Salzburger Land die zeitlos verfrosteten Tauern, der Großvenediger, von dem man an wolkenlosen Föhntagen am Horizont ein Meer roter Punkte sehen konnte, die aufgespannten Sonnenschirme an der Adriaküste Italiens, und dazwischen Südtirol, die vergletscherten Gipfel, die Gailtaler Alpen, zu ihren Füßen die Täler, durch die Ernstl einst gegangen war, »dann nahm das Wirtschaftswachstum seinen Lauf. Inzwischen können wir uns leisten, die Fische entwischen und wieder freizulassen. Gewissermaßen Reparationszahlungen an die Wildnis, unsere Art, es wiedergutzumachen.

Deswegen gehen wir auch so früh los. Wenn wir die Forellen nicht fangen, fangen sie diese geschichtsvergessenen Nichtswisser von Bauerntrottel. Schau sie dir an und ihre Präparate. Volki, Volki, Volki steht drunter. Ein Datum gehört da hin. Aber sie, von der Vergangenheit hinein in die ewige Volkiwart. Aber wir, der letzte Gegenschlag. Fünfundvierzig haben wir die Sauproleten schon in den Fluss gedümpfelt. Untergetunkt, bis ihre Schädel Wasser gegluckert haben statt Bier. Natürlich sind unsere Stangen derweil abgetrieben. Das hat dann die Forellen vertrieben. Wir haben vielleicht dumm aus der Wäsche geschaut. Mit leeren Taschen sind wir nach Haus. Unser Gewand ging zunehmend für neue Köder drauf. Irgendwann blieb nur noch der Lendenschurz. Hat sich niemand mehr umgedreht nach uns. Wir waren das nackte Elend. Die Bauern haben das verbrochen, unsere Stangen mit lachendem Gesicht überm Knie zerbrochen. Das Ergebnis wollten sie nicht sehen. Sie haben es auch schnell vergessen mit Messwein, Wodka und Whiskey. Und wir wie die Kirchenmaus, aus der ein Elefantengedächtnis wächst. Merke dir, wie wir uns merken, was gewesen ist, merken es sich auch die Fische. Keiner fällt zweimal auf denselben Trick rein. Heute hilft ihnen ein Bauernschinken nichts mehr. Da geht keine Maus in die Falle. Da schaut kein Richter weg. Kein Fisch schwimmt deswegen weg von uns. Die Zungen sind feiner geworden. Proletenköder, dieses Elend kennen alle schon. Die Tricks müssen besser, immer ausgefallener werden. Extravaganz, nicht aus Dekadenz, sondern als einziges Rezept, um überhaupt noch zu fangen. Es ist quasi eine Bildungsmaßnahme, die Fische wieder zurückzusetzen. Für uns und für sie. Lernen durch Schmerz. Der Bierblick ist stumpf. Damit hauen sie alles tot. Deswegen müssen wir schauen, dass alle auf uns schauen, weil wir auf sie schauen. In diesem Fluss fangen nur noch wir. Und der Volki, leider. Aber der wird sich auch noch anschauen. Entwicklung in der Köderwicklung. Wir dürfen niemals ruhen. Wir fischen anders, Siegi«, Ernstl war unter dem Windfang der Herberge während dieses Monologs in einem steten sich beschleunigenden

Metrum eine Stufe nach der anderen hinaufgestiegen, immer beide Füße nebeneinander setzend, und ich hatte gestaunt, dass die Holzsplitter an seinen Sohlen abknickten, ich keinen darin steckend erblickte, ich hätte sie gesehen, so nah waren wir uns, so hart war er. Er blieb stehen und öffnete die Tür und verkündete: »Bitte«, und schwenkte seinen Handrücken dem Eingang entgegen mit einer Vehemenz, die keinen Widerspruch dulden würde, und es war, als blickte ich jenseits der Holzplanken einer Brücke auf den Fluss im Frühlingsvormittag.

Winternachmittags schmachtete ich in der Musikschule und der Sturm wetterte gegen die Fenster meiner Zelle, häufte Schnee auf den Fensterbänken. Er lag bis zur Querstrebe des Kreuzes schon, worüber in ständigem Vibrato die Scheibe zitterte, dass ich bereits wettete, ob die untere Hälfte vom stetig wachsenden Schneegewicht lawinenartig zu mir hereingepresst oder eher die obere Hälfte von den frostigen Böen zerfetzt und in Scherben zu mir klirrend hereingewichst würde zwischen meine und meines Schülers Schuhsohlen, die im Takt wippten. Ein Allegro assai tippten wir aus den Knöcheln, allerdings alla breve, nur auf die Halben, ansonsten wären uns die Füße abgefallen, nach wenigen Takten sicherlich, nur das Metronom tickte die Viertel, hingestellt auf die innere Fensterbank kontrollierte, es unser sachtes Fersenstampfen, das Hoch und Nieder meines Halbabsatzes, das Auf und Ab seiner Gummisohle, das Bibbern unserer frierenden Oberschenkel, mit dem wir das alla breve aufs Parkett brachten, während der Wind draußen in irgendwelchen Hohlkörpern tanzte und Flocken durch die Luft heulte. Auf der Scheibe spiegelte ich mich, die Kommode gegenüber auch, auf der noch haufenweise Noten lagen, aufgestapelt bis unter die Dachschräge, gelochte, schnellgeheftete Kopien, obenauf das kreisrunde, handflächengroße, von orangefarbenem Kunststoff eingefasste, bernsteinfarbene Stück Kolophonium. Als ich mich so sah, völlig weg von der Musik, hielt ich unser Zucken und Zappeln plötzlich für eine winterliche Zitterpartie. Scheißkalt war es hier drin, weil er sich weigerte, die Heizung weiter aufzudrehen, der Herr Kollege aus dem Untergeschoss, in dessen Klavierzimmer unangebrachterweise der Thermostat angebracht war. Unsachgemäß krass geheizte Zimmer verstimmten den Steinway sicherlich, sagte er immer, gewiss nicht die Kollegenschaft. Und wenn, was machte das schon, er war ja immer noch vom Direktor der Darling und Spion, der jedes Jahr die sogenannten Visionen, Erregungen und Kritzeleien der Eltern auf irgendwelchen Nachfragebogen auswertete, hin und wieder ein bisschen kritisch interpretierte oder Unerfreuliches hinzudichtete.

Da kam ich auch schon aus dem Takt über meinem ganzen Ärger auf dieses Unterlander Kaff, die Schicky-Micky-Mäuschen-Kleinstadt. Mein Oberschenkel zitterte, mein Knöchel erstarrte, mein Halbabsatz verharrte. Entlarvt wurde ich gleich doppelt und dreifach, vom Weitergeigen meines Schülers, vom exakt schlagenden Metronom, von einer mechanisch genau halb so schnell wippenden Turnschuhsohle. Durch den orangefarbenen Nylonsocken sah ich die Sehne arbeiten und den Knöchel vor mich hin rhythmisieren, alla breve wie vorher ausgemacht, allegro assai, wie ausgewiesen in der Partitur, die zwischen mir und meinem Schüler aufgeschlagen am Notenständer lag, der ebenfalls vibrierte, da der Junge zu fest stampfte, ein Auf und Ab der Ferse pro Doppelschlag vom Metronom, indes der Wind wie wild sein Spiel trieb. Schneechaos herrschte nun schon wochenlang, seit der Kleine eingetreten war, die Knöchel geklammert um die kopierten Seiten des Köchelverzeichnisses sechshundertsechsundzwanzig, »Mozarts Requiem«, sagte er, »Sisi«, sagte ich, »jaja, spielen wir im Kirchenorchester, zu Weihnacht«, und ich lachte. »Zweite Geige bin ich«, sagte er, ich lachte abermals, sagte, »erste wirst du sein«, und spielte ihm das Stück vor. Seither kann ich mich keiner Stunde Unterricht ohne Niederschlag entsinnen, ohne dass es schneite.

Die anderen Schüler nahmen sich Kältefrei, während der Kleine, mein Einziger derzeit, mit Ingrimm geigte vor den fallenden Flocken, die selbst aussahen wie das Negativ von Notenköpfen. Es verblieb bloß noch ein schmaler Schlitz Fenster, durch den ich hinaus ins Dezemberschwarz schielte, während darunter, gespiegelt vor den Schneewehen in mein Gesicht, der Aufstrich meines Schülers kam. Er spielte ihn genau wie ich, ein keckes Minimarcato mit Absetzen, starrte derweil wie eine Offenbarung die aufgeschlagene Partitur an. Einen Wimpernschlag verharrte seine Hand, schwebte frei, strich dann ab, nahm alle Töne legato auf einen Bogen, betete brav herunter. Das Metronom auf der Fensterbank verdeckte jetzt seine Knöchel, bis es die Hand mit wildem Schlagen in unerbittlichem Takt wieder nach oben trieb, in diesen mir so lieben Aufstrich. Wieder entfernte sich der mahagonifarbene Bogen von der Saite, ein My nur von Abfedern und Abheben vor dem Fall. Unter dem orangefarbenen Nylonsocken regte sich sein Knöchel, seine Ferse stampfte auf den Boden, schickte den Stoß durchs Parkett in die Füße des filigranen Silbernotenständers hinein, der erbebte und die Partitur bewegte, während die haselnussbraune Pupille eine Zeile nach unten rutschte, die Schulter sich regte, der Oberarm ebenfalls, der Ellenbogen und der Unterarm, daran die Hand, die Finger, Abstrich. Wieder erzeugte das kugelige Metronom das Bild auf der Scheibe, als wäre es des Jungen Hand, schickte dem Bogen den Puls ins Blut und hämmerte den Takt Schlag um Schlag übergelenk den Arm hinauf bis in den Kopf und zu den weit aufgerissenen, rotgeränderten, blau unterlaufenen Augen wieder hinaus, die in die aufgeschlagene Partitur stierten, die Notenköpfe anschauten wie jemand, der nach dem gesehenen Flügelaltar, bepinselt mit Tauben und Engelstrompeten und Jesus und Jungfrau, das geschehene Wunder vergisst. Zu Füßen des Fensterkreuzes glotzte das Metronom wie ein Totenkopf. Er spielte den letzten Aufstrich. Das Kolophonium hockte mitten auf den kopierten Seiten wie ein zwischen Schultern gesackter Schädel. Er strich ab. Der Schnee kleisterte die finalen Millimeter Scheibe. Mein Schüler stand, legte die Geige beiseite, auf die Kommode, nahm von den gestapelten Notenheften das kunststoffummantelte Stück Kolophonium. Mit der bernsteinenen Fläche strich er über das Bogenhaar, von oben herab.

Trockenster Staub rieselte grau aufs Parkett. Der Schüler setzte unten ab und oben wieder an. Er ließ die Hand sinken und Partikel aufs Parkett stieben. Seine Finger strichen von der Spitze zum Frosch. Das Kolophonium kroch das Rosshaar runter wie ein Tropfen Harz, der bereits zu trocknen beginnt, eine Baumrinde hinab, bis er ein Insekt erfasst, von Kopf über Thorax bis Abdomen orange ummantelt, erstarrt samt Fühlern und Beinchen und hauchdünnen Hautflügelchen, eingeschlossen die Flügelscheide sowie die brillanten Augen der toten Köcherfliege. Köcheln hörte ich es. Nina hob den Deckel vom Topf. Wasserdampf stieg ihr zu Kopf. Rot wurden ihre Wangen. Ich roch ihren Puls. Die Note erhob sich von ihrem Handgelenk. Aus Parfumalkohol löste sich Duft wie aus Orchestern Klang. Er erfüllte die Herbergsküche. Lenas blonden Schopf umspielten Wolken. Über den Fliegenkopf strich ich einen Tropfen Lack. Das Schlurfen Ernstls, sein Knöchelknacken schlich an mein Ohr, ein Fingerschnipsen im Gehörgang. »Was hast du da getan?« – »Mit einer Violinsaite habe ich gerippt«, ich spannte die Köcherfliegenlarve aus, vernahm sie schon ins Wasser fliegen, spürte sie an meinen Fingern ziehen, gegen die brodelnde Strömung schwimmen, zur Oberfläche kommen, leben. Als die Forelle stieg, biss, fühlte ich meine Zunge zwischen den eigenen Zähnen beben. Du Holzklotz! Verflucht und zugenäht! Was ist denn das? Meiner Seel, das Requiem. Mittendrin im Komponieren hat es da geheißen Wolfgang Ade. Seine Adepten haben es fertig gemacht. Das kann man nicht nach Strich und Beistrich spielen. Du hast jeden Metronomschlag getroffen. Alles nach den Noten. Das ist doch Material. Interpretieren musst du. Und erst die Triolen. Wie sich bei dir drei Achtel aufs Viertel ausgehen. Kein Taschenrechner der Welt hätt genug Nachkommastellen. Bei dir Periodenscheißer geht ja sogar ein US-amerikanischer Supercomputer KO. Selbst der Herr Riemann oder wer auch immer gibt da w. o. So viele Dreien gibts gar nicht, wie dir ins Zeugnis gehören. Und erst die Triller. Immer dasselbe gespielt. Nach Punkt und Faden. Schon mal was gehört von

Stuckstücken, von Schmuckierungen und Verzierratur? Wenn alle Zimmer in Wien den gleichen Plafond hätten, im Ohr jedes Strizzis das gleiche Flinserl wär und die Schlagobershaube am Eisbecher immer gleich aussähe, wo kommen wir denn da mit dir Korinthenreiter hin. Beispielsweise die Doppelschläge. Auf eine Viertel, da kommt der Grundton, dann der Ton drüber, dann der Grundton selbst, dann der Ton drunter und wieder der Grundton. Eine Girlande quasi, ein Kranz sozusagen, einen Reigen um den Grundton. Aus Grundton, drunter, Grundton, drüber machst du Erbsenhengst zweiunddreißigstel, und dann wieder den Grundton als Achtel, sodass sich alles ausgeht, voilà, wir haben eine Viertel. Vielleicht hast du einen Plan, und genau deswegen keine Ahnung, nicht den geringsten Schimmer. Du kannst den Doppelschlag verlangsamen, einbremsen und die gestohlene Geschwindigkeit zum Schluss erst, am Grundton wieder, abzwacken. Beschleunigen, geht auch, am Grundton kommst du dann früher wieder an, dann kannst du ihn länger halten, wirklich voll klingen lassen und diese Betonung auskosten, bevor du alsbald nach ausdrucksvollem Bogenstrich, der immer noch andauert, weiterspielst. Schon mal irgendwo im Köchelverzeichnis ein Wiederholungszeichen gefunden. Ebendrum. Ein bisschen Abweichung. Darauf kommt es an, jeden Doppelschlag anders. Wie, das überlegst du dir im Spiel. Nur eine Stütze ist die Partitur; interpunktieren musst du. Für Paragraphenkacker hab ich hier keine Zeit. Das werd ich dir schon beibringen. Hast du ein Glück, dass ich zart besaitet bin. Eine Engelsgeduld hab ich. Aber mit dir i-Tüpferl-Zähler komm ich zum Finis. Das Metronom pochte noch. Der Schüler stockte im Kolophonieren. Meine Hand war erhoben. Ich stand. Aber ich war ja schon abgemahnt seitens der Musikschuldirektion, also ließ ich meine Finger fallen auf die andere Handfläche, dass es schallte. Wie eine Watschen klang das, wenn man vor der Zimmertüre stand. Die Metronomschläge prügelten mich. »Well, pack ma zam, super war das.«

Die Türangeln ächzten zu Hause. Zuallererst suchte ich die Fibel. Dann roch ich gleich das Gas. Das Heft geriet an der blauen Flamme in Brand. Feuerzungen zuckten durch die Luft zum Dunstabzug. Lodernd flog es in die Spüle. Infernalisch flackernd verging das Köcherfliegenverzeichnis und mit ihm und in ihm die sechshundertsechsundzwanzig verkrusteten Muster. Ich lachte. In Schuhen und Mantel, Schnee auf den Schultern, in einer Lache stand ich, schlich ins Bad. Aus dem Abflusssieb fischte ich einen Haarkranz. Lena, Johannes, Lukas, ich wusste es nicht, penultimo. An der Garderobe harrte keine Faser meiner. Die finale Strähne beutelte ich aus dem Kopfpolster. Ich trat rückwärts bis zur Türschwelle, schwenkte den Blick, dachte die eine Betthälfte weg, überlegte, wohin den Bindetisch, an dem ich dann hockte, wie vor einem Schrein, Jahr um Jahr, bis alles Gold verwunden war im blonden Schein der Fliegenbindelampe, die ich umfunktionierte zum Schreibtischlicht.

I Siegi bindet immer wieder viele, viele Fliegen

»Nun ist es so weit«, mein erster Fischtag stünde kurz bevor, »Muster Nummer zwei«, hatte ich Trottel wirklich gedacht. Ernstl schwang seine tischabgewandte Hand auf die Platte, zwischen den Fingern den Koffergriff eines tragbaren Radios, wie hingezaubert. Beim Wegziehen zitterte Ernstls Hand derart stark, dass sie aus der Geraden geriet und er das nebststehende Weinglas über die Tischkante zu Boden stieß. Es zersprang, und langsam breitete sich eine Weinlatsche in Dutzenden Flüssen zwischen den Dielen aus wie ein Mündungsdelta. Dann zog Ernstl die Teleskopantenne zu voller Länge, und lieber hätte ich die Schäfte einer Fliegenfischstange gesehen. Ernstl justierte die Antenne, indem er sie hin und her bewegte, wie mir schien, Empfang suchend in einem steten Kreissegment zwischen elf und ein Uhr. »Den Sender musst du einstellen«, sagte Ernstl, und ich legte einen Finger an das aus dem Mantel des Geräts hervorstehende, minimal gerillte Rädchen, hakte mit dem Fingernagel in ein Zahnradsegment ein und bewegte die Fingerkuppe nach unten, drehte am Rädchen. »Wie bei der Führerscheinausbildung«, und ich wusste nicht, ob Ernstl jemals Fahrstunden genommen hatte, »erst muss das Handling des Fahrzeugs perfekt sitzen«, ich kannte ihn monologisierend auf dem Beifahrersitz und konnte ihn mir nicht unsicher vor dem Lenkrad neben einem dahinpalavernden Fahrlehrer vorstellen, »dann kann man das Autoradio anschalten, sich etwas zurückgelehnt berieseln lassen«, ob er jemals einen Führerschein gemacht hatte, ob er ihm abgenommen worden war wegen Trunkenheit oder er mich prophylaktisch zu seinen Lieblingsstrecken am Fluss jene weiten Wege fahren ließ, die zu Fuß von der Herberge aus gar nicht zu bewältigen waren, ich wusste es nicht. »Na da schau her.« Aus den Radiolautsprechern drang inzwischen Arik Brauers unverkennbare Stimme, die Interviewfragen stellte und sogleich selbst säuselnd beantwortete: »*Wie viele Kraftwerke haben wir am Strom?*« – »Du dachtest wohl, wir brauchen das Radio bloß wegen der Kupferspulen, was?«, sagte Ernstl. »*Ja, ja, der Löschnak Franzi …*«, sang Arik Brauer. »Ein bisschen Demut«, und ich wusste, dass ich mit einem »wie bitte« genauso schlecht fahren würde wie mit einem »was bitte«, also schwenkte ich einfach meinen Handrücken in Ernstls Richtung, der sich zur Decke streckte, seine Brust durchdrückte wie ein Auerhahn balzgefiedert seinen Paarungsruf verkündet, »*… und der Sinowatz, und der Wasnawas, alle drei …*«, sang Arik Brauer die bekanntesten Namen der amtierenden Bundesregierung, »wie bei einem Schwein, das man vor der Schlachtung anbetet und um Entschuldigung anbettelt«, und Ernstl zog einen filigranen Kreuzschlitzschraubenzieher aus seiner Gesäßtasche, den er vor mich auf den Tisch neben die goldene Nagelschere legte. Sogleich wusste ich, dass mir dieses Instrument in den nächsten Tagen vertrauter werden würde als Geige, Gitarre, Bratsche und Mandoline zusammen, dass ich damit behänder umzugehen lernen würde als mit allen Bindestöcken und Goldköpfen der Welt, und vor allem, dass mich dieses Utensil, falls das überhaupt möglich war, noch weiter, als ich es ohnehin schon war, entfernen würde von der Fliegenfischstange und dem Forellenfluss, »*die sagen, die letzten Ecken, sollts mit Zement zudecken*«, sang Arik Brauer, und es war, als hätte mich ein Bergquell erfasst, der sich in einen Wasserfall verwandelte, mich die Steilhänge der Alpen hinunterspülte in einen Hochwasser führenden Strom, der mich in eine Staudammluke sog, wo ich feststeckte und aus der ich schließlich wie das Geschoss einer Kanone vom Druck des heranbrandenden und immer höher steigenden Wassers hinausgeschossen wurde, hinweg über alle Alpengipfel hinein ins tiefste Südtirol, woher ich nach einer Bruchlandung eine beschwerliche, barfüßige, arbeitsame und womöglich sogar abenteuerliche Reise auf mich zu nehmen hatte, mich selbst am Schopf ziehend, hinein ins letzte Eck des Salzkammergutes, Haare zwischen meinen Fingern, dass ich dann, vielleicht, endlich, einen selbstgebundenen Köder fischen könnte.

»Die letzten Wochen hast du dich an allen erdenklichen Handgriffen, wir könnten auch sagen Techniken, abgearbeitet, die im Muster der Goldkopfnymphe möglich sind. Also fragen wir dich«, doch ich berappelte mich gerade erst nach meinem Sturz, und Vaterstaat sagte diesseits der Grenze, »geh, denn ich hasse dich«, und jenseits, »komm, doch wir lieben dich nicht. Glaub bloß nicht, dass es hier Happi-Pappi gibt!« – »*Wie viele Kraftwerke haben wir am Strom?*«, fragte mich Arik Brauer singend und Ernstl streng: »Was ist ein Muster?« Auf beides wusste ich nichts zu antworten, also machte ich mich schweigsam auf den langen Marsch durch das Nichts, durch das wochenlange Und zwischen elf und eins, durch die ewige Zwölf, und Ernstl setzte fort und auseinander: »Ein klar umrissener Bereich im unendlichen Feld der Fliegenbindetechniken ist das Muster. Es definiert, es differenziert, es diskriminiert, ganz im Sinne der lateinischen Wortwurzel, es unterscheidet. Eine Goldkopfnymphe ist eine Goldkopfnymphe und nur sie selbst und nichts davon Verschiedenes und besteht aus nichts anderem als der exakt zu befolgenden Abfolge der anzuwendenden Fliegenbindetechniken, freilich, wie du gelernt hast, mit der Möglichkeit, zu variieren«, die frustrierende und zermürbende Arbeit, ein Motiv in der Musik einzustudieren, »*neun, neun haben wir*«, raunte Arik Brauer, ich schaute auf die Uhr und war erstaunt, ging aufgestaute, begradigte und unnatürliche Flüsse entlang, betrat auf meiner Wanderung das Naturschutzgebiet Hohe Tauern, barfuß, verletzlich, durch dichtes Geäst, hörte Steinadler rufen, sah Steinböcke klettern und Falter Nektar holen, roch schwarze und rote Waldameisen übermannshohe Berge bauen, die Hohen Tauern, nur um alle diese Arten jenseits der bewahrten Zone nie wieder zu erblicken und zu vergessen, »… aber eigentlich ist das Muster starr. Es schließt aus, und so ist auch jeder Variation, Interpretation und Improvisation das Zaumzeug angelegt. Der Ausritt auf dem Steckenpferd der Freiheit, der Eitelkeit, den Musterzaun zu überspringen, so weit geht er nicht. Freiheit ist nur in Grenzen möglich. In Ketten tanzen hat Nietzsche das genannt«, und ich kam zwischen Kiefernwäldern an Bauernhöfen mit ihren Keuschen und Ställen vorbei, bettelte um Essen und die nettesten Landbesitzer sagten mir, sie hätten nichts, während mir die schadenfrohsten einen Eimer Gülle hinstellten oder mich verhöhnten, indem sie mir einen Platz an ihren Sautrögen anwiesen, nur um ihre Stiere und Schweine wenig später an Wiener Künstler zu verkaufen, die ihnen ein Beil zwischen die Hörner trieben, die Schädel einschlugen und Halsschlagadern öffneten. Bolzen schnalzten, damit Blechmilchkannen randvoll liefen, Serien und Reihen an Bildern entstanden auf den Trottoirs der kopfsteingepflasterten Straßen nahe der Universität, des Ballhofplatzes, des Parlaments, des Heldenplatzes, nahe den Zentren der Macht, Blut gegen die wie Soldaten aufgestellten Staffeleien geschleudert, umringt von kunstgeilem und sensationslüsternem Wiener Kaffeehauspublikum, Tratschweibern und Hintertreppengesindel, ein Skandal für die einen, Avantgarde für die anderen, aber doch ein Magnet, kaum jemandem gleichgültig, immer Publikum dabei, Tierschützer und ehemalige Nazis, die noch einmal den Effekt eines Schlachtschnitts durch die Gurgel sehen wollten, ein Spritzen gegen die Wand, selbst wenn es nur eine Leinwand war. Oder sie beharrten verstockt in neuer Uniform auf dem Untergang des Abendlandes wegen dieser Ferkelei, in der Sau als Schimpfwort immer noch der Jude versteckt, der Fluch über Österreich, und das Schweineblut klatschte auf die Leinwände, wahlweise wurde auch Kot geworfen oder uriniert, »einer Goldkopfnymphe eine Rippung zu verpassen ist eigentlich schon eine Frechheit, ihre Körperfarbe zu variieren zumindest bereits elaboriert, ihr einen Schwanz aufzubinden mit Sicherheit längst manieriert, aber immer noch kein Fauxpas …«, zählte

Ernstl auf, »... *Jochenstein, Aschach, Abwinden, Ottensheim, Mitterkirchen, Persenbeug liegen an der Donau* ...«, zählte Arik Brauer auf, und ich schlug mir wieder meinen Weg frei aus den Dachsteintälern hinaus, kletterte über Nacht abgegangene Muren entlang, brachte Katarakte hinter mich und kam an die Ufer des Hallstätter Sees, der die Grenze der salzburgischen Lande zu Oberösterreich markierte, wo auch die Traun entsprang aus Dunkelheit über einem eigentlich bestirnten, aber von Wolken verfinsterten Himmel, »nun, da du in allen Möglichkeiten der Variation firm bist und die Goldkopfnymphe so lange durch alle Spielwiesen der Rekombination gejagt hast, der Quellbereich dieses Musters im endlos großen Teich der Fliegenbindetechniken sozusagen ausgeschöpft ist, um nicht aus der Metapher zu fallen ...«, und Ernstl griff nach dem Weinglas am Tisch, das ja längst wie meine Hoffnung, endlich zu fischen, zu Boden lag und dessen Inhalt in eine sich immer weiter ausbreitende Latsche verwandelt war, »... *Nußdorf, Freudenau, da steht die lange Lache drin, von Passau bis auf Wien* ...«, und ich niemand anders als Ernstl war in seiner Jugend, hungrig, ohne Kenntnis, bar jeder Zukunft, mit einem biegsamen Stock bewehrt, »nun ist es an der Zeit, ein zweites Muster zu lernen, ein neues Bündel an Fliegenbindetechniken aus dem unendlichen Meer herauszugreifen und ihm auf den Grund zu gehen, es gründlich von der Goldkopfnymphe zu unterscheiden, denn mit dem neuen Muster kommen nicht nur neue Techniken, sondern auch neue Stoffe ins Spiel, die sich in keiner Weise mit denen überschneiden, die dir von der Goldkopfnymphe her schon geläufig sind. Es gibt einen Grund, warum die Musterlernschritte in der Reihenfolge erfolgen, in der sie erfolgen, es müssen maximal große Lichtkegel in maximal entfernte Bereiche des Feldes geworfen werden, damit die Abschnitte dazwischen dann, am Ende, umso deutlicher zu Tage treten wie scheidende Flüsse, die aus dem Untergrund der Landschaft sprudeln. Das dritte Muster wird dann schon eine Nassfliege sein, eine Arthofer, halbversunken, ein Aufsteiger, etwas völlig anderes, wiewohl zumindest je eine Technik und ein

Stoff, die Rippung und die Kupferwicklung, die Kupferrippung sozusagen, sich schon in den beiden vorherigen Mustern finden, der Goldkopfnymphe und der Nymphe des Tages, for today, Ritz D!«, deklamierte Ernstl. »*Und dort rinnt sie noch, ein winziges Eckerl, ein klitzekleines Stückchen, das werden wir doch wohl übrig lassen können. Danke!*«, schloss Arik Brauer und der Applaus brandete auf. »Gentlemen, bitte!«, sagte Ernstl und flutete zwei Weinpokale. »Cheerioh, Miss Sophie«, sagte er und wir stießen an. Dabei warf Ernstl einen Blick durchs Fenster. Der gescheckte Kater huschte über die ganze Breite der Scheibe durch den Garten, »I will kill that cat«, knurrte er, und mit einer einzigen Bewegung bückte er sich, griff und riss den Stecker des Radios aus der Steckdose, so heftig, dass das Gerät auf der Tischplatte volle Breitseite umstürzte, ein Hund, der sich unterwarf, auf den Rücken drehte, dem Überlegenen die weichen Hautschichten unterhalb des Brustkorbs zum Zerfetzen anbot, hinter denen die Eingeweide schlummern. Auf den Schraubenzieher und auf das Radio, die vier verchromten kreuzschlitzenen Schrauben in den Ecken deutete Ernstl mit seinem Handrücken.

Langsam aber sickerte Blut aus seinen Füßen zwischen die Splitter, in die Dielenritzen, bildete glitzernd das Muster einer Fahne und verwandelte weißen Wein in Rosé, »Monsieur, silvu ples, Ritz D!« Ich roch seine Fahne, und die beiden Fahnen stimmten darin überein, dass sie jemand vor sich hertrug und es allen Umstehenden unangenehm ist. »Warum Ritz D?«, fragte ich, weil mir nichts Besseres einfiel. »Na ja, die hat Charles Ritz entwickelt, ein begeisterter Fliegenfischer, wir hatten noch die Freude.« – »Ja, aber warum D?« – »Na, weil Ritz A, Ritz B und Ritz C scheiße waren. Auch die Muster haben ihre Geschichte, müssen eingeübt, an Flüssen ausprobiert, im Zweifelsfall verworfen und modifiziert werden. Es hat den guten Mann Jahre gekostet, Jahre, die du nun in wenigen Wochen in dich aufsaugen wirst«, und irgendwie beschwichtigte mich diese Antwort, vielleicht nur, da mich der lange Marsch in meiner Phantasie schon mundtot gemacht hatte. »Eine Frage noch, Ernstl!«, dazu vermochte ich mich noch aufzuraffen. »Wir hören dich gar nicht schrauben.« – »Sind wir eigentlich Umweltschützer?« – »Mit Sicherheit«, er zog sich einen Glassplitter aus der Ferse und schnippte ihn aus dem Fenster in den Garten hinaus, wo Nina einen faustgroßen Stein nach dem streunenden Kater warf. »Ich meine, sind wir überhaupt auf die Fische bedacht?«, fragte ich und meinte eigentlich vielmehr, ob es sich bei diesem ganzen Gehabe nur um die Marotten, die sich selbst übertreffenden Wunderlichkeiten, die zur Schmierenkomödie verwandelte Tragödie eines alten Mannes handelte. Impotenz, dachte ich, ein Fliegenfischer, der nicht Hand anlegte an Fische, wenn das nicht die Definition von Impotenz war. »Worauf sollten wir denn sonst bedacht sein, wenn nicht auf die Fische?« Und ich fragte ihn, wann wir uns dann endlich den Fischen zuwenden würden, und Ernstls Monolog begann. Einbildung sei eben auch eine Bildung und was ich mir denn einbilde, jetzt schon ans Wasser zu wollen. Was sein vorletzter Schüler, der Fredl, der Herr Polizistentrottel, dieser Bierdümpel, wohl geantwortet habe auf die Frage, warum er Fliegenfischen lernen wolle. Blinkern, Spinnfischen, Reusenlegen, Hochseeangeln, Netzeschleppen, Aalrutenfangen, das könnte er alles schon, wie schwer wäre da schon Fliegenfischen. Und Ernstl hätte ihn die Holzstufen der Herberge hinabgeprügelt. Dann erzählte Ernstl, dass diese Katzenbastarde auch nur deshalb ertränkt werden müssten, weil es sie ohne den Menschen, der die Katze zum Haustier gemacht hätte, gar nicht gäbe. Und sonst würden sie bald der Wildnis ungebührenderweise anheimgegeben, darin herumstreunen, und Streuner zeugen immer nur neue Streuner, und der größte aller heimatlosen, zukunftslosen und herkunftslosen Streuner ist sowieso der Mensch, und im Akt des Wiederfreilassens des gefangenen Fisches mimten wir eine Welt ohne Menschen, aber mit Menschen, viel ausgefeilter als das tumbe Menschenaussperren oder Tiereeinsperren des Naturschutzgebietes, im Angesicht der Forelle und bei der begnadigenden Berührung macht sich der Mensch selbst nichtig, hinterlässt keine Spur, wie Luther meint, im Wissen um die morgige Apokalypse würde er heute noch einen Baum pflanzen, und ich dachte, Ernstl hatte einen Traum. Wir gingen mit der Verleugnung und der Verdrängung produktiv um und so ist das Fliegenfischen stets nur auf die Fische bezogen und auf uns, und diese Verbindung, schloss Ernstl, sei die Fliege, und driftete dann weiter ab, wie ein Boot, das eigentlich schon am Steg festgemacht war, dessen Knoten sich aber löste oder dessen Seil von Verwitterung und Zersetzung malträtiert einfach zerfiel. Ernstl redete irgendetwas weiter, und wenn ich mir irgendetwas davon einprägte, so war es weniger, was er sagte, sondern der Ton, den er im Monologisieren anstieß, das sanfte Dahinschippern eines Kiels, das schwache Schwappen der Wellen, das Sich-wieder-Schließen der Flusswassermassen, auf dem dieses Totenboot hinübergleitet in die Unterwelt, das dem Abtritt vorauseilende und das Absterben geleitende und die Totenglocke läutende, die Tür hinter ihm zuziehende letzte Gebrabbel eines sturmalten Mannes, unter dem ein Fluss murmelt: »Gedenke stets der Ratte!«, Bisamrattenfell bekäme ich wohl noch zum Fliegenbinden, ehe ich zum Fliegenfischen käme. »Und jetzt los! Liebe ihren Schwanz!«, draußen riss Nina handschuhlos eine violett blühende Distel aus. Ich schraubte das Radio auf, während Ernstl die schwarze Kunststoffschatulle öffnete. Wie zwei der Länge nach geöffnete Kadaver schauten mich die Innereien der beiden Hohlkörper an. Den Kupferdraht zu entfernen wies er an, und ich tat, was er mich hieß, wie immer. »Macht, dass ihr rauskommt!«, der Sauerei auf dem Boden wegen, wie ich annahm, schrie Nina. »Was regst du dich ...«, brauste Ernstl auf. Aber bevor seine Böe Sturmstärke erreichte, kreischte Nina uns wirbelnder Hände zum Windfang hinaus, woraufhin Ernstl um die Herberge ging, wahrscheinlich beim Fenster einstieg und mit seinen drei Schäften wieder erschien, zu meinem Auto hin, ich hinterher, »sonst haben wir eh alles«, und schmiss seine zerlegte Stange in den Kofferraum, taxierte den Himmel, Schleierwolken und Flaute, »sonst brauchen wir eh nichts«, ich ließ den Motor an.

2 Friedl besetzt das Wasser und Ernstl verhindert das Schlachten

Morgens dachte ich, die Welt wäre eine bessere, wenn alle die Dinger nur bräuchten, um sie auszuschalten, auszustecken, aufzuschrauben, auseinanderzubauen und die Kupferspulen zu entnehmen, während ich den Wagen um die Kurven fuhr. Das Radio schwieg wie auch der Nachwuchs auf den billigen Plätzen und in mir stieg hoch das Gefühl wie ein Salmonid, die monologisierende Stimme Ernstls, der Beifahrersitz leer, es fehlte.

»Eingesetzt wird heute. Ein verlorener Tag. Wir lassen das Wurftraining sausen. Sparen unsere Kräfte für morgen. Neue Forellen schmeißen die Vereinskollegen rein. Vom sehr verehrten Herrn Züchter Friedl. Ist verboten dann das Fischen den Rest vom Tag. Damit sich die Viecher verteilen im Fluss. Damit sie sich erholen vom Stress. Bevor wir sie in die Pfanne hauen, diese Erztrotteln.« Verwundert sah ich ihn an und verriss fast das Lenkrad, versenkte uns beinahe im Fluss, so kalt war sein Blick, so brutal seine Artikulation, als er wieder zu sprechen begann, laut, bestimmt und schrill, dass er aus dem Innenraum des Wagens Arik Brauer komplett verdrängte zwischen den Zügen, die Doppelliterflasche schon am Mund, ein Glucksen, ein Schlucken und Spucken pro Wort: »Abendsprung fällt auch ins Wasser.« – »Aber wir notieren doch nur.« – »Die Dreckszuchtviecher verhageln die Statistik. Die Säue fressen ja alles! Die sind von der Industrie gefüttert.« Ich schaltete die Scheibenwischeranlage ein und das Radio aus, misstraute meinen Glupschern, als das gesprenkelte Muster auf der Scheibe blieb. Aus dem Augenwinkel sah ich dann, dass die Tropfen flogen aus Ernstls Mund, rundherum: »Herangezüchtet in stillem Wasser. Und tief sind die nicht. Direkt unter der Oberfläche stehen sie. Habacht um fünf Uhr Nachmittag. Da fallen die hormongespritzten Brotbrocken rein von Friedls Hand. Darauf fallen sie rein. Verwöhnt vom Teich. Keinerlei Strömung. Zwei Jahre lang kennst du sie von den anderen, wild gewachsenen. Sie gelangen in die Fänge der Bierdümpel. Wenn wir nicht alle vorher haken. Wir lassen sie Erfahrungen machen. Mit allen Mustern, die es überhaupt gibt. Wir geben den Crash-Kurs. Erst in ein paar Wochen wenden wir uns wieder den Tiefstehenden zu. Seicht greifen wir morgen in die Trickkiste. Verzichten auf jeden Schnickschnack. Wir fischen unterste Lade. Die allerältesten, aufgelegtesten, aufgesetztesten, artifiziellsten, affektiertesten, abgefucktesten, letztklassigsten, geschissensten, ausgelutschtesten, abgedroschensten, groschenspottensten, grobschlächtigsten, unfängigsten Muster, die es überhaupt gibt, die alle Biertrinker dieser Welt in jedem Handbuch zu egal welchen Zeiten nachlesen können, eine Ur-Szene quasi machen wir. So kriegen wir sie dran, Treffpunkt Herberge, um fünf Uhr.« – »Warum erst so spät?« – »Morgens. Dann können wir binden und im Dämmerlicht gleich los. Wenn die werten Kollegen Richtung Ufer wanken, hatten wir schon alle dran. Die werden schauen, und schwärmend frische Fische sehen, und keinen aus dem Rauschen heben.« In unmissverständlichem Grün zeigten die Digitalziffern meines Radios elf Uhr an. »Aber heute noch, zum Wirten, auf ein Abendmahl?« – »Nichts da. Wochenends sitzen uns normalerweise schon zu viele Bärbeißige rum. Was meinst du, was da los ist. Der einzige Tag im Jahr ist das für sie. Der fängt schon heute und dauert bis morgen an. Da fängt sogar der versoffenste Trottel was. Das muss im Vorhinein begossen werden. Und wenn wir da hinkommen, die wir immer fangen, frage nicht. Da sind sie empfindlich. Die ziehen nicht den Olivenzweig. Die sind nicht zimperlich. Die zucken richtig aus. Rapier schnell zur Hand. Damit zipfeln sie uns dann vorm Gesicht herum. Auf ihr Niveau müssen wir uns erst runtersaufen. Wir werden sie schon kitzeln.

Ganz gentlemenlike aber. Denen zeigen wirs. Mit Stil!«, inzwischen schrie er, die Flasche war leer, wild hieb er damit herum vor seinem Gesicht, fuchtelte quer der Konsole, immer weiter die Kreissegmente, über die ganze Breite der Windschutzscheibe. Beim vierten Streich musste ich mich schon wegducken, und beim fünften Hieb begriff ich erst, dass er mich dirigierte und abzubiegen hieß, beim sechsten Schwung kurbelte er dann übergriffig mit der freien linken Hand das Fenster herunter bis zur Hälfte, weiter kam er nicht, denn ich stieg aufs Pedal und wir sausten aus der Kurve heraus schleifender Kupplung und schleudernder Reifen und Haare peitschenden Seitenwinds, dass es eine Freude war mit dem Mercedesheckantrieb, dass die Stresssträhnen ergrauten, dass Ernstls freie Hand sank, und beim siebten Schlag ließ er die Flasche los, dass sie voller Fliehkraft gegen die Scheibenkante krachte, aber nicht sprang, sozusagen abprallte mit grellhellem Klang, über die Plexiglasfläche gelangte in aerodynamische Position, vom eigenen Schwung ins Freie katapultiert und zusätzlich fahrtwindtechnisch untergriffig weggerissen wurde. Weil ich über eine Brücke abbog, behielt ich durch das Seitenfenster die Flasche im Blick, sah den hohen Bogen, das Blitzen des Lichts am Glas. Mit Effet schraubte und purzelbaumte sie sich der Sonne entgegen, beide Achsen entlang rotierend, und so erreichte die Weinflasche den Scheitelpunkt, stand erhoben, und sturzflog ins Flusswasser, mit dem wir ebenfalls fuhren. Durch die Windschutzscheibe sah ich sie wie eine Flaschenpost erst oben schwimmen. Im Beifahrerfenster schon reckte sich gerade so der Hals aus dem Wasser, ums Verrecken noch nicht untergegangen. Dann verschwand die Doppelliterflasche völlig hinter Ernstls Körper, hinter der Fenstersäule und im hinteren Beifahrerfenster unter Wasser, soff sich voll, wurde eine sinnlose, unerhört zurückgebliebene, nie aufgeschnappte Botschaft. Neben Ernstls fuhrwerkenden Armen im Seitenspiegel erblickte ich die leere Doppelliterflasche grün unter Wasser schimmern und einem Kassandraschrei in der Wüste gleich verklingen, zur akustischen Fata Morgana verklärt, da war doch gar nichts, wie viele Kraftwerke haben wir am Strom? Vom Rauschen überlagert zerbarst das Ding, setzte noch nicht mal eine Blase an die Oberfläche frei, gespült und geschmettert gegen einen strömungsbrechenden Stein. Ich meinte noch, Splitter blitzten, aber das vermochten auch aufsprudelnde Wassertropfen, die Licht zwar in Spektren zerlegten, aber wegen des Flusstons satt ins Grüne strichen.

Ernstl hatte weder nach draußen gesehen noch seine Armschwünge beendet, ganz so, als hielte er sein Falsett noch höchst konzentriert in Händen und hätte etwas auszufechten. Die Bewegung versandete so wenig wie das Heben und Senken längst imaginär gewordener Bierkrüge, die, selbst schon verschwunden, Hände zogen, abwechselnd zum Mund und zur Tischplatte schwebten, nicht mehr geführt wurden, sondern Männer wie Frauen verführten, unermüdlich geübte Muster geboten, Praxen des Trinkens, stumme Schluckrefleximitationen, Aufziehpuppen, routiniert, stundenlang, metronomisiert, Marionettenkönig Methanol, Wochentag für Jubiläumsjahr, beharrlich, aber beherrschungsverloren, dem Ruf ergeben, sabbernd und doch trockengelegt, sodass Speicheltropfen Krüge füllten, auf und ab gehend als Spucknäpfe jetzt vor Insassenbrüsten, die sich in Wirklichkeit die Hosen vollgeiferten, dass die Pfleger eine Arbeit hatten, enerviert hin und her huschten, eher wieder Wärter wurden, »hast dich wieder vollgeferkelt, du Sau«, einmal bloß den Vater dort besucht, während er den Kelch empfing am Mund, ihn wieder runterstellte und hob, die leere Faust des Vaters ging nieder, die Klientel derweil gruppiert um gigantische Tafeln, alle dasselbe machend, in kolossalvollen Sälen titanischer Kerkerhaftanstalten, überall und allenthalben hingepflanzt die letzten Trinkluftschlösser dieses Winzlingslands, abgestellt in pomplosen à la das-kriegen-die-eh-nicht-mehr-mit, aber abartig großen Alkoholkrankenparkhäusern ohne Ausfahrt.

Ich parkte in gebührendem Abstand vom Bahnhofsgebäude. Wie eine Kathedrale oder eine Universität erschien mir die Flügeltür des ramponierten Zementhaufens. Wie Novizen und

Studenten würden meine Söhne darin eingehen, wie auch ich mein Curriculum wiederaufnehmen würde. Ich stellte den Viertaktmotor und die Zündung aus, und es wurde ruhig. Frühsommersonnenaufgangslicht fiel durch die Windschutzscheibe auf meine Söhne, deren Köpfe ich im Rückspiegel sah. Niemals nahmen sie die äußeren Plätze auf der Rückbank ein. Stets saß einer der beiden in der Mitte. Dabei wechselten sie sich ab. Diesmal saß Lukas rechts, und als ich ihn die Seitentüre öffnen hörte, stieg ich in Eintracht aus, stand sogleich links vom Wagen. Ich konnte die beiden nicht sehen, weil ihre Köpfe noch nicht erwachsen genug waren, das Autodach zu überragen. Auf dem Blech spiegelte sich die langsam in meine Augen steigende Sonne und ich blinzelte, während ich dachte, Lukas und Johannes, sie würden wachsen, bald schon, größer. Als ich mein Gesicht abwandte, um die Motorhaube entlangzublicken, die genau auf das Bahnhofsgebäude zeigte, sah ich nur noch die Rücken meiner schnurstracks losmarschierenden beiden Söhne, die eine Schultasche in Camouflage gehalten, die andere in neonfarbigen Karos. Ich wollte schon rufen, als Lukas seinen Arm hob, den Ellenbogen durchstreckte sowie die Finger an der bloßen Hand, die an diesen Frühsommermorgen nicht mehr in Handschuh gepackt werden musste. Er fasste seinen Bruder Johannes an der Schulter, am Träger des Rucksacks, den mein Sohn weit unter seinem Hintern trug. Die beiden Schultaschen schwenkten aus meinem Gesichtsfeld. Der Minutenzeiger der Bahnhofsuhr rückte vor, schon fast auf Abfahrtszeit. Aus der Bahnhofsstube strömte warmer Kaffeegeruch und aus den Tälern kam mit starkem Föhn Waldaroma. Es war göttlich, wie sich meine beiden Söhne auf dem Parkplatz vom Bahnhofsgebäude abwandten, irritiert zu ihrem Vater umdrehten, die Gesichter voll Überraschung und vom einfallenden Sonnenschein zerrissen in Rot und Schatten. »Was machst du noch hier?«, fragte Lukas und Johannes sagte: »Papa, du bist ja ausgestiegen.« Ich schritt ihnen nach, kniete mich hin vor die beiden Knirpse, dass ich auf Augenhöhe war, sagte, »ganz recht, mein Sohn«, legte meine vier Finger an Johannes' Wange, sah ihm in die Augen, in denen sich meine spiegelten, in denen sich seine spiegelten, stellte nicht den kleinsten Unterschied fest und zeichnete ihm mit dem Daumen ein kleines Kreuz auf Stirn, Nase und Mund, dann küsste ich ihn auf die Wange. »Ihr seid so groß geworden«, beim Berühren seiner Haut spürte ich seine Mundwinkel nach oben wandern und bemerkte, wie warm die Wange war und dass Johannes keineswegs aus Rebellion gegen das elterliche Zieh-dich-warm-an die Haube zu Hause vergessen hatte. Lukas trug sie wahrscheinlich aus modischen Gründen. Ich würde sie ihm etwas aus dem Gesicht schieben müssen, um auch seine Stirn zu bekreuzigen, Vatersagen hatte mein Vater immer gesagt, auch mir fiel nichts Besseres ein, doch als ich meine Hand nach Lukas ausstreckte, machte er einen Satz zurück und sagte: »Was fürn Scheiß!«, drehte sich weg und ging eilenden Schritts in den Bahnhof ein, der wenige Sekunden später auch Johannes verschluckte. Im Mitgehen versuchte er noch mehrmals, Lukas an der Schulter herumzudrehen, ihn zu zwingen, mich anzusehen, wie ich da stand, einen Kuss auf meine Handfläche hauchte, um dann zu winken, vielleicht zeitgemäßer als der Vatersegen. Ich tat das drei, vier Mal, während die beiden eingesogen wurden vom Bahnhof und davongetragen von den dahinterliegenden Gleisen und mir auffiel, dass Johannes den Camouflage-Rucksack trug und Lukas den neonkarierten, Johannes Lukas herumgedreht hatte und nicht umgekehrt. Wie ein Tropfen Blei in einem sonst reinen Bergquell lag eine Spur stechenden Schmierölgeruchs in der Luft. Dann hupte mich ein Audifahrer an. Seine beinahe zu spät kommenden Blagen säßen längst im Zug, wären sie sofort ausgestiegen und gerannt, statt darauf zu warten, dass ich zur Seite trat, um anschließend bis zu den Treppen des Bahnhofsgebäudes vorgefahren zu werden. Als die beiden Kinder vom Beifahrersitz und der Rückbank die Türen öffneten, hoffte ich, sie würden gegen die Marmorstufen knallen, die natürlich aus Granit bestanden. Der Minutenzeiger der Bahnhofsuhr rückte auf die Abfahrtszeit vor, die Knirpse flitzten los, einen Moment bloß, nachdem die Jungs sich die Minute genommen hatten, ihrem Vater am Fahrersitz einen Kuss zu geben, der eine auf die Stirn, der andere ins Genick. Ich fühlte sie wie Schüsse, schlenderte nachdenklich zu meinem Wagen zurück, merkwürdig, Johannes war inzwischen größer als Lukas, spürte den Föhn die Schöße meines Mantels hinter mich wehen, ging schneller gegen den Wind, zertrat den regenbogenfarbigen Film auf einer Pfütze, sah die offene Fahrertür meines Wagens schimmern, hörte den Motor laufen, das Radio wimmern, roch Abgase, merkwürdig, stieg ein.

3 Wie Nina diesen Siegi so findet und wie Siegi mit etwas Hilfe die perfekte Goldkopfnymphe bindet

Ich saß am Küchentisch, den Blick auf das Fenster gerichtet, die Läden waren noch geschlossen, ich sah nur den schwachen Abglanz meines eigenen Spiegelbildes, bekämpft schon vom Morgenlicht, das zwischen den Latten der Fensterläden schräg hereinbrach, in sieben Horizonte gesiebt, während ich Ernstl im Nebenzimmer ächzen hörte beim Auseinanderziehen der drei ineinandersteckbaren Schäfte seiner Fliegenfischstange. Die frühmorgendlichen Bachforellen hatten gefräßig in und kämpferisch gegen die Strömung Spannung auf die Karbonfasern gebracht und die Einzelteile der Rute voll Wut zusammengezurrt. Schwer atmen hörte ich den Alten in seinem Refugium, ich vernahm das Quietschen zweier glatter Steckteile beim Scheiden unter Ernstls zittriger Hand und bei dem Gedanken daran, dass ein Zusammenstecken dreier Schäfte gleitend und lautlos vor sich ging, überkam mich Euphorie, so sehr, dass ich die grüne Kunststoffschatulle von der Eckbank riss und auf die Tischplatte vor mir pfefferte. Sie schepperte und rappelte und metallisch kratzte der Inhalt an den Scheidewänden der Box. Ich klappte den Deckel auf, ein Koffer fast der Größe nach. Der Boden war in verschieden große Einbuchtungen unterteilt. Da lagen nackte Haken ihrer Kleinheit nach sortiert bereit, allesamt widerhakenlos. Goldköpfe in ebenso unterschiedlicher Konfektion schauten mich an. Die vertraute grüne Wolle war meterweise verpackt in Plastikbeutel mit Vakuumdruckverschluss. Ebenso verhielt es sich mit den blauen Flachsfasern, den weißen Katzenhaaren und den Hahnenhechelbalgen verschiedenster Couleur. Nur Ninas

Haar wurde stets frisch geschnitten. Ich griff den Bindestock ebenfalls aus der Ecke, wichste ihn auf den Tisch und hörte Ernstl ein letztes Mal stöhnen, und die auseinandergehenden letzten beiden Teile der Fliegenfischstange quietschten wie am Spieß zwischen den Kostbarkeiten, die in Ernstls Schatzkammer noch warten mochten, zwischen allen Reliquienschreinen seiner Asservatenkammer, die ich wie eine heilige, tabuumwitterte Gruft nie sehen sollte, zwischen all den Fliegenfischstangen Ernstls ritterlicher Waffenkammer, zwischen den Regalbrettern, Kommoden und Schränken an den Wänden, die ein Zimmer formten oder vielleicht zwei, eine Küche und ein Badezimmer womöglich, wahrscheinlich ein ganzes bewohnbares Appartement, sicher immer reserviert, nicht nur zwischen Ernstls Grazaufenthalten, sondern gewiss das ganze Jahr, harrend seiner Ankunft, wenn die Herberge nicht zu klein war und finanziell zu schwach, zu wenig abwarf, und ich blickte mich um, saß hier, Stube und Küche ineins, während Ernstl schon ohne jede akustische Spur die drei Schäfte meiner Fliegenfischstange zusammensteckte, ein leises Vergnügen, ein heimliches Geschenkzurechtmachen wie zu Weihnachten zwischen den heimeligen Wänden von Ernstls Zimmer voller gerahmter Fliegen und Kalender, überbelichtete Fotografien, wunderschöne nackte blonde Frauen, die sich neben eben gefangenen, dem Wasser entstiegenen kolossalen Forellen im satten Flussufergrün räkelten oder gerade einen von goldenem Flaum bedeckten Arm ausstreckten, um einen ahnungslosen Jüngling namens Hylas ins kalte Nass eines dunklen, von Bäumen umstandenen Weihers zu zerren. Ein Gefährte des Herkules war er gewesen, müde von vielen Abenteuern und vom Arbeiten, was in der beiden Falle dasselbe bedeutete. Hylas und Herkules hatte es auf der Suche nach Rast in diesen Hain verschlagen, aber was war Rast ohne Stärkung, Erquickung und Erfrischung. Der arme Tropf wollte nur eben Trinkwasser holen und ward von niemandem mehr gesehen, abgesehen von diesen Nixen, soweit ich mich entsann. Willi Wasserhaus hieß der Maler, der jene Szenerie auf die Leinwand brachte, und entweder hatte ich die Erklärung vergessen, warum Herkules seinen Diener nicht begleitete und ihm half, oder der Mythos enthielt einfach keine, enthielt sich dessen. Nun ja, sonst hätte es ja auch nichts zu malen gegeben. Hätte sich Herr Wasserhaus eben ein anderes Sujet suchen müssen. War der eigentlich mit Hundertwasser verwandt? Sicher hätte es dem Halbgott einen Platz im Olymp beschert, die Nixen zu besiegen. Eine Bande aufsässiger, auftauchender Wassermädchen zu bändigen entsprach allemal dem Wert, eine dutzendköpfige Schlange zu erschlagen.

Unter solchen und ähnlichen Überlegungen stellte, ich ohne besonders darauf zu achten, die erste Goldkopfnymphe bis zum letzten Handgriff fertig, als mich Ninas aufdringliche Präsenz zum Verharren zwang. Ihr Haar fiel ruhig auf die Träger der blauen Latzhose, nach denen sich die hereinschleichenden Sonnenfinger streckten. Sie legten ihren erhellenden, verheißenden, scheinenden Griff um den Aufschlag der derben, leinenen Bauernbluse, die Nina trug, suchten und fanden um den offenen Kragen spitzlichtfindig die Sehnen ihres entblößten braunen Halses. Dieser Aufzug deutete auf Gartenarbeit hin, und normalerweise jätete, tränkte und pflanzte sie auch allenthalben ein. In diesem Moment aber stand sie da, pflanzte nur sich selbst vor mich hin, bewegungslos, sah mich an, der ich wohl genauso leer in die Luft vor ihr starrte. »Er mag dich wirklich sehr«, sagte sie dann, immer noch starr. »Du, Nina, darf ich mal?«, fragte ich, und sie stutzte, markierte in ihrem Stillstand genau die Mitte von Ernstls Auf-und-ab-geh-Strecke, die Zwölf zwischen elf und eins. Dann sah ich an dem erleuchteten Latzhosenträger, wie ihre Brust in Bewegung geriet, noch bevor ihr Gelächter glockenhell und doch voll Spott an mein Ohr schallte. Nina beugte sich vor, stützte sich mit den Ellenbogen auf die Tischplatte, und der Schatten auf mir verging, ich war im Licht, ihr Kopf sank bis auf Augenhöhe dem meinen entgegen. Eine gute Unterarmlänge trennte unsere Nasen voneinander, sie sah mir direkt in die Pupillen. Mein Blick spiegelte sich darin und glitt ihre Haare hinab, die sich in Hunderten Strähnen auf der ganzen Tischplatte verteilten. »Ja, danke«, sagte ich und griff nach der goldenen Nagelschere. An einer außerordentlich gut gepflegten, splisslosen Spitze schnitt ich ein paar Zentimeter ab, vielleicht insgesamt drei. Zwischen Daumen und Zeigefinger nahm ich das dicke, leicht gelockte Haar, sah darüber hinweg, und als die Spitzen zwischen Daumen und Finger verschwammen in der Peripherie meines Gesichts, bemerkte ich, dass genau zwischen mir und dem Bindestock Ninas Kopf war. Immer noch schaute sie mich statt der Nymphe an. »Zwei Jahre lang ist er verzweifelt. Er nannte das immer sein Schülerfischen«, ihre Lippen bewegten sich ungemein eindringlich. Bei den Vokalen schäumten in ihrem Mund einzelne Speicheltropfen, die folgende Zischlaute sogleich wieder verwischten und in die Wassermasse einpflegten. »Wie Menschenfischen meinst du?«, sagte ich und ihre Augen blitzten. »Eher wie Fliegenfischen«, ein Lichtstreif geriet an ihr elektrisiertes, blondes Haar und ließ es aufleuchten, kein bisschen totes Eiweiß mehr, eher lebendiger Schmuck. »Aber man fischt ja mit Fliegen«, sagte ich und sie konterte, »Ernstl geht morgens wie Forellen Schüler fischen, gegen den Strom, bis ihn jemand sieht und anbeißt, und dann geht er mit seinen Schülern fischen wie mit Fliegen, nur eine weitere Marionette in der Kette.« – »Aber Ernstl fischt doch selber«, sagte ich, und sie richtete sich auf, verdüsterte mich und sprach wie ein Todesengel vor versinkender Sonne am Horizont, »schon mal ein hiniges Insekt gesehen, das zittert. Stumm geht den Fluss die Trockenfliege runter. Das ultimative Muster.« – »Ultimo wie das letzte?« – »Ganz ein Gescheiter, ja, das letzte, ein totenruhiges Insekt.« – »Oder ein Spinnentier.« – »Still!«, sagte sie, »je nach Art und Guster gerade geschlüpft oder schon alt, manchmal beides, eine Eintagsfliege beispielsweise. So weit musst du kommen.« Ihr Haaransatz rutschte langsam nach oben, ihre Strähnen luden sich mit Lichtenergie, Photosynthese statt Proteinbiosynthese, und schon schlang sich die erste Korkenzieherlocke in ihren Schopf. »Aber man kann die Schnur doch geschlungen in die Strömung legen«, sagte ich baff. »Nicht wenn du fischst, wie Ernstl es lehrt. Die letzten drei hat er noch vor der ersten Nymphe davongejagt. Der arme Gerry hat selber ausgesehen wie eine geworfene Fliege, als er die Treppen runtergeflogen ist.« – »Ernstl hat ihn gestoßen?« – »Wer sonst? Nur dass das Granitpflaster keine weiche Wasseroberfläche war. Gestrampelt hat er wie ein Baby, wie ein Babykäfer. Wie bist du überhaupt auf Ernstl gekommen?« – »Kurti hat mir erzählt, er suche jemanden.« – »Der Fleischer?« – »Ja, und dass er der Beste ist, das hat er auch gesagt, der Guru im Dōjō.« – »Okay, dieses Scheißkaff, mein Gott, sei froh, dass du außerhalb wohnst. Hier hat der Teufel wirklich seinen Sack ausgeleert. Okay, erstens, du sagst Ernstl das mit Kurti nicht, auf keinen Fall, verstanden?« – »Wen mag Ernstl eigentlich?« – »Sagte ich doch eben, dich. Also versau es jetzt nicht. Seine Suche war schrecklich. Da kannst du Gift drauf nehmen. Hält doch keiner aus, den alten Säufer, wenn er auch noch grantig ist«, und damit schwebte sie langsam aus dem Raum, nicht ohne zu sagen: »Abgesehen davon weiß ich gar nicht, was er an dir findet«, pflanzte sie mich und ihre Schritte gaben keinen Laut auf den frisch gewischten Dielen. Als ich gerade das Haar zu Flügeln machen wollte, pochte es von draußen gegen das Fenster. Ich ging hin und öffnete die eine Hälfte. Der Laden schwenkte an Ninas Wange haarscharf vorbei. Eine Franse flatterte ihr aus der Stirn. »Zweitens, vergiss diesmal das Frisieren nicht!« Daraufhin stutzte ich die braunen Hecheln noch am Rücken und befestigte die Strähne, ohne eine einzige Hahnenfieber an den Seiten oder am Bauch niederzubinden. Als ich aufsah, stand Nina noch immer dort, lächelte und sagte: »Schöner als ich.« – »Schöner frisiert«, ich. »Schöner eben«, und ging zur Gartenarbeit über.

Draußen trieb der Föhn die Äste wie Wegweiser in Richtung des kalten Flusswassers. »Ja, besser als das Original«, erschien der sturmalte Mann an meiner Seite, ein Querstreifen über seiner Brust im Licht des noch geschlossenen Fensterladens. »Schöner«, sagte ich, band den Schlussknoten, »ja, eben«, sagte er und ich schnitt unter solchem Zug ab, dass es den Faden zurück auf die Spule fetzte. Ich legte die Goldkopfnymphe auf den Tisch. »Schau sie dir an, diese Vollkommenheit!«, sagte Ernstl, während er ein Achterlglas aus der Anrichte angelte, es auf den Tisch stellte und randvoll schenkte aus einer eben gefischten, frischen Doppelliterflasche, »der blaue, dralle Körper, der grazile Hechelkranz, der braune Hals, der goldene Schopf, der rehfarbene Schwanz, die blonde Flügelscheide«, Ernstl hob den Wein an seine Lippen, schielte aber während des Trinkens über den Pokalrand hinaus Richtung Küchenfenster, das die Zugluft halb zu sich, hinaus in den Garten, gezogen hatte, wo Ninas Latzhose die Schenkel hinauf schon mit Humus besudelt war. Im Sonnenlicht stach Nina einen messerscharf blitzenden Spaten ins Wurzelwerk einer mannshohen Brennnessel. Ernstl schluckte, »wie diese Pflanze«, sagte er, »Ernstl, die landet mit vor Sicherheit glänzender Wahrscheinlichkeit auf dem Komposthaufen«, während Nina das Schaufelblatt trat derart abgehackt, dass es ihre Haare kopfüber die Schultern nach vorne schleuderte. Der Schopf schwebte voll im Umschwung eine Sekunde, bis die Strähnen rieselten, Ninas Dekolleté entgegensegelten, wie Federn auf dem Stoff landeten, sich formveredelnd niederlegten, an die Brüste schmiegten bis in die Spitzen, dazwischen derbes Leinen. Ernstl starrte Ninas nun nacktes, sonnenbrandvernarbtes Genick über dem weißen Schlafittchen an, stellte das Glas ab auf dem Tisch und neben die Nymphe, die sich auf der Scheibe spiegelte zwischen Ernstl und mir. »Denn sei sie dein«, sagte er, wandte sich mir zu, während Nina draußen die Brennnessel ausriss samt Wurzeln und allen daran hängenden, vor sich in ihren Kokons hin metamorphisierenden Schmetterlingslarven. Und plötzlich wurde mir Vieles zuwider, der geile Blick des Alten auf Nina oder auf die Dutzenden gebundenen Nymphen, hinausgeschwommen und verquer oder hingekrault zum Beckenrand des Küchenfensters und umgekehrt, aus glasigen Augen, auf deren Netzhaut sich die Herbergsgeberin und die Fliegen womöglich schon doppelt und dreifach abzeichneten. Draußen streckte sich Nina Nase voran an die ersten Blüten des Flieders, erfreute sich an dem Duft oder kontrollierte, ob sich schon Bienen darin tummelten. Ich fädelte den Kopf, spannte den nächsten Haken ein, band einen Körper aus weißem Katzenfell. Auf der Glasscheibe fasste Ernstl spiegelverkehrt in die Zimmerecke, hinter den Terrakotta-Topf, aus dem winkeltotmachend ein Rosmarinstrauch spross. Ernstl grinste im Glauben mich zu überraschen, als er mir wie bei einem Ritterschlag auf die Schulter tippte mit der Fliegenfischstange. Ich erhob mich und zu Boden hingen Latzhosenträger. Nina stand in der Zimmertür, in ihrer Bluse Knopfloch Stängel voran gesteckt eine violette Fliederblüte.

4 Eine pubertierende Teenagerin befindet sich am Flussufer

Pappeln, Birken, Trauerweiden, Schlüsselblumen, die offensichtlich in den schmalen Grasstreifen zwischen den geschotterten Wegen gepflanzt wurden und den Wunsch der Ausflügler nach Schönheit ausdrückten wie Teenagerfinger Pickel in sonst ebenmäßigen Gesichtern. Wie die verkrusteten Wunden wirkten die aus dem Boden hervorbrechenden Blumen. Ich folgte dem Flussverlauf der Äschenstrecke, stets neben mir die schwimmende, neongrüne Schnur, die schlaufenförmige Spitze, leicht absinkend, wo sie ins Vorfach überging. So würde ich zumindest den Bissruck bemerken, dachte ich, und dann den Fisch, zwei imaginierte Ernstlarmspannweiten in Verlängerung des Schnurendes. Unbemerkt war die Nymphe aus meinem Blick gesunken, ihre genaue Position längst ungewiss, obwohl das Wasser sonnenklar war. Die Lage von vor einigen Tagen ließ sich daran ablesen. Es hatte weder geregnet noch geschneit die letzten Wochen, überhaupt hatte dieser Winter wenig Schnee gebracht. Dreckiges Schmelzwasser gab es also keines. Außerdem verriet die Sonne, wie sie stand, wie sie ihre Strahlen auf die flachsblaue Flussoberfläche aquarellierte, dass ich niemanden beim Fischen antreffen würde. Weil es schon auf zwölf zuging, brauchte es schon einen Zampano der extra kleinen Goldkopfnymphe. Stattdessen begegnete ich auf meinem Spaziergang durch dieses landschaftsarchitektonische, kurortangemessene Erholungsgebiet Senioren, Greisen und Greisinnen, Gassigängern samt sabbernden Labradoren, die ihre Schlappohren im Lauf wie Entenflügel aufflattern ließen. Früher wurden diese

Viecher als Apportierhunde bei der Jagd eingesetzt. Da ballerte man mit voller Schrotflinte die Wasservögel vom Himmel herunter, ja, braver Hund. Aber dazu waren diese Menschen nicht hier. Ihre Enten hatten sich in leblose Gummiapportel verwandelt und der früher kultivierte Jagdinstinkt ihrer inzwischen verstreicheltrottelten Vierbeiner war völlig verkommen. Wenigstens einmal im Jahr kam es vor, dass ein Kind hinfiel im eigenen Haus, und dann gab es einen Vorfall, weil sich der Hund schlagartig durch das Stürzen der Beute erinnerte an den Vorfahr. Ich linste ins Wasser, hatte die versunkene Schnurspitze verloren und vermochte mich bissiger Gedanken kaum zu erwehren. Die Rolle des Hundes war es, sobald der Herr es für richtig hielt, zu sterben, eingeschläfert zu werden, wer wollte es ihm verdenken, da wenigstens noch ein Kind mitzunehmen. In seltenen Fällen wurden die treuen Begleiter auch ausgesetzt, heulten auf der Suche nach einem imaginären Rudel, mutierten zu Streunern, verunsicherten die Wälder und landstricherten Flussuferwiesen hinunter.

Ein paar Fahrradfahrer radelten an mir vorbei. Sie trugen Helme, Knieschoner und hatten Wasserflaschen dabei. Vom Boden, der inzwischen von Schotter zu Sand und Staub übergegangen war, hob sich eine Wolke. Die Partikel nahmen mir die Sicht, verklebten meine verschwitzten Schläfen, kitzelten meine Nasenhaare, vertrockneten meine Zunge, strömten in meine Lunge, und als ich nieste, stieß ich entweder noch ein paar Sandkörner aus oder blies den eh schon hochgewirbelten Staub vor mich hin. Ich drang weiter vor in die Wolke, nahm noch ein bisschen Dreck auf Geheimratsecken, Lidern und Flanellhemd mit, der aufgewirbelte Staub legte sich. Die Fahrradfahrer waren weg, gepflanzte Blumen gab es hier auch keine mehr, die Bäume waren höher und die Rentner alle überholt, so weit hinter mir, die nächsten Rentner noch nicht in Sicht, die Hundebesitzer wohl irgendwo hängengeblieben, an Leinen, Apportierartikeln, ich wusste es nicht, es war mir auch egal, dass ich völlig allein stand. Ich hörte das Wasser plätschern, sah Gestrüpp sich vom Ufer in einer Halbparabel schwungvoll ins Wasser stürzen. Zwischen den Zweigen, die eintauchten in die Äschenstrecke, und den Wurzeln, die im Trockenen weilten, entstanden hervorragende Stehplätze für Fische. Ich hob meinen Kopf, dachte an Ernstl und Trockenfliegen, Insekten, die den Strauch bevölkerten, versehentlich zur Beute wurden, indem sie ins Wasser fielen, von Fischen statt Vögeln vernascht wurden, und sah einem Flugzeug im Landekurs auf Linz zu, wie es lautlos einen Kondensstreifen ins Himmelblau schlitzte. Linker Hand wucherte der Wald. Hinter den paar Gewächsen, die den Weg auf der gegenüberliegenden Flussseite säumten, lagen weite Felder. Bis zu den Kalkalpen hinter der flachdachigen Eigentumswohnungssiedlung, aus der ich kam, reichte mein Blick. Es roch verdorben, woraus ich schlussfolgerte, dass hier irgendwo ein Kadaver vor sich hin moderte, möglicherweise sogar irgendwo am Ufer, oder eine Blutspur sickerte in den Fluss, was womöglich die Wasserqualität und den Appetit der Äschen verdarb, was zum Misserfolg und Fernbleiben der Fischer beitrug, die sich heute Morgen schon vergebens versucht hatten.

Oder es war das ranzige Mädchen, das an der nächsten Kurve in Sicht kam, auf seinem Stein hockte, seinen eigenen Geruch mit Zigarettenqualm zu übertünchen probierte, in einer schmutzigen Strickjacke steckte, sein Gesicht mit verfilzten Haaren verdeckte, die bei dieser Kopfhaltung keineswegs verbargen, dass es idiotisch auf die Wasseroberfläche glotzte. Ein kniegroßes Loch in der schwarzen Jeans, ein halbwegs verkrusteter roter Schlitz am Arm, ein an irgendeinem Kaugummikondomautomaten gezogener Totenkopfring an jedem Finger, eine Zigarette in der Hand, die sie nun wieder hob gegen ihr Gesicht, wie ich erkannte, sobald ich auf ihrer Höhe war, das meiner einstmaligen Schülerin und jetzigen Balletttänzerin. Sie hauchte mir den Qualm entgegen. Ich war stehen geblieben. »Oh, hallo.« Da muckte sie ihr Kinn erst nach oben und bemerkte mich. »Ist wohl nicht möglich, eine Sekunde hier ruhig zu sitzen«, sagte sie. »Solltest du nicht in der Schule sein?«, fragte ich.

»Und du?«, fragte sie. »Nur zur Information«, sagte ich, »wir wohnen da nicht.« – »Aber hier wohnst du auch nicht. Geh nach Hause!« – »Ich nehme an, wir sehen uns nächsten Mittwoch nicht.« – »Richtig geraten, du Bastard.« – »Du musst mich nicht mögen.« – »Arschgeige!« – »Vielleicht könnten dich deine Eltern mal abmelden, wenns genehm ist. Dann bekommt jemand anders deinen Platz beim Monster.« – »Das willst du doch gar nicht ...« – »Unhold«, half ich ihr. »Eine Stunde rumsitzen und nichts tun und Geld dafür. Ist doch nicht schlecht. Außerdem berserkerst du doch viel lieber auf deiner Scheißgeige, als noch so einem Wannabe-Jimmy ein paar Riffs beizubringen.« Sie hatte mich bergquellkalt erwischt und ich Kinder in ihrem Alter: »Und du redest ungeheuer gern mit deinen Eltern, nicht?« – »Ja«, knurrte sie. »Und wie gefällt dir die Korsage?« – »Ey, alter Sack, ich warne dich. Hier war schon einer, der mich anbraten wollte. Ich hab ihn weggeschickt. Der sitzt jetzt sicher in irgendeinem Bahnhofsresti. Verziehst du dich auch am besten hin. Könnt ihr euch zusammen aufgeilen. Vielleicht haben sie ja sogar eine minderjährige Kellnerin.« Ich war erstaunt und wechselte in den Orchestermodus, spielte nach dem Fehler weiter, überspielte einfach alles, urösterreichischer Überzug, Zuckerguss und Höflichkeit. »Entschuldigen vielmals, Mademoiselle.« – »Spar dir das Pseudokulturmenschgehabe.« – »Ich dachte, deine Eltern hätten dich ins Ballett gesteckt.« – »Ebendeswegen ja.« – »Hey, das ist doch nichts Schlimmes. Ich habe so was zwei Jahre getragen.« Sie lachte, abgrundtief spöttisch, zog noch einmal an der Zigarette, dämpfte sie auf dem Stein aus, auf dem sie saß, und steckte sie in eine leere Bierdose, die sie aus ihrer Strickjackentasche zog. Jetzt sag einmal, dieses Blech, woraus bestand das. Und die Marke eine ehemals jüdische Firma, inzwischen fest in österreichischer Hand, unmöglich, auf die Zunge biss ich mir. »Ja wirklich. Als Jugendlicher habe ich mir den Rücken ruiniert. Vom vielen Üben. Gebeugt über die Saiten. Immer im Sitzen. Deswegen haben wir in der Stunde auch gestanden. Das kam dann bei der Stellung raus. Und statt ins Bundesheer haben sie mich in ein Korsett gesteckt. Vorrübergehend untauglich. Ärzte, Physio und andere Therapeuten, Unteroffiziere, Chargen, alles dieselbe Bagage.« – »Musikschullehrer hast du noch vergessen«, und nach einer kurzen Pause, »gehst du deshalb jetzt hier spazieren?« – »Ja, möglich wärs. Und du?« – »Ich denke nach«, ich sah ihr starr in die verkniffenen Augen. Es war nicht das Gegenlicht der Sonne. Genauso wenig wie die Lichtstrahlen aber hielt sie auch meinen Blick nicht aus. »Ja, schau mich an, Alter. Wonach siehts denn aus? Was so Problemkinder halt machen. Über den schwarzen Schwan und Ophelia denk ich nach. Selbstmordphantasien und so. Zufrieden?« Ich winkte ab. »Erst, wenn du dich von mir auf ein Eis einladen lässt.« – »Danke, das hat der letzte Penner auch schon probiert.« – »Und was hast du gesagt?« – »Pädophiles Schwein.« – »Und wirklich?« – »Dass meine Mama gesagt hat, ich darf nichts von Fremden nehmen.« – »So gesehen, kannst du mit mir auf ein Eis gehen.« – »Danke, nein, ich bin noch mit Denken beschäftigt. Könnte dir auch nicht schaden.« – »Gut Frau Ersthelferin. Was denkst du denn so?« – »Also der vorher hatte eine blaue Blume ans Revers gesteckt.« – »Eine Kornblume?« – »Ja, genau so einen Scheiß. Kannst du mir sagen, was alle diese Leute an wegsterbenden Dingen so toll finden?« – »Ja, das verstehe ich auch nicht.« – »Kannst ja bei mir zu Hause anrufen, wenn dir noch was einfällt.« – »Okay«, sagte ich kleinlaut, wandte mich ab, und dann sagte sie noch, was mich kurz innehalten ließ: »Nur, weil wir gequatscht haben, heißt das jetzt noch nicht, dass wir Friends sind. Höchstens, dass du nicht so mies bist wie der Letzte. Deine Stunde kannst du jedenfalls in Zukunft alleine verstehen. Ich hab verstanden. E-cua-dor, E-cua-dor, Chi-le. Zynischer gehts nicht, oder? Diese fucking Geigen sind aus Tropenholz«, und ich folgte den Himmel und Wolken zerschneidenden Kerosinschweifen zurück, vorbei an Ernstl, hinein in mein Auto, der gerade eine Forelle drillte, die er direkt zu seinen Füßen gefangen hatte. Es war genau zwölf Uhr und noch genug Zeit, ein herrliches Essen zu bereiten und es im

Ofen warmzustellen für meine vom Gymnasium heimkehrenden Söhne, bevor ich zur Musikschule abfahren musste. Die Tanknadel zeigte schon wieder auf null statt Full. Doch als ich spätabends heimkehrte, diesmal unmittelbar nach der Musikschule, waren die gebratenen Fleischscheiben immer noch da, Lukas und Johannes bereits in ihren Zimmern und Lena abwesend. Nachdem ich früh aufzustehen hatte, wie ich in diesem Moment erwog, legte ich mich nieder. Vielleicht hatten auch meine Söhne sich in Umweltschützer, Vegetarier, Aktivisten, sonstige ungeheure Ungetüme oder wer-weiß-na-was verwandelt. Über diesen Gedanken brütend und den purpurroten Sonnenuntergang durch das Schlafzimmerfenster beobachtend dämmerte ich weg in unruhige Träume, und als ich wenig später dieser Nacht aus ihnen erwachte, fand ich mich im Eichenbett auf einer Daunenfederkernmatratze, neben meiner normalerweise nackt schlafenden Lena in weißem, gebleichtem, raupentotem Seidennachtgewand einerseits, die noch nicht ihre typische Schlaftemperatur ausstrahlte, einem eiskalt fluoreszierenden Wecker andererseits, der mittels Kupferdrahtspulen, Batteriesäure und kaltem Licht elf Uhr anzeigte. Ich stellte mich schlafend, blieb wach bis eins, sicherzugehen, vor bösen Geistern gefeit zu sein.

5 Was die Ritz-D-Nymphe in ihrem Innersten zusammenhält

»Startklar?« Ich nickte. »Erstens, den Haken in den Bindestock einspannen!«, sie bestanden beide keineswegs aus Holz, »zweitens, den Kupferdraht einbinden, so lange um den Haken winden, bis ein dichter Körper entsteht!«, immerhin konnten wir uns zugutehalten, ausgemusterte Radiogeräte zu benutzen, Abfall, der entweder auf unseren Haken und an den Mäulern von Forellen, Äschen und Saiblingen landen würde oder in einer Schrottpresse, deren Inbetriebnahme wiederum Strom verschlungen hätte, »drittens, den Kupferdraht abbinden, abschneiden, Pfauenfedersegmente aus dem Kiel reißen und einbinden, herumwinden, bis ein schwungvoller Hinterleib entsteht, jawohl!«, gut, die Schwanzfedern, die das glitzernde Abdomen der Ritz D formten, wurden natürlich toten Tieren entnommen, nachdem sie Ernstls Jägerfreunde aus den umliegenden Wäldern geballert hatten, »viertens, das Pfauengefieder ganz hinten am Hakenbogen abbinden, überstehende Fasern abschneiden und ein kleines Schwänzchen noch hinaufbinden, das simuliert die Beinchen, dafür am besten eine Fieber aus einer Rabenfeder schneiden!«, die ja massenhaft zwischen Unterholz lagen, die eben in den Humusböden steckten, umgeben von fichtengenadelten Fußabdruckprofilen, die Weidmänner hinterließen beim Durchstreifen von Lichtungen, wo ihnen die Federn vor die Stiefel fielen, sobald die Kolkvögel den Himmel schwarmweise verfinsterten, wenn sie das Geräusch verschreckten Flügelschlags durch die Baumkronen schickten als Antwort, wenn sie aufflogen in die Lüfte infolge der Flintenschüsse, die eigentlich den Fasanen galten, deren unversehrte, Apportierhundezähnen entgangene, von Blut reingebliebene, inzwischen in Vakuumdruckverpackungen eingeschweißte Halsbälge ich mir zur Brust nahm, streichelte, eine Feder herausriss, abwechselnd, anstatt der Rabenfiebern verband, so den Schwanz, das Muster, die Ritz D, das Fischergericht variierte in der Herbergsküche, »und fünftens, den Faden wieder ganz nach vorne vor die Kupferwicklung führen, und so lange herumwinden, bis wir ein schwarzes, konisches Köpfchen kriegen!«, überhaupt glaube ich nicht, dass Ernstl sich noch an die Liedtexte Arik Brauers erinnern würde, »sehr gut«, wobei das auch schwierig sein dürfte, »sechstens, Schlussknoten!«, er war ja damals schon alt. Sobald wir uns ans Binden der Ritz D machten, »Faden abschneiden!«, vergaß auch ich das Radio und seine Kunde, »nicht vergessen«, wir hatten den Apparat demütig wie eh und je zuvor noch spielen lassen, »siebtens, ein Tropfen Lack auf den Kopf!«, und der so drapierte Köder schillerte in Blau, Grün, Bronze, Silber und Schwarz unter dem Licht der zur Fliegenbindetischlampe umfunktionierten Schreibtischlampe. Ernstl knipste sie aus und in der Dunkelheit der Küche tranken wir ein Glas Pinot Grigio auf die Versöhnung. Der Wein atmete, während ich band, und der Lack trocknete, während wir tranken. Manchmal, wenn Ernstl mich anwies, die Fliege zusätzlich mit Blei zu beschweren, wusch ich mir auch die Hände mit einer Industrie-Schmirgelseife, die sonst nur Mechaniker verwendeten, während Ernstl alleine beide Gläser trank und der Lack trocknete. Zuletzt waren die Stunden vorangerückt, draußen sickerte das erste feurig rote Licht über die Kalkalpengrate, zwei Doppelliterflaschen waren leer, zehn Radios ausgenommen und dreißig Ritz-D-Nymphen gebunden. Ernstl hieß mich, die allererste, kärglichste, noch müde, unter Sekundenschlaf verquollene und schlaftrunken gebundene Fliege an sein Vorfach zu schlingen, an dem keine hing. »Was war das eigentlich gestern?« – »Ach, weißt du, ich musste weg, meine Frau und ich, wir haben so übersinnliche, ein schlechtes Gefühl, mit einem Mal hatte ich das.« – »Aha«, sagte Ernstl, »wie gewissenhaft.« – »Ja, so nennt sich das.« – »Wir mussten abreißen deinetwegen.« – »Kannst du die Zange nicht mehr bedienen?« – »Schön, wenns so weit gekommen wär! Aber wie kriegen wir das Vieh überhaupt raus? Von der Brücke aus!? Mit einem Vierer!?!« – »Ich wusste ja nicht.« – »Unwissen schützt den Fisch vor Schaden nicht.« – »Oh mein Gott.« – »Zu schmeichelhaft.« – »Es tut mir leid.« – »Ach, Schwamm drüber.« – »Aber die Äsche?« – »War ein Saibling.« – »Stirbt der?« – »Unfug, der Haken rostet raus.« – »Leidet er?« – »Fische spüren nichts am Maul. Das ist verknorpelt. Deswegen ist es ja so wichtig, dass wir gut anschlagen. Ihnen die Fliege aus dem Maul in den Kiefer jagen.« – »Aber du hast gesagt, Lernen durch Schmerz.« – »Ja, uns tut das schon weh. Wenn wir sie fangen. Sind doch unsere Herzkratzerl. Aber der Fisch ist eiskalt. Gefühllose Gierschlunde. Sonst könnten die ja gar nicht schmerzfrei fressen. Die schnabulieren Flusskrebschen und Köcherfliegenlarven. Harte Schalen.« – »Unmöglich, ihnen wehzutun?« – »Wenn sie schlucken.« – »Weil die Fliegen zu reizend sind?«, riet ich. »Sie sterben dann langsam.« – »Weil sie so hungrig sind?«, machte ich weiter. »Innere Verletzungen, Verbluten oder Organversagen.« – »Weil sie Nimmersatte sind?«, versuchte ich es ein letztes Mal. »Es kommt eben vor. Sehr selten, aber doch. Du siehst es eh, wenn du sie aus dem Wasser hebst. Dann musst du sie gleich abschlagen. Aber auch die dürfen wir nicht behalten, okay? Den gibst du deinen Liebsten, kappisch? Selbstverständlich ohne Haken, well.«

6 Schuldige werden gefunden

»Wir haben Hunger, Hunger, Hunger«, es war Sonntag und ich gerade zur Haustür herein. »Schön«, sagte Lena, während die Kinder weiter skandierten, »haben Hunger, Hunger, Hunger, haben Durst«. Aus dem brodelnden Wasser im Topf fischte Lena die letzten Erdäpfel, tischte mir auf, »teilt sich durch vier eh besser«, und öffnete das Ofenrohr. Heraus kamen eine Wolke Kräuterbutterbrutzeln, vermischt mit einem Stich Gas, »für jeden eine halbe«, und zwei Regenbogenforellen. Auf der dunkelknusprig gebackenen Haut war der typische rosa Streifen nicht mehr zu erkennen. Lena kratzte die Basilikumkruste ab, filetierte, zitronierte. Das Fleisch schmeckte wie Brittens Mittsommernachtstraum. Ich aß mit Begierde. »Sind sie gelungen?«, fragte Lena, und weil niemand wusste, an wen die Frage gerichtet war, gab sie Antworten auf Fragen, die niemand gestellt hatte. »Die hat mir der Volki gebracht«, ich hustete den Bissen über die Tischplatte: »Wer?« – »Es ist voll eklig, Papa«, sagte Johannes. Lukas tippte mit dem Zeigefinger, ohne hinzusehen, einen Rosmarinstachel auf und steckte ihn in den Mund. Seine Pupillen waren stoisch auf mich gerichtet. Meine wiederum auf das an der Tischkante kleben gebliebene Stückchen Fleisch. Ich konnte meine Zahnabdrücke daran ablesen. »Ein Arbeitskollege. Ein netter Mann. Der fischt auch. Ein Wunder, dass du den nicht kennst, komisch«, mit verzückten Zügen schob Lena eine Filetspitze in ihren Mund. Ich aß kein bisschen mehr. Lena legte die Kinder nieder. Ich, am Küchentisch verblieben, nahm den Löffel, mit dem Lena geschmolzene Butter auf unsere Teller geschöpft hatte, schmiegte die Krümmung an den eingespeichelten Eiweißklumpen, nahm ihn auf, schleuderte ihn weg. Er klatschte gegen das Fenster, blieb an der Glasscheibe kleben, auf der Spiegelung des Türrahmens, an dem sich Lena rieb. Sie ging in die Hocke, streifte mit dem Rücken den Reißverschluss ihres weißen Kleides entlang das Holz hinab, verschwand auf der Fensterscheibe, richtete sich wieder auf, reckte den Kopf in den Nacken, dass ihr blondes Haar noch etwas tiefer unter ihre Schulterblätter fiel, warf mir mit halbgesenkten Lidern einen Schlafzimmerblick zu und ging wieder, während sie einen ihrer Fingernägel zwischen die Zähne nahm, in die Knie. Das Letzte, was ich davon sah, war ihr Scheitel, den ich auch als Erstes wieder erblickte, dann ihre Augen, ihre Nase, Mund. Lenas Kniebeugen ähnelten eher einem steten Auf- und Abtauchen, was mich mehr faszinierte als ihre Erscheinung. Während des Essens hatte sie kein Kleid getragen. Die Haare auch eben erst drapiert. Parfum, das über den Fischgeruch an meine Nasenflügel schwebte, Lippenstift, gut aufgelegt. Elf zwei-und-zwanzig, eins, beiß an! »Wer nicht will«, sagte Lena und ich, »du, passt schon.«

Es dauerte eine Ewigkeit, bis ich aufstand, um das Küchenfenster zu öffnen. Zuvor starrte ich völlig versunken auf mein eigenes Gesicht. Ich besah die Geheimratsecken, die gefurchte Stirn, die verunsichert zuckenden Nüstern, die lustlosen Augen, das eine daumenlange Haar, das über meinem linken Auge wuchs und von meinem Antlitz abstand wie ein Fühler, ein Bastard aus Wimper und Braue. Immer wieder musste ich mir Volki vorstellen, der weniger eine reale Person als das genaue Gegenteil von mir wurde, nett, adrett, charmant, charismatisch. Teils, weil ich meinen eigenen Anblick nicht mehr ertrug, teils, weil ich Volkis Geist aus dem Zimmer vertreiben wollte, teils, weil sich Lenas phantastische Gestalt immer wieder lasziv zwischen meinem ausgelaugten und Volkis kraftstrotzenden Körper rekelte, hauptsächlich aber, weil mich die Noten des Fisches, der Kräuter und Lenas Parfum in dem sauerstoffarmen Raum bedrängten wie eine infernalische Symphonie, richtete ich mich dann auf.

Erhoben wirkte meine gespiegelte Gestalt gleich etwas wohltuender. Ich lüftete. Alles Böse entließ ich in die versöhnliche Finsternis der Nacht. Die Kühle schlug mir derart frisch um den Kopf, dass ich mich in voller Kenntnis aller Folgen sofort nochmals mit Lena, der Frau aus der Stadt, dazu entschlossen hätte, in die Provinz zu ziehen. Ich warf die Regenbogenforellenreste in den Mülleimer, spülte die Teller unter warmem Wasser vor, räumte den Geschirrspüler ein. Ich schrubbte das Tablett und die Küchenmesser. Dabei wurde mir immer wohler. Im Rumoren des Geschirrspülers und dem Abflussstrudel im Spülbecken verschwanden mit den Fettspritzern und Zitronenflecken die letzten stummen Spuren. Ich besah mein Gesicht wesentlich milder auf dem blankpolierten Tablett, auf dem Schliff des Messers und stapelte alles auf das Abtropfgestell. Etwas traurig, mich jetzt, nach Verrichtung meiner Pflichten, nicht auf der Scheibe beschauen zu können, setzte ich mich wieder auf meinen Posten und sog Luft ein. Ich schloss die Augen. Es roch nach Nadelwald, nach nasser Erde, einem Gewitter, das gleich aufziehen würde, als ob der Boden es schon nicht mehr erwarten könnte. Ich dachte daran, wie meine Geige einsam in ihrem Koffer lag, dem ich sie morgen entnehmen würde wie einen Fisch dem Fluss, um Kindern zu zeigen, wie sie die Legatobögen zu führen hatten, wie die Pizzicatostellen zu zupfen, die Marcato zu donnern. Ich überlegte, ob das Fliegenfischen langsam zum Ersatz wurde für die fahrengelassene Konzertviolinistenkarriere, ob es die Form einer unterschwelligen Rache an den Menschen annahm, für die da zu sein letztlich so viel wichtiger gewesen war, als ein wirklicher Virtuose zu werden. In Salzburg, noch Starschüler des letzten Studienjahres am Mozarteum, schon von einem Vorspielen für die großen Bühnen und Orchester zum nächsten hetzend, zwischen den beiden, auf Vormittag und Nachmittag verteilten Qualifikationsrunden, es ging um eine freie Stelle als zweite Geige der städtischen Philharmonie, in einem Gastgarten dann, wo ich gedachte, ein Mittagessen einzunehmen, da lernte ich Lena kennen. Sie saß am Tisch gegenüber, ich rief ihr zu, ein so weißes Kleid könne doch nur eine Ärztin tragen. Sie sprang auf von der Bierbank, kam an den Tisch, wo ich ganz allein vor meinem Schnitzel saß, und fragte völlig ungläubig, woher ich das wisse. Ich versuchte es mir zu verkneifen, doch das Schmunzeln sowie schließlich das Lachen schlichen sich ein und brachen aus mir aus. Obwohl sich die Komik in erster Linie aus dem Funktionieren der offensichtlichsten Schmeichelei speiste, die man sich überhaupt ausdenken konnte, stimmte Lena augenblicklich gellend ein. Zusammen klangen wir harmonischer und trillerten unsere Melodien ausgelassener als jede Komposition dieser Welt von welchem Orchester auch immer intoniert. Was wäre mir anderes übriggeblieben, als die zweite Hälfte des Vorspielens, für die ich mich qualifiziert hatte, in einem lustigen Operettenton in den Wind zu pfeifen, der im ersten Aufzug darin bestand, Lena zuzunicken, als sie fragte, ob sie sich zu mir setzen dürfte, im zweiten, als sie sagte, ich überfalle wohl eine Bank, zu antworten, nur die in diesem Gastgarten hier, und als sie den offensichtlich verwirrt mit ihrem Backhenderl herumstehenden Kellner an unseren Tisch winkte, zum grande finale schelmisch zu lamentieren, wie unverschämt groß und für einen gar nicht zu schaffen in diesem Gastgarten die Dessertportionen seien. Sie helfe mir gerne, sagte Lena. Zur Nachspeise gab es erst Kaiserschmarren und dann Sex. Ihre goldenen Haare und die blonde Süßigkeit vermengten sich zu einem köstlichen Vorschein auf unser beider gemeinsame Zukunft. Es ging auch schon gar nicht mehr anders, sehr bald war Lukas unterwegs. Nach Oberösterreich verschlug es uns dann, weil dort gerade ein neues, von skandinavischen Nationen abgekupfertes Musikschulsystem installiert wurde. Die Subventionen wurden an eine alle paar Jahre von den Schülern landesweit abzulegende sogenannte Übertrittsprüfung gekoppelt. Je mehr sehr gute Noten es regnete, umso unverhohlener fiel vom Ministeriumshimmel für Bildung, Kunst und Kultur das Gold, was eine regelrechte Sturzflut sich in Oberösterreich niederlassender Musikschullehrer aus ganz Österreich zur Folge hatte.

Wir unterrichteten nicht gerade auf Stradivaris, aber zumindest nicht wie andernorts in diesem Land auf den aus Kirchenorchestern aussortierten Kniegeigen.

Dank meiner erstklassigen Ausbildung und meiner Jugend wurde ich nicht auf die Warteliste für freie Stellen im Landesmusikschulverband Oberösterreich gesetzt. Man wies mir direkt einen Posten in jenem Provinzkaff zu, in diesem Provinzkaff, in dem ich mich immer noch befand. Die Stelle auszuschlagen hätte bedeutet, zuallerletzt auf der Warteliste zu landen. Ich bezeichnete es immer als ein großes Glück, denn wir brauchten mein Gehalt dringend, Lena, Lukas, Johannes und ich. Sie hingegen, die abgesehen von ihrem Medizinstudium in München ihr Leben in Salzburg verbracht hatte, stauchte den Beamten am anderen Ende der Leitung zusammen, was ihm denn einfalle, einen Mozarteumsabgänger wie ihren Mann, statt ihm den rötesten Teppich der Landeshauptstadt Linz auszurollen, ins gottvergessenste Nest zu entsenden, wo das Musikalischste, was von den im Katholizismus ihrer Elternhäuser feststeckenden Kindern zu erwarten war, ein fehlerfrei gesungenes Vaterunser sei. Der Beamte habe vernehmbar unbeeindruckt geantwortet, man sei gerade Konservatoriumsabsolventen gegenüber misstrauisch eingestellt inzwischen, man habe schlechte Erfahrungen gemacht, gerade hervorragende, ihre Karriere aber nicht verfolgende, verkappte, gescheiterte, schiffbrüchige, auf der Strecke gebliebene, et cetera et cetera, sie wisse ja, Möchtegern-Solisten in einem Wort, verlören oft die Geduld gegenüber den mindertalentierten Schülern, ja würden an regelrechten Wutausbrüchen leiden, und mit Verlaub, nichts gegen ihren Mann, so etwas mache eben das Konservatorium aus Menschen, sobald man drin stecke, im Konservativen, man gehe gelassen hinein in die Leistungsdruckpresse und komme als Choleriker heraus, und im Gegensatz zu den verzogenen Stadtschnöseln seien die oberösterreichischen Bauernkinder die ruppigen Rügen dann wenigstens von Haus aus schon gewöhnt. Mit höflicher Verabschiedung habe der Beamte eingehängt, wie mir Lena erzählte, als ich die erste Abmahnung von Seiten der Musikschuldirektion nach Hause brachte, da ich ein Kind angeblich angeschrien hatte.

Wir saßen uns gegenüber, ich öffnete die dritte Flasche Wein, sie taxierte mich, misstrauisch, und über ihre Lippen kam kein Sag-mir-dass-das-nicht-stimmt, nur ein weiterer Schluck aus dem wieder aufgefüllten Achterlglas schwappte in ihren Mund, ein Erfunden-und-erlogen-eine-Intrige-stimmts hätte ich mir gewünscht. Das Wort wäre vielleicht an mir gewesen, womöglich hätte es an mir gelegen. Doch Lenas in Bewegung geratene Kiefer lieferten schon bloß diese Geschichte vom Telefonat mit dem Beamten statt einem Da-muss-eine-Verwechslung-vorliegen-eine-Supplierung-bestimmt. Sie stellte das Glas wieder auf den Tisch, ließ ihren Kopf etwas sinken, dass die Haare fielen vor ihren Blick, kicherte und lachte dann in sich hinein, oder lachte über mich, wer weiß. Sie hob ihren Schopf und nahm mich in Augenschein, ihren inzwischen verstummten Kinderanschreier, kein Nein-nein-das-muss-ein-anderer-gewesen-sein. Schon damals kam sie mir mit einem anderen Mann, den sie angeblich angeschrien hatte, einem vor weiß der Teufel wie langer Zeit stattgefundenen Gespräch, einer Geschichte aus der Vergangenheit, von der ich zwar nicht sagen kann, ob sie je stattgefunden hat, aber sie hat etwas mit mir gemacht. Wenn ich darüber nachdenke, hat mir Lena gesagt, der Beamte habe gelogen, die Kinder vertrügen weder Schläge noch Rüge, sie hätte den Kopf schütteln und schimpfen können auf die Jugend von heute. Sie hätte sagen können, der Beamte habe eben recht behalten, ich könne nichts dafür, dass diese Kinder Welten schlechter spielten als ich in ihrem Alter und alles andere als Ambitionen im Beherrschen welches Instruments auch immer hegten, ich solle sie in Zukunft einfach ein bisschen pianissimo schelten. Stattdessen formten Lenas gellende Stimmbänder eine nahezu hysterische Schimpftirade. Ihre rotweinverkrusteten Lippen bebten, ihre Hände warfen an die Wände dieser Küche in wildem Fuchteln ekstatisch zuckende Fingerschatten, die innerhalb weniger Sekunden in jede mögliche Richtung, nur nicht in meine wiesen, auf alle Punkte im Raum, bloß nicht auf mich zeigten. Mindestens so schnell, wie ihre Arme gestikulierten, feuerten ihre Hirnwindungen. Die Stimmbänder kamen beinahe nicht hinterher und klirrten in den höchsten Tönen, noch heller als das Weinglas, das Laut gab, wenn Lena zwischendurch mit der Faust auf die Tischplatte hieb, über die ihre Zunge Spucke schleuderte mit jedem Satz weiter bis in mein Achterl hinein.

Dieses Scheißkind hätte offensichtlich einen guten Draht zu seinen Eltern, die wiederum einen guten Draht zur gottvermaledeiten Musikschulobrigkeit hätten, die im Übrigen die verfluchten Nachbarn der – Teufel noch eins – Cousine dritten Grades der kreuzkruziverfickten Eltern des Kindes wären in diesem inzestigen »Scheißoberösterreich!«. Als hätten wir ihn nie weggelegt, griff Lena den Tabak vom Fensterbrett. Die hauchdünnen Blättchen waren noch darin. Ihre Finger schmiegten raschelnd eins davon um das dunkle, trocken gewordene Zeug zusammen. Zum Zigarettenmachen brauchte sie keinen Blick. Während der ganzen Prozedur schaute sie mich an, wie mechanisch arbeiteten ihre feingliederigen Hände, als wären sie kein Teil von ihr. Sie leckte den Klebestreifen ab. Ihre Augen blieben bei mir. Keine einzige vertrocknete Fluse fiel auf die Tischplatte, obwohl der Tabak schon seit Jahren zu Krümeln zerfiel und mitnichten noch in Strähnen zusammenhielt. Ja, sie könne auch ganz schön wütend werden, sagte sie, und es wäre kein Wunder gewesen, hätte sie Feuer gespien, um die Zigarettenspitze in Glut zu verwandeln. Der Funke hätte überspringen können bei der ersten Berührung mit Lenas heißgeredeten und rotgetrunkenen Lippen. Die Zigarette im Mund hielt sie nun Daumen und Zeigefinger aneinander und ich wartete auf ein Schnipsen und das Auftanzen einer Flamme in Verlängerung ihres Nagels. Doch sie riss bloß an der Tischkante den Streichholzkopf an wie eine Filmschauspielerin und warf mir ihr schönstes Hollywoodlächeln zu. Ein Drehbuchskript ersehnte ich, dessen eingelernter Text jetzt nur zu wiederholen wäre, ein Satz, eine Bemerkung nur, vielleicht bloß ein Wort, das angebracht war und mich in seinem Widerschein erstrahlen ließ, mir einen Nimbus der Rechtschaffenheit verlieh und mich in einen unglaublich netten, adretten, charmanten und charismatischen Leinwandhelden verwandelte, getaucht in Scheinwerferlicht.

Doch das einzige Leuchten ging schummrig von einer krepppapierumwickelten Stehlampe und Lenas glühenden Zügen aus, bis sie das Rotweinglas senkte aus ihrem Gesichtsfeld, womit auch der rosa Hauch von ihren Wangen wanderte. Ihre Wut war verraucht und ihre Haut vielmehr blass, als käme sie gerade aus der Maske eines Fünfzigerjahre-Schwarz-Weiß-Studios. Mit jedem Heben und Senken des Rotweinglases an ihren Mund wanderte dann das Purpur wieder in ihr Gesicht, ein Farbgemisch in sattem Pastell, das zu ihren Lippen passte wie zu ihren Wangen, nur für meinen Augenblick. Zwischen den Schlucken zischte dann die Zigarette auf, das Zepter in der linken, den Pokal in der rechten. Einen Arm hielt sie lässig hinter die Sessellehne geklemmt, den anderen den übergeschlagenen Oberschenkel parallel entlang bis zum Knie, weswegen sie bloß in den Ellenbeugen zu knicksen brauchte, um abwechselnd zu trinken und zu rauchen. Zwischen den Schlucken und Zügen ließ Lena weder mich aus den Augen noch aus den Fingern Zigarette und Glas. Sie gingen Mal für Mal hintereinander an Lenas unverändert leicht geöffneten Mund, bis sie die Lippen schürzte und mir einen Rauchring entgegenblies, der sich ausbreitete, zuletzt nur von meinem Hals zersetzt in meinem Rücken weiterschwebte Richtung Wand. Ein Knistern lag in der Luft, doch als mein Blick Lenas aufgeladen zitterndem Haar ihre Gestalt hinabfolgte bis auf das Achterl, war es doch nur der in den letzten Tropfen fallen gelassene Zigarettenstummel. Auf die Tischplatte knallte Lena das Glas und fasste stattdessen den Korkenzieher. Auf dem Drillbohrer steckte noch immer der durchstoßene Korken. In der einen Hand drehte sie das Gerät nach oben und noch etwas weiter in meine Richtung. Jetzt, über den Tisch gebeugt, huschten Lenas Pupillen abwechselnd auf mich und auf den Korkenzieher, dessen Schenkel sie gerade nach hinten legte und umfasste, quälend langsam, woraufhin der gewundene Dorn samt Kork sich sachten Klackens auf mich zu bewegte. Ein feiner Riss zog sich durch den Mantel und Lena legte Hand daran und schaute mich an. »Drecksland!«, sagte sie, nahm den Korken zwischen die Fingerkuppen und in den Blick. Langsam drehte sie ihn, ihre Sehnen pulsierten, es quietschte. Dann hielt sie inne. »Dreckskinder!« und das Hochschießen ihrer Augen trafen mich gleichzeitig. Dann duckte sich der Blick wieder. Ein Drehen am Korkenzieher, der Verschluss wanderte die Spirale hinauf wie Lenas Pupillen meinen Hals. »Drecksau!«, zischte sie und nahm den Korken vom Korkenzieher und ließ sich in den Sessel zurückfallen. Dann knickste sie nochmals in der Ellenbeuge, und ehe ich mich fragte, woher sie denn jetzt Kippe oder Achterl griff, knallte mir der Korken gegen die Stirn. Lenas Hand lag in der Luft, noch im Wurf begriffen sah ich sie. Ein Klonken am Boden erwartete ich. Doch der Schuss war nur ein Stups, der Aufprall nicht hart gewesen. Sacht lag der Kork in meinem Schoß. Ich musste schmunzeln. Sie: »Herr Konzertmeister«, sprachs, stand auf, ich sagte darauf, »wer ist am wütendsten im ganzen Land?«, Lena trat Schritt um Schritt, in Richtung Bad, wie ich hörte, weil ihr weißes Kleid am Boden schleifte, »Herr und Frau Doktor, ihr seid das«, zerborsten einerseits der Mantel des Korkens in meinem Schoß, wie ich sah, ein gebrochener Ring, Spleiße standen davon ab. »Aber der Herr Musikschulprofessor hinter Tunnel und See bei den Oberlander Blagen ist noch tausendmal wütender«, Parfum schweifte hinter ihrem Hals, als sie über mich herfiel, Haar drapierte um meinen Kopf, »scheiß Zigarettenrauch«, lippenstiftig schaute ihr Mund aus, schmeckte rotweinerlich, mein Reißverschluss zirpte. »Spiel mit mir«, wisperte sie. »Schlag mich«, flüsterte sie. »Beiß mich, kratz mich«, sagte sie. »Zieh an meinen Haaren, zieh dran, zieh«, befahl sie, schrie, »schrei mich an, schrei mich an, schrei mich an, schrei mich an!« Wahrscheinlich wollte sie wenigstens einmal zumindest irgendeine Reaktion.

In Wirklichkeit hatte es dieses Kind wie den Beamten natürlich nie gegeben. Wie die meisten meiner unfähigen Kollegen, die sich darüber freuten, wenn die Bälger zu Hause nicht übten und keine aufkeimende Konkurrenz die ohnehin schon rar gesäten freien Stellen befiel, hatte der Musikschuldirektor lediglich eine Musikpädagogische Hochschule besucht. Der Schrei, den er angeblich aus meinem Unterrichtszimmer gehört haben mochte, war wohl in der Wartezeit erklungen, die stets entstand, wenn ein Schüler die Stunde verfrüht verließ und der nächste sich verspätete. Dann nämlich pflegte ich, damit mir die Finger bis zum nächsten Kind nicht kalt wurden, das Tschaikowskyviolinkonzert einzustudieren und zu üben. Die Melodien, Läufe und Verzierungen, die den Raum erfüllten und jede Sekunde von der Virtuosität kündeten, die sie ihrem Interpreten abverlangten, mussten in den Ohren des Herrn Musikschuldirektors geklungen haben wie Kampfschreie, Fechthiebe gegen ihn persönlich, die er nur mühsam parieren konnte, gegen seinen lausigen Posten, den ich nie wollte, und seine angeblich absolute, lächerliche Autorität. Es war weder meine Absicht noch mein Interesse, den Herrn Direktor herauszufordern. Allein, was hätte ich anderes tun sollen. Die Position, einen Schüler zu unterweisen, muss man sich tagtäglich erarbeiten, und wann hätte ich üben sollen, bestanden die Unterrichtsstunden doch darin, dass die Schüler spielten. Wären meine Schultern eingerostet und meine Finger nach und nach verklemmt, ich hätte meinen Beruf aufgeben müssen. Der Musikschuldirektor sah es anders, er sah den Affront gegen seine Person und gegen seine Funktion, gegen den ursprünglich aus Oberösterreich stammenden Oberösterreicher und gegen den gesamten oberösterreichischen Musikschulverband, dessen Unterrichtssystem aus Skandinavien stammte und dessen Lehrer aus ganz Österreich, die mit dem Musikschuldirektor nur darin eine Einheit bildeten, dass sie allesamt Nebochanten waren. Und dass sie keine Ahnung von ihrer eigenen Ahnungslosigkeit hatten. Und dann kam ich. Unzählige Male stellte ich mir vor, wie der Musikschuldirektor vor meinem

Unterrichtszimmer stand, an der Tür lauschte, der Schüler, den ich erwartete, neben ihm. Auch er trat nicht ein, weil er lieber mir durch die Tür zuhörte, als selbst zu üben. Immerhin ist eine Konzertkarte ja auch teurer als eine Stunde Geigenunterricht. Beide schmiegten sie ihre Ohren sehnsüchtig an die angeblich schalldichte Doppeltür. Was für ein heruntergekommener Laden. Wie oft fragte ich mich, wo die verheißenden Subventionen denn hinflössen? Aber all die Schmiergeldaffären und Scheinanstellungen und Misswirtschaften vergebens und vergessen, hinweggespielt von mir und Tschaikowsky, obwohl ich doch nur meine Finger warm halten wollte. Und schön war es doch. Wer weiß, wie vielen meiner Stümperkollegen ich in den Jahren meiner Anstellung unwissentlich das Leben gerettet habe, wenn sie während einer meiner Tschaikowskypausen gerade den Gang hinunterschritten auf dem Weg zum Dach, da sie sich entschlossen hatten, den eine Oktav tiefer gelegenen Schlussakkord ihres Daseins zu setzen. Sie hörten mich und kehrten um. Sie wandten sich ab vom Musikschuldirektor. Sie fanden wieder Freude an ihrem Beruf. Es wäre sogar durchaus möglich, dass ich die Abmahnungen statt der Kündigung und die Unterrichtszimmer die Doppeltüren statt wirklich schalldämpfender Beschichtungen bekamen. Die zu erbauende Belegschaft und das zu unterrichtende Kind lauschten weiterhin meinem privaten Kleinod. Der Schüler wusste, wer er werden könnte, wenn er nur immer brav in die Stunde kam. Und der falsche Meister trat hinzu, bekam mit, wer er hätte werden können, hätte er seinen Arsch aus diesem Oberösterreich hinausbewegt. Vergangenheit und Zukunft, Gram und Verheißung verdichteten sich in den Köpfen dieser beiden Zuhörer zu einem einzigen Moment, und in der schönsten Passage des Konzerts, mitten in die improvisierte Kadenz hinein, fragte der Musikschuldirektor das Kind, warum es denn nicht hineinwolle zum Herrn Geigenlehrer. Und dann hieß es natürlich, verschüchterte Opfer sagten nicht aus. Das braucht es auch gar nicht. Verängstigte Kinder stammeln nur irgendetwas daher. Verantwortungsvolle Erwachsene besorgen den Rest. Sie behüten die Jugend. Das Trauma wird nicht reaktiviert. Das reimen die Alten alleine fertig. Das wird dann besprochen im Kollegium. Sie bauen den Missbrauch zusammen. Sie dichten es jemandem an. Sie mahnen ihn ab. Da redet sich keiner raus. Das wird den Eltern versprochen im Konferenzzimmer. Und einen Lehrerwechsel gibt es selbstverständlich auch. Ein Schuss vor den Bug tue bloß gut. Das ficht niemand mehr an. Fortan feinden sie ihn an. Tue nur Buße. Zur nächsten Lehrerversammlung kam ich in Schwarz.

Ich trat gespielt demutsvoll ein in das Rektorenstübchen. Und schon erschienen mir die Bierdümpel beim Wirten als die Wiedergänger meiner Stümperkollegen und Volkis Fratze fräste sich als die des Musikschuldirektors in meinen Kopf. An die Schläfe fasste ich mir, schlagartig, ein Hieb, den nur das reflexhafte Wegspreizen von Zeigefinger und Mittelfinger abfederte. Das Strecken kein bisschen bemerkt, knallten anstelle von Handballen oder Faust die beiden Fingerkuppen an meinen Schädel, an jene Stelle, die damals schon so kahl war. Das Haareraufen verwehrt, blieb mir nur, den Daumen gen Decke abzudrücken beim Begreifen von Lena und Volki hinter meiner Stirnplatte, der Vorstellung, die mich durchzuckte im Hirn. Fest drückte und presste ich ersten und zweiten Finger gegen das Jochbein, dass sie verschwindet, die Szenerie dahinter. Heute wie damals, hier, an diesem meinem Schreibtisch, dort, an jenem unserem Küchentisch, im Lichtkegel der zur Leselampe umfunktionierten Fliegenbindelampe, im cremefarbenen Schein der krepppapierumwickelten Stehlampe, beim Bedenken dieser fremden Regenbogenforellen, mit dem Verfassen meiner eigenen Geschichte befasst, an die Schläfe, während die rechte Hand weiterschreibt, haltlos ohne die linke am Blatt, in krakeelender Schrift statt zu schreien, zu wütend zu brüllen, auf diesem Blatt, die Begegnung der beiden beschrieben, auf Linoleum, in Spitalsschlapfen, die sogenannten OP-Latschen, Offizien der Herren und Frauen Doktoren, einander gegenüber in sterilem Kleid, weiß wie Hochzeit, keimfreigrün und abgeschützt der Mund, salmonidenschwarz vor den zweien zwei Teller, ein Forellenskalpell: »So was, die zerteilen Sie aber gut.« – »So was.« – »'tschuldigen, sezieren heißt das ja.« – »Danke, aber ich anästhesiere.« – »Fische vielleicht?« – »Derweil ess ich so was so selten.« – »So was, warum denn das?« – »Zwar Angler oder so was mein Mann, aber was weiß ich.« – »So was, schade.« – »Ja, wie gut so was schmeckt. Da arbeitet man gern, freitags.« – frisch aus der Tiefkühltruhe gefischt, jede Woche in die Rachen der Industriebacköfen geworfen, in den Großkantinenküchen katholischer Lande angesprungen, als röchelte, als hechelte, als holte diese gottverdammte und verheißungsvolle Fliegenfischergegend Atem.

So zog ein Luftstoß das Küchenfenster zu und so schwenkte der Landschaftsodem das Scheibenspiegelbild in meinen Augenschein. Vom Stoß gegen den Kopf noch gehoben die Linke, zum Revolver geformt, am pulsierenden Joch, die Mündung drückend, um irgendwie dieses geblickte Bild zu variieren, umzumodellieren, als wäre es aus Ton. Fast bereit abzusetzen, glitten die Finger weiter, in mein Gesicht hinein, über den Augenbrauenansatz hinaus, die pechigen Borsten entlang, knetend, gegen den Strich bürstend, bis zu jenem schmerzhaften Punkt über dem Augenwinkel an der Stirn, migränemassierend wie bei Wetterumschwung, mit der Mündung aus Zeigefinger und Mittelfinger, dass kein Glied mehr verblieb am Abzug, akkupressierend den Bastard aus Wimper und Braue, das eine daumenlange Haar, das den Schatten eines Haarrisses auf meine Wange warf, wohin mein Ringfinger geriet, schlaff herabhängend, aus der Revolvertrommel gefallen, genau an den Tränensack hinabgewandert, wo die vertrocknete, salzige, butterverfettete, eiweißene Spur begann auf der Scheibe, wo der Speichelschleim einen Finger lang feinweiß, cremefarben schillernd meine Wange teilte, wo der zerkaute, hinabgeglittene Bissen Regenbogenforellenfleisch voran meine Haut entzweite, ihr einen Strich vernarbenden, metastasierenden, totlebhaften Gewebes beibrachte, einen Schmiss einzeichnete, einen Schnitt einschrieb ewiglich. Doch makellos hob sich anno dazumal Volkis Kopf, schauend aus stahlgraublauen Augen.

7 Schwarzwichte und Bösefischer werden gebunden

Volkis Wangen gingen in einer Farbe hoch, als säße ihm ein nektarsaugender Schmetterling auf der Nase, der insektenjagenden Habichten nichts anderes entgegenhielt als einen Augenaufschlag. Als verharrte der Schmetterling in Anbetracht der Gefahr auf Volkis Zinken, faltete nur seelenruhig und gut getarnt dadurch krepppapiergleich transparente Flügel auseinander. Ihnen inmitten lagen Purpurtupfen, die das Pfauenauge also rosa auf des zarten Mannes Wangen hauchte. So schauten die Knöchelchen aus, als blühte dem Habicht Schreckliches, als starrte ihn ein Fressfeind an, voll tollen Blickes. Volkis Backen aber rhythmisierten Flächen aus Haut und Haar. In seinem Gesicht wechselten sich Porenfarbe und Bartschwarz ab. Wie wenn ein Publikumsliebling an einen Flügel tritt, gierig zu trillern den Klaviaturdeckel hochkippt. So kam dieses getrimmte Muster in meinen Blick. Ich folgte ebenholzschwarzen Halbtönen inmitten elfenbeinbeiger Poren, ein Triller Volkis Kiefer entlang. In schaurigem Legato moderato wechselten Schwarz und Weiß, Haar und kahl, As und A, Bart, Haut, wild, licht, As, A, Wuchs, Schur, Spross, nackt, Zucht, Wachs, As, A, Strich, Schnitt, tief, hoch, As, A, die Titelmelodie eines Monsterhorrorstreifens, in dumpfe Tonfolge dic Leinwand gebannt. Allein ging ich damals in diesen Spielbergfilm, knabberte atemhallend und augenspannend als Solopublikum meine Nägel. Im Schlingern zweier Noten glitt ein Ungeheuer dahin, das ein Puls aus As und A durchströmte in eisiger Finsternis. Adergefrierpunkt fast erreicht, der Ende-gut-alles-gut-Gegner und ich, Odem innehaltend, als es zur Oberfläche kam. Aus Volkis Wangenhöhlen schauten mich Zähne an, gen Hals spitz zusammenlaufende Bartsträhnen. Diese mörderische Reihe kontrapunktierte zwar die Haut, doch im selben Moment harmonisierte sie das Gesicht, bespielte es. Ja, die Poren waren bloß der Hintergrund für dieses Herauswallen. Das ehrfurchtgebietende Bild gefährlichster Tiefseeräuber entsteht erst, wenn der weiße Hai sein Maul aufreißt. Für sein Zahnfleisch interessiert sich keiner. Der Halbtontriller fließt gruslig dissonant weiter. Das Heben des Backenbarts war das Kampfbereitmachen eines Killerrachens. Ängstlich schaute ich Volkis virtuos trillernde und trimmende Rasierbarbierhand hinab. Ich klappte die Klaviatur des Grauens zu. Es hätte mich kaum gewundert, läge zu seinen Füßen vor Flügelpedalen ein Tigerfell samt Schädel. Da schoss und schnappte schon wieder ein Schlund nach mir, schnell, dass Satz wie Biss ineins verschwimmen, aus dem nassen Stehbereich heraus hinein in uferquerende Beute die Vorwärtsbewegung, da Volki im Stehen sein rechtes Bein über die Dielen gleiten ließ. Kaum handkantenbreit erhoben die Sohle, schwebte der Schuh Spitze voran einen halben Schritt auf mich zu. Instinktiv riss ich die Hände vors Gesicht, dass ich aufgeworfene Hauthaufen und heraussprießende Kräuselhaare erblinzelte links, labbriges Welpenfell zwischen den eigenen Gliedern. Rechts aber spreizte ich die Finger und linste hindurch, sah die Alligatorstromlinienform stillstehen, verharren zwischen Volki und mir, sich zurückziehen, Fersenabsatz voran, Sohle in der Luft. Nur die Schuhspitze touchierte den Boden, als würde ein Insekt zerrieben auf den Dielen und zurückgeschleift neben den erst rinken nun lechten Lederschuh.

Dorthin schwang der eben noch rechte, jetzt schon linke Fuß, als Volki im Stehen die Beine übereinanderschlug. Zuletzt stand er ballettöser Haltung da, über Kreuz die Knie. Ich kratzte mir den Hals, fühlte meine zwar unversehrte, aber schuppige Haut. Das Krokomuster der Schuhe erinnerte mich an Hautstaub, der unter nervösen Greisennägeln abflockt. Doch dieser Mann schmiegte seinen Fuß nur in den Schlüpfer, um zu zeigen, wie sehr er auf Eitelkeit pfeifen konnte. Abends kickte er die ehrerbietigen Treter dann achtlos in irgendeine Ecke, wo sie brav warteten bis zum nächsten Ausgang, der endgültige Beweis für seine Fähigkeiten, zu bändigen, zu dressieren, selbst Alligatoren, lächelnd selbstverständlich, auf Socken, unhörbar unerhört, drehte sich dieser Mann dann um zu seiner im Türrahmen verbliebenen Begleitung: »Noch einen Drink?«, und es folgte der Schritt über die Schwelle auf die Dielen an diese maskuline Zirkusdirektorennummer heran, wohin auch der Wirt nun ging. Goldenen Tabletts reichte er Volki einen Sektpokal. Die himbeerfarbene Flüssigkeit darin deckte sich mit den Wangen, vor die das Glas sogleich wanderte. Den Anblick verunreinigte nur goldener Schein, Schattierungen, die das Tablett, vom Deckenlicht angestrahlt, als Abglanz in Volkis Antlitz warf. Als er den Pokal absetzte, waren seine Finger zwar gestreckt, aber von so entschiedener Glätte, als würde jedwede Hornhautschicht von Sklavinnenhand tagtäglich mit vulkanischem Gestein in stundenlangem Abrieb weggewischt. Ich sah noch die Bediensteten den Bimsstein bringen, als Volki erneut den wangenfarbenen Pokal an die Lippen setzte, blankpoliert einen silbern eingefassten Lapislazuli zeigte an der Manschette. Der Stift, auf dem der Stein steckte, durchstieß die totschicken Seidenflächen und hielt sie doch hemdsärmelig zusammen wie ein Widerhaken.

Nahtlos, knopflos, schnürsenkellos stand Volki da, durch die Wirtenfensterscheibe angeschaut, unter dem Regenbogenpräparat, die Volkiforelle mit dem rosa Streifen. Aus ihrem Mund hing halb zerkaut die fängige Nymphe, fadenlos, knotenlos, unumwunden. Volkis Finger hatten einfach einen Streifen Gummi auf den Haken geschoben, der in der Strömung unverbunden hin und her wogte wie ein kleines Fischschwänzchen. Die Zigarette danach hatte er auch schon in einen elendslangen, zauberstabähnlichen Halter gesteckt, damit ihm zwischen Fingern abbrennender Tabak nicht den Fanggeruch verdarb. Er knickste nur in der Ellenbeuge den Unterarm hoch, schon schnupperte er des Erfolges Schleim und sog der Befriedigung Rauch in sich ein. Zähne so weiß lächelte dieser himmlische Mann, als frühstückte er tagtäglich die Milchstraße, sodass der Sonnenaufgang begann. Den Glutball stupste er restlos mit der eigenen Fliegenfischstangenspitze über die geriffelten Kalkalpengipfel hinaus. Ganz den Vereinsstatuten und Paragraphendoppelschlingen gemäß, die er selbst diktierte und wie Reusen auslegte, um Widersacher zuvor zu fangen. Früher vielleicht noch als Ernstl und selbst schon im dunkelsten Abendsprung stand Volki am Ufer vorm Hintergrund der Karsthänge. Sie waren nur die gigantische Variante jener feuchten, kalten Wirtenwand, gegen die Volki sich lässig Rückgrat voran lehnte. Daneben schwebte ebenso leichtlings die Fliegenstange mit noch nasser Schnur, inmitten der Vereinssitzung, umgeben von Brüdern und Kollegen, einem Schulterschluss ähnlich, Volki und der Fischereiverein samt Stammtisch und Wirtengemäuer, ich hineinstaunend draußen an der Fassade zwischen zwei Fenstern, die ihre Kreuzschatten auf die Gehsteige prägten, er angehimmelt drinnen, im Smokinghemd mit verdeckter Knopfleiste, das Dinnerjacket darüber, um den Kragen die Krawatte zur Fliege gebunden, seine maßgeschneiderten Hosenbeine, eine karfunkelnde Gürtelschnalle, die Burschenschaftermütze aufgesetzt, schmisslose Wangen, durch das Sakkoknopfloch am Revers die blaue Kornblume gesteckt, etwas geknittert, zerzupft und verrupft die Blüten, von Lenas Kopf, der sich unlängst noch an diese Brust unter schwerem Duft schmiegte.

Und du so, Siegi, schien er zu prosten, als er seinen Blick von den Schuhspitzen und den Sektpokal meinem Beobachtungsposten entgegenhob. Von Dunkelheit umgeben fasste ich den Korkgriff meiner Stange noch fester. Leicht hob er den Zigarettenhalter an die Lippen. Wenn es kein Wort braucht, nur das brustschwellende Einatmen, um alles in Rauch aufgehen zu lassen, so meint es auch, der Direktor mit der Peitsche in der Hand bedarf gar nicht des Schallknalls. Volki musste nur die machtvollen Finger zeigen, um die Zirkusattraktionen zum persönlichkollektiven Ergötzen aufeinanderzuhetzen. Jetzt fetzte ein hautfarbenes Hemd tragend und den Arm nach vorne schwingend Friedls Oberkörper von links nach rechts durch mein Sichtfeld. Kurz hatte er Volki verdeckt, dessen stahlblaugraue Augen Friedl hinterherhuschten dorthin, wo ich nur die Wirtenfassade sah. Ich schmiegte mich noch dichter an die raue Wand, duckte mich in den Schatten, setzte dabei meine Absätze immer leiser, spähte durch die Scheibe. Vom Fensterkreuz geschnitten sah ich unter Volkis rechter Augenbraue die Pupille wandern, bald auf die Dielen zwischen mir und ihm gerichtet, den von hier einsehbaren Plankenbereich. Hinein schwebte zunächst eine freie, linke Hand, dann der Rücken, gekrümmter, rückwärts übergebeugter, fast limbohafter Haltung kam der ganze Fredl dann daher. Sein Rapier hielt er rechter Hand lotrecht gen Plafond, als ob er wie eine Pole-Dancerin von diesem Metall seinen Oberkörper nach hinten schwinge. An der Wirtsstubenstirnwand stakste Fredl nackten Oberkörpers entlang, knapp vor Volki, gefolgt von Friedl. Sein Auftreten erfolgte genau im Rhythmus von Fredls Weichen und erklärte dessen merkwürdige Haltung, schnalzte Friedl dem Gegner doch im Vorwärtsgehen um die Ohren allerhand Rapierhiebe, welche Fredls Schultern aber verfehlten, weil er sich so weit zurücklehnte, die Hiebe mit seiner Go-go-Stange parierte. Als das duellante Paar den Blick auf Volki wieder freigab, ereiferten sich seine Brustmuskeln, unter dem Dinnerjacket ruckte und spannte es. Der Stoff pochte stets, wenn Friedl einen gegen ihn geschmetterten Streich zu vereiteln vermochte. Wann immer aber Fredl das Rapier schwang, die Klinge vorwärtsschleuderte im Handumdrehen, zuckte Volkis Gelenk, sogleich sein Trizeps hinterher. Er dirigierte. Um das voll einsehen zu können, krabbelte ich die anscheinend schalldichte Wand entlang, nur ab der Nase über dem Fensterbrett. Friedl schien eher ein eleganter Fechter zu sein, bewegte im Einklang mit den Armen die Beine. Um seinen Oberkörper zu decken, wirbelte er das Rapier nur über das Handgelenk herum vor sich in die Vertikale, begleitet von flinken Standbeinwechseln. Durch kleine Sprünge und federnde Schritte, einem Abwinkeln der Kniekehle bloß, schnellte er Fredl immer wieder in völlig überraschenden Momenten die Klinge entgegen, der er nur schwer auswich, viel zu statisch im Oberkörper, immer mit Ausfallschritten, die seine Position nicht gerade verbesserten. Er kam seltener zum Schlag und drosch dann los, von oben herab wie mit einem Schnitzelklopfer auf ein Stück Schweinefleisch. Die Rapiere kreuzten sich, glitten aneinander nach unten und Friedl vollendete die Bewegung, tat einen kleinen Rückfallschritt, schwang seinen Arm nach hinten, die Klinge das gestreckte Bein entlang, die Spitze bis zum Fuß, stand ohne Deckung da, aber nur eine Sekunde, während auch Volki seine Hand armstreckend an seinen Gürtel abschwang, der lange Zigarettenhalter fast bis an seine Kniekehle kam. Dann flog die Hand wieder, halb diagonal Volkis rechte Körperhälfte hinauf an den eigenen linken Mundwinkel in einem Ruck, während Friedl schlug, von unten das Rapier hoch dem Gegner entgegen, der in derselben Zeit gerade mal die Klinge wieder unter Kontrolle und vor den Oberkörper brachte, erneut ins Parieren, in den Rückwärtsschritt geriet. Hintertreffen wäre schon übertrieben gewesen, immerhin kamen von Fredls Seite keine Schläge mehr, die treffen hätten können. Langsam setzten sich die beiden einander umtanzenden Duellanten fest in der Mitte meines Gesichtsfelds, was wohl auch an Fredl lag, der aus dem letzten Loch pfiff, das sein Mund war, seine Brust ging auf und ab wie ein Motorkolben. Nichts hatte das mit auf Hochtouren laufen, ausschließlich mit Hyperventilation zu tun. Friedl ließ ihn nach seinem Rapier tanzen und viel Fläche einnehmende Choreographien waren nicht mehr im Programm. Er trieb die Hiebe auf ein schnelles Ende hin. Er kam immer gewisser zum Punkt, nagelte Fredl fest. Der Schweiß tropfte schon zum Wirtenboden, Fredls Gesicht verzog sich immer grässlicher, verunstaltet waren seine Züge ja längst von Schmissen, die sich jetzt bogen, groteske Formen annahmen, während der Sieg in Friedls Augen loderte. Auch Volkis Blicke blitzten und dasselbe Lächeln schlich sich in seines und Friedls Gesicht.

Plötzlich war mein eigenes da, gespiegelt auf dem dunklen Hintergrund eines Rückens. Ich streckte mich etwas, um über die Schulter des Mannes vor mir zu linsen, getrennt von ihm nur durch eine Glasscheibe. Um den Dunstkreis der wirbelnden Rapiere bildete nun die herantretende Meute Sauproleten einen zweiten Kreis, allesamt nackten Leibs, nur mit Schürzen gegürtet. Ketten behängten ihre Nacken runenförmig, durch grobe Holzperlen liefen ihre Pferdeschwänze, bizarr leuchteten die Schmisse in Gesichtern, Staccati grölten sie sicherlich, es drang nicht durch die festgefügten Wirtenmauern, aber das ständige Hochreißen der rechten Hände unterschied sich metrisch zu stark vom Kreuzen der Rapiere. Es war nicht der Rhythmus des Duells, den sie da bewahrten, zu starr, zu genau, ohne jede Variation, zu einfallslos, um nicht auf Anfeuerungsrufe zu spekulieren, die ehern verlangten, dass sich der Duellablauf ihren Schlägen anverwandelte. Und tatsächlich hob und senkte Volki nun seinen Sektpokal sowie den Zigarettenhalter im Viervierteltakt althergebrachter Aves, anhebender Lieder, gepfiffener Melodien oder gestampfter Märsche, was auch immer. Ihre Füße verdeckte noch das Fensterbrett, doch sie stapften schon hinein, immer enger schnürten sie den Kreis, rotteten sich zusammen, weswegen ich dann auch einen Rücken im Blick hatte, als der entscheidende Schlag fiel, ein Bauernschuh versteckte, was am Boden geschah. Bald löste sich der Kreis wieder auf und zwischen Fredls Fingern sickerten die ersten Blutstropfen durch. Er stand über sein darniederliegendes Rapier gebeugt, presste sich aufs Gesicht die Glieder. Dann ließ er seine Handflächen von seinen Wangen wegschweben. Nicht elegant und gewollt bewegt, wie ein Besiegter dann einverstanden seine Schande preisgibt, eher wie ein Ausgeknockter schwindlig torkelt, ein besoffener, Arme ausbreitender Prophet. Ungläubig, als wüsste er nicht um die Situation, besah er sich einige Momente die Sauerei aus etwas Abstand, runzelte die Stirn, ich tippte eh schon auf Wundstarrkrampf spastischer Art, dann verstand Fredl. Wie aus seiner Stirn Blut, so sickerte es in sein Hirn, dass er nur die gripverschaffenden Lappen anstarrte, seine Hände von sattgesaugten Tüchern umwunden waren. Er begriff die wirkliche Wunde an seiner Stirn und was sich dann demgemäß in seinem Gesicht tat. Er schaute sich nicht mehr die Spur, sondern die Ursache an auf der Fensterscheibe, in der Pupille seines siegreichen Gegners jetzt, bald auf einem Foto, das von irgendwoher im Wirten schon herüberblitzte. Ob Fredl das Blutrot überhaupt wahrnehmen konnte, liefen ihm doch längst vom Haaransatz herab Rinnsale über die Augen, überlegte ich noch kurz, da reichte ihm bereits jemand ein weißes Handtuch, rot weiß rot, dachte ich, wischte er sich ab, und schon trocknete der Streifen zuoberst schwarz.

Eine Runde Schnaps wurde vom Wirten an alle Anwesenden verteilt. Einige wandten mir den Rücken zu, andere standen wohl in uneinsehbaren Bereichen der Stube hinter anderen Fenstern, insgesamt verschwanden an die zwei Dutzend Stamperl vom Tablett. Rudl, der Fischereiaufseher, Wolferl, der Förstereimeister und Tierpräparator, der Exreinankennetzseejäger, jetzige Zuchtteichfallensteller und heutige Semmelverdiener Friedl, sowie der Großbäckereimeister Ferdl verharrten beieinander, unterhielten sich, ein Wacholderbeer ging auch an den besiegten Gendarmen Fredl, obwohl Alkohol die Blutgefäße weitet. Vielleicht saß ihm der venenverschließende Schock noch in den Beinen. Vorsichtshalber wand er sich schon mal das Handtuch um den Kopf. Das Frottee saugte auf, was die wieder zu suppen anfangende Wunde auswarf. Ein im Rhythmus von Fredls Pulsschlag seinen Durchmesser weitender Punkt entstand außen auf dem Handtuch, dunkel, nachtfarben. Sobald sich Eiter dazumischte, würde er ins Dämmerartige hinübergehen. Noch aber sah Fredl aus wie ein Hindu, der nicht wusste, wo der Bindi hingehörte. Lediert war er ja allemal, und die Schulterklopfer, die Kinngriffe, die Hinternkläpse und die an den Mundwinkeln ablesbar freundschaftlich gemeinten Worte folgten nun zögerlich, aber doch. Zum gandhiesken Handschlag zwischen den beiden Kontrahenten kam es zuletzt sogar.

Beruhigte mich in keiner Weise, löschte nicht, was eben noch gesehen. Wenn die lieben Kollegen miteinander schon so umsprangen. Wenn sie mich hier fanden. Durch die Scheiben linsend. In der Dunkelheit um den Wirten schleichend. Das Instrument samt nasser Seite noch in der Hand. Im Kofferraum die nachts gefangene Forelle. Noch zappelnd in traumatischen Reflexen, wie einmal angeschriene Kinder lebenslang beim kleinsten Klimpern zittern. Drinnen schmiss das Licht den Schatten eines jovialen Handschwenkens an die Wand. Ihm folgte eine Woge lospreschender Bauernschädel in die gewiesene Richtung. Durch den Schankraum ging die Masse, immer noch nackt die Oberkörper. In dieser Dichte, mit dieser Geschwindigkeit verschwammen sie beinahe ineinander. Brutal sprang die Tür aus dem Schloss wenige Meter von mir entfernt, lange bevor der Letzte unter ihnen überhaupt aus meinem Sichtfeld verschwunden war. Ungeachtet der lichten Scheiben, gebückt zwar, aber doch eher auf Schnelligkeit bedacht, hastete ich die Mauer entlang. Die drinnen Verbliebenen, hoffte ich, schauten nur ihr Ziel an und sonst nicht rechts oder links beim Fenster hinaus. Im Vorübereilen taxierte ich Volki einen flüchtigen Augenblick, erhaschte seine ruhig gegen die rückwärtige Stubenwand gelehnte, in seiner Burschenschaftsuniform mit der albernen Mütze und der blauen Kornblume am Revers steckende Gestalt. Mit einem einzigen Schwenken seiner sektfickrigen Hand waren für einen Abend alle Vereinsgesetze aufgehoben. Die Rotte rannte blindlings an dem Mauereckgebüsch vorbei, hinter dem ich kauerte. Zwischen ihren Fingern waren Fliegenstangen wie in meiner. Manu in Manu, nachts ruhten die Fische nicht, bissen sogar noch besser als tags.

Die nackerten Überkörper verteilten sich in der Finsternis flussabwärts, wo mein Auto in einigen Kilometern Entfernung stand. Ich sah sie schon auf den Wagen zuschleichen, das Nummernschild erheischen, durch die Heckscheibe eifern, keine Stangen ausmachen, Schlösser knacken. Wenn ich mich beeilte, standen die Chancen nicht schlecht, hier wegzukommen, bevor sie es fanden, eine untermaßige Bachforelle fingen, in den Kofferraum schmissen, sich pseudoempört auf die Suche machten nach mir. Volkis Rapier knallte wenig später Knauf voran wie ein Richterhammer auf den Tisch, Verhandlung geschlossen, Schwarzfischer, na sicher. Ein paar von ihnen stromerten flussaufwärts weiter, wo die vom Verein gepachtete Strecke dann irgendwann endete. Nur zwei blieben an der Kreuzung zurück, vor ihnen der sprudelnde Fluss, hinter ihnen der Wirt und ich, links und rechts ihre Kollegen. Natürlich warfen sie gleich an Ort und Stelle aus, der Länge nach die Straße herauf, ein Lot auf den Fluss, parallel zu meinem Versteck. Ich kauerte im Schatten, sah ihre Schnüre und Vorfächer heraufschwingen, so achtlos geschleudert, dass sie nicht stiegen. Nur knapp über dem Asphalt zischten die Köder dahin, bevor die beiden Dilettanten die Ellenbogen mitsamt der Stange wieder Richtung Wasser rissen, ein Hansschleudererpeppiwurf. Dazu wechselten sie das Auswerfen in einem versetzten Rhythmus ab. Immer nur einer von ihnen fischte und der andere warf.

Der Moment verstrichen, in dem ich die Straße Richtung meines Wagens hätte passieren können. Ihre vor- und zurückschwingenden Widerhaken, sie würden mich erwischen an Haut oder Gewand. Wären sie doch wenigstens hängen geblieben an einem Schwemmgeäst. Es war eine Schande, da saß ich nun gekauert gegen die Wirtenwand, die zumindest schlecht gedämmt etwas Wärme abgab. Ich sah dem Auf und Ab der Schnüre an meinem Versteck vorbei zu und lauschte dem Wurfsurren sowie der Bisslosigkeit ihrer Fischversuche. Natürlich folgte dem platschenden Köderhineinwerfen kein oberflächenbrechendes Aufschnappen. Die Forellen stiegen so wenig wie ihre Schnüre. Ich kam ab von jeder Fluchtidee, flussabwärts auf meinen Wagen zuzumarschieren durch irgendein Gebüsch. In der Dunkelheit immer noch ausmachbar, Silhouetten der weniger gehenden als dahinfallenden, allenthalben stolpernden Sauproleten, überholbar zwar. Wegzufahren lange noch, bevor man von vor der Nase überhaupt sprechen konnte, dass ich in mich hineingrinste. Was mir diese Option verdarb, dies unholde, keineswegs sachgemäße, reiner verdummender Faulheit und Biertrinkerei und Bauernschädelei-à-la-so-schwer-kann-das-doch-nicht-sein entspringende Geschwinge. Es konnte einfach nur ein tumbes Auszucken im Arm sein, das debile Winken wegfahrender Verwandten, an die sie dachten, während sie ins schwarze Wasser starrten, wie es das Flussbett hinunterging. Viel Wetter machen und immer schön die Fische die eigenen Armbewegungen sehen lassen, das verschreckte sie, da bissen sie. Nein, schnell musste man sein.

Stromaufwärts der Viererkreuzung überquerte ich die Straße, die Fahrbahn parallel zum Fluss, vorbei an den beiden Arschgeigen. Parallell zu ihren Schnüren, die mir immer noch den Weg abschnitten, schlich ich auf Zehenspitzen gen Fluss und duckte mich hinter die zum Wasser führende Querwand des Hauses, auf dessen anderer Seite die beiden standen. Die Längswände führten die Straße Richtung untere Flusspassagen, zu meinem Wagen hin, beziehungsweise das Flussufer hinab. Ich beschaute die Spiegelung meines kläglichen Gesichts auf einem der dunklen Fenster, hinter denen die Frau wohnte, die noch immer auf meine Fische wartete, und schöpfte Hoffnung aus ihrem Anblick. Was ich denn da mache, hatte sie mich gefragt, als ich in ihrem Garten zwischen Haus und Flussufer gestanden hatte, weil es eine der fängigsten, nur von dort anzufischenden Stellen war. Ja, ich sei über ihren Zaun geklettert, aber nur zum Zwecke, ihr eine Forelle zu fangen. Da lächelte sie mich an durch das Fenster hindurch, und obwohl ich ihr geradeaus ins Gesicht schaute, um meiner Lüge Glaubwürdigkeit zu verleihen, bemerkte ich doch im peripheren Gesicht, dass die Fassade in ihrem hässlichen Ultramarin direkt in den Himmel überging, die gesamte Straße verdeckte. Ich brauchte nur zu warten, dass meine beiden Widersacher das Wasser entlang stromaufwärts durch den Garten kamen, dann die straßenseitige Längswand runter, im Sichtschatten des Heims, über die Viererkreuzung, flussabwärts weiter, »das ist Hausfriedensbruch« und »mach doch, was du willst«. Der eine stakste durch Rindenmulch, die Schritte des anderen kamen die Straße entlang, elf. Ich suchte nach einem Gebüsch, zwei, das womöglich den nächsten Garten zierte, und, zwar da, aber davor ein Maschendrahtzaun, zwan, ich schaute mich nach Deckung um, zig, wusste, drei, dass er rechts um die Ecke würde, und, hier an der Querwand entlang, zwan, zum Wasser unterwegs, zig, immer lauteren Schritts, eins, es keinen Nutzen hatte, und, mich an die Wand zu schmiegen, und chancenlos hechtete ich vorwärts, die Wand Richtung Ufer hinab, steckte, noch rennend, die Stange in den Aufschlag meines Hemds, hob ab, überflog die letzten Meter, aus vollem Lauf kopfüber in den Fluss, hörte das Platschen, spürte stilles Wasser in meinem Gehörgang.

Ob er jetzt völlig debil, sagte der eine nach meinem Auftauchen, ich watete weiter, der andere, da ist ja einer, herrje. Ich drehte mich nicht um, kam in tieferes Gewässer, schwamm vorwärts. Kunststück im Dunklen zu kraulen. Beherrschte ich nicht wirklich, doch was seitlich von mir ins Wasser schlug, war eindeutig eine Fliege. Keinen Schwimmzug wählen, der meine Fläche vergrößerte. Sie warfen mich an. Der eine aus dem Garten heraus. Der andere ein paar Meter entfernt vom Ufer, an der Querwand stehend, gebremst vom Gartenzaun. Höchste Inkompetenz, ja. Forellen anzuwerfen das eine, aber einen Menschenleib zu verfehlen. Wenigstens wussten sie nicht wen, unmöglich auszumachen in dieser Finsternis. So stieß ich beflügelt meine Handkanten unter Wasser vorwärts gen Ufer, vermutete zumindest dorthin, zog die Hände meine Seitenlinie herab, strampelte mit den Füßen, wenn der außerhalb des Gartens mich erwischte. Da ging die Schnur nieder, auf den Zaun, Stacheldraht krönte den. Ein Stechen, eine Fliege im Genick, genau zwischen Halshaaransatz und Hemd gefallen, Ruckzuck hatten sie mich beim Schlafittchen. Bombenfest holten sie ihr verschissenes, unzerstörbares Proletenvorfach ein. Ihre mit Klunkern besetzten Spulen hörte ich krächzen. Der eine Typ schimpfend über den Zaun kletternd. Den Kopf, den offenen Mund in der

Strömung. Wenn doch seine Eier hängen blieben. Aber nichts, das Aufsetzen von Sohlen im Garten. Rückwärts zogen sie mich. Ich schluckte Wasser, fingerte an meinem Hemd. Flanell, wer trug das schon. Immer noch besser, als vor ihnen zu gestehen. Schon aus dem einen Ärmel geschlüpft kraulte ich vorwärts. Die Knopfreihe gespannt von den Lenden, meinen Bauch hinauf bis zur Brust. Einer riss raus. Der nächste Schwimmzug misslang, es ruckte wieder am Genick, der Kragen eine Schlinge um meinen Hals. Er geriet unter Wasser. Bevor ich mich entsann, wo meine Hand war, kam sie irgendwie an meine Brusttasche. Vielleicht ein Reflex, mir ans Herz fassen. Heureka, die Zange, gefühlt und gezogen, Finger auseinander, Wasser geschluckt jedenfalls zum Letzten. Ich fasste an meinen Kragen gespreizter Schenkel. Die Zange biss zu um die Fliege, ich riss mich los mit einer Armbewegung, nicht schlechter als ihre Fechthiebe, schwamm weiter, vielleicht ein Fitzelchen Flanell hängen geblieben, aber scheiß drauf, keine heiße Spur, ich erreichte das jenseitige Ufer und tauchte, ohne mich umzudrehen, in den Wald ab.

8 Siegi findet den wilden Fleischhacker im zwielichtigen Wald

Ich rannte um die Fliegenfischereilizenz, meine Existenz, die Stange unter meinem Flanellhemd gegen meine Brust geschmiegt wie ein sicher gehaltenes Kind. Das Kunststück gelang mir ganz gut, im Dunkeln über Wurzeln zu hüpfen und schemenhaft in Augenhöhe auftauchenden Ästen auszuweichen. Nur einen Zweigstreifschlag bekam ich ins Gesicht, stolperte bloß und fiel nicht mehr. Die Wochen und Monate, ja Jahre Training Böschungen hinabzusteigen, über Gartenzäune zu klettern und durch Stromschnellen zu waten, machten sich bezahlt. Nichtsdestotrotz verlor ich mich im Unterholz, ahnte nur noch die Bundesstraße irgendwo hinter den letzten Bäumen des Waldes. Langsam erst, je mehr ich keuchte, desto mehr schlich ich, und je langsamer ich ging, umso deutlicher begriff ich, dass ich keine Ahnung mehr hatte, wo ich mich überhaupt befand, was mir erst recht wieder den Atem nahm. Ich hielt inne an einer Stelle, wo ein Wildwechsel in ein Rohrdickicht eintrat und eine Eiche quer darübergefallen war. Zu meinen Füßen bildete der Baum einen immens weiten Winkel mit dem Waldboden wie eine sehr flache Rampe. Direkt hinter den abgeknickten Kronenzweigen begann der Stamm an meinem Schienbein. Eine gefühlte Ewigkeit weiter reichte er mir erst bis zum Knie. Jedes Fußaufsetzen war gedämpft vom Humus und begleitet vom Schmatzen meiner durchgeweichten Schuhe zu vernehmen. Das Wasser rann mir noch aus den Haaren übers Gesicht. Bei jedem weiteren Ausschreiten fielen die Tropfen von meinem vollgesogenen Hemd. Ich hätte es auswringen können, mein nasses Flanellfell, doch es fröstelte mich schon so. Außerdem ekelte mich die Ähnlichkeit meines nackten Oberkörpers mit denen der Bierdümpel. Sie waren doch Sauproleten. Wie konnten sie Burschenschaftler sein? Gab es auch schlagende, nichtstudentische Verbindungen? Schlossen sie sich zusammen zu obskuren, paramilitärischen Verbänden? Oder brachten ihre gendarmerieakademischen und bäckermeisterlichen Ausbildungen die Bauernschädel vor etlichen Jahren in irgendwelche Fuchsenstuben von Linz, die wiederum Ableger brauchten in dieser Provinz, wohin sich diese Gesellen passenderweise wieder vertschüssten mit ihren Diplomen, Zeugnissen und Urkunden und dann machten, wie sie wollten? Eine Fechtlizenz führten sie bei ihrer Wiederkehr wohl nicht mit sich. Immerhin sah Friedls und Fredls wilder Zwist keineswegs nach irgendeiner Mensur gemäß altehrwürdigem Regularium aus. Sekundanten hatte es keine gegeben und auch ihre Bewegungen waren so unterschiedlich gewesen, als wäre alles möglich, nicht von verbindlicher Norm geformt. Früher wüsste sie nicht, wie sie Ademiker schreibe, heute sei sie eine, eines von Lenas Lieblingsflügelworten. Heute ja eher, Siegi, bring doch mal den Müll raus, womit sie nur mein Bindematerial meinte in zweideutiger Manier, gerade so anspielungshaft, dass ich ihr keine Bösartigkeit anlasten konnte. Und dann dieser Volki, verdammt, ihr Führer. Neben mir lief der inzwischen mannsdicke Eichenstamm kaum auf Höhe meiner Hüfte. Bis zum Bauchnabel, gebremst und gehalten von der Gürtelschnalle, war der Fliegenfischstange Korkgriff hinabgerutscht. Vor meiner Nase streckte sich wie ein langer Stängel der Schaft gegen den Himmel, zwischen den Sternen die Spitze, der ich nachlief wie ein Esel seiner Karotte, statt mich nach dem fixen Polarstern umzusehen. Zwar schimmerte am Vorfach der Mondschein, doch in meinen Beinen schrie der Frost. Ich roch kalten Angstschweiß, den das Flusswasser an mir gelassen hatte. Meine Füße hörte ich immer öfter auftreten innerhalb derselben Zeitspannen wie eben noch.

Kein Ziel vor Augen, keuchend mein Atem, wurden meine Zehen taub, meine Schritte immer kürzer und schwerer. Um mich zu bücken und meine Schnürsenkel zu lösen, blieb ich stehen. Ich meinte, ich bekäme keine Luft, derweil lag eine Hand auf meinem Mund. Von den Füßen schmiss es mich. Zurückgerissen wurde ich. Mit solcher Gewalt, dass keine Schleifspuren den Humus pflügten und unter dem vorhangartigen Blätterwerk an meine Fersen führten. Halb geflogen, halb gefallen, auf diesen Fleck. Brutal angefühlt, sicherlich nicht, das Gespür noch vertrieben aus meinem Gesicht. Mit bibbernden Lippen hockte ich auf dem Boden einer Art Höhle, von dem majestätischen Eichenstamm erschaffen und überdacht. Die Rückwand bildete das noch in Walderde eingefasste Wurzelwerk, die Seiten wurden von dunklem Rohrdickicht umstellt und von mannsdicken Ästen verhängt. Ein Zweig war abgeknickt und ein Blatt fiel noch die letzten Zentimeter, wo ich geschnappt worden war und in diesen Käfig hereingezerrt. Erst jetzt, als es seinen Segelflug beendet, ich es ein, zwei Sekunden verwundert angestarrt hatte, und schließlich, als es mir darniederliegend nicht weiter bemerkenswert, wie ein integraler, bald verwitternder Bestandteil des Waldbodens vorkam, nahm ich ein Gesicht wahr, das direkt vor mir schwebte.

Das flächendeckende Gewächs rundum schirmte uns gegen jedwedes Licht, und die folglich hier drin herrschende Finsternis gab einen unsichtbar machenden Hintergrund ab für all das Schwarz, das sich diese Gestalt über ihr Antlitz geklatscht hatte. Nur das zu Schlitzen verengte Weiß der Augen enttarnte das Wesen. Es starrte mich an. Es entfernte sich langsam, wodurch ich in Kontraktionen, Dehnen, Wabern und Spannen die Halssehnen zu sehen bekam, weniger eine abgrenzbare Fläche als Morphformen in mordsdunkler Nachtluft. Das Augenpaar hob und die schwarzen Punkte darin senkten sich. Der Körper des Wesens bäumte sich auf aus kauernder Haltung. Immer noch gebückt, das Genick direkt unter dem Eichenstamm, schaute es mich weiter an. Ein Blinzeln löschte schlagartig das Weiß, ließ es gleich wieder aufscheinen, verriet, dass selbst das Lid schattig gepinselt war. Langsam schieden sich die Konturen der Gestalt vom Hintergrund. Ich erkannte Schulterblätter statt Eichenzweigen, schwarzes Haar vor schuppiger Rinde, lange Beine neben oberschenkeldicken Ästen. Herabhängende Hände verdeckten Rohrdickicht, indem sich Arme ausbreiteten wie Fledermausflügel, die sich als dunkle Wolldecke entpuppten. Die Gestalt stülpte sie mir mit einer fliegenden Bewegung über und um den Oberkörper. »Siegi?« – »Bist du deppert?« – »Bist du komplett deppert?« – »Was machst du hier?«, und er nickte mit bestätigendem Blick, der sagte, du machst den Mund zu oder ich die Gurgel auf. »Wie schaust du denn aus?«, sagte Kurti, wieder zu voller Größe aufgepflanzt vor dem Eichenstamm, die Spitze eines weitmaschigen Ponchos zwischen den Beinen, Säume als Dreiecksschenkel um beide Oberarme laufend, selbst auseinandergehend wie eine Baumkrone. In grob gespachtelten, krustenartigen Schichten lag die Schminke auf seinen Wangen, und aufgerieben schien sie zu werden, abzublättern und zu Boden zu bröckeln, wenn er die Backen beim Sprechen bewegte. Bevor es noch raschelte außerhalb der Höhle, schleifendes Huschen näher kam bis auf wenige Schritte, wandte Kurti schon seinen Kopf, schickte Blicke ins Dickicht: »Nur Kleinwild«, wieder zu mir gewandt und das Geräusch verschwamm, wie wenn ein Friseur durch Filzknubbel und anderes Zausen und Reißen am wohlfeilen Ende des Kammschwungs durch trockenes Haar ankommt. Noch enger schlang ich die Decke um meine Schultern und schmiegte mich hinein, zog die Enden fest im Schoß zusammen mit meinen darin umwundenen Händen, dass es mir die Härchen auf den Gliedern elektrisierte. Ein Schauern schlich mir, als übersetzte sich das Kribbeln direkt in mein Steißbein, das Rückgrat hinauf, ins Genick, weiter wie ein aktivierter Reizreflexbogen den Hals entlang, stimulierte Stimmbänder, zitterte Zunge wie Zäpfchen an, defibrillierte die Kiefer, worauf mein Hirn erst nach Worten hastete, ich stammelte mich verhaspelnd: »Sie hind sinter hir mer, Kurt!« Während Kurti sich setzte, seine Finger um eine schwarze Thermoskanne schloss, die Kappe abschraubte, dampfenden Kaffee eingoss und mir reichte, nickte er in einer Tour. »Bursch, sie dind on Kurtenschaften irganisiert.« Mit dem Herabrinnen zweier Tropfen über den Gefäßmantel zwischen meinen Fingern schwappte auch die Beruhigung zu mir herüber. Ich ließ mich zurück, lehnte den Rücken gegen das Wurzelwerk, die brennheiße Flüssigkeit in Händen, das Aroma atmend, und seufzte. Rascheln strich wieder durchs Rohrdickicht, begleitet von scheuem, tierischem Fiepen riffelte es weg von unserem Versteck, schrubbte im Unterholz, verschwand weniger im Stillhalten, als dass es verklang in der Ferne, und ich vernahm schon eine Flinte fauchen. »Hab ich ves erschreckt?« Ob er noch immer oder schon wieder nickte, wusste ich nicht, doch die Bewegung wurde jetzt aggressiver, eckig irgendwie, hammerartig, das kundige Schlagen eines Herings in den Humus, dass eine Schlafstelle geschützt war vor Wind und Wetter und herumirrendem Getier durch ein Zelt in wilder Gegend. »Atme mal leiser!« Ahnungslos getadelt senkte ich den Blick auf seine Schuhe, die nichts anderes als Bärentatzen waren, sah schon Jäger und Weidmänner am nächsten Morgen ebenfalls diese Stelle abtasten mit Blicken, die Bodenabdrücke lesen, allerdings im Stehen, Genickverrenkungen und große Augen machend, sich dann verwirrt die Gesichter zuwenden und einander, wie und warum da jetzt wieder Vieh weggekommen war, den klaren Fall erklären. Dann durchkämmen sie den Wald auf der Suche nach weiteren Spuren und kämen überein, viel zu gefährlich, um Hetzen oder Treibjagden zu veranstalten, das käme ja einem Gleicheinschläfern der eigenen Hunde gleich.

Kurti nickte, plötzlich mehr Weiß im Gesicht, taxierte meine nassen Schuhe. »Ich geh jetzt lieber nicht, nicht?« Jäger mit ihren visierschielenden Blicken über Vorderlader hinweg, rundherum hockend in eichenhölzernen Hochsitzen, dass eine Umzingelung entstand, ein Fort um den Forst. Zigaretten hielt Kurti mir hin. Ohnehin ersetzte mein Atem schon die Wölkchen über der Thermoskannenkappe. Kurtis schwarz lackierte Nägel und seine finster gepinselten Finger verdeckten ein Gros der mir unbekannt gestalteten Schrift. »Danke, immer noch nicht.« –

»Bitte schon wieder«, nickte Kurti und ich nippte vom Kaffee. Noch rann er warm meine Gurgel hinunter. Ich stellte die Thermoskannenkappe vor mich hin. Kurti fischte zwei Zigaretten aus dem Päckchen. »Immer noch nicht schon wieder«, sagte ich und ließ mich zurück gegen das Wurzelwerk. Meine Hände gerieten an das feuchte Moos, das rund um mich den Boden überzog. »Ich nehme mal an, Feuer können wir nicht anmachen.« Kurti nickte und der weiße Strich ging in sein schwarzes Gesicht. Ich kraulte das krause Moos, versuchte meinen Händen ein behagliches Gefühl einzujagen. Kurti griff unter seinem Poncho an sich herum. Meine Glieder ließen sich erfolglos streicheln, wich doch das Gespür immer mehr aus meinen frierenden Fingern. Nicht mal die Kaffeekappe lockte sie noch, bestand sie doch aus demselben thermoisolierten Stoff wie die Kanne, die neben Kurti stand, der jetzt zwischen Daumen und Zeigefinger ein Sturmfeuerzeug hochhob. Ich tunkte meinen Mittelfinger in den lauwarmen Kaffee. »Das sieht von draußen wie ein Glühwürmchen aus?« Kurti nickte, legte langsam alle Finger um das Sturmfeuerzeug und hielt es an seine Zigarettenspitze. Nachdem ich nicht wusste, wie voll Kurtis Thermoskanne, wie sehr er zu teilen geneigt war, tat ich noch einen Schluck, wenige Tropfen, kalter Stein. Kurti drückte den Daumen nieder, das Hochdruckgasventil öffnete sich mit Fauchen, der Funke sprang, hauchte Tabak und Papier in Flamme. Kurti packte das Sturmfeuerzeug mit der Hand neben sich, in der auch die Zigarette war. Kunststoff klackte an Metall, ein Glutwiderschein blitzte an einer Klinge, auf dem stählernen Fleischerbeil kam das Sturmfeuerzeug zu liegen.

»Das bleibt doch unser kleines Geheimnis hier?« Kurti nickte. Ich registrierte, keineswegs Moos zu kraulen, sondern Wolle, die von meiner Kleidung inzwischen vollgesoffene Decke. »Also wenn ich nicht erfrier.« Im Rhythmus der Züge, die Kurti von der Zigarette nahm, zitterten seine Muskeln. Sie vibrierten, wenn er Rauch einsog, wenn er Rauch ausstieß, ruhten sie. Er schien seinen Atem bewusst zu steuern wie amerikanische Elitepioniere hinter der Front, die während Spezialeinsätzen ganze Nächte in ufernahem Flusswasser verharren. Er ließ seine Muskeln bewusst kontrahieren wie österreichische Gebirgsjäger in Firnfeldern, die zu Trainingszwecken rundenweise Zirkeltraining in mannshohen Neuschneemassen machen. Tage konnte Kurti hier sicherlich so zubringen, hingekniet, Oberschenkel auf Wade liegend, ganz gerade sitzend, vom Scheitel die Wirbelsäule bis zum Steiß auf die Fersen eine Linie, die Arme seitlich angelegt, Ellenbogen durchgestreckt, neben die Füße zu Fäusten geballte Finger auf den Waldboden gestützt, Knöchel voran. Keine Miene verzog er, streng im Takt zitternd, sogar die Zigarette noch auf der Achse symmetrisch im Mund, den Rauch rhythmisch ausatmend, die Glut langsam heranziehend, starr die Augen darüber auf mich gerichtet, der ich zählte, ob auch sein Aschen, ohne einmal Hand anzulegen, nur mit Bewegen der Lippen, einem Metrum gemäß ablief. Immer wieder fiel ich heraus. Meine Zähne klapperten aufeinander, hielten sich dabei an keine stete Frequenz und verquirlten mir das Zählen im Hirn, erzeugten einen schrecklich skelettierten Ton: »Meiße, kalt ist schir.« – »Der Wald hat die Frische gepachtet.«

Hirschfaschiertes frisch aus dem Fleischwolf, tiefgefrorenes Fichtenkreuzschnabelfrikassee, feuersturmfordernde Schweineschwanzstücke für den Grill, filigrane Froschschenkel in Frischhaltefolie, frittierfettspritzende Forstschwerarbeiterschnitzel, feinfaserige Filets, schwarze Schulterschinkenwälder, verpackt von fachkundigen, fliegenden, richtigen Fingern in Fettpapier, Ćevapčići und Schaschlik, hinter Kurtis Ladentheke, all diese Schätze lagen allenthalben auf fröhlichen Zungen und wurden in freudigen Mündern geführt, wann auch immer das Thema im Gespräch auf die Fleischhauerei des Meisters kam, wohin es mich immer zog, gscheit finsteres Fleisch, was ich stets ersehnte, wenn ich den Einkaufswagen unter Halogenlampen schob, durch die steril ausgeleuchteten Reihen griffbereit liegender, in Plastik eingeschweißter Ware, über verlässlich alle paar Meter das Vorderrad fangende Fliesen, die nach ätzendem Citrusreiniger stanken und den ganzen Einkaufswagen erbeben ließen, in diesem rhythmischen Ruckeln und Scheppern das Ticken der Verfallsdatumsuhr und das Vorwärtsmucken der Kühlkettenunterbrechungssekundenzeiger nur verdoppelten. Kurti jedoch machte alle paar Wochen seine Kesselheiße, will heißen, kam in welches Haus auch immer sich das leistete mit seinem riesigen Topf, brachte das Wasser darin zum Kochen mit dem feuerspuckenden Mund eines Flammenwerfers, einem Schweißgerät, einer Gaskartusche, einer Fackel, einem Campingkocher, einem Bunsenbrenner, einem Sturmfeuerzeug, einem Streichholz, womit man auch wollte, die Show gehörte ebenfalls dazu. Dann drehte er den mitgebrachten Fleischwolf, faschierte die unlängst geschlachteten Jungtiere live, packte den Brei ins Gedärm, schnürte die Wurst ab, knotete sie zu und prackte sie hinein ins kochende Wasser, heizte ordentlich ein, fischte sie wieder heraus den frischest möglichen Gaumenschmaus. An alle Anwesenden verteilte er eine Zigarette, nickte, wies auf ein serviertes Weckglas, in das er schon die ganze Zeit kettenaschte, und sagte, »am besten vorher, ist eh noch zu heiß.« Gegen Aufschlag schlachtete er sogar unmittelbar, in der Badewanne, wechselweise auch auf folienausgelegtem Boden, brachte Haken mit, hängte das Tier an die Decke und schnitt die verwurstbaren Stücke im Beisein der baldigen Tafelgemeinschaft heraus. Berichten zufolge brachte er sogar manchmal die schwangere Mutter und begann die Prozedur mit einem Kaiserschnitt, »frischer gehts nicht, noch nicht mal Kalb«, sagte er dann, angeblich nannte er das immer den Kaiberlschnitt. Aber man soll ja nicht alles glauben, was die Gerüchteküche verzapft. Habe man genug Geld in der Tasche und Zeit zu warten, Kurti beginne das Abendmahl mit der Befruchtung bei den Kunden zu Hause, hieß es. Niemand hätte Kurti eine ganze Trachtzeit lang ausgehalten.

»So sieht man sich wieder«, unter dem Eichenstamm. Er zündete sich eine neue Zigarette an der alten an, drückte den Stummel aus und ließ ihn in einen unter dem Poncho hervorgeholten Plastikbeutel fallen. Er schenkte mir brühheißen Kaffee nach und hielt mir nochmal die Schachtel hin. »Jetzt sitzen wir hier.« Ich nahm eine Zigarette heraus, ließ sie mir von Kurti entzünden. Die züngelnde Flamme wärmte meine Finger an und schon beim ersten Zug wusste ich, Marlboro, vielleicht das Päckchen umdesignt, sicher nicht die Rezeptur. Ich pustete den Rauch Richtung Blättervorhang und Rohrdickicht, blähte dabei die Backen, achtete darauf, leise auszuatmen. Eichelgesiebt verließ die Schwade das Versteck, tiefsitzende Nebelfetzen, Morgentau, Bodenfrost, Frische und Kälte, brodelnde Kochtöpfe. »Wir zwei Glühwürmchen.« Kurti nickte. Ich trank von dem Kaffee. Er brannte im Mund. Eine taube Stelle fühlte ich dann mit der Zunge am Gaumen. Schweigend rauchten wir weiter. Kurti immer noch hingesetzt wie ein Moslem kurz vor dem Beugen, ich hingefläzt wie ein armer Poet im finsteren Wald. Ich inhalierte tief ein letztes Mal und schickte eine Atemwolke hinüber zu ihm. Sie waberte vor Kurtis Gesicht herum und tunkte die schwarze Schminke in einen grauen Ton, dass das Weiß seiner Augen und die Wangenfarbe sich näher kamen. Hinter dem Blättervorhang lag das Sternenlicht auf dem Wildwechsel, materialisiert auf Pilzen, wilden Gewächsen, Lianen und Zwergtannen, auf Krüppelkiefern und findlingsmäßig aus dem Boden stehenden Schieferschichten, über die Moos kroch. Wie ein nächtlicher Zuckerguss und grüngraue Streusel stritten und fochten die Pionierpflanzen und das vom Himmel kommende Licht um die freien Steinflächen, bis das Moos etwas schneller zur Stelle war, sogleich aber selbst erhellt, silberspitzig, was etwas wahnsinnig Trauriges hatte, wie Menschen, die als allererste ihren Fuß auf Festland setzen, sogleich zermalmt werden unter den nachrückenden Sohlen.

Ein Rascheln kam auf, von fern erst und bald von nah, als eine gewaltige Hirschsilhouette jenseits des Wildwechsels zwischen zwei umfangreichen, in ihren Wurzeln und Kronen zusammengewachsenen, von dickwindigen Misteln verzweigten, eine Pforte formenden Baumstämmen erschien, als die paarhufigen Beine, keine Körperteile, sondern eher fallholzige Verästelungen des Forstes selbst, schrittweise das Tier Brust voran, kapital und majestätisch langsam aus der Dickung zur Mitte der länglichen Lichtung brachten, als hätte es keine Wahl, eben jetzt in die Welt zu treten. Sein Haupt neigte und Kiefer entzweiten sich, Zunge und Zähne, Moos äsend, das zwölfendige Geweih, es schwebte da, gleichgestaltet der moosfelligen Schieferplatte, die das Tier nährte, das Schaufeln formende, abwurfbereite, moosig bastbesaitete Stück am Wildtierkopf, voll von Blutgefäßen die testosterongeschwängerte Trophäe, als ob sie am Opferaltar darniederläge. Kurtis stierende Augen, die oder wir, schweiften weg, der Wald war immer schon der Forst, sahen ab von der Lichtung, *geh spazieren*, taxierten das Beil, *auf der wilden Seite*, fixierten wieder mich. Seine Finger juckten nicht. Er wirkte müde und lasch. Dann haschte er doch. Fasste eine Zigarette aus der Packung. Das Klicken des Feuerzeugs hallte wider wie eine Flinte in leerem Wald. Aber bloß in mir, denn das Wildtier war nicht voll, weder Blei noch Moos, schon gar nicht sonst was, stand da, aß. Es sei wohl der Platzhirsch und fehle zu sehr, fehle zusehend, falle auf, wenn er ausfalle, nicht mehr auftauche. Kurti nickte, stockte, zitterte, rauchte.

»Warum kommst du nicht mehr zu mir?«

»Die Schlange ist zu lang.«

9 Menschen, die in malerischen Gegenden herumstehen und gegenständliche Malerei bereden

Gerade vor Wochenenden, samstags und feiertags versammelte sich nahezu das ganze Kaff vor Kurtis Fleischerei. Nach einer guten Stunde Autofahrt parkte ich dann meinen Mercedes am Straßenrand hinter der Ortstafel, um mich als Letzter einzureihen in die mehrere hundert Meter lange Menschenmauer, an deren Ende Kurtis kleiner Laden zu sehen war, zumindest bei gutem Wetter, bei Föhn, der die Luft zu Glas machte und scheinbar sogar noch diese Schicht zum Klirren brachte, als wäre einfach nichts, jede Verunklarung weggenommen, zwischen mir und den feingezeichneten, zum Greifen nahen Fichtennadeln, die einzeln abzählbar vor den Kalkalpenhängen schwebten. Provinzler in Lodenmänteln und Jack-Wolfskin-Jacken hingegen drängten sich mir in den Blick, wenn es Schnee stöberte, und die langen weißen Wehen verhängten in ihrem Vorübergehen von rechts nach links, in russlandhohen Nordostwindböen tallängs die Sicht auf das Ziel. Zu Ostern noch jagte oft der Raureif seine Kristalle über die umliegenden Felder und Vorgärten. Die anstehenden Kunden ließen Fäustlinge, Zipfelmützen, Skimasken und Schals zu Hause, um mit aufgesprungenen Lippen und ekzemgebeutelten Händen die gereichten Plastiksäcke über der Theke entgegenzunehmen. Stand ich endlich vor Kurti, sagte er nur:

»Siegi.«

»Kurti.«

»Wie gehts der Familie?«

»Noch alle vollzählig.«

Dann breitete er das saisonale Angebot vor mir aus, wobei er manche Waren, für vier gar nicht zu schaffende Bratenstücke oder riesige Schwarzfußkeulen außerhalb meiner Preisklasse beiseiteräumte. Er entfernte sich durch eine hinterwandige Tür und holte noch andere Schlachtstücke, in Fettpapier eingeschlagen, das er vor mir hinter der Thekenscheibe entfaltete wie eine uralte Papyrusrolle, die mit Gott weiß welch edlem Gesetzestext beschriftet war: »Rindsrouladen«, beispielsweise sagte er dann, »extra fett, nicht so trocken wie das Gesochs im Supermarkt«, und direkt daneben lag dann »Beiried, kein Gramm zu viel, pures Fleisch, ohne Flachsen, keine Faxen bei mir«, und Kurti zwinkerte mir dann zu, weil er wusste, dass er mir gegenüber aufwarten konnte mit diesem hochdeutschen Vokabular, hatte ich doch in Salzburg studiert. So richtete sich das Sortiment hier, nicht wie überall anders umgekehrt, nach den Kunden und ihren Wünschen, die Kurti feinster Nase erriet, witterte, was wiederum bloß bedeutete, es richtete sich nach ihm, was er für gut befand, was er gerade vorrätig hatte, was er empfahl, er nahm einem sowohl die quälende Auswahl als auch die ausschusshafte Qualität der Supermarktprodukte ab. Keinesfalls hat jemals jemand wirklich geordert und gekauft, was hinter der Ladentheke zu den angeschriebenen Preisen feilgeboten war. Allen wusste Kurti spezielle Angebote zu unterbreiten, die er aus den schier endlosen Weiten seines Lagers im hinteren Ladenteil zusammenstellte. Zum Teil dieser Überraschung wegen schon zogen die Leute Kurtis Fleischhauerei den wie Meilensteinen allenthalben in die Landschaft gepflanzten Supermärkten vor, die, wo sie auch waren, die gleichen Waren führten, jedweder Abwechslung bar.

Anlass zur Unterhaltung boten mir die endlos variierbaren Visionen von Kurtis Lager, das angeblich nie ein Mensch gesehen, geschweige denn betreten hatte und die ich mir demgemäß mal als riesige Bibliothek voller Abertausender Leitern und Regalfächer beschrieb, Kurti parallel als blinden Bibliothekar mit geschwärzter Nickelbrille und Zettelkasten voller gestanzter

Karteikarten, die er erst gelehrt und verständig abtastete, bevor er bombensicher argentinisches Rind von den Brettern fasste; mal als schlichter Raum voller zu erklimmender, schlimmer als der K2 ansteigender Filethaufen und vereister Schnitzelgipfel vorgestellt, Kurt in Steigeisenschuhen, mit Fleischpickel in der Hand, Adrenalinschweiß unter der Haube und Sauerstoffflasche auf dem Rücken; mal als labyrinthischer Keller imaginiert, in dessen Mitte der Staub von den letzten Sandalenkampfschritten noch in der Luft schwebte und ein monströses Mischwesen aus Rind, Schwein, Wild und Geflügel mit den Hufen scharrte, halb wahnsinnig, aus dessen Flanken Kurti mit antiquarischem Schwert frische Scheiben hieb; mal als Bastelatorium bezeichnet, wo Kurt mit Nadel und Faden die Einzelteile seiner Schlachtopfer verband, festgeschnallt auf einem Narrenhausbett à la du-entwischst-mir-nicht-mehr-in-den-Wald den wieder synthetisierten Körper dem Odem einhauchenden Blitzschlag überließ, um sie defibrilliert, panisch schwanzwedelnd, blutdurchpulster Gefäße, zu Tellern geweiteter Pupillen im dunklen Turmzimmer, vor Schreien fast schon aufspringender Halsschlagadern, nochmals frischer auseinanderzunehmen; und mal im warmen, flackernden Licht einer eiskalten Pathologie gezeichnet, voller Viehschubsärge und Kurtis Rauchausstoß, seinem eigenbrötlerischen Gebrabbel auf Diktiergerät, das die chirurgischen Eingriffe seines einzigen Kollegen und Lehrlings, Mister Kurt, kommentierte, inspiziert unter Elektronenmikroskopen, durch die er das Gewebe, die Abwesenheit von Karzinomen und Genmutationen kontrollierte; mal als karibischer Strand, auf dem in Liegestühlen und an Beistellklapptischen voller Limonadencocktails die Tiere in der Sonne brieten und Kurti sie nur sabbernd anzugaffen brauchte von einem benachbarten Barhocker aus, wo er noch einen Bahama Mama bestellt und abwartet, bis sie herzkasperlmäßig für immer die Augen zutäten.

Fließbandmedikation, Antibiotikaabfertigung, Hormonterror, Psychobeschallung, Mozarttierhaltung, Massenprogramme und Masttherapie jedoch kamen nie vor in diesen einfallslosen

Visionen. Sie waren angeschottert mit durchaus saisonabhängigen und zeitungsmeldungsäquivoken Variationen, wie viele organische Eisberge Kurti nicht bestieg in dem Jahr, da dieser österreichische Achttausendsasser seinen letzten Himalayagipfel erklommen hatte. Ich behielt diese verfilzten und vielzitierten Bilder für mich, sinnierte vor mich hin, in die Schlange eingegliedert und ausgeklammert. Wenn ein Gerücht die Linie machte, sich mein Vorderjemand voller auf Lodenmänteln besonders klettenhaft haftender Schneeflocken geheimnistuerisch zu mir umdrehte, den Schal herunternahm vom schlecht rasierten Gesicht, auf Zehenspitzen gehend die Sohlen der Bauernschnürschuhe knickte, die Fersen in die Höhe hievte, die Lippen fast an mein Gesicht, da spitzte schon mein Hinterjemand das von einer extra hochgeschobenen Steirerhutkrempe bewindschattete Ohr über meine Schulter, um dem Gerüchteerzähler seine Geschichte abzunehmen und weiterzuspinnen den Provinzfaden entlang. Abgefahren sei der schwule Friseur, der eines Tages aus Wien hier eingeritten sei, von hinten an seinen Lover geschmiegt und geklammert auf einer pastellgelben Kawasaki Ninja. Nicht mal lenken könne der selbst und nehme demgemäß diesmal, nachdem es ihm ein für alle Mal gezeigt gewesen sei nach letzter Samstagnacht und er erledigt geworden sei, wie es Kölnischwasserbadern wie ihm gebühre, den Zug zurück. Denn selig sind die, wie ein österreichischer Kabarettist unlängst wissen ließ, die verzichten könnten auf den Nahverkehr, sie wären gefeit vor schreienden Kindern und jüdischen Düften, verbannt im umgekehrten Sinn der schwule Friseur, dorthin, wo er hingehöre und herkomme, sagte mein Vorderjemand mit methanolbetäubten und kältegemarterten Wangen voller Pusteln. Der schwule Friseur hätte ihn gewiss nach dem Rasieren balsamiert mit einer alkoholfreien Lotion. Vergib ihnen, Vater, aber überlass sie Satans Gulaschsuppe, denn Dummheit schützt vor Höllenqualen nicht und für den Eintopf wird stets minderwertiges Fleisch gesucht. Im Anschluss des eben erst geendeten Schneefalls war alles besonders gut vernehmbar, jedes Geräusch, sämtliche Klänge, alle

Vokabeln. So kam die Geschichte auch schon hinter meinem Hinterjemand bei einer steinalten Frau an, die ebenfalls gut riechbar war, der greise, nasenbeißende Schweiß gelöscht vom Schneien. Geöffneter Mäulchen samt vierundvierzigfachen Insektenfresserzähnen noch darin, weiß wie Eis, hingen die Nerze von ihrem Mantel, verströmten noch das Zyklon B, mit dem sie erstickt worden waren auf irgendwelchen Pelztierfarmen in der Tschechischen Republik, vermutlich über die Grenze geschmuggelt, verpackt in vollen Mottenkugelkisten, penetrant strahlte die Frau auch deren Geruch aus in die olfaktorisch geleerte Landschaft.

Wie schön es gewesen sei, replizierte die Dame die Geschichte um ein weiteres Detail bereichert, auf das ich hätte verzichten können, dann Sonntagmorgen nach dem Gottesdienst einen Pfiff trinken und die Marktgasse hinunterpromenieren, oh, sie schüttelte ihre Zotteln, schwenkte die Nerze. Als kleiner Gschrapp sei sie schon so gerne in die vereisten Pfützen gesprungen, dass sie brachen und weit um die jetzige Dame herum gleißende Spleiße warfen. Ein Zniachtl sei sie gewesen, eine Frostblumenballerina, schnell und schalkhaft wie der Eisvogel, der den Fischen im Bach den Schnabel durch die Flanke rammt und wie ein Kolibri in der Luft steht. Klar waren dem flatterhaften Mädchen im blauen Wintergewand wie dem Vöglein im Federtand manche Forellen zu groß, wie die vielschichtig vereisten, tieferen Pfützen. Für die war es nicht schwer genug und doch hinterließ es schon als Gschrapp glücklich unzählige Latschenoberflächen als hochkomplexe Rosenblütenblättergeflechte tausendfach kristallhaft ineinanderfrakturiert leichten Schritts auf seinem Waldspaziergang in den Sonnenuntergang. Aber am liebsten, so lieb war ihm das Knacken, unter dem die Eisoberflächen auseinanderschnalzten. Schlafend Stunden später habe es ihm am Trommelfell gelegen im warmen Bett, dass es die Decke am nächsten Morgen zurückschlug, den einen Gedanken im Schädel, auf seinem Schulweg es all diesen festen Pfützen zu zeigen. Und trat dann wieder kein Knacken an sein

Trommelfell bei der nächsten robusten Frustfläche, wünschte es sich einen stahlkappenversehenen Fußtritt an seinen steigeisigen Hörapparat. Ein paar Jährchen hochschwanger später auf einer Mutterschaftsausfahrt nach Wien habe sie dann gesehen und gehört, wovon es all die Jahre geträumt hatte als kleines, phantasiebegabtes, übergangenes, aus der Provinz, aber auch aus diesem Volk kommendes Mädchen, das schon gesunden Instinkt entwickelt hatte dafür, was ihm einmal gehören, wessen Erbe es sein, wie es es erwerben sollte, durch das Einschmeißen von Fensterscheiben, das Plündern von Geschäften, das Vertreiben von raffgierigen Fremden, das Bestehen auf einem Leben, das ihm niemand rauben durfte, worauf es von Rechts wegen Anspruch hatte, und sei es nur Wohnraum, bestünde es bloß in einem unleistbaren Ballographen, einem besonderen Ölmalkasten, einem schönen Stück Fleisch.

Und Jahrzehnte später nun, herrje, letzten Sonntag so schön, als käme erneut eine österreifraue Macht auf, im Novembermorgen noch so ein Wetter, da habe im letzten Föhn dieses Jahres alles kristallklar widergehallt, als während ihres Marktgassenspaziergangs auf dem Trottoir unter ihren Holzschuhen die sonnenreflexverzierten Splitter knisterten, nur die kräuselige Miniatur des Klirrens der Scheibe beim Aufprall des Steins, der jener echtlebensgroß aufstellbaren Haarwerbepuppe zwischen die Beine geschleudert worden war, gleichsam den schwulen Friseur zum Straucheln brachte, der verdattert aus seinem Laden gestolpert war, wie der nächste Hinterjemand wissen wollte in tausendtropfenfachem Ausspucken, denn es fehlten viele Zähne in seinem, wohlweißlich dem Mund des Sohns der alten Dame. Zwar war er kein Schmuck für sie, aber dafür in Schmuggelgeschäfte mit der Tschechischen Republik verstrickt, brachte ihr so in perverser Verkehrung den Nerz, wer dachte bei der Mafia schon an einen Verunstalteten, denn eine Hasenscharte samt Gaumen-Nasen-Mundwinkel-Spalte hatte er auch, kurzum einen Wolfsrachen, der Galle spie. Die Spucke flog hoch durch die Luft und ging zu Boden neben meinen Schuhen als

Vorhut der Worte, die nach einem Windpfiff rein an mein Ohr stieben. Ich fühlte mit diesen aus einem warmen Ort gekommenen, frischen Schnee grau sprenkelnden Tropfen. Ihr Rand franste langsam aus, innerhalb erstarrten die Bakterien, nicht aus Furcht, das Ptyalin gefror, die Enzyme zerfielen, duplizierten die Geschmacklosigkeit dieses Schlangengeschnatters. In den neuen, hinterherkommenden und wieder versiegenden Mundwasserspritzern wuselten die Mikroorganismen, huschten dann nur noch, marodierten bald, larvierten rückwärts, zitterten nur, wurden steif, dann, weiß wie der Schnee rundum. Immer weiter verteilten sich die Spucketropfen, marmorierten den Weg zu Kurtis Fleischhauerei in unterschiedlichsten Grauabstufungen und Gefrierstadien. Als Einziger achtete ich auf diese Effekte und Folgen, alle anderen hangen an der wild auf und ab gehenden, sprechenden, lebendigen Zunge. Ich war den sterbenden Speicheltropfen in gewissem Maße näher als den geifernden, auf die Geschichte fiebernden, mich umgebenden Menschen, verstand, warum die Spucke lieber leblos am Boden verging, sich in den oberösterreichischen Winter einpflegte, sich versteckte und tarnte, als gehörte sie zur stummen, unveränderlichen Landschaft, anorganisch, taub, da, aber ahnungslos, unbeteiligt am Allzumenschlichen, anderen Ursprungs jedenfalls als die hinterherschallenden Silben, keinen Dunst vom schwulen Friseur, der jahrelang an seinen Lover geklammert auf der pastellgelben Kawasaki Ninja durch die hochsommerlichen Wälder hier gerauscht war, eine Tour nach der anderen absolviert, den Mittelstreifen strichliert vorbeiziehen, den Körper von Fliehkräften und Trägheit und Kurve und Gripp in die Schräge drücken lassen hatte, bevor er seinem Lebenspartner während einer Pause irgendwo am Straßenrand sagte, dass er absteige und aussteige, hier, und vielleicht sah er ganz verklärt in den Wald hinein, wo die Baumkronen das Licht siebten und ein Gebirgsbach die Kaskaden hinab Spektralfarben sprenkelte. In diesem Dorf eröffne er am Puls der Natur seinen neuen Salon, weit weg von den kerosinverpesteten und schwermetallverseuchten und mit Autobahnsmog vollgesogenen Köpfen in Linz. Die Leute hier brauchten mit Sicherheit auch fetzige Haarschnitte und für die nächsten Spritztouren brauchten die Liebenden nur die Ortsausfahrt nehmen, könnten sogar noch Benzin und Zeit sparen, hinein ins Schwarzenbachtal, vorbei am Nymphenfall, die Weißenauen hinauf und wie all diese Motorrad-El-Dorados hier in der Gegend hießen, und mit etwas Glück winkten ihnen die zufriedenen Kunden. Jetzt habe er sich aus ganz anderen Gründen vertschüsst, nicht zum zeitweiligen, montäglichen Vergnügen, sondern gewissermaßen, wie anzunehmen war, mit an Sicherheit grenzender Wahrscheinlichkeit für immer, nur weil irgendjemand es auch noch für lustig befunden habe, zusätzlich zu dem Hinkelsteinwurf, an der Geschäftstür eine Lippenstiftschmierage zu hinterlassen, man habe es ja eh fast nicht lesen können, *Kauft nicht bei Pudeln*, so eine Sauklaue.

Er vielleicht nicht, der Verunstaltete, in der Volksschule habe er ja schon zehntausend Dioptrien gehabt, vielleicht sei er es ja selber gewesen, um zum historischen Augenblick hinzuzufügen, dass er endlich schreiben gelernt, wurde der körperlich missglückte Sohn der alten Dame abgewatscht, der nächste Hinterjemand übernahm. Er trug einen Trachtenjanker in Grün und Braun mit derben, Brillantschliffen nachempfundenen, oktaederartigen Eichenholzknöpfen. Wer auch immer Hand an den Hobel gelegt hatte, litt unter schlimmstem Delirium tremens, weswegen die Arbeit eher der Kopfform eines Anencephalons ähnelte. Zumindest stellte ich mir hirnlose Schädel so vor, seit Lena von der Geburt jenes Kindes erzählt hatte, das die Mutter unbedingt am Tubus, an der Infusion, an der Blutkonserve, am Herzschrittmacher im Intensivzimmer hatte sehen wollen statt in der Patho. »Der Kopf ist ihm immer schon so auf die Seite gefallen, und die Atmung hat ausgesetzt, einschlafen lassen hätten wir es können«, und am Abend des Tages, da ich den Mann im Trachtenjanker mit dem Gamsbart am Revers die Mär vom schwulen Friseur auseinandersetzen gehört hatte, »Lena, Anencephali einschläfern, weißt eh, irgendwann brauchen wir eine

Bohrmaschine, und dann sind wir froh, wenn nebenan jemand aufmacht«, beispielsweise als ich Maria dann ein Gitterbett zusammenschraubte, »du würdest sie nicht euthanasieren, selbst wenn sie gar nichts hätte«, ich ließ den Bohrer noch ein paar Umdrehungen im Leerlauf sausen, um meiner Aussage Nachdruck zu verleihen. Seine Tochter sei ja ungemein talentiert. Seit Jahren fahre sie deshalb schon allmorgendlich eine ganze Stunde mit dem Autobus ins Unterland. Damit meine der Mann im Trachtenjanker den Fluss hinunter, denn das wisse sogar ihr minderbemittelter Vater. Das Oberland sei entgegen der Fließrichtung, egal ob südlicher oder nördlicher auf der Karte. Sie werde ihm nicht zu klug, das habe er ihr schon zigmal gesagt, seit sie da im Unterland das Gymnasium besuche. Er sprach den Begriff wie etwas unfassbar Widerwärtiges aus. Ob es ihn vor Kälte oder Ekel kurz schüttelte, wusste ich nicht. Nur ihre Zeichenlehrerin erkenne das Genie seiner Tochter nicht, die irgendwann sicherlich eine berühmte Designerin werde.

»Wie beim Heidinger«, wusste hinter dem Mann im Trachtenjanker die Frau in ihrem eisblauen Blazer, ihres Zeichens kulturbeflissene Volksschuldirektorin, wie man, wenn ich mich richtig entsinne, hierzulande immer noch sagt im Gegensatz zum deutschen Nachbarland, man habe ja nie Grund gehabt, die Schulstufen umzubenennen über all die Dekaden. Dieser Tage war im Fernsehen eine stundenlange Geburtstagsretrospektive der letzten pointilistischen Malergröße ausgestrahlt worden, die zufällig in dieser Gegend aufgewachsen war. Groß geworden war er allerdings im Salzburger Umland mit ultrakitschigen, quasinaturalistischen Landschaftsstudien. Inzwischen in Wien angekommen saß der Greis für die Sendung in seinem Stammcafé am Gürtel und witzelte über die Reporterfrage, ob dieses Etablissement nach ihm benannt sei. Es müsse selbst zwischen atonalen Hupkonzerten, Gummiabrieb, Bremsscheibenquietschen und zerschrammten Karosserieschreien einen Platz für Heiden geben. Im Übrigen bestehe das Café Heidinger schon seit seiner Geburt an der Stadtautobahn in diesem Gründerzeithaus und die Namensgleichheit sei zwar zufällig, nicht aber, dass er jetzt hier sitze. Im Hintergrund stoben ein paar Queuestöße klackend blaues Pigment in die Luft. Der Rauch stieg aus der Zigarette der Malergröße und ein paar Heidelandschaften flimmerten über das Bild, bevor die Reporterin fragte, warum er dann nach dem Umzug sein Œuvre beibehalten habe, nicht beispielsweise Geschäftsmänner male, bei Nacht, wie ein Sakkorücken im Sitzen über der Theke sacke, der nächste von vorn, wie er mit einer Frau zusammen tresenstehe, in gallenbessernden Schnaps schaue statt auf ihr rotes Kleid, Großstadtausschnitte eben, da müsse der Heidinger nicht mal den Filzhut weglassen, kurz hielt die Reporterin inne, »als ob man durch straßenseitige Scheiben schiele«, und Lena lachte, dass der Fernseher flimmerte. Ich machte »Sch, sch«, »Kokos-Busserl«, sagte Lena und gab mir eines auf die Zunge. Kein Mensch drehe ihm einen Strick aus der Unabänderlichkeit seines Stils, aber diese Motive, fragte die Reporterin. Wenn er jemals auf so grausige Gretchen wie diese Reporterin und ihr Herumkritikastern gehört hätte, wäre er jedenfalls nicht hier. Schon sein Zeichenlehrer in der Volksschule habe geschworen, aus ihm würde nie etwas, und schon gar kein Maler. Dann, nach Verleihung des goldenen Lorbeer, habe er bei dem pensionierten alten Dattel um Audienz ersucht, sich tief verbeugt im Vorzimmer, ihm direkt ins Gesicht geblickt, sich umgeschaut und gesagt, oh, es sei ja doch jemand da. Nicht nur die Frau im eisblauen Blazer und mit dem frostig schimmernden Lipgloss glaubte an ihre Alleinstellung hinsichtlich kultureller Bildung in dieser Schlange. Die Leute himmelten sie unverfroren tropfwarmen Augens an, was sie wohl verlockte, erhöhte und lobpudelig verhätschelte, so sehr, dass sie sogar verstiegen davon ausging, die einzige Erheiterung in diesem heimeligen Dorf seien Schlangenschimpftiraden und sie die Einzige, die abends zum Abspannen den Fernseher andrehte, weswegen sie diese ganze Heidinger-Sache wiederkäute.

Doch offensichtlich hatte auch der Mann im Trachtenjanker die Geburtstagsretrospektive geschaut. Er schnäuzte sich extralaut in ein Stofftaschentuch, um der Frau mit den feuerrot gefärbten, zwischen Glätteisenhälften schnurgerade gebändigten, schulterlangen Haaren den Wortschwall abzuschneiden. Als wirklich Stille einkehrte, erhob er den zittrigen Zeigefinger. Langsam, einer Urgewalt gleich, für die er sich wohl hielt, im selben Tempo wie ihre der feuchten Kälte wegen wieder Schwung aufnehmenden und sich kräuselnden Haarspitzen schwebte der Finger dem Gesicht der nicht gerade widerspruchsverwöhnten Volksschuldirektorin entgegen. Als zöge die Frau im eisblauen Blazer in Zeitlupe die Haare wie einen Schild hoch, um sich vor dem auf sie zukommenden Gegenargument zu wappnen. Auch ihr Hals steckte kältegezwängt eher zwischen ihren Schulterpolstern, als dass er herauswüchse, ihre Lippen bibberten, während der Mann im Trachtenjanker den Satz formte: »Nicht wie der Heider. Was hat der schon gemalt?« Die ganze Schlange brannte auf die Auseinandersetzung, wie es immer war, wenn Widerstand sich regte, wenn Widerspruch aufkam und mit Worten, hier, innerhalb der Dorfgemeinschaft ausgefochten wurde, was in einem Friseursalon ja nicht mehr zu klären war. Besonders die Frau im Nerzmantel reckte ihren Hals in Richtung der Kontrahenten, während ihr Sohn besonnen, als müsse er noch über die Bemerkung von vorhin nachdenken, den Kalkalpengraten entgegenschaute, deren klare Linie immer wieder zerstieben wurde in Flimmern, Schneetreiben, aufgepeitscht von Winden, die es dort in mehreren tausend Metern Höhe viel wilder trieben, jauchzende und dem Novembernebelwolkengrau Weißwehen einzeichnende Geschwindigkeiten erreichten. Damit verglichen wirkten die sachten Windstöße hier unten, an den Bergfüßen, auf der Talsohle, eher wie ein kurzes Zusammenzucken, ein Zittern und Aufmucken, als müsste selbst die Luft sich hin und wieder ein bisschen bewegen, halbentschlossen in diese oder jene Richtung preschen, weil sie sonst fröstelte.

Ich tappte gleich ein paar Meter vorwärts in Richtung Kurti, weil ich den Schritt-für-Schritt-Watschel-Marsch der Schlange noch nie und selbst in dieser Eiseskälte nicht nachvollziehen hatte können, lieber länger an einem Fleck verweilte, um mein Bein dann weit ausschreiten zu lassen. Hinten hörte ich die Volksschuldirektorin noch darauf bestehen, dass sich der Heidinger ein ganzes Leben lang treu geblieben war. Als ich mich im Gehen umdrehte, sah ich Schnee von meinen Schultern fallen und handkantenhohe Pulverhaufen von den zu mir aufschließenden Hinterjemanden stauben, die selbst im Gehen weiterdiskutierten, sich gegenseitig Atemwolken ins Gesicht hauchten. Immer Landschaften gemalt hatte der Heidinger, außer einmal den Heinrich porträtiert, und unlängst wegen der unabweisbaren Namensgleichheit, Herkunftsverwandtschaft und Genieähnlichkeit auch den Freiheitlichen Parteivorsitzenden in Wien, der im Übrigen schon ihr Schüler und überaus talentiert gewesen sei, immer die Hauptrollen in allen Schultheateraufführungen bekommen habe, aber sonst habe der Heidinger stets unsere Gegenden gemalt besser als jeder Fotograf, auch wenn die Winde aus anderen, primitiveren, perversen Richtungen kamen. Während dieser blau einherreitende Russe da sich von der Landschaft wegabstrahiert habe in für jeden gesunden Menschenverstand unnachvollziehbare Höhen, habe Heidinger sich heldenbeispielhaft verhalten und es deswegen auch auf diese Peppiliste geschafft, verzeichnet wie wenige als unvernichtbar, damit unserem führungsbegnadeten, gottgelobten und für das Idealschöne beneideten Kulturvolk in der Alpenmark nicht die Genies und Geistesgrößen ausgingen, davonflohen oder wegflogen gen Westen oder, Jesus Maria, gar fielen wie die stürmischen Jugendheroen in den Auen, als der blutrote Supergau die Donau heraufnahte. Deswegen habe der Heidinger ja auch nicht ausrücken müssen zur Volkszählung, zur Musterstellung, zum anschließenden Krieg, weil man einer Nation nicht alles nehmen kann, weil es dem Land einfach nicht zumutbar war, dass es auf ihn verzichte, das habe der Peppi sehr genau gewusst mit seiner Liste. »Einrücken hätte er müssen. Die Front war eh schon vor der eigenen Haustür«, unterbrach sie der Mann im Trachtenjanker, das stelle er sich ganz schön witzig vor, wie der Heidinger mit Staffelei, Palette und Leinwand unterm Arm ausgerückt sei, irgendeinen Hügel hier in der Gegend bestiegen und sich auf einen Hocker gepflanzt und gewartet habe, bis sich die Sonne über die Berge schwang, die Schneeschicht morgens von den im Feld gebliebenen Körpern schmolz und einfach die Leichname seiner Kameraden stillschweigend in Büsche und Hecken und Sträucher verwandelt habe. »Die Toten liegen in den Wiesen und der Herr Heidinger malt menschenleere Landschaften. Der kann mir gestohlen bleiben.« Schon ereiferte sich wieder die Volksschuldirektorin, was wäre denn bitte mit den *Wahlverwandtschaften* Goethes, geschrieben während der napoleonischen Kriege, und dann käme allzu hämisch während Vietnam der bei uns nach Adis Kunstvorstellungen auf ewig Ade unmöglich gewordene und Hasta la vista geschickte Fotorealismus ausgerechnet aus den USA, blanke Wüsten und bis zum Spiegelreflex polierte Autokarosserien, was sei denn damit, dass die Leute gerade in den allerschlimmsten Zeiten die Weiden und das Idyll am bitternötigsten haben. »Was ist das denn wieder für ein Nazischeiß«, hatte Lena gesagt noch während der Heidingergeburtstagsretrospektive, und als dann der Abspann lief, dass ihr die Reporterin wirklich leidtue, so einen altväterischen Pinselstricher interviewen zu müssen, und sehr bestimmt von ihrem Rotweinglas getrunken, als wäre alles Sagbare gesagt mit diesem unanschlussfähigen Abkanzelsatz, lautstarkes Schweigen, indem Lena das Achterl auf die Tischplatte donnerte. Glücklicherweise hatte ich noch das Kokosbusserl im Mund.

Seine Tochter, sagte der Mann im Trachtenjanker, habe im Morgengrauen jener Novembersamstagnacht zu dem schwulen Friseur und dem Schmähspruch an der Tür Tränen entgegengehalten, habe hinter der eingeschmissenen Glasscheibe der echtlebensgroßen Haarwerbepuppe auf die Wangen Tropfen mit glitzernder Schminke gemalt. Sie habe die Augen wach und die Ohren aufmerksam offen eben Courage und echtmenschliches Mitgefühl gezeigt, Dinge, die mit Kunst in höchstem Maße und innig verquickt seien. Da könnten sich die Heidingers in Wien und Freiheitlichen Parteichefs in ihren Bärentälern und düsteren Forststrichen Österreichs und das ganze Packlgfrast mehr als eine Scheibe abschneiden. Darum ginge es. Das glaube sie nicht, sagte die Volksschuldirektorin, Empathie könne man auch mit Gegenden haben, mit Pflanzen, Gewässern und Tieren, was für ein jovialer Menscheninszentrumrücker er denn bitte sei, da muss man nur einen Vegetarier fragen, als ich endlich an Kurtis Theke mein Fleisch bekam, Beiried und Beinscheiben, die in Fettpapier eingepackten Teile in das mitgebrachte Plastiksackerl tat und den Rückweg die Schlange entlang antrat. Da habe er sich geschnitten, beharrte gerade die Volksschuldirektorin, die Lippen inzwischen so eisblau wie der Blazer, um die Leinwände beschauenden Menschen gehe es, wie der Künstler ihnen etwas vermittle, das sehr wohl mit Gesellschaft und Zeitgeist zu tun habe, was aber noch lange nicht heiße, dass zeitgeistliche und gesellschaftliche Verhältnisse in Zeiten struktureller Probleme tumb abgemalt oder schwul an schwule Wangen geschmiert werden müssten. Inzwischen hatten ihre Haare wieder Korkenzieherlockenform angenommen und seine Tochter solle doch Flugblätter verteilen gehen.

Während ich durch den Schnee vorbei an der Frau im Nerz und ihrem sabbernden Sohn stapfte, durfte ich mir vom Mann im Trachtenjanker noch anhören, dass es darum ginge, etwas zu riskieren, dass seine Tochter gottverdammt nochmal über die reißzahnartig hochstehenden Splitter im Fensterrahmen gestiegen war, sich die Oberschenkel aufschlitzen hätte können in ihrem Rausch. Gerade aus dem Wirten sei sie gekommen, vom Fortgehen, und dann am Heimweg habe sie im Morgengrauen die hinige Scheibe und die *Kauft nicht bei Pudeln*-Sentenz gesehen. Und selbst frierend, in ihrem Zustand noch, den ganzen nächsten Vormittag habe sie zwar über die Kloschüssel gebeugt zugebracht, aber doch Stunden zuvor ganz genau und gewissenhaft sofort gewusst, was zu tun war. Vom Vollsuff gezeichnet habe er am Nachmittag ihre unverwechselbare stilistische Handschrift an den Wangen der echtlebensgroßen Haarwerbepuppe erblickt. Und erst diese Splitter. Die sorgenvolle Vorstellung, dass seine genialische Tochter über diese rasiermesserscharfen Glasbruchstücke gestakst war, ein Tanz auf der Klinge, hinein ins Schaufenster, bloß um einen Typen zu verteidigen, der schon weiß Gott wo sein konnte. Das sei wahrer künstlerischer Schneid. Ich nickte dem Mann im Trachtenjanker zu und ging an der Volksschuldirektorin vorbei, die einstimmte, denn auch sie habe die zackig scharfen Glassplitter gesehen, die allesamt auf die Steineinschlagsstelle zeigten, wie im Fadenkreuz den nicht vorhandenen Hodensack im Schritt der echtlebensgroßen Haarwerbepuppe anvisierten. Und wenn seine Tochter wirklich so genial sei, hätte sie etwas mit diesen eckigen Scherben machen sollen, ein nahezu kubistisches Spektakel, wie die den Anblick des Friseursalons brachen im Morgenlicht, guernicagleich, das hätte seiner Madame doch auffallen müssen. Der Mann im Trachtenjanker sagte, es habe dann zu Hause natürlich etwas gesetzt, eine gesunde Detschen, nicht auszudenken, wenn sie sich verletzt hätte, was sie da riskiert habe. Am Ende hätte sie noch ins Unterlander Krankenhaus gemusst, was man da höre. Hochschwanger ginge man hinein, und ohne Kind komme man heraus, nur weil man sich vorsorglich quasiabtreibungsgleich durchultraschallen hat lassen mit diesen ärztlichen Babykillerstrahlen und dieser hochtoxischen Schmiere. Nein, vor Sorge könne man ja auch sterben, und er habe, welch Tat seine Tochter eigentlich vollbracht, erst bier und hetzt jegriffen. Wenn mich nicht alles täuschte, ich drehte mich nicht um, hätte wahrscheinlich eh nicht mehr die Hand vor Augen gesehen, kämpfte mich vorwärts durch den jetzt wieder rauer aufbrausenden Wind, stapfte, schnaufte und wankte langsam laufender Nase außer Hörweite des trachtenjankertragenden Mannes, aber ich glaubte, Krämpfe ergriffen seine Wangen, Schluchzen erschütterte seine Zunge, eine innige Umarmung erstickte seine Worte und, so stellte ich es mir zumindest vor, seine Tränen gefroren.

Es schneite jetzt genau in die Richtung, in die ich ging. Der Wind setzte sich durch und drehte nicht mehr irgendwo über dem Flachland um die Gebirgsriegel herum und herein in den Kessel, durchstreifte die Sohle nicht mehr tallängs. Direkt über die Grate kam der Sturm, heulte als Fallwind die Hänge herunter, die Böen pfiffen lotrecht der Felsenketten, schier aus Kurtis Fleischhauerei, trieben die Schneewehen und mich vor sich her, peitschten mir die Mantelschöße um die Knie, meinem Schritt voraus, bissen mir frostig in die Kreuzbänder, rauften und rissen mein Haar, beutelten in meiner Hand das Plastiksackerl, hoben es in die Horizontale, flatterten kiloweise Fleisch wie nichts, die Halter schnitten mir in die Fingerglieder, die Kälte kroch mir in die Knochen. Die Gestalten neben mir in der Schlange schlotterten, Troddeln an Zipfelmützen und Schalfransen wehten mit mir, ihr Anblick zerschlissen und zerfasert wie auf einem Bildschirm voll schlechtem Empfang, abgerissene, aber pfiffige Provinzler im rauen Auflachen der Böen. Engmaschige Skimasken bedeckten Gesichter, Schalknoten hielten rüstig geschnürt um Hälse, auf und ab schwebende Fäustlinge schüttelten sich immer wieder neu anhäufenden Schnee ab. Der Wind nahm ihn bereitwillig mit, stieb die Flocken in meinen Blick. Riesige Stiefel steckten knöcheltief fest, hoben und senkten, schritten, schrammten Farbverläufe ins allesbedeckende Weiß, vor meine Augen, während das Metrum der Böen das Schauen strichlierte. Der Rhythmus der Windstöße zwang mich zu blinzeln, interpunktierte während des Vorwärtswehens das Ansehen der Leute, das ein paar Takte Sturmpause wiederherstellten. Im Wechseln des Liderschließens und Hinschauens lösten Schwarz und Weiß einander ab, kämpften um die paar Kleckse Braun, Grau, Jeansblau, die Farben der Kleider an jenen Einheimischen, die sich diesen Winden aussetzten. Ich schritt sie ab, passierte die Schlange und blieb selbst nicht stehen, ließ den Wind meine Ohren entlangpfeifen, sah noch einen anthrazitfarbenen Parka und spürte an den Lidern schon die Nachhut aus Schnee vorbeitreiben, erblickte beim nächsten Augenaufschlag im Gehen sehr peripher ebenjene anthrazitfarbene Fläche aus meinem Gesichtsfeld weichen, während sie schon verfranste an den Rändern, einerseits bedingt durch mein Vorangehen, verschärft noch durch ihr entgegengesetztes Bewegen, zusätzlich im unerbittlichen Rhythmus von Auftreffen und Abgleiten der flockenbringenden Böen. Ebenjene Schneewehe holte mich jetzt ein, strich über mein inzwischen klatschnasses Haar, während erst vor mir der letzte über mich hinweggefegte Weißstreif zum Schleier verkam, sich zur Wolke legte, in die ich hineinmarschierte, in deren Lichtung ein orangefarbener Arbeitsanzug erschien. Doch ich musste schon wieder die Augen zu Schlitzen verengen, Schritte setzen, Frost durchpochte mich, wie unter Heulen zum Ohr herein in mein Inneres. Brutal kickte das Orange den nächsten Anblick, äußerst im Augenwinkel. Ich wandte mich um, dass mir der Schnee erst richtig in Pupillen, Iris, Wimpern knallte, Kälte Schienbeine, Hüfte, Taille, Brustkorb, Schultern, Hals, Gesicht, mich weiß strich, der Wind mir fast den Mantel vom Körper streifte. Reflexartig riss ich den Unterarm vor die Augen. Als ich über meine Speiche hinweg dann immer noch Ellenbeuge bis Ärmelaufschlag die Hand des orangefarbenen Typen sich bewegen sah wie ein Schiffchen, begriff ich erst, dass er nicht etwa wie ich vorschützte, was sein Körper eben hergab, sondern dass er winkte, mir zugewandt stand. Er streckte den Zeigefinger, wies durch die groteske Szenerie, aus der innerhalb weniger Stunden die weiten Vorgartenflächen verschwunden, dünenartige Schneeberge im Luvstau der Hauswände aufgeworfen waren. Wieder dauerte es etwas, erneut verstrich der Schnee ein paar Anblicke, bis nicht etwa aus meiner Nase und meinen Haaren, sondern in meinen windverpfiffenen Schädel hineinsickerte, dass der Typ in Orange auf meinen Wagen zeigte, der einige Meter weit hinter mir, neben ihm quasi stand, eigentlich schon in Flocken aufschwamm, Aquaplaning unter null, Reifenprofilunterseite bis Radkappe Oberkante eingeschneit. Ich stemmte mich gegen den Wind, ging zu ihm hin, hätte vornüberfallen können, wäre im Schnee nicht mal weich aufgekommen, so krass stürmte es.

Dann war ich da und schrie: »Danke! Und jetzt?« Er hielt mir Schneeketten, »Gott hab Sie selig, danke«, und ich kniete mich hin, schaufelte barhändig weg den Schnee vom Vorderrad. Erst schmolz er noch an meinen Fingern. Dann froren die Tropfen vor Kälte schon wieder. Mein Fleisch wurde taub, es kribbelte, Haut aber labbrig. Wie Lappen bald patschten sie ins Weiß. Eine Flocke nach der nächsten weg. Rinker Leifen dann der andere. Es tat weh. Das Wedeln von Radkappen. Schnee im Blick. Tropfenschmelz in Nase, Rotzauge. Profilfreikratzen. Nägel biegen sich, frieren ein, Abbruch, Nagelwurz, sicher eingerissen, aber sah man bloß, spürt ich nicht. Und schon wieder Schneewehen rangefegt. Wie Zaunneuanstrich bei Regen. Meinen Buckel in den Wind. Flocken ins Genick. Gleichzeitig fritzte und schwor ich. Kette um Kautschuk jetzt. Die Spannung der Glieder. Fetzt Haut vom Finger. Kette flitscht. Reißt aus Handfläche. Glitschig aus dem Griff. Kein Gripp. Fitzelchen Hautfarbe. Angeeist daran. Bleich gedeckt fon Vlocken. Schlaff im Schnee liegt sie. Hand hätt ich da gerne paniert in einer Pfanne. Aber momentan ja eher Tiefkühlkost. Offen schon Hornhaut. Fleisch darunter. Blaukariert. Stücke schauen heraus. Pochen Blut in Blick. Aber noch diese Autopanne. Wieder probieren, Kette umlegen, Festzirren, festzusammen die Zähne aufeinander, Beißen. Hochziehen. Meine Finger immer kribbeliger. Einlegen, anschnallen. Erster Handgriff keineswegs Zündung, sondern heizen, dann erst Gaspedaltreten und im Rückspiegel die Schneefontäne aufstieben sehen, außerdem Windschutzscheibe voll Schnee, im Seitenfenster die ganze glotzende Schlange. »Scheiße, Scheiße, Scheiße«, und wieder raus in Frost, so wie schachen unb lauen undeteiligt. Wischi waschi Windschutzscheibi free. »Scheiße, Scheiße«, krieg ich gegen, kick ich drauf, auf Kette auf Reifen kein Aufgehen. Einfach lassen, es raustreten, gegen Vorderrad. Verdammt. Mit Zahn drauf, Beißen, ein bisschen, Schrauben aufschrauben, bloß legen die Ketten ab, Fingerverbleiben, es meidet nicht aus, auf, au, fuck, rauf, hinten, hinten wieder drauf, im Luvstau vom Vorderrad, ma duss nam micht graben, eh fast schein Knee, verziehen jetzt, Reißleine ziehen, Finger auftauen lassen, Schmerz dann erst lichtig reim Benken, zwar Leder aber eigentlich Granit, beißen.

»Boah, sieht das geil aus, da, man sieht das Fleisch, darf ich reindrücken, spritzt dann Blut?«, sagte Lukas, wie ich mir schon hatte denken können, und Johannes sagte: »Du musst Handschuhe anziehen, Papa«, doch jetzt nicht, wenn das Blut gerinne und das Gewebe verwachse mit dem Handschuhfutter, im Hinterher, immer besser wissen, was im Vorher angemessen gewesen wär, und Lena, als ich sie mit offenen Händen empfing: »So ein großes Pflaster gibts gar nicht.« Also holte sie Betaisodona, Mull, Verband, Nadel, Faden, auf dem Gasherd waren die vier Feuerstellen besetzt, Wasserbad, gusseiserne Pfanne, Edelstahltopf, Schneidbrett, also holte Lena auch noch Sterilisation, legte alles auf den Tisch, setzte sich, mir gegenüber, schaute mich an.

»Armes Wehwechen.«

»Ich werd tapfer sein, versprochen.«

»Ich sagte armes Wehwechen, nicht armes Kerlchen.«

»Berichtig mich hier nicht.«

»Ich berichtige mich.«

»Vielleicht schrei ich.«

»Wunden haben ihre Berechtigung.«

»Die Beinscheiben sind so weit, Kartoffeln kochen auch gleich.«

»Hätte mich schwer verwundert, wenn du fertig wärst.«

»Ja, los, mach mich fertig.«

»Ich steche jetzt durch, schau ruhig hin, hier kommt die Nadel.«

»Wirds wehtun?«

»Wenigstens wird sie ganz sicher keine hässlichen Narben schlagen.«

»Wie viele?«

»Schätzomativ zwei, aber wenn wir jetzt nicht langsam anfangen.«

»Ist sie desinfiziert?«

»Sind die Kartoffeln geschält?«

»Was, wieso, nein?«

»Und gewaschen?«

Ich schüttelte den Kopf.

Lena warf die Nadel zu den Erdäpfeln ins Wasser.

»Wenn ich deinetwegen Wundstarrkrampf kriege.«

Sie fischte die Nadel mit zwei Gabeln wieder raus und setzte an.

»Ja, dann verreckst du.«

Mit Fäustling und Verband reihte ich mich gerade noch rechtzeitig ein, die letzten Sätze aufzuschnappen vom geigenzartbesaiteten Herrn Musikschulprofessordoktorengattentrottel. Beim Schneekettenanlegen habe er sich die ebenholzgewöhnte, mahagoniverwöhnte Waschweibhand aufgerissen, die Finger verzogen und das Nagelbett zerfetzt. Er wusste nicht mal, wo die Ketten anzulegen waren. Das ganze freihändige Schneeschaufelmanöver habe nämlich witzigerweise gar nicht Not getan. Einen Mercedes könne man sich leisten, nicht aber nicht zu wissen, an welcher Achse der Antrieb saß. Vielleicht ist einem ja sogar bekannt, dass der Mercedes ein Hinterradler ist, dafür aber nicht, brachte noch jemand an, dass Schneeketten an Antriebsrädern anzubringen sind.

»Siegi.«

»Kurti.«

»Wie gehts der Familie?«

»Noch alle vollzählig.«

»Nimms nicht so schwer. Ist quasi dein Einstand.«

»Danke, Einstein.«

Auf dem Heimweg machte ich dann noch einen Abstecher durch die Marktgasse, ratterte über das Kopfsteinpflaster und hielt vor dem ehemaligen Frisiersalon, der noch gut zu erkennen war an der zerdepperten Scheibe. Ich parkte auf der anderen Straßenseite hinter einem Entrümpelungscontainer, trat an das Schaufenster heran, sah den Stein zwischen den präsentierten Haarpflegeprodukten liegen sowie den Schriftzug *Kauft nicht bei Pudeln*, an dem ein älterer Herr tüchtig Hand anlegte, mit einem nach Frostschutz riechenden Lappen lustig wischte und mit einer Rosshaarbürste kräftig schrubbte. Dazu pfiff er eine heitere Liedchenmelodie und die Putzutensilien schienen sich im hopsenden Rhythmus der Töne zu bewegen. Kratzen und Quietschen überlagerten immer wieder das Pfeifen. »Lippenstift«, sagte er, als ich näher trat, »geht echt schwer weg.« – »Wie wärs mit einem Drahtwaschel?«, sagte ich, woraufhin der Herr innehielt, mich durch seine Brille musterte, eine hauchschmal gezupfte Augenbraue hob, die bis eben noch verborgen gewesen war hinter dem Nickelgestell, versteckt und erst durch das Wundern zur Anschauung gebracht. »Das macht mir ja die Türe hin. Zerkratzt das schöne Holz. Schauen Sie sich diese Maßtischlerarbeit an. Was für ein Geschäftslokal!« Auf seinem rechten Brillenglas machte ich die Spiegelung eines Kleintransporters aus, der vor dem Entrümpelungscontainer stand. Ich wandte mich danach um, sah auf dem Wagenblech den Schriftzug *Brille, Bella?!*... »Da hat aber jemand einen super Werbedesigner«, sagte ich, ließ meinen Blick zurückschweifen über das Marktgassenkopfsteinpflaster, die Fensterscheibe, deren Reste das Winterlicht fingen, davon erleuchtet waren und in ihrem Strahlen, zwischen all dem Gleißen eine durchsichtige, hakenkreuzförmige Leerstelle ließen. Er lächelte und meinte, er sei eine Personalunion. »Dann machen Sie am besten noch einen Nahkampfkurs, dass es Ihnen nicht ergeht wie dem Vorgänger.« Er werde sich schon gutstellen mit den Leuten, ich solle nur kommen, er zeige es mir. Er trat durch die Ladentür, lockfingerte mich die Schaufensterscheibe entlang bis vor die Haarwerbepuppe. Er tauchte dahinter ab und sprach zwischen den Splittern heraus, ob ich sie sehe. Die den Wangen beigebrachten Tränen in schillernder, pinker, pigmenthaltiger, verkrusteter, sich fast dreidimensional abhebender Glitzerschminke hatten die Form von Sternen. »Sehen Sie sie?« Zu Füßen der Haarwerbepuppe waren die Scherben schon größtenteils aufgekehrt. Nur vereinzelt blinkte noch ab und an der mikroskopische Glasbruchstaub, den ein Fusselsauger wohl besser verschwinden lassen würde als der in die Ecke gelehnte Besen. »Diese Schönheit«, und erst jetzt fielen mir die wohlfeile Dauerwelle, die hohen Wangenknochen, die schwarz gewichsten Augenbrauen, der herzförmige Lippenschwung, der haarklein geschniegelte Schnurrbart der Haarwerbepuppe auf. »Nach seinem Lover hat er diese Puppe gebildet, aber die Leute reden immer nur über die pastellgelbe Kawasaki Ninja. Sie müssen zehntausend Dioptrien haben. Sie sehen die Schönheit nicht.« Dann reichte er mir die Haarwerbepuppe Haupt voran durch das klaffende Emblem der Schaufensterscheibe.

Ich packte den Loverdoppelgänger an der Schulter, kalt und glatt fühlte sich die nackte Puppenoberfläche an. Erst als ich ihn am Tanktop anpackte, der Opticus das Kunststoffimitat losließ und ich das Ding durch die Scheibenbruchstelle hob, fühlte es sich menschlich an, nach einem Baumwoll-Polyester-Nylon-Satin-Gemisch-beschichteten Wesen. Ich tat ein paar Schritte rückwärts, schleifte die Puppenfüße über ein paar noch hochstehende Glasdreiecke, die teilweise herausbrachen und die Leerstelle dazwischen deformierten, dass sie eine plötzliche Zufälligkeit bekam, bloß ein ballistisch rekonstruierbarer Steinabdruck inmitten leuchtender, scharfkantiger Glasflächen. Der Opticus schickte noch, er brauche ohnehin eine neue, vielleicht eine optische, oder gar keine, als Witz oder so, und schmiss das Geschoss hinterher, ein weiterer Zacken der immer weniger werdenden Scheibe zersplitterte. Ich stand auf dem Trottoir, die Haarwerbepuppe im Schleifgriff, wollte gerade umfassen, um keine Leiche zu ziehen, sondern einen Tanzpartner zu wiegen, da war der Opticus aber schon durch das kaum noch existente Schaufenster getreten, hatte die Wange der Puppe geküsst, sie aus meinen Armen gelöst, über das Marktgassenpflaster gehievt und geschmissen in den Entrümpelungscontainer. »Sie alle werden die Schönheit sehen«, sagte er zu mir, »Sie werden es sehen«, und beim Einsteigen in meinen Mercedes sah ich durch die dreckige, frostkristallbesetzte und schneeflockige Beifahrerfensterscheibe den Schaufensterrest, einen messerscharfen Glaszahnsplitter, den schon Sprünge und Brüche durchzogen, die wiederum den Anblick des Frisiersalons dahinter rasterten und frakturierten, aufspalteten in Felder, aus der fließenden

Mannigfaltigkeit der Fläche in die kleinkarierten Kästchen optischer Analysten, genauer Schauer und findiger Hingucker überführten, wie ein Kreuzspinnennetzsegment, durch das man blickte. Dann kam die Sonne hinter einer Wolke hervor und ihre Strahlung tauchte den Glassplitter wieder in Grelle, dass jeder Durchblick ausgeblendet war wie im Altweibersommer. So ließ ich den Motor an und die Beifahrerfensterscheibe hinunter, rief dem schon wieder munter weiterrubbelndem Doktor Opticus zu, ob er wisse, was aus dem Pudel geworden war. »Natürlich«, quittierte er. »Und zwar?« Der lasse sich nie wieder anschauen. »Ja, und weiter?« – »Nun ist der schönste Mann im Ort wieder Volki Hort.«

10 Siegi hört eine Radiosendung über Kleinstarbeit am Rasterteil

Erst unlängst hörte ich auf dem Kulturradiosender, der mir meine handkrampfigen finalen Tage versüßt, einen Beitrag über den französischen Maler Cézanne. Man weiß es ja eigentlich, es ist dann immer die Rede von der Kubisteninspiration, vom Aufstoßen der Türen, durch die Avantgarden stürmen, von Picassos fortwährenden Interpretationen der Cézanne'schen Motive und auch vom Porträt des Kunstsammlers Ambroise Vollard, eines seiner ersten und einzigen Förderer. Mit einer Stimme, dass man das Schmunzeln fast hören konnte, sagte der Radiomoderator, Vollard hätte nicht gewusst, worauf er sich einlasse beim Einwilligen, Cézannes Modell zu werden. Normalerweise nahm ein Gemälde damals ein paar Stunden in Anspruch, wiewohl der Künstler sodann ohne das Modell für unbestimmte Zeit an der vorerst hingehauchten Studie weiterarbeitete. Aber Paul Cézanne habe die Palette bereitgemacht, die Pigmente vermischt, die Grundierung aufgetragen, während Ambroise Vollard schon dasaß, womöglich ungeduldiger Miene, stutzend, wann es losginge. Aber Cézanne habe die ganze Leinwand gerastert, habe sie vorzeichnerisch in winzige, daumennagelgroße Dreiecke unterteilt. Vollard habe wahrscheinlich gefragt, ob er etwas trinken könne, schielend schon nach der Dienstmagd, sie bringe ihm doch sicher einen Kaffee, vielleicht auch einen Weißwein, je nach Tageszeit. Aber Cézanne habe das untersagt, habe gesagt, er trage jetzt erst die zweite Grundierung auf, er modelliere das Licht, zerteile es, wie es eben falle hier herein um diese Tageszeit, er strukturiere das Bild. Ach Paul, dann maltest du zwei Dreiecke aus und schicktest Ambroise weg. Morgen um dieselbe Zeit. Sage und schreibe zweihundertsiebzehn Sitzungen lang. Vierhundertvierunddreißig daumennagelgroße, Stunden auszumalen dauernde Dreiecke weit. Im Vorrücken des Minutenzeigers vernichtet die Tageszeit, den Blick geheftet nur auf das Modell, aber nicht auf Ambroise, sondern seinen Schatten, auf den Schein, ihn einzufangen bereit, keineswegs die Figur dahinter, finster aus dem Atelier herausgerissen, das dann dalag, bar des Lichts, fern der Sonne, vorbeigeschwommen im Verstrich des Tages, auf die andere Hausseite, woher kein Licht mehr fiel auf die dunkle, ebenholzige Kommode, auf Stores voller Stickereien vor den Fenstern, auf die Muster, von feuchten, runzlig gewordenen Tapeten auf die Wände geprägt, die fingerabdruckfettvolle Türklinke, den Teppich, der Atelier und Vorraum verbindet, es ist so weit, das Licht ist fort, und schickte Vollard wieder weg, der die Reihe durchgelaufener Schuhe entlangschritt, wohl dachte, ach, was könne er alles malen. Warum ausgerechnet mois. Morgen um dieselbe Zeit. Ja. Und dann wieder, und dann wieder, und dann wieder, ach Ambroise, armer Mann, aber wer hat dabei schon an Cézanne gedacht. Der saß da, in seinem Atelier, geschieden vom Licht, das die anderen Impressionisten suchten an feuchten Flussuferwiesen, bei Frühstücken im Grünen, auf der hauchigen, fast venendurchsichtigen Milchhaut von Frauen, blauunterlaufen, auf rauschenden Tanzvergnügen unter venezianischen Lampions, Männer in Fracks mit Seidenaufschlägen. Währenddessen darbte Vollards Porträt dahin, Dreieck für Dreieck, Splitter für Splitter, Farbfleck und Pinselstrich, Stunde für Stunde, Jahr für Jahr, als Paul dann sagte, aha, so sieht er also aus, dieser Ambroise Vollard, in seine zerschlissenen Schuhe schlüpfte, das Modell einfach sitzen ließ, jedes Leben von ihm abgezogen, und sich aufmachte ins Gebirg, immer wieder hinging, sich in diese Hütte einquartieren ließ, um Lichtquanten vom rauen Fels mit Pinselpalette und Pigmentstafette zu fangen und sich selbst vor die Augen zu stellen, wie ein Insektenforscher vielleicht Schmetterlinge mit einem zarten

Kescher aus der Luft fischte und sich selbst auf den Handrücken setzte extralanger Haxen. Weberknechtartig stakste das riesige Insekt dann den Finger entlang, gelangte über den Nagel hinaus, schon braun und nicht mehr schwarz, krabbelte von Kurti weg und die Thermoskannenkappe hinauf und strampelte dann in kaltem Kaffee. Sobald ich ihn an der Flügelscheide schnappte zwischen Daumen und Zeigefinger, sogleich schabten Geweih und Fühler über mein Nagelbett. Wie winzige Haken, die an mir zupften, das Rucken kleiner Beinchen, fast liebköstlich. Wie Maikäfer, wie Junischwärmer, wie das hingehauchte Licht der Glühwürmchen, so die Berührung dieses kleinen Kerlchens. Ich setzte das süße Ding ab. Es bewegte sich weg, langsamer jetzt, zu einem dämmernden Grashalm hin. Er stellte sich auf die imposanten Hinterbeine und trank den Tropfen Tau zwischen seinem Geweih. Muschelmundartig öffneten und schlossen sich seine beiden Scheren, Schaufeln oder was auch immer. Wie die meisten Menschen hatte ich noch nie einen gesehen, geschweige denn berührt. Doch nun war die Existenz des Riesenkäfers bewiesen. Ich nahm den finalen Schluck Kaffee. So gut hatte der noch nie geschmeckt. Kein Krümelchen Satz darin. Ich war verzückt. Kurti steckte sich den letzten Tschick ins schwarze Gesicht. Er schaute zu der Eiche auf, die uns beschattete, zum Rohrdickicht hinaus, hinter dem der Wildwechsel in der Dämmerung lag, nickte und nuschelte.

»Also nochmal.«

»Ja?«

»Warum kommst du nicht mehr zu mir?«

»Ich hab einfach keine Zeit mehr.«

»Seit du bei Ernstl lernst?«

Und dann begannen hinter der Lichtung die Gipfel zu glühen. Das Strahlen strich von den Graten einher und legte sich auf die Wipfel. Zu allen Seiten wuchsen und blühten Linden gen Himmel. Ihre Blätter siebten zunehmend das Licht. Das Gestirn schwang sich als zinnoberroter Feuerball empor. Die Luft war erfüllt von Flieder, Märzenbechern und Hyazinthen.

Bis an die Füße der Alpen lief die Straße über die Brücke schnurgerade hinweg. Der Asphalt bildete eine Einflugschneise für den Sonnenschein. Der Strom floss majestätisch mächtig darunter. Der rauschende Flusslauf lag vor uns in Herzblutrot, unterbrochen nur durch die Lindenblattschatten. Es waren bloß kleine Schwachstellen ganz normalen Wassers in unserer Sage voller Unbesiegbarkeit. »Die Allerallerwichtigsten ...« – »Jaja, die Weibchen, wegen der Eier«, gab ich wieder, was ich zum zirka tausendsten Mal vernahm, »die kapitalen Weibchen. Die sorgen für Nachwuchs«, verbesserte mich Ernstl, aber zum ersten Mal sah ich, was mehr als jede Lehre war, dieses infernalische Bild. Der sich bis zum Kalkalpenfelsansatz windende Styx, die Höllensymphonie des plätschernden, murmelnden, singenden Wassers. Wo es gegen Steine stieß, warf es in die Luft Perlen, die das schräg einfallende Frühlingssonnenaufgangslicht regenbogengleich brachen, jedoch die Farbpalette satt ins Rote gestrichen. Und Ernstl sprach: »Das letzte Ziel ist eigentlich ein Fluss, in dem nichts mehr zu fangen ist. Alle Fische so oft gehakt, dass man sie nie wieder dranzukriegen vermag. Aber bis dahin«, erstens nahm er die Ritz D zwischen Zeigefinger und Daumen der linken Hand, zweitens hakte er die Fliege aus der untersten Öse der Stange, die er rechtens hielt. Drittens trat er so weit von der Brüstung zurück, dass sie den wachsamen Forellenaugen seine Armbewegungen verdeckte. Viertens stellte er sich anders hin, setzte den linken Fuß voran, im Knie leicht gebeugt, den rechten gestreckt zurück, wie ein Skispringer den Telemark. Fünftens ließ Ernstl die Ritz D mit beiden Fingern gleichzeitig los, weniger eine Handbewegung als das plötzliche Auseinandergehen zweier Zangenschenkel. Bevor die Fliege noch der Schwerkraft nachkam, in dem einen Augenblick, da sie schon schwebte, aber noch nicht fiel, begann Ernstl sechstens zu werfen flussabwärts. »Schau ihn dir an, den Volki, so ein Sepp, wie der so gut fängt«, Ernstl wies mit einem Nicken in Richtung der nächsten Brücke. Ihre Silhouette zeichnete sich Dutzende Meter tallängs schräg zum Sonnenaufgang ab, »es muss mit dem Teufel zugehen.«

Ein hoch aufgeschossenes V von einem Oberkörper war zu erkennen, ein schmaler, flimmernder, vertikaler Strich markierte die Rute, ein beschattetes Gesicht, eine Krempe hineingezogen, im Hutband eine Hahnenfeder, »seine jämmerlichen Versuche, flussaufwärts den Strömungsschatten eines Steins anzufischen«, ein Vorfach schimmerte diesseits der unteren Brücke orangefarben in den Lavastrom, denn erstens wollen Forellen kaltes Wasser. Zweitens erwärmt sich Wasser, wo es steht, am schnellsten. Drittens wollen Forellen also rasendes Wasser. Viertens wollen Forellen aber nicht gegen die Stromschnellen schwimmen. Fünftens wollen Forellen also stehende Stellen im rennenden Fluss. Sechstens brauchen Forellen sauerstoffreiches Wasser. Siebtens können die H_2O-Moleküle umso besser O binden, je größer ihre Oberfläche ist. Achtens lässt sich eine Oberfläche auffächern, indem sie gefaltet wird. Neuntens wirft Wasser die meisten Falten, wird am weitflächigsten aufgespalten, wenn es auf Hindernisse trifft. Zehntens wollen Forellen also kühle Moleküle, die über Steine rinnen und Schottergründe hinab in Flüssen Kaskaden bilden, aufgewühlten Sprudel, aber so, dass sich hinter einem Stein, wenn das Wasser wieder sauerstoffgesättigt weiterrinnt, ein Strömungsschatten ergibt. Da stehen also diese Forellen. Und elftens lieben sie den Schatten, da ist das Nass dann noch etwas kälter. Zwölftens fallen von Ästen Insekten ins Wasser. Dreizehntens fressen Forellen Käfer. Stehen also vierzehntens unter astbeschirmten Stellen hinter Steinen im Schatten ausgesetzter Strömung flussabwärts der Kaskaden. Fragt sich nur fünfzehntens, wie fischt man die an? Wie komm ich an die kapitale Forelle ran?

11 Siegi versucht sich in der ernstllosen Zeit zurechtzufinden

Jeden Tag ging ich an einer ungemein perfekten Stelle vorbei, seit Ernstl nach Graz abgereist war, und überlegte. Vom jenseitigen Ufer hingen Trauerweidenzweige in die Wasseroberfläche, genau neben das Gestein, es ragte aus dem Fluss. Davor bildete sich eine sprudelnde Untiefe, die seitlich des Brockens die Strömung beschleunigte und die Zweige noch mehr in den Schatten trieb, den Stein zum Fliegengrab verwandelte, die Stelle dahinter umbrachte, ein toter Winkel, unfischbar unter Trauerweidenzweigen. Einen Vorhang bildeten sie dort, nahtlos. Eintreiben lassen konnte ich also vergessen. Selbst wenn ich es schaffte, die Fliege dorthin zu dirigieren, der Stein war genau in der Mitte des Flusses, ich hätte einige Arme Schnur auf dem Wasser, die in der schnellen Strömung abtreiben und die Fliege wieder hinter dem Stein hervorziehen würden. Aber daran war ja gar nicht zu denken, weil die Äste mir den Wurf verstellten. Die andere Flussseite war nicht zu betreten, dort wucherten Pflanzen und hinter einer steilen Böschung hob eine Pferdeweide an. Den Zaun durchströmte Elektrizität. Den hätte ich erst überwinden, mich dann an den Gäulen vorbeischleichen, die Böschung hinunterschlagen müssen. Das sprach nicht für sich. Ich überlegte, die Fliege ins hinterste Eck den Fluss hinaufzuwerfen, sofort Schnur nachzulegen, die zu mir heruntertriebe und die Fliege vom anderen Ufer her in einem Bogen vor den Stein ziehe. Aber was dann? Wenn er so bisse, der Fisch, straffe sich die Schnur, lege sich flussaufwärts um den Stein – und risse. Mindestens auf sechzehn müsste ich mit dem Vorfach hinaufgehen. Vergiss es. Das sieht der Fisch. So ging ich tagaus, tagein den Fluss ab und überlegte. Die Stelle war zu perfekt, sie nicht zu befischen. Natürlich stand da der Gigant. Zeitweise sann ich darüber nach, was wäre, wenn ich ins Wasser watete und die Weidenzweige einfach abzwickte. Aber das machte ja nur die Stelle unattraktiver. Die Ameisen würden dann nicht mehr vom Baum ins Wasser fallen. Außerdem hat das Knacken einer Stelle nur dann ihren Reiz, wenn sie möglichst schwierig zu befischen ist. Und ich, jetzt noch Schüler, würde die schönste Forelle ganz ohne die Hilfe des Meisters erwischen, dann selbst schon Meister. Insofern war ich sehr glücklich mit Ernstls Abwesenheit und meinen quälenden Gedanken, wie denn zu fangen wären die Fische hinter dem Stein. Bewegung tut solcher Überlegung gut, und so ging ich auf und ab den Fluss, die verschiedensten Stromschnellen und Gumpen, Kaskaden und seichten Äschenpassagen, Saiblingsstellen, Sandbänke und Wildränke entlang, immer nur den einen Stein im Kopf. Wenn ich dann müde war, die Sonne hitzewallend den Zenit erreichte, kehrte ich in den Gasthof ein, auf die ebenerdige Holzveranda. Ich blickte versunken ins Wasser, sah mir die großen, schon jahrelang dort gewachsenen Schonstreckenforellen an, wie sie majestätisch schwebten, und dachte daran, blickte hinüber zum Stein, wie viel kräftiger, wohlgeformter, kurz vollkommener noch das Tier sein musste, das dort auf mich wartete. Bis mir eine Lösung einfiele, es anzufischen, kaufte ich mir einen Eisbecher. Dann saß ich vor dem schmelzenden Dessert in der Sommerhitze. Ich kaufte viele Eisbecher. Und die Vorstellung, die Forelle dort doch noch zu fangen, zerrann im Vergehen der Tage.

Wie Vanille, so blond die Sandaufschüttungen im Strom vor mir. Etwa so, als bestellte ich statt Eisbecher Topfenstrudel, von etwas hellerer Farbe also jene Inseln im Fluss, die zwar betretbar waren, in deren Oberfläche man aber Ballen voran, gefolgt von Zehen und Ferse, einsank, gerade noch rechtzeitig den Fuß hob aus dem eigenen Abdruck, der sich sogleich anfüllte bis zum Pegel rundum, Wasser vom Grund, schlammig ungesund koloriert, und futsch war die Spur, man selbst einen Schritt weiter, wo man längst wieder versank, bis man wieder im Gasthof saß unter blauem Himmel. In dieser Farbe schraffierte ich jene Flächen der Dünen, die bei höherem Wasserstand unter der Oberfläche lagen. Der lange Eislöffel hatte die Farbe des Kugelschreibers, den ich benutzte zum Einzeichnen der Kiesbänke in die Mäander. Sie entstanden nur durch zwei tintenblaue Schlingen, gut geschwungen, violaschlüsselig. In der Musikschule saß ich, wartete auf verspätete Schüler, wartete aber nicht, beschäftigte mich, nahm alle meine mit Ernstl verfertigten Notizen zur Hand, welcher Fisch auf welches Muster, an welchem Tag, welche Stelle, versuchte, Rhythmen abzuleiten aus ihren Bisszeitortschnittstellen, suchte wiederkehrende Metren im Fischverhalten, aber da waren keine, Rückschlussverweigerung, nur Johannes: »Warum spielst du nicht?«, er stand in der Tür, die Violine lag neben mir, die Notizhefte am Notenständer, ich hingefläzt am Sessel, Arme vor Brust gekreuzt, Rücken gegen Lehne, Beine ausgestreckt, Krausbirn aufgestellt, glühend, die Ohren. »Du hörst nicht richtig«, sagte ich. Zögernd trat er über die Schwelle, fraglich sein Gesicht. »Hörst du nicht?« Er schüttelte den Kopf. Also nahm ich die Geige, raunte »das Rauschen«, und strich ein sattes Vibrato. »Ich komm manchmal her«, sagte er, schmiss den neonkarierten Schulrucksack von seinem Rücken und setzte sich neben mich. Ich war nun dran, ihn anzuschauen, als wäre was. »Aber du spielst nicht mehr.« – »Also nochmal zum Mitschreiben. Du steigst auf der Heimfahrt aus dem Schulbus. Um mich hier zu belauschen. Vor dieser schalldurchlässigen Tür. Da wartest du dann eine Stunde. Bis zum nächsten Bus?« – »Manchmal auch länger«, sagte er und mir wurde etwas mulmig. In aller Unschuld saß Johannes da, noch kein Stoppel Bart, abartig reine Haut. Sein grauer Pullover mit Regenbogenemblem, *Captain Beefheart and his Magic Band*. Ich vermutete, das Kleidungsstück gehörte Lukas. Ich spekulierte, deshalb war er hier, konnte sich unmöglich blicken lassen im Zug, den vielleicht auch sein großer Bruder nahm. Der kleine Kerl konnte ein regelgerechter

Berserker sein, wenn es um sein Eigentum ging, wenn es um Lenas sinnlose Keinkleidertauschklausel ging, es hielte sie ohnehin schon jeder für Zwillinge etc. pp. Ging es allerdings um die Stücke seines jüngeren Bruders, war Lukas immer nur in eigener Sache unterwegs. Auch die neue Anlage konnte kaum einen Tag im Arbeitszimmer stehen, ohne dass er Anspruch darauf erhob, indem er die Boxen einfach davontrug in sein Zimmer, mit den dortigen alten vertauschte. Lena begeisterte die Fähigkeit ihres Sohnes, autodidaktisch erworben quasi, die Drähte gezwirbelt, in den Verstärker gesteckt, alles angeschlossen, ohne sich zu stromen. Das hatte zuletzt noch ich gemacht, und schon hatte es auch Lukas auf dem Kasten, da floss das Elektrosignal, durch die bohrgelöcherte Regalrückwand, die Leiste am Fußboden entlang, wo extra Miniaturhalterungen angebracht waren, superverdrahtet das plastikbeschichtete und magnetisolierte Kabel. Und erst dieser furchtbare Musikgeschmack, der dann alle Räume der Wohnung verdarb, vibrierend die Wände entlangkroch, den Boden entlangpoch, schon beim Aufstehen in die Fußsohlen, selbst durch zentimeterdicken Plüsch, in den Schlafzimmerteppich, während Johannes sich schon im Gang den Arm rieb, rot angelaufen britzelte er, eine Brennnessel hatte ihm der Herr Bruder verpasst, weil er es gewagt hatte, nach lauterem Bass zu verlangen, Lena schon im Krankenhaus, ich ließ den Rüffel aus, scheiß drauf.

»Was habt ihr denn heute so angestellt?«, fragte ich im Unterrichtszimmer sitzend Johannes. Noch waren sie da, die roten Streifen auf seinen Armen. Egal wie viele Ellenbogen ins Gesicht er abkriegte, immer wieder griff er seinem Bruder ans Genick, ihn zu umarmen, ständig zu zweit unterwegs die beiden. »Wir waren auf der Polizei«, so ein Scheiß, vielleicht verhaftet der Kleine. »Klassenaktionstag.« – »Und was habt ihr da gemacht?« – »Die haben uns allerhand Sachen erklärt. So was machen wir immer, wenn Konferenzen sind und die Noten schon feststehen. Oder wenn eine Schularbeit bei den Lehrern zu Hause liegt und es um nichts geht gerade. Heute hat uns der Herr Gemeinderat was erzählt vom Flächenwidmungsplan. Da ist festgehalten, welche Grundstücke wozu verfügbar sind, Äcker, Baugrund, Wohnsiedlungen, Waldgebiet, Erholungszonen und so.« – »Dir ist aber klar, dass diese Widmungen bloß so lang fix sind, wie niemand dem Herrn Bürgermeister eine Kiste Wieselburger unters Flugdach stellt.« – »Dann gelten die nicht mehr?« – »Die werden umgewidmet.« Und dann stand in der Tür, die Johannes offen gelassen hatte, die verloren geglaubte, diesmal wahnsinnig gut angezogene junge Frau ohne Totenkopfring am Finger und mit wasserstoffblondem Schopf. Während ich Johannes ins Wartezimmer komplementierte, wo er dann abends noch über seinem Hausaufgabenheft mit neonorangefarbenem Kunststoffumschlag saß, sah ich schon den ganzen Ammoniak von ihrem verwirrten Kopf durch die Abflussrohre strömen und den Fluss verpesten, und ich machte, weil Johannes sich immer noch nicht bewegte, eine rotierende Handgeste, die den Jungen gleichzeitig hieß, sich zu verabschieden, und die junge Frau, Platz zu nehmen. »Hey du« und »Hey Conny«, sagten sie einander im Vorbeigehen, »Ballett ist so scheiße«, sagte sie mir, spielte so gut wie noch nie, schickte mich quasi kommentarlos nach Hause, wie ein Mathelehrer von Lukas beim Eintritt in das Klassenzimmer am Elternsprechtag mich mal fragte, was ich da mache, ich solle nach Hause gehen, ich solle meinen Hobbys nachkommen oder was auch immer.

»Wo fährst du denn hin?«, fragte mich Johannes auf der Heimfahrt. Ich müsse noch wo hin, sagte ich, fädelte auf die Bundesstraße ein und zischte sie runter Richtung Oberland, um noch die abendliche Flusstemperatur zu messen. »Ich bin dir nicht böse«, sagte Johannes, »dass du so viel fischen gehst. Schön, dass du was gefunden hast. Apropos«, und gleich würde er mich um etwas bitten, was Lena verbot, »apropos was? Hobby oder Familie?«, fragte ich. »Beides. Ich habe mir überlegt. Darf ich zu Lukas ins Zimmer ziehen?« – »Was sagt deine Mutter dazu?« – »Nichts«, was mir ja bekannt vorkam. »Nun gut, aber warum?« – »Also, er ist so cool.« – »Und weiter?« – »Er hört

Musik.« – »Nicht, warum er so cool ist, sondern warum du zu ihm ins Zimmer willst.« – »Er hört Musik«, das verstand ich, drehte das Autoradio so laut wie möglich auf, Eric Clapton mit Backgroundchor in Altstimmlage, dass Johannes und ich schrien. Unser Gespräch handelte weiter vom Flächenwidmungsplan, pro österreichischer Gemeinde genau einen. Legt man sie exakt aneinander, jeder einzelne so groß wie ein ganzer Konferenzraumtisch, ergibt sich die genaueste Karte unserer Nation, offiziell zumindest, Maßstab eins zu fünfhundert. Ich fertigte von da an Blaupausen meines Flusses an, ging rechtsseitig des Verhältnisses einen Zentimeter runter, eins zu vierhundertneunundneunzig. Das ganze mir vorschwebende Konvolut an Notizheften, Merkzetteln, Post-its und DIN-A4-Karten-Mosaiksteinchen taufte ich mein Fischstandprotokoll. Abends saß ich selig davor, spottete im Geiste über Bürgermeister und Gemeinderäte, die glaubten, irgendetwas zu verstehen von meisterhaften Bürgern und beratschlagender Gemeinschaft, fing wie ein Omen mit der Forellenstelle an, wo zwischen jenen beiden Brücken Ernstl Volki panierte im Morgengrauen, während ich mich langsam entfernte, auf den Kescher in meiner Linken gestützt wie auf einen Gehstock, in der Rechten Notizheft und Stift. Ich ging rückwärts, um den Moment in mich aufzusaugen, wie der Meister warf, Schritt für Schritt.

Der unterste Bezugspunkt der Stange, die goldene Spule, schillerte im Licht des Sonnenaufgangs bronzen. Sie drehte sich, verwehte und verwirbelte den Schein damit, machte ihr Klack-Klack-Klack, solange sie Schnur gab. Ernstl ließ die zittrigen Finger seiner linken Hand von der Winde. Stattdessen riss er direkt am Bauch der herauskommenden Schnur. Meterweise lief sie aus der Spule mit einem Zug, klack-klack-klack, das Rädchen justiert auf fast keinen Biss, klack-klack – klack – klaaak, sie lief gemächlich aus. Wieder riss Ernstl Schnur von der Spule. Sie kreiselte ihr Glänzen zu runden Lichtspuren, die meinen Blick wie ineinanderlaufende Spiralen in ihren Mittelpunkt sogen, in den Fluchtpunkt, das hypnotische Auge einer Schlange, klack-

klack-klack, züngelte die Schnur aus der Spule hervor. Diesmal beruhigte Ernstl ihren Drall, indem er das Metall antippte mit der linken Zeigefingerkuppe, sobald er genug Bünde in der Hand hatte, die er auch Klänge nannte. Die Spule stoppte abrupt. Ganz ruhig lag auf ihrer Oberfläche der Sonnenschein, nun nicht mehr vermischt, sondern gold- wie orangefarben, nebeneinander, gestreift.

Auf eins. Die Ritz D flog über das hintere Brückengeländer hinweg, nach vorne, stetig steigend, in einer halbellipsoiden Bahn, wie ein Regenbogen. Ihre Kurve erreichte und durchquerte ihren höchsten Punkt, Ernstl in Verlängerung gen Himmel gedacht, gescheitelt passierte die Ritz D die Zwölf. Sie trat über das vordere Brückengeländer hinaus den Sinkflug an, bewegte sich vor Bäumen und Bergen durch Lindenlaubschatten in Bronze und Schwarz, dazwischen feuerrot und golden schimmernd, als flimmernder Strich über den Fluss, die farbige Variation einer Sternschnuppe. Nur verglühte sie nicht, sondern verharrte, die Eins erreicht, zwischen Ende und Anfang zweier sich fast berührender Lindenblätterschatten. Wie einander zugewandte Gesichter waren die anzusehen, dazwischen ein sanduhrförmiger Lichtfleck, wie geschaffen für eine Ritz D, die schwebte und fernblieb dem Grund verrieselter Zeit. Die Fliege zuckte schon in der Luft, glänzte, tanzte, lebte, bevor sie ein weiterer Ruck erfasste.

Auf elf. Ehrfurchtsvoll trat ich zurück, tumb, stolpernd fast, nur einen Schritt. Wegen des Klack-Klack-Klack der Spule glitt mein Blick zurück, nach unten, die Stange hinab. Zu drei Vierteln umklammerten den Korkgriff Ernstls vier Finger. Sie ließen die linke Seite unberührt, die war für den Daumen reserviert, der die neongrüne Schnur presste gegen Kork. Er hob sich jetzt, ließ die Schnur frei, die sogleich aus Ernstls linker Hand und unter seinem rechten Daumen hinweg durch die Ösen sauste im Schwung der Stangenspitze. Sobald die sich halbwegs entladen, die Kraft fast verbraucht hatte, justierte der rechte Daumen beim »und« von »zwei-und-zwan-zig« die Schnur wieder gegen den

Kork, damit die restliche Energie die Schnur strecken konnte auf elf hinter Ernstls Rücken. Seine Hände zitterten zwar sehr, doch hinderte ihn das in keiner Weise. Die ersten vier Finger seiner Linken knickte er, und die Schnur lief die Glieder entlang, dann durch unter dem gehobenen Daumen der rechten Hand, die auch die Stange umfasste. Mal hielt der Daumen rechts die Schnur fest an den Kork gepresst, während die Fingerglieder der linken sich schlossen, klack-klack-klack mehr Schnur von der Spule rissen. Das war immer dann, wenn die Fliege gerade beschleunigte, den Anfangspunkt ihrer Bahn verließ, der gerade noch der Endpunkt gewesen war. Mal öffneten sich die Finger, und ihre ersten vier Glieder bildeten aneinandergehalten eine Rinne, über die es dahinlief neongrün. Ernstl hielt seine linke Hand also mit der Rückseite zum Boden, die Fläche nach oben, als würde er etwas hochhalten. In Wirklichkeit arbeiteten und entspannten bloß die Finger, zumindest ihre ersten Glieder, während der Daumen sich von der Schnur hob, damit sie frei durch die Ösen schoss, bis er sie wieder ausbremste, gegen den Kork presste, die linke, klack-klack-klack, Klänge für den nächsten Wurf abspulte. Je länger es ging, je länger Ernstl warf, je mehr Schnur schon über ihm war, umso mehr ging, umso länger wurde der Wurf, umso mehr Schnur konnte Ernstl pro Stangenschwung in die Luft bringen, weswegen die Intervalle der linken Hand immer länger wurden, ergo immer mehr Meter Schnur abgespult wurden, und bald wartete so viel davon auf das Loslassen der Fingerglieder und das Heben des Daumens, dass Ernstl die Schnur zu doppelten, dreifachen und vierfachen Klängen geschlungen hielt. So vermied er, dass sie über die Straße schleifte beziehungsweise zu Boden hing und auf hartem Asphalt Schaden nahm oder sich verknotete in den Phasen, wenn der Daumen gerade am Kork ruhte, wenn Ernstl die Schnur gerade nicht in die Ösen entließ. Jetzt öffnete er die Handfläche wieder, hob den Daumen, gab frei, was er zuvor gesammelt und zusammengerafft hatte. Das war immer dann, wenn die Fliege gerade verlangsamte, den Endpunkt ihrer Bahn erreichte, der gleich wieder der Anfangspunkt sein würde, markiert sodann durch Daumensenken und Fingerschließen. Und so bildeten Ernstls zwei zitternde Hände ein versetztes Zusammenspiel, ein Laissez-faire aus Freiheit und Kontrolle, Tanzen in Ketten, Laufenlassen und Stoppen. Und ich trat baff noch einen Schritt rückwärts.

Auf Eins. Der Daumen ging nieder, die linke Hand zog, die Spule spulte ab, klack-klack-klack, die Fliege flog, die Schnur streckte sich, das Vorfach, so hauchdünn und schmal, wurde gegen den Luftwiderstand in Schlaufen geweht. Die Fliege, schwerer und schleuderbarer, schnellte voran, zog das im Licht orangefarben schillernde, im Schatten transparente Vorfach hinterher. Es war noch in liegende Achten gefaltet. Im Luftstand zwischen Schnurende und Fliege, die ihren Schwebepunkt längst erreicht hatten, breitete sich das Vorfach sekundenweise aus. Jeder Millimeter Schlaufe strebte in die Gerade, halb zog die Fliege das Vorfach, halb schob das Vorfach die Fliege. Jedenfalls brauchte es doppelt so lange wie die Schnur, obwohl es nur einen Bruchteil der Länge maß, zwei Ernstlarmspannweiten das Vorfach, das Neongrün hingegen ein Dutzend Meter zwischen Ende und Spule inzwischen. Ernstl hob den Daumen, öffnete die Fingerglieder und dann lief nochmal Schnur hinaus. Die Fliege hielt, Neongrün und Orangenabglanz, austariert, in Schwerelosigkeit balanciert, die Fliege voran, alle Schnur und das Vorfach durchgereckt, Daumen nieder, klack-klack-klack, Ernstl ließ die Fliege nicht fallen, hielt sie hoch, zog nochmals zurück, klack-klack-klack, schwenkte seinen Arm auf elf wie einen Uhrzeiger, und ich tat noch zwei Schritte Richtung taufrischem Ufer, näher zum Fisch, und ein-und-zwan-zig, die Schnur an Ernstls Torso vorbei, Gebetsroither Wurftechnick, untendurch, die Fliege hinterher, haarscharf verfehlte sie das Geländer, an Ernstl vorbei, das hintere Geländer touchiert, die Ritz D überholte die Schnur, die streckte sich, zog das Vorfach nach, Ernstl hob den Daumen, gab wieder Schnur, erneut im Steigen begriffen die Fliege, zwei-und-zwan-zig. Und noch zwei Schritte zurück, in die Böschung seitlich der Brücke hinein, die Tropfen an den Gräsern benetzten meine haarigen Beine zwischen Sockenaufschlag und Hosennaht, und hinter Ernstl die durchgestreckte Schnur, und das Klack-Klack-Klack, der Daumen schon wieder unten, ein langer Bund Schnur zu achtfachen Klängen in Ernstls linker Hand, den rechten Arm auf eins, obendrüber die Fliege, jetzt, und wieder, das Strecken bis in die Spitzen der Ritz D, hintereinander, Stangenspitze, Schnurspitze, Vorfachspitze die Ritz D und Vorfach und Schnurgeben, ein-und-zwan-zig, zwei-und-zwan-zig, saust das Neongrün durch die Ösen, schiebt das Vorfach weiter nach vorn wie die Fliege, das Schummern in Rot und Blau und Grün und Orange und Violett und Indigo und die Fliege selbst wie eine Regenbogenfarbabfolge, halbelliptisch dirigiert Ernstl die Schnur wieder hinter sich, untendurch und obendrüber, und klack-klack-klack, und eins, ein-und-zwan-zig, zwei-und-zwan-zig und fast schon unten war ich am Wasser, beinnahe im Schilf, im Begriff, den Kescher zu wässern, begriff, dass es vergebens war, Ernstl Bünde in die Lüfte ballern würde, bis der Wurf eines vierundsechzigfach gefalteten Klangs hinter jenen Stein gelang, den Volki zu seinen Füßen, von dort unten aus, von der einige Dutzend Meter flussabwärts entfernten Brücke anfischte.

Auf eins den Arm. Ernstl reißt an seiner Schnur, klack-klack-klack-klack-klack seine Spule, wie ein Elektriker sein Kabel faltet Ernstl seine neongrüne Schnur in der Linken zu Klängen, hebt den Daumen und es saust aus der Hand am Korkgriff entlang unter dem Daumen durch in die unterste Öse hinein, weiter dahin im Ösentunnel, vorbei an den zwei Nahtstellen seiner zusammensteckbaren Stange und erst bei der letzten Öse aus der vibrierenden Spitze hinaus, weiter über den Fluss vor dem Hintergrund schattigen Laubs, und Lichtstreifen fallen ein, die zerteilen in Nichts und Schein das Vorfach, das von der Schnurspitze vor sich hergetrieben, wie am Riemen gerissen wird, so schnell fliegt die Schnur, dass das Vorfach gar nicht hinterherkommt, gegen die Luft in Achten komprimiert wird, bis es sich dann, vom Vorschlagen der kompakteren, schnalzenden Schnur, bewegt, langsam aufmacht sich auszubreiten, sich in die Gerade streckt, die Schnurspitze schwebt vor einem Lindenblatt und das Vorfach mit der Fliege daran passiert das Licht, glänzt auf, verschwindet im Überholen, gleitet flussabwärts in der Luft, glitzert fort, fliegt in den nächsten Schatten hinein, scheint vor Bergen wieder auf, reflektiert das Sonnenlicht, verschwindet vor dem nächsten Lindenblatt, bringt die Fliege voran, die jetzt ausgestreckt, in ihrer Bahn gestoppt, Manneslängen über dem hinwegrauschenden Fluss und dem Strömungsschatten des Steins darin, vor den ewig grau weilenden Kalkalpen, unter der nur dieser Tageszeit rot scheinenden Sonne, zwischen zwei frühlingsfrischen Lindenblättern in der Luft, von einem Lichtkegel eingefasst, steht, blau und grün schimmert, in Richtung Ernstl das konische, schwarze Köpfchen dreht, flussaufwärts schaut, wohin das Vorfach strebt, vom Ösenknoten in die neongrüne Schnur übergeht, die wiederum zurückfindet die gen Himmel gestreckten, reihenweise auftauchenden Baumstämme entlang, über die spannungsvoll vibrierende Stangenspitze durch die Ösen den vertikalen Karbonfaserschaft hinab in Ernstls horizontal gehaltene Hand, in seine eine Rinne formenden, zitternden vier Fingerglieder, die anderen vier Finger sicher und fest um den Korkgriff gelegt, der Daumen geht nieder, fixiert die Schnur, die rechte Hand schon wieder im Begriff.

Und noch einen Schritt und dann hatte ich genug Distanz zwischen dem Meister und mir, zwischen mich und meinen Meister gebracht, um den ganzen Ernstl zu sehen, alle seine Körperteile, jede ihrer Bewegungen, das ganze Bild gleichzeitig. Ernstl das Wurfgenie, Ernstl der Bindedemiurg, Ernstl der auf elf, der auf einundzwanzig, der auf eins, der auf elf Uhr, Ernstl der stets weise, Ernstl der Greise, der Urernstl, Gebetsroithers Erbe, selbst schon alt, weiter werfend. Immer schneller schien mir die Abfolge, obwohl Ernstl immer langsamer schwang. Er verlängerte das Fliegenfischen, in Ellipsen, die Fliege ein Planet um seine Sonne, Ernstl, schwebend auf zwölf, im Aufgang, der

Untergängen gleicht, sein langer Schatten, der mir ins Gesicht reicht, von den kalkenen Alpen her auf meine Wimpern fällt, in meine das Paradies schauenden Augen, die Ernstl bannten in diesem Bild, darunter der flammende Fluss, versinkend sich erhebend, die Sonne, ihr Strahl, mathematisch gesehen von A bis in die Unendlichkeit, ein Strahlen, das über diesen Moment hinausging, alles erleuchtete, ein Blitzlicht, das mir aufging, und Zählen bis zum Donnerwetter, ein-und-zwan-zig, zwei-und-zwan-zig, von eins bis elf, und ich wusste es schon nicht mehr, Ernstl war entweder eben aufgestanden, putzmunter frisch, klar, oder der Fischtag war schon sturmalt am Abend angekommen und Ernstl verlängerte ellenlang ebenjenen Faden, Vogelfedern über dem Fluss in Rot. Ob Sonnenaufgang oder Sonnenuntergang war, ob Morgenrot oder Abenddämmern, ich wusste es nicht.

Wenn ich von seiner Stimme nur den Duktus bewahrte, dann von seiner Gestalt nur diesen immer wieder sich abspulenden Kurzfilm, Schwung gewechselt und Spule, klack-klack-klack, hin damit vor den Projektor, dem das Licht nicht ausgeht, dem Ernstl aufgeht, über dem Fluss, Ernstl zwischen elf und eins, Ernstl versunken auf der Brücke, Ernstl im Sonnenuntergang oder Sonnenaufgang, Ernstl beim Auftritt oder beim Abtritt, Ernstl zu Frühlingsbeginn oder am Ende, Ernstl am Fischtagbeginn, Ernstl am Fischtagesabschied, Ernstl in Ewigkeit, Ernstl auf elf, zwei-und-zwan-zig, eins, Ernstl, Ernstl, Ernstl.

Schon das l in meiner Schlingenschreibe sieht aus wie eine Rute samt Schnur und Vorfach im Profil. Der Schwung beginnt auf der Zeile, nach vorne, nach rechts oben ausgeführt, von der Fliege aus, dann den Strich wieder nach hinten, in der oberen Hälfte der Zeile, auf gleicher Höhe, nach links geführt, und dann in die Schlinge hinabgestürzt, nach rechts unten ausgeführt. Dieser Strich ist die Stange, eben auf elf bewegt, der Strich davor das Vorfach, unten durch, schwungvoll eben erst in die Rückwärtsbewegung eingetreten, obwohl jener Strich in der Schlingenschrift zuerst hinzuschreiben ist. So drehen sich die Dimensionen im Begriff des Werfens um, Gestalt und Bewegung zugleich, weswegen Ernstl ja auch durch seinen letzten Buchstaben am besten definiert ist, der wieder auf den ersten verweist, auf die Bewegung zur Elf, zum großen E, ein Emblem quasi, das ja schon im ersten Buchstaben, mit dem großen E angekündigt ist. Jetzt kommt das große Zeichen, sagt es, und dann das r mit dem Schnabel des Fischreihers im Profil, das kleine n natürlich nichts weniger als die klitzekleinen Nymphchen, die er immer fischte, und das s das letzte Strecken des Vorfachs in der Luft, kurz bevor alles ausgestreckt, gestoppt auf eins, dann ausgebreitet über dem Wasser liegt, Schnur, Vorfach und Ritz D, und in Ernstls Lachen fällt, hinter den Stein, Volki entgegen, beiß. Ernstl auf Zack, auf ein-und-zwan-zig, zwei-und, Ernstl schlug seinen Arm nach oben, -zwan, die Schnur spannte sich den ganzen Fluss zu uns herauf, Ernstl lachte oder triumphrufte und die Bachforelle zappelte am Ernstlende, »hahahahaben wir dich«, -zig und Ernstls Alpha und Omega, Ernstl, Ernstl, Ernstl in Ewigkeit, in meine Hände befahlst du deinen Geist und ich meinen in deine.

Vom Sonnenaufgang total enttarnt nahm Kurti das Fleischerbeil, verließ grimmig schwarzen Gesichts den Unterstand, kam unter der umgefallenen Steineiche heraus, trat bärentapsig ins Dämmern des Wildwechsels, tat einen raschelnden Halbschritt zurück ins Rohrdickicht, verlagerte sein Gewicht auf den hinteren Fuß, holte aus, und dann vor, warf aus der Schulter. Sein Fleischerbeil flog wie ein Bumerang, nur dass es wie ein Tomahawk nicht zurückkam. Stattdessen steckte es in Bambis Hals, das augenblicklich einknickte in den sehnigen Läufen. »Die Kids sind am besten«, raunte er und überquerte die Lichtung in gebückter Haltung, die Oberschenkel stark wie ein Hirschkäfer, fast in einer Art Abfahrtshocke larvierte er zwischen Herrenpilzen und Schieferschichten Richtung jenseitigem Waldrand. Schon war er um die Hälfte verkleinert und kniete über dem Tier. Ich sah seine Ellenbogen die blutige Arbeit verrichten hinter dem Blättervorhang und den baumelnden Eicheln. Ich trat aus dem Versteck, kam Kurti nach auf Zehenspitzen, um dem Boden nur die Stepppike meiner Halbschuhe einzudrücken wie Kitzkicke. Ich drehte mich auf Hälfte der Strecke nochmals zu der umgefallenen Steineiche um, sah den Entwurzelungskranz Erde um ihren Fuß, den Unterstand und hörte in meinem Rücken Blut flatschen und Eingeweide auf Waldboden. »Siegi, die Säcke«, hörte ich Kurti sagen, und wo er gesessen hatte, bedeckten weiße Flächen den Boden, selbst von hier zu sehen, durch den Blättervorhang. Nahezu beglückt schritt ich zurück, weg von den widerlichen Innereien, deren süßlicher Geruch sich schon über den Wildwechsel legte, im zunehmenden Sonnenlicht auflebte. Einer der Säcke war leer, im anderen befand sich ein leichter, handlicher, zylindrischer Gegenstand, der sich durch das weiße Plastik abzeichnete. Kauernder Haltung und zehenspitzig in einer Art Wilhelm-Busch-Karikatur-Mimikry-Schritt schlich ich wieder zurück über den Wildwechsel, etwas beruhigt darüber, dass mir so, in der Hocke, Kurtis Hantieren von seinem Rücken verdeckt bliebe, selbst wenn ich ihm zur Hand ginge. Der Brodem verdickte sich, Kurtis Ellenbogen fuhrwerkten seitlich seines Körpers herum, weder nach Brunft noch nach Urin oder Kot roch es zumindest. Zu wissen schien er, was er da tat.

Kaum waren ich und der Sack in Kurtis Reichweite, wandte er sich auf den Bärenfersen um, riss griffsicher mit den Worten, »hab schon gedacht, du bist gestorben«, den schwereren Sack an sich, zog eine Dose Eisspray hervor. War der waldeigene Eingeweidegeruch schon widerlich, kniff jetzt mit Zischen eine Wolke silbrigen Dampfs, fast pulvriger Konsistenz, in meinen Nasennerv, zwang mich, zu weichen, ein paar Schritte rückwärts wegzugehen. Dabei geriet vor Kurtis Kopf der Rehschädel in meinen Blick, an dem sich schon erste Eiskristalle bildeten in der halbdurchsichtigen Wolke, die als Rückstoß entstand, überall dort, wo die Fontäne aus Kurtis Hand auf den Rehkörper prallte, Oberkante Unterlippe, anorektische Schlegel, die ganze Flanke entlang und zuletzt sogar das Gedärm. Langsamer als erwartet schwand der Anblick von Wolkenkränzen umwundenen haselnussbraunen Fells aus meinem Gesicht. Erst als der klaffende Schnitt durch die Bauchdecke langsam vereiste und das Blut am Halsschnitt gerann, fiel mir auf, dass ich im Gehen, mit jedem Schritt mich aufrichtete, kerzengeraderer Haltung rückwärtsschlich und schließlich ganz aufrecht stand, noch zweimal schwebten meine Fersen nach hinten und endlich senkte sich der Fleischerkopf zwischen mich und das Reh. Die Eisspraywolken schlichen sich ebenfalls, wenn auch langsam, noch waren sie da, wölkten von Kurti weg und legten sich in der Windstille auf den Wildwechselboden. Der Gestank, den die Chemikalie so lange überdeckt hatte, kehrte nicht wieder. Immer noch in der Hocke saß Kurti da, hob das Fleischerbeil immer wieder über den eigenen Kopf, haute es hinunter, hindurch, mittendrein ins Rehkitzgebein in neolithisch konterrevolutionärer, karachotrockener, hackstockhafter Knochenknackermanier. Überall um mich herum glitzerten perfekte Kristalle an Halmen, lagen zuoberst auf Pilzschirmen, Flechten und Farnen. Sie verdarben mir den Gedanken an Schwefelwolken, die immer noch rund um Kurti schwebten, als kämen sie direkt aus seinem Mund, aus seinem Dahinhauen selbst, bis sich das Gewölk auch dort lichtete, als hätte er es weggedroschen.

Zwitschern frühmorgendlich wurmfangender Waldvögel begann in extrem unreiner und krass schiefer Stimmlage. Jedes Schwarzspechtgehämmer wäre mir lieber gewesen zu Kurtis Kniedurchstrecken. Er ließ Bärenspuren und eine gefrorene, schwarze, vor Sonnenreflexen blendende Fläche hinter sich und trug keinen einzigen Blutspritzer am Gewand. Im Gehen bückte er sich mehrmals und brockte völlig wahllos einfach alle Herrenpilze, die ihm in die Quere kamen. Sogleich wanderten sie zuoberst in die raureifüberzogenen Plastiksäcke, steifgefroren die Oberfläche, keinerlei Rückschluss mehr möglich auf den Inhalt, vollgestopft aber doch, aus einer Hand gen Boden hängend, mächtig Gewicht an sich dehnenden Henkeln. Zu ganzer Größe erhoben, das schwarze Gesicht vom Waldrand gerahmt, genau inmitten jenes Geburtskanals zweier ineinandergewachsener Bäume sein weißes Grinsen, er hatte sie sich extra bleachen lassen für diesen Auftritt. So schritt er mir entgegen, die Plastiksäcke schwenkend, in der anderen Hand den Rehschädel vorstreckend. Vom Hals wuchsen Eiszapfen herab, die bereits im Sonnenlicht schmolzen, glitzerten und das Fell hinauf in vereiste, kürzer werdende Fransen übergingen, bis an die kalten Augen, die mir entgegenschauten. Es war nur eine Frage von Minuten und Temperatur, bis sich dieses stillgestellte Ding in einen völlig aufgeweichten, armen Tropf verwandelte. Kurti hielt mir den Rehkitzkopf vors Gesicht, wackelte so stark mit seinem Arm, dass der Unterkiefer auf und ab klapperte. Zwischen Zähnen und Zunge brachen ganze Brocken gefrorenen Blutes und Speichels, fielen heraus aus dem Maul wie die immer gleichen drei Silben, die Kurti mit grell verstellter Stimme in stetem Rhythmus des glitzernden, schlagenden, krachenden, vor Eiszapfen ziegenbärtigen Unterkiefers vor mich hin zickte: »Kostprobe, Kostprobe, Kostprobe, Kostprobe.« Ich entriss ihm und dem schonungslosen Sonnenlicht den Schädel, bedeckte ihn mit Flanell, versteckte ihn unter meinem Hemd, schlich wortlos mit Kurti zurück unter die Eiche, wo er sich in die Wolldecke abschminkte. Fröstelnd ergriff ich meine Fliegenstange. In der untersten Öse saß eine Rehhaarfliege.

Den Lederfleck hielt ich in den Lichtkegel der zum Fliegenbindescheinwerfer umfunktionierten Schreibtischlampe. Im Glühen der Sechzigwattbirne flimmerte das haselnussbraune Haar wundersam silbern. Kitzlig rieb ich es zwischen den Fingern, fühlte die Trockenheit, als ich gegen den Strich streichelte, die Widerborstigkeit, das Wasserabweisen, und als ich meinen Finger mit dem Strich bewegte über das Rehhaar, spürte ich die Dichte, die Geschmeidigkeit, eine zweite Haut fast, zu der sich die daumennagellangen Haare fügten wie ein Film Sonnencreme. Andererseits war das Leder rau und karg, fast als ließen sich davon noch all die Blutbahnen, Muskelwülste und Sehnenstränge ablesen, die einst geschlummert hatten unter dieser Haut. Ich nahm einen Schluck vom beschlagenen Achterlglas, noch kalt und bitter der Pinot Grigio und der Blick hinaus durch die Fensterscheibe in die schwarze Nacht. Hohe Wolken hingen sicherlich über den Bergen. Zwar waren sie nicht auszumachen, doch anhand der fehlenden Sterne spekulierte ich auf ihre gespenstische Anwesenheit. Sie bildeten die dunkle Grundierung für das Spiegelbild, den schrägen Schein der Fliegenbindetischlampe, die matten Linien und Rillen auf der Holzplatte vor mir, golden gefüllt das Weinglas und mein eigenes, haselnussbraun glänzendes Gesicht, von dem ein wallender Bart hing. In den drahtigen Locken befanden sich fleischlose Haken vor Beginn ihres Lebens als Fliegen, eingehängt, systemlos fast, unsortiert, direkt neben bereits gebundenen Fliegen, die sich hier, in meiner Wolle, hoffentlich wohler fühlten als in einem Etui. Davor stand der metallene, zwiegespaltene Raketensprengkopf des Bindestocks wie ein gewaltiger, unabwendbarer, aufdringlicher, ja vergewaltigender Phallus. Ich ließ den Lederfleck sinken, richtete mich selbst im Sitzen auf. Ich griff einen Haken, fädelte einen passenden Goldkopf über den Bogen bis an die Öse. Dann drehte ich das Rädchen am Bindestockkopf. Seine Kiefer gingen auseinander. Ich hielt den Hakenbogen dazwischen, drehte das gezahnte Rädchen andersherum, und die Schraubstockhälften schlossen sich, die Klemmen hielten den Haken, er schwebte vor meiner Brust. Rechts des Bindestocks auf der Tischplatte lag mein Bobbin schon bereit. Bei diesem Gerät handelte es sich eigentlich um eine Triangel in der Größe meiner Handfläche. Einer der drei Metallschenkel durchlief eine zylindrische Kunststoffspule wie Wasser ein Rohr. Der unterste Triangelstab war sozusagen mit schwarzem Faden verkleidet. Nahm ich den Bobbin dann zur Hand, hielt ich ihn an den beiden freien Metallschenkeln. Ich fasste sie an wie meinen Violinenbogen. Jedoch, Momentchen, noch war der Faden ja lose, schlängelte sich zur Seite, lag gekräuselt und glänzend auf der Tischplatte im Licht wie eine sich sonnende Kreuzotter. Ich packte sie am Genick, hatte das Fadenende zwischen Daumen und Zeigefinger. Mit der linken Hand aber nahm ich den Bobbin, legte den

Daumen an den rechten Triangelstab, die anderen Finger an den linken, das Metall kühl und glatt, zärtlich fast, in der aufgeheizten Stube ein frischer Hauch, ein Schauer, der meinen Arm hinaufkribbelte direkt in meine Brust wie ein Infarkt.

Ich hob den Bobbin in die Schwerelosigkeit, mein Handrücken schwebte exakt über der Spule wie ein Dach. Mit der anderen Hand hob ich den Faden an, zog. Zirpend setzte sich die Spule in Bewegung, drehte sich zwischen meinen Fingern, zwischen den beiden Metallschenkeln, unsichtbar unter meinem Handballen, auf dem untersten Triangelstab, rechts meines kleinen Fingers, mit der Kuppe spürte ich das Drehen. Ich spulte ausreichend Faden ab, richtete Daumen und Zeigefinger gegen das Licht, dazwischen wie gedacht, ausgefranst die Fadenspitze. Ich streckte meine Zungenspitze zwischen die Schneidezähne, biss mit leichtem Druck, ein sachtes Biberkauen, wartete ein paar Sekunden, bis die Spucke kam in meinen Mund. Ich nahm die Fadenspitze zwischen die Lippen, leckte daran, speichelte sie ein, schmiegte die losen Fasern wieder aneinander. Ich zog das Fadenende aus dem Mund, feucht und spitz, zwischen Daumen und Zeigefinger glänzte es schwarz. Ein größerer Batzen Speichel haftete noch daran, den ließ ich abtropfen auf die Tischplatte mit einem kurzen Abwärtssausen und Stoppen meiner rechten Hand, herrlich diese Fliehkräfte. Dann hob ich die linke Hand samt Bobbin auf Augenhöhe, die Spule fast an meine Nasenspitze, die beiden freien Metallschenkel liefen vorneweg in ein hauchdünnes Metallröhrchen aus. Es bildete gegenüber der Spule die Triangelspitze, die ich jetzt gegen das Licht richtete, sodass die Strahlen das Metallröhrchen durchdrangen. Ich kniff ein Auge zu, linste geradewegs in die Glühbirne, führte indes blindlings meine rechte Hand, Daumen und Zeigefinger, das angefeuchtete Fadenende zur durchleuchteten Mündungsöffnung des Röhrchens. In der linken Hand fühlte ich, wie sich die Metallschenkel erwärmten, in der rechten die Geschmeidigkeit meines eigenen Speichels, ich starrte durch einen Tunnel ins Licht, erzitterte kein bisschen. Das schwarze Fadenende kam in meinen Blick, die Spitze erglänzte, die minimale Öffnung verfinsterte sich, das mochte noch ein Schatten sein, schon schwebten Daumen und Zeigefinger hinterdrein, das Fadenende vorneweg gestreckt, es schwebte weiter, war drin, reingesteckt, eingefädelt. Dann nahm ich triumphierend das Metallröhrchen andererseits zwischen die Lippen, sog daran, dass es den Faden streckte, dass er durchs Röhrchen schnellte, dass es züngelte in meinem Mund. Dann spuckte ich den Faden aus, bevor ich reflexartig keuchte und alles beim Teufel war, wie immer fast erstickt. Es lohnte stets.

Jetzt liefs, der Faden, von der Spule zur Spitze, axial zwischen den beiden Metallschenkeln. Ich nahm den Bobbin rechter Hand, die Spule unterm Ballen, den Daumen am linken Triangelstab, am rechten vierter, dritter, zweiter, erster Finger, der schon fast am Metallröhrchen lag, aus dem wiederum das Fadenende hing wie eine Zunge. Einem Fühler gleich flog es voran zum Haken hin, der vor meiner Brust schwebte im Bindestock. Ich dirigierte die Fadenspitze direkt hinter den Goldkopf, ein Kuss auf den Hals des grauen Metalls. Ich legte die linke Zeigefingerkuppe an die schwarz glänzende Fadenspitze, leichter Druck nur, gegen den Haken, und dann zog ich die rechte Hand sacht Richtung Hakenbogen zurück. Die Spule drehte sich, der Faden wurde abgewickelt, meine Bobbinhand schwebte den Körper entlang. Ich sah im Metallskelett des Hakens schon das nachgeborene Nymphenfleisch, bewegte im Kreis das Handgelenk, ein Rotorblatt der Bobbin, eine Hommage schon fast an die baldigen Hahnenfiebern, wie sie im Wurfwind hecheln würden, auf ellipsoider Bahn. Wie ein Mond seinen Planeten umtanzte meine Hand den Haken, wie unsere Welt die Sonne umkranzte der Bobbin die kommende Fliege, der Faden umgarnte die Nymphe in spe. Gegen ihre Kehle presste immer noch meine linke Zeigefingerkuppe das Fadenende. Dann war der Haken hinter dem Goldkopf siebenfach umschlungen und ich dachte, dass es reichte, nicht dass es ihr noch den eben fixierten Schädel verdrehte, sie sollte doch reizen, nicht umgekehrt. Sie scherte sich stolz und unwiderstehlich um niemanden, kehrtmachen, sich umdrehen, den Mund wässrig recken musste dann nur die Forelle, oh ja, sie würde, auf dass es ihre Welt kopfstellte.

Während ich so hin und her überlegte, baumelte der Bobbin vom Haken. Die Spule, sacht beschwingt wie ein eben verlassenes Schaukelbrett, bildete auf Höhe meines Zwerchfells eine horizontale Parallele zwischen der Tischkante, an der ich saß, und dem starren Haken, dem ich in der achten Umrundung eine blaue Flachsfaser aufgebunden hatte. Der Faden lief nun lotrecht vom Hals hinunter, durch das Metallröhrchen, mittig zwischen den beiden Metallschenkeln dahin. Sie erreichten an den seitlichen Zylinderflächen die Spule ebenfalls, in der auch der Faden sein Ende nahm, alles in allem eine schwebende Triangel, gehalten vom wahren Musikuss, der baldigen Fliege. Der Bobbin schwang aus, ruhte nun in Form eines weiten Kleids, die Beine der Braut gespreizt. So wartete das Ding auf die baldige Vermählung, auf den Zug kundiger Hand, die gerade den drallen Körper schlang, den Bobbin erneut aufnahm, den Flachs niederband, die Hahnenfeder am Hals applizierte und den Bobbin während des Hechelwickelns wieder links hängen ließ. Das Eigengewicht des filigranen Geräts war zu gering, den Faden abzuwickeln. Ich justierte den Biss an den Seitenflächen der Spule, wenn ich sie zwischen den Nymphen auswechselte, um noch dünneren Faden zu verwenden. Niemals riss er. Es war ein wahres Wunderwerkzeug. Immer wieder fragte ich mich, oder war verwundert, fast schon erbost darob, wie alle diese Fliegenzampanos, Ernstl eingeschlossen, den Begriff Bobbin verwenden konnten, ihn zur Hand zu nehmen vermochten, ohne ihm einen Moment Obacht zu zollen. Oh Bobbin, oh Bindestock, oh Opferstock zu Hoch- und Bleipodest, zu Füßen dir, zu Zehen schon, vor dir lag das Eisenteil. Auf dass es die Fliege loseiste. Den Schlussknoten bändigte ich damit. Ein nahezu göttlich namenloses Werkzeug, eine Gerätschaft mit in alle Richtungen weisenden Haken und Gräten. Whipfinisher hatte Ernstl dieses fingerlange Stück immer genannt, ebenfalls ein Fliegengewicht dies Metallgerät. Es zu beschreiben würde selbst das Sprachvermögen eines Shakespeares sprengen. Es sah am ehesten aus wie Zahnarztbesteck. Und im übertragenen und umgekehrten Sinn war das sicher richtig. Immerhin beschloss der Whipfinisher den Bindevorgang, operierte, wenn man so wollte, die gebundenen Fliegen zwischen die Forellenzähne hinein. Und noch abschließender als das Schlussknotenzirkelding lag die goldene Nagelschere hinter dem Bindestock, die den Faden wie eine Nabelschnur abschnitt, sobald er am Hals der Goldkopfnymphe verschlussknotet war, was jetzt geschah, nachdem ich die Hahnenhechel abgebunden und eine Strähne Rehhaar als Schwänzchen sowie eine Lenasträhne als Flügelscheide aufgebunden hatte. Irgendwelche Nebochanten hätten sich mal einfältigerweise einfallen lassen, den Schlussknoten nicht Schlussknoten zu nennen, sondern Kopfknoten, Dummköpfe, hatte Ernstl stets gesagt, Bauernschädel, die sollte man aufhängen, insistierte er, immerhin lege man den Schlussknoten ja zwischen Goldkopf und Körper an, beharrte er, also um den Hals, etc. pp. dc., schloss er und redete ansatzlos irgendetwas weiter, während er an der mir gegenüberliegenden Tischlängsseite auf und ab ging. Er kommandierte, antwortete auf Fragen, die er nicht selten selbst gestellt hatte, wenn er nicht gerade von seinem Achterl trank, oder er monologisierte vor sich hin, schnell und frei, vollgesoffen und assoziativ. Noch sah ich ihn morgens den Weg durch den Herbergsgarten herankommen, zuoberst die Fliegenfischstangenspitze, einerseits den Korkgriff in der Hand, andererseits den Hals der obligatorischen halbvollen Doppelliterflasche Weißwein zwischen den Fingern, erhoben den Kopf zu den Wolken, eine verspiegelte, in allen Regenbogenfarben schillernde Sonnenbrille mit goldenem Gestell vor den Augen, hochgeschlossen bis über den Adamsapfel das Rehhaarfell, das ich nur am Aufschlag erkannte. Verkehrt herum, mit der Lederhaut nach außen und den Haaren nach innen bedeckte es abgesehen von den nackten Füßen und dem

Kopf Ernstls ganzen Körper in der kalten Luft wie dereinst Steinzeitmenschen. Im fliegenfischerhaften, dreizehnfachen und doppelt in sich selbst geschlungenen Modus war Ernstl um die Hüfte mit einem hanfenen Strick gegürtet, der die beiden Rehlederhälften zusammenhielt und seine Figur betonte. Fast versank der Stecken von Ernstls Oberkörper in dem weiten Gewand. Sein Gang scheuchte alle Vögel auf, die in den versandeten Flecken des Gartens gebadet oder aus der Dachrinne getrunken, ihre Nester in den Buchen aufgesucht hatten. Nur die Bewegungen seiner Beine ließen sich unter dem Rehgewand erahnen, was nicht zweifelsohne an ihrer muskulösen Gestalt lag. Vielleicht ging es eher um den Schnitt des Lederflecks, der auf Oberschenkelhöhe schlanker wurde. Dann glitt mein Blick hoch über die ledrige Haut, aber so nahtlos, als wäre dieses Rehleder nie abgezogen worden, als wäre da keine Bauschlitzöffnung zu gürten, als schauten und flögen und schlidderten meine Augen über Glätte, ein haselnussbraunes, wie ein zugefrorener See in der Sonne glänzendes Fell bis zum Hals, dann über das Kinn, den Mund, und sogleich spiegelten sich meine Glupscher auf den Brillengläsern über Ernstls Nase. Golden blitzte das Gestell.

Ich sagte: »Wo hast du das her?«

»Das wüsstest du gern!«, herrschte er mich an und trank vom Weißwein, der jeglichen Verschlusses entbehrte.

»Was?«, sagte ich.

»Was, was?«, sagte er und das Fell am Aufschlag schien sich aufzustellen und metallisch zu blitzen im Frühlingslicht, wie eine Waffe, gefährlicher als die in meiner Hand.

»Wie bitte?«, probierte ich es wieder und unter dem fetten Duft des ersten Flieders sagte er: »Wie bitte, wie bitte?«

»Ernstl, also woher denn jetzt?«, sagte ich und legte Hand an seinen Aufschlag, neben seinen Adamsapfel, nur zwei Finger, zwischen denen ich eine Rehhaarsträhne zusammenzwirbelte. »Von meinen guten Freunden aus good old Germany«, und er deutete auf die Axt, die ich hielt. »Pardon?«, sagte ich.

»Siegi Heehrmann, du hast uns wohl verstanden.«

»Also, aus Deutschland, von deinen guten Freunden.«

»Die lassen uns nie im Stich!«

»Oder von deinen deutschen Freunden irgendwo anders her?«

»Das könnte dir so passen, Judas.«

»Du könntest da nicht, für mich, vielleicht auch etwas einfädeln?«

»Es wird kalt im Land. Das wissen die. Da müssen wir uns gut anziehen.«

»Es ist Frühling, Ernstl. Du hast mir den Mund wässrig gemacht.«

»So frostig war der Winter. Dass es gar nicht mehr warm wird. Voll Schmelzwasser der Fluss. Die Tränen der Berge in unserem Herzen.«

»Meinst du nicht, es wird langsam Zeit.«

»Rein mit dir an den Bindetisch.«

»Ernstl, zwei Jahre!«

»Sie können jederzeit herkommen, Herr Heehrmann. Bittedanke.«

Und ich vermochte mich nicht weiter zu beschweren. Sein Handrückenschwenken ging an diesem Tag in beide Richtungen und war ein ausgestreckter, zittriger Zeigefinger. Er wies in einem steten Kreissegment auf die Herbergstür und die Gartentür. Dann ließ er unvermittelt die Hand sinken, entwand meinem Griff sacht die neue Axt, strich über das wieder scharf gemachte Blatt mit dem Finger, der so stark zitterte, dass ich ihn eh schon abgeschnitten fallen sah. »Gut«, sagte er und warf mir das kilowiegende Ding wie einen Jonglierball hoch durch die Luft zu, dass der Schneid um den Schaft rotierte. Einen Schritt zurück sprang ich. Als die Axt am Boden mehrmals schepperte, als ich ungläubig die Augen hob, hatte Ernstl mir schon den Rücken zugewandt, war auf seinem Weg durch den Garten in Richtung seines Lieblingsliegestuhls, stieg barfüßig und ohne erkennbare Reaktion Hummeln kaputt, Bombus terrestris das lateinische Nomen, und ominös stolzierte Ernstl am Flieder vorbei, warf das Rehleder ab, unter dem er nur eine enge Badehose trug, legte seine Fliegenstange ans Kopfende und sich nieder auf das mit einer sonnenfarbigen Federkernmatratze bespannte Holzlattengestell, nahm einen großen Schluck aus der Doppelliterflasche und hin den Wein neben sich ins Gras. »Liegt er wieder auf der Lauer«, sagte Nina, die gerade die drei Holzstufen zur Herbergstür herunterschritt. Ich sah sie fassungslos an. »Wartet auf Katzen, meinst du nicht. Die wildern gerne hier im Garten, bei den vielen Vögeln, wer wills verdenken.« Während sie die Axt aufhob, ließ ich einen Zeigefinger an meine Schläfe schweben und kreisen. Sie sah mich an und sagte: »Ja klar«, und das hohe Surren eines von der Klinge gesprungenen Daumens. »Stahl statt Eisen«, sagte ich, »wie edel«, während sie mit der freien Hand den Schaft hinabstrich, wo der Wurmstich verschwunden und die weiße Musterung der Schwarzeichenzeichnung gewichen war. »Lackbeschichtet«, ihre Hand erreichte das untere Ende der Axt. »Ob sich die hier wohl fühlen wird, zwischen den ganzen Buchen.« Durch den Knauf war eine Kunststoffflasche geschlauft, »zum Aufhängen«, um die Nina nun ihren Zeigefinger schloss. Das Beil baumelte zwischen uns. »Ist zwar nicht meine, aber danke.« – »Das will ich wohl meinen, hab dafür auch ein Dutzend Fliegen hingeblattelt.« – »Eh ein Freundschaftspreis«, sagte sie und propellerte die Axt um ihren Finger wie ein Helikopter seine Blätter um die Rotorachse. Weil ich ja größer war als Nina, musste ich schnellen Schritts weichen. Buchen sollst du suchen, dachte ich, während ich wehender Mantelschöße den Windfang passierte. Sie stolzierte durch den Garten, die Axt immer noch wirbelnd wie ein erfolgreicher Stürmer sein Trikot. »Wenigstens ist sie dir nicht zu schwer«, rief ich Nina durchs Küchenfenster hinterher. Sie blieb stehen, wandte mir den Rücken zu, fasste die Axt rechts direkt unterhalb des Stahlblatts und links am gelöcherten Knauf. Sie hielt den Schaft waagrecht, erst über, dann hinter sich, bis er mittig an ihrem Genick auflag. Er knickte die Haare und eigentlich fehlten bloß links und rechts die eingehängten Wassereimer. Doch Ninas Auftritt war von Eleganz, sodass nur ihr Atlaswirbel und die

Handgelenkssehnen das Holz berührten. Ihre Pulsadern ruhten lässig auf dem Stecken, neben Blatt und Knauf obendrauf, wie Billardeure manchmal ihre Queues hochnehmen. In einer Haltung wie am Pranger catwalkte sie vor Ernstl hin, dessen Schädel mir die hochgestellte Liegesesselrückenlehne verbarg. Trotzdem wusste ich, dass auch er grinste, während Nina eine letzte Hüftschwungpose einnahm, beiderseits die Finger um die Axt schloss und sie dreimal in den Himmel stemmte wie eine Hantel, dann auch noch viermal untergriffig aus der Hocke, dieses Gesocks. Ein Messer zog ich aus dem Block und nahm einen Kanten Vollkorn aus dem Kasten, der scheißetrocken war, dachte ich noch, jedoch die Wurst ließ sich genauso schlecht schneiden. Halb glitt die nahezu schneidlose Klinge durch die Masse, halb riss ich die Scheibe stumpf herunter, indem ich mich mit meinem ganzen Gewicht aufs Messer stützte. Im bastgeflochtenen Körbchen lag noch eine geschnittene Scheibe Brot, von der sozusagen pulverisiert trockene Flocken stoben, als ich sie auf den Teller hob. Frühstückshungrig und unter Verzicht auf jedwede Bekanntschaft mit ranziger Butter unter der Glocke schichtete ich die paar unförmigen Wurstklumpen, »was hast du denn da fabriziert?«, kritikasterte Nina, als sie in die Küche trat. »Diese verfluchten Struwwelpeter!«, Ernstls Faust tauchte über der Rückenlehne auf, »gibs ihm ruhig, Nina!«, schrie er, »immer in die Nieren«, und boxte dreimal in die Luft. Wie Operationsbesteck war das Instrumentarium bereits ausgebreitet auf dem Tisch. Rundherum lagen die Kunststoffschatullen, in denen alle erdenklichen Bindematerialien jedweder Fliegenmuster noch ruhten. Ich stellte den Teller nahe der Tischkante auf den letzten Fleck freier Fläche, der gleichsam sagte, dass noch ein Muster fehlte, und ich setzte mich selbst ins letzte Eckbankeck. Draußen sah ich jetzt von Ernstl nur die Fliegenstange und sein schlohweißes Haar links und rechts der Liegestuhlkopfstütze wegstehen. Zu erahnen waren noch Fitzelchen seines Kopfs sowie die letzte graue Stresssträhne über der Rückenlehne. Hin und wieder griffen auch zittrige Finger zur Weißweinflasche, die dann kurzerhand verschwand und wieder hingestellt wurde. Nina trat dazwischen, in meinen Blick, einen feuchten Fetzen in der Hand, und wischte die Brotbrösel auf der Fensterbank weg, »ich würd die nicht mehr essen«, als ich gerade das Wurstbrot an meinen Mund hob. Ich ließ die Brotscheibe sinken, legte sie auf den Teller, nahm ein Stück Wurst zwischen zwei Finger und biss zu. Nina starrte mich an und brach in Lachen aus, hielt sich mit beiden Händen den Bauch, dass die Brösel zu Boden prasselten wie Schrotkugeln. »Ja, Entschuldigung, die meinte ich.« Ich schluckte die ranzige Wurst runter, statt sie auf die Bindeboxen zu spucken. »Wenn du willst, tau ich uns was auf.« – »Was denn?«, fragte ich und sie sagte: »Was weiß denn ich. Sei nicht so feindselig. Wild, Geflügel, Schwein? Worauf du Lust hast.« – »Dann hätte ich gern Ebernierengulasch«, sagte ich und lachte. »Dass du groß und stark wirst«, sagte sie, »schießt Ernstl mit seinen Kumpels an der Oder.« – »Von der deutschen auf die polnische Seite rüber wahrscheinlich.« – »Kormorane in Meck-Pomm, Störche am Neusiedler See und Rehe in Graz, kannst ja schon mal Rosmarin abbrocken«, und sie verließ das Zimmer, die Kellertreppe knarzte.

Ich sah hinaus auf die abstehenden Wehen Haar an Ernstls Kopf und dann auf die krausen Büschel grüner Nadeln, die seit Urzeiten über einem in der Zimmerecke stehenden Terrakotta-Topf hingen. Zuvor war die Pflanze aus jenem Erdhügel gesprossen, den die wenigen Eingeladenen in schwarzen Kutten mit Miniaturhandspaten, auf dass er wachse, Häufchen für Häufchen, zunächst auf das Holz, bald auf die erste Schicht seiner selbst, auf das Fundament des Humushaufens, zuletzt auf die Spitze, das endgültig zugeschüttete Grab von Ernstls Vater geschaufelt hatten, dessen Leichnam ins norditalienische Südtirol überstellt worden war. »Die Totengräber hatten nicht viel Arbeit«, hatte Ernstl gesagt und gelacht. »Und erst die Träger«, abgemagert und einen Kopf leichter. Eigenhändig habe Ernstl den Rosmarin hierher verbracht aus der Asche des Vaters. Sie hätten ihn denunziert. »Herumgelaufen sind wir in Gewand.

Das war Nazi, sagten sie. Vor der Wanderung hat es die Mutter extra zerschnitten. Hat zerschlissene Fetzengwandl genäht. Das letzte Hemd im Haushalt aufgetrennt. Zerrissen in tausend Stück Stoff. Die hat sie wild durcheinandergemischt in einem Muster. Dass wir unerkennbar werden und alle Zeichenleser verwirren. Sie war eine gute Hausfrau und tolle Schneiderin. Aber der Schuster bleibt bei seinen Leisten. Unsere festgenagelten Stiefel hätten uns verraten. Also haben es eben die Bauern gerichtet. Bastarde wurden wir in ihren Augen. Überläufer, Gestaltwandler, Zigeunerzauberer, die noch nicht mal Zigeuner waren. Weil wir alles gleichzeitig und damit nichts waren. Und was haben sie gemacht gegen die Hybriden in Graz? Sind zu den Beamten gegangen. Deren Gestern war ja auch schon lang vergangen. Einen ordentlichen Schinken vom schwarz geschlachteten Schwein auf den Katheder. Und schon ist er gerollt, der Vaterkopf, mit Telleraugen, vom Amischafott, vor die Drecksbauernschuhe, der geflohene Südtiroler als Quotennazi. Alle sind sie hin zur Enthauptung und haben sich gegrüßt. Da sind die Heils nur so geflogen. Und hinterher Truemänner und Churchills und Stalins. Der braune Rost nagte schon wieder in die Kirchenstatuen und amerikanischen Blasinstrumente hinein bis Rock 'n' Roll. Im Namen des Vaters und des Sohnes und des heiligen Geistes, Amen. Mah, Nina, so super, was für ein Selchroller. Und erst dieser Weinstein am Flaschenboden. Na, gehts uns nicht gut, heute? Bist jetzt schon fertig mit der depperten Arthofer HC?«

12 Kurti und die Rinder

Lena spitzte auf die Töpfe. »Tafelspitz«, sagte ich und tischte auf. »Spitze«, sagte Lena, schnitt die Tafelspitze einmal längs und zweimal quer. Sie tunkte die Messerspitze in den Apfelkren, spießte die Tafelspitzspitze auf, stippte sie zwischen ihre Lippen, sagte: »Es wär ja wirklich einsame Spitze.« Lukas und Johannes hielten inne in ihren Kaubewegungen. Der eine sagte: »Nanga-Parbat-Spitze, fast«, und der andere: »Everest-Spitze, sozusagen.« Ich zerdrückte ein Stück Fleisch zwischen Zungenspitze und Gaumen, brauchte gar nicht zu beißen. Die Fasern gingen einfach auseinander. »Ja, quasi, wenn der Typ nicht so ein Saubär wär«, sagte Lena. Ich fragte sachte nach, was sie meine, ärgerte mich ein bisschen. Das Bewegen meiner Kiefer beim Sprechen sah sicher aus, als kaute ich. Lenas unvollständiger Satz sprach Kurtis Fleisch die Weichheit ab. Einmal bisher sei er hier gewesen und habe seine Kesselheiße gemacht, setzte sie an. Begeisterung sah ich funkeln in den Augen der Kinder. Verzückt schauten sie auf ihre Teller, als lägen wieder diese Würste darauf. Und selbst musste ich schnell ein Stück Tafelspitz zwischen die Zähne schieben, um mich zu vergewissern, dass der Fettabglanz auf dem Silbermesser zwischen meinen Fingern wirklich Rinderfett war. All meine Bissigkeit ließ ich ab in die Tafelspitzfaser, knackte ordentlich drauf mit den Backenzähnen. Sagte sie jetzt, dass sie lieber Kesselheiße hätte, oder was? Dass Tafelspitz nicht gut genug war für die Kinder oder wie? Dass Onkel Kurti mal wieder vorbeikommen sollte für die Kesselei?

Aber nein. Sie schwadronierte einstimmig dahin, von links nach rechts die Gabelzinken schweben lassend, selbst ihr bester Dirigent, dass sie am nächsten Morgen im Schwesternzimmer gerade den Kaffeekannenschnabel senkte, gluckernd den nachtdienstverbrannten Satz in ihre Tasse kippte, von der glühheißen Brühe nippte, sich noch wunderte, wer die Platte, den rotblinkenden Kunststoffkippschalter, die Kaffeemaschine über Nacht angelassen hatte, als die diensthabende Schwester herantrat, fragte, wie die Kesselheiße gewesen war, und lachte. Bei der Visite, vor dem Bett eines Unfallopfers mit Verbrennungen dritten Grades, musste sie sich dann vom Intensivmedizinkollegen volllabern lassen, da habe jemand seinen Kessel wohl zu heiß gemacht. Dazu ließ er die Klemme des Klemmbretts gegen das Brett knallen und sein Gaumenzäpfchen lachend wackeln. Dann saß sie in der Spitalskantine jemandem gegenüber, den sie nicht mal kannte, von dem sie nur wusste, dass er auch an der Oberland-Unterland-Grenze wohnte, sein debiles Gesicht durch diese schreckliche Gegend schleppte, ebenso wie sie Tag für Tag die Stunde den Fluss hinunter und hinauf pendelte, weswegen sie jetzt auch endlich wieder wisse, warum sie keiner dieser verschissenen, vertratschten, stammtischhaften Fahrgemeinschaften angehörte, lieber alles alleine stemmte einschließlich der Gabel zum Mund. So schlecht schmeckte dieser Kantinenspinatkartoffelmischmasch, dass sich die Schwerkraft einfach verdoppelte und nochmal verdoppelte und nochmal bis in die Unendlichkeit, kaum hebt man eine Portion entgegen den eigenen Lippen.

Lena hatte sich jetzt richtig in Rage geredet, schlitzte die Luft inzwischen mit Gabel und Messer gestikulierend auf, stach auf unsichtbare Gegner ein mit einer Wildheit, dass Lukas und Johannes quälend langsam Messer und Gabel sinken ließen. Die Rindstücke steckten noch auf den Zinken, der Apfelkren rann den Kindern langsam über das Heft und die Messergriffe an die eigenen Finger. Nicht zum ersten Mal beschlich mich der Verdacht, für die beiden das Rauchen aufzugeben hätte nicht unheimlich viel Sinn ergeben. Mit kurzem Klappern ließen sie dann das Besteck auf die Tischplatte fallen, als Lena wieder zustieß, die Gabel in ein Stück Rind hieb, mit dem Messer auf dem Porzellanteller fuhrwerkte, wo nichts mehr zu schneiden war, sagte, sie habe ganz gedankenverloren in ihrem Essen herumgestochert, da habe ihr Kantinengegenüber, das diesen Scheißfraß schaufelbissenweise in sich hineinstopfte, doch tatsächlich mit vollem Mund, schmatzend und spuckend gesagt, sie solle sich nicht so haben, sie sei hier eben nicht in Kurtis Kesselei. Als sie dann zum Herrn Primar ging, um ihren Antrag auf Gehaltserhöhung unter vier Augen zu besprechen, habe sie vernehmen müssen, ihm sei zu Ohren gekommen, sie, Lena Heehrmann, ihres Zeichens Anästhesistin, beste Oberärztin des Teams, stünde schon verdammt hart auf Würste. Er könne und wolle so was wie sie nicht opfern, sie solle wiederkommen, ihr Gehalt werde dann überproportional angeglichen, wenn sie in den Wechsel komme. »Ich soll nochmal kommen, wenn ich meinen Uterus draußen hab. Das hat der Chefarzt bei meinem Einstellungsgespräch vor zehn Jahren gesagt. Am nächsten Tag hat sich das ganze Spital drüber schlappgelacht.« Lukas senkte seinen Kopf, versteckte, wie es ihm das Grinsen ins Gesicht riss. Sein Genick pochte auf und ab. Die Stöße kamen tief aus seinem Zwerchfell, gingen unterdrückt durch seinen ganzen Rücken. Ich bemühte mich, nicht hinzusehen, mit entsetztem Zurückschauen Lenas Blick zu fangen. Ein monotones Klack erklang, wann immer Lukas' Arsch die Sitzfläche des Stuhls berührte im Rhythmus der Rucke. »Was hast du da in der Arschtasche?« Die Verwunderung in seinem Blick potenzierte sich, als ich Lukas am Arm in den Stand riss. Rückgratlos wie immer buckelte er vor mir. Ich packte ihn an der Schulter, drehte ihn herum, fasste in seine Gesäßtasche und hatte zwischen den Fingern ein Feuerzeug. »Wofür brauchst du das?« Er stammelte irgendetwas zusammen, woraufhin ich ihn auf sein Zimmer brachte, das Feuerzeug aus dem Fenster warf, ihm zuzwinkerte und sagte, »erschlagen hätt sie dich.« Dann gab es draußen in der Nacht einen monotonen Klackerklang und die alte Schachtel aus der Wohnung gegenüber schrie irgendetwas herüber durch ihr jetzt hellerleuchtetes, offenes Küchenfenster. »Ich komm gleich rüber«, schrie ich zurück. Als ich schon gehen wollte, die Türe mit der Schulter aufdrückte, sagte Lukas: »Dad?« – »Gewöhn dir das ab!«, sagte ich. »Voll ins Schwarze.« Vielleicht war mancher ein Rabenvater, aber da musste man einfach resignieren. »Ja, Spitze!«, sagte ich, und er: »Was ist mit meinem Essen? Das war echt lecker!« – »Gewöhn dir das ab!«, sagte ich und ging wieder hinüber in die Küche, wo Johannes brav und lieb Lukas' Tafelspitze vertilgte, damit nichts weggeschmissen würde, wie er erklärte. »Wer bin ich denn? Objekt der Besprechung, oder was? Ich komm mir vor wie in der Patho«, schloss Lena und nahm einen Schluck Wein. Weil sie sich gerade wieder beruhigt, ich selbst schon wieder ein Stück Fleisch im Mund hatte und ich ihr nicht vorschlagen wollte, einen schreibmaschinenzeichenschwarzen Brief aufzusetzen, das Kuvert den Flusslauf hinunterzuschicken durch die dunklen Wälder auf asphaltfinsteren Straßen in einem lichtdichten Postautokofferraum, das Kuvert gestempelt in einen von Voestabgasen und Auspuffauswurf schwarzgestrichenen Linzer Briefkasten einschmeißen zu lassen, um ihren Chef bei einem anzugtragenden Beamten anzuschwärzen, falls das überhaupt ging, und der nicht pragmatisiert, amalgamplombiert, unter der gerahmten Photographie des schwarzen Landeshauptmanns der Frühpension entgegen in seinen Espresso sabberte, einen opalschwarzen Öffner zückte und die Umschlaglasche durchstieß, zufrieden seinen Blick über die Buchstaben schweifen ließ, sein Parteibuch aus der Schreibtischschublade holte und den Brief als besondere Auszeichnung einlegte in dem Gewissen, einem guten Land zu dienen, bis er unter die Erde ging: »Der Kurti schweigt wie ein Grab«, sagte ich nur.

Kurtis Kiefer, seine Mundschleimhäute, seine Zähne braun wie Gartenhumus, seine feinschmeckende und allenfalls Empfehlungen aussprechende Zunge, sogar die Lunge waren anderweitig beschäftigt. An der Theke stehend atmete er alldieweil hinein in eine rosa Kaugummiblase, da er sich im eigenen Laden das Rauchen verbot. Der Kundschaft auf der anderen Thekenseite wurde im Rhythmus von Kurtis Odem, im Wachsen des Kautschukballons, der stoßweise anschwoll, ein immer größer werdender Teil von Kurtis Gesicht verdeckt, bis es die wie Tiergedärm gespannte Blase von innen heraus zerfetzte. Der Knall überlagerte dann kurz das bereits eingesetzte Geschwätz und Kurti fing an, seine Theke umzuräumen, holte aus dem hinteren Ladenteil, was er dem Kunden empfahl, während seine untere Zahnreihe überbissartig die Kaugummireste von der Oberlippe knabberte und umgekehrt, seine Zungenspitze die Mundwinkel ausfitzelte, seine Spucke und sein Beißen alles miteinander wieder zu einer neuerlich aufblasbaren Kugel verschweißte. Dann schnitt, wog und packte er das Fleisch ab, wickelte es in Fettpapier ein, überreichte alles in einem reißfesten, vollgestopften rosa Plastiksackerl, das sogleich die Hände wechselte, während schon wieder die nächste Kaugummiblase schwoll, ein weiterer Fleischhungernder herantrat, der die Kunde des Vorderjemands, was auch immer der gesagt hatte, unterdes er Kurti gegenüberstand, schon nach hinten weitergegeben hatte, selbst jetzt vor der Theke stehend munter drauflosredete. Die Schlange übernahm für Kurti bereitwillig das Sprechen. Oder besser gesagt schweigend mit eisernem Fleischschneiden und stählernem Beilschleifen beschäftigt presste Kurti den Provinzlern die Geschwätzigkeit ab.

Traf ich ihn wochentags, wenn weniger Kundschaft war, in den schneewehlosen Monaten am Flussufer, die zwölf Dutzend Meter Spaziergang von seinem Laden entfernt, die er sich gönnte, auf eine schnelle Zigarette, während mein Kopf schon überquoll vom Platschen, vom Katarakteintreibenlassen der Köder, während meine Sinne quasi noch betäubt waren vom Adrenalinkick beim aufmerksamen Werfen, Schnurgeben und Schnurumlegen, während meine Umgebung flirrte infolge des Mendens, der Bisse, des vorfachspannenden, stangedurchbiegenden und spitzezumwasserziehenden Drillens, und dem dann erlösenden Landen und Zurücksetzen der Salmoniden, sodann schwoll im Hintergrund nur die Strömung. In solchen Momenten rauschte der Fluss, die Sonne hauchte Lichtreflexe auf die Oberfläche für Kurtis und meinen Augenblick. Wir rauchten, schauten auf die wellenwühlenden Felsen. Ihnen warf Kurti wie zum Gruß die Hand entgegen, doch er zog zurück an seine stets schimmernden, von einem Speichelfilm überzogenen Lippen, wo die Kippen ohne Finger hielten. Eine frische Blutspur zeichnete die Marlboro, überzog Kurtis Glieder, die er wieder sinken ließ mitsamt der grünschimmernden, fettgefressenen Fleischfliege, die sich ihm hinterherschmiss von seinem Laden bis hierher, sich jetzt, da er stand, an seinem Finger zu schaffen machte. »Schmeckt das anders?«, fragte ich manchmal. Kurti sah mich nicht mal an, zuckte so behäbig mit den Schultern, hob und senkte sie, dass die Fliege sitzen blieb, klatschte sie zu Matsch mit der anderen Hand, zog, hinausschauend zu den Auen, zog nochmal, stieß Rauch aus der Nase, Asche rieselte ab. Eine sachte Föhnböe schwelte die Glut und blies die grauen Flocken weg zwischen Weidenzweige, wo sie in den Luvstau flogen, zu Boden schwebten, verfolgt von Kurtis Blick, seinem ihnen zugedrehten Halssehnen. Erst wenn die Schrift weg und die Glut unter Kurtis Nasenspitze war, fasste er wieder zu, mit inzwischen verkrusteten, tiefschwarzen Fingern, warf den Stummel in einen extra mitgebrachten vakuumdruckverschlossenen Plastikbeutel, fuhr mit der Hand durch sein tierverfettetes Haar, machte sich auf den Rückmarsch, nicht ohne mit der Speiche den Schweiß von seiner Stirn zu wischen, einen Hubba Bubba einzuschmeißen. Nach diversen Gelatineskandalen wechselte er zu streifenweise staniolverpackten Orbits, »weniger Müll geht nicht«, ich nahm ihm seinen Abfall ab, verwandte das lichtreflektierende Metall recht gerne als selbst in trübem Schmelzwasser bissreizendes Bindematerial und fliegenfischte weiter.

Winters ging Kurti zum Tschicken zwischen die beiden warmen Fassaden, seine Fleischereiaußenwand und den nebendran gebauten, selbst ziegelgemauerten Selchofen, in dem Reinanken und Schinken hingen, aus dem die Holzscheite knisterten, auf dem ein hitzestauendes Metalldächlein saß, unter dem sich der Rauch fing. Kurti und der Ofen qualmten im Einklang. Die

Schlange wandte ihren hundertköpfigen Blick ihrem Meister hinterher, nein, ein fleißiger Mensch, ihr Kurti, das hat er sich verdient, und er blies ihnen Wolken entgegen. Ich wusste nie, ob es Zigarettenrauch oder kondensierter Odem war. Die Schneeflocken legten sich auf Kurtis Schürze, überdeckten Blutspritzer, strichen den Kittel wieder weiß, schmolzen aber zwischen schlechtgedämmter Fleischereiaußenwand und hundertachtziggradfeuerndem Räucherofen, oder einfach an Kurtis warmem Wanst. In Schlieren floss das Blut den sozusagen eingeweichten Stoff hinab, unendlich langsam, zeichnete eine Art abgerundetes, von oben nach unten wachsendes purpurfarbenes Eiszapfenmuster, bis es wieder gefror in Kurtis kältegebeuteltem Schritt aus der warmen Wandkluft heraus, die Vordermauer der Fleischerei entlang, wieder hinein durch die Tür und hinter die Theke kam er gestiefelt, der Nächste aus der Schlange trat hin, Kurti breitete Fleisch aus und dann ging es geschwind. Es habe wieder kein Rind gegeben bestimmt. Kurti zuckte nur die Schultern, womöglich nicht einmal, um irgendwas zu sagen, sondern weil er noch schlotterte. Ja, immer schlimmer werde das. Kurti brauchte nur zu nicken. Saugierig, diese Bauern. Produzieren nur noch für den Supermarktscheißfraß. Ein Kleiner wie der Kurti werde da einfach geschluckt.

Die ganze Woche, erzählte der Nächste in der Schlange, jener superschlaue Mann im orangefarbenen Arbeitsoverall, entweder megafies oder ahnungslos genug, an welcher Achse bei Mercedes der Antrieb saß, auf die verschiedensten Viehmärkte, zu den entlegensten Bauernhöfen sei Kurti getourt mit Anhängerkupplung und Stiertransporter, und schon wieder habe es kein einziges Rindvieh gegeben, das Kurti in seine Schlachtpalette aufgenommen habe. Jedes Wochenende wollte irgendein Trottel Kurti irgendwo gesehen haben. »Herr Professor, gehen S' mal zur Seite«, hieß es dann, und ich patschte mit meinen Halbschuhen vom schon ausgetretenen Weg in den Neuschnee hinein, dass meine Socken nässten und der Mann im Arbeitsoverall an mir vorbeinäseln konnte einem potenziellen

Gesprächspartner hinter mir entgegen, der Kurti habe aber doch nur die höchsten Ansprüche, und sich der Typ im neonkarierten, ausstaffierten Skianzug die Strickmaske vom Gesicht riss, sich labelloverschmierter Lippen lautstark erregte und echauffierte, ob er Schweinsauge und Schauschädel den Kurti jetzt etwa anscheißen wolle, bloß weil er so ein feiner Kerl, sein Filet so geschmeidig sei. Der Mann in seiner reflektorverflickten Kluft erstrahlte, als die Sonne eine Sekunde durch den Hochnebel stach, was mich blinzeln ließ, zwischen den beiden hin und her, so rede er, der Herr, aber nicht mit ihm, und als ich das Lid wieder hob, waren seine Wangen kampfbereit verkrampft. Lust überkam mich, ihm Schneeketten hineinzuschlagen in die Fresse. Nur Missverständnisse, das habe er überhaupt nicht gemeint, er würde nur tierisch gerne wissen, wo Kurti sein Zeug herkriege. Auch das ein Dauerbrenner in der Schlange, immer wieder tauschten sich die Leute aus, vor welchem Stall, in welcher Hofeinfahrt, auf welchem Parkplatz, der welchem Wochenmarkt am nächsten lag, man Kurtis Viehfuhrwerk stehen gesehen hatte, welcher Bauer Zulieferer sein könnte. Das sei doch alles Schwachsinn, sagte der Mann im Skianzug und ballte seine Faust um die Strickmaschen der Skimaske, schmiss dem Mann im Arbeitsoverall entgegen, aber mit ins Stiergenick gelegtem Haupt, so als schrie er all das in den Jännerhimmel, janusköpfig fast, dass danach auch wirklich der Hinterjemand einstieg, dass Kurti ja wirklich nicht immer bei gleicher Zucht zukaufe, vielmehr Rindindividuen als Stallstrukturen beurteile. Ja, sagte die Frau dahinter, er ließe sich an die Futternäpfe führen, schaue auf den Märkten die Muskulatur ganz genau an, bestehe immer wieder darauf, das Vieh aus der Box und eine Runde laufen zu lassen, weil er nur in der Bewegung die feinsten Geschmäcker ablesen könne. Ich stellte mir die silogefütterten Haufen Fleisch in den Supermarktkühltruhen vor, die alkoholfilmrissigen Weideviehherden im Sommer, wie sie x-beinig am Berghang standen, verwirrt und fermentiert in die Weite Oberösterreichs stierten und kein einziger Lichtreflex auf den Glanzaugen von der Sonne kam. Das Gerede des Nächsten in der Schlange kam mir dann schon vor wie das Muhen all der Rindviecher, die Kurti verachtete und mir so dankenswerterweise fernhielt, tatsächlich stünden diese Tiere ja heutzutage nur noch im Stall. Das habe aber auch etwas mit der Heuwirtschaft und den Zuchtanstalten, dem Unterschied zwischen Milchkuh und Schlachtrind zu tun, das ganze System habe quasi totalitäre Züge, da komme man nicht raus, wo solle da noch ordentliches Vieh herkommen.

Es ging wirklich auf keine Kuhhaut, anstatt Kurti dafür zu danken, wofür sie ihn zweifelsohne hielten, für die letzte Bastion, den finalen Widerstand, den Stierchamp, der seinem Schlachtvieh gnadenlos ins Auge schaute und dem verkaufsgeilen Züchter knallhart den Zigarettenrauch entgegenatmete, sagte, der nicht, und beim nächsten Markt schon wieder keiner, und auch du nicht, Bullus, ereiferte sich die Schlange jetzt darüber, wie sie den Mittelsmann ausstechen könnten, wie sie an das Fleisch rankämen, an das Kurti ebendiese Woche nicht rangekommen war, wo diese Viehhöfe und welche Kriterien beim Ochsenausschauhalten miteinzubeziehen seien, welche Flankenfalten man zu beachten habe, diskutierten sie, während Kurti Schweinebacken abpackte, Schweinefilets verkaufte, Schweineschnauzen ihnen um die Ohren haute, Schweinehirne wog, Schweinekoteletts stapelte, weder Papier noch Folie, sondern Schweinezungen dazwischen schlichtete, auch Schweinehufe gingen über die Theke, Hals, Bauch, Ohren, Wamme, Medaillons, Ringelschwanz, Lauf, ganze Säue schleuderte er der gierigen, hundertköpfigen Schlange entgegen, bis sie wieder Rindfleisch beißen sollte, allesamt Säue oder Kastraten, denn Eberhoden gab es nie. Die Eier nahm Kurti nur vom Stier. Oder vom Ochsen, darüber dachte ich diverse Male nach. War beim Nagel zu denken an Jesu Hand oder an das Stigma? Rief die Reliquie nach dem verlustig Gegangenen oder dem ergötzenden Ganzen, rief das Artefakt den klaffenden Riss wach, beschwor die heilige Lanze die Wunde, die sie schlug, oder, was sie wieder ergänzte, den rechten Fleck rund um Inris linke Brustwarze?

»Kurti?«

»Siegi?«

Er deutete das Aufschauen nur an, hob den Kopf zwar, ließ die Pupillen aber auf der Arbeitsfläche, wo seine Finger gerade zwischen Fleischfetzen und Blutlachen Nadel und Faden durch eben aus dem Räucherofen genommene Ochseneier oder Stierhoden führten, sie zu einer Kette von zweidutzendfacher Bullenpotenz verbanden.

»Ich hätte da mal eine Frage.«

An die hintere Ladenlagertür, die seit Neuestem ein frontal aufgenommenes Porträtposter von Jochen Rindt zierte, hängte Kurti nach dem Schlussknoten die Klötenkette auf drei Nägel, geschlagen durch Stirn und Augen, dass es ausschaute, als trüge der einzige österreichische und zudem postume Formel-1-Weltmeister für alle Zeiten nachträglich Kurtis Kranz um den Hals, der spitz zusammenlief nach unten, die Dreiecksschenkel exakt an Jochen Rindts Halsschlagadersträngen, fast wie eine Knoblauchzehenkette sah der Kranz aus, einen Vampir zu vertreiben, einen Untoten, einen Lord.

»Vergiss es, Herr Siegi Heehrmann, unerschwinglich«, zischte ein Provinzler von hinten und vor mir wandte sich Kurti kopfschüttelnd um. Er griff andere Rindstücke aus der Auslage fliegender Finger, an denen Blutschichten in verschiedensten Stadien der Gerinnung eine zerklüftete Tektonik bildeten, abschuppten beim Beiriedscheibenschneiden, und der Krustenspan flockte teils auf die Arbeitsfläche daneben, fiel teils ab auf das mir bald ausgehändigte Fleisch. Ungemein faszinierend, dass Kurti nicht nur die geschlachteten Stiere, sondern selbst die Abgespeisten der Schlange miteinander verband, worüber ich noch nachsann, während das Telefon erscholl, Kurti ab- und einen Kesselheißeauftrag entgegennahm, einen Termin absprach, eine Adresse notierte, ich die Wartenden abschritt, die schon nichts als die Frage nach der bald von Kurti heimgesuchten Familie umtrieb, die Frau solle ja, eine echte Hex, schreckliche Leute.

13 Die Fremden im Dorf

Wiewohl ich mehrere Monate schon vormittagelang Fleisch holen fuhr in dieses Dorf, dort kam mir doch nichts zu Ohren über einen eigenbrötlerischen Fliegenfischer namens Ernstl. Der Greis war nicht anzutreffen so ohne weiteres, immerhin sparte den Alten selbst die Schlange in ihren Worten aus, anders als alle anderen Fremden im Ort. In Sachen Ernstl verloren auch kein Sterbenssilbchen meine baldigen sogenannten Vereinskollegen, mit denen im selben Wirtenzimmer zu sitzen, verschwistert in Feindschaft, über bitterem Wacholderbeer, ich mir noch nicht einmal vorstellte, während ich unter ihnen auf mein täglich Fleisch wartete. Sogar wenn das Thema dann auf Nina und die Herberge kam, auf Gerry und sein Gipsbein, auf dem niemand unterschrieb, ungeschickt habe er sich eben angestellt, ausgerutscht, ein Abwärtssatz, aus die Maus, die drei Treppen zur Herberge hinuntergefallen aus dem Haus, niemand nannte und kannte da den Alten beim Namen. Lange Zeit dachte ich, dass die Einheimischen einfach kaum etwas von Ernstl wussten. Aus farbenfroher Vorzeit, meine ich heute, stammte alles, was zusammenzustammeln gewesen wäre über den jungen Herrn Thalinger, bevor sein eremitisches Dasein fossilisierte in ritualisierten Formen, erstarrte, verknöcherte und verkalkte, gehauen in grauen Stein. Seit Dekaden schon kam er in dieses Dorf, um diesen Fluss zu befischen und im Anschluss wieder zu verschwinden. Sich über Ernstl zu unterhalten wäre wie von den Felsen zu sprechen, die im Winter Schneewehen verschleierten, von den kommenden ohngesichtigen Wolken, wie sie den Himmel verhingen, oder den dahingehenden Lichtstimmungen am Ufer.

Lange noch bevor die Fleischerei überhaupt aufsperrte: »Bitte«, ein Handrückenschwenken seinerseits Richtung Tür, hindurch putzmunter, und nach dem frühstückhaften Fischen begannen wir, Ernstl mit mir an der Seite und das Fliegenbinden in der Herbergsküche während des Messingschlagens der Kirchturmglocken. Weit drangen sie über das Dorf hinaus, verebbten aber schon auf der Hälfte des Weges zur Herberge flussaufwärts, wurden erst nur überdeckt und weggetönt von den Stromschnellen in grellem Klanggemenge, verhallten aber schon bald aus purer Distanz, nach ein paar Reifenumdrehungen, nachdem die Straße links wegbog vom jetzt unerhörbaren Strom, wo ich immer anhielt zum Pissen, am bewaldeten Straßenrand, Stille und Konzentration für mich und das Rieseln der Tropfen ins Moos, die alle landeten, wo ich wollte, ganz anders als zu Hause, wo ich manchmal daneben oder meine eigene Hose traf. Auch tot schon das Gerede auf dem Schotterparkplatz vor der Dorfkirche, das pünktlich zu Gottesdienstschluss anhob, nicht mal mehr als Schatten ahnbar wie die Schlange vor der Fleischerei, während Ernstl und ich in geographischem Sinne gar nicht allzu weit entfernt die Schnüre über die Wiesen fliegen ließen so lange jeden Mittag, bis die Spule keinen Klang mehr gab, bis wir alle fünfzig Meter Schnur, Vorfach voran, dirigiert durch die Luft schweben, die Fliegen kleebewachsene Brachen hinter sich, die anschließende Straße unter sich und jenseits des Betons sich in eine geöffnete Kastanienblüte niederließen, die wir anvisierten, bewarfen, trafen, fernab vom Schuss jeglicher Gequatscheschrotflinten, die weder auf Ernstl zeigten noch ihn als Patrone einlegten und verfeuerten. Viel eher als zu schießen, schwiegen sie ihn so tot, als wäre er schon marod oder gerade gar nicht hier, sondern abgefahren nach Graz zu Frau Thalinger, wo er das Gros des Jahres zubrachte, Dutzende Kilometer weit weg von seinem natürlichen Habitat, das so gar nichts mit dem Dorf zu schaffen hatte, bestimmt nur durch Weißweinrausch und Strömungsschall und dekadenlangen sowie meilenweiten Steirer Nachhall: »Denk immer an die Ratte! Wodurch unterscheidet sie sich von der Maus?«, fragte Ernstl, und ich antwortete: »Na, durch den Schwanz.« – »Falsch«, sagte Ernstl, der nackte Schwanz sei nur Gestalt. Er habe keine Bedeutung. Die offenbare sich erst in der Bewegung. »Ein Greifvogel fliegt eine Maus an. Sie flieht oder stellt sich tot. Beides beschert ihr sicheres Ende. Eine Ratte stellt sich auf die Hinterbeine. Sie mandelt sich auf und kämpft. Ohne Schwanz könnten wir die beiden nicht unterscheiden. Und das ist überlebensunerlässlich für uns.

In Graz damals warteten und wachten wir. Zum Verstummen brachte die rote Morgensonne den Nachtvogel. Franzosenvolle Kasernen suchten wir, fanden in den Hinterhöfen bröckchenweise Käse auf. Die Ratten wachten dort schon und warteten auf uns. Auf allen vieren schlichen wir die erdgeschossigen Fensterbretter entlang. Der müde Blick der Kasernenbesatzungsmacht schwebte über uns hinweg. Die Wachmannschaften übersahen uns, während wir an ihnen vorbeikrabbelten. So unähnlich waren wir uns nicht. Auch sie schliefen nicht, wachten über die Stadt. Sie warteten, was passierte im Land, in ihrem Viertel der Nation, ein nationales Viertel. Ein gutes Viertel warfen sie weg von jedem Stück Käse. Während es in der Kaserne nach Kaffee roch, näherten wir uns den Müllcontainern, die uns nährten. Der Gestank erhob sich dort aus der Nachtkühle und die Ratte fauchte schon im Hinterhof. Der Mond stand noch monsterhoch am Himmel und setzte die Ratte ins Licht. Doch drinnen, hinter dem Fenster, zwischen vier schützenden Wänden, verflucht, da standen sie. Unablässig linsten wir dorthin, wie ein Frosch, von unten nach oben, dass ja nur der Hals nah am Grund war, dass der Raubvogelblick hinwegging über unser Genick. Günstigen Winkel hielten wir, den Kopf unten, geduckt zum Kopfsteinpflaster, geköpft vom Fensterbrett. Wir und die Ratte blieben dem Franzosenblick entzogen, sie und wir und das Tier, alle unsichtbar. Nur die Schwaden vom Kaffeedampf sahen wir abgeschnitten unter der hohen stuckverzierten Kasernendecke.

Da waren sie drin, in einer ehemaligen Kadettenanstalt, dann Ex-Gymnasium, humanistischer Art, alsbald Lazarett. Da stand kein Lazarus jäh wieder auf, bis die Besatzer darin wachten, Kaffee machten, echten, aus Angola. Wir krabbelten dahin, zu unserem Essenstisch, dem Kopfsteinpflaster vorm Müllcontainer. Dort war unser Platz, dort fiel etwas ab, manchmal sogar etwas Gewand, ein Latz, der Lendenschurz, gespannt um unseren Schwanz. Nur Knickerbocker hatten wir an, wie man dann später sagte, um den Amis weiszumachen, man habe was gemeinsam.

Verstohlenen Blicks schlichen wir, den Kopf im Genick, an die Hauswand geduckt, dass die eh schon schorfverklebten Ellbogen und Knie wieder aufrissen, auf allen vieren, zum Hinterhof. Ah, François, schau mal da, lass die Ratte abknallen, hätten sie uns gesehen, Gewehre in Anschlag sofort, es wäre sogar verstehbar gewesen. Aber so aufmerksam waren sie nicht, ließen achtlos Käse übrig, den die Ratte witterte, auf den wir uns zubewegten, nur Vanillin und Schlagobers in Franzosennasen, wiewohl es bestialisch stank hier draußen, während sie dort drinnen todmüde wachten über dieses lebensmüde niedergelegte Land, das zum Himmel roch. So nah dem Pflaster, während der Franzos hocherhaben war, seine Flügel rümpfte, sich aufschwang in den Besitzerhimmel, kaffeedampfvoller Nase sah er nicht mal auf unsereins runter, sondern über uns hinweg, was für ein Glück, dieser gottverdammte Backstein, gleich geschafft. Das Heben, das Senken, das Abstellen, sich wieder Vorknöpfen und Zurbrustnehmen der Kaffeetassen, Geklapper von Frühstücksbesteck, seidenes Zurren vom Krawattenschürzen eines Gecks, quietschendes Wichsen schwarzgenagelter Stiefel, Oberstschimpfen über Espressoverbrühen, Filterkaffeeverschwendung, Parfumflakonzirpspritzverschlüsse. All diese Geräusche drangen aus den Fenstern, unter denen ich mich dahinbewegte, deckten unsere frühmorgendlichen Schritte zu, das Schuhu der Eule, inzwischen stumm, deswegen auch schon, das Fauchen, das Fiepen, eine Ratte, die sich von der anderen Seite hörbar an den Käse ranmachte mit ihrem Schwanz, der rund um das Stück herumscharwänzelte wie die Peitsche eines feisten Wächters, die sich flugs in eine Schlange verwandelte, als wäre der Schwanz das Lebewesen und die Ratte das Anhängsel.

So standen wir uns im Hinterhof nebst dem Müllcontainer gegenüber, in der Mitte das Bröckchen Schimmelkäse, das wir beide einkreisten, somit einander näherten, wachsame Schritte, das Abtasten zweier Gegner, der Hinterhof der Ring, der Roquefort der Gewinn, allein der Name schon, Spott über uns, über Österreich, dort, ein Rokokofort, hier ein Müllhinterhof, wie Gott in Graz sie, während wir mit Ratten kämpften und sie uns übersahen. Nur wir schauten uns selber an, und zwar im Bild der Ratte, dieser bösartigen Viecher, wie sie auf allen vieren krabbelten, ihren Schwanz hinter sich herzogen, der so lang wurde, im Gleichschritt im Kreis, jeder seinen Radiant, die Ratte und wir, dass wir dem Vieh mit jedem Schritt zustiegen, dem roten Backstein den Rattenschwanzzirkel eingezeichnet, mehr als einmal keine Zehe entfernt vom Fußaufsetzen, davor, ihn plattzutreten, bevor der nackte Schwanz doch noch wegglitt mit diesem schrecklichen Schleifgeräusch, während wir weitergingen, die Ratte fixierten, den Schwanz übersahen, nur in die Knopfaugen starrten, die spitzen Zähne gewahrten, nicht achteten den Schwanz, der immer länger wurde. Wie Krabben krabbelten wir im Krebsgang beide unseren Radius haltend, stets dieselbe Umlaufbahn zum Roquefort wahrend, während am Himmel noch backsteinrot der Mond wohnte wie der Franzos in der Kaserne und der Nachtvogel auf seinem Ast, schon verstummt, dass die Ratte ihrer Sache sich ganz sicher fühlte, munter und frisch herausgeputzt das Fell, hochglanzpoliert ihre Augen, voller Achtung vor uns wandte sie den Blick keine Sekunde ab. Ihren Schwanz zog sie nach, ihr Fiepen erklang, ihre Krallen schabten, und dann, groß, so riesig, ein immenses Tier, sie stellte sich auf, hoch genug, Ton zu geben, Gestank zu riechen und sich daraus zu erheben, den Schwanz stolz zu tragen, und trotzdem unsichtbar, welch Graus, wie groß sie war, und doch klein genug, nicht zu sehen für den Franzos, der aus dem Fenster glotzte gen Alpen. Wir aber waren auf allen vieren, erniedrigt selbst vor der Ratte, dass wir sie packen wollten und treten, uns damit selber freistrampeln, aber barfuß waren wir, und diese spitzen Nagerzähne, die sie jetzt spitzte zum schlimmen Ende im Hinterhof.

Noch nicht bereit, den Roquefort aufzugeben, unser Fußtritt ihn in hohem Bogen in Sicherheit zu schießen und sein Zerstieben in noch kleinere Bröckchen, wovon der größte flog davon in Richtung Müllcontainer. Wir sausten hinterher, wir, die Ratte, der Sichtwinkel riesiger, der Franzosenblick neigte sich, vom Fensterbrett fast schon zu sehen. Ein Schatten trat heran, schaute kaffeewach wohl durchs Hinterhoffenster, hörte sein Absatzklacken, der eigenen Sporen Scheppern, an der Schulter Epaulettensäuseln, nicht aber unsere Sohlen, nicht die Rattenkrallen, nicht uns johlen. Immer schneller, bei jedem Schritt geduckter, unvermeidlich kleiner wurden wir, je weiter wir uns entfernten vom Fenster, umso buckliger spurteten wir, stets flacher mit allen vieren am Boden auf den Käse zu, der da vorne lag, wartete im Sichtfeld der Wächter, und wir zunehmend schlimmer im Hintertreffen, das Nachsehen noch im Angesicht der Tiere zu haben. Dabei wurde ihr Schwanz stetig länger wie der Faden einer davonrollenden Zwirnspule auf Dielenboden, in den Ritzen das Klack-Klack-Klack dieser Krallen auf dem Backsteinboden, an dem unser Ohr fast schon auflag, dass wir es vibrieren spürten, das Schlenkern dieses Schwanzes, den wir langen mussten dringlicher noch als Roquefort. So viel an Vorsprung gewann sie mit jedem Satz, sprang weiter vor und wehte dieses Rattending durch die Luft, dass uns der Atem knappte und erst die Distanz zwischen uns, der Abstand unfassbar, die Strecke, fast wären wir drauf geblieben. Die Ratte schneller, kecker, dreckiger, die Ratte und der lange Arm, der Sprung, Strecken, schorfverkrustete Ellenbogen, in vollem Flug, Fingerspitze und letzter Schwanzzipfel, ihr haarscharfes Nahen einander, schon im Schließen die Hand. Ein Schatten glitt den Arm entlang und brachte eine Windböe, die alle Härchen das Glied entlang aufstellte, weiterwehend die Ratte zu Boden prackte mitten im Satz. Wir fielen voll auf die Schnauze, hatten nichts zwischen den Fingern, den letzten Augenblick noch im Schädel, den wir wieder wendeten hin zum Fenster. Ein fassungsloses Franzosengesicht, dem Müllcontainer zugewandt, ein Tohuwabohu aus Federn und Fell. Chaos, fliegendes Fell, Fiepen, Krallen, Hacken, ein Knäuel. Fast lag auf unserm Arm noch der Habichtflügel Schatten. Er veredelte den Dreck auf der Haut braunschwarz zum ledernen Falknerhandschuh. Es schoss uns ein, im Sprung gestreckt, den Arm gereckt, im Flug, Raum beansprucht. Einmal sind wir nicht zusammengezuckt, sondern haben uns hechtsprunglang gemacht. Da kam dann der Habicht, in Verlängerung unserer Hand, als hätten wir ihn losgeschickt, zur Hilfe und nieder mit dem Rattenvieh. Die Flügel peitschten, die Zähne bissen, der Schwanz stand, der Habicht flatterhaft, der Franzos fassungslos, die Ratte kampfeslustig, wir unbeachtet und nichts wie los. So zogen wir ab. Wir kämpften. Wir hielten die Situation aus. Wir warteten auf den Auftritt des großen Habichts. Er sah aus höchster Höhe auf uns nieder, er war uns blickwinkelgeneigt.«

»Und so leid es uns tut, Siegi, fast alles besteht aus Kämpfen mit Rattenschwänzen. Es war ein Erlebnis. Der Überdruss am Rattenschwanz ist immer sinnlos. So was verdrießt uns nur. Find dich damit ab. Es gibt kein Ergebnis.« – »Und Vermögen?« – »Das wird den Erben vermacht.« – »Und ist das nichts?« – »Mammon«, Ernstl sprach es aus wie die französische Mutter, »hat immer noch alles verdorben. Sollen selber schauen, wo sie bleiben. So war das auch bei uns. Der Käse, denkst du jetzt sicher, Siegi, ausgeschissen in den Fluss. Vorher noch durch die Grazer Stadt gelaufen. Dachten schon, wir müssten das Essen verstecken. Aber meinst, da hätte unsereins irgendeiner angeschaut. Die Passanten mit ihren Hüten und Koffern sind einfach weiter ihren Schwarzmarktgeschichten nachgegangen. Die ersten Diven sind schon wieder herumchauffiert worden in den KdF-Käfern. Erst dachten wir noch, die wollten sich nicht einlassen mit diebischem Gesindel wie uns, das fix samt Roquefort vors Militärgericht kommt. Aber von Soldaten wimmelte es an jeder Ecke. Sie verloren Kaffeepäckchen beim Hütchenspielen, steckten einheimischen Schönheiten Zigaretten ins Hutband, unter dem es blond hervorwallte. Wir, die Nase hoch oben, den Roquefortgeruch darin. Die Lider offen, den Blick auf einem Level mit den fremden Köpfen. Wir versuchten einen Augenblick Kontakt herzustellen. Und nicht ein Mensch schaute auf uns. Wir brachen immer wieder ab vom Roquefort. Die Bröckchen flogen durch die Luft. Die Passanten schossen wir ab. Wir trafen sie alle. Aber keiner hat sich umgedreht. Sie wischten nicht mal den Dreck weg von ihrer Kleidung. Und dann war nur noch ein klitzekleines Fitzelchen Roquefort in unserer Hand. Draufgestiegen waren die Passanten mit ihren geschissenen Schuhen aus lauter Bosheit. So viel Beachtung haben wir dann schon gekriegt. Da sind wir zum Fluss abgezischt, das letzte Stückchen zu verspeisen. So Zucker, dass wir, auf einem Stein sitzend, mit Zungennagen und Zahnspitzeln noch das letzte Fitzelchen herauskitzelten. Es steckte noch vom Tritt unter dem großen Zehennagel, an den wir Hand anlegten, die Fußsohle hoben, sie an unseren Mund zogen, uns hinunterbückten zum eigenen Dreck, die Lippen fast am Nagel, den Rücken krumm, da sahen wir, dass unser Lendenschurz liegengeblieben war im Hinterhof. Wir standen auf und schauten unsere Spiegelung an im Fluss und überlegten so ruhig wie möglich. Sie wachten ja schon alle. Und der Lendenschurz lag im Sichtfeld des Fensters. Wir verbrachten also die Nacht am Ufer, versteckten uns gut in der Au. Eine Partie dieser Bauerntrottel von den umliegenden Höfen überlebten wir. Sie kamen einhergestolpert bei Einbruch der Nacht, voll mit selbstgebranntem Zeug. Zwar war an uns nichts dran, aber das war ja derzeit bei allen so. Oft konnte man Leute sehen, denen Finger fehlten. Die Forellen waren auch nicht wirklich proper. Fingen eh keine, diese Sauproleten, zu grob ihr Fischen, zu ungehobelt ihre improvisierten Holzruten. Sie blieben hungrig nachts, die Bottel die meiste Zeit im Mund, sonst in der Hand. Sie waren sogar noch schlimmer als die Bierschädel heute. Dass uns die ihren Stecken durchgerammt und uns gegrillt hätten, kannst sicher sein!

Der Nachtvogelschrei erklang noch über Graz, da marschierten wir schon los, froh wegzugehen, der gesitteten Bagage entgegen. Bevor jemand wachte in der Kaserne traten wir in ihr Sichtfeld. Und der Lendenschurz lag ja wirklich da nebst den Kampfspuren vom Vortag. Bist du deppert, der Habicht hat ausgeschissen toter als tot im Hinterhof. Eine Saat Rattenbisse spross aus seinem Gefieder. Der geschwungene Schwanzfedernkranz war ausgelichtet wie eine abgemähte Monstranz. Nur eine Schwinge stand noch ab. Und genau im selben Winkel auf den Habichtanus lag auf der anderen Seite der Rattenschwanz, dass es auf dem roten Backsteinhintergrund wieder zwei Zinken ergab, wie die Beine eines Hangman-Strichmännchens. An dem Arrangement machte sich auch schon eine Maus zu schaffen. Als wir näher herantraten, fleuchte sie davon, dass der haarige Schwanz ihr hinterherhechelte. Und in unser Sichtfeld sturzflog die Schneeeule, stob absolut lautlos der Maus hinterher. Losreißen konnten wir uns kaum von diesem Schauspiel. Dann wandten wir uns ab, den Lendenschurz noch nicht gegürtet, schauten in den Mündungslauf eines Gewehrs. Der Finger des Franzosen am Abzug zitterte. ›Wer bist du?‹ Ich sah den zerfledderten Habicht, roch Verwesung, fast Pestilenz, sozusagen schon Cholera und quasi den Dünnschiss in der Franzosenhos, das hat er noch nie gemacht, ein Reservist, der jetzt erst tapfer die Besatzung macht, und die Schneeeule, wie sie die Kralle hebt, der Mauskopf schaut heraus, geht immer höher und verschwindet vorm anderen Kopf, der kurz ruckt, wie zum Kuss, Schnabel voran, und der Kopf reißt ab und fällt, dass es das schneeige Gefieder sprenkelt in Schwarzblut und Weißschuld, und erst das Hacken dieses Tiers, wie mit einem Bajonett, das Herausziehen der Innereien, sage ich dir, mein Rattenschwanz stand und ich mandelte mich auf und ich sagte: ›Wir sind Ernstl Thalinger!‹, und der letzte Vollmondscheinstrahl vor Dämmerung vergoldete die tellergroßen Schneeeulenaugen zu blonden Bällen.

Der Franzos kannte sich natürlich gar nicht aus, und die Frage war nur, ob wir eh unser Telefonat bekamen. Seine Frage war dann, wen wir anrufen wollten, und wir sagten, wir hätten im Elsass gekämpft und würden gerne ein paar Takte unserer besseren Hälfte pfeifen, wir würden doch sehr hoffen, die Marseillaise als Warteschleifenmusik«, all dies konserviert in Ernstls Stimme, als ob das noch kein Ergebnis war: »Ja, und da hast du dich dann mit einem einzigen Anruf rausgeboxt?« – »Sicher! Am Schluss wollten sie noch wissen, wie wir schlichen in den Hinterhof. Holladira, sagten wir, voilà die Ratte, und sonst nichts mehr. Dann gab es ein bisschen Reibereien, ein paar Papiere, Verhöre, Einzelhaft, der ganze Rattenschwanz, den sie dir anhängen, ein Wurmfortsatz, anatomisch absolut bedeutungslos, aber evolutionär das Allerwichtigste. Wie wir wurden, wer wir sind. Wir waren ja inzwischen eine Ratte. Keine Chance, niemals hätten wir unser eigen Loch gestopft. Wir verrieten die Rattenlinie in den Kasernenhinterhof nicht und nahmen sie jeden Morgen. Vor der Dämmerung noch spazierten wir ein und aus, die Angst vorm Nachtvogel abgelegt. Wir schlugen uns durch und fraßen den Müll. Er wurde mehr mit der Zeit, der Container quoll fast über und auch eine neue Generation Fische schlüpfte. Ratten haben wir lange keine mehr gesehen, die waren noch nicht auf zu unsrer Frühvogelstunde. Außerdem konnten wir gut auf ihre Gesellschaft verzichten. Das sind mörderische Wesen, die zwingen ihre eigenen Kinder zum Selbstmord. Ein brutales Sozialsystem ist das. Manchmal sterben Eltern eben. Dann werden die Waisen wieder eingegliedert. Aber sie müssen ab dann als Erste fressen. Sie sind Vorkoster. Das funktioniert gut. Vergiften kannst du sie nicht. Heute sagt man in Wien eine Ratte pro Einwohner. Damals in Graz haben wir die Müllcontainer durchwühlt und sind draufgekommen, dass wir die Vorvorkoster sind. Von da an einzige Nahrungsbeschaffungsquelle nur noch der Fluss«, sagte Ernstl und nickte so bedeutungsschwer, dass ich mich ihm einfach entgegenstellen musste, nicht anders konnte, als ihn zu fragen, was war denn mit Errungenschaften, mit Trotzkämpfen, was denn wäre, wenn er all das aufschriebe, ob das nicht ein Ergebnis wäre, etwas, das übrigbliebe, und er sagte, er habe Bücher brennen sehen, weil die Zeiten kalt waren. Und ich sagte lauthals, die würden heute problemlos nachgedruckt, es stimme alles nicht, was er erzähle, es gebe ein Fortschreiten, und das bleibe, er total lapidar, keinerlei Zeit für Auseinandersetzung, ich und mein Alter einerlei: »Auf unsere alten Tage zahlt sich das nicht mehr aus. Wie viele Doppler trinken wir pro Tag«, und ich rechnete es ihm vor, warf ihm den Schmierzettel hin. Er nahm einen besonders großen Schluck, stellte die Flasche auf den Tisch, grün war sie, weiß das Etikett, *Burgenland* in farbigen Lettern, wie Wiesen, er habe heute mehr Durst, und er winkte ab, er wisse ja gar nicht, wie er schreiben solle.

»Und wenn du einfach mit dem ersten Muster anfängst.« – »Sicher nicht, Fliegenfischen reicht, aus die Maus«, er hatte wieder auf seine Schiffchenstrecke auf und ab an der Tischkante zurückgefunden, jedweder Zug abgefahren, dass da noch was zu machen war an unseren gemeinsamen Vormittagen außer Fliegen. Er griff die Flasche, wiegte sie, deklamierte, dass ich mich resigniert hinter den Bindestock klemmte, voll Groll, »bedenke, nicht immer haben wir einen Greifvogel parat. Nicht auf jedes dahergefleuchte Getier können wir einen Habicht hetzen. Deswegen braucht es den Schwanz. Um die Ratte zu kennzeichnen.« – »Verflucht, du hast gesagt, verdammt, der Schwanz wäre nicht wichtig«, ich schrie. Er wisperte: »Ist er auch nicht, zumindest nicht für die Maus, wie ihr auch die eigene Existenz nicht wichtig ist. Der Ratte hingegen ist ihr Leben wichtig. Sie schleppt ihren Schwanz die ganze Zeit mit sich herum, er ist das Zeichen ihrer Gestalt, ihre Potenz. In dem einen Moment dann, von Angesicht zu Angesicht mit dem Habicht, bekommt alles Bedeutung. Übrigens ist das beim Mauseschwanz auch so. Aber die verendet. Die Ratte lebt. Also lerne den Rattenschwanz zu lieben. Ziehe ihn nicht hinter dir her durch den Dreck. Führe ihn stolz vor dir. Denn nur so wirst du Angesicht in Angesicht mit dem Fisch letztendlich bestehen. Ansonsten bist du nichts als eine ahnungslose Maus, der ihr Dasein als Maus nicht wichtig ist.« – »Besoffenes Geschwätz, jetzt ist der Habicht der Fisch, oder was?«, ich schmollte. »So oder so ähnlich. Woran erkennt man denn den Habicht?« – »Wahrscheinlich nicht unbedingt an der Gestalt, nehm ich an, ja?« – »Doch, an der Brust, sieht genauso aus wie die des Sperbers, bloß ist der kleiner, wie man sagt, gesperbert.« – »Wie Hahnenhecheln vielleicht?« – »Der Gockel ist dann nochmal kleiner. Und das kleinste Glied der Kette ist die Fliege, die wir mit der gesperberten Feder versehen. Das ist ihre Gestalt. Angesicht in Angesicht mit dem Fisch offenbart sie uns dann ihre Bedeutung, du wirst sehen, Forellen kämpfen, sie sind Ratten, dagegen kommst du als Duckmäuserich nicht an.« – »Was ist mit Wissen, Können, Vermögen?« – »Mister Heehrmann, zehn Jahre in der Wüste mindestens, nehmen Sie an?« – »Herr Thalinger, Sie verarschen mich!« – »Beizeiten? Kein bisschen. Und jetzt los! Liebe den Rattenschwanz!«

14 Siegi findet sich in der ernstllosen Zeit zurecht

Ich trug ein voll Zorn ins Celsiusprotokoll die hundsgemeine Zahl, mit blauer Tinte und ordentlich Druck, dass es die Kugelspur wohl noch ins Blatt drunter, wenn nicht in die Küchentischplatte palimpsestierte, sodass die Ziffer übrig blieb, hoffentlich für immer. Aber der Trend war nicht unser friend, im Steigen begriffen, die Fische ebenfalls, bald letztmals Bauch voran, dem Bachforellensterbeschwellengrad entgegen, Hitze, im Fluss, in der Küche, ein Schluck Wein dagegen. Wenn das so weiterging, erübrigte sich bald, das Quecksilber ins Uferwasser zu tunken, und als ich aufsah, glaubte ich erst an einen Funken, der das Fiebertraumfeuer entfachte. Wer stets ein Thermometer mit sich trägt, zweimal täglich misst, natürlich ist der krank oder sieht Gespenster. Johannes hatte mich schon wie einen Wahnhaften angesehen. Er stierte durch die Beifahrerfensterscheibe, als ich in seinem Beisein aus dem Auto sprang. Schnell zischte ich durch die Nacht zum Wasser, die Böschung hinunter, kniete mich hin an den Gumpen und maß. Als ich bedrückt zurück zum Auto stapfte, waren Johannes' Lippen zittrig und wie schwarze Löcher geweitet seine Pupillen. Sie folgten mir. Lukas' Gestalt, gespiegelt auf dem finsteren Küchenfenster jetzt, ahnungslos, wie lange er da schon stand, auch er selbst, wahrscheinlich einfach die Zeit vergessen. In der herabhängenden Hand hielt er einen Laserpointer, eine Ader pochend vor Aufregung an seiner Stirn, schweißglänzend und superbleich das Gesicht. Ergriffen und fasziniert starrte er mich an, ganz anders als früher, wenn er manchmal mitternachts in die Küche kam, die Reste von seinem

Teller zu naschen, raubtierfütterungslos zu Bett geschickt wegen irgendeiner Frechheit am Abendessenstisch. Oft hockte ich dort immer noch, brütete über einer Partitur, verbesserte sacht mit Bleistift Fingersätze, keine Ahnung, diese eiskalten Beutelschneider, sich bereichern mit dem Abdruck von Gemeingut, Mozart und Bach. Jetzt brachte mich das plötzlich auf, aber damals, stumpf und niemals abgebrochen die weiche Bleistiftspitze, kühl und distanziert Lukas' Blick, wie Archäologen Fossilien inspizieren, inzwischen nicht unähnlich wohl Volkis Miene, wenn der Präparator Wolferl Hand an Forellen legte, oder Ernstls Gesichtsausdruck, seine zittrigen Finger, wenn es, ich, ans Binden ging, unfern der Ejakulation. Dann war Lukas auch schon wieder verschwunden, ohne mich zu laserpointieren wie früher, und bald kitzelten mich Sonnenhitze, Kaffeegeruch und der Zeitungsschatten wach, den Lena mir entgegenhielt gleich einem Schild.

Wochenends zischte ich inzwischen früher Richtung Flussufer als Lukas und Johannes unter der Woche zur Schule. Und so kam ich an Lenas Arbeitstagen in den gänzlich ungeahnten Genuss eines Frühstücks mit ihr. Geräuschlos fast rührte sie ihren Espresso um, was ich nur am steten Ritardando des Strudels in der Tasse und der gelegentlich eintauchenden Löffelchenspitze ablas, gefolgt vom Durchblättern der Ressorts ohne Knittern oder Streifen oder Rascheln. Permanent gerieten neue Schlagzeilen in meinen Blick, die Zeitung schwebte vor ihrem Gesicht, verbarg ihren ganzen Oberkörper, war so gefaltet, dass nicht mal ihre gegen die Tischkante gelegten Ellen zu sehen waren. Die Gerüche von Kaffee und Druckerschwärze annullierten sich, sie war eigentlich gar nicht da und ich hatte nicht mal eine Vermutung, ob sie schmollte oder generell schwieg, solange sie noch nicht aufgemuntert war. Sonst war ich ja nie gleichzeitig mit ihr aufgestanden, ob ich etwas sagen sollte, war die Frage, bis ich mir zurechtüberlegte, dass Groll und Schlaftrunkenheit einander einschlossen, sie mich abstoßend fand, weil ich ihr nicht mal diese halbe Stunde Eigenzeit und Schweigen vor zermürbenden Visiten ließ. Ich stand auf, dass ihr blonder Schopf vogelperspektivisch in meinen Blick geriet, sah über das noch kopfpolsterverwuschelte und alptraumelektrifizierte Haar hinweg, taxierte hinter dem Jugendstilgeländer am Balkon gegenüber den gewaltigen Engelstrompetenkopf, der zwar fehlte. Aber, abzulesen am Winkel des durchschnittenen Stängels, er hätte sich optimaler Windrichtung und besten Fischwetterverhältnissen gemäß geneigt.

»Lukas ist gestern nicht nach Hause gekommen«, schickte mir Lena noch nach. Durch die sich schon hinter mir schließende Wohnungstür rief ich zurück, »das macht doch nichts«, er würde schon wiederauftauchen, und zum Fluss fuhr ich vorbei an einer Bushütte, in der er herumlungerte und Constanze ihm einen Kuss auf die Wange drückte zum Abschied oder zur Begrüßung, das würde ihm schon noch vergehen. Bald unterschriftelte ich seine Schularbeit, die er selbstverständlich mir, nicht Lena vorlegte. Er diskutierte in schludrigster Handschrift die Risiken und Chancen von Atomenergie, ein klassisches Lehrplanthema, ein vom Unterrichtsministerium zur höchsten Priorität erklärtes Schulbuchkapitel, das letzte, das vorletzte neunzehnhundertachtunddreißig, gehalten in schwarzen Seiten, Staatstrauer allerseits, Anschluss Österreichs, Schnitt, und vierzig Jahre später, andere Seiten aufgezogen, in sattem Grün, schwarz bloß noch der Text, der stets darauf hinauslief, dass Österreich sowieso das letzte Paradies darstellte mit seiner ersten und einzigen Volksabstimmung. Das Votum über den Anschluss vierzig Jahre vorher wurde selbstverständlich nicht gezählt, das war ja getürkt, neunundneunzig Pro dafür, typische Diktatur. Vierzig Jahre später zeigte unsere Bananasplitrepublik dann, dass sie es konnte. Unser für das Schöne beneidetes Volk stimmte in einer Art prophetischem Akts fünf Monate bevor es die Kerne im Reaktor Three Mile Islands einschmolz, mit rund einundfünfzig zu neunundvierzig gegen die Inbetriebnahme des bereits ohne viel Aufhebens hingestellten Atommeilers Zwentendorf, trotz oder gerade wegen des Versprechens Kreiskys, Sozialdemokrat, Jude und Kanzler, der sich blau ärgerte, während seine Kollegen schon mal die Druckerpressen anschmissen und die Seiten einfärbten ebenjener Schulbücher, die seit Kreisky unentgeltlich jedes Schulkind bekam. Da stand dann drin, im Falle der Niederlage seines Herzkratzerls und Prestigeprojekts modernster Energiewirtschaft habe Kreisky seinen Rücktritt verkündet. Natürlich stimmte alles nicht, alle liebten ihn, nie redete er über Schulbuchleerstellen, Kreisky hatte nur das zukünftige Österreich im Schädel, oder auf der Zunge, er blieb, fuhr sogar im Anschluss an Zwentendorf die absolute Mehrheit ein, nichtsdestoweniger, knapp wars, die Christlichsozialen hassten ihn, das hatte sich gezeigt, Wahlkampf, harte Bandagen, witzigerweise beiderseits die gleiche Plakatkampagne, weinende und lachende Kinder, *bitte lieber Gott, beschütz uns vor Zwentendorf* und *für ein atomstromfreies Österreich* sowie *modern times, für unsere Kinder, sei ein atomstromreifes Österreich* und *jetzt ist Schluss mit Wasserkraft*, die unserer lieben Wiener Nachbarschaft sechs Jahre später dann auch nicht die Landschaft verschandeln sollte. Dafür stand dann nicht allzu lange drauf ein Windpark im Seewinkel und die Ornithologen monierten die Rücksichtslosigkeit gegenüber den Flamingos, die fortan andere Rastplätze auf ihren Routen ansteuerten als die Schilfgürtel des Neusiedler Sees. Die Nordburgenländer wunderten sich über das Leerbleiben der Storchennester auf den Schornsteinen und die Demographen beklagten das Überaltern Mitteleuropas und die rückläufigen Fertilisationsraten. Immerhin sind Windräder weder romantischer noch melancholischer als freie Felder. Die Alten taten auf ihren Bänken verstellter Sicht nicht mehr dahinsiechend die Augen zu und die erwachsenen Touristen radelten, wanderten, jausneten und tranken Wein, wo ihnen allerhöchstens Schweizer in kessen Lederhosen und feschen Dirndln auflauerten. Die Jungen hinterließen fangenspielend keine Kornkreise mehr im Mais. Während Übernachtungsfeiern auf Bauernhöfen bei Morgenrot im Pyjama endeten, beschimpften die Teenies durch das Heuschoberfenster blickend bloß noch das zerschnittene

Panorama, die statt den Sternen leuchtenden Lichter, die immer dicht an dichter hochgezogenen Windradständer.

Kein Wort davon in Lukas' Aufsatz, der in noch überzogenerem Tempo als die Realität selbst auf eine Apokalypse biblischen Ausmaßes zuhielt. Er warf die Schatten schrecklicher Reiter an die Wand. Arm in Arm mit der Atomenergie ritten sie einher, schlossen sich mit Monstern zusammen, die in Ermangelung irgendeines Strands abgesehen vom Alpenostrand in Österreich dann eben aus den Flüssen auftauchten, die aber genauso unheilig, katastrophal und furchteinflößend für Lukas waren wie das Meer und ihr Leviathan für die Israeliten. Satan selbst wohnte darin mitsamt einer ganzen Bastion von Schwermetallatomen, die Fabriken ja in Regenfronten wölkten und folglich auch ins Grundwasser pumpten. Bataillone höchst strahlender Urankerne, immerhin würden Brennstäbe gekühlt mit Wasser, und sicher auch eine Armada an Abwasserlachen mit Ammoniak gefärbter Haare. Ganz arg auch in Wohnhaussiedlungen die Regenrinnen, in denen Wasser das Mikroplastik jahrelang aus versehentlich verschossenen Badmintonbällen spülte, die ja nie herausgeholt würden, weil Leiteraufstiege an den Fenstern fremder Wohnungen in Sachen Voyeurismus nicht ganz koscher waren und überhaupt niemand so eine lange Leiter hatte und ständig Verantwortungsdiffusion einsetzte, sich die Last auf alle verteilte und sich also niemand richtig zuständig fühlte für die Sünden der anderen, ganz der alten griechischen Wortherkunft »Diabolos« gemäß, die im Gegensatz zum »Symbolon« nichts anderes als das »Vereinzelte« meint, nicht das »Zusammengesetzte«, und wenn es einen Gott gab, so wohnte er nicht in einer Wohnsiedlung voller Etagenapartments, und wenn es zur Gemeinschaft der Heiligen kam, dann sicher nicht in Pilgergymnasien der Bezirkshauptstadt, die ihre Fahrschülerschaft überall aus den umliegenden Provinzen zusammenzog, um sie nach dem Pendeln in rauen Wintermorgen gegeneinander kämpfen zu lassen, wie der römische Zirkus, zum Frühstück frühchristenzerfetzende Raubtiere aus sandigen Wüsten und thrakische Gladiatoren, und wenn es noch Familien gab, so seien es Kleinfamilien und die seien Keimzellen des Faschismus, wie Lukas nach Mussolini betonte usw. Bis zur Nitratbelastung und der Hexe, die ich immer beobachtete beim Kompostieren ihrer Küchenabfälle an den Flussuferwiesen, kam ich aber nicht mehr, setzte meine Klaue drunter, schrieb versehentlich das Datum, die Uhrzeit und die Stelle hin wie in meinen Notizheften, strich das wieder aus, gab Lukas das Heft zurück und nickte ihm zu. »Regenrinnen, was, kann man auch hochklettern dran, nicht immer nur das Schlechte sehen.« – »Aber die Leiter als Metapher für den Himmel.« – »Vielleicht schafft man es bis zum Balkon.« – »So lange Leitern gibt es nicht.« – »Aber vielleicht ja Stängel, Jack. Die Engel hast du auch ganz vergessen. Die kommen mit Fanfaren. Und fliegen können sie. Muss man nicht gleich in die Horrorhölle fahren. Bei Johannes heißt es, am Ende kommt die große Herrlichkeit. Also streng dich lieber mal ein bisschen an. Sonst hast du später mal im Prater einen Job bei der Geisterbahn.« – »Manchmal weiß ich echt nicht, was du mir sagen willst.« – »Scheint dir bei der Angabe nicht anders zu gehen.« – »Aber du bist echt cool, danke, Dad.« – »Themenverfehlung, junger Mann.« – »Nächstes Mal, Vier gewinnt.« – »Mama unterschreibt, meinst du wohl, nächstes Mal.« – »Aber Papa.« – »Setz dich her, einen Schluck Wein?« – »Nein, danke.« – »Was hat die Constanze geschrieben.« – »Themenverfehlung.« – »Dann gehma ins Bett.« – »Ja, sicher.« – »Keine Musik heut Nacht. Strafe muss sein. Schlaf schön.« – »Träum was Gutes, du Spinner.«

Von Angesicht zu Flussoberfläche besserte ich die Karte jener Passage um, an der ich mit Ernstl letztmals fischen war. Ich hatte sie vorige Nacht nicht gänzlich korrekt aus dem Gedächtnis aufs Papier gebracht. Dann saß ich im Gasthof auf der Holzveranda und rasterte mit Geodreieck und zartem Bleistiftstrich die Karte in Quadrate, über der Stelle eine Tabelle, nicht unähnlich den Spalten und Zeilen in meinem Fangbuch. Ich bannte jene Brücke samt Gumpen und Stromschnellen in Koordinaten, legte die

Stelle fest als mein Greenwich, als Nullmeridian, von dem aus alle anderen noch anzufertigenden Flusspassagen zu bestimmen waren. In der Musikschule dann stand vor meiner noch verschlossenen Unterrichtszimmertür ein Sechserträger Wieselburger. Ich trank die drei Liter nachts am Küchentisch, während ich die Daten jenes vorerst letzten Fischtages mit Ernstl auf ein neues Blatt Papier brachte und umsortierte. Statt der Fliegenfängigkeit und des abstrakten Bereichs der Muster wollte ich nun Biotopoi und Forellenpopulationen sichtbar machen. Wiewohl Salmoniden Einzelgänger sind, es musste ganze Schwärme geben im Flussbett, Weiden und Herden, wenngleich sie sich gegenseitig verdrängten, wenn es auch nur so ablaufen mochte, dass ein Tier dem anderen den Standplatz abrang, ein Schäfer den Kollegen bestahl, Hund und Hund um die Gunst des Herren buhlten, der Verlierer sich rachsüchtig zum Wolf auswilderte, neue Gegenden erkundete, Gurgeln riss, Pelz schlang, sich in ein Schaf verwandelte und zurückkam, nur um dem Hirten penultimo doch alles wegzunehmen, somit letztlich auch dem anderen Hund.

Und so, während Ernstl immer nur nach Fliegen und Instinkt ging, strukturierte ich nach Koordinaten das Notizheft um. Ernstl hatte es mir gegeben, befehlen brauchte er da längst nichts mehr, gewissenhaft schrieb ich *Ritz D* in die Kopfzeile der Seite, während der glitzernde Fliegenkörper von der ersten Forelle geschnappt wurde und der Drill begann. Die Schnur spannte und die Spitze bog sich zur Wasseroberfläche, indes das Datum aus der Kugelschreiberspitze aufs Papier floss. Der Fisch zappelte noch ein bisschen im Wasser, ich vermerkte die Stelle des Bisses, *Kaskade rechter Hand*, und stakste zum Ufer, Ernstl schwenkte die Stange samt Schnur und Vorfach und Fang daran. Ich brauchte längst keinen Kescher mehr, kniete mich hin, legte das Heft ins Gras, tauchte die eine Hand ins seichte Wasser. Mit der anderen Hand nahm ich die filigrane Silberzange, legte durch ihre Augen Daumen und Mittelfinger, senkte das Ding Spitze voran in den Fluss, nur zum Wässern, um den Fisch zu schonen, dass nichts Trockenes an seine Schuppen kam. Dann packte ich zu hinter den Kiemen mit links, hob das Tier aus dem Wasser, erkannte seine Art am Seitenstreifen, stressgeweitet die schwarzen Pupillen im Bernsteinauge, die Kiemendeckel reckten sich, flusskrebsrot schnappte drunter das Organ. Schnell streckte ich den rechten Zeigefinger, hielt ihn an Schwanz, eins, schwebte Stromlinie entlang, zwei, von Kiemen zu Kopf maßgenommen, dreißig Zentimeter, die beiden gebogenen Zangenschenkel um die Ritz D im Kiefer zusammengekniffen. Ich riss sie dem Tier aus dem Maul, ließ links los, es platschte, lockerte rechts den Biss, Daumen und Mittelfinger gingen auseinander, die Zangenschenkel öffneten sich, die Ritz D schwebte einen Moment, flog schon wieder hinter Ernstl, nicht in hohem Bogen, sondern untendrunter, gebetsroitherstyle, die Stange auf elf, ich säuberte meine Finger, Ufergras mein Taschentuch, dabei schon der Blick aufs Handgelenk, Ernstl auf eins, die Fliege obendrüber, Uhrzeit, Länge und *Regenbogenforelle* trug ich ein. Sie schwebte noch im ufernahen, seichten Wasser, verwirrt und ohne Regung, ratlos, was mit ihr passiert war, stand sie da, was das für eine Welt außerhalb des Flussbetts war, fragte sich, was sie zu bedeuten hatte, ein fish out of water sozusagen, während Ernstl schon die nächste drillte. So füllte sich schnell das Notizheft. Ernstl leerte quasi den ganzen Fluss und befüllte ihn sogleich wieder. Er fing zwölf Forellen in zwei Stunden, ich setzte sie wieder zurück. Das ergibt alle zehn Minuten einen Biss, ungeachtet der Fische, die zwar bissen, aber noch Zeit hatten, wieder von dem Köder abzulassen, weil Ernstl nicht rechtzeitig anschlug, oder derer, die bissen, aber keine Zeit hatten, den Köder vollständig samt Haken in den Mund zu nehmen, weil Ernstl zu früh anschlug, ihnen den Köder damit aus dem Maul riss, und auch ungeachtet der Fische, die bissen, kunstgerecht gehakt wurden, sich aber während des Drills vom Haken losstrampelten. Je länger Ernstl fischte, umso deutlicher klaffte das Verhältnis von Bissen und gefangenen Fischen auseinander. Das störte mich gar nicht allzu sehr, ich bekam Verschnaufpausen, ein Tempo rubato der Gnadenakte, schaute Ernstl noch aufmerksamer zu, nahm ganz genau Notiz von seiner Technik, Eleganz wie Stil in seinen Händen, und sowieso hasste ich den Fischschleim an den Fingern. So rechnete ich es Ernstls Rücksichtnahme an oder dem längst beim ersten Biss schon gestillten Hunger, sein Gesicht unendlich entspannt und die Mine zurückgeklickt ins Kugelschreiberinnere. Um das Bild nicht zu beschmutzen, möchte ich außerdem erwähnen, dass ich nicht mehr im Stande gewesen wäre zu schreiben, viel eher beim Versuch, der Notizbuchseite das Brückengeländer unterzuschieben, in den Fluss gestürzt wäre, hätte ich so viel getrunken wie Ernstl am Abend des Vortages und im Verlaufe dieses Morgens. Überhaupt bedarf es schon überragender Meisterschaft, bei voranschreitender Tageszeit einen konstanten Pegel an Bissen zu halten. Salmoniden sind morgens deutlich gefräßiger als am frühen Vormittag. Und zwölf Forellen sind nicht nichts.

Weil es ein besonderer Tag war, beschlossen wir, den Ehrenkodex der Fliegenfischer-Gentlemen zu missachten. Zwei Forellen schlugen wir ausnahmsweise den Schädel ein, ärgerlich die dritte, unglücklicherweise den Köder verschluckt. Zwei trug ich in mein Fangbuch ein, eine in Ernstls, ohnehin waren beide fast leer. Die Vereinsvorsteher würden sie am Ende des Jahres absammeln und prüfen. Was es da genau zu prüfen gab, ob sie etwa die Fische im Fluss zählen wollten oder sonst was, wusste niemand. Es war bloß eine seltsame, stupide Drillmaßnahme, ein Kontrollverfahren. Ernstl erzählte gern, wie er mal eine Saison lang keinen Fisch mitnahm, keinen eintrug ins Fangbuch. Eine Sondersitzung wurde einberufen seinetwegen und er kassierte nur eine Verwarnung, damals noch ein milder Vorstand. Haarscharf zeigten die Handzeichen der Abstimmungsrunde vorbei am ewigen Vereinsausschluss, was ja nicht schlimm gewesen wäre an sich, wollte Ernstl doch eh nichts zu tun haben mit unseren sogenannten Kollegen. Aber mit dem Eintragen ins Meierregister war eben das Erstehen der Jahreskarte verbunden. Das andere ging nicht ohne das eine und Mitgliedschaft und

Fangbuchaufschlag zu Saisonende. So brach Ernstl wohl entweder seine eherne Regel und das Forellengenick manchmal, oder er trug wahrscheinlich irgendetwas Erlogenes ein. Höchstwahrscheinlich eine Siebzigerforelle, einfach nur, um die Kontrolleure zu ärgern, die nicht nur selbst keine größeren Fische fingen die ganze Saison, sondern in ihren beschränkten Hirnen dann auch noch von Ernstl um den Anblick des niemals präparierten Tieres gebracht wurden. Ich wusste nicht, wie schlau ich das finden sollte, so schlugen sie sich nur noch vehementer auf Volkis Seite und fühlten sich zunehmend befleißigt, große Fische zu töten und auszustopfen. Ernstl selbst erwog diese Gefahr nicht, oder sie war ihm egal, möglicherweise gab es für ihn in dieser Sache keine Kompromisse, oder heute drei Forellen einzutragen und zu verspeisen war bereits einer. Ich schrieb also das Datum, die Art der Fische und ihre Körpergröße hin und damit hatte sich auch das. Eines Tages würde ich einen Tag hinschreiben und daneben in der Zeile zweimal *der Größte von allen* und Ernstls Fangbuch auf ewig zuschlagen, das Pendant eines niemals wieder aufgeschlagenen Taufbuchs in Südtirol und, die letzte Spur, die er hinterlassen haben dürfte, des Standesamtsregisters in Graz.

Um die Zeit rumzukriegen, bis Ernstls Zug abfuhr, gingen wir zum Wirten mit unserer in Zeitungspapier eingewickelten Beute. Oder besser gesagt, ich ging mit den gefangenen Forellen, die ich in Zeitungspapier eingeschlagen hatte, damit ihr Schleim meine eben gesäuberten Finger nicht beschmutzte, und Ernstl stolzierte an meiner Seite zum Wirten. Um die Flasche an den Mund zu führen, brauchte Ernstl seine Hände nämlich frei, die noch stärker zitterten als sonst. Ich wünschte, wir hätten getauscht, was wir trugen, und ich flößte ihm den Weißwein im Gehen ein. Jede Sekunde sah ich das Glas schon unkontrolliert zuckend gegen Ernstls Zahnschmelz schmettern, der sofort brach. Oder die Flasche barst. Ernstl verschluckte einen Splitter. Wand sich am Boden. Aber Ernstl war für meine Unglücksverhütungsvorschläge unzugänglich, überhaupt redete er nicht, murmelte ab und an in sich hinein, trat reaktionslos auf spitze Kieselsteine, sammelnde Bienen und blitzende Glasscherben, die an seinen Sohlen haften blieben. Die Fische getötet zu haben, veranlasst zu haben, dass ich die Fische abschlug, traf Ernstl wohl sehr. Oder es war seine Art, sich für Zugfahrten zu präparieren. Besonders bequem sind die Sitze der Bundesbahnen ja nicht. Von plärrenden Kindern und penetranten Parfums der Mitreisenden mal abgehört und abgerochen. Vor den dreckigen Teppichböden grauste es Ernstl, dem Naturmenschen, selbstverständlich. Er torkelte schon durch den Kurpark, wir waren noch nicht mal beim Wirten, wo Ernstl verdrossen weitertrinken würde. »Heute gehen wir in den Gasthof. Für die Wirtenpfanne sind diese Forellen zu schade«, sagte Ernstl und schlug einen ungewohnten Weg ein, wieder am Ufer entlang. Ob auch dieser Flusslauf dem grünen Quell in seiner Hand entsprang, ich wusste es nicht. Ich war nur froh, da zu sein und auf ihn aufpassen zu können, und wünschte, seine Frau würde das die nächsten Monate genauso tun. Vielleicht kam Ernstls Trinkmut auch der Vorfreude wegen, sie wiederzusehen, oder des Schmerzes fürs Erste mich, seinen Assistenten und Chauffeur, sowie das Salzkammergut zurückzulassen. Oder es war die Unentschiedenheit, das eine mit dem anderen zu bezahlen.

Hätte Ernstl nur einmal von seinen Füßen den Blick gehoben, während wir durch den Kurpark gingen, er hätte die Bienen gesehen, die wir hörten, wie sie hineinschlüpften in die Kastanienblüten, die wir rochen, das Lächeln der alten Frau auf der Bank, die gewiss meinte, Ernstl und ich seien Vater und Sohn. Und er hätte sich nicht so grämen müssen über die Punker und Schreihälse, die auf der Wiese saßen und uns »Meuchler, Mörder, Monster« hinterherriefen. Ernstl hätte gesehen, dass rund um sie etliche leere Bierdosen lagen und zwischen ihnen immer wieder ein Spliff aufglühte. »Ich würde sie erschlagen, die Blagen, viel lieber als jede Forelle.« – »Ist schon okay«, sagte ich, denn sie hatten ja recht gefährlich aussehende Hunde dabei und sicher nur betrunken und verdattert gescherzt. Damals waren es nicht so viele Umweltschützer, und wenn es die gegeben hat, dann sicher nur in Wien. »Jetzt zieh nicht so ein Gesicht!«, und ich wusste nicht, was mich mehr betrübte, »ich komm ja wieder«, Ernstls Einstellung in dieser Sache, dass es für ihn Arik Brauer und die Au überhaupt nicht gegeben hatte, wir gingen an den angeblich heilsamen Schwefelbädern vorbei, oder diese herumlungernde Jugend, Schreihälse, Pseudonaturschutzpunker, nutzlos, wenn es dann kam hart auf hart.

Hätte ich nur einmal in die Zeitung in meiner Hand geblättert, vielleicht hätte ich das große Unglück herauslesen können zwischen den Zeilen, die in Wasser keineswegs abweisender Druckerschwärze ineinander verschwammen. Obertrocken schlug mir Lena Wochenende für Wochenende die Zeilen um die Ohren, *Waldsterben, Waldsterben, Waldsterben* ließen es die Überschriften immer wieder läuten, *Waldsterben, Waldsterben*, auf Seite eins, die Lena mir in den Blick wischte, bevor ich aufbrach, *Waldsterben*, es klingelte, wie absurd, dachte ich auf der Fahrt, wie absurd, diese Gefahr auf Papier zu drucken, und das Sägewerk rauschte durchs Seitenfenster. Es beschäftigte mich und mein niemals fertiggeschliffenes Fischstandprotokoll in Akkord, bald stieg ich in Sachen Pflanzen auf Bleistift um. Mehr als nur einmal vermerkte ich vormittags Forellen als besonders verfressen unter einem Schirm aus Ästen, die sich über den Fluss gen Sonne reckten, nur um die Ulme abends schon auszuradieren, Bekanntschaft gemacht in den Wurzeln mit Gift, stammgespalten vom Blitzschlag der Länge nach oder getroffen von scheißheißlaufenden Kettensägen horizontal, gefressen und niedergeknabbert von Borkenkäfern und Rehen, ungestüm geküsst von Wind, ich wusste es nicht, fand keine Leichen, schnell beseitigten die Leute hier Unliebsamkeiten. Immer sauber der Kurpark, den ich von der Holzveranda des Gasthofs aus dann bis zur Fahrt nach Hause überwachte, niemanden sah ich, »plötzlich war sie weg«, sagte ich zu Gerry, nahm erstmal einen Schluck Sturm gegen den Schreck, er sagte erst nickend, dann – wie vom Blitz getroffen – kopfschüttelnd, wangenwerfend und zähneknirschend:

»Das Wetter wird immer extremer«, *das Zewa-Dach auch*, so der Werbeslogan eines Aluminiumfertigteilfabrikanten jüngster Tage, der im Fahrwasser cooler Sprüche sein rotes Logo über die Bildschirme weht, seit dem Jahre Schnee schon in Ungarn schneller als das Bruttosozialprodukt wachsende Rotschlammgruben unterhält, ganz im Gegensatz zu den Dämmen, die dann brechen in Kolontár oder wo auch immer, Arsen, Blei und Quecksilber, das wischen wir schon wieder auf, bevor es in die Donau rinnt, *Zewa, das Dach stark wie ein Stier*, mit unglaublicher Saugkraft, als hielten die Schindeln mittels Vakuumverschluss am Giebel, als sorgte das Dach für Ausgleich und atmete atlantische Tiefdruckgebiete einfach ein, die heutzutage alle paar Wochen ihre Wirbelspitzen über England Richtung Südosten ins europäische Zentralland schicken.

Dann steige ich nachts aus den Federn, gehe über die Schwelle, stehe im Freien, schaue auf den letzten bewaldeten Hügel, sehe den Hang, über den der Sturm noch kommt, in den Böen Orkanstärke erreicht, noch kein Name für die Windspitzen, sie sprengen die Skala, und Flaute. Kein Hauch, kein Lüftchen hier im Tal, nächtliche Greifvögel, die ganz ruhig durch den schwarzen Himmel kreisen, tallängs die Sterne verfinstern mit ihren Schwingen, blitzende Augen, die auf den Bundesasphalt hinunterspähen, Ratten im Graben anvisieren. Plastikverpackungen pflastern die Straßen, Limonadenreste sickern aus Bechern, halbaufgefressene Burger, Forstreste auf dem Hügel, dieses rauschende Geräusch, es erfüllt die Stunde, über allem liegts und lauerts, ich wende den Blick, noch beutelt die Brise die Buchsbüsche nicht und noch wirft, schüttelt und schnauft es nicht in der Hecke, in den Rosenranken der Vorrat des Neuntöters, die Dornen gespickt mit aufgespießten Mäusen, die kein bisschen baumeln, der Rhododendron steht, unbewegt die Nacht, totenreglos der Garten, aber nicht windstill, laute Flaute. Mir grauts vor dem Geräusch, vom Ton ein schnaubender Stier, von der Dauer Munchs Schrei, unendliche Lungenkapazität, anhaltend und tosend, ein Brausen im Kopf, Tausendschaften von

Schwefelhölzern, die gleichzeitig brechen. Es liegt über dem Hügel, wohin ich nächsten Tags einen Spaziergang unternehme, durch eine Wüste, Chaos, Tohuwabohu, Äste und Stämme, niedergeworfen, in die Horizontale gebracht. Ich versuche das aufzurechnen und komme Höhenmeter für Höhenmeter vorbei an geborstenen Bäumen immer überzeugter zu dem Schluss, pulverisiert größtenteils einfach der Forst, hie und da noch aufgestellte Wurzelkränze der größten, Bergahorne, Schwarzeichen, Rotbuchen, als hätte es den Bäumen die Füße beim Rückwärtstotumstürzen hochgeschnalzt, bar jeder Erde jedenfalls diese Zehen, einfach weggeweht die Schwimmhäute dazwischen, wie die spastisch verzerrten Finger von Büßern aus Satans gusseisernen Gulaschkesseln gen Himmel gereckt, der Stamm trotzdem geborsten, nur halb vorhanden. Der erste Windstoß prackte ihn um, stürzte den Wurzelkranz in die Luft, der Stamm noch im Fall begriffen und Glück gehabt, schon die nachfolgende Böe fetzte die Erde weg, zertrümmerte den Baum, und die Windspitze zersplitterte das Übrige. So stehe ich oben auf dem Hügel neben dem Förster. Einen Strick hält er in der Hand.

»Totaler Kahlschlag«, sagt er.

»Was für eine Aussicht«, sag ich und schau ins Tal.

»Ich habe einen Ast gesucht«, sagt er.

»Ich wohnte in einem Mehrparteienhaus, in dieser grässlichen Siedlung, unweit des Seeufers, Unterland-Oberland-Grenze«, ich bilde mir zumindest ein, dass er grimmig ungefähr in die Richtung sieht.

Er spuckt zu Boden, trifft aber nur den Strick in seinen Händen, sagt: »Verdammte moderne Architektur.«

»Das können Sie laut sagen«, sag ich, »Flachdächer.«

»Pff, sind im Winter die ersten, die der Schnee eindrückt.«

»In einer der oberen Etagen hatte ich eine Eigentumswohnung. Gehobene Ausstattung, Luxus fast. Ich war die Treppe nie bis zum Ende gegangen. Deshalb wusste ich nicht, dass es weder Dachboden noch Balken gab, als ich hinaufstieg, die Schnur geschürzt, ein Stockerl auch dabei. Stellen Sie sich vor, wie ich gelacht hab.«

Er weint und ich nehm ihn in den Arm, ich glaub, aus Scham, der Förster und der Fischmeister, zwei richtige Männer. Beim Abstieg erzählt er mir, den Wald habe sein Großvater gepflanzt, sein Vater habe ihn gehegt, und er sollte ihn fällen, alte Schulden samt Zinsen tilgen, mit neuem geborgten Geld einen neuen Wald anpflanzen, auf dass ihn die nächste Generation wieder wachsen lasse und die übernächste erneut in Geld verwandle. Ich verkneif mir die Frage, ob er versichert ist, auch die zweite, die mir einfällt, obs nicht auch Totholz braucht für irgendwas, und zieh also mein Feuerzeug aus der Tasche, »Sie bringen gleich einen Seemann um«, die nämlich in der unschiffbaren Saison, während der Wind das Meer rau aufpeitschte, in Streichholzfabriken arbeiteten, »kein Holz in modernen Häusern«, und zieh meine Brieftasche, »Gasherd in der Küche«, sag ich, »und in Violinen, jetzt hab ich Sie«, sagt er, ich zieh einen Geldschein, »ich bin pensioniert«, zünde ihn an, »lassen Sie es hinter sich«, werfe ihn brennend weg, »ficken Sie sich!«, sagt er, ich »funktioniert noch«, zieh einen Spliff aus dem Ärmel, haue an und Ahab wartet auf sein Bein und Tausende Popeyes rennen in Feuerzeugfabriken hinein, hauen die Maschinen kaputt, kommen zurück in die eigene Fabrik, die dieses Jahr kein Holz vom Zulieferer kriegt, »Sie sind doch ein Freak«, das dachten sie schon, als ich bei Kurti in der Schlange stand, mir eine Jause zu holen, »stundenlang sitzt der am Ufer und zählt, wie oft es platscht«, wahrscheinlich waren sie schon so in Rage geredet, dass sie mich gar nicht bemerkten, »schreibt in sein Notizheft hinein, wo wie viele Fische steigen«, oder sie warteten, dass ich mich verteidigte, gaben mir Gelegenheit, meine Zugehörigkeit zu beweisen, indem ich einstimmte, »verfolgt eine einzige Forelle den ganzen Fluss hinauf und lässt alle anderen links liegen«, oder sie vergaßen einfach, dass ich unter ihnen war, wie ich ja selbst längst an Extremsportler dachte, »stiert auf die schimmernden Schatten am Grund, anstatt die Fische zu fangen«, free climber an den roten Wänden des Uluru, Kreide unter den Fingern wie hartgesottene Lehrmeister, »ärgert sich über die dunklen Stellen, dass er nicht sieht, wo da die Fische stehen«, Motorradfahrer in tiefschwarzer Kluft, die auf abschüssigen Serpentinen ihre Körper tonnenwiegenden, von Fliehkräften ergriffenen Maschinen entgegenlehnten, in überirdischen, aber unendlich kleinen Winkeln mit Vollgas über den Straßenbelag glitten, den Asphalt beinahe mit Knien touchierten, aber nie küssten, »und über die hellen Stellen, wo es die Sonne reflektiert, mag er auch nicht«, Tiefschneeskispezialisten, die lawinengefährdete Hänge hinunterwedelten, hinter deren Schwüngen Schneehühner aus unterirdischen Winterschlafbauten aufgeschreckt in den Himmel schossen, von glitzernden Eiskristallen umgeben wie Neujahresfeuerwerkskörper über Pisten so todernst, dass sie noch nicht mal irgendwelche Listen als schwarz ausschrieben, jenseits aller präparierten, offiziell erschlossenen, mit Liften versehenen Sportdestinationen.

Erreichte man nach langjährigem Training ein gewisses Maß an Können, gelangte man unter ständigem Probieren über die Schwelle der Meisterschaft, ging man vollständig ein in sein Element und darin auf, war das genau der Moment, wo alle Umstehenden nur noch verständnislos den Kopf schütteln konnten, weil genau der karge, asketische, apparative, witzigerweise aber total ausgetretene Pfad zur Spitze verborgen blieb, den man nahm, erst oben sah man und wurde gesehen. Es war ihnen fremd, die Violine länger zu stimmen als zu spielen, sich Gewichte an die Finger zu hängen, damit die Gelenke ausleierten und der Griff weiter wurde, sich Betablocker einzuschmeißen, damit Herzfrequenz und Lampenfieber runtergingen, stumm, ketterauchend, nächtelang, Espresso für Espresso vor überkommenen Fingersätzen altvorderer Solisten zu hocken, um neue zu ersinnen, bis das Licht zum Fenster hereinfiel aufs Gesicht, man aufschreckte von der Tischplatte und fauchte wie ein Vampir, ein Sonderling, ein unmenschliches Wesen, das sich ein ums andere Mal die improvisierten Kadenzen von angehimmelten Konzertmeistern anhört, nur um zu wissen, wie schön schon gespielt wurde, immer wieder auf Bühnen und Podeste der Säle steigt, die der Hausmeister freundlicherweise aufsperrt, das Instrument unters Kinn zu klemmen, den Bogen zu nehmen, den linken Fuß etwas vorzustellen, in die leeren Zuschauerriegen zu stieren, um sich mental bereitzumachen, in den Augenblick zu versetzen, da man aufgeigt und erstrahlt wie kein Zweiter.

In meinem Fall sahen die Einheimischen das Üben, was noch seltsamer wirken musste als der fertige Virtuose, »hockt im Gasthof unterm Sonnenschirm vor längst zerronnenen Eisbechern, sieht nichts und niemanden, stiehlt dem Wirten das Geld.« – »Was täten wir mit dem am Stammtisch, kennt keinen Witz außer sich selbst, ist ja selber ein Tourist, da gehört er ja hin.« – »Das dauert nimmer lange, dann zupft er seine Nymphen in der Schonstrecke herum.« – »Hat eh keine Fliegen hinten und vorne.« – »Unsportlich bis zum Gehtnichtmehr.« – »Nicht einmal hat den jemand mit einer trockenen gesehen.« – »Verhunzt uns den ganzen Abendsprung mit seinen depperten Mustern.« – »Was soll denn eine Forelle überhaupt noch steigen, wenn sie bei dem nur grundeln muss.« – »Wie die Sandler in Deutschland mit ihrem Hartz IV.« – »Herr Heehrmann, haben S' schon die Hartz-IV-Fliege gebunden, lassen S' mich raten, eine Nymphe.« – »Hat denn der überhaupt nichts anderes zu tun?« – »Was rennt der immer da herum, der ist sicher entlassen worden.« – »Der wird nimmer losgelassen auf unsere Kinder.« – »Geh, da ins Unterland fahren eh nur die Gstopften.« – »Die sich halt für was Besseres halten.« – »Da sitzt er dann unter seinesgleichen.« – »Er ist ja nie dabei, bei den Vereinssitzungen.« – »Kein einziges Mal hat er sich beteiligt.« – »Und Widerhaken nimmt er auch keinen.« – »Kriegt die Fische nicht raus, verliert sie beim Drill.« – »Jubelt uns seine Fänge unter.« – »Selber ist er sich zu schade, die Fisch anzugreifen.« – »Nichts steht drin im Fangbuch.« – »So was sollt man gleich die Lizenz entziehen.« – »Könnt er im Handumdrehen abliefern, wenn ich der Volki wär.« – »Dass der alle Fisch aufschreibt, frage nicht!« – »Aber geschissen zu erwischen ist der.« – »Hat ja vormittags frei, der Herr Musikschullehrer.« –

»Hat er einmal gefragt, ob er vielleicht im Kirchenorchester anfangen kann, die bräuchten wen.« – »So ein Egoist.« – »Das ist eine faule Bagage.« – »Und neidig ist der.« – »Kaum stehen wir beim Kurti an, war er auch schon da.« – »Und mit dem Fischen war es genauso.« – »Spaziert einfach so daher, der große Herr Siegi Heehrmann Gentleman.« – »Einen Doktorentitel Hauptsache.« – »Geh, der ist eh von seiner Alten.« – »Was bildet sich der denn ein?« – »Amtsanmaßung ist das!« – »Geh, der ist ja wach in der Birn.« – »Ein Autist!« – »Und grüßen tut er auch nicht«, aber nur, weil ich niemals Hand anlegte am Rapier, weil ich keinem je Schmisse ins Gesicht ritzte, weil ich mich nicht zu verteidigen wusste, weil ich kleinlaut und die Situation eklatant geworden war, weil ich einfach nichts erwidern konnte, wenn mir in den Uferwiesen meine sogenannten Vereinskollegen begegneten, wenn Fredl, Friedl, Ferdl oder Wolferl mir im Sonnenaufgang entgegenmarschierten, ich flussaufwärts, sie flussabwärts, in einer Reihe, immer in der Überzahl, die Stangen wie Waffen im Anschlag, die Fischerjacken wie Uniformen übergeworfen, den Totschläger schon in der Hand, was hätte ich da sagen sollen, als sie schrien: »Mah, hast du da unten schon gefischt?«, nein, das hätten sie nicht geglaubt, ja, aber sie beißen nicht, hätten sie sich erst recht über die Häuser und den Hut draufhauen können, ein freundlicher Gruß war dann wahrscheinlich Verhöhnung des Gegners und somit unsportlich, ja, was hätte ich tun sollen, wenn sie vereinsaktiv Enten von ihren Brutplätzen scheuchten, sich die Taschen voll mit ihren Eiern stopften fürs nächste Familienfrühstück und die Nester in Brand steckten, auf dass die nächste Forelle planmäßig auf den Mittagstisch und keine schwimmende Brut der Schnurführung in die Quere kam, während mich ausschließlich die Vorstellung ergötzte, die Fliege zwischen den überall gondelnden Enten hindurchzudirigieren, was hätte ich bitteschön unterlassen sollen, wenn sie die Fische rissen, ihre Köder beim Abendsprung übers Brückengeländer schnipsten, wenn das Flusswasser vor Forellentumult brodelte, so dicht die hiesige Population, ein Wunder, geriet der Haken nicht ganz automatisch an eine Stromlinie, gar nicht zu verhüten, wenn sie dann eben anschlugen, den Fischen das Metall ins Fleisch bohrten, dass ich ihnen Widerhaken und Totschläger gönnte statt qualvollem Verenden in Freiheit, während ich auf der nächsten Brücke infolge eines luftigen Fledermausbisses noch nicht mal eine Hand freihatte, das Tier in der Faust hielt, während es messerscharfe Zähne fleißig in meine Knöchel stieß, ich immer wieder schrie, mich zusammenriss, nicht zuzudrücken, und auf gut Glück andrer Hand mit der Silberzange herumfuhrwerkte, bis ich mich schon nach dem Abendsprungverstummen entschloss, das Tier einfach frank und frei von dannen flattern zu lassen und so vehement an der Stange zu reißen, dass es ihm die Fliege geflissentlich entweder aus dem Kiefer fetzte oder das Vorfach riss, was dann auch passierte.

Seither hatte ich immer einen Handschuh dabei, wenn ich fliegenfischen ging, während meine Kollegen in Schwerarbeitermontur auftraten, sich auf die Oberschenkel ihrer stahlwollgefütterten, jede abgeglittene Kettensäge bremsenden Forsthose hauten, an ruhigeren Stellen Seerosenblätter kescherten, an seichten Passagen mit Greifern wie in Altersheimen allerhand im Kiesboden steckenden Müll entfernten, aus tiefen, dunklen und schnellen Stellen mit Ketten und Flaschenzügen ganze Schwemmholzäste samt daran gewachsenen Algen und verfangenem anderen Strandgut aus dem Fluss hievten, die Forellen damit ihrer besten Strömungsbrecher und Brutplätze überhaupt beraubten, an denen ich allenthalben Fliegen verlor, hatte mich Ernstl doch nur das Werfen gelehrt, mich zwar dabei sein lassen, während er die Fische aus dem Wasser flaschelte, mir vielleicht das Ausfischen der Gumpen gezeigt, aber nicht beigebracht. Ohne Groll trug ich die Verluste und Hänger ein in mein Protokoll, im Wissen, dass ich daraus lernte, euphorisch fast, dass meine Karten ein weiteres Detail gewannen. Mit Bolzenschneidern gingen diese Trottel auf übers Wasser ragende Äste los, sei es, um die eigenen verworfenen Versagerfliegen wiederzukriegen und an die nächsten Äste zu hängen, sei es, um ihren ebenfalls wurfunfähig an Zweigen gescheiterten, aber bestimmt bindegenialen Amigos unbekannte Muster abzuluchsen, um die endlose Serie erfolgloser Wurfversuche endlich mit einem Schlag ins Wasser zu krönen, wo sich kein Fisch mehr befand, die Stelle bis zum Nachwuchs vergällt. Halb schiss ich mich an, dass sie mir die perfekte Stelle auch noch denaturierten.

»Wenn Sie mit Ihrem Dessert nicht fertig werden, ist ja auch ein unverschämt großer Berg, ich helfe Ihnen gern«, eine braunrosa Zeitung segelte Schlagzeile voran, als zögerte sie den Kontakt mit der weißen Plastiktischplatte bis zuletzt hinaus, an der sandfarbenen Eiswaffel auf dem Untersetzer vorbei an die Füllfederspitze, mit der ich das Blatt vor mir beschrieb. Druckerschwarz stand *Hungersnot in Angola* jetzt in Serifen genau verkehrt über Datum, Stelle, Bachforelle und geschätzter Länge in meiner Schlingenschrift. Ich blickte hoch. Mir gegenüber zog eine Frau einen Sessel vom Nebentisch heran und setzte sich, das Gesicht im Licht. Ich selbst saß im Schatten eines Sonnenschirms, da das Papier sonst zu sehr blendete. Sie stibitzte mit gewandtem Griff meinen langen Eislöffel, dessen Spitze sogleich in geschwungener Spur aus der oberhalb noch tiefgefrorenen, unten schon schmelzenden Kugel einen sich kräuselnden Span raspelte, der in dem zuschnappenden Mund verschwand, alles innerhalb einer schlingernden Bewegung, die nichts als Stille, Sonnenschein und eine Schnitzspur hinterließ, die unter nachschmelzender, zum Becherboden rinnender Eiscreme ihre Kontur verlor und verschwand. »Mhhhm, Schokolade«, sagte sie mit brauner Zunge und leckte sich über die Lippen. Erst nachdem sie sich den Mund mit meiner Stoffserviette abgewischt und wieder zu sprechen begonnen hatte, sah ich es zwischen ihren Zähnen blitzen. Ab diesem Zeitpunkt hätte sie alles Mögliche sagen können, ich hätte es nicht gehört. Denn aus ihrem Mund schaute mich eine Goldkopfnymphe an. Der Haken durchbohrte einem Piercing gleich ihre Zunge und die Murmel an der Öse hüpfte fröhlichen Wortes auf und ab. Widerhakenlos, dachte ich noch, sonst ginge die nie wieder raus, und war schon wieder gefangen, beobachtete den Speichelfaden, der sich zwischen dem Hechelkranz direkt hinter dem Goldkopf und dem Zahnfleisch der Frau spannte, riss. Ich zwang mich, auf ihre Worte zu achten, »... wohl kein besonders gesprächiger Kerl«, und so zu tun, als wäre ich ein ganz normaler Gast.

Ich schaute sie an über die kirschroten, knallgelben und kaffeebraunen, halb zerlaufenen Haufen hinweg, und schon war sie fort, samt der Zeitung und meinen Eisbecher in der Hand. Sie setzte sich hinter den Ecktisch am anderen Holzverandaende, woher sie wohl auch aufgetaucht war. Ich setzte ihr nach. Vorbei an den Wiener Wochenendausflüglerpärchen, auf deren Polyesterhemden und Seidenblusen, wasserstoffblondierten und geltriefenddunklen Haaren oder schweißperlenden Glatzen sich das Licht spiegelte. Vorbei an den schwarzen Klüften der Zigaretten rauchenden Tabernakel-SS, wie Ernstl die Nonnen aus dem naheliegenden Stift liebevoll nannte, die sich in den sonnigen Monaten hier gerne niederließen, um die Luft zu verpesten und den Tag zu vertrödeln. Vorbei an den Kurgästen, die sich über die extra zum Kaffee servierten Gläser wunderten, das mineralreiche Leitungswasser ihre Gurgeln hinunterschütteten, wenn sie nicht gerade in ihrem deutschen Deutsch röchelnd dahinpalaverten, wenn sie nicht gerade schwiegen, nicht um ihren Gegenübern zuzuhören, sondern gierig die Schwaden vom Nebentisch einzusaugen. Wie ein schlimmer Schicksalsschlag suchten diese Kurgastmassen den Gasthof auf, fielen über unsere Gegend her wie eine Hydra. Manche tranken, inhalierten und sprachen sogar gleichzeitig, imitierten dabei den Akzent der Wiener, den sie für den einheimischen Dialekt hielten. Vorbei an verspiegelten Sonnenbrillen und den abblätternden, gerade noch an Gesichtspartien hängenden Häuten von gestern, unter denen schon der nächste Sonnenbrand schwoll. Kurz überlegte ich, ob man aus diesen Fetzen nicht wunderbar transparente und leichte Fliegenflügelchen binden könnte, stand dann aber schon an dem letzten Tisch, sah nichts anderes mehr als *Neue Eskalationen in ...*, die Rückseite der Zeitung, die mir die Frau dahinter entgegenhielt.

»Ich wollte nicht unhöflich sein«, sagte ich. »Ich aber«, antwortete sie und auf der Goldkopfnymphe schmolz ein weiterer Löffel Eis. Nebst stand bereits ein leerer Eiskaffeepokal, am Mantel noch die Sahnestriche im Intervall der durch den Strohhalm eingesaugten Schlucke, wie Bierschaum an den Krügerln rund um uns, die langsam, aber sicher in höherer Frequenz aufgetragen wurden, den Kaffee und das Wasser ersetzten zu dieser nachmittäglichen Stunde. Überall war Fröhlichkeit, Lachen und ausgelassenes Getratsch. »Entschuldigen Sie bitte, aber was erlauben Sie sich?« Sie ließ die Zeitung sinken, hatte einen Rehblick, Walnusslocken, Sonnengerberhaut, ein Kleid wie Sand an und einen ocker Glockenhut auf, »was erlauben Sie sich angesichts des Sonnenlichts. So griesgrämig zu sein. Jeden Tag sitzen Sie da, bestellen Eis und rühren es nicht mal an. Freuen Sie sich, diesen Tag erleben zu dürfen«, aber das interessierte mich nicht, »hier liegt ein Missverständnis vor. Ich bin nicht auf Kur und nur so grüblerisch, weil ich die ganze Zeit darüber nachdenke, wie ich diesen Fisch erwische.« – »Das trifft sich ja gut«, sie lachte und zog ein Döschen aus ihrer Tasche, legte es auf den Tisch, stupste sachte, aber bestimmt dagegen und es schlitterte auf mich zu mit quietschendem Geräusch, Metall auf Plastik, verlor kurz vor der Kante seinen Schwung, stoppte und verstummte genau vor mir. Auf dem Döschen stand *Fisherman's Friend*. »Setzen Sie sich! Ist er zu stark, bist du zu schwach. Also, was ist das für ein Fisch?« – »Gerry, sei so gut und bring mir noch einen Stuhl«, kommandierte ich den herbeigeeilten Kellner ab, der mir meine Zettel, die ich liegengelassen hatte, in die Hände drückte. Kurz beunruhigte mich der Gedanke, er könnte hineingelinst haben, aber die Ordnung war noch die alte, der Zettel von heute zuoberst, Gerry war wohl zu unterwürfig, das Postgeheimnis zu brechen. Wenn jemand schriebe, könnten es nur Briefe sein. So war das wohl in seinem Kopf. »Und überhaupt, was schreiben Sie da?« – »Als wüssten Sie das nicht«, sagte ich und setzte mich, »das ist ein Fischstandprotokoll.« Gerry war zwar ein hervorragender Kellner, aber anders als normalerweise war er diesmal nicht schon wieder entschwunden, ohne wahrgenommen zu werden. Stattdessen verbeugte er sich leicht und schwenkte die Arme zur Bekanntmachung: »Ihr kennt euch noch nicht? Siegi, Mercedes, Mercedes, Siegi«, dann trat er ab.

»Schweben Fische nicht eher, als dass sie stehen?«, fragte Mercedes. Ich hätte ewig darüber referieren können, aber ich begnügte mich mit einer kurzen Antwort, damit sie länger redete und ich die Goldkopfnymphe begutachten konnte: »So ist es witziger. Man sagt ja auch Notstand, wenn man ihn schon lange nicht mehr hat. Und wenn man den Notstand hat, schaut man ins Fischstandprotokoll.« – »Wie gut, dass du sonst nichts schreibst. Erklärst du immer deine Witze, Siegi? Ein bisschen Sexualkunde und Psychoanalyse für Backfische? Lies lieber mal eine Zeitung. Ich glaube, du vergeudest deine Zeit. Woher weißt du denn, dass der Fisch einen Tag später schwebt, steht, seis drum, wo er vorher war?« Das war natürlich eine berechtigte Frage, aber ich wusste, dass sie die Antwort kannte, also sagte ich: »Ich würde weniger witzeln und mehr Werbung zitieren, wenn ich mehr Zeitung lesen würde.« Mercedes stutzte erst, dann schlidderte ich mit einem genauso präzisen Stups und einem ähnlich schrecklichen Geräusch das Metalldöschen auf ihre Seite zurück. »Tusché«, sagte sie, beugte sich vor, dass sich ihr Gesicht auf dem Metall spiegelte, und wir lachten beide. »Also jetzt du, warum Zeitung? War da nicht eben was mit Heiterkeit?«, sagte ich. »Ist doch alles noch viel heiterer hier, wenn Menschen hungern. Schau dir die Lungenkranken an, wie sie hier sitzen. Aber was ist jetzt mit den Fischen? Lass mich raten. Es geht gar nicht darum, die zu fangen. Du füllst nur die müßige Zeit, protokollierst alles, wie man nachts auf eine Brücke geht und Fliegen ins Wasser wirft und schaut, welche Muster die Fische nehmen, und am nächsten Abend schlüpfen andere Insektenlarvenarten und die ganze Arbeit ist umsonst. Aber auf irgendeine verquere Art glaubst du, du trätest dadurch näher mit den Fischen in Kontakt, du kämst näher zum Wasser, wärst intensiver dabei, wirst durch die logisch absurde Beschäftigung fast selber zur Forelle, eine an sich ja auch recht unwahrscheinliche Verwandlung, und dann fängst du sie leichter, hast eher das Gefühl, dir den Fisch verdient zu haben. So in etwa?« Über die Schulter spähte ich nach Gerry, und sagte, »fast!«, als ich sah, dass er gerade einem Tisch voller Wienern einen anscheinend besonderen Tropfen Rosé sommelierte, in den Korken einen Drillbohrer trieb, der selbst an einem Korken hing, wenn auch in Form von Eschenschwemmholz, vielleicht auch Eiche.

Ich tischte Mercedes alle meine Notizhefte, Blätter und Karten auf. Wo auf meinen Zeichnungen der Gasthof begann, kam ein neuer Zettel DIN A4, die Äschenstrecke nahm ebenfalls ein ganzes Blatt ein, der Gumpen vorm Wirten, die Kaskaden am Kloster, die Trassen, die Schleuse, die Stromschnellen, die Sandbänke, samt zugehörigen Koordinaten, und alles war über und über mit Querverweisen versehen. Abgepauste Karten, doppelte, dreifache, dutzendhafte Ausführungen mit einem Wirrwarr verschiedenfarbiger Filzstiftstriche beschrieben, sodass die Bachforellen, die Äschen und Saiblinge unterscheidbar und ihre Routen im Verlauf der Tage ersichtlich wurden. Eintragungen mit Kugelschreibern fixierten die kalendarischen Daten in den Notizheften, Anmerkungen in Tintenschriften auf Extrazetteln, Legenden aus Bleistiftstrichen. »Du bist ja voll krank, Mann!«, sagte mit lauter, starker Stimme ein dicklicher Zwerg, der direkt neben mir stand. Ich hatte seinen Auftritt gar nicht bemerkt. Er ragte kaum über die Tischkante, steckte in einem groben, nikotingelben Leinenkleid, das eher einem Sack ähnelte. Auf die Brust reichte ihm ein gräulicher Rauschebart und bis ins Genick fielen lange, ungewaschene Haare. Seine Lider zwinkerten mich feindselig an, ein roter Film schwamm auf seinen Augen, die Nasenflügel vibrierten bei jedem seiner Atemzüge: »Geh nach Hause!«, sagte er. In der Hand hielt er eine Fliegenrute. Ich entgegnete ihm ebenso fest: »Denkt nicht, das Fliegenfischen sei gekommen, um Filets auf die Erde zu bringen, sondern die Stange. Nicht das Essbesteck und den Rosmarinzweig tragen wir zu Tisch, sondern uns selber ans Wasser, die Fliege zum

Fisch. Denn es ist erfunden, um den Fischer mit seiner Frau zu entzweien, und den Mann mit seinen Söhnen, und den Vater mit seiner Tochter, und den Kurgast mit Arzt und Wirt, und die Vereinskollegen eines Menschen werden seine Feinde sein. Wer die Familie mehr liebt als das Fischen, ist seiner nicht wert. Und wer Speis und Trank mehr liebt, ist seiner nicht wert. Und wer nicht die Stange nimmt, mühsam die Zeit aufbringt, ist seiner nicht wert. Machet es ganz und gar, oder nicht, sonst würdigt ihr die Forelle nicht. So hat es mich Ernstl gelehrt.«

Plötzlich plätscherte der Fluss. Der Vogelgesang war verflogen, dem Zwerg stockte der Atem, seine Brauen zuckten trotzdem. Ich begriff, dass das ein Spasmus war. Das Gasthofgeplapper hielt inne, Gerry versteinert beim Weineinschenken, das Schlucken verstummt, alles still, was Wasser übertüncht. Nur Mercedes sprach: »Um die Forelle ganz und gar zu kriegen, sollten wir sie in den Ofen schieben.« Und Gerry ging vom Tisch der Wiener ab, ließ den Wein einfach stehen. »Das will man sich erstmal verdienen«, sagte ich und ein Tropfen Rosé lief den Flaschenhals hinunter, zerteilte einen Nachmittagslichtstrahl in ein Mosaik kunterbunter Streifen auf der Tischplatte. »Eben«, der Zwerg gab mir seine Hand und murmelte: »Ich bin Archiebald.« Ich schnappte sie mit zwei Händen, spürte die Schwielen, doch schmiegte sich seine Hand in meine, manu in manu standen wir da, die Finger fügten sich ineinander, die Handgelenke schüttelten und die goldenen Ringe touchierten sich, es fühlte sich schön und warm und das Flusswasserrascheln schwoll zu einem Rauschen an, und ich nannte meinen Namen. »Krieg ich noch eine? Ich hab sie verworfen«, sagte Archiebald zu Mercedes, die sagte: »Ich will langsam nach Hause«, woraufhin Archiebald sagte: »Ach bitte«, während Gerry sagte, »das geht aufs Haus«, und Mercedes eine Forelle Müllerin hinstellte, wie es sich gehört mit Zitronenscheiben auf der kreuzförmig eingeritzten Kräuterkruste, in die sich die Haut im Ofen verwandelt. Das Fleisch lag duftend darunter, direkt neben dem Besteck samt Fischmesser platzierte Gerry ein Eisenkännchen zerlassener Butter. Mit einem Mal war das Reißen des Wassers das Knistern einer Feuersbrunst, und ganz fein, als stieße eine reißende Flut auf einen allzu massiven Stein, als fiele Wasser Tausende Meter abwärts, als schösse es aus einer Grundwasserpumpe in einen Zuber, als regnete es im Sommer, Sprühnebel in der Luft, Regenbogenschein, vielleicht war es nur der Küche Dunstabzug, oder die Dämpfe von Mercedes' Forelle, aber die Sonne, das Licht, das Rauschen, die Stille, Ernstls Geist schwebte über der Szenerie.

Und sie: »Na dann, na gut. Wenn du mir dafür wieder eine machst«, und nahm ihren Glockenhut ab, ich dachte erst zum Essen. Sie strich sich die Haare aus dem Gesicht, hinter die Ohren, ich dachte sie würde gleich bei Gerry noch eine Forelle bestellen, doch stattdessen griff sie an ihr Ohrläppchen und wo normalerweise Ringe steckten und Stanzmaschinen Haut durchbohrten, klaffte ihrerseits bereits ein unheimlich großes Loch. Kurz dachte ich, wie es wohl wäre, direkt hinter ihr zu stehen, mit den Lippen in Richtung ihres Nackens zu schweben, ihr etwas ins Ohr zu flüstern und ob man nicht stets den Gehörgang mit diesem Tunnel verwechsle. Doch dann erschrack ich. Ich hätte mir nichts mehr vorzustellen vermocht. Mercedes' Finger erreichten die Tunnel. Links und rechts hingen daraus jeweils sechs Fliegen hervor. Sie nahm eine ab, eine Spinne, warf sie mir zu, ich sah sie im Flug schillern. Archies Pranke schnappte sie vor meiner Nase aus der Luft. Er band sie an sein Vorfach, spannte sie in die unterste Öse seiner Stange ein und versprach, er werde zusehen, dass er sie heil zurückbringe. Währenddessen malträtierte Mercedes schon die Forelle Müllerin mit dem Messer wie mit einem Skalpell, filetierte, skelettierte, fraß sie auf. Erst dabei sah ich den Ring an ihrem Finger. Sie fragte währenddessen: »Willst du auch einen Bissen?« Aber ich war zu weggetreten. Archiebalds Frau, Mercedes, wenn ich das richtig sah und richtig gesehen hatte, war sein Fliegenetui.

Bald zeugten nur noch Gräten von der einstigen Existenz der Forelle, und schon war eine Zigarette entflammt. Mercedes lehnte sich in ihrem Sessel zurück, atmete Rauch und seufzte: »Ah, herrlich!« Ins Tabakknistern und Flussbrausen hauchte sie: »Kennst du eigentlich die Geschichten von diesen Freaks an den einarmigen Banditen. Die alles mitskizzieren, jedes Ergebnis, und glauben, sie knacken irgendwann den Code, meinen, es gebe da ein Muster?« Ich nickte betroffen. »Du solltest mit Archie gehen«, sagte sie, »setz lieber auf dein Glück. Wenn er damals im Hinterland nicht in einen Hinterhalt geraten wäre, die Angolaner setzten Gas ein, würde ich jetzt immer noch in Südafrika sitzen, jeden Tag die Angst«, sagte sie, und für einen kurzen Moment war nicht nur auf ihrer rosa Zunge etwas aufgeblitzt und jegliche Farbe aus ihrem Gesicht gewichen. »Das war mein Glück«, sagte sie. Daraufhin entspannte sie sich wieder, ihre Haltung erschlaffte auf dem Sessel, halb senkten sich ihre Lider. Dabei wippten die Spinnen in ihrem Ohrloch vor und zurück. Wie die Goldkopfnymphe in ihrer Zunge hatten sie etwas Plumpes. Während Ernstl mir eingebläut hatte, keine Haken über zehn Zentimeter zu nehmen, maßen diese Fliegen locker mehr. Der Hechelkranz der Spinnen war so dicht, dass der Haken darunter unsichtbar blieb. Der Körper der Nymphe war gedrungener als meine Exemplare. »Archie ist einer von den Guten. Er ist erdgebunden. Er verweigerte damals die Versetzung ins Fliegerbataillon. Diese ganze Vorbereitung, das Pilotentraining, das graziöse Landen und perfekte Fliegen, dieses Gentlemangetue und diese pseudoreligiöse Attitüde, das interessiert ihn nun mal nicht. Er vertraut einfach auf sein Glück. Obwohl er Ernstl mag. Der kauft ihm immer haufenweise Federvieh ab«, sagte sie.

Ich war verwirrt und sie mit ihrer Zigarette fertig, fläzte herum, ich fragte: »Wie funktioniert das mit dem Glück? Kann man das lernen?« Sie lächelte erst, lachte dann, zeigte ihren Rachen und rund um die Nymphe steckten die Forellenreste zwischen ihren Zähnen, sie hörte gar nicht mehr auf, etwas Filet, bereits zerkaut und zermatscht, voll eingespeichelt, es hing am Haken, löste sich dann, sie schloss ihren Mund, musste aber weiterlachen, sie prustete das Stückchen aus. Als unförmiger Fetzen blieb es liegen in der Mitte der Tischplatte. Sie beugte sich vor, um es wegzuwischen, und erst jetzt, als er quasi meinem Gesicht entgegenkam, fiel mir auf, wie gewagt ihr Ausschnitt war. Ich konnte mich gar nicht wehren, unter ihrem Kleid war sie nackt und wie die Spinnen in ihrem Ohr wippten ihre Brüste vor, deren rosa Nippel ebenfalls Fliegenhaken durchstachen. Es war nur ein Moment, sie schwebte wieder zurück, schnipste das Filetstück in die Luft, legte den Kopf in den Nacken, es fiel in ihren Mund, »mhm«, machte sie. Dann schallte wieder Lachen frei aus ihr heraus, sie hielt sich mit der Hand den Bauch, der Fluss rauschte dazu, die Spinnen in ihren Ohren schüttelten sich, rieben ihre Beinchen aneinander, ich verstand es nicht. Kaum brachte sie sich unter Kontrolle, brach Stille herein und Sonnenschein. »Gut läuft das«, sagte sie, »du kapierst es nicht. Ich bin sein Glück«, und wieder lehnte sie sich in dem Sessel zurück. Das Licht fiel ganz ungehindert in ihr Gesicht, sie schloss die Augen. Als ihre Hand dann aus meinem Gesichtsfeld unter die Tischplatte sank, spannte sich ihre Gesichtsmuskulatur, langsam nahm ihr Teint die Farbe der Zeitung auf dem Tisch und ihr Mund die Form des Ohrlochs an, sie atmete schwer aus und ein, ihre Pupillen flirrten unter den halbgesenkten Lidern, die Härchen auf ihren Armen stellten sich auf, gaben sich ein Stelldichein, Gänsehaut lief ihren Hals hinab, sie zuckte leicht, als fröstelte sie im heißesten Sonnenschein. Ein Schmatzen drang an mein Ohr, ein Geräusch, als tauchte man in zähere Flüssigkeit ein, vehement und nass, Platschen, als verschluckte eine Wasseroberfläche, was in sie eindrang, und dann ein heftiges Spritzen, dass sie zersprang, ein Klatschen, ich wand den Kopf, wusste sofort, woher das Geräusch gekommen war, und sah Archiebald am Flussufer, die Fersen in den Boden gepresst, den Körper zurückgeneigt, die Finger bombenfest um den Korkgriff gelegt. Aus der Hand lief die Schnur die gebogene, hoch erhobene Stange entlang über die letzte Öse aus der Spitze hinaus, hinter den Stein, in die perfekte Stelle rein, die kapitale Forelle dran. Mercedes hauchte ein »Ja!«.

15 Pauli, Kurti, Jochen, Siegi und die Kunst

Ambroise Vollard und Sainte-Victoire, das eine meisterhafte Porträt oder die endlose Gemäldeserie, Jahr für Jahr, Stunden und Sekunden, Herzschläge, als läge auf jeder Leinwand der Puls, als befördere Lust, Gunst und Kunstgenuss nicht mehr als das verschwendete Leben auf der anderen Seite, hinter der Leinwand, wo ein Schattenwesen wohnt, seinen Pinsel ins Licht streckt, mit stieren Augen schaut, den von Borsten beinah abtropfenden Farbbestand anlecken lässt vom über den Hügel gleitenden Sonnenstrahl, und dann, der Leinwand nur einen Stips versetzt, einen kleinen Strich, mehr nicht, und wieder hingeht am nächsten Tag, und wieder tat, bis der Haufen an Zeit zwischen ihm und dem Bild wuchs, selbst schon Sedimente bildete, vertrocknete Pigmente, die fast schon von der Leinwand spleißten, zu Füßen Cézannes sich häuften, bis sie letztendlich ein stabiles Fundament bildeten für das Schauen, Paul in seinem Ausguck aus geronnener Zeit im Angesicht des Sainte-Victoire, müde auf dem Hügel aus abblätterndem Pigment, das die Füße seines Malerhockers in der Frühdämmerung zerrieben unter kräuselndem Geräusch, zu Sand, zu verstreifter Zeit auf dem Boden eines Stundenglases, dessen einziges Destillat sich fand auf der Leinwand, die bestrichen wurde von Farbe wie der Malerkörper von Falten, an die kein Lichtstrahl mehr drang, während Paul darauf wartete, dass der Sonnenaufgang den Berg ins Licht setzte, wie er schon saß, komisch, auf einem wachsenden Haufen an Zeit, doppelt ablesbar an Werk und Werkendem, der so sehr in die Versteinerung ging, so sehr den Berg der

Zerlegung überließ, ihn Splitter für Splitter, Dreieck um Dreieck wieder zusammensetzte, selbst immer wieder hinging, ihn, kaum hatte er ihn einmal auf Leinwand, wieder von Neuem anfing, die Leinwand von der Staffelei löste, mit einem kreppartigen Geräusch zusammenrollte, hinter sich warf, dass im Fliegen noch abgeschliffenes Pigment flockenweise herausrieselte, auf den gewaltigen Haufen Zeit, die alldieweil vergangen war, dass man sich am Ende fragen konnte, wer das Urgestein, der Berg, Sainte-Victoire war, und wer der zu vernachlässigende, zwar gesehene, aber nie ins Werk gesetzte, schon bald zerbröselnde Hügel. Dass diese Gemälde wirkten, lag wohl nur daran, dass Pauls Lebenszeit in seinem Pinselstrich zerstob. Dass er immer wieder hinging. Dass er immer strich. Dass er analysierte. Dass er schaute. Zusammenbaute. Die Leinwand verhaute. Und kam sie dann zum Angesicht, hauchte dich der Alte an. Wie er Splitter zusammentrug. Wie er Schlaglichter schaute. Wie er aufmerksam Umgebung sah, sie sich anverwandelte. Deshalb wirkten diese Bilder. Deshalb schmeckte Kurtis Fleisch.

Das Zeitverstreichen in der Schlange lud die Lust schon auf, impfte sie mir ein, ließ mich immer wieder hingehen, weil am Ende Befriedigung wartete, umso köstlicher, je länger sie verwehrt blieb. Ich war nicht der Einzige, der so dachte. Mehr als einmal hörte ich jemanden sagen in der Schlange, Kurti sei ein wahrer Künstler. An Nachahmungsversuchen mangelte es selbstverständlich nicht. Aber natürlich schaffte es niemals irgendwer, irgendwoher Fleisch von auch nur annähernd Kurtiqualität herzukriegen. Kurti verschwieg seine Quellen, wie er alles wegschwieg, ohne aber die Leute zu prellen, Kundschaft zu verscheuchen, er gewann sogar noch größere Massen, verjagte niemanden, wie mager die Ledergeldtaschen auch waren. Nur die Rinderpreise stiegen immer höher, mir scheint geflügelt schwangen sich die Beinscheiben in den siebten Himmel auf Wolke sieben, wurden unerschwinglicher, turtelten nur noch in den Küchen und Töpfen, unter den Decken und Deckeln der Einheimischen herum zu irgendwelchen amourösen Vergnügungen oder Hochzeitsjubiläen. Schuld daran, das wussten selbstverständlich alle in der Schlange, waren die internationalen Banken, die eine einheimische Bauernschaft in Schuldketten und Abhängigkeitskäfige zwangen, Kredite vergaben, Regierungen, die Subventionen fließen ließen für Stallumbauten, Tierverwertungsfabriken und Massenwahn. Ich hingegen verdächtigte Jochen Rindt. Als Kind war es mir noch unmöglich gewesen, an irgendwelchen Wiesen vorbeizuspazieren, ohne dass mir glöckchenbimmelnd die Blicke des Weideviehs gefolgt wären über den elektrisch sirrenden Zaun hinweg. Der Westwind trug Kuhdung in die Stuben, Landluft sagte man dazu, und in erdigen Hängen konnte ich bei jeder Bergbesteigung im regennassen Matsch noch die Hufabdrücke vom bereits Wochen vergangenen Almauftrieb bestaunen. Vielleicht auf neunzehnsiebzig würde ich den Beginn der Massentierhaltung in Österreich datieren, womöglich exakt auf den Tag, da auf der Strecke in Monza Jochen Rindts Lotus an der Bremswelle auseinanderbrach, oder den Tag, da man ihm einen brennenden Blumenstrauß hinterherwarf ins Grab, oder den Tag, da er trotzdem wegen ungemeinen Vorsprungs zu Saisonende den Titel holte. Österreich sollte nie wieder einen solchen Rennfahrer hervorbringen, dafür büßen die Weideviecher. Als Waise deutscher Abstammung in Graz aufgewachsen, Schwiegersohn der Nation geworden, zum Helden stilisiert, wollten die Leute, vor allem die vom einfachen Schlag, diesen Unfall nicht fassen. Dass wirklich so wenig Verlass war auf diese undankbaren Deutschen, nein. Fortan rächte man sich von Selbsthass zerfressen in perverser Verballhornung an den Tieren, die Jochen namentlich glichen, wie ja auch die Leute nur noch vom Waldsterben redeten, als Waldheim gewählt wurde. Eine Nation, die so etwas hervorbringt, oder umgekehrt, die jemanden wie Jochen gehen lässt, hat zu verschwinden, endgültig vernichtet zu werden, mit allen Menschen, Tieren, Pflanzen, Ländereien, Flüssen und Bergen. So musste es sein, dachte ich, und erst wenn Jahrzehnte voll sinnlos in die Atmosphäre gasgefeuerter Dieselstickoxide und in den Himmel schaltgeknallter Benzinkohlenmonoxide und in die Luft gespuckhusteter Dekadenzsektkorken samt Bläschenfontäne verstrichen waren, die Nebel sich lichteten über dem Nürnburgring und die Jubelrufe erschallten und wieder ein Österreicher das Treppchen bis zum Gipfel des Formel-1-Siegs bestieg, würden auch die Rinder wieder auf die Alm getrieben.

Aus diesen Überlegungen rissen mich immer wieder die geschwätzigen Provinzler mit ihren Zungen zurück ins Frühlingslicht, in dem sich die Schlange räkelte und wärmte, unter dem die Einheimischen Lederhosen und Gamsbärte an Hüten und mannerfarbene Dirndlröcke und Blue Jeans und T-Shirts mit Raiffeisenaufdrucken trugen und keine Freude fanden außer Kurtis Fleischerei. Die Skisaison war gerade zu Ende gegangen, das Schmelzwasser trieb noch den Fluss hinunter, und der nächste österreichische Titel lag nun wohl wieder in weit entfernter Zukunft. Derweil begann erst dieser Tage das Brettern so richtig Spaß zu machen, lagen die Gipfel dieser Märziden doch in so heißem Sonnenschein, dass man die Abfahrt im Pullover locker flockig nehmen konnte. Allein, der Neuschnee fehlte und die Kunstschneekanonen ersetzten das Wetter und brachten nur Niederschlagsstimmung. Es schien, als wanderte die Schneefallgrenze Jahr für Jahr die Höhenmeter in umgekehrter Tendenz zu den Rindern hinauf, die immer stupider, in stets größerer Zahl im Tal verblieben, eingepfercht in Ställen, sediert und zufrieden, angeschlossen an Melkmaschinen, oder ihnen war das Schicksal industrieller Schlachtanstalten beschieden. Nicht mal dorthin durften sie marschieren, nicht mal auf das Fließband wurden sie getrieben, die Rinderzüchter hatten ihre Knuten pensioniert, fuhren nun allesamt Viehwagen wie Kurti, der seine Fleischbrocken und Hoden aus immer schmäler werdenden Beständen auf den immer weiter auseinanderliegenden Rindermärkten zusammenkratzen musste, wenn man den Einheimischen glaubte, die sich nun zuraunten, dass letzte Woche wieder eine Stallwirtschaft lichterloh gebrannt habe und schon ein paar Stunden später nichts als Asche übrig war, kein Einzelfall in den letzten

Jahren. Naheliegendes zu erwägen lag den Provinzlern fern, ob vielleicht jemand im Mantra ihrer Hetze, vom Nimbus des Edelmuts beflügelt, ins Schweigen des mit Schuldzuweisungen und Denunziationen sparsamen Dorfes gehüllt, von der dunklen Alpendämmerung bemäntelt mit Fackel und Benzinkanister losgegangen war Richtung Stall, ob womöglich Kurti seinen Zulieferern zeigen wollte, was er von Mastvieh hielt, auf dass in den Tälern die Verzweiflungsmuhs der verbrennenden Viecher widerhallten und das Gruseln ins Gebein der Reih nach den Fluss hinauf aus Bett und Schlaf geschreckten Züchter schlich, die Zipfelmütze noch schwingender Bommel auf dem Kopf, die Augen darunter vor Grauen heraustretend, ob sogar eines ihrer verzogenen Bälger herumgezündelt hatte aus Überdruss oder gottweißwieso, alles Schwachsinn selbstverständlich, in Wirklichkeit sei es Betrug, Selbstbrandstiftung, die der zugezogene Bauer und eh schon Großgrundbesitzer begangen habe, um von irgendwelchen jüdischen Weltkontrollwährungsfonds oder bestochenen Bankenkonsortien oder anderen Verbrechersyndikaten Versicherungsgelder einzukassieren, noch mehr österreichischen Grund zu kaufen und anstatt der zu Asche zerfallenen Ställe Massentierbetriebe hinzustellen in ihr schönes Land, ganz klar, was sonst, sagte eine blondschopfige Frau in frühlingsfliederfarbener Bluse und scharrte mit dem Absatz ihrer veilchenlilafarbenen Pumps im Straßenstaub. Der klackernde Kies und der aufgewirbelte Grauschmutz legten sich auf ihre Haut und gilbten den Ton, dekonstruierten die Noten der rosigen Parfumkomposition, die sie hierfür aufgelegt hatte, in der Schlange zu stehen, sich zu erregen und mit anderen aufzuregen. Kurz nieste sie, klopfte sich den Staub vom vielfach gefalteten, nonnenähnlichen Stoffrock, tippte nochmal ihren Fuß Schuhspitze voran auf den Boden und vom Rist rieselte Staub. Der Beton war massiv geschändet noch vom Winter, die Bankette verschlammten und die Fundamente sanken ab. An den Fensterkreuzen der umliegenden Häuser blätterte der Lack weg, ganz zu schweigen von gebrochenem Gebälk, verkrümmten Giebeln und verkümmerten Dachschindeln, auf denen Schimmel, Moose sowie Flechten prächtig gediehen.

»Scheiß heruntergesandelte Gegend«, sagte der an der Seite einer Krückenoma angekommene Teenager hinter mir. Endlich gab ich jemandem recht, spuckte vor Ekel in mein Stofftaschentuch, während der Teenager ebenfalls ausspie, wie ein Köter mit Pisse sein zerwettertes Straßenrevier mit Speichel markierte und seine Oma in einen Plastikspucknapf schlatzte. Gichtig leckten ihre Finger immer wieder an der Ellenbeuge des Teenagers, der sich alle Mühe gab, unzweifelhaft seinen Unwillen auszudrücken wie einen Pickel, dass es durch die Gegend spritzte, unmissverständlich seinen Unmut zur Schau zu stellen, ihr zur Hand zu gehen, sie unterhaken zu lassen arthritischen Griffs. Er entzog ihr den Arm, fasste sich lieber selber an den Kopf, strich plattgeföhnte und nach hinten kammgegelte Haarsträhnen noch glatter und strenger rückwärts, wischte die verschmierten Finger an der eh schon speckigen, hautengen Jeans ab, es war ja wirklich alles zu spät. Er rammte die Faust in die Seitentaschen seiner abgehalfterten, schon ausfransenden Lederjacke, die das Sonnenlicht nur noch dunkel spiegelte. »Dreh dich nicht um«, keifte mich der Teenager an, »der Kontrollar geht um«, schickte die Oma nach, die jetzt doch den Ellenbogen erwischte. Dem Lebensmittelkontrolleur den Rücken zu kehren, hatte Kurti wohl keine Sekunde gezögert. In schallendem Gelächter schritt der Mann von der Gastronomieinspektion die Provinzlerreihe entlang. Eine verdatterte Miene schwebte da zwischen braunmelierten Backenbartflausen und dreckblonden Schläfen, über der bis obenhin geschlossenen Knopfleiste seines längsgestreiften, grauweißen Hemdes, um den Kragen gelegt die Stierhodenkette, die den Mann eindeutig zum Ochsen machte. Sie hing genau bis in seinen Schritt, hüpfte kurz auf mit jedem Laufstegmeter, den er angeprangert an dem pöbelnden Mob vorbeitrottete, Hoden vor Hoden. Während er die delikate Kette in seinen Kofferraum packte, ausparkte, aufs Pedal trat und der Wagen nach Motorhochjagen, Einkuppeln voll Timbre, sonorem Gangwechsel sowie

Gassingsang hinter die Ortstafel davonpreschte, die Bundesstraße hinauf immer kleiner, die Landeshauptstadtkennung auf der Nummerntafel unlesbar winzig wurde, dachte ich nur, Kurtis Art, ihm und der Beamtenschaft zu sagen, dass er sie bei den Eiern habe, falls sie sangen. Aberwitzig viele schillernde Fleischfliegen schwirrten in der Fleischerei, summten alle Auslagestücke ab, krabbelten auf, in und um die Innereien und Schweineblutlachen herum, labten sich wie ich wenig später an Filet.

»Siegi.«

Anstelle des Hodenkranzes, grauen und unförmigen Rinderresten aus letzter Vergangenheit, zierte die Rindtfotografie eine schwarzgezeichnete, reißbrettperfekt geradezu geometrische Linie auf strammem, weißem, urkundlichem Hintergrundblatt. Die goldene Rahmung hatte Kurti an der Unterseite des Rechtecks entlang einfach durchgeschnitten, sodass ein Quadrat wurde aus dem Papier. Die weiße Seite begann nun mit der schwarzen Linie und Rindts Stirn, sodass es aussah, als säße auf seinem Haupt die Haube. Ich stutzte, Kurti nickte. Er blies eine Kaugummiblase auf, bis es sie zerriss.

»Kurti.«

Eine schwarze Stubenfliege schwirrte auf und setzte sich an seine Backe. Haarige Beinchen wühlten sich durch stoppelige Bartfasern. Kurti blähte die Backen und blies zur Seite, streifte aber nur den kurz wackelnden Flügel. Das Tier marschierte durch Urwald.

»Wie gehts der Familie?«

Mit den Fühlern voran kam die Fliege an dem rosa Rest in Kurtis Mundwinkel an, knubbelte daran herum, blieb kleben, saß fest, strampelte, Wegflugversuche, kitzelte Kurti, Surren und Murren, Summen, Brummen. Beinchen britzelten. Die Flügel flitzten. Der Fühler, an dem sie hing. Ein zweiter Strampelschlag verklebte. Das ganze opale Abdomen verpampte mit der rosa Masse. Unterm eigenen Bestreben, wegzuzischen, erbebte der Thorax. Der dreigliedrige Körper hatte Wackelkontakt mit sich selbst. Als einziges fledderte der hautflügelbewehrte Mittelteil frei. Der Kopf riss am Fühler. Der Hinterleib am Bein. Wie Rumpelstilzchen vermutlich entzweiging. So wütend wuselte das Tier, zupfte am Gummi, auch an Kurtis Dreitagebarthaar. Jetzt verfing sich auch der Thorax. Die rosa Pampe zog Fäden, mehrere, dick wie Sehnen, aber dünner werdend. Die Fliege bewegte sich weg. Zu mir hin. Fast wars das. Fast zerrissen die Weben. Beinahe entglitten dem Gummi. Noch Beinhaar an Barthaar. Aber doch, die elastischen Fäden schwebten weg. Hinterhergezogen von der Stubenfliege. Schon Distanz für Flügelschlag ohne Kurtitouchieren.

»Noch alle vollzählig«, sagte ich, schielend, ein Auge die Haube anvisierend, das andere die Fliege anschauend, jenes Insekt, dies Stubentier schlug die Fleischerbeilfläche still. Nur noch die stählerne Breitseite war in meinem Blick. Das blanke Metall spiegelte mein und verdeckte Kurtis halbes Gesicht. Die dumpfe Kante lief den Unterkiefer entlang. Ich sah, dass ich schlecht rasiert war. Ich wollte mir ins Auge schauen. Doch da war schon Kurtis Braue, sein Lid, Wimper, Pupille, Iris, Linse, da capo, und an der unteren Wimper lag exakt die Beilschneidseite auf. Er taxierte mich über den Lichtreflex an der selbst Sonnenstrahlen teilenden Klinge hinweg. Hier in der Fleischerei hatte es das Beil ja nur mit vierzig Watt flackerndem Wolframdraht zu tun. Dann sank es aus seinem Gesicht mit sirrendem Flirren, dem triangeloiden Anklingen scharfen Schneids, mit Wimpernklirren. Vielleicht war es nur eine Zellschicht breit, aber ich glaube, wenn ich mich nicht täusche, schwarze Wimpern fielen erst, segelten dann weiter, womöglich auf den Boden potenzieller Bestellungen, die ich nicht mehr im Auge hatte, starrte ich doch das Beil an. Kurti ließ den pedalbetriebenen, mannshohen, kreisrunden Wetzstein laufen. Er presste die Klinge dagegen. Edelstählern stoben die Funken. Kaum war das Kreischen verklungen, bediente mich Kurti. Weder an Beil noch Rad sah ich Fliegengatsch. Die Haube war verdient. Das Beiried bezahlte ich mit einer Hirschkäferfliege. Kurti nahm sie mit Daumen und Zeigefinger, nickte, grinste und gab mir noch eine geräucherte, vor meiner Haustüre gefangene Reinanke mit auf den Heimweg.

16 Siegi dröselt seinen Ernstlfaden auf und zwirbelt ihn wieder zusammen

Wird ein schulisches Überfliegerkind in eine Klasse mit notenmäßig durch die Bank durchschnittlichen Kindern gesetzt, fallen die Leistungen aller frappierend ab mit Ausnahme des Vorzugskindes, das überproportionale Fortschritte macht verglichen mit einer anderen Klasse, in der es mehrere Einser-Kinder gebe. Vom sogenannten Hechtteich-Effekt spricht die Schulpsychologie, obwohl es sich logisch gesehen doch eher beispielsweise um einen Forellenteich handelt. Freilich sei das beschriebene Phänomen also besser bezeichnet als Hecht-im-Teich-Effekt oder dergleichen, wie ich als eingesessener Hechtfischer nicht umhinkam anzubringen während einer Fortbildung. Selten, unregelmäßig, aber doch hat Musikschulpersonal solche Symposien zu absolvieren und noch wesentlich seltener schwimmt ein Raubfisch ins Unterrichtszimmer. Und fast immer haben die Kinder den besten Instinkt, eine Art intuitive Menschenkenntnis oder zumindest einen Lehrerriecher. Der unbestrittene Harpunier und die tollste Hechtin unter den streichfähigen Forellen waren Connie und ich. Mit ihr war ich gerade zugange, als der Herr Musikschuldirektor in mein Unterrichtszimmer kam. Stille trat ein und er prackte einen Packen kopierter Seiten auf die Kommode. Ich sei doch sein Bester, ich solle das mal einstudieren. Dabei glitt der eingelegte Käsezettel aus den Seiten. Als der Direktor ihn aufhob, erhaschte ich einen Blick. Damit hatte ich leichtes Spiel. Am Samstag sei die erste Geige frei. Der übliche Konzertmeister sei verhindert. Ich sagte dem Direktor Tausenddank für sein Vertrauen. Ich sei ein eins a Vertreter.

Ich schaute ihn an, zwinkerte erst mit rechts, dann mit links. Ich schloss beide Lider und spielte das Stück blindlings. Hätte mich genauso gewundert, sagte ich, wäre es nicht Vivaldi gewesen. Ich hätte schon gehört von dem Konzert. Connie fiedelte indes ebenfalls auswendig den Frühling herunter. Der Direktor staunte nicht schlecht über meinen Hecht. Er verzeihe, ich müsse diesen Backfisch jetzt weiterquälen. »Für einen guten Zweck«, sagte er noch.

Connie hätte ich schicken sollen, dachte ich, als ich mich an Bord der Gisela begab. Sie war zwar damals erst acht, hätte das aber alles besser gemacht. Sie liefe nicht annähernd so aufgekratzt auf diesem Deck herum wie mein Kollegium. Die Partituren in der Hand trippelte ein Paar mitsamt ihren Bratschen die Treppe vom Oberdeck herab. Sie quatschten über die Übergänge in der Mitte des Stücks. Nahe der Reling, unter einem leicht geneigten Sonnenschirm, redete unser Dirigent, der Herr Musikschuldirektor im Frack. Mit einer Gruppe zweiter Geigen studierte er nochmals die Handzeichen. Mit ihm höchstselbst gingen die Hampelmännereien durch. Er streckte sich auf die Zehenspitzen, fiel mit dem Oberkörper vornüber. Sein Kopf hing zwischen seinen eigenen Kniekehlen. Er haute die Hände wieder hinauf zum Sonnenschirm und vollführte Seitfallschritte. Ich wartete auf den Fallrückzieher gegen den hochgeworfenen Taktstock. Doch zu dieser Fußballtrainervorstellung kam es nicht mehr. Schon entglitt ihm sein Hölzchen. Es schmiss sich gegen eine Kunststoffstrebe. Mit einem Klirren prallte der Taktstock ab. Mit einem Klackern kam er auf Deck. Mit einem Krallen zwischen den Planken rollte es dahin. Das Stöckchen bremste, als es gegen den Lackschuhabsatz einer ersten Geige stieß. Die ganze Riege bildete einen Sitzkreis, furnierhölzerne Hocker und irgendwo dahergezerrte Notenständer. Sie schworen bereits die Saiten ihrer Violinen auf A ein mithilfe eines elektrischen Stimmgeräts, alle Hände beschäftigt. Unverändert konzentrierter Miene erklang ein weiteres Mal der Kammerton, der sich hoch zur Sonne erhob, die wiederum fleißig herunterschien auf das Banner, das über das ganze Deck gespannt war. In regenbogenfarbenfrohen Lettern stand darauf geschrieben *Viva Aldl Viva Ladi*. Wie Alpha und Omega prägten das Banner die Firmenlogos der deutschen Discountkonsortien. Sie fassten Fuß auf österreichischen Provinzböden, gewannen immer unaufhaltsamer Hinterwälder. Ihr Emblem zierte auch den Käsezettel in meiner Hand. Der Direktor hob den Taktstock auf und störte dabei offensichtlich die erste Geige. Was ihm denn einfalle, sie hier zu unterbrechen. Ich ging an einer zweiten Geige vorbei, die sich oben ohne sonnte, links und rechts des Liegestuhls Alufolienreflektoren. Schon die Zusammenstellung unseres Orchesters trieb mir die Magensäure hoch bis in die Gurgel. Mit ätzendem Essigreiniger waren die Planken auf Hochglanz gewienert. Sie blitzten wie die Seiten postkastenflutender Prospekte, die ich stets im Müllschlucker versenkte. Saisonale Angebote priesen diese Schundheftchen an. Im Frühjahr kaufte man Frühlingszwiebeln, im Sommer limonadengeladene Biere. Im Herbst dann Backpapiere und im Winter Schinkenspicker. Ich betrat diese Läden nur nach kalendarisch herbstlichen und meteorologisch wintereinbruchsähnlichen Wochenenden. Die Sparsortimentsregale beherrschten dann bereits marinierte, eingeschweißte Grillwaren, los Leute, ballert alles raus, sonst werden wir das nicht mehr los, hörte ich es noch widerhallen in den Gängen der in Düsseldorf sitzenden Angebotskoordinationsabteilung, während die Marketingpsychologen eine Etage tiefer knobelten, ob sie nun schon Vivaldis Winter oder noch den Herbst durch die Lautsprecher und Supermärkte schicken sollten. Ich kaufte nichts, lachte mir ins Fäustchen, riss extra viel Toilettenpapier und mindestens vier Papierhandtücher von der Rolle und vom Spender, wenn der Herr Musikschuldirektor wieder mal angesprungen war und das Toiletteneinkaufspersonal veranlasst hatte, auf Sonderangeboten Trittbrett zu fahren. Längst überschwellig war das schlechte Gefühl und längst überfällig trat mir im leeren Speisesaal an der maritimen Theke ein Kellner entgegen. Er wollte von mir bloß Barkeeper genannt werden, weil er, wie er sagte, irgendwann vergangener Jahre in einer Wiener Hotelbar Cocktails mixte, weswegen ich wackliger Kniekehlen einen bunsenbrennerscharfen Whiskey Soda bestellte. Spesen fürs Orchester seien nicht vorgesehen im Budget, woraufhin ich entgegnete, ich könne mich auch selbst bedienen, bei derartigen finanziellen Problemen sei doch auch der Barkeeper einzusparen. Ich zahlte gallig, er lachte dreckig, stellte mir meinen Drink hin auf den Tresen, und trinkgeldlos sauste der Barkeeper hinaus aufs Deck zum nächsten aussichtsreichen Kunden, der sich linker Hand vom Cateringbuffet einen Shrimpsspieß angelte wie eine Krake, während er rechter Hand seinen babyblauen Gin Fizz hinunterschüttete.

Ich trank ab, griff die Whiskeyflasche von hinter der Theke und schenkte mir noch einen doppelten drauf, schickte meinen Blick die Planken entlang zu der Bussi-Bussi-Gruppe, die sich vorne an Deck formierte, Blazer, Krawatten und Bügelfalten. Ich zog den Käsezettel aus der Hosentasche, der die Rundfahrt auf ein paar Stunden veranschlagte, während der formale Teil der Veranstaltung ungefähr eine ausmachte, ein paar Minuten das Stück. Ich querte das Deck hin zur jenseitigen Reling, zum am weitesten vom Cateringbuffet entfernten Punkt, vor Ekel auf der Flucht, vor den feilgebotenen, geruchsverstärkervollen, olfaktorisch gnadenlosen Speisen. Mit einem großen Schluck Whiskey Soda versuchte ich meine Schleimhäute zu beruhigen, aber inzwischen beutelte es mich derart, so weich im Hirn schon, dass ich mir das Zeug wohl lieber auf die Waden statt hinter die Binde gekippt hätte. Ich schnippte den faulen Käsezettel über Bord, dass er die Bullaugen abwärts segelte und in die Bugwelle flog, auf Tauchstation ging wie alle Discountartikel, die Lena zu Hause anschleppte, in der Abfalltonne. Einen großen Schluck Whiskey Soda nahm ich und fühlte mich plötzlich dankbar, dass die Dampfschiffgesellschaft den Ausschank übernahm, und dann überlegte ich wie beim Trillern hin und her, wer wohl den Alkohol, mir den Whiskey Soda und meinem dankbaren Blut den Pegel zulieferte. Als ich, wohl begründet durch das Promillecrescendo, diesem Gedankendoppelschlag drunter- und letztlich drüberdrüssig wurde, kippte ich den Rest im Glas, wobei eh außer Crash-Eis nichts mehr übrig war, über die Reling.

An grauen Schwimmbojen, überirdischen Boten quer durch den See gespannter Netze, schipperten wir vorbei. Noch vermieden die Discountkonsortien Kollisionskurs, warfen anstatt dessen mahnend Schatten. Die umwurfwerbende Kulisse des unbewohnbar bewaldeten Ufers dahinter aber stach ins Auge wie eine zu grelle Fotografie. Wir hatten nur mehr eine gute Stunde Entfernung von jenem Gasthaus auf dieser Seeseite, das nur für Segler und Bootsausflügler und selbstverständlich Raddampfer zu erreichen war. Die sonnenschirmgesäumte Veranda machte ich aus und die von links nach rechts über den See flitzenden Barkassen sowie die paar in der Bucht vor Anker gegangenen Nussschalen von Wurmbadern, Käseharpunierern, Gumpensuchern, Aalrutenhubern und Hechthechlern. Ein einziger Hobbyangler fischte im kalten Schatten der steil aufschießenden und senkrecht unter Seeniveau abfallenden Felswand, wo tiefe Gumpen entstanden und kapitale Hechte jagten. Da trat mir Ihre schwarze Eminenz entgegen, der Herr Dirigent, »Siegi!«, wieder ganz Musikschullehrer, »seit wann sind wir per du?«, er eskortierte mich, »ich warne Sie«, wenigstens nicht in sein Sprechzimmer, »ahoi!«, sondern inmitten des Orchesters, »Sie sind komplett besoffen.« – »Aye, aye, Captain!« Allesamt trugen meine Kollegen schwarze Fliegen, stehkragige Hemden und Blusen in Weiß, graue Mäntel, die titanischen Ausmaße unseres Orchesters verglichen mit einem Streichquartett, das plätschernde Rad des Dampfschiffs, dass ich aus dem Gleichgewicht geriet. Obwohl der Bug supersauber durch die Wasseroberfläche schnitt, wichste es mich fast hin, aus Trotz, dass wir dieser Jahreszeit fix keinen Eisberg kreuzten, es sei denn, die Frau in Peep-Toe-Pumps und blauem Hosenanzug, mit dem grünen Firmenemblem am Blazerrevers und dem Stiefmütterchen im Seidenblusenknopfloch hatte wirklich so viel für die Fischer übrig, warf ins Wasser einen ihrer ganzjährig verfügbaren, in Frischhaltefolie gewickelten Discountsalatschädel. Dass es ihr und ihrer Firma selbstredend um kulturelles Erbe gehe. Darum, den hiesigen Reinankenfischern eine Zukunft zu geben. Darum, Auswege zu entwickeln für das alte Gut dieser Zunft. Darum, ihren Absatz ins Trockene zu bringen. Darum, die wettergegerbten und hartgesottenen Kerle nicht auszuwringen und als Waschlappen dastehen zu lassen. Darum, sintflutartige Zustände infolge losgeeister Volkswirtschaften einzudämmen. Darum, sich nicht von internationalen Hochseeräuberkonsortien schlucken zu lassen. Darum, den Haifischgebissen der USA und Japans und ihrem Walfang die Zähne zu zeigen. Darum, eine Perspektive in Aussicht zu stellen. Darum, Zulieferer für ihre Supermärkte zu gewinnen auch vor Ort. Darum, sich nicht an diesen strukturschwachen Seen auf die ewigsprudelnde Quelle liquider Mittel aus WTO-Subventionen zu verlassen, die mit dem Beitritt weiterer Länder in noch schlimmer abgewrackte Gegenden abflössen. Darum, sichere Häfen zu errichten und die Reinankenfischer zu ermutigen, neue Ufer aufzusuchen. Darum, ihre Spezialitäten und Fähigkeiten ins Boot zu holen. Darum, in ihr faszinierendes, jahrhundertealtes und gleichsam vom Untergang bedrohtes Tun sowohl einzutauchen als auch es zu heben wie einen versunkenen Schatz aus purem Gold, es zu bergen ins zwanzigste Jahrhundert, nun, da soziale Marktwirtschaftsformen skandinavischer Couleur vorüber waren. Darum, ihnen einen Ankerplatz zu bieten im Schoß der Firma. Darum, von jeder Art ein Paar in der Arche unterzubringen, und Reinankenfischer bräuchte man noch ein paar. Darum, die Vielfalt zu erhalten. Darum, Steckerlfisch mit Olivenölkruste aus dem Supermarktregal angeln zu können. Darum, eine Friedenstaube mit guter Nachricht im Schnabel zu senden den hiesigen Reinankenfischern. Darum, ihnen Grund zu geben, überhaupt weiter auszulaufen. Darum diese Wohltätigkeitsveranstaltung, worin Wohltat genauso stecke wie Anstand. Darum ginge der gesamte Erlös an die Förderung und Unterstützung der Reinankenfischer. Darum werde jeder Scheck eins zu eins umgemünzt in eine Geldspritze zur Aufrüstung der ortsansässigen Flotte. Darum werde dieses Gewerbe überdauern, sobald die Ausrüstungen flottgemacht und die alten Fischer als neue Supermarktzulieferer gewonnen seien, fit für die schwierigen Zeiten, auf die wir alle zusteuerten.

Heil schrie zwar niemand im Anschluss, aber wir spielten Vivaldi, während sich die Gesellschaft schnell vom Orchester abwandte, in kleinere Grüppchen und Buchten und Stehplätze am Cateringbuffet umsortierte. Scheckhefte wurden gezückt und Kugelschreiber reihum gereicht, eifrig wurden Millionensummen genannt und die vielstelligen Nummern immer gleicher Konten diktiert und eingetragen, während zu meinen Füßen das alte Filzding leer blieb, eigentlich einstmals ein schönes Stück. Ich hätte ebenfalls nichts gegeben, beichtete ich später Lena, denn wir geigten fürchterlich, selbst ich. Schon beim Nehmen des Griffbretts zitterte mir die Hand. Alle fassten sich dann ihre Geigen vice versa andere Instrumente zur Brust und zwischen die Beine. Der Hobbyangler holte mit grässlichem Spulgeräusch den Blinker ein. Das Einklemmen des Kinnhalters kitzelte mich am Dritttagsbart, bis ein unangenehmes Kribbeln aufkam. In meinem Rücken einen Halbkreis bildend fieselten meine Kollegen fahrig an ihren Geigen. Der Hobbyangler verhedderte sich beim Köderwechseln in seiner eigenen Schnur und fuchtelte inzwischen wild herum. Dreimal musste ich mein Gewicht auf das linke, etwas nach vorne gestellte Bein verlagern, um sicheren Stand zu erlangen. Räuspern und Keuchen und das krakelige Spannen und Drehen und Zupfen, das Prüfen von Saiten und Bogenhaar hinter mir. Der Hobbyangler dort draußen mit der blendenden Idee, sich mit brennender Zigarette doch einfach die eigene Schnur zu durchtrennen. Ein Dirigent vor mir, der sich überhaupt nicht auskannte, zwischen uns der alte Filzhut. Und als ich dann die Hand hob und ansetzte, hob genau in diesem Moment der Hobbyangler seine Stange, und in diesen Anblick schob sich augenblicklich mein Bogen, dass er die Stange abdeckte, verdeckte, mit ihr sich deckte und in Deckung und

Bewegung ging. Die Arme des Mannes sah ich sich regen, ebenso wie seinen Oberkörper, der sich neigte zurück und vor, nur der Wurf war das exakte Gegenstück zu meinem Bogenstreich. Derb schnellte die Stange vor, tölpelhaft strich der Bogen ab. Unrund gurgelte die Spule, unkundiges Fummeln am Griffbrett. Grob klatschte der Blinker in den See und tumb grölte der Ton aus dem Klangkörper. Ungut sank der Drilling auf Grund. Unfein hielten meine Kollegen ein, stimmten nicht ein, zogen mich runter. Unrein stand die Note über Deck. Das Angeigen vergeigt fiedelte ich weiter, während der Hobbyangler seine Stange aufstellte, in eine Halterung einrasten ließ, ein Bier aufriss und sich auf einen Liegestuhl niederlegte.

Als wir dann landeten, »für den Kaffee«, wie es hieß, strebte ich als Erster zur Rampe, vorbei an der Frau im Hosenanzug. Rundum hob ein Lobgesang an. Sie stimmte fröhlich ein. Herrlich, diese Stille. Wie reglos der See war. Wie ein Spiegel. Seelenruhig gleitet man darüber. Wie stumm der Berg dastand. Der Alpenrand. Er war wie Zen. Ein tonloser Ort der Besinnung. Ein einziges Schweigen. Ein Freiluftkloster eigentlich. Wie lautlos der Wind strich. Kein Wunder, wie diese Menschen hier waren. Dass sie den Ruf des neuen Jahrhunderts einfach überhörten. Nicht mal die Wellen machten ein Schwappen. Kein Geräusch, nicht mal die Landungsplanke, über die ich mich schnellstmöglich davonmachte, nachdem ich nochmals umgekehrt war, um mich über die Reling zu übergeben und meine Geige unter den Arm zu nehmen. Die schmale Veranda des Gasthauses rannte ich hinab bis ans Ufer und von dort auf einen halb vermoderten Holzsteg. Ich winkte, ich schrie, ich rief, aber der Hobbyangler in seinem Kahn, er hörte mich nicht. In voller Montur sprang ich einen Hechtsprung in den See hinein und schwamm mit mächtig aufspritzenden Kraulschwimmzügen. Das Wasser zog kalt an meinen Schläfen vorbei. Da hob sich seine Gestalt auch schon gen Himmel. Japsend rief ich ihm zu. Er musterte mich. Schon war ich an seinem Kahn. Zeit zu überlegen hatte er keine. Seine Hand schnappte meine und er hievte mich an Deck, wo ich dann saß auf einer Schaumstoffmatte. Er trug verblichene Turnschuhe und eine schwere, verwaschene, bis in die Kniekehlen hochgekrempelte Jeans. Stunden unter der Sonne waren seinen Armen anzusehen. Das krause Brusthaar durchstieß sein Ruderleiberl mehr, als dass es aus dem V-Ausschnitt herauswuchs. Sein Gesicht beschattete der Schirm einer Mütze. Auf die Stirnseite war ein dreifacher Anker gestickt, das Abbild des zwischen uns liegenden widerhakenvollen Drillings. Daneben stand eine Pressluftflasche samt Schlauch, an dessen Ende sich ein Bolzenschussgerät befand. Daneben ein unterarmlanges Messer mit geronnenem Blut an der Klinge. Nebst einem faustgroßen, kreisrunden, rotweißroten Päckchen Klosterstinkekäse. »Wofür ist der Schlierbacher?« Er zeigte beim Grinsen seine maroden Zähne, ein Totenkopf mit hohlen Wangen, wäre da nicht ein gewaltiger Bart gewallt. »Für den Aal und die Jause. Willst du auch?« – »Bitte keine Fragen!«, sagte ich und er lachte, »erstmal ein Bier?« – »Meine Geige ist noch da hinten am Ufer«, sagte ich und er stutzte, »sicher kein Bier?« – »Ein bisschen Hunger hätte ich«, sagte ich und er sagte bedächtig, »ist das Bier besser angelegt. Oder der Stinkekäs.« – »Legen Sie bitte da drüben an!«, und ich wies auf das andere Ufer. Ich zog meine Brieftasche hervor, hielt ihm hin, was ich eben bei mir trug. Wie zum Trocknen streckte ich ein paar Banknoten in die Sonne. Das Boot schwankte immer noch von meinem Hochhieven und das Wasserzeichen an den Banknoten erschien und verschwand in diesem Rhythmus. Beständig tropfte es von meinem Ärmel auf den Boden, leises Platschen, während keine Spur meines Körpers, keine Unregelmäßigkeit mehr im ebenen Wellengang zu erkennen war, ganz leises Schwappen. »Sind Sie verrückt?« – »Ich glaube nicht, ich hoffe, Sie haben Gnade«, und er holte den Blinker ein, riss ratternd den Motor mit der Leine an, griff das Steuer und setzte mich über.

Von der Sonne schon fast getrocknet, allenfalls noch ein bisschen klamm, kam ich an, setzte Fuß an Land, trat hinaus auf die Promenade, eine Bierdose in der Linken, meine Geige rechterseits. Verwaist waren die Beachvolleyballplätze, leer und geschlossen die Touribuden, selbst auf den Grünflächen fehlte die Hundescheiße. Ich schlenderte den kiesgestreuten Weg dahin. Er führte zur Bundesstraße, über der ich meinen Daumen strecken würde. Niemals kamen Autos diese Fahrbahn runter. Seit die vierspurige Schnellstraße durchs Gebirge lief, blieb der Motorenlärm den Dörfchen fern an der langgestreckten Westflanke des Sees. Ich kam an dem aufgelassenen Café Schwan vorbei und gedachte der Schlagobersportionen, der Wafferl und der Glaskristallschalen, die vielleicht noch auf den Regalboards hinter den heruntergelassenen Rollladen standen. Ich nahm sogar einen Umweg, ging durchs Gras und schlenderte über die Veranda, wo Lena und ich, später auch mit den Kindern, oft in den nun verschwundenen Baststühlen gesessen hatten. Dort studierten wir die Karte, dachten uns Eisbecher aus. Jedes Mal diktierten wir dem Kellner eine andere Komposition, verwiesen auf die Zeile *Eisbecher nach Wahl*, die dann in schwanenförmigen Schalen an unsere Tische kamen. Bestellte Johannes mal wieder extra viel Schokoladensauce, sah das Glas nach Verzehr aus wie ein Junges. Dass die Becher wirklich handgeblasen waren, konnte ich nie wirklich glauben. Lukas traktierte die Oberfläche mit immer wieder niederschießendem, Nischen auskratzendem Löffel. Fast hörte ich noch die schleifenden Beschwerden des Bestecks, und dann seine, viel zu klein, diese Eisbecher, schon wieder vorbei.

Ich hielt inne, vernahm kein Schnattern und Fauchen, ließ meinen Blick zurückschweifen. Sogar die weißen Vögel fehlten. Keine einzige Feder fand ich auf meinem Weg vorbei an der Fleischerei, der ebenfalls die Laufkundschaft weggefahren war. Seit der Tunnel die Wohnhaussiedlungen an der Südspitze des Sees mit den Badestränden und der Bezirkshauptstadt am Nordzipfel verband, mieden die Arbeitnehmer den Fuß des Berges, pendelten lieber in seinem Uterus zwischen Wohnhaus und Arbeitsplatz, verirrten sich auf Heimwegen nicht mehr leberkäsehungrig an straßenrändernden Fleischhauereien. Selbst die

Urlauber tourten durch den Tunnel, gelangten aussichtslos an die Flussseemündung, brausten dann weiter, wohin sie sowieso wollten, ins Oberland, zu den Kurorten, zu ihren Jagdrevieren, Thermen und wanderwerten Berganstiegen. Die Wochenendausflügler pumpten irgendwo anders auf der Strecke wieder genug Sprudel in ihre Autos. Ich passierte die Werkstatt samt Tankstelle, deren erster und einziger Chefmechaniker genau an dem Tag seinen Kehlkopfkrebs endgültig diagnostiziert bekam, als der Bürgermeister der Bezirkshauptstadt das blutrote Band am Nordzipfel des Sees mit einer blitzenden Schere durchschnitt. Das baldige Loch in der Mechanikerkehle sah der gähnenden Bergöffnung unfassbar ähnlich. Seine Stimme klang fortan wie ein Transistorautoradio mit schlechtem Empfang, wann immer er jenes Simulationsgerät an seine Gurgel hielt. Vielleicht sollte man dem aber nicht allzu viel Bedeutung beimessen, alldieweil musste er ja mit der Lackpistole in der rechten Hand Karosserien abspritzen ohne Gasmaske, die Kettenzigarette in der linken. Dann kamen die Metastasen und bald rauchte der Tankwart nur noch mit dem rechten Lungenflügel, wie Lena sagte, während alle Zigarettenpackungen seiner Marke in den Tankstellenladenregalen sowie im Nachfülllager fehlten, wie mir auf mehrmalige Nachfrage hin die Tochter versicherte. Sie half noch ein paar Monate aus, präsentierte dem letzten Kunden die Rechnung, bis selbst ich mein Auto anderswo vollspritzte, still die Zapfsäulen, im SOS-Kinderdorf die Tochter.

Ich erreichte die ehemalige Bundesstraße, was eben von ihr übrig war. Ich spürte in meinem fertigen Zustand die Schlaglochschläge dieser mir so vertrauten, allmorgendlichen Strecke, fühlte in meinen Fingern eine Sekunde das ABS-Rütteln statt Geigenkasten und Bierdose, hörte in meinem unterzuckertosenden Schädel das Schreien reifenreibender Ausweichmanöver rundum mannsgroße Steinschlagbrocken. Wer sollte denn beordert werden, sie wegzuräumen, während es ein paar Meter weiter im Tunnel zu Massenkarambolagen und metallschmelzenden Bränden kommen konnte, die schon präventiv das gesamte Kontingent verfügbarer Einsatzdienstler forderten. Ich setzte meinen Fuß an die Randsteinkante, auf den Zebrastreifen, da fiel mir auf, dass ich hier noch nie gebremst, nicht mal die Geschwindigkeit gedrosselt, geschweige denn einen Fußgänger gesehen hatte seit Tunneleröffnung. Ich schlenderte über den Mittelstreifen, wo die schwarz-weiße Zeichnung einfach aufhörte, weil alle Kalkmischer und Prägemaschinenwagen abgezogen worden waren, sobald der Zebrastreifen halb fertig, die neue Baustrecke durch den Berg beschlossene Sache war. Ich hörte unter meinen Sohlen denselben Rollsplitt knirschen, der sonst auf meinen allmorgendlichen Fahrten unter den Reifen kreischte, mir die gute Radioempfängnis, aber sicher nicht die Laune verdarb. Einerseits die Bergkette, andererseits das Seeufer entlang lenkte ich meinen Wagen, um mich zumindest auf dieser Strecke noch nicht über die Provinzler ärgern zu müssen, die mich in Kolonnen schleifender Kupplungen überholten, sobald ich vor der Tunnelöffnung abbog, und deren derbe Brut mich durchmischt mit den verzogenen Bälgern der Unterlander Emporkömmlinge sowieso früh genug in der Musikschule erwartete. Riviera fuhr ich zur Arbeit, wie ich immer sagte und lachte, und manchmal kam mir ein Mopedauto mit einem Dörfchenbewohner hinter einem baumelnden Christopherusmaskottchen oder ein Supermarktzuliefererlastkraftwagen im Tempomat mit sekundenpennendem Fahrer hinterm Steuer entgegen, woraufhin ich die Linke am Lenkrad ließ, meine rechte Handkante an die Stirn legte, ihnen ein Ahoi durch die Windschutzscheibe mit auf die Strecke schickte. Ich erreichte das nicht befestigte Bankett jenseits der Bundesstraße, blickte den schroffen Berghang hoch, gewahrte den schwarzen INRI am Gipfelkreuz vor dem blauorangefarbenen Himmel und in meinem Schattendasein fröstelte es mich wieder ein bisschen, klamm noch das Gewand. Einen großen Schluck nahm ich vom Bier. Es reckte mich. Eiskalt kroch die derbe, sprudelkratzende Hopfenflüssigkeit meine Kehle hinab, noch rau vom Kotzen. Schon stieg der Duft in meine Nase, noch lockte die Fischbrathütte feinspitzige

Fremde aus dem Umland in die ansonsten ausgestorbenen Dörfchen.

Die im Selchofen hängenden Reinanken verbreiteten ihren Geruch unverdorben über die ganze Gegend, während die Autoabgase sich im Tunnel stauten. Die Friseure, die Juweliere, die Dachdecker, die Müllabfuhrmänner, die Altenpfleger und die Pensionisten selbst, alle, die dieses Seewestflankenleben weiterfristeten, während ihre Kinder in den Schulbus stiegen, jene, die zu Fuß zur Arbeit gelangten, sich ein Weggehen nicht ausmalten, sei es aus fantastischer Armut oder Verstocktheit, sie kamen hier zusammen, vor der holzgezimmerten Fischbrathütte, die langsam in meinen Blick rückte, wo eine Bierbank auf dem schmalen Streifen zwischen Hang und Fahrbahn stand, parallel zu Straße und Bergkette, wo es keinen Parkplatz brauchte und der Selchofen seine letzten Dampfwolken losließ. Doch heute waren nur die Netzfischer da, saßen längs der Bierbank aufgereiht, die einen die tote Straße, die anderen den lebendigen Tunnel im Rücken, alle den Kopf gebeugt zur Tischplatte. Sie knabberten von ihren Stöckchen die geräucherten Reinanken, die jene jetzt vollbackigen und bald satten Männer selbst aus dem Seewasser gehievt, totgeprügelt, ausgenommen, geputzt und geschuppt, hierher verkauft hatten, auf dass der Fang veredelt werde zur Delikatesse. Ein paar wetterwunde Hände hoben sich zum Gruß meinen Violinistenfingern entgegen, für ein paar zugeneigte Worte setzte einer sogar das Bier ab, knallte es auf den Tisch, das Thermometer am kolossalen Selchofen stand auf zweihundert, und mit klappernden Zähnen schlemmten sie das Filet von den Gräten. Einstimmiges Kauen und Raunen umfing mich, während ich bierdosennippend und bald aluknüllend näher kam. Neppen ließen sich diese Leute nicht, es war nicht drin, hier anzukommen mit dem eigenen Getränk, wie sehr es mich auch anwiderte, da schickten sie schon misstrauische Blicke, ich warf. Scheppernd landete die Dose auf der Fahrbahn. Ich blickte nach, die flacher werdenden Felsgrate entlang, die plötzlich einbrachen und bewaldete Hügel wurden dort oben im Norden, im endgültigen Unterland, wo der Fluss den See wieder verließ, Richtung Donau ging, woher ein paar dumpfe Motorengeräusche drangen.

Am Vorsitz der Reinankenfischer schlenderte ich vorbei, dem einen Rücken an der südlichen Breitseite des Tisches, dem einen Hintern auf einem Stuhl, und wandte mich linker Hand an die Theke. »Herr Konzertmeister, was für eine Freude«, sagte der Fischbrathitler, wie die Einheimischen ihn schmunzelnd nannten, »heute sogar mit Geige. Spielen Sie uns was?« – »Was darfs denn sein? Die Reinanke muss ja erst komponiert werden.« – »Ich glaub, angemessen wär das Requiem«, und er tippte einen Kippschalter an, dass die Halogenröhre über ihm aufflackerte. Erst jetzt sah ich all die Ölspritzer auf den holzgemaserten Innenwänden, die den Mann umgaben, selbst ziemlich korpulent, gehüllt in Fett. »Wirds bald zum Verhungern?«, sagte ich und er grinste, strich sich durchs Haar und sprach: »Wissen S', wozu dieses Standl ist?« Eine Pause entstand und ich schaute auf den Kühlschrank, der auf einer Anrichte stand, auf die an Seitenwände gehängten Gläser, die Spüle in Ellenbogenhöhe, die Teller auf dem Board neben seinem Schädel, den Pappendeckelberg und den Zapfhahn links und rechts von ihm, das Bierfass, das auf der Theke stand, und vielleicht ergab diese Blickführung ja ein Kopfschütteln, »Passen S' auf, Herr Ordinarius, der Selchofen ist zweihundert Grad heiß. Wenn ich da den ganzen Tag daneben steh, wichst es mich irgendwann um. Da muss man aufpassen. Sie verstehen?«, sagte er. »Ein Krügerl und ein Steckerl«, orderte ich und dann roch es goldhopfig, dann quietschte die Seitentür, die Ofentür neben dem Stand ging auf, zeigte ihre rußschwarze Innenseite, und die eingehängten Reinanken schwankten wie wild im aus der Luke strömenden Dampfhauch. Meine Geige lehnte ich an die Holzfassade des Standes, dachte noch kurz, ob sie die abgestrahlte Hitze eh nicht verstimmte, nahm das Krügerl links, den überdimensionierten Pappendeckel rechts, durch den es mir die Handgelenksbehaarung versengte, der infernalische, glupschäugige Fisch darauf, ich drehte mich um, und die nachströmende, nur der Selchofenthermik geschuldete Böe aus dem Norden hob die zerdepperte Bierdose von der Straße auf, blies sie fort, und alle Reinankenfischer schauten mich an.

Diesseits des Tisches hatten sie sich umgedreht, entweder im Oberkörper verrenkt, die Handflächen auf die Bierbank links und rechts von sich gestützt, teils sogar aufeinander mit dem Nebenmann, oder sie hatten gleich ihre Oberschenkel unterm Tisch heraus auf meine Seite geschwungen. In der Reihe jenseits des Tisches waren die Köpfe gehoben von der stummen Kommunion, salzverkrustete Reinankenskelette auf den Tellern und schaumige Bierreste in den Krügen, flackernde Blicke reflektierten den Sonnenuntergang, das Alpenglühen starrte mich in roten Explosionen aus verschwommenen Augen an. Nur der Vorsitzende würdigte mich keines Blickes. Er nickte immerzu dahin. Ich drehte mich wieder zur Theke, der Fischbrathitler schob die Scheibe aus dem Rahmen und sagte: »Ja?« – »Eine Runde Schnaps und Bier«, sagte ich, woraufhin er mir den Pappteller vom Handgelenk nahm und ihn gegen Keramik tauschte, »schwer von Begriff, der Herr Professor, was«, und ich schlenderte die Rückenreihe entlang gen Norden, sah wucherndes Nackenhaar und halb entblößte, gürtelrosegeplagte Arschbacken an gürtellosen Hosen, trat an den letzten freien Platz, die zweite Querseite der Bierbank. Rücken gen Norden setzte ich mich hin, gegenüber dem Vorsitzenden, hielt die Klappe, hörte zu, während Obstler zu Wieselburger aufgetischt wurde und ich durchrechnete, ob ich überhaupt genug Geld bei mir hatte.

Aber der Biss in den Steckerlfisch wischte alles weg, saftig das Fleisch, süffig das Bier, schrecklich der Schnaps. Alle saßen jetzt wieder gebückt da, mit hängenden Schädeln, mehr Haar als Haut sah ich. Wuschelwilde Augenbrauen bewegten sich im Backenbartblähen, Brusthaar wucherte unter Ruderleibern, Zotteln verhingen hie und da Profile, Urwälder die Arme entlang, Barben fingen sie nicht, nur Reinanken, reine Ranken sie selbst, aber von Kraken sprachen sie, monstergroßen, die ihre Boote voller Arme zum Seeboden zogen. »Zu mir sind sie gekommen. Wollten meine Fischhütte kaufen. Könnte ich dann zurückpachten. Saisonweise, haben sie gesagt. Winters sollt ich was anderes machen.« – »Dass zumindest ein paar Monate im Jahr mal Ruhe ist, das wollen sie nicht.« – »Geh lieber Regale einräumen im Supermarkt, haben sie zu mir gesagt.« – »Diese Schweine, dass wir bis siebzig hackeln, das sehen sie nicht.« – »Oder auf Räucherei wollen sie uns umschulen. Fische auf Haken spießen.« – »Mah, hast du diese Dinger schon mal gesehen. Die Industriedrillinge sind vielleicht scharf. Damit das schneller geht, mit dem Draufhängen. Meiner Seel, da schneidest du dir die Finger ab, wenn du mal danebenglangst.« – »Die bauen sie dann, die Räucherei, wenn genug von uns einsteigen, sonst zahlt sich das nicht aus.« – »Wo ist eigentlich der Friedl?« – »Mah, und zu mir haben sie gesagt, ich soll Oberräuchereiaufseher werden.« – »Und ich steh dann am Fließband oder was?« – »Hörts auf ihr zwei Streithanseln.« – »Das wollen sie ja.« – »Dem Friedl haben sie ein gutes Angebot gemacht.« – »Menschenskinder, der ist nicht mal da. Sonst könnten wir ihn fragen.« – »Der sitzt sicher schon beim Notar.« – »Erstens gehst du da zum Anwalt und zweitens ist der Friedl kein Verräter, Mensch!«, bis alle ein letztes Flaschenbier bekamen und der Fischhitler uns hier sitzen ließ. »Und wie gehts Ihnen, Herr Doktor?« Ich klagte mein Leid, und dass mein Auto am Südseezipfel stand, beim Landungsplatz, ich Lena anrufen und dann auch noch beichten musste, dass ich den Fleischeinkauf vergessen hatte, für morgen, ihren freien Sonntag. Nickende Leute im Dunkel der Bundesstraße. Nur der Vorsitzende: »Ich bring dich.« Dann riss er ein Dutzend Zettel von einem Notizblock ab, schrieb die immer gleiche Telefonnummer drauf, teilte aus: »Burschen, ruft mich an!« Dann stand er auf und ich folgte ihm in einen Viehtransporter, auf den Beifahrersitz, und weiter mit Vollgas und Rattern, dass wir schwiegen, sonst hätten wir uns die Zungen abgebissen, vorbei am Fischerkreuz, das an einer bösen Stelle am Ufer stand zu Ehren all der von wellenwerfenden Fallwinden erwischten, ins Wasser geschmissenen und auf den Grund gezogenen oder an den Schotteruntiefen aufgeriebenen Reinankenfischer, vorbei an der kleinen Kirche, die auf einer gefährlichen Klippe direkt über dem Wasser stand, in sich eine weitere Anhöhe barg, die barocke Fischerkanzel voll goldener Engel und Petrus persönlich, und dann weiter auf die vierspurige Schnellstraße, in die Kurti sich einordnete, als gäbe es niemanden vor ihm, vorbei an der Flussmündung, wo ich einwarf, da unten stehe mein Wagen, und Kurti fuhr unumwunden weiter bis ins Oberland, eine halbe Stunde mit Vollgas, vorbei an Polizeiwagen, die wüssten auch, wo sie das beste Fleisch bekämen. Sonst sprach er keinen Satz und fuhr mit Lachen an der Ortstafel vorbei, parkte an seiner Fleischerei, brachte mich hinein. Er fragte, wie viele Kinder ich habe, verschwand durch die hinterwandige Tür, kam dann wieder, gab mir Fleisch, sagte, ich könne auf seiner Couch schlafen, was ich ablehnte, ohne weiteres fuhr er mich zurück in die Wohnsiedlung an der Flussmündung. Als ich ihn beim Aussteigen fragte, ob ich ihm jetzt nichts schuldig war, lachte er und sagte, ich könne ihn ja anheuern für eine Kesselheiße, dann sei ich noch schuldiger. »Eine Hand wäscht dich.«

Lena sagte zu alledem, als die Kinder schon im Bett lagen, warum ich auch immer stehen müsse. Im Sitzen hätte ich den Fischer über die Reling gar nicht gesehen und wäre seelenruhig mit auf einen Kaffee gegangen. Ich habe wohl jedes weitere außerdienstliche Musikschulengagement verspielt. Zwischen diesen Sätzen lachte sie und hob ihr Weinglas. Den Kopf über die Sessellehne in den Nacken gelegt sah ich zu ihr hoch. »Darauf!« Indem sie sich vorbeugte über mich, stießen wir an. Ein überschwappender Tropfen fiel in meinen Schoß. Der Klang von aneinandergeratenem Glas schwebte noch einen Augenblick vor meiner Brust. Während sie trank, beleuchtete das Deckenlicht einen Moment ihren blonden Kopf von oben, der erstrahlte wie eine Aureole. Sie sagte: »Formidabler Abgang jedenfalls, Siegi.« Ich trank und sagte: »Ja, der ist gut.« – »Hab ich von dem neuen Weinladen unten im Ort«, dann schwiegen wir kurz. »Weißt du, früher war es verboten für Seefahrer, schwimmen zu lernen. In Seenot dachten die Matrosen dann zuerst an die

Ladung. Wenn sie über Bord gingen, klammerten sie sich an die Fracht, Holzkisten, die schwimmen oben. Die ersten militanten Seefahrergewerkschaften waren Schwimmvereine. Die Schwimmlehrer wurden teilweise aufgehängt. Irgendwann gab die Obrigkeit aber auf.« – »Ich versteh dich doch richtig?« – »Nimms als Kompliment.« Ich nickte, ein schönes noch dazu, ein bisschen Zuspruch. »Vivaldi«, sagte sie inzwischen sicher schon zum zehnten Mal und lachte, »was für Idioten!« Sie massierte noch ein bisschen meine Schultern von hinten und setzte sich dann neben mich an den Tisch. Sie berührte das geschnittene, inzwischen kalte Fleisch auf meinem Teller nur mit zwei Nagelspitzen, als sie einen Streifen Steak stibitzte und sich in den Mund steckte. »Spitze, dieses Fleisch, das wars doch wert«, und dann knotete sie ihr Haar durch ein Gummiband. Das brachte ihre Wangenknochen nach oben, das wusste sie. Eine Strähne aber blieb an dem elektrifizierten Aufschlag ihres weißen Bademantels hängen. Sie liebte es, freie Tage in Frottee gewickelt zu verbringen und Abende mit mir. Sie schenkte mir nach: »Und dass sie nicht applaudiert haben, mein Gott, dass sie nicht voll bei der Sache waren, so what, dass sie euch gar nicht gehört haben, was solls, das heißt ja nicht, dass sie nichts mitbekommen haben, weißt du, so unbewusst, oder, so funktioniert doch die ganze Werbepsychologie, das hat sicher was mit ihnen gemacht. Sie haben das wahrscheinlich sogar genossen, ohne es zu wissen sozusagen, das macht ja den ganzen Zauber aus«, und sie trank von ihrem Wein, stand auf, knipste das Deckenlicht aus und die krepppapierumwickelte Stehlampe an. Eine Sekunde schwappte der Wein noch hin und her in ihrem auf den Tisch gestellten Glas, während es dunkel wurde und dann gleich wieder hell, aber nicht mehr so grell, ihr Haar erst Gold, dann Schwarz und Kupfer zuletzt. »Atmosphäre und so«, sagte sie mit schummriger Stimme und strahlte. Ich lachte, ich trank, ich aß ein Steakschnitzchen: »Ich liebe dich.« Sie setzte sich hin, strich mir über die Schulter, breitete ihre Arme aus wie eine weiße Fledermaus und umschlang mich. An meiner Wange fühlte ich ein Lächelgrübchen reiben. Flanell an Frottee war schützend Gewand.

»Wie gehts der Familie?«, fragte Kurti.

»Noch alle vollzählig«, geräucherte Reinanken, luftgetrockneter Schinken und Hirschdauerwurst entkleideten mich an diesem Frühlingsvormittag von dem Stress, gleich vollgasgehetzt nach Hause zu fahren. Die gepökelte Rinderkeule und der geselchte Tiroler Speck erlaubten mir ein geruhsames Schlendern durch das Dorf. Alles, was Kurti mir einpackte, schickte mich ans Wasser. Das Plastiksackerl in der Hand setzte ich mich im Kurpark dann direkt am Flussufer auf eine Bank. Den Familienschmaus legte ich neben mich auf die Latten und wickelte die warme, obenauf liegende Käseleberkäsesemmel aus dem Fettpapier. Tiefgelb triefte der Emmentaler aus dem Fleisch und die Sonne stand zuhöchst am Himmel. An den Fingern spürte ich die Wärme und die Weide neben der Bank streckte ihre ersten Sprösse zum Licht. Ich fühlte die Rippung der fünf Zehen an der Semmeloberseite und ein blondes Insekt schoss in schnellem Flug an eine Weidenblüte. Manche waren noch verschlossene Knospen, andere standen schon fett im Saft und ich biss von der Käseleberkäsesemmel ab. Zwischen meinen Zähnen zerstob die knusprige Semmeloberseite zu körnigen Flocken, auf meiner Zunge das salzige rosa Fleisch im Speichel, die Gebäckunterseite pappig, gleich damit vermengt im Kauen. Es war berauschend wie der Fluss andernorts, hier rann er nur ruhig dahin und zeigte mir mein Spiegelbild. Die Geheimratsecken wirkten wie ein frecher Bürstenschnitt, der keck wippte in der Bewegung frisch rasierter Backen, die sich unter rosig angehauchten Wangenknochen langsam wölbten und höhlten, während der Fettfleck an meiner Oberlippe ebenso gut ein Tropfen morgendlichen Taus sein konnte, wie er auch noch an den Spitzwegerichköpfchen hing zwischen mir und der Weide, die sich in flaumige Blüten kleidete. Das Flanellhemd stand mir gut zu Gesicht, in dem immer wieder von gesiebtem Licht beschienen die Nasenflügel zuckten. Ein paar Härchen nur krausten aus meinen Riechlöchern und waren nicht mehr als schnörkelige Verwüchse und Ausnervungen der Riechlängerung selbst, ein sacht tastender Rokokorüssel wie bei einem Falter, der den Frühling einsaugte mitsamt Kühle verströmendem Wasser und der Käseleberkäsesemmel. Ich biss ab, wartete ein paar Momente, schmeckte und speichelte ein, begann erst dann zu kauen und sah mich währenddessen an. Farbe kam in mein Gesicht und breitete sich unter der Haut in einem Kreis rot rund um meinen Mund aus. Die Wärme fühlte ich und erneut schoss ein Fliegetier in einem einzigen Silberstreif an eine der Blüten und war flugs wieder weg, eine glitzernde Parabel über mein Gesicht. Flieder war in meiner Nase, Bienensummen, Spechthämmern und Mückenschwärmen in meinen Ohren, als ich mit der Leberkäsesemmel fertig war, alle meine Finger einzeln in meinen Mund steckte, spürte an der Schleimhaut und abschleckte mit meiner Zunge.

Es war geradezu wunderbar, als ein Insekt elegant auf der Wasseroberfläche landete, genau in meinen Blick, zwischen meinen Augen, auf dem Abbild meiner Nasenspitze. Ein einziger Wellenkreis breitete sich davon aus, erreichte meinerseits das Schilf und kroch als plötzliche und sachte Windböe aus dem Wasser heraus, strich die Spitzwegerichköpfchen an meine Schuhspitzen heran, erfrischte meine Wangen und pustete mein Haar stramm nach oben, in windig flimmernde Strähnen, dass die Geheimratskonturen darunter verschwanden. Unter dem still schwimmenden Insekt blitzte eine Bewegung entgegen der Strömung, schräg nach oben floss sie und tauchte auf und wurde schnell, knickte im Lichtbruch und zielsicher wie ein Torpedo, der wildes Blubbern hinterließ im Wasser, Sauerstoff gefärbt in Spektralgewitter, Blau und Rosa, Gold. Im Flug, über Wasser, für einen Augenblick, zerriss mein Spiegelbild, stieg ein Fisch, Bastionen von Tropfen neben sich. Sonnenstrahlen trafen ihn, alle sieben Flossen zuckten, warfen wiederum Wasser ab und die Flussoberfläche war verwellt von Niederschlag. Schon im Fallen krümmte sich das Tier die eigene Stromlinie entlang, das Maul weit offen, das Insekt im Kiefer, die grau schimmernden

Schuppen. Es tauchte wieder ein mit Klatschen, dass es spritzte bis in mein Gesicht, ich stand, das Tier umgedreht, zischte ab flusswärts, und wo es war bis eben, spannte sich eine neonfarbige Schnur. Retour wurde das Tier geschleift, die paar Meter nur, die es gekommen war. Die Forellenkiefer berührten meine Schläfe rechterseits. Immer wieder ruckend den Kopf, aber an der Fliege gehakt, so stand die Bachforelle kämpfend inmitten meines Schädels. Sie riss an der Schnur, die nicht nachgab, an sich selbst dadurch, geriet quer zur Strömung, den Blick auf mich gerichtet, Augenpaar in Augenpaar bildeten wir ein Quartett. Schon deckte ihr Auge meines, ich hatte mich ins Profil gewandt, sie sich entlang ihrer Stromlinie. Wo mein Mund saß, waren ihre Zähne. Sie kamen zum Vorschein, ihr Kiemendeckel zuckte weg, die Schnur ruckte. Ein hoher Ton erklang, wo sie neonfarbig aus dem Wasser kam und Tropfen schleuderte sie weg, die Sonnenstrahlen zerlegten über der Flussoberfläche. Meterschritt für Meterschritt machte ich stromaufwärts mit dem Tier. Der Haken gut zu erkennen nun, gerichtet entgegen der Strömung, er durchstach meinen Mundwinkel. Aus dem Augenwinkel sah ich das Tier, hingerissen immer wieder, quer der Strömung, zu mir, im Rucken aller Flossen, Bauch, Schwanz, Seite und Rücken zuckten. Es war, als schwömme sie nicht. Eher ein Wasserläufer. Ein Satz hier, im nächsten Moment dort. Im Flussgras verlor ich sie kurz. Ich war gespannt. Die Schnur entspannte sich lange. Bevor sie wieder ging. Den Fisch zum Vorschein riss. Panischer Augen jetzt, die Kiemendeckel weggestreckt. Röte von Knorpelblättern zu erkennen zwischen Fischschädel und -körper. Als bräche mein Hals auseinander. In einzelne Münder gegliedert. Klacken hörte ich es. Steil stieg der Schnurwinkel vom Fisch. Fast neunzig Grad schnitt sie sich mit der Wasseroberfläche, ging leicht versetzt vom Lichteinfall aus dem Fluss, lief weiter durch die Luft in Neongrün, über ein Brückengeländer hinauf in eine Stangenspitze, die sich zum Wasser bog, einen Laternenhals beschrieb, von der Sonne beschienen nach unten, in eine klackende Spule, wo alles in die Hände eines

Mannes mündete, der sich vorm Himmelblau abhob. Er trug lackfrische Budapester und eine leichte, pastellrosa Hose aus Tuch mit Bügelfalte den Unterschenkel entlang. Am Knie waren schwarze Flicken Tüll aufgenäht wie sonst womöglich an Sakkoellenbogen, purpurne Seide bedeckte seine Arme. Von einer Kette hing in seinen Hemdausschnitt ein goldenes, umgedrehtes Kreuz, das direkt am Brustbein saß, leicht asymmetrisch, so fein geschmiedet, dass es auf und ab sprang im Herzschlag dieses Mannes. Sein Profil verhingen schwarze Korkenzieherlocken, die sich sogleich lichteten beiderseits, als hielte man einen Finger in einen Wasserstrahl, als er mir seine griechische Stirn zuwandte, die rechte Hand entgegenstreckte, während er die Schnur gegen den Korkgriff der Stange arretierte mit dem Zeigefinger der linken, als wiese er auf das Geländer direkt daneben, auf dem ein bärlauchgrüner Kescher lag neben einer filigranen, silbernen, langen Zange, ihre Schenkel leicht geschwungen, wie der Schnabel eines Reihers, die Berührung der Bachforelle mit Licht und Silber, eine Nike-Spiegelreflexkamera hatte er umgehängt: »Umberto«, sagte er rosigen Gesichts und ich sagte: »Petri«, und er lachte mit strahlenden Zähnen. »Höchst erfreut«, sagte ich und schüttelte seine zierliche Hand.

Er klemmte die Stange unter die Achsel, nahm den Kescher, schraubte eine Klemme am Schaft auf, teleskopierte ihn zu mehreren Metern Länge, bewegte ihn sachte durchs Wasser, sein Bizeps spannte unter dem Hemd, als er das tropfende Netz aus dem Fluss zog. Er stemmte seinen Unterarm gegen den Schaft, um den Druck vom Handgelenk zu nehmen, den Kescher aus der Ellenbeuge in die Horizontale zu heben. Mitsamt der Bachforelle legte er den Kescher der Länge nach auf das Geländer, während das Wasser in stetem Tempo rubato zu Boden tropfte. Die grünen Maschen rasterten das schwer schnappende Tier, in den Freiflächen zwischen den Knoten schimmerten die rosa Tupfen, blau gerändert, Bauch nach unten lag sie auf dem Holz. »Zappelt die nicht weg?«, schlaff schlug sie mit der Schwanzflosse. »Geh bitte, fünfzig Meter gegen die Strömung, komplett fertig das arme Ding«, sagte er. »Aber so schön!«, mit einem Schnipsen nur an einer Netzmasche stieß er das Karomuster vom Rücken des Fisches. Eine ganze Elle maß der Körper, der Kopf locker nochmal eine Hand, wie ein V aus Mittelfinger und Zeigefinger die Kiefer, die auf und ab gingen, die Beißerchen feiner, wie Insektenbeinchen. Jedes Zucken war aus dem Körper gewichen. Ganz langsam nur schnappte das Tier, nicht nach Luft, eher ein Ruck, entwässerter Kiemen. Immer wieder fächerte sich die Rückenflosse. Auseinander und wieder zusammen. Ich trat einen Schritt zurück, sah den ganzen Fisch. Vom sandfarbenen Bauch über die Musterung der Stromlinie bis hinauf ins Graugrün des Rückens. Umberto kniff die Schenkel der Zange um eine Keschermasche zusammen. »Sonst verpilzen sie, immer einen Film zwischen Fisch und Mensch«, er dirigierte die Zange an den Forellenmundwinkel, schwarzer Pupille im bernsteinernen Auge verfolgte sie die Prozedur. Die Zange schloss sich um die Fliege zusammen. Umberto hob seine Hand und daran den ganzen Fisch, der arg zappelte, atemlos, schnappte, sich wappnete. Es rappelte am Haken, und einen Augenblick sah ich mich gespiegelt im matten Bernsteinfischauge, bevor Umbertos Handgelenk den Ruck machte, zu dem der Fisch nicht mehr fähig war. Mit einem keineswegs reißenden, eher gleitenden Flatschen schlich der Fliegenhaken sekundenschnell aus dem Mundwinkel und der Fisch flog in hohem Bogen von dannen, tauchte wieder ins tiefe Blaugrün ein, zischte freigelassen, die Delikatesse.

»Wie kann ich behilflich sein?«, seine Augen hatten die Flussfarbe. »Ich glaube, ich bin bedient.« Gemeinsam schlenderten wir zu seinem Lamborghini. Kühltasche brauchte er keine zu tragen. Hätte eh nicht in die Beinfreiheit gepasst. Unter der wildgrün lackierten Kofferraumklappe klopfte der Motor. »Ich tank nicht super.« Eingestiegen fragte er, ob er mich mitnehmen könne, wartete die Antwort nicht ab, öffnete die Beifahrertür, und schon kamen die letzten Takte der Zauberflötenouvertür aus dem Autoradio. Er öffnete das Handschuhfach, holte eine streichholzschachtelförmige Plastikverpackung raus, neben der Tausende leere lagen. »Irgendwann refill ich die«, und tickte mir mit einem Zeigefingergstieß wie Aschelassen ein Tac Tic fresh mint in die Hand. »Nix mit Nazivergangenheit«, er nickte, »Ferrero!« Schon lutschend, schweigsam und gutluftmachend hörten wir Papagenos sauber intonierte Arie und einen Bericht über Österreichs neueste Errungenschaften. Direkt hierhergekommen in die Zweisamkeit unserer Lauscher, durch die in Holzoptik gehaltenen Lautsprecher Umbertos Windschutzscheibenkonsole, aus den Wiener Studiosendern durch die sonnenhaft silbern schillernde Antenne des Wagens, die der Fahrtwind nach hinten bürstete gen Westen. Just vor dem Frühjahr hatte sich von Wien aus der Fanatismus einen Weg gebahnt nach Hainburg. In der dortigen Au, einige Kilometer donauabwärts der Hauptstadt hätte ein Staukraftwerk errichtet und der Wald gerodet werden sollen. Inzwischen war der Flussstrich bereits gerettet und zum Naturschutzgebiet erklärt, von Wienern, für Wiener, die um ihre Oase fürchteten, radikale Studenten, Künstler und Intellektuelle, die Besatzungsmacht der Au den gesamten Winter über, und noch nicht mal wegen der Feiertage schlappgemacht. Polizisten und Bundesheersoldaten, eigentlich mit der Räumung betraut, gesellten sich zum trauten Weihnachtstisch mit den Besatzern. Die Medienmacher, begeistert und behext von diesem Geschenk, der Christnachtzauber, ihre Empfängnis in der gut geheizten, herbergsheimeligen, druckerschwarzen Redaktion. Und so hielten sie Brauer für den Erlöser und es für ihren Auftrag, quasi missionarisch Fotos und Schlagzeilen über die Band jener Aubesetzung in alle österreichischen Haushalte mit der Morgenpost zu liefern nach den Feiertagen, die in Österreich ja beamtlich bis nach Neujahr gehen. Und weil spätestens zum Dreikönigstag, wie es eben immer ist, sämtliche Segen in allen Haushalten schief hingen, kam die Entrüstung über den geplanten Kraftwerksbau gerade recht. Österreich erregte sich statt über die je eigenen Familienmitglieder nun wieder über Vater Staat. Da musste die Regierung nachgeben und die Besatzer jubelten.

Umberto lenkte ein, fuhr von der Bundesstraße ab, knatterte auf die Dorfhauptstraße am Ortsschild vorbei. Nach einer reportageartigen Anmoderation kam noch ein Song von Arik Brauer, weil bekanntlich nicht bloß das gedruckte, sondern auch das gesprochene, in katholischen Ländern umso mehr das gesungene Wort Gewicht hat und Bedeutung vermittelt, und aus Armut an Alternativen, Brauer sollte welche aufzeigen. Österreichs andere Liedermacher brachten zurzeit wenig Bemerkenswertes hervor, nach Ambrosia für Falcos erstes Album, nach seinem zweiten, ein römischer Jugendflop, noch am Leben zwar, aber vor seinen Erfolgen und Unfällen am amerikanischen Kontinent, vor seinem amadeischen Versterben, vor seinem hiesigen Berühmtwerden, bevor der neue Produzent, bevor die neue Single in die internationalen Hitlisten, bevor der neue Präsident ins hiesige Amt und über die Schwelle der Hofburg nebst Heldenplatz kam, bevor die Erste Allgemeine Verunsicherung *Rock me* in *Kurti* und Wolfgang in *Waldheim* umkupfern, songtexten konnte: *es war 1985 und es war in Wien, ein großer Teil der Österreicher wählte ihn, er war ein Virtuose war ein Diplomat, und seitdem er Präsident ist, kennt ein jeder unsern Staat, Rock me Wolfi! Jedoch im Ausland ist der Kurti nicht sehr populär, because er kann sich nicht erinnern, ja das ist sein Flair, unser Land ist unten durch, unser Image ist beschissen, und schon heute rufen Viele man muss wissen, man muss wissen, wann man gehn muss, wann man gehn muss, wann man gehn muss, wann man gehn muss, oh oh oh oh, kick me Kurzi.* Mamma Mia Amadeus, dieses arme Protestlied schaffte es, kaum anarchistisch, nicht mal kommunistisch, weder auf die Watchlist noch in die US-Hitlisten, schon gar nicht bis zu den Academy Awards in der Kategorie Filmmusik. Aber diesen Frühling liefen auch nicht die Besinger der Wälder, sondern die Barden der Auen, zuallervorderst Arik Brauer. Noch einmal hatte der Naturschutz das Wort, bevor die Waldheimdebatte die Umwelt bestimmte. Hainburg ging durch alle Radiokanäle und Umbertos Auto. So stand zumindest auf unserer Listenliste Brauer. Wir hätten ihn gar nicht hören können, hätte es nicht genug Strom gegeben. Er musste irgendwo herkommen. Die

Bewahrung einer Natur mutierte zur Bedrohung für die restliche Natur. »Die wird das nächste Mal richtig schwierig dranzukriegen sein«, er trommelte ein paar Takte mit den Fingern gegen das Lederlenkrad, »da zischt die nie wieder drauf. Trockenfliege, Lachmöwenfieber und Biberhaar«, und das Flussaufstauen und Dammbauen, das Baumumhauen dieser Verbissviecher sah ich, schaute vom Himmel fallende, verheißende, eigentlich weiße Federn, aber schwarz gestrichen die Schätze und Goldtöpfe, von geronnenen Säften, Tinte, Blut oder Sprit.

Umberto ließ den Wagen aufheulen die letzten Meter, trat das Gaspedal auf Grund, und die Zeichen rundherum, die Tachonadel, Vollgas auf die Fleischerei zu, zur Endschlacht, der Drehzahlmesser, kurz vorm Durchdrehen, die Tanknadel, armselig leer, am Irrzittern, keine Reserven mehr, die Zeiger, die kurz vor zwölf standen, das Vorhaben der Bundesregierung, ein neues Staukraftwerk an der Donau zu errichten, ja sicher. Was blieb, war weniger Überraschung und Euphorie. Im Nazimitmarschmischmaschland Österreich hatte sich, ja gut, Ungehorsam ziviler Art, kurzum Widerstand formiert. Es blieb viel eher die Bestürzung, um Gottes willen, dass die Bundesregierung überhaupt die Möglichkeit miteinbezogen hatte, die Hainburger Au zu zerstören. Der Zweifel nagte: mit der Rettung eines Flusslaufs auch die Idee in alle Windrosenrichtungen zerstreut? Auf einen Gedanken zu verfallen hieß auch, ihn nicht so schnell wieder fallenzulassen. Womöglich schlug die Bombe Staukraftwerk sehr bald einfach weit genug entfernt vom aktivistischen Wien ein. Und das in einem Land, das sich nach der Nazizeit den Umweltschutz in die Verfassung gedruckt hatte. In einem Land, das sich im Jahre 1945 auf die Fahne schrieb, eine Kultur- und Naturnation zu sein, einem Land, das im Anschluss in allen großen Museen Ausstellungen zeigte unter dem Motto »Das ist Österreich«. Mithelfen sollte die Kunst, dieses nazilose Österreich zu erfinden, und keine anderen Werke wurden gezeigt als Fotografien von Lachmöwenkohorten im Schilfgürtel des Neusiedler Sees, oder Steinadler über den Alpengipfeln, oder Murmeltiere in saftigen Wiesen, die Kulisse in jedem Fall menschenlose Wildnis. Und kein einziger Österreicher, der ein Nazi gewesen wäre, war auf diesen belebten Bildern zu sehen.

Warum er das Tier nicht geblitzt habe mit der Kamera, dazu sei sie doch da, sagte ich. »Ach, die hab ich immer dabei«, er nickte, »ohne fühl ich mich ungut«, er schluckte adamsapfelruckig sein Tac Tic, »aber ich knipse nichts, was sich nicht festhalten lässt«, er grinste, »viel zu glitschig die Dinger«, Menschen seien ihm lieber. Er schüttelte den Kopf, als ich ihn zum Essen einlud. Er segle heute Abend noch auf hoffnungsfrohe Südafrifari nach Kapstadt, aber es sei ihm eine Freude, wenn wir noch auf eine Jause gingen, gemeinsam, dass wir in der Schlange, dann final vor Kurti standen, »Siegi und Umberto«, sein Name wie aus einem Munde, »wie gehts der Familie«, dass Umberto Kurti im Tausch gegen das Leberkäsemohnflesserl einen Veranstaltungsflyer aushändigte, wenn es Kurti interessiere, und ich sagte, ich wolle genau das, was auch Umberto habe, dass Kurti die Nase rümpfte, den grünen Veranstaltungsflyer umdrehte, *Zum lachenden Haberer* und eine Telefonnummer draufschrieb, dass er ihn mir gab, dass die Schlange spottete lautstark, dass ich zu Ernstl solle, dass ich mit Umberto zurück zum Lamborghini marschierte, dass er gleich nach Wien müsse, dass er gerade aus Slowenien komme, eine Serie über das Aussterben der Marmorata in der Soča, dass das mal ein interessantes Projekt sei, wie man nämlich ablichte, was es gar nicht gebe, dass Hier und Jetzt nur Zwischenstopps seien, dass ich an den langen Umweg zwischen jugoslawischer Grenze und hier und Flughafen Hörsching dachte und gleich weiterging zur Telefonzelle, Ninas liebliche Stimme vernahm, dass ich sagte, so ein helles Organ könne doch nur eine Sprechstundenhilfe haben, dass sie sagte, ich könne ja morgen vorbeikommen, dass ich dann nachts vor der Herberge stand, in meinem Auto saß, und die Hand, sie zitterte nervös, vor Kälte, Wut, ich wusste es nicht.

Lange musste ich schon hier parken, am Beifahrerplatz den Geigenkoffer, die Scheibe halb herunten, eine Marlboro Light im

Mund, diesmal keinen Anstand, zuvor einen Anruf abzusetzen, mein Erscheinen anzukündigen. Ich sandte Rauchringe hinaus in die Finsternis, Zeichen des Unheils, die mein kundiger Indianer durchs Herbergsfenster vom Himmel schnappen müsste mit der Bitte einzutreten, anzunehmen. Aber hinter der Scheibe war es finster, weit und breit keine Laternen, was mir erstmals auffiel beim Erlöschen der Zündung, da lag auch die Herberge wieder in tiefer Mitternacht und das Knirschen der Fahrertür, die ich öffnete, schien mir das einzige Geräusch, bis zur Gartentüre, die gut geölt aufschwenkte. Den granitgepflasterten Weg fand ich auch im Finsteren, unter aufgezogenen, Sternenlicht verhängenden Wolken und mir blieb nur, Schritte zu zählen, die restliche Strecke zur Haustür zu schätzen, die sich immer noch in der Dunkelheit verbarg. Dabei versuchte ich auf den Boden vor mir zu starren, um wenigstens nichts zu übersehen, eine Schubkarre beispielsweise oder eine von Ernstls Doppelliterflaschen. Nina betonte immer wieder, dass sie doch nicht da sei, um hinter dem alten Trunkenbold herzuräumen. Dann sei es wohl meine Aufgabe, den Hausfriedensbruch zu vermeiden, keine Scherben im Garten zu bescheren. Ich zählte weiter meine Schritte, und wenn die Flaschen heile blieben und ich nicht über Schubkarren stolperte oder ein Rechen mir wie in schlechten Comics senkrecht ins Gesicht schlug, lag es nur daran, wie aufgeräumt der Garten war. Oder zumindest der Weg, den ich zwar unter meinen Schuhen nicht sah, ich sah noch nicht mal meine Schuhe, so stockfinster war es, aber ich kannte diesen Pfad bereits innerlich auswendig. Und trotzdem war es mir während dieses Zählens, als würde die Strecke immer länger, als verwandelte sie sich von einer Linie zwischen A und B in einen Strahl, der bei A begann und in die Unendlichkeit ging. Als verschöbe sich mein Ziel mit jedem Meter zwei Meter von mir weg. An taufrischen Morgen, die Kinder schon zur Schule gebracht, kostete es mich gefühlt einen Hüpfer, um Ernstl an der Schwelle zur Holztreppe unter dem Windfang zu begegnen. Nun, da er sich schon hinter der Schwelle befand, wurden mir die Füße schwer, die dann doch, große Zehenspitze voran, gegen eine Stufe knallten.

Ich fiel vornüber, genau in Ninas Arme, die bereits im hell erleuchteten Türrahmen stand. Während des Fallens wandte ich meinen Blick ab von meinen Schuhen und schaute nach oben, glaubte einen Engel in Weiß zu sehen, um kurz darauf durch das dünne Nachthemd ihre Brust an meine Wange, ihre Brustwarze an meine Lippen drücken zu spüren. »Diese dummen drei Stufen zur Schwelle, abtragen lassen, einfach weg damit, aber man kommt ja zu nichts«, sie strich mir kurz übers Haar, ein kräftiger Herzschlag noch, und dann stellte sie mich mit einem bestimmten Stoß vor sich hin. »Wie siehst du denn aus?«, Überrumplung, »du kannst einen Schnaps vertragen«, sprachs, nahm mich bei der Hand und zog mich in die Küche. Schnell holte sie zwei Gläschen und eine Flasche, stellte sie auf die Tischplatte, wo sie zuvor händewirbelnd Platz machte. Über und über war die Fläche mit beschriebenem Papier ausgelegt. »Ich wecke Ernstl, er wird sich noch anziehen müssen. Schenk ruhig schon ein«, und sie verließ den Raum. Kaum hätte sie mir das zweimal sagen können, so schnell war sie weggeschwebt, also ließ ich mich nur einmal bitten und fühlte mich nach bitteren Schlückchen gleich glücklicher. Den nächsten geschmackigen Flaschengluckser schaffte ich dann schon in einem einzigen Gläschenschupfer die Gurgel runter. Beim dritten Stamperl schmeckte der Schnaps so süß, dass ich ihn in meinem Mund hin und her schunkeln und gurgeln wollte, als mir das gerade so noch wahrnehmbare Abgangsbrennen verriet, dass ich eben schluckte, mein Kopf und das Gefühl langsamer als Schleimhaut, Zäpfchen, Röhre und Reflex. Das sollte kein zweites Mal passieren, und gerade als ich meine Hand ausstreckte nach der Flasche, den nächsten Schluck einfach von der Bottel nippen wollte, traf mein Blick, über die wie Zielvorrichtungen ausgestreckten Finger meiner eigenen Hand, die Etikette, auf der *Zirbengeist* stand. Zweifelsfrei war sie schwindlig selbst aufgebracht, falschgeschnapst an der Stelle eines vorher abgezwirbelten Zettelchens. Das Fläschchen dann wahrscheinlich auch irgendein handelsübliches Gut, neuvertrichtert und gut umgefüllt und abgefüllt und vollgeronnen von Wacholderschnaps.

Bachforellen sahen Nymphchen dem Vernehmen nach, bissen sich die Zähnchen aus an diesen Goldköpfchen, so war das eben. Blonde Nymphen hört man und sieht widerhakenlose Fliegen, so ist es eh. Ernstl kommt auch schon herein und sagt: »Nur Schweine trinken alleine.« Dann hauen wir uns zu zweit den Schädel ins Genick, Geheimratseck und schütteres Haar schwenken einander wieder zu. »Gut«, krächzt Ernstl, »wo drückt der Schuh?« – »Gar nicht bei dir und bei mir ist es auch schon besser.« Nina herein in Blue Jeans und Cowboyplateaulederstiefeln black. Bloß silbern der Reißverschluss die Wade hoch, eine feine Linie, die weitergeht als filigranerer Reißverschluss statt einer Naht im Jeansstoff bis zum Knie, wo dann verwaschene Oberschenkel anheben bis zum Gürtel und der schwarzen Lederjacke, eine coole Sonnenbrille aufgesetzt, brillant wie Fliegenaugen. »Und was ist mit mir«, sagt sie, und als ich beide Stamperl vollfülle und mit ihr anstoßen will, haut mir Ernstl eine runter, nimmt selber und salutiert. »Ich schlaf heute hier. Ich weiß nicht, wo ich hinsoll. Der Volki hat der Lena Forellen gebracht«, sage ich und Ernstl sagt: »Na dann?« und Nina sagt, »nichts wie auf«, und zieht aus dem Gang einen Rollkasten herein, ein purpurnes Polster obenauf, drauf ein rotes Telefon und Ernstl die Nummer fix in zittrigen Fingern, ich noch ein Stamperl mit Nina. »Sowieso verschenkt ist total scheißegal, Blunzen, Wurst, haben wir uns?«, Ernstl reißt an der korkenzieherförmigen Schnur. »Du und er, ihr habt ein Duell im Morgengrauen, du weißt wo, ich bring ihn«, Ernstl wickelt das Telefonschnurlöckchen um den Zeigefinger, dass Haut ganz drosselblau. »Nein, übermorgen, du Vollkoffer. Ja sicher. Werden wir schon sehen, wer am Schluss den größeren hat.« Haut hin, Hörerdonnern auf der Gabel. »Schnaps!«, sagt Ernstl, »Schlüssel!«, sagt Nina und schenkt ein, »zum Wohl!«, sag ich, heb an, »auf uns drei!«, sagt Nina zum Hohn, »auf diesen scheiß Hurensohn!«, sagt Ernstl, »Schlüssel!«, sagt Nina und gießt nochmal voll, »Stößchen!«, sagt Ernstl und greift zu, »Prost!«, ich hinterher, »so schlimm ist es auch wieder nicht.« – »Soll ich es noch tausendmal sagen, Siegi, bist du derisch, her mit dem Autoschlüssel, Mann!«, und dann das Kramen in meiner Tasche und kurzer Angstblitz vor Methanolalkohol und selbstgebrannt und so und der macht blind, Ernstl, »weißt du eigentlich, wie wir unsere Frau kennengelernt haben?«, und Nina, Nina, wo hast du die denn her und das Etikett der klare fuselduselige Schnaps das Zeigen drauf das Sagen olfaktorisch gesehen Wacholderbeer und bittesehr ernstl gluck schluck wie seine frau ninas hand autoschlüssel schnappt blitzt silbern wie schnaps ein fernlicht nachts ninas schinkel stefelt reißverschluss ledern der schuhu eulen garten käuze granitpflaster ernstls frau wie kennengelernt ninas cowboy ernstls barfußfuß kickt von hinten

17 Siegi isst mit Frau Thalinger

Ihre Lackschnürschuhe blitzten auf dem Dielenboden, mit glänzender Oberfläche veredelt das Leder, bloß leicht zerknittert an den Knöcheln und an den Spitzen. Wo das Budapestermuster begann, liefen feine Sollrissstellen, in denen sich Licht fing wie in altweibersommerlichen Spinnennetzen. Betreten, als klebten mir im Gesicht die fleckigen Steineichenbohlen, schaute ich Frau Thalingers Schritten durch die Stube nach. Ihr Absatzklackern erfüllte den Wirten, niemand hier außer ihm und ihr und mir, und im Rhythmus ihres Gehens hoben sich meine Pupillen, immer spitzer der Winkel zwischen ihren Schuhen und meinem Blick, bis ich ihre Hüfte sah, Gmundner Keramik, wie sie sagte, bis ihre Schritte verschwanden hinter Tischplatten und Stuhlbeinen, die ruckartig schwingende Wespentaille, das Haxenstaksen an Holz, Klackern im Ohr, als verflöge sich ein Insekt zwischen die Ritzen eines Fensterladens, Frau Thalingers mit großer Geste gehobener Arm, die Rabenstola, der Coluccihandschuh, die flirrenden, netzüberzogenen Finger, das Loslassen und Segeln Dutzender nutzlos gewordener Partezetterl, als senkte sich ein Schwarm brennender Fliegen zu Asche verwandelt auf den Aluminiumboden des Mülleimers, ein rieselndes, kaum wahrnehmbares Reibegeräusch.

Vorbei an zugezogenen Vorhängen folgte ich Frau Thalinger nun in die geschlossene Gesellschaft jenes Platzes, den sie sich offenbar ausgesucht hatte, wo sie mir die unerhörte Rede vorlegte, geschrieben auf leinenverstärkte Bogen. Die Farbe des Eherings und des Papiers divergierten, grölten, stritten, Todfeinde fast, wie alle Töne, die sich kaum unterschieden, ihren Abstand zueinander umso temperamentvoller und atonaler über die Grenze der Unmerklichkeit hinausbrüllten, *Ohne die Kunst kommt man nicht auf den Grund des Fliegenfischens und ohne das Fliegenfischen kommt man nicht auf den Grund der Kunst*, stand in der Kopfzeile des Skripts. »Aphorismen hören sich einfach viel zu schnell viel zu gut an«, sagte ich und Harri trat an den Tisch, betete das Menü herunter, als Vorspeise eine Fleischstrudelsuppe mit Schnittlauch, ein Pariser Schnitzerl mit Salatbeilage, Salzburger Nockerl zuletzt. Wir hatten keine Wahl, nickten brav.

Während Ernstl den Ebro nahe Saragossa unsicher machte mit dem General Salgado Pardo, korrespondierte ich mit den Herrschaften vom Prado. Indes ich mich auf der Biennale herumtrieb, auf den Partys eine Visitenkarte pro Cocktail einheimste und alle außer mir sich fragten, wo denn die ganzen Prominenten waren, arbeitete sich Ernstl den Isonzo hinauf, in Begleitung diverser hoher Tiere aus Film, Kirche, Fernsehen, Partyszene und Politik. Auch die Sternchen warfen die Angel aus mit Ködern, die Ernstl ihnen drangebunden hatte. Sie strahlten beim Biss in der Abenddämmerung. Nach einigen Tagen wandten sich die Italiener ins Dickicht ab, während Ernstl weiterging mit dem Fluss. Hoch erhobener Rute und barfuß passierte er die wasserdurchlässige, tretminenfreie, grasgrüne Grenze, nur für ihn zur Seite gezogen der Eiserne Vorhang. Mit Gewehrsalven zum Gruße wurde er in Empfang genommen von einer Delegation Titos. Er sagte, sie sollten das mit dem Schießen lassen, sie schreckten nur allerhand Fiebervieh auf. Die Federn fielen dann ins Wasser und scheuchten die Fische die Soča hinauf, wie der Isonzo jenseits Italiens heißt. Natürlich verstand das Empfangskomitee kein Wort. Die Slowenen lachten nur über den Südtiroler, und in Zukunft gehörte der Delegation auch ein Dolmetscher an. Ganz verdattert übersetzte er, warum Ernstl dem Empfangskomitee bei seinem zweiten Jugoslawieneinmarsch die Gewehre aus der Hand fische mit gezielten Würfen. Im Drill der Karabiner traf so mancher verirrte Schuss ein Schienbein jener Männer, die stehen blieben wie Zielscheibenfiguren. Ernstl hätten sie damals unter den Partisanen gebraucht, witzelte der General, erzählte Ernstl und riss in unserem Bungalow lachend die Weißweinflasche auf, die er immer mitbrachte kis-

tenweise. Das Gold sprudelte und er sprach von den Donauauen in Serbien, wo diese Tropfen reiften in der Sonne.

»Je mehr ich davon schrieb, umso weiter entfernte sich Ernstl«, maue Beleuchtung, schwindsüchtige Stubenschatten, luxarm strahlender Schein, Staub auf der nacktmatten Glühbirne, es schmerzte im Auge, ihre Schultern umwand eine Rabenstola wie den Hals einer Fliege der Hechelkranz. Pfaublau waren ihre Lider geschminkt, silbern gestrichen die Augenlinien, dunkelbordeaux die Brauen, fast schwarz, Glitzerlippen: »Jetzt, da wir hier sitzen, in dieser urigen Bumpsen, da sehe ich ihn fast. Ich kann sie mir richtig vorstellen, irgendwelche protomännlichen Primitivlinge, wie sie probieren zu zielen, auf ihn.« Sie sprach mit solchem Abscheu, als redete sie von der Suppe, die Harri vor uns hinstellte, aufgedunsener Blätterteig darin, der sich immer noch voller soff, der Schnittlauchgeruch, ein Witz. »Kennen Sie die kürzeste Jägerpointe?«, sie schüttelte den Kopf, »getroffen«, zitiert aus einer Witzesammlung, die ich in Vorbereitung auf dieses Mahl bestellte, wiewohl ich den Schwank seit Dekaden schon kannte. Er kursierte unter den Biersumperern, draußen auf den Dorfplätzen, vor der Kirche, wiederholt hundertfach, eine Prozession, tallängs, mantraartig.

»Als ich ihm zum ersten Mal begegnete, im sechsundvierziger Jahr war das, in der Grazer Vorstadt, da stand er einfach so vor dem Garten. Dahinter liegt der Bungalow, in dem ich bis heute wohne, noch keine Villa, aber schon ein besserer Ort. Ich trat heran und er legte seinen Ellenbogen auf die Klinke. Es knirschte im Scharnier und ein bisschen von der elfenbeinernen Farbe blieb an seiner Haut. Frisch hatten Mutter und ich über den rotbraunen Rost gestrichen. Er bröckelte und fraß untergründig weiter. Irgendwann würde das Gitter einfach auseinanderfallen. Dann konnte jederzeit jedermann einfallen in den Garten. Aber Ernstl blieb zurück, schwang die Tür aus dem Rahmen, mit bestimmtem Ellenbogentackling, ›prego, per favore, grazie mille per questa vista, bella, ciao!‹ Ich war nicht auf der Nudelsuppe dahergeschwommen. Er ignorierte einfach meinen

Verlobungsring. Der war sogar aus Gold, und er irgendein Don Casanova oder Giovanni. Der Schulunterricht war nicht allzu gut damals. Was schimpfte sich schon Italienisch, Kommunisten oder Mussolinis Exilanten. Ich entschied, ein Roter, nachdem der junge Mann tatsächlich seinen Fang teilen wollte. Dazu war ja nicht mal Siegermachtitalien in Sachen Südtirol bereit. Und schwarzes Hemd hatte der junge Mann auch keines an. Bis auf einen Fetzen von Lendenschurz war er nackt. Seine Haut überzog eine schimmernde Schicht. Aquarellartig war er gebräunt. Entweder er hatte einen stark etruskischen Teint. Oder er hatte sich eben erst mit mandelfarbigem Öl eingecremt. Oder er war Angehöriger einer Schlammkursekte. Er tropfte und zwischen seinen Zehen quoll der Schlamm. Im Straßengraben stand er. Aber wie ein Horatiervater drei Schwerter hielt er einen Faden hoch.«

Über die Tischplatte, über ihre ausgezogenen Handschuhe, schwenkte mir Frau Thalinger Ernstls Geste entgegen. Bloß dass seine Finger dieses nasse Garn umwickelt hätte, dass wie an einem Stalaktiten Tropfen hinabrannen, die sich wie Geifer gen Boden zogen, dem jungen Mann wie verunglückter Ausspuck vor der Brust schwebten, von links nach rechts schwenkend, ekelhaft, wie der sabberverformte Strang mündete in einen eingespeichelten Knubbel, der sich durch einen Mundwinkel schmeichelte. Glupschige Augen und eine massive Delle schmiegten sich in den Forellenschädel, knorpelige Kiemendeckel schlackerten bei jedem Fadenpendeln, Schuppen schleimten die Stromlinie entlang bis in den Schwanz, wo die Flosse tropfte und froschartiger Laich aus dem After quoll. Eine Schleimerei vom Allerfeinsten. Sie schlotterte kurz. Wie eine Abwehrgeste streckte er ihr das baumelnde Tier entgegen. Die Fliege wollte Ernstl wiederhaben. Ich fragte nach dem Muster. Sie schloss ihre Augen. Frau Thalinger hakte den Köder aus dem Kiefer. Zunächst mal sei es überhaupt kein Haken gewesen. Ernstl hatte das irgendwie improvisiert. Ich nahm das Skript zur Hand. Daumen und Zeigefinger schloss ich um die Büroklammer. Ich zupfte sie aus der oberen Seitenecke und stieß Rauch aus. Ich entfaltete erstens das Metall, bog das Eisen in die Gerade, dann zum Haken. Ich spannte ihn zweitens ein in den Bindestock und feilte drittens das Drahtende zur Spitze, sog zufrieden an der Kippe. Ich applizierte viertens die blonde Strähne und wickelte so oft, bis kein Splissbisschen mehr abstand und Asche zur Tischplatte flockte. Dann band ich das Haar lasch ab, sodass es sich sträubte und lockte. Ein voluminöser Struwwelpeter entstand, derart anarchistisch und primitiv, dass jeder halbwegs gebildete Fisch darauf biss. Ich finishte fünftens den Whip, tippte die letzte Asche in eine leere Kunststoffkassette und ließ den Filter durch den grünen Glashals fallen mit Zisch. Mit links schnappte ich die Doppelliterflasche und kippte den verbliebenen Bodensatz samt ratzfatz angesoffenem Tschickstummel in den humusvollen Terrakotta-Topf. Andrer Hand spannte ich die Fliege aus und hängte im Namen des Vaters, den ich nicht wusste, den provisorischen Hakenbogen über einen Rosmarinzweig. Lustvoll hob ich mir von der Tischplatte den Wein zum Mund, blickte über den Achterlrand entgegen dem Fensterladen, der meiner flanellenen Brust ein blondschwarzes Querstreifenmuster einzeichnete, die gleichen Farben wie die losen Bogen Frau Thalingers unerhörter Rede. Durch das Glas sah ich das Skript verschwommen, doch noch immer leserlich, so feingestochen die Buchstaben, dass der Qualitätsunterschied in etwa so gravierend war, als hätte Ernstl mal ein Achterl weggelassen. Ich stellte das Glas auf den Bücherstapel, *Aus der Provinz* hieß es auf dem obersten Rücken, darunter dann, wiewohl höheren Niveaus, *Jüdische Witze*, last but not least, *Anthologie des Schwarzen Humors*, deren gebundene Blätter am längsten halb auseinander- und wieder zusammenfielen, flirrten meinen spannenden Daumen entlang wie ein Kartendeck beim Wirten, druckgeschwärztes, gebleichtes Recyclingpapier, wesentlich feiner daneben Frau Thalingers Skript. Zunehmend panisch summte es vom Fenster her, der Hautflügelschlag malträtierte dutzendfach pro Augenblick mein Trommelfell, widerhallte im Schädel, wummerte gegen die Stirn, wellte Hirn an Schläfe. Der Laden schattierte meine Pupille und wie ein Maulwurf zum Blinzeln gezwungen linste ich in die Seiten, indes das chitinoide Kettengliederrasseln wie ein ganzer Schwarm schwellend die Küche durchbrummte, rumorte einem klirrenden Geschirrspüler gleich, meinen haarigen Gehörgang entlangzuckte, dass jedwedes Raumgefühl verschwamm, innenohrpochend.

Ernstl verkehrte mit Offizieren des Apartheidsregimes, die allen Ernstes nach Österreich zum Fischen kamen, während ich mich gemeinsam mit Vertretern von Amnesty International fragte, was eine Kunstausstellung in Graz hinsichtlich der Foltergefängnisse am Kap leisten konnte. Auch Ernstl war human unterwegs, fuhr ehrenamtlich den Rettungswagen erst in Graz und dann hier im Salzkammergut, zog einen herzkasperlnden, in den Fluss gefallenen Japaner ans Ufer, rieb ihn trocken, defibrillierte und chauffierte ihn ins Krankenhaus. Ernstl wurde im Gegenzug nach Fernost entführt, woher er literweise Sake mitbrachte und im Keller sparte für die seltenen Tage, da wir beide zu Hause waren. Es schien, als schliche Ernstl immer dann herein, wenn ich mal wieder während einer Kaffeepause am Ausfüllen der Scheidungsformulare war. Oh, was hatte er denn da? Einen Nerzmantel brachte er. Er kam mit fermentierten Fuchspelzen heim, ausgestopften Raubvögeln und in Formaldehyd konservierten Babyhaien. Er überhäufte mich mit Trüffeln oder eingelegten Früchten, so gelb, als hätte Ernstl in das Einmachglas den äquatorialen Sonnenschein selbst gebannt. Während ich rumänischen Beamten noch erklärte, dass ihre Gemälde sicherer aus Österreich zurückkehren würden als gewisse Sportler von Winterolympiaden, schmuggelte Ernstl schon Kugellager in Ceaușescus Palast. In einem Anfall absoluten Genieerfindungsgeistes ersannen Ernstl und Nicolae creatio ex nihilo ein Infrastrukturmuster. Die Ware, bloß kleine Mitbringsel, nein, die seien eigentlich gar nicht vorhanden, ja, das würden die Amerikaner bemerken und Rumänien in kugellagerlose Fred-Feuerstein-Zeiten zurückbomben. Die verfänglichen Dinger landeten auf dem Bindetisch, und keinen einzigen Biss. Es sei halt nichts drin in diesen siebenbürgischen Flüssen, kommentierte Ernstl am Ufer. Das nächste Mal könne er dem Grafen gute deutsche Forellen mitbringen, dass Blut nur so spritze in Transsilvaniens Wäldern. Wenigstens auf Oberstromleitungen und Masten müsste man nicht achten in diesem wunderbaren Land, sagte er zu mir am Küchentisch, trank einen Schluck Kaffee: »Ist das bitter.«

Eine Halbe stellte Harri auf die Tischplatte, wandte mir im Handumdrehen den Griff entgegen, bis mich das Glas an der Manschette berührte, ich das Krügerl umfasste, die Mantelflächenform wie Honigwaben. Vor Frau Thalingers Sessel stellte er einen Sektpokal ab, dessen Boden Cassis himbeerfarben bedeckte, der sogleich gestreckt wurde mit Plätschern. Sobald es sektbrodelte im Glas, erhellte sich alsbald der Ton, und rosa Glanz erschien entlang der Seitenstreifen, der Stromlinien der Regenbogenforellen, denen ich zuprostete, während ich mir eine anheizte, auf Ernstl, dass die Zeichnungen aufleuchteten, die Kiemen durchatmeten und die Augen rund um sich zum Wohl ihr gewohntes Revier erblickten, das versiffte Mobiliar, die leeren Garderobenhaken, das grobe Bier, volkiwangenfarbener Kir Royal, Harris dahinschlurfender Schritt, die kaltgewordenen Suppen gingen in seinen Händen, Frau Thalingers schnitt meinen Blick, statt der Forelle ihr Rücken, ein bauschiger Stinktierschweif, der von der schwarz-weißgestreiften Haube wie ein Strick zwischen ihren Schulterblättern hing, die sich abzeichneten durch das dunkle Taftkleid, gertenschlank und magermassiv, ein flügelamputierter Gargoyle. Die Rabenstola flatterte auf den Tisch, ihre Hände vergraben zwischen Federn, ihre Finger fahrig, nestelnde Glieder, fiebrig, »meine Patscherchen«, schier stundenlang, sie habe gerubbelt, verschleimt von Fischschuppen so schlimm, dass sie Waschlappen, Schwamm und Drahtwaschl nahm, scheuerte und schrubbte, bis sie labbrige Hände bekam, bis die schöne Haut aufgedunsen und wund geschabt war, bis es flatschte, dass ihr schlecht wurde, bis Fleisch herausschaute, bis das Gespür verstrudelte im Abfluss, so schmutzig. Dann hob sie ihre rechte Hand hoch, formte mit erstem und zweitem Finger eine Schere, zeigte mir zwei Hasenohren, woraufhin ich zwischen Daumen und Zeigefinger die erloschene Bierzigarette aus meinem Mundwinkel schnappte und sie Frau Thalinger hinhielt, die den Kopf schüttelte, sie habe das damals auch nicht gleich verstanden. Als Ernstl ihr am nächsten Tag schon wieder eine Forelle brachte, grassierte die Geste doch vor allem in der britischen Zone, sodass Frau Thalinger an Zigarren und bemünzte Soldatenaugen gedacht habe, bis Ernstl dann am nächsten Tag hinter der Fensterscheibe und der Gartenpforte drei Finger hochhielt.

»Vor mir auf die Küchentheke legte ich die Forelle. Langsam erwärmten sich die Schuppen unter meinen Fingerkuppen. Der Fischgeruch schlich in meine Nase. Ich ließ das Tier los, hob meine Hand. Wie die Tatze einer Raubkatze ging sie hoch von gerissener Beute. Zwischen den Schuppen und meinen Fingerkuppen spannten sich schleimige Fäden. Ruckartig zog ich die Hand im Reflex noch höher. Dadurch riss das Geglibber. Ein paar Tropfen schlonzten zu Boden. Sie zogen Fäden im freien Fall. Ich hatte die Hand erhoben. Ich schaute durchs Fenster hinaus. Es war sozusagen ein Versehen. Ich präsentierte dem Mann, der da stand und drei Finger in die Luft reckte, meinen Handrücken, katzenbucklig, mit nach vorne abgeknickten Fingern. Der Verlobungsring schlug in der Spüle auf. Und als ich wieder durchs Fenster schaute, war Ernstl verschwunden. Ich schmiegte meinen Finger durch den Ring. Dabei spürte ich keinerlei Reibung. Erst hatte das goldige Ding ja wunderbar gepasst.«

Harri brachte Messer und Gabeln. Als die Niederlage absehbar wurde, als nur noch Verrückte vom Endsieg träumten, habe ihre Mutter alle Wertgegenstände versetzt. Sie schleppte Schatullen voll Perlenohrringen weg. Schubladenweise schaffte sie Silberbesteck aus dem Haus. Beim Niederlegen richtete sie der jungen Frau Thalinger den Pyjamaaufschlag, krempelte den Ärmel hoch, steckte ihr, »ach du mein Goldschatz«, den Ring an, strich ihr übers Haar. Frau Thalinger nahm die Stinktierhaube ab, legte sie auf die Tischplatte, zumindest die britischen Gentlemen solle das Ding abhalten, wenn schon nicht die Rote Armee. Sie dürfe niemandem sagen, dass sie das Schmuckstück von der Mutter habe. Sie müsse gut drauf aufpassen, was immer schwieriger wurde. Nicht wegen irgendwelcher Langfinger. Die Passanten auf der Straße wichen vor dem Ding entsetzt zurück. Aber allenthalben fiel ihr der nutzlose Klunker inzwischen vom Spindelfinger.

»Manchmal stellte ich mir in einer Art Mädchenphantasie meinen Verlobten vor. Mutter kannte und erzählte von allerlei Gestalten, die man jetzt nur noch auf Fotos sah. Die einen waren im Vatikan, und mein Verlobter trug ihnen den Tabernakel hinterher. Anderntags baumelte er stumm von einer Laterne in Wien nebst zwei weiteren Verbrechern. Oder sie sonnten sich in Spanien, und mein gebräunter Verehrer richtete Eisbecher her, cremte Schultern ein, mit dem neuesten Schrei von L'Oréal. Oder er befand sich auf einer ganz schön langen Reise mit der Transsib, fuhr tagelang durch Tundra und Taiga, verschwand ohne Wasser und Essen zunehmend in dem lichtlosen Waggon, auch aus meinen Phantasien, wurde immer weniger, bis auch ihm der Ring davonpurzelte, glänzend im Dunkeln liegen blieb. Oder er wurde ihm abgenommen von einem grummelnden Zwangslagerdrangsaleur. Der schnippte auf Nimmerwiedersehen das wertlose Ding meinem Verlobten voraus, der sich gerade eine Grube schippte oder nach Uran buddelte. Auch Gold ist den Marktgesetzen unterworfen. Edelmetalle zählten nichts, solange Essen fehlte. Etwas frischer Tabak von der Staude war damals ein Schatz. Für einen Bauernschinken bekam man am Wiener Magistrat den Mitläuferschein. Das Ding an meinem Finger langte bestenfalls für den hohlen Zahn. Kein Depp gaffte mir deswegen nach. Ich lernte, die Männer um den Finger zu wickeln. Ich lebte von der Hand in den Mund. Ich war eine junge, unverheiratete Frau. Die Zone machte uns zu schaffen. Wir wurden ganz schön kompromissbeflissen. Wir boten uns an, bevor vehementes Nachfragen aufkam. Wir gaben gerade genug von der Hand, dass niemand gewaltsam nach mehr grabschte. Mutter aber opferte sich auf, ließ sich weit unter Wert abspeisen, während sie wartete auf andere Tage. Eine neue Elite, die hinreichend aus der alten bestand für das Fortkommen der ehemaligen Madame. Dafür sparte sie mich.«

Frau Thalinger nahm den Ring zwischen Daumen und Zeigefinger, »ständig und überall erklang ein Klinkern am Pflaster«, sie zog das Schmuckstück mit einer schwungvollen Bewegung ab, »ausgerechnet immer dann lagen einige Meter unversehrtes Trottoir rund um mich«, sie setzte den Ring an die Tischkante, ließ ihn los, dass er stand, »Mutter hätte sicher geschimpft«, sie drückte ihren weiß werdenden Mittelfingernagel gegen die Daumenkuppe, »der Ring kullerte von dannen«, sie schnippte dagegen, »ich hinterher«, ihre linke Hand bewegte sich Richtung Tischkante, »er natürlich in die Straßenrinnen«, er rollte über die Platte, »ich schon vorgesprintet zum nächsten Kanal«, entlang der schraffierten Stinktierhaube, der federbauschigen Stola und den netzkarierten Coluccihandschuhen, »und an allen Ecken wollten sie mich packen«, vorbei am Messer, an der Klinge, dem Bajonett, »in dunklen Winkeln« vorbei an der Gabel, an den Zinken, den Spießen, »da lauerten sie«, Charmeure, proletarische Galane, besoffene russische Kosaken, schwarze Gentlemen in Amiuniformen. Gruslig weiße Zähne huschten durch Drainagegräben, vielleicht waren es nur Ratten. Aber dann starrten da schon nackte Schwänze aus Hosenställen, Augen und Adamsäpfel murmelten herum in finsteren Gossenhöhlen. Mexikaner lehnten an Kneipeneingängen, Trompeten an den Mündern, lasziv langgezogene und dann aufspritzende Töne, trockene Briten mit kubanischen Zigarren und sardonischem Lachen und echt schwarzem Humor, mit kecken Scherzen und dummen Sprüchen, während die junge Frau Thalinger niedergestreckt auf ihrem Kolonialwarensiegerdiwan lag, so stellte sie sich das vor, obwohl sie den ausgeschwungenen und von der Kante direkt in ihre Hand gefallenen Ring längst wieder am Finger trug.

»Ein Häftling steht am Lagerzaun, schaut dem Oberaufseher draußen ins Gesicht und sagt, Sie haben ein Glasauge, woraufhin der fragt, woher er das wisse. Der Häftling sagt, das habe ihn so menschlich angesehen.« – »Sieben Jahre haben sie uns von den Feinden erzählt. Und plötzlich waren wir umgeben von denen. Natürlich hat das für uns erstmal schrecklich ausgesehen. Mit etwas Pech hatten sogar die ehemaligen Besitzer unseres Bungalows überlebt.« In bestem Deutsch, es täte ihm furchtbar leid. Die Dellen im Schädel der totäugigen Forellen sahen so gar nicht nach Hammer aus. Und Kräuter brachte er nie, obwohl er sie ja nur absicheln müsste. Insofern schloss Frau Thalinger, dass der Jüngling doch ein falscher Fuffzger war, auf die Viecher mit dem Rutenbündel einschlug. Er wisse, wie grausig diese glitschigen Dinger seien. Es ehre ihn, dürfte er die Forelle der Bella hineintragen in die Küche. Dafür müsste sie ihm natürlich die Klinke niederdrücken. Sonst würde er ja mit seinen Dreckspfoten das Messing besudeln. Sie sagte, zu Füßen des Südtirolers solle sie wohl putzen, und ging hinein ins Haus, wo ihr heute statt des gerüstartigen Turms, der v-förmigen Finger und des Weißkopfseeadlers die Standarten und Fotos und Gebäude von Joseph und Hermann und Albert entgegenlachten. Aus der Küche sah sie Ernstl zehn Finger hochhalten am Gartentor, schaute ihm nach, wie er langsam den bachgrünen Zaun runterging, Richtung Umland verschwand, zwischen den Baumstämmen am Horizont abtauchte, bis er wieder auftauchte, nachts, in Mönchskluft, auf einem Optimisten dahinschippernd, erleuchtet vom Widerschein einer wohlriechenden Öllaterne, den Fang auf eine Eistheke schmeißend, während der Bug eine kabbelige Welle in die Flussoberfläche eggte. Die Tür schwang auf im Schritt eines derb genagelten, nie gewichsten und bespritzten Stiefels. Er trat auf die Dielen im Gang, als wäre es sein strohbedeckter Hof. Bestialischer Gestank kam aus dem Schlafzimmer. Sie sagte durch die angelehnte Küchentür, ihre Finger seien ganz schleimig, von dieser Forelle mit der Delle am Kopf. Der Kerl entgegnete, es käme schon noch. Sie fragte nach dem versprochenen Schinken. Früh genug, er gehe einstweilen essen. Sie hörte schleimiges Lachen und eine Gürtelschnalle klinken. Dann fiel die Haustür ins Schloss. Als der junge Mann am nächsten Tag an Frau Thalinger herantrat, diesmal zwei Fische in den Händen, grinste sie verschmitzt. Die Leute, die hier bei ihrer Mutter ein und mit ihr ausgingen, hätten eh genug Stall am Mistgabelstecken und Dreck an den Schuhen. Seine Züge wurden verknautscht, sein Strahlen schwand, allzu helle war er wohl nicht. Sie meine seine Füße, nicht den Schleim. Sie seien ein Weiberhaushalt. Wer macht da den Weberknechtknecht? Man reiße sich darum in der Nachbarschaft. Sie müssten nicht Klinken putzen. Man gebe sich im Gegenteil ihre Klinke in die Hand. Schmiere dran, das ginge selbstverständlich gar nicht. Die Tür schwang auf. »Wir gingen hindurch«, in den Garten. Um die Klinke schloss sie die Finger. Von Wirtenhand segelten Salatteller und Goldränder in unsere Gesichtsfelder. »Ist das Kalb?«, Frau Thalinger, und ich vergrub mein Gesicht in der Hand, steckte mir die Zigarette in den Mund, strich mit meinen Fingerkuppen die tiefen Falten um meine Lippen nach, ließ meine Hand sinken, bevor sie meine Geste begriff, überspielte den Verzweiflungsreflex, strich fahrig meinen elendslangen Bart hinab, folgte meinen Fingern mit den Augen, schaute auf den Tisch. Beschämend plumpe Schnitzel, nur mit Ei paniert, ein plattes Versteck für schlechtes Fleisch, ganz nach Wiener Art. Ich tat einen Zug, der still blieb, ohne Knistern Luft geströmt in meine Lungenflügel mit Ascheschmauch und Tabakgeschmack. Ich tippte den Filter mit der Zunge an, ließ die Marlboro entlang meiner Lippen von links nach rechts wie die Pupillen parallel der leinenen Zeilen wandern.

Ich hoffte immer, dass keine Ausstellung wegen Ernstls Kontakten zu Stande kam, wie er auch immer darauf pochte, dass ich mich von seinen Flüssen fernhielt. Neunzehnzweiundsechzig war er es, der mich nach einem Anwalt fragte. Natürlich dachte ich an eine Zollgeschichte, irgendwelche Federn in diplomatischem Gepäck. Ich verwies ihn also an einen Kontakt meiner Mutter. Der Kerl tat sich hauptsächlich in Sachen alte Wertgegenstände hervor. Die Klientel war international, seine Erfahrung für Ernstls Zwecke wohl optimal. Zwar paktierte der Herr auch ganz offen mit grenzüberschreitender Kriminalität. Aber dabei ging es doch selten um

Lateinamerika und Lagergeschichten, meistens um Dachbodengemäldekisten in Wien. Sein Büro lag umringt von Diplomatensuiten im Hotel Imperial. Dort steht auch die Statue vom Donauweibchen, eine Nixe aus Carrara-Marmor. Ich dachte, das würde Ernstl sicherlich gefallen. Er fuhr hin und blieb eine ganze Woche weg. Ein Jahr später kam ein Paket bei uns an, das einen US-amerikanischen Luftpoststempel trug. Ein Brief lag bei, in dem der Anwalt erklärte, die Familie des verschiedenen Präsidenten wolle das Gemälde nicht. Es handelte sich um eine Reproduktion des »Frühstücks im Grünen«. Ernstl erklärte, der Anwalt habe sich damals sehr arrogant und abweisend ihm gegenüber verhalten. In seiner Bürotür noch habe Ernstl gesagt, wenn er schon mal da sei, soweit die Rezeption sich nicht irre, entferne ihn ja nur dieser Flur von seinem guten Freund John. Da gehe er jetzt hin und frage nach, ob man nicht zusammen zurück in die USA fliegen und fischen wolle. Niemand schlage dieses Angebot von Mister Thalinger aus. Der Anwalt wollte das nicht glauben und wettete um eine Flasche erstklassigen Glenfiddich, den Ernstl noch in der Air Force One austrank. Den Anwalt nahmen die beiden Herren kurzerhand mit. Im Zuge dieses Ausflugs erstand der Präsident auch das Bild. Er hielt es wohl für ein Original und rief bei jedem Forellenbiss, er verstehe ja gar nicht, was die Leute gegen die Mafia haben. Weil er ja auch sonst ein sehr umtriebiges Kerlchen gewesen sei, würden die scheinheiligen Hinterbliebenen in der nackten Frau auf diesem Bild bloß noch Mona Linroerym sehen, kauderte Ernstl, Zunge im Mundwinkel, schlug zu, nagelte an unsere Küchenwand das Gemälde. Außerdem sind zwei bekleidete Herren zu sehen. War Ernstl nicht da, drehte ich das Bild einfach um, und beehrte er mich gerade, bestand ich darauf, so viel Zeit wie möglich im Garten zu verbringen, vor allem das Frühstück.

Seinen Mühdiggang betrat Ernstl durch den Aufschwung der Tür. Schlaftrunken schwankte er in die Küche und köpfte den ersten Doppler. Blindlings beobachtete er die nahende Kaltfront am Pferdebremsensurren. Schwärmerisch drang ihr Flügelschlag aus dem Garten durch die Fensterläden. Putzig hockte die erste schon blondschwarz auf der Kunststoffkassette. Murmelnd setzte er sich auf die Eckbank und erschlug das Tier in derselben Abwärtsbewegung mit dem Handrücken: »Schatzi.«

Er klappte das Kästchen auf, rieb sich den Sand aus Augenwinkeln und Wimpern, den Bremsenmatsch in die Brauen. Eingebuchtet betrachtete Ernstl purpurbunten Dschungelhahnbalg aus Angolas Grenzland, die roten Vögel von Kuba und ihre festen Schwingen. Ein paar Brisen aus Indochina eingeflogenes Orang-Utan-Fell nahm Ernstl dieses Morgens, ignorant dem penetranten Pferdebremsenbrummen gegenüber, im Wissen, dass der Marktwert eines einzigen exotischen Musters zwischen all diesen gleichgewaschenen Mistfliegen schier ins Unendliche stieg. Dann band er ans Vorfach die kunterbunte Nymphe und zu die Schuhbänder seiner Heubodenspringerstiefel. Einen zünftigen Wetterfleck schmiss er sich über, ein Steirer Hut bedeckte seinen Schädel, als er dem Flussufer entgegenging, einen von der Form her vertreterartigen Aluminiumkoffer aus dem Handgelenk vor sich herschlenkerte, in rot-weißem Karomuster, mit einem blauen und einem grünen Reißverschluss, die einander so schrecklich bissen wie die Forellen ihre kleinen Artgenossen, die Ernstls Köder imitierte. Das morgendliche Platzen der Wasseroberfläche, das Rauschen in den Kaskaden erschien Ernstl nicht wesentlich verschieden von dem Donnerwetter, das mittags über ihn hereinbrach, zeitgleich am Salzburger Flughafen mit Starkregen und Luftfetzblitz sowie vor Kurtis Fleischerei mit Trachtprügeltrichtersprüchen, wo sich die Leute unter kaltfrontferner Sonne echauffierten über diesen gerissenen Südtiroler Lump, den jungen Herrn Thalinger, man habe doch jemanden gesehen, in Tracht, der gut gefangen, den Neidern hinter ihren Feldstechern ein Lächeln ins Gesicht gezaubert habe, wenigstens einer von uns, und dann sei diese Person eingestiegen, mit Rute und Koffer, in den Bus, einfach weitergefahren, alle Haltestellen missachtet, die der Tratsch überwachte, wohl bis nach Salzburg geruckelt, als einziger Passagier, das könne nur er sein, der sie mal wieder genarrt habe, inzwischen gen Westen abhob, während über den Bierdümpeln jetzt der Himmel zusammenbrach.

In Montana dann riss Ernstls Montur die mittelwestlichen Gastgeber derart hin, dass sie die ganze Fahrt den Fluss hinunter in jenes sagenumwobene Zweistromland dem Chauffeur und Ernstl die Ohren besangen, die Landstraßen sollten sie heimtragen in das Land, wo sie hingehörten, woraufhin Ernstl den Steirer Hut abnahm. Zwischen nackten Kopf und die kalte Fensterscheibe schmiegte er dann herrgottsfrüh im Bus zurück von Salzburg ein flauschiges Bisonfell, eines der letzten, ein Geschenk des Senators Strom Thurmond aus South Carolina, das allerletzte, wie Ernstl immer wieder betonte, während er Bisamrattenhaar und Bisonzotteln mischte, »dieser Trottel«, der berühmt wurde für seine Rede gegen Eisenhowers Bürgerrechtsgesetz, vierundzwanzig Stunden. Ernstl dachte, fast ebenso lang wie seine Reise, die wieder im Dorf endete, wo er zuallererst die Bahnhofstoilette frequentierte, sich des Dorftrottelgewands entledigte und fix ein paar Jugendliche ermahnte, sie müssten die Vene schon ordentlich abbinden, sich in Bisonfell schlang und schlich, jumbojetgebeutelten Schritts, die Turbine noch im Ohr, dringend ihr Dröhnen zu vertreiben, bis an die Knie in die Kaskade, schnalzte zwanzig Forellen an Land, schüttelte Kiefer von Haken, prackte die Fische ins weißgestrudelte Wasser und erklomm sitzstarradriger und thrombokrampfiger Beine das Ufer unter dem Geschau wutschäumender Einheimischer, die in Ernstl nichts anderes sahen als die letzte zu vernichtende Flussratte, einzig stolz klatschend der alte Obmann, bloß fasziniert jubelnd der junge Mister Nomen-Omen Volker Hort. Sodann schlawinerte Ernstl voll im Jetlag noch heim oder wurde chauffiert von einem meiner Vorläufer, an Friedls Fischteichen vorbei, auf deren kanaldeckelartigen Mönchen ich den geisterhaften Meister noch so oft in nachmittäglichem Licht sitzen sah, flirrend, oberkörperfrei, im Lotushock, beinahe schwebend, knorrig das Rückgrat, so skelettiert die Rippen, ein überirdisches Widerspiel des Fallgitters unter dem Mönch, das Zuchtviecher im Teich von Forellen im Fluss schied. Genau auf der Grenze finde er Frieden, rief Ernstl Friedl immer wieder zu, der um Grundstücksdelikte und Polizeivertreibungsbefugnisse wusste, »nur zu, schwing dein Schlachtrichterbeil!«, dieser Scheißmeditierer, nun gut, solang er hier war, fing er wenigstens nicht die unsrigen, was Ernstl dann eben ein paar Stunden später beim Abendsprung tat, um im Anschluss, »lass uns essen«, den Wirten heimzusuchen, mich ein Doppelkopfkartendeck mischen zu sehen, vor meinem elendslangen Bart, über meinen nackten Füßen, dass Ernstl im Rahmen selbst hinabsah, sein Schweben begriff, seine schleichende Unsichtbarkeit, die Wirtentür zu, vergeblich die Klinke griff, seine Finger, sie zitterten nicht.

Er erblickte die Dame in totschicker Witwenkluft, niemand anders als die alte Frau Thalinger, die Mutter von Ernstls Frau, der er damals allemal den Royal Flush in die Finger mischte. Er sah förmlich, wie sie noch im Gang die Karten wegwarf, seit der Kapitulation hochgehalten, verzweifelt angesichts des Pokers, die immer gleichen Männergesichter, die sich ihr zuwandten. Asse, Könige und Damen waren neu verteilt in der Runde und zu wenig Jetons und obendrein schlechte Karten. Sie bluffte sich selbst etwas vor und klammerte sich an die Spiegelbilder ihrer Gegenspieler, drei Bauern-Buben, deren Rücken sie hielt, deren Münder sie ihren Augen entgegenhob, die Haare, die sie aus Gesichtern strich mit einem Finger, ein Ringabdruck dran, den sie unter dunkler Schminke versteckte. Erst jetzt, der Forelle hinterher, kam sie aus dem Krater. Amerikanische Bomber waren über das Kasino gekommen. Wahrscheinlich wollten sie Schienen treffen. Warum diese Etablissements auch immer in Bahnhofsnähe standen. Und warum anrückende Armeen Amüsierbetriebe wegsprengten. Was wollten die Soldaten denn machen, wenn sie dann einmarschierten. Möglicherweise waren die Flieger auch deswegen so erpicht drauf, gleich wieder abzudrehen und zurückzusegeln in ihre Militärstation jenseits der Alpen. Ein neuer Betrieb, im Nobelviertel von Graz, frequentiert von ausländischen Gästen, geführt von einer unbestrittenen Mitläuferin, das witterte sie, als sie den Bungalow betrat, alle Fotos an den Wänden auf die gesichtslose Rückseite gedreht fand, das erste Bild wandte, sich selbst gegen Eichmann pokern erkannte und das zweite sogleich Kreisky zeigte am

Black-Jack-Tisch mit ihr. Dann erblickte sie durch die Küchentür ihren Engel, ihr Kind, das sein Patscherchen in die Hand dieses vom Himmel geschickten Jünglings legte. »Jetzt bist du auch schmutzig.« Wie eine Fee bewegte sich dieser Kerl, hob seinen Blick kaum vom Boden, fuhr unentwegt mit der Zehenspitze über die Dielen. Die goldene Vorhangstange, sagte ihr Kind, hätten die Russen bei all der Seide glatt übersehen. Der Engel sabberte und die Tropfen gen Boden kamen ihr vor wie Nektar. Der Jüngling begaffte Staubringe auf dem Fensterbrett, die Hinterlassenschaften gestohlener römischer Vasen, sagte ihr Kind. Die Mutter begriff, dass er sich nicht für die Spuren interessierte, sondern das Fensterbrett selbst bewunderte. Es sei aus Onyx oder so, sagte ihr Kind. Direkt neben dem Fenster stand einst eine Ottomane, die jetzt bloß noch das Foto drüber zeigte. »Wenn wir heiraten, gibts mehr«, was der Engel wortwörtlich wiederholte. Nach einer andächtigen Sekunde wandten die beiden Hand in Hand ihre Köpfe Richtung Tür.

»Ich sehe sie heute noch ganz deutlich. Ihr fettiges Haar hatte so gar nichts zu tun mit diesem Lockenprachtkatarakt auf dem Foto daneben. Es zeigte, wie sie Goebbels einen Riesenhaufen Jetons über die Tischplattenkante rüberschob. Die Hälfte der Chips war schon im freien Fall geknipst. Aber Josephs Schoß gebar bloß ein verhärmtes Gesicht, ihren ungenau gezeichneten Lidstrich, die zerzupften Augenbrauen, kaputte Lippen. Ihr grobporiges Näschen zuckte in einer Tour, die Hautschuppen darauf, sie vibrierten, direkt in ihren Kopf hinein, als bräche das Nasenbein. ›Wie viele kannst du besorgen?‹ Bevor er etwas Verderbliches sagte, sprang ich ein. ›Jeden Tag eine.‹ – ›Wie lange schon?‹ – ›Heute ist Tag elf.‹ – ›Sind schon welche schlecht?‹ Ich schüttelte den Kopf. ›Kluges, gutes Kind!‹ Wie schmeichlerisch sie artikulierte. ›Wo hast du sie versteckt?‹ Mein Finger zitterte. Ich zeigte auf meinen Bauch. ›Du scheißdummes Kind!‹, sie knickte ein.« Schlecht synkopiertes Steppen erfüllte den Wirten. Frau Thalinger wirkte enerviert, wippte mit der einen Schuhspitze, trippelte mit der anderen. Ich legte eine

Karte, wartete darauf, dass sie spielte, Herzbube natürlich, stach, ruhiger wurde, sich hinterrücks der Sessellehne anvertraute, das Krügerl vor mir, eitergelbes Bier, zusammengefallener Schaum:

»Sie richtete sich dann wieder auf. Sie machte sich grade. Sie war immer ein Stehauffrauchen. Contenance im Angesicht der Niederlage. Als Verliererin gute Laune stiften: ›Ein Dutzend Fische, junger Herr, dann sei sie dein.‹ Ernstl brauchte dafür nur zwei Stunden. Mutter vertschüsste sich nach Wien mit dem Fang. Dann schwang die Schlafzimmertür und ein Bauer platzte herein. Vom Krieg kannte er bestenfalls munitionslose Fliegerabwehrgeschosse. Panzer ohne Benzin, die noch den Volksfurz machten nach dem Bombardement. Und den Wind, der sachter über die Trümmer strich, als er vorher durch die Fassadenschluchten pfiff. Seine Augen waren extrem nah beieinander. Er stopfte sich noch blindlings das Hemd rein. Vielleicht einen Schritt entfernt schrie er mich an. ›Und dein Verlobter? Die Ostfront? Ich?‹, er nahm ein Messer vom Tisch. Die Klinge war eh stumpf. Aber das wusste Ernstl ja nicht. Er verpasste dem Bauern einen Roundhouse-Kick gegen den Kropf. Wie massiv diese Behinderung, bemerkte ich erst durch die Delle. Den hätte ich nie geheiratet«, ich nahm Frau Thalingers Sektpokal, »er hatte eh schon einen Ring am Finger«, sie schwafelte einfach weiter, »die Gier ist etwas Schiaches«, ich wollte nicht trinken, »Mutter sagte das immer. Sie sah das ja jeden Tag«, ich wollte nicht toasten, »Avaritia, allein wie das klingt«, ich wollte tosen. Erdbeerfarben tropfte es aus meiner Faust

Wenn ich vorm Bindestock sitze, das Skript neben mir, die dreizackige Narbe in meiner Handfläche anschaue, die Lebenslinie, Schicksalslinie, Kopflinie und Herzlinie verbindet, höre ich wieder das Klirren, spüre erneut den Schmerz, vernehme das Knistern, mit dem ich mir die keilförmige Scherbe zwischen meinen Fingern in die Hand presste wie der Typ beim Wirten, der sich so sehr erregte über die Beleidigung aus Feindesmund, dass sein Glas sprang, um anschließend überall und allenthalben zu erzählen, sein Feind sei vom Stammtisch an die Bar gekommen, wo der Typ saß, den Weißwein in der Hand, und Feindesfinger hätten friedlich seinen Griff begriffen, sich sanft zur Faust geschlossen. Ernstls Hand um meine, manu in manu, seine Stimme vernommen, selbst gesprochen, »Frau Thalinger, ernsthaft, Sie kommen hierher, das zu erzählen, Sie ein Kuhhandelkalb, Ihre Mutter die Nazibraut, und Ernstl ein Mörder? Es war Notwehr.« Ihr Gesicht entzückte meinen Blick, größer als ich, sitzriesig, hoch erhaben ihre gepuderte Nase, ihre Haltung ganz gerade, das Hohlkreuz durchgedrückt, ihr Mund oben, ihr Scheitel leicht geneigt, Kinn an Hals geknickt, ihre Pupillen gerichtet, Mafiablick von unten, schlupfliderlich, auf mein drittes Auge, die Spitze des Bastards aus Wimper und Braue:

»Als er mir den Ring vom Finger zog und sogleich wieder ansteckte, las ich aus Ernstls Gesicht diebische Freude.« Hinterrücks schwebte Harri daher. »Aber, lieber Siegi, vergessen Sies. Desillusionato, wie die Italiener sagen, bin ich nicht. Die Enttäuschung ist eher zweiter Ordnung.« Er stellte die dampfende Rein Salzburger Nockerl beidhändig hin. »Sie kommt daher, dass Sie wirklich genauso sind, wie ich mir das vorgestellt habe.« Die Speise nahm fast die ganze Tischfläche zwischen uns ein. »Wie mit Ernstl.« Die bis an unsere Gesichter hochgewölbte Knusperkruste bildete eine Wolkenkonstellation. »Dass es nie anders kommen kann, als man meint.« Ich las die Form der Hügel um Graz aus dem blonden Dessert. »Im Nachhinein betrachtet.« Sie war von der gleichen Farbe wie das leinenverstärkte Papier neben mir. »Vorher hofft man noch.« Harri brachte das Besteck und eine Serviette. Frau Thalinger nahm den Dessertlöffel und er durchstieß wie eine Schale knackend die Kruste und sie gupfte einen Löffel fluffigen Eiweißmilchschaumgemischs. Frau Thalinger versenkte in ihrem Mund, muhte vor Glück: »Ich dachte stets, dass Sie ein ungehobelter Prolet sind.« – »Späne sind genug gefallen«, Harri drückte die Serviette in meine Hand. Ich nahm eine Seite vom Skript, hielt sie hoch in meinen Blick, zwischen Frau Thalinger und mich, dass ich sie nicht mehr sah, sondern nur noch schmatzen hörte hinter der Rede.

Im Winter achtzig lag viel Schnee und das Thema kam beim Kaffee im Angesicht der Picknickszene mal wieder auf das Bild. Auch wenn es eine Reproduktion sei, nun ja, selbst die Originale in den Museen seien inzwischen so oft restauriert, dass sie eigentlich nicht mehr als echt durchgingen. Mit diesem sozusagen philosophietechnischen Dilemma befasste sich mein aktuelles Ausstellungsprojekt. Ernstl grummelte, die hätten ja alle einen kompletten Klopfer und klonkte den flachen Boden der Doppelliterflasche auf den Tisch. Die Bottel war bis obenhin gefüllt, sodass es aus dem Hals spritzte. Ernstls weitschweifiger Blick taxierte erst die Frau zwischen den beiden Herren, dann mich und die Papiere vor mir, dann die Armlehne der Ottomane, die Schneelandschaft hinterm Fenster, die Hügel am Horizont, glasig, als schaute Ernstl hindurch. Er wolle diesen Jänner im Salzkammergut zubringen. Das Dorf hier war so etwas wie sein Knotenpunkt. Das wissen Sie besser als ich, nur für die von fern her angereisten Fremden. Fliegenfischer aus aller Welt tummelten sich in diesem starken Herzen der Fliegenfischszene inmitten Europas. So schnell wie mir interdisziplinäre Aufträge, Performanceangebote und Bauhausreanimationsofferten in den Postkasten schneiten, gelangte auch Ernstl über das bloße Forellenfischen hinaus. Während ich mich mit Marina Abramović traf, jagte er Lachse in Kanada oder sah nächtliches Spektralgewimmer auf polaren Touren. Das Gros aber verbrachte er weder in Übersee noch in Graz, sondern hier. »Aber im Winter?« – »Eisfischen!« Die Reifen des Taxis, in dem wir zum Bahnhof fuhren, umspannten sogar Schneeketten. Ihr Knirschen drang in meinen Kopf und Ernstls Zug warf ich einen Schneeball hinterher. Noch aus der Bahnhofstelefonzelle rief ich bei der Zentralanstalt für Meteorologie und Geowissenschaften an. Ich fragte nach, ob dieser Salzkammergutfluss überhaupt eine Eisdecke bilde. Der Mann in der Leitung meinte, dazu gebe es keine Daten. Der Neusiedler See zum Beispiel friere trotz eiskalten Wassers unter null in manchen Buchten nicht. Das liege an der hohen Schlammkonzentration in diesem stehtiefen Steppensee. Allerdings habe er keine Zuflüsse und Abflüsse. Somit herrsche keine Strömung, die ebenfalls einberechnet werden müsste und von Jahr zu Jahr sehr divergiere. Ebenso verhalte es sich mit dem Spurenelementgehalt und der genauen Zusammensetzung des Flusswassers. Sie hätten zwar sehr stimmige Proben der vergangenen Jahre, aber wie es diesen Winter war, wisse man nicht. Man müsse sozusagen hinfahren und sich das anschauen. Während er mir sagte, er verbinde mich trotzdem mal weiter, dachte ich an eine linguistische Studie von um die Jahrhundertwende. Damals gab es in den ländlichen Regionen Russlands noch viele halbwilde Stämme, die auf engstem Raum mit anders kultivierten Menschen zusammenlebten. Im Gegensatz zu ihren alphabetisierten Kollegen aus der gleichen strukturschwachen Gegend schafften die Angehörigen analphabetischer Gruppen keinen Dreischritt. Sie wussten keine Antwort auf die Frage, wenn es an allen Orten oberhalb sechzig Grad nördlicher Breite Dauerfrostboden gäbe und Grönland ein Ort war oberhalb sechzig Grad nördlicher Breite, ob es in Grönland Dauerfrostböden gäbe. Sie sagten, sie müssten dort hinfahren und sich das anschauen wie dieser Wetterprimitivling, der mich längst weiterverbunden hatte an den nächsten Fachmann, der meinte, der See, den dieser Fluss durchströme, sei teilweise zugefroren, sie hätten eine Wetterstation dort. Ich wusste ja von Ernstls Hochseetouren, wobei man sich schon fragen konnte, ob das Wort Tiefseetour nicht angebrachter war, wenn es um den Haken ging, hingegen nicht, wenn es um diese Monsterboote ging, auf denen Ernstl die skandinavische See durchpflügte. Wiederum könnte man sich fragen, ob diese Monsterboote so hießen, weil sie riesig waren wie Bestien oder weil sie Ungeheuer fingen, und spätestens hier, liebe Zuhörende, wird es für Sie problematisch, weil die Bedeutung von »ungeheuer fangen« ja wechselt je nach Großkleinschreibung. Als ich dann das Tuten am anderen Ende der Leitung vernahm, kam ich mir vor wie die letzte Xanthippe und stapfte durch den Schnee, mit Kompositametaphernproblemen befasst. Schwanger, wie Nietzsche schrieb, weil ich ständig mit so etwas zugange war auf meinen Spazierwegen in Graz, vergaß ich ihn und das Eisfischen.

»Es wird kalt«, wie ein Kilroy linste ich sie über das Skript hinweg an. Genau die Hälfte der Mehlspeisehügel ragte noch in meinen Blick. »Warm wirds«, und ich zeigte auf mein Bier. Die Serviette war bereits völlig durchnässt und ein erster Blutstropfen fiel auf das Skript. »Ist Ihnen mal aufgefallen, dass es genau zwölf sind.« Endlich brachte Harri einen Verbandskasten und den Wacholderbeer. »Alkohol weitet die Gefäße«, zwinkerte er und begann eine Mullbinde um meine Hand zu schlingen. »Es war ja kaum zu überhören«, und ich schmiss das Skript auf den Tisch. »Ich meine hier drin.« Ich zeigte zum Plafond, wo noch eine schwebte, »dreizehn.« – »Die hat nicht dieser Volki gefangen.« Als Harri Schnaps einschenkte und ich den ersten Löffel Salzburger Nockerl probierte, jubilierte ich innerlich. Mit goldvollem Mund versuchte ich möglichst lange, nicht zu schlucken. »Wenn man das fangen nennen will. Schauen Sie hin, diese Fliegen in den Mundwinkeln, billigste Tricks, unsportlich bis zum Gehtnichtmehr. Ordentlichen Pariser drübergezogen über den Haken oder was, ein Gummifischerl ist das. Verglichen damit war Ernstls Fliege von sechsundvierzig ein richtiges Gentleding. Er hat versucht gegenzusteuern.« Frau Thalinger trank ihr Stamperl. »Das habe ich auch. Statt ihm nachzuspionieren, kaufte ich ihm ein Flugticket. Dazu legte ich ihm eine Buchungsbestätigung auf den Tisch. Ein Apartment in der Salish Lodge. Das war mal seine Lieblingsgegend.« Da habe er mit zwei amerikanischen Regisseuren gefischt.

Zu den Snoqualmie Falls ging es, während sie selbiger Zeit in einem der Twin Towers saß. Eine Gastausstellung im Museum of Modern Art besprach sie mit einem herzallerliebsten Kollegen. Gerade als die Verträge unterschriftsfertig waren und sie besonnen in den heiteren Himmel starrte, trat eine junge Praktikantin ein. Ihr Nagellack glitzerte im Sonnenlicht, das durch ein riesiges Panoramafenster fiel. Darauf spiegelte sich außerdem auf verwaschene Weise das mandelfarbige Outfit der Frau. Weil nur ihr schwarzer Rock den hautfarbigen Auftritt unterbrach, weil ihr Lipgloss noch so feucht und schleimig war, dass Frau Thalinger schon meinte, er müsste in der Reflexion an dem hochglanzgeputzten Glas einen schlierigen Kussmundabdruck hinterlassen, weil die Frau ein Schreiben hochhielt, das noch frisch gewellt und klamm war von der Druckerschwärze, dachte Frau Thalinger schon an Ernstl, noch bevor die Praktikantin sagte, da sei ein Telegramm aus der Salish Lodge. Der werte Gast Mister Thalinger sei nicht eingetroffen. »Wissen Sie, Siegi, was er gesagt hat? Er käme viel näher ans Ausland heran, wenn er sich mit diesem Olivander traf. So ein Ostküstenjude, der eines

Tages zurückkam nach Graz und einen Anglerladen aufmachte, als wäre nichts gewesen.« – »Antisemitisch sind wir also auch.« Sie schüttelte den Kopf und ich schüttete mein Stamperl runter, dass Blut in den Verband pulste. Der Mull soff sich an, die mumifizierte Hand. An die Bandagenoberfläche drangen nur vereinzelt strichförmige Flecken. Wie Rorschachkleckse erschienen sie mir und verformten sich. Dann das Stocken und Trocknen, Tinte, die Hand, eingewickelt und gefangen in beschriebenem Papier. Die blutigen Linien sahen prähistorischen Zeichen gleich, Hieroglyphen, eine Inschrift, über die Jagd, auf Mammuts und Fische, ritzende Speere, Stiftgekritzel, eine Echohöhle.

Ob ich etwas wisse von dieser Künstlertype. Er wolle diesen Menschen sehen. Er wolle ihn besuchen. Mit ihm sprechen. Und ich. Ich komme mit. Sagte er. Wen er meine? Was er da rede? Woher er denn so was wisse? Von seinem Schüler. Er rede von diesem Maler, der Rumäne und zu Fuß nach Paris gegangen war, ohne Schuhe. Und jetzt sei er der Superstar der Kunstszene, ohne jemals vor die Tür zu gehen. Er wohne nur in einem Bungalow, einer total abgewrackten Bude, und habe den allerlängsten Bart der Welt, weil er drauf scheiße. Weil er sich nicht schick machte, weil er überhaupt keine Zeit habe, weil er nämlich seine Skulpturen machen müsse. Und währenddessen feierten alle in mondänen Läden, schmissen mit Scheinen um sich, indes dieser Maler gar nicht dazu kam, all das Geld auszugeben, das er dafür bekam, seine Skulpturen in die Galerien zu schmeißen. Wie seine berühmteste Statue wohl heiße? Na, was meine ich? Genau, Der Fisch. *Er bringe sein ganzes Leben damit zu, eine Schicht nach der anderen wegzumeißeln vom Felsblock. Sein ganzes Werk bestimme die Frage, wie viel man weglassen könne. Wie viel Material verschwinden kann. Wie Stein schwindet. Wie viel geht. Wie wenig. Nichts. Null. Futsch. Fisch. Bloße Stromlinie. Ob ich den kenne? Wie das gehe? Dass man ihn spreche? Ob ich das wisse? Ob er sich ankündigen müsse? Ob ich ihn hinbringen könne? Und weil Ernstl ja Brâncuși meinte, der schon vor einem halben Jahrhundert gestorben war, weil Ernstls Hände so aufgeregt zitterten, als er davon sprach, sagte ich, »well, wir reisen nach Paris«, weil es eine ausgezeichnete Brâncuși-Dauerausstellung gab, weil das ausrichtende Museum sich in Brâncușis Original-Atelier befand.*

Überall an den Wirtenwänden die Forellen, hochgehalten noch in diesem Loch. Im Herrgottswinkel hockte eine, die Rückenflosse parallel zum Schwemmholzbrett. Den Kopf aber drehte sie locker und keck in den Raum, aufgerissen das Maul, voller Zähne der Schlund, als schieße sie auf uns zu. Der nächsten saß der Knick am Kiemendeckel in der Stromlinie, die eine sanfte Krümmung beschrieb, wo auch ihre Zeichnung begann und ausschwang, eine galante Biegung bis ins letzte Euzerl Schwanz, als spränge ihre bewegte Gestalt eben erst aus dem Wasser. Eine andere Forelle über der Anrichte reckte gerade Augen und Kopf nach oben, öffnete nur ein bisschen den Mund, knabberte gleich eine Trockenfliege an. Eine dritte Regenbogenforelle schwebte über der Theke in Harris Kopfhöhe an der Wand, dass der muskulöse Schwanz mit der Schläfe des Wirten abschloss, dass die Forelle durch Harris Schädel schwamm, heraustauchte auf der anderen Seite seines Kopfes wieder starken Genicks, bevor sich der Körper im Schwung zweier zueinandergehender Kiefer verjüngte. Allenthalben prall gemusterte Stromlinien zeigten die Forellen hier an den Wänden. Aalförmige Schatten schwebten nur noch im Flussbett vor dem Hintergrund der vollständig erodierten Kalkalpen. Vor der Wirtenwand aber bewegte sich und mich die wundertolle Sammlung, längst vollzählig. Die Präparate standen nur für das Sterben, während der Fluss voller Forellen war. Und da das Wasser jetzt leer war, saßen Frau Thalinger und ich in einem Museum. Die Augen der gehängten Forellen lebten feurig auf, weil sie keine Nachkommen hatten. »Frau Thalinger, Sie wissen, was eine enharmonische Verwechslung ist?« – »Das Wortspiel der Komponisten.« – »Jeder Ton gehört mehreren Tonarten an. So verhält es sich auch mit den Akkorden. Manche Tonarten haben gar die gleichen Vorzeichen.« – »Geh, du alter Esel, hole frische Zistronen.« – »Ich habe lange überlegt, was ich spielen sollte. Angenommen, ich hätte den Triumphmarsch gespielt. Ich wäre an den einschlägigen Stellen schnell abgeschweift zu Mozarts Requiem.« – »Das Richtige wäre der Hochzeitsmarsch gewesen.« – »Ich meine, manchmal ist es besser, wenn es leise bleibt an einem Grab.« – »Vor allem, wenn jemand so wenig hinterlässt.«

Ernstl wollte sowieso im Frühjahr nach Paris. Sie ahnen es, jede Dekade wird der weltgrößte und einzige Fliegenfischerkongress dort ausgerichtet. Ich weiß nicht, ob Sie noch wissen, wie es die Spatzen pfiffen hochsommerlich vom Dach, Ernstl war bereits gelistet als Ehrengast. Wiewohl der alte Grande Ritz längst begraben war, führten seine Erben die Tradition fort. Sie bestellten Festmähler bei den feinsten Caterern des Landes, Mitterrands Provinzköchin war eine Resterlbraterin dagegen. Im Anschluss würde die ganze Gesellschaft nach Sedan touren, zum ardennischen Anfischen dieses Jahrzehnts. Und an Ernstl war es, mit dem Preis für sein Schaffen den Jahrtausendvorhang zuzuziehen, eine Rede zu halten vor versammelter Mannschaft. Ich fuhr mit ihm zum Sommerschlussverkauf von Spierre & Strass und ließ ihn ganz neu einkleiden. Niemand anders als die internationale High Society des Fliegenfischens wurde im Ritz erwartet. Ironischerweise kannte Ernstl die eh schon alle aus dem Salzkammergut. Er reiste hin, um sich seinen Freunden schon mal in der feinen Kleidung zu präsentieren. Kurze Zeit später rief er an, er fahre nicht, sagte er, er hasse diese Hautevolee. »Und Brâncuși?« – »Wie wir.« – »Wie meinen?« – »Immer alleine.« – »Und ich?« – »Fahr halt hin.« Mir war gleich klar, dass Ernstl im Salzkammergut bleiben würde für immer. Aber erst im Frühjahr begriff ich, dass Ernstl nie mit mir nach Paris wollte. Ein Einzelzimmer war im Ritz für ihn reserviert. Ich setzte der Rezeptionistin die Situation ruhig und gelassen auseinander. Ich ließ mein Gepäck hochbringen und vergnügte mich die Woche über in den Pariser Museen. Dem Louvre, dem Centre Pompidou, dem d'Orsay selbstverständlich, und ein paar abgelegenen Galerien, die Ihnen eher nichts sagen werden. Das ließ ich mir von Ernstl nicht vermiesen. Es war genau der Ausflug, den er geplant hatte. Abgesehen davon, dass ich im Wasserbett lag und lustvoll davon träumte, wie das Podium im Ritz an jenem großen Abend leer blieb. Und dann träumte ich, dass die Mona Lisa gestohlen war, was jedoch niemanden kümmerte, weil an ihrer statt bereits eine andere Frau hing. Es wäre nicht Ernstl gewesen, hätte er nicht für Ersatz gesorgt, um selbst klanglos zu verschwinden, auf dass nicht die Frage nach ihm von den Wänden des Ritz widerschallte, sondern die Antworten eines anderen in den Köpfen des Publikums nachhallten.

Meine Zehen zitterten, als ich das Wendeltreppchen zur Galerie hochstieg. Meine fahrigen Finger suchten Halt am Geländer. Über das grässliche Schädelmeer sah ich hin. Durch die hohen Jugendstilfenster fiel hässliches Licht. An den Scheiben hatte sich der hämische Straßendreck festgefressen. Voller Fresken spotteten die Wände jeglicher Beschreibung, viel zu grell die Farben, um ein x-Faches zu prall hatten ganze Paletten von Restauratoren sie Jahrzehnt für Jahrzehnt aufgehübscht. Der schwarz getünchte Sonnenschein fiel herein, auf geschminkte Zuhörerfratzen, deren Grimassen in einem knallbunten Spektakel zersprangen. Giftiges Grün grinste aus Mundwinkeln, aluminiumseerotes Gemenge schielte von Lidern, metallisch funkelnde Nägel schlitzten das Licht auf. Jeder Vorhang war hochgezogen zwischen meiner Brust und der Brut dort unten. Unversonnen starrten sie zu mir hoch. Kalt und glatt spürte ich die Stiegen unter meinen Zehen. Orangefarbene Münder rundum, ein schmallippiges Grinsen sprang von Gesicht zu Gesicht. Wie Wind über eine Wasseroberfläche geht, wellte Haut über spröden Wangenknochen auf, Spasmen gingen durch Mundwinkel um, und allenthalben verwehte die weiße Gischt der Zähne unheimlich hell. Als setzte eine Kraft die ganze Masse dort unten in Bewegung, als flögen sie gleich los, fräßen mich auf, mit Mundwerkzeugen wie Hauern, mit Haaren und Hautflügeln. Plagen, die mit dem Wind kamen, in Scharen.

Ich stand im Auge dieses Ansturms und versuchte, einen Anlegeplatz auszumachen. Ich trat ans Mikrofon, es enervierte mich noch mehr, das Kreischen des Soundchecks, die gestelzten Begrüßungsworte, das Tamtam, als wäre ich ein Fremder, der Anblick von Tristan und Albert und Candice, schwarze Sakkos, rote und blaue Vatermörderhemden, Candice dazwischen in champagnerfarbener Bluse, auf der das schwarze Licht besonders krass zum Ausdruck kam. Jane war aus den USA angereist, wenigstens sie trug keine Stars and Stripes. Ein hornbrilliger Stangenbauer und sein nadelgestreifter Vertreter richteten einen Rutentisch her, mir unglaublich fern, an der Rückwand, es hätte mich nicht gewundert, wäre Volki gleich einmarschiert. Steinreiche Pariser Fliegenfischer wuselten herum wie biblische Peiniger, mitten unter ihnen, als einzige Blickhaltein und Herbergssuchgelegenheit Nina. Sie trug ein Kleid, Candice' Geburtstagsgeschenk, wie Nina schrieb in Briefen, nach dem Muster jener weißen Seidenpracht, die Marie-Antoinette zur Hinrichtung eingeschleiert hatte. Die jugendliche, aus Österreich kommende Königin und der tote, französische Monarch, Drohung oder Versöhnung, Heimsuchung oder Ankunft, dieses Kleid, was es verhieß, wie Candice die Dinge sah, ich wusste es nicht. Selbst kam ich mir jedenfalls wie am Schafott und nicht gerade wie ein willkommenes Opfer vor. Ich legte meine Unterarme auf die stuckierte, vergoldete Brüstung der Empore. Die Schweigeminute für Jean verging ungerührt, indes ich Nina fixierte. Unablässig guillotinierte sie ihre Kuchengabel Dreizack voran auf das Tortenstück, das sie auf einem kleinen Teller vor ihrer Brust hielt. Alle anderen standen stramm, die Baisermasse obenauf federte Ninas Gehacke ab, weswegen es still blieb im Saal. Johannes hatte mir mal gesagt, dass er während eines Referats vor der Klasse immer Blickkontakt hielt mit der Person, die am interessiertesten zurückschaue, das erbaue. In Ninas Augen lag ein Lauern, als hätte sie auf mich gewettet, und ihr nervöses Spiel mit der Kuchengabel setzte mir zu. Im Sekundentakt marterte sie das Tortenstück zu einem matschigen Haufen. Ich wusste genau, wann die Schweigeminute vorbei war. Auf einen Schlangenhals war der Mikrofonkopf montiert und schwebte direkt über dem Katheder. Ich hätte ihn mir in den Adamsapfel gerammt, wäre ich auch nur ein bisschen nach vorne gewankt. Feindschaft und Hinterlist, wo auch immer ich hinsah. Das gerippte Metall gepackt, den Schlangenhals herumgedreht. Den Mikrofonkopf zur Seite dirigiert, dass ich aus dem Mundwinkel wispern musste. Ob man überhaupt ein Wort verstand, ich wusste es nicht. Aus meiner Jackeninnentasche zog ich das gefaltete DIN A4, hielt meine Ansprache all jenen, denen auch Frau Thalingers Grabrede galt:

»Sie werden sich über mich lustig machen, gewiss. Ich komme aus der Provinz, gewiss. Ich sollte Ihnen irgendetwas über die Schönheit des Fliegenfischens erzählen, gewiss. Ich sollte Ihnen wie mein Vorgänger eine nach ihm benannte, lebenslang entwickelte, äußerst fängige Wurftechnik erklären, gewiss. Ich sollte von einer selbst erfundenen Wunderfliege reden, wie das Muster zu variieren ist, wie der Faden zu winden, welche Haken zu nehmen, natürlich. Ich sollte Ihnen eine im hinterletzten Alpental erprobte Art verraten, wie ich die Schnur an ins Wasser hängenden Weidenzweigen mit der Strömung vorbeitreibe, sicherlich nicht. Denn dieses Mal gibt es etwas Wichtigeres zu sagen. Ich betrachte mich in gewissem Maß als Rufer. Nur leider leiten unsere Felswände das Echo nicht allzu weit. Die Alpentäler sind längst abgeflacht und der Himmel ist von Turbinendröhnen betäubt, von Kerosinwolken zernebelt, lange bevor ein Schrei, losgelassen im allerletzten Salzkammergut, auch nur annähernd ins Zentrum der Macht dringt. Glauben Sie nicht, dass die Ardennen, die Pyrenäen, die Binnengewässer in England, die Seine vor und nach Paris sicher ist vor dem Unheil, das längst alle unsere Flüsse ereilt. In diesem wunderhübschen Saal sind Sie Bilder von einmalig schönen Forellen gewöhnt, projiziert durch Dias an die Wand, wie Fische schon geangelt im Uferwasser schweben, wie sie gerade steigen, so gierig eine Trockenfliege schnappen, dass sie noch ein paar Meter durch die Luft fliegen, wie die Sonne überm Gebirg aufgeht, gewiss. Vergessen Sie es. Unsere Flüsse sind voll mit aalrutenförmigen Zuchtfischen. Inzwischen liegen zwischen Biss, Drill und Landung im Schnitt ein paar Sekunden. Nicht mal ein super Knipser wie mein guter Freund Umberto fände Zeit, den Zoom und die Brennweite einzustellen. Die Forellen sind des Kämpfens müde. Die meisten sind tot. Davon gibt es allerdings keine Fotos. Schauen Sie, die Tourismusindustrie ist genauso wenig dumm wie die Zuchtmaschinerie. Während ich hier spreche, schlüpfen in einer Laichstation in einem kleinen Teich in Österreich ein Dutzend Forellen aus dem Ei. Sie halten im Schnitt eine höhere

Wassertemperatur und Schadstoffbelastung aus. Sie fressen Kraftfutter und Antibiotikum. Sie sind impotent. Sie sind massiver als wildgewachsene Forellen, ja, aber in Teichen herrscht keine Strömung. Ein Sportler, dem Anabolika verabreicht wird, stirbt schnell an Herzversagen. Seine Pumpe ist es nicht gewöhnt, so einen Organismus zu bewegen. Was erklärt, warum die Zuchtforellen kaum an der Schnur ziehen. Außerdem beißen sie auf jedes Muster. Und sie schmecken nicht. Nicht nur unsere Zungen werden betrogen. Wir alle werden für dumm verkauft. Diese Fische beißen selbst auf die schlechtesten Muster. Wir müssen das Werfen nicht mehr üben, weil es keine Stellen im Fluss mehr gibt, auf die wir spekulieren könnten. Die Tiere kennen sich ja inzwischen genauso schlecht aus wie wir. Dass keine dieser Forellen sich vom Haken wieder losstrampelt, versteht sich von selbst. Der Reiz ist verloren. Das Erlebnis wird flach. Wir werden keinen Fisch mehr in Händen halten, den schon ein anderer dran gehabt hat. Die Verbindung zwischen uns ist auf ewig gekappt. Fliegen Sie ruhig in den nächsten Urlaub. Immer weiter weg, in noch unentdeckte Fliegenfischgebiete. Ein paar Jahrzehnte geht das noch. Und Ihre Konten sind gut verzinst, da bin ich sicher. Aber wundern Sie sich nicht, wenn Sie dann plötzlich, am Ende der letzten Reise, wieder genau an dem Fleck ankommen, wo Sie begonnen haben. In London ist es heute schon so. Die englischen Fliegenfischer kommen zu uns. Die Themse ist am Ende. Und das ist erst der Anfang. Zehn Dutzend solcher verflucht jungfräulichen Fische werden allein diesen Moment im Salzkammergut ausgesetzt. Und während ich diesen Satz sage, schlüpfen in den Zuchtbecken im Speckgürtel von Paris mehrere Tausend davon. Kurzum, ich will hier nichts und niemanden verteufeln. Wo soll ein Umdenken stattfinden, wenn nicht hier und jetzt, unter den Schuldigen, im Herzen der Finsternis, lasst Gnade walten. Unwahrscheinlich, ja, aber ungewiss. Rufen Sie Ihre Freunde an. Versuchen Sie, Einfluss zu nehmen. Ich bin doch hier umgeben von Würdenträgern. Würden Gewässer kälter statt wärmer, würden Flüsse etwas flüssiger aufgestaut, wären Kläranlagen am letzten Stand, setzten Fischer ihren Fang zurück, voilà.«

Für die Aufmerksamkeit bedankte ich mich nicht. Auch Applaus brandete keiner auf. Schlussformellos wendelte ich das Treppchen hinab. Ohne von meinen Zehen hochzusehen, schritt ich durch die Menge. Unverabschiedet ging ich aus dem Saal an Nina und Frau Thalinger vorbei, die einander weder ansahen noch vorgestellt wurden während des Kongresses, geschweige denn, dass sie zusammenstießen an diesem Abend. Zwischen ihnen waren zwar nur ein paar Ernstlarmlängen, die mir aber schienen wie alle Gleismeilen aller Zeiten stromaufwärts und den Fluss hinunter zusammen, Salzkammergut und Graz. Hier, hinter mir, gemeinsam in Paris, blieben die beiden sich fern. Unverwandt verharrten sie im Saal, trugen Handschuhe über unbekannten Fingern, die sich nie touchieren sollten, und sie wechselten kein Wort, was besser so war, wie ich meinte, schleunigst hinausschreitend.

Dass Ernstl, wo er schon zeit seines Lebens im Flusswasser verschwand, hier im Dorfboden verschwindet, seinetwegen. Leichengeschmaust schauten wir einander an. Zwischen uns die Splitter des Kartendecks, die Gesichter nach unten, die uniformen Rückseiten oben, Blutstropfen darauf und überall die Scherben des zerbrochenen Sektpokals, der unversehrte dahinter, davor die Spitzenhandschuhe und die schlangenartige Stola, das bierige Schaumgeschlage neben mir, das Skript an der Kante, inmitten all dessen das weiße Reindl, Mehlspeisrest schwarz verbrannt in den Ecken, obwohl die Salzburger Nockerl überhaupt kein Mehl enthielten, das leinenverstärkte Papier, eine Falschmünzerei, die Stamperl, wacholderklar. Sogleich jeder einzelnen Forellenschnute hier drin ein Gläschen anzusetzen, auf dass sie nie vergingen. »Ich möchte Ihnen ja nicht zu nahe treten, aber wie viele Reden haben Sie gehalten in Ihrem Leben?« – »Dutzende auf Vernissagen, und eine auf dem Grazer Friedhof. Als Mutter beerdigt wurde. Es waren dreitausend Leute da.«

Sie umschlang sich mit der Stola. Ich faltete die sieben Seiten einmal längs und einmal quer. Sie zog sich ihre Spitzenhandschuhe an. Ich steckte die unerhörte Rede in meine Sakkoinnentasche. Sie setzte die Stinktierhaube auf. Ich holte mir eine Packung Zigaretten. Der Automat nahm meine Karte und glaubte mein Alter nicht. Sie steckte ihre, die hatte bereits den neuen Magnetstreif. Der Automat akzeptierte, bestätigte die Greisin, rappelte, als salutierte er. Er spie die falsche Marke aus und fraß mein Restgeld. Ich hätt es eh vergessen. Ich heizte mir eine an, irgendwann wechselt jeder. Völlig fertig wankten wir aus dem Wirten, »Ernstl war immer nur auf den Fortbestand bedacht«, das habe sie vergessen, ich hielt ihr die Wagentüre auf, »das glaube ich nicht«, sie sei nur ihretwegen hier, »wie?«, die Nachmittagssonne blendete schrecklich, »na wegen Ihnen«, freudscher Verhörer, ich wichste die Wagentüre hinter ihr zu, »zu verstehen, wofür er mich getauscht hat«, gut, fast fiel die Glut vom Stängel, ich stieg zu, aschte ab, zog an, der Motor sprang, schnippisch raunte ich, ich rede von nichts als Forellenbeständen. Dann rauschten wir rauchend zum Bahnhof.

Frau Thalinger erklomm die Marmorimitatstufen und wartete dort oben auf ihren Zug. Zu ihren Füßen schaute ich hinauf, wie sie leibte und die Welt ansah, von der Bahnhofsempore, Pforten hinter sich. Sie rührte sich nicht, dachte gar nicht daran, hindurchzugehen. Kein Zentimeter Fleisch lag bar. Der Spitzenhandschuh ging bis zum Ellenbogen. Dort umschlang sie die Rabenstola, das Taftkleid hochgeschlossen. Der Sommergrippewind spielte röchelnd an haarspraygefestigten Locken. Die Stinktierhaube tief in der Stirn, statt des Gesichts einen Netz-Fischer-Buchrücken. Lässig den Daumen zwischen die Seiten eingeknickt, die vier Finger außen am Umschlag, den sie mir und dem Kaff entgegenhielt. Ich sah förmlich, wie beim Reißen an der Seite, als sie mit dem Daumen umblätterte, die Druckerschwärze vom Weiß fetzte und haftenblieb an ihren glasigen Augen. Es sprudelte über den Nervus opticus in ihr Gehirn wie Gischt, die der Wind andernorts verweht vom Meer her hinein in die Lungenflügel der Seeleute und der Abschied nehmenden, am Kai herumstehenden Familien, die das Salz des Ozeans und aller Flüsse atmen und sich vollpumpen lassen mit dieser ganz speziellen Würze. Wie eine Sturzflut schwoll Frau Thalingers Ingredienz, ihr Buchstabenschwall, rauschte und kaskadisierte und briste und gluckerte hinein bei ihren Glupschern und schäumte und tuschelte ihren Körper voll vom Fuß im Lackschuh hinauf die Netzstrumpfhose und füllte an das ganze Taftkleid und sie aus, und der Pegel stieg bis in ihre pochende Brust, die Brüstung der Schultern hoch und unters Schädeldach, bis hinter ihre Augen und hinein ins wenn auch wendungsreich mäandernde, gleich vollgesoffene Gehirn, dass es in der Kopfhöhle schwamm nur noch umgeben von Buchstabensuppe statt Schädelwasser, alle Zentralnerven in Sprache getränkt, dass Frau Thalinger jetzt, als sie das Buch senkte, nur noch durch dieses Rauschen der Buchstaben und Wörter und Sätze und Absätze und Schriften mich ansah und das Dorf und Ernstl selbst, als stünde sie in einer Höhle hinter einem Wasserfall und wolle hinausschauen, der Blick verstellt vom stürzenden Schwall. Starrte sie nur eine Sekunde zu lang, kam ihr sogar abhanden, ob das Wasser den Berg herunterkam oder hinaufging oder überhaupt in der Luft stand. Und der Hall schwoll an in der Höhle voller Klang, hin und her geworfen zwischen Wänden, die unendlich leer waren und nur der Klage zum Ausdruck verhalfen. Sie war gefangen hinter einem Sprechgitter, bevor sie überhaupt erst gesehen und gefühlt und gehört und gerochen, geschmeckt hatte den Strom und das Tosen und Rauschen und Tropfenaufwerfen und Sprudelwuseln und Nasevollkaltmachen und Nasevollkalkmachen und Bergquellmineralienherantragen der Auen. Sie drehte sich um, zeigte dem Katarakt die eiskalte Schulter, dass der Wasserfall gefror, und sie kreischte mit scharfmanikürten Nägeln jenen von der Schrift diktierten Schrei über das Murmeln in den Höhlenfels hinein.

18 Siegi Heehrmann und die Oberers

Gegen den Fußknöchel stumpferseits das Beil gelehnt, wie ein kleines Krabbelkind, das den Schuh des Papas umfasst, so stand Kurti da. Er schaute die Strömung entlang ins Unterland, wo den Berghängen vorgelagerte Hügel Anstiege erleichterten. Dorthin kommen die Wiener Wochenendausflügler, die deutschen Sommerjagdtouristen und die japanischen Knipswürdigkeitsbesucher auch heute noch, Kuraufenthalte, Hetzjagden und Fotosafaris in herbstlichem Licht. Dort röhrten die Hirsche durch den Wald und die Füchse huschten vor bodenerschütternden Hufen in ihre Kessel davon, verfolgt von extra herangezüchteten Foxterriern, die allerseits in die Fluchtröhren der Bauten flitzten. Kurtis Uropa schoss den blaublütigen Wiener Vorweltkriegsherrschaften das Wild vor der Nase weg, ließ nur das Geweih liegen zum Spott, robbte dann möglichst fix unter den nächsten Misthaufen, wo ihn die Einheimischen versteckten, wie mir erzählt wurde. Kurti zog, wandte den Kopf flussaufwärts in Richtung Oberland, wo unter den Gletscherspitzen, verkarsteten Felshängen zu Füßen verwunschene Haine, spiegelglatte Seen und seltsame Lichtungen liegen. Dorthin wagen sich heute weder Schwammerlsucher noch Kräutersammler, geschweige denn Zugezogene. Absichtlich diese Gegend zu durchstreifen bedeutete bestenfalls das Totstellen vor Bären zu üben. Schlimmstenfalls musste man zwischen Wolfsrudeln hindurchnavigieren, sich unweigerlich verirren durchdrehender Kompassnadel. Nach wochenlangem Darben und Proviantsparen testeten die Verlorengegangenen die Bekömmlichkeit, das

Gift, die Trippotenz in keinerlei Büchern beschriebener Pilze, halluzinierten den Schweineschlachtreifegrunzlaut.

Der Tierschreckschrei drang unweit des verfluchten Wildwechsels, nahe der verfallenen Hütte aus jenem verlassenen Verschlag. Dorthin verirrte sich damals dieser Wiener Gebirgsjägervollpfosten, eben erst aus den Firnfeldern gekrochen, oder ein Fallschirmspringertrottel, diese Sekunde auf der Lichtung gelandet, sich des Rucksacks entledigt, Kurtis Vater wusste es nicht. Er bot dem Soldaten an, doch gerne teilzunehmen an der Tafelrunde im Morgengrauen, er habe sicher auch Hunger, woraufhin der Wiener das Stirnrunzeln bleibenließ, Fragereien einstellte und quietschvergnügt beim Sauabstechen half. Ein paar Jahre später sollte ein zweiter neugieriger Pionier sich schrecklich verirren im unbedingten Willen, die offiziell gar nicht existierende Schweineaufzuchtstelle todessehnsüchtig zu prüfen, was ganz inoffiziell das Verschwinden jenes selbsternannten Kontrolleurs von der Bildfläche besiegelte gegen alle Widerstände von Kurtis Vater. Er sagte dem Deutschen, er habe das System eben falsch verstanden, die Lebensmittelkarten gebe es nur, um das Volk zu trainieren, auszutesten, ob man noch fähig oder schon zu verhätschelt war, sich eigenständig zu ernähren. Kurtis Vater fragte, ob es den Deutschen denn wirklich so stolz mache, ein ganzes Dorf des Hochverrats zu bezichtigen, falls ja, dann kann er sicher gerne mitessen und sich selber stellen, Kriminelle gebe es ja ohnehin zu viele derzeit, einer mehr oder weniger, auf seinem rühmlich deutschen Gewissen. Letztendlich deutete Kurtis Vater dem Protestanten gegenüber sogar an, dass es im Endeffekt genau darauf hinauslief, was er, der Antiprotestant, hier tue, er, der Antiopportunist, wisse schon, dass er, der Endsieggläubige, nicht der Erste wäre, den die Wälder verschluckten, woraufhin der Nazi seine letzten Worte sprach, sich für die Warnung bedankte, er habe eine Karte, man erkundige sich doch vor Touren, bevor er sich triumphierend zum Verschlag umwandte, arglos sein Genick dem Gegenüber darbot, wie ich erfuhr, als ich Kurti einen Hausbesuch abstattete.

Kurti zog und schaute felsenfest lotrecht über die Wasseroberfläche und Wiesen jenseits des Flussufers zum Gipfel hoch, wo Kurtis Ähnl in den anarchistisch-hinterwäldlerischen Widerstand gegangen war, Tunnel in den Berg sprengte, aus dem übrigen Schutt Wälle, MG-Häuschen und Fliegerabwehrgeschossausgucke mauerte, autarke Lebensmittelversorgung aus dem Stegreif installierte. Ich wehrte mich gegen die aufdringliche Vorstellung einer Schar vergnügter Lämmer auf grünenden Almwiesen, und Kurtis Ähnl marschierte die kärgsten Grate entlang, blickte die Hänge hinab, ein nur über die Gipfel erreichbares Hochplateau zu finden, dessen Verkarstung noch auf sich warten ließ, wo es überhaupt Erde gab, wo dieser Humus weich und tief genug war, einen Friedhof anzulegen für seine Genossen, trotzdem entlegen den vom Tal heraufstrebenden Nazis. »Sie hatten Sprengmeister, sie hatten Ingenieure, sie hatten Soldaten, sie hatten Advokaten, Künstler und Köche, allesamt armiert, unter Waffen, bis zu den Beißern, von zähem Fels umgeben, versteckt in Höhlen, feiste Typen, eingebunkert und bereit«, wie mir erzählt wurde, als ich Kurti einen Besuch abstattete, von seiner Frau.

Selbst Vollwaise, ohne Ahnung von ihren Vorfahren in einem Unterlander SOS-Kinderdorf groß geworden, wo sie inzwischen als Erzieherin arbeitete, war Rita ganz geil auf Kurtis Ahnengeschichte und seine Familienangelegenheiten, die nun ja auch ihre waren. Kurti aber, ihr abgewandt und mir gegenüber am Couchtisch sitzend in einem Fauteuil, rollte die Pupillen durch die Augenhöhlen. »Er war ein Held«, sagte Rita, während ihre Hände drüben an der Arbeitsfläche ins Licht glitten, das dieser spätnachmittäglichen Uhrzeit genau auf die Küchenzeile fiel zum Fenster herein von der haarscharf über dem Bergkamm stehenden Sonne. Ihr Schein schnitt schräg in den Raum als perfekter Quader mit so festen Kanten und Ecken, als wäre außerhalb seiner Grenzen die Luft von anderer Materialität, als strotzte und bebte Finsternis im Zimmer hinter Kurti vor den anderen drei Fenstern, die rollladenverhangen und lichtgerändert waren, unter dem feingemeißelten, eigentlich Engel formenden Barockstuck, die plötzlich an Boschs Höllenfolterknechte erinnerten, um den an einer goldgeschmiedeten Kette hängenden Lampenluster, der zwölf eingestaubte Glühbirnen hielt. Die halbherzig glimmenden Wolframdrähte im Innern hüllten den seltenen Anblick eines zivil angezogenen und irgendwie blutleer wirkenden Kurti eher in Dunkelheit, als dass sie den blauen Fauteuil ins Licht setzten, die Fingerabdrücke am gläsernen Couchtisch, den zerkratzten, verdreckten und schmutzverklebten Eichendielenboden, das durchaus gemütliche Sofa und wohl auch mich in Flanellhemd. Von der Schinkenkeule glitten im Blitzen der Klinge zwischen Ritas Finger Serranoscheiben, die so dünn waren, dass sie keinen Schatten warfen. Der Sonnenschein durchdrang sie einfach, legte sich stattdessen auf den gusseisernen Pfannenboden. Augenblicklich fing das Brutzeln an, übertönte Lichtreflexe spritzend das Fauchen der blauen Flammen, Olivenölduft erfüllte das Zimmer. »Er hatte es vielleicht auch leicht«, Rita warf die vier hautfarbenen Serranoschnitze in die tiefschwarze Pfanne, schlug acht Enteneier hinterdrein, mühlte Pfeffer und haute Brot drauf. »Samt und sonders Verwandtschaft wanderte seine Frau nach Argentinien aus.« Und bevor ich noch fragen konnte, ob Kurtis Ähnl erst Anarchist geworden oder von seiner Frau verlassen, »Rita, es passt eh«, sagte Kurti. »Kann ich irgendwie helfen, vielleicht?«, fragte ich. »Sicher nicht, streck dich lieber auf die Couch«, kam es zurück, »leg deinen Hinterkopf auf die Lehne, dass du mich nicht mehr siehst, hör zu und assoziiere frei, was du in den Rorschachformen am Plafond erblickst. Beim Servieren mach ich dann sogar einen Knicks.« Kurti erwiderte meinen hilfesuchenden Blick nur mit einem beruhigenden Kopfschütteln und ich stammelte irgendetwas zusammen, dass ich ihr auf keinen Fall zu nahe treten wollte. »Ich mein das ernst«, sie warf einen Untersetzer in die Couchtischmitte, »bei so wenig Arbeit sich noch helfen lassen, das wär ja fast schon faul. Schau!«, und lud die Pfanne ab. Rita teilte voneinander drei schinkeneiverklebte Brotscheiben. »Kannst du mit der Hand essen.« Unwahrscheinlich gut schmeckte der Serrano.

Als das feindselige Gerücht die Schlange machte, die steigenden Rindfleischpreise hingen mit irgendwelchen Zöllen, politischen Unruhen im Pinochetregime, zu zahlenden Bestechungsgeldern an Flughafenpersonal oder der Verfolgung und Ausrottung Kurtis entfernter Verwandter und Zulieferer in diesen unsicheren Ländern zusammen, fetzte es dem letzten rüstigen Fleischer endgültig den Geduldsfaden. Als allen Ernstes unter den Einheimischen die Mär kursierte, Kurtis Rindviecher kämen über Langstreckenflüge nach Österreich aus den gekühlten Rümpfen irgendwelcher in Buenos Aires abgehobener Boeings, als Frachtstücke, bereits zerteilt und portioniert, kam selbst Kurti mit seiner Nachsicht zum Finis. Die eingefleischte Dorfgemeinschaft schaffte es, Kurtis Gutmütigkeit ihre Grenzen aufzuzeigen. Dieser bäuerliche Misstrauensverein brachte es fertig, sich die Mäuler unversöhnlich zu zerreißen mitsamt allen Banden der Sympathie, die Kurti über all die Jahre unermüdlich zwischen seinem Laden und den boshaften, alteingesessenen Rachen geflochten hatte. Diesmal beschloss er, ihnen die tuschelnden Münder weder mit eisenreichem Fleisch noch mit feinschmeckerischer Schweigsamkeit zu stopfen. Statt die Leute reihum abzuservieren, nickend über das Gerede hinwegzusehen, hatte er sich ein Kopfschütteln zurechtgelegt, das niemand übersehen sollte. An einem Samstag blieb der Laden geschlossen. Erst nach stundenlangem Warten erblickten die ersten wachsamen Augen den Viehtransporter in der Ferne. Er schoss noch klein wie ein Spielzeugauto hohen Tempos vor den Steilhängen dahin, wechselte die Spur und stieb Ohren und Nasen zerbeißenden Reifenabrieb zum Himmel, stotterte voll vom ABS gebeutelt, ruckartig und potenziert langsamer werdend auf dem Bremsstreifen dahin, fuhr unter Hupen und ständigem Aufblenden von der Bundesstraße ab, schleuderte in die kurvige Ortseinfahrt, dass es den Anhänger gegen die Leitplanke wichste. Kurti kuppelte und trat das Getriebe durch die Gänge, während der Viehtransporter die Ortstafel passierte hinter den auf ihn gerichteten, ihm folgenden Zeigefingern der Einheimischen, die verwundert vor der Fleischerei standen. Der Wagen preschte zwischen den winzigen Vorgärten an Ball spielenden Kindern, in Bushütten herumlungernden Halbwüchsigen, auf Bänken dahinkauenden Greisen vorbei, die schnurgerade Dorfhauptstraße hinab. Das hupende Fahrzeug passierte hinter Maschendraht blühende Palmweiden, Frühbeete krönende Wacholdersträucher, Terrassen säumende Terrakotta-Töpfe voller roter Stechpalmen, ganze Hauswände umfassende Spaliere hochwuchernder Schlingpflanzen. Geradewegs wuchs die Viehtransportermotorhaube der Fleischerei entgegen, frenetisch blinkende Fernlichter, der vibrierende Kühlergrill, die qualmende Schnauze, die Windschutzscheibe, Kurtis Faust, die er immer wieder aufs Lenkrad haute. Versammelter Kundschaft fuhr er vor die aufgeklappten Kinnladen. Ich selbst staunte, »nicht schlecht, Herr Hecht«. Gerade erst vom Fischen gekommen, flankiert von meinem stetsschattigen Nymphenkumpan Archiebald, hatte ich mich unter die Schar wartender und wie eh und je schnatternder Leute gemischt, eh schon verwundert wegen ihrer schieren Zahl. Allesamt monierten sie die Situation, suchten Gründe für Kurtis Fernbleiben, fanden keine für diese Unmöglichkeit, eine geschlossene Fleischerei, ob sie jetzt hungern sollten oder was. Normalerweise war die Schlange frühnachmittags kurz und der Laden längst leergekauft. Eine kleine Jause wollte ich mir nur holen, eine Leberkäsesemmel, ein paar Kaspressknödel aufgeschnitten im Mohnflesserl, oder Holzknechtnocken auf Pappendeckel mit Sauerkraut, oder was auch immer Kurti noch dahatte. Happenware auf die Hand gab es eigentlich zu jeder Tageszeit reichlich, und danach auf eine schnelle Pausenzigarette mit ihm, für ihn wahrscheinlich schon Feierabend.

Stattdessen sprang Kurti jetzt aus dem parkenden Fahrzeug ins Stumme. Von einer Sekunde auf die andere hatte es der gesamten wartenden Dorfgemeinschaft den Atem verschlagen. Niemand sprach, kein Vogel schrie, vergessen das Geplapper von eben, und nicht mal das Aufsetzen von Kurtis Sohlen auf dem Boden begleitete ein Geräusch. Totenstill hielt er in der einen Hand einen dicken Jutestrick, der drohend, suizidal baumelnd und genickbruchtauglich geknotet aus der Faust gen Boden hing, in der anderen Hand das Fleischerbeil, im Sonnenlicht blitzend. Kurti breitete wie INRI die Arme aus, hinter ihm der von einer Plane umspannte Anhänger des Viehtransporters wie ein Altar, zu seinen nackten, in Sandalen steckenden Zehen eine lange, leere Bahn Dorfhauptstraße, wie der freie Gang zwischen Priester und erster Reihe Kirchenbank, wo die Schlange Kurti gegenüberstand. Der Laden verkam mit einem Mal zum bloßen Seitenaltar, wo sich in einem dunklen Winkel ein wahnsinnig gutes Ölgemälde versteckte, auf dem sich der bleiche Körper Christi während der Gottesdienste kränklicher Miene und schwächelnder Glieder unangesehen aus der finsteren Firnis schälte, einfach keinem Augenmerk entgegen. Denn welche Kirchengeher geben sich schon mit dem Abbild zufrieden während der Anwesenheit des Heiligen Geistes in Form einer aus der Sakristei geholten Monstranz. Kurti wandte den Zuschauern den Rücken zu und schritt lautlos, hochtrabend, voll Inbrunst, immer noch die Arme ausgebreitet auf das Führerhäuschen des Viehtransporters zu. Jetzt wandte er sich zur Seite, tat die nächsten Meter den Anhänger entlang. Vor cremefarbener Grundierung schwebte sein Kopf im Profil dahin. Sein blasses Antlitz war starr, als bewegte nicht er sich, als trage jemand die Leinwand vorbei, als fahre der Viehtransporter nach vorne. Meter für Meter, Nase voran, schnitt er den Hintergrund Richtung Laderampe. In der Plane klaffte vom Touchieren der Leitplanke ein dunkler Riss, den Kurtis Hinterkopf bis eben verdeckt hatte. Als Kurtis Haaransatz dann mit der Hinterwand zur Deckung kam, klappte er die Planke herab, donnerschlagartig knallte sie, Staub stieg, ein Stier schrie. Aus dem Viehtransporter heraus, Horn und Haupt voran, dann die Wamme, der Nacken, Flanke, Rücken, Schwanz hinterher, kam das Tier. Der Riss hingegen ging ein in Ununterscheidbarkeit, verschwand in der Unsichtbarkeit zweier einander überlappender cremeweißer Flächen. Das staunende Luftholen war jetzt so groß in der Schlange, als hätte niemand hier jemals ein Schlachtvieh im Ganzen gesehen. Man glaubte ja erst und nur, wenn und was man wahrnahm, und dieser Stier war ungeheuer wahr, wandte sich um neunzig Grad, kaum dass er alle viere auf dem Dorfhauptstraßenbeton hatte, beide Hörner, Augen, Kiefer, Vorderläufe und Hufe drehte das Vieh der Menge zu, die Brust, sie hebet und senket sich. Hammerhart schlug das Tierherz zu, dass der Puls an der Brust noch zitterte, dass es die Provinzlermienen zu meiner Linken entzückte, die Einheimischengesichter zu meiner Rechten ergötzte.

Kurti gänzlich ungerührt hängte dem Stier die Schlinge um, zog zu. Der Knoten riss sich zusammen. Alles war wieder stumm. Nur Archiebalds rasselnde Lunge. Der Stier schnaufte noch. Betablocker fluteten wohl mit dem Blut den strammen Körper. Oder noch härtere Medikamente beruhigten die Muskulatur, fermentiertes Futter und Opioide hielten vielleicht die Kapillargefäße offen. Oder dem pumperlgesunden Vieh hockte der Pferchstress, der Klaustroschreck, der Fahrtschock so fett in der Wamme, dass sie nicht mal zuckte, obwohl sich die Muskelpakete rund um das Schulterblatt langsam anspannten, zunehmend abzeichneten und zu dreidimensionalen Gebilden anschwollen unter der graubraunen Haut. Mustergültig unversehrt, unberührt und unverunstaltet traten aus dem lebenden Fleischberg auch die schieferplattenförmigen Beckenknochen hervor so brachial und starr, dass heiße Prägeeisen wohl einfach abgeprallt wären. Bloß ein Tritt fehlte, ein Ausfallschritt, ein kurz aufbrausendes Rasen, ein Kopfsenken und Hörnerschaufeln durch die Menge und das wärs dann wohl gewesen mit uns allen, aber der Stier wirkte friedlich, stand einfach nur da. Wie eine zweite Fleischschicht saß der Strick um seinen Hals, lief dann weiter zwischen Kurtis Finger, stramm um seine Hand, und als reine Erweiterung verkrampft die Gelenkssehnen hinauf, hinein in den Arm als hervortretender Trizeps bis zum Schultergürtel, der sich ebenfalls wölbte und andererseits zunehmend entspannte, bis er mündete in den anderen Arm, in die Hand, in der gänzlich lässig, Freiheit verheißend das Fleischerbeil war. Es senkte sich jetzt. Es hätte nur einen entzweienden Hieb gebraucht. Doch Kurti beugte die Knie, angeschaut von uns, ging weiter nach unten mit geradem Rücken und in die Hocke. Er glotzte uns aus Froschperspektive an, wandte den Kopf, warf dem Stier einen Blick zu, schüttelte den Kopf, legte das Beil halb auf Beton, halb auf seine Sandale, kam wieder hoch, sah währenddessen wieder uns an, nickte, griff in seine Hosentasche mit der freien Hand und ich sah ihm seine Nervosität an. Ein Schweißtropfen rann von seinem Haaransatz, einer war schon am Boden zerplatzt und zeichnete den Beton. Aschfahlen Gesichts schnippte er die Kappe von der Zigarettenpackung, nahm Filter und Feuerzeug zwischen die Lippen, steckte die Packung weg und spuckte nur das Feuerzeug in seine sogleich fahrigen Finger. Als die Flamme klickte, schäumte der bis eben ruhig am Stiermaul hängende Sabber plötzlich auf, in den weißen Glupschern platzten augenblicklich Adern, sodass wir rote, verquollene Netzhäute sahen. Der Stier trippelte, die Muskeln erbebten und lebten auf, erstarben aber mit der Flamme, dem ersten Rauchausatmen Kurtis und einem hurtigen Zug am Strick, der dem Stier die Luft abschnürte, derartig brutal, dass es seine Pupillen ein paar Millimeter in die Augenhöhle hineinsaugte. Ich sah die Einheimischenkiefer krampfen, Archiebalds Augenbraue zuckte, gerne hätten sie etwas geschrien, aber sie waren quasi paralysiert, nur ihre Hände, die sich zu Fäusten ballten, woraufhin Kurti seinen Strickgriff lockerte.

So stand Kurti da, rauchte, angeschaut von uns. Freihändig zog er, schaute uns an. Die Nüstern des Stiers blähten sich. Kurti blies den Rauch aus, nach unten, in zwei Strahlen. Im Rückstoß kräuselten sich die Wolken unter seinem Kinn, stiegen zur Seite auf, liefen wie ein flaumiger Backenbart die Wangen hinauf. Sie ließen eine schluchtförmige Schneise frei, ein V vor Kurtis Gesicht. Der Rauch formte graue Kalkwülste bis zu den einander gegenüberliegenden Gipfeln an Kurtis äußeren

Augenbrauenenden. Die beiden wolkigen Felssteilhänge fanden die Wangenknochen hinab zusammen zur Talsohle des Adamsapfels, inmitten all dessen Kurtis kalter, freier, klarer Blick, der weiter der Menge entgegenstieß, über der Gegend wachte, mit der Strömung das ganze eingepferchte Land durchmaß. Wie bewegungslos alles war, abgesehen von der Zigarettenspitze, die bei jedem Zug aufglimmte, etwas Asche gen Boden und Tabakknistern in die Menge und Rauch zum Himmel schickte, wodurch Kurti die Felswände an seinen Wangen, das Alpental in seinen Augen und den Blick hindurch der Menge entgegen aufrecht hielt.

Das tote Verstocken dieses Moments bemerkte ich erst, als eine abgedrängte, alte Frau sich durch die Menschenanhäufung rempelte, mit Ellenbogen den Weg freikämpfte, Stoßstafetten umfallende und stolpernde Leute entlang erzeugte, bis sie ganz zuvorderst, neben mir ankam, graubrauner Haut, greinender Stimme, deren Klang ich ihr einfach ansah, obwohl sie still blieb, nur die Hand zum Winken erhob. Finger wie Krallen hielt sie vor ihr Gesicht, bewegte sie der Reihe nach auf und nieder wie ein Kind, das am Klavier erstmals *Alle meine Entchen* oder wechselweise *Die Moldau* spielt, die gleiche Tastenfolge, bloß eine Terz drunter, die Molltonleiter entlang. Die Welle ging durch die Fingerglieder der alten Frau, und erst aufs zweite Hinschauen begriff ich, dass sie Kurti kess zupratzelte oder wechselweise dem Stier, oder sie wartete ungeduldigst, malträtierte eine imaginäre Tischplattenkante, Trommelwirbel für Kurti und den Stier, veranstaltet von der alten Frau mit den laolalaufenden Fingern, der Komplizin mit dem verschmitzten Blick, den sie auf Kurti oder den Stier richtete. Sie schielte fürchterlich. Vielleicht war es aber auch nur das Sonnenlicht, das ihr die Lider zusammenkniff wie dereinst der Tod, wonach ein Liebesbrief aus ihrem Nachlass an Kurti ging, mit dem sie ihm dankte und sagte, er habe sie so sehr an Herrn Lang, den letzten Habsburgerhenker erinnert, den sie in jungen Jahren beim Steigen aufs Schafott bewundert habe in Wien, beim Schlingenschürzen zwischen diesen samtenen, weißen, ultraunschuldigen Handschuhen habe sie ihn verehrt, beim Armeausstrecken nach vorne über den Würgegalgen begehrt, inmitten des Hohen Marktes, wo auch der Vermählungsbrunnen stand und das zärtliche Strickschließen um den Delinquentenhals geschah, wo sie das Leben mit einem Ruck sich aus den Augen des Hascherls schleichen sah, auf quasi humanistische Weise, habe sie immer gedacht, schnell, schmerzlos, verantwortbar, hochachtungsvoll von der Menge beklatscht, und unter Applaus trat der Peppi Lang ab, anders als bei den englischen Barbaren, wo sich der Henker unter einer schwarzen Kutte verstecken musste.

Hundert Jahre war sie damals schon alt, als Kurti sich auf ihr gefälligstes, forderndes Winken hin mit dem Stier in Bewegung begab. Die Hufe setzte er sacht auf den Dorfhauptstraßenbeton, hinterließ kein Geräusch in der Luft, prägte nur Abdrücke aus Stallmist und gebrochenen Strohhalmen auf den Boden. Ein sanftes Vibrato spürte ich mit jedem Schritt des Tieres durch meine Sohlen kriechen, die Beine hinauf, und zwischen seinen baumelten und schwollen die Hoden. Mit jeder Bewegung las ich die Form der Kugeln sicherer an dem prallgespannten, kaugummiblasenartigen rosa Sack ab, während Kurti alle paar Meter die Provinzler zu meiner Linken entlang eine Rauchfahne zum Himmel stieß. Weil der Fleischer so eine imposante, hochaufgeschossene Gestalt abgab, schwebte sein Hosenschlitz genau auf Höhe der Stierhoden, bildete mit der immer noch stillschweigenden Schlange neben sich eine zweite imaginäre Linie, die der inzwischen hinterherzockelnde Stier fladenlassenden Afters ebenfalls dem Dorfhauptstraßenbeton einschrieb. Auch die Kotbrocken kamen lautlos auf im unhörbaren Rhythmus der Schritte, im stillen Metrum der aus dem gekippten Ladenfenster stürmenden Fliegen. In Schwärmen machten sie sich über die Stierhinterlassenschaften her, wirbelten in lautlosem Takt umeinander in der Luft, bildeten seltsam euklidische, vieleckige Gebilde, tauschten die Bahnen von Grün nach Blau über Violett bis Schwarz und ins tiefste Gelbrot schillernd wie die Außenfelder eines Zauberwürfels in den Händen eines wahren Meisters, während die alte Frau unablässig Kurti und dem Stier hinterherwinkte, ihnen verzückte Blicke aus schon halbgeschlossenen Augen nachschickte. Langsam erstarb auch das Tanzen und Positionenwechseln und die Fliegenhundertschaft ließ sich portionsweise nieder auf den fragmentierten Fladen, besetzte die schwarzen Kotspritzer feldweise und tunlichst nacheinander, eine Abwärtsbewegung wie eine brechende Woge vom Wasser aus gesehen, doch mucksmäuschenstill wie ein Teppich, der gewandter Hand, schwenkender Armbewegung abgerollt, zu Boden gelegt und gesegelt wird, federleicht. Aus der Luft, in Sturzflug und Salto mortale, ein ganzes Volk, das sich verneigt, die Fliegenleiber strichlierten schillernd Kurtis Weg, exakt parallel die Schlange entlang, kein bisschen sich verjüngend, nicht mal ansatzweise zum Dreieck gespitzt, aufs Schneiden und Treffen verzichtend liefen die beiden, Kurti und der Stier, in Verlängerung der abgesessenen Fliegenschar, ließen den Laden links liegen, den Räucherofen auch, und über Kurtis Rücken stiegen Wolken auf.

Zwischen sich den locker durchhängenden Strick, passierten sie nun ebenfalls die hintere Ladenmauer, überhaupt ihres Zeichens letzte Rückwand diesseits des Dorfes. Wie eine zweisame Prozession bewegten sich hinter den still schillernden Fliegenflügeln die beiden schwindenden Silhouetten hinaus, von der Dorfhauptstraße auf den Schotterweg, der bald zu Kies wurde, versandete zwischen brachliegenden Feldern, und dann weiter über die Wiesen, immer kleiner werdend Stier und Henker unter Rauchschwaden, als schwenkte der Pfarrer dort vorne ein Thuribulum jedem Schritt voraus, die paar hundert Meter hinunter, dass der Weihrauch in satten Flecken erst zum Himmel stieg, bald in sanften Tupfen sich erhob und auflöste, zuletzt in sachten Pünktchen nur noch ganz weit unten sich abzeichnete im Sonnenlicht am Hintergrund des aufschießenden, grünen, von braunen Flächen geäderten Bahndamms, an dessen Fuß Kurti und der Stier dann verharrten. Noch winkte die alte Frau, auf und ab die Finger, noch fraßen die Fliegen, still und quirlig, noch schaute der Provinzler rechts neben mir, den Blick beschattet über der Braue mit der Handkante, noch las ich die Spur, das Diminuendo der Rauchwolken, die Stufen vom Himmel herab zu Kurti, noch zog der Sohn mit bibbernden Lippen und zittriger Hand am Poloshirtzipfel des Vaters, fragte noch nicht »was tut der da?«, noch hatte die ganze Schlange die Köpfe gewandt, halssehnenspannend, ohne den Oberkörper zu bewegen, noch keine Ahnung, verkrampft, warum Kurtis Silhouette mit einem Ruck um die Hälfte verkleinert war.

Vor der Bahndammwand verschwand er hinter der anderen Silhouette, erschien zwischen den grashalmdicken Stierbeinen, füllte dort das leere, braungrüne Feld aus, erhob sich zu voller Größe, dass die Hufe schwebten, er schulterte das Tier, auf Anhieb, er löste die Schlange. Die Menge tobte wie ein Epizentrum, rannte los, wogte jetzt selbst wie eine Welle an der Fleischerei vorbei. Die Provinz bewegte sich, es riss sie hin, ein Laufen und Hechten, ein Schreien und Jaulen. Die Fliegen stieben zum Himmel, verbreiteten unerträglichen Krach, Hautflügelrasseln, Chitinschaben, das Tosen biblischer Plagen, auf einen Schlag war die Sonne verfinstert, grün schillernd. Unbeachtet kullerten Bälle ihre letzten Schwünge an Vorgartenzäunen aus, während die Kinder einfach darübersprangen, zur nächstbesten Haustür rannten, ungeachtet, ob sie dahinter wohnten, standen sie in kleinen Gruppen, zu viert, zu dritt, zu zweit, allein, vor den Einfamilienhäusern, rissen an den Klinken, schrien wie wild, Tritte gegen Furnier, eingeschmissene Fenster, Verstecken in Buchsbäumen. Ein paar Zurückgebliebene rissen noch Palmzweige, Äste und Blumengestecke aus Vorgärten ab, um sie zu schwenken im Rennen, an mir vorbei, schreien »heil, heil Oberer!« – »Sein Nachname«, sagte ich zu Archie, »Alter?« Die kauenden Greise standen von ihren Bänken auf, kamen die Dorfhauptstraße herab, unendlich langsam, gerade erst von den Halbtoten erkoren zu Lemuren. »Ja, wirklich«, flüsterte ich. »Geh scheißen, Siegi!«, sagte Archie und grummelnd, das brauche er wirklich nicht, machte er sich dünn. Und die herumlungernden Jugendlichen bewegten sich ebenfalls, liefen den Greisen voraus, nur um dann stehen zu bleiben, sich voll Graus zuzuraunen, »Alter, wie peinlich!«, und sich abzuwenden von ihren Eltern, die im Vollsprint aus den Hosentaschen Stofftaschentücher rissen.

Kniekehlen übertölpelten sich in den Feldern. Füße hakten an Schienbeinen schon auf der Strecke Gebliebener ein. Nachdenklich stapfte ich vorbei an den Kothaufen, kaum mehr zu erkennen, die meisten zertreten, ein Wirrwarr aus Schuhsohlenprofilen, nur im letzten Fladenfragment prangte inmitten der Scheiße ein deutlich abgezeichneter Abdruck. Lederhosen und Trachtenjacken tragende Körper flogen vor mir durch die Luft. Beim Einschlagen am Boden schlugen sie Purzelbäume. Andere stürzten und es streckte sie reglos hin wie Legföhren. Ein Darniederliegender übergab sich lautstark. Kurz bückte ich mich hinunter, doch schnell gab er zu verstehen, er ersticke schon nicht, ich solle lieber rennen und berichten. Eine Frau in Veilchenkleid richtete sich links neben mir auf. Im grünen Wiesengras waren überall Menschenabdrücke, wie sie junge Mädchen hinterließen nach Schäferstündchen in mittelalterlicher Minne. Niedergetrampelt lag die Alte. Auf den Bahndamm schritt ich weiter zu, ein Liegengebliebener hielt sich schmerzverzerrten Gesichts den Knöchel, ein Hartgesottenerer humpelte mir voraus.

Kurti hatte mit Stier auf dem Rücken die Hälfte des Hügels erklommen und ungefähr die Hälfte der Schlange um sich geschart. Doch niemand trat ihm zu nah. In der Steigung des Bahndamms sah ich deutlich die Form der Jünger. Sie bildeten um den dicken, runden, lautstark ausschlaggebenden Klöppel den Querschnitt einer Kuhglocke. Lautes Muhen und Stöhnen eines übereinandergefallenen Paars neben mir im Gras. Die Frau grabschte nach meinem Knöchel, der Blick ganz wild, das Haar voller Kletten, die Hosen schon heruntergerissen. Halb Tritt halb Schritt stieß ich ihre Hand weg, musste ich doch zum Propheten, der sich auf den Berg machte gerade. Da stach mir auch wieder die Sonne in den Nacken. Die Fliegenscharen waren fort und auch ich erreichte den Bahndamm, schritt gemächlich den halb gräsernen, halb schlammigen Weg hinauf, hoch den Blick. Kurti hatte den Scheitelpunkt bereits erreicht, behielt den Stier aber im Genick. Ganz deutlich zeichnete sich ihrer beider Gestalt gegen den letzten Hintergrund ab, die verkarstete Felswand am Horizont. Wie es bei Anstiegen auf vorgelagerten Hügeln nun mal ist, gerieten nur die höheren Gesteinsschichten über der Baumgrenze in meinen Blick. Ein toter, schroffer, aschfahler Abhang, beschattet und trostlos, bar jeder Vegetation, vor dem Kurti stand. Die Schar rundum feuerte ihn an, er sei ihr Mann, pries ihn als Messias, wenn nicht als Heils-, so doch als Fleischbringer. Das Beil zwischen die Zähne geklemmt stemmte er, wie Moses die Steintafeln hielt, den Stier in den Himmel. Über dem Gipfel, blau umflossen der schmackhafte Rücken. Ich meinte, den panischen Blick des Stiers auf mir, dem Nachzügler, zu spüren. Je weiter aufwärts ich schritt, umso mehr neigte sich der Winkel. Bald sah ich das Stierhorn die Bergspitze touchieren, es durchstach sie nicht mehr, dann sah ich die Baumgrenze. Ich stieg noch weiter, und schon wurde der graue Fels zum Hintergrund des schwebenden Stiers. Kurti aber stand im Grünen. Wahrscheinlich war dem graubraunen Tier auch der Bahndammabhang andererseits zu steil. Oder das Vieh hatte verständlicherweise keine große Lust, bis ins Jenseits weiterzumachen. Kurti aber machte sich jetzt an den Abstieg, den Stier im Genick, das Beil in der einen, den Strick, der über den Boden schleifte, in der anderen Hand.

Als ich die Schlacke um die Gleise betrat, traf und umfing und hüllte mich ein wie immer mit solcher Gewalt das Flussrauschen, dass ich das Einheimischengetuschel, das Klagen und Jubeln, Siegheil und Verschonemich, Habgnade Gottlob, einfach nicht mehr hörte. Der Fluss offenbarte sich mir in seiner ganzen Klanggewalt, kam zwischen den beiden als Hochwasserwällen dienenden Bahndämmen in meinen Blick, strömte dahin meilenweit, in Mäandern tallängs, so weit das Auge reicht, Meter breit, bis die andere mickrige Erdaufschüttung, die Hangeichen dahinter, die silbrigen Fichten, die verkrüppelten Legföhren und der nackte Fels den Blick begrenzen. Den Sprühnebel der Kaskaden spürte ich die zehn Meter bis hier herauf auf der Haut. Den kalten Hauch sowieso, den raschen Temperaturabfall um das Gewässer herum, gierig sog ich Luft ein, schaute in die sprudelnde, alle Spiegelbilder wegreißende Strömung, sah die Fliegenstange in meiner Hand glitzern im Licht. Unten hatte Kurti eine seichte Stelle gewählt, eine überspülte Sandbank, wo er trotz hohem Wasserstand bis zur Brust zu stehen vermochte. Ein paar Provinzler trieben schon dem Horizont entgegen. Allzu leicht reißt es einem die Beine weg. Ungefährlich eigentlich, aber stundenlanger Fußweg zurück. Hier konnte bloß Kurti durchs Wasser gehen. Das zusätzliche Gewicht presste seine Füße in den Sand. Dann setzte er den Stier ab. Der hatte nicht gerade Überwasser. Die letzten Nachzügler strömten über die paar Meter Wiese zwischen Bahndammfuß und Flussufer, vorbei an Trauerweiden, ins Wasser köpflernden Ottern und brütenden Reihern, um Kurti zuzuschauen. Als er die eine Hand hob, gleichzeitig mit der anderen den Stier an sich riss, blitzte es über der Oberfläche, ob gegen Tier oder Mensch brandendes Wasser, aufgeworfene, zum Himmel spritzende Tropfen, oder doch die Fleischerbeilklinge, ich weiß es nicht, und nur, um sie uniformtauglich zu färben, legten vor ewigen Zeiten die kaiserlichköniglichen Leinenbauern ihre Stoffbahnen mitsamt indigohaltigen Waidblättern tagelang in Sautröge voll menschlichem Urin, der abgesehen von Alkohol als einziger damals bekannter Stoff Indigo löste. Um genug pissen zu können und auch den Alkohol nicht zu verschwenden, besoffen sich die Leinenbauern also mit kaiserlichköniglicher Erlaubnis, von Gottes Gnaden fast, und schifften die Sautröge voll, ob sie das Bier dann abdrücken konnten von der Steuer, ist leider nicht bekannt. Sehr wohl, dass es einem Ulanen kaum geziemte, in bepissten, graugrünen Gewändern herumzuvagabundieren, geschweige denn zu paradieren. Die Leinenbahnen mussten dann noch in die Sonne gehängt werden, unter deren UV-Strahlen erst das Indigo endgültig zum Vorschein kam, auch dieser Prozess dauerte seltsamerweise lange an. Die gerade von ihrem Kater genesenen Leinenbauern hängten die Stoffbahnen zuletzt hygienischer Zwecke wegen an Wäscheleinen und Haken ein paar Stunden in den Fluss, huch, schon wieder ein ganzer Tag rum, und die Pisse und einige Liter überschüssiger Farbe gingen mit der Strömung, »wie gehts dem Herrn Sohnemann denn, Frau Doktor, in Wien beim Regiment?«, bis ins nächste Dorf, »unlängst befördert, Ulan jetzt neuerdings«, dass alle wussten, »die Uniform kriegt er auch bald. Schauen S'«, sie machten blau. Kurti war eben von anderem Schlage. Ebenfalls blieb die Fleischerei an diesem Tag geschlossen. Schon vor ewigen Zeiten lagen Flussaufseher und Leinenbauern im Zwist. Und auch ich starb nicht nur um meine Jause, das nachmittagsträge Äschenfischen, das dämmrige Saiblingshaken, am allerschlimmsten aber das abendsprüngliche Forellenfangen, hatte uns Kurti mit seiner showgierigen Kundenbagage und seiner Hau-drauf-Taktik genauso versaut. Dennoch kein Grund zur Klage. Ich war Kurti nur sehr kurz böse. Es gab ja auch noch andere Tage. Wenn auch nicht mehr viele. Aber natürlich drückte ich beide Augen zu.

»Gibt es eigentlich Fotos von damals?«, fragte ich mich und Rita. Kurti schnaubte und schabte mit dem Wellenschliffmesser über den Porzellanteller dahin. »Blödsinn!«, Rita stand auf, ging zur Küchentür und schrie durch die Wohnung: »Elvira, dein Vater ist da.« Kurti schüttelte den Kopf und Rita sagte, er könne schon konsterniert schauen, aber sie bestehe auf einer gemeinsamen Mahlzeit. »Wenigstens«, nirgends in diesem Raum entdeckte ich auch nur einen Fotorahmen. »Das waren volle Tage, sag ich dir, da oben in den Bergen. Die mussten Essen zusammenkratzen. Was lebt schon im Fels. Mit Pech triffst du auf der Jagd Bären. Oder sie finden dich eben wegen der Lebensmittelreste. Die brauchten erstmal eine Müllentsorgung. Gegen Wölfe mussten sie sich wehren. Die mussten Kreuzotternantiserum herstellen. Da brauchst du erstmal glatte Oberflächen und Reagenzgläser. Die hatten noch ein paar Morphiumampullen. Haben sie ausgeleert. Ein paar Aschenbecher. Eine ganze Kultur haben die wieder aus dem Boden gestampft. Wasser haben sie geschleppt von den Bächen. Das Feuerholz für die Nacht fällt auch nicht von selber in die Höhle. Und den Rauch kriegst du da erst recht nicht raus. Behandlungen braucht es dann für die Kohlenmonoxidopfer. Friss einen falschen Pilz und das wars. Durchfall und Wassermangel, keine gute Kombination. Aber Zeit zu heulen hast du nicht. Aus dem tripgeschüttelten Trottel holst du dann noch raus, woran er gerade verreckt, und schreibst es auf. Musst du ja wissen, welcher der giftige Pilz war. Und stell dir vor, jemand bekommt Fieber. Nicht mal einen Zwiebelwickel konnten sie machen. Und der Skorbut schlägt zu. Mit ein bisschen Glück gibt es einen Mittelsmann im Tal. Drei Monate maximal, bis ihn irgendwer verpfeift. Und so ein Pfiff hallt wochenlang, Monate manchmal, bevor sich da wieder jemand findet. Und die Sorge jede Sekunde, hat er gepetzt oder unter Folter gestanden. Ist er schweigsam ins KZ gewandert, hat erst da ausgepackt für einen Puffbesuch, für ein Butterbrot. Und immer wieder verirren sich ein paar Nazis in die Berge. Die musst du erschießen. Oder gefangen nehmen und ausquetschen. Sucht er günstige Plätze für die Alpenfeste? Ist er nur ein lustiger Wandersmann? Macht er gerade Fronturlaub? Oder weiß man unten im Tal etwas? Und dann diese ganzen Nachzügler. Die sagen dir, sie wollen mitmachen, sind deshalb heraufgestiegen. Nur, lügen sie dir ins Gesicht? Das weißt du nicht. Liebe Zeit, obs Fotos gibt, will er wissen«, Elvira erschien in der Tür, »die hatten was anderes zu tun, sag ich dir«, erst als sie den sonnenlichtbeschienenen Küchenbereich verließ, sah ich, wie blass sie war. »Schon wieder gschupfte Franzi?« – »Strammer Max«, knurrte Rita.

Franzis plötzlichem Auftauchen im Dorf war ein Brief an Kurti vorhergegangen. Ein Anwalt hatte ihn aufgesetzt und mehrfach darauf hingewiesen, dass Franzi gewillt war, sehr hart zu arbeiten, um endlich ein normales Leben zu haben. Vielleicht habe Kurti bereits etwas darüber in der Zeitung gelesen, der Friederiekenhof. In dieser autarken Kommune im Burgenland sei Franzi großgezogen worden, wobei groß in dieser Causa relativ zu verstehen sei. Weder war ihr der eigene Geburtstag bekannt, noch ließe sich irgendjemand ausfindig machen, der ihre Entbindung bezeugte. Einerseits habe es die Kommunenführerin Anna Früh vorgezogen, sich im Zuge der langsam einsetzenden Strafverfolgung mit Gefolgschaft Kind und Kegel nach Portugal abzusetzen. Andererseits sei auch den abtrünnigen oder zurückgelassenen, besser gesagt minderkriminellen, verantwortungsvollen, jetzt in Kronzeugenprogrammen aufgenommenen Subjekten nichts Näheres über Franzi bekannt. Sie kannten nur das Mädchen mit der Nummer 0815. Wie alle Babys, Kleinkinder und Jugendliche des Bauernhofs wurde sie im Verbund ausgebildet, alphabetisiert, gestillt, gewickelt und gezeugt. Infolge der freien Sexualität in der Kommune war die Suche nach einem Vater schnell hinfällig, und die Mutter war wohl, während sie Franzi aufzog, ebenfalls Erziehende Dutzender anderer Kinder gewesen. Gesetzt den Fall, sie hätte sich nicht längst vom Konzept einer eigenen Tochter verabschiedet, hegte noch unter dem gelöschten Bewusstsein für bürgerliche Normalität so etwas wie eine Ahnung des Umstandes, Mutter zu sein, und hätte über Jahre währenden massiven Drogenkonsum und Psychoterror reichianischer Prägung ein Fitzelchen Erinnerung an Schwangerschaft und Geburt behalten, spekulierte man zusätzlich auf die äußerst unwahrscheinliche Möglichkeit, die Mutter hätte sich ein Gesichtsdetail oder eine andere Besonderheit am Körper des Neugeborenen bis heute eingeprägt oder Franzis Abstammung erwiese sich als mittels Zeugenaussagen anderer Kommunenmitglieder rekonstruierbar, so wäre immer noch nicht geklärt, ob die festgestellte Mutter hinreichend geläutert und wieder eingegliedert werden könnte in eine normale Gesellschaft, ob sie eher eine den sektenartigen Fängen der Kommune nie wieder entronnene Mitläuferin war, und wenn ja, ob sie sich jemals von den seelischen und körperlichen Qualen erholen und in der

Lage sein würde, eine Tochter zu betreuen, oder ob sie eher eine Schwerverbrecherin war, die sich in den sadomasochistischen Strukturen des Friederiekenhofs beteiligt, besonders hervorgetan und die steile Hierarchie hinaufgequälgeistert hatte, was sie wohl alsbald in einer Justizvollzugsanstalt fortsetzen könnte, sobald der Fall ad acta war, oder ob sie sich nicht eher selbst nach Portugal in eine Hippiekommune abgesetzt hatte. Jedenfalls konnte es Jahre dauern, bis der Prozess beendet war.

Wie bedauerlich all diese Umstände und die Vorkommnisse rund um den Friederiekenhof auch waren, inzwischen gehe es nicht mehr darum, die Schuldfrage zu klären. Dem Mädchen 0815, das man nun auf einen möglichst gewöhnlichen Namen getauft habe, oblag in der Kommune das Großziehen, Schlachten, Zerteilen und Zubereiten des Viehs. Niemand könne besser mit dem Beil als sie. Das innere Salzkammergut, weit weg von Wien und den nun anrollenden Verhandlungen, habe sie sich gesündesterweise selbst als Aufenthaltsort gewählt. Ora et labora hätten schon die alten Mönche als Weg in die Glückseligkeit beschrieben, und man appelliere inständigst an Kurtis Gnaden, Gewissen und Bürgerpflichten. Im Zweifelsfalle bliebe dem Anwalt nur, darauf hinzuweisen, dass Kurtis Fleischerei ins Steuerregister eingetragen sei als lehrlingsausbildender Betrieb, und nicht nur die ohnehin schon kulante, interimistische Toleranzzeit zwischen der Ausbildung zweier junger Menschen ausgeschöpft hatte. Mit freundlichsten Grüßen, versteht sich. Aber man verstand sich gar nicht.

»Gesindel!«, sagte Rita, als sie mir davon erzählte, und ich, »das arme Mädchen«. Die meine sie selbstverständlich nicht. Dem Brief habe ein Attest einer Wiener Ärztin beigelegen. Unter Hinweis auf die bereits fertig ausgeprägten primären und sekundären Geschlechtsmerkmale und die regelmäßige Menstruation sowie die stattgefundene Defloration wurde Franzi auf fünfzehn bis achtzehn geschätzt, kurzum auf lehrlingsfähiges Alter. Im Kuvert habe außerdem eine dringende Empfehlung der Arbeiterkammer gesteckt, die Franzi als die herkömmliche

Gesellenkompetenz längst erlangte Fleischerin deklarierte, das nächste Blatt, ein Auszug aus Kurtis Steuerregister, zudem ein handschriftliches Bewerbungsschreiben sowie Franzis Personalblätter in Kopie, von einem Wiener Notar beglaubigt, ein Meldezettel, der eine Adresse im Dorf nannte, Marktgasse 5, direkt gegenüber dem ehemaligen Friseurladen und jetzigen Optiker, Sozialversicherungsnachweis, der sie im Dorfjargon als momentan asozial auswies, polizeiliches Führungszeugnis, was in diesem Land ja gar nichts zu bedeuten hatte, ein Staatsbürgerschaftsnachweis, alles erst vor einem Monat ausgestellt und wie dem Signet abzulesen war, tags darauf abgesegnet, eine Geburtsurkunde, jeweils in dem Feld der Kategorie Geburtsdatum mit einem Fragezeichen und einem gelben Einmerkerl versehen, das eine braune Filzstiftaufschrift trug, *siehe ärztliches Attest*.

Naturgemäß legte die Dorfgemeinschaft ganz andere Reiter zur Beschreibung des Mädchens 0815 an. Zwar glaube ich nicht, dass Kurti und Rita ein Sterbenswörtchen über Franzis Herkunft verloren in Gegenwart der Einheimischen, auch hörte ich keinen Satz über den Friederiekenhof in der Schlange, aber die Leute waren ja nicht blind. Die derbe, vernähte, asymmetrische, selbst hergestellte, an allen Säumen ausgebesserte Leinenjacke sprach Bände. Auch das mit bunten Mandalas bepinselte Halstuch ließ Franzis Ansehen nicht gerade steigen. Schnell waren sich die Provinzler einig. Sie war eine Wölfin, die noch nicht mal den Anstand besaß, sich in Wolle zu kleiden. Sie wurde ihr Detschndirndl. Sie war eine Zwangsinkommunizierte, und somit noch sündiger als ein ungetauftes Baby. Sie war eine einzige Feindseligkeit und Provokation, ein Verhau. Sie war ein Kind der Schande, vielleicht sogar der Blutschande, wer weiß, jedenfalls ein Überbleibsel der Hurerei. Sie war eine Nutte, eine Heppin, ein schlampiger Lump. Sie wurde eine Vogelfreie, eine Verfehmte, eine Geächtete. Sie war ein Tagedieb. Sie war eine Faulenzerin. Sie war ein Nichtsnutz. Sie war eine Streunerin. Sie war eine Zigeunerin. Sie war eine Sandlerin. Sie war eine Umtriebige. Sie war ein Gfrast. Sie war ein Saubeutel. Sie war ein Miststück.

Sie war eine Minderbemittelte. Sie war ein Hirnriss. Sie war ein Halbwesen. Sie war mal ein Niemand, mal das personifizierte Böse. Eine Hochstaplerin. Eine Lügnerin. Betrügerin. Eine Hexe war sie. Eine Kinderfresserin. Ein Sukkubus. Ein Bastard. Ein Kuckucksei. Schmarotzerei. Ein Vampir. Ein Parasit, das war sie. Sie war ein Schädling. Sie, eine Laus. Eine Made. Sie Kröte! Sie war eine Ratte. Eine Kanaille. Eine Warze. Ein Ausschlag. Ein Infekt. Sie war ein Virus. Eine Maul-und-Klauenfäule. Sie war eine Epidemie. Sie war eine Pandemie. Sie war eine Seuche. Sie war eine Volkskrankheit. Sie war eine Ansteckungsgefahr. Sie war eine Aussätzige. Sie war der Feind. Sie war eine Fremde. Sie war ein Eindringling. Sie war eine Schlange. Sie war in der Schlange. Sie war noch unter, schon neben und vorbei an ihnen. Sie besaß die Frechheit, sich vorzudrängeln.

»Was stellt ihr euch denn an?«, sie stiefelte in ihren kaninchengefütterten, eisenbeschlagenen Schuhen nach vorne. Fünfzehn Jahre mindestens waren Stahleinlagen darin. Jetzt, der Kommune entkommen, war sie nicht zu bremsen und trug quasi Siebenmeilenstiefel. »Ah, kacke, Samstag!«, ein siegessicheres Lächeln im verhärmten Gesicht. »Unter der Woche kauft ihr doch auch nicht alle zwei Tage ein«, ihre verfilzten Haare flatterten hinterher, gerieten jemandem in den Griff, der sie halten wollte. Franzi drehte sich um und spuckte ihm ins Gesicht mit einer Gewalt, dass es ihn von den Füßen riss. Oder er hatte versucht, sich aus der Flugbahn zu beugen, und war hintenübergestürzt. Das war nicht so genau zu sagen. Ein anderer versuchte sie zu packen, woraufhin sie ihm das Knie über der fadenscheinigen Jeans in die Magengrube rammte und einfach weiterging. »Herr Heehrmann auch schon wieder hier«, sagte sie. »Tun Sie mal einen Schritt und lassen S' die andere Fremde vor«, sagte sie. »Habe die Ehre, Jugend vor Schiachheit«, sagte sie und trat flink vor Kurti hin, »stell mich ein!«, sagte sie und Kurti sagte: »Ich habe heute leider kein Fleisch für dich«, und morgen auch nicht, da Franzi es immer wieder probierte. Als mal wieder ein Rinderstall brannte, zischte sie Kurti zu: »Wie viele soll ich denn noch abfackeln.« – »Heute leider nichts für dich.« Weder die Einheimischen hinter ihr in der Schlange noch die Polizisten in der Wachstube glaubten, dass Franzi irgendetwas mit den Bränden zu schaffen hatte. Ob überhaupt irgendjemand die Infernos geschaffen hatte, wusste niemand, denn die Versicherungen zahlten, der Flammenteufel ging weiter um und die Gendarmen standen mit ihren Kaffeehäferln im Schutt herum, scharrten mit ihren Schuhspitzen in dunkler Asche, suchten achtlos weggeschnippte Kippen und versuchten, die Häufung der Unglücksfälle auf mangelnde Feuerschutzvorschriften oder debile, unzurechnungsfähige Stallknechte zu schieben. Mir hingegen fiel schon eine gewisse zeitliche Koinzidenz zwischen dem Beginn der Brandstiftungsserie und Franzis Erscheinen auf. Ihr Schatten fiel auf Kurtis Gesicht, nachdem er das ausgeblutete Rindvieh aus dem Fluss gehievt hatte, als er wackliger Knie wieder Uferwiesen unter den Sandalensohlen wegen der Last auf seinen Schultern zusammenbrach. Sie schlang das Halstuch von ihrer Haut, kniete vor dem Fleischer hin und gab es ihm, sich damit vom Gesicht das Stierblut, den Angstschweiß, den Anstrengungsschweiß, was auch immer, ich tippte ja auf Wasser, zu wischen. Und Kurtis Antlitz prägte sich als frühlingslichter, fast durchsichtiger Abdruck über die Mandalas auf den wasserfarbbepinselten Stoff, sodass Kurti sich selbst durch die rosarote Kaugummiblasenbrille in die Augen sah, wenn Franzi folglich vor ihn hintrat und er seinen Kopf schüttelte.

»Wie gehts eigentlich Lena?« Ich brauchte ein bisschen, um den Mund freizukauen, und dann noch ein Bisschen, dann schluckte ich, dann ein bisschen, bis ich begriff, dass die Frage in meine Richtung ging, immerhin hatte Elviras Klasse gerade eine Exkursion ins Krankenhaus gemacht, und ein Schlückchen, um runterzuspülen: »Als ich sie das letzte Mal gesehen hab, war sie noch ganz gut bei Trost, oder?«, und zwinkerte in Elviras Richtung, um sie zum Bestätigen zu zwingen, wie toll es um die Frau Narkoseärztin stand. »Schau dir nur drauf!«, sagte Kurti und spießte ein dotterverschmiertes Stückchen Schinken auf,

»die ist eh super.« Rita hob das Brot an den Mund und biss rustikal ab, dass die Brösel nur so stoben: »Wie darf man denn das verstehen?« – »Die Einzige, die das Kind beim Namen nennt.« Kurti hasste seinen Spitznamen und Lena war, das eine Mahl, dass sie sich sahen, nicht von Herrn Oberer abgewichen. Selbst beim allergenüsslichsten Wurstbiss kam nur ein lüsternes Kurt über ihre Lippen. »Aber Ernstl sagt sie schon?«, fragte Rita. »In meiner Anwesenheit, ich nehme an«, sagte ich. »Und Volki auch?« – »In meiner Anwesenheit?« – »Ich möchte dich etwas fragen«, umschiffte Kurti die Gesprächsuntiefen, nur um die Umschweife gleich wieder sein und mich in bodenloses Wasser fallen zu lassen, auf den Grund eines kalten Fasses gestoßen, wo noch nicht mal ein Apfel lag, den ich Kurtis herabstechenden Säbelstichsätzen anbieten könnte. Er hatte seine Portion erst halb gegessen, es war kein Angebot, über das ich erstmal verdauungsschlafen sollte, er wollte Antwort, und zwar sofort, als er mich fragte, festgesetzt auf der Couch in Anwesenheit von Elvira und Rita, die mir links und rechts die Fluchtwege und Ausflüchte abschnitten, ob ich Elviras Firmpate werden wollte. Ich unterdrückte das Schlucken, mir blieb der warme Eidotter noch im Mund, durch die Vorspiegelung des gewissenhaften Kauvorgangs jeden Bissens schindete ich ein paar Sekunden. Ich überlegte, wie ich ihm ausdeutschen sollte, dass ich auf familiäre Verpflichtungen pfiff. Ich sah in Ritas Gesicht das Entzücken darüber, dass ich so gründlich über diesen gewichtigen Schritt nachdachte. Ich bin nicht gläubig und ein fauler Hund, du Kurti, bin da derzeit nicht der Richtige, zu viel um die Ohren mit eigenen Familienangelegenheiten, Fischerfreunde sind keine verlässlichen Firmpaten, oder ein Witz, oder ich habe schon ein Patenkind, irgendetwas in diese Richtung, dachte ich, als Elvira voll pubertierend sagte: »Ich will überhaupt nicht«, und statt meiner alle gespannten Blicke abbekam. Da hatte ich meinen Apfel. Qualvoll herrschte die Stille. Zum Schneiden war die Dunkelheit um uns herum. Meuterei im Mindestfall. Kurti hielt das Messer ruhig. Rita entwand es ihm. »Franzi ist auch nicht gefirmt«, sagte sie. »Ebendeswegen ja, junge Frau Oberer«, sagte Rita. Der Wellenschliff zitterte noch kurz in ihrer Hand, und ob ihr das Silberding auskam oder ob sie warf, absichtlich hinschmiss, unbestimmbar. Jedenfalls klimperte das Silberding sprunghaft zu Kurti hinüber, stieß gegen seinen Tellerrand, ein hoher Ton erklang. Das Messer prallte ab, schlitterte über die Couchtischfläche, kippte die Kante hinab, drehte sich im Fallen und blieb Spitze voran zwischen zwei Dielen aufrecht vibrierend stecken. Ritas Blick erstach ihren Mann. »Willst lieber neben mir in der Fleischerei stehen, Fräulein?«, fragte Kurti. »Jedenfalls will ich nicht in irgendeinem Gemäuer festhocken. Da scheiß ich drauf. Im Geschichtsunterricht hab ich gelernt, den Ähnl hats gar nicht gegeben. Da mach ich lieber meinen eigenen Widerstand.«

Auf der Stelle stand Kurti, dass der Fauteuil hinter ihm umfiel. Er ging zur Tür und winkte so unzweideutig, dass wir ihm folgten durch die Küchentür, »schau Schatzi, wenn ich mich jetzt an den Herd stelle, dann fällt das Licht auf meine Hände, und alle, die für Essen sorgen, sitzen im Dunkeln«, zur Wohnung hinaus, »weil ich im SOS-Kinderdorf arbeite, Liebchen, fällt ein schlechtes Licht auf alle, die sich nicht um das Elend scheren«, die Treppen hinunter, »und deswegen, mein Herzkratzerl, erzählt euch der Geschichtsprofessor, der auch eine Familie hat, es hätte keinen Widerstand gegeben«, den Vorgartenweg entlang, »und nicht nur der, Schnuckiputz, sondern das ganze Land, die Politik, die Nachrichtenmacher, Richternachahmer allesamt. Der Unterricht hat bei mir noch achtunddreißig aufgehört«, über die Dorfhauptstraße, »du kannst alle unsere Nachbarn fragen, du Dummie. Die werden dir alle sagen, die Widerständler hätten sich in den letzten Tagen in die Berge aufgemacht, als sie schon wussten, dass die Amis kamen, damit sie hinterher besser dastanden«, bis zur Fleischerei, »aber das ist gelogen, Viri, damit sie selber besser dastehen«, die Kurti mit bestimmtem Schlüsseldrehen aufschloss, »dann sind die Nachbarn nämlich wenigstens ehrliche Nazis gewesen«, und an die Fleischausgabestelle, wo ich erst bemerkte, dass unser aller Füße sockert waren. In die abendliche Düsternis der Dorfhauptstraße starrend, die noch nicht von Straßenlaternen erhellt, doch schon vom Berg her beschattet war, griff Kurti flinker Hand unter der Theke eine emaillierte Schatulle heraus, stellte sie zwischen uns auf wie anderer Tageszeit ein besonderes Schweinsmedaillon. Einem Schmuckkästchen ähnelte das Gefäß, ganz anders als die flachen, schwarzen Kunststoffetuis, in denen ich meine Fliegen aufbewahrte. Der Deckel war gewölbt, und über die Öffnungskante, zur Hälfte auf den Deckel, zur Hälfte auf den Bauch, wie ein Signet, waren ins Emailleweiß die Buchstaben *AH* geprägt. Kurti legte Hand an die Schatulle, zog sie zu sich, präsentierte uns ihren Rücken. Den Deckel nun abzuklappen schnitt er die obere Hälfte der Schrift ab, stellte die Zeichen kopfüber. Als streckte Kurti uns plötzlich die Zunge heraus, kippte Rita, Elvira und mir der Deckel entgegen, versehen mit einem *v* und zwei senkrechten Strichen genau da, wo an anderen Schmuckkästchen ein Schlüsselloch war. Sieben karteikartengroße, graue Ausweise griff Kurti aus der Schatulle und legte sie wie Patiencekarten vor uns hin. Ganz im Gegensatz zu Elvira, die begierig nach den Dingern grabschte, sie aufklappte, brauchte ich die leinenverstärkten Papierstücke gar nicht auseinanderzunehmen der verschlissenen Falz entlang, vorne drauf der Reichsadler reichte. Wie zwei Altarflügel gingen die beiden Hälften in Elviras Fingern auseinander, »ist nicht wahr«, stammelte sie, vor der Grenze zwischen ihrem schultergepolsterten, bordeauxroten Oberteil und dem hochsitzenden, dunklen Brokatrock auf beiden Handflächen die Ausweisrückseiten haltend wie ein Gebetsbüchlein, und zu Augenschein kamen ihr das Schwarz-Weiß-Porträt eines siebzehnjährigen Mannes, einige Zeilen Eckdaten, die Unterschrift eines Beamten und ein paar Zeigefingerabdrücke. Rita fuhr Elvira zärtlich durchs Haar und flüsterte: »Sieben auf einen Streich oder jedes Jahr einen, wie du magst, mein Schatz«, während Kurti die obligatorischen Walther P.38 auflegte, ein paar zugehörige Fliegerspangen und Orden, sogar ein eisernes Kreuz, einen SS-Ehrenring mit Totenkopfemblem, Kunststoffimitate, dachte ich.

19 »Auch ein Polizeirat ist ein Mensch und ist verheirat.« Gerhard Bronner

»Endlich hats den Dreckskerl erwischt«, sagte der Mann im Trachtenjanker vor mir. Das Tagesthema in der Schlange war eine jener Geschichten, wie sie fast täglich zu vernehmen waren an den Schwatzplätzchen im Dorf, am kiesgestreuten Kirchenvorplatz, auf Parkbänken, von denen der Lack abblätterte unter dem einheimischen Geplapper, an den Tankstellen und Tandgeschäften, aber ganz besonders wochenends vor Kurtis Fleischerei. Wessen Frau mit wem, ob sie ein Flittchen oder nur eine verwirrte Hausfrau war, ob der Gehörnte es hätte wissen, ob er es hätte verhindern oder ob er sich jetzt einfach seinem Schicksal hätte fügen müssen. Ob der Galan auch Familie hatte, ob er bisher ein anständiges Bürschchen abgegeben hatte, ob er ein Schürzenjäger von jeher gewesen und wie es letztlich rausgekommen war, in flagranti, ein liegengelassenes Höschen, eine ungeahnte und im Vergessen ehelicher Pflichten gänzlich unerklärbare marianische Schwangerschaft, es war wirklich wahnsinnig interessant. Diesmal hieß der Verführer Wolfsgruber und die Leute überstürzten sich in Beteuerungen seiner Trunksucht, wie verfallen er dem Kartenspielen war, und erst dieses Ketterauchen, was vor allem eine Frau vor mir immer wieder betonte, die in einer Tour einen Zahnstocher längs ihrer Lippen hin und her wandern ließ, das Hölzchen dabei stets ein bisschen kirschröter strich zwischen ihren löwenzahngelben Beißerchen. Ich fragte mich, was wohl eine Wolfsgrube war, schaute in die Wiesen hinter Kurtis Laden, dachte an das Verblühen zu Pusteblumen, an die schwarzen Flecken unter den Samen, an Himmel und Hölle und biblische Helden, umringt in Arenen von pöbelndem Volk und wilden Wüstentieren, die ganz langsam die Farbe wechselten, sich in nachtaktive, struppige, räudige, graue Märchentiere verwandelten, und hörte wieder mit einem Ohr zu, um vielleicht den Vornamen aufzuschnappen. Daniel hätte ich fantastisch gefunden. Die ehelichen Konsequenzen der Affären wurden wie immer ausgespart und privat ausgemacht, zwischen vier Wänden in Szene gesetzt, selten wusste die Schlange davon zu berichten. Das Stelldichein selbst aber war schon zum zweiten Mal Thema wie in echten Weltnachrichten, einmal, wenn das Verbrechen aufkam, und einmal, wenn sich die Justiz damit befasste. Sann der Ehemann auf Vergeltung, Auge um Auge, und saß der längst fraglos Schuldige auswärts an der Theke, ob reumütig oder voll Überschwang prahlend, das war egal, so setzte der Schankmeister Harri einen Anruf ab, eine Telefonkette ging durch die Einfamilienhäuser im Dorf, und hinter einer Hecke, einer Mauerecke, in einer Bushütte, irgendwo zwischen Wirtentür und Wohnhaft des Stechers rotteten sich noch selbiger Nacht die Ehemänner zusammen, um auf seinem Nachhauseweg den Herzensbrecher abzupassen, sich zumindest mit Rippen und Zähnen zu befassen, mit langen Messern zu hassen. Männer, bewaffnet mit Schneeketten, den Hurenbock zu halten, mit Hämmern, um den Nagelmeister auf den Kopf zu treffen, mit Rohrzangen, um dem Nummernschieber zu zeigen, was sie von der Bedürftige-Hausfrau-hilfsbereiter-Handwerker-Variante hielten. Die familiären Rächer warteten in laternenlosen Gassen, rauchten eine Kippe nach der anderen unter den Kapuzen ihrer schwarzen Parkas, erzählten sich Frauenwitze und standen sich die trittbereiten Beine in den Bauch, bis die fragliche Gestalt nach Hause gewankt kam oder über den Bergen die Sonne aufging.

»Gerissen sind die Schwerverbrecher«, meinte ein Typ mit Bürstenschnitt hinter mir zu wissen. »Der Wolfsgruber sitzt ja jeden Tag beim Wirten. Hätte man meinen können, hat sich schnell erledigt. Herr Rosenkavalier wusste aber natürlich genau, was ihm blüht. Viermal ist er ausgekommen. Oder besser, ist er gar nicht in die Falle gegangen. Wusste, wo ihm die Klemme die Beine abschlägt«, und ich roch den derben Hanfgeruch der Säcke, aus denen der Kerl hinter mir tagtäglich Fichtenzapfenkerne schnappte und in die Volieren schmiss. Fast meinte ich, noch ein paar Samen an seinem Wollpullover haften zu sehen, aber dann knöpfte er den schwarzen Parka zu. Eine Skimaske gehörte außerdem zur obligatorischen Schlägermontur in Ehebruchsfällen. Niemand durfte seine Identität verraten oder über die der Kameraden spekulieren, weswegen keine sonderlich große Varianz an Frauenwitzen in den Warterunden herrschte, die zusätzlich Verwandte, dorfbekannte Freunde und selbst weitschichtig Bekannte des Verbrechers aus ihrem Kreis auszuschließen hatten. Persönliche Sympathien hatten nichts zu suchen in diesem alteingesessenen Strafe-muss-sein-System, dessen Logik, ausschließlich den Ehefrauenbeglücker aufzumischen, in etwa dem Tenor in Wien gleichkam, die kleinkriminellen Straßeneckendealer härter ranzunehmen, statt den Fehler etwa im System zu suchen. Fragte man mich, bezögen die Eheleute Prügel, wenn sie den Akt einer festgesetzten Frist gemäß nicht vollzögen, es sähe wohl anders aus auf der Welt, außerdem käme Untreue via wachsendem Bauch gar nicht mehr ans Licht.

Aber die Leute fragten mich nicht, die Geschichte war ja schon wieder an mir vorbeigegangen in der Schlange, sie verfuhren, wie sie immer verfuhren, stellten ihre Selbstjustiz sogar als Systemkritik hin, denn Ehebruch war erst kein Straftatbestand mehr, seit das Modernismusgespenst umging und Scheidungsanwälte aus Linz, Kommunenkinder aus Wien und Musikschullehrer aus Salzburg in ihrer wunderbaren Provinz einfielen. »Viermal ist er einen Umweg nach Hause gegangen. Dann hab ich dem Wirt souffliert, einfach nicht mehr zu telefonieren. Der Wolfsgruber geht ja eh jeden Tag Kartenspielen. Das schnallen die Leut eh ohne Telefonkette«, sagte der Typ hinter mir und klopfte sich selber auf die Schulter, wo sich gerade eine Wespe niedergelassen hatte. »Ah, verdammt, du Biest!«, schrie er und presste die Hand zur Faust, zerquetschte das Tier. Er streckte die Finger voneinander, in seiner Handfläche Matsch, von dem sechs geknickte Beine abstanden, noch spastisch gerührt. »Und genauso hat der Wolfsgruber den Stachel aufgestellt, nur gezuckt hat er dann nicht mehr«, übernahm Fredl, der hinter dem Typen stand. Stirnfransen bedeckten seine Mensurnarbe: »Hab ich alles durchs Küchenfenster gesehen. Liegt ja am Weg. Hat mir der Wirt erzählt am Vortag. Von seiner genialen Eingebung. So ein Spektakel lass ich mir ja nicht entgehen. Hab extra das Küchenlicht brennen lassen. Dass es dem Wolfsgruber ganz heimelig vorkommt. Dass er keinen Verdacht schöpft. Derweil hat der Erste schon hinter dem Buchsbusch gekauert in meinem Vorgarten. Der Zweite stand drüben, auf der anderen Straßenseite. Ein richtiges Stangerl, gar keine Schlägerfigur. Deswegen hat er sich auch verstecken können hinter der Regenrinne. Mit dem Rücken hat er sich an die Hausmauer gedrückt. Der Dritte hat flachgelegen auf meinem Carport. Meiner Seelen, ein Aufhebens haben die gemacht. Als ob der bsoffene Trottel noch so viel Misstrauen hätt aufbracht. Der Vierte hat um die Ecke vom Haus gegenüber gestanden. Hab ich das Fenster gekippt für ein bisserl Frischluft. Hab mir eine angezunden und Popcorn in die Mikrowelle. Und kaum machts bing, hör ich auch schon die Pennyabsätze. Hätt ich gemeint, ich werde deppert. Aber der Wolfsgruber, der kam nicht allein. Das hat gehallert durch die ganze Gasse. Wie die überhaupt gehen hat können. Auf den Stiletterln, am Kopfsteinpflaster. Und angezogen war die. Ein kleines Schwarzes bei der Kälte. Und der Lippenstift hat geleuchtet besser als jede Latern. Untergehakt war sie beim Wolfsgruber. Und als der die Kreuzung passiert, jedenfalls, da sind alle aus der Deckung gesprungen. Eingesperrt haben sie ihn wie den Punkt in der Mitt von der Fünf am Würfel. Aber der Wolfsgruber war da auch ein Profi, nicht nur mit den Karten. Der hat schon einige Male einem das Messer angesetzt, wenn er nicht rausrucken wollte mit dem Einsatz. Eine Klinge, ich schwörs, lang wie meine Elle hat er aus dem Lederjackenärmel gezogen. Rumgefuchtelt hat er, aufs Bedrohlichste. Na Servas, da ist den vieren die Sausen gegangen. Fernwaffen habens ja keine gehabt. Weder Steinschleuder noch Glock. Und mit Schlagring und Eisenstange, da kannst dann scheißen gehen. Hat er angefangen zu lachen, der Wolfsgruber. Das hat wieder durch die ganze Gasse gehallt. Mir ist schon ganz schiach geworden. Hab schon das Rapier gesucht. Überlegt, ob ich rausstarten soll. Und der Tussi an seiner Seiten, der hat das erst gefallen. Hat sie richtig aufgegeilt. Hat den Kopf vom Wolfsgruber genommen. So an den Wangen. Zwischen die Handflächen. Ist ihm durchs Haar gefahren. Und dann, auf einmal, hat sie ihn niedergsteßn, voll eingeschädelt, eine gscheite Kopfnuss, hat das Messer weggetreten, und ihm dreimal mit dem Absatz direkt in die Eier. Herst, der hat gspieben, bist du deppert. Und die vier haben erst gschaut. Na, was sie jetzt sagen, hat sie gesagt. Und da hab ich sie erst kennt. An der Stimme. War die Franzi. Hat mir dann alles der Wirt erzählt am nächsten Tag. Wie sie den Wolfsgruber erst abgfüllt hat. Wie sie ihn nackert gmacht hat beim Kartenspielen. Wie sie ihm spielerisch eingflüstert hat, dass er eben mit den Karten Pech ghabt hat. Ein Techtelmechtel dafür, was er sagt. Dann hat sie sich untergh akt und ihn abgeführt. Diesen Verbrecher. Mit Köpfchen.«

20 Knoten

Kurti legte die Fliegenfischstange auf den Couchtisch zwischen uns: »Zum Geschäftlichen.« – »Schau her!«, sagte ich und besah mir sein Ding. Widerlich, wie die Schnur aus der stangenspitzigen Öse kam, erst an der Hälfte der Rute überging ins Vorfach, woran die Fliege halbgar geknotet in der ersten Öse saß. »Sie ziehen nicht«, sagte Kurti. Ich nahm den Korkgriff in die linke Hand, den Köder zwischen Daumen und Zeigefinger der rechten. Mit den übrigen Gliedern fasste ich die neongrüne Kunststoffschnur, zog, dass zwei Armlängen durch die Ösen abgespult wurden mit einem Klack-Klack-Klack, und die überzähligen Meter achtlos zu Boden hingen. Wenn das Vorfach dünner wird, muss die Schnur leichter gehen. Erstmal solle ich die Spule justieren! »Sonst sperrt sie und das Vorfach reißt«, Ernstl deutete auf ein Rädchen in Scheibenform, erhaben an der vergoldeten Spule. Ich schraubte daran, filigran das uhrwerkgleiche Zahnrad, wie die minimalistischste Abstraktion einer Sonne mit Strahlen. Es fühlte sich stichelig an beim Aufdrehen, rau zwischen Zeigefinger und Daumen, dass der Begriff Biss richtig gewählt war. Mit der Zunge befummelte ich den Köder in meinem Mund, drehte die Öse an meine Schneidezähne, zerknabberte den Vorfachknoten, hatte die Fliege zwischen den Lippen, spuckte, dass der Hirschkäfer Kurti entgegen auf den Couchtisch flog in hohem Bogen, wie Ernstl die Goldkopf warf. Blindlings fing ich sie, hing mein Blick doch noch am losgebissenen Vorfach, das den autobeschatteten Kieseln entgegenschwebte, langsam zu Boden segelte, sich zwischen das lichtschluckende Polstermöbel und die Couchtischkante niederlegte. So leicht war das Vorfach, dass es fast nicht fiel. Es schimmerte zur Hälfte auf der Glasplatte, andererseits zwischen Kurtis Knien, beschrieb eine Schlaufe in die Tiefe wie eine Achterbahnstrecke. »Ein Neuner?«, nuschelte ich, das Schnurende noch im Mund. Kurti schüttelte den Kopf: »Dreizehn.« Das Schnurende fiel plump in meinen Schoß. »Null Komma dreizehn Millimeter? Du weißt frei, dass das ein bisserl viel ist?«, sagte ich und fuchtelte mit der Stange. Kurti schaute irritiert und sein Kinn pendelte horizontal wie vertikal, irgendetwas zwischen Nicken und Schütteln. »Kannst du nicht dünner fischen?«, fragte ich und er nickte. »Okay«, sagte ich, legte die Stange auf meinen Schoß und suchte in meiner Tasche, ob ich etwas für ihn hatte. »Siebener, Vierer, Fünfer, verdammt, Neuner, ein Neuner, mehr geht nicht, echt nicht.«

»Ein Vierer ziehst du uns auf, weniger geht nicht. Da musst du dann schon die gesamte Elastizität der Stange nutzen beim Drill. Die Spitze zeigt zum Himmel, lotrecht, niemals zum Fisch. Die Stange biegt sich dann in einer Ellipse wieder zum Wasser. Sie muss den Zug vom Vorfach nehmen können. Es geht um Vertrauen. Wir dürfen niemals glauben, dass sie brechen könnte, die Karbonfaser, kappisch? Heute haben wir sehr klare Sicht. Wir haben es morgens schon bemerkt, aber zu wenig Zeit zum Wechseln gehabt, fast keinen Biss bekommen«, bilanzierte Ernstl. »Je klarer das Wasser, umso dünner das Vorfach, sonst sieht es der Fisch«, er setzte sich auf die Kofferraumleiste und legte die Stange auf seine Oberschenkel. Er griff eine Spule Vorfach aus seiner Jackenbrusttasche. In meiner ruhte noch die heute gebundene, bisher beste Goldkopfnymphe. Sie wartete schon darauf, Ernstls Verhau von Fliege zu ersetzen. In meiner rechten Hand befühlte ich sie, arg zerzaust von Forellenzähnen, vom Drill, von vielen Bissen, spürbar ihr gerupftes Gewand, der zerkratzte Goldkopf, die zu Berge stehenden Flachsfasern, den halblosen Faden, den verbogenen Haken, den ramponierten Hechelkranz. Das eingespeichelte Gnufell schmeichelte meiner Haut. Die Drahtrippung zwischen Kopf, Thorax und

Abdomen lobte meine Fingerkuppen. Angenehm lag im Auge der blitzblanke Lack an den Fühlern, besser als ein Bastard aus Wimper und Braue, die gezwirbelten Alufoliebeinchen, welch Gratulation. Von der Spule Vorfach rollte und biss ich zwei Armlängen ab, damit die durchsichtige Schnur wenigstens an Kurtis oberster, letzter Öse begann, eigentlich eh schon zu kurz, konnte ja nicht jeder kundig sein wie ich. »Du brauchst ein gutes Gegengewicht beim Wurf, verstehst? Du musst leichter werden mit dem Vorfach, wenn die Fliege leicht ist.« – »Die ist zu groß«, schimpfte Ernstl, als ich die Goldkopf aus meiner Brusttasche zückte. Mir schien, das Kügelchen verlor seinen Glanz im Sonnenlicht. »Normalerweise fischt man trocken auf Äschen. Aber heute, unseretwegen«, eine Wolke zog mit einer leichten Böe vor die Sonne. »Bis zu fünfzig Meter Schnur müssen wir geben.« Er reichte mir sein Fliegenetui, eine brusttaschengroße, schwarze Kunststoffkassette, der Deckel graviert, goldene Letter, sein Name. »Der ganze Fluss wird ausgefischt Gumpen für Gumpen.« Ich nahm und öffnete die Büchse. »Bei so viel Leine auf Wasser, da brauchen wir eine möglichst kleine, möglichst leichte Nymphe, die langsam auf Grund geht. Sonst müssen wir alldieweil wieder kurz hochziehen. Bei unserer Zitterpartie, no problem, aber für dich«, ich zückte den kleinsten Hauch einer Goldkopfnymphe aus den Schaumstoffwellenbergen, die das Etui ausstaffierten. In stetem Abstand zueinander staffelten diese Dünen den Schachtelboden der Breite nach. Wie die Finnen von Surfbrettern saßen die Haken der Fliegen in den Schaumköpfen, gewellter als der unheimlich glatte Fluss. Ich hakte die beiden verworfenen Nymphen in die Stirnreihe ihresgleichen. Im Ganzen gemahnte die Fliegenformation eher an ein Bataillon. Ich klappte das unheilverheißende Etui zu und gab es Ernstl. In meiner Hand die Nymphe, die Öse größer als das Goldkügelchen, eine Kleinkaliberwaffe. »Auf Zack sein«, sagte Ernstl und senkte im Sitzen sein rechtes Knie, hob sein linkes aber über die Kofferraumleiste, dass sich die Stange auf seinem Schoß wie eine Wippe Spitze voran zum Himmel streckte, »einfach superschnell anschlagen. Die Stange möglichst weit nach oben reißen. Immer auf Zug fischen. Die Schnur am Wasser nie Schleifen bilden lassen. So den Biss früher spüren. Normalerweise den Fisch den Köder in den Mund nehmen lassen. Nach spätestens drei Sekunden spucken sie ihn wieder aus. Sie erkennen den Haken am Leckerbissen. Normalerweise mit dem Anschlagen warten, ein-und-zwan-zig, zwei-und-zwan-zig«, indem er den rechten Oberschenkel konstant unter die Kofferraumleiste senkte, ließ Ernstl die Stange immer weiter gen Himmel steigen, »doch bei fünfzig Meter Schnur am Wasser, die braucht selber zwei Sekunden, um sich den Fluss hinauf zu spannen bis in deine Hand«, inzwischen stand die Stangenspitze so hoch zum Plafond, dass sie die zwei Armspannen Schnur hinterherzog über den Boden und die Schenkel hinauf, den Schoß entlang, bis die Schlinge am Schnurende in meine Hand wanderte. Genau als ich meine Finger ums Schnurende schloss, versetzte ich der Rute einen Stoß, mit dem linken Oberschenkel, auf einmal Hoppe-Hoppe-Reiter-artig, wie ein Fußballer beim Jonglieren mit einem Kontakt, so lüpfte ich die Stange eine Hand hoch in die Luft, klack-klack-klack, dass die Spule ging, dass ein kurzer Rückstoß durch die Couchfedern wippte, die Spitze wackelte, die Stange schwebte. Federleicht landete sie wieder auf meinem Schoß. Kurti stutzte und ich sagte: »Ausbalanciert ist sie gut«, Kurti nickte.

Ich hielt ihm das Schnurende hin, die Miniatur einer Schlaufe, lediglich eine Luftleerstelle, vielleicht einen Millimeter breit, einen Zentimeter lang, im neongrünen Kunststoff jener zwei Millimeter durchmessenden Schnur ausgestanzt. Mit der geschickten rechten Hand fädelte ich die Spitze des Vorfachs durch die Schlaufe am Schnurende, verdrehte die Spitze des Vorfachs dreizehn Mal mit der längeren, frei herabhängenden Seite des Vorfachs, führte die Spitze des Vorfachs durch die so entstandene Schlaufe zwischen dem Schnurende und der dreizehnfachen Doppelwicklung Vorfach. Wiederum entstand eine Schlaufe, diesmal zwischen dem Ende der dreizehnfachen

Doppelwicklung Vorfach und der Spitze des Vorfachs, durch die ich die Spitze nochmal steckte und festzog, nicht ohne zu vergessen, drauf zu spucken: »Nylon, you know. Das schmilzt unter zu starkem Zug, dreizehnfach verknotet, beim Neuner-Durchmesser, musst du einspeicheln, check?«, und der gute Dezimeter dreizehnfacher Vorfachdoppelwicklung zurrte sich am Schnurende mit einem engels-und-kolibri-flügelschlag-gleichen Geräusch zu einem unsichtbaren Knoten zusammen, im Brennpunkt schäumende Spucke, ein Tropfen geiferte zu Boden. Sodann fädelte ich das Vorfach durch die Köderöse, wiederholte den Knoten zwischen meinen Fingern, durch die ich schaute und doch klarer als jede Äsche in diesem Fluss sah, wie er mich und diese Fliege wieder drankriegte, zittrig meine fingerfertigen Hände dirigierte, gierig nach Fischen. Als die Maschen sich zwischen meinen Gliedern zusammenrissen, spuckte er mir auf die Kuppen wie immer, wenn ich ihm noch in der Herberge ein neues Vorfach anband. Am Flussufer nun bespuckte ich den Goldkopfknopf schon selbst, ganz ohne Dirigent, bespannt und einsatzbereit der Geigenbogen, gespannt und ebenso weit die zweite Geige. Ich reichte Kurti seine Bratsche, wie geil, ihm das zu zeigen, ich war ein richtiger Profi. »Voilà!«, sagte ich, »wie bei deinen Viehstricken«, Kurti nickte. »Nur sind die ein bisschen dicker. Ich lass dir die Spule hier. So fett fisch ich eh nie.« Ich legte das Neunervorfach auf den Couchtisch und daneben die Stange, den Hirschkäfer wieder mit dem Hakenbogen in die unterste Öse gehakt. »Petri«, sagte ich, »danke«, sagte Kurti und Rita sagte, »wow«, als ob der Schrei einer Krähe erklinge über einer Brücke, das habe sich ja richtig ausgezahlt mit Ernstl.

»Was ist eigentlich mit diesem Kommunenkind«, sagte ich. Es sei immer fein mit Schülern und die Fühler des Hirschkäfers glitzerten am ebenfalls blitzenden Vorfach wie im Frühjahr Flusswasser, in das eine alleinstehende, in zwei Stämmen wachsende Weide ihre Zweige hing. »Ernstl, wenn das alles so schwierig ist mit der langen Schnur, warum gehen wir nicht einfach die Flussufer runter und werfen alle paar Meter neu?«, während wir über Betonboden gingen. »Sie registrieren jede Armbewegung«, es war heiß, »so fällt unser Schatten nur auf die Brücke«, es roch nach Flieder, »aber keine Sorge«, er ließ die Fliege los, »du wirst das Ufer schon runtergehen«, es platschte, »Äschenfischen auf diese Distanz ist ein quasi blindes Metier«, ich blickte den Flusslauf hinab, »nur erspüren können wir den Biss«, das Wasser war flacher und langsamer, das Bett breiter und das Ufer nahezu am selben Niveau wie die Oberfläche, »für dich gibt es hier nichts zu sehen«, bloß höhere Gräser schieden die Wiesen rundherum und Schilfhalme markierten das beginnende Nass, »geh mit der Strömung«, die Äschenstrecke floss durch die Auen, so weit, dass Wasser und Land irgendwann ununterscheidbar wurden neben den aufragenden Kalkalpen, »verfolge die Fliege«, irgendwo tallängs am Horizont machte diese kanalartige Passage dann eine Biege, »aber nicht zu nah am Wasser«, um sich wieder mit dem Strom zu vermählen, »you know«, und seine Hände zitterten, »spurlos«, dass die Mini-Goldkopfnymphe tanzte im Wasser, »ohne Schatten sozusagen«, und ich wusste, dass ich sie im Spiel der Lichtreflexe auf der Flussoberfläche nach wenigen Metern aus den Augen verlieren würde. »Well.« Ich hasste ihn. »Und sperr den Kofferraum ab!«, rief er mir hinterher.

Ich stiefelte wutrauchend flussaufwärts. Nach wenigen Metern zeichnete sich Kurtis Silhouette am Ufer ab. Ich warf ihm meinen Zigarettenrest zu in einer windlosen Sekunde. Er bückte sich, schnitt im Wiederhochkommen und Beilhochreißen den Tschickstummelflug. Geteilt landeten die beiden Filterhälften links und rechts neben seinen Füßen. Ich bückte mich hinunter, hob sie auf wie stets und warf sie dann in den Plastikbeutel, den er mir hinhielt. Er packte das Entsorgungssackerl wieder in die Schürzentasche und zog eine Hirschkäferfliege heraus, hielt mir die Hand entgegen, ließ den Köder auf meine hingestreckten Finger fallen. Über das Rauschen hinweg schrie er: »Sie sinken nicht.« Ich zückte mein Etui und nahm einen Hirschkäfer heraus. Meine beiden Handflächen nach oben gedreht, hielt ich die zwei Fliegen darauf in die Luft, ins Licht, in den Wind.

Als die Böe anhob, rupfte es am Rehhaarschopf, als die Böe anzog, zupfte es an den Fühlern und Beinchen, und als ich die Böe ihren Höhepunkt erreichen spürte, legte es die eine Fliege, seine, auf die andere Seite. Kaum war sie gekippt, schloss ich die Finger zur Faust, die Böe brauste nochmals auf und verging. Ich rief: »Wenn du mich schon nachbindest, dann kopier mich wenigstens richtig!« Ich nahm meinen Hirschkäfer Öse voran in den Mund, erfühlte mit der Zungenspitze den Schlussknoten, biss ihn Schneidezahn auf Schneidezahn durch, fixierte das lose Fadenende mit der Zungenspitze am Gaumen, zog die Fliege aus dem Mund. Zwischen Köpfchen, Thorax und Abdomen ging die Rippung auseinander, und die Gnubüschel stoben in einer braunen Wolke zu Boden, wurden wie Kurtis Asche sogleich von der nächsten Böe erfasst und kreuz und quer das Tal entlang geschasst. Ich sprach: »Sei so gescheit, sezier das Muster!«, und ich hielt ihm den blanken Haken vor die Nase, darumgewickelt eine Spirale schmalen Bleis. Beide Fliegen warf ich über den Fluss. Seine pustete der Wind einige Meter stromabwärts, dann setzte sie bedächtig auf, während meine, bloß barer Haken und Blei, schnurgerade flog, die Oberfläche durchschlug. Kurti zog, stieß Rauch aus, nickte, schnippte den Tschick weg. Er schaute mir in die Augen, glasige Blicke. »Sie beißen nicht«, resigniert trank ich von meinem Vierterl Weiß, »und das ist kein gscheiter Veltliner«, Schnickschnack, natürlich hatte ich ihm immer jeden Fühler, jedes Beinchen, jedes Geweih zu lang gemacht, »ein richtiger Wirtenscheiß«, aber ich befand, ein bisschen Experimentierfreude und einmal Schnippschnapp war auch Kurti durchaus zuzutrauen. »Vielleicht sind Hirschkäfer ausgestorben inzwischen«, wie wenig später die Fleischhacker, »Harri!«, als die Lebensmittelkontrolleure wie eine karmische Heuschreckenplage über Kurti herfielen und ihm mitsamt allen Fliegen den Riegel vorschoben.

21 Siegi holt sich den ultimativen Satansbraten

»Siegi.«
»Franzi.«
»Wie gehts der Familie?«
»Schon alle volljährig.«
Sie schnitt ein Kilostück Ferkelnacken herunter, machte mir eine gschupfte Franzi für den kleinen Hunger, wickelte mir die Jause stramm und packte den Braten ein. Über die Weihnachtsfeiertage würde ich alle sechs Stunden eine Scheibe absäbeln, das Reindl wieder ins rund um die Uhr laufende Rohr schieben, alle paar Stunden jenen Nackenbraten mit seinem eigenen Schweiß beschöpfen, ihn für die Nacht zudecken mit jener Alufolie, die ich vorsichtig von der gschupften Franzi schälte. Die Dorfhauptstraße war infolge einer Serie harter Winter und leerer Staatskassen noch schlaglochgemarterter als sonst, aber der diesjährige Neuschnee hatte das Pflaster schon ausgebessert. Deutlich spürte ich die Stellen, an denen mein Stiefel tiefer einsank, während ich die Schlange hinaufwanderte und die Linke immer wieder zum Mund führte. In meiner anderen Hand schwang das Fleisch, im Rhythmus meines Schritts beschwingt das Plastiksackerl, dessen Bewegung erst zum Baumeln verkam, als ich vor meinem Wagen erstarrte, locker eine Minute. Jahrelang, fast immer, an diesem Fleck, direkt hinter der Ortstafel, hatte ich meinen Wagen abgestellt und offenbar vergessen, so etwas wie Gewohnheitsrecht anzumelden. Indes wirbelten die Plastiklaschen um meine Fingergelenke wie die losgelassenen Ketten eines Schaukelbretts, sobald das Kind darauf sich lange genug

um die eigene Achse gedreht hatte. Den Kühlergrill starrte ich zuerst an, der keinen Meter Abstand hatte zu einer Eisenstange, die aus schneebedeckter Erde wuchs und über meiner Windschutzscheibe einen kugeligen, weißen Schneemannkopf trug. Die Kinder, diese vergesslichen Dinger, keine Augen zu sehen. Auch Ohren zu hören, alle Sinne, sogar das Sprachorgan aus Kaffeebohnen, es fehlte. Aber klug von ihnen, eine Verkehrsschildstange als Achse und Stütze zu nutzen.

Ich spürte Einschnitte an meinen Fingergelenken und die Plastiklaschen hatten ausgeschwenkt. Es war fast, als fühlte ich die frostbeuligen Kinderpatscherchen. Die gschupfte Franzi rauchte langsam aus. Wut auf alle Schneemannverwüster überkam mich. Der Schneemann war vielleicht aus der Form gegangen vom Neuschneefall. Dieses Schild war hier nie gewesen. Noch immer stand ich, es schoss mir ein. Möglicherweise ich, eben grade, nichts Arges ahnend, beim Parken, unabsichtlich, dagegen, einfach übersehen, mit dem Kühlergrill. Ich schnappte den Zettel unter dem Scheibenwischer. Zu Fuß steuerte ich die Marktgasse an. Ich fraß die gschupfte Franzi in mich rein. Die können mich mal. Es war, na klar, im Vorfeld der EU-Beitrittsverhandlungen. Bobos, Finanzminister und Staatssekretäre, das ganze Kanzlerkabinett trickste mit Töpfen. Wie mit Hütchen, los, Europäische Zentralbank, wo ist das Böhnchen, wo das böse Pöstchen, wo das leere Geldtascherl. Bilanzen wurden frisiert wie Mustersöhnchen, die schön ausschauen vor der EU-Kommission, mei, so lieb, das feine Österreich, wie es sich dieser Tage an den Österreichern vergreift. Parkverbote aus dem Boden geschossen sammelten die Leute allenthalben Strafmandate wie allerseltenste Eierschwammerl. An allen Plätzen wuchsen die. Im ganzen Dorf gab es keine einzige freie Parkfläche mehr, wie ich auf meinem Weg feststelle, und dann wunderte man sich noch in Wien, warum die peripheren Zentren im ländlichen Raum ausstarben, wie die Herren Minister das nannten, und weshalb die Kranken und Schwachen keinen Rückhalt mehr hatten in unserer Gesellschaft. Radaranlagen, fiesester Sorte, vor

Spitälern und Altersheimen. Nervöse Fahrer wurden viel öfter zu Rasern. Sie fuhren sogar manchmal sechsunddreißig in der Zone. Und erst was die plötzlich verlangten für einen simplen Anruf. Ich wählte die Nummer vom Gasthof.

»Siegi Heehrmann hier, ich bräuchte den Umberto.«

»Grüß Gott, Herr Heehrmann. Steinkogler am Apparat. Momentan befindet sich niemand hier. Nicht ungewöhnlich am Vorweihnachtstag.«

»Jaja sicher. Vor zwölf steht der nie auf. Ist noch aufm Zimmer.«

»Wenn Sie wünschen, stelle ich Sie durch. Dafür bräuchte ich allerdings einen Nachnamen.«

»Meiner Seel, stellen Sie sich nicht so an. Jetzt machen Sie das eh schon das zweite Jahr. Beim Gerry hätte es so was nicht gegeben.«

»Vielleicht ein Grund, dass er nicht mehr hier ist. Wie ist denn nun der Name bitte?«

»Was weiß ich. Der Umberto halt. Die Achtundsechziger-Suite. Wie jedes Jahr. Wie letztes Jahr, da waren Sie auch schon da. Und das Jahr davor, und das Jahr davor. Das können Sie sich gleich merken. Stammgast quasi.«

In mein Reden hinein ertönte das Freizeichen. Es wurde abgehoben.

»Ja servas Umberto, ich bins, der Siegi. Gut, dass ich dich erwisch. Ich steh im Parkverbot. Beim Kurti. Das Taferl ist neu. Aber Schnee liegt drauf. Sieht kein Mensch. Fall für dich. Nimm die Kamera mit.«

»Herr Heehrmann, hier ist immer noch die Rezeption. Der werte Herr hat wohl nicht abgehoben. Ich bedaure sehr. Aber es lässt sich etwas ausrichten. Ich bräuchte nur eine Beschreibung Ihres Freundes.«

»Geh so ein Schme. Ich brauch ihn ja gleich. Bevor der Schnee schmilzt oder runterfällt vom Schild. Sie steigen jetzt in den Lift, da müssen Sie noch nicht mal Stufen steigen. Dann fahren Sie hinauf in den dritten Stock und klopfen.«

»Sehr geehrter Herr Heehrmann, ich schätze Ihre Freundlichkeit sehr, mir bei der Ausübung meines Berufs helfen zu wollen. Im Alter melden sich die Knie auch schon deutlich öfter. Aber ich fürchte, Sie sind im Unrecht. Ich bin nicht befugt, unsere Gäste zu belästigen.«

»Wissen Sie, wer hier belästigt wird? Ich bin der Belästigte, und zwar von Ihnen. Beim Gerry war so was nie ein Problem. Er soll ja nur einem alten Freund aushelfen um Gottes willen.«

»Herr Heehrmann, niemand begleicht gerne ein Strafmandat. Aber ich kann Ihnen da nicht weiterhelfen. Vielleicht beim nächsten Mal. Ich bedaure sehr, Herr Heehrmann.«

»Und ich bedaure erst. Dass sie den Gerry geschasst haben. Der hat noch gewusst, was los ist. Wissen Sie überhaupt, mit wem Sie reden? Ich bin der Fliegenbindepapst.«

»Fliegenfischen ginge ja auch schlechterdings.«

Ich schaute hinaus durch die Plexiglasscheibe, Winter war es inzwischen, kalt im Land, ich eingesperrt in dieser Zelle.

»Ich möchte mit jemandem sprechen, der kompetenter ist als Sie.«

»Zwar steht es mir nicht zu, die Kompetenz meiner Kollegen zu beurteilen, aber, Herr Heehrmann, angenommen der gestrige Rezeptionist ist nicht völlig inkompetent, werden Sie mit mir Vorlieb nehmen müssen. Ich bin alleine hier. Sonst ist niemand da. Im Wortsinn. Vor mir liegt das Gästebuch. Die Achtundsechziger-Suite ist leer.«

Mir ging eh das Münzgeld aus. Ich legte auf. Merkwürdig war das. Umberto, der zu Weihnachten wegblieb. Vielleicht hatte er ein anderes Zimmer genommen. Womöglich ein schlechtes letztes Jahr. Selbstständiger Künstler, könnte sein. Oder Preissteigerung. Die Suite unleistbar mittlerweile. Oder er steckte im Schneechaos fest, hatte noch nicht eingecheckt, war noch unterwegs. Oder die Mutter gestorben, mit ihr jeder Grund, überhaupt herzukommen. Vielleicht saß er noch im Irrenhaus ein. Wobei, wie lang war das her. Ich hatte ihn nie besucht. Ein Rückfall vielleicht. Ganz mulmig wurde mir beim Rückweg zum Auto. Natürlich sah ich das Halte- und Parkverbotsschild jetzt schon in seiner ganzen schneelosen, rotweißroten Pracht. Peinlich genau hielt ich mich auf der Nachhausefahrt an die Höchstgeschwindigkeit. Ich ließ die Tachonadel sogar zwanzig Kilometer die Stunde drunter wegen der schlechten Wetterverhältnisse und den Einsparungen bei Salzstreufahrzeugen und Schneepflügen, zum Schämen streberhaft, wie die Polizei, die mich schon an der nächsten Bundesstraßenabfahrt rausfischte, Fredl mit einem Grinsen wie nie, flankiert von seiner neuen Chefin. Ihr Zeigefinger schwebte eine Sekunde ausgestreckt vor Fredls Gesicht, bevor das Glied abgeknickt gegen die Fensterscheibe stieß. Natürlich ließ ich sie runter und musste trotzdem aussteigen. Fredl sagte in bestem, eben erworbenem Fortbildungsslang, ich sei eine Verkehrsflussbehinderung, ich sagte »Nein!«. Ich hätte ja keine Ahnung von lebensfähigen Organismen, wiederum »nein!«, keine Ahnung von zirkulären Systemen, »nein!«, von Blutbahnen, Strangulation und Amputation, »nein!«. Ich mit meiner Verweigerei, »nein!«, ein Staatsfeind, »wann kommt der Gerry frei?«. Ich solle schauen, dass ich weiterkomme, sagte die Polizistin. Ich wünschte ihr besonders ausführlich frohe Feiertage, Fredl nur kurz durchs offene Fenster einen guten Rutsch, als ich so stark Gas gab, dass eine Sekunde das Heck ausbrach.

22 Vier Fliegenfischer ziehen in diesen ihren Krieg

Ich fuhr links und rechts herum, zielte dann wieder voraus. Den anderen den Rücken zu decken war meine Aufgabe. Ich schaute links, ich schaute rechts, ich schaute geradeaus, mit der Winchester im Anschlag aus der Deckung heraus.

Ich war auch der Fahrer. Ich fuhr nach links beim Wirten, ich fuhr rechts über Feldwege und Dorfstraßen, fuhr geradeaus, auf den Parkplatz, und rückwärts, zur Kante hin. Obwohl ich das Lenkrad beherrschte wie die Stange, die Reifen sonst platzierte, wie ich die Fliegen servierte, einen Millimeter vom Stein, fiel es mir schwer, den Wagen zu parken. Ich schlug das Lenkrad ein. Im Seitenspiegel nur Dunkelheit, im Innenspiegel Gerrys Gesicht, im anderen Seitenspiegel nichts als Nacht. Ich überlegte, die Nebelschlussleuchte einzuschalten, »tritt bloß nicht auf die Bremse«, kam es vom Beifahrersitz, und ich ließ es bleiben, rollte weiter rückwärts, die Stahlkappe auf der Kupplung, die Kupplung am Haltepunkt. Ich versuchte, ihn zu fixieren. Der Wagen ruckelte grässlich, mein Bein zitterte, die Stiefel waren ziemlich schwer. Kein Wunder, dass Ernstl immer barfuß ging, man fühlte einfach mehr vom Untergrund. »Elf Uhr fünfzig, zehn vor zwölf, Operation beginnt«, sprach Archie am Beifahrersitz in das Diktiergerät, »Mercedes wird soeben eingeparkt«, überhaupt überlegte ich, was Ernstl wohl von der Aktion hier hielte, »Charlie noch nicht in Sicht, ten to twelf«, und das Auto glitt zurück, bis uns der Randstein mit einem sachten Stoß stoppte, und ich reversierte nochmal, »Mercedes soeben abgestellt, over and out«, stellte den Motor aus, nicht die Zündung.

Archie brauchte die grünen Digitalziffern am Autoradio. Ich war froh, dass in ihrem Licht keine auf das Lederlenkrad geprägten Schweißspuren schimmerten, als ich meine Hände davon ließ, sie waren ganz ruhig. »Warum zeichnest du das auf?«, fragte Gerry, »warum öffnet die CIA ab und an die Akten«, sagte ich, »die CIA?«, fragte Kurti, »Freunderl Gerry äußert soeben Zweifel an Skizze, Methode und Durchführung militant-zivilen Widerstands«, nahm Archie auf, »wir schauen uns das an«, er schaltete das Diktiergerät aus, drehte sich zur Rückbank und sagte: »Für die Nachwelt.« Dann war es still.

Die Windschutzscheibe sprenkelten zerquetschte Hautflügler. Licht ziehe sie an, dachte ich immer, und dunkel zu fahren löse das Problem. Irgendwo im Schwarz des Innenspiegels, irgendwo hinter Gerrys Gesicht lief die Bundesstraße die hinkelsteineinschlaggefährdeten Hänge der Kalkalpen entlang. Und ich dachte daran, dass da draußen Krieger wie wir sein könnten, Tausendschaften, ein ganzer Zug an Wagen, scheinwerferlos in dieselbe Richtung. Wir sähen sie erst, sobald sie den Parkplatz erreichten. Es würde Stau geben, so viele, und ich wünschte, die Karosserien würden glänzen im Sternenlicht, die Dunkelheit vertreiben, bis zur Bundesstraße zurück. Wie gut, dass wir so sparsam standen. Direkt am Randstein, parallel zur Wiese, deren Ende der Maschendrahtzaun markierte. Er zerlegte die Dunkelheit in Rauten. Dahinter stand nichts mehr, Blickrichtung flussabwärts, tallängs. Geradeaus die verendeten Gelsen, dahinter wie eine Zielvorrichtung der Mercedesstern, dahinter Randstein und Wiese, verschluckt von der Nacht, ehe die Querseite des Parkplatzes begann. Grashalme und Mörtel liefen auf ihren Fluchtpunkt zu, in ihn hinein, verliefen im Nichts, Rotbuchen und Felswände am Horizont. Den Feldweg, von dem wir kamen, sahen wir nicht mehr, so düster der Asphalt zu unserer Rechten. Archie setzte sich die an einem braunen Lederband um seinen Hals hängende Polaroidbrille auf. Er schaltete das Magnettonbanddiktiergerät ein. Er hob es an seine Lippen mit der linken Hand, mit der rechten hielt er das an einem beigen

Lederriemen um seinen Hals hängende Fernglas in seinen Blick. »Elf Uhr zweiundfünfzig, eight to twelf, Observation beginnt«, wir wussten nicht, was uns erwartete. Archie schaltete das Diktiergerät aus. »Hier, halt mal«, sagte er, gab es mir, ich nahm es, er legte die linke Hand ebenfalls an das Fernglas, stellte es scharf, verharrte. Er ließ das Fernglas sinken, das ihm nun wieder am Lederriemen um den Hals hing, und setzte die Polaroidbrille ab. Sie baumelte an dem Lederband von seinem Hals, als er sich vorbeugte, das Handschuhfach öffnete, das Etui darin nahm. Er klappte es und setzte seine Lesebrille auf, legte sich den schwarzen Wollfaden, der die Brillenbügel verband, ins Genick. Dann schob Archie die Lesebrille mit dem Zeigefinger bis zur Nasenwurzel, setzte die Polaroidbrille auf, vor die Lesebrille, das braune Lederband und den schwarzen Wollfaden im Genick. Er nahm das Fernglas hoch, vor die beiden Brillen, blickte über mich hinweg Richtung Maschendrahtzaun und stellte den Feldstecher scharf.

»Diktiergerät an«, er ließ die eine Hand am Fernglas, die andere sinken. Er nahm die in seinem Schoß liegende, an einem grauen Kunststoffgurt unter dem beigen Lederriemen, dem braunen Lederband, dem schwarzen Wollfaden um seinen Hals hängende Spiegelreflexkamera hochkant hoch vor das Fernglas. Weder ob wir auf Überwachungskameras auftauchen würden, noch ob Wachpatrouillen das Gelände sicherten, wussten wir. Kurti kaute Kaugummi, Gerry seine Nägel, Archie beugte sich immer weiter über mich. Hatten sie Kettenhunde scharfgemacht, Bärenfallen ausgelegt, Alarmanlagen angestellt, keine Ahnung. Der gelbe Schriftzug *Canon* schwebte gen Seitenfester, Archies Pranke folgte hinterdrein, wie er die Canon packte, wie er sie fasste, wie er sie nahm, wie er sie bediente, einhändig. Gerry zündete sich eine Zigarette an, Kurti gleich drei, gab mir zwei, eine steckte ich Archie zwischen die Lippen, indem ich die Hand hob. Zwar nahm er sie nicht. Aber er konzentrierte sich. Wie beim Fischen war sein Mund leicht geöffnet, wie bei bissfertigen Hunden die Lefzen vom Zahnfleisch gezogen. Ich legte ihm den Filter einfach auf die Zunge. Er schnappte nochmal nach, rollte die Zigarette so in den Mundwinkel, die glimmende Spitze einen Millimeter von meinen Fingern, dass ich schon die Hitze fühlte. Instinktiv zog ich die Hand weg. Während eines der Härchen, die auf meinen Fingergliedern sich kräuselnd sprossen, im grünen Schein der Digitalziffern abbrannte wie eine Lunte, kurbelte ich die Scheibe runter, bevor das Teleobjektiv dagegenstieß. Archie streckte sich über mir, die Kamera schwebte hinaus, der Blick Richtung Maschendrahtzaun. Lange schaute er, halb aufgestanden, über mich hinweg. Er drehte die Kamera auf Querformat, sog an der Zigarette. Ein Zentimeter brannte ab, Asche fiel auf mein Bein. Archie drückte dreimal ab. Ich schaltete das Tonbandgerät ein, und noch ein Klicken, hochkant, Archie stieß den Rauch aus der Nase, mir ins Gesicht, die Asche fiel, »elf Uhr fünfundfünfzig«, riet ich, da Archie die Konsole verdeckte. Ich roch Schweiß, der Tschick knisterte, auch ich zog, er hauchte aus, ich hielt ihm das Diktiergerät hin, Kurti kaute Kaugummi, Gerry nichts, der Kautschuk, der Qualm, wie sie sich verquickten, Archie sprach: »Nichts«, fiel zurück auf den Beifahrersitz, ließ das Fernglas los, das zwischen Polaroidbrille und Spiegelreflexkamera abwärtsfiel, aber vom beigen Lederriemen aufgefangen wurde. Archie untersuchte die Kamera. »Nachtmodus, Nachtmodus, plus, minus«, murmelte er, drückte Knöpfe. Dann rauchte er langatmig die Zigarette, steckte sie in den Autoaschenbecher, der sich mit einem Klacken öffnete, nahm mir das Diktiergerät weg. »Geisterstunde«, sagte er, Kurti und Gerry übergaben mir ihre Zigarettenstummel.

Archie hob die Canon vor die Polaroidbrille vor der Lesebrille, beugte sich über mich, der Beifahrersitz ächzte. Er schoss, dreimal Klicken, hochkant, und drei Querformat, Klick. Ich steckte die Zigarettenstummel in den Aschenbecher und schloss sein Maul, Klack, »Charlie immer noch nicht in Sicht, over and out«, Archie schob den Regler des Diktiergeräts auf *off*. Er starrte durch die toten Gelsen gen Kalkalpen, am Grat Wiese und Randstein entlang in die Finsternis. Er raschelte in den Blättern über seiner Brusttasche, nestelte herum, bis sich der Druckknopf löste, nahm einen Flachmann raus, schraubte ihn auf, trank. »Dünnes Eis«, sagte Gerry. »Irish Coffee«, sagte Archie und gab mir den Flachmann. Archie setzte die Kapuze auf. Kurti verteilte Zigaretten. Ich gab den Flachmann an Gerry weiter. Die Flamme von Kurtis Sturmfeuerzeug fauchte unsichtbar über der Handbremse. Ich setzte mir die Kapuze auf und manövrierte die Zigarettenspitze an den Hartlaubimitaten vorbei, gleichzeitig mit Archie hinein. Dabei kamen wir uns so nah, dass ich nicht mehr unterscheiden konnte, ob die Blattattrappen von seinem oder von meinem Anzug stammten. Vom Vorhang zum Baldachin saßen wir in einem Boot voll Dunkelheit, das Glimmen der Zigarette unser Zusammenhalt. Archie murmelte: »Gut, dass das Auto schwarz ist.« Jetzt galt es gleich auszusteigen aus der Schüssel, hin zum Tellerrand. Der Bau sollte vor der Winterpause abgeschlossen sein. Der Bug unseres Wagens hatte wahrscheinlich genug Abstand zum Maschendrahtzaun, selbst wenn sie Überwachungskameras hatten. Archie nahm die Polaroidbrille, das Fernglas und die Lesebrille ab, öffnete das Etui, legte sie hinein und alles miteinander in das Handschuhfach. Er rauchte. Er nahm die Kamera ab und legte sie auf den Rücksitz, zwischen Kurti und Gerry. Sie rauchten. Ich rauchte. Er rauchte. Der Qualm stieg in unsere Augen und darüber hinaus, von der Konsole die Windschutzscheibe hoch, wo er sich ballte und den Himmel verschleierte. Die Sterne waren ohnehin nicht zu sehen. Sie waren wie wir, Rauch, Wolken, Blätter, hinter Vorhängen versteckt, ein Verhängnis. Verborgen zog der Frühlingspunkt aus dem einen Himmelssektor in den anderen. Langsam verließ die Erde das zweitausendjährige Zeitalter der Fische. Das der Wassermänner senkte sich auf den Planeten. Die grünen Digitalziffern am Autoradio sprangen um. Ich stellte es gerade rechtzeitig aus, bevor die Nachrichten begannen. Erst morgen wieder, wenn sie über uns berichteten. Aus den Lautsprechern sickerten die letzten Töne einer aus der Mode gekommenen Surfrockband. Sie schwammen noch kurz zwischen den Sitzen, auf denen wir vor und zurück wippten wie Wasserpflanzen, ein fade out, den Southside Johnny and the Asbury Jukes in concert live nicht besser hinbekommen hätten. Der Applaus allerdings blieb aus.

Auf dieses stille Signal hin öffneten Gerry und ich die Wagentüren. Der Nachklang der Melodie wellte in dem Maß ab, wie der Rauch aus dem Autoinneren quoll. Archie schaltete das Diktiergerät an und sagte: »Reine Luft.« Zu den Wolken vor den Sternen stieg nun unser Ausstoß auf. Wir bekamen kein Zeichen vom Himmel und auf dem Parkplatz war auch keins. Still und leer lag er da. Nicht mal Bodenmarkierungen aus Kalk gab es. Zu meiner Linken lag die Wiese. Der Randstein war schon eine Grenze. Er schnitt das Gras von parkenden Autos ab wie ein Hochwasserwall einen Fluss, das Negativ einer Drainage, die Miniatur des Maschendrahtzauns. Weit dahinter streckte er sich zum Himmel, gekrönt von Stacheldraht wie der Randstein von Gras. Archie lächelte in sich hinein. Mit einem Klacken öffnete er den Aschenbecher und drückte seine Zigarette aus. Gerry und Kurti gaben mir ihre Stummel. Auf einem klebte ein zu Ende geschmatzter Kaugummi. Ein Atompilz. Der Innenspiegel war nun völlig dunkel. Gerrys Arsch verdeckte die Bundesstraße. Er kniete auf der Rückbank und kramte im Kofferraum. Kurti wickelte einen neuen Orbit aus, wuzelte das Staniolpapier. Ein Lichtreflex lag darauf. Die Wolken fetzten jetzt über den Himmel. Wo sie auseinanderdrifteten, glitten die Sternenstrahlen durch. Gerry reichte Kurti Archies Feldrucksack, der ebenfalls von Fallholz und Lianen bedeckt war. Kurti gab ihn nach vorne. Dann folgten unsere Rucksäcke, auch in Camouflage, aber etwas kleiner. Wir trugen weniger Last. »Der Flachmann«, sagte Gerry und hielt ihn Archie hin. Der hatte aber gerade die zu einer Masche gebundenen Lederbänder gelöst und den Rucksack geöffnet, alle Hände voll zu tun. Er kramte darin herum, sein Lächeln wurde immer breiter, er nickte. Sein Rauschebart knickte in stetem Takt an seiner Brust ab: »Hohoho, dann schauen wir mal, was wir diesen Bastarden mitgebracht haben.« – »Archie, der

Flachmann«, wiederholte Gerry, der nach wie vor noch seinen Arm ausgestreckt hielt, das Aluminiumteil in der Hand, erstarrt wie eine Marmorstatue. Der Mond schien jetzt zur Fahrertür herein. Es tippte an meine Schulter. Ich blickte in die Mündung der Winchester. Auf dem Lauf lag das Mondlicht in den feinen Haarrissen der Secondhandwaffe, als sollte sie ausgebessert werden. Das Teil würde noch mehr Kratzer bekommen. Ich setzte die an einem Lederband um meinen Hals hängende Polaroidbrille auf und die Lichtreflexe verschwanden. Stattdessen tauchte das Glas den Anblick der Winchester in einen konturklaren Grünstich. Ich nahm sie. »Archie, hier, dein Flachmann«, sagte Gerry und schüttelte die Faust. Archie sagte: »Ist doch eh leer, verdammt.« Ich krempelte mir den rechten Tarnanzugärmel runter. Er ging mir bis über die Fingerspitzen wie ein Verband. Dann steckte ich die Winchester Griff voran hinein. Die Mündung ragte eine Elle lang heraus. Wie ein Mutant sah ich aus, ein Cyborg, ein waffenvernarrter Captain Hook, eine Figur aus einem Comic-Strip. Eine Flinte statt der Hand würde ich Schrotladungen statt Watschen austeilen, ein Vater, den ich meinem schlimmsten Feind nicht wünschte. Jeder Ahn ein Invalid, jeder seinen einen großen Krieg. Kurt schnallte sich um sein Becken ein Halfter, in das er sein Fleischerbeil steckte. Das Blut der gestrigen Sau klebte noch an der Klinge, die im Futteral verschwand. »Spezialanfertigung?«, fragte Gerry. Er sagte: »Jeden Tag wetze ich, immer einsatzbereit, mein Baby«, Kurt setzte die an einem braunen Lederband um seinen Hals hängende Polaroidbrille auf zum Marsch. »Archie, die Spiegelreflex«, sagte Gerry. »Längst eingepackt, Sonnenscheinchen«, sagte Archie, die wilden Haare im Genick mit einem rosa Saumhaargummi zu einer Palme zusammengebunden, einen aus dem Rucksack gefischten Spliff im Mund. »Alter Hippie«, sagte Kurt und gab ihm Feuer. »Was meinst du, wie ich in Cape Town immer rumgelaufen bin«, sagte Archie, »Jesus Christ«, sagte ich, deutete auf den Haarbommel und Archie setzte seine Kapuze auf, »ein Palmwedel«, sagte ich, »und im Kloster Lambach, nicht weit die

Straße hinunter, gibt es eine Darstellung, da hat unser Superstar eine Brille auf. Aus der Renaissance. Zu Christi Zeiten gab es natürlich keine. Aber am Beginn der Neuzeit war sie ein Symbol für Gelehrtheit«, sagte Archie und setzte seine Lesebrille auf. »Vergiss das Diktiergerät nicht«, sagte Gerry und Archie wandte und warf sich den großen Rucksack um. Er schaute Gerry aus teuflisch roten Augen an, ein zottiger Höllenfürst in faunischer Optik, Blätter, Hölzer, Zweige, Rindenmull, Moose, Farn und Spinnen, Milben auf der Haut, verwachsen, genauso hoch wie breit, ein Buckel der Rucksack, eine lange Rauchfahne aus dem Mund wehte Gerry entgegen.

»Also sind wir fertig?«, fragte Gerry. Archie sog den Spliff in einem Zug weg, spuckte auf die Spitze, dass sie zischend erlosch, schmiss ihn Gerry zwischen die Beine und sagte: »Hoffen wirs«, er setzte, ohne den Blick von seinem Gegenüber zu nehmen, die Polaroidbrille auf, verspiegelte sein Gesicht. Dann wandte er sich ab, schaltete das Diktiergerät und das Radio nochmal ein. Die grauen Ziffern zeigten null Uhr fünfzehn, »quarter past zero«, sprach Archie auf Band, und »kann es in den weiteren Nachtstunden zu schweren Gewittern mit Starkregen, Überschwemmungen, Blitzschlag und Hagel kommen«, das Radio aus den Lautsprechern heraus, »Zugriff«, sagte Archie jetzt, und Kurt: »Kriechen wir rein, in den finsteren Arsch der Welt.« Gerry und ich schulterten die Rucksäcke, die Riemen schienen sich mit unseren Brustmuskeln zu verbinden, zum Zerreißen gespannt. Wir stiegen links aus dem Wagen in die Wiese, freies Feld bis zum Maschendrahtzaun, kein Sichtschutz. Wir kauerten uns bäuchlings auf den Boden. Wir hörten nichts. Wir robbten los. Das Gras raschelte etwas. »Gerry«, flüsterte Archie. Der warf einen Blick hinter sich und Archie ihm aus dem Auto seine Polaroidbrille vor die Nase. »Vorsicht«, sagte Archie, legte sich hinter uns ebenfalls in die Wiese. Seine Unsichtbarkeit war so vollkommen, sein Krabbeln so elegant, dass ich es nur sah, indem ich die Grashalme beobachtete. Sie warfen sich vor dem Körper, der über sie hinwegging, in den Staub und trauten sich erst hinter ihm, sich wieder zu erheben. Archie war eine Sturmböe, die zwischen Gerry und mir eine Schneise schlug. Einen Atemzug später war sie spurlos verschwunden. Die Wolken zogen schnell. Schneller noch wogte Archie die Grashalme. Ich ließ Kurt noch vorbei, dessen Körper sich viel deutlicher vom Untergrund abhob. Gerry setzte sich die Polaroidbrille auf und ebenfalls in Bewegung. Dann krabbelte ich hinterdrein, den Kopf im Nacken, Ellenbogen, Knie und Zehen in die Erde gestemmt. Die Grasspitzen streichelten mein Kinn. Auf den Halmen lag Staub, zermalmter Kieselstein, der tags über der Baustelle schwebte, sich nachts auf die Halme niederließ. Die Polaroidbrille und der steinerne Film an den Büscheln panschten das satte Grün zu einem ausgemergelten Grau. Kurz klappte ich die Gläser aus dem Rahmen wie die Flügel eines alten Tores, die Scheuklappen des Fliegenfischers, bloß um den Mondschimmer auf den Halmen zu sehen. Aus der strichlinierten Bleistiftskizze wurde eine wogende Weide. Dunkles Sumpfgrün und matter Silberschein ließen die einzelnen Halme nicht mehr voneinander unterscheiden. Dass ich nicht von einer einzigen geleeartigen Masse umgeben war, durch die ich mich fraß, wusste ich nur, da die Halme immer noch einzeln meinen Kinnbart kraulten. Und dann war es mir in dem Modergeruch der Wiese, als würde ich mit dem Untergrund verwachsen zu einer vielgliedrigen Einheit, einer Ameise oder einem Feuersalamander. Um einen kühlen Kopf zu bewahren, wollte ich die Gläser wieder ins Gestell klappen, doch da sah ich es schillern. Ich sah die Thermoskanne durch das braune, weitmaschige Netz, Gerrys Rucksackseitentasche, blitzen. Kurt robbte bereits auf ihn zu. Er packte Gerry im Genick und zog das verchromte Ding heraus, hielt es dem andern vors Gesicht. Gerry rollte sich auf die eine Seite, nahm den einen Rucksackriemen ab, rollte sich auf die andere Seite, nahm den anderen Rucksackriemen ab. Dann zerrte er sein Gepäck neben sich, entknotete die Lederbänder und verstaute die Thermoskanne. Dann schulterte er seinen Rucksack wieder, was auf dem Boden liegend komisch wirkte, Kurt band ihm die Bänder und dann robbten sie weiter.

Archie lag wahrscheinlich schon weit voraus. Ich blieb zurück, am Fuß der Raute, die wir bildeten. Es war merkwürdig, durch die Grashalme zu robben, die hinter dem Hartlaubvorhang standen. Während mit jedem Ellenbogenschwenk nach vorne die Pflanzen, die ich gerade sah, unter mir verschwanden, schoben sich die Blätter am oberen Ende meines Sichtfeldes weiter nach vorne. Ihr Abstand blieb konstant. Wie ein Anglerfisch, der seinem eigenen Licht hinterherschwimmt, fühlte ich mich. Und dann der plötzliche Wunsch, wirklich von Wasser umgeben zu sein. Auf meinen Unterarmen lag mein ganzes Gewicht. Erst schmerzten sie. Dann wurden sie taub. Die Winchester rutschte in meinem Ärmel nach unten. Meine Elle gepresst auf den doppelten Lauf. Am Radiusköpfchen flog die Sehne zwischen Ellenbogen und Knorpel hinein und hinaus. Das Kribbeln lief durch meinen Körper im Rhythmus meiner Vorwärtssätze. Jedes Mal die Angst, versehentlich abzudrücken. Und das Scheppern des Metalls. Die Skateschoner meiner Jungs unter der Hose. Die Klettverschlüsse rieben an den Kniekehlen. Die gepanzerten Scheiben zwickten die Minisken. Jeden Zentimeter spürte ich die Überbeine sich auswachsen und verknorpeln zwischen meinen Zehen und den Stahlkappen. Die Stiefel waren zu weit und zu eng geschnürt. Es kribbelte und kräuselte an meinen Sohlen, ich war es zu gewöhnt, auf ihnen zu gehen, ein Ersatzreiz. Trotz aller Strapazen robbte ich brav vorwärts, aus der Dunkelheit hinaus, auf den Maschendrahtzaun zu. Auch der leuchtete im Licht. Auf seinem Grat blinkten gefangen an Metallen die Sterne. Die gezahnten Stacheldrahtwindungen glänzten wie frisch geschrubbt. Die Spule lief den ganzen Zaun entlang. Obwohl er reflektierte, als gäbe es kein Morgen mehr, verschwand er doch einige Meter flussabwärts im Dunkeln vor dem Horizont einer senkrechten, verkarsteten Alpenwand. An ihrem Fuß ging von der Bundesstraße eine Ausfahrt ab. Sie war extra für die Zubringer der Baustelle asphaltiert und in die Landschaft getrieben worden. Schwärzer als die Nacht, deutlich zwischen Felsen und Grashalmen abgesetzt. Sie lief wie ein Gürtel hinter vertikaler

Wiese, vor horizontalem Berg, auf die Baustelle zu, bevor sie dann doch ins Nichts rannte, in das auch der Maschendrahtzaun stürzte, eine Paarung im Dunkeln.

Dort war irgendwo die Einfahrt. Wir blieben ihr fern, näherten uns von der Rückseite, parkten, wo normalerweise die Eltern der Fußball trainierenden Kids standen. Zu unserer Linken lag das Spielfeld. Die Netze des Tors waren nur die freundlichere Variante des Maschendrahtzauns, auf den wir zuhielten. Die Torstangen schimmerten wie die Pfähle, zwischen denen die Stahlfasern sich kreuzten, eine zweidimensionale Rosenhecke, unser Ziel. Auf Prinzessin und Märchenschloss würden wir verzichten. Und schon verabschiedete sich das Fußballfeld aus der Peripherie meines Sichtfelds. Links waren jetzt die Büsche. Geradewegs weiter rann das Wasser, daneben hob der Maschendraht an. Er war sogar ein bisschen ins Flussbett gebaut. Die Strömung rauschte hindurch. Die Hartlaubimitate verdeckten jetzt die Stacheldrahtspulen, eine Dornenkrone gegen die andere. Es ging vorwärts. Wir waren am Zaun. Wir hörten es plätschern. Gerry und Kurt lagen flach auf dem Boden, die Arme wie zwei Betende, die sich vor einer Statue in den Staub warfen. »Freunderl vollständig am Zielpunkt eingetroffen. Charlie nicht in Sicht. Kein Strom im Zaun«, Archie kauerte am Maschendraht, die Fersen in den Boden gestemmt, rauchte und sprach. Sobald ich zwischen Kurt und Gerry lag, stellte er mir den Verschluss der Thermoskanne vor die Nase hin, auf die Mündung der Winchester. Ein kleiner Schluck Kaffee war noch drin. Dampf stieg davon empor, paarte sich mit dem Qualm vor Archies Gesicht, den Himmel darüber sah ich nicht. Ich hob die Mündung der Winchester an mein Kinn, kippte an meine Lippen den Thermoskannenverschluss, seinen Mantel gegen mein Kinn, die Kante an die Schneidezähne, und in mich hinein den Kaffee. Er brannte meinen Rachen runter. Kurt kaute Kaugummi und reichte mir eine Kippe. Während er mir Feuer gab, sah ich hinter der aufglimmenden Zigarette Gerrys Hand. Sie streckte sich aus nach dem Rauschebart. Archie aber griff ihm entgegen. An ihren Ärmeln verwuchsen Blätter miteinander. Und als sie sich trennten, tauchte Archies Hand als Faust wieder auf, zauberte aus Gerrys Ärmel zwei ellenlange parallele Stangen, die sich ganz hinten verbanden, kreuzten, zu den zwei Kiefern einer Zange verschmolzen. Es ergötzte mich, dieses Bild durch ein dichtes Mobile aus Blättern und Rauch zu schauen, mittendrin ein brennender Punkt, den ich selbst befeuerte, als ginge endlich alles auf in Flammen.

Archie nahm den ersten Draht in den Biss der Zange. Ihre Kiefer kniffen in das Metall, Stahl an Eisen an Stahl, und dann drückte Archie seine Fäuste zusammen, und es waren zwei Stück Draht, die auseinandersprangen. Archie hob die Beißzange etwas höher, zwickte den nächsten Draht durch und aus der ersten Raute wurden zwei Dreiecke, und die äußeren Dreiecke reihten sich aneinander in einem fort. Es dauerte nicht lange, und sie zierten als Girlande das mannshohe Tor. Archies Springerstiefel traf das Stück Maschendrahtzaun und es kippte wie eine Zugbrücke auf den Baustellenboden nieder. Der Rest des Zauns zerlegte das Gelände nach wie vor in Rauten. Es war, als wäre nichts gewesen. Ich schaute links, ich schaute rechts, ich schaute geradeaus, ich setzte die Polaroidbrille auf. Da war der Fluss, sanft absteigend, quirliges Wasser, das in Schaumkaskaden dahinrann. Das Ufer war, mit einem Mal, wo es den Maschendrahtzaun passierte, kahl. Zu beiden Seiten säumte das Flussbett, das weit entfernt im Dunkeln verrann, Schotter, Kies und Sand. Sie bildeten eine glatte Oberfläche. Die Planierraupen standen herum. Die wuchtigen Walzen verhöhnten die Geländereifen der Lastenwagen, auf deren Ladeflächen Baumstämme lagen. Paletten und Ziegelhaufen verdeckten teils den Blick auf das Wasser. Dahinter murmelte es. Zwischen Baggern und hingelegten Kettensägen ließen sich Blicke erhaschen auf den schwarzen Fluss. Auf der anderen Seite ging es genauso weiter. Kettenräder, Baustoffteile, Meilensteine, vereinzelt ein Granitmonolith. Über alledem streckte das Führerhäuschen eines Krans den Arm zum Himmel, und weit dahinter die Stacheldrahtwindung des anderen Endes Maschendrahtzaun, der den angrenzenden Wald in Rauten zerlegte. Parzelle für Parzelle, ein Sack voll Arbeit wartete auf uns. »Die Freunderl haben den Zaun geöffnet«, Archie gab Gerry den Bolzenschneider zurück, der ihn wieder in seinem Ärmel verstaute: »Packen wirs!« Ich drückte die Zigarette am Maschendrahtzaun aus und ließ sie in den Plastikbeutel fallen, den Kurt mir hinhielt. Dann buckelte er sich vor mir durch das Loch im Maschendrahtzaun, ging dahinter wieder auf die Knie, auf die Ellenbogen, den Kopf etwas im Nacken erhoben. Keinen Riss gab es im sandigen Untergrund, auf den ich mich stützte. Wo Bäume ausgerissen worden waren, standen noch die Mischmaschinen, aufgeschüttete Löcher. Wo Maulwürfe früher Hügel aus dem Untergrund hoben, parkten die Bulldozer. Wo Regenwürmer krochen, steckten die Spaten. Baggerschaufeln hatten zu Feierabend aufgehört, sich in Schuttberge zu graben. Sie ruhten noch in Tonnen Geröll. Aus einzelnen Brocken ragten Drähte hervor, unterarmdick, wie Finger, die sich nach dem Dunkeln streckten.

Ich schaute nach links, Kurt kroch auf die Rückseite eines Pick-ups zu, ich schaute nach rechts, Gerry lag unschlüssig auf dem Schotter, ich schaute geradeaus, Archie kauerte hinter einer Hebebühne. Er gab mir einen Wink. Ich kroch zu ihm hin, das einzige Grün weit und breit ragte mir selbst über die Schulter und hing in meinem Blick. »So super getarnt sind wir jetzt nicht«, sprach Archie auf das Diktiergerät, »verflixt und zugenäht, der Wahnsinn, er fängt im Baugewerbe an. Freunderl Siegi kriecht auf mich zu, er ist unser Winchestermann«, wie er sich in diesem Moment noch Reime einfallen lassen konnte, war mir schleierhaft, aber der Kosename ehrte mich, »Ladehemmung können wir jetzt am wenigsten brauchen. Er gibt hoffentlich gut acht, dass sich aus dem Untergrund kein Kieselsteinchen löst und in den Lauf gerät. Die Flinte muss schon ordentlich fauchen. Er schürft ja ganz schön über den Boden mit der Mündung«, damit hatte Archie natürlich recht, »ich werd ihm gleich helfen. Over and out.« Ich hob mein Auge von seinen

Springerstiefeln und sah seine Knie, seine Hände dazwischen, mit verschränkten Fingern. Kaum legte ich meine Sohle darauf, hob er mich an der Hebebühne hinauf. Schnell riss ich meine Arme hoch und bekam die Spitzen der obersten Zweige zu greifen. Mit einem Knacksen knickten sie ab und ich fiel hintenüber, lag auf dem Rücken, über mir die Sterne und sogleich Kurt und Gerrys Gesichter. »Wenn das eine Baugrube wär …« – »schütten sie dich morgen zu«, konstatierten Kurt und Gerry, und Archie sagte, während ich mich auf den Bauch drehte und wieder an die Hebebühne robbte, »gleich noch einmal!« Ich krempelte mir die Ärmel des Anzugs hoch und gab Gerry die Winchester. Kurt nahm seinen Kaugummi aus dem Mund und Archie eine faustgroße, gelbe Box aus seinem Rucksack. Kurt gab Archie den Kaugummi und der klebte ihn an die Metallverkleidung, aus der ein roter und ein blauer Draht austraten und wieder eindrangen. Auf der schwarzen Fläche in der Mitte des Mantels würden die Digitalziffern erscheinen, und sicher keine grünen. Archie klebte das Ding an eine der Stahlstreben der Hebebühne. Gerry und Kurt knieten sich vor mich hin. Ich stieg auf ihre Hände und wurde hochgehievt, streckte meine Hände einen Baumstamm entlang, erhaschte zwei stabile Äste und zog mich nach kurzem Baumeln an dem Haufen Holz hoch über die Kante. Hier lag ich nun auf Baumstämmen. Forstarbeiter waren mitnichten zu Werke gegangen. Mitsamt Rinde und Zweigen waren die Bäume aufeinandergeworfen. Teilweise lagen zwischen den längslaufenden Stämmen Meter, die ich nur über Astwerk kroch. Aber wir waren auch keine Sprengmeister. Und das Stückwerk unterstützte meine Tarnung. Neben mir tauchte die Mündung der Winchester zwischen den Zweigen auf, ich zog sie zu mir hoch und robbte den Holzstoß entlang. Einen Meter vor der Hebebühnenkante setzte ich mich auf, suchte mit den Sohlen festen Halt. Der linke Springerstiefel stieß auf knacksende Zweige und mein Bein brach bis zum Knie ein in dem Geäst, gestoppt von einem Stamm. Den rechten Fuß setzte ich auf einen obenauf liegenden Wurzelstock. Vor mir lief horizontal ein Ast, von dem ein Zweig in die Höhe stand. In dieses Kreuz hakte ich den Lauf der Winchester, nahm das Visier in Anschlag. Nach links und rechts ließ ich die Waffe gleiten, ein Kreissegment von neunzig Grad würde ich so ohne weiteres erreichen. Als täten keine Worte not, schwärmten Archie, Kurt und Gerry genau in diesen Sektor. Bulldozer, Lastkraftwagen, Pick-ups, Planierraupen und Bohrbagger standen auf den nächsten hundert Metern. Gingen sie weiter, musste ich von meinem Posten runter. Die Streuung des Schrots würde dann zu groß, das Risiko, einen der Freunderl zu erwischen, zu hoch. Dann würde ich weiterkriechen auf Knien. Archie, Kurt und Gerry liefen inzwischen gebückt. In ihren Tarnanzügen bewegten sie sich wie voranstürmende Büsche. Es war, als würde ich nun zurückgelassen büßen für meinen Sonderposten in allen Kirchen. Stets saß ich während der Messen hoch oben auf dem Chor und brachte feiertags der kulturlosen, auf Knien zitternden Gemeinde ein bisschen Mozart bei, wahlweise Bach. Mein Bogen wurde zur Fliegenstange, und nun zur Flinte. Einst die erste Geige des Mozarteumsorchesters, saß ich auf einem Holzhaufen und hielt Ausschau mit der Winchester. Ich atmete tief ein und aus, merkte, dass ich unglaublich gern eine Zigarette zwischen den Lippen hätte. Mir fiel auf, dass wir keinen Flintenjäger unter uns und auch nicht in unserem Fischerfreundeskreis hatten. Dann wusste ich schon wieder nicht, wo die Attrappen meines Anzugs aufhörten und die Blätter eines Geästs anfingen, und das beruhigte mich etwas. Eigentlich müsste doch Kurt der Heckenschütze sein, der Kaugummimann, der letzte im Orchester. Wo war er überhaupt? Links lief der Fluss das Tal hinab. Erhöht wie ich war, konnte ich ihn nun ganz über die Baustellenfahrzeuge hinweg einsehen. Schwarz und finster schoss er dahin. Die schnelle Strömung und die Steinkaskaden verhinderten, Ringe zu erkennen. Doch was sie auch taten, durch den Fluss würden sie nicht waten. Auf der anderen Seite regte sich auch nichts, derselbe Anblick. Ich zielte nach rechts. Der Maschendrahtzaun, die Berge im Hintergrund.

Und dann schwebte die Silhouette eines Mannes in meinem Visier. Aufrecht stand er. Hautenge Kleidung hatte er an. Er trug keinen Rucksack. Der war nicht von uns. Doch wer er auch war, wo waren wir? Ich schaute links, ein Zweig streifte meine Wange. Eine Planierraupe stand am Fluss. Sie hatte eine kleine Straße am Ufer entlang geteert. Kalter Asphalt lag in der Luft. Mich fröstelte. Der Mann stand immer noch am Maschendrahtzaun. Ich schaute geradeaus, ein Blatt stupste an meine Nase. Hinter dem Sektor, außerhalb meiner Reichweite, stand ein mannshoher, graugrüner Container, in dem die Bauarbeiter tagsüber Kaffee kochten. An einer Fensterscheibe lehnte ein Vorschlaghammer. In den Schatten, die das Flachdach warf, lagen die Freunderl nicht. Ich hätte gern geraucht. Der Mann stand noch am Maschendrahtzaun. Ich schaute nach rechts, Rinde rieb an meiner Augenbraue. Eine Kettensäge an einer Stelle, kurz bevor der Zaun im Dunkeln verlief, zur Ruhe gelegt. Der Fluss sprudelte in schrillen Klängen. Der Mann stand noch am Zaun. Ich schaute geradeaus. Ein Ast tätschelte mir den Kopf. Die Wolken quollen am Himmel dahin. Der Mann stand noch da. Konturen und Formen variierten am Firmament wie in einer Partitur. Die Blätter rundum bewegten sich im Wind. Die Sterne blinkten. Ich schaute nach links. Es roch unklar und unrein. Der Baustellenstaub lag schon auf den Blattattrappen vor meinen Augen. Ich blinzelte. Es platschte. Ein Fisch krümmte sich im Flug, tauchte wieder ab. Es platschte. Der Mann stand da. Ungerührt. Ich schaute links, ich schaute rechts, ich schaute geradeaus, mit der Winchester aus der Deckung heraus. Der Mann stand immer am Zaun. Die Wolken wandelten sich, ich sah ihn genau, den finsteren Strich. Er flog weg und gab ein Band Sterne frei, einen Milchstraßenwirbel, der die wallenden Wolken von eben erhellte. Sie bildeten das Konterfei einer Bachforelle. Der Wolkenwirbel wurde zur schlagenden Schwanzflosse. Der Mann stand stets da. Die Sterne am Himmel die Punkte, die Bachforellen von ihren Regenbogenkollegen unterschieden, ein Wolkenfetzen der Kiemendeckel. Der Mann stand da. Einen Lichtreflex an der Rückenflosse wie im hellen Sommerschein bildete der Sirius, der stärkste Stern. Der Mann stand. Grün war der Himmel wie Flusswasser, die Bachforelle darin, eine Sternschnuppe zog darüber wie die Fliege des Fischers, der Nordstern am Kopf, starr und unbeweglich der Augenblick. Der Mann.

Ich stoppte den Atem, hatte mal mit Lukas und Johannes ein Videospiel gespielt. Da lag man in Tschernobyl unterm Riesenrad. Das Scharfschützengewehr war so fein, die Vergrößerung so stark, die Reichweite so groß, dass der Schuss danebenging im Auf und Ab der Brust, hielt man nicht die Luft an. Ich zielte nach rechts. Ein Astloch touchierte meine Schläfe. Mann. Ich legte den Finger um den Abzug, korrigierte den Lauf. Ich visierte ihn an. Er schwebte zwischen den Zielhaken. Die Blutspritzer im Gras auf der anderen Seite des Maschendrahtzauns würden das Rautenmuster tragen. Wie bei Vier gewinnt. Ich würde keinen Warnschuss abgeben. Die Bachforelle wachte über mich. Seinen Kopf würde ich erwischen. Ich zielte zwischen die muskulösen Schultern. Allein, es fehlte das Haupt. Nochmal erhob sich Wind. Und dann wurde mir sternenklar, dass was da stand, ein Presslufthammer war. Ich atmete aus. Der Mann stand schon immer da. Und dann sah ich das Schimmern des Mondlichts an der Linse einer Nike-Spiegelreflex. Sie lugte einen Zentimeter hinter der Planierraupe hervor und war auf die hintere Ecke an dem grüngrauen Container gerichtet, ein toter Winkel für mich. Dann lief Archie geduckt hinein, ans andere Ende des Containers.

Es war an der Zeit, meine Wacht zu verlassen. Ich sprang von dem Holzhaufen hinab, federte den Fall in den Knien ab, richtete mich auf und stand Auge in Auge Gerry gegenüber, Hartlaub in Hartlaub. »Freunderl, das war ganz schön knapp«, sagte er, »hättest mich fast ersprungen.« – »Hat er dich wenigstens erschreckt?«, fragte Kurt, der kaugummikauend hinzutrat. »Kommt, wir müssen weiter.« – »Cheese!«, sagte Archie und es klickte im Blitzlicht der Spiegelreflexkamera. Funken stoben hinter meinen geschlossenen Lidern, und als ich sie wieder öffnete, fiel mein Blick auf eine am Boden liegende Flex. »Upps«, sagte Gerry. »Freunderl Gerry«, sprach Archie in das Diktiergerät, »verhöhnt den Anführer Archie und damit gleichzeitig die ganze Gruppe, diesmal zu Recht.« Kurt gab lächelnd Zigaretten und Feuer herum. Da standen wir nun in den Tarnanzügen, qualmende Misthaufen. Oberhalb umsummten meine Wimpern Glühwürmchen. Wie unschwer zu erraten, war ich als Erster mit der Zigarette fertig. Tief befriedigt schnippte ich den Glutstängel weg. Immer wieder sah ich das Glimmen der anderen zwischen ihren laubverhangenen Gesichtern. Und wenn der Atem aussetzte, meinte ich auch ihre Augen blitzen zu sehen, obwohl wir alle unsere Polaroidbrillen trugen. Dann wallte wieder Wind auf und scheuchte den Rauch in Richtung Fluss. Starke Böen ließen die Asche verwehen. Der Sturm riss an den Lianen und Blättern der Tarnanzüge, warf ein paar Kieselsteine kullernd vom Flachdach des Containers und trieb einen Strohballen vor sich her. Kurt hatte den Plastikbeutel noch in der Tasche. Ich suchte den Boden ab. Dabei kam ich mir selbst schon vor wie ein Polizist am nächsten Morgen. »Freunderl Siegi entfernt sich unerlaubterweise von der Gruppe«, sprach Archie ins Diktiergerät. Ich lehnte die Winchester an die Rückseite der Hebebühne. Die Entfernung zu den anderen wurde größer und die Zigarette noch zu finden unwahrscheinlicher. Ich hatte sie doch nicht weggeschleudert, ein sachtes Schnippen, mehr nicht, und sobald der Wind wieder an meiner Kleidung riss, wusste ich, er hatte sie davongeweht.

Schnellen Schritts bewegte ich mich die Hebebühne entlang. Ich kniete mich hin, um zu sehen, ob die Zigarette darunter war. Und dann, etwa auf Hälfte der Strecke, die wir bereits zurückgelegt hatten, fand ich eine. Allein, es war nicht meine. Ich rauchte sie nicht bis zur Schrift. Eine Hand packte mich an der Schulter. Es fühlte sich weder nach Fleischerbeil noch nach Archies Pranke an. Gerry stand mir zur Seite: »Hilf mir suchen, verdammt!« – »Die anderen warten.« – »Der Tschick!« – »Ist ja gut«, er blickte rasch über die Schulter, gab den anderen einen

Wink, der wohl heißen sollte, was er eben zu mir gesagt hatte. Jedenfalls suchten wir zu zweit weiter und fanden eine Zigarette nach der anderen. Die schweren Lungen verdammter Bauarbeiter hatten die Schrift weggeraucht und ihre staubigen Stiefel die Filter zertreten. Zwar waren die Aufdrucke futsch, doch den Relikten waren rundherum Profile aufgeprägt. Wie Fossilien ruhten die Stummel inmitten der Schuhsohlenabdrücke. Gerry und ich standen dann wieder am Portal. Der Wind brüllte inzwischen. Die Wolken flogen so schnell und formten sich neu, dass ich mir nun die Handfläche vor die Augen hielt. Wer weiß, was die nächste Sturmböe vor sich hertrieb. Gerry aber deutete das wohl als Ausdruck der Verzweiflung: »Hey, ist doch nicht so schlimm.« Mein Blick touchierte die inzwischen kalte Asche, die ich zuvor an dem Maschendrahtzaun gelassen hatte. »Siehst du auch, was ich sehe, Siegi?« – »Die Kippe?« – »Eine Kippe«, er deutete, den blättrigen Arm zum Ast gestreckt, gen Ufer, wo ein roter Punkt aufleuchtete. Der Wind wirbelte die Rauchwolken weg, noch während das Flackern erstarb. Als der Punkt wieder erschien, legte sich der nächste Atemzug bereits wieder sichtbar schräg, als schwenkte uns die Gestalt eine Fahne entgegen. Wir würden uns begegnen, so viel war klar. Sich jetzt zu bewegen würde uns nur enttarnen. Wir hatten nur die Chance, auf die schwarze Gestalt zuzugehen, die in unsere Richtung blickte und sich mit jedem Schritt deutlicher vom murmelnden Fluss abhob. Je näher wir kamen, umso klarer vernahmen wir auch eine Art Klatschen, und irgendwann sahen wir das Tretboot des Fremden, das im Fluss anlegte, dunkle Strömungsspritzer über Wasser. »Gerry, das ist kein Wachpersonal.« – »Es gibt hier überhaupt kein Wachpersonal.« – »Meinst du, der ist bewaffnet?« In Händen hielt die hagere Gestalt etwas. »Ich hab noch ein Ass im Ärmel«, sagte Gerry. »Dann haben wir doch zumindest Oberwasser«, witzelte ich und doch war uns klar, sobald wir vor der Gestalt angelangt waren, dass sie die besseren Karten in der Hand hatte in Form einer Hundeleine. Ein Deutscher Schäferhund mit schwarzer Maske stand da, der erst in der Finsternis kopflos aussah, nachdem wir uns genähert hatten, aber eifrig vor sich hinsabberte mit mehr als weißen Reißzähnen. Die Type selbst steckte in einem Wolfskostüm. In der anderen Hand hielt die Gestalt eine Art lange Stange mit Staubsaugeraufsatz, die allenthalben merkwürdig krächzte wie ein Geigerzähler vielleicht.

»Alles atomar verseucht hier. Kann die Politik noch so viel von Ökostrom labern. Bringen Sie lieber Ihren Hund weg. Wenn er im Wald abhaut, frisst er vielleicht fauliges Aas. Aber hier findet er am Ende noch Uran«, sagte ich und rammte Gerry den Ellenbogen in die Seite, als ich aus dem Augenwinkel wahrnahm, wie er, neben mir stehend, den Kopf um neunzig Grad drehte. Der Hund knurrte und was die Type auch zusammenstammelte, es klang wie, wer ich denn wäre, Befehle zu erteilen. »Ruhig, Prinz«, sagte der Kerl dann noch, und ich fand es schon fast spaßig, dass er im selben Atemzug den Hund befehligte. »Na, ich bin hier Wachpersonal. Sonst hätte ich wohl kaum diesen verschissenen Anzug an. Den ganzen Tag hock ich mir den Hintern nass. In diesen Ufergebüschen. Nur um Gestalten wie Sie zu erwischen. Aber wir wollen mal nicht so sein. Hab mir im Leben auch was anderes vorgestellt. Haben Sie eine Zigarette für mich?«, und tatsächlich streckte sich mir der Arm des Fremden entgegen. Ich nahm die Zigarettenpackung, obwohl sie nicht meine Marke waren, und registrierte den zutraulichen Blick des Prinzen, der offenbar wusste, wie Freundschaft entstand. »Also, was machen Sie hier?« – »Schmeißt ihr mich jetzt hier raus«, sagte der Mann. Es war keine Frage. »Das kann ich nämlich nicht zulassen. Ich habe mich extra gerüstet. Das übersteigt meine Verhältnisse. Ich kann nicht mit leeren Händen zurückkommen.« – »Ach«, sagte ich, »wem erzählen Sie das. Und offenbar haben Sie doch was gefunden. Auf den Hund gekommen sozusagen. Oder haben Sie ihn schon länger?« Der Mann zündete sich eine Zigarette an. Ich bewunderte die Fingerfertigkeit, mit der er das bewerkstelligte, obwohl seine Hände so voll waren. »Das ist der Prinz«, nuschelte er an der Kippe vorbei, »also muss ich König sein.« Gerry lachte auf: »Gibt ja hier genug Schotter.« Ein Windstoß strich das Flussufer entlang und glättete die Wellen entgegen der Fließrichtung, sodass die Flussoberfläche noch etwas dunkler wurde. Das Gerät in seiner linken Hand krächzte weiter komisch und plötzlich fühlte ich mich von all den Kettensägen, Mischmaschinen und Presslufthämmern beobachtet. »Schauen Sie, wenn man hier reich würde, wären wir längst nicht mehr hier«, sagte ich. Ich dachte daran, dass es uns an diesen gottverlassenen Ort selbst in Wirklichkeit nicht wegen Geld verschlagen hatte, noch nicht mal der Ruhm lockte. Penetrant traten die Berge in meinen Blick, die unser Bundesland von der Steiermark abgrenzten und auf deren Rückseite Eichen standen. Es war eher so etwas wie ein höherer Auftrag, der uns hierhergeführt hatte, und der Mann sprach: »Ich muss es beweisen«, woraufhin Prinz einvernehmlich bellte, dann die schwarze Schnauze in Falten legte. »Was beweisen?«, fragte Gerry. »Auch ihr werdet mich für verrückt erklären. Ihr werdet mich verweisen. Vom Gelände bringen. Aus Angst, ich könnte doch recht haben«, und an der Art, wie er sprach, wusste ich, dass uns nicht besonders viel unterschied, vielleicht der einzige Grund, warum noch keine Eckzähne unsere Gurgeln durchdrangen. Der Mann hob die Wolfspranke zum Himmel. »Seht das doppelte S. Da oben ists. Und schaut man nur lange genug hin, siehts sogar fast aus wie eine lange Nase. Und daneben die Zähne. Und jetzt«, er atmete lange aus in die eingetretene Windstille, »die Asche. Es ist alles da. Die Zeichen stehen gut.« – »Ah ja, haben Sie recht«, sagte ich. Gerry schwieg. Ich sah seinen ausgebeulten Ärmel, fühlte die Schwere der Zange. Wir konnten den Wolfsmann bloß samt und sonders loswerden, mit Haut und Haar und Hund. Langsame Jäger waren wir und schon zu lange von unserer möglicherweise bereits suchenden Gesellschaft entfernt, es musste schnell gehen. »Du bist zu spät«, sagte ich, »wir sind schon fast durch damit«, sagte ich, »ist alles registriert und eingeschmolzen in Barren. Wird den Besitzern zurückgegeben, sofern man Erben findet. Wie die Wiener Museumsbilder vielleicht auch mal.« Prinz knurrte mich jetzt, als ich die Zigarette zu Boden fallen ließ, böse an. Ich trat sie mit einem Zischen aus. Ich gab ihm seine Zigarettenpackung zurück. »Es ist unsere Erde. Wem gehört das Essen? Dem, der es kauft. Oder dem, der es sich in den Magen haut. Fast ein halbes Jahrhundert schlummert der Schatz nun schon in den Eingeweiden der Landschaft. Und es ist Zeit, dass sie ihn auskackt.« – »Ich habe auch nichts davon, mein Lieber. Aber wenn du dein Glück versuchen willst. Vielleicht findest du ja noch was«, sagte ich bedeutungsschwer, »im Morgengrauen tanzen die ersten Bauarbeiter hier an und noch vorher fahren Lkws vor. Sieh zu, dass du dich dann nicht blicken lässt. Sonst kriegen wir eine auf den Deckel für dich. Viel Glück«, sagte ich und dass er ja auch vielleicht hiermit zufrieden sei. Ich zog den goldenen Ring von meinem Finger und legte ihn in seine Hand. »Aber wir wollen mal nicht so sein, das war unser Anteil, er sei dein.« Er wog den Ring in seiner Hand, Glanz in den Augen, als seine Zigarette aufglimmte. Ich drehte mich weg. Gerry folgte mir. Es war ein formidabler Abgang. Wir waren jetzt die bereits Abgespeisten, die sich ihres vollen Bauches schämten, ihren Lohn verschenkten. Er allein aber würde wirklich satt und stolz zu Bette gehen. »Gott hab euch selig«, rief er uns noch nach und Gerry flüsterte mir zu: »Was machen wir jetzt mit ihm?« – »Der hat doch nichts als dieses scheiß Nazigold im Sinn. Der sieht uns nicht.« – »Und er hat den Ring.« – »Er dreht um. Und kein Wort zu den anderen!«

Tatsächlich trafen wir die beiden in Nervosität. Während wir auf sie zugingen, hieb Kurt immer wieder die stumpfe Fleischerbeilseite in seine linke Hand, den Hals des Wolfsmannes, dachte ich noch, sah schon Archie, der die Winchester im Arm wiegte wie ein Baby, ihr vorsang, sie streichelte, obwohl sein Bart auf den Lauf wallte, und da ging mir auf, dass er sie in Wirklichkeit rieb wie mit einem Schwamm. Dann spuckte er auf eine freie Stelle am Stahl und schrubbte mit dem drahtigen Haar den Schmutz ab. »Ja, jetzt bist du wieder sauber«, er sah zu uns hoch, »gehts noch?« – »Weiter meinst du? Klar!«, sagte Gerry.

Archie übergab mir mit großer Geste wieder die Winchester. Wir rauchten alle noch eine und warfen unsere Stummel in den Plastikbeutel, den Kurt uns hinhielt. Dann huschten wir an dem Presslufthammer vorbei. Er hatte ja keine Ahnung, wie knapp er einem Kugelhagel entgangen war. Fast hörte ich Schrotschüsse an ihm abprallen, aber es war nur der Fluss, der zwischen den Steinen sprudelte. Fast fühlte ich zähen Geifer an meiner Gurgel und den warmen Atem, die kalte Schnauze. Wir querten die Kettensäge, hinter der sich das Dunkel lichtete, und legten uns in den Schatten, den das hintere Ende des Containerflachdachs auf den Schotter warf. Ich schaute links, Kurt kaute Kaugummi, ich schaute rechts, Gerry seine Fingernägel, ich schaute geradeaus, mit der Winchester aus der Deckung heraus. Archie ging um die Ecke und kauerte sich an die Tür. Er nahm etwas aus seinen wilden Haaren. Das Kratzen, das ich sogleich vernahm, ließ auf eine Haarspange schließen, die er als Dietrich benutzte. »Verdammte Scheiße«, hörte ich Archie murmeln. Lange kniete er vor dem Schloss. Kurt hockte sich hin, kauerte vorwärts, auf Archie zu. Der nahm seinen Rucksack ab, die gelbe Sprengvorrichtung heraus, den Kaugummi an, den Kurt ihm hinhielt. Und schon klebte sie an der Tür. »Was solls«, murmelte Archie, »eine haben wir noch, die ist für das Maschinenhaus«, sagte er. Gerry machte sich hinter den anderen her. Ich blieb im Schatten liegen. Ich schaute links, ich schaute rechts, ich schaute geradeaus, mit der Winchester aus der Deckung heraus. Ich hörte das Schmatzen unter den Stahlkappenstiefeln. Schlammiger wurde das Gelände und abschüssiger. Im matschigen Hang parkten Amphibienfahrzeuge, Kiesel an den Pflügen, Schmodder an den Ketten, die pyramidenförmig drei Räder entlangliefen. Das mittlere war auf Höhe des Führerhäuschens montiert, sodass es über Wasser blieb, wenn das Gefährt durch den Fluss fuhr. Wie überdimensionierte Schneepflüge standen sie da, sinnlos im Sommer, warteten darauf, morgen wieder gestartet zu werden. Doch Archie schraubte schon den Tankdeckel auf. Gerry holte einen Schlauch aus seinem Rucksack und steckte ihn ins schmierige Herz der Maschine. Er saugte etwas daran, zog den Schlauch heraus und ließ das Benzin auf einen Fetzen klatschen, den Kurt ihm hinhielt. Der drehte die Zündschnur zusammen und Archie steckte sie in den Tank. Die drei traten weg von dem Gefährt, und als ihre Köpfe vor dem Führerhäuschen verschwanden, las ich die Schrift. *Volvo* stand auf der Stahlverkleidung in hellen Lettern, schwedisches Modell. Da wären sie besser geblieben, die riesigen Amphibien. Da gäbe es Schneemassen wegzupflügen. Und eine See, so tief ist die, dass sie steht, dass ihr die Strömung vergeht. Die Volvos würden vergehen und unsere Flüsse fließen.

Am Ufer hob sich die schwarze Straße in ihrer Grässlichkeit selbst noch von dem Schlammschlachtfeld ab, vom Volvopark, wo sie fuhrwerkten, wo sie die einstige Böschung verwandelten. Am Hangrand, zwischen Wasser und Land, dort hob er an, der Asphalt. Darauf stand ein Lastkraftwagen mit Ladefläche, darauf Kies, haufenweise Schotter, die Bürde, die die Volvos aufwarfen im Flussbett, daneben ein Kranbagger, der das Grabegut auf die Ladefläche fallen ließ. Der Schlamm tropfte schon von den Blättern, und die Tarnanzüge waren legiert, von oben bis unten versaut und beschmiert, nicht mehr so falsch am Platz wie zuvor, als Archie sich an den profilierten Rädern des Lastwagens aufrichtete. Er reichte gerade mal bis zur Nabe, kletterte an der Felge hoch zum Tankdeckel. Auch der wurde präpariert. Und als er wieder wegrobbte von der Straße, verschwand er im Schlamm wie ein elektrisches Schwein, jene Geräte, die den Morast in Kläranlagenbecken durchwühlen, damit nichts verstopft. Und tatsächlich musste Archie ja eine Etage tiefer gelangen, an den Fuß des Abhangs treten, die abgegangene Schlammlawine hinabsteigen, die Blaupause des Wasserfalls passieren, um das Maschinenhaus zu verminen, in dem schon jetzt die Turbine wartete, vom bald herabschießenden Flusswasser betrieben zu werden. Dort schlossen wir zu Archie auf, Gerry, Kurt und ich. Wir schauten ihm über die Schulter, lugten auf Archies Tun, wie er sich zur Türklinke beugte, wie er mit der Haarspange hantierte. Dann richtete er sich abrupt auf, zog mir die Winchester aus dem Ärmel und schoss das Schloss auf. Die Schrotkugeln siebten das Blech, blieben in der Mauer daneben stecken. Die Tür schwang auf. Gerry hopste auf einem Bein, wimmerte vor Schmerz, wir wirbelten herum, schauten, er grinste. Da war kein Querschläger. Archie war es auch egal. Er war schon ins Maschinenhaus. Der letzte Sprengsatz blieb an den Zahnrädern. Wir traten zurück, auf die asphaltierte Straße, direkt an den Fluss, wo früher Sträucher gewuchert hatten. Das Wasser roch stark und rein und kalt. Noch floss es majestätisch mit dem Strom fortwährend hinweg. Kurt teilte Zigaretten aus, aber wir verweigerten allesamt. Es wallte, es schallte, es schäumte über Steine und ballte sich in Untiefen. Im Schatten weißer, blank polierter Marmorbrocken stand es. Durch Felsen, die es in jahrhundertelangem Abrieb ausgehöhlt hatte, schoss es. Gesteinsformationen, von Moos überzogen, wie Gerippe lagen sie im Wasser. Aufgewirbelter Staub und eingeebneter Asphalt vermengten sich mit aus den Gebirgen geschwemmtem Kalk, mit Salz. Es roch nach Jod. In der schwarzen Flut spiegelte sich der Mond.

Und auf diesem Hintergrund schwebte der Schatten einer kapitalen Bachforelle. Durch unsere Polaroidbrillen zählten wir ihre Flossen, bewunderten ihre Schönheit. Zu dem weißlichen Körper, dem sanften Tänzeln in der Strömung, den Punkten ihre schwingende Seitenlinie hinab spiegelten sich auf ihrem Körper nun auch die Sterne über uns und die Wolken dazwischen, die den Strom hinabflossen wie die Wassermassen. Von einem steten Fließen schien der Fisch bewegt. Als ließe er sich von der Strömung rückwärtsziehen und schwömme dann unmerklich immer wieder ein paar Flossenschläge vor. Ein Flimmern zog ihre Konturen hinab. Sie glitzerte. Da schwebte sie, die Forelle im Mondgesicht, wie Jesu Antlitz, das auf einer Oblate erschien. Ich schaute links, das Staunen Gerrys, ich schaute rechts, Kurt, dem Beilhauen und Kaugummikauen vergangen waren, ich schaute geradeaus, erblickte Archie, der einen Schritt nach vorne trat, aus unserer Deckung heraus, die Winchester zum Anschlag hob. Weil ich meinen Augen nicht traute, klappte ich die Gläser der Polaroidbrille aus dem Gestell, wollte schon nach dem Lauf langen, die Flinte wegstoßen, da erblickte ich erst, wohin sie zielte, was mir die grünstichige Optik versagt hatte, bloßen Blickes jetzt angeschaut, die Bachforelle war grün und der Mond bauarbeiterpissegelb. Hinter einem Stein stand das Tier, konnte der Strömung kaum trotzen, ein Fisch, der eher Alge war. Ein Pilz wuchs an seinem Kopf, wogte hin und her. Die Flossen waren nicht geschlossen wie Fächer, sondern kraus und stachelig wie verbogene Laubrechen. Faulige Fransen verlängerten den Fischkörper. Die flimmrige Bewegung, die wir gesehen, war das Schwenken der verwachsenen Fahnen. Archie zielte auf das Tier. Als die Schrotkugeln das Wasser siebten, dachten wir erst, sie prallten an den Gesteinen ab und der Strom wäre erfüllt von Querschlägern. Oder die unterschiedlichen Fließgeschwindigkeiten und Kaskaden gerieten in Chaos. Denn das Wasser durchzogen schwarze Geschosse. Doch als wir genauer hinsahen, erkannten wir Fische. Durcheinander und aufgekratzt schwammen sie umher. Sie hetzten von Versteck zu Versteck, stießen kein einziges Mal aneinander, tanzten durch die Untiefen. Eine Forelle fraß eine Kaulquappe im Vorüberschwimmen. Und jede nahm jeden neuen Augenblick den Platz der vorigen ein. Es war ein Reigen, es war ein funktionierender Staat. Wie sie schillerten. Und sie kreuzten einander wohl noch, als ich längst den Motor gestartet, wir den Rückzug hinter uns gebracht hatten. Ich trat auf das Gaspedal. Ich fuhr rückwärts, ich fuhr links, ich fuhr rechts, ich fuhr geradeaus in die Freiheit der Bundesstraße hinaus. Das Abblendlicht drehte ich jetzt an und wie als Ausgleich für die lange Enthaltsamkeit, fastenbrechend das Fernlicht auch. Wir flitzten dahin. Gerry jubelte, wir hätten es geschafft, Kurt klatschte fortwährend die stumpfe Seite seines Fleischerbeils in seine Hand, und Archie trank eine Thermoskannenkappe Kaffee. Aus den Lautsprechern des Autoradios dröhnte Future Jazz. Ich rauchte, endlich.

Die Sterne über uns erreichten wir den Wirten. Dort brannte noch Licht, das auf den Asphalt der Straße sickerte und die Schatten der Fensterkreuze auf die Gehsteige prägte. Die Straßenlaternen hingegen waren aus. Trotzdem zogen wir uns im Wagen um. Das war sicherer. Durch das unkoordinierte Herumwälzen auf den Rücksitzen und am Beifahrerplatz, durch das Fuchteln von Gliedmaßen im Dunkeln, meinem eigenen Bücken zur Handbremse, das Armstrecken durch Ärmel und das Reißen an den Militärhosenbeinen bekam ich den einen oder anderen Ellenbogen oder Stahlkappenstiefel ins Gesicht. Doch es fühlte sich nur an wie die freundschaftlichen Griffe der Teamkollegen ans Genick eines Torschützenkönigs. Gekleidet wie auch beim Losfahren stiegen wir aus und betraten wie immer den Schankraum, saßen am Tisch wie Stunden zuvor. Gerry konnte sich kaum beruhigen, holte noch theatralischer als sonst aus, um Kurts Kaugummiseifenblasen mit spitzem Zeigefingernagel zu zerplatzen, während Archie sich nur bewegte, um seinen wallenden Rauschebart wie eine Serviette an sich heranzuziehen. Sein Bierkrug stand darauf. Ich war in Gedanken versunken, warum der Wirt wohl noch nicht zugesperrt hatte. Dass er uns wahrscheinlich bedingungslos liebte, unser Versprechen von vor Sonnenuntergang, wir würden nur schnell Zigaretten holen gehen, die es an seinem Automaten nicht gab, für ein Gelübde hielt, und dann dachte ich an Johannes und Lukas, ihre Lieblingssüßigkeiten, das Essen, das ich nicht für sie zubereitete, und wie freudig sie früher die Fingernägel meiner rechten Hand lackiert hatten, damit sie nicht brachen beim Gitarrenspiel. Ich versank immer mehr. Nochmal, Papa, riefen sie, gib uns ein A, und jetzt ein B, und jetzt *Cocaine*, der Eric Clapton. Auf den off-Beat schnippten sie.

»Gib mir noch einen Cuvée«, sagte ich zu dem Mann, der mit einem Absatzklacken seines schwarzledernen Lackschnürschuhs an unseren Tisch hinzugetreten war. »Hallo Freunderl«, sagte Rudl, und die Verwendung dieser Silben, wie er sie betonte, wie die mittlere ein »ei« bildete, schloss ihn unseres Zirkels aus. Wie passend, dass wir an einem quadratischen Tisch saßen. Er hatte nur noch an der Ecke Platz. Er zog sich einen Stuhl heran. Er hätte eigentlich wissen sollen, dass er überhaupt kein Leiberl hatte. Er trug gerade das letzte und einzige Hemd, in dem ich ihn jemals gesehen hatte, die Speiflecken vom Vorabendrausch eingetrocknet darauf, sie waren nicht aus dem Gewand gegangen, blass abgespülte Rückstände. Gewiss hatte seine Frau das Ding heute Vormittag extra mit doppelter Portion Vollwaschmittel und natürlich Weichspüler gewaschen, damit schön viele Pescizide mit dem Abwasser in den Fluss sickerten und die Fische vergifteten, nur damit ihr Ehemann strahlte, sobald das Gewand aus dem stromverschlingenden Trockner kam, damit Rudl glänzte, dem die Forellen ja so am Herzen lagen, damit er dann nachmittags wieder am Ufer patrouillierte, herausgeputzt, der Herr Fischereiaufseher. Ich sah Archie und den anderen an, was sie am liebsten mit ihm gemacht hätten, aber heute Abend, lammsanft sollten wir bleiben.

Archie spuckte einen zerkauten Fleischklumpen aus. Auf seinem Teller türmten sich bereits die abgenagten Rippchen.

»Voller Knorpel der Fraß hier, nicht wahr?«, sagte Rudl.

»Das tote Getier ist tadellos«, entgegnete Archie.

»Es kann einem nur hin und wieder der Appetit vergehen«, sagte Gerry.

»Jetzt kau ich Stunden Gummi ...« – »und immer wässriger sein Mund, aber irgendwie wirds nicht, da muss wohl etwas sehr Unappetitliches in der Luft liegen, meinst du nicht?«, sagten Kurt und Gerry.

»Ich hab schon das Forellenquartett gepfiffen, aber nicht mal das hilft«, sagte ich.

»Klar«, sagte Rudl, »ihr seid ja nur drei Pfeifen. Der Zwerg erbläst es doch nicht. Soll ich hineinpfeifen in euer Ständchen.«

»Du verpfeifst dich nur«, sagte ich schnellstmöglich, Kurt hielt schon das Stelzenmesser unterm Tisch. Es war zwar ohnehin nicht scharf und die Kruste zäh, aber der Abend sollte sich nicht wiederholen, an dem Ernstl Jean eine noch brennende

Crème brûlée ins Gesicht geworfen hatte, oder als er Ninas Lehrer einen T-Bone-Steak-Knochen, den er die ganze Zeit über vor sich hin summend mit dem Messer angespitzt hatte, in den Oberarm gebohrt hatte, oder als Ernstl sich selbst beim Rasieren mit einem extrakrossen Stück Bacon von seinen Ham & Eggs geschnitten hatte. Minuten zuvor hatte ich den zitternden Alten noch angefleht, diese Schur für ihn übernehmen zu dürfen. Aber er wollte nicht. Er war so eigenständig, so eigensinnig. Alle bewunderten wir ihn dafür, wie seine Waffen die Speisen waren. Nur zu Gräten griff er nie. Allzu große Stücke hielten wir auf den Greis. Zu schön war uns die verführerische Vorstellung, erst ein Filet zu malträtieren und dann, damit, etwas Lebendiges. Wie gerne hätte auch ich Rudl mit Tintenfischtentakeln gewürgt, ihm die präpotente Mütze mit einer Hechtschwanzflosse vom Schädel gewischt oder ein Blue-Marlin-Schwert zuvorderst durch die Plakette an seinem Westenaufschlag und durch den ganzen Brustkasten getrieben wie ein Rapier, dass es hinten wieder herausschaute. Narrwale aber wären wir gewesen, hätten wir ihn angerührt. Also pustete ich heftig in die Suppe: »Ewig ist es her. Willst du probieren«, und schob ihm meinen Teller hin. Rudl musterte, was ich da aß. Dabei rutschte ihm der Mützenschirm ins Gesicht, auf dem stand *Fischereiaufsichtsorgan*, und sie verdeckte für einen Moment die argwöhnischen Augen. Da saß er nun, in seiner grünen Fischerjacke mit den vielen Taschen, in die gelegentlich untermaßige Forellen wanderten. Dazu dieses braune Baumwollhemd und einen Fetzen grünen, zweibeinigen Stoffs. Die darin verbissenen Hosenträgerkiefer zogen ihn an gelben Gummibändern, auf die Dinosaurier gedruckt waren, bis zum Bauchnabel hoch, die Gürtelschnallen leer, auf einer Kugel hält eben nichts. Archie, auch nicht gerade eine Bohnenstange, eher ein gedrungener Zwerg, saß ihm gegenüber, in seiner weißen Leinenrobe, einen rostroten Poncho darüber, der in Kamelhaare ausfranste, dass man nicht wusste, wo die wilde Mähne begann, wo das Gewand endete. Archie war eine Erscheinung, Rudl hingegen höchstens eine Karikatur. Die Essensspritzer glichen seiner Weste farblich, nur ihr ranziger Rand schuf die Kontur. Darauf das einzig Saubere an diesem Mann, geschrubbt und poliert, sicherlich mit säurehaltiger Scheuermilch, die Plakette *Fischereiaufsichtsorgan*, vor der es uns allen grauste. Stolz trug Kurt hingegen auf seinem weißen Overall die roten Flecken. Sie brauchten keine Buchstaben mehr. Welches Zeichen könnte schon einem Rindvieh gleichen, dem ein Fleischerbeil zwischen die Augen knallt. Selbst Gerrys orangefarbenes T-Shirt sagte, er wäre sich für keine Aufgabe zu schade, die eine Welt sauber hält. Rudl aber hatte einem Colt im Halfter gleich ein Maßband aus der Hosentasche hängen, der Sheriff vom Fluss. Seine sehnigen Finger rührten den Löffel durch die Suppe und ich dachte an meinen Geigenkasten, dem immer neue Waffen entstiegen, die Schnauze eines Hammerhais, ein elektrischer Aal, ein Korallenwurfstern, ein Seesternmagen, den ich direkt aus meinem schwarzen Hemd heraus und über Rudl stülpte, um ihn an Ort und Stelle hygienischer zu vertilgen als jede Bouillabaisse. »Was ist das?«, er schaute von der Suppe hoch und mich an. Ich sagte es und überlegte, dass ich für das überraschende Extraverdauungsmanöver erstmal selbst in meinem Geigenkasten liegen müsste. Ich sah die schwarze Softshelljacke, die ich trug, wie ein Jackett, meine kalten Finger, die sich nur langsam erwärmten beim Wirten, wie weiße Handschuhe. Und die schwarze Hose, ein Sargträger war ich.

»Hast du vom Jean? Diese Drecksfranzosen!«, sagte Rudl, um auch irgendwen auszugrenzen.

»Sprich nicht so über einen Toten«, sagte der Wirt. Er stand inzwischen am Tisch: »Noch einen Cuvée?«, fragte er freundlich. »Zwei«, sagte Archie, »drei«, Kurt, »vier« – »fünf«, ich. Rudl stutzte. »Auch du, Harri«, sagte er, von uns allen eingekesselt. Zumindest dass er alleine war, bewies ein bisschen Mumm, oder überbordende Blödheit. Noch eine Runde Kurze wurde geordert.

»Hat eh viel zu lange gelebt. Die Franzosen haben sich nicht gerade mit Ruhm bekleckert, und dein Jean genauso, im Krieg.

Und als dann alles vorbei war, kamen sie als Siegesstiefelknechte der Amis und waren alle im Widerstand, ja genau.«

»Résistance heißt das bei denen«, sagte ich. Die Getränke kamen.

»Spül dir erstmal diesen Froschschenkelschluckerschme aus der Gurgel«, er schüttete seinen Schnaps runter und bestellte gleich noch einen, »das werde ich nämlich geflissentlich übergehen. Das ist eine Fischsuppe, und das ein Achterl rot, und noch mehr, ich werde es nicht nur beim Namen nicht nennen, sondern es ganz ignorieren, genau. Wie die Franzosen auch gut dran getan hätten, uns in Frieden zu lassen. Aber während die einen Atommeiler neben den anderen stellen, stauen wir unsere Flüsse, damit die Erde sauber bleibt. Und dann fallen sie im Sommer wie die Sturzflut über die wenigen dammfreien Stellen her und schauen in unser klares Wasser. Genau! Wie viele schöne Forellen, lasst mal die Rute auswerfen. Und unsere Frauen«, der Unmut in unserer Raute wurde immer größer, die Gläser waren schon leer, die Rippchen, das Steak und die Haxe gegessen, der Schnaps unten im Magen, da musste ich einfach sagen: »Es wird doch nicht alles so heiß gegessen wie gekocht. Schau mal, die Bou…, okay, sagen wir Fischsuppe, die ist schon kalt, und der Jean auch, der tut niemandem mehr was. Der vermodert irgendwo in Paris und verpestet da das Grundwasser. Und nachts um zwölf springen bei uns die Pumpen an und verwandeln mit dem billigen Nachtstrom das Auffangbecken wieder in den Stausee. Ohne das Netz und Europa und Jean und die Atomkraftwerke, da könnten wir unser System gar nicht am Laufen halten. Dass ein paar Flüsse nicht mehr rinnen, ja gut. Aber wir verkaufen den Franzosen den teuren Tagstrom zurück. Wenn da wer wen linkt ist die Frage wer wen. Deshalb brennt hier der Lampenluster da oben noch. Und wirft sein Licht auf all diese ausgestopften Forellen. Im Übrigen, die hat der Volki gefangen. Wer da wem was wegschnappt und welcher Strom durch welche Länder und Leuchten funkt, weiß man nicht. Und ich empfehle auch nicht, dazwischenzufunken. Funktioniert doch alles wunderbar, und die Suppe solltest du probieren, die ist ausgezeichnet. Aus dem Jean seinem Nachlass, das Rezept, sonst stünde das hier gar nicht zur Debatte, oder?«

»Wenn er geblieben wäre, wo er hingehört, ja genau, da hast du recht. Und das Rezept wäre auch besser in Frankreich geblieben. Oder ist das euer Ding. Dinge verteilen«, er hob ein kleines Stück Filet aus der Suppenschüssel direkt vor meine Augen, eindeutig salmonider Herkunft, und ein kleiner Fisch noch dazu, maximal vielleicht zehn Zentimeter, »private Rezepte beim Wirten und was steht auf der Rechnung? Auch der Fischzukauf. Ist wie mit dem Strom. Wenn man alles schön aufteilt und zerstückelt und zerfetzt«, er schubste einen Calamar aus der Schüssel auf den Tisch, »weiß man nicht mehr, wo was herkommt. Der Volki fängt seine Fische im Ganzen und lässt sie dann auch noch unzerteilt eingehen in unseren schönen Wirten. Aber ihr kommt oft mit dem eigenen Fang. Ihr steht wohl eher auf die selbst ausgetüftelte Kost. Manchmal mixt man da auch Verbotenes. Wo bliebe sonst der Spaß. Auf die Winzlinge, die schmecken am besten!«, sagte er, hob das Schnapsglas, und der Wirt war gleich stehen geblieben mit der Flasche und schenkte nach und Rudl trank, »komm schon, Siegi, ich weiß, dass du nichts einfrierst. Und bei euren Ehefrauen liegt ihr nicht im Bett, das weiß ich auch. Ihr sitzt ja hier. Und ich weiß, dass dein Auto hier beim Wirten am Fluss stand bis Sonnenuntergang, ihr aber nicht gefischt habt, und jetzt sitzt ihr wieder hier und esst Fischsuppe. Nachdem, ja genau, das Auto nicht da war. Ich habe das beobachtet, es ist nicht mehr zu löschen aus dem Gedächtnis. Wo ist man denn gewesen so spätnachts, in der Finsternis?« – »Zigaretten waren sie kaufen«, sprang der Wirt bei, und Rudl schüttelte den Kopf: »Zeig mal das Päckchen, Kurti, ich bin mir sicher, die gibts hier am Automaten.« – »Aber ...«, sagte ich, »der hat so eine neue Sicherung, da musst du erst deine Bankomatkarte reinstecken, dass dein Alter bestätigt wird, und solche neuen mit Mikrochip haben wir noch nicht.« – »Das ist das Dümmste, was ich jemals gehört habe«, sagte Rudl, und Gerry sagte, dass das ganz erstaunlich sei, immerhin verbringe

Rudl ja die meiste Zeit mit Rudl. Und dann war natürlich alles vorbei. Er knallte seinen Fischereiaufseherausweis auf den Tisch. Daneben die Wasserordnung: »Kurzum, Fangbücher her, auf mit euch. Sonst ruf ich die Polizistin an. Die ist eh ganz geil auf ihre Einsätze. Dann könnt ihr am Revier übernachten, ihr Trinker.«

Wir erhoben uns. Während wir ihm die Hefte aushändigten und aus dem Schankraum Richtung Parkplatz trotteten, betete uns Rudl all die Paragraphen von achtzehn bis siebenundzwanzig herunter, wie wir ihm auf Aufforderung den Kofferraum zu öffnen hätten, wie auch Hohlgegenstände auf begründeten Verdacht hin durchsucht werden dürften, wie es verboten sei, untermaßige Forellen abzuschlagen, wie ein Verschleierungsversuch durch sofortiges Verkochen verboten sei, wie man nachts nicht fischen dürfe, wie uns der Ausschluss aus dem Verein drohe, der Entzug der Fischereilizenz überhaupt und welche Geldstrafen usw. usf. Diese Tirade beendete er mit der Frage, was wir denn hier taten, warum wir uns mit Franzosengesocks eingelassen hatten, weshalb wir nicht lieber in Betten lagen, bei unseren Kindern, bei Ehefrauen. »Ich bin doch bei meiner Frau. Umso mehr, je weiter weg sie ist, Mercedes, wir haben eine ganz eigene Verbindung, weißt du, umso enger, je weniger wir uns sehen, jetzt im Moment ist sie mir so nah, als würde ich sie umarmen«, versuchte Archie noch den Herrn Sheriff zu beruhigen, und ich war gespannt, wie er gedachte, aus dieser Nummer rauszukommen, denn da standen wir schon am Wagen, »hier, schau, das Auto, ein Mercedes E 180«, sagte Archie, während Rudl unsere Verteidigungsrechte verlas.

»Habe ich dir schon mal davon erzählt, wie ich Mercedes kennengelernt habe, eine halb deutsche Elsässerin, wie ich als Erster in Südafrika ihren Namen erfuhr. Michelle wollte sie immer heißen, wie bei den Beatles. Erst hat sie sich nach Los Angeles abgesetzt, weil sie die Nazivergangenheit ihrer Familie nicht gepackt hat. Die waren zwar nicht in der Partei aktiv, aber haben die halbe Nachbarschaft bei der Geheimpolizei angeschwärzt.

Angebliche Ré…, ähm, ich meine Widerstandskontakte, du verstehst. Derweil wollten die Eltern nur, dass die Deutschen ganz oft ins Dorf gefahren kamen, damit ihre Bremsscheiben sich schneller abnutzen. Da hatten die nämlich eine Firma, deswegen haben sie die Kleine auch nach einem Auto benannt. Na, und da muss ich eben immer an sie denken, wenn ich den Wagen sehe, weil sie in Deutschland wegen LSD und RAF-Kontakten drangekommen wäre. Dann ist sie nach Los Angeles geflogen, weil sie dachte, da ginge es hippiemäßig noch voll ab. Sie hat diesen Antonionistreifen *Zabriskie Point* gesehen, du weißt schon, den habe ich sogar zu Hause auf Videokassette. Wenn du willst, fahren wir hin und schauen ihn an, der würde dir gefallen. In der ersten Szene werden die Achtundsechzigernegeraktivisten als total aufgeblasene Besserwisser hingestellt. Stattdessen wird dann eine Liebesgeschichte zwischen zwei Weißen erzählt, die in der Wüste spielt. Es geht um das Zubauen von freier Natur durch rücksichtslose Investoren. Kein Film für dich? Na macht ja nichts. Kann ja nicht allen alles gefallen. Jedenfalls ist Mercedes dann raus ins Niemandsland, den Felsen rauf, und dann stand da wirklich dieses grässliche Hotel, genau da, wo die beiden im Film noch unter freiem Himmel Liebe gemacht haben. Es hat gar nicht gestimmt, dass am Ende die Hippiefrau voll meditativ nur kraft ihrer Gedanken den Hotelkomplex explodieren hat lassen, und da hat sie, also Mercedes alias Michelle, sich gedacht, sie muss was tun, aber irgendwo, wo man noch was tun kann, wo noch nicht angebliche, unantastbare Demokraten kapitalistisch ihr Land verkaufen, sondern irgendwo, wo man noch einen Feind hat. Du weißt schon. Und dann ist sie nach Südafrika geflogen, da war ja noch Apartheid. Eigentlich wollte sie mit dem Auto nach Panama, aber dann ist ihr aufgefallen, dass sie aus idealistischen Gründen wegen des Ersten Golfkriegs und ihres Vornamens kein Auto mehr besteigen kann. Und in Südafrika war die Einfuhr von Rodriguez-Platten verboten. Trotzdem ist ein Riesenhype ausgebrochen und sie konnte gleich ein paar Tonbänder im Handgepäck miteinschmuggeln.

Außerdem ist sie auf einem Trip hängengeblieben. Du weißt schon, *I wonder*, dieser Song ging ihr die ganze Zeit durch den Kopf, *how many times you had sex* war das Erste, was sie zu mir gesagt hat, und ich habe mich erst gewundert, wie jugendlich sie wirkte, da habe ich ihren Ausweis verlangt, bevor wir miteinander in die Kiste sind, man will sich ja nicht einnähen lassen, weil man eine zu junge Frau schwängert, die am Ende noch schlecht im Bett ist. Obwohl, dann ist das Krankheitsrisiko nicht so hoch. Wie auch immer, so habe ich als Einziger erfahren, dass sie in Wirklichkeit nicht Michelle, sondern Mercedes heißt, und ihretwegen bin ich dann vom Militärdienst desertiert und habe einen neuen Job bekommen, nämlich genau dieses Lied auf den ganzen beschlagnahmten LPs mit einem Nagel zu zerkratzen, aber stattdessen habe ich die Dinger verschwinden lassen und den kubanischen Truppen geschickt, die Angola im Grenzkrieg unterstützt haben, quasi zur psychischen Erbauung, ja, das war Mercedes, ich habe immer noch eins ihrer Tonbänder, willst du es hören?«, sagte Archie und öffnete die Fahrertür.

»Jetzt ist aber wirklich Schluss mit diesem Blödsinn«, sagte Rudl, »Klappe zu«, befahl er, und Archie drückte, noch bevor er fertig war mit den zwei Wörtern, auf den Knopf, der den Kofferraum aufspringen lässt, und ich schlug ihn sogleich wieder zu.

»Aufmachen wieder!«, sagte Rudl.

»Also in der Ordnung«, rezitierten Kurt und Gerry, »einen Blick in das Auto werfen, steht da.«

»Ihr könnt mit mir reden oder mit der Polizistin, Leute!«, sagte Rudl und wir ergaben uns.

Ich versuchte noch vorzutäuschen, das Schloss klemme, aber er schubste mich weg und öffnete den Kofferraum selbst. Von der Hutablage abwärts war er mit einem Teppich verhangen. Ich hatte mal mit Johannes und Lukas einen Tatort gesehen, in dem zwei Einbrecher einen Stacheldrahtzaun überwanden, indem sie einen Teppich daraufwarfen und drübersprangen. In derselben Folge noch wurde ein bewusstlos geschlagener Polizist auf einen

Teppich gelegt und, ohne eine Schleifspur zu hinterlassen, weggezerrt von den Verbrechern.

»Das ist der Teppich, in dem Mercedes mich zum ersten Mal auf Arbeit besuchen kam. Ich war da gerade in der Kaserne. Weil ich ihr aber erzählt hatte, ich sei nur für Spezialeinsätze vor der Front im Feindesland zuständig, dachte sie, ich müsse mindestens Kasernenvorsteher sein. Der Teppich war an den Obersten adressiert und via Brief als Geschenk deklariert von irgendeinem hilfesuchenden Militärchef aus Nahost. Also schleifte ich den Teppich, über dessen Gewicht ich mich schon wunderte, ins Büro des Chefs, wickelte ihn aus, und heraus sprang Mercedes. Und weil sie wirklich nicht auf den Mund gefallen war, sagte sie sogleich, nun wisse sie wenigstens, wie die ganzen Rodriguez-Platten ins Land kämen. Sie wollte nur hinweisen auf dieses Sicherheitsleck. Ich wurde sofort unehrenhaft entlassen wegen meiner Nachlässigkeit. So hat sie mich freigeboxt. Einerseits erleichternd, andererseits schade, weil nichts wurde aus dem Techtelmechtel am Arbeitsplatz im Geheimen.«

Unbeeindruckt zog Rudl eine Taschenlampe aus seiner Weste: »Erklärt immer noch nicht, warum der Teppich in deinem Auto liegt, Siegi.«

»Wir dachten«, sagte ich, »wir tauschen die Rollen.«

»Ja eben«, sprang Gerry bei, »Archie ist doch jetzt unser Oberster.«

»Ja genau«, sagte ich, »und ich bin der Chauffeur respektive der Teppichschleifer. Du musst wissen, dieser Teppich ist für Archie und somit auch für uns ein, ähm, sagen wir Glücksbringer, ein Talisman, ein Totem. Ohne ihn fangen wir nichts. Wenn du das Fusselding ausrollst, und daran riechst, kannst du sogar noch Mercedes' Schweiß erschnuppern, herausgebrannt unter südafrikanischer Sonne. Damit deckst du dann das Fischequipment zu, du kannst dir ja gar nicht vorstellen, wie verrückt diese Forellenviecher nach Mercedes sind. Willst du das nicht mal probieren, Rudl, die Wunderwaffe?«

»Du meinst wohl des bestechlichen Soldaten. Als Kontrolleur werde ich mitnichten desertieren«, sagte Rudl, »weg mit dem Teppich!«

Ich zog ihn quälend langsam aus dem Kofferraum, der Lichtkegel der Taschenlampe fiel auf die zum Vorschein kommenden Blätter, Rinden und Äste, die alles bedeckten. Fing man einen Fisch und schlug ihn ab, fädelte man einen Weidenzweig durch die beiden Kiemendeckel und setzte den Fischgang fort, bis ein zweiter auf den Zweig wanderte, und ging erst dann zurück zum Wagen, die Ausbeute schwenkend wie eine Frauenhandtasche. Die Tarnanzüge waren in diesem Fall nicht besonders entlastend und stachelten Rudl nur an.

»Das sind die Militärbekleidungen, die ich, als ich den Dienst quittiert habe oder als er mir quittiert wurde, wie auch immer, mitgehen lassen habe. Man will ja auch was davon haben. Die Quittung muss schon stimmen. Du kannst dir nicht vorstellen, Rudl, wie viel Spaß es macht, mit deiner Herzensdame darin Verstecken im Wald zu spielen. So hat sie ihre Geschichte unter freiem Himmel dann doch noch bekommen, abgesehen von ein paar Baumkronen, wenn nicht in der Wüste Kaliforniens, so doch im Hinterland Cape Towns, ah Mercedes, wundervoll, und ich kann dir sagen, dieser Wagen geht mindestens genauso ab wie sie, brumm, brumm, willst du mal eine Spritztour machen, Rudl?«, sagte Archie.

Ich klingelte mit den Autoschlüsseln: »Du darfst fahren.«

Aber er war unerbittlich: »Tarnanzüge, in Südafrika, in der Wüste!«

»Ja«, sagte Kurt, und Gerry, »das sind diese ganz falschen Vorstellungen. Hört man Afrika, denkt man sofort an die Sahara. Aber das stimmt so nicht. Da gibt es ursubtropischen Regenwald, Wüsten auch, na klar, Steppen, Gletscher, alles.«

Ich sagte: »Musst du dir mal vorstellen, Archie kommt jedes Jahr aus Südafrika zurück mit Federn von selbsterlegten Dschungelhähnen. Worauf, glaubst du, beruht seine Freundschaft mit Ernstl. Doch nicht auf diesem wilden Bart. Oder auf seiner proletenhaften Art. Oder den roten Augen. Oder dem Brauenspasmus. Schau ihn dir an. Wie er dir was vom Bumsen erzählt. Alles über Autos und Frauen mit Ernstl und Archie. Willkommen bei perverse Männerphantasien! Nichts für ungut, Arch. Und ein Dschungelhahn, außerhalb des Dschungels? Klar gibt es die in Südafrika.«

»Raus mit dem Zeug«, sagte Rudl und jeder von uns nahm einen Tarnanzug aus dem Kofferraum. Zuerst erleuchtete die Taschenlampe das Fernglas.

»Das brauche ich«, sagte ich, »um die Rehe zu beobachten.«

»Aber du bist kein Jäger«, sagte Rudl.

»Aber die Rehe«, sagte Kurt, Gerry, »scheißen ab und an in den Fluss. Dadurch fällt die Wasserqualität ab.«

»Und wenn du am nächsten Morgen fischen gehst«, machte ich weiter, »je nachdem, wo sie scheißen natürlich, Strömungsgeschwindigkeit der Stelle, Konsistenz des Haufens, Zeitpunkt der Erleichterung, Wassertemperatur, undsoweiter, fängst du dann in gewissen Flussabschnitten nichts. Hier, schau, die Studie ist fast fertig.«

Ich hielt ihm eines meiner Notizbücher hin, das gerade griffbereit lag. Nur leider konnte ich in dem dunklen Kofferraum nicht erkennen, was mir zwischen die Finger kam, und ich schlug ein Notenheft vor Rudl auf, eine Bachkantate. Es war egal, ich glaube nicht, dass er Partituren lesen konnte oder auch nur wusste, was das war. Aber bauernschlau war er doch: »Siegi, Siegi, Siegi, geh scheißen. Du würdest eher sterben gehen, als deine Fischergeheimnisse zu verraten. Es war übrigens schon das zweite. Vielleicht können wir am Ende reden. Alles mit ein paar Dschungelhahnfedern begleichen. Allerdings erst am Ende«, Finis stand unter den untersten Notenlinien des aufgeschlagenen Heftes.

Als Nächstes richtete sich der Lichtkegel auf die riesige Heckenschere, an deren Klingen der Maschendrahtzaun, als hätte er zurückgebissen, kleine Scharten hinterlassen hatte.

»Das ist sowieso die allerwichtigste Grundausrüstung. Ohne die kommst du niemals an die verwucherten Stellen am Ufer«, sagte Kurt dummerweise und der Taschenlampenschein wanderte auf sein Gesicht. Er kniff die Lider zusammen.

»Also gebt ihr es zu?«

»Wenn du nicht so ein pedantischer Autoputzer wärst«, sagte ich, »ich räume niemals meinen Kofferraum aus, ich gehe doch jeden Morgen fischen. Ich bin ein fauler Hund.«

»Faul, ja genau, irgendetwas, sicher«, sagte Rudl und erleuchtet wurde das Fleischerbeil nebst der Thermoskanne und dem Flachmann.

»Klar musstet ihr heute lange wach bleiben und ein bisschen Mut antrinken, nicht wahr. Aber jetzt sag mir nicht«, und Rudl wieder an Kurti gewandt, »mit diesem Messer nimmst du sie aus, Barbar«, er hätte es besser am Becken getragen, sein Baby. Es war ja noch das Blut der gestrigen Sau daran. »Das werden wir demnächst putzen«, räumte ich ein, »es wird blitzeblank wie deine Plakette.«

Und das Licht aus dem Wirtshaus prägte immer noch die Fensterkreuze auf die Gehsteige. Geistesblitzartig fasste ich das Halfter, hielt es einem Beweis gleich hoch, fuchtelte damit herum, »wir hätten das ja hier reingesteckt, wenn es etwas zu verstecken gäbe«, während Rudl versuchte, seine Hand mit meiner abzustimmen, den Taschenlampenschein an meiner Faust auszurichten. Aber wir kamen einfach nicht zusammen, wie wir da standen, fünf Männer auf dem Wirtenparkplatz, verblendet in finsterer Nacht, Lichtschwert und Futteral schwenkend, sich einem Kofferraum zuwendend.

»Schau, wie lange das Blut schon trocken ist, Rudl, komm zur Vernunft, die Spritztour steht noch«, sagte ich, doch da öffnete er schon die vier Rucksäcke, zog die Fernbedienung heraus, ließ sich nicht mehr verirren und bewirren, rümpfte die Stirn, runzelte die schwarzpulverriechende Nase: »Mit Dynamit, ja genau, auch verboten.«

»Ist nur für den Kassettenrekorder, Rudl«, sagte ich, nahm das Tonbandgerät, das er musterte, und hielt es ihm hin, »soll ich demonstrieren, wie gesagt, Rodriguez, der vielleicht beste

Songtexter aller Zeiten, neben Dylan, und Clapton, versteht sich, *look into my father's eyes*«, sang ich an. Ins Gesicht traf mich Licht und der Backgroundchor aus Archie, Gerry und Kurti setzte ein, »*my father's eyes*«, und ich machte weiter, blinzelnd und zwinkernd, »*now I'm like a bridge that was washed away. My foundations were made of clay*. Na, Rudl, komm. Das heißt, ich bin wie eine Brücke, die weggeschwemmt wurde. Meine Überzeugungen waren gemacht aus Lehm.«

»Das kannst du deinen Kindern vorspülen, Siegi. Da wärst du eh besser geblieben. Mach den Geigenkoffer auf!«, sagte er.

»Rudl, du machst nicht nur uns unglücklich«, sagte Archie.

»Ich glaube, du weißt nicht, was du da tust«, sagte ich geblendet.

Kurti sagte, »wäre möglich, dass es das Letzte ist, was du tust.«

Ich sagte: »Komm schon, ein bisschen Clapton, Rodriguez und Dylan während einer nächtlichen Ausfahrt. Wir schießen die Bundesstraße runter und saufen, Versteckenspielen mit Tarnanzügen im Wald. Das willst du doch eigentlich, deshalb hast du die Taschenlampe mitgebracht. Am Schluss macht uns Mercedes Plätzchen, ich zeig dir ein paar Dschungelhahnmuster, und wir schauen den Antonioni an, ja!«

»Aufmachen!«, Rudl zog ein langes, beiderseitig geschliffenes Fischermesser aus seiner Westeninnentasche. Erst erkannte ich es gar nicht, rechnete eher mit einem Dirigententaktstock, und schon wollte ich die Schnallen an dem Kasten öffnen und aufgeigen, doch Gerry war fixer, schubste den Deckel weg, verdeckte mit seinem Thorax das Innere, wandte sich um, Rudl zu, in der Hand die Winchester, und Rudl die Mündung auf der Brust. Auf seinem Gesicht zuckte es. Kein bisschen Spucke im Mund röchelte er: »Ich werde jetzt da reingehen, ja genau«, und deutete auf das lichte Fensterkreuz, »ganz ruhig, und telefonieren, ihr habt das Recht zu schweigen.« – »Du auch«, sagten wir.

23 Nina findet sich in der ernstllosen Zeit gut zurecht

Weil ich ja wusste, wie sehr Nina es hasste, in derlei Belangen zum Handkuss zu kommen, vor allem während Ernstls Abwesenheit, in ihren Ferien gewissermaßen, zwischen Frühling und Hochsommer, wollte ich zunächst am Flussufer parken, die einschlägigen Gumpen und fängigen Stellen aufsuchen, Nina zur Beschwichtigung zwei Bachforellen fangen, sie sollte auch etwas von der ganzen Sache haben, manchmal war es ja so einfach, Menschen eine Freude zu machen. Weil ich aber ebenfalls wusste, dass die Biester bei Ostwind nicht bissen, weil ich bei morgendlichen Fensterblicken schon auf die Bewölkung achtete, große, bauschige Haufen, weil ich beim Hinaustreten wie immer den Himmel im Auge behielt, weite Flächen blassen Blaus zwischen den weißen, unförmigen Bergen, weil ich meinen Zeigefinger in den Mund steckte, schön einspeichelte, bis er ganz nass überzogen war, ihn in den Wind hielt, während ich zum Auto ging, und weil ich sah, wie sich die Härchen an meinen Fingergliedern aufstellten, weil ich den kalten Hauch an meiner Haut aufziehen fühlte aus der entgegengesetzten Richtung, in die sich die Zweige der Gemeinschaftsgartenbüsche bogen, zu denen ich hinüberschielte, weil ich die goldenen Wetterhähne auf den Dächern beobachtete, die hinter der Fensterscheibe an mir vorüberrauschten und alle dasselbe anzeigten, nämlich weg vom Fliegenfischen heute, bekam Nina bloß mich zu Gesicht an diesem Tag, keine Bachforellen, Saiblinge und Äschen, allesamt bissen Salmoniden bei Ostwind nicht. Weil man den Zeichen nicht immer trauen konnte, weil man an manchen Tagen fing entgegen diesem Seismographen, weil manche Wetterhähne in Wirklichkeit nur scheinbar aus Gold sind, verrosten und sich nicht mehr drehen, weil Pflanzen bloß selten horizontal wachsen, sich viel eher gerne in die Hauptwindrichtung neigen und eigentlich ruhen, wenn man meint, Bewegung an ihnen abzulesen, und weil mein nasser Zeigefinger sowieso kalt wurde im Gegenwind des eigenen Schritts, weil es also naheliegend war, wenn Ernstl bei Ostwind trotz seiner Prophezeiung fing, dass der Wind in Wirklichkeit an diesen Tagen doch gar nicht aus Osten kam, schaltete ich, um ganz sicherzugehen, das Autoradio an. Weil sogar der Radioreporter von einem Hoch und tollem Wetter sprach, trat ich aufs Pedal, als ich auch zum Fluss hätte abbiegen können. Weil ich dann an der Herbergstür zum allerersten Mal keinerlei Aufwartung bekam, weder von Ernstl, das »Bitte« samt Handrückenschwenken blieb aus, noch von Nina, kein unerwartetes Auftauchen ihrerseits, nicht von wem auch immer, weil ich weder auf Ernstl wartete noch er auf mich, merkwürdig, und weil nicht abgeschlossen war, trat ich ein. Weil mich sogleich Ninas Stimme empfing: »Hier bin ich, nur hereinspaziert!«, aus einem mir bisher unbekannten Raum den Gang hinab, Dielen entlang, die nicht gewischt waren, hinter eine Tür, nur deshalb fand ich mich wieder auf dem Fliesenboden des Badezimmers und Nina in der Wanne, ihr hübsches Gesicht, welches so weitflächig Schaum umgab, dass ich gar nicht wusste, ob sich darunter Wasser befand, sie sagte, sie denke nach.

»Worüber denn?« – »Über Schäume«, antwortete sie und lachte. Sie saß sehr aufrecht, fast in der Mitte. Die Wanne war tief. Nur Ninas Kopf schaute aus dem watteartigen Gebirge heraus. Es knisterte bedrohlich. »Warum?« – »Das hält mich über Wasser«, sie tauchte unter mit einem Ansauggeräusch. Als ihr Kopf die Schaumoberfläche wieder durchbrach, erblickte ich kurz, bevor er wieder versank, ihren Hals. Ihr Haar war noch immer trocken, nichts rann ihr Gesicht hinab. Sie nickte in Richtung eines Regals und ich gab ihr das Sektglas. Als sie trank, sagte sie lüstern, dass es blubberte im Pokal: »Schlumberger.« Der Perlwein war gelblich in dem matten, auf den Fliesen gespiegelten Licht hier drin, von allen Seiten bestrahlt, die britzelnden Bläschen oder Ninas Haar, was der Flüssigkeit im Glas mehr glich, ich wusste es nicht. Vor allem aber ähnelte sie Lenas Goldkopf bis zum Verwechseln, abgesehen von ihrem Gesicht, das ich mir von Qualm umgeben gar nicht mehr vorzustellen vermochte. Rund um den Anblick, der sich mir bot, schon war die Assoziation verwischt, rund um Ninas Gesicht schwebten vom Schaum zur Decke schwadenweise Dampfwolken. Mit der ungeheuer warmen Luftfeuchtigkeit in diesem Raum sog sich mein Flanellhemd voll, haftete hautenger an mir, wurde gleichsam schwerer zu tragen, als zöge die Gravitation an, fast schwindlig wurde mir. »Setz dich hin!«, und Nina stellte das Glas auf den Wannenrand, neben dem ein Sessel stand, über dessen Lehne ein Handtuch hing. »Das kann noch etwas dauern«, setzte sie fort und ich mich hin. »Zieh dir ruhig das Sakko aus!«, ich entschlüpfte dem Jackett, behielt es aber zusammengeknüllt auf den Knien. »Willst du auch einen Schluck?« – »Nein danke.« – »Kannst auch was Härteres haben.« – »Ich komme«, überlegte noch kurz, ob ihr das womöglich das Baden verdarb, dachte dann aber, dass, wenn ich jetzt nicht fortsetzte, eine dümmere Situation entstünde und gleichzeitig mit Nina: »aus einem anderen Grund«, aus ihrem Mund, »Wacholder, wenn du magst.« – »Eine Liste.« Sie trank von ihrem Schlumberger, »spannend, eine List«, und stellte das Sektglas mit Schwung wieder auf den Wannenrand. Die Flüssigkeit schaukelte, schäumte nochmals auf, und ein Tropfen trat über den Rand, rann an der äußeren Mantelfläche hinab, touchierte fast das Sakkoknäuel, das ich rechtzeitig wegzog, weswegen dieser Tropfen dann den Glasfuß runterfloss, den Sockel erreichte, der einen Millimeter über den Wannenrand hinausging. Der Tropfen fiel zu Boden, nur knapp vorbei an meinem Knie, das ich gerade gegen die warme, äußere Badewannenmantelfläche gelehnt hatte. »Erzähl mir mehr«, sagte Nina. »Eine Einkaufsliste.« – »Schindlers Liste war auch eine

List.« – »Sie müsste mit der Post gekommen sein.« – »Ich war heute noch nicht am Briefkasten.«

Weil es schon Mittag war und sie sonst nach der Gartenarbeit den Dreck draußen an der Grundwasserpumpe von ihren Gliedern spülte, zur Abkühlung in die Regentonne hüpfte, bloß zwischendurch, in den wenigen, kurzen Pausen, die sie sich gönnte, weil sie jetzt ihre Arme bis zu den geschundenen, aufgesprungenen, ausgetrockneten, eiternden Ellenbogen aus dem Schaum hob, den Duschschlauch zu sich zog, den Kopf wiederum über ihren Kopf hielt, weil sie den Hahn aufdrehte, weil sie eine große Portion irgendeiner nach Lavendel duftenden Creme auf ihre Handflächen klatschte aus einer Glasflasche, erkennbar als rudimentäre Erinnerung der ernstlvollen Zeit, mittlerweile vom Etikett befreit, mit selbst angesetzter, wahrscheinlich aus echten Tieren gemachter Haarspülung gefüllt, auf den jenseitigen Badewannenrand gestellt, jetzt erst benutzt, weil ihre Fingerspitzen das Fett in ihren Scheitel massierten, weil ihre Fingerglieder den Talg die Haare hinabstrichen, weil sich ihr Gesicht sichtlich entspannte, als sie die Creme wieder ausbrauste, lächelte ich. »Mercedes und Archiebald sind da. Wirklich ein schönes Paar.« Weil Ninas Brauen buschig genug waren, ihre Augen vor dem Wasser zu bewahren, das von ihrem Kopf herabrann, blickte sie mit aufgerissenen Lidern, mit Pupillen, die das honigwabenförmige Fliesenmuster und das fahle Licht darauf reflektierten, seelenlos, geschliffen, ein Brillant, knapp an meiner Brust vorbei an die Wand. »Ja, hat sich herumgesprochen. So was, dass du das immer als Letzter mitkriegst.« – »Was denn?« – »Alles.« – »Ich bin hier nicht reingeboren«, woraufhin Nina sagte, »scheint dir dafür gar nicht schlecht zu gefallen«, und einen riesen Haufen Schaum auf ihren Handflächen über den Badewannenrand hob, steif wie Baiser. Auf »Pustekuchen« stoben die weißen Bläschen auseinander, flogen auf mich zu, platzten teilweise. Andernteils tanzten sie als Flocken geradezu, lösten sich in der dampferfüllten Luft auf. Nur ein langer, dünner Strang wie eine Schneewehe blieb an meinem Flanellhemd hängen.

Erst jetzt, als sie sprach, schaute Nina mich an. Dabei löste sie die Form, die ihre Lippen angenommen hatten, um so tief auszuatmen: »Du steckst längst drin.« Weil ich den Schaum vom Flanell zupfen wollte, fiel mir auf, wie lächerlich es war, immer noch mit beiden Händen das Sakko von der Badewanne wegzuhalten. Ich stand auf, breitete es mit einer Zaubererbewegung über die Lehne und damit auch über das Handtuch. Leider, ich schwang die freiflatternden, doppelschlitzigen Schöße wohl zu schnell, ein Luftzug nur, und Ninas Sektpokal fiel in die Wanne. Der Grund für die ganze Aktion, die Schaumschneewehe, glitt von meinem Hemd, schwebte noch kurz vor meiner Nase. Ich pustete sie an, und sie landete Nina an der Stirn, legte sich darum wie ein Perlenband. »Nur zu, breite dich aus, wie zu Hause, mach dich heimisch! Dauert eh schon alles viel zu lange.« – »Ich hab mit Ernstl telefoniert.« – »Was spricht er?« – »Viel, wie immer. Seine Frau wollte mich abwimmeln.« – »Macht sie bei mir auch immer.« – »Meiner vertraut er noch weniger. Ich hab ihm gesagt, dass ich nur abends zu Hause bin.« – »Was sagt er dazu?« – »Gelacht hat er.« – »Und was habe ich jetzt mit alledem zu tun?«, Nina funkelte mich an. Ihre Wangen wurden rot, die eingeschlossenen Luftblasen an ihrer Stirn befreiten sich und der Schaum zerstob mit einem Zischen. Wild wanden sich die jetzt wassernassen Haare um ihr Gesicht, korkenziehergelockt fielen sie seit der Erwähnung Ernstls von ihrem Scheitel herab, kräuselten sich immer mehr im Dampf und bis in die Spitzen in meine Richtung. All das sah ich auf Ninas Augen gespiegelt, die meine reflektierten, ich hielt den Blickkontakt nicht mehr aus, wandte mein Gesicht ab, es war, als verlöre ich es. »Die Liste schickt er dann lieber hierher, hat er gesagt«, schloss ich. »Genug nachgedacht, raus hier!« Ich hörte nur, wie sie sich eine Strähne aus der Stirn wischte und von der Wange watschte. Ich hatte ihr schon den Rücken zugekehrt und gar nicht gesehen, dass der ganze Schaum in der Badewanne inzwischen in sich zusammengefallen war. »Archiebald und er haben ihre Urlaubszeiten immer abgesprochen, weißt du? Damit sie beide hier sind. Mercedes war echt selten mit.« Ohne mich umzudrehen, wiederholte ich Ernstls telefonisch dahingewurstelte Worte, »merkwürdig«, Archiebalds Anwesenheit, ein schlechtes Zeichen vielleicht, und als ich die Tür in den Gang öffnete, hinter mir zuziehen wollte, rief Nina mir durch den sich schließenden Spalt noch zu: »Du kriegst die Liste nur in Gegenleistung«, und dann schnappte das Schloss und ich fragte mich, was das wieder hieß, wie ich deuten sollte, was gemeint war, welches Omen, dass ich im Badzimmer mein Jackett vergessen hatte. Nina drückte mir dann das klatschnasse Ding von hinten zwischen die herabhängenden Finger, als ich längst in der Küche an der Tischplatte stand, die vollständig mit vollgeschriebenen Zetteln bedeckt war. »Ernstl hat auch gemeint, ich solle mich daran gewöhnen, Mercedes sei eben eine Hexe.« – »Ernstl kennt sich nicht aus. Ein bisschen Voodoo vielleicht.« Nina schwebte wieder aus dem Raum, vermutlich, um sich anzuziehen. Die ganze Zeit über hatte ich ihr den Rücken zugewandt. Völlig baff linste ich, ohne wirklich zu lesen, eher überfliegendermaßen in die Zeilen. Den Blick hatte ich vermeintlich in den Garten gerichtet, jenseits der Fensterscheibe, auf der sich diesseits die Blätter spiegelten, weswegen die Sätze, die Wörter, die Silben, die Buchstaben, überhaupt alles verkehrt und etwas schwieriger zu entziffern war.

Aber immer noch besser, als wenn ich mich an den Tisch gesetzt, unverhohlen und ganz offensichtlich für Nina gelesen hätte, vor Scham wäre ich dann am liebsten in den Boden ihrer Augen gesunken. *Unter uns*, stand auf dem einen, sonst leeren Blatt nebst einem Kugelschreiber, *Allerliebst dem Mister Master Thalinger* unterschrieb einen weiteren Zettel, *Sehr verehrter Herr Ernstl* lautete die Kopfzeile jenes Briefes, auf dem sich Nina abzeichnete, die im Türrahmen stand. Sie trug jetzt ein fleckiges Leinengewand, hatte das Sektglas wieder in der Hand, schwebte an mir vorbei und fasste die Schlumbergerflasche aus einem Kübel voller Eis, der auf der Fensterbank stand, schenkte sich ein. Nina setzte sich an den Tisch, nahm einen Schluck und die

Flasche gleich mit, stapelte die Zettel aufeinander und begann ihr Haar mit ihren Fingern zu bürsten, wobei sich das Rupfen mit dem Sektprickeln vermischte. Immer wenn sie trank, erklang ein Ah, der Genuss auf stummer, wohlschmeckender Zunge, der Lohn langer Arbeitswochen, wann immer sie aber an einer Strähne riss, gab sie ein Arrrr von sich, der Schmerz im Kopf, das Leid des Zerteilens und Auseinanderklamüserns, über Wochen angesetzter Filz. Ich drehte mich um und über die ganze Tischplatte hinweg glänzten im Licht wie hundertfache Vorfachschlingen Kugelschreiberspuren. In meinem Schatten konnte ich sogar einzelne Silben in Ninas geschwungener Schrift erkennen. »Dreckskletten«, sie riss besonders energisch an einer Strähne und ein Paar mit schrecklichem Geräusch ausreißender Haare fiel auf die Tischplatte, »die Herberge wirft nicht genug ab.« – »Also kein Urlaub?« – »Ein Mädchen für alles. Wenn das zur Abwechslung nicht Ernstls leere Flaschen sind, schon gut.« Sie beendete die Prozedur mit ihren toten Haaren, die nun allesamt unsichtbar, aber ebenfalls leuchtend, getarnt zwischen Kugelschreibergruben lagen. »Meinst du, es wird im Sommer besser?« Sie trank den Schlumberger aus, stand auf, stellte die Flasche mit einem Klacken zurück in den Kübel voller schmelzendem Eis: »Kommt drauf an. Du willst sicher nichts?« – »Die Liste.« – »Geh doch einfach zum Briefkasten.« Ich wollte nach dem Schlüssel fragen, da sah sie mich an, mitleidig, wie man ein Kind beäugt. »Im Sommer wird immer alles besser«, sagte sie, während ich die Küche verließ.

Den Weg durch den Garten zurückgelegt, den gescheckten Kater verscheucht, stand ich dann am Gartentor. Unsicher blickte ich zurück, sah die Herbergsgeberin, die wehenden Haars erfrischt dahinschritt, im Gang das Beil aus dem Holzpflock zog, dasselbe Ding zum Scheitelspalten und Hühnerhacken, die Axt nahm Nina mit sich, geschleppt hinter die Herberge. Der schwarze Briefkasten glich in seiner kubischen Form und mit der schwarzen Oberfläche samt verschnörkelter Inschrift *Zum lachenden Haberer* einem Fliegenetui. Das Geflatter aus den Verschlägen ließ mich aufhorchen, nur noch ein Beil, das Federvieh erschreckte, weil die zweite Klinge schartig war. Und ist Geld ohnehin knapp, wäre der Briefkasten jemals kaputtgegangen, wer hätte schon das Schloss getauscht. Ich zog mein Fliegenetui aus der Sakkoinnentasche, öffnete es und nahm eine schwanzlose Goldkopfnymphe heraus. Ich führte in den Schlitz des Briefkastenschlosses den baren Hakenbogen ein, der sich in dem runden Metall lockerleicht drehen ließ. Ich nahm den in Graz abgestempelten Brief und ging durch den Garten zu Nina, die vor dem Hackstock kniete. Seiner Oberfläche waren die Jahresringe noch ganz deutlich eingeschrieben, unterbrochen von einigen Blutflecken, und es kamen noch welche hinzu, während Nina das kopflose Huhn darauf rupfte. »Warum verkaufst du die Herberge nicht?« Nina riss die braunen Federn heraus, dass die Haut darunter Punkte bekam, dass man genau sah, wo eben noch der Federkiel steckte. »Die habe ich geerbt«, sie wischte sich den Schweiß und ein paar Haarsträhnen mit ihrer blutigen Rückhand aus der Stirn, wobei sie eine Spur auf ihre Haut zeichnete. »Mein Beileid. Also Ehrgefühle? Pflicht?«, die Blutpigmente stockten langsam an der Luft und im Sonnenschein, »es ist zu spät. Die ist nichts mehr wert.« Sie hackte der Henne die Füße ab. Sie würde nicht entkommen. »Als Sommerresidenz wäre sie«, Nina zog aus der Tasche ihres Leinenkleids ein kurzes, spitzes, perlmuttenes Messer, schnitt mir das Wort ab und der Henne den Bauch auf, »perfekt für Ernstl und der Gipfel der Erniedrigung, verzeih das schiefe Bild«, sie riss aus dem Leib einen Strang Eingeweide, schnitt ihn an der Gurgel ab, warf ihn mitten in den Haufen Federn, »ein bisschen bist du auch selber dran schuld.« Der gescheckte Kater schoss herbei und begann Blut zu lecken, schnurrend. Bald gesellten sich auch Scharen summender, grün schillernder Fliegen dazu. Erst als ich meinen Blick von den Innereien löste, wieder auf Ninas kriegsbemaltes Gesicht schaute, erkannte ich ihre fragende Mimik. »Also, warum gibst du ihm auch deine Haare?« – »Weil ich das Muster erfunden habe, mein lieber, naiver, verdatterter Siegi.« Die Henne lag nackt und leer auf dem Hackstock zwischen Nina und mir. Der Kater begann, den Magen zu fressen, die Fliegen stoben auf. Nun wurden auch wir umschwirrt. »Ändert das was?«, ob sie es hörte, wusste ich nicht, die Flügelschläge des Schwarms dröhnten. Nina richtete sich Axt und Messer in Händen auf, schwebte durch den Garten in Richtung Grundwasserpumpe, verfolgt von den Fliegen. Die letzten Klingen sollten nicht nur nicht, sie durften nicht schartig werden. Während sie das bereits zur Kruste erstarrte Blut unter einem glasklaren Wasserstrahl mit ihren Fingernägeln von der Klinge kratzte, mit ihrer anderen Hand den Pumphebel auf und ab drückte, immer wieder zwischen den Worten das Ansauggeräusch des Hubraums, das Quietschen der rostigen Schrauben in der Angel, das Rauschen des Wassers, das Geräusch, mit dem es in den Hahn lief, als versuchte sich jemand nicht zu übergeben, indes sagte sie:

»Als Ernstl hier ankam aus Graz, seine erste Nacht, als wärs gestern gewesen. Einen Mohair-Anzug trug er zum Frühstück, der eitle Fatzke. Und weil er mir auch noch auf den Zeiger ging von wegen Servietten, machten wir einen Deal. Aber einen speziellen, anders als mit all den anderen Sommertouristen. Er wollte weder Schwammerl suchen noch bergsteigen. Er war kein Jäger, kein Waidmann. Er fischte und hielt sich für einen Weltmann. Ein Gentleman wollte er sein. Und da sagte ich, er solle schweigen und genießen. Ich bring ihm ordentlich Fliegenbinden bei, er hält die Fresse, verhält sich leise, ganz einfach. Und seine Serviette bekam er dann auch.« Blitzsauber lag das Licht auf den Klingen. Nina kontrollierte den Messerschliff, indem sie den Flaum auf ihrem Arm abschabte, und das Axtblatt, indem sie sich ein Haar ausriss, es los und zu Boden segeln ließ, wobei sie das Beil so hielt, dass es den Flug des Haares schnitt, und es sank lautlos weiter in zwei geteilt. »Was meinst du, wie gut er sich erinnert. Der kommt bei mir an, zeigt mir eine Fliege und sagt, die musst du dir ansehen, die ist besonders originell.« Sie steckte das Messer wieder ein und ging zum Hackstock, verscheuchte die inzwischen auf dem Hennenfleisch herumkrabbelnden Viecher mit einem Axthieb. Das Beil steckte im Holz, beiderseits des Blattes zuckten Insektenglieder, während die heilgebliebenen mit Schillern und Brummen in den Sonnenschein davonstoben. Auch die Innereien hob Nina gegen den pratzelnden Protest des gescheckten Katers außerhalb seiner Beißreichweite, schwang die Eingeweide sogleich kopfüber. Der Magendarmtraktstrang flog durch die Luft, streckte sich auf elf, fuhr nieder wie eine Peitsche, schlug nach dem davonstromernden Vierbeiner. »Ich bin Ernstls Befreier, von Mister Wonderlander, diesem Beutelschneider. Was der verlangt hat, für eine Trockene! Ein Hänger und dein Weihnachtsgeld ist weg. Erst seit Ernstl mich kennt, säuft er Doppelliterflaschen leer. Vorher Beerenauslesen aus dem Burgenland, trübes Zeug, aber ein Prädikat ist drauf, besonders wertvoll. Das hat er in Tropfen bezahlt. Mit einem Schluck hast du den Urlaubslohn im Magen unten.« Ich ging auf sie zu. »Und was hab ich davon?« Wie zwei sich einpendelnde Waagschalen hob Nina abwechselnd ihre Hände hoch. Abschätzig pendelte ihr Blick von dem Innereienstrang einerseits zu den Hühnerfüßen in der anderen Faust. Nina, nassen Gewands, von Fliegen umschwirrt, Blut im Gesicht, ein wilder Blick, die Muskeln angespannt, die Stirn gefurcht, überall Fiebern, achtlos besudelt, »ich liebe Urlaub«, hielt mir diese klauenartigen Vogelkrallen ins Gesicht, »schon mal versucht, Hennen zu tränken?«, federverkrustete Hautfalten und schlitziges Grinsen überwarfen sich in ihrem Gesicht. »Ich glaube nicht, dass ich dir da helfen kann.« Und sie sprach, Spucke flog, direkt in mein Gesicht: »Und dann schleppt er auch noch diesen Gerry hier an.« Ich streckte meine Finger nach den Hühnerzehen, doch sie zog die Krallen ein, nahm das Fleisch vom Hackstock, sagte, Salmonellen, ich wisse ja sicher, und wir schritten in die Küche, wo sie die Eingeweide ungeziefersicher zettelumwickelte und entsorgte, von wegen eh nur Post für Ernstl.

Sie legte die Henne in die Spüle, wusch sie wie zuvor die Klingen und etwas Gemüse, dann ihre Hände, ihre Nägel, mit einer Drahtbürste. Ein Teller wanderte neben den kaltgestellten Schlumberger, wo Nina sich sogleich ein Sektglas vollgoss, seine kreisförmige Grundfläche, alsbald in übergeflossenen Tropfen auf die strahlende Tischplatte gezeichnet, die Henne auf den Teller geflogen, das Gemüse in einen Topf. Es schoss wieder Wasser aus dem Hahn, es platschte dann, der Gasherd fauchte, die Suppe, zugestellt. »Also, ich mach hier nicht nur Essen und Betten«, Nina, mir zugewandt, rücklings gegen das Fensterbrett gelehnt, das Glas zur Hand, »es gibt auch Massagen, Hornhautentfernung mit Bimsstein, Wandertouren auf ungesicherten Routen und so Schmarrn.« – »Ja, dein Kaiserschmarrn ist super.« – »Also, mal abgesehen von Ernstl, warum steigen alle diese ekelhaften Kerle im Sommer bei mir ab?« – »Und von mir.« – »Die könnten auch in den Gasthof gehen.« – »Sie mögen Gerry nicht?« – »Schmarrn, Gott bist du schwer von Begriff, alle lieben Gerry wie sich selbst.« – »Abgesehen mal von Ernstl.« – »Weil er mich ficken wollte. Weil er mir an die Wäsche wollte. Oder zumindest hat er sich rangemacht. Ich hab die Matura nachgemacht, das ist nicht so leicht als Waisenkind.« – »Was?« – »Gusch jetzt, Siegi, komm mir nicht so. Auf der Knödelakademie. Da hab ich Gerry kennengelernt. Er hat auch nachgemacht. War schon sein dritter Versuch. Er hat nie gelernt, aber trotzdem bestanden. Obwohl es Wurst wär bei ihm. Der erbt mal Apartmentkomplexe in Bad Gastein. Privathütten hat er in Kitzbühel und ein Landschlösschen am Millstätter See. Und wenn der Mutter fad wird, kauft sie ein Cottage im Wienerwald. Hoteliers, die ganze Familie, verstehst? Das interessiert Gerry aber nicht. Der kokettiert viel lieber mit den Leuten. Er hackelt in seinem eigenen Gasthof. Ist mit fünfzehn von der Schule ab und nur noch kellnern gegangen. Zehn Jahre hat er das gemacht. Die Schule hat er nur wegen seiner Mutter wieder angefangen. Damit die endlich die Pappen hält. Die kann ganz schön garstig sein. Da hat er gedacht, ein richtiger Abschluss reicht ihr. Und nachher hat er gesagt, er hat es nur meinetwegen geschafft. Weil er nicht versagen wollte in meiner Gegenwart.

Jedenfalls hat er sogar bei seiner eigenen Maturafeier den Wein ausgeschenkt. Und weil er so super unerwartet bestanden hat und deswegen so dupersuper drauf war, hat er Ernstl immer weiter draufgeschenkt. Der ist schon komplett ausgezuckt und hat den Prüfungsvorsitzenden beschimpft. Den Direktor hat er zusammengestaucht, jetzt wäre es aus, die letzte volljährige Frau hätte absolviert, den Klassenlehrer beflegelt, in Zukunft solle er sich fernhalten von mir. Dann hat er noch dem Lehrer, der mich immer am härtesten hergenommen hat, diesen Steakknochen in die Schulter gerammt. Und dann, Filmriss. Einzige Erinnerung, dieser adrette, wahnwitzig gut aussehende, extrem rechtschaffene, nahezu radikal charmante, fanatisch der Etikette erlegene Sommelier im Maturaanzug. Und dann war Gerry sein neuer Fliegenfischschüler. Zwei Wochen, und er hat mir eine Stelle in einem Luxushotel offeriert. Und zwar nicht irgendeine depperte Aufbetterei. Bei einem Pariser Saucier in der Küche. Als ob ich so was nötig hätte. Bin doch kein Hascherl. Wie billig. Hab gesagt, er soll scheißen gehen. Er sagt, er liebt mich. Den Rest kennst du ja.« – »Hast du ihn gefickt?« – »Ist doch scheißegal! Wenn Gerry das jetzt rumerzählt …« – »falls …« – »na sicher macht er das. Er ist ein gekränkter Mann. Braucht er nur irgendwelchen Wienern zur Nachspeise aufzutischen. Die plaudern das im Heurigen aus. Auch die Wiener haben ihre Stille Post. Und sobald sich rumspricht, dass ein Gipshaxen noch glimpflich ist. Der hätt sich auch das Genick brechen können. Wenn das drauf steht, mit mir anzubandeln, die schlafen in Zukunft im Gasthof.« – »Vielleicht hat Ernstl das nur gemacht, weil er dich nicht verlieren wollte.« – »Siegi, hörst du mir überhaupt zu? Das ist mir doch scheißegal. Ich verlier hier meine Kundschaft. Ich muss die Herberge irgendwie halten. Ich weiß doch nicht, was sich die zusammenreimen in ihren Herrenzimmern in Wien. Wir brauchen ein Gegengerücht. Du musst erzählen, warum Ernstl mit Gerry Schlitten gefahren ist. Und das darf absolut nichts mit meinen Titten zu tun haben. Kapisch?« – »Und wie bitte soll ausgerechnet ich das machen. Du sagst es ja selber, immer der Letzte bei diesen Gschichterln.« – »Deswegen bist du ja so super«, sie warf mir einen Schlafzimmerblick zu, »zu jemand anderem kann ich nicht gehen deswegen. Mir glaubt da eh keiner. Ich bin eine Frau. Und es geht um meine Herberge. Die besten Verbindungen nach Wien hat der Umberto. Der hängt da eh ständig rum.« – »Den kann ich doch nicht einfach so anhauen.« – »Tust du auch nicht. Du musst zum Grafen von Kaun. Der glaubt dir hundertprozentig. Der stammt aus so einem abgewichsten Adelsgeschlecht. Die haben Kubin unterstützt, und den Hitler, aber das nur nebenbei, als er noch an der Akademie studieren wollte und in Wagneropern gegangen ist in Wien. Mit Schönberg haben sie Brieferl geschrieben, mit Dalí haben sie Opium genommen und nur über Kommunismus gesprochen, Joyce hat bei ihnen übernachtet, und mit Jung haben sie Pornoheftchen angeschaut.« – »Analysiert.« – »Ja, wahnsinnig witzig. Hoffentlich bist du beim Kaun genauso charmant. Du bist Mozarteumsabgänger. Das passt perfekt. Der Graf fliegt ständig irgendwo fischen, USA, Frankreich, England, wie auch immer, mit Umberto eben. Die zwei sind Busenfreunde. Der Graf erzählt ihm das sicher. Und dem glaubt er die Story dann. Und bald weiß es ganz Wien.« – »Nina, das ist schon schön ausgeklügelt. Hat aber einen klitzekleinen Schönheitsfehler. Ich kenn den Typen nicht.« Sie legte ihre Finger um meine Faust, drückte kurz und liebevoll zu, sodass sich meine Hand öffnete, als ihre wieder wegschwebte. Sie segelte einige Male über den Tisch, »und jetzt, husch, husch!«, sie fächerte, bis in der Mitte alle ihre ausgefallenen Haare zusammengewedelt waren und ein kleines Häufchen bildeten. Sie legte es in meine Hand. »Dir fällt schon was ein.«

24 Ein Bindezimmer für sich allein

Das Landhaus, in dem Archiebald und Mercedes wohnten, war das einzige im Dörfchen, das jenseits der Gleise stand, die das Ufer entlangliefen. Niemals bringt der Zug ans Ziel. Doch auch mit dem Auto war am Fluss Schluss. Archiebald erzählte gern, er hätte alles dafür getan, ein Amphibienfahrzeug der südafrikanischen Armee zu erstehen und hierher verschiffen zu lassen. Sie müssten aber sparen, hätten kein Geld für seine Wahnsinnsideen, sparen müssen sie, zu Fuß unterwegs schadet keineswegs, vor allem nicht Archiebalds Lungen, sparen müssen, er betonte mehrmals, was Mercedes meinte. Wie dem auch sei, es war noch zu gehen. Eine Brücke, zu klein, um befahrbar zu sein, verband den Bahnhof mit der Wiese auf der anderen Seite. Dort wucherten mit jedem Schritt auf die Kalkalpen am Horizont zu abseits des kieselgestreuten Weges höhere Gräser, zwischen denen irgendwann Kühe weideten, letztlich rehbraune Buchen wuchsen. Erst standen nur vereinzelt niedrigere Exemplare herum, kaum große Sträucher, die Archiebald und Mercedes teilweise selbst eingesetzt hatten, wie sie erzählten, schnell aber wurden die Bäume zu einer Phalanx, in die sich als letztes Bollwerk der Zivilisation das Haus duckte. Die Fassade war eben aus dem Wald herausgezimmert, dessen Beginn es markierte. Ob die Hütte wirklich noch zu dem Dörfchen oder schon viel eher der Wildnis zuzuschlagen war, konnte unmöglich entschieden werden.

Die Farbe des Holzes und die Form der Dachschindeln erinnerten an Lebkuchen, die Mercedes, wie sie sagte, winters unter unvergleichlichem Duft dem tonnenschweren Ofen enthob, der aus Steinbrocken bestand, die dem Berg entrissen wurden, indem das Sturzbachwasser an warmen Dezembertagen über Felshänge und in Karstritzen rann, um sich während kalter Raunächte sprengsatzreif auszudehnen, zu gefrieren. Während der Hochwasser zur Zeit der frühjährlichen Schneeschmelze dann schwemmte das Flusswasser, worin die Sturzbäche mündeten, diese Steinbrocken direkt vor Archiebalds und Mercedes' Haustür, deren Bernsteinoberfläche Hundertschaften einheimischer Insekten einschloss. Dem Besucher sprang eine derbe Messingtürklinke in Form einer grazilen Bachforelle entgegen. Damit hatte es sich aber schon mit der Erdverbundenheit, und die Frage lag in der Hand, ob der Abgott des schleimigen Tieres, das in lebendiger Form umso behänder entglitt, je fester es gepackt wurde, bereits auf das Vorzimmer anspielte. Das Schuhregal bestand aus Mahagoni, und der Boden, auf dem es stand, aus derart glattem Teak, dass sogar Socken mit Noppen darauf rutschten. Die Mäntel wurden an der Garderobe auf Knäufe gehängt, die Schrumpfköpfe imitierten. Über die zur Seite geklappten, einander in zwei unendliche Gänge spiegelnde Flügel der kunstelfenbeinernen Psyche huschte das eigene Gesicht. Es sei denn, der Hals reichte nur knapp über die Kommodenfläche. Der Kopf wurde in Archiebalds Fall verdeckt von der goldenen Voliere. Zwei Seilchen hingen darin. Zwischen ihnen baumelte ein Schaukelstäbchen, um das sich die Krallen eines skelettierten, auf ewig gefangenen Kappapageis klammerten, der immer noch seine Schwingen gegen die Stäbe reckte. Die würden Gesellschaft mögen, wie Archiebald sagte, deshalb der Spiegelschrank. Vielleicht hätte man ihn regelmäßiger füttern müssen.

»Willst du jetzt Stoff oder nicht?« Das Zeug wäre für Ernstl. Und wo wäre der? In Graz. »Das war rhetorisch«, sagte Mercedes, die Gedanken las und Terrakotta-Tassen mit dampfendem Kaffee füllte, auf den Tisch in der Wohnzimmermitte stellte, während die vom Türstock hängenden, bunten Perlenschnüre sich wieder klingelnd zum Vorhang schlossen. Darunter verklang Archiebalds Bitte, sie solle das lassen mit den Fremdwörtern, unerhört. Illumination ziehe sie an, sagte Mercedes, während sie sich zur Decke streckte, ein langes Halsfeuerzeug in der Hand. Rund um sie stiegen Wölkchen auf, das Aroma Afrikas, wie es in einer Kaffeewerbung hieß, staute sich unter dem gewaltigen Traumfänger. Er schwebte horizontal, an vier Seilen aufgeknüpft, und fungierte als Lampenluster. Auf der äußersten Kreisbahn standen weiße Kerzen, deren Dochte Mercedes Flammen abnahmen, die nun weiter züngelten zum Plafond. Sie wechselten sich mit Kolkrabenfedern ab, die an Fäden Richtung Boden hingen und im Wechsel mit den Kerzen dem Traumfänger einen imaginären Oktaeder einschrieben. In dieser Szenerie aus Rauch, flackerndem Licht, schillernd schwarzem Abglanz sowie dem Geruch schwer verbrannten Kaffees und dem Geschmack knuspernd zwischen Zähnen knackender Zimtwaffeln begannen die Intarsien umso schneller die Tischplatte auf und ab zu laufen, je länger sie angestarrt wurden. Arabeske Formen, Mandalas und über die Kanten ins Unendliche hinausgehende Wellen waren in das Holz geritzt. Mal deuteten sie dichter wiederkehrende Muster an, engmaschig und schuppig wie Schlangenhaut, mal liefen sie in nur über die ganze Fläche auszumachende, unregelmäßige Kurven aus. Hie und da bildeten sich dicke, entfernt kreisförmige Knoten, die immer wieder zu geschwulstartigen Geflechten verschwammen. An einer Stelle ergab sich fast ein gegenständliches Motiv, eine Art Indianerkopfschmuck, ein Penacho vielleicht, der dann aber von einem goldgerahmten Gestell unterbrochen wurde, das ein Foto fasste, auf dem vier Typen in heckenähnlichen, dreidimensionalen Tarnanzügen mit Gasmasken über den Gesichtern zu sehen waren, nicht allerdings für Archiebald. Er setzte sich in den Rücken des Bildes. Mercedes sagte, es gebe keine Stammplätze, es sei schon richtig und gut so. Sie fände das auch symbolisch korrekt. Man hätte die Ausrüstung ja auch mal ins Auge fassen können, als die Angolaner den Hahn dann aufdrehten. Mercedes trank von ihrem Kaffee. Der Dampf hatte sich verflüchtigt und sie fuhr mit ihrem langen Zeigefingernagel die Prägungen im Mantel der Terrakotta-Tasse nach, tippte sachte mit ihrem langen Fingernagel dagegen und sagte: »Das sind die Rippen von Lucy. Australopithecus afarensis, Dinkinesh, du Wunderbare, hieß sie auch, und ihr Skelett sah fast aus wie ein Fischgrätenkranz«, kurz sprach Mercedes mit niemand Bestimmtem im Raum, »die konnte schon aufrecht gehen und sprechen«, was Archiebald sicherlich bereits wusste, »krasse Kombination, was Arch!« Mercedes stand auf, bewegte sich weg und nahm ihre Kaffeetasse mit. »Gut gebrüllt«, rief Archiebald ihr hinterher, als sie den Raum durch einen weiteren Perlenvorhang gleitend verließ, an dem Löwenskelett in der Zimmerecke vorbeischwebend.

In den anderen Winkeln hockten die knöchernen Reste eines Leoparden, eines Büffels und eines Elefantenbabys, allerdings fehlten die Stoßzähne. »Was soll ich tun«, sagte Archiebald, »sind halt nur vier Ecken«, und es rieselte in seinen Kaffee, ein Stück Rohrzucker und eine Reibe hielt er. »Muss man aufpassen«, sagte Mercedes, die mit einer überdimensionierten Waage im Arm zurückkam, »nicht am rechten Winkel ausgerichtete Architektur kann zu geistigen Verwirrungen führen«, sie zwinkerte Archie an, »zu psychopathologischen Symptomen, für dich«, sie stellte die Waage auf den Tisch, die völlig im Reinen war, obwohl ein Schreibheft samt Ibisfeder und Tintenfass auf der einen Schale lagen, »bis hin zu Wahnsinn«, mit einem Schluck trank sie Archiebalds Kaffee aus, »paranoider Schizophrenie, der ist auch gleich kalt«, sie hielt ihren Kopf wie eine Königskobra kurz vorm Erwachen aus einer tiefen Hypnose. Hinter ihr in einem Regalfach schleuste sich gerade der Insasse eines Stundenglases, ein kleiner Kraken, Tentakel voran quälend langsam durch die Verengung in die obere Hälfte des sanduhrförmigen Gefäßes. Mercedes schlug das Heft und schraubte das Tintenfass auf. Sie legte den Korkdeckel weg, an dem ein Tropfen hinabrann auf die Tischplatte, eine entfernt runenförmige Arabeske verdunkelte, auf der nun der Widerschein des Kerzenlichtes tanzte. Die Form der Intarsie erinnerte jetzt an eine Bärentatze. Die Tinte und ihre Ränder brachten sie wie einen Rorschachfleck, wie einen assoziativ aufgeladenen Dalmatiner zum Vorschein, indem sie das Holz rundherum ausschlossen. Wischte Mercedes den Klecks weg, die Krallen und die Pranke wären verschwunden, aufgelöst in den schwirrenden Schatten und Riffelungen der wiederhergestellten Weite der Tischplatte.

Aber stattdessen tauchte Mercedes die Feder in die Tinte und sagte: »Also, was haben wir?« Die Liste wechselte die Hände. »Das ist ja gar nicht deine Handschrift«, sagte sie, »wollte er dir wohl nicht diktieren am Telefon. Extra einen Brief aufgesetzt, seine gute Frau, oder Nina, möglicherweise, merkwürdig«, murmelte Mercedes, »mein Schützling und Schüler, mein Protegé«, ihre Augen funkelten, »na ja, das ist ja auch wahnsinnig schwer zu verstehen«, sie las vor, »fünfhundert Gramm Giraffe«, und Archiebald brachte aus einer Kommodenschublade einen zu einem Ballen gebündelten Hautfetzen, aus dem das Fell nicht mehr spross. Er rollte aus, wog ab, schnitt mit einer Schere durch, wobei der Spasmus zwischen Archiebalds buschigen Brauen sich regte, »Nyala«, Archiebald holte diesmal drei verschiedene Ballenarten, packte sie nebeneinander auf die Tischplatte und fasste zunächst kürzere, mit zottigem, langem Fell in Walnussbraun, »fünfhundert Gramm vom Hals«, Archiebald packte gleich drei davon auf die Schale und fragte, ob sechshundertzwanzig okay seien, wartete aber kein Nicken ab. »Achthundert Gramm vom Lauf«, der Fellstreifen, den Archiebald nun entrollte, war lang, schmal wie ein Aal und wechselte nahtlos nach zwei Dritteln seiner Länge von einer rotbraunen Partie in einen weißen, dann in einen schwarzen Querbund. Archiebald schnitt den Hautfetzen längs durch, sodass alle Farben erhalten blieben. »Und ein Kilogramm Brustkorb«, wo unter der Haut des nächsten Balges die Wirbelsäule verlaufen war, war deutlich zu erkennen. Das Tier war offenbar bauchlängs aufgeschlitzt worden und die zwei Schnittflächen bildeten jetzt den Rand des Fellstücks. Ein Kamm langer, weißer Fransen kam einer Achse gleich, lag wie ein Irokese den Haarflächen inmitten und markierte das wahrscheinlich zu potenzsteigernden Pulvern oder ähnlichem Zauberkram zerriebene, nicht mehr vorhandene Rückgrat. Wenige hauchdünne, cremefarbene Streifen gingen dann von diesem imaginären Nervengang die Rippen hinab, liefen in das Fell, das die Flanken bedeckt haben mochte, und unterteilten die haselnussbraunen, seidenen Flächen wie skalpellfeine Schnitte, Haarrisse. Der ganze Hautfleck wog in etwa Ernstls Order. »Dreihundert Gramm südafrikanischer Wildhund«, Archiebald holte ein unregelmäßig geschecktes Fell schwarzer, weißer und orangefarbener Flächen, die konturlos ineinanderwucherten und auch Schattierungen und Stufen unterschiedlichster, wunderschönster Mischtöne bildeten, »Missgeburten!«, giftete Mercedes, tunkte die Ibisfeder erneut in die Tinte, während der Kraken hinter ihr nur noch mit dem Kopf vor dem Durchbruch der Engstelle in der Sanduhr steckte, »gut, wenn es die nicht mehr gibt«, Archiebald schnitt nach Gutdünken ein Dutzend Flecken aus der Haut, um das farbliche Spektrum möglichst abzudecken, die Ibisfeder kratzte am Papier, »und zuletzt sechshundert Gramm Quagga«, Archiebald wollte schon eine Schublade öffnen, »da ist er aber hundert Jahre zu spät, die sind 1883 ausgestorben«, sagte Mercedes, »aber das weiß ja Ernstl nicht«, sagte Archiebald. Doch die Konstellation hatte unmissverständlich gewechselt. Die Männer schnapsten sich ihre Deals über Wüstenspringmaus und Dingo nicht mehr untereinander aus. Mercedes war jetzt ebenfalls im Haus, saß federführend wach bei Kaffee, hatte das Heft in der Hand und übte ein hartes, ehrliches Regiment: »Hast du welches oder hast du keines?« – »Ja, haben wir«, sagte Archiebald, »sind zwar alle abgeknallt, aber einer der Knaller verkaufte an meinen Alten, und der war ein Sammler«, sprachs und brachte einen Ballen, den Mercedes packte, mit einer Handbewegung ausrollte und sich um die Schultern schlang, wobei sich das zebraartige Fell wie tausend Stacheln mit jedem Haar einzeln aufstellte. »Wir ist gut«, sagte sie, »umso besser, wird behalten.« – »Aber das können wir noch viel teurer verkaufen«, sagte Archiebald. »Ein Zyniker ist jemand, der von allem den Preis, aber von nichts den Wert kennt. Ernstl ist bald genauso tot wie diese Viecher. Dass seine Alte dann alles zum Teufel schmeißt. Nicht mit mir, das bleibt hier, wer weiß, was in seinem Testament steht! Hier stehen jedenfalls noch drei Hälse Dschungelhahn. Die kann er dafür als Draufgabe haben«, woraufhin Archiebald feuerrote und clementinenfarbene Hahnenhecheln in die Waagschalen warf. Allerdings liefen die Federn am Ende nicht in sich zuspitzende, kürzere Fiebern aus, sondern in pfauenaugenförmige, schwarz-weiße Schildplättchen, wie Fingernägel, die zwischen den Fasern steckten, Schuppen, das Gefieder dieses Tieres war ein Panzer. »Der König der Gockel«, sagte Mercedes gedankenlesend, »der Hahn, der nächste Verwandte des Tyrannosaurus Rex, geschichtlich gesehen«, und dann, wie im Traum, als spräche sie zu niemand Bestimmtem im Raum, »vielleicht ist ja auch die Geschichte unseres Ernstls die eines alten, bald aussterbenden Königs, tyrannisiert von seinen eigenen Leidenschaften. Ach, er ist so ein niedliches Kerlchen!«

Plötzlich flackerten die Kerzen auf. Ihr braungelbes Zucken fiel auf das Stundenglas. Der Kraken schlüpfte die letzten Millimeter in die obere Hälfte der Sanduhr, die Archiebald sogleich umdrehte. »Oktopusse krabbeln immer nach oben«, sagte Archiebald und setzte sich wieder an den Tisch, auf dem die Felle und Federn ausgebreitet lagen. »Sie gleiten eher«, sagte Mercedes diesmal ganz gewiss zu Archiebald und präsentierte die Rechnung. Allein ein Dschungelhahnhals war mit zweitausend Schilling deklariert. Später sollte Archiebald erzählen, sie hätten die Tiere in Südafrika wild gefangen und die Federbalge beim Zoll als Staubwedel eingetragen, für fünf Schilling pro Stück importiert, »und was ist mit dir? Willst du auch was? Unlängst war Gnuplage. Das wäre günstig. Glück für dich!« Mein Herz pochte. Es wartete das Paradies auf mich.

»Also ich rate dir davon ab.«

»Wieso denn das?«

»Nun ja, beim Ernstl ist das egal. Der hat keine Kinder.«

»Mach dich mal nicht nass. Wir haben auch keine. Woher weißt du, dass er welche hat?«

»Schau ihn dir doch an, ein Bild von einem Mann. Denk mal so. Die sind von Tieren aus Südafrika. Da kommen wir her. Man hat die Felle hier nicht Not.«

»Hör nicht auf ihn. Er redet nur Unsinn. Natürlich kannst du so viel kaufen, wie du willst. Schau hin, fass sie mal an! Die sind alle ganz wunderbar weich. Und Fliegen draus schwimmen oben. Egal, wie groß sie sind. Archie und ich haben ganze Flüsse damit leergefischt.«

»Erzähl nicht solchen Mist, Mercedes. Ich mag dich. Du scheinst ein feiner Kerl zu sein. Ich will dich nicht abziehen. Pass auf. Aus diesen Fellen und Federn haben wir Fliegen gebunden, mit denen wir in Südafrika gefischt haben. Und sehr gut gefangen, ja. Brauchst du gar nicht so nicken. Aber das heißt nicht, dass die hier auch fängig sind. Das ist sogar logisch widersprüchlich.«

»Was meinst du denn mit logisch widersprüchlich? Das hieße ja, Ernstl wäre ein völliger Trottel, uns diese Federn abzukaufen, und wüsste nicht, was er tut. Meinst du nicht, der fängt die ganze Zeit Forellen mit Fliegen aus unserem Zeug und lacht sich in sein zittriges Fäustchen. Ja, heb nur die Brauen, Behinderter.«

»Mercedes, Vorsicht. So sprichst du nicht mit mir. Ich glaube eher, dass Ernstls Gehirnzellen noch viel nervöser und tattriger sind als seine Hand. Die ist schnell an der Geldbörse, wenn seine gierigen Augen nur irgendwo extravagante Federn sehen. Wie alte eitle Männer oft anfangen, Schminke zu tragen, ein Geck! Er ist halt geil drauf.«

»Kurzum, du meinst, Ernstl ist ein Pfau, gegen jede Logik, Materialien nehmen, die hier per se falsch am Platz sind, ungefähr so falsch wie du, weil du ja eigentlich aus Südafrika kommst, und da fischt man eben mit Fliegen aus Gnufell?«

»Die Fische beißen ja auf Insekten, die sie kennen. Die wachsen naturgemäß in einem richtigen Fluss mit richtigen Beutetieren auf. Und beim Fliegenfischen kommt einer und wirft eine falsche Beute da rein, die aber so aussieht, als wäre sie natürlich.«

»Natürlich, ich glaube, hätten wir das nicht begriffen, würden wir alle nicht hier sitzen, sondern halt mit irgendwelchen blöden Drillingshaken kleine Beutefische nachmachen. Aber ich verstehe immer noch nicht, was du sagen willst. Was meinst du, Arch?«

»Dass diese Federn und Felle von Tieren aus Südafrika stammen und dort in den Flüssen bei den Fischen funktionieren, was nicht heißt, dass sie hier ziehen. Sie stammen von in Südafrika heimischen Tieren, imitieren in Südafrika heimische Tiere und fangen in Südafrika heimische Tiere.«

»Du bist so ein scheiß Burenbauer.«

»Mercedes! Ich verbitte mir das!«

»Komm mal aus deinen südafrikanischen Tälern raus. Das ist ja unglaublich. Erdverbunden also. Ergo wirfst du etwa in Südafrika einen Dschungelhahn in den Fluss und wartest dann drauf, dass ein Fisch anbeißt? Seltsam, wie selten wir Haifischflossensuppe hatten.«

»So habe ich es doch nicht gemeint. Hier binde ich mit den Materialien aus der hiesigen Flora, und wie ich fange, verdammt.«

»Das liegt aber sicher nicht an den Fliegen, vielleicht an der Stange. Du hast ja eine Panne, Archiebald«, sie sprach das ziemlich böse aus und gestikulierte fuchtelnd in dem mitwippenden, schwarz-weißen Flauschefell herum, »jedenfalls, wenn man aus Federvieh und Fellmonstern, die in Südafrika leben, Fliegen binden kann, die aussehen wie Insekten, die in Südafrika rumschweben, dann kann man auch aus südafrikanischen Landlebewesen Fliegen binden, die aussehen, als kreuchten sie in Flüssen anderswo rum. Das ist mir zu dumm. Tier ist doch nicht gleich Tier. Sein Vater war Pferdezüchter, musst du wissen. Da tut zu viel Vernunft nicht gut, sonst schmeißt man gleich hin, absolut unnütz. Passt schon, bleib bei deiner Herde. Ich zeig dir was«, Mercedes nahm mich an der Hand, riss eine Kolkrabenfeder vom Traumfänger ab, der bedrohlich über Archiebalds Kopf pendelte, als sie die Tür zum Fliegenbindezimmer hinter mir schloss. Nicht mal Ernstl hatte einen extra Raum dafür.

»Lena, schläfst du schon?«

»Siegi, du darfst raten.«

»Was, wenn die Jungs in ein Zimmer ziehen?«

»Insofern wir noch ein Kind kriegen?«

»Wir haben das schon besprochen.«

»Davon wüsste ich nichts.«

»Johannes und ich.«

»Was sagt Lukas dazu?«

»Der ist auch dafür.«

»Von Vatergatte und Söhnen überstimmt.«

»Lena, es geht um Raumgewinn.«

»Hast du immer noch nicht genug?«

25 Ernstl und Siegi packeln miteinander

Einen Pagen oder sonstige Gepäckschlepper, einen Schalter, an dem man die Koffer aufgeben könnte, hatten wir an diesem Provinzbahnhof selbstverständlich nicht zu erwarten. Also hievte ich sämtliche Taschen, Kunststoffschatullen, Hanfsäcke, Seebeutel, Futterale usw. usf. und Jutesackerl aus dem Kofferraum und hoffte, dass der Zug zumindest zehn Minuten vor Abfahrtszeit eingleiste. Vergeblich, versteht sich, ebenso wie der Gedanke, Ernstl könnte auf die Idee kommen, mitanzupacken. Er nahm lediglich seine Stange, mit deren Spitze er mich, wann immer ich innerhalb der paar Minuten Aufenthalt vorbeizischte, in den Rücken piekte. Ich trug Papiersackerl, in denen sich die schwarzen Fliegenschachteln stapelten. Die hanfenen Henkel schnitten in meine Handflächen. Ich trug eine Lederhandtasche, in der sich dem Gewicht und der Größe nach zu urteilen der Bindestock befand. Seine groben Kanten beulten das Innenfutter aus und stießen bei jedem schwenkenden Schritt schmerzhaft an mein Knie. Verflucht, Kruzifix, Herrschaftszeiten, dachte ich und lud mir noch einen Rucksack voller Spulen auf. Ich schwitzte unter dem Gewicht. Die Spätmaisonne verbrannte mir das Gesicht. Die Tragegurte schnitten in meine Schultern und Achseln. Ich schleppte gleichzeitig auch noch die paar fadenscheinigen Gewänder zum Wechseln und die verschieden dicken Vorfächer oder sonstiges quasi gewichtsloses Zeugs, das Ernstl sadistischerweise in Stahlkoffer gepackt hatte. Das restliche Bindeequipment befand sich in Seesäcken, deren Zwirnsfäden ich mir noch zusätzlich um die Unterarme schlang. Sie strangulierten die Adern und rieben die eh schon rot gebrannte Haut ab. So, maximal behängt und bepackt, musste ich trotzdem dreimal hin- und herlaufen zwischen Parkplatz und Gleis, während Ernstl die Strecke in der ganzen Zeit genau einmal zurücklegte. Er war ja auch fast dreimal so alt.

Es ging sich gerade so aus, dass wir letztendlich gemeinsam im Abteil standen, alles hineingetragen hatten und Ernstl sich anschließend in den gepolsterten Sitz fallen ließ genau in dem Moment, da der Zugführer die sofortige Abfahrt ankündigte per Durchsage. Dabei verunstalteten die uralte Leitung und die schlechten Lautsprecher die Stimme zu einem hässlichen Krächzen, das noch unterlegt wurde von einem unrhythmischen Knacken wie bei einer Funkstörung, weißes Rauschen strömte im Hintergrund. Ernstl zog den Rollladen vor der Scheibe herunter, sperrte die Sonne aus, tauchte das Abteil in Dunkelheit. Die Luft war staubig und trocken. Sein Mienenspiel lockerte sich zu einer sterbensentspannten Maske auf der Kopflehne. Er senkte die Lider und mit einem Mal kam ich mir vor wie in einer Gruft, die Grabbeigaben waren um Ernstl arrangiert. Der Zug setzte sich in Bewegung. Ein Ruck ging durch die Kofferberge und Schachtelpyramiden. Scheppernd fiel die oberste Kunststoffschatulle zu Boden. Ihr Deckel sprang auf und der Zug fuhr in eine Kurve. Ich wankte von einem Bein aufs andere, und als all die nackten Haken, Goldköpfe und vakuumverpackten Plastiktütchen lautlos über die Teppichböden schlitterten und sich im ganzen Abteil verteilten, wurde mir schwindelig, weil mir einfiel, dass in Ernstls Taschen all die Fliegen waren, die ich gebunden, ich nicht einmal einen Bindestock, geschweige denn irgendwas an Material oder sonstiges Equipment hatte. Ich schaute den Alten an. Das Abteil schaukelte in voller Fahrt. Ein Goldköpfchen rollte gegen meine Schuhspitze. »Ich glaube, wir haben noch nicht über meinen Anteil geredet.« Ernstl schaute mich nicht mal an, das Goldköpfchen schon, er ließ die Augen zu, als er ein Fliegenetui aus seiner Jackeninnentasche zog, mir die Schachtel hinhielt und mit betont dahinsiechender und wegdämmernder

Stimme, die jeglicher Diskussion todmüde war, sprach. Aber was? Wie meine er? Bitte sehr, bitte gleich, das wiederhole er! Was soll das Sakrament nochmal heißen, ernsthaft jetzt, hätte er die Augen aufgemacht, hinein hätt ich ihm geschaut, wer da wohl zuerst zu lachen angefangen hätte, geernstelt hätte ich mit ihm. Abwechselnd stierte ich auf sein drittes Auge und auf den Goldkopf zu meinen Füßen, schlug den Blick nieder, in die Höhe, traf Ernstls verschlossen glotzende Lider. Uralte, eiskalte Haut, verrammelte Seelenfenster. Er hätte seine Glupscher sogar zulassen können, hätte mich nicht anschauen müssen. Er gähnte. Ich hätte ihm die Scham erspart, solange er das Etui gebührlich aufgemacht hätte. Ich hätte ihm erspart, sein geschissenes Angebot zu wiederholen. Der Zug fuhr in einen Tunnel. Es ekelte mich. Genüsslich sagte er: »Ein Prozent«, Ernstl hatte sogar für Gerry zehnmal mehr übriggehabt.

In voller Oberkellnermontur war er angerauscht an diesem Nachmittag. Auf der Holzveranda des Gasthofs sah ich gleich, was er war, chronisch unterbeschäftigt, dilettantisch unterwegs im Fliegenfischermetier. Viel mehr als nach Ritz D sehnte Gerry sich nach dem Sommer und den Kurgästen und den Wiener Ausflüglerpärchen und ihren hoffentlich ritzmäßig riesigen Trinkgeldbergen. Die Alpenkulisse machte touristisch gesehen ja schon etwas profitablen Höhenschwindel und Freudentaumel samt Verschwendungssucht her. Vorerst war aber nur ein Pärchen hier im Gasthof. Das hatte am besten Tische Platz und Gerry damit vorliebgenommen und zumindest etwas Vorfreude gewonnen wie auch wir. Kapitale Forellen konnten Ernstl und ich ganz ruhig im Wasser der Schonstrecke stehend beobachten, zu unseren Füßen, durch die Ritzen zwischen den Brettern, die auch den einzigen Anlass für die Bachforellen bildeten, sich zu bewegen, und zwar um hin und wieder etwas Brot zu schnabulieren, das Speisende absichtlich oder unabsichtlich fallen ließen. Dieser Tage blieben sie hungrig wie Gerry durstig. Also kam er daher, hinkenden Schritts. Das eine maßgeschneiderte Smokinghosenbein war umgenäht. Profihand hatte es extra aufgetrennt und geweitet wieder zusammengeflickt, dass der Gips Platz hatte drunter. Genauso perfekt saß er, schmiegte sich hauteng an den Samt wie andererseits das unversehrte Bein, das Ernstl dankenswerterweise heil gelassen hatte. Sonst hätte Gerry ja Krücken gebraucht und das Tablett mit den drei Aperitifs gar nicht kokett Speiche drunter und balancierend auftragen können, obwohl er zwei freie Hände hatte, die in weißen Seidenhandschuhen steckten. Die Schaftspitze eines Coca-Cola-Schirms war nebst in einem Steinkegel versenkt, der uns Strömungsschatten bot und Gerry ein Ausweichmanöver gebot, kurz hoffte ich, ihm kippten die Gläser zu Boden, aber nein, galant, der Ausfallschritt, ein Knick im Gang, grotesk anzusehen, wie er die Kurve nahm mit nachgezogenem Gips, der nur ganz unten am Aufschlag seiner Hose hervorlinste. Dann wurde der Winkel zu spitz, die weiße Plastiktischplattenkante schnitt meinen Blick und den Schuh, Gerry stand vor uns, servierte. Plötzlich fegte eine Windböe über die Holzveranda, versetzte die drei Sektgläser und den Schaft des Sonnenschirms in Schwingung, allesamt sangen sie, ein Quartett. Natürlich wurde mir das Ding im Steinkegel mit seiner kunststoffartigen Beschaffenheit zur Fliegenfischerrute, während das Sonnensegel Ernstl beschattete wie ein flussüberwucherndes Gezweig das Sengen meidende, Kühlung suchende Salmoniden.

Ich atmete tief durch, zum ersten Mal bewusst, und genoss die in mich strömende, klare Luft, ein Stich Sekt darin, jede Sorge verflog, kein Zufall, dass unser Fliegenfischer-El-Dorado gleichzeitig einer der beliebtesten Lungenkurorte war. Derselbe sauerstoffreiche Himmel stimmte die Krebssterbenden munter und die auf künstliche Flusstierchen beißenden Fische heiter. Ernstl räkelte und schmiegte sich wieder tief versunken in die rückenschmeichelnde Schaumstoffauflage des Sessels, ruhte im Schatten des Coca-Cola-Schirms, die Dunkelheit glättete seine Falten, und die einzigen Kanten, die ich noch in seinem Gesicht ausmachen konnte, begannen sich jetzt um seinen Mund zu spannen, als er an den Sockel des Sektglases fasste. Gerry aber sprach: »Was verschafft uns die Ehre, Ernstl?«, einen schäumenden Pokal hatte er in der Hand behalten. Es schien, als wären wir zumindest zum Anstoßen zu dritt: »Wie schön, dich mal wieder auf Gebetsroithers altem Platz zu sehen«, Gerry lachte auf, ein einziger Graus. Die faltigen Kanten um Ernstls Mund gestalteten seine Stimme hölzern, seinen Anblick wie geschnitzt, eine Sprechpuppe: »Heiß haben wir es heute. Da säße Gebetsroither sicher im Licht. Auf Siegi, unseren neuen, den wahren Erben.« Die Gläser glitzerten keck aneinander. Ich wunderte mich, als ich meines aus dem Schatten an meine bereits sonnenbrandgefährdeten Lippen führte. Ich hätte gewettet, der Sekt nähme Farbe an, in dem Sinne, dass ich annahm, dieses rote Coca-Cola-Sonnensegel funktionierte wie ein Farbfilter, es projizierte ja auch die Silhouette einer Flasche auf die Tischplatte. »Ah, Schlumberger, extra kalt, well«, sagte Ernstl. Gerry schlüpfte aus seinem Handschuh und gab mir die Flosse, superschleimig: »Gestatten, Ernstls Ex, eine wahre Freude, Sie schauen Gebetsroither ähnlich«, seine Exzellenz, seine Grazie, er stand, ich blieb sitzen, zwischen Hose und Smokinghemd, der Kummerbund in Pink, der typische Streifen einer Regenbogenforelle, die Manschettenknöpfe gelenklose, filigrane Stahlstecker, ein Taschentuch in der Brusttasche, so weitflächig herausflatternd, von unten gesehen, als wischte es ihm den Augenwinkel, die Fliege um seinen Hemdkragen, geschürzt aus blondem Frauenhaar, das zehntausendprozentig Ninas war, perspektivisch verkürzt, als säße sie in seinem Gesicht, als hätte er sie gefressen, ein Narr.

Ich sah förmlich all die nackten Haken, die dieser Perverse mit Ernstl eingekleidet und nach seinem Rausschmiss aufgetrennt hatte, wie er sich alle Flügelscheidensträhnen um den eigenen Hals schnürte. Ich würgte, vielleicht auch wegen der Forellen in meinen Händen, die langsam zu stinken begannen, sagte aber, stotterte wie stranguliert, »wer ist denn dieser Gebetsroither?« – »Siegi, das wissen Sie nicht?«, sagte Gerry und die Finger der rechten Patsche vor seinen Mund, als betatschte er Ninas Kopf. »Seines Zeichens altvorderer Obmann. Die goldene Zeit? Hat Ihnen das niemand erzählt? Er trat am Weltfliegenfischerkongress in Paris auf. Ernstl, wieso hast du das denn verschwiegen? Ist er der Geschichte noch nicht wert«, aber Ernstls Kopf blieb still, »er war ein guter Freund von Charles Ritz. Dutzende vermögende Fischer aus aller Welt brachte er in den Besitz einer Saisonkarte hier. Sie stiegen mit ein, weil sie Gebetsroither schätzten. Die kamen dann eben eine oder zwei Wochen im Sommer her. Siegi, Sie werden sie noch treffen, Ihr blaues Wunder erleben. Pariser Haudegen, englische Gentlemen. So hat Gebetsroither den ganzen Verein saniert. Die Pacht ist auf Jahre im Voraus bezahlt. Deswegen können wir hier fischen. Und wie! Er hat die Wurftechnik entwickelt, nach der heute noch jeder Fliegenfischer, der etwas auf sich hält, das Vorfach zischen lässt«, dabei schwenkte Gerry seinen Arm in Richtung Ernstl, »und dabei so bescheiden. Sobald er nicht innerhalb der ersten zehn Minuten fing, saß er sogleich hier, sagte, leckts mich am Arsch, heute beißen sie nicht, und trank Bier. So urig und rustikal. Als ein Kind beim Spielen in den Fluss fiel und beinahe ertrank, Gott sei Dank war ich zugegen, sprang ihm hinterher, wieder zurückgekehrt ans Ufer war Gebetsroithers Kommentar, warum passt er auch nicht auf. Gebts ihm einen Jagertee. Ein Zen-Meister. Während der Vereinssitzungen hat er nie gesprochen, es war immer schon alles beschlossen. Ein Midas. An nichts fehlte es. Jedes Wochenende Fliegenbindesessions hier an den Tischen. Na das war was. Teilweise leisteten wir uns drei Fischereiaufseher im Vollzeitjob. Die wurden Stunde um Stunde bezahlt wie auch jeder andere, der nur die klitzigste Kleinigkeit tat für den Verein. Die Kaffer von heute machen alles ehrenamtlich.« – »Weil er ein alter Trottel war und den Volki zum Obmann gemacht hat«, grätschte Ernstl dazwischen, breitbeinig saß er da. »Grämst du dich deswegen immer noch?«, sagte Gerry mit Knick im Handgelenk, mit Fingerwink zu Ernstl hin. »Arthritisch, syphilitisch, rheumatisch, geisteskrank, kompletter Bauer«, sagte Ernstl, »gemischten Salat erst mal, Kürbiskernöl und Apfelessig bitte«, und Gerry zischte seinen Schlumberger runter, versicherte Ernstl, dass er kein guter Obmann geworden wäre und noch genug Zeit habe, der Weltfliegenfischerkongress warte quasi auf ihn. »Und zwar dalli«, antwortete Ernstl, und als Gerry hinkend verschwand, atmete ich wieder äußerst befriedigt durch.

»Dieser Nebochant! Ein netter Kerl eigentlich. Aber in dieser Tourismusschule ist er völlig verludert. Ein Internat in der weltberühmten Kaiserstadt, musst du dir mal vorstellen, da dürfen die Vier-Sterne-Töchter und Drei-Hauben-Bubis am Wochenende länger ausbleiben, solange sie den Lehrern in den mondänen Bars die Drinks spendieren bis zum Speiben. Der Sekretärin ist der Führerschein abgenommen worden, und seither stand vom vierzehnjährigen Hotelerben der Porsche samt Chauffeur jeden Morgen in ihrer Auffahrt. Das ist eine Schicki-Micki-Gesellschaft, lass es dir gesagt sein. Da muss man wahrscheinlich so werden. Fischer aus aller Welt. Pf! Nur verstiegene Hautevolee. Alle weggestorben wie die Fliegen. Wie der alte Ritz selbst. Und der Gebetsroither. Aber vorher noch den Volki bestellt. Alles vergällt. Der hat die Posten verteilt auf seine Burschenschaftler, als es ausgegangen ist das Geld. Die paar übrigen Pariser Dandys und Londoner Schnösel, meinst etwa, die kommen gerne noch her, um mit diesen verhauten Heulern herumzuzipfeln, oder was? Wir scheißen uns an! Wilhelm the Conqueror konnte in voller Rüstung auf sein Pferd springen und ist gestorben an einer Verletzung, die er sich am Sattelknauf zugezogen hat. Und der Volki hat dem Gebetsroither das Steißbein gerichtet und ihm damit das Genick gebrochen. Menschliches Strandgut, aber wirklich. Der Alte konnte nämlich nicht schwimmen. Ist in den Fluss gefallen und abgetrieben worden. Ist angeschwemmt erwacht auf einer Sandbank, hat das für eine Epiphanie gehalten. Und genau da ist ihm der Volki erschienen. Hat gefragt, ob dem Gebetsroither was fehle. Und weil ihm total verdattert nichts Besseres eingegeben worden ist vom Herrgott im Himmel, hat unser lieber Zen-Meister gesagt. Raten S' doch mal, Herr

Heehrmann. Ja, der Arsch tut uns weh. Arsch auf Grundstein sozusagen. Er hat immer in der Vergangenheit gelebt. Den Steiß hat es ihm schon Wochen vorher zerschellt. Deswegen ist es ihm ja eingefallen. War monatelang damit zugange. Hat nicht mehr sitzen können, in seinem Job die reinste Höllenfolter. Ist zu allen möglichen Wunderheilern und Kräuterhexen gerannt. Hat aber nichts gebracht. Die Hausärzte haben ihm die Tür gezeigt. Wusste keiner, was da zu machen war. Bis er diesen jungen, charmanten, talentierten Radiologen getroffen hat. In die Privatklinik hat er den Gebetsroither chauffiert. Im Umkehrschluss hat der dann den Volki hofiert. Am selben Tag noch hat der Volki seine erste Forelle abgeschlagen. Und wir haben ihm dafür den Eckzahn ausgehauen. Aus dem hätt was werden können. Mit sieben haben wir den Gschrapperten fischen gesehen zum ersten Mal. Mit zehn hat der Abgezwickte schon seine erste Goldkopf gebunden. Dann hat den alten Herrn Hort der Schlag getroffen beim Fischen. Den kleinen Volker haben sie vor dem halbvermoderten Kadaver gefunden. Hat seinem Ähnl beim Verwesen zugesehen. Ein schlimmes Schicksal, musst verstehen, hat der Gebetsroither gesagt. Da scheißt du dich an. Er haut den Forellen aus Rache den Schädel ein, na sicher. Fragt sich nur, wo der Vater vom Volki war. Ein SS-Typ mit Totenkopfemblem und KZ-Posten. Und der Sohnemann schaut sich die Skelette seiner Freunde an. Nein, der Gebetsroither kannte seine Pappenheimer nicht. Kannst nur den Kopf beuteln, Forstschwerarbeiter und Gendarmen, Schlosser, Maurer, Straßenhackler und anderes Gesocks, das IA-IA-Genick jedes Lasteresels ist da noch heiler, Schusswaffenfanatiker und Reinankenfischer, Dauergäste im Spital. Auf den Baum kraxeln sie rauf und es prackt sie runter. Da brechen sie sich das Rückgrat. Im entdrosselten Škoda verfolgen sie Jugendliche, die dem Moped das Ritzerl herausnehmen, reingerauscht in den Graben, oder noch besser, es kommt Gegenverkehr, und ›Totalschaden‹. Mit dem Schweißer, ›Scheiße‹, verbrennen sie sich das letzte Hemd. Der Ziegel kommt ihnen aus und klopft dem armen Trottel im Stockwerk drunter auf die

Hand. Die schreien auf der Hirschjagd schon ›Unfall‹, bevor sie abdrücken. Und sogar beim Netzeinholen am See schaffen sie es noch, sich das Handgelenk zu verdrehen. Weil ein Delphin reingeschwommen ist. Ein Rendezvous pro Monat ist halt zu wenig. Auf vereiste Straßen streuen sie keinen Schotter. Es streut sie voll auf, und ab ins Spital, ein Geschotterter vertreibt die Wartezeit und kaum daheim, angeschottert alldieweil, bis oben. Beim Bierhochholen, frage nicht, das wievielte, vor lauter Gier, verstiegen rumpeln sie die Kellertreppe runter. Wobei die meistens ja betoniert sind. Das RumpeldiPumpel kommt aus dem Körper. Völlig ramponiert humpeln sie dann wieder zum Kumpel Volker. Und der Gebetsroither hat gemeint, weil er einmal aufkreuzt mit seinem zerstoßenen Kreuz, ist der Volki sein bester Freund. Den Bleischutz hat er dem Gebetsroither absichtlich nicht um die Hüfte gelegt beim Röntgen, sagen wir immer. Und von einer Sekunde auf die andere war er inkompetent, auf Knopfdruck, der Sir Obmann. Zu nichts mehr nutze. Hat den Volki ganz oben auf die Nachfolgerliste gesetzt und sich selber wieder verschloffen in seinem Laden. Hat ihm sogar, wie er sagt, für den Fall, dass der Volker mal mit dem Bürgermeister trüffeln muss oder so, noch ein Silberimplantat gegossen, als wir das gehört haben, eine Krone für die Thronfolgerlücke, da wird man ja narrisch, als Gegenleistung für das depperte Röntgenbild. Da hat sich der Volki sicher einen Abzug aufgehängt zu Hause, steht davor mit dem neuen Hollywoodlächeln und hachelt sich einen, lacht sich schlapp. Stammtisch verlegt, vom Gasthof in den Wirt. Die Vereinssitzungen abgsoffen in literweis Bier. Friedls Zuchtfische in den Fluss. Nur noch Widerhaken und Gruselmuster. Schluss! Hat der Gebetsroither gar nicht mitkriegt. Willkommen in eisernen Zeiten our dear friend. Wo die Welt vor der Ladentür zu Ende geht. Aber nach Paris fahren wir, Hauptsach, mit Steirer Hut auf der Birn, zünftig zum Fischkongress vom Ritz. Charly, sagen wir nur, Staatsfeind Nummer eins, in Wirklichkeit. Mann von Welt wollt er sein, geh leck. Aus dem letzten Nest der hinterhirnrissigste Goldschmied.«

Der bernsteinene Ring rund um die geweiteten, schwarzen Pupillen der toten Bachforellen in meinem Schoß sah exakt so aus wie der goldene Ring auf der düsteren Theke im gespenstisch matten Lampenschein von Gebetsroithers Laden vor so vielen Jahren. Ich hatte mich noch köstlich amüsiert über diesen so bezeichnend katholischen Namen, tat den entscheidenden Schritt über die Schwelle, hinein in das letzte Geschäft, das ich noch bereit war auf mich zu nehmen, ein toternsterer, eigenwilligerer Schwur als das Eheversprechen selbst, das meinen Kreuzweg erst Gang für Gang besiegelt hatte durch Salzburger Juwelierkeller und Linzer Diamantspelunken und zuletzt in die lichtlosen Wiener Drachenhöhlen, wo mir hinter schweren Samtvorhängen ehemalige Salonkomtessen und Anstandsdamen entgegenkamen, höchst zugeknöpft in Taftkleidern wisperten die Gestalten hinter Witwenschleiern, meine Zukünftige und vor allem die Kinder, da sei die Gesellschaft ja noch sensibler, solle ich nur mit dem Teppichpracker zu Zucht und Vernunft rufen, dass es keine Striemen gäbe, und immer stöhnen währenddessen, dass es die Schreie übertöne oder sie den Nachbarn zumindest als Lustkreischen zu Ohren kamen, und liefe die Familienplanung ungut aus dem Ruder, solle ich nur das Steuer in der starken Hand behalten und Manneskraft beweisen, die Geburtsschmerzen verdiene die Frau allemal, die Engelei hingegen nicht, ein offenes Fenster nebst der Wiege an rauen Wintertagen täte Genüge, da flöge das unerwünschte Kind alsbald hinaus in den ehernen Himmel, sodass ich mich gleich bedankte und empfahl und auf Nimmerwiedersehen wenig später im Rückreisezug Platz nahm, während hinter dem Fenster zunehmend die Wälder und Berge des Salzkammergutes meine Sicht schnitten, wo ich niemals einen schicken Ring finden würde, golden und toll genug für Lena, dachte ich, der das gleich war bis zum Gehtnichtmehr, wie ich erst bei der Hochzeit erfuhr, die sie hochschwanger beging, als Brautjungfernkleid superpassenderweise den Frotteebademantel umgelegt, meine schneeheilige Leda.

Ich stand neben ihr und mir in meinem Konzertfrack, ebenso deplatziert und konsterniert wie im Vorfeld der ganzen Blamage hier in dieser Goldschatzkammer vor dem schmerzgeplagten Mann. Meinen rastlosen Bruder fand ich in den unterlaufenen Augen Gebetsroithers, der sich an der Theke aufstützte mit der wassersüchtigen Hand, den Ring schon am Finger. Während mir noch die umtriebige Suche nachts neben Lena den Schlaf raubte, schnurrte und spurte der Goldschmied bereits, und fix nicht seines eigenen Glücks, längst übergegangen in den luziden und komatösen Wachzustand purer Qual. Ach, wie er da stand, im ehemaligen Arrangement des Sitzens, eine einzige Huldigung an das Hocken, umringt von all diesen Gerätschaften, den Linsen und goldenen Rahmen von Lupen auf der Werkbank, den plumpen Schraubstöcken an eichenen Tischkanten, den rollbaren Spezialsitzen mit fein kalibrierten Mikroskopen, die sich richteten auf herabklappbare Tabletts wie die Teller palliativ behandelter Rollstuhlfahrer. All diese Dinge inzwischen aufgebockt, maximal erhöht, in Stand gebracht, so ruhten Pinzetten auf Podesten, gestapelte Kunststoffschatullen unterlagen einer Schmuckkassette, zu Türmen geschichtete Fliegenbindeequipmenttruhen stützten Beißzange, Midashammer und Marsamboss in Augenhöhe, für immer zu die Schachteldeckel, vom Gewicht der Goldschmiedeapparaturen niedergedrückt, die schnatternden Kiefer aufeinandergepresst, die Schädelhälften geschlossen, nicht länger sein, der lederne Chefsessel war in höchste Position teleskopiert, zu niedrig und frei. Der marode Gebetsroither rollte ihn beiseite, legte atemschwierig, bedeutungsschwanger oder einfach nur schwer los, erreichte alle seine Teile aus dem Stegreif, wusste natürlich, wozu ich hier war. Er ließ die eichenen Vitrinen ächzen, die verklemmten Kommoden krächzten und die Reinigungsgebläse pfiffen aus dem letzten Loch, selbst spinnfetternverstopft befreiten sie die eingestaubten Schmuckstücke vom Dreck, eine Partikelwolke stob auf im Raum und legte sich. Die meiste Kundschaft bliebe ja inzwischen weg, wer erträgt denn schon so einen Anblick, diesen fertigen Greis, es schösse ihm ein, bei jedem Schritt, und mir schoss es ebenfalls ein, ich kannte das ja, hatte meinen Rücken vernichtet beim Üben auf der Gitarre schon in Kindertagen und sagte ja, ja, ja, bei allen Ringen, die er vorlegte und mir über den Finger zog, Gebetsroithers Schwielen werkten an meiner Hand. Aber die Prozedur ging weiter und er heischte mich an, zeigte diese untere Schublade da an, zu der ich mich bückte, und als mein Kreuz knickte, ächzte er auf, und so stöhnten wir gemeinsam, schoben die mit Watte ausgepolsterten Läden auf, nahmen die Ringe heraus, legten sie auf, ganze Bataillone, bis die Frage klingelte, nicht doch vielleicht ein Eheohrringerl, aber nein, ihre Löcher seien zugewachsen, ob er sie neu stanzen solle, jedoch, ich wolle einen Ring. Und dann stemmte ich zuletzt beiseite das schwere Schleifding von der obersten Kunststoffschatulle, deren Schloss er aufschnappte, wohinter das billigste, willigste, schönste Ringpaar parat lag. Ich nahm es auf mich und in die Familie.

»Aber auf uns hört ja keiner«, schloss Ernstl und stocherte herum in seinem Salat, wie ich sah, als ich meinen Blick betreten wieder hob von meinem Schoß. Zumindest stand außer Frage, was wir nahmen, Gerry war schon da, den linken Arm ausgestreckt lehnte er lässig mit der Hand am schwankenden Schaft des Sonnenschirms. »Wir sind gefangen, Gerry. Im Zauberkäfig deiner Höflichkeit. Serviere er doch diese zwei Forellen.« Und ich faltete das inzwischen unlesbare Zeitungspapier auseinander. Ein völlig durchweichtes Fitzelchen blieb sogar an dem Kiemendeckel des ersten Fisches hängen, das große A einer Schlagzeile, wie AAAAAAAAAAA Schlumberger oder Coca-Cola. »Leider«, sagte Gerry und schenkte schnell die drei Sektpokale wieder voll, wozu er nur die rechte Hand brauchte, seine Pose kein bisschen änderte, »müssen wir das verweigern.« Ich betrachtete die trüben Fischaugen. Sie schienen um die Pfanne zu betteln, blickten direkt Gerry an, der wiederum zu Ernstl starrte, dessen Blick verborgen war im Schatten, oder er hatte die Lider als zusätzliche Sonnensegel über die Pupillen gelegt, so genau ließ sich das nicht sagen, »nehme er erstmal Haltung an, wenn er mit uns spricht.« Und Gerry tat, vielleicht noch aus alter Gewohnheit, was Ernstl befahl. »Du willst uns doch den finalen Willen hier nicht versagen«, und Gerry trank schnell noch einen Schluck vom Schlumberger, behielt sein Glas in der einen Hand, stützte sich schon wieder mit dem Ballen der anderen gegen den Sonnenschirmständer, »schifft er sich etwa gleich in die Hose?«, seine Finger spielten daran herum, »niemals wagte ich das, stünde es nicht vorgeschrieben.« Ernstl lehnte sich zurück und sagte: »Gerry, wir hören wohl, du wagtest es nie. Warum solltest du es jetzt wagen?«, und Gerry machte einen Schritt auf uns zu, es gab keinen Stuhl für ihn, er stand, »ich komme jetzt nicht zum Handkuss, es dir vorzubeten, das Kleingedruckte, keine selbstmitgebrachten Zutaten.« Auch wenn es sich allen Blicken entzog, wohin Ernstls Augen zielten, drehte er doch so offensichtlich den Kopf, dass wir annehmen mussten, er blickte jetzt die Strömung des Flusses hinunter: »Aber wir fahren doch nach Graz, Gerryschatz, zu unserem Schatz, heute Nachmittag, ein letztes Mittagsmahl, geh bitte bitte bitte, und noch ein bisschen Zucker in den Arsch.« Gerry trank das Glas in einem Zug und ich wusste nicht, was er meinte, als er sagte: »Meint ihr nicht, Ernstl, ihr lasst das Pendlerleben irgendwann bleiben«, ob es um das Wandeln zwischen hier mit Nina und seiner Ehefrau ging, zwischen Graz und totem Vater in Südtirol, Südtirol und hier. Mit einer Armbewegung von elf nach eins warf Ernstl das Sektglas in den Fluss. Vielleicht auch das Pendeln zwischen Wirten mit Bierdümpeln und Strom voll Fischen, zwischen Strom und Gasthofzechen, Festmählern und beim Wirten Imbisse nehmen und zechen.

Ernstl drehte seinen Kopf mit einem Ruck zu Gerry, oder Gerrys Bemerkung zielte dorthin, wo offenbar kein Platz für ihn selbst mehr war, zwischen Ernstl und Fliegen, Fliegen und mich, mich und Ernstl, Ernstls Mundwinkel tanzten: »Aperitife aufs Haus und Hofordnung, Gerry, das geht sich nicht aus. Du brauchst auch nie wieder mit Schlumberger schleimen. Wenn wir hier unwillkommen sind, dann lassen wir es ebenfalls mit dem Fliegenbinden bleiben.« – »Aber Ernstl, halt ein. Versteh doch«, und Gerry nahm die Karte, schlug sie auf, Doppelseite eins, direkt in Ernstls Blick. Volle Breitseite griff der über die Seitenkante hinweg, seine Finger schnellten an die Fliege des Gecken, rissen Gerry herunter, dass er im Oberkörper knickte, sein Genick auf Tischplattenniveau unter Ernstls Lippen. Er zappelte mit dem Kopf, das gesunde Bein trat und schlug aus. Er geriet aus dem Stand, wenn er nicht fiel, dann nur, weil Ernstl ihn hielt. Er hing in der Luft. Flinker Finger schnippte ihm Ernstl den Kragen hoch, ein Vatermörder jetzt. Genauso schnappte ein Feidl auf. Es ging an Gerrys Genick. Die Klinge blitzte böse, Spitze zur Fliege, Stahl schlüpfte zwischen Stoff und Haar. Ernstl lachte, halb stieß, halb warf, halb zog, halb zerrte, halb lassoflog er Gerry wieder vor uns in den Stand, Gerry neben sich, alles in allem nur die Fliege angefasst. Sie war jetzt in Ernstls Hand. Noch im Flug löste sich der Knoten. Schon trieb Ninas Haar in Strähnen zerlegt dem Sektglas hinterher. Gerry völlig verstrudelt, sichtlich um Fassung bemüht, er schniefte, zitternder Lider. Gerade wollte er den Mund aufmachen, zu heulen, zu sprechen. Ernstls erhobener Zeigefinger, gewedelt von links nach rechts, »na da schau her«. In diesem Taktstock verdichtete sich Ernstls ganze Existenz, »na-na-na«, Frühlingsanfang und Frühlingsende von elf nach eins gezuckt, »na-ni-na-ni-na-ni-na-nu-na-na«, Ernstl im Rhythmus eingependelt, »wir zahlen«, ein-und-zwan-zig, »den vollen Preis«, zwei-und-zwan-zig, und dann hielt Ernstls Finger ein, zeigte auf mich, »den vollen Preis für diesmal«, setzte er hinzu und Gerry vertschüsste sich in die Küche mit den Fischen. Ich gab ihm die zweite und die dritte Forelle und Ernstl schrie ihm hinterdrein, wir wollten außerdem eine Flasche seines besten Weißweins und er solle sich das Kürbiskernöl vom Hemd wischen. »Normalerweise bezahlen wir ihn in Fliegen. Will gar nicht wissen, was fehlt, am Jahresend, in der Kassa. Was für ein Nebb. Das ist dann wohl vorbei. Was rennt er auch vor uns damit herum. So ein Depp«, dann nahm Ernstl die zugeschlagene, zu Boden gefallene Speisekarte, warf sie aus dem Handgelenk wie eine Spielkarte, ein Ass im Ärmel, ein Segelflug zum Nebentisch. Sie landete schlitternd.

Ernstls Zeigefinger richtete sich nun etwas tiefer auf meinen Schoß, wo ich noch immer still die erste Forelle hielt, »die ist für deine Dame, ein echter Hingucker, haben wir uns sagen lassen, nimm sie aus!« Ernstl schob mir das Feidl über die Tischplatte zu, und wer hier wen ausnahm, war wohl mehr als fraglich. »Wir haben Zeit, wir müssen eh warten«, ich machte das zum ersten Mal, hasste ja schon den Schleim an den Fingern, undenkbar, jemandem damit unterzukommen, schon gar nicht Lena. Nun stieß ich die Messerspitze mit einem Flatschen ins After. Die Klinge führte ich nur einen Zentimeter unter der Bauchdecke längs den Leib entlang. So viel hatte ich behalten von der Fischereiprüfung vor so vielen Jahren. Um die geschmacksverderbende Galle nicht zu erwischen, war das unerlässlich. Viele schauten beim Essen blöd aus der Wäsche, wenn sie gleich das ganze Messer hineinsteckten. Trotzdem, ruppig, widerborstig, fest irgendwie, unrichtig fühlte sich das Fleisch beim Schneiden an. Mehrmals musste ich ruckeln im Handgelenk. Ganz fremd und weit weg plötzlich die Vorstellung des Fisches als Glibbertier. Dann kam ich an der Kehle an, wir blieben verschont von Kot. Unbeschadet glitten die Forellenseiten auseinander und der Strang Innereien in meine Messerhand. Aufgeschlitzt und ausgeweidet lag das Tier in der anderen, keine Eier, ein Männchen zu töten war eh okay. »Gut, so hält er sich im Sommerregen wie im Wintersonnenschein«, Ernstl kicherte. Schrecklich fettiger Geruch, vielleicht auch aus dem Küchendunstabzug. Er sprang an mit Geheul. Abschließend schnitt ich das Geglibber und Gewinde vorne und hinten ab. Dann holte ich schon aus, blaue Leber und rosa Darm in hohem Bogen in den Fluss zu werfen. Ernstl schnitt mich, »die fressen auch keine ganzen Semmeln.« Er wedelte mit seinem Zeigefinger, es kamen immer mehr Glieder hinzu, jetzt wies er schon mit dem Handrücken an, auf meinen leeren Salatteller. Ich legte den Fisch und den

Haufen Eingeweide darauf, packte an. Der Strang schleimte sich aus meinem Griff, hinterließ Blut auf dem Teller, patschte nebst auf die weiße Plastiktischplatte. Steril lag das Sonnenlicht auf dem Darm. Dann das Messerblitzen daran, das Schmatzen. Wie eine Zwiebel, in Wiegebewegungen, so stückelte ich, alle Tränen im Auge lieber, auch jeden Geruch der Welt. Den Kot haute es heraus unter Klingendruck, Miniportionen, links und rechts der entstehenden Darmkringel, hingeschmatzt. Ich wand auch noch die Leber heraus, wickelte sie aus, häckselte, die Blase, hackte. Das Herz ließ ich ganz. Ich sah mich um, hoffte, dass uns so niemand sah, sah die Brücke, kein Spaziergänger, die Ufer, keine Fliegenfischer, die Tür, Gerry noch weg, die Schonstreckenforellen unter uns, sie gierten schon, ich wollte einfach nicht mehr meinem eigenen Tun zuschauen. Eiligst und blindlings schmiegte sich alles wieder zum Haufen in meiner Hand, den Klumpen zwischen den Fingern, ich warf. Ein Platschen und es war unter Wasser, »zieh nicht so ein Gfries«, sagte Ernstl und rümpfte die Nase. Sofort stürzten die kapitalen Schonstreckenforellen auf das Gedärm. Wie Torpedos schossen sie den Haufen. Sie schwammen geradewegs weiter. Blubberkegel im Wasser. Das Fressen war nur zu erkennen an den Fransen. Die streckten sich langsam aus dem Gedärm den wegzischenden Fischen hinterher. Sie bissen es auseinander. Von allen Seiten lösten sie den Knoten. Die ausufernden Fäden eines Knäuels Wolle, das von Dutzenden, Hunderten, immer wieder hineintauchenden Schnitten Ende um Ende bekommt. Wie ein Tumor, der ins Bösartige mutiert, der metastasiert. »Kannibalen«, knurrte ich, Ernstl nickte bloß, übrig blieb nur das Herz, das langsam in der Strömung verschwand.

Die Flasche Weißwein kam entkorkt in Gerrys Armen, er gab mir sein Einstecktuch, ich wischte mir die Finger, aus Mangel an Alternativen, die Blamage gefressen, und als Gerry abzischte, »das machen sie, damit wir nicht sehen, aus was die Stöpsel bestehen. Kunststoff«, sagte Ernstl unheilvoll, »selbst beim guten Wein«, setzte er noch bedeutungsschwangerer hinzu, »da loben wir uns den Franzos. Der achtet noch auf so was, alter Korken, aaa«, er schenkte ein, was auch Zeit wurde, langsam ging er mir auf den Zeiger, der immer schneller tickte in Richtung Zugabfahrtszeit, und erst diese Sache mit Gerry, als wäre nichts gewesen. Einen Zahnstocher hielt mir der Greis dann hin, nahm die Forelle vom Salatteller, spreizte die Filets voneinander wie Mantelschößе. Unterm Rückgrat, von Gräten eingepfercht, da saß noch das Nierenblut. Schwarz und blau, samt schleimhäutigem Überzug, von Kopf bis Schwanz, ich stocherte die Membran weg. Drunter dann eine kleine Portion Blut in jeden Wirbel geduckt. Wie mit einem Schnabel pickte ich sie heraus. Ich riffelte alles weg. Ein Zahnstocherstreich die ganze Wirbelsäule lang. Ernstl langte nach der Weinflasche. Ein gutes Achterl, Gerrys Anteil, schüttete er in den Leib. Und dann legte er sogar selbst Hand an. Er presste die Filets beiderseits zusammen. Kurz suppte es aus der Schnittfläche. Blubberblasen drangen heraus, zersprangen. Es britzelte noch kurz. Schon verschleimte der Schnitt. Dann schüttelte er den Fisch wie wild. Seine zittrigen Finger taten ihren Dienst. Der ganze Tisch wackelte und tanzte dabei. Zuletzt stand Ernstl auf, die Tischbeine still, Ernstls Arme übers Geländer, er hielt und kippte den Fisch, ruckartig. Wie ein kurzer Regenguss in den Fluss klang es. Lächelnd legte Ernstl den Fisch auf den Salatteller, grinsend fügte ich den zerbrochenen Zahnstocher hinzu. »Wenn du schlechtschmeckendes abfieselst, kannst du auch gleich die Filets veredeln.« – »Ein wirklich guter Tipp«, sagte ich und hielt das Achterl hoch. Ich las noch extra das Flaschenetikett, vergaß es dann aber. Denn die Lust zu palavern kam mit den Schlucken.

Als wir lange geschwiegen und gewartet, die Weingläser geschwenkt und das Schlierenziehen am Glas beobachtet hatten, sagte Ernstl: »Wenn wir jetzt weg sind, wirst du lange Zeit am Wasser tun, was wir an Land geübt«, und ich, »hab ja noch nicht mal eine Stange«, und er flüsterte, »werden wir sehen, wie lange du es aushältst ohne«, ich fragte, »wann kommst du wieder?«, und er antwortete, er hoffe, im Sommer, und dann redeten wir noch weiter, sprachen alles weg, und damit der Dialog nicht abriss, gab mir Ernstl sogar seine Nummer in Graz. Mit Tabletts auf den Unterarmen voll kräuterknusprigen Forellen kam Gerry an, geschminkt, gepudert, haargegelt und parfümiert mit einem frischen Hauch, als wäre nicht Rosmarinduft der Puls seines Auftritts. Eine Kanne blond zerlassener Butter servierte der Herr Oberkellner auch noch, alles extra Obolus. Er strich einen Perlmuttkamm durch sein lichtschluckend schwarzes Haar und legte Ernstl die vom Vorfach abgerissene, von Verdauungssaft angegiftete Ritz D hin. »Das ist dann wohl deine«, bloß der Kupferwickel umwand noch den Haken, »und du, Siegi Sieg Heil Heehrmann, der schweigsame Erbe also. Er ruht im Licht«, Gerrry hämisch, er hob das Einstecktuch vom Tisch, schwenkte es und ließ es fallen wie ein Boxtrainer, seine Hand aber blieb oben und zeigte auf ein storeloses Fenster im ersten Stock, ein Balkon hing darüber. Sein Brüstungsschatten schnitt schräg hinab, die obere Längsstrebe des Fensterkreuzes horizontal entzweit, sodass ein Sonnenlichtdeltoid einfiel in Gebetsroithers letztes Schlafgemach, Strahlen in Sargform, statisch und sanft und richtungslos. Ich meinte fast, nicht der Schatten des Fensterkreuzes müsste ins Zimmer fallen, sondern ein Kreuz müsste die Sonne beschatten. Ernstl reckte nicht mal den Hals, kannte das sicher schon, verharrte im Dunkeln. Die Projektion der Coca-Cola-Flasche auf der weißen Plastiktischplatte war verschwunden und Ernstl ganz richtig beerbt. Ich begriff, Gebetsroithers Leichnam wachte über uns, die Karten vielleicht nicht richtig, aber sicherlich gut gemischt. Gerry trat ab. Wir aßen schweigend und feierlich. Am Ende kam die gesalzene Rechnung und das Ritz-Überbleibsel steckte im Etui: »Na los, wir haben nichts«, selbst wenn ich Gerry aufband, die Nymphe sei von Ernstls Hand. Nicht mal da nähm er sie. Nichts nahm er mir ab. À la carte ausgewiesen bezahlte ich den vollen Preis wie ein Kurgast. »Und Trinkgeld?«, fragte ich. Gerry grinste. Ernstl: »Zehn Prozent.«

Erbost, gekränkt und todeseifersüchtig stieg ich baff und widerwortlos aus dem Zug, in dem Ernstl langsam verschwand,

Regionalexpress, ich schüttelte stumm den Kopf, für ein paar Kilometer reicht es dann doch. Während des stundenlangen Fußmarsches zurück zu meinem Auto unter brütender Sonne, die linke Hand zur Faust geballt, in Richtung Fahrbahn gehalten, den Daumen hochgestreckt, rechts das Etui, zwischen Fingern, bemerkte ich, dass der vermessene Greis keiner spontanen, diesem Moment geschuldeten Laune gefolgt, sondern dem Kassettendeckel in Gold mein Name eingraviert war. Er leuchtete zwar triumphierend, mein Weg führte wenigstens stromaufwärts, und ein frischer Forellennachgeschmack lag auf meiner Zunge, der Wein hielt munter, der Fluss spendete Kühle, doch meine Schritte waren mutlos und ich hatte das untrügliche Gefühl, noch nicht bereit zu sein. Ich zog die Schuhe aus, es ging gleich leichter. Die ausgenommene, Lena zugedachte Bachforelle war inzwischen in der unbarmherzigen Kofferraumhitze verdorben.

26 Mercedes bringt Siegi die Spinne bei

Als Mercedes mein Erstaunen beim Betreten des Fliegenbindezimmers bemerkte, sagte sie: »Verrückte soll man lassen.« Leichterdings hätte dieses Zimmer die gesamte Samstagnachmittagskundschaft des Gasthofes gefasst. Der Raum hatte weder Fenster noch Licht, abgesehen von dem schmalen Kerzenscheinstreifen, der zwischen Tür und Dielen sowie durch das pfauenaugenförmige Schlüsselloch hereinschien im Rhythmus sachten Aufflackerns und sanften Ersterbens, wodurch das Licht, oder vielmehr die Dunkelheit hier drinnen, gerade ein konstantes, verlässliches Metrum gewann. Mercedes wedelte mit der Kolkrabenfeder vor meinem Gesicht herum. »Sonst werden sie wild«, sagte sie. Den Boden berührten lediglich unsere vier Füße, die eines Klavierhockers und dicht an dicht unzählige, vom hereinschwappenden Licht getroffene, ellenlange Schatten werfende und das ganze Zimmer in ein Strahlenzebramuster tauchende Staubpartikel. Von Füßen zergangene Aschehäufchen passierten wir und Grasblüten, an einzelnen Bürzelfedern kamen wir vorbei, daumenlange Zwirnsfäden taxierte ich, ließ Kupferdrähte und Bleiklumpen zurück sowie andere krümelgroße Stoffknubbel, schillernde Wolle, matt schimmerndes Nylon, monochromen Filz und diverse Häuflein unbestimmbarer Ursache und Couleur, aber gewiss Hausstaubmilben anziehenden Effekts. Sie rieselten und segelten wohl zu Boden, wenn Archiebald zu Werke ging, und mit einem Mal wirkte seine Lungenkrankheit so wenig wunderlich wie der zweite Traumfänger, der auch in diesem Zimmer hoch über unseren Häuptern horizontal an Seilen schwebte und einen Schatten nach oben, gegen die Decke warf.

Ich stellte mir vor, wie zu weit abstehende Rehhaarschwanzfedern nach und nach die Luft in diesem Raum erfüllten, gemeinsam mit allzu langen Hahnenhechelkränzen, großzügigst oder vielmehr großspurig kalkulierten, eingefärbten Schafwollzentimetern, die zur Hälfte erst gewickelt schon den vollständigen Körper bildeten, die überschüssigen, amputierten und fallen gelassenen Teile eben fertiggestellter Fliegen, dazu die typischen Klänge des Bindefortgangs, das zirpende Ächzen des Metallhakens, der sich wand am Hakenbogen zwischen den Bindestockklemmen, sich an der Öse gegen den harten Fadenzug sträubte, das gemächliche Reißen einer Prise glitzernder Watte, die händisch vom Bausch gerupft wurde, ihr laubhaftes Rascheln, wenn Daumen und Zeigefinger sie um den Faden zwirbelten, unter puffendem Luftverdrängen an den Haken komprimiert, das einmalige Zupfen, ein Staccato nur, mit dem die Hahnenfeder den Balg verlässt, der lautlose Tropfen Lack, der schillernde Kopf, das Singen des Schlussknotenzirkelns, der schrille Schrei einer Schneiderschere, die abschließend abschneidet, Archiebalds rastlose Hände, die diese Symphonie in völliger Finsternis zwischen elf und eins dirigieren, immer wieder beginnen, das kalte Metall zum Klingen bringen, den Haken gleichzeitig drillen wie eine Forelle und wie eine Geliebte umgarnen, ihn zur Verwandlung zwingen, vom Skelett zum Fleisch, von Samen zu Säugling, Partitur zu Konzert, Möglichkeit und Gestalt, Seele, Leib, Körper da capo durchspielen, stets erneut, selbst schon rasend, von der Jungfrau zur Frau, vom Jüngling zum Mann, das Ja-Wort und der Vollzug eines Bundes, ein Bekenntnis und Versprechen, das Begehen und Tat, Begehren und Akt, Seilschaften knoten, Verbindungsschaffen, und wieder von vorn, Fliege um Haken und Haken für Fliege, Erschaffen und Entstehen zwischen eins und elf und zwischen sensiblen Fingerspitzen, die keinerlei Zeit vermissen, Finis erst im ersten Sonnenlicht, dann hinaus zum Tagesfluss, aber der Maestro dieses Saals, gerade eben zur

Tür hereingetreten, schon nicht mehr sicher, ob es wirklich der Garten Eden ist, war an diesem Nachmittag nicht Archiebald, »sabber bitte nicht meinen Boden voll. Aber schön, dass es dir gefällt. Dafür haben wir die Midlands und die Drakensberge eingetauscht. Was ists bei dir?«, sagte Mercedes, »was ich ersetze, oder wovon ich mich ausruhe?« – »Weißt du«, sagte Mercedes, »ich glaube, ab einem gewissen Punkt, ist das dasselbe.« Sie strich mir mit der schwarzen Feder um die Nase, dass ich niesen musste. Eine bakterienschwangere Stille entstand, in die sich einige Staubpartikel und Bürzelfedern aufschwangen.

»Auf den Boden konzentrierten sich die Angolaner damals. Die Kubaner waren noch nicht involviert. Die Sowjets schickten keine Panzerfäuste. Die südafrikanischen Maschinen flogen unbehelligt in den Grenzkrieg. Ich setzte einen Brief auf an den Oberst. Arch solle Pilot werden, lautete mein Vorschlag. Aber dieser Militärschädel tat meine Bitte ab mit dem Hinweis, Arch sei für die Sicherheitsgurte zu klein. Was für ein Scheiß! Sogar im zivilen Johannesburg gab es Gerüchte. Natürlich wusste das Militär schon von den ABC-Waffen. Der Oberst wollte Arch nicht entbehren. Ich bat ihn, zumindest diese verdammte Gasmaske zu tragen. Darf ich sie zum Essen abnehmen, hat er gefragt. Er hat das alles nicht ernst genommen. Also habe ich eine entschärfte Bombe in seine Kaserne geschickt. In eine Textilie eingewickelt, einen Perserteppich. Die Geschichte mit dem Brief machte natürlich schon die Runde. Die Wachmannschaften taten das Ehefrauengeschenk als Bestechungsversuch ab. Die haben ganz schön geschaut beim Auswickeln. Einen Brief habe ich auch beigelegt, mit freundlichem Hinweis auf die Sicherheitslücken. Nichtsdestotrotz gefiel das Knüpfwerk dem Oberst. Er stellte Arch vor die Wahl, nun doch Pilot zu werden. Sauerstoffmaske im Cockpit oder Gasmaske im Canyon, sowieso müsse er sich den Bart kürzen. Ich wisse doch von Goliath, der gleichsam Haar und Kraft verlor. So ein Trottel«, mit einer weitschweifenden Geste ihres Armes steckte Mercedes mir erst die Feder hinters Ohr und wies sodann auf den Klavierhocker.

Mein Blick aber glitt an den schwarz lackierten Beinen ab, ging über die Dielen weiter, lief die langen Schatten entlang, bis sie finster an ihr Ende gelangten, wo sie Anfang nahmen, Alpha und Omega der Dunkelheit, flammend rotes Federvieh und infernalisches Salamanderleder, zerfetzt und beinah unsichtbar, die satte Wolle schwarz-weißer Makis, krümelgroße Materialien, die das Licht brachen, welches von der Tür herkam.

Im Schlüsselloch zuckte nahezu unmerklich auf die enorme Distanz das Kerzenlicht des Nebenraumes wie der Spasmus in Archiebalds Braue, der dort draußen auf uns wartete, umringt von den mitgebrachten Schätzen, an der reich verzierten Tischplatte, auf seinem Sessel, das goldgerahmte Foto vor sich, er im Hinterland Südafrikas, einer Gegend, in der ihn floravolle Camouflage tarnte wie ein Chamäleon, das in Wüsten verflacht, statt tropische Regenwälder zu durchstreifen, so unglaublich wie eine abgeglittene Schlangenhaut, die einem verwachsenen Stück Fallholz ähnelt. So paradox wie Skorpione in lila blühenden Farben, Archiebalds schiefes Lächeln, wie ein Nikolaus, der sich bezahlen lässt. Dezember und Schnee, Wärme und Wind kreuzte ich in meinem Kopf, brachte die Vorstellung einer Nation zusammen, in der es Gletscher für Skifahrer und surfbare Buchten gab, eine Landschaft, die alle Herzen zum Schmelzen brachte, voll smaragdener Wiesen und grüner Flüsse, die Luft kein bisschen maroder als hier, endlos hoher Grundwasserpegel, das gelobte Land. »Nun sind wir hier«, sagte Mercedes. Ich nahm Platz auf dem überaus bequemen Stoff, der die Sitzfläche des Klavierhockers bespannte, eine Art Kissen musste es sein, gestopft entweder mit Schaumstoff, Federkern oder Wasser, das Derivat eines Ehebetts. Mercedes legte die Kuppen von Mittelfinger und Daumen aufeinander. Sobald ihre schwarz lackierten Fingernägel voneinandergingen, sogleich erscholl das Schnipsen. Unter gewaltigem Ächzen sprang ein Mechanismus an. Ein Dröhnen kam von der Decke, indes der Traumfänger sich zu senken begann. Mercedes entfernte sich derweil, imitierte unter umgekehrten Vorzeichen die näher kommende Esogerätschaft.

Lotrecht sank der Traumfänger zu Grunde wie eine Nymphe im Gumpen. Horizontal entschwebte Mercedes Zentimeter für Zentimeter und wurde immer kleiner. Eben noch konnte ich die Schuppen an ihrem Stirnhaaransatz ganz genau ausmachen und ihren Patschuliduft wittern. Inzwischen aber roch ich nur noch ausgepufftes, in der abgestandenen Luft hängendes Gras. Mercedes' Rückwärtsschritt rhythmisierte das Runterkommen des Hexenwerks, und aus der wachsenden Entfernung verbanden sich ihre einzelnen Haare in der gleichwaschenden Dunkelheit des Raumes zu verfilzten, glatten Strähnen. Keine Struktur ließ sich darin mehr ausmachen und schon war der Anblick von Mercedes' Schopf der von Schlangenhaar. Ich setzte mich aufrechter hin, machte meinen Rücken ganz gerade, brachte den Hals in die Vertikale, vom Katzenbuckel zum Hechtstreck, reckte meinen Scheitel dem Traumfänger entgegen wie eine Forelle ihre Kiefer der Trockenfliege. Dabei sah ich, wie meine eigene Silhouette sich gegen die Zimmerstirnwand warf, gefangen in den Verstrebungen des indianischen Mobiles, bis sich mein Schatten noch weiter verlängerte, mit der äußersten düsteren Kreisbahn abschloss wie ein Fisch in einer Reuse. Inmitten des immer noch sinkenden Traumfängers saß ich, und neben meinem Kopf tauchten zwei radiale Baststreben ab, zu Verzierungszwecken umrankt von blühenden Lianen, die anscheinend hier drinnen gediehen betörenden Dufts. Meine Brust hob sich, ein in den Himmel deutender Zeigefinger, ein kerzenförmiger Pfeiler war ich, vereinigt mit dem jetzt schwebenden Kreis, der brennende Docht über der Geburtstagstorte, die abgeschnittenen Fliegenbindematerialien würden mit dem zum Zuckerguss sickernden Wachs verschmelzen, das Licht, der Schreibtischlampenwiderschein am Haken, der innerste Kreis, darauf der Bindestock, vor mir.

Das Justierrädchen hatte die Form einer Kreuzspinne und die Klemmteile sahen aus wie die Beißwerkzeuge dieser Tiere, deren Netzform der Traumfänger haargenau imitierte, wie ich erst jetzt bemerkte. Mehrere engmaschige, aus feinen Baststreben zusammengesetzte Rechtecke ergaben miteinander verflochten wie eine Badmintonschlägerbespannung einen inneren Kreis, eigentlich ein Achteck, wollte man es ganz genau nehmen. Mit den äußeren, ebenso aufgebauten, größer werdenden und progressiv mehr Abstand zueinander haltenden konzentrischen Kreisen war der innere über radiale Querstreben verbunden. Und ich saß in der Mitte, eine joviale Kreuzspinne, von Ringen umgeben, ich dachte an den Planeten, an seine einsame Bahn durch das Universum, an die stets auf gleicher Distanz bleibenden Jupitermonde, an die Untreue des Göttervaters und plötzlich wurde sie mir ganz selbstverständlich. Wie ein Blitzschlag traf mich Mercedes' Klatschen. Rundum flammten bienenwachsfarbige Kerzen auf, die auf den Knoten des Netzes standen. Die Schatten waren wie weggewischt und das mechanische Geräusch erstorben. Der Feuerschein tanzte auf, Bobbin, Schere und Whipfinisher schwebten allesamt innerhalb meiner Armlänge erreichbar. Wie der Traumfänger selbst hingen die Gerätschaften an feinen Fäden, die der Decke entgegenstrebten und hoch oben in vollautomatische Flaschenzüge mit Klatschsensor mündeten, die wiederum montiert waren an den durchbohrten, spreizgedübelten Plafond via reingetriebenen Dingern, halb Mauerwerk penetrierende Schrauben, halb herausschauende Haken.

Ich glaubte mich erinnern zu können, in meiner Jugend im Garten der Eltern einst ein Kreuzspinnennetz im Winkel zwischen Regenrinne und Schuppenholzwand entdeckt zu haben, in das eine Biene geraten war, deren Stock sich im Dachstuhl selbigen Schuppens befand. Sogleich schwirrten mehrere Bienen auf, eilten herbei und stürzten sich ebenfalls in das Netz, und es zerriss. Manchmal aber, sagte der Vater, fiele die Unterstützung zu schmächtig aus und die Spinne gewinne einen noch viel größeren Schmaus. Zusammenhalt sei wichtig, wollte er mir wohl damit sagen. Aber, dachte ich, im umgekehrten Falle halte eben das gewobene Netz zusammen. »Na, was sagst du?« Ich sog die trockene Luft ein, der Mischmasch aus Lianenblüten und Gras.

Ich war ergötzt. Allenthalben über dem Traumfänger verteilt, um die Instrumente herum, schwebten ihre Abkömmlinge wie Marionetten tonlos und stumm. Mich umgab ein ganzer Schwarm an Zierfliegen, erkennbar an ihrer Übergröße, den zu langen Schwänzen, den pompösen Schöpfen und den aufgetakelten Farben, in denen sie schillerten. Ich dachte an die Bataillone von Pfauen und lachsfarbenen Flamingos, die Archiebald für diese Sammlung erlegt haben musste. Ich dachte beim nächsten Einatmen an Nerzfarmen und Gas, das einen Raum langsam vom Boden bis zur Decke füllte. Ich dachte, einziger Ausweg, sich an den Traumfänger zu klammern und mit ihm aufzufahren in den Himmel. Ich sah die Fäden zur Decke reichen, bis hierhin und nicht weiter, deprimierend der fahle Kerzenwiderschein an der Seide wie an Harfensaiten, kein Ton anzuschlagen. »Und jetzt?«, stutzig kratzte ich mich an der Schläfe, spürte die Fiebern hinter meinem Ohr, zog sie hervor und hielt zwischen Daumen und Zeigefinger, triumphierend, gerade mal ein Drittel so lang wie die Kolkrabenfeder und viel zierlicher, eine schwarze Hahnenhechel. Zwischen die Beißwerkzeuge des Bindestocks war bereits ein Haken eingespannt, der kleinste, den ich je gesehen, noch viel kleiner als der kleinste Haken, den ich je mit Ernstl verwendet hatte, »so, mein Lieber«, und ich griff zum Bobbin, »hör genau zu«, ich applizierte den schwarzen Faden, »jetzt bindest du zuerst den Federkiel nieder, aber ganz hinten am Hakenbogen«, dorthin schwebte meine Hand, »dann gehst du mit dem Faden ganz nach vorne zur Öse«, wie sie dirigierte, »und zuletzt windest du die Feder ganz dicht um den Haken bis zum Faden«, so wickelte ich, und die Fiebern stellten sich auf, »jetzt machst du noch den Schlussknoten und schon haben wir eine Spinne«, Finis. »Und fertig, eine Hahnenhechel, das reicht doch, kein Hexenwerk, eine superfängige Trockenfliege, mehr braucht es gar nicht, Goldköpfe, Bleiklumpen, Kupferdrahtwindungen, Lacktropfen, davon wird in Österreich kein Schwanz größer«, während ich über das Netz hinblickte in die Ecken des Raums, wo ich Kreuze an Körpern vermutete, umgedrehte Kruzifixe diese Spinnen.

Mercedes' Haare nahmen die Form eines Kopffüßers an, dessen Tentakel leicht hin und her bewegt wie vor Urzeiten angestoßene Wasserpflanzen pendelten. Der Rhythmus, in dem ihre Haare schwangen, stammte selbstredend von ihrem eigenen Schritt her, dem Gehen Archiebald entgegen. Die Tür knallte brachial ins Schloss und die Kerzen gingen aus. Ich spannte die Fliege vorsichtig aus. Kaum hatte ich sie ergriffen, fühlte ich, wie weich die Hecheln waren. Ganz ungefährlich hockte die Spinne auf meiner Handfläche. Nichts weiter als ein Hechelkranz schaute mich da an, eingesetzt als Schmuck so vieler Fliegen, erhoben nun auf meinem ausgestreckten Zeigefinger, so klein war das Ding, zum eigenen Muster. Die Fiebern standen in so großzügigen Abständen vom Haken, dass es dazwischen noch silbern hindurchschillerte, wie Ernstl die Rippung eben liebte, nur ohne Körper drunter, nacktmetallenes Fleisch, viel eher ein Korsett als alle Hechelkränze vorher. Ich konnte beinahe sehen, wie die gesperberten Fiebern auf dem Flusswasser verfilzten und die vielen Fasern einander zu nicht mehr als acht Beinchen, zwei Fühlerlies und Beißlingen verbanden, und was dann noch abstand, waren eben die Haare der Babyvogelspinne. Oder die Fliege schwamm, ohne ihre Dutzendschaft an Fiebergliedern zu verlieren, wie eine Schillingmünze der Oberflächenspannung und ihrer eigenen voluminösen Flauschigkeit auf, ihren hundertfach zwischen Hechelbeinen eingespeicherten Luftpölsterchen wegen, imitierte eben eine echt filzige, eben geschlüpfte Sydneytrichternetzspinne, oder ihren ins Riesige temelínisierten, tschernobylmutierten, Three-Mile-Island-großen hiesigen Verwandten, den bruthuckepacknehmenden Vorgartenschreck, die Wolfsspinne. Taufen würde ich sie Oktopussi jedenfalls.

Es war schon vor mir, wie sie dahinschwamm, reglos und still, in meinem Gesicht, Ernstls halbverschwommene, blass verwässerte Miene daneben, netzhautfeucht, angerührt, monologlos, sie war wirklich mein Kürstück, ich stolz auf sie, ein gschmackiger Happs, diese Pracht, hach, was sagst, Ernstl. Vor Gefahr strahlten die Beißwerkzeuge, eine Stange habe ich ja schon, das spitze Hahnenhaar, jede Forelle nehme sich in Acht vor diesen steppenden Beinchen, »die wir hier machen«, die aber schon krabbelten, Schritt um Schritt, dort oben im Eck, ein Trichternetz des Weberknechts, dem ich Woche um Woche emphatisch zugeschaut hatte beim Spinnen, dessen Dutzende Kinder gerade aus ihren Eiern schlüpften, sich frischfleischig auf- und abfädelten, sich Zentimeter für Zentimeter zupften entlang den nur ihretwegen angelegten Pfaden, was für eine Überraschung, über der Tischplatte, hinter deren Kante Ernstl auf und ab zockelte, schwafelte, ins Nichts glotzte, und ich warf ihm gockelig die fertige Fliege hin, die Spinne, obwohl er mich diesen Tags nach seiner Rückkehr aus Graz hieß anzufangen mit einer Goldkopf. Gesperbert lag sie da, schwarz und weiß wie das Netz im Eck und die aberwitzig vielen Punkte darin, vor denen Ernstl jetzt innehielt. Er stockte im Gehen und Sprechen, der Nachhall des Plapperns versiegte an den Wänden, er schielte zum Tisch, begriff, was da lag, dass die Bindestockklemmen leer und auseinandergegangen waren, es sickerte langsam in seinen Kopf, das sah ich förmlich. Er nahm die Spinne zwischen Daumen und Zeigefinger, hielt sie sich vors Auge, beschaute, musterte und begutachtete sie, ging wieder auf und ab, ein barfuß schmatzender Schritt nach dem anderen erfüllte die Küche, er brabbelte vor sich hin, »Überraschung, Überraschung«, dann gluckerte ein großer Schluck von der Doppelliterflasche. Sie wurde abgestellt neben dem Herd, Teller, Kelle und Topf kamen zum Einsatz, ein riesiger Haufen Kartoffelpüree klatschte auf Keramik. Eine Gabel zog Zinkenstriche wie Ackerfurchen, versenkt die Spinne darin, vermischt alles, die goldene Nagelschere schnippelte noch Schnittlauch über den Matsch. Ernstl trat mir entgegen, tischte auf. Im Takt, eine Sekunde pro Grad, also drei Minuten lang, drehte er die Gabel, die Zinken genau im Mittelpunkt der Speise, den Zeigefingernagel am Gabelgriffstück, zu mir hin im umgekehrten Uhrzeigersinn, kratzend, kreischend das Eisen am Tellergoldrand, der warme Püreedampf stieg mir ins Gesicht, ich bekam Hunger, heiße Wangen, glühte: »Aufessen!«, sagte Ernstl, während mir der erste Tropfen von der Stirn rann und Ernstls Schwenken zum Ende kam, der Schweiß auf seinen Handrücken ploppte: »Heulen wir schon?«, ich griff, »rührt es uns etwa, wie wir dir das anrühren«, ich schmiss nicht mein Studium, »für unseren Schüler, der Küchenmeister für den Gehilfen?«, ich schmiss keinem den Schmiss ins Gesicht, »einen Rat, rühr dich nicht, rühr uns nicht an, Anrüchiger«, ich schmiss, »und dann, bon appétit!« – »Du Sau!«, Schnittlauch, Spinne, Keramik, Gabel und Kartoffelpüree in den Zimmerwinkel. Der Teller brach, das Spinnennetz zerfetzt, es regnete Scherben und Weberknechtbabys. Schnittlauch hing in einzelnen, noch immer herabsegelnden Weben, Kartoffelpüree gegen die Wand gepfeffert, klebend in fetten Batzen. Achtfüßler flitzten am Boden, zwischen Ernstls Zehen krabbelnd, an meine Füße, hätte ich angezogen, aber stockstarr, die Spinne sah ich nimmer, zu viele Ebenbilder.

Ernstl hob den Fuß, stampfte ihn nieder, schrie schmerzerfüllt. Nina riss die Tür auf, stand vor uns, ihre Haare flogen noch, transportierten die Hast. Gestoben kam sie ins Zimmer. Ihre Wangen purer, glühender Zorn. Quer übers Gesicht eine weiße Weberknechtwehe. Eiweiß, schoss es mir ein. Ninas Augen erschossen uns. Weil niemand was sagte, zur Seelenruhe gezwungen, schritt sie an Ernstl vorbei. Ein rasiermesserscharfes Messer, hatte ja ich geschliffen, fischte Nina aus dem Block. Es blitzte auf in der Spiegelung der Fensterscheibe, und die war echt dreckig. Dann drehte sich Nina um, richtete es, glänzend nun, auf Ernstl, dann, schwenkte die Elle, Scheiße, auf mich, schrie: »Ihr widerlichen Schweinepriester! Was glaubt ihr, wer die Ferkelei wieder wegputzt?« Ernstl stand in Ninas Rücken. Er nahm einen lautlosen Schluck Wein, dass die Doppelliterflasche leer war. Er umfasste sie am Hals, hielt sie hoch, schaute mich giftig an, schwenkte das Ding, Kreuzhiebe in der Luft, wie eine Keule, ich auf den Beinen: »Misch dich da bloß nicht drein. Ich mach das nachher weg, aber erst wenn ich Herrn Gentlebesserwisser …« – »ja was denn, Herr Heehrmann, was wollen

Sie machen. Uns totklopfen, mit dem Bobbin, uns eine schnalzen, mit dem Whipfinisher. Da lachen wir uns tot«, sagte Ernstl, während draußen der Deutsche heimkam vom Schwammerlsuchen, den granitgepflasterten Weg durch den Garten nahm, vorbeischritt an einem erlegten Reh, das da lag. »Gib es her, Nina, gib mir das Messer!«, blaffte ich Nina an, dann an Ernstl: »Das sehen wir dann, wer da lacht am Schluss. Mit dir wisch ich die Herberg zam.« Ninas Haare kräuselten sich. »Nein, Nina, gib es uns«, säuselte Ernstl. Die Treppe polterte, der Schweizer rollte halb in die Küche, die eine Backe mit Schaum bedeckt, die andere wund, ein Schnitt am Kinn, ein Rinnsal Blut, die Winchester im Anschlag: »Was ist denn hier los. Siegi Heehrmann, zucken wir etwa aus«, der Flintendoppellauf auf meine Brust gerichtet, »Nina, was wird denn das, wenns fertig ist?«, ein Batzen Rasierschaum schlonzte zu Boden, Ernstl entspannte sich sichtlich in meinem Augenwinkel. Der Schweizer stieß mich mit der Mündung gegen das Brustbein, dass ich zurückfiel auf die Eckbank. Dann drängte er Ernstl ins andere Eck, immer noch im Anschlag das Gewehr, »und Sie, Herr Thalinger, von Ihnen hätte ich mir mehr erwartet. Was machen Sie da um Gottes willen mit dieser Flasche«, er schwenkte sie noch immer, drohte dem Angreifer, »Sie sind ja komplett besoffen. Ich ballere Sie über den Haufen, also schauen Sie zu, dass Sie weichen, in den Winkel mit Ihnen, unterm Herrgott ruht sichs gut, ein bisschen Eckerlstehen, wie man sagt.« – »Ein Holzscheit zum Knien?«, sagte ich, »soll ich eins holen von vor der Hütte?«, wollte ich mich aus der Affäre ziehen. »Du rührst dich nicht«, sagte Nina, immer noch hochrot, das Messer in der Hand, zwischen mir und Tür, sie fuchtelte damit durch die Luft wie ein Cherub. Ernstl war gerade noch im Rückwärtsschritt, schon eingepfercht. »Dass ich Ihnen noch einmal was geb von meinen Rehen, das können Sie sich abschminken.« – »Schminken Sie sich lieber selber ab, Sie hässlicher Dreiländerbastard«, sagte Ernstl, »umdrehen!«, befahl der Schweizer, »damals haben sie uns schon nicht ins Land gelassen«, sagte Ernstl und hob seinen Zeigefinger, »und jetzt wechseln wir die Seiten. Ziehen wir anders auf«, trat einen Schritt auf den Schweizer zu, »wollen auch mal dabei sein«, streckte den rechten Arm, »wen an die Wand stellen«, so langsam, »oder«, zum Hitlergruß, »was?«, dass sich der Schweizer gar nicht mehr auskannte, als Ernstls zittriger Zeigefinger an seines Gegenübers Schläfe gelangte. Abwärts strich die Fingerkuppe durch das flockige Weiß bis ans Schweizer Kinn, »meinen S' leicht, weil Sie uns jetzt mit der Schießerei rumzipfeln vorm Gesicht, weil Sie sich hier aufspielen als Retter vor dem Wüterich, hüpft die Nina mit in die Hapfn. Da haben Sie sich aber gschnitten. Müssen S' schon ein besseres Aftershave hinlegen.«

Ernstls Finger kam an unterm Kinn, nahm etwas Blut mit, hob den Schweizerkopf nach oben, »stolzer Mann«, dass er in den Herrgottswinkel stierte, »braves Burli«, Ernstl hob ab mit der Hand, »lassen wir mal das Schattenboxen«, er tätschelte dem Schweizer die schaumige Wange, »gehen wir über zum Blutufer«, wieder der zittrig ausgestreckte Zeigefinger, »Ihr Blut«, die Kuppe schwebte wie der Brummbrumm vorm hungrigen Kind, »unser«, sturzflog, »Ufer«, stach zu, direkt ins Schweizer Auge, vorm inneren Auge. Denn der deutsche Schwammerlsucher crashte die Provozedur, kam zur Küchentür herein, »Nina«, Ernstl hielt inne, »ich hab dir«, als der Deutsche das Kartoffelpüree sah, stockte er im Reden, nicht im Bewegen. Seine Finger waren schon in Fahrt begriffen, begriffen wie auf deutschen Autobahnen üblich nicht die brandgefährliche Situation, schwebten zur Ellenbeuge, an der ein geflochtener Bastkorb hing, den ein rotkariertes Tuch bedeckte, unter das die Hand schlüpfte. Die Sehnen im Arm bewegten sich, der Handrücken kam wieder hoch, die Glieder griffen, die Finger, der Deutsche holte kopfüberstürzt einen formschönen Fliegenpilz hervor. Sein Handgelenk drehte sich, dass der Schirm nach oben gelangte. Er hob den Pilz, picklig wie bekackt, hielt ihn hoch, alles stoppte, Sekunden. »Keine Sorge, den Schirm kann man schälen«, stotterte er dann zusammen, »dann schmeckt er lecker und ist verzehrbar«, anschaffsoldatisch gewann er an Fahrt, »du kannst ihn auch hecheln«, nackt aller Austriazismen das Vokabular, unkundig dasiger Vokalführung, »reibst ihn klein«, oder einfach baren Haupts küchenchefurkundenlos, »und mischst ihn den netten Herrschaften hier ins Frühstück hinein.«

Der Schweizer wandte sich von Ernstl ab. Er ging brüllend auf Nina zu. Massenkarambolisch die drei ineins. Eine Körpertäuschung in Richtung Deutschen. Dann brutal das Handgelenk gepackt. Nina das Messer entwunden, der Schweizer. Er schrie den Deutschen an: »Das wäre ja fein, wenn man hier mal Frühstücken könnte. Aber der Siegischwanz und der Eierernstl müssen ja alldieweil ihre verfickten Fliegen binden und Sie bringen auch nur diese Drecksherrenpilze«, à la Austriacha, »pfui Spinne, ich will Eierschwammerl«, à la carte, er haute einen Hieb in die Luft. Von unten in Richtung Fliegenpilz, ein richtiger Schlitzstreichstrich, eine Vorhand. Er schlug den Pilzkopf vom Schaft. Die Pollen flogen. Die weißen Punkterl stoben, hart wie Krokant prasselten sie. Unterschätzt aber die Messerlänge. Der entsprenkelte Kopf patschte zu Boden. Eine rote Linie, strichliert erst, gleich ganz, auf der Wange des Deutschen abgezeichnet. Ich mit aller Mühe befasst, im Sitzen die Geldtasche aus der Hose zu kriegen. Nina trat dem Schweizer mit der Wade die Winchester aus der Hand. Scheppernd fiel sie zu Boden. Ich hob die Hand, streckte sie Nina entgegen, tausend Schilling darin. Der Schweizer geierte da hin. Sie aber schlug meine Finger weg mit einem Klatschen. So fest, es brannte, »aua«, dass ich auch das Geld losließ. Die Scheine segelten hinab zwischen die weißen Pickel. Nina bückte sich nach. Meine Hand wohl einfach im Weg gewesen. Die Winchester im Anschlag richtete sie sich wieder auf. »Meinst du, ich bin deine Scheißnutte?« Der Deutsche hatte inzwischen die Gabel aufgehoben. Ich wollte dem Schweizer deuten. Aber Nina zielte auf mich. Keine Bewegung. Der Deutsche hieb dem Schweizer die Gabel in den Arm. Er kreischte wie im Spiel. Dann gab der Deutsche dem Schweizer einen Gstieß. Es wichste ihn auf den Boden. Ein

Geldschein pappte ihm am Wammerl. Das losgelassene Messer jetzt in deutscher Hand. Der Schweizer schwabbelte: »Nina, das ist Schrot, damit schießt du uns alle tot.« Sie kam über ihn, trat ihm zwischen die Beine. »Vielleicht will ich das ja. Ohne euch wär ich eh besser dran. Könnts ja in die Marienbrücke gehen. Oder in den Gasthof. Wenn euch die Gsellschaft hier nicht genehm.« Dann ein Winchesterwink, wieder auf mich. Ich schaute weg. Ernstl fitzelte sich den Haken aus der Fußsohle. Er erlangte die Fliege, ganz nah ans Gesicht. Der deutsche Schwammerl sagte: »Schau, du musst die erst durchladen, ein Vorderlader, dieser Hebel da.« Ninas Rückhand zuckte aus, haute ihm das Schulterstück mitten ins Gfries. Eine Ader in der Nase explodierte so fett, die Fontäne von Eck zu Winkel, diagonal durchs Zimmer, obwohl es ihn hintüber aufs Gnack prackte, geil. Der kleinkarierte Vorhang fiel. Das Bastkörberl eh leer. Wer nimmt denn sonst schon giftige mit. Ich sah die Tropfen immer noch fliegen, letzte Weben über Ernstls Schädel treffen. Er schürzte die Lippen. Er pustete den Hechelkranz. Wischte sich Spritzer vom Gewand. Ernstl schmeichelte der Spinne. Er streichelte sie. Ach, war das lieb. Er zupfte an den Fiebern herum. Sie waren wieder gut in Ordnung.

Der Deutsche rappelte sich langsam hoch. Er brabbelte irgendwas. Er schwankte, schon delirisch. Nina schnippte ihm gegen das Brustbein. Seine Beine sackten ein. Viel Blut verloren. Sie wandte sich. Mir zu. Ernstl schlich auf Zehenspitzen hinter den beiden hinaus. Er verließ die Herberge erhobener Stange. Als ich meinen Blick abwandte, schaute ich in die Winchesterläufe, ein einziges schwarzes Loch, Ninas Finger am Abzug. Der Schweizer kotzte lautstark. Ich hielt den Blickkontakt nicht aus. Bröckchen in seinem Bart. Die Blutlache, in der ein Deutscher lag, erreichte ihn grade. Es suppte auch gegen meine Schuhspitzen. »Hast du noch irgendetwas zu sagen?« Ich lächelte. »Du hast Gerry runtergestoßen.« Die doppelte Winchestermündung stupste meine beiden Nasenflügel, »und zwar aus dem zweiten Stock.« Ich grinste, »diesmal musst du wirklich alles erklären.«

Das Lachen, in das Nina mit mir dann augenblicklich ausbrach, klang kein bisschen anders, war genauso laut und schallend wie jenes von Mercedes und Archiebald, als ich damals ihr Bindezimmer verließ, mich aufmachte durch die Küchentür, direkt in ihren Spaß hinein. Er brüllte mir Grasgeruch entgegen, eine einzige olfaktorische Schallwelle, die das ganze Wohnzimmer niederwalzte, aus der Zimmerecke heraus, wo der Zwerg auf dem skelettierten Löwenkopf hockte, ein riesiges Tablett auf den Knien balancierend. Mercedes drückte mir mitsamt einem Stück Rhabarberkuchen einen Gmundner Keramikteller in die Hand, weißes Porzellan, grüne Ranken, Blumen und abstrakte Muster drauf gemalt, eine Dessertgabel steckte wild im Baiser. »Selbstgemacht«, sagte sie, selbst ein halb aufgegessenes Stück Kuchen in der Hand, die andere Hälfte im Mund. Sie bückte sich und drückte die Zigarette zwischen ihren Fingern in den Aschenbecher auf dem Tablett, das ich jetzt ebenfalls von oben sah. Archiebald öffnete die Kunststoffschatulle vor sich, Bodenvertiefungen und verschiedenste Bestandteile darin, drehte erstens eine ÖBB-Fahrkarte zu einem Röhrchen, zog zweitens ein langes Stück Maispapier von einer Rolle, riss es drittens ab, legte viertens die Tripfahrkarte der Länge nach in die Mitte, nahm fünftens ein vakuumdruckverschlossenes Nylontütchen aus einer Bodenvertiefung, unter dem sich Tausende Goldköpfe befanden, ließ sie aber sechstens links liegen und nahm stattdessen Blüten und Stängel aus der Tüte, bröselte sie siebtens auf das Maispapier, nahm achtens noch ein faustgroßes Staniolpapier aus der Box zur Hand, in dem sich haufenweise Hasch befand, und raspelte neuntens mit einem Fliegenhaken, den er aus der Kunststoffschatulle nahm, von dem würfelförmigen Baumharz einige Krümel ab, die noch auf das Gras fielen. Zehntens nahm Archiebald das Maispapier in die linke Hand, zwischen Daumen und Zeigefinger, drehte und verteilte elftens mit dem rechten Zeigefinger die Mischung gleichmäßig auf das ganze Blatt, klatschte zwölftens das Maispapier die Öffnung nach unten auf seinen rechten Handrücken. Wie eine Lunte lief die Spur aus Gras und Hasch zwischen den Härchen auf Archiebalds Pranke dahin, dass er dreizehntens nur noch das Maispapier umzudrehen brauchte, damit der Klebestreifen außen war, und vierzehntens kippte er seine rechte Hand wie die Ladefläche eines Schotterlasters, sodass die Mischung wieder ins Papier rieselte wie eine Lawine, fünfzehntens das Maispapier zusammengedreht, sechzehntens schnell abgeleckt, siebzehntens in den Mund gesteckt, achtzehntens schnappte das Zippo, alles wie im Handumdrehen.

Archiebald inhalierte tief und ich registrierte, dass ich seine Brauen während der gesamten Prozedur nicht einmal zucken gesehen hatte. »Gegen die Schmerzen, du verstehst«, setzte er hinzu, der Aschenbecher war eine faustgroße Goldfischskulptur, in dessen weit aufgerissenen Mund Archiebald nun den ersten Ascheklumpen der Spliffspitze zerrieselte. »Siehst aus, als könntest du auch einen Zug vertragen«, sagte Mercedes zu mir, während sie die Haschischzigarette von Archiebald entgegennahm. »Ihr teilt auch alles«, sagte ich. Schon am Tip saugend nuschelte sie, »seine Schmerzen sind auch meine«, und sie blies mir eine Wolke wohlriechenden Rauchs ins Gesicht. »Du kiffst auch da drinnen, oder?«, sagte ich zu ihm und erntete nur ein »ganz ein Gescheiter, im Wald hinten bau ich sogar an, wie kommst du drauf, Sherlock?«, Mercedes aschte mit einem Zeigefingerschlag auf den zwischen Daumen und Mittelfinger gehaltenen Wunderstab ab, eine Bewegung wie das Kopfsenken einer Möwe im Flug, »hab die Krümel auf dem Boden gesehen«, Mercedes nahm den Spliff wieder zwischen Ringfinger und Zeigefinger, hielt den Mittelfinger dahinter verborgen, »hält man ja sonst nicht aus die Luft da drin«, sagte Archiebald und Mercedes führte den Spliff an ihre Lippe, »du weißt aber schon, wie gefährlich das ist, noch dazu mit einem Zippo, das muss dir nur runterfallen«, ein wilder Blick direkt in mein Gesicht, »zieh jetzt, du Lusche!«, und hätte Archiebald in meine Pupillen geschaut, er hätte darin gespiegelt gesehen, wie Mercedes mit ihrer Zungenspitze und der Goldkopfnymphe schnell wie eine

Schlange den Tip ableckte, bevor sie mir die Haschischzigarette hinhielt, ein Häufchen glosender, schwarzer Glut an der Spitze. Ich nahm also an, was ich bekam, und tat einen beruhigenden Zug. Dabei zischte und fauchte es an der Jointspitze so laut, dass ich gleich glaubte, eine Winchester hisste das Rauchfahnerl, »bist du deppert!«

»Die war ja gar nicht gesichert.« – »Die Kundschaft von heute.« Der Schweizer und der Deutsche lagen zwischen und waren bedeckt von einer Myriade Scherben. »Ich wollt dich nur erschrecken.« Schmauchgeränderte Einschusslöcher in der hölzernen Fenstereinfassung. »Ist dir eh gelungen.« Kurz die Vorstellung, Ernstl wäre weniger schnell durch den Garten, weg, läge jetzt im Dreck, neben dem Reh. Nina hob das Messer auf, operierte mit der Spitze die Schrotkugeln aus dem Rahmen. Der Schliff glitt mit einem Ratschen wieder in den Holzblock. »Danke, jetzt fischt der Ernstl meine Fliege.« – »Wie immer. Aber diesmal sitzt du hier, ohne ihn zu Tisch, mit allem Material. Das wolltest du doch schon die ganze Zeit.« – »Hüte dich vor deinen Wünschen.« – »Hilf mir erstmal aufwischen.« – »Und die?« – »Trichtern.« Ich stutzte erst, lachte dann, sagte, »by the way, das war echt sexy, Nina«, als sich unsere Gänge kreuzten, sie in die eine Richtung abbog, den Putzkübel aus dem Kämmerchen zu holen, ich die andere Richtung einschlug, diese filmschnittbescherende Wacholderwunderwaffe zu fassen. Als wir wieder zusammenkamen, sie trichterte und ich wischte, sagte sie: »Das Spinnennetz musste eh weg.« Sie hachelte und rieb zur absoluten Sicherheit auch noch den Fliegenpilzkopf, mischte ihn unter die letzten klaren Schlucke Schnaps, krempelte Magendarmtrakte genauso um wie Hippocampusneocortexrelationen, erregter Brechdurchfall und Thalamusausfluss. »Und erst die Fensterscheibe«, die schon so lange Zeit im Rahmen war, dass die oberen Schichten herabgeronnen und ein total verzerrter und verschwommener Durchblick hergestellt war, »und neue Bettwäsch brauchen wir auch schon längst.«

Die Küchenstörenfriede brachten wir erinnerungsrestlos präpariert und fertig rasiert in die Heia und ich gebar viele Spinnen und stutzte sie zurecht und Ernstl lobte mich heimkommend, hieß die Fliege gut, sie sei sehr fängig. Er beeilte sich, dem Reh im Garten mit mir gemeinsam das Fell über die Ohren zu ziehen, bevor noch der Deutsche und der Schweizer erwachten, die zwar alles vergaßen, aber die Rehhaut geschoren fanden, zum Sonnentrocknen auf der Wäscheleine, das Tier daneben, kadavergehorsam skalpiert und angenagt vom unbändigen, näckischen, umherstreifenden Kater, das Fenster zu Reißzahnsplittern zerballert, den Fliegenpilzstrunk abgeschädelt in deutscher Hand. Baldigst nahmen die beiden Reißaus und die Haxen hurtig in die Hand, hauten sich über die Häuser und ihr Geld in Zukunft im Gasthof auf den Kopf, um sich die ruinösen Überbleibsel inzwischen aus Relikten zurechtgerückter Bilder dieser kompletttripigen Wahnsinnigen aus dem Haupt zu spülen, auf der schonenden Holzveranda genesend die gedenkdrohende, stromaufwärts brüllende, schädelbelagernde, Bewusstseinszinnen erklimmende, Verdrängungsbollwerke erobernde und Gegenwartslandmarken überrennende Bestie Vergangenheit österbüblich mit brennenden Schnäpschen zu begießen, in den weinheimeligen Burggraben zu schupfen, wo sie sodann neben friedvoll Brotbrösel schnabulierenden Forellen Ruhe gab. Ernstl sagte verbindlich: »Gerry wird sich freuen«, über sein neues Trinkgeld, das der Schweizer zumindest fix in Rehhaar ummünzte, »lass uns wieder binden wie immer«, ich jubilierte innerlich, »du tust das nie wieder«, und nun niedergeschlagen, »Goldkopf, bitte!« Nina verweigerte erstmals ihr Haar, weswegen ich herzhaft eine Locke aus der Schatulle in meiner linken Brusttasche fasste, »Fortschritte«, Ernstl goutierte, »treuer Heinrich«, bevor ich dann Ritz D band, »auslichten nicht vergessen!« Aber ich sah, dass die abstehenden Hahnenhecheln bereits von unterschiedlicher Länge waren. Die ausgerissene Halsfeder bewahrte in diesem Muster ihren natürlichen Schwung. Die spitzzüngige Form der Hechel bescherte der Fliege kürzere Fiebern am Kopf. Die bildeten Fühlerchen und Beißer, eigentlich ein Dutzend Beine. Schon am Thorax waren sie wie in Wirklichkeit ungleich. Sie zu beschneiden hieße schon schimpflichste Amputation. Perfekt war die Spinne in ihrem Puritanismus. Ernstls Satz von den natürlichen, scharfen Grenzen im Universum der Bindetechniken. Ergötzt sah ich ein, dass dieses Muster keine Variationen mehr zuließ. Das schlichte Ding wirkte keusch und rein. Formstrenge und Perfektion, Verzwergung und Duckmäuserei, ich wusste es nicht. Metall an Flanell, den Haken am Revers, erwiderte ich tief Luft holend der Spinne Ösenblick. Wie man sie erst ans Vorfach bekam und gegen den Luftwiderstand warf. Ein elendslangsam sich abseilendes, vom Wind verwehtes, über einen Fluss fliegendes Tier würde sie sein, ein seidenfadenscheinig schillernder Silberstreif hintennach. Sanft, sacht und verblasen tanzten und wallten die stillstehenden Fiebern der Spinne durch die Wolken, vor meinem abbrennenden Herzen, hinter der spiegelbildlichen Spliffspitze, auf dem Hintergrund eisenroten Himmels, den ich durch die Verandatür sah, bis Mercedes Hand daran legte, die Spinne schnappte und die Glasscheibe in den Garten hinausschwenkte, woraufhin sich eine Katze hereinschlängelte, schwarz und weiß gescheckt, dass sie sofort verschwand, kaum sprang sie auf Mercedes' Schulter, getarnt auf dem Quaggahautfleck, den sie immer noch um ihr Schlüsselbein geschlungen trug. Ein Schnurren hob an und Mercedes ihre Hand. Sie kraulte der Katze den Hals, das hörte ich genau. Fingernägel gruben sich in die Gurgel, stimulierten die Stimmbänder des Tiers, das Saitenschwingen drang tief aus dem Inneren und richtete sich nach den äußeren Bewegungen, die ich an Mercedes' Handsehnen ablas. Sie spielte nicht mit der Katze, sondern auf ihr. Ich schwebte ihr nach aus dem Haus hinaus in den Garten, tat noch einen Zug und aschte unachtsam auf die Gräser, die da wuchsen, sah den Weg, den ich gekommen war, in umgekehrter Reihenfolge, die großen Buchen und zwischen ihren Stämmen die kleinen, dahinter dann die Wiese und die Brücke und den Bahnhof am Horizont.

So standen wir nebeneinander, die Spätfrühlingsfrühsommersonne und Gewand auf der Haut, die Katze um Mercedes' Genick und zu meinen Füßen vierblättriger Klee. Schmetterlinge labten sich daran, steckten ihre Rüssel in die Blüten hinein und schmetterten wieder lieblich von dannen, ich blies den Rauch in die Szenerie hinaus und für einen Moment verschleierte er sie. »Pass auf«, sagte Mercedes. Ihre Hand kraulte immer nervöser an ihrer Schulter. Die tanzenden Sehnen verwandelten sich in ein Schattenspiel. Das Schnurren wurde beängstigend schnell. Mercedes schaute in Richtung der Gleise. Ein Zug fuhr ein, kaum zu erkennen zwischen den Buchenstämmen. Sie unterbrachen den Anblick der zusammengehängten gelben Waggons. Die weiße Rinde rasterte das Bild und verzierte es mit einem Schattenriss. Weithin warfen die Bäume schon ihr Dunkel, tief stand die samtblutene Sonne, Schnurren untermalte das Bild, die Stimme der Katze, von Mercedes' Fingern getrimmt: »Sie können THC nicht abbauen. Hauch sie nicht an. Sie ist eh schon verrückt genug drauf.« Der Zug fuhr aus dem Bahnhof hinaus. Er bewegte sich erst wie ein schleichendes Wesen. Dann beschleunigte er und hetzte wie eine Wildkatze dahin, verschwand gleich wieder in den Wäldern, beinahe gut getarnt in Schwarz und Weiß, das Gelb aber verdarb das Chamäleon. Um die Gegend hier in Steppe zu verwandeln, die Tiger gefahrlos durchliefen, müsste diese Sonne noch lange auf uns herniederbrennen. Aber sie war ja schon dabei, hinter den Bergen zu versinken. Fast traf ich mit der herabrieselnden Asche einen Falter, der vom Boden aufflog. Die Katze surrte ihr Abendlied. Sie bestimmte die Stille.

Mercedes schwenkte ihren Arm, zeichnete einen Halbkreis in die Luft mit ausgestreckter Hand und ihre abgespreizten Finger verweilten genau vor meinem Gesicht, als sie sprach: »Es ist unser Lärmschutzwald«, und der Falter ließ sich auf die Spitze ihres Zeigefingernagels nieder. »Fass ihn nicht an«, sagte Mercedes, »sonst kann er nicht mehr.« Zwischen Mittelfinger und Ehering steckte ich ihr den Spliff, die Spitze glomm neben dem zitternden Schmetterling. Er flog weg, in Richtung Wald und damit dem Bahnhof zu und ich begriff, wie grotesk der Gedanke und der Wille waren, wieder zurück in die Zivilisation zu gelangen. Ein Windstoß pfiff die Asche aus meinem Blick und das graue Gefieder einer Pusteblume weg, Himmel oder Hölle, da sprang schon Archiebald mit einem gewaltigen Hopsen in unser Gesichtsfeld. Er wippte Pirouetten drehend weiter Richtung Wald, ein Löwenfell um seine Schultern wirbelte mit, in der einen Hand schwang er eine Gitarre und in der anderen flammte der Spliff auf vor seinem Gesicht, wann immer er Mercedes und mich beäugte. Seine zottigen Haare schwangen, er tanzte weiter, entfernte und setzte sich auf das zuvor zu Boden gebreitete Löwenfell. Der Schädel noch daran, die Augen noch darin, wir schauten das tote Tier und Archiebald uns an. »Es ist die Musik. Die wird ersetzt mit Fliegenfischen.« – »Schon mal von Clara Schumann gehört?« – »Klaro, Robert Schumanns Frau.« – »Die Virtuosin. Sie durfte den Flügel nicht spielen. Ihr Mann musste ja komponieren. Was hat sie gemacht?« Klar kannte ich Claras Geschichte, und während wir zu Archiebald aufschlossen durch den vierblättrigen Klee: »Gewartet, bis er durchgedreht ist.« Mercedes setzte sich auf das Löwenfell nieder. Sie zeigte auf eine gelbe Blüte, die noch nicht verlebt war. Die Katze schnurrte wild. Archiebald zupfte jetzt die ersten Takte *Layla*. Ich übernahm und blies ihm den Rauch ins Gesicht, es war schon fast ein blow, so wenig Platz am Löwenfell, so eng saßen wir. Das Lungenrasseln schlich sich in Archiebalds Spiel. Er und die Katze schnurrten gemeinsam dahin. »Ich hab es mir überlegt. Du darfst sie doch anhauchen. Wär eh unerträglich, wenn sie mich überlebt.« Ich gab Mercedes den Spliff, blies ihr ins Gesicht, und sie saugte den Rauch ein. Während sich die Sonne hinter den glühenden Kalkalpengraten verschanzte, verwandelten wir Maispapier sowie den Stoff darin in Luft und Lungenablagerungen.

Archiebald spielte viele Songs und es war dann etwas kühler, als Mercedes und ich aufstanden, die ersten Schritte taten zurück und sie mir unter ständigem Schnurren zuflüsterte: »Clara hat, na klar, was mit einem Freund des Hauses angefangen.« Ich hörte das unverkennbare Gitarrensaitenrissgeräusch. »Mit Brahms.« Doch Archiebald spielte weiter im slow hand clap, mir schien, er war inzwischen bei einer Variation von *Cocaine*. »In den Wind hätte sie ihn schießen sollen.« Kurz schaute er auf. Unsere Blicke trafen sich. Ich merkte, wie über meinem linken Auge eine Braue zuckte. »Aber das ging ja nicht mit ihm. Abgeschirmt durch eine Glasscheibe von Erde, Wasser und Luft. Schau ihn dir an, Kanonenfutter«, Archiebald flog vor meinem inneren Auge über die Gebirge Südafrikas, bis am Horizont in Form und Farbe eines Zirkuszelts ein riesiger Fallschirm aufging, der schnell gen Boden schwank, daran Archiebald mit seiner gewaltigen Wampe, Kontaktlinsen in den Augen, damit er überhaupt bis zur Nasenspitze sah, auf der seine Lesebrille saß, die seinen Blick durch die getönten Fruchtfliegenscheiben einer Pilotenbrille schickte, die ihm mit einem Kunststoffspanngurt um den Schädel geschnallt war, dass es seine Koteletten knickte, die in den Bart übergingen, der auf eine Kanonenkugel wallte, die er hielt und partout nicht losließ, obwohl sie ihn gewaltig schnell gen Boden zog, unter sich eine fettsaftsatte Salzkammergutwiese, genau diese, rund um den Landeplatz Dutzende Ärzte, die ein weißes Leintuch ausbreiteten, in das er fiel und dann auch gleich gegürtet wurde wie mit einer Robe oder einem Krankenhauskittel, eine Sicherheitsnadel nur, Hunderte Einheimische versteckt hinter Büschen, wo sie flüsterten, man habe es ja gewusst, brauche eine bessere Luftraumüberwachung, diese pfiffigen Migranten, kämen jetzt schon auf Kanonenkugeln angetanzt. Indem sie sich bis zum Boden bückte, setzte Mercedes die Katze ab. Noch die Beine in der Luft strampelte das Tier wild. Als es die Tatzen schon auf festen Untergrund setzte, hielt Mercedes den Körper und das Genick der Katze weiter umklammert. »Greif mal in meine Tasche«, ihr zu assistieren bückte ich mich, spürte die Spinnen in Mercedes' Tunneln meine Wange touchieren, fasste eine kleine Phiole in ihrer wollenen Manteltasche. »Tropf ihr das in die Augen«, sie riss den zuckenden, sich windenden Katzenleib herum, drückte die Kiefer mit der einen Hand zusammen, drehte mir mit der anderen den Kopf zu, bis es der Katze die Füße wegriss. Mercedes kniete sich auf ihr Schulterblatt. Die Katze fauchte und fuhr die Krallen aus. Sie schabte Mercedes' Unterschenkel ein paar Raspeln Haut ab, doch sie jauchzte nur. Sogleich sickerte Blut hervor. Befriedigt atmete Mercedes auf. Die Spinnen schaukelten an meiner Wange, obwohl sie sich kaum rührte. Auch wenn die Katze zuckte und zeterte, keine Sekunde ein Kampf. Das Tier war nur noch ein sich windender Fellhaufen unter einem Knie, das es zu Boden fixierte, Mercedes' Gesichtszüge verzückt.

Sie sah mich an, ein Hauch zwischen unseren Mündern nur: »Na mach schon«, mit größtem Widerwillen, »bitte gleich«, sie liebte diesen Moment, »jetzt«, schrie sie. Ich dirigierte die Gummispitze der Phiole über den starr gehaltenen Kopf, zu den Augen hin und tropfte dem Tier die durchsichtige Flüssigkeit auf die Netzhaut. Es blinzelte schnell. Die Lider fetzten geradezu, ein Flirren, Schwarzweiß. Dann erhob sich Mercedes und die Katze zischte durch den Klee einen weiten, halbelliptischen Bogen um das Haus beschreibend weg. Ich rettete sie, noch ein Moment länger, und Mercedes wäre nicht mehr zu bremsen gewesen. »Sonst entzündet sich das, danke«, sie trat durch die Verandatür. Erst jetzt merkte ich, die Phiole immer noch in der Hand, die Oberfläche schwappte im Rhythmus meiner Schritte, tiefgelb durchleuchtet vom flackernden Kerzenlicht, dass der Gmundner Keramikteller samt Rhabarberkuchen verschwunden war. Aber als sich Mercedes auf einen freien Fleck der immer noch über und über mit Fellen bedeckten Tischplatte setzte, hatte sie unsere zwei Portionen in den Händen. Alles muss man den Männern nachtragen, schienen ihre Augen zu sagen, aber sie wippte nur ungeduldig mit den Füßen, streckte dann ihren Arm aus, damit den Kuchen in meine Richtung, hielt ihn hin, bis ich zugriff, steckte eine Gabel voll Baiser in ihren Mund, wo der Goldkopf blitzte: »Manchmal frage ich mich, ob sie mich überhaupt mag. Sie kommt nur, wenn ich so was trage«, und strich mit ihrem Handballen das Quaggafell hinab, hielt erst inne, als ihre Finger über dem eigenen Herzen lagen, die Gabelzinken am Schlüsselbein.

Ich setzte mich neben sie auf den Tisch und bekam Archiebald in den Blick, der durch die Verandatür trat. Im wässrigen Rot, das seine Netzhäute überzog, war, ganz sicher, kein Ton von Tränen, ich schaute sogar extra genau hinein, während er vorbeitrottete zur Küchentheke. Ich hob die Rhabarbergabel, »warte, das Beste kommt noch. Wusstest du, dass unser deutsches Wort Schmetterling von Smjetana kommt, Schlagsahne?«, und Archiebald schneebeserlte wild, »oha, das ist ja besser noch als Papillon«, und fasste in meine Sakkoinnentasche. »Sag ich doch, böhmisches Lehnwort!« Ich gab ihr den Flyer, »kommt ihr mit?«, woraufhin sie amüsiert die Stirn runzelte und die Kuchenstücke eine Schlagobershaube bekamen, gefühlvoll hingezaubert von Archiebalds Hand. Kaffeetassen kamen dann. Obenauf schwamm Schlagobers in Form eines Schwalbenschwanzes, sogar mit Spitzen unten an den Flügeln. »Wir sind da falsch«, Mercedes trank ab. Den tabuisierten Falter im Garten wollte sie wohl anderntags aufspießen und über Lagerfeuer braten, als Crème de la Crème à la Schmetterling. Smjänsel, streck deinen Flügel heraus. »Du kannst es vertragen. Stirbst schon nicht an Herzverfettung«, ein weiterer hoffentlich gut gemeinter Klecks Schlagobers flappte auf meinen Kuchen.

27 Graf von Kaun und die niedrige Kunst der Ausstellung

Als Allererstes NIVEA Creme, Schmierschmatzen beim Abdrehen des Deckelblaus, weiße Masse drunter, darin Nikotinsäure und Allantoin, ein Stoff gewonnen aus Löwenurin, gegen die ersten Fältchen in Lenas Augenwinkeln, Krähenkrällchen, fraglich, warum die nicht Schwalbenhäxchen oder Lachmöwenfüßchen heißen. Zweitens sogleich Schimmerlipgloss von Astor hinterher, eine Familienfirma aus demselben walnussschalengroßen Kaff, das auch einem alternativen Grundschulmodell den Namen lieh, mit dem Pinsel feinsäuberlich aufgetragen, zärtlich fast, schwerelos getupft wie der Lackstrich am Fliegenkopf, grell glitzernd auf Lenas Mund die Guanine, hergestellt aus Fischschuppen, ein richtiges Berserkerpigment. Drittens dann der Haarfestiger voller Chitosan, das aus dem Forellenfraß selbst bestand, aus Zuchtbecken in die Spraydose kam, zermahlene Flusskrebschen fliegend durchs Badezimmer, während ich fahrig den Flur hinunterging. Viertens nochmals Händewaschen mit Seife, das Fett direkt aus der Tierverwertungsanstalt nahe Wien im niederösterreichischen Tulln und aus der hiesigen Kadaverfabrik im Unterland, wo es gleich hinging in der Familienkutsche, die Westflanke des Berges und den See entlang, Zulieferer-Lkw auf der Gegenfahrbahn, kosmetisch ausgeschlachtet das Aas, die recyclebaren Abfälle in Anhängern, zur Kosmetikfabrik verbracht, und ich, durch Lukas' offene Zimmertür einen Blick verbrochen, über dem Bett und dem Mülleimer voller gebleichter Tempos und verfärbter Abschminktücher ein neu aufgehängtes Poster, die nackte Brigitte Bardot, posiert und zensiert mit possierlichen Tierchen: »Schon fertig, du Umweltschützer?« – »Scheiß doch auf die Viecher!« – »Warum dann nicht Playboyhäschen?« – »FHM ist viel geiler. Da siehst du wenigstens was.« – »Ja, wieso nicht, was ist falsch daran?« – »Damit Mutti nicht durchzickt.« Und fünftens zum guten Abschluss, während ich weiterschlenderte den Gang hinunter zu Johannes, rieb Lena sich die Hände, schon aus dem Bad getreten, in meinem Rücken stand sie, gelehnt an die furnierte Wohnungstür wie stets, die Finger flatschig von einer Feuchtigkeitscreme, Glucosamin aus zermatschtem Hahnenknochenmark, ein Blick zu Johannes hinein, der mir schon entgegenkam, ein Bandposter hinter ihm, übertitelt mit Serifenschrift, die locker, ohne Stilbruch, auch *Ragnarök* oder sonst ein nordgermanisches Wort formen konnte, *Rettet die Wale*, »gehts los?« – »Na sicher, Sohnemann«, sechstens dann eine Autofahrt und das Familienglück war perfekt.

»Brigitte Bardot macht jetzt mobil gegen Pelz«, sagte sie. »Ach, diese Robbenschoner«, sagte ich, »mit den Waffen einer Frau«, sagte Lukas, »ach, diese schöne Helena«, sagte Johannes. »Ich meine, wir sind gerade zur rechten Zeit am rechten Ort«, Lena hatte sich für Kinder statt Robben ausgezogen und für eine Fotoausstellung statt unsere Hochzeit herausgeputzt. Ich fuhr durch den Tunnel statt Riviera, niemanden zu deprimieren und weil wir schon zu spät waren: »Ich hasse Vernissagen.« – »Oh Papa, kaufen wir was?« – »Niemand kauft da was«, sagte Lukas. »Das weißt du doch gar nicht«, sagte Lena. »Die lassen sich da ablichten, schnappen ein paar Häppchen, kippen kiloweise Sekt, richten die Daheimgebliebenen aus, lecken ein bisschen Speichel und gehen wieder. Klar weiß ich das. Ich geh da zur Schule. Schon vergessen? Unterlander Schickeria halt.« Ebendas, verabscheuungswürdig. »Ich freu mich auf die Leute«, sagte Lena. »Klassisches Kunstpublikum«, sagte Lukas, »Ärzte und Juristen«, sagte Johannes, »keine Ahnung von nix«, sagte Lukas, »wie redest du über deine Mutter?«, brauste ich auf und aus dem Tunnel hinaus und Lena sagte: »Danke, aber das kann ich selber. Junger Mann, Taschengeld gestrichen, den ganzen Monat.« –

»Oh komm, mach das halbe, ja.« – »Lukas!« – »Geh ich halt zum Papa betteln«, sagte er grinsend, »Arschgeige«, knurrte Lena dem Gmundner Keramikkubus entgegen, neben dem wir parkten.

Umbertos erste Unterlander Fotovernissage fand unter einer Butterglocke statt. »Schamlos«, sagte Lena, als sie ausstieg, »siehst du. Nicht nur Vivaldi. Sogar Hainburg speisen sie noch durch«, und wir traten ein. Bilder von Bibern, Fotos von Reihern, übermannsgroße Abzüge von Polizisten, ein gerahmter UNO-Stacheldrahtverhau zur Absperrung der Au, Fotografien von Habichten, Fotografien von Studentenmassen samt Plakaten, mittendrin jemand, der schon verdammt nobelpreisverdächtig nach Konrad Lorenz aussah, Fotografien von Fischen in stillem Wasser, überlebensgroße Bilder von volksbegehrenden Politikern bei einer Pressekonferenz, Künstler unter ihnen, verkleidet in Kostümen, als Rotbauchunke, Schwarzstorch, Kormoran und Hirsch. Tierschutzaktivisten in fast brüderlich wirkender Umarmung, in Wirklichkeit aber in Fängen und Schwitzkästen und Schmiergriffen, navy-SEALs-nahkampfartige Fixierungstricks, schulterstückauskugelnde Armverdrehungspraktiken, hirnwaschende Handgelenksumkrempelungen, schwarzhemdsärmelige Sicherheitswachleute im Wetten-dass-Studio, das Live-Publikum verstört, Gottschalk gerade im Aufspringen geblitzt, Kameralichtreflexe auf den blonden Korkenzieherlocken, die rechte Hand erhoben, dass man die Eindringlingsflitzer vom Kollektiv Woody Reallen sprechen lassen sollte, was in Wirklichkeit das auf diesem Bild schon zerknittert zu Boden gegangene Plakat tat: *Nicht wetten, Donauauen retten*. Ich hatte das letzten Advent noch mit Lena gemeinsam im Fernsehen erlebt. Und dann natürlich ein Foto, die Demonstrierenden, glücklich versöhnt in satt schneebedeckten Flussuferwiesen mit der Schmier. Die Gendarmerieuniformen hingen schon an Ästen, die Ordnungswächter bereits ununterscheidbar von den Protestlern, Menschen verkleidet als Faune, als Hexen, als nackte Hippies und inmitten all dessen Arik Brauer mit seiner Frau und Gitarre, der Barde. Auf meine alten Tage, unlängst erst, sah ich ihn in einer Talkshow sitzen, greise und krispinderldürr, schlecht rasiert, wirr, neben seiner Tochter, die schon erwachsen war, und auf die Frage, wie er zum Feminismus stehe, sagte er na klar, und die Tochter, das sage sich natürlich umso leichter, je weniger man sich plage mit dem Haushalt. Ihr Vater jedenfalls habe immer nur über der Gitarre gekauert, das Essen komme fertig auf dem Teller in seinen Schoß, er könne nicht mal kochen. Auch auf der Fotografie, Löffel in Dosenravioli der Firma Maggi, all diese Leute mit ihren gallisch gipsgestärkten Haaren und Körperbemalungen, Penachos und Dreadlocks statt Hauben, wie sie sich um ein Lagerfeuer scharten, Lotussitz im tiefverschneiten Winter, flackernde Flammen, wenn da mal nicht Benzin im Spiel war, an einem Zweig, die Pointe der Fotografie, glitzerte über den befeuerten Hitzköpfen eine Schneeflocke, halb noch kristallin, halb schon Tropf, in Auflösung begriffen, ein Lichtstrahl fing sich darin, als ginge er über die Leinwand hinaus als Spektralversprechen, als Regenbogenfilm dem Betrachter entgegen, ein Altbürgermeister, der einem anderen gerade erklärte, das seien weise, germanische, kräuterkundige Frauen, keine Zauberinnen. Die andere politische Größe, ein Salonlöwe alter Couleur, strich schnell und sogleich unsichtbar zwei Schlingen auf sein Revers, ein doppeltes S.

»Keine Magie, nur Licht«, erklärte Umberto gerade jemandem am Buffet, wischte sich die glänzend gezwirbelten schwarzen Korkenzieherlocken aus dem Gesicht, schüttelte eine schmierige Hand. Noch im Gruß ließ er den Kontakt fahren und die Prominenz von Herrn Musikschuldirektor einfach stehen, kam lackschuhabsatzklackend die auch hier drinnen grün und weiß diagonal gestreift gestrichene Wand entlang, streckte schon im Gehen den neongrünen Seidenärmel aus, die Finger manikürt, wie ich spürte beim Händedruck, der schnell eine Umarmung wurde, ein Kuss auf die Backe: »Siegi«, sagte er, »Siegi Heehrmann. Du? Hier? Was verschafft mir die Ehre?« – »Na hör mal, ich wohn da ja fast«, sagte ich und ließ die Pupillen durch das riesige Eingangszimmer kreisen. Die Söhne waren schon abgezischt in die anderen Hallen und Gänge und Säle und Räume, also räusperte er sich und sagte: »Und Sie, Frau Heehrmann, nicht wahr, ach, was für ein Paar, Lena, oder, Lena Heehrmann müssen Sie sein.« – »Ich lass euch beide mal allein«, sagte ich und ging Sekt holen. Ein Blick über die Schulter nur und sie strahlte glitzernder Lippen, die etwas Grün spiegelten, von Umbertos Hemd, seinen Augen, von den Wänden oder alledem. Sie schaute ihn kaum an, wäre aber nie so weit gegangen, ihren Kopf wegzudrehen vom Gesprächspartner. Ihr Schielen ging mir hinterher, wie ich mich entfernte, und schon wurde ich urfroh, als ich mich umdrehen konnte, angekommen am Buffettresen, und sah, wie wunderschön sie war. Sie fuchtelte mit den Armen beim Reden wie eh, wechselte jäh die Stimmlagen und imitierte andere Menschen, Kollegen, Bekannte, Freunde und Verwandte, flocht allenthalben mit fast zärtlicher Artikulation Wörter wie »Fliegenfischen«, »Bindestock«, »Ziermuster«, »Nymphe«, »Werfen«, »fängig« und sogar »Ernstl« ein, und der Lichtschein hier drinnen sprang auf und ab an ihren Lippen. Rosige Farbe nahmen ihre Wangen an beim Prahlen mit mir und ihr weißes Kleid wallte auf und nieder im Rhythmus ihrer fliegenden Finger. Sie erzählte Umberto vom Violinsolisten Siegi Heehrmann und von einer Freundin, die immer fragte, ob ich Bach spiele, und nach Lenas »na sicher« sagte, dass ich dann ein guter Geiger war.

»Sie haben also studiert in Wien«, hatte sie über Umberto in Windeseile rausgekriegt, »na ja, eigentlich hab ich in einem Fotoladen gejobbt. Hab mir den Schlüssel nachmachen lassen. War natürlich verboten. Ich war öfter in der Dunkelkammer als in der Aula. Ich war nur da, wenn Randale war. Beim Ludwig Hirsch zum Beispiel, seine *Dunkelgrauen Lieder*.« – »Quatsch, da waren Sie dabei? *Der böse Wolf, ein kleiner Dackl, der Märchenprinz, ein schiacher Lackl?*« – »Sicher, und erst der arme, alte, räudige Wolf im Zoo. *Einmal hat er bissen, drauf haben sie ihm die Zähn ausm Maul ausagrissen*. Da musst ich doch hin, obwohl es echt weit war.

Gewohnt hab ich ja in Simmering, für Vorlesungen bin ich nie hingefahren. Ich hab Physik studiert und gegen Zwentendorf gestimmt. Mit meinen Kommilitonen war einfach nichts anfangen. Hab viel lieber meine Bilder entwickelt. Heut lachen der Hartl und ich drüber. Der Chef von damals, nicht?« – »Sie schlimmer Finger! Aber diese alten Leute, die an junge Studenten vermieten, die kennen Sie noch?« – »Ja sicher, bei einem von denen bin ich doch untergeschloffen. Herrschaftszeiten, das war eine Type. Rotwein und Geschichten von seinen Urlauben bis vier Uhr früh. Überall ist der herumgekommen, er hatte Mani-Olivenöl aus Marokko, das da so ein österreichischer Auswanderer presst. Aber das war es gar nicht, weil gleich daneben eine französische Fischsuppe eingemacht war wie Marmelade in ein Glas, mitgenommen aus der Provence. Einen schwarzen Afghanen hat er ausgerissen in Pakistan und am Balkon in Wien weitergezüchtet. Und erst die Haschischpfeife vom Schah, die ist gegangen, du liebe Zeit. Maßgeschneiderte Anzüge aus Thailand, ein Muschelmesser aus Japan. Ein Topfuntersetzer aus sardischer Keramik, mit einem blauen Fischgrätenmuster drauf. Da hab ich gewusst, so was will ich auch. Also nicht die Dinge, sondern woran sie erinnen.« – »Also zu einem dieser potenziellen Vermieter kommt ein junger Typ wie Sie und sagt, er würde gerne unterschliefen, nicht?«, Umberto nickte ganz begeistert, und obwohl ich ziemlich sicher wusste, was jetzt kam, bemerkte ich, dass auch mein Kinn auf und ab ging, dass ich noch nicht mal ein Glas in der Hand hatte, dass ich besessen fast Lenas Lippen las, »da sagt der alte, impotenzielle Vermieter, es tue ihm leid, Männer nehme er nicht mehr, er habe nämlich eine Tochter. Der letzte habe sie beim Händel genommen und über den Bach geführt auf eine Heide und dann wäre er ganz mozärtlich geworden und auch betthöflich. Dann habe er sie mit List gebrahmst, sich wieder zurück über die Brücke vertschüsst, nach Sankt Florian ins Stift, und kurze Zeit später war der kleine Mendelssohn da«, und Umberto kugelte sich schon bei der Hälfte der Sentenz, zerbröselte sich gegen Ende der

Eselsbrücke und schüttete sich jetzt nahezu aus vor Lachen, die manikürte Hand am Zwerchfell, Krämpfe in den Bauchmuskeln, strauchelnd und wankend, immer wieder sagend, »aufhören, aufhören, aufhören, aufhören!« – »Bei Siegi und mir wars ähnlich«, schloss Lena den Erguss, während ich zwei Sektpokale füllte aus der Schlumbergerflasche, die Gerry mir zwinkernd überließ. »Aber nicht, dass Sie wieder zu viel erwischen«, zischte der Musikschuldirektor hinterrücks und zwei Schlücke missglückten, spritzten daneben, gegen das Glas, schossen es um, dass Gerry mir auch den blauen Lappen gab zum Aufwischen.

»Zittert die«, und dann wandte der Musikschuldirektor sich auch schon ab, brachte nicht mal seinen Witz auf meine Kosten zur Pointe, drehte mir den Rücken zu, grüßte eine Runde Freunde, alle leeren Glases. Blitzschnell griff ich den Hals der nächsten Flasche Schlumberger, schüttelte kräftig, zwinkerte Gerry und gab ihm den Lappen zurück, legte mein Zeigeglied auf die Lippen, wies dann fingerkuppig auf die präparierte Flasche und den Herrn Direktor, und Gerry grinste perfide und einvernehmlich, ließ seinen Daumen hochfahren, als schnippe er einen Korken weg. »Ist eh nicht unsere Kundschaft, Catering nur für den Umberto, ein Freundschaftsdienst«, sagte er mir noch hinterher, während ich abzischte und Lena ein Sektglas voll Oberfläche durchsprudelnder Blubberblasen zwischen die grazilen, fliegenden, wie geschmiert gestikulierenden Fingerglieder drückte. Wunderbar, ich hörte den Korken knallen und die Bagage unter einer prasselnden Fontäne in Panik lallen, während Lena ungestört weiterredete, mit jedem Schluck vom perlenden Sekt noch mehr aufging, bis ihre Wangen ganz rot wurden und ich dezent, aber einsehbar Daumen und Zeigefinger aufeinandergedrückt zum Ring geformt über meine Schulter hob, ein Picarobello für Gerry.

In Begleitung seiner Tochter, das sah ich sogleich an dem liebevollen Blick, an seiner Hand, die einen Hauch entfernt von ihrem Kreuz im Rhythmus ihres Schritts schwebte, sie erbaulich halb sich selbst vorausschob und halb schützend hinterherhinkte, die Jugend, die entfloh und doch noch ein Dach überm Kopf brauchte, für das er aufkam, so betrat der Mann im Trachtenjanker die Eingangshalle. Dann haute er ihr kräftig auf den Hintern und sie stiefelte in die Mitte des Saals, in grün-weiß bespritzter Jeans-Latzhose, neben sie ging Umberto hin und die Vernissage-Gesellschaft versammelte sich. Auch die hiesige Discountkonsortienkoordinatorin sah ich, die Oberlander Volksschuldirektorin, sogleich tuschelnd und im Disput mit ihrem alten Gespiel, dem Mann im Trachtenjanker, Lena, die ihren Kopf an meine Schulter anlehnte. Johannes und Lukas verschollen in der womöglich labyrinthischen Galerie. Ein Halbkreis sogleich um das Mädchen und Umberto. Ihren Ohrring, der ihr bis zur Schulter ging, nahm sie heraus. Ein torpedoartiges, allerdings halbellipsoid geschwungenes Silberding, die Form Brâncuşis Fisch. Entweder ein Lichtwiderspiel daran in ihren Augen, oder sie schaute Umberto an wie einen Menschen, der Erlösung verhieß. Sie klingelte mit dem Ohrring ein glockeliges Geräusch an ihr Orangensaftsektglas und Stille. Lena schmiegte ihre Hand in meine. Ich streichelte ihr Haar mit meinem Kinn, ihr Schopf untergeklemmt, wie im Spiel, ich fühlte mich instrumentalisiert und spürte die Blicke der Umstehenden auf uns. Keine ihrer Bekannten und Verwandten, bloß Kollegen, Anästhesisten, womöglich Chirurgen, hoffentlich auch Radiologen. Lena und ich beieinander, drückte Umberto jetzt ab, heraus käme eine Schwarz-Weiß-Fotografie.

»Die Jugend habe ich immer geliebt«, sagte er, und das Mädchen steckte ihren Ohrring wieder durchs Läppchen, »deswegen habe ich die Kuratorenausschreibung nur ans hiesige Gymnasium geschickt«, dann schwenkte er den Neonarm astsam wie im Wind durch den Raum und zurück auf das Mädchen und ging ab, reihte sich in den Halbkreis der Zuhörerschaft, Stille, »zuallererst möchte ich betonen, dass es eine Ehre für mich ist, hier zu stehen, als Kuratorin, in dieser verhunzten Latzhose, in der ich diesen Saal gestrichen habe«, Gelächter, »und für uns alle ist es eine Ehre, dass Umberto überhaupt hier ist. Und seine Bilder, die sind nicht nur zum Anschauen da, auch zum Kaufen«, betretene, aber gefasste Stille und die kleinen, weißen, neben die Rahmen an die Wand laminierten Preisschildchen, jedes so gut eingepasst, dass die grünen Diagonalschwünge unberührt blieben, mir die Zettelchen erst jetzt auffielen. Vielleicht hatte sie die Dinger zuallererst aufgebracht in Camouflage, wie die Grundierung ja immer als Erstes unterging, zur Tarnung wurde hinter irgendetwas, das hintergründig wirkte, »von den Reportagen in Hainburg, die sowohl die Au in Österreich als auch den wieder nach Wien heimgekehrten Protestler Umberto in der Zeitschriftenszene berühmt und zum begehrtesten Fotografen überhaupt machten«, ein Mann in Imkerschutzanzug, das Gesicht engmaschig verhangen von weißem Kunststoff, stoisch und unnachgiebig die Körperhaltung wie eine Eiche, ein Typ daneben in einer Art Tarnanzug und Wollmoosponcho, der den Imker an einen Baum kettete, mit langer Belichtungszeit aufgenommen, die Arme ein Schweifen, die Äste darüber in Hauflügelwirrwarr strichliert, das Brummsummkonzert förmlich horrend hörbar, diverse Bienen bereits stechend auf dem Kettenschmied, mehrere Zweige ineinander verwachsen zum Königinnenstock, den es zu verteidigen und vor Eindringlingen zu schützen galt, williges Staatsdrohnengekrabbel auf dem Bienennetz, im Halbhintergrund auf einer Hügelanhöhe vier Frauen, lange Roben flatterhaft, die Brüste aber bar, im Wind oder Bienenflügelschlag schweifendes Haar, drei auf Querflöten musizierend, an den Fingern getrillerte Töne ablesbar, eine Frau singend aus laut geöffnetem Mund, Blitzlichtreflexe und Rotstich in den Augen, ja sogar, Wahnsinn, honigoderwachsverklebt, borstig, immens fett, eine strampelnde Biene, als schwömme sie, direkt auf der Linse, ein Weitwinkelobjektiv wohl, sonst sähe man nichts außer diesen Brummer, der so sehr dröhnte und anflog gegen die Kamera, dass Umberto dahinter sicher nichts hörte von dem blaulichtglitzernden Minipolizeiauto, das sich ganz hinten im Bild gegen den aufgebrachten, wolkenzerzausten, heranflutenden Himmel einschrieb und unter Sirenen mit

Martinshorngehämmer über den Hügel querfeldein näher kam, »zurück in die ersten Knirpstage und Knipserfahrungen zeigt diese Ausstellung als einzige in ganz Österreich das gesamte Œuvre unseres werten einheimischen, davongegangenen, aber fast karmisch wiedergekehrten Genies«, *Die Züchtigung von Onkel*, ein Bild im linken Seitengang, eine runzlige Alte mit Kopftuch, vom Tisch aufgestanden, so viel Schwung im Arm, die Muskelkontraktion um die Schulter noch verfolgbar, entweder Schlag entgegen oder Übergabe des Teppichprackers an jenen Mann, der sich wegen seiner feinen Garderobe so gänzlich falsch ausnimmt in der rustikalen Holzstube, vor dem schmutzigen Silbertablett mit Fischgrätenskelett drauf, über einen Stuhl noch ein bäuerliches Zweireiherjackett gehängt, um das Staubflusen tanzten, als wäre es eben erst abgelegt und flappender Hand ausgebeutelt worden, als käme der Teppichpracker zum Einsatz wegen dieses Jankers, unmöglich auch abgestreift das Filzoberteil von jenem teuren Vatermörderhemd aus Satin im Bild, das dieser überrascht dreinschauende Wohlonkel mit dem obersten Knopf offen trug, daneben eine blinde Fensterscheibe, auf der sich ein Abgezwickter spiegelt, der mit erhobener Leica sein Gesicht abdeckt, gerahmt vor einer offenen Zederntür, die der Betrachter, ein ebenfalls fehlgeleitet wirkender Mann in dreiteiligem Frack, durch einen Kneifer wie irre mit an der Schläfe pulsierender Ader musterte.

»Gstatten, von Kaun, Servus, habe die Ehre, und Sie?«, sprach er mich an, hinein in mein Hinzutreten, ohne sich abzuwenden von der Fotografie, jetzt hin und her huschend seine Pupille, zwischen dem Zweireiherjackett, der am Fenster gespiegelten Stubentür und der Wolke stiebender Staubpartikel, Punkte, leicht verzogen, haarscharf keine Striche, spingesteuerte Photonen, die wie ein Fressen witternder Schwarm Fliegen abzuzischen schienen vom Tisch Richtung Tür, eine leichte Neigung nur im Tanz auf dem Bild, vielleicht unter hundert Flusen, ein oder zwei Dutzend nur zur Leica tendelnd, eine sachte Tendenz, »Siegi von Unterland-Oberland-Grenze im Süden.« Mit wippendem, fingerbreitem Bärtchen zwischen Unterlippe und Kinn, schwarz gewichst, glänzend im Licht, mit großer Geste gesprochen: »Vom Löwen also«, der an der Westflanke zwischen Tunnel und See lebensgroß auf seinem Sockel thronte über einem tiefkalten Gumpen, die Schnauze erhoben, in Marmor gemeißelt oder aus Carrara herausgehauen, strahlend weiß, die Lefzen zurückgezogen, zum Schrei bereit, »was ist falsch daran«, sagte der Mann, und ich sagte: »Die Zunge fehlt ihm«, und er redete ansatzlos weiter, »sodass er nicht brüllen kann.« – »Wie der Kurti«, sagte ich und er lachte, zeigte dabei scharfe Zähne, »ist in Auftrag und Ehren das Werk des Kaisers. Was hat Durchlaucht wohl bei der Entschleierung gesagt?« – »Wahrscheinlich nichts«, sagte ich und er lachte wieder. »Zum Schweigen gehauen vom Bildner, nein, nein. Die Zunge fehlt ja, hat Hochwohlgeboren gesagt.« Jetzt lachte ich und sagte: »Reichlich paradox.« – »Fragen S' mal den Bildhauer! Fand er wohl nicht so witzig, was Ihre Eminenz zu kritikastern hatte. Was hat er wohl erwidert, der Bildner?« – »Nichts wahrscheinlich.« – »Das wäre es noch gewesen, das Schönste, das Allerhöchste. Sich selbst erhoben, zum Löwen, wo er doch schon erwischt war, bei der Gotteslästerung.« – »Wohl eher Königsbeleidigung.« – »Das ist doch das Gleiche, im Österreich. Gefrevelt hat er, gegen die höchste Instanz. Mit der Tatze hatte er schon gepratzelt, nach der Krone. Was hat er wohl gemacht?« – »Vielleicht hat er gefragt, was ist falsch daran?« – »Geh, Sie sind auch so ein Prolo von irgendwo.« – »Ich bin Violinsolist.« – »Und dann verstehen S' das nicht?«, er schrie jetzt noch nicht, aber deutlich erhoben die Stimme, ein Machtwort kam von seiner Zunge, »ist auch ein Gescheiterter. Grade erst das Tuch gefallen, dass die Formen vom Löwen noch am Boden im Leinen waren, wie beim Christo und so, wissen S' eh, schon standrechtlich schwimmen gewesen, der Plastiker. Er hatte nicht mal Gemach, ins Wasser zu gehen. Ein Köpfler hinein ins kalte Nass, wo er so gerne sommers seinen ehernen Körper erfrischt hat von der Jagd, der Monarch. Na ja, Vorhang zu, hinüber war er«, und sein schwarzer Dreiteiler wirkte so lichtschluckend, als wäre er völlig durchnässt, verschwitzt oder getaucht in Alkohol.

»Ja«, sagte ich um Entspannung bemüht, »das ist der Künstlerstolz.« – »Gut vorgesorgt. Hat einen Riecher gehabt. Das sag ich Ihnen. Die Feier ist weitergegangen. Haben sich alle richtig hart die Kante gegeben und original gar nichts auf den Löwen. Das war ja nur so dahingesagt, vom Kaiser. Und mit diesem gezischten Zwischenton hat er vernichtet, den Bildhauer. The show must go on, nichtsdestoweniger, völlig absurderweise, dessen ungeachtet mit Komtessen und Grafen im Reigen getanzt. Gute Miene zur Schau getragen, kein bisschen abgewichen vom Prozedere. Was soll man auch machen, wenn der Bildhauer da versehentlich hineinfällt, hat er immer gesagt, der Vater. Und im Anschluss dann noch eine Dampfschifffahrt über den See, so eine Schmähpartie. Nobel geht die Welt zu Grund und leicht der Skulpturtyp. Vielleicht hat er sogar noch das Kielwasser von der Gisela sich schließen sehen über sich. Eine heiße Sohle hat die hingelegt auf dem See und erst die Herrschaften und Dämchen auf die Planken. Ein paar Jahre noch Dekadenz und dann ist das Schiff gekentert. Der Peppi Lang hat wieder angefangen die Hascherln aufzuhängen, glauben S' mir, hat zeitlebens jedes Gnadengesuch unterschrieben mit seiner Schmierage, der Franziputz. In den letzten Atemzügen dann so viel liquidiert, dass er schon Entzugserscheinungen gekriegt hat in der Hand. Nichts mehr mit Tintenkleckserln und geh lassts ihn gehen. Schlau war der Bildhauer, nicht zu warten auf seinen Richter. Neunzehnvierzehn, jeder Fliegenschiss ein Hochverrat. Haben S' mal den Soldaten gelesen?« – »War nie meine Geschichte der Lenz«, sagte ich bemüht, das Thema dampfschifffahrtartig wegzulenken, hin zu meinem Berg zu navigieren, auf mein Grundeis, schwieriger zu bergen als gedacht. »Ich meine den braven Soldaten.« – »Nur den Anfang.« – »Das reicht eh. War ein Du-Freund der Jaroslav, vom Vater. Ja, der Herr Markgraf. Gstatten«, er drehte sich von dem Bild jetzt erst weg, fixierte mich durch den Zwicker, zoomisiert sein Auge, verschwommen auch, leer das Sektglas. Er hielt es wie ein Zauberer den Ball, mit dem Handballen, bot mir also nur den gehobenen kleinen Finger an. Ich hakte meinen ein und wir schmiegten die Fingerglieder gelenk ineinander, er sagte:

»Indianerhandschlag. Eingeborene quasi. Ehrenwort, von Kaun. Eigentlich. Habe die Ehre, aber keinen Adelstitel mehr. Wer liebt schon dieses Land und die Politik. Bleiben wir dabei, Graf von Kaun.« – »Meisterklässler von Salzburg.« – »Hören S' mir auf. Wie alt sind Sie? Beim Alten noch, beim Estrella?« – »Demselben.« – »Ich hab ihn ja kennt. Haben denselben Herzchirurgen gehabt, er und der Vater, auf die alten Tage. Hab mit ihm Zeitschriften durchgewaschelt im Wartezimmer, das war einer. Auch ein Gescheiterter, hat er mir erzählt, völlig absurderweise, in diesem Zimmer in dieser Spezialklinik, von diesem ehemaligen Metzger, der hat dekadenlang in Wien operiert, im AKH, Papiere irgendwie im Krieg weggeweht, vermeintlich, und irgendwann ist er dann aufgeflogen, weil ihn noch ein Patient kennt hat. Dann haben sie ihn hinausgehauen und er ist einfach weitergesegelt in die Schweiz, der Herr Doktor, und die es sich leisten konnten, sind alle nach, ein treuer Kundenstamm. Liegt genau gegenüber von der Bergspitze, wo auch der LSD-Professor seinen Geist in alle Winde einpfeift, der Herr Grof, Geflohener aus der Sowjetunion. Ist schon ein seltsamer Ort. Dort hat der Estrella mir dann erzählt, während ich auf den Vater gewartet hab, er sollte fiedeln gegen den Oistrach, als Kind damals, in Madrid. Dann ist er dazwischengekommen, der Bürgerkrieg, und er musste auswandern, der Estrella, nach Salzburg.« – »So schlecht war das nicht, hat die Festspiele mitbegründet.« – »Geh bitte. Mahler hat alle seine Symphonien geschrieben im Sommer. Weil er da nicht dirigieren hat müssen. Ist ja heutzutage nicht mehr möglich, Freizeit. Da muss man was machen und leisten, Festspiele zum Beispiel. Den Frauchiger Urs, haben S' den mal gelesen, Adornoschüler?« – »Du-Freund von Ihnen?« – »Vom Vater, haben sich kennengelernt am Opernball. *Was zum Teufel ist mit der Musik los?* Anonym, martialisch und alles auf einmal, was früher das ganze Jahr durchflocht, so beschreibt der Urs die Musikfestspiele, als riesige Orgie, als Hurenhaus. Und damit kenn ich mich aus, glauben S' mir. Bin eh hin, Jahr für Jahr.« – »Ins Freudenhaus?« – »Eine Freude ist das keine. Die Festspiele bringen auch nichts mehr, kein Quäntchen Neues. Geht immer um dasselbe.« – »Was ist falsch daran?«, fragte ich, während er sich wieder der kopftuchtragenden Frau am Bild zuwandte. »Die alten Rezepte sind die besten. Schauen S' hin. Forelle Müllerin«, die wirbelnden und in eine Richtung wehenden Staubflusen, als hätte jemand einen Sog hinterlassen durch den Türstock, eine umgekehrte Pharaonengrabkammer, im Vakuum der Tisch mit den noch fischfleischeingeschleimten Bestecken, den saftelnd ausgedrückten Zitronen, Kerne am Tisch, das Bachforellenskelett, und er sagte:

»Erstens, vier Teller«, und zwar mit Goldrand, »sind von uns. Sie war ja Dienstmagd beim Vater. Wäre es nach mir gegangen, sie stünde immer noch für uns vor der Fleischerei vom Kurti. Aber sie auch unterzuquartieren, das ginge nicht, kein Geld, vermeintlich. Wahrscheinlich war irgendetwas falsch mit ihr. Sie sehen ja, wie sie zupackt mit dem Teppichstecken, ganz schön ungehobelt. Vielleicht hat sie mich geschlagen, ich weiß es nicht, war da noch klein, ein Krabbler. Der Vater war schon komplett wirr im Oberstübchen. Andere Leute hat er behalten, völlig absurderweise. So einen durchtriebenen Typen in einem Steirer Schloss. Einer vom Ur-Schlag, hat nach dem Krieg die Plünderung verhindert. Wie ein trotziger Holzklotz den Russen ins Gesicht geschaut und gesagt, er war schon da, hat schon alles beschlagnahmt und registriert, Ihr General.« – »Wie in Mürzsteg?« – »Nein, eben gar nicht. Der Zigeuner ist natürlich abgehauen auf Nimmerwiedersehen. Die Ochsen angespannt in das Geschirr, und mit den ganzen Goldgabeln und bronzebehauenen Chaiselonguen und silbernen Lampenlustern et cetera et cetera, auf nach Wien, zum Schwarzmarkt. Der Vater ist mit der Kutsche ja unterwegs gewesen derzeit, nach Oberösterreich. Wenn man schon wählt, nimmt man die Amerikaner, da können S' sicher sein, sonst hätte er ihn erwischt, den Tschabracken. So waren es dann am Weg eben die Lagerer, die haben sich vielleicht gefreut, über das ganze Gruschtl, an einem Strick im Wald wurde er gefunden. Oder das Gewissen hat ihn noch überholt auf der Strecke und ihn gleich dort hängen gelassen, war ja ein stolzer Diener jahrelang, vom alten Schlag, da liegt das Selbstgericht nah, aber wo sind dann die ganzen Sachen, soll er sie etwa vergraben haben? Ich mein, es ist gleich, verstehen S' mich nur, den hat er durch den Krieg gefüttert, und so eine treue Seele wie die Mutter vom Umberto hat er weggeschickt, der Vater, im letzten Jahr noch, wissen S', wieder zurück, zu den Eltern, vom Zimmermädchen und Adelskindermadl zur Bauernhaustrutschen, von Hofzofe zu Gesockse. Da musste sie ja förmlich, hat den ersten dahergelaufenen Südtiroler an die Hand genommen und den Umberto bekommen.«

»Wie Laokoon, der von der Bedrohung Trojas weiß, durch das Pferd, durch die Künstlichkeit, durch den Reproduzierer Odysseus, durch die teuflische List. Wie Laokoon, den mitsamt seinen Kindern Schlangen erwürgen. Wie Laokoon, dessen Bauchmuskeln schon im Todeskrampf sind, das Gesicht aber noch ganz entspannt. Wie der Bildhauer Laokoon bannt der Fotograf Umberto zwei Momente in einen. Jedes dieser Bilder durchwaltet das Urzeichen von Leben«, und da ging die Tür zum Eingangszimmer der Butterglocke auf, schon das Niederdrücken der Klinken unterbrach die Rednerin quietschend, wie erst, als die beiden Flügel aufschwangen, die Stopper in den Boden schrammten, die beiden Lakaien zurückgingen, sich bückten, sich erhoben und hereinkamen, vier insgesamt, die verzerrten Männergesichter, gehetzt wie Vieh, die Kiefer fest aufeinandergepresst, unter Last, die Zehenballen auf Grund gestemmt, die Fersen schnell nach vorne gehievt, nahe dem Boden die Knie, ein Stemmschritt nach dem anderen, aus dem Oberschenkel heraus, die Thoraxe seltsam vornübergebeugt, die zitternden Nacken, auf je einer muskelbepackten Schulter ein Stab, der sich zwischen ihnen zur Sänfte verband, auf der hoch oben nahe dem Plafond die graue Dauerwelle anhob. Ich sah noch den Lippenstiftschwung, den Puder, der auf der Wange eine Runzel bedeckt hatte, über die jetzt eine Träne rann. Sie fiel in den Schoß der Frau, wo vorm Wolflaufen ein grünkariertes Kopftuch die beiden Schenkel schützte, auf denen wiederum eine Kamera ruhte, eine uralte Leica, deren Auslöser jetzt die Träne benetzte. Mit gewaltiger Stimme sagte sie, »Bertl, schau her!«, ein Korken knallte in Gerrys Fingern und mit einem schnellen Blitz fing sie Umbertos Sieg für immer. Neben Lena und mir, zwischen Umberto und ihr legten die Männer tief kniefallend die Sänfte nieder und die alte Frau ergriff Umbertos Hand. »Die Beine sind schon ein bisschen gichtig«, sagte Umberto, aber sie habe es ja gerade noch rechtzeitig geschafft, so er, und ob sie jetzt von vorne anfangen solle, fragte das Mädchen, woraufhin Umbertos Mutter sagte, »avanti, avanti, wie der Vater sagte«, und Umberto gestikulierte liebevoll, dass es sie eh nicht interessiere, während die Alte mit ihrer einen Hand winkte, mit der anderen Umbertos Finger fest umklammerte.

»Zweitens! Nein, nein, nicht raten, ich verrat es Ihnen. Ein Geschenk, die Leica, jaja. Aber warum, der Anlass. Geburtstag, Ostern, Weihnachten, Aderlass, Namenstag, ein Bombentermin. Das Datum, da die Sprengsätze hochgehen, die Südtiroler Territorialisten, just den Tag bekommt der Umberto Besuch von seinem Onkel, Bruder des Vaters, eine Nazikamera im Gepäck, abgenommen einem gelynchten SS-Mann, denn der Vater und die nahen Verwandten waren kommunistischanarchistische Partisanen, vermeintlich. Das sind immer die Ersten gewesen, die ausgewandert sind, die ohne Dreckstecken, na sicher. Gekämpft hat der Vater in diesem Nachkriegstraungau, um da irgendwie Teil zu werden, ich sag Ihnen das. Der Umberto ist immer wochentags um sieben ministrieren gegangen in die Kirche und nonstop in die Volksschule. Und als er dann auch mal wochenends drankommen wollte, wo ihn wenigstens wer gesehen hätte und er ein paar Stunden länger hätte schlafen können, wollten die Gfrastsackln nicht tauschen, Bürgermeistertöchter,

Polizeiunruhestifterkinder, Volksschullehrermuttersöhnchen. Er hackelt den ganzen Tag, hat er immer nur gesagt, der Vater, er geht zum Stammtisch, obwohl er es hasst, weil er sonst keinen Handwerker kriegt, schwarz. Na sicher hat der Umberto den Hut draufgehauen, ist ausgetreten, auch aus dem Fußballverein, in Eigenregie, das war auch nur so eine Vaterorder-Wir-brauchen-einander-schließ-Freundschaft-mit-den-Kindern-Geschichte, völlig absurderweise. Die haben ihn alle nur aufgezogen, wegen seines Vornamens, verdroschen haben sie ihn, in den Schnee gesteckt, im Winter, so lange geumbertot, bis er barfuß über die frisch abgemähte Wiese gegangen ist, im Hochsommer, diese Stoppeln, aufgeheizt von der Sonne, wissen S', wie seine Füße ausgeschaut haben, aufgerissen, ein Brandblasenmeer. Ich aber hab ihn anders gekannt, hab ihn immer nur Bertl genannt. Wir haben die Schule gestangelt und sind stattdessen Fischen gegangen, mit den Stangen vom Vater. Ich glaube, ihn hat nur interessiert, ihnen eins auszuwischen, den Dorfleuten, ihre Fische zu erwischen, auch wenn es keiner mitgekriegt hat, das war ihm gleich, eher so ein Instinkt, ein privates Ding, wie zwei unterschiedliche Socken anzuziehen, und dann Schuhe drüber, völlig absurderweise, verstehen S'? Vormittags war ja niemand unterwegs im Dorf und dann haben wir sie rausgefasst die Forellen, ich sag Ihnen das. Nur der Pfarrer, die faule Haut, ist vorbeigekommen, trölf Zwillionen Dioptrien, ich war schon dahin, aber er ist cool geblieben, der Bertl. Er ist nicht umsonst ministrieren gegangen, hat nicht für nichts die Augenableser geputzt, vom Bibelleser, mit dem Rubbeltuch. Auf die Frage hin, was er da tue am Fluss, der Lausbub, solle er nicht in der Schule sein, hat er die Forellen in den Sack getan und gesagt, er tue Frösche fangen. Ja, wers glaubt, wird selig, der Herr Pfarrer. Ich konnte das nicht wahrhaben und wollte damit nichts zu tun haben, mit dem Fang. Der Vater hatte die Fischrechte schon lange abgegeben. Wir waren Wilddiebe offiziell. Ganz alleine hat der Bertl beide eingestreift, der erste Fang, den wir nicht teilten, und heimgegangen zur Mutter, die so eine Freude gehabt hat mit dem Bub. Sie hat das alles in Butter ausgebacken und der Vater ist heimgekommen und der Onkel war auch schon überraschenderweise da, und dann hat er es eh schon gerochen, und gesehen dann auch, und die Familie strahlte vereint, nur der Vater, nein nein, gefragt, woher der Fisch, das musst er gar nicht mehr, hat die Küche verlassen, in Grabesstille. Verstehen S', von wegen, die Version vom Umberto, als ob es da um die Fisch gegangen wär. Am nächsten Tag ist der Onkel abgefahren und eine Bombe hochgegangen, in der Skigondel auf den Flammenkogel, hat eh niemanden erwischt. Die Leute haben vorher die Scheibe eingehauen und sind rausgesprungen, die Bombe hat nämlich getickt, sie war eingeschweißt innen, in die Metallverkleidung von der Gondel. Manchmal ist der Suizid klüger und natürlich dürfen S' raten, wer da gearbeitet hat, bei der Seilbahn, der stimmlose Vater. Der Löwe, ja, inzwischen Wahrzeichen der Gegend, auch vermint, aber da haben sie die Bombe entschärfen können. Dieser Onkel da auf dem Bild, inhaftiert haben sie ihn nicht, aber zumindest einen Steckbrief gibts, er hat sich abgeseilt. Ich sag es Ihnen, irgendein Nazigfrastsackel aus Südtirol, das sich nicht abfinden wollte nach dem Krieg, mit den neuen Grenzen. Die sind total wahnsinnig geworden alle und haben, völlig absurderweise, einfach Anschläge gemacht, in Italien, und hier, war denen einerlei, erschossen die meisten, von den Carabinieri. Und dann ist er auf Besuch gefahren da hinunter, der Vater vom Bertl, und nicht mehr zurückgekommen. Der Maserati ...« – »Lamborghini ...« – »wie auch immer. Er hat die Kohle nicht, dieser Emporkömmling. Der ist eines Tages da gestanden, vor der Bauernhaustür. Mit einer Schleife drum, frisch von der Fabrik, nach Leder und Lack riechend, aus der tiefsten Emilia-Romagna. Dort machen sie nicht mal Serienprodukte, jedes ein Einzelstück, nur auf Auftrag. Da ist Geld dahinter bei diesen Territorialisten, und die vergessen nie, nicht, dass Südtirol mal österreichisch war, und auch nicht, wer ihnen hilft, dem Bertl sein Vater. Er erzählt allen, er habe dieses Ding geschenkt bekommen, für ein Fotoprojekt. Fragen S' ihn mal. Das

Antlitz des Lamborghinierben hat er mit der Kamera aufgelesen. Gespiegelt, von der noch losen Motorhaube, in der Fabrik. Der Firmengründer nämlich ist aus einer Bauernfamilie gewesen, der alte Herr Lamborghini. Hat Kupplungen entwickelt, für Traktoren. Er war sicher, dass seine Produkte einen Ferrari durch die Gänge jagen. Ausgelacht haben sie den Bauern, die schweren Zuchthengste, als er gekommen ist, ein Angebot zu machen, der Bauer. Weggeschickt haben sie ihn. Dann ist er dahingegangen, der Bauer, ist Firmengründer geworden, und dahingegangen. Und dann hat Umberto einen Brief geschrieben, dem Erben. Das Angebot, das Gesicht auf dem Negativ derart zu verfremden, dass es dem Urahn gleicht, aufs Haar. Der Bertl hat dem Lamborghinierben versprochen, einen überlebensgroßartigen Abzug in eine Galerie zu hängen, über Richters Ferrarigemälde. Und er hat dem Lamborghinierben geschworen, sollte er je Dozent werden, über ihn zu lesen. Ein Empfehlungsschreiben seiner Agentur ins Kuvert gesteckt, und weg. Und in diesem Auto kratzt er jetzt die Kurve, dass das überhaupt nichts mit dem Vater zu tun hat, ausschließlich mit ihm, dem Bertl und seinen Fotos. Eine Kindersicherung hat er auch, der Wagen, dass er nicht rausfällt der Umberto aus seinem Traum. Das glaubt er ja selber nicht. Auf einer Fliegenfischtour, von dem Trip durch den Isonzo haben sie ihm erzählt, dem Umberto, da sei der Vater abgängig geworden, der glaubt das bis heute, gegen jedes Zureden meinerseits, völlig absurderweise, nirgends eine Leiche, er ist vollständig abgetaucht.«

»Und jetzt«, sagte ich zum Grafen, »brauchen Sie mich, damit ich es ihm sage, wir kennen uns nicht, neutrale Stimme sozusagen, ins Schwarze, Treffer?« – »Sind Sie komplett wahnsinnig? Lassen S' den armen Irren, um Gottes willen. Ist mir doch egal, was mit ihm ist. Geht mich nichts an.« – »So klangs aber nicht grade.« – »Wir waren Blutsbrüder, verdammt«, er zeigte mir eine Narbe an seinem Daumen, wobei ich nur nach den bleichen Streifen auf seinen beiden Ringfingeransätzen linste, »ich hätte ihn eingestellt, samt seiner Mutter, statt meinem Knecht. Ich hab es ihm angeboten. Gefleht hab ich, als er senil worden ist, der Vater. Da hätt er sich kümmern können, um den Grund. Und um die Viecher, und um den Vater. Da hätt er gar keine Zeit gehabt, allzu lange nachzudenken. Aber er musste ja zur Schule gehen. Hätte sich nicht mal die Bücher leisten können, ohne das Kreiskypackerl, diese Sozialalmosen. Ein Geschenk für die Armen, für die anderen ein verdammt schwerer Rucksack. Die Schuld, direkt reingeschrieben, in den jetzigen Zustand. Eine Katastrophe, dieser Staatshaushalt. Und erst die Situation vom Umberto. In der Oberstufe wäre er schon fast geflogen. Und dann ging er studieren, nach Wien. Ausgerechnet Physik und Chemie. Da haben ihm die Drogen dann komplett das Hirn geputzt, gesundheitlich kaputt, verstehen S'? Natürlich ist er hängengeblieben auf dieser Vatergeschichte. Na kommen S', ich zeig Ihnen was.«

»Umbertos Fotos halten die Bewegung fest. Die grüne Strömung, die in die Gesellschaft kommt. Es geht nicht um Dokumentation. Es geht um die Veränderung. Erst diese Ausschnitte, die absolute Ausnahme, lassen auf die Starre der Gesellschaft schließen. Erst die Hippies in den Weiden verweisen auf die Verkrustungen rundum. Erst das Foto zeigt, was nicht im Bilde ist. Und wenn Umberto heute um die Welt jettet, wenn er Fliegenfischgewässer für Journale fotografiert, so geht es keine Sekunde ums Idyll. Die Flussuferwiesen zeigen nur, wie die Moderne jede Sekunde die Natur zerdeppert. Die Bewegung waltet in diesen Aufnahmen von Wasseroberflächen. Umberto zoomt so nahe heran, dass die Fotografie abstrakt wird. Übrig bleibt nur der Spin. Die sprudelnden Tropfen. Wie die Elektronen von Atomen.« Und der Strom schnalzte gegen den bernsteinfarbenen Stein, der die Sočaoberfläche durchstieß. In den Looping gespien, das nasse Stieben, Niederprasseln, Rasseln wie Windspiel, wie Wildwasser, rassige Strudel, verwirbelt in sich, seelenbewegt, wühlend wie Gischt, in sich verworfen, Zisch, Kalkabraspeln von Flussmassen, fließgeschwind von dannen gewischt, hinuntergemurmelt den Strom, der doch gar nicht im

Bild war namens *Das Sterben von Marmorata*. Bloß der Fels, der bernsteinfarbene Lichtwiderschein, das Wirbeln von Monstertropfen, der Ort, wo der Fluss bricht, links davon, über die Rahmung hinaus, auf Wandgrünweiß, der Strömungsschatten, in dem kein Fisch mehr schwimmt, steht, schwebt, die perfekte Stelle ohne Forelle. Marmoriert dafür die Wasserfunkengischt. Ein Verschwinden, das bewegt ist. »Erzählen S' mir nicht, Sie sähen das Gesicht nicht«, ein flitternder Linienwirrwarr, ein Tohuwabohuaufsprudeln, flitzender Fluss, flirrendes Bernsteinglitzern, Wasserwimmelwucht, aber ganz anderes gesucht von von Kaun, »verstehen S' mich nicht falsch. Der Einwand gegen den Pollackl Tschackl. Gegenständliche Assoziationen im abstrakten Expressionismus. Action Painting und dann entstehen doch wieder Indianerschädl. Ein Südtiroler Fundamentalismus«, und in Wirklichkeit ging es nur darum, dass eben nichts war unter dieser Oberfläche, diesem tausendfach gefalteten Strom, keine Marmorataseitenflosse mehr, bloß noch bernsteinfarbener Widerschein, Licht, das aussah wie in Mosaiksteinchen geschnitzt, ein Kunstwerk aus Schuppen, kupferne Tupfen, bronzene Tropfen, gesprudeltes Glucksen druntergeflossen, »da, diese Linie, das Kinn, dort der Bart, da das Haar, sogar die Nase, verkniffene Augen, Mund, er sucht den Vater im Fluss, der Bertl«, sagte der Graf und ich stellte mir vor, wie von Kaun heute nach Hause ging und morgen allen erzählte, wie super er sich unterhalten habe mit dem neuen Du-Freund, obwohl der gar nicht zu Wort gekommen war.

»Sie können das auch alles«, sagte das Mädchen, »nochmal im Ausstellungskatalog nachlesen«, den ich kaufte, um zumindest ein bisschen Geld hierzulassen, die Schauensschuld zu tilgen. Das Heftchen, welches ich am Eingang gegen ein paar Scheinchen in die Hand bekommen hatte, war zwar glatt, laminiert, auf Hochglanz gemacht und poliert, sah aber trotzdem nicht gerade superprofessionell aus. Sicher zeichnete auch dafür ein Gymnasiast verantwortlich, dachte ich noch, während schon die Stimme des Grafen an mein Ohr drang: »Ich veranstalte alle paar Wochen so ein Kunstgelage auf meinem Schloss. Also, wenn du willst, komm doch mal. Du kannst die Projektionen vom Bertl untermalen, mit Musik, was meinst?«, als ich mich zu ihm umwandte, vorschlug, wir könnten das bei einer Strähne Schlumberger besprechen, dessen Farbe das Grafenhaar schlückchenweise durchzog, und als die Korken dort hinten am Buffettresen nur so in die Luft stoben, sah ich inmitten des Sektperlens eine Goldkopfnymphe in schallendem Auf und Ab schlüpfen und sich wieder verstecken, und die Spinnen wippten. »Was macht die hier?«, fragte der Graf, und während wir zur Theke schlenderten, hinter der sie stand und mit Gerry spaßte, sagte ich: »Die beiden haben was. Sie besucht ihn beim Catern, er leistet ihr Gesellschaft auf der Holzveranda. Er abendspringt ihr Schonstreckenforellen, sie übernachtet bei ihm. Sie schenkt Zärtlichkeit, er Schlumberger«, und mit zwei Gläschen davon bewegten wir uns fort von den beiden, hin zur sänftenen Mutter und dem Mädchen in Latzhose, auf Umberto zu, dessen Augen schon grün leuchteten, noch bevor Lena zuschlug, als ihre Finger geradewegs unterwegs waren, bis sie ins altergegerbte Gesicht des SS-Granden klatschten. Er verließ die Butterglocke sich echauffierend, er werde Umberto klagen.

»Heehrlich, wenn Siegi sich an einen Baum ketten ließe, sie würden mitgehen, oder? Ja, wie bei Arik, so was habe ich mir auch immer gewünscht«, sagte Umberto schon reichlich angetüdelt, und Lena bejahte, während Lena und ich gleichzeitig fragten, wo denn die Südafrikafotos hingen und ob es keine Frau in seinem Leben gebe. »Außer Mutter Natur, ich fürchte nicht«, und wir lachten. Die Sektgläser sangen wie ein Quintett beim Anstoßen. Der Ton lag noch im Raum, als Umberto sagte, Südafrika sei noch nicht entwickelt, er wolle sich das noch überlegen, so einen Folterstaat zu promoten. Lukas gähnte grotesk überzogen und Johannes fragte abermals, ob wir nicht ein Bild kaufen wollten. Lena sagte, die beiden sollten sich noch etwas anschauen gehen, und schon machten Graf von Kaun und ich uns auf den Weg in den rechten Seitengang. »Das war Ihre Bagage und Ihre Frau?«, fragte er und ich nickte. »Wow, schon mal von Knieschuss gehört?«, und ich nickte. »Und einen doppelten, in beide Knie, in jeder Hand einen Revolver, über Kreuz?«, ich lachte. »Was Sie da gemacht haben, als hätte man die bestschmeckende Praline der Welt auf der Zunge und schöbe sich bei jedem Mundwinkel diagonal einen doppelten Pistolenlauf rein.« – »Man muss ja nicht abdrücken«, sagte ich. Während Lukas und Johannes uns so schnellen Schritts überholten, dass ich nur meine Hand ihnen hinterher durch die Luft fahren ließ, fragte ich ihn ungestüm und überrumpelig, ob er Geschwister habe. »Ich wüsste nichts.« Unsere Absätze hallten von den Wänden wieder. »Dann sind Sie der Letzte?« – »Ich wünschte nicht.« – »Sie waren liiert?« – »Ständig.«

Eine Fotografie von zwölf Frauen in einem Raum, der zwar aus Holz gezimmert, aber viel zu schick für eine Salzkammergutstube war, eher eine schnittige und lässig hingetüftelte Kopie, darin eine Art Orgie in Gang, die aber ebenfalls viel zu hip war, auf ihre Weise ein keusches Gelage. Da warf eine der anderen eine Traube hin. Die Schmeißhand noch im Hochgehen begriffen, die Fingerglieder ganz knapp nicht komplett gestreckt, die Fingerkuppen abgeknickt, die Hand oben, die Weintraube geworfen, wie Umbertos Auge, leuchtend grün, hinüber, die Flugbahn, Parabel mit Spin, dem Mund entgegen, geöffnet und lachend, das Zäpfchen wackelte noch, das Zimmer erfüllte der Schall, die Pupillen aber gerichtet, auf das fliegende Ding konzentrierter blonder Augenbraue, eine Muskelkontraktion in der Miene, die nicht mehr dem Lachen, sondern bereits dem Schauen und Schnappen angehörte. Hinten im Zimmer, neben einem Fenster, stand eine Sofagarnitur, deren Bespannung wippte, auf und nieder ging das Polster, auf dem eine Frau in schwarzem Jeansrock saß, zwischen ihren Fingern eine Zigarette, von der Asche fiel, das erste Rieseln schon um ein Haar angekommen am Boden, ein zweites Miniflöckchen eben erst auf Höhe des Jeansrocks, fast unsichtbar vor diesem Hintergrund. Zwei Kanapees mit den Kopfenden aneinandergestellt, wobei sich über jeweils eines eine Frau streckte, Kurzhaarfrisuren, die ununterscheidbar wurden, Köpfe in Nacken gelegt, Hälse, die über Polsterkanten hingen, während die eine der anderen aus einem Pokal einen Schluck Wein in die Gurgel kippte. Ein Doppel-Ping-Pong am grasgrünen Tisch daneben, der Ball so fest geschmettert, die Schlägerbespannung vibrierte kunststoffrot in der weggehebelten Reversrückhand, die Gegnerin gerade im Seitausfallschritt, ihre Hand dem weißen Strich entgegensegelnd, die Doppelpartnerin die Finger schon zu Fäusten geballt, zum Jubel hochgerissen, erschrocken die andere von der Schlagwucht, ein Knall mit Sicherheit, der Ballschatten auf der Tischtennisplatte lang und bizarr, so unscharf und sonderbar und verzerrt, wie die geworfene Weintraube sonnenblitzklar zu erkennen war in ihrer Flugbahn, quasi in Ruhe gebracht von Umberto im Foto, die grüne Haut etwas runzlig, dass ich nicht wusste, ob die Fliehkraft an der Traube zerrte oder ob sie eben schon etwas matschig war. Eine Frau spielte manisch Klavier, eine blätterte ein Buch um, eine schürte im Kamin, Rußgeruch, Romanseitenverreißen, Toccatatastenmartern, grotesk, *Cousinen von Jane*, die Erste habe ihn verlassen, sagte der Graf.

»Die Ehe war ausgemacht, auf der Hochzeit, diese Zuckergusstorte, alles arrangiert. Ich lag wach, in der Nacht. Ich wartete auf sie. Sie kam nicht herein zur Tür, ins Ehebett. Ich war vielleicht aufgeregt, erst vierzehn. Ich fand sie dann, zum Morgengrauen. Sie war so schwer, in ihrem bauschigen Kleid. So marod war das Holz, vom Gebälk. Ein langer Span schälte sich ab, der Splitter stand in den Raum, fingerlang, wippend, der Riss begann genau am Knoten, Dachboden.« – »Und warum?« – »Hundertgrund sich umzubringen für eine Bauernmagd, in diesem Land. Die haben keine Rechte. In jedem Fall erbt der Sohn den Hof. Sie haben keinen Anteil daran, nicht mal am Misthaufen. Sie bekommen nur Taschengeld, und blutige Schürzen, bei Zahnweh. Das sind Zustände, als hackte noch der Bader den maroden Arm ab, und in heißes Fett den Stumpf. Krankenversichert sind sie nicht, der schlechteste Gesundheitsdurchschnitt, die allerärmste

Schicht, völlig absurderweise, auf Papier existieren die gar nicht. Keine Mitgift, eine Analphabetin. Sie war schwanger, hat die Patho gesagt. Dieses gebärfreudige Becken, hat er immer gesagt, der Vater. Bei der Nächsten hieß es dann nur noch die Trutschen. Die wollte nur mein Geld, ordentlich gelöhnt. Das Schloss in der Steiermark, es ist nicht mehr mein, trotzdem von Kaun, hat sie behalten, den Namen. Da sitzt sie jetzt und hält Ausschau, nach dem nächsten Kavalier, macht Ausflüge zum Schwarzeneck, im schwarzen Witwengewand, meine Kutsche, mein Gespann, die Diebin. Und die Dritte schrieb hinein eine Ehebruchsklausel, in den Kontrakt. Na bitte, ich lass mich doch nicht fesseln. Die Kette war zu locker, und lang. Ich kam ins Freudenhaus, da hab ich wieder bezahlt. Ausgegliedert die Rokokovilla in Wien, sie ist jetzt ihre, das Rindvieh. Die Vierte hat dann die Verlobung gelöst, als ich kam mit dem Notar, zum Vertragmachen. Die Fünfte im Bunde hat das Band zerschnitten mit dem Küchenjungen, et cetera, et cetera« pp. er habe sie alle davongejagt pp. Ihm blieben bloß die Hunde, seine treuen Jagdgefährten, die Allerletzten, Gebell. Lachmöwen machten sich hundertfach auf ins Blau einer Flussau, wovor der immer noch palavernde Graf und ich zu stehen kamen. Das Schwingen in den Flügeln des fischeschnappenden Schwarms, cremige, schlumbergerfarbene Legatobögen, beständiges Geschnatter, segelnde Federn, am ehernen Himmel, schwalbenfarben die Schwanzfiebern, wie Schlagoberstupfen, ephemer, karmisch aber, exakt eine mehr, als Franzi-Ferdl von Österreich-Este am besten Jagdtag seiner nicht allzu langen Jugend erwischte, zu beschauen die Rekordtrophäen in den ausgestopften, finsteren, stillen Versammlungssälen von Schloss Konopiště, der flatterhafte Widerpart, Tiere getunkt in Silberlicht, das Forellen in sich stopfende Pendant, zu bestaunen nur hier, in Umbertos grün geweißter Butterglocke *Eine Lachmöwenkohorte von 2764.*

28 Siegi bringt dem Grafen die Schlaubergerguldafliege bei

»Zweitausendsiebenhundertfünfundsechzig«, sagte Graf von Kaun, »da lachen ja die Möwen«, sagte ich, »für mich gibts Gold. Alle Bestergebnisse eingestellt. Das Ende«, während ich an seinem Bindetisch saß, der sich in einem von Modergeruch durchwitterten Raum befand, dem Herrensalon, wie der Vater sagte. Zerfetzte Filzbahnen auf Billardtischen trugen noch blaue, eingetrocknete Spuren, bronzene Whiskeyflecken auf den eng geknöpften Teppichen, die fadenscheinig ausfransten und alle Samt auf längst vergangene, ledersohlene Schritte hindeuteten, auf lustvolles Gelächter und »Gehabe und Gehebe und Gebaren«, wie der Vater gesagt habe, wie von Kaun sagte, wie viele dieser Vorbeischneier hier verkehrt hätten samt Herumgeklunker der Rocks im Glas und Grollgeschmetter ob geflohenen Wilds, im Anschluss spätnachmittäglicher Jagdpartien, wenn sich das letzte Licht an Taftvorhängen fing, ununterscheidbar wurde von mittäglichen Strahlen und als schummriger Schauer um die verfinsterten Möbel lag, als streiften an Fauteuillehnen hinterrücks den Blick jene tigernden Gespenster, präparierte Mitbewohner dieses Schlosses, die ich sah dort und da, geschmiegt vor Kamine, oder wie Marterl hingepflanzt neben gefährliche Treppenaufgänge, oder einfach auf freistehenden Sockeln hockend wie in Eckchenschreinen. Ob er den Gulda kenne, ihn als Du-Freund habe, der Pianist, bejahend der Graf. Weder Klassik noch Jazz, nichts dazwischen, einfach schlecht. Er habe nur einen einzigen Trick, sagte ich zum Grafen. Er mache immer denselben Griff. Mit dem gehe er hausieren. Und wie ich ihn nicht an einem Tag zum Fliegenbindepapst mache, das sei unmachbar, nicht mal Priester, das ginge nicht, aber einen Kniff, womit ich mich hinsetzte und den Deckel von der lachmöwenfedernvollen Schatulle stieß.

Der Graf trat an die Stuhllehne heran, fragte, ob ich auch bequem sitze, es gebe noch allerhand Polster, es dauere doch sicher, während ich an den dicken Nabel fasste, meinen Zeigefinger die Federsegmente den Kiel entlang niederstreichen und sie wieder hochhasten ließ. Wie Hartplastiklamellen fühlten sich die kaum als Flaum zu bezeichnenden Fiebern an, ein Geräusch erklang wie ein Reißverschluss, ultraschnell zugezogen über einem Xylophon. Indes schritt Graf von Kaun das halbe Dutzend Sitzplätze an der Tischlängsseite mir gegenüber auf und ab, sprach dabei, er halte keine Hunde mehr, habe jede Möwe einzeln aufgesammelt, weswegen die Federn unversehrt waren von verheerenden Zähnen, deshalb könne man sie zu Fliegen machen, bloß ein bisschen auslichten habe er müssen, ein klitzekleines Einschussloch pro Möwe, obwohl mit Schrot erlegt, so nah einander flogen sie im Schwarm, und hineingestopft in den Jutesack, Dutzende davon hievte der Knecht auf seinen Truck und ich machte nochmal das Federfieberstreichgeräusch, das sich so ähnlich ausnahm den Flatterlauten, die eine Kohorte begleitete, die gebeutelt von ablandigem Wind einer Küste entgegen und auf Krustentier und Fische niederstieß, wieder erhebend in die Lüfte voll Beute die Krallen, von denen Böen Sand und Gischt pfiffen, die noch Sekunden später in weiten Wehen den Blick erzittern ließen, während sie zu Boden rieselten.

Der Graf ging auf und nieder hinter diesen Rokokostühlen, ihren ziselierten Füßen, überproportioniert die Armlehnen, die geschwungen in Schnörkel, Schnecken und Violinschlüssel ausliefen, kein Mensch hatte Ellen lang genug, die Hände ruhen zu lassen auf diesen Verzierungen, es sei denn, man lehnte sich nicht zurück an die abgewetzten Sesselrücken, bespannt mit Tuch, Stickmuster darin, Mäander und Serpentinen, eine einzige Degeneration, hinter der von Kaun den Blick auf mich und meine Finger richtete, während er hin und her lief, zu sehen bloß sein Oberkörper, der wandelnde Anblick abgeschnitten auf Höhe des obersten Knopflochs, wo der Weste seines dreiteiligen Anzugs krause Fäden entsprossen, hin und nieder fliegend über der Tischplattenkante wie ein Schiffchen, als verwebte er, was vor mir lag. Ich schmiegte Daumen und Mittelfinger in die Scherenaugen, hob die Klingen langsam an die handlange Möwenfeder, spreizte Mittelfinger und Daumen und die metallenen Scherenaugen kniffen mir in die ersten Fingerglieder, die Klingen verharrten. Auf dem Tisch stand auch ein kleines Fläschchen Schmieröl bereit, das ich jetzt zur Hand nahm, im Druck zwischen Daumen und Mittelfinger der Kunststoffmantel, aus dem durch den trichterförmigen Schnabelaufsatz mit dem Furzgeräusch so gut wie leerer Tuben ein paar schwarze Tropfen auf Schraube und Klingen träufelten. Nun ging die Schere auf, ihre Schenkel voneinander und wieder zusammen, dazwischen die fallenden Federsegmente, bis eine Länge Fiebern auf der Tischplatte lag, abgeschnitten ganz am Kiel und nur gelassen die untere Hälfte. Ich schmierte die Justierrädchen an Bobbin und Bindestock, spannte den mittelfingerlangen, bereits rostig angenagten Haken ein, bemerkte daran, dass der Grafengang leicht in der Schräge war, nicht ganz parallel zum horizontal schwebenden Metall, zur Tischlängsseite, sondern etwas verzerrt, hin zur Stirnwand des Raumes, als wäre von Kaun geradewegs in eine Strömung marschiert, als hätte ihn eine Drift ergriffen, eine Art Linksdrall, die Corioliskraft oder so, und schon ging der zweite Westenknopf in meinen Blick, tauchte hinter der Tischplattenkante auf, und von Kaun sprach, in Alaska habe alles angefangen und in Alaska solle nun auch Schluss sein.

Alt müsse er gewesen sein, der Bär. Greise Grizzlys bekämen Probleme mit den Zähnen. Eine Fäule befiel sie, schwarz und eifrig nervenbefeuernd kariösisierten sie dahin, rundherum das entzündete, schmerzflackernde, parodontöse Zahnfleisch, das alsbald gelb werde, und Schwarz und Gelb seien eben Warnfarben in der Natur. Altersschwach, eh senil, fast schon debil, dem

Wahnsinn anheimgefallen, vom flammenden Mund verdammt zum Hunger flitzten sie die Waldläufe entlang, schnitten sich auf Lichtungen mit einem Krallenhieb nicht selten die eigene Zunge ab, warfen den Kopf ins Genick und die Nase zum Himmel, sodass die Zähne verschont blieben vom Zungenschlag, der Muskel die Kehle runterglitt, durch die Luftröhre das Tier erstickte oder durch die Speiseröhre den Bärenbauch füllte, damit Blut den Durst stillte. An Flussschlingen tranken diese Grizzlys Unmengen sprudelkalten Kaskadenwassers, irgendwie die Gurgel zu spülen, den Schmerz zu kühlen, und enerviert, endgültig abgebrüht, durchstrudelt die Vernunft, das Hirn durchknetet von Weh, dem jedweder Fluchtreflex erlag, der gesunde Bärenverstand, er starb, so marodierten sie hin, larvierten wohin auch immer, zerfleischten, zerrissen, fraßen schmerzgegerbter Fänge, wenn sie aufeinandertrafen, Menschen. So war es kein Zufall, dass in die flusswassergetauchte Schnauze zwischen stumpfe Bärbeißerchenruinen ein Lachs schwamm, als letzte mampfbare Nahrung das Schleimtier, welches sich allerdings ebenfalls verirrt hatte, nur zufällig zum Schlund geriet, weil es panikattackiert und ständig zurückgerissen flussaufwärts den geöffneten Bärenrachen flussabwärts übersah, da der Salm zappelnd in die Grizzlykehle ausschließlich und flossenschlagend damit beschäftigt war, dieses seltsame Ding abzuschütteln, das infolge der Zahnzerstümmelung unabtrennbar war vom lachsanschlagstarken Vorfach, das meterweit stromaufwärts überlief zu jener Schnur, die sich, als der Bär floh stromabwärts, mit Klack-Klack-Klack abspulte unter den Händen Graf von Kauns, der in Allerherrgottsfrühe seinen Augen versprach, dass dies ein Traum sei, vor die Wahl gestellt, den Kork loszulassen oder ins Unterholz geschleift zu werden, wo sich die Stange in brechenden Ästen oder selbst brechend verfinge, sobald die Schnur, jetzt, endete, oder eben selbst loszujagen, im Unwegsamen die vierzig, fünfzig Meter haltend, kurzum er rannte, reflexartig, instinktiviert, dem gleichsam überraschten Grizzly und dem verwirrten Lachs hinterdrein, eine Heidenangst, die Fliege zu verlieren.

»Ist das nicht schlecht?«, immer noch gehend, den Blick auf mich, als ich den Nabel der halbgescherten, handlangen Feder dem mittelfingerlangen Haken unter die Öse band, sodass eine kielgeschwungene Bauchflosse weit über den Hakenbogen hinausging, aber »Lachs«, sagte ich, und er, »ah ja, natürlich«, und schon tauchte der unterste Westenknopf seines dreiteiligen Anzugs auf hinter der Tischplattenkante, er hatte schon fast die Stirnwand des Raumes erreicht und deklamierte, dass Lachse ja nur nach Alaska hochwanderten, um sich fortzupflanzen, Kinder zu zeugen und zu verenden, keine Zeit zu fressen, ihre Nahrung hurtig im Vorbeischwimmen aufschnappten, gierig und fertig von der Strömung, die ihre Stromlinien entlangschoss, ihrem Fortkommen entgegenstand, unzart bissen sie, anders als ihre salmoniden Artkollegen, die hiesigen Forellen mit ihrer Babyweise zu knabbern. »Guter Hund«, Kaun tätschelte an der Stirnwandecke angekommen den Schädel des ausgestopften Goldy, der in schwungvoller Bewegung formaldehydisiert dastand, mit gehobener Pfote, kontrahiert die Muskelstränge, den Kopf vorgereckt, dass es einen Moment so aussah, als strawanzte der Retriever hinter und neben von Kauns Hüfte her, als der Graf am Absatz italienischer Stadthalbherrenschuhe kehrtmachte, die Stirnwand entlangging und den Hund hinter sich ließ, in dessen Hüftgelenk die Dysplasie zum Stillstand gekommen war, wo der Arthrose Einhalt geboten war durch Euthanasie, sodass das Tier nun gangbar präpariert aufgebahrt war, gebannt in den schnellen Lauf, Fang und Gesichtsausdruck wach, einsehbar die blanken Eckzähne, zum Anbeißen das Fell, wie Fussili goldene Strähnen, die bis auf die Pfoten wallten wie Ninas Schopf, dem ein Haar entglitt, übersehbar auf das strahlend weiße Papier fiel, glücklicherweise zwischen die beiden Füllfederhalterhälften geriet, aus denen unter Druck und im Schlingern ihres Handgelenks, im Schwenken ihres Arms die kleinbuchstabige Schlaufenschrift kam, die nie ganz die Zeile hielt und nun noch schöner wurde, indes die Silben eine Seite formten, eine Direktive, scharfgestochen die Tinte im Kritzeln des Haars, im genauen

Kurvennachziehen des toten, vollgesogenen Eiweißstrangs, den Nina, erst nachdem sie ganz unten auf das Blatt ihre Unterschrift geschmiert hatte, aus der Füllfederhalterspitze riss und endgültig zum Fliesenboden gleiten ließ, in den Schatten des Tisches, hinter dem Nina saß in diesem Altpariser Café, das von der Stuckdecke schwebende Spots perfekt ausleuchteten, ein Lichtkegel pro Platz. Thronend besaß sie den Lesefauteuil, ließ sich in die Lehne fallen, um die ihr Mantel geschlungen war, stöpselte ihr Füllfederzepter zu, kuvertierte den Brief, drückte der Absenderecke einen Kuss auf, l'oreell gesiegelt und lippenstiftgestempelt gab sie mir den Umschlag, ein racheflackernd und kaltkalkulierter Schrieb: »Wir dachten, wir machen das in deiner Anwesenheit. Um der alten Zeiten willen.«

»Tot«, sagte ich, als Graf von Kaun anfing, von Wonderlander zu reden, seinem Du-Freund. Der hätte ihm damals für Alaska ein ganzes Set Fliegen gemacht, ein Etui. Und dass er, der Graf von Kaun, diese, die Nymphen, jetzt nicht beschreiben konnte, war schon das ganze Problem. Er hätte es auch damals nicht gewusst und deshalb ja gemusst, dem Bären hinterher, der die letzte hatte, im Magen, im Lachs, in dessen Mund, die Nymphe. Die anderen hatte der Graf die Woche vorher schon verworfen, ohne sie aufzutrennen und das Muster zu studieren, dafür war ja keine Zeit, draußen bissen die Lachse, da gehe man los, jaja. Während er mir weiter diese Geschichte vom alten Bären aufband und ich schlumbergerfarbener Klaviatur hantierte, eine Guldalachsfalle um die andere schürzte, strampelte vor seinem seiden verkleideten Adamsapfel die Fliege, unter dem hochgeklappten Kragen, in synkopiertem Rhythmus zum Schreiten, im Oszillieren seiner Stimmbänder, die dem Sätzesprechen und Schrittesetzen hinterherhinkten, im Auf und Ab seines Kropfes, das dem Wortformen und Zungenschlagen vorherging, und deshalb ganz ungleichzeitig, ametrisch aus dem Takt geflogen, so wogte es an seinem Hals schwarz-weißer Montur, während es der lachhaften Möwenfeder hier an die Gurgel ging, mit Whipfinisher und Bobbin, durch mein Knotenwissen, dass es etwas setzte, ich sie fertig machte, die Fliege, die Feder, der Faden, abgeschnitten.

Ja, der Wolferl habe ihn wieder gut zusammengeflickt, er kam an in der anderen Stirnwandecke, kraulte das Einschussloch am Hals dem dort sitzenden Tier, ein ausgestopfter Flat Coated Retriever, dermaßen gekräuselt das schwarze Haar, dass der Name nur verwirrte, die Zunge so weit dem Fang voraushechelnd, so voll der Schlund von rosa Fleisch, dass ich mir einfach nicht vorzustellen vermochte, wie dieses Ding ehemals irgendetwas anderes dem Herrchen apportierte als das eigene Bellen. Treudoof und völlig vertrottelt, zum Bersten prall der Hodensack, hockte der Hund da, gab Pfote und schaute von unten zu mir hoch mit korkenziehergelockter Mähne wie Umberto, dessen Ankunft in der Herberge ich vernahm eines supersommerwetterlichen, südostwindigen und somit gar nicht forelligen Tages, alle Fenster gegen die Hitze geöffnet auf Durchzug.

Immer wieder stoben Windstöße herein und hauchten an den Plastiksäcken entlang, die auf feuchtfrischer Erde standen, im inzwischen überdimensionierten Terrakotta-Topf versenkt, rund um den unlängst umgetopften Rosmarinstamm. Je ein bereits nadelfreier Zweig zog sich zur Unterstützung durch die Schlaufen der Plastiksäcke, und doch brachten die Böen die Henkel zum Knattern, schmissen sogar einmal einen Sack um, herunter auf den derben Dielenboden, sodass ich aufstand und all die eingeschweißten Archiebaldfelle erneut verpackte ins Plastik, das Ding wieder in die Ecke schmiss, zum Rosmarin, wo es weiter auf Ernstls Wiederkehr warten konnte. So saß ich da, trat einen meiner Schuhe ab und klemmte damit die offen stehende Küchentüre auf, lauschte nach ähnlichen Gefahren und platzierte, falls die Scheibe plötzlich schwenkte, gefährlich stehende Vasen mit Blumen darin um, Geschenke der Wiener an Nina, im Kopf kein Gedanke, ein Terror der Föhn, hohe Federwolken über mir, die einen Wetterwechsel ankündigten, darunter ein Quietschen in den Federn, das Schaben von Bettfüßen über der Schädeldecke, ganz unten, ebenerdig, ich, Ruhe, die Glocken hingen still am Turm, das Durchzugsurren an den Plastiksäcken, bedenk du stolzer Erdenwurm, dachte ich, Quietschen in Federn, dass deine Zung einst ruhig ist, gedanklich, im Schädel, zwischen den Ohren, unter meinem zurückgehenden Haaransatz, drum sei gelobt, Herr Jesus, Christus, heilige Scheiße, der Durchzug schwieg, das Federquietschen ebenfalls, ein saustarker Motor klopfte wie ein Kater gegen die Stirn, Umbertos Wagen, ich trat in den Garten. Die Zylinder hämmerten ihren Schall bis hierher und es wurde immer schlimmer. Das Jaulen ballerte in meinen Schädel, während ich vor der Herbergstür die drei hölzernen Stufen hinunterstieg. Niemand parkte neben meinem in der Sonne blitzenden Mercedes und nicht mal eine Staubwolke oder eine Auspuffspur war in der klaren Luft am Horizont auszumachen, wo der Wald begann, wo die Straße eine Biegung machte vom Fluss weg, wo ich immer zum Pissen hielt, wo inzwischen wunderbar die Erdbeeren gediehen, wo langsam die Glocken vom Dorf unhörbar wurden über dem Flussgemurmel, dort irgendwo schoss der Wagen wohl gerade in die Kurven, dröhnender als jede Kirche, das Reifenquietschen, das Sliden wurde vernehmbar. Fast roch ich den Abrieb schon, unter den Hyazinthen aber noch nicht, noch fuhr Umberto die kurvige Straße durch den Wald, gab Gas und Kupplung und trat die Bremse und dann das andere Pedal durch, und ich ging den granitgepflasterten Weg entlang, und dann vernahm ich lang den Dopplereffekt, wie Jochen Rindt sich in immer höhere Höhen werfend der Schall, wie ein Lotus klang es, der am Nürburgring im Fernsehen auf die Kamera zu, an ihr und dem Mikrofon vorbei, weiterraste. Da stand der grüne Lamborghini auch schon in der Einfahrt.

»Umberto, was verschafft uns die Ehre?«, nahm ich unser Sonnenscheinchen am Gartentor in Empfang, dass er hier sei, den Wiener Gästen ein paar Abzüge zu bringen, und Umberto tacticte seine stets feinen Zahnreihen ein Dragee entlang, und dann saß er auch schon in der Küche, schluckte seine atemerneuernde Pille, was es heute gebe, mit seiner minzgepfefferten

Stimme, und ich tat ihm von blondem Erdäpfelpüree einen Teller auf. Zwischen hart hinstoßenden, knackenden, eisenmangelausgleichenden Bissen knurrte er, dass er zwar noch im Gasthof nächtige, aber essen wolle er dort wirklich nicht mehr, und ein nächster Löffel Kartoffelpüree verschwand in seinem Mund, die Federn quietschten wie wild, seine Drillbohrerlocken wippten. Ich sagte, dass die wohl noch ein bisschen brauchten, die Wiener da oben, Nina mache Pediküre, mit Bimsstein, und Umberto nickte, sagte, armes Ding, sie sei echt ein Stiefelknecht, wobei seine golden belegte Zunge zum Vorschein kam. Wie es ginge, gut natürlich, wie es dem Grafen ginge, und dann wurde Umberto still. Das Quietschen in den Federn erwischte mich, etwas Zugluft schlug mir ins Gesicht, die Scheibe schwenkte zu, und wie durch eine Wasseroberfläche sah ich den gescheckten Kater grotesk verzerrter Proportionen am Hibiskus vorbeihuschen und panoramatisch den ganzen Gartenzaun entlangstromern von elf auf eins wie von Kaun seine Herrenzimmerstirnwand.

Wie er sich durch den Wald gekämpft habe zu Fuß, wie er den Bären immer auf Anschlag hatte, wie dieses gottseidank altersschwache Tier ihn zog, manchmal in der Luft, wenn eben Wurzeln auftauchten aus dem Boden, von Kaun in vollem Lauf, wenn er sprang, und der Bär gerade dann Vorsprung gewann, dass es ihn im Abheben noch einen halben Meter höher riss, als wäre er jeder Schwerkraft enthoben, dann doch wieder Waldboden, auf dem ja nichts leichter sei, als Landungen abzufedern. Wie seine Schuhe diese Profilabdrücke hinterließen, wenn er mal den Atem hatte, über die eigene Schulter zurückzublicken, wie sie, der Bär und er, Wildwechsel querten, wie die Schnur sich entlastete, wie er sogar im Rennen ein bisschen aufspulte, bevor es wieder klack-klack-klack dahinging und er aus dem Wald tauchte, den Bären sah, wie er durch den Fluss schwamm, wie er ihm nachging ins Wasser, das an seiner Kleidung riss, ihm Tropfen ins Gesicht warf, als bespuckte es ihn, aber auch am Fell des Bären, den es weiter abtrieb als ihn, den Grafen, wie die Bärenkrallen klangen an den strömungsbrechenden Uferfelsen, wo er, der Grizzly, eine Biege machte, weg vom Fluss. Immer wegloser wurde die Gegend, durch Gestrüpp tauchte er, Erdbeeren flatschten unter seinen Füßen, dass er eh schon meinte Matsch, und Sumpf, und blubb blubb und tschüss, die Stange bog sich brutal, hätte ihn herausgezogen aus dem Morast. Innerlich wettete er schon, ob zuerst der Spulenhalter oder Karbonfaserschaft brach oder das Handgelenk, an dem es zerrte, ins Unterholz, am Oberkörper riss der Bär, die Schuhspitzen vorzubringen das Problem, Pilzköpfe flogen weggekickt, andere traf er mit der Ferse und es staubte aus den Schirmen hinter ihm, wenn er weiterrannte, schnellen Schritts, umgewandt nur, um den Fluss zu erblicken, über die Schulter, dichtestes Geäst beengte seine Sicht, verdeckte Horizonte, nur noch Stämme links und rechts, gegen einen knallte er. Die Stange aus dem Griff bekommen, hinterhergehechtet, aber nicht gekriegt, in Ameisenstraßen gelandet, deren Gift gerochen, bepisst aus wohlgeformten Abdomen, das Jucken erst später gekriegt, nach der Jagd, noch sah er bloß die Stange springen, manchmal blitzte sie in den Lichtkegeln, flog weiter unter progressiv sich schließendem Geäst, die einander immer mehr überlappenden Zweige siebten die Sonne feiner, immer dunkler wurde es um den Grafen, verirrt unter Baumkronen, spärlich, ein Vogel schrie, der von Kaun kaum vorkam wie ein Zaunkönig, falls der Graf das Federtier überhaupt registrierte, eher ein Kiebitz, ein neutraler Beobachter, oder spöttisch, eine Drossel. Laut jaulte der Bär vor Schmerz und polterte pfotig durch knackendes Fallholz. Dann taumelte Kaun geschunden und fertig und voll Adrenalin dem letzten Satz der Stange hinterher auf eine Lichtung, wo jene extraschicke Blockhütte stand.

»Schon komisch, dass die besten Fischer immer abgeschlagen wohnen vom Fluss«, Umberto aß noch einen Löffel dampfenden Kartoffelpürees. Seine Wangen wurden ganz rosig wohl vor Wärme. Indem er zulangte und sein Handgelenk schwenkte, zauberte er sein eben noch gewellt in der Brusttasche steckendes Einstecktuch zu fliegender Glätte. Er wischte sich die Lippen, fein säuberlich, aber beide Hände gruben sich in den weißen Stoff, rieben über und in und an dem fettverklebten Mund, wie sich nur ein pudelglücklicher Mensch nach dem Essen abputzte, hatte ich ihm doch extra Rosmarin auf das Püree gestreut und noch Butter zerlassen drüber gelassen und ein paar Grammeln reingemischt. »Erdäpfel aus dem eigenen Garten. Also aus Ninas Garten. Ihr Rezept. Vergelts ihr halt.« – »Wirklich nicht schlecht, dein Machwerk da. Hast schon mal Bärenkoteletts probiert? Ich sag es dir, mah, Zucker, so weich, geh leck mich, damals in Alaska halt.« Umberto ließ das Taschentuch sinken, das erst ganz zerknüllt auf der Tischplatte lag, sich dann aber, als die Fliehkräfte in den Haarrinnen zu walten begannen, von selbst wieder entfaltete wie eine weiße Rose. Alsbald brachte der sich aufschlüsselnde Stoff die Kartoffelpüreeschlieren im Inneren zum Vorschein, ein grausig verkehrtes Stiefmütterchen im Schatten der Bäume und die mit Blumenblüten übersäte Wiese betrat der Graf.

Hunderte Herbstzeitlose wiegten da in violetten Tönen, ihre Köpfchen hängengelassen von links nach rechts, und zwölf Frauen, gegürtet mit kurzen Gewändern in Mauve, bildeten einen Halbkreis auf der Lichtung, eine Aufstellung wie eine sich entschlüsselnde Blüte, eine offene Glocke, in die von Kaun genauso starrte wie in vierundzwanzig Glockmündungen, filigrane Frauenfinger geschlossen um die Griffe. Einen Moment fühlte sich der Graf zu Hause, angeschaut aus den Erzeugnissen seines Du-Freundes, der in Fabriken schmiedeeiserne Projektile herstellen ließ sowie diese so kinderleicht handhabbaren, niemals verstopfenden, tausend Prozent bei Treffer den Gegner niederstreckenden, rückstoßvoll rücksichtslosen Handfeuerhalbautomatikpistolen. Glocks, die Kapuzenpullover tragende Donauländeneckendealer richteten in Wien, wo sich nachts die Laternen auf dem dunklen Fluss und die Flinserl ebendieser fliehenden Strizzis spiegelten, eine Szenerie wie aus einem düsteren Comic herausgeschnitten oder aus dem nahen Kriminalmuseum samt Audioinstallation voll Polizeischreien, stehen bleiben. Glocks, die hin- und hergeschwenkt wurden zwischen hinter umgeklappten Schultischen in Deckung gegangenen Bullys und jahrelang ausschließlich zuschauenden, anfeuernden »Schlägerei, Schlägerei, Schlägerei« skandierenden oder eben wegschauenden Klassenkollegen und der bar jeder Courage niemals Anti-Mobbing-Kurse belegenden Lehrerin. Glocks, die in irgendeinem oberösterreichischen Beisel gezückt wurden, wenn der Gnackflack mit dem Barhocker nicht mehr genügte und der Bärbeißige auf der Eckbank unterm Herrgottswinkel die Asse schon auf die mostklebrige Eichentischplatte legte, um den Eisstock aus dem Lodenmantelärmel zu ziehen, er werde das schon schlichten. Eine Glock, die ein nachts auf Kopfsteinpflaster heimstrawanzender Serbokroate bei sich trägt, die er zückt, wenn er einen Wickel bekommt an der Ecke mit einem angeschotterten Kroaten, wie, er habe kein Feuer, das wollen wir mal sehen, der werde sich umschauen, und ihm den Schädel wegschoss, durch die Scheibe des ebenerdigen und sperrstundenignorierenden Kaffeehauses schaute, wo eine studierende Kellnerin zittriger Hand den Polizeiruf absetzte, während der Serbokroate die schmauchige Glock brav aufs Kopfsteinpflaster legte, neben den ums Eck gebrachten Kroaten, woraufhin sich der Mörder von der Kellnerin Marlboros schnorrte, eine rauchte und wartete, bis die ebenfalls glockbewaffneten Gendarmen kamen, der Kellnerin einen geschäftsliquidierenden Bußgeldschein wegen Sperrstundenüberziehung ausstellten, sagten, aber wenn sie eh noch offen habe, sie bringe zwölf Kaffee zum Mitnehmen bitte, bevor sie den Serbokroaten ins Josefstädterhefen verbrachten, ihm Zigaretten, Schnürsenkel, Gürtel und Geld abnahmen, sagten, hier habe er eine Nummer, falls er einen Gnickstrick brauche, entspreche ungefähr dem Gegenwert eines kleinen Kokaintransports aus Kolumbien, zu diesem Zwecke rufe er am besten hier an, und dann durfte der Serbokroate noch einen Anruf absetzen, bevor er sich auf die schaumstoffgefütterte Pritsche flackte, sich mit ihr unendlich eng bekannt machte, während die Kieberer längst wieder übers Kopfsteinpflaster schossen, lärmerregend, mit Polizeisirene, in ihrem entdrosselten Škoda.

Škoda, die k. u. k Waffenschmiede, die nach dem ersten großen Krieg an Böhmen fiel und fortan nur noch Autos baute. Die Browning-9-Millimeter-1910, die Princip zückte, da Franzis Doppelphaeton mit offenem Verdeck als letzter im Sechser-Konvoi über die steinerne Lateinerbrücke tuckerte und vorm Café Schiller zum Stillstand kam, wo Princip gerade auf der Veranda saß, am Klapptisch vor sich im Kaffeehäferl den Satz schon prophetisch herumschwappen sah und neue Formen annehmen erblickte wie alsbald die Landkarte, und zwischendurch, vorm letzten Schluck vom Verlängerten, noch schnell dem Kronprinzen einen Denkzettel verpasste; im Gegensatz zu Princips unfähigen Kollegen, die Zyankali geschluckt hatten, das an diesem Nachmittag wegen Überalterung nicht wirkte, weswegen sie nur reihernd in die Donau sprangen nach dem Werfen der Handgranate, die von Franzis Ellbogen abprallte, als er seinen Arm schützend über die neben ihm sitzende Herzogin hielt; im Gegensatz zu Princips katholischen Kollegen, die zwar schon die Waffen hoben, als der Sechser-Konvoi Doppelphaetons vorbeirauschte mit Vollgas, den Thronfolger dann aber doch zu sehr bemitleideten, er hatte ja auch Frau und Generäle dabei, beleibte und blitzblank herausgeschniegelte Herrschaften mit gewichsten Schnäuzern, die wohl infolge fünfundsiebzigjährigen Friedens und ihrer paradefahrenden Behäbigkeit nie auf der Blutwiese gewesen; im Gegensatz zu Princips konsternierten Kollegen, die verwirrt waren an diesem Tag ob der schon verunglückten Anschlagsversuche und der einsetzenden Massenpanik und dem ersten Fahrer, der die Handgranate im Rückspiegel gesehen, beschleunigt und den Konvoi auf eine kaum vorhersehbare Strecke durch Sarajevo gelotst hatte; im Gegensatz zu Princips Gscheithosenkollegen, die während der Planungsplenumssitzungen im Café zum Kapuziner immer groß daherredeten unterm Bild vom Josi, sich dann aber in den verwinkelten, schirokkodurchpusteten Gassen dermaßen anschissen, dass Princip es bis hier, bis auf die Veranda des Schiller, roch, oh ja, die hasste er im Prinzip am meisten, die ihm sogar seinen Kacke-am-Dampfen-Henkers-Verlängerten verdarben, auf den Princip erstmal gegangen war, um sich zu beruhigen ob der Trotteligkeit seiner Kollegen, ob der jetzt nun sicherlich beginnenden polizeilichen Untersuchungen, ob der nun neu eingeschlagenen Triumphzugroute, die aber seltsamerweise genau in diesem Moment wohl doch wieder zur geplanten Strecke wurde, wie Princip mindestens so überrascht wie die Chauffeure selbst feststellte, als der Sechser-Konvoi Doppelphaetons über die Brücke kam, blindlings dem ersten Fahrer hinterher, bis die Autos stehen blieben und die Generäle und Chauffeure lautstark begannen, sich streithähnig von Verdeck zu Verdeck anzuschreien, und der Franzi ganz hinten, schon stehend und befehlend, bei offenem Verdeck, auf der Brücke, im Rückstau, auf dem Silbertablett wie das Kaffeehäferl vor Princip, der möglicherweise im Gedankensortieren voll Jähzorn bei seinen nebochantischen Kollegen war, von Idioten umgeben; im Gegensatz zu denen drückte er dann eben ab, woraufhin Serbien ein Auslieferungsultimatum postalisch ins Haus flatterte, das gewissenhaft ignoriert geflissentlich verstrich, während Princip brav auf der Sofagarnitur im Hausarrest saß, sich probehalber während der ersten Woche schon mal die Browning in den Mund schob, während der zweiten aus lauter Langeweile galgenhumorig mit einer Art Sarajevoer Fenstersturz liebäugelte, aus der Scheibe linste und sich fragte, vierter Stock, genüge das, bis er in der dritten Woche, eben beim Scheißen, beim Abwischen, beim Herausreißen der Zeitungsseiten, wegen des Titelblatts fast einen Herzkasperl bekam, alsbald auf den Polstermöbeln hüpfte, dass es staubte und die Couch unter ihm zusammenbrach, österreichisches Fabrikat, mit einem Knacken gleich der Schädeldecke vom Franzi beim Eintritt der Kugel. So reanimierte Princip mittelbar den Panslawismus, wobei der Herr Zar den Josi ja nur ein bisschen kitzeln wollte, weil, wo waren sie denn gewesen, die angeblich so friedenssichernde Pentarchie unter der Ägide der Habeascorps-Gentlemen von der Insel und diese gerissenen aufgeklärt absolutistischen Verheiratungskünstler, wiederverwendbare Särge mit Falltür, alles für, aber nichts durch das Volk, und nichts mit Unterstützung auf der Krim, wohingegen wir, die Russen, diesen Gfrastburgern ja den Ungarnaufstand niedergschlagen haben, was habens denn den Gulaschlflascheln auch mehr Befugnisse nachgeschmissen, dann dieser Franzl, der den Bosniaken noch Bonbons versprach, war er erst an der Macht, da mussten unsere Serbenbuben ja neidisch werden, und jetzt will der depperte Seppl, dass wir wieder einspringen, na sicher, fix nicht, so ungefähr, der Wachmacheralptraum, und schon war der große, melancholische, schwarzhaarige, wodkatrunkene und roulettemäßig dem eigenen Schwanz nachhechelnde Hund entkettet, der eben noch nuckerlte, schnarchend eine vorbeisurrende, klitzekleine, lästige, gemeine Gelse einsaugte in seiner Kremlhütte, tausendmal pompöser als diese Schönbrunner Keusche, dieser billige Gartenhüttenabklatsch von Versailles, und die Ostfront angezettelt, und die Pickelhaubenadabei mit den riesigen neuen Haubitzen, während der Franzi als schöne Leiche heimgekehrt anders als all seine Ahnen dem Wiener Ritus entging, rindviehartig in Eingeweide, Herz und Körper zerlegt und durch die drei großen Hauptstadtgruften geteilt zu werden, nur der Doppelphaeton kam abgezwackt ins Heeresgeschichtliche Museum, und der Franzi, wenn schon nicht unversehrt, so doch im Ganzen zur Ruhe, und vereint mit seiner Angetrauten in der Schloss Artstettener Privatgruft, wonach die Monarchie fiel und das Land in Saint Germain auf ein Zwölftel seiner Größe und Bewohner geschrumpft wurde.

»Ein kleines Land, dem Kontinent inmitten, zwischen den Blöcken, mit immerwährender Neutralität, eh viel gscheiter, da macht man gute Gschäftln«, sagte der Glöckler-Du-Freund zum Vater, fraß ein Grießnockerl aus der Suppe, legte den Löffel weg, trank das Obstlerstamperl aus, stellte das Glas auf den Tisch, nahm die Stoffserviette, wischte über den eh schon blankpolierten Lauf, taxierte den konsternierten Sohn, den jungen Kaun, legte mit den Worten, »ohne Geschichte«, dem alten entschieden die Glock hin. Vierundzwanzig davon in den Händen dieser kurzkittlig, in Mauve gegürteten zwölf Frauen, die auf dieser Alaskaer Lichtung vor der Lodge Kauns Stirn anvisierten. Die langgewachsenen Nägel und die kurzen Topfhaarschnitte blitzten mehr in der Sonne als die echt gut geölten Waffen in den Fäusten. Der Frauenhalbkreis schaute ihm entgegen, zwei Glocks pro Dame und umwerfendem Augenpaar. Den Mündungen staunte Kaun entgegen und durch seinen Schädel ratterten mit einem Mal nur noch Kassenschlagertitel. Rasend schnell schossen die Gedanken, die alle irgendwie was mit einem Dutzend, einer Hand voll Ocker zu tun hatten, und waren diese hellen Geistesblitze, Momentchen mal, den Schuss, der tötet, den hört das Opfer nicht, Überschallknall, das hatte er sich gemerkt im Gym, und so stand er nur da, festgenagelt auf der Lichtung wie mit Gipfelstürmerspikes im Gletschereis und sein Ötziahn mit der Pfeilspitze in den Rippen und die dunkle Gruft vom Franzi, die neun Millimeter im lichten Schädel, ein zweidimensionaler Tunnel, die Ränder ausgefranst, wie Metastasen, das Röntgenbild, vom Vater, mit dem einen weißen Strich vorm schwarzen Hintergrund, Eintritt Austritt eiskalt rann es Kaun runter den Buckel, und die Mündungen und in Schweiß gebadet, heiß war ihm, schon der Kugelhagel?

Die zwölf Frauen schwenkten ihre gestreckten Arme immer weiter nach innen, als visierten sie einander an über den Glockschlitten, als schauten sie ihrem jeweiligen Gegenüber in die huschenden Pupillen. Die Glockenformation glitten ihre Blicke entlang. Dann fiel ein Tautropfen von einem Grashalm. Klack-Klack-Klack machte die hopsende Stange dem Grizzly hinterher, auf den Halbkreis zu. Die Glocks traten zurück, im Mittelpunkt, die Lodgetüre, sie ging auf, und Jane trat heraus, sechs ihrer Cousinen jetzt halbellipsoid aufgestellt an ihren Seiten jeweils, in den Formen von Brâncuşis Fischen, die Abstraktion zweier gebogener Fliegenstangen. Den Bogen hatte Jane im Anschlag, noch nicht war er gespannt, schon ließ jede Cousine die Glocks runter und Jane die inzwischen bereits bereite Sehne los. Ein Singsang ertönte, der erste Schuss, ein Strich nur wahrnehmbar für Kaun, für den Bären noch ein Satz, dann ein Flirren, ein Stich, der Pfeil in seinem Hinterlauf, im Rennen bäumte er sich auf, die Schnauze zuckte hin, wo das schaschlikdünne, federgeschmückte Ding in ihm steckte, zu seiner Hüfte runter, eine Sekunde stand er, unmöglich die Position, ein Pavlovatanzbär, Übergewicht, fiel. »Wie ein Purzelbaum rückwärts, aus vollem Lauf, eigentlich ein Auerbachsalto. Er brach ab, der Pfeil, zwischen Erde und dem Grizzly, sein Gewicht. Das trieb sie erst richtig weit rein, die Spitze. Du hast nur eine Chance, beim Bären. Er dreht sich immer in Richtung Treffer. Wenn er fällt, hast du ihn, der kommt nicht mehr hoch. Sonst hat er dich«, sagte der Graf und kam aus der Stirnwandecke nun direkt auf mich zu, hoch und nieder der Adamsapfel, die Fliege sich am Freischlag versuchend, flirrend die glasigen Augen, die Lippen hinterher mit der Artikulation, die Zunge ständig im Schwung, ein Schlumbergerton darauf, eine Spur, eine Art Film, ein Absatz von Anorganischem, verkrustet wie verstorbene Schalentiere, wir uns so nah wie zwei Hummerscheren, eine zum Muschelerbrechen und eine zum Zerrupfen, links den Faden und rechts die Schere, den Bobbin und den Whipfinisher, den Haken und die Feder, und die Kunde in den Fingern, wie das alles zusammengehörte, die Griffe geübt, und ohne wegzuschauen von meinem Gegenüber, band ich blindlings die Fliege fertig, sah das belebte Gaumenzäpfchen, die belegte Zunge, hörte Schall, spürte fast das Zwerchfell pochen, das Herz sicherlich, legte Bobbin weg, Schere eh, fix, wie zwei Handpuppen, Sprechpüppchen, zwei Gliedermännchen, Marionetten, jederseits eine, linkes Ohr, rechtes, aber beide Geschichten schon gebellt und gezischt in den Kopf dazwischen, luftschlossartig in Gehirngängen widerhallend, zusammengezimmert in lasziver Grizzlyphantasie.

Jane schlachtete ihn. Erst drehte sie um. Sie kehrte allen den Rücken. Sie ging durch die offen stehende Lodgetür. Kurz gab es nur Veranda, Fassade, Fenster. Aus starkem Holz war die luxuriöse Blockhütte gezimmert. Auf alle Eventualitäten bereitete die erlesene Innenausstattung vor. Einen Aluminiumkoffer einerseits, andererseits ein Küchenmesser trat Jane heraus. Wie ein Handtaschengriff schwebte der Stahlhenkel, locker geschwungen der Koffer. Den Aluminiummantel trug Jane dem rechten Flügel aus Cousinen zugewandt entlang. Der monochromen, matt silbernen Fläche saß inmitten ein feurig rotes Kreuz. Darauf starrten die sechs Cousinen, während das Emblem an ihnen entlangparadierte. Als Siegesstandarte schwang Jane den Koffer mit nur zwei Fingern ihren Schritten voraus. Die sechs Cousinen spielten mit ihren Fingern an Hähnen, Abzügen und Sicherungen der Pistolen. Pupillen huschten keineswegs mehr verstohlen, sondern Köpfe wie Blicke flogen und drehten unverhohlen Jane hinterher. An der anderen Reihe Cousinen, noch aufgestellt wie Brâncuşis Fisch, glitt rasiermesserschliffig blitzend die Klinge entlang. Die erste kaute bibbrig überbissig Lippen, während die zweite ihre Zungenspitze leicht geöffneten Munds zwischen Schneidezähne legte. Die dritte wischte gleich mit dem geschmacksknospigen, rosigen Muskel über ihr halbes Gesicht, was eine glitzernde Schleimspur hinterließ. Janes sicherem Schritt entlang schwollen Atemzüge und erglühten Gemüter und wallten Temperamente auf und schüttelten Herbstzeitlose niedergetrampelt die Köpfe. Während Kaun noch baff wartete, indes der Bär zungenlos schrie, sich wälzte, Blut spie, hatten die Cousinen es längst geleckt. Als ob Jane ihre Meute noch stärker enervieren wollte, tippte sie ein paar Mal übergriffig mit dem Messer auf das Kreuz. Wie Taktstock auf Pult zum Auftakt oder der reizende Klang eines Triangelschlages gab der Stahl Laut auf rotem Aluminium glühender Wangen angesehen. Umgekehrt schwenkte Jane hin und wieder in langem Schritt per Rückhand den Koffer neben das linke Knie, einen kessen Knicks zu machen, weiterzugehen. Kaun schaute Jane frontal entgegen, schauriger noch ihre vollen Hände als die sie flankierenden zwei Dutzend Glocks, die jetzt niedergelegt wurden von knienden Cousinen. Glücksgeküsste Herbstzeitlosenköpfe standen lila durch die Abzugsaugen gen Himmel, während weniger achtsam fallengelassene Trigger die Stängel knickten, Schlitten und Griffe die Blüten einfach unter sich begruben.

Dann richteten sich die Cousinen freier Hände auf, umringten schon applaudierend in einem Halbkreis Jane, blieben aber etwas zurück, gingen die paar Schritte mit auf Kaun zu. Sie blieb stehen, legte sowohl Messer als auch Koffer hin, indes der Wald widerhallte vom Cousinenklatschen, rivalisierend mit frenetischem Buntspechtpochen, während Jane sich bückte zum Rücken des Grizzly. Seinen Bauch streichelte sie, blickte ihm ins Maul, kraulte das Ohr, umarmte, kniend wie ein Kleinkind, das sich in überdimensioniertes Teddyfell krallt, den bettelnden Bären, der knopfäugig Kaun anschaute. Schicksal, dachte der, als eine Cousine den Notfallkoffer öffnete, eine andere die Spritze nahm, sie mit der Plastikkappe voran hochhielt, die eine dritte Cousine abzog und einer vierten sachte zuwarf. Tropfen kullerten die im Sonnenlicht blitzende Nadel hinunter, die sogleich an der Schürze einer fünften Cousine abgewischt wurde, welche die Spritze dazu auch übernahm, sie kurz gegen die Sonne richtete, taxierte. Jane hielt ihre Hand hoch, bekam das Injektionsinstrument zwischen sich schließende Finger gereicht, indes eine sechste Cousine jene nassen Zotteln schnippelte, die eine siebte zweckdienlich zärtlich zusammenzwirbelte, und die Schere senkte sich. Die am Koffer kauernde Cousine gab dafür eine Pinzette her, mit der die sechste Cousine wiederholt in die Senkfächer des Koffers fasste, einen Wattebausch herausoperierte sowie drei paar Handschuhe, eingeschweißt jeweils in Cellophan. Sie wurden von der achten Cousine entpackt und fliegender Finger über die Patscher der neunten, zehnten und elften Cousine gestülpt, während sich in die fotogenen Weintraubenaugen der zwölften und jüngsten Cousine sichtlich Ungeduld schlich. Sie ergriff eine Sprayflasche, nicht ohne seitens der bloß gespielt erbosten Kofferverwaltungscousine einen Patschschlag auf die Naschhand mitzukriegen, desinfizierte Fffffffffffffffffffffffffffffffffffffffft sämtliche gelbe Plastikhandschuhe sowie die Pinzette in einem Stoben aus Tropfen, trübte damit Kauns Blick. Der Wirrwarr ihrer Konsistenz nach eher kristallinen Sterilisierungsflüssigkeitspartikelchen verschwand, sodass Augen wieder halbwegs zu trauen war und längst lag auf der Hand der neunten Cousine die aufgerissene Verpackung samt kraus schafwollartig herausquellendem Wattebausch, der pinzettiert wurde. Die zehnte und elfte Cousine knieten am Rücken des Grizzly, hielten an der blanken Stelle die umliegenden, hineinhängenden Haare und Cousine Nummer sechs schwenkte den Stoffknubbel der zwölften Cousine hin, die eifrig weitersprühte, das Zauswerk sterilisierte. Nummer sechs wischte damit über die entblößte Bärenhaut, während Jane die Faust hob, aus der nur die Nadel herausschaute, die nun vor Mauve hinabfuhr, woraufhin sich die Grizzlylider daumenniederdrückend senkten und die Spritze herausgezogen wurde von einer anderen Cousine. Jene, die auch schon die Kappe hatte, bekam ebenfalls den Wattebausch, gerade als die allererste Cousine, die Hüterin des Koffers, Jane ein: »Skalpell«, reichte, das den Bärenbauch mit einem glatten Strich, in einer Bewegung durch raschelnd fallende Zotteln, aufmachte. Jane übergab das Operationsbesteck im Handumdrehen, barg den dunkelviolett schimmernden Magen, hielt ihn zwischen beiden Händen, stand auf, trat ab, dass es die Stange Spitze voran in den Bärenrachen und durch die Gurgel und zum mittig zerschnittenen Brustbein wieder hinauszog. Die Spule blieb still, da die Schnur schon die volle Strecke maß, die Jane alsbald den Cousinen vorherging, den Magen hochhaltend, womit sie den verwickelten, sich streckenden, schier endlos werdenden, nimmer aufhören wollenden Dünndarm nach und nach aus dem Bärenbauch zog.

Jane hinterherbildeten die Cousinen eine Reihe in Mauve, legten vierundzwanzig Frauenhände in unterschiedlichsten Bräunungsstadien an, trugen über Herbstzeitlosenköpfe den hellrosa Grizzlydarmstrick gen Fluss wie eine unbesiegbare Tauziehmannschaft, mit der niemand mehr in den Morast stieg, ihnen nachzuckelnd die Rute sowie ihr Besitzer. Völlig fertig torkelte das letzte Kettenglied einher, vorbei am liegengebliebenen Grizzly, der wegen des sauberen Schnitts das meiste Blut aus dem Mund verlor, kurz die Augen aufschlug, Kaun wahnsinnig anschaute, der verständlicherweise wegsah und von den verbliebenen, etikettierten Spritzen das Wort *Ketanest* auflas.

Danach fragte er Umberto, der sagte, letzter Schrei im Kaputtnickbereich, weil erstens Schlafmittel, zweitens Schmerztöter sowie drittens Muskelrelaxans, sodass Notärzte unfallchirurgisch lieber das spritzen statt dreier Präparate, falls es fix gehen müsse, unerlässlich im Nachhinein freilich ein Amnesthetikum, denn Ketamin wirke ein bisschen psychoaktiv. Vor nicht allzu langer Zeit als Pferdeberuhigungsmittel eingesetzt beschere die mittlerweile angesagte Szenedroge Halluzinationen, und unschuldige Unfallopfer sollten infolge schwerer Traumata entstandene Horrortrips während der Operation wohl besser vergessen, wobei, im Endeffekt, völlig lächerlich eigentlich, ärztlich induzierte Filmrisse hier, wenn Umberto sich das so überlege. Er habe schon allerhand Erfahrung dahingehend, die er keines Falles missen wollen würde, und, überhaupt, als gehörten schlimme Bilder nicht dazu, als müsste weg, was Menschen am Ende nicht weiterbringt, weswegen er in Zweifel zog, ob so ein kleiner Drogenabfuck nicht ab und an sogar helfe. Als Allererstes war eh in Abrede zu stellen, dass Horrortrips überhaupt löschbar sind, per se sozusagen, die wirken dann eben weiter im Unbewussten oder so, denn mal gemachte Erfahrungen, einmal eingefahrenen Schrecken könne man nicht so einfach aus den Zellen jagen und vertreiben, wie bei so Exorzisten. Die hätte sich Graf von Kaun an seiner Seite gewünscht, nachdem er im tiefsten Alaska kurzkittligen Hexen hinterhergehetzt war, anstatt Umberto, der nur meinte, die meisten liefen eh immer etwas nach, was es bestenfalls halbgar gab, was schadeten da Horrortrips, wenn wenigstens zur Abwechslung das Schreckliche nicht existierte.

»Abends«, sagte Kaun zu Umberto, »siehst du sie mit eigenen Augen«, die Lodge und ihre Bewohnerinnen, die Cousinen und Jane, die an diesem Morgen in den Fluss gestiegen waren, ihm, von Kauns Standpunkt gesehen, vom Ufer her, eine Spirale einschrieben, eine strichlierte Schneckenhausform aus badenden Körpern in der Strömung. Jane samt Magen inmitten gewatet, nebst Leber, Hauptschlagader und Herzlungenstrang in der Hand der allerersten Cousine, die entzündete Nieren, schlaffe Harnblase, angeschwollene Milz griffig mit den anderen Cousinen verbanden via Darm, langer, langer Darm, dessen letzten Zipfel sich die jüngste, zwölfte, am weitesten flussaufwärts stehende Cousine um den Hals warf. Den Afterdarm schlang sie sich um die sonnenverwöhnten, schlimm verheerten, strahlengestochenen und im Sprudelgumpen nur ansatzweise auftauchenden Schultern, ultramarin zum Brustbein hinab, wo Schlag um Schlag in der wischenden Strömung Hellrosa begann, sodass ekelherdig und fäulniserregt langsam Süße an die Ufer drang, mit Sonnenschein einherfiel über die Szenerie, Kauns Nasenflügel zitternd. Er schlotterte vor Frische, die der Fluss ausatmete, wie eine lange verschlossene, jetzt doch geöffnete Gruft sie ausstoßen mochte, trockene, marode Kühle, die Licht und Strom eher auflud denn umgab, und Kälte hauchte und herrschte Kaun an, kroch höhlenforscherartig durch seinen Gehörgang, als hiebe dieser Eindringling alle paar Sätze einen Eispickel hinein. Daran zog der Grubenkriecher sich in Richtung Innenohr, bis er das Trommelfell funkensprühend auffräste mit einer Kreissäge, hinterließ auch beim Abstieg nur Einstiche, zuletzt, als er hineinschritt, gefror die Lymphflüssigkeit, dass den Grafen heftiges Schwindeln ergriff, das aus flimmernden Neonröhren bestand, auf frenetisches Schneerieseln drängte, auf fortschreitend finstere Pixel, penetrant Verdunklung und Verunklarung verordnete.

Der Schalter wurde erst nächsten Tages wieder umgelegt, sodass Pathologiefliesen widerstrahlten, dass die Situation kippte, da über dem auftauenden Körper der Leichenschauhausmeister hingesunken lag, zwischen den eheringlosen Fingern noch jenes blanke Skalpell, das jetzt die Hand wechselte, von der allerersten Cousine zur zweiten, weiter hellrosa Darm entlang, der zunehmend zerteilt in klitzekleine Fetzen abtrieb. Die versammelte Mannschaft werkelte und zerschnitt blindlings, starrte indes Jane an, die immer noch dastand mit dem ellenlangen Küchenmesser, an ihren Bauch den riesigen Grizzlymagen gepresst, während Kaun nun auch, augenblicklich, aber langsam, zwischen Schenkelsilhouetten, über eingesunkenen Zehen, in kaskadenrauer, weißgewellter Gischt, an Hüften, Brüsten, je nach Cousinengröße und Stellentiefe, das Flussaufwärtsströmen schwarzer Lachsschatten wahrnahm. Geisterhaft erklang kein Platschen, wenn Schemen spitzwinklig an, durch die Oberfläche, übers Ziel stießen, sich fischmundgerechte Dünndarmstücke holten, hinausflogen plötzlich als Tier, überrascht zuckende Cousinen trafen wie dieser kapitale Lachs, der, gerade als die jüngste, der eh schon alles bis zur Gurgel stank, das Skalpell bekam, zwischen ihrem Hals und Schal aus Grizzlydickdarm landete, ganzkörperlich zappelte. Die Schwanzflosse watschte das Gesicht oberhalb so sehr, dass gleich darauf vor der wabernden Mauvefläche im Gumpen edelstahlblitzend die Klinge versank, »scheiß weiter, Jane!«, welch Name, dachte Kaun, und diese Eleganz, wie sie das Küchenmesser anlegte, die Magenwand durchschnitt und sogleich mit der Spitze an das Lachsschuppenkleid kam, ellenlang, unzertrennlich, die Klinge überragend, erst reglos, der große Salmonide.

Jane betrachtete höchst verwundert, was ihr da vorlag, das gesamte Hungervolumen stopfend, den ganzen Magentrieb ausstaffierend, das gescheiterte Bärenleben fütternd, der kapitale Lachs in prallem Organ, vielleicht infolge der zerfressenen Stumpfzähne, des Schluckens im Ganzen und des glitschigen Rachenrunterrutschens kein bisschen angenagt, womöglich wegen des nahrungsentwöhnten, vertilgungsvergessenen Grizzlymagens heilgeblieben, unangeknabbert von Verdauungssäften, Petri Heil und Heureka, er zuckt, errettet. Jane greift an den Mundwinkel. Dort hängt ein Fitzelchen Magen. Als sie die Innerei berührt, begreift sie den Haken drin. Verzückt schaut sie den Fisch an, dessen Flossen sich im Fluss wieder regen, dessen

Kiemen sich am Wasser laben, dessen Schleimschicht sich im Sprudeln sichtlich glitzernd regeneriert, dessen Schuppen in der Strömung spürbar pulsieren, dessen Augen in der Kaskade wieder überquellen von Lebenshauch. Wegzutauchen probiert das Tier, doch Jane hält ja noch den Haken, von dem ein Vorfach abläuft, das sie jetzt erst sieht, das zur neonfarbenen Schnur wird, zum Ufer führt, zur Stangenspitze, die Kaun zu Füßen liegt. Auch der fühlt plötzlich Hunger und Durst, ineins mit seinem ausgedörrten Magen, spürt keinen Schwindel, sondern schlimmstenfalls Sonnenstich, sozusagen einen tollen Ferientrip, riecht nicht mehr Moder oder Verwesung, nur noch klebrigen Honig, nichts anderes als Drohnenerbrochenes.

Hellrosa brodelt der Fluss, der tobt und tost und wogt vor Lachsen, die zu Abertausenden allenthalben Darm schnappen. Als Kaun wieder Jane anschaut, treibt wie ein Schiffchen hellrosa Innerei vorbei, schweißt und schmiegt dabei wie ein Reißverschluss das Mauve ihres Kleides, die rötliche Haut ihres Armes, die Fleischfarbe ihrer filigranen Hand, den Eisenton ihrer blutunterpulsten Fingernägel und die blassrosa Note der Lachsstromlinie zu einem Farbverlauf zusammen. Sie reißt dem Tier das Fitzelchen Magen aus dem Kiefer, so fest, dass ein Stückchen verknöcherter Mund mitfetzt, jetzt am Haken henkt. Hasserfüllt schleudert sie das Stück Innerei stromabwärts, und als übertrüge sich die Energie durch Berührung, schießt der Lachs das Flussbett hinauf. Kaun hebt die Stange auf, spürt und sieht den nächsten Lachs unfern des jenseitigen Ufers dort unten steigen, beißen auf das nun dreifach applizierte Muster, seis aus kannibalistischer Konkurrenz auf den Artkollegenkiefer, aus Appetit auf den Bärenmagen, wegen der Fliege, seis Blindschusshunger, ist Kaun jetzt alles gleich. Er drillt den Fisch hart flussaufwärts, dass sich die Stange zum Strom biegt, und er schwenkt die Spitze und dirigiert den Lachs direkt vor Jane hin, wo das Vieh jetzt schwebt im wilden Wasser. Dem Haken hat es die Innerei heruntergefetzt. So verwegen und fest der Biss. Der Fisch ist gut gehakt, die Fliege schaut aus dem Maul heraus. Erst jetzt gehen

Jane die Augen auf, dass der Haken auch Fliege ist. Sie streckt ihre Hand nach dem neuerlich kapitalen Lachs. Sie hebt ihn aus dem Wasser mit zwei Händen. Sie küsst ihn auf den Mund. Das Vorfach pfeift Kaun lose entgegen und der Fisch den Fluss hinauf. Vor dem inneren Auge sieht Kaun, wie der zweite Lachs aufholt, den ersten einholt, wie sie Kopf an Kiefer schwimmen, sich ereifern und streiten um den Weibchenlaich. Einer hätte doch gereicht und Jane spuckt den monströsen Köder gegen das Messer, dass der Hakenbogen Metall an Metall, über der Klinge, die Fliege Öse kopfüber baumelt.

Wie auf Kommando streifen die Cousinen nun reihum ihre Gewänder ab. Hautfarben, Bräunungsgrade, Brüste und Warzen werden sichtbar. Die Tücher in Mauve tunken die Cousinen in die Strömung. Sie reichen einander das Skalpell und schrubben sich gegenseitig damit über die Kleider. Einem Ölfilm gleich treibt der hellrosa Darmschleim an der Oberfläche stromabwärts, zeichnet dem Wasser über die gesamte Flussbettbreitseite eine Linie ein, die erst rund um Jane bricht, die geradewegs auf Kaun zuwatet. Als sie seichteres Wasser erreicht, hebt sich ihr Kleid weit über die Oberfläche und Kaun riecht die Eingeweidesüße vermischt mit dem Lachsschleim an ihren Fingern, starrt auf den oszillierenden Strich um ihren Bauch, königsfarben und barbiegleich auf Mauve, fein wie ein Haarriss. Sie schaut ihn auch an, woraufhin er betreten zu Boden blickt. Rund um ihn lungern Schnur und Vorfach schlaff und schwunglos durch die Uferwiesen. Jane kippt die Klinge in die Schräge, nach unten und tippt die Spitze so gegen ihr Brustbein, dass die Fliege das Metall entlangschlittert, Öse voran in ihren Ausschnitt fällt, der Hakenbogen aber noch am Saum einhängt. Das Küchenmesser sinken lassend sagt Jane, »so ein schönes Exemplar«, Kaun sagt, »ganz schön gnädig von Ihnen«, sie setzt einen Fuß ans Ufer, »klar, ist ja auch mein Revier«, hinter ihr werden schon die ersten Kleider wieder angezogen, »du, krieg ich die Fliege wieder?«, sie bückt sich, taucht die Hand ins Nasse, schlägt ihm einen Tropfenschleier vor die Augen, und obwohl es nur ein

Spritzer Wasser ist, »nein, ist mein Revier«, fühlt er sich vor den Kopf gestoßen, als sie den zweiten Fuß an Land setzt, an ihm vorbeistolziert. Als Kaun wieder fähig ist, irgendetwas zu sagen, passiert ihn schon die jüngste Cousine und flüstert, »komm gerne zum Dinner«, reiht sich ein in den watschelnden Gänsemarsch, und er schreit Jane in Richtung Lodge hinterher, dass er den Bären gemeint hätte. Ganz vorne, kurz bevor sie im Wald verschwindet, nimmt sie die Fliege vom Dekolleté, mustert sie kurz und hebt die Hand verkehrt und flitternder Finger zum Abschiedsgruß, allerdings ohne sich umzudrehen, zeigt Kaun zwei Rücken, als würde sie sagen, er solle sie sonst wo küssen. Lose wehte das Vorfach in seinen Blick.

»Ich stand da, grinsend. Das bemerkte ich erst nach Stunden, das las ich ab, am Sonnenstand. Nur ihre Spuren waren noch da, im Kies. Mein Gesicht war blass, das sah ich, im Uferwasser. Und es war noch nass, das spürte ich. Ich probierte. Kein Schweiß«, ich warf dem Grafen die fertige Lachmöwenfliege hin. »Kein Scheiß«, ich schmiss Umberto die fertige Sperberspinne hin. »Der redet sich das wirklich ein. Der Graf von Kaun ist in Trauer«, mit ordentlich sarkastischem Unterton. Umberto schmiss sich mit einem Genickruck die im buckligen Essen vorgefallenen Korkenzieherlocken aus dem Gesicht, aß den letzten Löffel Kartoffelpüree. »Der Vater?« – »Der ist schon lange hinig«, Umberto nahm die Sperberspinne zwischen Daumen und Zeigefinger, wobei ich einen lange vernarbten Einschnitt auf seiner Auslöserdrückkuppe sah. Er hob die Trockene hoch und fuhr ihr liebevoll durch die Fiebern, »weil Jane ihn auf gut Deutsch abgeschossen hat«, er hielt die Sperberspinne Öse voran an seine Lippen und pustete gegen den Hechelkranz, dass die Fiebern erzitterten. »In den Wind geschossen.« Er legte die Fliege auf den Griff des Löffels, der einen Fingernagel breit über den Tellerrand hinausragte, auf die Planke sozusagen. »Durchgeknallt hat er sie halt nicht. Dafür hat sie ihn durchgeknallt, verstehst?« Über uns quietschte es wieder in den Federn. »Ist eben nicht zum Schuss gekommen.« – »Und deswegen, bildet er sich zumindest ein, hätten seine Hunde den Respekt vor ihm verloren. Frag ihn, Siegi, wirklich, es ist schon zum Lachen, ein bisschen witzig, die sind eingegangen, als wir im September zurück waren aus Alaska. Er meint, das hat was mit seiner Kastration zu tun. In Wirklichkeit waren das alles komplett überzüchtete Viecher. War nur eine Frage der Zeit.« – »Neun Monate Trauer sind aber ganz schön lang. Dauert das nicht normal nur ein halbes Jahr.« – »Waren ja auch zwölf Hunde. Kaun geht in die große Eingangshalle, in sein Schloss, er kommt heim. Dugatti hat den Kopf nicht mehr hochgebracht. Weißt eh, wie Dukaten, ein Labrador.« – »Weil die so teuer sind?« – »Wegen des Fells«, und ich dachte an eine Nymphe aus Hundehaar, das sich im Fluss zu diesen dreieckigen, wasserdichten, stinkenden Spitzen verdichtete, »haben ja so einen riesigen Schädel diese Viecher, eine richtige Wasserbirn. Dugatti konnte den nicht mehr tragen auf die alten Jahre. Sein Genick war quasi ausgeleiert. Kaun sagt, dass der Hund sein Herrchen nicht mehr anschauen konnte, verstehst? Guldi, der semmelblonde Retriever, das war auch ein verhätschelter Trottel. Emmentalerkitschig, so lieb war der, aber eben völlig verblödet. Guldi konnte nichts. Nur apportieren, darin war er super. Wenn der Graf heimkam, ist er schon dagestanden mit einem Kerzenständer im Maul, mit einem ganzen Kandelaber, oder einer Banane, einem Streichholz, ein Zigarettenpäckchen, wie auch immer. Letzten September ist er nur auf der Empore gestanden. Der Graf hat zwei Finger in den Mund gesteckt und gepfiffen. Guldi ist oben geblieben. Kaun kam sich verspottet vor, aber Guldi hatte naturgemäß diese arthritische Retrieverkrankheit in der Hüfte. Auch genau während Alaska in der Abwesenheit akut geworden. Ohne Guldi war der Graf eh besser dran. Der hat zwar zwei Enten gleichzeitig im Maul tragen können. Aber ein Theater war das, bis er sie gefunden hat. Der Graf schoss sie ausm Himmel und musste dann immer erst ein Spielzeug hinterherwerfen. Die anderen Hunde sind der Beute nach und Guldi dem Spieli. Was Streicheleinheiten angeht, war er ein richtiges gelbes Neidvieh. Guldi sieht den

Grafen die anderen fürs Entenbringen streicheln. Also hat er schnell abgelassen vom Apportel und eben auch Federvieh gebracht. Wie Bartl zum Beispiel, das war ein guter Suchhund. Egal wo die Möwen lagen, er hat sie gefunden. Gibt doch den Spruch, jemandem zeigen, wo der Bartl den Most holt.« – »Wie in Deutschland, wo der Hammer hängt?«, fragte ich, dachte an einen Schwung, der eine Flasche zerdeppert, und schon hat man den Scherben auf.

»Ja, aber der Graf hat das schon sehr wörtlich gemeint. Bartl wusste einfach immer, wo alles ist. Deswegen hat Kaun ihn so genannt. Bei der Heimkehr ist der nur in der Ecke gesessen und hat sich das Zipfel geschleckt. Er ist nämlich kastriert worden vom Knecht. Hat sozusagen seine Eier gesucht. Das Geschlabber ist dem Kaun richtig eingefahren, und ein Suchhund, der seine Eier verliert und nicht mehr findet, klar, ein Witz auf die Kappe vom Grafen. Pupsi hat gefurzt wie immer. Eine Bulldogge, die kriegen so schlecht Luft. Durch diese nach hinten gebogene Nase. Dass sie sich ordentlich ins Wammerl beißen können. Ursprünglich waren die für den Stierkampf da. Sprangen den Bullen an die Kehle und hängten sich ein mit den Zähnen. Heute ist das nur noch ein Zuchtmerkmal. Und natürlich wird es maßlos übertrieben. Pupsi hat immer schon geschnauft wie eine Dampflok. Aber als Kaun heimkam, hat Pupsi unablässig gegrunzt und geschnarcht. Und dazu das Geschlabber von Bartl und der verächtliche Blick von der Empore herab, vom Guldi, und Dugatti, der nur verschämt zu Boden schaut. Die Kellertreppe herauf hat es nur so gescheppert, Dutzende Flaschen hat Doppler zerdeppert. Der hat gekämpft für zwei und sogar mal einen Hirsch gerissen. Eine Bordeaux-Dogge, die hat den Kaun immer gut verteidigt. Als hätt Doppler einen Eid geschworen oder so ’n Scheiß. Aber an diesem Tag ist ihm wohl eine Maus untergekommen zwischen den Regalen, Dutzende Jahre alte Flaschen. Ein paar Sekunden stand der Graf in der Eingangshalle. Mehr brauchte Doppler nicht, die Ernte von Jahren zu vernichten. Fix und foxi war Kaun da schon, als ihm

Baxy ins Bein biss. Die war die Beste im Fuchsumbringen. Und wie der Comic-Hase, der immer in die Karotte beißt, so rötlich waren diese Füchse. Deswegen auch der Name. Und ich tipp ja auf einen Hirntumor. Langjährig treue Eheleute kommen von der Straße ab, Alleinunfall, fahren volle Absicht das Auto samt Kindern in den Baum. Hunde fallen dann eben ihre Herrchen an. Oder Baxy hat irgendeinen Fuchs gepackt, Tollwut quasi. Der Graf meint, er wäre ein genauso unnötiges Vieh für Baxy geworden. Dann hob Treipsys Jaulen an, Baxys Gespielin. Sie war ein Beagle und so überzüchtet, so röhrenförmig, weißt eh. Die kam in jede Fuchshöhle reingerobbt, so lang war die. Sie konnte ihr Kreuz nicht mehr tragen, so kurz und schwach waren die Läufe, so weit auseinander. Ihr Bauch hat quasi am Boden geschliffen. Die hat immer schon geheult wie ein Schlosshund, Kaun ist es nur nicht aufgefallen. Also einen Biss im Bein, das Gekreische von diesem Beagle, das Geschlabber vom Suchhund sowie der überhebliche Blick und der Blick, der dich gar nicht mehr trifft. Natürlich hat er sich gedacht, erstmal einen Schnaps. Er ist an den beiden Schäferhunden vorbeigegangen und strich dem einen übers Schulterblatt. Wahnsinnig viel Fell blieb an den Grafenfingern hängen. Er hat immer gehaart wie eine Staubwolke. Saurex hieß er. Wegen Esau und Tyrannosaurus. Der Graf war also der Jakob und wusste noch nicht, welchen er mild zum Lieblingsschmusehund macht, welchen er scharf zum Kettenwachhund großerzieht. Die waren beide noch Welpen. Sie hatten denselben Deckrüden, Halbbrüder. Der eine würde nebst dem Thron sitzen, apathisch am Schädel getätschelt. Der andere sollte unter der Fuchtel vom Knecht draußen im Zwinger siechen. Saurex war stärker, aber Schwarzfuß gab eleganter die Pfote. Und Saurex hat sich eben die Räude eingefangen. Kaun glaubt, das sei ein Zeichen, Männer, die ihre Haare verlieren. Ist ja wirklich keine Überraschung, Schäfer werden eben nur auf diese schwarze Maske gezüchtet. Qualität vom Fell ist da total nebensächlich. Sie haben aufeinander aufgepasst wie Brüder, haben immer lieb gespielt, Schwarzfuß und Saurex, dreimal darfst raten.

An dem fraglichen Tag hat sich niemand den Vatersegen erschlichen. Schwarzfuß wollte Kaun die Pfote nicht geben, und Saurex hat ihn angefallen. Also seinen Halbbruder, nicht den Grafen, der hatte eh schon Baxy am Haxen. Räudig wie er nun mal war, sah Saurex keinen anderen Ausweg. Wenn er Kronprinz bleiben wollte, musste er morden. Dazu das Geschlabber am Sack von Bartl, Dugatti, der den Blick senkt, das Grunzen und Furzen von Pupsi, bald geht ein Scheißetröpfchen mit und genau auf den Perserteppich, daneben raufen Schwarzfuß und Saurex, der eine beißt dem anderen die Pfote ab, und das alles in einer gewaltigen, zur Empore hochsteigenden Haarwolke, wo Guldi steht und sich anschaut, wie Baxy, immer noch in Kauns Knöchel verbissen, mitgeschleift wird ins Nebenzimmer, wo Yeti steht, der Bernhardiner. Sollte Kaun retten, falls er mal einen Skiunfall hat, ein ausgebildeter Lawinenbuddler. Eine Buddel Branntwein hat er auch immer am Halsband gehabt. Da war dann bloß Most drinnen, weil der Knecht das vertauscht hat, von wegen der Graf soll mal auf seine Gesundheit schauen. Genau als der Faulsaft also auf seine Zunge tropft, hört er wieder die Treipsy winseln und der Charly Springy, so ein superludierender King Charles Spaniel kommt in die Eingangshalle gerauscht, wo der Knecht immer die Marmorbüste vom Vater auf einen Sockel stellen muss, dass er sieht, wie der verlorene Sohn ruhmreich von der Jagd heimkehrt. Na ja, und Charly Springy ist blind geworden letztes Jahr, fetzt gegen den Sockel, Baxy beißt nochmal extra fest zu, Treipsy jault schaurig, Doppler zerdeppert zwei Flaschen, Yeti wedelt mit dem Schwanz, Saurex beißt Schwarzfuß bewusstlos, Pupsi scheißt und grunzt, Adi kommt auch noch ums Eck strawanzt, Adi wie Adonis, ein Dobermann, superschön, mit dieser v-förmigen Brust im Profil, so ein fliehender Brustkorbabfall, verstehst du, Siegi? Ein Wunderzuchthund, richtiger Rüde! Er hatte hunderttausend Zysten und mit Schleim gefüllte Lipome unter der Haut, weißt eh, wie so eine Hügellandschaft drückt sich das raus, ein Meer aus Titten quasi, spitze Alpengipfel, die zur buckeligen Welt erodieren, so ein verkommenes Niedergebirg nahe Wien, weißt du, Siegi. Und da hat der Graf eben die Nerven weggschmissen und allen den Gnadenschuss geben, so sagt er. Hätt ich ja zu gerne geknipst.« In den Federn Quietschen, und ich: »Zeig mal die Fotos von den Wienern.«

»Er hat mir nichts geglaubt, der Bertl. Obwohl ich es genau gesehen habe, das Staunen. Das war seine erste Reaktion auf die Geschichte vom Bären. Aber er konnte mir einfach nicht glauben. Kreiskys Schulbuchauktion, der Aufstieg der Fotografie, das Physikstudium in Wien und die Zwentendorfabstimmung, das Atom-Aus und das Aufkommen von dieser Reportageknipserei, ein Knipser sagt man, auch beim Fußball, ein Abstauber, der Bertl, und erst die Gagen für Fotostrecken, in diesen 80er-Jahre-Hochglanzmagazinen, sogar für den *Playboy*. Und dann auch noch Hainburg. Umberto wollte und konnte nicht zugeben, dass er ein einziges verschissenes Mal in seinem Leben nicht zur richtigen Zeit am richtigen Ort war, für einen Schnappschuss. Diese vierundzwanzig Glocks, der Bär und Jane mit dem Bogen, ich, verunsichert, das durfte nicht sein. Abends dann hat er es gemacht, sein Foto. Und alles andere war nicht wahr. Der Grizzly kam aus dem Tiefkühler, nichts existiert für ihn, was nicht auf seinen Fotos ist. Und die Cousinen von Jane gibt es jetzt eben. Da ist es zugegangen, in dieser Lodge. Es war wirklich wie auf dem Foto. Du kannst dir das nicht vorstellen, diesen Weiberhaushalt, diese ausgelassene Freude. Wie die sich diese Weintrauben gegenseitig in den Mund geschnippt haben. Und da sagt diese zwölfte Cousine noch, wie sexy sie Umbertos Iris findet. Und diese Herdplattenwitze übers Anbrennenlassen. Ein Schlafzimmerblick nach dem anderen. Die flogen tief an diesem Abend. Da hat er nicht mitfühlen können. Das kann er nicht nachvollziehen. Da empfindet er nicht mit. Das hat Umberto nicht verstanden, der Vollidiot, keine Sekunde auf die Idee gekommen, dass jemand andere Urlaubserinnerungen will als Fotos. Hat sich immer nur fürs Schießen interessiert. Jane wollte mir etwas zeigen, nach dem Nachtisch, süß eingelegtes Bärenhirn. Wir gingen nach oben, ins erste Stockwerk, wo niemand war. Die Tür schwang auf, ich sah direkt auf ihrem Nachttisch die einzelnen Bestandteile der Fliege, die sie mir abgenommen hatte. Und dass ich die heute nicht mehr kenne, ist wahrscheinlich schon die ganze Misere. Sie schaute mich an, lachte kurz, setzte sich auf einen Stuhl, neben den angelehnten Ebereschenbogen, an den Bindetisch, und zeigte mir ein Fliegenmuster. Kannst du dir das vorstellen, Siegi, wie man eine Fliege bindet, irgendeine, hat sie mir gezeigt, mir etwas zurückgeben, blabla, hat sie an diesem Abend gesagt und seither nie wieder irgendetwas, seit wir uns am nächsten Morgen am Fluss trafen, seit in meiner untersten Öse irgendeine von Umbertos Fliegen hing.«

Bettpfostenschaben über den Boden über mir. Kurz ging mein Blick hoch, aber dann schon wieder nieder auf den Packen Schwarz-Weiß-Abzüge, die Umberto mir hinhielt, schwebend über der Sperberspinne. Im schräg lichtkegeldurchschossenen Wald, auf fichtengenadeltem, ultrafruchtbarem Humusboden, ein Weidmann, wie man ihn sich vorstellt, samt Filzhut, Gewehrgurt, Doppellaufschrot, Lederwams und genageltem Schuhwerk. Ein Stiefel ruhend auf dem eben erlegten Platzhirsch, ein gerader Zwölfender, aus dessen Hals das Blut noch suppte. Mit mindestens so toten Augen wie der Jäger selbst schaute die Trophäe frontal in die Kamera, die Faust vom Töter in der Luft, der Handrücken dem Fotografen entgegen, das Zucken schon im Muskel, gleich oben der Mittelfinger. Federquietschen. Beim Umblättern hinterließ ich einen Schweißabdruck in Daumenfurchenform auf dem glänzenden Papier der Schwarz-Weiß-Fotografie. Im Sonnenaufgang am Waldrand ein Hochstand, noch am Himmel über einem Feld der Mond, dass der Lichtreflex am Zielfernrohr und ein einfallender Sonnenstrahl genau zur Deckung kamen im Aufblitzen. »Schuss gegen Schuss nenn ich die Strecke wohl«, etc. pp., »ist das nicht schlecht oder was?«, so blätterte ich die Bilder durch, »ja eh super.« – »So schöne Fotos«, Bettpfostenruckeln, »Cousinen von Jane fand ich besser.« – »Ach komm, Siegi, nimms nicht so schwer«,

Umberto griff mir den Fotopacken aus den Händen. »Ich steck mir die an, ja?«, und schon waren die Bilder in seine Sakkoinnentasche gewandert, die Sperberspinne streifte er ebenfalls ein, hakte sie ans Einstecktuch, legte es so zusammen, dass die blonden Kartoffelpüreebatzen verschwanden, perfekt gefaltet wallte es sogleich reinweiß aus der Brusttasche das Seidenrevers hinab wie ein Wasserfall. »Warum lässt du dich überhaupt mit diesem Schickeriagesindel ein?« – »Die gehen auf viele Jagdpartien, glaub mal, Siegi, und ein Zeiterl später flattert bei mir ein Honorarauftrag vom Rundfunk rein. Mit ordentlich Gage, und die gebe ich dann hier in der Herberg als Trinkgeld. Alle happy!« Ich grummelte etwas von verdammter Hautevolee. Ich solle wenigstens ein bisschen versöhnlich sein.

»Komm, ich zeig dir meine Lieblingsfliege für die Spinne«, er nahm den Bindestock, schraubte am Rädchen, der Kormoranschnabel ging auseinander. »Echt ein verrücktes Ding.« – »Ja, ist Ninas«. Er spannte die Biber-Lachmöwenfliege ein, zog ein Küchenmesser aus dem Block und trennte den Schlussknoten auf, zeigte mir alles ganz genau, die forellige Miniatur jener Alaskalachsfalle, variiert nur ins Riesige, und weggelassen das Biberfell, nicht weil ich von Kaun den Fang nicht vergönnte, nicht weil das Muster besser oder schlechter wurde dadurch, nicht weil von Kaun nur über Lachmöwengefieder verfügte infolge der naturschutzig erlassenen Nullabschussquote für Biber, nein. Diese braunen Nager bauten eben Burgen, das hätte den Grafen sicher wieder an irgendetwas Schlimmes erinnert. Ich setzte ihm die nötigen Griffe und Kniffe noch ein letztes Mal an einer Beispielfliege auseinander. Er gab mir ein Etui, und ich bestückte die Watte darin. Sie barg bereits zwei Ringe. Er klappte die Schatulle zu. Aus einem Schrank nahm er eine doppelläufige Pistole. In die eine Sakkoinnentasche steckte er die Waffe, in die andere das Etui. Die finale Lachmöwenfliege ließ ich in die Westentasche seines dreiteiligen Anzuges fallen, »wie soll ich dir nur danken, Siegi«, ich nähte ihm noch fix einen dritten Knopf oben an, ich habe eh nichts Besseres zu tun. Ich tätschelte ihm die Schulter. Ob ich ihn dann zum Flughafen bringen würde. Sein Knecht sei ja jetzt frei und zu deppert zum Fahren. Stets zu Diensten und die Reifen drehten durch. Von Kaun leierte sich noch raus und heulte mir die Lauscher voll, was für eine Verrückte, Jane, nicht wahr.

»Jeder kennt doch den Moment«, die Treppe knarzte und der schnapsgichtige Wiener kam die Stufen heruntergestiegen. Auf seiner Schulter lag Ninas Hand, verschmiert glitzernd und riechend, von Massageöl, »oh, Umberto, servus, die Abzüge adabei? Ah, Herr Heehrmann, habe die Ehre, wenn S' Rehhaar brauchen, lassen S' mich wissen«, während er sich haufenweise Kartoffelpüree suppenkellte auf den Teller. Ich wollte ihm gerade ein paar sarkastische Takte sydneytrichternetzspinnengiftig entgegenspritzen, als »hilfst du mir neu aufbetten, Siegi?«, Nina, verschmitzt grinsend, knusper-knupser-super-Mäuschen das oberste Zeigefingerglied wippend, die weißen Rückstände irgendeiner Feuchtigkeitscreme noch untendrunter nahe dem Nagelbett im Winkel, Herrgott, »sie bittet dich in ihr Schlafzimmer, oder man landet da, irgendwie«, die Treppe knarzte unter uns und Nina schlüpfte durch die halboffene Tür, ich hinterher über die Schwelle. Meine von Ernstl liegengelassene Fliegenstange stand in ihrer Ecke, in der untersten Öse ein Goldkopf, was sonst, »die Blicke gehen dann durch den Raum«, unter dem geöffneten Fenster das Bett zerwühlt, eh klar, ein fetter Abdruck darin, ziemlich genau sogar der Kopf vom Polster abzulesen, umso präziser die Halslinie auf dem weißen Leintuch erkennbar, die Schultern und der umfangreiche Rumpf, ein Riesenbauchabdruck, das breite Becken, ganz deutlich das Sitznegativ jeweils eines zierlichen Schienbeins links und rechts daneben, oberhalb der Einbuchtung vom rechtsgetragenen Penis, zwischen den Männeroberschenkelmulden und den drunter abrundenden Kniescheibenkratern, den krampfadrigen Waden, »irgendwann schaut man sich an, den Code kennt doch jedes Kind«, ich fand Ninas Blick, die kurz stutzte, »Arsch auf Arsch«. Die Arme schlaff schwingend wie rosa Gummi kam sie näher, schallend lachend schon. Noch gackerte, schon schnappte sie nach mir, »und sie, Fliegenbinden, tzzz«, ein Durchzugstoß traf mich, zauste mir das Haar, mein Blick glitt ab, hinaus zum Fenster, wo die Buchenzweige der Wind tallängs trieb, auf Süd gedreht. Keine Sekunde später war ich auch schon, die vom Rosmarin fallenden Plastiksäcke links liegen lassend, den Korkgriff der Stange fest umfassend, an den bussi-rings-bussi-lechz-Wienern vorbei zur Herbergstür hinaus.

29 Siegi und Archiebald gehen ohne Tschick Ritz-D-Fischen

Völlig in Gedanken versunken, den Blick auf die gewässerten Weidenzweige gerichtet, da stieß plötzlich eine Fliegenfischstange in mein Gesichtsfeld, schon schaute ein Zwerg von meiner Gürtelschnalle auf. Ich sah seine prallen Wangen, seine sonnengegerbte Nase, verhärmte Züge, spröde Lippen, all die verödeten, normalerweise von Haaren umgebenen, eingefassten, gerahmten Partien. Mit samtenem Band war die wilde Mähne gezähmt, an seinem Hinterkopf herabhängend der Zopf, dass ich ihn gar nicht erkannte. Ein Diamant gewinnt durch den Schliff an Eleganz und dann, in ein Geschmeide eingelassen, seine ganze Kraft. Dieses Gesicht war ebenfalls abgerieben. Seine Züge waren verfallen und eingelebt in eine wurmstichige Maske. Ich sah ihr in die Augen, elf, dieser Farbton, ein-und-zwan-zig, der wässrige Blick, zwei-und-zwan-zig, der benzinähnlich schillernde Film, eins, das war unverwechselbar Archiebald. »Hallo Arch«, sagte ich, die Pause hatte ich eh schon zu lange gehalten. »Nenn mich Archie«, entgegnete er. So standen wir der perfekten Stelle gegenüber am Ufer. Wir tauschten verschwörerische Blicke, das Gluckern des Flusswassers, wie es gegen den Stein anlief, unterstrichen die Stille. Beide gleichzeitig warfen wir einen Blick ins Stumme, auf die Weidenzweige, den beschatteten Strich Strömungsstillstand. »Wie hast du den erwischt«, sprudelte es aus mir heraus, wie lächerlich, wäre ich an seiner Stelle. Er trat einen großen Schritt zurück, der relativ gesehen ein kleiner war, so standen wir uns gegenüber, die Fliegenfischstange in seiner Hand, neben uns das seichte Ufer, wenige Meter weiter die tiefen Wasser, die perfekte Stelle. »Musst du einen Tschick nehmen«, sagte er und ich: »Danke, ich rauch nicht.« Er stellte sich auf die Zehenspitzen und streckte seinen Ellenbogen ganz durch, seinen rechten Arm in einem Fünfundvierzig-Grad-Winkel gegen mein Gesicht. Den Korkgriff umschlossen seine wulstigen Finger. Aus dem unteren Daumenglied spross den Karbonfaserschaft entlang ein Bausch krauser Haare, und unweit der Spitzen, fast von ihnen berührt, in der untersten Öse, hing die Fliege, verwechselbar mit Archiebald, monströs, verwachsen, voller Flausen. »Das, mein Lieber«, ich taxierte sein Gesicht, seine schlitzig verkifften Augen, die stillen Brauen, seine Lippen, die Worte formten, »ist«, er sprach ganz sicher der Dinge, »ein«, mein Blick wanderte zu dem Muster zurück, »Tschick«, leicht zu durchschauen. Erstens ein gigantisches, raketenkopfförmiges Bleihaupt auf einen riesigen Haken fädeln, zweitens den Hakenbogen in den Bindestock einspannen, drittens einen Haufen grauer Watte vom Bausch zupfen, sie viertens mit Glitzerplättchen in allen Regenbogenfarben bestreuen, die veredelte Watte fünftens zwischen Daumen und Zeigefinger reibend um den Faden zwirbeln, dubben nannte sich das, sechstens den Faden vice versa die Glitzerwatte für den Körper um den ganzen Haken winden, allerdings von hinten nach vorne, dabei aber vorher, am Anfang sozusagen, also noch hinten mit dem Faden samt Watte darauf, in diesem Sinne siebtens, aber eigentlich sechstens, sagen wir sechseinhalbtens, in die erste Fadenwicklung den Federkiel einer schwarzen Hahnenhechel niederbinden, siebtens am Kopf mit dem Wattefaden angekommen den Bobbin baumeln lassen, achtens dann diagonal für die Rippung, die Puppenform, und für die sich aufstellenden Fiebern, die Raupenbeinchen, die Hahnenhechel über den eben entstandenen wattenen Leib nach vorne winden, wo der Bobbin baumelt, weswegen Faden samt Watte und Hahnenhechel zusammenkommen vorne am Bleikopf. Nur so war dann alles am Hals zu Ende, dass neuntens die Hechel mit einer letzten Fadenwicklung eingebunden sowie überstehende Fiebern abgeschnitten und zehntens der Schlussknoten gezogen werden kann. Bände man erst nach dem Wattekörperwinden die Hahnenhechel hinten oder vorne drauf, müsste das andere Ende der Hechel, je nachdem, ob sie dann nach hinten oder vorne geschlungen würde, auch dort, also entweder vorne oder hinten, mit dem Faden abgebunden werden, der allerdings noch hinten oder vorne wäre, wo die Hahnenhechel zuerst eingebunden wäre, weswegen der Faden dann zwangsläufig ein zweites Mal nicht mehr gedubbt zur Watte, sondern eben als Zwirnsfaden, was er ungedubbt ja war, über die Watte und die Fiebern geführt werden müsste und so den drallen Körper einschnitt.

Genau diesen Fehler mit der Hahnenfeder hatte Archie gemacht, das sah ich genau, misslungen die Fliege. Mercedes betete ich nach, Bleikopf, Glitzerwatte, Hechelkranz, größer wird davon kein Schwanz. Ich schämte mich beinahe, dass dieser Dilettant mit diesem Tschick hier an meiner perfekten Stelle fing. Aber ich wusste ja schon, dass Archie mich belog, ein Witz. »Ein Tschick also«, sagte ich, hob meine Augenbraue noch skeptisch hoch, zum Hohn. »Präpotenter Kerl«, murmelte er und wandte sich von mir ab und zum Fluss hin, »dann eben nicht«, und nahm den Tschick, der länger als sein Mittelfinger war, zwischen Zeigefinger und den Daumen, hakte das Ding aus der untersten Öse. Bevor er es ins Wasser werfen konnte, packte ich ihn bei der Hand. Dabei geriet einer meiner Finger auch an die Fliege. Sie fühlte sich unsanft an, trocken und spröde wie Struwwelpeter, von Schuppen durchsetzt, die Glitzersplitter, kantig. Nur die Hahnenhecheln berührte ich gerne. »Archie«, hechelte ich, »so wars doch nicht gemeint. Verrat es mir«, und als er mich ansah und dann sprach, schien er sich fast selbst zu glauben: »Also keine Ahnung, pass gut auf«, ich hatte ja auch sein Gnufell gekauft, »da drüben sind die Weidenzweige, die hängen ins Wasser, biegsam und weich«, und ich blickte in Archies faszinierte Gesichtszüge, ein Glitzern in den Augen, ein Rasseln im Atem, er schaute auf die Flussoberfläche, hob den Tschick an, sagte hart und unerbittlich, ein schwärmerischer Fanatiker mitten in der Rede, jede Silbe betont, »eine normale Fliege bleibt natürlich hängen in diesem Dickicht, aber was meinst du, was passiert, wenn der Tschick da hineinrauscht«, und ich konnte es kaum glauben, Archie reichte mir die Stange. Durch die Bewegung des Übergebens angestoßen schwang der losgelassene Tschick am Vorfach hinter mich. Sein eigenes Gewicht beflügelte ihn. Die Glitzerwatte blitzte im Licht. Er schwang wieder vor, übers Wasser sogar diesmal, beschrieb die Bahn einer Wikingerschaukel, baumelte von der Stangenspitze. »Wirf«, befahl Archie, und ich ließ den Tschick fasziniert noch zweimal, dreimal zurückschwingen und nach vorne, bedrohlich wie eine einsatzbereite Abrissbirne, die ihr Signal zum Zusammenprall längst empfangen hat. Mir gegenüber erhob sich der lebende Baum und versenkte die eigenen Zweige wie eine Verneigung vor mir, verwurzelt im hohen Grundwasser, das der Fluss speiste, der zwischen mir lag und dem Stein, in meiner Hand eine Stange, daran ein Klumpen Blei. »Du kannst einfach werfen«, versicherte Archie. Er warf keine Fliegen, sondern schoss Torpedos ab. Er bombte Blei. So viel zu seiner Erdverbundenheit. Die vermurkste Pilotenkarriere, dachte ich. Wie virtuos seine Technik hier am Boden daherkam, ich wusste es nicht, Archie und der Fliege Flügel zu verleihen. Der Versuch schon fraglich.

Archies Hände waren Pranken und meine eher klein. Demgemäß begriff ich bloß den halben Korkgriff. Er wirkte monströs zwischen meinen Fingern, schwer zu beherrschen mit einer Hand. Ich tastete wie eine Raupe an einem viel zu großen Stängel aufwärts, näher zur untersten Öse. Über ruppigen Kork strich meine Handfläche, näher zum Schaft, trocken und hart, ein Handschweißproblem hatte Archie jedenfalls keins, näher zur Spitze. Die Stange war kein bisschen ausbalanciert, viel zu kurz wie Archie, ein Missverhältnis zum Kork in meiner Hand, zur wohlproportionierten Forelle das Gegenstück, nass, weich und niedriger Temperatur der Fisch, »wirf jetzt, du Lusche«, sagte Archie. Ich griff die Stange fester und schwang den Schaft samt Spitze in Verlängerung meines Unterarms wie einen Uhrzeiger aus der Schulter hinter mich auf elf. Sogleich sauste der Tschick an mir vorbei, untendurch, und stieg in meinem Rücken fast senkrecht in die Luft, wie ein Hubschrauber, ich spürte einen gewaltigen Ruck am Scheitelpunkt. Bevor ich noch das »und« von »ein-und-zwan-zig« zu zählen vermochte, fühlte ich alle Spannung aus den Händen, aus den Ösen, aus der Schnur, aus der Stange, aus der aufzuladenden Spitze weichen, wandte mich um, sah das Vorfach, längst gestreckt, daran der Tschick, der Luftstand viel zu hoch, kein Wendepunkt einer modellschlanken Halbellipse, sondern irgendetwas unbeschreiblich Unförmiges, und spannungslos fiel die Schnur zu Boden, exponentiell beschleunigend, beschrieb nur noch den neongelben freien Fall, die Spur eines Senkbleis vor dem Hintergrund blauen Himmels erst, dann die felsigen, grauen Kalkalpenhänge am Horizont hinunter, durch die Felder davor, auf die asphaltierte Straße, die wenige Schritt hinter uns den schmalen Grünstreifen, auf dem wir standen, beschloss. Ein geerdeter Mensch war Archie sicherlich. Und keine Ahnung von Gebetsroither. Er nahm mir die Stange weg, fragte, was ich denn da mache, ich mache ja die Schnur kaputt, und klack-klack-klack drehte er an der Winde, spulte auf, und der Tschick lief über Asphalt, rannte über Kiesel und Schotter im Straßengraben, hüpfte über das sattgrüne, von Grau durchsetzte Wiesenstück, riss im Vorbeispringen dem letzten Löwenzahn in diesem Pusteblumenland den Kopf ab, der im Übrigen besser flog als der Tschick, der nun landete in Archies Tatze. »Damit kann man nicht werfen«, sagte ich knapp. Vor meine Füße fiel die Löwenzahnblüte. »Was redest du da. Du vielleicht nicht, na klar kann man«, sagte Archie und schnalzte mit der Zunge. Er warf die Fliege ins Wasser, riss Arm um Arm, Bund um Bund, Klang um Klang von der Spule, allein mit seinen ausufernden Ziehbewegungen verjagte er ja die Forellen schon. Dann, als genug Schnur in Schlingen auf dem Wasser lag, um sie und sich nach der perfekten Stelle zu strecken, riss Archie die Stangenspitze wie ein Löwendompteur seine knallende Peitsche mit einem Rückhandschlag in einem Halbkreis herum und der

Tschick tauchte auf, durchstieß die Oberfläche, beschrieb hinter sich eine Parabel wegspritzender Tropfen. Auch die aus dem Wasser und hinter der Fliege hersausende Schnur schüttelte das Nass von sich in einer regenbogenförmigen Spur. Die Luft war plötzlich voller Tropfen, das Licht verwandelte sich über dem Fluss für Sekundenbruchteile in ein Spektralfarbengewitter und dann regnete es auch schon.

Wo die Tropfen die Flussoberfläche trafen, quasi überall, bildeten sich konzentrische Wellenkreise, die ihre Strömungsverwirrung durch das ganze Flussbett schickten und sicher alle Forellen verschreckten, während die Schnur noch dem Tschick nachfolgte, Archie noch nicht mal fischte, stattdessen auf den Endpunkt der Flugbahn starrte, wo der Tschick schlapp an einem Weidenzweig hing. »Gelingt nicht immer«, gebetsroithermäßig geladen mochte er das Geäst ja durchschlagen, »sicher«, sagte ich, aber lustlos und tumb im Rollwurf geschwungen, »man gewinnt nicht jedes Mal«, sagte er, ich grinste ihm hämisch ins Gesicht, »du vielleicht nicht.« – »Vorsicht, so nicht, my deer friend«, sagte Archie. Die Wellenkreise verebbten. Indem sie der ursprünglichen Strömung wichen, spurlos verschwammen und verschwanden, sagten sie nichts anderes als ich: »Jaja, Archie«. Er war an sonnenklarem Wasser geschlagen. Wütend brach er das Fischen und riss das Vorfach ab. Der Tschick verblieb an seinem Weidenzweig. Er beschattete und beschützte die perfekte Stelle, entzog sie unserem Blick und wich kein bisschen zurück, neigte sich nicht, sosehr wir auch starrten, nach hinten. Ameisen liefen auf dem Zweig herum, fielen aus Unachtsamkeit hinab und wurden Fischfutter. Ihre vorsichtigeren Brüder bahnten sich sogleich eine Straße zu dem Tschick. Der aber war sicher gehakt. Er ergab sich allein Mutter Natur, der Königin, der Weide, die begann, ihn sich einzuverleiben, als ewiges Zeichen. Es war fast so, als hinge er schon lange dort. Der Tschick würde kein Wasser mehr spüren. Die zum Tanz in der Strömung bestimmten Beinchen würden Fiebern bleiben, ein ruhiger Hahnenhechelkranz zum Schmuck des Baumes allein. Er würde verkünden in Ewigkeit, niemand war diese Stelle zu fischen bereit. Wir waren beide geschlagen, Archie und ich, blickten in Richtung des stillen Wassers. Nur undurchdringbare Weidenzweige sahen wir, zwischen den Blättern ahnten wir einen Schatten im Fluss, noch größer und dunkler als der, mit dem das Laub die stillstehende Oberfläche bedeckte. Etwas aufwärts sprudelte die Strömung noch munter und hell gegen den Stein, uninteressant für uns, ein stetes Plätschern nur vor dem monotonen, bis hierher dringenden Rauschen der Kaskaden, die der Fluss hinabstürzte, dahinter die Schonstrecke, wo die kapitalen Forellen in Ruhe standen, nur stiegen, wenn Brotbröckchen von der Holzveranda fielen, auf der Mercedes saß vor einem Eiskaffee unter einem Coca-Cola-Sonnenschirm, gewiss in eine Zeitung vertieft, die sie durchblätterte an den Ecken mit diesem schmissigen Seitenreiben, fast schon ein Reißen. Hin und wieder schnappt sie eine Schlagzeile auf, lässt ihre Pupillen über die aufgetragene Druckerschwärze gleiten, bis die Lettern schon kaum in der Hälfte des Artikels ihren Sinn verlieren, Mercedes aufblickt, sich lieber einmal mehr eine Schicht Sonnenmilch ins Gesicht schmiert, ihre Augen gegen das Licht mit der flachen, tropfenden Hand beschirmt, einen Blick wirft auf Archiebald und mich, sie entscheidet, dass dieser Fischtag noch länger dauern dürfte, und noch ein kleines Häufchen Schlag in ihren Mund löffelt, umsummt und betanzt und beturtelt von ihrem schwärmerischen, emsigen Gesellen Gerry, der ihr jeden Wunsch aus den Augen blinzelt und von den Lippen liest.

»Heute nicht«, sagte Archie, »wir werden nicht zu Kreuze kriechen«, und ich wusste nicht, ob er meinem Blick gefolgt war, »hast du noch ein paar Fliegen?« – »Keine, die Weidenzweige durchdringt«, sagte ich im Angesicht des verhängnisvollen Geästs, »das ist egal«, sagte Archie und ich gewahrte den Stamm, wie er gleichzeitig über den Fluss wucherte, in sich ruhte und sich in die steile Uferböschung grub wie Archie seine Hand in meine linke Sakkoinnentasche. Dort fand er das Fliegenetui voller Ritz-D-Nymphen. Eine band ich ihm dran. Sie wartete darauf, endlich Wespen zu mimen. Ihre Leiber tauchten in der beschatteten Böschung hin und wieder auf über lila blühenden Brennnesseln. Es wimmelte nur so vor geflügelten Insekten auf der anderen Seite. Ihr aggressives Surren erfüllte die Luft wie der überreife, saftige Grasgeruch, und es blitzte auf neben dem Weidenstamm. Es war ein ganzer Schwarm, ein tanzendes Volk. Wer weiß, wo sie ihr Nest hatten, vielleicht in der Krone direkt daneben, vielleicht im ebenen, kieseligen Ufer, oder etwas die Böschung hinauf im Unterholz, benachbart von Unkraut, Maiglöckchen, Bärlauch, Disteln und Nachtschattengewächsen. Zwischen ihnen schillerten die Hautflügler, wann immer ihre Flugchoreographie wilde Wirbel, Wienerwalzerpirouetten à la halbe Linksdrehungen in die Schlaglichtkegel vorschrieb, die das Geäst der Bäume auf der Anhöhe dahinter gen Böschung entließ.

Über die steinerne Brücke schwebten die Schritte meiner Schuhspitzen, und ob Archie meinem Blick gefolgt war oder ich seinem, ob er sich zuerst in Bewegung gesetzt hatte oder ich, ich wusste es nicht, jedenfalls näherten wir uns beide der anderen Seite. Der Lack der hölzernen Brüstung blätterte an den beschatteten Stellen ab und warf an anderen, von der Sonne beschienenen Passagen Blasen. Der Boden glühte, die Wärme stieg uns ins Gesicht, Dämpfe hätten wir geatmet, wäre der Untergrund Asphalt gewesen, bei jedem Schritt rieb der Schweiß zwischen Haut und Kleidung, und wer meinte, Schmierfilme verringerten Reibung, war noch nie im Beisein Archies besessen auf dem Weg zum anderen Ufer gewesen. »Du bist ein guter Begleiter«, sagte Archie und hinter ihm wippte sein Pferdeschwanz her, vor ihm tanzte im Trab seiner Schritte die filigrane Ritz D in der untersten Öse der Stangenspitze, die in Richtung Wiese wies. Unter brüllendem Gestirn und schwarz auffliegenden, sich wieder niederlassenden, frenetisch mit Flügeln und Körpergliedern knirschenden Bremsen standen Rösser, die mit ihren Schweifen schlugen, einander mit Wahnsinnsblicken bewarfen, alle paar Momente meterweise in Galopp verfielen, bevor sie ruckartig im

Schritt weiterliefen, stehen blieben, Pferdeäpfel fallen und ihre nervösen Augen in die sonnengeflutete Gegend schielen ließen. Der Mittagszenit erhitzte das Tiergemüt in den Adern durch die Haut bis zum Siedepunkt, die Bremsenschwärme bohrten ihre Saugrüssel von außen hinein, die Tiere waren kurz vorm Zusammenbruch. Die Sonnenstrahlen waren Stacheln, vor denen bloß das Land verfinsternde, biblische Bremsenplagen schützten. Das Gras verdorrte den Pferden zwischen den Zähnen, ihnen blieben nur allenthalben aufgestellte, von fermentierten Futterhaufen überquellende Tröge oder Kannibalismus. Hinten gegen die Alpen hin versuchte ein Hengst eine Stute zu besteigen, scheute aber ins Nichts und fiel hin.

Das Splittern diverser Knochen hörte sogar ich und Archie passierte, als wäre da nichts, weiße, um die Koppel gespannte Bänder, durch die ich deutlich Ampere rund um die Pferde sausen hörte wie Formel-1-Autos. Haarscharf, aber ohne sich auch nur zu bücken, in seiner ganzen Größe, wie andere wohl über etwas hinweggehen, schwebte Archie unter dem untersten, in absoluter Windstille zitternden Absperrband durch, setze seinen martialischen, südafrikanischen Burenfuß auf die Koppel. »Du, Archie, vielleicht vom anderen Ufer?« Er drehte sich um, ließ seine Pupillen in den rot schimmernden Augen millimeterweise steigen, so weit war er schon voraus, von einem geladenen Zaun meinen Oberkörper entlang über meinen Hals in mein Gesicht, hob dann eine Braue, öffnete betont langsam den Mund und ließ ein sehr trockenes »Haha« vernehmen, leichterdings, war sein Vater doch Pferdezüchter und sein Schritt nicht wie meiner auf Höhe des Zauns gewesen. Zudem öffnete er jetzt seinen Pferdeschwanz und in der Haarpracht, die ihn umfing, außerdem in seinem struppigen Bart verfingen sich die Bremsenviecher. Ich war ihnen ausgeliefert. »Ich trag dich auch«, rief ich Archie zu. »Blubbblubb«, sagte der nur. »Auf den Schultern«, versuchte ich es ein letztes Mal und er antwortete: »Ich will aber Huckepack.« – »Einverstanden«, sagte ich und Archie schüttelte einen Spliff aus dem Ärmel und warf ihn, dass er liegen blieb hinter dem Zaun, auf halber Strecke zu ihm, und er rief mir zu: »Jetzt bepiss dich mal nicht.« Ich versuchte zwar, nachdem ich unter dem Elektrozaun hindurchgekrochen war und Archie mir Feuer gegeben hatte, besonders ruhig zu werden beim Inhalieren, doch schon setzte sich eines der sieben schwarzen Pferde wieder im Rhythmus meines Luftholens in Bewegung. »Jetzt scheiß dich nicht so ein«, sagte Archie, »das sind Kaltblüter«, aber der Hengst war mager wie ein Araber. Seine Gestalt zeichnete sich deutlich ab gegen die grauen Felshänge. Wie eine Mure abging, schabte die Schultermuskulatur die Gelenke hinab. Wie in Gebirgsmassive durch Rillen schaute ich in den Brustkorb durch die Rippen hinein. Wie dem Berg die Flanke erodiert, fiel das Fleisch vom Pferd. Wie Grate gegen den Himmel erhob sich sein Rückgrat gegen den Berg. Wie ein Lemure klapperten seine Schenkel. Das Geräusch galoppierender Hufe auf längst zertrampeltem, festgestampftem Boden ging von seinem Lauf aus. Wie ein Skelett eine verwunschene Ebene durchquerte es die Koppel. Langsam, aber stet wie Lukas und Johannes, die emsigen Schüler, zeichnete das schwarze Pferd dem grauen Stein im Hintergrund unaufhaltsam wie ein dunkler Kugelschreiber einem kaum gebleichten Collegeblockblatt eine Halbellipse ein. Als es den Scheitelpunkt erreichte, wandte es sich leichtfüßig um, lief einen kleinen Halbkreis. Paranoid flipperten die Pferdepupillen, wie suizidale Unterarme waren die milchigen Glaskörper von roten Strichen durchzogen, der Nervus opticus genau in Verlängerung meines Blicks in die Gehirnwindungen des Pferdes hinein, voll Kalk wie ein Sturzbach, der aus diesen Alpen hervorbricht und einen überrumpelten Wanderer mitreißt, sich in einen Fluss ergießt, auf mich zurinnt. Schneller atmend roch ich den viehischen Geruch. Über den Boden vibrierte es durch meine Schuhsohlen, über borstige, gelbe, verdorrte Grashalme, über die ganze Ebene galoppierte der Hengst, hinter ihm her der auf und ab fliegende Schweif und eine Staubwehe wie eine Welle, als brächte sie den Aufprall, über ihm die flatternden Fransen im Hengstgenick, unter ihm die rückwärts gewieherte Kinnmähne, roter Augenfilm. »Her mit dem Scheiß«, und seine Pranke durchstieß die Wolke. Es riss an meiner Lippe und ich schmeckte Eisen. Archie kniete sich hin, klopfte mit dem linken Zeigefingergelenk auf den trockenen Boden. In der Rechten hielt er immer noch die Stange. In kauernder Haltung bekreuzigte er sich und küsste dann seine eigene Hand. Archies Profil verdeckt, seine Haare. Sie waren noch fast die Fransen des Pferdes. »Archies special Buffalo Rodeo Show Grow«, sagte er und was ich für eine Verbeugung hielt, war das neuerliche Entzünden des Spliffs mit einem aus dem Ärmel geschüttelten Streichholz, das er hollywoodreif am Boden anriss. Wir sahen uns an und lachten uns lebendig. Die Lebensgeister, wie man sagt, erwachten in unserer Brust mit jedem Schritt und jedem Zug vom Spliff und im selben Maße wichen die Todesgeister dieser Ebene.

Während Archie den Waldrand betrat, schnell Vorsprung gewann, wandte ich mich letztmals um zu den Pferden, die gleich gar nicht mehr so skeletthaft und gespenstisch wirkten. Dafür stachen mich Bremsen, und Weidenzweige peitschten mir die Leisten auf den ersten Metern ins satte Grün, Brennnesseln, blühende Disteln, tückisches, von Moosen, Pilzen und anderen Pionierpflanzen überwuchertes Unterholz, glitschschrittgefährlich. Wir waren noch nicht mal an der Böschung, da war ich schon einen Meter tiefer, bis zu den Knien. Meinen Einbruch registrierte Archie entweder gar nicht, oder es galt dafür das Einzige und Gleiche, was für diesen ganzen Waldspaziergang zu gelten schien, seine Worte, mit denen wir ins Dickicht tauchten, dass das hier immer die besten Stellen seien, da käme der dicke Max mit der dicken Geldtasche niemals hin, dafür seien sich doch alle zu schade, weswegen er da drin wäre, nie gehakt und taufrisch, versessen auf Beute, gierig unerfahren, dumm, der Fisch. Archie sprang weiter über umgefallene Bäume, und ich musste mich, eben erst aus dem Unterholz herausgehaspelt, umso mehr beeilen, ihn wieder einzuholen, was natürlich umso mehr Fehltritte nach sich zog. Ich stolperte, polterte ins Unterholz, krabbelte heraus, rannte, fädelte mit der Schuhspitze an einer umgestürzten Jungbuche ein, schlug der Länge nach hin mit dem Gesicht voran in Brombeerstauden, zog mir die Dornen aus der Wange, während die Bremsen mich in die andere Backe stachen. Wenigstens Peitschenzweige brachten mich nicht mehr ins Straucheln, denn Archie war weit voraus, blieb stehen und drehte sich um, wartete auf mich, wartete, dass ich hinterherkam, wartete, dass ich unter dem Weidenzweig durchschlüpfte, den er sich selbst gerade aus dem Weg schob und immer noch wartend festhielt, damit er mir nicht in den Schritt klatschte, eine Geste, die nur bedeuten konnte, dass es ihm viel bedeutete, mein Beisein, wenn er sich seine eigenen sehr wichtigen Gedanken schmatzend vorkaute, weniger schizophren, wenn ich beistand.

»Weißt du, sie gibt mir immer nur Fliegen mit Hahnenhecheln.« – »Archie, das haben die meisten.« – »Probleme mit ihrer Frau, hast du recht.« – »Nein, ich meine Fliegen und Hecheln.« Und wir schritten an Fliegenpilzen und Bärlauch vorbei. »Geil, dass der überhaupt noch wächst. Schatten hält frisch«, Archie bückte sich und pflückte, schaufelte Rot und Grün in seine Taschen, so viel sie eben fassten. Während er mir den nächsten Weidenzweig hielt, breitete sich ein saftiger Fleck auf seiner Kleidung aus. Ich trat an Archie vorbei auf die Böschung zu. Der Abhang lag vor uns. Es wimmelte von Wespen. Ihr Brummen erfüllte den Wald. Unsere beiden Schatten fielen ins Dickicht. Riesenhaft lagen wir über den Gräsern. Ich drehte mich um und sah die lichtdurchlässige Baumkrone. Die Sonne erhellte die Ränder der Blätter und projizierte uns als Dunkel eines Lichtkreises auf das Land. »Schau, das sind wir.« Er meinte, selbst wenn die Schatten länger würden, der Tag sich dem Ende zuneigte, würde er nicht größer. Auf das Rasseln in seinem Schnaufen hin lachten wir wiehernd. Ich setzte den ersten Schritt auf den Waldboden. Gleich glitschte meine Ledersohle etwas abwärts. Ich tat einen hastigen, zweiten Schritt und kam wieder ins Gleichgewicht, sah den Boden meterweise abwärtslaufen.

Allenthalben erhoben sich Ameisenhaufen, aus dem Humus ragende Fallholzäste und darauf papierene Wespennester. Nur einen vorsichtigen Schritt setzte ich vorwärts und eine gewaltige Staubwolke schoss mir ins Gesicht aus einem tückisch zwischen Moos versteckten Pilz. Ich rieb mir die Augen sauber, und als ich wieder klar sah, waren da noch mehr Ranken voller Stacheln, Wespenflügelschläge und tanzende Mücken in gesiebtem Licht, schlüpfende Larven und sich erhebende Hautflügel aus Wasserlachen, die sich unter dem Wurzelwerk im Hang stehender Bäume gesammelt hatten, hinter alledem plätschernd der Fluss.

»Archie, vielleicht doch eine Fliege mit Hechelkranz«, und er trat neben mich, sein klumpiger Fuß versank mit einem Schmatzen einen Zentimeter tief im Humus, »hörst du mir überhaupt zu?«, und ich entgegnete, während sich eine Mücke auf meine Stirn setzte, »schau dir die Insekten an«, ich klatschte meine Handfläche gegen meinen Kopf. »Du stinkst nach Angstschweiß«, sagte Archiebald, atmete einen Zug Gras aus und ich roch nur ein Gemisch aus Wald und Pferdemist. Ich zeigte sie ihm. Inmitten eines frischen Blutflecks reckte das Matschbiest seinen Saugrüssel und ein paar abgeknickte Beinchen in die Luft. »Wenn du willst, dass es mir nicht auch ausbricht, lass den Scheiß«, ich hörte das Rasseln in seinen Lungenflügeln und das Grasverbrennen und das Wespenschwärmen und das Flussplätschern und vereinzelt ein paar Pferdehufe den Boden traktieren, ganz gedämpft drang dieses Geräusch durch die Büsche. Archie stutzte, sah den Abhang hinab, ich blickte hinterher und sah ganze Nester Babyzecken aus dem Unterholz krabbeln. Sie habe das mit ihrem Psychiater besprochen, sagte Archie und ich sagte, dass er da etwas verwechselte, fragte, ob der ihr das Gras verschrieb und ob er nicht eher ihren Therapeuten meinte, wenn sie mit ihm nur redete, und Archie entgegnete, ich rede zu viel und wir könnten rückwärts den Hang hinuntergehen, die Böschung sehe recht gefährlich aus, und als ich mich auf meinen rutschigen Ledersohlen umdrehte, den Brennnesseln, den Disteln, den Brombeerdornen und allem blutsaugenden und stachelrammenden Getier, wurde mir nur mulmig zumute, bis ich Archies Hände fasste, der über mir stand. Ich spürte seine wulstigen Finger, seine Hornhaut, seine Unverletzlichkeit, sah ihm in die Augen, es war ungewohnt, zu ihm aufzuschauen, die Kälte des Eherings schauderte meinen Ringfinger hinab und ich tat den ersten Schritt Ferse voran die Böschung runter.

Archie folgte mir Satz für Satz im selben Takt, zog bei jeder Bewegung der Beine einmal an dem Joint und atmete in Kurzatmigkeit aus, neigte sein Gesicht und seinen Blick zu mir herab, dass ich auch etwas hatte von den Graswolken. Seine Züge waren jetzt wieder diamanten gefasst, ganz ruhig, gerahmt von herabhängenden Lianen und seinen Haaren, die nach vorne schaukelten in mein Gesicht, wieder zurückschwangen wie der Tschick bei jedem Stehenbleiben, wie eine Wikingerschaukel bewegten sie sich, starr hingegen der Rauschebart, die Fliegenstange unter die Achsel geklemmt, er dirigierte mich arschlängs an einem Ameisenhaufen vorbei. Er ließ eine Hand los, ich hing im Hang, und er zeigte auf das Volk und ein Schlangenskelett, das erkaltet in seinen Todeswindungen zwischen den wimmelnden Sechsfüßlern lag. Gegen die Nadeln hob sich das Weiß der Knorpel Wirbel für Wirbel ab, daran die haarfeinen Verästelungen, Rudimente von Rippen, und es wuselte rot, zentimeterlang und schwarz rundherum. Archie hob eine Hand über den Haufen, Schatten fiel darauf und es dauerte nur Sekunden, bis der beißende Geruch von Ameisengift die Luft erfüllte. Ich konnte förmlich sehen, wie sie von den Nadeln abließen, die sie gerade noch Richtung Baueingang geschleppt hatten in straßengeraden Reihen, sich neu formierten zu einem Bataillon, ihre Hinterteile wie Kanonen in den Himmel reckten, dorthin, woher Archies Schatten kam. Sie verteidigten sich und ihr Habitat und ihren Staat. Es war unmöglich, ihnen Terror zu unterstellen, was sollte man sagen, sie liebten ihr Terrain und Archie liebte sie. Das sagte er, sie fraßen Schlangen und ließen sich nicht unterbuttern. Er habe sie lieb. Dann fasste er mich wieder an beiden Händen und wir gingen weiter, hinaus aus dem Lichtkegel, in den nun wieder

der Dampf des Ameisenhaufens aufstieg. Darin war es wesentlich wärmer als außenherum.

Archie röchelte, hustete mir ins Gesicht, ich fühlte die Tropfen sämig und wohl auf meine Wangen treffen. Dann sagte er nuschelnd, immer noch den Joint im Mund, Wolken ausstoßend, sie habe diesen Typen in Paris kennengelernt, damals während der Studentenrevolten, Sartre mit Megaphon in den Straßen und sie im Sprechzimmer ihres Psychiaters, der zehn Sportwagen vor seiner Wohnung stehen hatte, die gerade von dem Mob auseinandergenommen wurden. Deswegen sei er aufs Land gezogen in eine Villa mit zwölf Pfauen im Garten und einigen Segelflugzeugen und den übrigen Wagen, und was er auch gewesen sei, Psychiater oder Psychotherapeut, jedenfalls sei er ein Analytikerverschnitt mit schizophrenem Minderwertigkeitskomplex, einem Faible für Knoten und Maßanzüge und Sprachwissenschaft gewesen. Heute noch rufe Mercedes ihn hin und wieder an, weil sie erst durch ihn verstanden habe, weswegen die Beziehung zerbrach. Sie hasste eben Kraftfahrzeuge. Sie sei ja das Kind ihrer Eltern, die Bremsscheiben verklopften und mit den Nazis kollaborierten. Erst seinetwegen sei sie dann auch auf die Straßen gegangen, nach L. A. entflohen und dann, damals noch Michelle genannt, weiter nach Südafrika. In ihrem Haus sei auch alles selbst gemacht, weil Mercedes genauso vehement wie Autos alle Automaten hasste.

Nun brach wieder das Licht durch die Blätter und ich sah die Mücken steigen aus ihren Schlammlöchern. Wir waren bereits die Hälfte der Böschung hinabgestiegen. Archie wies mich an, meine Ferse diesmal besonders hochzuheben, und ich tat einen Schritt. Wie eine schiefe Limbostange schwebte ein Fallholzast in meinen Blick, unter dem Archie sich durchbückte, ohne meine Hände loszulassen. Dann spuckte er den Spliffstummel aus. Da nichts mehr vor seiner Nase glomm, trauten sich die Mücken, nun auch ihn zu befallen. Eine setzte sich auf Archies Nase und ich pustete ihm ins Gesicht, womit ich sie vertrieb. Der Pfauenfederkörper der Ritz D in der untersten Öse der Fliegenstange schillerte im nächsten Schlaglicht. Ich trat nun besonders vorsichtig auf, fragte, ob Archie die Fliege nicht zu sehr erinnere an den Linguisten, nicht doch lieber eine mit Hechelkranz. Archie beschimpfte mich und sagte, er hoffe, mein Schwanz sei nicht so groß wie mein Verstand, und hörte ich ihm überhaupt zu? Seine Lungenflügel rasselten wie die Flügel der Wespen. Ein trockenes Surren schwebte über den Disteln, um die wir Zickzack liefen wie Skirennfahrer auf einem Slalomhang. Das Brennen des Bücherwurms im Unterholz nenne der Psychiater das. Man müsse bei den ersten Anzeichen schon aufpassen, dass nicht das ganze Gebäude abbrannte. Zunächst steige nur der Rauch in Form einer Verwirrung und Verwechslung in die bewusste Bibliothek hinauf. Ich aber stieg Ferse voran immer weiter zum Flussufer hinab, ich hörte schon fast nur noch das Kaskadenrauschen und war sehr abgelenkt, immerhin palaverte Archie ja auch nur Blödsinn. In der ernstllosen Zeit verwiesen an die öffentlichen Rundfunkanstalten, das Halbwissen aus den Radiosendungen zur Labsal meiner stundenlangen Autofahrten, fragte ich, Moment, verwechsle er da was, fragte ihn, ob er sich da ganz sicher sei mit diesem Psychotherapeuten, ob der nicht viel eher nur Lacan sein konnte und ob er nicht viel eher das Drängen des Signifikanten im Unbewussten meine und ob ihm eigentlich schon mal aufgefallen war, dass sein eigener Name der gleichen Vokalhebung folgt wie die Sprachwissenschaft, Archiebald? Archie entriss mir wieder eine seiner Hände und unvorbereitet, gerade einen Schritt nach hinten gesetzt, wusste ich, den Fuß noch in der Luft, schon intuitiv, ein dubioses Gefühl, dass es brenzlig wurde. Beim Auftritt rutschte meine Ledersohle weg, ich damit rückwärts den Hang hinab. Archie hüpfte im Tempo meines Abgangs hinterher, gut zu Fuß und sehr gewandt im Gelände, mein Blick, starr vor Furcht, auf ihn geheftet, das Letzte, was ich jemals sähe, Archie, immer gleich groß, wie er sich bewegte, unglaublich schnell, wie er grinste, unendlich boshaft und sacht nur eine meiner Hände hielt, mich auf eigenen Beinen abrutschen ließ, unter meiner Sohle die

Schläge, ein Skirennfahrer auf der Buckelpiste, eher ein Stottern als ein Gleiten, es spannte im Schritt, gerade noch hob ich mein Standbein, um einen unfreiwilligen Spagat und in der Folge das Stürzen und Hanghinabkugeln zu vermeiden. Archie machte sich einen Spaß daraus, hätte er mich doch locker behände mit einem Zug seines starken Arms in die Gegenrichtung retten können, sprang lieber leichtfüßig, schwebend fast weiter hinterher, während ich schon ein tanzendes Teufelchen in ihm sah, ganz sicher keinen Schutzengel, nur noch auf einem Fuß abwärtsschlitterte und meinen Blick über die Schulter nach hinten wandte, um nicht zuletzt ins Auge des Verräters zu sehen, um zu schauen, wo ich aufschlagen würde, weil ich irgendwo gelesen hatte, es koordiniere die Bewegung, den Kopf kontraintuitiv in Richtung Fliehkraft zu drehen, weil ich von den beiden in den Orkus Stürzenden auf der Decke der Sixtinischen Kapelle den feige das Auge verschließenden nie gemocht hatte, wer weiß das schon. Meine Ferse warf eine Moräne Humus auf und schob sie wie ein Gletscher vor sich her, die mich letztlich, genauso hoch aufgetürmt wie mein Halbschuh, stoppte.

Archie hatte einen kühlen Kopf bewahrt, vielleicht auch gesehen, dass das Ganze, es hatte nur Sekunden gedauert, glimpflich ausgehen würde, klopfte sich jetzt mit einem Knall die freie Handfläche, die das Malheur erst verursacht, mich losgelassen hatte, gegen die Stirn und fragte, ob ich dazu nichts zu sagen habe, wie schwer von Begriff ich denn sei. Diesen Psychiater habe sie doch nur erfunden, um ihn, Archie, darauf hinzuweisen, dass sie ihm immer nur Fliegen mit Hechelkranz gebe und er bloß seine seelische Verkrüppelung überwinden müsse, und auch die körperliche wäre gegessen. Er solle daran arbeiten, den Hahn in der Fliege nicht mehr mit dem Gashahn zu assoziieren, und dann könnte er die Fliegen ganz normal fischen und glücklich sein. Sie wollte ihn damit nur traktieren. Sie habe ihm einen Floh ins Ohr gesetzt. Der summte jetzt. Tatsächlich fürchte er die Hecheln erst, seitdem sie ihm das gesagt habe. Jedes Mal zuckten seine Finger zurück, wenn sie ihm eine Fliege gebe. Seither könne er nicht mehr richtig werfen. Er sei zutiefst verängstigt. Und er danke es mir, hier zu sein mit ihm, am Fluss, damit er Mercedes nicht zu bitten brauchte, sie danke es ihm ja doch nicht, aus Südafrika weggegangen zu sein hierher. Ich hingegen hätte ihm die Ritz D gegeben, eine Fliege ohne Hechelkranz.

Ich tat noch einen Schritt zurück. Meine Sohle traf auf flachen Sandboden, versank etwas. Mercedes habe ihm den Gedanken eingepflanzt, sie sage, er müsse nur aus dem Gestrüpp seines Daseins auf die Lichtung treten, wo alles sich sammelte, und es ginge ihm gut, sagte Archie. Neben meiner Schuhspitze strebten die Weidenwurzeln bergauf dem Halt spendenden Humus der Böschung entgegen, wo sie in der Erde versanken. Aber in Wirklichkeit, das wisse er, habe nur sie ihm dieses Buchstabenunterholz eingeredet, wo die Angst nun wuchere, sagte Archie. Ein frischer Hauch kühlte mir den klatschnassen Sakkorücken. Der Duft klaren Wassers umfing uns. Er müsse dieses Unterkraut herausreißen, die Büsche brandroden, an jedem Baum ein Glutnest, und ich dachte an eine feuerrote Dschungelhenne, die ihre Eier ablegte, alles niederbrennen, sagte Archie, dann wäre bald die Furcht vorbei. Auf seinen Pupillen, die mir so nahe waren, weil ich gestoppt hatte, er aber weitergegangen war, erkannte ich die Spiegelung des Flusses, auf dem sich wiederum mein Rücken spiegelte. Archie ließ mich los. Er würde den Gashahn wieder dorthin verbannen, wo er hingehöre, sagte er. Ich wandte mich um. Auf den Grund eines tiefen schwarzen Sees, woher nichts mehr an die Oberfläche kam, sprachs. Das Wasser war flach. Die Strömung stand still hinter dem Stein. Jeder habe ein Recht auf Verdrängung und Unterdrückung, die innere Stimme zu ignorieren. Wie gescheiteltes Frauenhaar, das sich erst auf der Brust wieder in den Spitzen findet, rann der Fluss um den Stein herum. Dahinter Reglosigkeit wie ein totes Gesicht.

Die Weidenzweige hatten sich durch unseren Marsch auf die andere Seite verwandelt. Sie waren nicht mehr der Vorhang, sondern gaben den Hintergrund für die Forelle. Jeder solle selbst entscheiden, was er an die Oberfläche hole. Das Tier stand im Wasser, riesenhaft, wohlproportioniert, kapital. Ich sah schon meine Finger die Kiemendeckel spreizen, den tiefroten Anblick, die gefressenen und verstoffwechselten Flusskrebschen, das Gleichmaß ihrer Punkte, ihre Gestalt, sie war eine Bachforelle, die perfekte Figur in perfekter Umgebung, ihre Bewegung, wie sie noch im Wasser kämpfen würde, schon an Land geholt hilflos zucken. Wie wir sie zurücksetzten, sie erst starr schweben, und dann wegschwimmen, sich das nächste Mal nur ganz anders haken lassen würde. Jetzt hielt sie ganz still. Nur hin und wieder bewegten sich die Seitenflossen, um die Haltung zu korrigieren, minimale Regungen im sonst ruhigen Wasser, die den stromlinienförmigen Fisch ins Ungleichgewicht brachten. Ich schätzte die Tiefe, in der sie schwebte. Dann zog ich die Verzwergung des Anblicks durch die Winkelbiegung und Lichtbrechung beim Durchschauen der Oberfläche ab. Ich begriff, dass sie größer war als jede Forelle, die ich je gesehen hatte. Ob ich überhaupt? Mit Sicherheit maß sie einen Meter, wog locker mehrere Kilo, genau würde ich es erst wissen, wenn ich sie aus dem Wasser hob. Ein Leichtes würde es nun von dieser Uferseite aus sein, die Fliege neben dem Stein eintreiben zu lassen. Und dann wird es schnalzen. Ich schnalzte mit der Zunge, wandte mich zu Archie um und sagte: »Lass uns weiter oben reingehen«, damit unser Schatten nicht auf die Forelle fiel, wir sie nicht durch die Bewegung unserer Arme vertrieben, »bei den Kaskaden«, dort würde der Strömungsschatten, den unsere Beine ins Wasser warfen, sogleich wieder ausgeglichen. Bevor wir also am Ufer direkt neben dem Katarakt unsere Hosenbeine bis zu den Knien hochkrempelten, bewältigten wir noch einige Meter flussaufwärts, unsere Füße hinterließen Abdrücke im nassen Sand und Archie sagte auch noch irgendwas. Er war auch schon immer schwerer zu verstehen, wurde das Sprudeln des Wassers die Kaskaden hinab doch mit jedem Schritt lauter. Ich warf noch einen Blick über die Schulter, gewahrte den hängengebliebenen Tschick, schaute flussaufwärts und dachte an Mercedes.

Dann waren wir da und ich wandte mich zum Wasser. Es brüllte. Es stürzte Steine hinab. Sie schauten allenthalben zwischen der weißen Gischt heraus. Es war, als veränderte sich die Luft, als saugte der aufgebrachte Fluss den Sauerstoff heraus, als atmete er tief ein vor einem Wutausbruch. Ich spürte Wasser tropfen auf die Wangen, auf den Wangen Wassertropfen, ein sachter Sprühregen. Ein solches Glitzern erzeugte das Sausen des Flusses zwischen die Steine, dass mir schon in den ersten Augenblicken schwindlig wurde. Zu schön waren die Regenbogenfarben, unerträglich dem Auge das Paradies. Wie gut, dass meine ganze Kleidung schon durchgeschwitzt war, dachte ich, als ich den ersten Schritt in die brachiale Strömung setzte. Unter meinem Fuß spürte ich trittsichere, spitze Kiesel. Sie stachen in meine Sohle. Doch dann wurde mein Fuß gleich taub von der Kälte. Ich schaute hinunter zum Stein, fühlte Frieren und das blitznadelartige Einschlafen die Venen meines Unterschenkels durchkriechen wie ein widerlicher Parasit. Aber dann sah ich, wie friedlich und majestätisch, sauerstoffgesättigt der Fluss nach den Kaskaden weiterrann, schöpfte mit meiner Linken etwas Wasser, warf es mir ins Gesicht und fühlte mich gleich versöhnt und erfrischt. Ich schaute zu Archie zurück, der beim ersten Schritt vom Ufer gleich bis zum Bauchnabel versank. Ich ging weiter über blankeren Kies. Das Wasser schwemmte ihn an im Rücken der Felsen, die bis über die Oberfläche reichten. An einem kam ich vorbei, der eine Delle in der ansonsten perfekt kubischen Form hatte. Darin hatte sich Sprühwasser gesammelt. Ich schöpfte es heraus und trank pure Wärme, den ganzen Tag von der Sonne beschienen. Mein Schatten fiel auf die Wasseroberfläche und ich freute mich, dass es keinen Fisch zu verscheuchen gab in dieser Gegenströmung. Mir kamen polierte Steine unter die Sohlen. Algen gab es keine bei dieser Wasserqualität. Alles war sicher und kein bisschen glitschig. Auch für Archie wurde es nicht knifflig. Das Wasser stand mir erst bis zu den Knien, ihm erst bis zum Bauch, als wir nebeneinander einen sicheren Platz erreichten, die Forelle anzufischen. Ich schnalzte mit der Zunge, bemerkte, dass er nicht reagierte, dann lauschte ich dem tosenden Wasserrauschen, an das ich mich schon so gewöhnt hatte, dass es verschwunden war.

Nun zwinkerte ich Archie also zu und er grinste mich an, die Fliegenstange in der Hand, ein bisschen gehoben. Sonst wäre der Griff unter die Oberfläche gekommen und mit Sicherheit fortgerissen worden gegen die Steine. Das konnte einem Karbonschaft nicht guttun. Dann war sein Mund an meinem Ohr. Er flüsterte etwas. Ich sah ihn an. Er war schon wieder bis zum Nabel eingesunken. Alle Kälte in meinen Beinen wurde Wärme und schoss durch meinen Körper. Ich fühlte die Wonne in jedem Glied. Mein Puls beschleunigte. Sonnenschein lag auf meinem Kopf. Ja, ich wolle! Ich schrie es mit graserfüllten Stimmbändern über das Rauschen, mit frischer Gesichtsmuskulatur, die ich kurz im Strömungsschatten meines Beins erblickte, zu einer frenetischen Fratze verzogen, unermesslich hässlich, aber dann verdeckte die Ritz D in der untersten Öse der Stange, die Archie mir zuwarf, meine Züge, und dann verschwammen sie mit Sicherheit, denn ich musste mich anders hinstellen, in Servierposition bringen. Schwierig, in diesem wilden Wasser in Bewegung zu kommen. Ich hob noch meinen Fuß, da spürte ich das Wasser schon daran reißen wie eine Schlingpflanze. Ich stemmte mein ganzes Gewicht gegen die Strömung, tat einen Schritt vorwärts, für einen Rückwärtsschritt eigentlich, drehte mich um und trat dann mit dem anderen Bein nochmals vor, dass ich dastand im Telemark, Anfischposition. Meine Kniekehlen beschrieben jetzt selbst eine Stromlinienform. Dann hob ich die Stange. Das Wasser fetzte an mir vorbei. Der Fluss brüllte. Er forderte mich. Der Sprühnebel stieg mir ins Gesicht. Ich atmete Tropfen und da fielen mir Schiffbrüchige ein. Sie hielten den Kopf über Wasser und ertranken trotzdem manchmal, wenn der Wind zu stark war. Der Sturm warf erst Wogen auf, wehte dann die Gischt weg, verwandelte Schaumköpfe in Flugwasser. Es schoss den schwimmend Ertrinkenden horizontal in Mund und Nase. Ich machte also besser schnell, hakte die Ritz D aus und warf. Ich war schon beim »und« von »zwei-und-zwan-zig«, hielt Ausschau nach der perfekten Stelle, verlängerte die Schnur nochmal in der Luft. Gleich hinzukommen, nicht lange herumhantieren, rumfuchteln zu müssen mit der Fliege im Wasser. Ich stoppte den Wurf auf eins, die Schnur streckte sich, die Fliege schoss voran, das Vorfach folgte, Schlingenform zur Geraden in Richtung Fisch, dann lag alles ausgebreitet da, der Wurf, in der Horizontalen die Schnur, das Vorfach voran, die Fliege als Spitze genau über dem Stein, alles sank sacht auf die Wasseroberfläche, die Fliege landete sanft. Ich fühlte den Biss sofort und hatte noch zwei Sekunden, Archie ein Grinsen zuzuwerfen, zu nicken, mit der Zunge zu schnalzen, und als ich gerade anschlagen wollte, setzte sich eine von wer weiß wo angeflogene Mücke auf meine Nase, die ich mit der Linken verscheuchte, was mich ins Ungleichgewicht brachte, plötzlich balancierte ich auf einem Bein, die Strömung schlug an, kurzum, ich fiel in den Fluss hinein, schaffte es aber noch, die Stange mit der Rechten in die Luft zu schleudern, dann tauchte ich unter, war unter Wasser, sah die Kiesel, trieb ab, von der Strömung erfasst, tauchte auf, japste nach Luft, schlug mit dem Kopf gegen einen Stein und war wieder unter. Die Strömung zog mir mein Sakko aus über den Kopf, schwemmte es mir voraus, dann drückte mich die Unterströmung weiter runter und in die Steigung hinab. Eine Blutspur hinter mir. Aus meiner Nase kam sie. Unkontrollierbarer Druckanstieg, das Strömungsschießen. Das Rot verflüchtigte sich schnell, ebenfalls weggeschwappt. Zwar so klar, das Wasser, dass ich bis zur Oberfläche sah, aber der Sprudel war auch aufgebracht, dass ich nur weißes Rauschen schaute. Es dröhnte noch in meinen Ohren nach. An meinen Armen riss der Fluss, ich versuchte, dagegenzuhalten, zu kraulen. Mich in eine Seitenlage zu bringen. Ich atmete aus. Blubberblasen stiegen auf vor meiner Nase. Der Strom nahm mich mit. Mit einem Mal war das Rauschen weg. Die Stille hier unten war dunkel und unheimlich steril. Meine Ellbogen stießen an Steine. Ich versuchte, die Beine zu strecken, die Füße wie Flossen, die Schenkel krampften, ich fühlte schon, wie sich mein Gewand ansoff, das kurzärmelige Hemd und die Hose zogen mich runter, waren schon nass, die Unterhose wurde schwerer. Ich schaute geradeaus, ein Stein voraus, mit Ach und ohne Krach schlängelte ich mich haarscharf vorbei, schrammte mit dem Bauch daran, trieb weiter, mein Bein krampfte. Ich kämpfte nicht mehr. Wie ein Waschweib ein Hemd das Rüffelbrett schabte der Fluss meinen Körper den Katarakt hinab. Wangen gegen verfangene Äste, Finger, die krallen wollten in den Boden, die Kiesel zu klein, spitz und scharf, dann kam die Kälte, fuhr mir wie ein Messerstich ins Herz und ich fühlte nichts mehr, keinen Halt, keine Bewegung. Wie eine Leiche trieb ich weiter, atmete ein, Wasser, Lunge, Mundhöhle taub. Das Gaumenzäpfchen schockgefrostet. Nicht einmal geschrien hätte ich gerne.

Dann beruhigte sich das Wasser. Es trieb mich einfach dahin. An der Oberfläche sprudelte noch etwas Gischt, weißer Schaum, den die Strömung in Längsstreifen zog. Dann lösten sie sich auf, gingen nahtlos in hohe Schleierwolken über, wichen Himmelblau. Das Licht zauberte Reflexionen auf den Fluss und drückte mir die Lider zu. Eine Wolke trieb zwischen Sonne und Wasseroberfläche und erlaubte mir zu blinzeln. Die steinerne Unterseite einer Brücke schnitt den Himmel ab, ihr Schatten verdunkelte das Flussbett. Die neonfarbene Schnur wanderte einige Meter über mir von links nach rechts, fast zum Zerreißen durchgestreckt. An ihrem Ende hielt Archie dagegen. Sein Schatten lag winzig auf dem Katarakt. Er kämpfte sich durch das Wildwasser in Richtung Ufer. Die Strömung wurde neben den Brückenpfeilern stärker, tauchte mich weiter unter. Die Sonne war dann gänzlich von Wolken verdeckt und brachte sie zum Leuchten wie Nebel. In hellem Weiß strahlte ein Aal, der in der Strömung stand, seinen langen Schwanz darin bewegte. Den Kopf hatte er in eine Zweigspitze verbissen, die in einen schwarzen Ast überging, der, zur Hälfte von bernsteinfarbenem Schotter bedeckt, aus dem Flussgrund ragte. Die Strömung schwemmte mich langsam an dem Ast vorbei. Grüne Algen bevölkerten die Rinde, trieben in Fließrichtung wie lange Haare, die vom Fluss geföhnt wurden. Sie schwenkten nach rechts und dann wieder nach links in hypnotischem Rhythmus. Ebenso langsam und zaghaft, kein einziger Ruck, der nicht der Strömung entsprach, ruhte der Aal. Nur der Abglanz des Sonnenlichts verlieh seinem Körper ein Zittern, angenehm anzuschauen, das Maul passierte mein Gesichtsfeld, es war weit offen, Zähne fehlten, der Aal war ein Strumpf, sein Körper transparent. Er wogte hin und her und erst einen Meter weiter flussabwärts, an der Schwanzspitze verdickte er sich nochmal, verwandelte sich wieder, und der in volle Länge geschwemmte Blausiegel verschwand aus meinem Blickfeld. Die gelbe Schnur hingegen schnitt hinein. Die Forelle preschte von oberhalb an mir vorbei, so schnell, gar unsichtbar, schleifte das Vorfach hinterher, zog die Schnur mit flussabwärts. Nach links schwamm die Forelle wieder voraus. Die Schnur bewegte sich dahin. Sie legte sich um den Stein, von links, jenseits der Weidenzweige. Dann beschrieb sie eine Schlinge, wurde nach rechts gezogen, um den Stein herum, sie schabte an dem rauen Brocken, der millimeterweise Abrieb der Kunststoffschnur war deutlich zu sehen, kleine, im Licht blitzende Fitzelchen tanzten über der Oberfläche und zwangen mich zu blinzeln.

Rechts kam ein Feld Flussgras in Sicht. Ein schwarzes, konisches Köpfchen, das Schillern der Pfauenfeder verlief, grün, blau, violett, gleichzeitig, die fingernagelgroßen Bachforellenzähne, die vordersten nach außen gebogen, vom Ruck im Mund, der Anschlagswucht, das Touchieren des Hakenbogens, die Spitze selbst versenkt im Fleisch hinter der Zahnreihe, davor die Fliege, inzwischen nach hinten gebürstet, den mächtigen Unterkiefer entlang, die Forelle zog die Ritz D, nicht umgekehrt, das Auge panisch in Richtung Flussgras gerichtet, das Bäckchen blank und voll, der zuckende Kiemendeckel, der Körper bewegt, die Muskelkontraktionen durchwalteten den Rücken, bis zur Kammflosse aufwärts, dann erst hinab, die deltoide Form, einem Drachen gleich, keine Gräte zu sehen, so angespannt das

Fleisch, in einen langen Schwanz auslaufend, der von links nach rechts schlug, als wollte er Tausende Punkte abschütteln. Selbst waren sie so laissez-faire verteilt auf dem Leib, als hätte ein Maler einen nassen Pinselschlag gestoppt mit dem Zeigefinger einen Meter vom Blatt, als wären die Tropfen ohne Willkür auf die Leinwand geklatscht, blau und schwarz, rosa umrandet, die Zeichnung der Bachforelle, aus dem Gemälde herausgesprungen, hier in den Fluss hinein, an mir vorbei, so schnell, dass nur Blubberblasen im Wasser blieben, durch das mich die Strömung trieb, ein kurzer Blick war mir noch vergönnt, die Schwanzflosse schlagend, die Punkte die Stromlinie entlangtanzend, die Fettflosse, selbst nicht beweglich, wedelte gegen den Wasserwiderstand, die Seitenflossen steif, bernsteinfarben, ein flüchtiger Eindruck nur schoss sie torpedoschnell rechts in den Flussgraswald hinein, die neonfarbene Schnur hinterher.

Neben dem Kraut zog meinen Blick ein gelbbraunes Rinnsal auf sich. Die Strömung trieb die farbige Spur vor sich her, löste sie bald auf, faulige Äpfel lagen da am Flussufer zuhauf. Auf der Wasseroberfläche waberte der Schatten einer alten, bucklig herantretenden Frau. Ihren Kopf umwand ein Tuch. Derbe Handschuhe trug sie, ließ ihre angespannten Arme sehen, die eine ganze Schubkarre Gartenabfall anhoben, am Waldrand den Mist auskippten. Das tumbe Fallen der Abfälle gewann durch die Strömung und die glitzernde Wasseroberfläche geschaut fast die majestätische, sich selbst ins Rollen bringende, beeindruckende Kraft einer Schneelawine, purer Wille bergab. Aus dem immer größer werdenden Haufen sickerte der modrige Saft, wie ein Film die Böschung hinab, in den Fluss hinein, tropfte noch vom letzten Grashalm, ploppte die Oberflächenspannung auf. Dahinter stand das alte Frauenantlitz. Metertiefe Falten hatte sie im Gesicht, steif und unbeweglich wie von einer Axt hineingehauen in Holz. Erst als die Schubkarre geleert war, huschte ein Grinsen durch ihre Züge, das nur in den Falten zuckte, ihre Mundwinkel nicht einband, die blieben unten, trotzdem riss es ihr die Lippen auseinander wie zu einem O, worin alle Zähne fehlten. So wirkte sie lächelnd noch weniger lebendig als zuvor. Sie trat ab, das Ufer verdeckte bald ihren Gang. Sie hinterließ als einzige Spur den Unrat, als letzter Punkt von ihr zu sehen war wie ein Schiffsschornstein am Horizont der Buckel, nichts als die Miniatur des Misthaufens. Nur dass der sich nicht bewegte und noch sehr viel länger am Ende meines Blickfelds aufragte, bis es ihn doch durchzuckte und aus dem Abfall eine Bisamratte in den Fluss sprang. Sie schwamm vom einen Ufer zum anderen.

Aber es war wieder Zeit vorauszuschauen, denn die Bachforelle sauste an mir vorbei, zum Greifen nah, weiter ein versunkenes, von Misteln durchflochtenes Geäst entlang, worum sie das Vorfach zog. Hinten am Stein war die Schnur inzwischen befreit. Die Vorstellung ihrer Bewegung drängte sich auf, wie sie millimeterweise die kalkene Fläche hinaufrieb, gleichzeitig von der Spule ablief, ein beständiges Schleifen und Schieben, ein Wetzen und Abschätzen, Archie hatte zumindest das meisterhaft gemacht. Im Drill war er eine Wucht dank Südafrikas reißender Flüsse, gut zu lenken den Köder, wichtig in den strömenden Untiefen der Midlands, unverzichtbar in den grölenden Schluchten der Drakensberge schön zu legen die Schnur, die kaum beschädigt an mir vorbeilief, gar nicht mehr so gespannt, Archie gab ihr Strecke. Sein Schatten huschte das Ufer hinunter, die Stange haltend, an Baumstämmen vorbei, um Büsche herum, sich duckend, sich bückend, hüpfend über Gestrüpp, Purzelbäume beim Landen, Hechtrollen und Salti, von Liane zu Liane schwingend, sich durch Gräser windend, sich immer um die Schnur kümmernd, die aus der hoch erhabenen, nie einen Ast oder ähnliche Hindernisse touchierenden Spitze schräg abwärts durch die Wasseroberfläche auf mich zu vor meine Nase lief. Und dann stand die Forelle da. Direkt vor meinen Augen. Sie schaute mich an, handlang allein ihr Kopf, ein Bachforellenweibchen, wie mir jetzt klar wurde, als mich die Strömung an ihr vorbei mitnahm wie die entspannte, neonfarbene Schnur, flussabwärts, ihren dicken Leib entlang, die wunderschönen Punkte bedeckten wirklich die ganze Stromlinie, unglaublich dicht, gerade so verteilt, dass zwischen den rosa Rändern noch etwas Schwarz blieb, bis an die bernsteinfarbene Bauchflosse, wo sie strahlweise in goldene Punkte übergingen, sich verwandelten in einen ganzen Streifen Forelleneier. Das Weibchen stieg etwas höher, presste den Laich aus ihrem After, Schwanzflosse bis Kopf beschrieb ihr Körper einen Fünfundvierzig-Grad-Winkel zum Grund, ideal für die Strömung, ihr den Strang Eier abzunehmen. Dann ließ sie sich etwas mittreiben, bis hinter einen Zweig, wo der Fluss sehr ruhig war. Immer noch hingen die Eier wie ein Banner an ihrem After, von einer glibberigen Fasson zusammengehalten, und es kamen weiter neue nach, glitten aus ihr heraus. Letztlich war der Strang so lang wie ich. Sie stieg aus dem Strömungsschatten des Geästs auf und touchierte den obersten Zweig, und er beendete die Verbindung zwischen ihr und dem Laich. Kappen, Zerreißen, Abschneiden wäre alles falsch, die Bewegung war galant, organischer als ein Bachkantaten spielender Violinist den Bogen legato strich sie ihre Seite an dem Zweig hinauf, in dem das Perlenband jetzt hing, von der Form schaute der Laich einer besonders dichten Weinrebe gleich, nur kleiner, winzig die Eier, wie Reis, und in jedem einzelnen ein noch viel winzigerer schwarzer Punkt, der Schatz der Fliegenfischer, ein Grundnahrungsmittel, das Gold und Schwarz der Jugend.

Gleich dahinter brach ein Abflussrohr in das Flussbett. Es führte unterirdisch Hunderte Meter dahin in die nahe Papierfabrik. Stand der Wind ungünstig, breitete sich der widerliche Gestank bis an den Fluss aus. Froh, die Nase unter und voller Wasser zu haben, winzig klein im Gsicht Blubberblasen, Kopai fon Vorm dies Lachs. Die Scharnsteine husteten die Obgase in die Luft, Papierpressen verschlangen Arbeiter, versehentlich hineingefallen genauso wie die Baumstämme aus den Wäldern auf den Hügeln dahinter, und die forstvorstandsvorsitzenden Ingenieure eitelten die extraentsorgungssiffigen Chemilakien like Bleichschwärze, Druckermittel und so forst weiter ins Flusswasser, lachten sich rein, odner ordneten a, sozusagen so zu verfahren, vielleicht exgar sotra Sekretäre, die fürlie sachten. Die

Schiensteine schornen sucht abzizeichnen ober Überfläche in hissigur Left. Rechts abar denn mit dem Licht verduckt am Efer, scharf abgezeichnet, ein Schatten, das Gestielt, das Knirpsgedicht wie Dickicht. Lukas, Johannes, ich wusste es nicht.

Hinein pfiff ein Wind dicht, die Föhnböe löste nördlich Zöpfe. Wirrwarr schlanker Haare schlackerte strähnig mit dem Gewässer, Connies Schopf mit meinem Abtrieb, flatterte den Fluss wie ein Floß hinunter, zerlegte sich in wehende Wellen. Gespür für Sonnenstrahlen zurück ins Rückgrat, fühlte es auf meinen Haaransatz scheinen, Wärme und Wachsamkeit breiteten sich aus auf Ohren, es kribbelte den Nacken hinab, dass eine Spule surrte, und so schaute ich noch baff, wie die Bachforelle an mir vorbeischnellte, die Schnur spannte und sich mit einem galanten Schlag ihrer Schwanzflosse frei machte, quer stellte im Fluss, dass der Wasserwiderstand, bedingt nur durch die ruckartige Drehung ihres Kiefers, die Ritz D aus ihrem Maul löste. Hilflos ausgehakt sank sie auf den Grund, eine letzte Abwärtsspirale beschreibend, sie strudelte kopfüber hinab, eine Girlande glitzernder Regenbogenstreifen, ein Ton von Hoffnung, gänzlich gewollt. Die Bachforellendame schnellte stromabwärts davon. Elaboriert die Drilltechnik inzwischen. Ernstl entwickelte sie. In Kringeln kam die Ritz D hoch. Sie streckte das Vorfach hinter sich vor sich. Wie am Schnürchen und gerade lief es durchs Wasser los in Richtung von Ernstls Händen. Noch zu befingern den Fisch, schon überwunden diese Notwendigkeit. Ein Halfterkönnen, eine Schnurführung ohne Berührung, die der Forelle erlaubte, sich loszustrampeln. Die manierierte Bemühung, den Beutetieren Schwimmen beizubringen in menschwilden Gewässern. Den großen Gegner zu kennen die Kleinen gelehrt. Sie beendeten jetzt den Drill zum Schluss. Frei und willig ließ er sie aus. Ernstl, der den Freischwimmschein überreicht. Laminiert, Widerschein drauf, Finger doch zittrig, schon lichtet sich ein Lächeln im Gesicht.

Noch immer ein Schattenknirps die Gestalt am Ufer. Aber etwas gewachsen mit dem Sonnenschein. Nah dran ins Wasser zu gehen, ganz zwanglos, ohne Schubs oder Druck, eine weiche Hand, weitab harter Fakten. Schonende Methoden, Laissez-faire und Montessori, ohne Gym, ohne deutsche Gründlichkeit, ohne aye, aye, eine Schulsystemreform, ohne strafenden Vater, nach skandinavischem Modell. »Nobel«, holzte Ernstl, »die alte Schwedenbombe«, kanzelte er Alfred ab, stets bevor ich ausgeredet hatte, der Wunderwaffenkapazunder samt Dynamitgeschichten und Gewissensbissen, ein Preis ändere gar nichts, am wenigsten sich selbst, Stockholmer Ademikerkomitees killten alle Andersdenker, clever eingefädelt von dieser verstockten Sprengkopfkoryphäe, Ernstl nickte bedeutsam und hochachtungsvoll. Volwo und VV und die SKF, Svenska Kriegsfuhrwerke und keine Gardinen, da wurde niemand sträflich eingenäht, Kapitalverbrecher mit supersauberem Nadelstreif, ohne zu schießen, die Wehrmacht beliefert, von Goetheborg aus, da saß der Konzern, so was wusste Mister Thalinger immer, wenn er heimkam aus Graz, von seiner Frau, oder wer weiß woher. KdF, aber wirklich, Kugellager durch Freunde, Exportüberschüsse eingeheimst, Devisenzins in Friedenszeit, skandalinavische Sozialstaatsoasenkassen und Spendierhosen, sponsored by good old Germany, Almosen an alle Armen, Handlanger alemannischer Armeen, mit Ablegern, VKF, vereinigte Kugellagerfirmen, Thyssen im Boot, Ankerplatz Schweinfurt, Gewinnruckflüsse, via Main, über den Rhein, rein in die Nordsee, next stop Goetheborg, aye, aye, VKF, Volkskumpelfinanziers, in Wahrheit, und es blieb, was immer war, leierte ich Duette an, Captain Ernstls Offshore-Oneman-Show, aber wirklich, CEOs auf Hochseeschonern. Unter schwedischer Flagge. Richtig dicke Fische. Ernstl musste es ja wissen. Mitten unter ihnen war er. Sie schwärmten miteinander aus. Um den Grund zu plündern. Mit einer Schnur, neongelb, immens lang, wie sie war gerade vor mir. Nicht dass es ihn interessierte. Mit präpotenten Anzugträgern Blue Marlins zu ködern. Im Grunde tiefe Verachtung. Wenn sie nicht zahlten. Aber sie zahlten. Bezahlten ihn. Als Guide und gut. Er spürte, wie hier ja auch, die fängigsten Fjorde auf.

Er kannte die geeigneten Ankerplätze über Atlantis. Er wusste die besten Stellen in Ufernähe. Er hatte ein Näschen. Blasen vor meinem Gesicht. Ein Grundschnüffler. Da haben sie ordentlich geschaut. Aus den blonden blauäugigen einheimischen Gesichtern. Ins Wasser hinein und auf ihn. Abwechselnd. Seinesgleichen gesucht. Aber nie gefunden. Ernstl only one knotete meterlange Drillinge an Seile, schaltete sogleich Motorwinden ein, sobald er anbiss, der Monsterfisch. Es reckte mich. Kann ja kein Mensch raufziehen. Da brauchte es schon tonnenschwere Industrie. Und millionenschwere Männer. Die das zahlen. Und sich währenddessen unterhielten. Ließen Ernstl machen. Hielten ihn aus. Hielten sich mit den genauen Aufteilungen der Gewinnspannen auf. Hielten Haus auf dem Schiff. Der eigentliche Grund. Ein ganz anderer als der, den Ernstl abfischte. Fädelten dann auch gleich neue Deals ein. Und Ernstl bediente das Steuerpult. Die Freude am Fang auf Knopfdruck. Fische in die Pfanne und Kisten ins Ausland via Joystick. Es traf mich im Genick. Ohne den Alten, kein Staat zu machen, kein einziger Vertrag zu Stande gekommen. Zu schade wäre das gewesen. Und so gut amüsierten sie sich. Wie Ernstl den fetten Fisch langsam dirigierte. Mit Effet zerrte. Genau auf Druckabfall und Seilspannung achtend. An die Oberfläche damit. Die Sektkorken klatschten ins Wasser. Die Handschläge knallten übers Meer, die Petri-Heils flogen an Deck. Hoher Bogen durch die Luft. Pranke am Kragerl. Und, Luftholen. Die Augen, des Tieres, Archies, meine. Blickt er müde drein. Der Fisch. Aber immerhin. Sie blickten. Archie voll da. Die Augäpfel Druckausgleich vom Grund zur Oberfläche ohne zu platzen überstanden. Und gegen eine Maschine verlieren, die Archie war. Brauchte sich nicht zu schämen der Fisch. Bloß Ernstl. Wem die Ehre gebührt. Immer in die Runde der Geschäfteschacherer gefragt. Hätt Ernstl selber nie gemacht. Und schön die Harpune geschwenkt.

Die Sonne stach unbarmherzig vom Himmel. Auch noch den Gaukler gespielt. Kurz schweifte ein Abglanz das Vorfach entlang, das Archie durch die Luft schwang, bis die Ritz D vor seinen Schädel segelte. Er schnappte sie im Flug, selbst noch im Wasser, die Nymphe im Trockenen, zwischen den Lippen, Mercedes' Goldkopfpiercing, dachte ich, ein Unfall? Ich versuchte »danke Archie« zu japsen, aber viel war da nicht zu machen. Es kamen nur Wassermassen aus meiner Lunge, Tropfen in meinen Mund. Jetzt müssten wir ihn nur noch um die Ecke bringen. Archie drosch mir viermal mit der flachen Hand auf den Rücken. Ich prustete noch ein wenig und verschluckte mich etwas, zwischen meinen verkniffenen Lidern flimmerte das Licht. Archies Füße durchstießen das Wasser, er fand überall Halt, seine Zehen schienen sich um die Kiesel zu krallen, seine langen Nägel wuchsen förmlich in den Flussgrund. Seine Oberschenkel wateten eine Spur von mir weg ins ohnehin fast unbewegte Wasser. Langsam entstieg sein Körper dem Fluss. Seine Knie stießen fast schon aus der Oberfläche heraus. Hier war es archiebaldstehtief. Und doch, er wuchs. Er hatte das sacht ansteigende, spitz zulaufende Ufer einer Sandbank erreicht, die den Fluss hier teilte. Ich stand noch etwas stromabwärts, etwa auf Höhe der maximalen Breitenausdehnung der Insel, die dahinter wieder drachenförmig zusammenlief, zwei Dreiecke, eins weitwinklig, eins spitz, ein Deltoid, stromlinienförmig, eh verzeichnet, in meinen Protokollen. Archie setzte nasse Sohlen hintereinander in heißen Sand, das Tropfen seiner groben Leinenrobe markierte das Revier, schrieb dem goldenen Boden eine klementinenfarbene Punktierung ein. Im Schritt rollte er die Schnur auf, klack-klack-klack, so laut, dass es das Wasserplatschen auf Sand übertönte. Ich haute den Fluss, was wehtat wegen Oberflächenspannung, ein Schlag auf Beton.

»Warum so dumm?«, schrie ich Archie zu, ihm hinterher. »Du hast zu früh gezogen. Schlaue Fische sparen ihre Kräfte, lassen dich gegen die Strömung arbeiten.« Provokant patzig spuckte Archie meine Ritz D zur Seite, dass sie kurz schwebte im Rückstoß, vom Vorfach gebremst. Rund um den Zwerg sprossen nur ein paar eher wüstenfloraartige Hartlaubsträucher aus der Sandbank, Sukkulenten, wie Gerippe, in praller Glut, ein paar Farne und Schachtelhalme, Krüppelgewächse und Unkraut, schon im Wasser etwas Schilf. Es bremste den Fluss an dieser Stelle, dass die Strömung schwach war, sicher für mich, ich wankte, hindurch. »Wenn sie ins Kraut gehen«, ich trat aus dem Nass. Ich sah Archies Rücken. Er mich nicht. Ich rief: »Du hättest ihr nicht so viel Schnur geben, sie nicht den Fluss runtergehen lassen dürfen. Zwingen hättest du sie müssen, flussaufwärts zu schwimmen, oder sie mindestens auf gleicher Höhe halten.« Archie erreichte das jenseitige Sandbankufer, während sich seine Spuren mit Schmutzwasser füllten, ich im Untergrund einsank. Er blieb dort stehen, vor klarem Wasser, hakte die Fliege ein, unterste Öse seiner Stange, drehte sich auf Absätzen um, hob mit der großen Zehe einen Gugelhupf Sand, warf ihn hoch gegen die Sonne, dass es staubte, »haben wirs dann?«, und die Sandkörner traten aus der Scheitelschwerelosigkeit in die Abwärtsbewegung, regneten windgepeitscht eine Böe lang horizontal die drachenförmige Insel hinauf, und Archies Haar erhob sich, wies Richtung Gasthof, flatterte im Wind, der jetzt aus Nordwesten über Österreich strömte, hundertachtzig Grad der Windrose an einem Tag, Südostföhn, der auf Süd geht, letztlich zusammenbricht, Englandtief, das dagegenschiebt, an Wolken ablesbar. Sie passierten die Kalkalpengrate, kamen schief, schwarz, ungehindert daher, in der Höhe, hier unten aber drehte der Wind auf Nord herein ins Tal, peitschte noch einmal stromaufwärts, kabbelte die Oberfläche, dunkle Wellen, die einander annulierten, Archies Mähne in die Schräge, selbst verharrte er regungslos, versank aber nicht, während ich bis zu den Knöcheln im Matsch stand, indes rund um uns Sand sich erhob, »da kommt ein Wetter«, es war weg, »nichts wie zum Gasthof«, mein Sakko, »wenn du da jetzt ankommst mit Ritz D?« – »No problem«, vielleicht für dich, der Pfauenkörper strahlte im letzten Licht. Die ersten schwarzen Wolkenfelder kappten die Strahlen von der nun matten Kupferdrahtwicklung. Ich konnte nicht jedes Mal erneut, wenn ich Fliegen brauchte, bei ihm zu Hause auftauchen, grübelte ich, während wir nahe am jenseitigen Flussufer stromaufwärts wateten. Wir passierten tiefe Gumpen, stiegen aus dem Fluss, damit Archie kein Überwasser bekam, staksten durch Disteln und Brennnesseln, wo Schmetterlinge schlüpften. Hallo, wie geht es dir und Smjänsel, und last but not least, dem Bindezimmer, bin gleich wieder da, schneid schon mal den Kuchen an, extra viel Schlag bitte, danke. Wir fanden unsere Schuhe, Archies Cowboystiefel, meine Budapester. Er steckte mir mein Etui zu. Die Ritz D behielt er. Manchmal war es ja so einfach, Leuten eine Freude zu machen. Ich hustete etwas Wasser. Im ersten Regen klackten Archies Cowboystiefelabsätze auf den hochgeklappten Gehsteigen. Es war so wenig los und Trost.

»Die war so dermaßen scheiße gehakt. Wer hätte die denn landen sollen?«, Archie schüttelte im Gehen einen Joint aus dem Ärmel.

»Hey, das ist voll unfair, du hast sie ins Flussgras gelassen.«

»Alter, Siegi, ich dünnscheiß dir auch nicht auf den Schreibtisch und frag dann, warum die Kacke auf den Teppich tropft«, er wedelte den Spliff wild durch den Regen, ihn zu trocknen wohl.

»Beruhig dich, Mensch, was ist denn los, erklär ich dir doch, du musst die Stangenspitze besser einsetzen. Aber bei deiner Schaftlänge wunderts mich eh nicht, bei so einem kapitalen Brocken, schlecht ausbalanciert, wie dein Gemüt, Tschick, pff.«

»Ich erzähl Ihnen mal was, Herr Doktor, ja, da werden Sie sich wundern mit Ihrer naturwissenschaftlichen Anschauungsweise von Dingen. Ich, sein Zwerg, so weit mitgekommen. Was für mich ausbalanciert ist, fällt für dich nicht mal ins Gewicht mit deinem Kopf in den Wolken«, er bekam den Joint nicht an, das Feuerzug funkte nur sprunghaft im Wind, sein Brauenspasmus begann sich wieder zu regen in immer dichterem Niederschlag, »ich bin geerdet, die Schwingungen, guter Draht zu Mutter Natur und so Vibes, verstehst?«

»Eh, Mercedes.« – »Vorsicht!«, er stieg mir voll absichtlich auf den Fuß mit seinem Cowboystiefelabsatz, was wehtat,

»wenn ich sage, Fisch beiß an, dann beißt der, kapiert?« – »Ja hat er eh.«

»Und du verhaust es.«

»Darum gehts doch nicht.«

»Das wäre mein größter gewesen. Seit je.«

»Was zu kompensieren oder was.«

»Du hättest selber fast zu sabbern angefangen.«

»Aus Vorfreude.«

»Auf den großen Fang!«

»Auf den Biss.«

»Und den Drill?«

»Und den nächsten.«

»Und den danach?«

Wir erreichten langsam den Gasthof, wo Mercedes unter einem Coca-Cola-Regenschirm saß und aß, forellig bedient.

»Ich hab Umberto eine drillen sehen. Sie ging auf Biberhaar. Er zog flussaufwärts. Sie stellte sich quer, riss ein bisschen am Köder.«

»Du sabberst schon wieder«, während wir die Holzveranda betraten, auf Mercedes und den Kummerbund zukamen, es donnergrollte.

»Die heute war gerissener, ein wilder Ritt. Und sie wird immer mehr, umso öfter wir sie drankriegen, noch und nöcher raffinierter werden.«

»Außer sie geht in die Schonung. Dann nimmt sie gar nichts mehr, lebt nur noch vom Touristenabfall.«

30 Jean hält Siegi aus

Jean gab mir sandbankblonde Baguettebröckchen als Dessert, die wie Crème brûlée meinen Gaumen verwöhnten, wenn ich den Teig lange im Mund einspeichelte, oder, wollten wir uns diese Zeit nicht lassen, sogleich wie Kandis meiner Schleimhaut schmeichelten, wenn ich die Flöckchen in rosa Nektar tauchte, statt den handflächengroßen Porzellanteller abzuschlabbern, auf dem sich während unserer Kunstpausen im Mittagslicht, indes die Forellenbisse versiegten, unter den Melonenschnitzen jene Saftpfützen bildeten, die ich vor bald anbrechender Musikschulnot mit Goldbrot aufsaugte, zuckersüße, zottelnasse, honigweiche Flusenknubbel wie ein frischer Wurf Retrieverwelpen, Mannatropfen, die vom Himmel fielen gleich Gebetsroither, mir und Jean einst ins Flussbett. Die Strömungsschatten spiegelten unser Bild über den kühlungspendenden, fängigen, tiefen Gumpen, die Jean in Begleitung meiner drei Hochsommer lang zum Fischen aufsuchte, zum anschließenden Ruhen unter Vogelschrei, schwärmender Insektenstecherei und vom anderen Ufer herüberschießenden, bösartigen Einheimischenblicken, die zwei Männer erhaschten beim Fliegenschleudern, beim Nymphenwässern, beim Salmonidenfreilassen, dem Ausbreiten eines rotweißblau gemusterten Handtuchs zur Picknickdecke, das Jean dann wallend und wedelnd aufhob, in den Gumpen tunkte, dass jenes Ensemble beiseitegelegter Fliegenstangen, Biomüllbeutel voller Melonenschalen, blankscharfer Armeedschungelmachete, an deren Klinge bloß rosa Ambrosia blitzte, geleerter Chardonnayflaschen und Bastkörbchen auf der Oberfläche verwellte, aus der Jean alsbald das tropfende und vollgesoffene Frottee hob und sich um den Kopf schlang gleich einem Turban, der am Rückweg zur Marienbrücke Jeans greisen Geist verdunstungskühlte, wie die Polaroidbrille auf seiner Nase das Strömungsflimmern bannte und die episüchtigen Fallsoden verhütete. Manchmal kam es wegen der gnadenlos vorrückenden Sonne, unter der Fische immer noch verfressen Richtung Köder flitzten, nicht zum Picknick, sodass ich Jean hungrig durch die Wiesen auf seinem Heimschlendergang geleitete, auf dem er genauso vehement bestand, wie ich ihm ein ums andere Mal eine rasche Autofahrt offerierte, die zugegebenermaßen – jedes Gespräch in jene Richtung verebbte an dieser Stelle, bis ich mir das Chauffeurangebot letztlich verbiss, wann immer meine Zunge dazu ansetzte – immerhin führten die Straßen nicht über einschlägige Feldwege, wo am Haferrand Rehe ästen, Fasane zwischen Rapsgaben zischten, Elstern silbern durch die Luft federten, Pfauenaugen von Herbstzeitlosen abhoben und knapp über dem Boden dahinschmetterten, zu dem sich Jean alle paar Schritte bückte, eine Grimbartspur zu mustern oder Aug in Angesicht einem insektenfressenden Albinofrettchen, das sich auf die Hinterbeine stellte, eine Ritz D hinzuwerfen, aus Spaß und Neugier, wie er sagte, während ein Kaninchen Richtung Bau hetzte, ein Maulwurf blindlings abtauchte, ein Sperber zustieß, Fell zerfetzte, Innereienriss, federverloren.

Er möge diese drolligen Viecher, nichts lieber als Hermeline, sprachs auf dem grobgeschotterten Marienbrückenparkplatz – hart wie wir –, die schwarz-weiße Hechel in die Turbanwicklung gesteckt obolisierte er mich mit einem Gutschein für den Unterlander Herrenausstatter Monsieur Spierreé & Strass, wo die Crème de la Crème der Hautevolee dem Fuchs ein gutes Morgengrauen wünschte, wo mittags vor der Musikschule vorbeizuzischen sich nach diesem Flanieren für mich nur noch bei rabiater Tempoüberhöhung ausging, wie Jean es nicht anders erwarte, sagte er, denn Monsieur Robin warte mir mit Hemden auf nach neuester, noch katalogferner Pariser Mode, schon grell geschnittmustert in seinen Ladenregalen aus jenen exklusiven Stoffbahnen, die Jean Jahr für Jahr vom Gedenktag aus Sedan extra importierte, ein kleines Ruhestandshobby, ein winziges frankophones Mitbringsel, wie all die anderen Schätze, vor denen der klapprige und allenthalben von selber aufspringende Kofferraum jenes malvenfarbigen und nahezu schäbigen Citroën nur so strotzte, der Sommer für Sommer einige Wochen auf diesem Marienbrückenparkplatz stand, wohin Jean schleunigst eilte nach manchen Spaziergängen, mir den alten Vertretertrick verriet: stets billigere Autos als die kaufkräftige Kundschaft – und exklusiv französische Import-OCB-Zigarettenpapiere in die Hände drückte, eine Zellschicht dünn, sodass der Spliff keinen Millimeter abbrannte im Froschmaulaschenbecher, indes Archie sagte, er traue diesem Wadelbeißer nicht, ich entgegnete, setze er Jean sicher nicht bloß unbewusst wegen seiner Herkunft mit Mercedes' Therapeuten gleich, wozu Archie meinte, der sei aus Sedan, was einen meilenweiten Unterschied mache, ich parierte, Jean fahre nur ausflugsweise in die Ardennen, um dort fliegenfischen zu gehen, woraufhin Archie eine Braue hob, vom Eber sprach, der erymanthisch Landstriche verwüste, und Mercedes, die eben zur Tür hereinkam und Kaffee aufsetzte, schloss an, das sei auch nur ein nettes Urlaubsunterfangen und ein bisschen Zeitvertreib für so eine Wildsau, die kein Problem habe mit ihren Hauern, die Schönheit in persona, Adonis, aufzuspießen, was ich parierte, denn dieses von Menschen Ungeheuer genannte Tier erwehre sich halt seiner Schlächter, das sei ja wohl recht und billig, wie diese Papiere, touchierte Archie, nahm den Joint, sog, aus der Ofen, ich glotzte verdutzt, nichtsnutziger Franzos, der sich nicht auskenne, versetzte Archie und führte weiter aus, er missbillige alle, die nicht Manns genug seien, er zündete den Jolly wieder an, nuschelte, durch Kaskaden zu waten, gab ihn an Mercedes weiter, hustete lungenembolisch, aber brauenruhig, und eigene Federn zu führen, »wie du?«. Wahrscheinlich war Archie bloß neidisch auf mich, weil des Fliegenbindepapstes, meiner Wenigkeit, Ritz D derartig gut fing, dass Jean sie lieber als seine eigenen Fliegen hinter jenen Steinen eintreiben ließ, die ich erstmals mit dem erdverbundenen Buren erkundete, umrundete und befischte, weswegen dann auch eine gewisse Eifersucht in den Strömungsschatten lauerte, wann immer das bärtige, langhaarige Spiegelgesicht auf der Wasseroberfläche auftauchte, sich zu uns gesellte, Jean und mich zum Trio komplettierte, Archie danebenstand, da Jean mich mit Lob übergoss, sein Herz vor mir ausschüttete, das er auf der Zunge trug, und damit das Wort und all der geleckte Speichel gefror in Form und Aplomb, wie Archie sich ausdrückte, händigte Jean mir mehrere Bogen Büttenbriefpapier aus, das sich wie Raufasertapete anfühlte und ein Wasserzeichen in der rechten unteren Ecke trug, eine Art Siegel, kreisrund erst umflossen von winzigen Buchstaben, die sich zur Volute verdichteten, eine Inschrift bildeten, die Archie unter dem Vorwand, entziffern zu wollen, mit einem von der Lupe getrichterten Sonnenstrahl ausbrannte, sodass auf der einen Seite ein Loch entstand, durch das andererseits die Verzierung des darunterliegenden Blattes ansichtig wurde, die mir Lukas eines stehlampenlichtigen Küchenabends mit seinen jungen Augen erlas und aus dem Stegreif übersetzte, *Papier, Fundament des Faschismus, von Saddam-al-Assad-Gaddafi-Adi,* was Johannes sodann ausbesserte, so ein Trottel, *basement of a friendship, Abraham-a-Sancta-Clara*.

Er könne mich gar nicht genug überhäufen mit Geschenken, sagte Jean, ich habe ihn ja errettet aus seiner Verlorenheit in dieser Gegend, die vor vier Dekaden, als er dereinst hier fischte, so ganz anders ausgesehen habe, sodass er nun auf meine Kenntnis der Umgebung und diese Spaziergänge angewiesen sei, was ich etwas gedankenversunken quittierte, ja, den Hauptstrom habe man ausgedünnt, die jetzige Äschenstrecke, die heutigen Fänge in die Papierbogen eintragend mit dem Ballographen, Lohn eines anderen Tages, er sei einfach nicht der Typ für Karten, sagte Jean. Mit dem Boxen, erzählte er mir zwischen Kofferraumdeckel und Marienbrückentürangel, habe er aufgehört, als nach dem Krieg all diese Filmkameras hinüberschwappten ins Business, Celluloidstreifen durch Kameralinsen auf den Ring gespiegelrichtet, die bis dahin nur in Irrenanstalten zu Dokumentationen und Superzeitlupenanalysen der Auszucker irgendwelcher hysterischer Vetteln montiert waren und nun die Deckungsfehler, Falschtritte, Körpertäuschungen, Finten und Hakenofferten zu Übungszwecken aufzeichneten, die dann, was noch viel schlimmer war, im Anschluss an den Kampf, noch halb k. o., mit dem Coach durchgegangen und besprochen wurden, doch ohne ihn, Jean, immer ein intuitiver Boxer gewesen, einer mit Herzblut, der dem Instinkt folgte, keine programmierbare Maschine, ein richtiger Temperamentsbolzen sei er, weswegen ihm meine Methode auch so fremd schien, selbst nicht zu fischen und lieber diese Populationsströme zu verzeichnen und statistisch greifbar zu machen, »ach, weißt eh, versteh dich ja.«

Die Hemden von Spierreé & Strass waren diagonal nadelstreifgemustert in Grau und Blau wie die Kugelschreiberschraffur an den Rändern meiner Sandbänke, gleich dieser Salzkammergutgegend im Regen, wenn Wetterlagen umschwingen, Graugewölk aufzieht, drunter Böen über Land preschend, Windspitzen an Felswänden nochmals beschleunigen, zum Sturm geschwollen den aufziehenden Schauern Tropfen entreißen, als Bindfäden der schwarzen Front vorauspeitschen in noch vor Blau ruhende Landstriche, hagelstreif sozusagen, wie erste Infanteriebeschüsse einer anrollenden Armee, wie die Gischtzungen einer brechenden Woge, wie die aufgesetzten, Körpern vorauseilenden, in feindliches Fleisch und Uniformen eindringenden Bajonette der elendsweiche, hemdsärmelige, wundermusterbare Stoff, den ich lustvoll zerschnitt und zerlegte, in die Manschettenknöpfe durchwickelnden und festzurrenden roten Zwirnsfäden, in die mauvefarbige Krageninnenseite, das herausoperierbare weiße Firmenemblem über der linken Brusttasche, rotweißblauer Rand des obersten Knopflochs, selbst die Knöpfe, die ich in der Herbergsküche als Augen auf Haken applizierte oder Nina ans immer wieder lädierte Gewand flickte, während Ernstl mir gegenüber ebenfalls saß am Tisch, der drunter und drüber mit Kunststoffschatullen, Lederflecken, Hahnenhalsbalgen, Wolle sowie Watte, Flachsfasern, Pfauenschweif, Goldköpfen und Bleischädeln, Aluminiumplättchen, Kupferspulen, Eisendrähten, Violinsaiten, Ninahaar, Ballographensprungfedern, Schaumstoffplatten, den weichen und rauen Seiten von Schwämmen, von Glitzer in Rouge und Neongelb bedeckt war, unsere Umgebung, in der wir wochenends umhergrapschten auf Augenhöhe, tastend wie bald wieder sehende Geblendete Muster fabrizierten und Fliegenvariationen diskutierten, Köcherfliegen und deren Larven erschufen in verschiedensten Versionen, Ernstl die steinernen Maden, ich die trockenen Hautflügler, über unsere servierbaren Gerichtezutaten disputierten wir, die ich noch um Jeans Geschenke ergänzte, die Ernstl zwar goutierte, aber dann doch immer wieder in die Ruhe einer Nachdenkpause hinein ganz unvermittelt verunglimpfte, »Franzosenpomp«, sagte er ultraschnell, wie etikettebewusste Tourettler schimpften, »Schickeriaschnickschnack«, kam es ihm aus, wie Kniggecholeriker schon einsilbig entwischte Flüche abbiegen zum Scheibenkleister oder rausdiffundierte Fürze flakonschwingend flux in rosenduftendes Magenknurren verwandelten am Dinertisch, »Bussi-Bussi«, starrte er mich ebenso entgeistert an, habichtierte und harpunierte mich großäugig wie Archie in den schlimmsten Momenten rotgeränderter Pupillen, wenn unser Papier ausging, wir bekifft unter dem Traumfänger saßen, ein Giftler am Absprung in cleane Auffangbecken, der seinem Suchtmittel beim Entgleiten nachsieht, der sein Gras die Toilette runterstrudelt, zum Teufel und in die Kanalisation jagt, der Briefe frankiert mit LSD-Hofmanndosen, die Marken halbversehentlich mit Kleber aufs Kuvert pappt, der sich eines spontanen, antiobsessiven, klaren Entzugsmoments selbst sieht, restlos substituiert, bevor Archie einen neuen Ofen bastelte aus einer Seidenpapierseite, herausgerissen zwischen den Tuscheillustrationen jener Lutherbibel, die mir Jean schenkte und in der – versteht sich von selbst – alle Stellen markiert waren, wo es um Petrus & Co. KG geht.

31 Siegi ist ein gefragter Mann

»Heehrmann am Apparat.« Ich strich über das weiße Papier zwischen den schwarzen Illustrationen. Es knisterte kreppartig im Lukasevangelium. Eben wich der Schatten aus dem Gang zurück und die Zimmertür ging. Der Wolframdraht glomm in der nackten Birne der Stehlampe. Ihr Schummern wusch die Farben gleich, tunkte unseren Glasflaschenberg ins Monochrome auf der Fensterbank. Das Resedagrün ihrer Rotweindreiviertelliter in der hinteren Reihe wurde gespiegelt auf der Scheibe. Das Abbild unterschied sich farblich nicht vom Blassgrün meiner Weißweindoppler in der vorderen Reihe. Zumindest diese Hälse waren noch nah aneinander. Die Zeitung auf der Eckbank bewahrte einen matten Hauch Rosa. Es roch durch das gekippte Fenster nach sumpfig über umliegenden Balkonen blühenden Lilien. Auf den stumpfen Klingen liegengelassener Messer lag das Licht neutral wie eine entweihte Oblate oder eine verheißungslose vom Konditor. Die fettverschmierten Stellagen des Gasherds kleideten sich in dunklen Abglanz. Die Tabakflusen rund um die Standflächen der Weinflaschen brödelten trocken vor sich hin wie ein Weiher aus Bordeaux. Tabakbeutel, Filter, Papier, Feuerzeug, Aschenbecher, fertige Kippen, Wartestellung. Die Telefonschnur, ein Ferkelschwanzkringel. Mit dem Zeigefinger stieß ich daran. Der Impuls setzte sich fort durch die lange Leitung, schickte ein Knacken in mein Ohr. Da niemand sprach, sagte ich:

»Wie gehts der Familie?«

»Gut geraten. Kurti hat gewählt.«

»Bei mir sind noch alle vollzählig.«

»Franzi ist inzwischen Elviras Firmpatin.«

»Ist doch gut, Rita, Schnee von gestern, wie lange her?«

»Er meinte, jetzt wäre der richtige Zeitpunkt, es dir zu sagen.«

»Vor der Fleischerei haben sie eh über nichts anderes geredet.«

»Sie reden jetzt über dich, Siegi, über diesen Froschfresser.«

»Ihr solltet auch anfangen mit Weinbergschnecken, mein Tipp.«

»Unsere Leute haben genug davon, in Vorgärten und Wiesen.«

»Aber deswegen haben die noch lange kein schmackhaftes Suppenrezept.«

»Ich befürchte, da wirst du dir wohl eine neue Volksküche suchen müssen.«

»Hab ich gar keine Angst. Franzi kriegt das sicher hin. Nie ein Härchen im Essen.«

»Vielleicht wird dir ja in Zukunft manchmal reingespuckt.«

»Für die spezielle Obererwürze.«

»Falls du noch was kriegst.«

»Nicht dein Ernst, Rita!«

»Tut mir leid.«

»Es passt eh.«

»Das kommt nicht von mir, ist nur ausgerichtet.«

»Ja super, dann komm ich die Tage zu Besuch.«

»Geh, Siegi, sei nicht eingeschnappt.«

»Weißt was, liebe Rita, leg halt auf.«

»Ich weiß nicht, einfach so, servas?«

»Was willst du noch? Soll ich dich jetzt bemitleiden?«

»Vielleicht, dass es dir auch leidtut, du Kurti um Verzeihung bittest?«

»Ihr seid wirklich katholische Erzkrätzen, kannst dem Herren Gatten ausrichten.«

So ein Ekel. Ich hängte ein. Die Hirschkäfer schwammen gleich im Badezimmer. Ein Hochgenuss, Zahlungsmittel in die

Muschel wie tote Schmeißfliegen. Da klingelte auch schon das Telefon. Noch flutete die Spülung. Sie schwoll voll an. Sie klang kurz noch im Zimmer. Vielleicht ging die Begrüßung unter. Die Klomuschelkaskade dröhnte. Sie schwoll ab, verebbte, Stille. Ich stierschnaubte in den Apparat. Es stank nach Lack. Die Kanalisation vergifteten jetzt die Geweihe. Kann man wie die Zähne des Whipfinishers knicken, die Wasserqualität, bei unserer Klärung. Alle Mühe umsonst. Schmirgelseife, nicht für meine Finger. Sondern damit die durch die Leitung flutet. Sollen mal ordentliche Anlagen hinstellen. Ich öffnete den Kühlschrank. Eh nichts mehr da. Der Mistkübel blieb hungrig. Der Bindestock auch. Einen Wein machte ich auf. Eine heizte ich mir an. Stumm blieben Leitung und stumpf Messer. Kurtis Sauschwanz oder seine Gurgel, Glück für Herrn Oberer:

»Kommst dir kastriert vor vom Jean, oder was?«

»Heehrman«, vage klingelte was, »wir machen dich fertig.«

»Wie bitte. Herst, was wollen S', Sie Trottel. Wer sind Sie überhaupt? Woher die Nummer? Falsch verbunden?«

»In den gelben Seiten stehen auch Dreckschweine. Sind wir unterrichtet, Herr Professor, was denen gschieht?«

»Ihr erwischt ja nicht mal einen Fisch.«

»Wir kriegn dich, nimm Gift.«

»Dann hamas ja jetzt. Schleich dich aus dieser gschissenen Leitung.«

»Gänzlich unbeeindruckt der Fliegenbindepapst. Werdens eh sehen.«

»Bei Philippi. Meine Kinder machen ja bald Matura.«

Ein dreckiges Lachen, gut aufgelegt, der Sauprolet, quietschfidel. Da kannst dir gratulieren. Brauchst du nichts mehr. Fehlt ja nur noch. Ring, ring. Diesmal fix. Ficken S' Ihnen, Oberer. Ordentlicher Denkzettel. Per Sie sind wir. Schreima da gleich rein. Die Fronten sofort abstecken. Wie das Telefon dann. Abgehoben. Gluck, gluck vom Wein. Das schien schon Merkmal genug zu sein.

»Lena. Keine Anrufe. Ich weiß eh. Habs nicht vergessen. Reg dich nicht auf. Diesmal ists wirklich wichtig. Setz dich am besten hin. Schenk dir auch ruhig noch nach. Ich bin eh auch nicht mehr niacht. Ob ichs zusammenkrieg, schauen wir mal, los zu. Und zuck, ich bitte dich, nicht gleich aus, danke. Es geht, sei mir nicht bös, nicht nur ums Fischen. Also Siegi führt ihn zu den guten Ufern, als Guide, verstehst? Der Ernstl, meinetwegen, sein Kaffee, aber dieser Scheiß, wir brauchen dich jetzt. Wenn du ihn nicht noch rumkriegst, sind nicht nur wir am Oarsch, versprochen. Ich schwör, es geht um dich genauso, um deine Kinder, und die Maria erst. Hörst, wenn dir was passiert, ich würd mir das nie verzeihen, du dir auch nicht. Ich kenn ja die andern, kann nix machen, Hechte, Wölfe, frage nicht, die kennen nix, fackeln sofort. Brennens euch ab, kommts noch glimpflich weg, weil die können auch anders, Kieberer, Metaller, Holzhacker, Nachbarschaftskleinkrieg, Halbautomatik, Pressluftgehämmer. Halt ich die Hand über dich, wird sie abgebissen, leg ich sie ins Feuer, ist denen erst recht wurst. Einer, es ist die reine Wahrheit, der braut seinen eigenen Klaren und ist bei den Kobrajägern, Helikopterabseilen, kein Stress. So schnell kannst gar nicht durch die Gardinen linsen, sitzt er dir schon gegenüber auf irgendeinem depperten Ast im Innenhof. Hasta la vista schießt er Schädel weg, steigt ein beim Fenster, trichtert Siegi, Gwehr in seine Hand reingelegt, eingenäht, lebenslang Steinhof. Einer geht mit der Ministerin auf ihrem Privatgewässer fischen und schaut extra immer durch die Finger, zig Gefallen hat er da gut. Heute kappens den Telefonanschluss, morgen sperrens die Straßen, dass du zu Hause hockst, übermorgen Ventilatoren, dass es extra süß rüberweht von der Kadaverfabrik. Hoffentlich bleibts bei der Psychosache, weil Zyankali aus dem Wasserhahn, Baustelle mit Schlafraubgarantie, tektonische Gschichten, dass Haus einkracht, Euthanasie im Spital auf deiner Station. Was meinst, wie viele Forellen und Saisonlizenzen ein Urteil den Verein kost, wo die Wiener Hautevolee ihre Stangeln hineinhalten, alles schon vorgekommen, ewig schwedisch gesehen. Ist kein schwarz-weißes Land hier außer unter den wirklichen Opfern, die es dann tragen als Gewand oder Schlafanzug, nach ordentlich uneinvernehmlichem Rudelbums, Polizisten, Hefengschwister, unaufgeklärt, was besser. Dann kommt Sandmannbesuch in die Josefstädter Anstalt, der keine Tschick verkauft und Feilen schmuggelt er auch nicht, das kannst du mir glauben, Lena, den will niemand kennenlerna. Oder die Konditorin stellt dir mit lachertem Gesicht die Malakoff hin, überkandidelte Kirsche drauf von der eigenen Eibe im Garten, dass du Stunden verreckst, dir russisches Roulette wünschst. Oder es geht gut und du beißt dir nur auf der Nussschale den Zahnschmelz aus und musst zum Kittelonkel, der dann richtiges Spritzbesteck auffährt, Überdosis Propophol und tot. Gasleitungen plodieren, Leitern fallen, Schwimmer krampfen, Autos überfahren, Segelflugzeuge stürzen, Kinder naschen, Pfarrer menschenhandeln, Peitscherlbuben stechen zu, Jagdübungsschüsse gehen schief, täuschend echt dieser Unfall von Gesellschaft, wir verstehen uns. Erinnerst du dich, Tomographie letztes Jahr, wir hatten ihn, dieser senile Franzos, Zusammenbruch vom Wasserflimmern, auf unserer Station, Schädelröntgen auch hintennach, ein fallsüchtiger Franzhans, dem hilft Siegi, sie gehen fischen.«

»Geh, der war doch so charmant. Ist nicht fein von dir, dass du dich über seinen Akzent lustig machst. Fürs Verschlucken vom H kann er nichts, sag Froschler oder Schneckerl. Ich sag nett, adrett, charismatisch, ein Galan. Hat mir ganz nonchalant Lindtpralinen geschenkt, französische Schweiz, weißt, ein Lieber, wirklich ein Gentleman alter Schule. Immer noch höflich, voll Esprit, wenn schon, ein bisschen verdattert. Der hat nichts mehr zu verlieren, soll er seine Fisch halt fangen. Und er kennt die Etikette, lässt sie sicher wieder aus, meinst nicht, ist eh gscheiter so, bei uns wars anders.«

»Okay, meinetwegen, hallo Siegi, du weißt ja jetzt, worum es geht.«

»Und, Sweatheart, bezirzen, da geht nichts. Jeden Tag haut er mich sterbensfest durch. Und zu Recht. Es tut gut. Weil ich mich einglassen hab mit dir. Abwechselnd zieht er sie mir drüber, manchmal auch gleichzeitig, Totklopfholz und Fliegenrute, flutsch.« Schrie ich gellend verstellter Stimme, dass mein Zäpfchen schwang.

»Hör bitte auf mich. Hör einfach auf damit. Das ist keine Sache mehr zwischen dir und mir. War es auch nie. Von Anfang an war das wegen Ernstl, der wollte es. Die Leute reden, und Taten folgen, sicherlich, die wissen nichts anderes mehr als die Sache mit Jean.«

»Ich hab mich schon gefragt, wann die Blumen kommen. Zumindest von dir, vielen Dank. Auf unser Duell waren die Tratschtanten ja nicht so versessen.«

»Spar dir das. Annuliert. Die Blamage. Ist vergessen. War gestern, heut ist ein neuer Tag. Wird nicht mehr gredt. Andere Situation.«

»Originalaufnahme neundzehnfünfundvierzig, hast du das vom Senior?«

»Die Geschichte mit Jean, Siegi, ich bitte dich, Hochverrat.«

»Kennst du das Gleichnis vom Weinberg?«

»Siegi bitte, so ein Unsinn, dafür ist keine Zeit.«

»Ein Mensch pflanzte einen Weinberg und verpachtete ihn an Weingärtner und ging außer Landes für eine lange Zeit.«

»Du müsstest sie hören, kein Kaffeekränzchen, da brodelts nicht, da brennt es lichterloh in den Pupillen, wenn sie loslegen.«

»Und als das Jahr kam, sandte er einen Knecht zu den Weingärtnern, damit sie ihm Tribut zollen sollten von dem Reb des Weinbergs. Aber die Pächter erschlugen ihn und legten ihn nieder unter die Erd. Und er sandte noch einen zweiten Knecht. Sie erschlugen diesen auch und schmähten ihn und legten ihn auf den Rücken nieder. Und er sandte noch einen dritten; sie legten ihn aufs Kreuz und in die Grube unter Humus.«

»Ich kann das nicht mehr kontrollieren. Siegi, stopp es, ich garantier für nichts.«

»Das ist aber ganz schön ungläubig. Grade wars doch noch so fix.«

»Siegi, du wärst längst hin, wenn der Kurti dich nicht mögen würd. Sie sind Wölfe, ein Rudel, er aber ist der Bär im Tal. Kundentreue, versteht sich von selbst. Er verteidigt seine Leute. Gut fürs Geschäft.«

»Da sprach der Herr des Weinbergs: Was ist zu tun? Mein lieber Sohn wird zu ihnen gehen. Womöglich werden sie sich dann scheuen.«

»Der ist ja voll der Arsch. Bei uns ist das anders. Wir halten zam. Oder, Siegi, meinst du nicht?«

»Als aber die Pächter den Sohn gewahrten, sprachen sie untereinander: Dieser ist der Erbe; lasst uns ihn töten, dass das Vermächtnis unser sei.«

»Siegi, niemand will Querelen hier. Am allerwenigsten ich.«

»Der Lord schickt dann Schnecken, die alles zamfressen.«

»Schau, die Kalamität mit Lena, ein komplettes Missverständnis.«

»Schlussendlich hat niemand was davon.«

»Was meinst, wann ich ans Wasser geh?«

»Die Pariser zahlen die Pacht.«

»Nach der Visite. Eine Stunde pro Tag.«

»Sie haben alle eine Saisonkarte.«

»Keine Zeit für mich heimzugehen.«

»Und nur eine Woche im Hochsommer kommen sie.«

»Ich hau die Fisch aufm Stationszimmer in den Kühlschrank.«

»Sie lassen alle wieder aus.«

»Sei nicht zynisch. Du weißt, wir kriegen sie nicht mehr.«

»Jean fing hier, da haben wir noch hinterm Mond hervorgelinst.«

»Du denkst, ich bandel mit der Lena an, stimmts? Aber sie hat die Fisch einfach gefladert, okay? Du weißt nichts mehr von unserm Duell, oder?«

»Der Sir kommt zurück in den Weinberg und ist gnadenlos gerecht gegen die Pächter. Die brutzeln alle in richtig heißem Höllenfett. Glaub mal!«

»Ich leg die Karten auf den Tisch. Ich erzähls dir, Siegi, wenn du möchtest, wenn du dann aufhörst mit Jean, glaub mir doch, lenk ein.«

»Ich schalt einfach die neue Superexekutivmaschin ein. Die lässt sicher mit sich reden. Oder, zwei Fisch, meinst das reicht?«

»Siegi, die machen euch fertig.«

»Schau ma mal, dann sehen wir eh.«

32 Drei Freunde durchstreifen ihrer drei Feinde Revier

Jean fragte, während wir zu dritt einherschritten, ob wir auch zu ihm gehörten, auf seiner Seite waren, und ich nickte. Er habe ja damals Gnade, sagte Jean, für ihn erwirkt, telefonisch, als die Franzosen ihn ergriffen in einem Kasernenhinterhof. Der Ernstl, das sei ein Spießgesell, sein liebster Gespiel, in diesen eigenartigen Zeiten, durchwühlte da den Müll. Er habe ihn noch gekannt, aus Sedan, und dann bei der Befreiung traf er ihn, und wieder unmittelbar nach dem Krieg. Es sei dann aber alles auseinandergedriftet, er, Jean, zurück, nach Paris, nun führten wir die Wege wieder zusammen, wie seltsam. Es war, unser Gang, fast wie Ernstl auf dem Weg nach Emaus, wo zwei oder drei in seinem Namen versammelt waren. Aber immer noch den Fluss über die Brücke querend, auf unsere Erzfeinde zu, begriff ich, dass es meine Schritte waren, die unserem Dreieck als Speerspitze voraneilten. Ich schaute auf meine Lederschnürschuhe und bemerkte, dass Jeans Schritt so unerhört war wie der Ernstls. So marschierten wir einher dem Gegner geschlossen entgegen, im gesiebten Licht, jeder Schritt über die Brücke ein Meter ins Damals, ins Gestern bewegte ich mich fort, und Ernstls Kichern hob an in der Kehle, das Gackern brach dem Mund heraus, er lachte ihn aus, die kabarettistischen Schallwellen stolzierten uns voraus, Volki meinte ich schon zu treffen am anderen Brückenende, als ich begriff, dass da, wo er sein sollte, nur mein Wagen stand, der damals in meinem Rücken war, eben ausgestiegen, und dass die Stange in meiner Hand heute fehlte, im Kofferraum des Wagens lag, die Protokolle auch, die Etuis, alles.

Stattdessen aber sahen wir nur Hinterköpfe, bis ein Windstoß von den Ästen die Lindensamen wehte, die propellergleich zu Boden rotierten zwischen uns, als Archies Lachen endgültig zu unüberhörbarer Lautstärke anschwoll, drehten sie sich den Ausdruck von eben noch im Gesicht weg vom Kofferraum, an dessen Heckscheibe die gierigen Münder und neidigen Augen, die missgünstigen Gesichter und neugierig gehobenen Brauen des Bierdümpels, des Bauernschädels, des Sauproleten, wie Ernstl sie nannte, ungläubig hineinschauend bis eben saugten. Die Haare aus den Gesichtern gepustet vom Wind, der Fredl, dessen Stirn eine Bandage verband, der Rudl, mit im Verbund, und der Wolferl, einen Schulterschluss zeigten sie uns nun, die wir auf sie zugingen, kein bisschen verlegen die Zähne, schamlos blank der gelbe Schmelz, das verfaulende Mundfleisch, die Grinswinkel zurückgezogen, aber keinen Millimeter zu weichen bereit, die Herren Gendarm, Forschtwissensgschaftler und Diplom-Ingenieur. Vom Handtuch um Jeans Kopf tropfte es in stetem Metrum seiner Schritte zu Boden, Archiebalds Feuerzeug klickklackte konstanter Abstände zungzundrig in die Luft, und ich stieß den Blick auf sie.

»Herr Doktor, ja genau«, sagte Rudl, »na kommen S' her«, sprach Fredl, »wie fischen Sie denn heute, bitte sehr«, schloss Wolferl. »Was gibts denn da zu lachen?«, grüßte Rudl Archie. »Ihr seid einfach lächerlich«, entgegnete er. »Wollen doch nur wissen, wo wir heut am besten fischen«, sagte Fredl. »Überall gleich beschissen«, sagte Archie. Fredl stand da, die Beine breit, nach hinten abgewinkelt, nur auf den Zehenspitzen, den Oberkörper vorgebeugt, ein Köter, zum Sprung bereit, ein Eiterpunkt im Mull, Tropfen von Frottee. »Sags uns, Siegi, sonst müssen wir dich kontrollieren«, kleffte Wolferl. »Also wer dieses Wir ist, würde ich gerne wissen«, ich wies mit dem Zeigefinger auf Rudl, der weder die Fischeraufsichtsplakette noch seine Kappe trug, »seh hier niemanden, der untersuchungsberechtigt ist. Und die Forellen, da brauchts keine Untersuchung, die stehen genau da, wo sie immer stehen, da gibt es nichts zu wissen außer das, was jeder wüsste, würde jeder hin und wieder schauen gehen ins Wasser, aber ihr habt ja Besseres zu sehen, Bierschaum und mein Kofferraum, ja, verblüffend, wirklich, einerlei, meine Stange liegt im Wagen und Archie hat keine dabei. Dreißig Grad, da würds herausstinken aus dem Picknickkorb. Quod erat.« – »Wers glaubt«, zischte Rudl. »Wen haben wir denn da dabei?«, wollte Fredl wissen. Jean trat aus meinem Schatten heraus und die Tropfen fielen zu Boden vom rotweißblauen Handtuch, das er sich nun krallte, einhändig vom Kopf riss, den Ellenbogen rotieren lassend um die Finger schwang, dass Frottee frappierend spritzend flog, kürzer wurde, und dann, am letzten Zipfel ankam, den Jean zwischen die Zähne nahm, zugebissen, angezogen, bombenfest gewickelt um die Faust wie harte Bandage, andererseits der Bastkorb ins Gelenk gehängt, den dreien entgegen, Schritt für Schritt, es tropfte, Jean wandte sich direkt an Wolferl: »Wie geht es denn dem 'erren Doktor-Vater«, und es fiel nicht leicht, sein Deutsch zu deuten, seine Aussprache, erschwert durch den Akzent, Doktor Vater oder Doktorvater. Wolferl schien wie von Säure ins Auge getroffen, als wäre ihm eines seiner toten Tiere zu abrupt in die Lauge gefallen statt geglitten, »der ruht sich aus. Er kommt schon wieder«, Jean sprachs fast wie einen lang studierten Dramentext, »wo'er, wo'in«, und Wolferl parierte, wohlfeil präpariert scheinbar für diese Konfrontation, »er lässt es sich gutgehen und trinkt seinen Mojito«, Jean focht weiter, »versetzt, isch nehme an, mit Schnaps und Minze, Ernte der eigenen Blutwiese«, Wolferl wollte schon losschnellen, wurde aber an der Schulter gepackt, Rudl hielt ihn, ein Pazifistensekundant, Fredl riss ihn, Polizeischwitzkasten, zurück, »sei vernünftig!« – »Jetzt nicht.« – »Wir holen uns den.« – »Aber später«, so schleiften sie ihn weg, unter Beteuerungen, sie kämen wieder, »so mag er es, in einem karibischen Paradies sitzt er, von Häftlingen umtanzt, von Sklaven bekranzt«, schrie Wolferl und Jean kicherte ums Vielfache lauter: »Auf einem arielweißen Schaumwölkschen, dass es sisch bloß nischt auflöscht.«

33 Obacht, Siegi, picknickende Oberbösewichte zu beobachten

Als Versteck bot sich ein tiefhängendes Ebereschengeäst an. Die Zweige spreizen, die Blätter zweifingrig auseinanderschieben, wie die Lamellen einer Jalousie. Ganz nah dem Flussufer dümpelte eine bierhändig gebundene Nymphe. Sie schwamm diesseits, hier, im seichten Stehwasserbereich. Dort zappelte die Fliege in der Strömung an einem extrabeschwerten Achtundzwanzigervorfach. Zwei Armlängen flussaufwärts brach die Oberfläche ein Schwemmholz. Dort schnitt die Schnur den Mooswuchs an einem armdicken Ast ein. Die neonrote Leine knickte und lief in einem Neunzig-Grad-Winkel weiter quer der Strömung. Ab der Flussmitte hob sich die Schnur in einem spitzen Winkel. Vor Himmelblau zeichnete sie einen eingezogenen Bauch, beschrieb eine konvexe Linie, eine Halbellipse zwischen Flussmitte und Stangenspitze. Zwar zeigte die nach oben, doch rutschte die Schnur trotzdem spannungslos ins Wasser. Das Geäst stabilisierte den flimmernden Nymphenstand. Herrenlose Vorfächer schnitten echte Fliegenfischer manchmal während ihrer Gänge ab. Raubfischerhand und schlimme Finger knoteten das Nylon an Zweige. So hingen die Vorfächer in schnelle Strömung und hielten die Nymphe konstant am gleichen Platz. Nur leicht bewegten die Köder sich dann an der Stelle. Spätestens abends zappelte ein Fisch daran. Nachts kam der Schwarzfischer seine Falle samt Fang zu entfernen. Aufmerksame Fischer vereitelten das. Diese um Geäst gelegte Schnur hier war technisch gesehen nichts anderes. Zu dritt warteten sie sitzend auf einer Holzbank. Ganz links zwischen die Latten war der Korkgriff der Rute arretiert. Es handelte sich um eine neun Fuß lange, dreiteilige Stange Marke Vision mit hundert Prozent Graphitfaserschaft. An und für sich ein wunderbar zu schwingendes Exemplar. Doch die Fliege im Wasser gab nur einen inadäquaten Widerpart ab. Der Streamer bestand aus den gesperberten Hecheln eines ausgewachsenen Hahns. Ungekürzt schlenkerten die Kiele durch die Strömung. Die Spitzen schlossen genau mit dem Hakenbogen ab. Den Kopf reckte Friedl vor. Seine sonnengegerbten Halsadern spannten sich an. Die riesige Fliege zitterte im Wasser. Friedl drehte unablässig die freie Hand mit unvermitteltem Handgelenksruck. Die Finger flogen nur so. Immer wieder streifte Friedl im Ausklang dieser Bewegung Fredls Oberschenkel. Er saß rechts neben Friedl auf der Bank, ebenfalls fahriger Hand. Seine Finger fuhren hoch und gruben sich in den Verband. Der Mull fasste Fredls halben Kopf in Weiß. Die Bandage verlief diagonal über die Stirn. Halb aufgeweicht von Schweiß drang es durch die Fasern. Ein wunder Punkt kam rot und gelb zur Oberfläche. Fredl hob seinen Handballen an die Lippen. Seine Rückhand verdeckte den Anblick der Nasenspitze. Die Fingernägel fuhrwerkten an der Bandage herum. Er kratzte wie dumm seine wundevolle Stirn. Immer wieder schielte Friedl hinüber. Er blinzelte dauernd. Sonnenschein lauerte auf seinem Gesicht. Ein Fischereiaufsehermützenschirm beschattete links von Friedl Rudls Züge. Sein Gesicht verhängte Finsternis von der Nasenspitze aufwärts. Er rümpfte die Flügel. Ein Schweißtropfen glänzte an der Oberlippe. Er nahm einen Schluck Bier. Dann erst prostete er Friedl zu. Der hob seine Flasche vom Boden, schluckte schnell, stellte das braune Glas wieder hin. Es stand direkt vor Fredls linker Turnschuhspitze. Zwischen seinen Beinen klemmte ein weiterer halber Liter Zipfel Urtyp. Das Etikett war in Weiß und Blau gehalten wie diesen Tags der Himmel.

Eine Rauchfahne stieg kolkschwarz vor diesem Hintergrund auf. Zwei Schritt weg von der Bank stand der mülltonnengroße Picknickgrill. Der Rost lehnte an der resedafarbenen Metallverkleidung. Der Mann dahinter stocherte und kratzte mit einem

Schürhaken in der Kohlenpfanne. Blaugrüne Flammen züngelten bis zu seiner Brust. Funken und Rauch verdeckten sein Gesicht. Es roch nach Benzin. Der Kanister stand in etwas Abstand. Auf halber Strecke verhungerten die tanzenden Funken in der Windstille. Ein Regenbogenfilm zeichnete das Gras zwischen Kanister und Grill. Der Mann bückte sich, legte den Schürhaken hin. Er hob ein Zipfel, streckte sich, beugte sich hintenüber, kippte den Flaschenhals in seinen Mund. Er beugte sich wieder vor. Pissegelb spuckte er den Schluck Zipfel zischend zwischen die Kohlen. Grauweißer Dampf erhob sich vom Becken. Die Flammen versiegten. Er ging diesmal auffällig rückenschonend in die Knie. Er stellte die Flasche ab, nahm den Rost, kam hoch. Sein Gesicht hielten Nähte zusammen. Seine Wangen zerrissen frische Narben. Das Fleisch durchfurchten Wunden wie ein Mündungsdelta Land. In Kinn und Schläfen steckten Tackernadeln. Er öffnete den Mund. Es sah aus, als bräche eine Kruste auf. Er rumpelte am Grill herum. Die Worte gingen unter. Der Rost rastete ein. Er sagte, er habe durch die Fensterscheibe springen müssen. Alle anderen Wege waren versperrt. Das Aluminium glühte schon. So konnte er das Fenster nicht öffnen. Rudl sagte, er springe aus dem dritten Stock. Aber einen heißen Griff anzufassen, scheiße er sich ein? »Es war ein Reflex. Du zuckst weg. Hab mir die Hand verbrannt.« Er spuckte in Richtung der drei anderen. Der Auswurf zerstob in eine Linie unterschiedlich weit fliegender, bald und später landender Tröpfchen. Ein fetter Sabberbatzen schoss der Speichelspur voran durch die Luft. Der Flugwind verzerrte ihn. Als dicker Spuckeknödel mit Leine und kleinerem Schleimknubbel vorne dran überschlug sich das ganze Gebilde. Wie Schwimmer Schnur und Drilling rotierte die Auswurfpeitsche auf Rudl zu. Der ruckte weiter nach rechts aus der Flugbahn. Er rempelte Friedls massiven Körper. Der stieß weiter, fiel halb hin, lag darnieder, auf Fredl. Sein Bier entglitt der Oberschenkelpressur. Die Flasche fiel lotrecht zu Boden, Grundfläche voran. Das Zipfel landete auf dem ausgetretenen Schotterboden zwischen Friedls Füßen. Die Standfläche zappelte und wankte kurz wie eine geworfene Münze. Das Bier sprudelte auf und fuhr aus. Der Fall übersetzte sich eins zu eins in die Gegenrichtung. Der Schaum rann in langsamen Schlieren den Glasmantel hinab wie Lava aus einem Vulkan. Im Inneren britzelte es weiter. An der Luft zerploppten die Blasen wie beim Forellenschlüpfen Laich. Um die Standfläche bildete sich eine konzentrische Latsche. Die Flasche war nun stabil.

Der fette Batzen Spucke landete exakt auf Rudls Fischereiaufseherkappenkante. Wie Tarzan an einer Liane schwang ihm der kleinere Speicheltropfen ins Gesicht. Der Sabberfaden aber riss und fiel vom Mützenschirm. Vertikal pappte er über Rudls gesamtes Gesicht. Der Auswurf schillerte in Giftgrün, Eitergelb und Dreckviolett. Er pickte an der Augenbraue, lief übers Lid, zwang Rudl zu zwinkern, hing die sonst rosige Wange hinunter bis in den Mundwinkel und bildete am Kinn gerade einen Stalaktit. Einäugig musterte Rudl zwischen seinen Knien und Fingern die Fischereiaufseherkappe. Der fette Batzen klebte daran. Der Faden über seinem Gesicht verlängerte sich, rotzte noch einen Tropfen ab darauf, genau aufs Auge der gestickten Forelle. Der Speichel pflegte sich ein in die Abbildung. Ein Fisch in vertikaler Schräge. Er krümmte sich wie bei Brâncuși. Den Kopf verdreht und in grotesken Ockerfarben. Die Schuppen Grau statt Silber, die Stromlinie Mandel statt Gold, die Flossen schimmlig statt hellgrün. Die Farben setzten sich gut ab auf dem braunen Stoff. Die Spucketropfen verschwanden zwischen den erdigen Wasserspritzern. Sie umgaben die steigende Forelle. Die Zipfellache erreichte Rudls Schuhe. Halbstiefel aus tiefbraunem Leder, die Jäger im Wald trugen, Bergsteiger auf der Alp und Fischereiaufseher am Ufer. Mit dem Mützenstoff und einer Drehbewegung des Schirms wischte sich Rudl den Speichelfaden aus dem Gesicht. Wie einen Degen zückte Rudl die Kappe dem Mann mit den Narben entgegen. Der Auswurf klebte quer der Forellenstromlinie, durchkreuzte ihren Sprung, ihren Oberflächendurchbruch.

Ein Schatten rucktzuckte den Flusslauf hinauf. Der Schemen bewegte sich drüben durchs seichte Uferwasser. Die Silhouette beruhigte sich und wurde langsamer. Der Fisch nahm Kurs auf die Nymphe. Die Forelle diagonalisierte das Bett. Die Bachforelle schoss über Schotter. Das Bachforellenweibchen flimmerte heran. Gegen das diesseitige Ufer. Das Schwimmen ein Schießen. Nur Schuppenabglanz abzulesen. Das kapitale Bachforellenweibchen verlangsamte. Sie trat ein in eine Art Seitschwebbewegung. Sie kam über den Köder. Ein Ruck ging durch ihren majestätischen Schädel. Sie schlenkerte die Kiefer. Ihre Kiemendeckel schlackerten in der blitzschnellen Krümmung. Sie durchzuckte den ganzen Leib. Die verhornten Klappen träge. Sie wackelten weg vom Atmungsorgan. In rötester Pracht ging es auf. Die Kiemendeckel schlossen sich. Ein paar Blasen sprudelten auf um die Nymphe. Eine Weise, nein zu sagen. Ein Kopfschütteln ließ sich noch im Wasser lesen. Ein Flimmern ging den Fluss hoch. Es schoss unter der strömungsquerenden Schnur durch. Der Salmonid war kein kleiner Fisch mehr. Er flitzte durch untiefe Ufergewässer gen Schonstrecke. Das Grün zwischen seiner Bahn im Nass und der Bank im Trockenen unterbrach der ausgetretene und nun vermatschte Schotterboden. Dreckiges Bier fasste die Füße der Sitzenden. Fredl und Friedl stierten Rudl an. Den Arm hatte er noch immer gehoben und ausgestreckt. In der Hand die Fischerkappe. Entgegengehalten dem vernarbten Gesicht. »Sieg Heil«, sagte Friedl. Fredl fieselte sich die Stirn. »Schlag ihn«, sagte er. Der Narbengesichtige reckte Rudl den Schürhaken entgegen. Die gekerbte Stahlspitze tippte auf den Mützenschirm wie ein Zauberstab auf eine Hutkrempe. Der Narbengesichtige ging dann in die Knie. Er hob das Flaschenbier Rudl entgegen. »Wenn man dir die Diebe lässt«, er trank, »aufs Fischaufsehen«, er setzte ab. »Was war der letzte Schritt?«, er stellte das Zipfel nieder. »Aufgelauert haben wir ihnen. Und den Kofferraum inspiziert. Und sie gestellt«, sagte Rudl. Er legte die Kappe auf den gelben Deckel einer blauen Kühltruhe. Sie stand zwischen dem Grill und Rudl in der Wiese.

Einen Schritt weiter zu Füßen des narbengesichtigen Mannes lag ein ellenlanger Totschläger. Rotbuche, Schwarzeiche oder Bergahorn, hammerhartes Holz. »Nichts mit schüchtern«, sagte der Narbengesichtige. Er stocherte in den Kohlen. Ein paar Funken stoben. Ein bisschen Glut haftete am Schürhaken. Der Mann schwang ihn durch die Luft. Eine Spur Ruß hing vor Himmelblau. Rot glomm es immer noch an dem doppelten Schnabel. Der Narbengesichtige spuckte auf die Kerbe. »Ihr schämt euch kein bisschen, was?« Er schaute ins Wasser. Sein zerrissenes Gesicht spiegelte sich. »Nur ein stolzer Mann springt durch Scheiben. Ein gesundes Selbstbewusstsein, Grundvoraussetzung, so tief zu fallen. Ich meine, schaut euch an, Fredl. Versteckst die Wunde unter Verband. Trags doch wie ein Mann.« Er kratzte sich an der Bandage. »Ja, den Schmiss eh. Aber die Narbe, sie ist wieder aufgegangen.« – »Und dann nicht mal erzählen wie«, sagte der Narbengesichtige. »Wie setzt du jetzt eigentlich das Polizeikapperl auf?«, fragte Rudl. »Hab mir Urlaub genommen«, sagte Fredl. »Mit diesem Siegi hilft nur Hausanzünden«, sagte der Narbengesichtige. »Und was ist mit den Nachbarn?«, sagte Rudl. »Und was machst im Urlaub?«, fragte Friedl Fredl. »Sind eh versichert«, sagte der Narbengesichtige, wie es bei ihm gewesen sei, frage nicht. Fredl erzählte, er habe den Garten umgegraben. So viele Engerlinge schon wieder dieses Jahr. Er müsse sie vernichten, die fressen seine Triebe nieder. Als Kind habe er die Maikäfer schon aus den Baumkronen gebeutelt. Dann habe er ihnen Namen gegeben, Saul, Josef und Hagar bevorzuge er. Er vergrub sie im Sandkasten viele Handlang tief. Dann setzte er sich auf den hölzernen Rand. Voller Spannung zappelte er. Seinen Hosenboden rieb er immer wieder durch vor Nervosität. Der erste Maikäfer warf den Sand auf. Er kam wieder ans Licht und durfte leben. Alle anderen zerquetschte Fredl unter seinen Schuhen. Oft kratzte er noch Monate später den hart gewordenen Matsch aus dem Profil. Bis heute wusste er nicht, ob Maikäfer überhaupt in Sand atmen könnten. Schaffte einer es gar nicht, sich an die Oberfläche durchzubuddeln, grub

Fredl ihn selbst aus. Diese reglosen Maikäfer legte er in die Zentrifuge. Auf diesem Spielplatz war an Ketten ein Autoreifen aufgehängt. Er diente den friedliebenden Kindern als Schaukel und dem gnädigen Fredl als Wiederbelebungswerkzeug. Der Maikäfer ruhte im Reifen, während das Kind die Ketten eindrehte. Erst wenn beide Ketten zu einem nicht weiter komprimierbaren Strang verbunden waren, ließ er los und der Reifen wirbelte und schwang und entfesselte die Ketten und drehte sich wie einst an der Wagenachse und nicht selten regte sich der Maikäfer nach dieser Prozedur wieder. Als wäre die Fliehkraft direkt auf ihn übergangen, sagte Fredl. Er liebe diese Schwächlinge. Es sei herrlich. Er küsste sie wach. »Lebten sie wieder, zergatschte ich sie. Lagen sie reglos, ließ ich sie so. Schon damals wusste ich, dass sie schaden. Dann ist es auch okay, Schadenfreude zu haben. Die anderen Kinder haben mich nicht verstanden. Die haben diese Mistviecher gesammelt. Jeder Maikäfer, den ich in die Finger gekriegt hab, jawohl, ein Totalschaden!« – »Vom Dach gefallen, oder, von wegen aufgeplatzte Narbe, lieg ich richtig?«, fragte der Narbengesichtige. Sein Grinsen wirkte wie im Schnitzkürbis. Die Nähte wären dann die Rillen im Gemüse. Die Augen verengte er lachend zu Schlitzen. Ein paar Zähne fehlten ihm auch. »Und du wärst aufs Dach geflohen, ja genau, von wegen Wohnungsbrand, aus drittem Stock gehupft, wohnst doch im zweiten«, konterte Rudl, und sie lachten und prosteten sich zu. Sie schwiegen eine Zeit.

»Wie gehts dem Teich?«, fragte dann Fredl Friedl. »Die Teiche bitte!« – »Ficken S' Ihnen, wie gehts ihnen?« – »Blüht und gedeiht. Alles fluoresziert. Vielleicht kauf ich zwei Seitenarm.« – »Und was machst mit denen?« – »Mönch vorn und hinten rein, ordentlich vergittert Zufluss und Abfluss. Gscheite Schotteraufschüttung, ein bisschen Sand drüber, und wieder zwei Teich mehr. Verstehst, dann ham wirs nicht so weit nachher, fürs Einsetzen dann, nur ein paar Schaffeln, jeder geht zweimal, passt.« – »Und wie kriegst du sie raus?« – »Haben eh keinen Fluchtreflex.« Fredl schüttelte den Kopf. Er streckte seinen Arm und Zeigefinger in Richtung Geäst. Friedl nickte und streckte seinen Arm und Zeigefinger flussaufwärts, »wie ich den Streamer hingekriegt hab«, er wies auf eine Brücke. Ferdl überquerte sie gerade. Er trug ein kurzärmeliges Hemd in grellem Rotgelb. Vor seinem Bauch hielt er ein gewaltiges Papiersackerl umarmt. Er erreichte das jenseitige Ufer und kam den Fluss herunter. Das Sackerl wuchs im Rhythmus seiner Schritte. Bald sagte der Aufdruck *Weil Brot ein Stück Kultur ist.* Nun kam auch Wolferl den Fluss herauf. Er pfiff ein Liedchen. Ein Wiedehopf erwiderte es fröhlich. Sein Schrei drang aus einer Weidenkrone. In der einen Hand schwenkte Wolferl eines von Kurtis Plastiksackerln. In der anderen ließ er ein Butterfly auf- und zuschnappen. Die Schenkel des Messers rotierten wild durch die Luft. Auf und zu flogen die Griffstücke wie ein unglaublich fix verstellbarer Zirkel. Wolferl schmetterte die Klinge dahin. Sie schlitzte blitzend durchs Himmelblau in Zeitraffer. Er schloss zu der Proletenpartie auf. Der Narbengesichtige stocherte im Kohlebecken. »Geht eh schon.« Wolferl legte das Plastiksackerl zu der angeschlazten Fischereiaufsehermütze auf die Kühlbox. Einsatzbereit schleuderte er das Butterfly. Er schnitt das Sackerl auf. Ferdl verteilte Salzstangerln. Der Geruch noch warmen Kümmels lag über dem Fluss. Wolferl spießte mit der Papillonklinge ein blauadriges Steak auf. Sandbankblond brachen alle das Brot. Frische Flocken rieselten in die Bierlache am Boden. »Welche Sau hat da hingespieben?«, fragte Ferdl. »Ja genau, ist nur Bier«, sagte Rudl. Wolferl hievte das Steak auf den Rost. Fett spritzte und zischte. Eine blaue Flamme züngelte. »Lässt dich nicht lumpen. Was hast für uns?«, fragte der Narbengesichtige. »Kurtis einerlei«, Wolferl legte fünf weitere Steaks auf, »soll euch einen schönen Gruß ausrichten. Spezialpreis. Weiß nicht, vielleicht lenken die Rindszüchter ein. Womöglich wieder ein paar Ställe ausgebrannt.« Fleisch schwelte und stank über dem Fluss. »Fleischfackeln haben wir auch«, Eiweiß verkohlte, »und ein Dutzend Würstel«, Fett brutzelte, »dass wir nicht streitert werden ums letzte Paar.« – »Geht sich genau aus.« – »Der

Kurti, ein Guter.« – »Weiß, wer mit wem grillt.« – »Wer mit wem fischt.«

Sie biss wie eine Schonstreckenforelle. Die Stange erzitterte nur ein bisschen. Doch die Bank knarzte. Marode war das Holz. Es verzog sich. Wurmstichig wackelten die Planken. Die Rute schlug ungut. Die Spitze bog sich zum Ufer. Kleiner wurde der Winkel zwischen Flussmitte und Schnur. Die Leine selbst wechselte ihre Form von konvex zu flach. Der eingezogene Bauch spannte die Muskeln an. Friedl sprang auf, den Korkgriff in der Hand. Die Nylonrutsche verlor ihren Schwung. Friedl rannte das Ufer hinauf. Die Halbellipse in der Schnur wurde zur Linie. Der Fisch aber krümmte sich am Haken. Als hätte er die Form von der Schnur geschluckt. Die Spulenumdrehungen gingen lautstark und die Augen auf. Fredl sprang auf und seine Zipfelflasche zerbrach diesmal. Friedl hetzte dahin wie ein Raubtier. Der Narbengesichtige taxierte die Scherben. Er packte den Schürhaken. Das Blut wich umfassend aus seinen Knöcheln. Friedl arretierte die Schnur mit dem Daumen an den Kork. Das Klacken verstummte unter seinen Atemzügen. Hechelnd tauchte sein Unterleib hinter der Brückenbrüstung ab. Die violette Leber schwitzte. Die ockerfarbenen Tropfen zischten im Kohlebecken. Die purpurne Regenbogenforelle kämpfte knapp unter der Oberfläche. Schwanzflosse und Kopf durchschlugen die Spannung zwischen Wasser und Luft. Friedls Oberkörper schlitzte über der Brüstung horizontal durchs Himmbelblau. Wie ein Schreibmaschinenanschlag sah das aus. Brutale Spannung lag auf der Schnur. Die Forelle schleifte es ins Schwemmgeäst. Ein paar Zweige wichen biegsam genug. Friedls Schritt hatte die Eleganz seines Fechtsteppens. Fredl tippte den Handballen an der Nase ganz nervös die Fingerspitzen gegen seine weißeitrig bandagierte Stirn. Man durfte gespannt sein auf seinen Bericht. Mit Sicherheit gab er ihn in Bälde zum Besten unter Kurtis Kundschaft. Das Knacken algenbefallener Äste erklang. Friedl zerrte die Forelle gegen einen monströsen Ast. Der Fischkörper dellte sichtlich ein. Es schliff die Schuppen aber nicht ab an der Rinde. Im Inneren des Fisches verbogen sich die Organe. Wolferl hielt einen Stecken in Händen. Er war totfetttot umwickelt mit rotweißrotem Schweinebauch. Friedl erreichte das andere Ufer. Ferdl warf sein Salzstangerl zum Himmel. Es rotierte vor die Sonne und er schrie Petri. Aus dem Geäst zog Friedl die Forelle. Er spulte auf und sie wand sich am Haken. Der Rückstoß ihrer Schwimmzüge und Flossenschläge krümmte den ganzen Körper. Der Leib formte im Wasser eine Sichel. Ihre Bogenöffnung oszillierte ohne Zwischenstadium, wechselte die Seiten hin und her. Jeden Augenblick waren vier Wochen oder bloß Neumond verstrichen. In die Strömung schrieb sich eine Sichel nach der anderen, von konkav zu konvex, niemals plan. Die Form changierte zwischen abgeknabberten und zulegenden eiweißen Fingernagelschwüngen, nervenleer und undurchpulst.

Durch sprudelnde Strömung zog Friedl die Forelle schon durch die Oberfläche den Fluss hinauf. Es verwunderte, dass sie nicht jeden Meter ein Kilo zunahm. Ihr Maul war aufgespreizt. Der Haken durchmaß ihren ganzen Mund von links nach rechts. Der Streamer sperrte der Forelle den Kiefer. Das Wasser strömte durch das Regenbogentier. Wie Gegenwind schlug es ihr ins Maul. Selbst schwamm sie auf und fraß ihre eigene Verdrängungswelle. Wie ein Regenbogenschwung ihr Körper. Der Schnurzug an der Lippe. Das Negativ eines Kindes, das am Genick in den Schnee gesteckt wird. Durch die Kiemen blubberte das Abfahrwasser hinaus in tausend Blasen. Hinter der Schwanzflosse schloss sich die Kielwelle wieder. Die Schnur bildete fast einen Neunzig-Grad-Winkel zur Oberfläche inzwischen. Seelenruhig drehte Friedl nun um. Er querte wieder die Brücke. Er ging ans jenseitige Ufer. Die Regenbogenforelle bildete jetzt eine Stromlinie im Wasser. Jegliche Windung war aus ihr gewichen. Wie einen nassen Fetzen schleppte die Schnur sie parallel zur Strömung. Dutzend Meter flussaufwärts des Geästs glitt sie ans Ufer. Einen Meter weiter passierte Friedl trockenen Schuhs die Wiese. Er überholte seine Beute bauchigster Schnur. Weder rollte er auf, noch hob er die Forelle. Er würdigte sie keines Blicks, zog an ihr vorbei wie nichts, ging zu seinen jubilierenden Freunden. Ihr Skandieren vertrieb den Wiedehopf. Er flatterte stumm weg. Die reglose Forelle trieb unfassbar langsam den Fluss hinunter. Ferdl gab Friedl ein Salzstangerl. Eckzähnig biss er hinein. Fredl ließ seine Hand vom Verband fallen. Sie ging noch tiefer als zur Hüfte. Er ging in die Knie. Gebückt an die Oberfläche hockte er. Die Hand stieß in Uferwasser. Er kam hoch, Daumen und Zeigefinger in den Forellenrachen versenkt. Das Tier hing wie in Windstille eine Fahne. Wie sie zu hissen, kam Fredl hoch. Die Forelle maß seine Elle wie der Schürhaken.

Rudl trat heran bis auf einen Millimeter mit der Nasenspitze. Sein Schatten fiel auf den Fisch. Fredl schwenkte den Fang Rudl hin. Er war aber schon dran. Deshalb trat er einen Schritt zurück. Kurz zappelte das Tier. Ein Wassertropfen spritzte von der schimmelgrünen Flosse. Rudl blinzelte. Die grau aufgeschimmerten Schuppen wurden wieder ruhig. Das Pochen an der blassrosa Stromlinie verebbte. Flach waren die Flanken des Tieres. Es beschrieb eine Art Dreieck bis zur Schwanzflosse. Am Kopf war der Fisch am breitesten. Seine Form hatte weder Rundung noch Proportion. Was Frauen an Männern liebten, das V im Oberkörper, fehlte. Was Männer zwischen Hüfte und Taille ungern missten, der Schwung verschwunden. »Ist einer von deinen«, sagte Wolferl zu Friedl. Er arretierte die Stange zwischen die Banklatten. Er biss gierig vom Salzstangerl ab. Fredl hob und senkte unschlüssig über und in Rudls Schatten den Fisch. Sonnengetroffen erstrahlte er silbern, und grau wieder auf Höhe dunklen Herzens: »Schmeißen wir ihn gleich rein?« Ferdl legte erst jetzt den Brotsack ab. Er kniete sich an die Kühlbox. Sein Blick fiel auf den Totschläger, Schwarzeiche, Rotbuche, Bergahorn. »Heißen wir ihn doch erstmal hallo.« Ein paar Tropfen glitten von Schnur und Fisch und fielen in die Bierlache. Rudl faselte etwas vom Herzstich und fuchtelte mit dem Springer herum. Bald wurde aus dem Wasserabperlen ein richtiges Sprenkeln. Erwartungsfroh hob Friedl seine Zipfelflasche. Immer dichter zersprang und prasselte die Lache im ruckartigen

Schwenken von Fredls Hand. »Eins«, wie eine Wikingerschaukel ging die Forelle durch die Luft. Der Narbengesichtige stellte sich breitbeinig hin hinter dem britzelnden Grill, »Zwei«, Fredl streckte im Rückschwung den Ellenbogen, somit Unterarm und Adernmündungsdelta wie Handgelenk bis Finger in die Spitzen sowie Streamer und Forelle daran. Der Narbengesichtige hob hinter dem fleischverbrennend wölkenden Kohlebecken den Schürhaken beidhändig wie ein Eishockeyspieler den Schläger vor einer Keilerei. »Drei«, Fredl schwang die Forelle am Streamer durch wie eine Bowlingkugel mit zwei Fingern in den Löchern und am Ende des Zugs, vorm Touchieren der blanken Bahn oder der hiesigen biergelachten Schotterfläche noch ein Euzerl nach oben, dass die Forelle wie ein fliegender Fischer abhob, hohen Bogens stieg wie zuvor schon im Wasser, und Kopf in den Wolken Stirn voran via Streamer à la Salto mortale in den Rauch tauchte, und fiel. Voll zog der Narbengesichtige den Schürhaken durch. Es knallte metallisch, oxidierter Stahl und angefeuertes Eisenblech. Der Grill kam ins Wanken, kippte in Richtung Schwerpunkt, senkte seinen Schatten über Ferdls Buckel. Er kniete gebückt an der Kühlbox. Der mülltonnengroße Grill kippte, stürzte gen Ferdls Genick, fiel in Wolferls vertikale Handflächen. Er stemmte sich dagegen wie ein Sumōringer. Es roch nach verbranntem Fleisch. Seine Stirn legte Wolferl gegen den resedafarbenen Metallmantel. Es roch nach schmelzendem Haar. Er kopfnusste den Grill. Er versetzte ihm einen Stoß aus den Ellenbogen. Drei Druckpunkte schubsten das Ding. Es kippte zurück, wankte kurz, stand. Eine horizontale Linie Fett zeichnete den resedafarbenen Grillmantel. Zwischen Wolferls parallel hochgehaltenen Handflächen war immer noch der Stecken. Er hatte jetzt einen Knick inmitten. Die darumgewickelte Schicht Schweinebauch war auf einer Seite durch und grau. »Danke ...«, Ferdl schnappte nach Luft, »... schön«, die Forelle ebenfalls. Wolferl ließ mit einer Hand los. Sie sank wie tot vom Stecken. Er umfasste die Fleischfackel ganz hinten. Er stocherte damit den Fisch. Der lag auf den Steaks. Er regte sich nicht. Alle lachten.

»Hat er Glück gehabt?«, fragte der Narbenmann. Alle nickten. Um das hölzerne Fleischfackelende schlang Wolferl das Vorfach dreimal. Dann riss er an. Mit einem Krächzen fetzte es der Forelle den Streamer aus dem Kiefer. Durch die Fliehkraft wurde sie seitlich förmlich vom Grill gerissen. Wie ein weggeblattelter, flacher Stein flog sie dem Oberflächenkontakt asymptotisch entgegen. Dann setzte sie auf, ein zweites Mal, dreimal, vier, knallte gegen das Schwemmgeäst, platschte ins Wasser, sank metertief, regte sich, zischte ab. Der Narbenmann hebelte rauchend und ploppend sechs Zipfeln die Kronkorken ab mit dem Schürhaken. Nach und nach gab Ferdl sie ihm aus der Kühlbox.

34 Siegi fischt ganz allein mit Charly Fly und Red Tac

»Pack ma zam«, zackprack abends dann, der letzte Schülerstreich, sein Abstrich mein Auftakt, raus raus raus, verlass den Klassikraum, Hausübung, was, Hausaufgab, »ja was da halt passt, Abmarsch«, dann sortier ich bloß noch Kopie um Kopie vom Doppelnotenblatt zur Partitur für morgen, sodenn beiseitegelegt, ganz oben auf der Kommode das Kolophon. Kurz nur durchgetreten und zugeschlossen die Zimmertür, noch im Knöchelgelenk das federnde Wippen, schon abgehoben und gelandet Gesäß voran am Geländer hinuntergeschlittert und Schwung mitnehmen bis zum Haustürverschließen und hinein in die Mercedeszündung den nächsten Schlossbart, ja, los! Autoradiouhrzahl sagt Hochsommersonnenumschwung schon fast vollbracht, wie ein Zirkelabschlag an diesem Augusttag von Kalkalpengrat zu Felsflanke, an deren Zeh ich jetzt den See entlangfetz, das Westufer herunter, unter Plattfuß drunter das Gaspedal durchgedrückt bis zur Matte und zum Motorgeratter, losgelassen für Sekunden die Lenkung in der Rechtskurv, Linksdrall normal, zieht jäh doch nach rechts, weswegen Südwest, perfekt, schnell gegengelenkt und Schaltung aus dem Straßenschwung raus wieder mit Vollgas. Jetzt frisst der Mercedesstern die strichlierte Linie der Riviera, die Tachonadel tanzt und die Mittellinie wird durchgezogen, bevor ich den Doofen auf Höhe der Fischerkanzel dort vorne überhole und grüße, joho, mit Hupen, Unterland-Oberland-Grenze drüber hinaus und vorbei an meinem Haus, wo der Fluss reinrinnt in die Lake und nun das Ufer rauf hinaus ausm Unterland hinein vollgetankt ins Oberland, als einziger Formel-1-Gegner heut der Sonnenstand.

Schon teleskopiert voller Länge zockelt entschlossen die Fliegenfischerstange, arretiert über Rücksitz bis nach vorne zu mir in die Handbremsenrille die Spitze. Zu zerstecken macht und zahlt sich gar nicht bezahlt und aus, ich raus ausm Auto. Trau ich mich nicht drüber, zu traurig auseinanderzuziehen die gülden Schriftzuggravur *Charly Fly*. Juhei, da fliegt gleich einer. Schon da a Platsch. Potenzial a Anfang. Da gehts dann los. Trocken eh schon. Red Tac sitzt in unterster Öse. Rötester Schwanz, schauen wir uns an. Etui auch dabei in der Brusttasche. Vorfach passt noch. Doch da platschts schon. Das Ufer geh ich runter. Zu den Gumpen. Kesselgleich brodelt es. Heiß wie Kurtis Wurst. Frisch wie Nymphenfleisch. Mückenlaich hundertweis. Unterm Unterschlupf. Drüben da eh der Ast. Macht Platsch. Wellt konzentrische Wellen zu mir. Ruhig und konzentriert. Stillhalten die Arme. Nicht viel Wacheln. Ganz langsam ranmachen ans Nass. Schleichen und eintreiben. Gleich ein gscheites Schmeißen. Wurf und gut. Zackprack. Das Platsch. Ein Steigen. Forelle so hoch geflogen. Über Oberfläche und Ziel. Zieh, Anschlag. In mir. Zwischen Fingern. Durch Schnur. Über Ösen. Spitze auf Knopf. Vorfach. Knopf. Öse. Hakerlbogen. Red Tac. Regenbogenzahn und Kiefer. Manu in Maul. Ham wir dich schon. Den Klang in der Hand. Den Zug um meine Finger. Einen Wickel hat die mit mir. Da schneidt es die Schnur gut rein ins Gelenksfleisch. Doch schon gebündelt den Widerstand mit den Gliedern. Situation im Griff. Opposition der Hand. Umschlung orange. Oh, du Pracht. Voll die Kraft am Vorfach. Das wolltest du. Kommst nicht los, I promise. Gegen die Stromschnelle. Geht es noch. Oder schon over? Da da da. Sie marschiert wie na was. Hahaha. Da macht es erst Spaß. Hab es ihm angesehen. Dem Tier, die Streitstärke. Sieh mich an, wie ich dich anseh. Das schauen wir uns an. Die Schaugespielin, den traurigen Drill, den Trauring, rosa beschienen, im Abendgrauen, die Rute biegt es. Aber gut begreifbar der beigefarbene Kork. Schauen wir, wie es aussieht. Ich riech dich, Fisch. Und Flieder und Hylaszimt. Sie ist ins Gras. Hat sich versteckt. Ich kitzel sie hervor. Oben drüber dirigier ich dich. Daumendruck arretiert die Schnur. Da schwebt sie im Nu. Das war dann der Fehler. Zupf zupf zupf. Gen Ufer. Ein bissi Pizzicato. Indes die Kolleginnen schon springen. Pustekuchen, Puste geht aus, Kuchen geht auch, laut Antoinette. Aber kein Leid, kleine Forellendame. Eine Schnurwampe. Abgespannt. Hättest du Haar, ich würd es nicht krümmen. Ein bisschen Flussgras hängt sogar an der Schnur. Gut Flusstier. Zupf zupf zupf und futsch. Und du wieder frei. Sei gscheit. Zisch in den Gumpen hinein. Bis auf weiteres. Dass es wächst. Nächstes Mal dann. Mah, da oben platschts. Da reißt es die Oberfläche ein. Eine Spannungsverwellung ist da. Zack zack zack Red Tac. Gewirbelt durch die Luft ein ums andere Mal. Dass es ihr die Fiebern wieder frisiert. Gegen den Widerstand. Windig. Pfau aufgstellt. Schwanzerl vertikal Haken entlang. Schnur dahin wie Wind Bund für Bund. Und dann an-und-zwan-zig-wurf. Wuff, du reißt mir nicht durch. Zackprack, das ist ein Kapitaler. Wie kann das sein, so ein Anschlag. Havern doch bloß Larven hinein in ihre Innereien. Bleibt geheim der Standplatz. Keine Redereien. Palaver ich nicht mal mit Archiebald. Und die Schnur geht, geh leck. Mah, klack-klack-klack, dass mans dapackt. Spitze runter. Schnur zu geben. Bund um Bund. Schneller drehen als die Forelle runterradelt. Geht eh nicht. Stromaufwärts geht sie. Ich mal mit. Verlier dich schon nicht. Immerhin Spule fast am End. Du bist gut. Abgespult. Unterstand? Ja, da gehst hin. Nichts. Zwei Schleifen. Gscheit rein gelegt. Wie ein Mascherl entgegen der Masche. Herausgezerrt ausm Versteck das Hascherl. Geben wir wieder Schnur, wenn du willst. Und nicht ins Geäst. Durch und durch diplomatisch. Ein komfortabler Handel. Findst nicht? Was ist jetzt da wieder? Wusch. Sie geht durch. Diagonal. Dann Oberfläche. Was machst du so hoch? Ah da, da Ast. Da hast die Schnur durch. Du verrecktes Ding. Verzichtest eh der Versteckerei. Die brauchst gar nicht. Brauch ich auch nicht gar. Hundertfuffzig Grad, halbgas, das tät es eh.

Aber du alles andere als Vorgeheize. Sogar das Vollprogramm. Schleudergang und volle Wäsche schlingert die Liebe. Schlingt Liebchen mein das Vorfach rein in die Hindernisse. Tour de Force durch den Parcours. Na guat. Zackprack. Ast abzwackt. Und Schnur untdrum. Und Ast und Forellengfrast. Und nun das Gebündel. Mit links um die Finger. Griff für Griff. Wie ein Elektriker das Kabel. Handballen und Ellenbogen. Und ordentlich nachradeln. Rechtshändig dirigiert und arretiert. Parallel andererhand einrallen klack-klack-klack und einwickeln Klang um Klang. Mit der Spule und den Gliedern. Schnurbauch auf klack-klack-klack. In Spule. Kurze Lunte. Öse für Öse. Oben wird der Spitzerlwinkel weiter. Charly Fly biegt sich hin. Zum Fluss. Auf zwölf. Zug auf die Achs. Landungszone schon erlotet. Gleich bei hundertachtzg. Zum Zero Ground gemessen. Forelle schwimmt vor mir auf. Red Tac auch. Beides raus aus der Au. Zu den Ufern. Und durch die Oberfläche Hände. Verjüngend unsere Wässer. Schau, schau. Mach dir nichts draus. Du hast gepunktet. Die Stromlinie. Urschöner gehts nicht. Du Wundertier. Supermuster. Ultrasymbolon. Manu am Mund. Tac abzwackt. Und à la Vollmond. Schon droben. Wolkenbetonend. Alles in Silber und Rot und Aublau. Komm, schwimm dorthin. Wo du willst, bist wieder dein. Und beiß den Biertrinkern nicht hinein. Sonst hüpfst in den Topf. Steigst nur noch einmal. Hachach. Havedieehre als Letzter. Hier am Gewässer. Die anderen Deppen im Wirten. Ist ihnen nicht zu helfen. Solche Proleten. Lassen wir das Werfen. Schmeißen wir hin. Hau den Hut drauf. Eh gut. Verkürzter Abendsprung. Dass es verstummt, ganz langsam die Gewässer, eh gewusst. Auf ein weiteres Forellenbrodeln verschoben. Kann sich nicht jedes Mal die halbe Stunde ausgehen. Hachach hat sich das auszahlt. Pack ma wieder zam. Lieb Salmonid, ich lass mich bald dann wieder an. Gut Nacht. Träum süß. Schlaf schön. Wir werden uns wiedersehen. Immer zweimal und keinmal gleich. Es braucht sein Neichtl. Erleichtert schleich ich mich. Auwiesen und Raulichter runter die Ufer lauwindig und schlaulistig. Ich pick die Kronkorken von den Proletenkönigen hier noch auf, auch die Schaschlikknickspicker. Wird immer schlimmer. Totklopfholzer noch übrig. Den lassen sie liegen. Haben ja ihren Schmetterstecher. Herzfetz und Gnickschlitz statt Gnackflack und Schädelschlag geh leck. Rotbuchtel Zwergahorn Haarzeicherl. Geh ham. Was das? Im Ernst jetzt. Die Kette angelegt. Gibts nicht. Haben mir die wirklich? Wo ist der Karabiner? Glied, Glied, Glied, Glied, Glied, sicher irgendwo. Da, die Schweißnaht. Leberblau die Flamme. Dunkel die Au. Umgehängt meiner Hinterachs und dem Wurzelstock vom Uferbaum. Weißer Stamm und schwarze Stange. Horizontal und vertikal. Wie ein Kreuz. Ein Nagerl brauchts da gar nicht. Denn die Kette hält. Ineinandergeschmiegte Glieder. Ordentlich verdreht der Strang. Die Schweißnaht am siebten Knebelring. Dreizehnfach umeinandergelegt. Erst am Weidenstamm wieder auseinander. Ein Lasso, ein Tau, ein Gnickstrick. Sie fesseln noch auf urige Art. Einerseits die Trauerweide, andererseits die Antriebsreifen. Gib Gas, dann gibts aber Überraschung. Dann reißt es deinem Automobil das Allerwichtigste raus. Oder dem Aubiotop. Reifen wie auf den Spielstätten von Kindern. Äste wuchernd über unsere, Fluss schirmend, schützend, der Stamm, drum die Kette, und um die Stange. Zwei Achsen, die einander trachten. Zwei Äxte. Na heilige Zeit, nur grauslige Leit. Nichts tun sie einem nicht zu Fleiß.

35 Siegi sucht und findet Zuflucht nicht nur bei lachenden Haberern

Mercedes nicht anzutreffen auf der Holzveranda, um diese unchristliche Uhrzeit. Nur ein paar Deutsche, ihre Flüsterdüsterstimmen, gutdurchatmeter Zweigelt, so lau die Nacht, dass es ihn wärmt auf Raumtemperatur. Selbst Gerry nicht in Oberkellnermontur, hinter dem Tresen im Foyer, nur ein durchgeschwitztes Gilet von krustiger Mundwinkelfarbe, vollmundig zu Vollmond, Unterlippe blutig. Aalglatt war seine Brust zu sehen, anderntags versteckt, im Hochschluss der Hemden. Er legte mir den Arm um die flanellene Schulter, schwang sich um den Tresen herum, eine halbvolle Literflasche Zweigelt hüfthoch im Griff, eine seidene Vorhangkordel zum Gürtel geschürzt durch die Laschen einer weißen Leinenhose ohne Bügelfalte. Wieder hinaus auf die Holzveranda führte er mich, abzuspannen die Sonnenschirme, fast kamen sie mir wie Stepprequisiten tanzender Eintagsfliegen vor, die frisch geschlüpft ihre Nacht verschwärmten um unseren baldigen Tisch herum. Gästepärchen hier normalerweise gar nicht offerierte Vierterlgläser standen noch da, ein bodenbedeckender Schluck darin, ein Opfer dem Weingott, Austrinken heißt Nachschank, ein beschwichtigendes Nicken dorthin, wennschon Sakrileg, Gerrys Geste à la keine Sorge gleiche Sorte. Zweigelt schwappte darauf von seiner Sommelierhand, Ballen und vier Finger unters Etikett, dass ich nur seinen Handrücken sah und einen Rotweinfall, Daumen weggereckt, »bitte!«.

Ich steuerte den nächsten Sessel mit Blick auf die Schonstrecke an, da mir auffiel, dass unser Tisch überhaupt nur zwei einander gegenüberliegende Plätze an den Breitseiten hatte, während die Lehnen aller anderen Tafeln auf der Holzveranda flussaufwärts oder abwärts der Strömung gruppiert waren. Gerry ließ mich postiert während des Weinschenkens kellnergemäß an der Tischlängsseite meinen Sitzplatz wählen. Die Gasthoffassade hinter der Lehne setzte ich mich, »danke sehr«, und Gerry gefasst und galant, mit Knicks und Seitfallschritt, einer fließenden Bewegung nur, das Gleiten auf einer Schleimspur, schaute mich an von der gegenüberliegenden Tischbreitseite aus. Sein Kopf schwebte über dem Holzverandageländer, vor dem inzwischen schwarzen Nichts von himmelkitzelnden Gipfeln, kaum mehr zu unterscheiden und zu erahnen diese Linie am Horizont. Bei Gerrys erstem Schluck huschten seine Pupillen vorm Glasansetzen und nach dem Trankabstellen schnell an meiner Schläfe vorbei und flugs wieder zurück, hin zu blinden Fensterscheiben, die mein Gesicht flankierten. »Machst du Feierabend?« – »Sind Übernachtige. Die zahlen morgen«, sagte er und ich trank so lautlos, dass jenes pseudowiener Dialektmurmeln rund um uns hörbar blieb in meinen Ohren. Ich hob die Augenbrauen, stellte den Kelch hin und versetzte der Glaskante einen leichten Schnips mit dem Fingernagel. Es schwang und der hohe Flageolettton überdeckte das kaffeehausartige Hintergrundrauschen. »Ich hab das nie verstanden, Gerry. Kommen hierher. Setzen sich hin. Den Fluss im Rücken.« – »Versteh dich gut, Siegi. Sind halt Landschaftskundler. Jäger, Kurkrabbler, Bergfexen, Kräuterkraller, Trüffelbuddler. Die sehen nur die Dinge, nicht die Behälter.« Fledermäuse fledderten durch die Nacht, segelten erzengelschnell hinter Gerry dahin, knapp über die Holzverandabrüstung, stiebitzten präzise Mücken, peilten konzises Echolot, lautlose Jäger, luftig der Hinterhalt, ihre Körper tarnfarben, Zähne bloß von innen und zu spät sichtbar. »Sogar Mercedes mit ihren Zeitungen.« Gerry starrte rechts von mir auf dem Fenster die Spiegelung der Landschaft in seinem Rücken an. Dann glitt sein Blick über mein Gesicht zu dem Fenster andererseits, als läse er mich. »Ich war mal an der Ostsee. Dort stehen alle Strandkörbe geöffnet nicht zum Meer, sondern quer, sodass du den Strand hochschaust.« Er schlug die Pupillen nieder, spielte am Weinglasfuß herum. »Die Leute wollen das so, nichts sehen und nichts hören am besten. Urlaub, Wärme, Schlaf, Betäubung, verstehst?« Unverständliche Silben murmelten umher und drängten uns beide zusammen, als wären wir die Opfer inmitten einer schwarzen Messe, eines satanischen Trinkzirkels. »Aber gute Frischluft ist wichtig. Ich wollte bei Archiebald schlafen.« Zwei Gläser stießen so fest aneinander, dass eines brach. »Wird morgen aufgekehrt. Nach dem Vierterl. Ist ein schwerer. Ich darf dich nicht mehr fahren lassen.«

Wirklich witzig, wie der Zeremonienmeister der Wiener Tratscherie auf seiner Überblicksplattform von Holzveranda den Nichtswisser gab. Selbst von hier machte ich meinen Wagen aus, wennschon kettenlos, aber doch. Ich vernahm eine Schonstreckenforelle platschlos steigen. Sie erreichte ihr Ziel, ohne darüber hinauszuschießen, eine Schnake oder Gelse auf der Oberfläche. Das Schnabulieren kaum als Schnappen zu bezeichnen, ein träges Maulaufmachen, das Kieferschließen kein Biss, allenfalls ein Bussi, das Runterschwimmen, gesunken zum Grund, kein Wunder, ertränke das Insekt, hinterher ein Schluck. »Ein bisschen weit um die Zeit. So allein im Dunkeln.« – »Und erst diese Buchen, die sie eingesetzt haben. Die Mondschatten schauen aus wie böse Zwerge, die so eine Teufelsfeier schmeißen.« – »Du meinst Gnome, oder?« – »Kobolde, Wichtel«, er wies mit der Hand auf eines der Fenster, als eine Fledermaus mein Sichtfeld längs schnitt sowie die komplexe Polyeder schwärmenden Mücken mittig, »Gargoyles, Heinzelmännchen, Rumpelstilzchen, wie auch immer, eine richtige Hexensabbatparty jedenfalls. Kannst hier übernachten. Wär ja nahezu unchristlich, dich zu Fuß dahin zu schicken.« Instinktiv rückte ich Charly Fly ein bisschen näher an meine Sesselarmlehne, brachte die Red Tac in Deckung. »Bist du abergläubisch oder so?« Gerry deutete diesmal distinkter, mit einem Stoß seines Zeigefingers gegen die Wirtenfassade. Ich hob den Kopf und sah einen

Mauersegler die Wand entlanggleiten und entschwinden. »Er nistet am Gebetsroitherbalkon. Normalerweise schläft er schon. Das ist kein Zufall, Mister Erbe.« Von fern rauschte das Wasser mit Schallwucht und Wellenklang. Stumm ruhte die Nacht in weiter Entfernung. Eine einzelne Laterne durchzuckte die Luft hinter den Weiden oder ein irrlichternder Schwarm Junikäfer. Eine leichte Südwestströmung streichelte die Zweige. Ruhig lag die Veranda da. Jeder Urlauber in der Hapfn. Die Tische verlassen urplötzlich. Mein Wagen ebenfalls.

»Alles Deutsche. Bettruhe um elf. Steht in der Ordnung. Es ist zum Schreien. Die ist aus den Fünfzigern. Wie gehts dir mit Ernstl?« Eine Gelse saß auf der Tischplatte ab. Filigran zeichnete sich ihre Gestalt vor der Kunststofffarbe ab. Gerade so, dass ich ihre Haare nicht wahrnahm. »Wir halten jetzt Absprache.« Ich sah sowohl Schattenabbild als auch Abdomenoriginal. Entweder hatte sie keinen Hunger mehr oder eine unbestimmbare Lichtquelle warf von irgendwoher den Widerschein meines halbvollen Rotweinglases auf ihren Hinterleib. »Saugt dich nicht mehr aus?« Als Fortsatz des von Fühlern flankierten und zur Volute formierten Rüssels war der Kopf gut zu erkennen, der Thorax erahnbar als Steuerzentrale und Schaltstelle dieser sechs stelzernen Beinchen, nahezu tumb im Gegensatz zu den grau und grazil durchaderten Hautflügelchen. »Sagen wir, wir sind auf Augenhöhe.« Alle paar Sekunden rollte das Tier seinen Rüssel noch enger ein und streckte ihn wieder voneinander wie eine pulsierende Muschelrune, begleitet vom steten Flügelzittern. »Weiß er von Nina?« Ich nahm mein Weinglas, daneben war das Tier, es flog auf. »Was soll er denn wissen?« Ein ekelhaftes Surren durchstrudelte mich. »Na deine Fortschritte. Dass du ihn überflügelst. Weil er dich trockenfischen lässt. Er muss ganz schön was halten von dir. Du hast doch sogar die Red Tac bekommen.« Das Sirren verstillte. »Hah, das hätt ich gern gesehen. Wie ich gegen den Volki verlier. Da hätt er sich blamiert, der Mister Master Thalinger. Er musste sie mir geben. Wegen des Duells.« Ihr Absitzen auf meinem Ohr spürte ich. »Duell. Geh bitte. So ein Schmäh, Ernstl macht halt gern Theater. Wie bei mir. Deswegen haben wir uns so super verstanden.« Schmerzverzerrt wahrscheinlich mein Gesicht, Gerry darob sichtlich irritiert. »Also, mit dir ist es auch schön. In echter Freunde Gegenwart kann ich die Maske mal fallen lassen. Sonst spiel ich immer. Nichtsnutziger Bonvivant für die Wiener Schickeria. Wechselweis manierlicher Akademiker für den Herrn Diplom-Ingenieur. Das medizinische Nackerpatzl für die Doktoren. Wenn die Obermacker drauf stehen, das siehst du gleich, wenn du nur zum Tisch gehst, dann biet ich auch noch Paroli. Der Weinkenner der Ehemänner, und ein Oberkellner den Anschaffsoldaten. Den devoten Laufburschen für die ganzen Minderwertigkeitskomplexler. Dich, Siegi, wollte ich schon lange was fragen. Wenn du eh immer bei Ernstl binden darfst. Ich hab ja Geburtstag bald.« Blut durchquillte ihren Rüssel. »Welches Zimmer krieg ich?« Ich schlug zu. »Die Achtundsechziger-Suite. Da hast du sogar einen Bindestock.« Erst jetzt traf die Hand das Ohr. »Der ist wirklich eins a«, den finalen Schluck trank ich. »Ich wünsche mir das von ganzem Herzen. Der Wein, ein Achtundsechziger. Neunzehn Jahre. Und die Übernachtung, gratis, okay?«, erst jetzt fühlte ich den Stich, »ich weiß, es ist eitel«, und kratzte mich, wohl ziemlich lautstark, denn hintennach herrschte Stille. »Das bisserl Pfau, du schuldest mir nichts, ich bind dir ein paar«, war auf Beinen, dem Weg, die Treppe hoch, wankend.

Als Allererstes dann gefallen und Gefallen, durch die Tür, mit der Klinke, an der Suite. Im Flur ein lebensgroßes Foto, das Bild einer Frau. Weiblich bloß weil so wohlfeile Arme, keine Haare, bloß Flaum. Sie hielt mir eine Zeitung entgegen, lag wahrscheinlich längs auf einem Bett, auf dem Rücken höchstwahrscheinlich. Frontal wohl schnappgeschossen aufgenommen, aus gleicher Höhe, Froschperspektive hockend, etwas Abstand und Weitwinkelobjektiv. Nur Unterarme und Oberarmausläufer sowie die flügelgleich weggespreizten Ellenbogen waren sichtbar. Ansonsten verdeckte sie mit auseinandergefalteten Seiten und kopfstehenden Schlagzeilen ihren Körper. Eine glatte, schwarze

Strähne stahl sich aber aus dem Schatten, den die Nachrichtenblätter druckerdunkelschwarz warfen. Ob die Strähne selbst, fraglich, ihr eigener Schatten war, ich wusste es nicht, nur dass sie hin zur Bettkante hing, noch elektrifiziert an Satinüberzug, schon fast aufgelöst in einzelne Haare, im Abgleiten begriffen und gebannt zu eingefrorener Bewegung, wie diese Zeitlupen von Gewässern im Sturz, nur noch Strahl aus Tropfen, Umbertos Handschrift, seine Suite, mit Sicherheit, gestellt. *Die Darstellung der schönen Frau als Werbeträgerin seit Toulouse-Lautrec*, sie passte doch zu gut, die Schlagzeile jener Zeitung, die den Frauenkörper bedeckte und verdeckte aber, es gab sie sonntags an allen geschlossenen Kiosken und Bahnhöfen gratis in der Klappe. Ob Umberto es nicht doch hätte arrangieren sollen, dass der Betrachter auch noch den Artikel zu lesen bekam, den die Dargestellte andererseits studierte, bloß Schrift auf Glas, und ein zweites Datum in der Kopfzeile, gleich eine ganz andere Zeitungsmarke, mittels Spiegel oder so. Das war aber wohl zu kompliziert und kaum trat ich vor die Kulisse, in jenes Schlafzimmer, das so sicher den Hintergrund dieses Fotos ausmachte, betrachtete ich auch schon mein Ebenbild in einer Psyche, die für diesen Schnappschuss weggeschoben war. Da sah ich, direkt vor ihnen stehend, die auseinandergeklappten Spiegelflügel, nichts anderes als die Formkopie von Ellenbogen und Armen, die wahnsinnig schlimme Nachrichten bargen, Engelsflügel, die extrablattschlechte Kunde zur Erdenwelt brachten. Hochrot meine Augen, einige Adern zersprungen, blutunterlaufen drunter und drüber schaute es mit den Geheimratsecken auch nicht besser aus. Sie weiteten und lichteten sich hin zur Mönchstonsur. Huschende Pupillen nur, unklarer Blick und rotweinkrustig nun mein Mund. Wenigstens schwebten Bindestockklemmen zwischen meinen Lippen von der Psyche-Anrichtenfläche. Daneben ruhte ein Telefon. Die Schnur kräuselte wie eine Korkenzieherlocke weg. Sie fiel über die Möbelkante, drillbohrte am Boden weiter, versank in einer außenwandigen Steckdose. Drüber ein doppelflügeliges Fenster. Schon wieder mein Spiegelbild. Schwebend vor der Landschaft. Tallängs schnitt sie mein Gesicht. Hinprojiziert in die Oberland-Unterland-Grenze. Den Fluss entlang. Gen Seeufer. Wo der Strom verfloss. Etagenwohnungen über Etagenwohnungen. Hoch zum Dach.

Es hob sich die Hand. Als wollte sie hineingreifen. Jemanden wach zu schütteln von oben. Sich krallen und versenken hinein. In den Fingern nicht nur Fliegenstücke. In den Gliedern Ziffern. Mehr als Schubertfischen. Auswendig die Nummer. Eine ganze Winterreise. Inwendig eingetippt. Frühling winkte. Der Hörer schwebte. Ins Spiegelbild. Ich war Ohr. Und rief an. In jener Küche. Durch solche Entfernung. Ein Tüten dort. In diesem Horst. An meinem Andernort. Ein hohes Läuten. Ein ohrenzerstäubendes Schallen. Ein Krallenkratzen. Ein Klingenlingen. Ein Niederringen. Ein böses Stoßen. Ein Mörsern. Schlitzende Messerjonglage. Spritzende Zitronen. Mit mir hier. Gewürzmühlen befüllt. Stundenlang die Mörser bedient. Seit Mittag schon. Zeit, den Sonnenlauf zu beobachten. Alles vorzubereiten. Die Butter voll flüssig vom Wasserbad. Die Filets wälzte ich darin. Aufsteigend der Dampf beiderseits. Eine Portion pro Person vielleicht zu wenig. Besser die Butter unverbruzzelt. Essbar wie Sauce. Hinein in den Ofen. Warmzustellen statt heiß. Auf hundertfünfzig. Sie kamen abends. Von eins bis elf wartete ich. Lukas stand als Erster in der Tür. Er schnupperte. Er roch es gleich. Lukas, der beim Hochseefischen im Urlaub immer mit mir an der Reling gestanden, jahrelang. Lukas, der mich an den nahen See begleitet hatte. Lukas, der es liebte, die Hechte zu harpunieren. Lukas, der nichts lieber tat, als Doraden den Schädel einzuschlagen. Er betrat die Küche, ging auf mich zu, wandte sich weg, starrte in den Ofen. Lukas, der wildpochender Ader an der Stirn mich einmal abends fragte, ob es stimmte, dass geübte Fischer eine Forelle mit einem Herzstich töteten, und seine Augen leuchteten, er sagte, beleidigt aus einem blauen Hemd herausschauend, baumelnder schwarzer Krawatte, tangiert: »Ich dachte, du tötest sie nicht?«, ich blickte Lena an, sie schaute zurück, verzückt das Auge unter Massen Mascara. Sie stand in der Küchentür, die Hüfte herausgedreht, das Knie an die Wand gelehnt. Ich ekelte mich vor der Perfektion ihrer Frisur. Ich sah noch die Lockenwickler in ihrem Schopf. Ich hörte noch ihr Stöhnen beim Hineinzwängen ins Nylon. Sie trug Netzstrümpfe abwärts ihres ledernen Minirocks und ein ausgeschnittenes Top. Dann mischte sich ein Zittern in ihren Lidstrich, wie der Fühler eines Insekts, Trauer, Wut, ich wusste es nicht, von beidem ein bisschen biss sie auf ihre Lippen: »Wir waren essen. Haste vergessen, oder?« Und Johannes schwänzelte als Letzter herein, Lukas schon wieder hinaus, Johannes, den es vor den Eingeweiden schon immer geekelt hatte, Johannes, dem ich abends beim Vorlesen nicht über den Kopf streicheln durfte, wenn ich fischen war, Johannes, der dann stets einen Abstand zu mir hielt, während sich Lukas an mich schmiegte, Johannes, der im Gemeinschaftsgarten des Wohnblocks Regenwürmer ausgegraben und vor der Zerteilung durch rasiermesserscharfe Nachbarsspaten bewahrt hatte, Johannes, der jeden fremden Hund streicheln wollte, und, wurde es ihm vom Besitzer verboten, fragte, warum dieser Hund denn bissig sei, behandle man ihn denn nicht gut, Johannes sagte, schon durch den Gang wandelnd in Richtung Zimmer, aber über die Schulter, sodass es noch traf: »Ich dachte, du tötest sie nicht«, Lena immer noch im Türrahmen. Ob sie normale Netzstrümpfe trug, oder halterlose Strümpfe, oder ob es Strapse waren, ich wusste es nicht, wusste nur, falls Letzteres zutraf und wenn sie mich beim Anlegen fragte, würde ich ihr einen wunderbaren dreizehnmal verwickelten Vorfachknoten schürzen: »Lena, es ist elf, was ist los?« – »Das fragst du mich? Wir waren halt fort. Einen Geburtstagsausflug ins Unterland. Erst im Restaurant. Dann im Tierpark. Johannes hat ganz schön gebockt. Und Lukas, bei dem ist eh alles verloren. Scheiß Pubertät. Dann haben wir uns den Sonnenuntergang angeschaut. Im Eissalon bei einem Becher. Aber dafür habt ihr ja auch kein Aug. Und du mit deiner Midlife-Crisis. Ich geh jetzt ins Bett.« Und das tat auch Lukas. Dank ihrer purpurroten Stöckelschuhe trat Lena den billigen Laminatabklatschboden unserer Wohnung noch nicht mal mit Füßen. »Ich komm nach, ich hab Hunger«, rief ich ihr hinterher. Dann war es still im Haus. Johannes kam aus dem Zimmer in die Küche gestakst: »Ich auch.« Lukas rief ihm noch irgendetwas hinterher. Und so aßen wir. Ohne zu murren, zerlegte er die Bachforelle, fachmännisch wie eh und je. Er zupfte jede Gräte mit einer schnellen Bewegung zwischen Daumen und Zeigefinger aus dem Filet, dass stets ein Tropfen Zitrone noch wegspritzte in meine Richtung: »Ich hab eine.« Vor ein paar Jahren hatte ich ihm das Fischfleisch noch vorgekaut. Wie grausig er das immer fand, den schon zerbissenen Matsch wieder hinunterzuwürgen.

»Willst du ein Glas Wein? Nur zum Runterspülen.« – »Ja, sehr gerne, Siegi.« Ich schenkte ihm ein, und obwohl jeder von uns nur zwei Filets hatte, wurden alle satt. »Heute war dieser Volki da«, sagte er beim letzten Schluck, »im Restaurant. Ich hab mir das teuerste Stück Fleisch bestellt. Ich hab es nicht angerührt. Ich schwörs. Rumpsteak. Aus Argentinien. Noch voll blutig. Wir werdens Lena geben«, und ich schwieg. »Was hat Lukas gemacht?«, fragte ich dann. »Sich noch schlechter benommen als sonst, zu Boden gespuckt, die Mütze ins Gesicht gezogen.« Ich lachte. »Ja, die hat er extra mitgenommen. Trotz des Anzugs, so ein Kasperl. Hat hergezogen über die Leute rundherum. Schaut euch mal die an. Und erst den Deppen da drüben. Unterstes Schubladel. Wie der schimpfen kann, wenn er will. Immer so, dass die Beleidigungen auch auf den Volki gepasst haben. Er sah auch ziemlich trottelig aus. Als wäre er grade vom Faschingsball gekommen oder was. Hatte so eine seltsame Mütze auf. Und einen Degen am Gürtel. Einen echten. Ich durfte sogar ein bisschen probieren und anfechten. Dann hab ich ihm ganz versehentlich in den Fuß gestochen. Lena hat ihn heimchauffiert.« Ich musste schmunzeln. »Auf dich, d'Artagnan«, und schenkte Johannes nochmal nach, »eine Familie!« Ich war schon ziemlich angeschottert. Es gab ja keine anständige Beilage. Erdäpfel waren bereits aus gewesen. Reis oder Nudeln zum Fisch, das bedeutete einen Schuldspruch vorm

Jüngsten Gericht. Und so ging Johannes, als reiner Tisch gemacht war, nachtischlos ins Bett.

Kaum schmiegte ich mich löffelchenmäßig an Lena, drückte sie mir ihr Gesäß in den Schritt. »Also doch Volki«, hauchte ich ihr in den seidennachtgewandbedeckten Nacken. »Fick mich!« – »Ich will wissen, was da war.« – »Jetzt stell dich nicht so an, Mann, das ganze Restaurant war voll. Da war nur ein Platz frei, an unserem Tisch eben, solltest dich eher sorgen wegen des Kellners. So einen präpotenten Wiener haben sie da eingestellt.« – »Schrecklich«, den bitteren Nachgeschmack vom Basilikum im Mund, »nirgends kann man mehr hingehen als attraktive, alleinstehende Frau«, die Zunge schlug mir wegen des Weins kreuz und quer im Mund herum. »Selbstständige Frau, meinst du wohl.« Jedes Versprechen Giftgriff in solcher Situation. »Ich muss nochmal«, sagte ich, ging ins Bad, hoffte, dass sie, wenn ich zurückkam, im Tiefschlaf war. Ich schmetterte meine Faust gegen das Spiegelschränkchen. Es zersprang. Durch die Scheibe gegen die Rückwand. Also machte ich die beiden Kästchenflügel auf, nahm die Scherben heraus, prüfte, ob wenigstens das hielt, was es versprach. Vollholz, ja, das machte sich bezahlt. Es war noch heile. Ich trat den Badezimmermistkübel, dass der Deckel sprang. Obenauf lag eine riesige Pillenpackung Diafee. Auf den Regalbrettern fehlten jedwede Binden und Tampons. Ich pisste in die Toilette und spülte. Während es strudelte, atmete ich irgendwie befreit durch. Als wallte das sauerstoffgefaltete Wasser geradewegs in meinen Rachen. Fast automatisch entkrallten sich meine Finger, sodass die Scherben in den Mistkübel fielen. Weil die scharfen Kanten immer die Säcke zerschnitten, versenkte ich den Inhalt dieses kleinen Cellophanbeutels noch kopfüber im großen schwarzen Küchenmüllsack, sodass die Forellengräten unter Beautyproduktverpackungen verschwanden. Aknecremerückständevolle Wattebäusche regnete es auf das Fischskelett, benutzte Abschminktücher, weibliche Hormonbomben, leere Sonnencremepackungen, ein heißer Frühling, ich glomm vor Zorn.

Ich knallte den Metalldeckel auf den Mülleimer und trug das volle Ding die Treppe runter vors Haus wie der letzte Trottel, warf einen Blick auf meinen Wagen, fasste mir an die Brusttasche, spürte keine Packung Marlboro Light, wollte nur mal eben Zigaretten holen gehen, fühlte das Wacholderpochen in der Stirn und mich freier, hörte Ernstls Stimme, noch immer, im Hinterkopfe, mit jedem beengenden Alltagstrottschritt bestimmter entschloss ich mich, zwar nicht nach Hause, zwar nicht in Ninas, aber in die Küche voller Ofengase zurückgekehrt, erstmal Klappe zu und ein bisschen Musik zu hören, zur Beruhigung, er würde sich noch anziehen müssen, Lukas, du Scheißgfrast, die Anlage in deinem Zimmer, wo war der Rollkasten, während ich hastete, den Gang entlang, auf die Tür zu, wo drücke der Schuh, da riss es mich wie einen Fisch am Kiemen, »immer cool bleiben«, Nina in dieser Nacht, verzupfte mich ins Arbeitszimmer, Ernstl, »das war ein Blitzer.« – »Gibt gute Passbilder.« – »Dreh um, wir hauen ihn zusammen.« – »Sind eh schon zu spät dran«, und Nina, ihr Fuß, nochmal aufs Gas, bis zur Bodenplatte durchgedrückt, »immer cool bleiben.« Man musste nicht gleich alle Prinzipien über Bord werfen. In das Zimmer eines anderen Menschen ging man nicht. Wie Nina Ernstl in dieser Nacht weckte, während ich mit Wacholder in der Küche wartete, sicher nur an die Zimmertür geklopft. Ich spürte den Schnapsbeergeschmack auf der Zunge und die metallische Note. Der alten Anlage Nadel kratzte schon auf meiner Lieblingsplatte. Die Töne erklangen von oben auf der Kommode. Mendelssohn, murmelte ich den Komponistennamen vor mich hin, grummelte vor unterdrückter Wut, wie im verhaltenen Jähzorn. Während die Melodie aus den Lautsprechern wallte, ging ich in die Küche, setzte mir einen Topf Wasser auf, Tee zu machen. Der Gasherd sprang an und dann, die Marlboro Light, gestern erst daran entflammt. Ich sah auf das Fensterbrett und grub, zwischen Millionen Zetteln, Umschlägen, Rechnungen, Spielzeugautos zu Boden gerollt und gefallen, der Rand eines Topfpflanzenuntersetzers, etwas Asche darauf, darunter aber, neben einer weggelegten Nagelschere, die leere Packung Marlboro Light, an der Öffnung der blauen, noch von aufgerissenem Cellophan ummantelten Schachtel, ein schmaler Strich, Blut oder Lippenstift.

Aus dem Arbeitszimmer klang es herüber, Felix, Bartholdy, Mendelssohn, Mendelssohn, Violinenmelodie, Ernstls Stimme, »Mending!«, im Bad dann das Spiegelschränkchen, Lenas Lippenstift, na klar. Im Abflusssieb die Haare, Lena, Lukas oder Johannes, allesamt gleich, hinein in die Packung Marlboro Light. Im Arbeitszimmer wichste ich sie in den Mistkübel, »Mending, Mending!«, Ernstls Eifer, »Mending, Mending, Mending«, Müllerinnen Forelle im Mülleimer, E-Moll, Violonkonzert, »Mending«, Ernstls Mendelssohnwerkverzeichnis O 14 oder Opus 64, Allegro molto appassionato hetzte ich mich in den Sessel. Nachdenken musste ich. Das Teewasser kochte. Ein einziger Stress. Anekdotisch hechtete ich in die Küche, Mendelssohn-Bartholdy in London, schmiss ein paar Kamillenstängel in eine Kanne, mit einer Droschke gefahren, goss das Wasser drauf, nach dem Konzert, die Partitur, die Uraufführung, drinnen liegengelassen, die Regenbogen im Spitalskühlschrank, im Stationszimmer, »sowieso verschenkt, total scheißegal. Du und er, im Morgengrauen, ein Duell. Auf der Brücke. Werden wir sehen, wer am Ende den größeren hat«, und Nina hinterher, eine verwaschene, blaugraue Jeans mit silbernem Reißverschluss am Meniskus, seitlich den Unterschenkel hinab, die zerfranste Naht, der Cowboystiefelansatz, ebenfalls mittig geteilt, eingerissen vom potzblitzblanken Verschluss, das schwarze Leder rundherum, umwunden der Fuß, unter der Plateausohle die Pedale, der Mercedesmotor aufgebrüllt, die Hinterräder durchgedreht, in die Kurven gedriftet, ich fühlte den Schub nach links nochmals durch meinen Körper zucken und Mendelssohn schrieb und schrieb, ruckzuck in der Droschke noch, schrieb durch die Nacht, und alles fehlerfrei, aus dem Gedächtnis, die verlorene Partitur, »Mending, Mending!«, und jetzt in die Kadenz, die Improvisation des Violinsolisten, molto appassionato, allerdings andernorts die Passage als damals gängig, gegängelt die Soloform, nicht gegen Ende erst des ersten Satzes, sondern bereits in der Mitte, vielleicht ein Fehler von wegen Erinnerung, durchgeruckelt von der Droschke, womöglich aber auch Allegro, Abwertung des Solisten, Aufwertung des Orchesters, etwas sozialer, eine starke Gemeinschaft, trotzdem getragen vom Solisten, vorgetragen von den wichtigsten, sie hatten es alle im Repertoire, Ferdinand David, Joseph Joachim, Pablo de Sarasate, Igor Davidowitsch Oistrach und Estrella, und erst Ernstl, »Mending, Mending! Mending!«, die sich freiwillig erniedrigten, damit sie das Orchester beflügelten, damit alle besser wurden, ergaben sie sich in den Fluss, immer noch ein Violinkonzert, ein Geniestreich vom Meister, »Mending! Mending! Mending!«, Ernstls Stimme wie Staccati und das Mendelssohn-Ufer, in Leipzig, haufenweise Sitzgelegenheiten, in die Uferterrassen gestellt, scheinbar unorganisch, genau sieben Terrassen, die Steinreihen dazwischen, von unten nach oben, fünf Striche, Notenlinien, die Sitze, oben, ergeben die Melodie, der erste Satz, im Wasser gespiegelt, unten, Flussbett, Violinenmelodie, Mendelssohn, »Mending! Mending! Mending! Mending«, am Flussufer, unten, im Wasser, die Steine, allegro die Strömung, zumindest mittig, überall unterschiedlich, außen eben moderato, »Mending, Mending, Mending, Mending, da haust du noch einen Bauch Schnur hinaus«, aufs Assai in der Mitte, dass die Strömung mittig allegro die Schnur mitnimmt und jenseits im Uferwasser, da schwimmt die Fliege dann moderato seelenruhig mit dem Vorfach dahin, und die Oberfläche zerbricht, Blasen steigen immer noch auf aus der Teekanne, brühheiß brodelnd die Wasser, weswegen ich den kleinen Löffel nur ganz hinten anfasse, zwischen Daumen und Zeigefinger, schräg, fast vertikal, Umrühren aus dem Handgelenk, Schwenken, »menden, menden«, wie die Stange, »ich sags dir jetzt nur noch einmal«, Ernstls Finger erhoben, wie die Stange, »wir zeigen dir das eh alles«, Ernstls Zeigefinger, »präg es dir ein, du Bsuff, Mending!«, wenn der Fluss in der Mitte schneller fließt als außen, deswegen ganz viele Schlingen Schnur aufs Wasser.

Während die Fliege dahinter, im langsameren Bereich eintreibt, sonst einen Ruck machen würde, unnatürlich weggezogen werden würde von der schnelleren Schnur in der Mitte, »menden deswegen«, nimmt der Strom stattdessen die vielen aus dem Handgelenk hinausgeschwenkten Schlingen mit sich hinunter, und die Fliege ruht, und der Fisch beißt, während die Schnur neben ihm den Fluss hinuntertreibt, »machst du einen Bogen mit der Schnur in und durch und um die Strömung herum«, die Telefonschnur schlang sich die Psyche hinunter weg vom Telefon, »drum leg sie um«, dessen Hörer auf der Gabel lag.

An meiner Schulter lehnte, in die unterste Öse die Fliege gehakt, Red Tac, zerzaust und zerbissen von Bachforellen, die wiederum Johannes und ich zerbissen, über der untersten Öse, den Schaft entlang, die eingeprägte, verschnörkelte, goldene Schrift, *Charly Fly*. Statt der Bibel fand ich dann in der Nachtkästchenschublade das Telefonbuch, dass die Seiten flatterten unter meinem Daumen dahin über den Namen Hort und Thalinger hinweg bis in die lachenden Bereiche zum gelben Haberer: »Hey Nina, ich bins, Siegi.« – »Wer reitet so spät?« – »Niemand, das ist es ja.« – »Durchn Wind, Liebling?« – »Die haben meinen Wagen an eine Weide gekettet.« – »Gleicht ja fast einer Aubesetzung.« – »Wirklich witzig. Ich bin jetzt im Gasthof. Holst du mich ab?« – »Es ist die Nina mit ihrem Kind. Ich bin nicht dein Babysitter. Morgen dann, ja? Nighty night«, tüt tüt. Gegen das Kopfweh nächsten Tags bediente ich mich an der Minibar, aß am Bindestock Krabbensalat und als Betthupferl Forellenhäppchen, Bäckchen, tippte ich, und leckte meinen Zeigefinger ab, wischte damit das Fett am Keramikteller zusammen, so derartig gschmackig, allerhöchste Zeit, auch Gerry eine fängige Freude zu machen, eine kleine Fliege hier liegenzulassen.

Die Red Tac spannte ich in den Bindestock, schnappte aus meiner Hosentasche das Schweizer Armeemesser Victorinox, klappte die lange Klinge aus und trennte die Fliege längs des ganzen Rückgrats auf. Der Schnitt ging durch den Schlussknoten, teilte das konische Köpfchen in Hälften, einfach nur schwarzer Zwirn, alles andere als Zauberei. Dahinter entzweite das Messer den braunen Hechelkranz und zerschnitt das grün schillernde Abdomen, das witzigerweise aus Pfauenschweif bestand, zur Psyche-Anrichtenfläche fiel und wie erwartet keinerlei Beschwerung verbarg, weder Bleiwicklung noch Kupferumwindung, geschweige denn sonst was. Bloß den roten Wollfaden, das Schwänzchen, ließ ich am Hakenbogen. In den Kommodenschubladen lagen alle Instrumente bereit, Umberto wirklich gut ausgestattet hier, nur leider kein Pfau, aber, in Cellophan eingeschweißt, Wolle verschiedenster Couleur, auch Biberhaar, rehhaarartig, womöglich Grizzlyfell. So machte ich den Bobbin startklar, wand den Faden am roten Wollschwänzchen an den Haken, riss vom Bausch, der meine Gliederhärchen elektrifizierte, drei Finger breit rote Watte, pappte sie an den Bindfaden und zwirbelte sie britzlig um den Zwirn zusammen. Im selben Lachsrot wie der Schwanz hing nun der Faden gedubbt vom Haken und ich wickelte das bauschige Watterot, von dem immer noch unzählige Flusen wucherten wie ein flammensprudelndes Cherub-Schwert. Luftpuffernd und komprimierend zog es sich gegen das kalte Metall zusammen, sodass jenes Lodern verlosch, das Flackern gebannt in die Kraft im Inneren, wie sich chaotisch auf Erden waltende und wuselnde Scharen zurückziehen ins wohlgeordnete Paradies. Windung für Windung verwandelte sich der zuckerwatteflaumige Faden zu einer Kompresse den Haken entlang, dass jenes Abdomen entstand im satten, warmen Farbklang, Zentimeter für Zentimeter kleisterte ich die rote Scherpe um den Fliegenunterleib, und während der Faden sich verkürzte, der flackernde Strang langsam ausging, fügte ich noch zwei, drei rotlodernde Umdrehungen an, verpasste dem Hinterteil ordentlich Schwung, als schürzte ich ihr modisch Gewand in Lachs, dass sie Gerry zum Zeichen einen Kummerbund trug, gut zu sehen gegen die Wirtenfassade, auf der schattigen und lichtkegeldurchschlagenen Holzveranda, selbst aus so großer Distanz, stand er da, gegürtet rot, sichtbar.

Wir waren im Gegenschuss längst auf einer Bank nahe dem Ufer, »noch Zeit für eine Jause«, wo Archie Umberto und mir Honigbrote in die Hände schmierte, sich selbst einen Sandwichspliff baute und haute, indes Kurti sich zu uns setzte, mich misanthrop taxierte, »ein ganz ein Seltener«, und das Staniol von einer Leberkässemmel schälte, als wäre sie ein Apfel, saftig hineinbiss und seinen Blick samt Kopf und pampender Kiefer abwechselnd zurück zur Holzveranda wandte und nach vorne richtete gen Kalkalpengrate, zum kummerbundpurpurnen Gerry und zum patronenengurtibewehrten Ähnl, dessen Feste sich an diesem Hochsommertag besonders hammerhart gegen den blauen Himmel abzeichnete, während wir Bienenkotzebrote fraßen unter honigfarbener Sonne. Sie fragten mich, was ich heute fischen würde, wie es der Familie ging, und ich schwieg schwitzend. Die brennende Spliffspitze bescherte nur Millimeter entfernt vom Dampf der Leberkässemmel ein geiles Geruchsgemisch. Kurti ließ mich auch mal beißen, indem er mir die sonnenkaiserblonde und in meinen Schoß fetttropfende Käseemmentalerleberkässemmel hinhob vors Kinn, über das unförmige Paket in meiner Hand, ein Schwämmchen nur, in dem die Haken steckten, umwickelt mit Geschenkpapier. Als ich das Ding in meinen Schoß legte, das Honigbrot darauf, beidhändig Kurtis Leckerbissen griff, gab er mir einen Gnackflack flach segelnder Finger, die er vom Buckel zum Hinterkopf im Schwung begriffen zur Faust schloss, mich auch noch nusste auf die peinliche Stelle, wo mir ebenfalls das Haar ausging, die Herrgottsglatze, und schon war mir entwunden wieder die Semmel, ein kleiner Denkzettel. Ich merkte auf, fasste den Sonnenstand in meinen Blick, spürte die Hitze auf meinem Gesicht, leitete Wassertemperaturen und all die Stellen ab, die in den Protokollen in meinem Kofferraum verzeichnet und heute vielleicht fängig waren.

Ich biss von meinem Honigbrot ab, und während Kurti und Archie mit ihrem Vorbereitungsgerede dieses Fischfangtags begannen, ob Streamer oder Spinnen oder Tschiks am besten wären, diskutierten, ob man lieber kleine Fische oder Spinnen oder Raupen imitieren sollte, rauschte ein smaragdgrüner Wagen mit offenem Verdeck vor auf den Gasthofparkplatz. Haarscharf fetzte er, ohne die Geschwindigkeit zu verringern, an meiner Mercedesschnauze vorbei, ging in die Kurve, cruiste noch eine Runde, schmetterte die Hinterradbremsscheiben via Handbremse quietschend gegen die Felgen von innen, slidete in einer Halbellipse weiter und schlidderte in die freie Parklücke hinein qualmender Reifen, einen Millimeter vom Randstein neben meinen Mercedes. Der stinkende, gasförmige Reifenabrieb, vom Wind zerstoben, und die Partikel flogen über die Holzveranda, legten sich auf den Coca-Cola-Sonnenschirm, drunter Mercedes, die sich noch mit Gerry unterhielt, ihn hin und wieder neckte, mit den Knöcheln linkisch gegen seinen Kummerbund stieß, umschwirrt von der Tabernakel-SS, den Wiener Wochenendausflüglerpärchen und den Kurgästen, Gerry in seinem Element. Dem eben geparkten Wagen entstieg der Graf, eine Ray-Ban tragend statt der Polaroid, in bester Fischerweste, den Beifahrersitz und die Rückbank voller Equipment. Er griff, was er brauchte oder glaubte zu brauchen, kam auf uns zu flinken Schritts, »hey Leute«, freundlich und heiter, klick-klick-klick machte Umbertos Kamera, als ich mich umdrehte, den Neuankömmling zu begrüßen. Eine Bürzelfliege schwebte in der untersten Öse und besteht aus nichts weiter als einem Haken, einer hauchfeinen Feder, ihren tanzenden Fiebern. Der Wind spielte mit ihnen, »das gibt einen geilen Wischeffekt«, sagte Umberto und schüttelte sich seine schulterlangen schwarzen Korkenzieherlocken aus der Stirn, »die Männer vor dem Stromsturm«, sagte er dann, nickend. An seinem Genick hielt ein Kunststoffriemen die Kamera, die er nun sinken ließ, den Grafen zu umarmen. »Alter, ich schwör es dir, der Isonzo hat mich so nice beschenkt die letzten Wochen.« Pff, was er mit seinem Südtirolfimmel denn habe. Er selbst komme gerade von der Wolga, da gebe es gierige Fische zu fangen. »Du wirst es sehen, in der nächsten Ausgabe, eine Zwölf-Seiten-Reportage, nur Bilderstrecke, das wird der Wahnsinn«, sagte Umberto. Er solle lieber über Russland berichten, das sei unerschlossenes Terrain, meinte der Graf, und Archie sagte, wenn er die so lobe, bekomme er ja gleich seinen Adelstitel zurück. »Nein wirklich, der Isonzo, ich schwöre.« Während ich auf die schwarz-weiße Fliege in der untersten Öse von Umbertos Stange linste, kaute von Kaun ihm nochmals vor, dass sobald der Vorhang fiele, sofort all diese Piefkis und Briten über die Wolga und die Lena herfielen. Es könne nicht mehr lange dauern, aber er habe noch die Chance, Trendsetter zu sein, dass Gerry uns das wirklich antat, immer noch mit Mercedes auf der Holzveranda schäkerte.

Umberto lehnte seine Stange an die Bankrückseite, dass die mittleren Ösen beinahe Archie das Genick kraulten, den Rücken kratzten, und ich fragte gähnend, die Zunge rausreckend, wie ein Löwe: »Lachmöwenfieber und Biberschwanz?«, er nickte, zwinkerte, zu mir: »Schicke Stange und nice Fliege. Am besten trocken bleiben.« Er solle seine Streamer in Ruhe lassen, sagte Kurti, er fische die immer. Ja, weil sie mit seiner Stange korrespondierten, wandte Umberto ein und zählte die Bestandteile und daraus resultierenden Eigenschaften von Kurtis Rute auf, woraufhin Archie maulte: »Vorsicht!«, der Fototrottel solle sich gefälligst entschuldigen. Immerhin sagte er Kurti quasi, dass er halt nicht aus seiner Haut herauskonnte, eben ein Sauprolet war, wovon ihn auch die Stange nicht befreite, ganz im Gegenteil. Es herrschte dann aber Schweigen, es kam zu keiner Verzeihungsbitte, nur excuse me sagte Umberto affektiert gestikulierend, als wollte er fortsetzen. Bloß der Fluss rann murmelnd dahin. »Was schenkst du dem Gerry?«, fragte mich Umberto dann und der Graf von Kaun monologisierte schon von den Hunden daher, die er nun miete, von den Erpelfedern, zweitausendsiebenhundertvierundsechzig Enten, die er während seines letzten Jagdgangs erbeutet habe. Archie sagte, er meine wohl, sein halbdebiler Knecht habe so toll geschossen, woraufhin Gerry endlich daherkam. Archie könne sich ja mit ihm zusammentun, halb dick und halb doof, nicht für so voll zu nehmen wie das

Original, aber immerhin, und ordiginär wäre hier doch ohnehin niemand, sagte Umberto, überbrückte jede Diskussion, hinfällig, denn Gerrys Schritt, direkt vor uns hin, sein Auftreten und seine Laune wie immer blendend.

Na, wie ginge es denn? »Lust, ein bisschen zu fischen, Leute?«, fragte er und ich mich, ob ich mich nicht lieber gleich zu Mercedes und einem Eisbecher gesellte. Ich fühlte ihn quasi schon auf der Zunge, was meine Gesprächigkeit wohl auch etwas hemmte und den Redefluss gefrieren ließ. »Hier, für dich«, brachte ich noch heraus und hielt Gerry das Päckchen samt Mascherl hin, dessen Mundwerk geölt lief wie immer: »Siegi, mein lieber Siegi«, und Archie stupste mich am Ellenbogen an, gab mir den Spliff, »so sehr ich auch wollte, was du mir schenkst, sogleich aus allernächster Nähe zu sehen, es liegt mir allzu fern, jemanden aus diesem engen Kreis vorzuziehen, auf dass er mir näher stünde als alle anderen einander. Bitte begreife das, mein Lieber, Siegi, und uns als Tafelrunde.« – »Und ihn als König Arschfurz«, sagte Archie und wies mit seiner Hand auf Gerry, sein Gewand wie immer die Smokingoberkellnermontur. »Es ist ja gleich fürs Fischen«, sagte Kurti, und Gerry antwortete: »Meines Zeichens bin ich perfekt präpariert. Ich muss dich bitten, Siegi, das Geschenk in den Gasthof auf den Tisch zu den anderen Präsenten zu bringen. Nun genießt du ja schon das Privileg, da ich die Verpackung gesehen, mit deinem Namen für die Gabe zu zeichnen. Es sei dir verziehen. Du bist ja neu dabei. Normalerweise ist unsere Zier der Verzicht, zu wissen, wer was gibt«, und Gerry hob seine Stange. In der untersten Öse harrte dem Wasser ein unförmiger Wirrwarr aus Rehhaaren auf einem mittelgroßen Haken, schwer zu schätzen wegen des Gezauses, das Silber verschwand darunter, vielleicht zwanzig Millimeter lang. Ich nahm also einen Zug von dem Spliff, wozu Gerry mir Feuer reichte, eine aufzüngelnde Flamme aus einem purpurnen Zippo, und Umberto fragte, ob er auch mal dürfe, und Archie fragte, was er, Gerry, denn da für eine seltsame Fliege habe. »Die ideale für mich«, sagte er, »diese Trockene imitiert Brot, gleichsam die Kraftfutterbrocken, die Zuchttiere bekommen. Die anderen Kellner rauchen in der Fünf-Minuten-Pause alle Stunde einen Tschick, während ich schon einen Fisch habe.« – »Und wann«, Archie war inzwischen von der Bank aufgestanden und kleiner als vorher, »scheißt du dann?« – »Archiebald, ich bitte dich. Weißt du denn nicht, dass ein längerer Verzicht auf Erleichterung sogar höchst förderlich, für den Organismus nur gesund ist, weil dem Kot noch Wasser entzogen wird, die Zellen Feuchtigkeit resorbieren, somit die Ausscheidung angenehmer ist. Ist das der Grund, weswegen du dich ständig mit Grasgeruch einpfefferst?« – »Dorthin, wo der wächst, kannst du meinetwegen gehen, Gerry«, sagte Archie unruhiger Augen. Hinter dem roten Film huschten die Pupillen in die Runde. Umberto hatte uns bereits allen den Rücken zugewandt, suchte den Fluss auffällig fiebrig nach fotomotivisch brauchbaren Wellenmustern ab. »Ich würde sehr wohl die guten Gumpen und schnellen Kaskadenstellen befischen, wenn ich so viel Zeit hätte wie du, Archiebald.« – »Heute bist du dran«, sagte Archie und schnaubte sein Lungenrasseln in den Tag hinaus, Gerry entgegen, indes Umbertos Finger fahrig an seiner Canon herumspielten. »Weswegen ich euch endlich, wie jedes Jahr, diese tollen Trockenen demonstrieren kann.« – »Siegi hat dir extra ein Geschenk mitgebracht. Da sind sehr schön gesperberte Spinnen drin, oder sind die zu schwierig für dich?«, Archie trat einen Schritt auf Gerry zu, kam ihm so nahe, dass er ihm seine Stirn in den Bauch rammte, indem er sich bloß verbeugte.

Genau diesen Moment zerplatzte die Kaugummiblase und Kurti knabberte die Fetzen von seinen Lippen, ließ seinen Atem wieder hineinwandern in die erneut zusammengeschmiedete, vor seinem Mund wachsende, fleischpinkige Kugel, als ob er den eben gegessenen Leberkäs wieder auspustete. Das Speichellecken war vorbei und Gerry, eingeknickt und zusammengefallen, hatte die Stange fallen gelassen, fing sich wieder, streckte seine Brust heraus, doch Archie hatte ihn schon am Kragen, löste die Kunststofffliege und warf sie in hohem Bogen mit der einen Hand in den Fluss, »sogar die ist trocken«, ließ die andere Pranke am Smokinghemdrevers, riss den Halsknopf auf. »Bis obenhin. Sonst sind wir doch auch nicht so keusch. Irgendwie beißt nichts auf diese schwarze Spinne«, mit seiner freien Hand wies Archie auf das treibende Accessoire den Fluss hinunter, »vielleicht ist Satin ja der falsche Stoff. Solltest das nächste Mal womöglich Seide nehmen, was meinst, ha?«, Gerry geriet ins Stottern, ich nahm noch einen Zug von dem Spliff und Kurti grinste, während Archie Gerry zu sich runterzog, beide Hände an die Knopfleiste legte, »sollst du die Gumpen suchen oder den Saiblingen weichen? Wenn du Regenbogen willst, welche Wurftechnik wählst du dann, und wie fischt man überhaupt trocken, steigst du in den Fluss hinein oder gibst du Schnur von der Brücke. Was, wenn eine Äsche beißt, eine kapitale, wie kescherst du die allein?«, und Archie friemelte einen Hemdknopf nach dem anderen auf. Es erstaunte mich, wie er gleichzeitig Gerry in die Augen schaute, schräg nach oben, so nah waren sie sich, ihn am Kragen herunterriss und einhändig knöpfte. Von Archies Gesicht wallte ja der Bart hinab, wucherte in Gerrys Ausschnitt, und zwischen dem drahtigen Gekräuse walteten Archies Finger, suchten nicht und fanden sicher jeden Knopf in der verbergenden Leiste. Archies Hand arbeitete sich hinunter, zuerst völlig durchgestreckt der Arm, sodann total abgewinkelt, die Ellenbogen, erst eng aneinander, dann voneinander gespreizt, wie ein Vogel, der seine amputierte, aber immer noch gewaltige Flügelspannweite einseitig zeigt. Und im selben Rhythmus klaffte Gerrys Smokinghemd immer weiter auseinander. Dann lagen Archies Hände auf Gerrys Schultern und er streifte ihm das Sakko ab. Am Boden fiel es in sich zusammen trotz Schulterpolstern. Gerry stand ganz verdattert und hemdsärmelig da. Kurti blies die Kaugummiblase noch weiter auf, es kribbelte plötzlich an meinem Handrücken und Umbertos Finger schnappten sich den Spliff, er schaute jetzt wieder hin, seine Lippen, blutleer aufeinandergepresst, wie sie eine ganze Daumenlänge vom Stängel fraßen, gierig, aber geräuschlos atmend. Nur die Asche knisterte, fiel und Archies Lungenrasseln, Graf von Kaun staunte. Mercedes' Eisbecher stand ganz verlassen unter dem roten Coca-Cola-Sonnenschirm, und das Licht dieses Tages war verhangen von Wolken, die Gebetsroithers Fenster verdunkelten, wie ein schwarzer Wachposten, der uns beäugte. Inzwischen war Archie auf der Höhe von Gerrys Hosenschlitz angekommen und eine Sekunde später schon ein Stockwerk tiefer, kniete sich hin vor Gerry, schaute wieder die blanke Brust hinauf, die Umberto lippenbissig als echt flaumlos kommentierte, und Archie sagte: »Ist doch nur Spaß, komm, lass mich deine Füße küssen.« Ich sah es rattern hinter Gerrys Stirn, vielleicht überlegte er eine Sekunde zu kurz, womöglich auch eine zu lang, wahrscheinlich eher gar nicht, ich wusste es nicht. Jedenfalls hob er seinen Fuß, setzte den Schnürschuh Sohle voran auf Archies dargebotenen Oberschenkel, wohin dann in Windeseile Archies Finger zischten, den Knoten lösten und Gerry den Lack von der Wolle und dann den Socken auch noch von der Haut rissen. Archie trat einen Schritt zurück und kickte gegen Gerrys Schienbein, dass es knackte in den Zehen oder eben im Schenkel.

Mercedes stand an der Holzverandabrüstung und beobachtete unseren Kreis, was außer mir wahrscheinlich niemand sah, alle anderen zu gebannt auf das Spektakel starrend. Von Umberto übernahm Graf von Kaun den Spliff, gab ihn blindlings an Kurti weiter und steckte ihn versehentlich in die Kaugummiblase hinein, die sich langsam mit Rauch füllte, dann zerplatzte, ihren qualmigen Inhalt entließ, Kurti sicherlich kurz die Sicht nahm, dass er den Handrücken wedeln ließ vor seiner Nasenspitze. Gerry hielt sich das lädierte Schienbein mit beiden Grabschern, hatte daher den eben nackt gemachten Fuß gehoben, suchte Balance auf dem anderen Schuh, hüpfte einbeinig auf und ab, tat Archie damit einen Gefallen. Er brauchte sich nur wieder hinzuknien und auch den zweiten Knoten zu lösen, die Zunge gegen die Bänder zu reißen, und schon beim nächsten Hopser schüttelte Gerry den Schuh ab. Archie packte mit der einen Hand Gerrys unversehrtes Schienbein, hielt ihn so auf einem Fleck und zog an dem Wollsocken. Gerry wollte auf dem anderen Fuß auftreten, doch er knickte ein. Während Gerry im Stehen humpelte, das Standbein wieder wechselte, fasste Archie schon an den purpurnen, um Gerrys Taille gewickelten Kummerbund. Archie sprang im Hopserlauf unseren Kreis entlang, jeden Satz den Springfuß wechselnd, das andere Knie an die Brust ziehend, und die Arme gingen mit. Archie flitzte rund um den Mittelpunkt Gerry, den Kummerbund in der Hand, wie ein kleines Kind in einem Ringelspielsitz, der an einer immer länger werdenden Kette befestigt ist. Runde für Runde spulte Archie den Kummerbund ab, dass wir alle schön langsam Schritt für Schritt rückwärts wichen, um nicht in die wachsende Umlaufbahn von Satellit Archie zu geraten, brutal gerammt zu werden. Vergnügt hüpfte Archie seine Kreise und sang: »Seht ihn an, Maestro samt Fang, Forelle so kapital, das Purpurband lang.« Dann peitschte der Kummerbund frei durch die Luft, hinein in den Fluss, und triefnass flirrte er auf die Wiese zurück, das Ende nur noch in Archies Hand, deren Gelenk sich nun drehte, das lange, klatschfeuchte Tuch kringelte, um die eigene Achse spiralwirbelte, wie einen Strang verdichtete, den Archie dann schnalzen ließ.

Der Spliff erreichte mich entgegen Uhrzeigersinn, von Kurti wieder über von Kaun zu Umberto wieder zu mir. Ich nahm ihn nicht an, traute eh kaum mehr meinen Augen. Von Kaun rauchte ihn weg. Umberto grabschte haltsuchend an seiner Kamera herum. Zwei gezielte Kummerbundhiebe trafen Gerrys Ärmel. Sein Hemd klatschte reißender Manschetten zu Boden. Dann knallte ihm der Kummerbund um die Stirn, dass er sich gar nicht mehr auskannte. »Halt gefälligst stille«, sagte Archie, war schon vor ihm, da wimmerte er noch, »mein Ohr, aua, du hast mein Ohr getroffen, ist es noch dran?«, den Kopf zwischen den krampfenden Fingern, galant hingegen Archies Hand, die fast schmiegsam an Gerrys Brust lag. Ein leichter Stups und er fiel auf den Rücken. Archie über ihn, öffnete den Reißverschluss. Er zog Gerry die Hose von den Schenkeln. Die Bügelfalten brachen zusammen. Dann stand Archie auf. Winseln vor ihm mehr als

Gerry. Er verlor seine Form, war niemand mehr, nackt bis auf eine feingerippte Unterhose. »Halt jetzt still«, schrie Archie, und Umberto tacticte, tactierte, fasste seine Canon, hielt sie sich vors Gesicht. Er sah Archies Traktieren spiegelreflektiert durch das Objektiv an, die einzige Fassung, die er bewahren konnte, die ihm zur Verfügung stand. Mercedes huschte das Holzverandageländer entlang. Archie peitschte noch zweimal haarscharf neben Gerrys Oberkörper hin. Seine Muskeln zitterten, schabten über den Rippen auf und nieder. Kurti grinste vorfreudig, die langsam hinter den Wolken heraustauchende Sonne auf den gelblichen Zähnen. Graf von Kaun hingegen drehte sich weg, ich wusste nicht, was ich tat, ich sah, wie Archie nochmals schrie, »halt Still!«, und dass Gerry bibbernder Unterlippe wie gekreuzigt die Arme von sich streckte und Archie eine Henkersschlinge in den Kummerbund knotete und Gerry sein Gesicht in tausend Falten legte und Archie das immer noch klatschnasse Ding wie ein Lasso um sich herum jonglierte, horizontal, dass es spektral schillernde Tropfen in den Himmel zirkelte, und dass Gerry die Augen schloss, woraufhin Archie blaffte, »schau hin!«, und warf, der Knoten lief zusammen in Gerrys Genick, halb hob er sich, halb sank Archie hin, der eine kniend, der andere hockend, berührten ihre Münder und küssten sie sich, klick, Umberto canonisierte, »ein Bruderkuss«, Schnappschuss vor den Bug. Wie Dampfer und Begleitboot uns im Hafen die Heckrücken zuwendend und Gerry bereits entkleidet liefen die beiden nun aus ins Wasser, während das Burzelkind voranschritt und Archie ihm den Rücken kumpelhaft klopfend folgte, und gerüstet für die hohen Flusstemperaturen schlichen sie von dannen, wateten, versanken immer tiefer in Freundschaft, »jetzt holen wir uns ein paar Forellen«, sagte Archie, Gerrys Gewand blieb liegen.

Das Wasser war derart untief hier, dass er nicht viel einging, haarscharf bis zum Ansatz der Unterhose, gleich gesehen, Archie ließ sie ihm wissentlich: »Na los, wirf!« Mercedes wieder sitzend klopfte jetzt klingelnd einen winzigen Löffel auf den Rand einer Espressotasse, dass die letzten Zuckerkristalle in den dampfenden Kaffee fielen, schwarz wie der Fluss hinter der Fensterscheibe, da lagen Veranda und Land, zwischen denen sich gleich Öl der opalfarbene Strom durch die Gegend grub.

Ich band dem Red-Tac-Verschnitt noch einen braunen Hechelkranz auf, schürzte ihn gut zur löwenmutigen Mähne und wickelte den Zwirn so lange um den Schädel, bis jenes konische, schwarze Köpfchen wieder entstand. Die Schlussknotenschlaufen fertigte ich genau über den Hechelkranzansatz, dass es ihn ein bisschen niederdrückte zur Stromlinienform Richtung Abdomen und Hakenbogen wie eine falsch rum aufgesetzte Halskrause, ein Trichter, Archies Gezause zum Kummerbund runter, schnitt ab, machte damit aus dem vierfarbigen Red-Tac-Abmarschmuster eine dreifach colorierte Walzertänzerin, warf die Fliege als Appetizer auf den leergefutterten und abgeleckten Keramikteller, nur ein Dessertzugabehäppchen gemessen an dem symphonischen Hauptgang Red Tac mit gerupftem Pfau. Losen Vorfachs stellte ich Charly Fly ans Bettkopfende und schloff unter die Bettdecke, wo der Schlaf sogleich die Bühne freiräumte hinter meinen alsbald geschlossenen Lidern, der Traum wie Zeitungsseiten und Nachrichtfotografien die Tagesbilder vor meinem inneren Auge aufblätterte und weiterwatschte, bis aus diesem vielclippigen Nebel eine halbwegs stabile Szenerie erstand, durch die Ernstl, Nina und ich uns auf den Rückweg machten. Zurück über die Stadtstraßen und durch verwinkelte Gassen, die immer noch menschenleer waren, zurück ins Salzkammergut, zurück aus dem Talkessel von Graz, durch die von Flüssen ausgefurchten Täler. Ich schwieg, während wir die Autobahn hinauffuhren, abfuhren, unser Pendelumschlag zwischen Kalkalpengrat und Graz, auf die Schnellstraße, die in die Bundesstraße überging, zur Landstraße wurde, sich alsbald in eine Ortschaft mit Fünfzigerbegrenzung verwandelte, die Nina ignorierte, zum Feldweg mutiert, und sie stieg aufs Gas, preschte dahin, schoss dann durch die Weiden selbst, querfeldein. Ich bemerkte nicht einmal, wie knapp die Sonne schon vorm Ausbruch über die Bergflanken stand, wie sich alles in Glanz verwandelte, sich das Licht vermehrte und wie Ernstl uns mit nervös funkelnden Augen von der Rückbank aus anstarrte via Innenspiegel, um dessen Aufhängung sich ein Wollfaden schlang, der die Bügel einer nigelnagelneuen Polaroidbrille miteinander verband, sie kopfüber baumeln, tanzen ließ wie einen Christopherus. Ninas saurauer Gasfuß trieb uns über die buckligen Felder, ließ das Auto rumpeln und pumpeln, im Kofferraum neben einem ebenfalls grade erstandenen Kescher die filigrane Fliegenfischstange, deren Schäfte es hin und her wichste, als könnte sie es nicht mehr erwarten, ineinandergesteckt zu werden.

Mit dem treuen Werkzeug bewehrt stieg ich am Flussufer vor der Brücke aus und wusste, dass es nicht die Ungeduld der Stange nach dem Schwingen war, sondern die Geilheit der Red Tac zu fliegen, gewässert zu werden, trotzdem trocken und dem Grund fern zu bleiben, zu schwimmen, niemals zu sinken, zwischendurch gewirbelt und gebetsroithergemäß geführt zu werden, um getrocknet während des Wurfes durch den föhnigen Gegenwind wieder frisch frisiert und aufgestellten Hechelkranzes niederzugehen auf die Wasseroberfläche. Mit ihr, dem Pfauenschwanzfederkörper, dem Bindfadenschädel, dem sandfarbenen Kranz, dem königfarbigen Fussel zum Schluss, Charly Fly verkorkst in der Hand, am Vorfach das Fliegengeschenk, ging ich die Flussuferroute entlang, alles andere als galant, mit weit ausschweifendem Schritt, Volki entgegen, wie auf Stelzen, jeder Meter, als schmisse es mich, und ich sah schon die Schmisse in meinem Gesicht. Zwei Schritte hinter mir stolzierte Ernstl, »du weißt, wo sie stehen«, brabbelte er, »du bist der beste Werfer hier«, säuselte er, »du musst nicht gut fischen«, bläute er mir ein, »du brauchst gar nicht Schnur zu führen«, hob er an und machte die Wangen prall, »du musst nur super servieren«, ich schluckte, »immer schön menden«, trichterte er mir ein, und, »das packst du schon«, flößte er Selbstvertrauen ein, seine Lippen flatterhaft ganz nah an meinen Backen. Ich keineswegs bereit weiterzugehen, hielt ein: »Ich habe noch nie eine Trockene gefischt«, und Ernstl küsste mich. Vielleicht war es auch Nina. Jedenfalls, Tropfen, Fass, zu viel war das, Rauschen und Lichteinfall, ein Blick seinerseits vorbei an meiner schmissfreien Wange, heitere Augen, in die ich schaute, und unmäßiges, brüllendes, schallendes, Katarakte überhallendes Lachen, ein Rachen voll Gaumenzapfenknallen, ein einziger vibrierender, zitternder, sich in Strömung bewegender roter Zapfen wie am Hakenbogen der Trockenen, die schon flog, meine Hand noch oben, in hohem Bogen, die Finger abgestreckt, in loser Schnippposition, den Daumen keck vorgereckt, die vier Glieder und Sehnen stramm, ich schnalzte mit der Zunge, die Red Tac kometisch unterm Plafond dahin, sich senkend Hand und Fliege, auf meine Seite und das noch nicht von Nymphen besetzte, nicht von Fell, Metall sowie Kunststoff bedeckte, das allerletzte freie Fitzelchen Tischfläche, woraufhin Ernstl perplex den Kopf hob, einen Schritt zurück tat, das Tableau komplett musterte, von der Doppelliterflasche abtrank, »Mister Siegi Heehrmann«, dann seien wir hier wohl fertig.

Gerry sagte zu alledem, als das Sektfrühstück schon auf der Holzveranda angerichtet war, ihn habe der Alte ja nach der ersten Fliege ausgemustert. Damit habe er selbstverständlich jede weitere Einladung zu Gerrys Geburtstagspartys verspielt. »Den August, bevor du angekommen bist in der Herberg, da war noch alles voll okay. Dann kam er auf meinen Burzeltag mit Nina hierher. Die bittet mich ins stille Kämmerchen, sagt, sie habe ein Geschenk für mich. Und ich denk schon, ich bekomm Fellatio, aber besser«, Gerry goss uns zwei Pokale voll aus der Schlumbergerflasche, »im Nebenzimmer feiern alle, Feuerwerksraketen durchs Fenster abschießen und Konfettikanonen anzünden und so, sie legt mir den Vertrag hin. Es klang fast, als wäre es in Wirklichkeit ihre Party«, er hob sein Glas und prostete mir über Schinkenteller, Sektkühler, Käseplatte und Brotkörbchen zu, dass ich wisperte mit geneigtem Blick: »Die Nina verkauft niemals.« Er ließ sich in den Korbsessel zurück, die Beine weit gespreizt, die Lippen so knapp über dem Sektglasrand, dass es pfiff beim Sagen: »Und wie.« – »Niemand mit Hirn kauft.« –

»Aber, aber, unterschätze niemals die Liebe einer Mutter.« – »Oh, 'tschuldigung.« – »Passt schon. Bei unserm Konsortium, völlig wurst, ob jetzt die paar Groschen Trinkgeld aus Kitz die Herberg finanzieren. Brauch ich mich selber nur einen Abend hinstellen und abkassieren. Aber das hat mit mir überhaupt nichts zu tun, bin doch kein Volltrottel. Das hab ich ihr auch gesagt, dass ich die Mutti nicht überredet hab. Hat mir Nina natürlich keine Sekunde abgekauft. Das hab ich an ihren Augen gesehen. Aber sie hat trotzdem gesagt, das glaubt sie mir eh, es wär doch so und so schön. Ich hab dann diesen Vertrag durchgeblättert, und ich sag dir was, bist du deppert. Die Konditionen waren sogar noch besser, als wenn ich die Depesch selber aufgesetzt hätte«, Gerry versuchte seine zerstruwwelten Haare irgendwie in Ordnung zu bringen. Sie standen aber nur immer noch zerzauster ab, klebten lange, bis in die Spitzen, an den Fingern, die den Schopf durchkämmten. Fettig verbanden sich die Strähnen mit diesen Zinken. Gerry gelang es fast nicht, die klebrigen Haare wieder abzuschütteln, wild wedelte seine Hand herum zwischen Luft und totem Eiweiß, wie Forellenzähne, die sich schlossen beim Abendsprung, ein paar silberne Sekttropfen spritzten umher, fielen auf die Kunststofftischplatte, landeten finstere Kreise, trockneten schnell, verschwanden. »Es war gar kein Verkaufsvertrag, zumindest nicht nur, Pachtvorzugsrecht auf Lebenszeit. Zudem die Versicherung, dass die Pacht ausgesetzt wird, wenn die Herberg keinen Gewinn einbringt. Mit einer Unterschrift wäre die Nina eine echte Geschäftsfrau geworden«, ob Gerrys vergebliche Frisierversuche in Wirklichkeit Haareraufen waren, »sie ist doch schon eine.« – »Aber keine ernstzunehmende. Ihr Gehalt hätte sie laut Vertrag selbst festlegen können, statt immer nur zu nehmen, was eben übrig bleibt. Diese ganzen grindigen Wiener, denen sie den Buckel einschmiert«, mit der Serviette tupfte er sich die Perlen aus dem Ausschnitt, »oh ja, ich hasse sie auch«, er nahm den obersten Knopf seines durchgeschwitzten Gilets zwischen Daumen und Zeigefinger und zupfte es luftig nach vorne, »und diese Hirschschießer, die sie massiert, denen hätte ich allen die Tür gezeigt. Entweder ist die Mama über Nacht zur Philantropin geworden. Oder es war ihr indirektes Geburtstagsgeschenk an mich. Oder sie hat wirklich den Schiss ghabt bis ins Gnack, dass ich die Nina heirat«, Gerry lehnte sich vor im Korbsessel, »und sie sich gleich wieder scheiden lässt?«, er nippte vom Sekt, »meinst? Na ja, vielleicht. Jedenfalls hat Nina ihren Haxen druntergsetzt«, er wippte zurück, legte den Kopf ins Genick und schupfte hinterher den Pokal, prozentualisierte, promillisierte, produzierte sich mit längst Vergorenem, es freizulassen, einmal gefangen der Fisch, nie wieder dranzukriegen. »Und dann schmeißt sie dich aus dem zweiten?«, er knallte das Glas auf die Tischplatte, »am nächsten Tag, alle schon heimgegangen, der Alte und die ganze Bagage. Ich habe zusammengeräumt den Gasthof, so ein heißes Wetter«, wieder beutelte er den weinroten Stoff, das Gewand von gestern zwar nicht abzustreifen, aber flatterhafter Hand tragbarer zu machen, sich etwas abzukühlen, schrecklich, diese kurzen Augustnächte. Gerry hatte kein Auge zugetan, das sah man ihm an, kein Bröselchen Sand im Blickwinkel, um die Pupillen denselben Ton wie sonst sein Kummerbund.

»Ich hatte Lust weiterzufeiern, legte den Smoking schön in den Kasten. Nur ein Sportsakko hab ich mir übers T-Shirt geschmissen, rostblau, mein leichtestes, und das auch nur wegen der Innentasche. Ich hab den Vertrag zusammengefaltet und eingesteckt, den wollt ich nicht mehr aus der Hand geben, und bin in die Herberge. Ernstl sitzt im Eckbankeck und redet dahin wie immer, sagt immer wieder, alles Gute zum Geburtstag, Gerry. Die Nina schneidet Zwiebeln, kocht Erdäpfel, rührt schon die Marinade an, Kürbiskernöl und Balsamico, alles normal, Kateressen, alles Gute zum Geburtstag, Gerry, alles Gute zum Geburtstag, Gerry. Dann nimmt der Alte von so einem Wagerl den Telefonhörer und spricht hinein, ja bitte sehr, ja bitte gleich, richten wir aus. So ganz komisch schimmert das Licht herein beim Fenster. Der ganze Garten ist grotesk verzogen, voll kein Durchblick. Das liegt an der Scheibe, zum ersten Mal ist mir das aufgefallen. Und oben auf der Marinade schwimmt so ein Regenbogenfilm, aber auf ölig schwarzem Untergrundschimmern. Ernstl legt auf und sagt alles Gute zum Geburtstag, Gerry. Nina wichst die Zwiebeln in die Pfannenfetten. Das spritzt vielleicht. Und der Geruch schießt durchs Zimmer, na sicher hat sie Tränen in den Augen. Mah, so schöne Augen, und der Ernstl nimmt gleich wieder den Hörer. Während er ihn ans Ohr führt, alles Gute zum Geburtstag, Gerry, alles Gute zum Geburtstag, Gerry, alles Gute zum Geburtstag, geh sei still, sag ich. Ich kann es nicht mehr hören. Die Nina hat nur noch geschnieft. Und in die Gardine geschneuzt. Taschentücher hat sie sich damals schon lange nicht mehr geleistet. Ja bitte sehr, bitte gleich, richten wir aus. Komm mal mit nach oben, sagt sie. Vielleicht Aufbetten helfen, was weiß ich, oder sie will mich wieder bekannt machen mit irgend so einem Gast. Das kam manchmal vor. Alles Gute zum Geburtstag, schreit Ernstl hinterher ins Knarzen von der Treppe. Dann stehen wir vorm Bett. Nina sagt, ich soll den Vertrag in die Nachtkastlschublad legen. Ich versteh natürlich gar nicht, bis ich auf einmal einen Schubser krieg und unten im Garten lieg, am Buckel, und rund um mich lauter Scherben. Jemand beugt sich über mich im Gegenlicht, da war mein Bein noch heil, glaub ich. Wie ein Vampir liegt der Schatten auf mir. Alles Gute zum Geburtstag, Gerry. Da wird es schon schwarz in meinen Augen. Vielleicht wars der Schock oder eine Vision, im Delirium, und so. Mein Leben zieht an mir vorbei, und zuletzt fliegt Nina durchs Universum in einer grünen Unterhose. Haargenau derselbe Stoff von Hauben und Mundschutz, die ich gleich drauf bei der Visite sehe im Spitalzimmer. Mit ein bisschen Schienbein einwatschen und Wadenbein schienen wars erledigt, sagen sie, ich habe Glück gehabt, dass der Notarzt so fix da war. Meine Sachen seien gleich hier, das Sportsakko hing am Fensterkreuz, gleich neben meinem Bett, und natürlich war der Vertrag weg. Irgendwie hat sie der Alte aufgehusst«, er kippte die restlichen Brotbrösel aus dem Korb über die Holzbrüstung in die Schonstrecke.

»Nietzsche und Wagner waren anfangs tolle Freunde. Der eine hat komponiert, der andere philosophiert, warum die Musik vom anderen ja so super ist. Und dann gibt es diese Zeile in Wagners Tagebuch, *kam Friedrich, oh Verrat, die Partitur im Gewande*.« Gerry hielt die Luft an und fasste sich blitzartig ans Herz. Er grabschte nach meiner ausgegangenen Zigarette, zündete sie sich mit dem aus der Hosentasche gefischten rosa Zippo an, sog hastig Luft und Rauch ein, Reanimation durch Inhalation, »du glaubst? Um Gottes willen. Er ist eigentlich Inhaber?«, im Smoking trat ein Kellner heran. »Geh, Gerry«, sagte ich, während er die Bedienung im Abgang als Nebochanten beschimpfte, uns erst jetzt einen Aschenbecher hingestellt zu haben. »Ach, der Urlaub, schön, diese Kluft mal nicht tragen zu müssen. Aber zum Burzeltag fang ich dann wieder an. Da hock ich mich vor den Spiegel in der Unterhos. Zuallererst zieh ich mir die Socken und die Lackschuhe an, schlag die Beine übereinander. Die putz ich blitzblank, wichs das Leder gscheit und schrubb die Sohle, dass ich nur so übern Velours schwebe. Dann das Hemd mit einem ordentlichen Vatermörder und die Hose, Bügelfalte, aber klar. Den Kummerbund lass ich diesmal lieber, nicht dass der Archie wieder schlimme Ahnungen kriegt. Unter uns, gegen den Ernstl ist das ja ein Witz. Aber der wird sich anschauen, auch wenn er nicht kommt, er wirds schon erfahren, dass ich mich dann ins Hemd schäl und mir die Manschetten knöpf. Das Smokingsakko drüber wie elektrisch, und ich voller Energie, und die Haare der Fliege, zur Krönung, sie zittern vor Spannung unter Strom und auf Ampere am Seidenrevers. Das wird eine Party, und dann kann man auch wieder hackeln ein Jahr«, während er sich über den Tisch beugte, der Bedienung das abgefrühstückte Geschirr zu reichen, meinte ich einen kurzen Moment, dünne Spuren wie l'oréal-paris-rote Kratzer in weißem Autolack auf seiner Haut unterm Aufschlag zu sehen, bis sich das Tuch des Gilets wieder darüberlegte, vielleicht nur ein Widerschein seines Gesichts oder des ebenfalls lippenstiftroten Stoffs.

»Warum lädst du Nina eigentlich noch ein?« Ich schenkte ihm Schlumberger nach. »Manchmal ist es zu einfach, jemandem eine Freude zu machen.« Ich schenkte mir nach. »Hab mir grade überlegt, meinst du, wir brauchen einen Billardtisch im Foyer?« Ich trank: »Jeden Morgen hätte ich Angst.« Er trank: »Furcht, verspielt zu haben?« Ich: »Den Belag gefressen zu haben.« Er: »Die blaue Kreide.« – »Stößchen.« Wir prosteten. Ich trank meinen Muntermacher und er seinen Schlummertrunk aus. »Also dann bis bald, vergiss ihn nicht, meinen Burzeltag!«, ich ging und ließ Gerry sitzen. Auf der gläsernen Verandatür spiegelten sich seine Schultern. Über seinem Herzblatt blitzte ein verräterischer Fettfleck wie gemacht für die Speerspitzen rivalisierender Fliegenfischer. Immerhin bezahlte ich für Kost und Logis.

36 Siegi findet sich langsam mit dem Attentat auf sein Auto ab

Erstens, wenn sich hinter dem Gasthoffoyerfenster die Gardine bewegte oder zwischen den Coca-Cola-Sonnenschirmen der Kummerbund in Purpur vor der Fassade schwebte, wenn Gerry auftauchte, sich über dem Geländer brüstete neben Mercedes, die in seinem Schatten saß an ihrem Tisch, wenn die beiden immer wieder einen Blick den Fluss herüberschickten zum Parkplatz, dann war ich zufrieden und ging fischen, Charly Fly in der Hand, verließ meinen abgeschlossenen Wagen.

Zweitens überstellte ich den Mercedes auch Ninas Wacht, der ich flüchtig ein Grußwort zuwarf über die Gartentür, wenn sie mittags zwischen schmarotzerischem Unkraut wütete mit wurmstichigem Spatenschaft oder in aller Herrgottstaunässe mit Adlerauge und oxidiertem Schaufelblatt stumpf auf den Schädel guten Morgen wünschender Maulwürfe eindrosch, kaltschnäuzig ins Haufenaufwerfen hineinharpunierte, den blindlings ins Verderben grabenden Viechern scharfkantig unter schimmerlosen Augen das Schnurrbarthaar abtrennte, eins-a-Rippmaterial, und Hälse durchschnitt, einander folgend die Ausschläge, so schnell, ihre Frequenz, kurz, die Abstände, zwischen den Haufen, ein Tohuwabohu aus Hochkommen noch Untoter schon Gerichteter, chaotisch, ja brodelnd die Gartenerde, ein Morgensprung in aller Frische und blütenaromadurchwalteter Umgebung, und Ninas Niederstoßen, dass der Boden widerbebte, die Luft erzitterte, dass ich von Ninas Hieben und Stichen bloß Pirouetten wahrnahm. Meine Pupillen huschten ihren blassen Gliedern eher enerviert hinterher, als dass ich die gerade fixierten, stets eben weggetretenen Augen erblickte. Nur ihre ständig die Stelle wechselnden Wangen erglühten wie Fixsterne in Finsternis, fluktuierend und verwirrt zwar, sich schnell bewegend, aber folgsam verfolgbar, das irrlichternde Paar. Zwischen sich schließenden Hyazinthenblüten schweifte Ninas Schopf umher, schwang immer wildgewordener kupferrotblond im Sonnenaufgang dieses Morgengrauens, da Nina kaum zur Haustür heraus loslegte, alsbald totentanzmäßig tobte, den Kopf herum und Blicke um sich schmiss, ihren großen Zeh hauchdünn verfehlte, den Grubian Blattspitze voran pfählte, brustbeindurchkreuzend, horizontal, rippenparallel und supersymmetrisch einschnitt, die Lungenflügelanzahl verdoppelte, die Alveolenfunktion annullierte und schließlich, mit einem Blatttritt, das ganze Tier halbierte. Da steckte der Spaten schon im nächsten, wurd wieder gezogen, schwang von Ninas Hand wie ein tollkühner Schnitzelhammer Hals über Kopf auf wegflitzendes Gewusel, das winselnd verging, während Nina weiter gnadenlos zustieß, stach, stocherte, Mal für Mal, da die Kruste brach, zwischen die eigenen Beine, hinter die Ferse, neben nach vorne seitlich sich rückwärts umdrehend fast abhebend, Strähnen propellernd gleich Hubschrauberflügeln über dem Ground Zero in hiesiger, wie überall dem Sägewerk naher und vom Vortag Buchenspanduft durchzuckter Luft. Es blitzte das veredelte Erz, schlitzte, wirbelte, schrie, sang, flirrte, vibrierte zu besonders wuchtigem Schwung, fuhr mitleidlos in Bein und Knorpel, semiirdisch vernahm ich Genicke, knapp gleichzeitig knackten sie, fast univoce, stets forzato, marcato, abgehackte Bewegungen, eine synkopierte Choreographie, getroffene und geschaffene Löcher, gespaltene, unterbrochene sowie beschleunigte Himmelgänge, allmorgendlich erntedankende, auf Sommer pochende Frühlingsopfer.

Obwohl der Pelz zwar ruiniert, trotz gleicher Farbe verdirbt der Adamsapfelschlagadersaft den schwarzen Glanz, ich war dann zufrieden und haute verschüchtert ab zu Fuß gen Fluss, da Nina aufpasste hier draußen, zur Reinigung in die Regentonne hüpfte, dass die Wasserverdrängung übersprang, die

Wellen gegen den kunststoffblauen Mantel schwappten und als rote Minifontänen einerseits noch feuchte Gräser benetzten, andererseits die Herbergsmauer sprenkelten, während Nina sich wusch und schrubbte, bevor sie fließender Gestalt, nasser Bewegung, schwebenden Spatens die Granitplatten strichlierte, mindestens so widerständig wie sie. Bataillone von Fliegen und Gelsen landeten sodann auf dem nassen Ballensohlenzehenmuster, um ihren Durst zu stillen, während die kalte, nebenherlaufende, vom Zipfel von Ninas Bauernrock getropfte Zeichnung zu schnell, als dass ein Tier davon zu trinken vermochte, auf dem erhitzten Pflaster verdunstete unter der unbarmherzigen Sonne, wo manches Mal, wenn der gescheckte Kater vorbeistreunte und die Insekten aufflogen, inmitten Ninas Fußabdruck die zersprungenen Überreste eines Erdkrebses schillerten, umgeben von kühlem, dunklem Granit ein Batzen Matsch, der zwischen unreinen, grünen und gelben Mischtönen oszillierte, die Kreisform durchschlagen von geknackten braunen Chitinpanzersplittern und hummerähnlich gebrochenen Schaufeln, auf denen reflektiertes Licht egal zu welcher Stunde nur in matten, blassen, dreckig chromfarbenen Klecksen lag, bis die nächste Kaltfront dunkel und regnerisch hereinbrach oder eine nachmittägliche Gartenschlauchspritztour den Saft wegschwappte, die Chitinplatten aufweichte, falls nicht schon lange vorher Ameisen das Häufchen fanden, auflasen, abtransportierten und nochmals in kleinere Portionen fragmentierten entlang ihrer Belastungsgrenzen und Krabbelbahnen, gesetzt den Fall, eine pinke Katzenzunge kam ihnen nicht zuvor und schleckte den Fleck weg, während Nina das Haushaltsbuch aufschlug, die mundtoten Seelen spitzfedrig hintintenkleckste, jeden Maulwurf nottaufte und ihrer am Rand im Anmerkungsfeld mit einer zynischen Notiz gedachte, *das ewige Licht heuchle ihnen*, Zwanzigschilling nahm, zehn je totem Auge, die Münze pro Blindschuss einmal zum Plafond schnippte, dass es saltomortale kopfüber rotierte, während im Stockwerk drüber gerade erst ein Wiener seine Beine über die Matratzenkante schwang. Der grau gestreifte, bereits für Ernstl reservierte Grimbartbettvorleger kitzelte dem Wiener die Zehen, bis die Lippen erzitterten. Sein Gesicht war noch ganz rotweißrot gestrichen vom terrierzahnversehrten Fuchspelzkopfpolsterüberzug. Im inneren Augenwinkel hockte feucht der Schlaf und hinter der Stirn hingen die Traumbilder, wichen nur langsam, die Kaninchen von gestern, den ersten bewussten Gedanken, die Tierkörper mit Abschussquoten verrechneten, die immer noch großzügig genug angesetzt waren vom Bundesforst, dass die Jäger das Feld räumten zugunsten präparatorisch oder schmaustechnisch uninteressanten Ungeziefers, kurzum, den Untergrund den Maulwürfen überließen, die wiederum ihre Rechnung ohne Nina machten.

Auf die Tischplatte fiel die Münze mit Paukenschlag und Nina erblickte die Zahl oder sah die Perückenlocken von Joseph oder Wolfgang, dessen Schutzengerl ja auch Taugenichts und Tunichtgut hießen, woraufhin Nina die nichtsnutzigen Schutzputten des Maulwurfs Franz Xaver entweder in Frühpension schickte oder milde adoptierte, eine ganze verurteilte Heerschar befehligte die Herbergsgeberin schon. Ohne Luftzug machte sie ihr Chefbuch zu, leise, als ob jemand lauschte, schloss sie ab, kochte dann, dass kurtigeschliffene Klingen erklangen nebst stählernen Flammen. Mit flügelschlagartigem Fauchgeräusch flappte der Funken über vor die Feuersägendüse. Auf Ninas schwarzem Ärmel lag matt ein Lichtreflex, der sogleich mitsamt dem Feuerzeug in ihrer linken Seitentasche verschwand, zwischen den Lippen des blitzenden Reißverschlusses. Ninas Hand kam wieder zum Vorschein, ging hoch vor jenen lichtfangenden Nähten, die ihr Bauch und Brust im Widerspiel der Sonnenstrahlen silbern rippten, das Kleidungsstück einschnitten, als würde das Skelett betont, während die Segmentierungen ihrem regen Körper in der starren Zweithaut etwas Bewegungsspielraum erlaubten. Ganz ohne Quietschen, angefeuert nur von mir und dem Rauschen der Gasdüse, dem Züngeln der leberblauen Flamme, erreichte Ninas freie Hand das Plexiglas, klappte es wie ein Visier hinab vor ihre Augen. Der schwarze Motorradtopfhelm ließ nur die Spitzen ihres blonden Haars herausschauen und auf die Schulterpolster rieseln, als steckte Nina in einer Ritterrüstung samt Zimier am Haupt. Das Feuerstrahlfauchen kaum von anderer Farbe als ihre Jeans, ging Nina in die Knie, hielt den Flammenhauch auf ein Kettenglied, das unter der Hitze erglühte, tropfte, sich verformte und aufsprang wie eine Spange, während ein Batzen Schlacke oxidierte, sich aus dem Kettenglied herausballte mitten auf die Straße zwischen meinen Wagen und die Trauerweide am Flussufer. Die Strömung rauschte wieder, als Nina aufstand, ihr Visier hochklappte und den Griff um die Schenkel der Feuersäge lockerte, sodass jenes Fauchen samt Flamme verklang. Ich schrie wie die Gischt, um die brausende Kaskade hinter Nina zu übertönen, während sie schon auf mich zuschritt, meinen Worten entgegen: »Wo hast du das Gerät denn her.« – »Das ist mein Erbe«, und sie ging an mir vorbei, das Heck und dann den ganzen Wagen entlang, nahm den schwarzen, wolkenweiß gerahmten Helm ab, machte noch einen Schritt weiter, sodass ihr Hinterkopf vorm Blau des Himmels lag, schüttelte ihre losen, bloß am Wirbelscheitel zusammengebommelten Haare bis zum Schulterblattansatz hinab, hüpfte so schwerelos auf die Motorhaube, dass die Stoßdämpfer verharrten, »kannst doch niemandem die Herberge vermachen, ohne die Möglichkeit zu veröden«, sagte Nina erstaunlich leise, als verstünde sogar der rauschende Fluss, dass er besser an sich hielt, wenn sie sprach. Ich kam ihr nach, stellte mich vor sie hin, hob meinen Arm und deutete den Wagen entlang, über das stehengelassene Schweißgerät hinweg, auf die frisierte Harley. »Die brauch ich.« Sie lächelte. »Mit dem Schweißkolben grill ich die Hähnchenhaut. Und mit David liefer ich sie aus.« Sie ohrfeigte mich. »Hallo, noch nie ein Motorrad gesehen? Spring auf, dann machen wir eine Ausfahrt.« – »Ich muss heute noch unterrichten.«

Sie öffnete den bis eben hochgeschlossenen Reißverschluss. Zwischen Lederjacke und dem weißen T-Shirt steckte ein braunes DIN-A4-Kuvert, dem Absender nach von der Gendarmerie. Die Querseite war bereits aufgerissen und wieder mit Tixo verschlossen. Ein Lippenstiftkussmundabdruck versiegelte die Umschlaglasche. Was ich für die Adresszeile hielt, überkritzelte ein frenetisches Tintengekringel. Darunter stand dann erst in durchaus femininer Handschrift *Heehrbergsweg*. Das Kuvert riss. Nina schnitt es auf mit der perlmuttfarbenen Klinge ihres Fingers. Zwei Bogen fasste sie heraus, einer glänzte, der andere matt, fast durchsichtig, billig, mit Schreibmaschine bedruckt. »Riecht nach deiner Frau.« Sie hob das Kuvert am unteren Mittelpunkt der Breitseite hoch zwischen Daumen und Zeigefinger, dass der Umschlag sich umdrehte in der Luft, die obere Breitseite die untere wurde, kopfüber schwang, kurz pendelte, wie ein Kreuz an der Wand in einem satanischen Film. Heraus auf die Motorhaube fiel eine Locke, die verschwand auf dem Autolack in der Spiegelung von Ninas Haar. »Ist todsicher ihr Fingerabdruck«, sagte sie, die das Glanzpapier nur an den Ecken berührte und zu mir umdrehte. Wie ein Kilroy schaute sie mich über die obere Bildkante an. Ihre Augen verrieten das Lächeln. Die Nacht, die Lichter auf der Windschutzscheibe, vorbeiziehende Laternen, eingefangen im Blitzlicht des Radargeräts. Es spiegelte sich auf den Gläsern von Ninas Sonnenbrille. Kantenschutz wusste ich wieder, den Klang dieses Wortes in ihrem Mund, es war mir zuvor unbekannt. Ganz im Gegensatz zu dem finsteren Mercedes. Das Bild war schwarz-weiß und nicht besonders gut. Ernstl erkannte man auf der Rückbank fast gar nicht, oder es war nur für mich ungewohnt, ihn nicht vorne zu sehen, im Profil. Ich machte ebenfalls keine gute Figur, hielt mir auf dem Beifahrersitz einen Flachmann in den Mund. Nur Nina wirkte photogen, die Lederjackenärmel, vorher nie an ihr gesehen, gingen nahezu nahtlos in das Lenkrad über. Sie schien die perfekte Fahrerin für diese Nacht, für diese Lichter, schwarz und weiß, gesperbert, wie der Schal, der Nina bauschig um den Hals lag, »das war ne Action, was?«, ich nickte. »Ich das Foto, du die Haare?«, sie zwinkerte und ich nickte. Sie schob mir über die Motorhaubenkante den Zahlschein zu. »Du bist ja nach Graz gerast wie besenkt.« Sie hopste von der Motorhaube, schob ihre Haare händisch hoch, band sie fingergriffig zum Dutt am Hinterkopf und zog in Koordination beider Arme den Helm darüber. »Oh Mann, wär ich nicht gefahren, ihr wärt ja so was von tot.«

Heftig trat sie der Wagenschnauze entgegen, dass der Kühlergrill erzitterte und sang, als die Spitze ihres Cowgirlstiefels das Chrom traf. Dann schlang sie sich den Schlauch der Feuersäge um Speiche und Elle. Die feuerlöscherartige Pressgasflasche schwebte knapp über dem hitzigen Dorfstraßenbeton neben Ninas Schienbein weiter zu der schweren Maschine. Ihr Innenrist fegte blitzschnell das silberne Standbeinchen weg unter der schwarzen Aluverkleidung. Die Harley neigte sich Nina entgegen, bis sich an ihren himmelblauen Oberschenkel der schwarze Ledersattel schmiegte. Untergriffig klappte sie die Sitzfläche hoch, hob die Feuersäge und versenkte sie im Maschineninneren. Wie einen Schlund klappte sie den Sattel runter. Ihr rechter Fuß ging hoch. Als träte sie ein Schaufelblatt, kickstartete Nina ihre Harley, sprang rittlings auf, brauste davon, auspuffknatternd, feurig, die Haarspitzen flatterten im Fahrtwind auf ihren Schultern. Wie sie warm angezogen in die Kurve schoss, das fadenscheinig zerwaschene Jeansknie sicher nur wenige Millimeter über der Zementfahrbahn, knapper Abstand voller strömungsgekühlter Luft, unter der Hochsommersonne, wo die Straße wegbog vom Flussbett, vorbei an Matschgatscherdbeerfäule, gen Herberge. Ich schlug die andere Richtung ein, fuhr ganz verkehrsbehinderungsgemäß in durchaus gemütlichem Tempo heim, indes die Kette, immer noch um die Mercedeshinterachse geschlungen, hinterherschepperte über den Bundesstraßenasphalt wie zur Trauung.

Lena, eh klar, war nicht da, die Söhne ebenso, ein freier Vormittag für mich, hinterblieben nur ein kleines Grußwort in Form der zerbrochenen Küchenfensterscheibe und noch voller Reißzahnsplitter eingerahmt, herein bei der Wohnungstür, ich sah es gleich, obwohl keine Glasscherben auf dem PVC-Boden lagen, dachte, wenigstens nicht mein gespiegeltes Gesicht, Bildbruch. Während ich hinüberging, mit Wucht durchschlagen, ein weiterer Schritt, von hier drinnen also, nicht weit der Weg, ein Geschoss, die Überlegung, ein fester Wurf, Gedankensprung, ein Körper im Flug, Scheiße, ich eilte schon, der Schmissgesichtige, indes ich ans Fensterbrett trat, verflucht, der dritte Stock, heilige Scheiße, der Schock, oh Gottseibeiuns, überstanden, als ich in die Tiefe schaute, große Erleichterung, dort unten auf dem Kesselboden des Gartens, zwischen den Eigentumswohnungsfassaden im Innenhof meinen Bindestock ausmachte. Als ich ihn aufhob inmitten der zertretenen Grasflächen, staunte ich über die Bisskraft der Klemmteile, die noch fest beieinander den Hakenbogen von gestern fassten, von vorgestern, wahrscheinlich Sekundenschlaf, Übermannung bis zum Morgengrauen, und dann hinausgegangen, vergessen, meine momentane Lieblingsnymphe auszuspannen. Ich ging wieder ins Haus, variierte das goldige Muster, strich die ohnehin schon großaugig getupfte Murmel ganz schwarz an mit Lack, ließ nur einen schmalen blonden Rand, wo der jetzige Pechkopf in den schwarzen Wollthorax überging. Eine gesperberte Hechel band ich ihr noch an den Hals, schürzte den Kranz, dass es die Fiebern aufstellte, rippte den geschmeidigen Körper schön gen Hakenbogen diagonal mit einer Violinensaite, dass es silbern gleißte im dunklen Fluss, und schon kam ich übers flachsblaue Abdomen am Ende der Fliege an, applizierte zwei Galgenvogelfedernsegmente als hurtige Schwänzchen und finishte den Whip eben hinten, nicht an der Öse, am anderen Ende, weil ich ganz beflügelt vergaß, dass man Fliegen von hinten nach vorne bindet. Nun wusste ich, warum Ernstl der Begriff Kopfknoten so aufregte, denn wer sagte schon, dass der Schlussknoten nicht auch am Hakenbogen schaffbar war, ob Aufstrich oder Abstrich zu Konzertbeginn, beim finalen Akkord, so viel nahm es sich nicht. Ich fuhr in die Musikschule, unterrichtete die Kinder sehr unkritisch, knotete mir ans noch lose Vorfach diese Nymphe, raste die Bundesstraße hinunter zum Abendsprung, ein bisschen unsportlich ohne Trockenfliege, aber was sollte es schon, ich hungerte ja.

Drittens beruhigte es mich, den Wagen behütet abzustellen, eben neben jenen Citroën in Mauve am Parkplatz von Jeans Hotel, sicherer als die Bastille, beschützt vor diesen Bauernschädeln, besatzt wie Kasernen, ein Rokokoschlösschen, Gott, der Magen, wie er knurrte. Und hier, umkranzt von Linden, stand dem Wald inmitten finsterer Nacht unter Sternenhimmel dies hell und trotzdem matt erleuchtete Lokal. Die Fenster verhingen Store, auf denen gestickte Fliegen in Flussläufe fielen, gerade von eins zu Boden gelassen. Andere Motive zeigten den Fliegenfischerarm noch auf elf, das belastete Standbein hinten. Die Holzfassade schlängelten sich stromlinienförmige Muster hinauf, höchst abstrakt, bis über das in dieser Gegend unübliche Fachwerkdach hinaus zum Himmel, Wolken über dem Schornstein samt Storchennest, und doch war ich sicher, dass es sich um einen Fischreiher handelte, der tagsüber ausflog aus seinem Nest, vielleicht flankiert von einem Kormoran, an irgendeine ganz nahe, mir bekannte Flusswindung, voll Durst den Schnabel und Lust zu fangen das Auge, die Schotterstraße entlang, die gerade mal zwei Leuten nebeneinander Platz bot und auf der ich die Zederntür erreichte mit Zähneknirschen angesichts der Preise. *Gasthof zur Marienbrücke* war eingraviert in den goldenen, an das Marmorgezier rund um die Tür gehängten Kasten, den kalte, weiße Lampen erhellten und die rot geschnörkelte Schrift auf blauem Zettel zum Vorschein brachten. Als dann aber selbst die Türklinke die Form einer Ritz D hatte, ich fast schon meinte, ein Schwarm fliegender Fische schösse über die Lichtung direkt in die über der Tür befindliche Reuse hinein, trat ich durch das Portal und stand auf rotem Samtteppich, die Fransen blau, der Boden in hellstem Weiß. Riesige Marmorblöcke, jeweils ein Tisch pro Monolith, eine Tafel, an deren unterem Ende jemand eine Fliegenstange zur Decke hielt, die Schnur in anderen Händen am oberen Ende. Die Rute verformte sich über dem Ziehen des Mannes und der Tischplatte wie ein Regenbogen, brachte das Nicken hervor, woraufhin ein dritter Mann an der Tischlängsseite in einem Notizheft die Spannkraft verzeichnete,

Dutzende Stangen noch neben ihm zum Testen aufgereiht. Linker Hand band man gerade Tschicks an einer zum Bindekurs umfunktionierten Tischrunde. Scheite verglommen dahinter im Kamin, Fackeln an den Mauern, auf Kandelabern Dochte, die Abglanz warfen und Schatten gegen die hintere Saalwand, vor der gerade eine Gruppe junger Fischer an einem Tisch ihre Etuis sortierte, Nymphen gegen Trockenfliegen tauschte und die optimale Ausstattung für den nächsten Morgen diskutierte. Kein Wunder, wie selten Jean den Fluss als Betthupferl aufsuchte, lieber hier blieb in dieser Gesellschaft, der ich ein Nichts, ein Niemand, wie sogleich bestätigt war, als mir ein unterkühlter Kellner mit einem Monokel seine wohlfeil geteilte Aufmerksamkeit schenkte.

Zu den Tischen schielte sein nicht durch Glas vergrößertes Auge, zur Rezeption, hinter der ich die Küche wähnte, aus der Rosmarinwolken quollen, beinahe so fettig roch es, wie der Kellner war, derart untersetzt, dass er sich lieber etwas untergestellt hätte, um zumindest auf Augenhöhe mit mir zu sein, während er mir keinen reinen Wein einschenkte, mir unterstellte, dass ich nicht genug Geld hätte, Provokationen, wo man hinschaute, wenn man Hunger hatte: »Monsieur irren sisch sischer«, sagte er nur. »Any problems here, Jacques?«, sagte ein zweiter Ober oder Butler in rotem Hemd unter schwarzem Frack, der fliegenfischstangenlang neben dem ein weißes Dinnerjacket über blauem Hemd tragenden ersten erschien: »Sie wünschen?« Ich atmete ein, um zu antworten, bekam dabei schon Appetit, Frechheiten, wo man hinschnupperte, und setzte gedanklich die Hemden und Oberteile meiner beiden Gegenüber abwechselnd zu verschiedensten Nationalflaggen zusammen, während ich fragte nach einem Tisch für einen, woraufhin der Kellner eine Taschenuhr herauszog, von seiner Brust eine Kette aus ineinandergeschmiedeten, goldenen Fliegenhaken spannend. Als sich die Nasenflügel regten, als er den Adlerzinken rümpfte, als er die Stirn in Falten legte wie Wellengang eine See, als er eben sprechen und bedauernd den Weißkopf schütteln wollte, ich sei bereits zu spät, sie servierten nur noch Tee, und auch den ausschließlich antialkoholisch, Fischertee, nicht Jagertee, ich verstehe, etc. pp., machte ich einzelgängerisch meinen Abflug freiwillig wie ein Tier Richtung Revier.

Nachdem ich alle ausgelassen hatte, kehrte ich versöhnt zum Wagen zurück, den ich hier fortan öfter abstellte, größtenteils, zugegeben, gehässig, diese präpotenten Typen zu frotzeln. Während ich zum Fluss schlich, bevor das Strömungsrauschen zuschlug, paradiesische Schwebe im Schritt und Schwerelosigkeit im Schädel erschuf, konnte ich mir die beiden Kellner richtig vorstellen, wie sie ihre Oberköpfe in Richtung Fenster drehten, ihre Gabelzinkenpoliturkontrollierblicke durch die Scheibe schickten, den fremden Wagen erkannten, Parkplatz nur für Gäste, wie ihre Beutelschneiderhände den Hörer nahmen, ihre Trinkgeldabgreiffinger eifrig die Wählscheiben rasseln ließen, wie die Servierkoordination und Anrichteherrichtekombination dieser beiden Sinne ihnen das Polizeirevier ans Telefon brachten, wie sie mich anzeigten mit rausgereckten Augäpfeln und erhobenem Zeigefinger, mit ihren abgeschmackten Brühentemperaturüberprüfzungen, wozu sie dann auch übergingen. Fredl legte den Hörer auf, saß da als Ochs im Tal, während die neue Polizistin an den Bergen streifte. Im Stall steckte Fredl fest, hockte im letzten Eck, sein enger Schreibtischpferch, während diese Tussi als Polizeichef im Škoda die Bundesstraße entlangrauschte. Glock und Taser trug sie am Gürtel, verbunden nur über das Walkie-Talkie mit Fredl, der vor zwei gleich großen Trögen dürstete. Über die Lakaienstuhllehne hatte er sein Uniformsakko gehängt und an den Leibeigenengarderobennagel seine Dienstmütze. Rechter Hand griff er aus der Jackeninnentasche seinen Flachmann, schenkte sich in sein Kaffeehäferl einen Schluck Inländer Rum, wog ab, trank, schon kalt. Der Staub lag auf den Aktenstapeln vor Fredl und tanzte hinter der Schreibtischkante in der Luft. Die beiden einander gegenüberstehenden Ventilatoren wirbelten die Partikel herum in der unlüftbaren, fensterlosen Stube, mal dorthin, mal dahin. Ständig wehte der Staub von rechts nach links und wieder zurück, vor den Regalbrettern dahin, auf denen hinter sich regenden Spinnweben Ordner ruhten, die Fredl auch noch allesamt bearbeiten musste. Linker Hand griff er zur Weißweinflasche, schraubte sie auf, schnipste den Verschluss weg, kippte, soviel eben ging, in sein Wasserglas, trank noch einen Schluck von der Bottel und stellte sie unter den Tisch, damit kein Staub reinkam. Er dachte, wie geil, Siegi einen Denkzettel verpassen, ein Mandaterl unter den Scheibenwischiwaschi klatschen, das Ding dabei vielleicht sogar ups 'tschuldigung ausreißen. Hieße es doch nicht, den Befehlen von Franzmännern und Britentunten nachzukommen. Nicht einmal Bitte und schon gar nicht Danke gesagt am Telefon. Es klang wie, ihm, Fredl, hier, von denen, Direktiven erteilt. Das Walkie-Talkie lag bereit neben dem knapp mit Marienbrückenadresse und Nummernschild beschriebenen, ansonsten strahlend weißen Blatt Papier. Fredl schraubte seinen Füllfederhalter auf und wieder zu. Er starrte auf seinen längst erkalteten Nachmittagsverlängerten. Er grabschte nach dem rasch Zimmertemperatur erreichenden Gspritzten. Keine Eiswürfel schwammen mehr oben, und nur wenige Blubberblasen waren noch am Boden. Zwei lösten sich, stiegen, zerplatzten, so weit voneinander entfernt, wie es nur ging im kreisrunden Glas, dieser Siegi. Wenn Fredl jetzt die Neue anriefe, dass sie entschiede, Nichtigkeit oder Zugriff. Da versetzte er sich ja an den Schreibtisch, degradierte sich sogar noch selber zum Anrufbeantworter, zeigte sich einverstanden mit dieser ganzen Scheiße. Dann hörte er die Streife zu Ende gehen, die Reviertüre schwingen, die Frau Chefin mit starken Schritten hereinkommen, nicht mal bereit, ihn vorab anzufunken, ob sie ihm was zu essen mitnehmen soll oder so. Ein Weibsbild stellten sie ihm vor, die Herren aus Linz, hockten sie ihm vor, hauten ihm schmunzelnd auf die Schulter, und nun, denunzieren oder klarstellen, der schale Spritzer, der kalte Kaffee, informieren oder uniformieren, den Siegi sekkieren oder die Alliierten traktieren, der Schatten der Chefin, huschend übers Milchglasfenster in der Tür, das der Staub wehend kreuzte.

Immer dann wechselte die Wolke vom Hin zum Her, wenn die Partikel schon haarscharf dran waren, sich auf Fredls Polizeikapperl zu legen, das am Garderobennagel hing. Noch blieb es verschont vom Staub, im Schuss und Gegenschuss der beiden Ventilatoren, die Sommerhitze sicherer als jede Heizung stauten, es war noch nicht zu spät, hier abzuhauen. Siegi schaden, Alliierte ignorieren, Chefin ausstechen, sich blamieren, Siegi auslassen, Alliierten dienen, Chefin beknien, sich durchsetzen, entsetzlich und völlig unmöglich und unfähig und ganz ausgelaugt, ganz fertig und zerrissen, die Unlösbarkeit des Problems, verhöhnt von einander ausschließenden Möglichkeiten, die tödliche Eselei. Die letzte Blase stieg, platzte erschüttert, der Kaffee kippte plötzlich um, weil Fredl seinen Schädel stirnschmissig auf die Schreibtischplatte, sich selber in den Krankenstand prackte.

Jacques und der Mann im Frack schauten sich dann ganz schön an in ihrer Mittagspause, wie rabiat die österreichische Gendarmerie vorging, nichts Habeas automobilus action oder Déclaration des droits de Mercedes und der Provinzler, keine Reifenkralle oder dergleichen, ganz schön unzivilisiert, gleich verschleppt, glich ja fast Willkür, bis die beiden meinen Wagen am Abend dort schon wieder parken sahen, dachten, nichts wie Schwerverbrecher und Gewohnheitstäter hier, Wiederwahl drückten. Wie mich das beglückte, wenn ich Charly Fly aus dem Kofferraum zückte und zum Fluss ausrückte, die Forellen durchs Wasser zu drillen und wieder freizulassen, diese Spaziergänge, vergnüglich, dass ich mit der Zunge schnalzte, ein Liedchen pfiff, ob abends oder morgens. Manchmal kam ich dann am Bahndamm entlang, sah Kurtis Silhouette in der flirrenden Luft an Zigaretten saugen, haute ihm meine Hand entgegen und damit den eben abgeatmeten Tschickstummel. So hoch flog er zur Sonne, zog die Rauchfahne hinter sich her, senkte sich und fiel, blieb liegen in der Wiese, direkt vor Kurtis Sandale, seinem großen, reglosen Zeh. Ich ging weiter, sah ihn rauchen, erblickte ihn den Fluss hinunter- und mir entgegenstieren, bis ich nahe kam, an ihn herantrat, er sich dem Wasser direkt zuwandte, den

Kalkalpenhang gewahrte, seines Ähnls gedachte, sich dann aber wegdrehte, mir den Rücken kehrte, stromaufwärts starrte, indes ich mich bückte zu seinem gelangweilten Beil, blitzsauber unter Hochsommersonne den Filter aufhob und an Kurti vorbeizog. Kam ich dann Stunden später zurück, schaute er immer noch aus der frisch gewaschenen Schürze wie verrückt hinaus aufs Wasser, kaute Kaugummi, lauschte dem Kaskadengerausche und pustete blutlos das Beil an den Fuß gelehnt sprachlos blasse Orbitluftballons, während ich ihn grußlos und ohne Staniol zu bekommen passierte tagelang mit frisch nassem Vorfach, zerbissenem Hirschkäfer, bis die Blase platzte, ich es schnallte.

Viertens parkte ich also an einem Samstagvormittag neben der Fleischerei, den Reifen so knapp an der Mauer, dass ich lieber zur Beifahrertür hinausschlüpfte, die Mercedesschnauze genau auf Höhe der Fassade, der tratschtantigen Schlange entgegen. »Hochverräter«, krächzte es, während Franzi das Fleischumräumen, die Leckerbissenpräsentation und die Bedienung des Mannes im Trachtenjanker abbrach. »Nestbeschmutzer«, schrie Friedl von irgendwo ganz hinten in der Schlange, indes ich auf die sonnenwarme Motorhaube meines Wagens hüpfte. »Heimatloser«, hetzte die Alte im Nerzmantel und das »Franzosenopfer« von Rudl ging unter im Kreischen des Schleifsteins, den Franzi funkensprühend anschmiss, eine Klinge daranhaltend, dass sich der Schliff erfrischte und ich die Beine übereinanderschlug, mich auf die Ellenbogen stützte und zurückgelehnt dem »Zigeunergesindel« aussetzte. Mit der stumpfen Messerseite schlug Franzi die Wachteleier in die gusseiserne Pfanne und jemand beleidigte mich so lauthals, dass der Sabber fast so hochkant spritzte wie das Fett, in dem mir das ehemalige Kind 0815 eine riesige gschupfte Franzi brutzelte. Unter wüsten Verunglimpfungen ging sie einerseits an dem stark transpirierenden Mann im orangefarbenen Arbeitsoverall vorbei und andererseits an der penetrant nach Parfum duftenden Volksschuldirektorin, die gerade einen Kunstdisput mit der Frau im Veilchenkleid aufnahm, dann aber einhielt und Franzi ankeifte, was ihr einfalle, den Mann im Trachtenjanker warten zu lassen. Die gebrechliche Alte hingegen brauchte sich überhaupt nicht mehr zu ereifern, lag schon einige Zeit in der tiefschwarzen Erde hier um die Ecke, und es war vielleicht auch gescheiter so, stand doch ihr falkischer Lederjackenverschnitt von Enkel dieser Tage ganz alleine in der Schlange, beobachtete aufmerksam und interessiert das Ereignis wie all die plötzlich aus Bushütten herausglotzenden und um Gartenzäune sich zusammenrottenden Kinder.

Mir schritt Franzi zu, einen Teller in der Hand, das gschupfte Brot darauf, schwitzend und nach Salbei riechend, verfeinert die Rezeptur, und sie überreichte mir, mitsamt extraspitzer Gabel und eh schon wissen Messer die Speise, wobei sie mir zuzwinkerte. Dann ging sie wieder in den Laden, und hätte nicht diesen Moment, da ich immer noch auf die Szenerie starrend anfing, Eidotter aufzuspießen und Serrano zu zerschneiden, eine Windböe Franzis Rasterlocken beiseitegehaucht, ich hätte gar nicht gesehen, dass sie unter der Schürze ein Oberteil trug, viktorianisch fast von hinten, geschnürt wie ein Korsett, mit Schulterpolstern und bordeauxrot, während um ihre Beine ein Rock wehte, schwarzsamten, hochgeschlossen, scheißteuer, knöchellang, Halbstiefel aus knallgrauem Wildleder, Absätze, als wäre sie etwas Besseres. Sie schickte den Mann im Trachtenjanker kurzerhand fleischlos weg, wusste es besser, steckte sich im Laden eine Lucky Strike an, während ich herzhaft in die Scheibe Vollkornbrot biss, den Unterschied zwischen gschupfter Franzi und strammem Max zu schmecken bekam und an eigener Zunge erfuhr, eindeutig gschmackiger als bei Rita, leckerer, wie Lena sagen würde, besser jedenfalls.

Fünftens half mir auch Ernstl, den Wagen aus der Schusslinie zu bringen. Ich kam frühmorgens ans Gartentor der Herberge, da sprang er mir schon entgegen. »Wir müssen reden. Jean ist fort. Eine Woche im Ort. Und du bleibst hier übrig. Er ist quasi diplomatisch immun. Aber dich haben sie jetzt auf dem Kieker. Niemand patzt unseren Schüler an.« – »Ernstl?« – »Ja gut, unseren Kompagnon. Wir fahren jetzt auch über Land. Pack dich zam!« Ob er mir schon mal von Ferstl erzählt habe, fragte er. Ein Besuch bei einem von der alten Garde stand an, so nannte er das. Ich drehte das Radio an. Er hieß mich, das abzustellen, da lerne man eh nichts aus diesen Hauptstadtaussendungen. »Hör uns lieber zu!« Er habe Ferstl ein Jahrzehnt am Gnack gehabt. Ich drehte das Rädchen ganz langsam, immer leiser kam *With a little help from my friends*. Dann habe der depperte Haberer Ernstl einfach zurückgelassen, »verraten hat er uns«. Ich drehte das Radio ganz aus und Joe Cocker verstummte. An die Steyr habe er sich abgeseilt, sich vertschüsst, »abgepfiatet, verstehst?«. Ich fädelte auf die Bundesstraße ein Richtung Unterland und gab Gas. In diesem Fliegenfischeridyll sitze und fische und »zipfelt« er jetzt herum. Die Sonne brach über die Kalkalpengrate herein, die spürbar niedriger wurden alle paar Reifenumdrehungen. Das sehe Ernstl eben jetzt so. Ich klappte den Blendschutz herunter. Damals war natürlich alles super. Die einfallenden Strahlen zwangen Ernstls Lider hinunter und erhellten sein Gesicht. Im ersten Tageslicht sind Ferstl und Ernstl immer zum Flussufer gegangen. Wie wir heute spielten sie damals schon das alte Nymphentrockenspiel. Der eine fischte Goldkopf, der andere bandelte mit einer Spinne an. Um zu entscheiden, ob Ernstl oder Ferstl trocken fischte, der andere vice versa sinkend, setzte einer der beiden an einer ruhigen Stelle eine Münze auf das morgendliche Wasser. Der andere schaute zu und sagte im letzten Moment, kurz bevor das Metall die Oberfläche berührte, ob sie sank oder schwamm. Behielt er recht, durfte er entscheiden, irrte er, entschied der Falschmünzer. Sie wurden sich aber nie einig, wer die Münze setzen und wer raten musste, weswegen Ernstl und Ferstl vorerst immer in den Gasthof gingen. Dort saß dann meistens, weil die Forellen seine Fliegen seltsamerweise nie nahmen, schon Gebetsroither nach seinem berühmten Satz, »leckts mich am Arsch«, vor einem Seiterl Bier und seinem Bindestock. Ernstl und Ferstl kamen überein und an seinen Tisch, trugen ihr Anliegen vor, dass der Vereinsobmann entscheiden solle, wer die Münze setzen dürfe. Doch Gebetsroither wollte doch auf der Holzveranda nur in Ruhe seine Muster variieren und nicht über seine Streberkollegen irgendwelche Schiedssprüche verhängen, zu denen er sich momentan überhaupt nicht befähigt und imstande sah. Es wäre ja so ein guter Tag gewesen, kein Ostwind, klares Wasser. Ganz apathisch starrte der Alte die Schonstreckenforellen durch die Bretterritzen an und warf eines seiner Muster ins Wasser, das ungefressen unterging. Irgendwie hätten die Drecksviecher Lunte gerochen. Ernstl und Ferstl bestellten zwei Seiterl und versuchten Gebetsroither zu bequatschen, gaben ihm den einen oder anderen Tipp bezüglich seiner Fliegen. Obwohl der Obmann zwar im Vollsuff alle diese Hinweise ignorierte, immer mehr verzweifelte und seine Haken zu ekelhaften Struwwelpetern verband, war er nicht dumm. Natürlich übernaserte er, dass Ernstl und Ferstl schleunigst weg wären und Fische fingen, kaum dass er entschied. Also verzögerte Gebetsroither die Sache, spendierte im Gegenwert von Goldkopfratschlägen Herrengedecke, und weder Ernstl noch Ferstl kamen ein Jahr lang ans Wasser. Wer denn wie viele Fische gestern gefangen habe, fragten sie sich nächsten Tags oft filmrissig.

Irgendwann saßen sie mal wieder bei Gebetsroither, der schon stundenlang vergeblich versuchte, den Hahnenhechelkranz zu applizieren, und nun voll Unmut übersprungshänderisch einen Bierdeckel zwischen den Fingern auf und nieder wandern ließ. Da kam Ernstl und Ferstl gleichzeitig der tolle Gedanke, in causa pecuniae doch eine Serviette zu werfen. Nicht selten verblies die der Wind, bis Ernstl und Ferstl sich entschlossen, die nämliche Münze in die Serviette zu wickeln. Als Ernstl die Serviette einerseits mit der vom äußerst gereizten Gebetsroither geborgten Füllfeder markierte, und Ferstl noch zu bedenken gab, wie sie denn entscheiden sollten, wer die Seite mit dem Klecks bekam, fraß sich die Tinte auch schon durch die Fasern und färbte die ganze Serviette. Kurzum falteten Ernstl wie auch Ferstl Schiffchen aus den Servietten, schickten sie genau an der Stelle den Fluss hinunter, wo sie ihren Fischgang begannen. Derjenige, dessen titanische Fährnis zuerst unterging, entschied, wer welche Muster nahm. Ernstl und Ferstl wateten dann in die Mitte des Flusses und stellten sich janusköpfig auf. Der trockene von ihnen fischte stromaufwärts, weil das schwieriger war, aber das Steigen ausgleichend mehr Freude bereitete. Der andere fischte halb so viel Schnur den Fluss hinunter mit der Nymphe, rollte sie dann wieder auf, dass die Nymphe genau dann vor seinen Beinen trieb, wenn die Trockenfliege den Mann in seinem Genick erreichte. Sie zählten beide bis drei, drehten sich Rücken an Rücken um im Fluss und die Trockenfliege schwamm über die Strecke, in deren Niederungen eben die Nymphe ihr fängiges Unwesen getrieben hatte, während die Nymphe durch jene Gumpen gezupft wurde, die keine Forelle Richtung Oberfläche verlassen wollte. Man kann sich vorstellen, zu welch fiesen Wickeln es zwischen den beiden kam infolge von Biss und Drill. Wüste Beschimpfungen flogen über die Flussoberfläche ungemeiner Lautstärke. Sie überschlugen sich förmlich mit ihren Tiraden, sodass sich nicht nur die Schnüre verhedderten. Ganz neue Schundwortkaskaden entstanden. An diesen Tagen lachten sie viel. Abends kehrten sie im Gasthof ein, Ernstl und Ferstl köpften die eine oder andere Flasche Wein und spätnachts von der Holzveranda in die Schonstrecke hinein. Schlotternd rubbelten sie sich gegenseitig mit Handtüchern die nassen Körper und schüttelten die Kühle der Nacht ab, in trockenes Gewand schlüpfend, sich gegenseitig modische Hochwasserhosen haltend und Krokogürtel schnallend sowie Flanellhemden zuknöpfend, weder Socken noch Schuhe.

Eines abnehmenden Halbmonds aber hörte Ernstls Hand nicht mehr zu zittern auf. Im Morgengrauen bestand er auch darauf, nur noch Nymphen zu fischen. Die Spezialisierung kompromittierte die beiden. Früher tauschten Ernstl und Ferstl oft ihre Etuis. Der eine flirtete mit und schwärmte für Ritz D des anderen. Ernstl liebäugelte und besäuselte Red Tac. Nun aber köchelte jeder bloß noch sein Süppchen, brütete über den ausschließlich sich zustehenden Mustern, brödelte das eigene

Fliegenzuckerstück zusammen, zeigte dem anderen die Fischerpeitsche. Ernstl und Ferstl neideten dem jeweils anderen jeden Blick auf den eigenen Köder. Sie mieden sich am Fluss und teilten sogar die Bumpsen untereinander auf. Während Ernstl sich im Wirten mit den Bierdümpeln herumschlug, feilschte Ferstl auf der Holzveranda mit Gebetsroither, vice versa andersherum. Wer in den geraden, wer in den ungeraden Wochen welches Lokal frequentierte, warfen sie jeweils alleine eine Münze. Das Übermitteln dieses Losentscheids überließen sie dem Tratsch im Kaff. Sie vereitelten allen Kontakt, erstickten schon den Ansatz wieder aufatmender Freundschaft im Keim, ja sogar die Bedingung der Möglichkeit, dass sie sich trafen, wurde unmöglich.

Eines Tages aber fraß eine Forelle die Nymphe, die Ernstl aufs Wasser warf, schnell und augenblicklich. Die Goldkopf war im Moment des Bisses quasi noch eine Trockene. Der steigende Fisch zerstörte Ernstls Spiegelbild an der Oberfläche. Er hakte den Fisch ab und ging zu Ferstls Geschäftslokal im Erdgeschoss. Ernstl betrat den Antiquitätenladen gleichzeitig mit dem Briefträger, der Ferstl ein Einschreiben überreichte. Ernstl borgte ihm sogar noch den Stift für die Unterschrift. Das Kuvert, so viel erhaschte er, verschloss das bienenwächserne Patentamtsiegel, nicht der Bezirkshauptstadt, sondern von Wien. »Nicht dein scheiß Ernst, Ferstl!« – »Aber ganz gewiss, Ernstl.«

Von da an sah Ernstl, kaum dass er am Fluss sein Nymphenetui aufklappte, in der jenseitigen Böschung die Feldstechergläser blitzen. Warf Ernstl die Goldkopf, biss eine Forelle und schritt er drillend das Ufer hinunter, erblickte er schon den Schnorchel auftauchen im steinernen Strömungsschatten. Womöglich handelte es sich nur um ein Schilfrohr und Ernstl zückte die Sichel. Er watete durchs Wasser und fand bloß unter der Oberfläche Schäfte, die sacht auf und nieder wellten. Schossen die Kaskaden um Ernstls taub auskühlende Waden, vernahm er über dem Rauschen nicht selten das Klicken einer Kamera, das in etwa klang wie ein Vogelschrei. Fischte er im Angesicht einer Kaltfront mit Ritz D die Terrassenpassagen ab, ergleißte die Welt in Blitzlicht. Ernstl samt Streamer zum Abendsprung und ein Heißluftballon zwischen ersten Sternen, der um diese Zeit unmöglich noch in Himmelhöhe stieg. Ein tarnfarbener Paragleiter landeflog morgens, schlug aber schwarzen Schatten durchs Sonnenorange. Eine echolotende Flattermaus fledderte knapp an Ernstls Köcherfliegenlarve vorbei. Eine Wanze krabbelte über Herbergsboden und er baute das Telefon auseinander. Kupferwicklungen waren darin, vielleicht auch Abhöreinrichtungen. Ein befreundeter SpuSianer sagte Paranoia, nahm alle Fingerabdrücke in Ernstls Zimmer, bloß seine.

Müden Nachmittags Ernstl auf einer Bank. Ein unbekannter Typ mit Nickelbrille und Hosenträgern. Er setzte Ernstl zu, setzte sich zu ihm, in Großstädten möglicherweise beiläufig. Auffällig unauffällig fragte der Fremde nach den Fischen. Zufällig interessierten ihn auch die Insekten. Ernstl erklärte den Streamer wie nebenher. Zuerst schiebe er einen Bleikopf auf die Öse. Dann dubbe man graue Wolle auf den Faden. Er werde um den gesamten Haken gewickelt. Hinten am Bogen wird die Hahnenhechel appliziert, Couleur nach Gusto. Schön nach vorne gerippt das Vieh. Mit dem Faden hinterher und abbinden. Mit dem Whipfinisher noch zwei gesperberte Hecheln einbinden. Kranzlos imitieren sie Seitenflossen. Parallel den Haken entlang. Ein kleiner Fisch. Große Kannibalen. Well. Der Kerl dankte, schlich von dannen, wähnte sich schon um die nächste Ecke unbeobachtet und stülpte gegen die Herbstkühle eine Hirschpirschermütze über. Riesige Steaks kamen fortan aus der Gasthofküche, wurden dem hosennickligen Brillenträger auf der Holzveranda serviert. Unter der Dearstalkerhaube bimmelten die Eintrittsgeklingel der teuersten Friseursalons im Ort. Die Buchhändlerin hinter der Theke klagte erstmals über Sonderwünsche und Bestellungen eines Kunden, Holmes und Lestrade, wer solle das sein. Und Ernstl habe den Privatdetektiv bis in den Hinterhof von Ferstls Laden verfolgt, wo sein Wagen mit Linzer Kennzeichen parkte. Irgendwann sei der Detektiv eingestiegen und davongebraust. Ferstl sei wohl das Geld ausgegangen. Oder er habe bekommen, was er wollte. Doch der Spuk sei weitergegangen. Maulwurfshügel hinter Ernstls Schritten. Viel zu große Hunde. Kunstbärte an Passantenkinnen. Fischbisse auf unmöglich geführte Köder. Die Lösung gut geschürzter Vorfachknoten. Hänger fern jedweden Schwemmgeästs. Bierdümpelfragen nach Mustern. Fehlende Etuis. Überdimensionierte Kinderwagen. Parkende VW-Busse. Horror.

»Wie oft haben wir uns die Frage gestellt, ob wir mit dem Streamer ein zu offensichtlich unfängiges Muster verrieten, noch dazu in falscher Bindeweise. Wäre Ferstl in der Endphase selber angetanzt, jede Nymphe hätte er haben können. Aber dann hing der Infozettel im Schaufenster. Ferstl ziehe um. Nach Steyr. Die Vereinskollegen meinten, er habe sich seltsam verhalten. Am Tage habe man ihn gar nicht mehr gesehen. Das Antiquariat habe eine Vertretung geführt. Nachts brannte immer Licht. Seine Silhouette am Fenster. Glock in der Hand. Ein Spiegel montiert. Am Hauseck. Kein toter Winkel. Alles einsehbar. Einen Kettenhund zugelegt. Such, Siegi! Und du, Ferstl! Nun tritt vor uns. Schau deinem Schöpfer ins Auge. Angesicht in Antlitz zu uns hin. Wie früher sind wir einander gegenüber offen. Nie geschlossene Bücher verzeichnen ewige Schuldsprüche deines Namens. Und so verhängen wir, die dich schufen, das Streichen Ferstls. Du seist Gottes Buches unbekannt, auf dass du nimmer ruhest. Bis zum Jüngsten Tag soll rastlos suchend umgetrieben werden deine Seele. Denn niemals haben wir abgekupfert, was du fürchtetest, was dich hierher verschlug. Zu beider besten flohest du, erschufst uns dort, durch Angst, dir tief eingepflanzt. Wir haben nun die Gnade, dir die Wurzel auszureißen, die hier so wunderschön erblühte. Du seist erlöst vom Übel, den bösen Trieben paradiesischen wie irdischen Fliegenfischens, stürbest in Frieden. Das Urteil schon unabwendbar, dein Körper bald Sand, dein Geist verflucht, du in Erschaffungsschuld, Zunge stumm.«

Ein Surren übertönte die Strömung. Die Kommodenschublade klemmte. Die weißen Schwertlinien schwangen sich aus der Vase heraus. Ihr Duft vertrieb zumindest rund um die Anrichtefläche den Alkoholgestank. Die Ebereschenblätter am Ufer überraschelten das Surren. Ein Windstoß fuhr kühl durchs Fenster ins Zimmer herein. Die paar Haare wehten erschüttert in der Böe. Es ruckelte und knarzte und die Schublade ging blindlings auf. Ernstl hielt den Knopf niedergedrückt und surrend stieg Ferstls Gesicht immer höher. Die Rückenlehne drückte seinen Oberkörper zunehmend in die Vertikale. Halsstarrig, das Polster im Genick, schaute Ferstl Ernstl an. »Nun, was sagst du?« – »Geh, Ernstl, lass ihn gehen.« – »Kann er ja nicht mehr.« – »Dann sei wenigstens friedlich.« – »Schublade schon durchsucht?« Es waren bloß in Kunststoff eingeschweißte Windeln, Spritzen und Katheter, die mich instinktiv noch unmittelbarer an die Lilienblüten brachten sowie tiefer inhalieren, betört hervorstoßen ließen: »Gib Ruhe.« – »Patent etwa da?« – »Vielleicht war er nicht immer ein patenter Kerl. Aber das verdient keiner. Was meinst, was sich bei dem Haberer gerade im Schädel abspielt?« – »Wir mutmaßen nicht mehr so viel.« – »Sicher«, ein Luftstoß bewegte die tiefgelb beschienenen Lilienblüten, fegte durchs Zimmer und hinaus zur aufgeschwungenen Tür, in der eine weiß gekleidete Frau stand: »Wer«, böhmisch getrillerten Rs, »sind«, Ernstl wandte sich ihr wie ein Vogel mit der Zugluft zu, »Sie?« – »Wir sind alte Freunde«, schnäbelte er. »Ich habe eine komplette Liste. Die waren alle schon hier.« – »Er«, Ernstl senkte den Blick zu den lichten Dielen, »hat«, schüttelte den Kopf, »uns«, wischte sich den Augenwinkel, »vergessen«, vergrub das Gesicht in den Händen, »Ferstl«, sein Schniefgeräusch übertönte das Beiseiteschieben der Weißweinflasche. Mit Unterschenkelwischen beförderte Ernstl sie über die Dielen, in die hintere Bettecke, den toten Winkel. Die Frau ging einen Schritt »wie«, stockte im zweiten, »konntest«, ließ den Fuß vorschweben, »du«, hielt inne, »nur«, ohne aufzutreten. Zurück schwebte die Ferse und der erste Fuß hob ab, landete, dass die Frau wieder auf der Schwelle stand, ihr Gesicht durchwaltet von undeutlichen Regungen, bis Lippen, Zunge, Stimmbänder und Brustkorb wieder Wörter formten: »Wie kommen Sie hier rein?«, ob die Morgensonne ihr Entsetzen ins Licht setzte oder sie auch unter Gelbsucht litt, ich wusste es nicht. »Durch die Tür.« Ihr Atem war gehetzt. »Die ist verschlossen von innen.« Ihr Herzgehämmer ablesbar am Schattenwurf ihres Kleids. »Wir flogen immer beieinander ein und aus.« Ihr Busen schnell gesenkt, schon wieder oben. »Was wollen Sie?« Ernstl zeigte durchs Fenster und die Zugluft bürstete die zittrigen Härchen an seinen Fingergelenken in die Gegenrichtung zu der Frau hin: »Eine Tageskarte für die Steyr.« Ferstls abgemagerte Hand kam unter der Decke hervor, schwebte auf die Daunen über seinem Schoß. »Ich bin der Friseur und habe die Schere vergessen«, sagte ich und öffnete schnell eine weitere Kommodenschublade. »Er meinte, er habe sie hier irgendwo«, während Ferstl röchelte, schloff Ernstls Griff in meine Hosentasche, fasste das Portemonnaie heraus, klappte es auf, »sind doch noch Tausend für zwei?«, dass Ferstl nickte. Ernstl legte ihm den Betrag und die Fernbedienung so in die Hand, dass die Geldscheine den handflächengroßen Drücker gänzlich bedeckten. »Sie müssen schon verzeihen«, Ernstl kam unter Surren wieder zu mir. »Heureka!«, ich zückte die Nagelschere aus meiner Sakkoinnentasche hervor, Ferstls Finger verschwanden unter dem Kopfpolster und Ernstls Hand segelte mir einen Flack ins Gnack. »Er hat manchmal wirklich einen schmucklosen Humor.« Die Frau drehte den Ring an ihrem dritten Finger einmal rundherum. »Wo sind denn die Karten?« Sie klingelte mit ihrem Ohrring in einer Bewegung, als kringelte sie eine Telefonschnur um ihr Glied. »Keinen Schimmer.« Ferstls Hand hing vom Bettrand. »Aber er hat unser Geld.« Sie strich sich eine kupferne Korkenzieherlocke aus der Stirn. »Ich bin gleich wieder da.« Lautlos schloss sich die Tür. »Sie bleiben da.« Dann hörten wir einen Schlüssel sich drehen. »Erst sollen wir nicht hier sein. Jetzt dürfen wir nicht verschwinden. Wer soll sich denn da noch auskennen?«, schrie Ernstl durch die rotbuchige Tür. Penetrant aufrecht stand der Blumenstrauß aus der Vase. »Ich glaube, wir haben einen Wickel.« Nur eine Lilie ließ den Kopf hängen. »Die geht telefonieren.« Die pompösen Blütenstängel streckten sich aus den rundum aufgeschlüsselten Blättern gen Boden. Ernstl griff in die Kommodenschublade hinein, entfaltete im Flug seiner Hand hin zur Tür einen Polyesterkopfpolsterbezug, schob den Stoff halb durch die Ritze zwischen Dielen und Rotbuchenkante, »geh her mit der Scher!«, stach das spitze Eisen ins Schlüsselloch, bis es klimperte, zog die Bettwäsche wieder herein, fasste den Schlüssel darauf. »Und jetzt schneid ihm die Haare, wenn du schon so gscheit bist.« Ich trat mit der Schere ans Bett, blickte in Ferstls siechige Augen, der die Schnabeltasse auf dem Nachtkastl anschaute, woraufhin mir die nur noch bodenvolle Doppelliterflasche am Bettfuß ins periphere Gesicht stach, ich Ernstl ansah, der schon halb zur Tür hinaus war. »Wir klären die Steyr.« – »Bring Schnaps mit, wenn du kannst.« Ferstls Auge bekam ein Schlupflid, als ich die Nagelschere an die erste eh sehr schüttere Strähne setzte. »Rasiert wird dir stehen«, und das Gold spiegelte und mischte sich auf in geweiteten Augen noch minimaler und schlitzartiger wirkenden Pupillen mit Orange, Kupfer und Rot, allen Tönen des Sonnenaufgangs. »Manchmal wirkt eine neue Frisur Wunder.«

Sogar das Schnippschnapp sang lauter als das Flussrauschen draußen am Horizont. Eine Klospülung toste. Als sie schwieg, »Sitzpisser«, griff Ernstl unter Ferstls Kopfpolster. »Was ist mit der Pflegerin?« Er zog die Scheine und eine kleine Kunststoffschatulle hervor. »Angeschissen.« Er ging zu der Couch, setzte sich zu Füßen der Kiefernschragen, auf denen die gläserne Tischplatte ruhte. »Überdosis Selbstvertrauen.« Eine Locke fiel lautlos und segelnd in der Zugluft zum Dielenboden. »Vergiss die Augenbrauen nicht.« Auf den Couchtisch legte Ernstl das Geld, die Kunststoffschatulle und ein an den Ecken verzwirbeltes Stück Klopapier. Der extrem unterkomplex abstrahierte Bedruck darauf mimikrierte wohl Blütenblattformen, die aber in diesem Zimmer die gleichen Farbschattierungen wie die Lilien verzierten. »Die Wimpern auch.« Ferstls Schlupflid verging und das schwarze Stoppelhaar wehte bis an Ernstls Zeh. »Na da schau her!« In der Schatulle war ein ganzer Haufen divers gefärbter, fingernagelgroßer Kunststoffhülsen, die Miniatur zweier Schwimmflügel, formal gekreuzt aber zu einer Smokingfliege, ein Bastard der Verschleierung von Bizeps und Adamsapfel, ein Paar deltoider, mittig verschweißter Fliegenflügel, wie zwei ineinandergeschobene Violinschlüssel, über die Schweißnaht leicht an den Hakenhals bindbar, aber auch an den Thorax applizierbar, ein Pölsterchen links, eines rechts, zauberhaft voller Luft und wunderbar unsinkbar, ja magisch. »Ferstl verklagt uns noch aus dem Grab heraus.« Ernstl kreuzte die Hände auf der Brust, haxelte mit den Füßen wie ein Kind im Fahrradpedalspiel, »durchsuch das Haus!« Gleich am Ende des Ganges sah ich mich auf der Innenseite der aufgeschwenkten Tür. Ich trat spiegelbildlich in den wienerdekadenzgemäß hypereng gehaltenen Raum, Boudoir, Salle de Bain sowie Toilette uneins. Über die embryonal zusammengesunkene Pflegerin musste ich auf die Klobrille steigen, um von der Stirnwand des Scheißhäusels das gerahmte DIN A4 zu nehmen, *Nymphenflügelpaar zu Fischzwecken aus synthetischem, anorganischem Kunststoff*, und den Patentamtsstempel im Eck. Der Pflegerin wischte ich noch den Schaum vom Mundwinkel weg mit einem über dem Waschbecken angefeuchteten Klopapierblatt. Ernstl schniefte im Zimmer, nahm mir das Patent ab, händigte mir im Gegenzug den wie eine Ziehharmonika zigfach der Breite nach gekanteten Schein aus und Freud tauchte auf im Morgenlicht, schaute uns aus dem Wasserzeichen an. Ernstl verkniff das Gesicht, hatte die Zähne aufeinandergebissen, das Wunderding dazwischen, es zischte. Er stellte den Rahmen weg, verschloss die Schatulle, schmiss das Behältnis auf den Couchtisch, spuckte die Kunststoffflügelchen in das entfaltete, immer noch eingebuchtete Stück Klopapier, das den Speichel vom Schmuckstück soff: »So ein Scheiß, das hält ja keinen einzigen Biss aus.« Er zog den Rotz auf, schnappte Patent und Doppelliterflasche, stieg auf Ferstls Pflegebett zu. »Forellen sind keine Menschen«, rief ich ihm hinterher, während ich mein Portemonnaie hervorzog. Er legte das gerahmte

Patent neben Ferstls reglosen Kopf auf das Polster. »Erstick doch an deiner Wichsvorlage«, trat ans Fensterbrett, sprang in den Garten.

»Wir fahren zum Gerd«, rief er, während ich über die Dielen schlich, an das weiße, von Augenbrauen und Wimpern gesprenkelte Laken trat, nach dem Polster grabschte, Ferstl von seinem schweren Leid befreite, »meinst nicht, wir zupfen uns lieber?«, und ich stieg durchs Fenster aus, schaute meinen schwarzen Wagen an, der plötzlich etwas mafiös wirkte, wie er da an der Hausrückwand parkte. »Das gehört sich so, wenn man schon mal da ist. Der Gerd soll auch auf seine Forellenkosten kommen. Das sind wir hier schuldig.« Sonst wär ja keiner weit genug gewesen, den Schnabel aufzumachen in Sachen seniler Ferstl. Außerdem erzählte Gerd, während ich inkognito den Notarzt rief, es gebe längst keine Karten mehr, weder Saison noch Halbtag oder sonst was für die Steyr. Das hänge am vermehrten Aufkommen dieser schrägen Vögel, »letztes Jahr wars erst einer«, und wir schauten seiner Handschwenkgeste durch den Laden nach an all den verchromten Auspuffen, den vollautomatischen Luftdruckpumpen, den Frostschutzkanistern, der Scheibenwischflüssigkeit in Schnabelkunststoffpackungen, den ferrerovollen Regalen, den Lederkluften und Motorradhelmen vorbei zum Fenster hinaus, wo über der arg in Mitleidenschaft gezogenen Schotterstraße vor Flussufer und Feldern zwei Kormorane auf einer Hochstromleitung thronten. »In Meck-Pomm droben ist schon alles abgefrühstückt. Diese Teufelsviecher hinterlassen nur Scheiße auf ihren Routen. Die Nistbäume, wo die Kohorten hocken, gehen alle ein. Da bleiben keine Insekten über für die Fische. Wenn die Gierschlunde nicht gleich die Äschen zwitschern.« Die beiden Kormorane flogen gegen den Himmel auf und Federn stoben zu Boden. Die Kiesel tanzten schon auf der Schlaglochpiste, bevor die Mördermaschine nur auf dem tief profilierten Hinterreifen fahrend vorbeifetzte. Es klackte, ein Steinchen, wegspringend vom Wagenseitenfenster, im Graben aufkommend, querschlägernd. Ein Sprung spreizte sich zum Spinnennetz durch die

Scheibe. »Die zwicken wenigstens was ab. Gute alte Achse, Berlin Zwischenstopp Rom. Zweitausend Kilometer über Nacht. Da fällt schon mal ein Auspuff ab.« Hinter ihm im Herrgottswinkel hing ein Poster, das gefallene Engel beim Banditensieben zeigte in irgendeinem felsenen Hexenkessel, vielleicht gleich um die Ecke am sogenannten Nixenfall, wo sonst nur Spechtler und Liebespaare baden gingen. »Schon mal ausgeraubt worden?« – »Trotzdem ist die Kasse leer«, sagte Gerd und grinste, legte eine Glock auf den Tresen. »Wie gehts sonst?«, und als ich gerade den Mund aufmachte, richtig loszuledern und vom Balg zu lassen, wie scheiße das alles sei mit meiner Karre, fiel Ernstl ein: »Nina wünscht man ja anderes, aber Herumtreiberin wie die Mutter.« Gerd lachte. »Frag die Pflegetschechen. Sie wünschen bloß scheißen gegangen zu sein im Wald. Arschkarte falsche Seite vom Vorhang. Die Kinder sind denen drüben ungefähr so wurst wie Politik. Dafür wird die Gulaschkanone nicht angefeuert. Da wird kein Reiseführer angeheuert. Grüne Grenze hinter den Ohren, so schaut es aus. Waisen bleiben übrig wie Hobelspan. Lernen Drogen kochen. Sortieren Projektile. Knacken Autos. Schachern Ersatzteile. Werden verkauft. Denkst, dort kommt ein Schilling an? Fesche Familie Europa. Seid froh. Ninaprobleme.« Er schüttelte den Kopf und nahm die Glock. Wir sollten zumindest nicht kein bisschen Geld im Ort lassen. Keine seiner Lederjacken passte mir wirklich, wie sehr er es auch beteuerte. Und Harri bitte ganz lieb grüßen von ihm. Gerd habe kein Herz, sagte Ernstl bloß noch und ich stellte sechstens meinen Mercedes nicht mehr in Steyr und auch hin und wieder beim Wirten ab.

37 Vier Freunde finden sich zum Umtrunk ein in Harris Stube

Spliff fingerwechselnd, Ritz D und Hirschkäfer eingehakt, neckisch unterwegs: »Nicht in den Gasthof!« – »Willst nicht zu Mercedes?«, das letzte Platschen schallend in der Nacht. »Glaub nicht, dass die da ist.« – »Die könnt dir noch was zeigen. Ein bisschen was beibringen. Vielleicht hörst du ja auf sie. Zum Beispiel wie du die Nymphe heute gezupft hast. Das war komplett für die Fisch. Da spür ja sogar ich die Schnur.« – »Vielleicht war ich heute nicht so super drauf, Herr Doktor. Wenn du heimkommst, dann knozt da die Lena. Ich verzieh mich halt ins Bindezimmer.« – »Du, Archie, ich will ja nichts sagen. Aber wer gibt dir Fliegen? Du weißt schon.« – »Scheiß!« – »Kannst mir alles sagen.« – »St!« – »Deshalb zum Wirten. Hinein in die wacholderbeerne Wirklichkeit, derb und direkt, oder?«, er zog vom Spliff, ein Funkenwiderschein auf seinem Ehering in Abendrot. »Dann darfst du deinen Mercedes gar nicht mehr fahren, was?« – »Du auch nicht, Archie, du auch nicht.« Beim Weitergeben des Spliffs verfehlte er die Lücke zwischen meinen Fingern, drückte mir die Glut auf den Handrücken. »Vorsicht«, kräuselig brannten die Haare ab bis zur Weißblasenhaut. Gruß, Respekt, Tribut oder was auch immer zollten wir dem Wirten wohl. Nichtsdestotrotz wollten Archiebald und ich nicht mehr als Gemeinschaft auftreten. Ohne Harri also Hallo zu sagen, saßen der Zwerg und ich dann, wie zufällig gleichzeitig zur Tür hereingestapft, am einzigen Zweiertisch im Ernstleck. Vielleicht rotteten sich diesen Abend ja auch noch die Vereinskollegen zusammen. In diesem Fall war Archiebald und mir dann doch das jetzige Gegenüber lieber. Die Zerwürfnisattitüde war nicht mal vorschnell durchdacht, immerhin war der Tisch dann doch gekleidet in gemeinschaftliches Schweigen.

Hin und wieder vor Aufregung die Brandblase an meiner Hand kratzend, versenkte ich mich in die Speisekarte. Archiebald tat es mir gleich, hustete und röchelte hin und wieder, *Forelle Müllerin auf Vorbestellung*. »So ein Scheiß«, brach Archiebald die hochspannende Lektüre ab, »jeden Tag das Gleiche.« – »Es gibt heute vielleicht außertourlich einen Sauschädel«, schrie von der Theke Harri herüber, der so fettleibig war, da er nie an die Tische herantrat oder weil er schon vorher ein Gewichtsproblem und deswegen so viele Bedienungen eingestellt hatte, die wochentags abends aber natürlich frei bekamen. Es kam ja außer sich selber Bier zapfenden oder am Automaten Dosen ziehenden Bauernschädeln doch keiner, »das heißt, wenn der Herr Doktor und sein Burengespiel noch ein bisschen bleiben«, woraufhin Archie auf den Tisch sprang und zurückrief: »Seine Majestät, der Zwergenkönig und sein Quacksalbergespann, wennschon, dennschon.« – »Dann schon gleich«, und nun kam der Wirt doch auf uns zu. Beseelt von der Vorstellung, hier den Chef zu markieren, jahrtausendlang in die Gemütlichkeit hinter der Theke eingelebt, schon fast in Holz verwandelt und verfault. Weniger aus bewusster Vermeidung denn eher wegen selbstvergessener Körperverneinung war ihm wohl einfach entfallen und entgangen, dass er viel zu behäbig und verfallen war, schlecht zu Fuß, ungut im Schritt, dass er nicht gehen konnte. Trotzdem erreichte er den Tisch, nur unter Müh und Not, Hyperventilation sowieso, »was wollen S', Hausherr?« – »Ja, genau das«, kam es mit letzter Kraft aus seinen Lungen, indes er seine Ellen auf die Tischplatte wuchtete. »Hören, nicht sagen, da müssen S' nichts machen«, sagte Archiebald, »apropos, Novitäten irgendwo?« – »Hol erstmal«, sagte der Wirt so langsam, als müsste er vorher noch entscheiden, ob es nicht schneller erledigt und weniger Aufwand war, wenn er einfach Arm, Hand und Finger hob. »Was denn, bitte?«, fragte Archiebald sadistisch. Ich war schon auf den Beinen losgegangen, den Schnaps zu bringen. Nie war ich hinter dieser Theke gewesen, nie Hand gelegt an die Fichtenanrichte bisher, aber der Anblick, der sich mir von hier aus bot, rechtfertigte so einiges.

Zumindest notwendig war der Schnaps spätestens, als ich mir besah, wie Archiebald in seiner groben Leinenrobe auf der Tischplatte stand, gerade mal gleich groß wie der Wirt, hätte der nicht schon auf dem versifften Schankstubenboden gekniet, die Arme um die braunen Cowboystiefel seines Gegenübers geschlungen, um nicht gänzlich zusammenzubrechen, die Lippen an die Schuhspitzen gelegt. Garniert war das ganze Bild mit den kapitalen Forellen, die aus toten Augen glotzten, starr an den Wänden, still ihrem Element entnommen, von Volki gefangen, durch Wolferls Hände gegangen, präpariert und ausgestopft. In diesem Schwarm machte ich eine neue Trophäe aus, riesengroß die Regenbogenforelle, sicherlich gelockt mit Brot oder anderen Unsportlichkeiten, köderloser Kiefer, fliegenbarer Kiemendeckel und hakenfreier Mundwinkel, uneinsehbar nur der Rachen, denn hoch oben, vom Plafond gehängt, als wollten die Herren Vereinskollegen spotten, sie sei gestiegen trocken. Wolferl hatte das unfaire Muster entfernt und die Bauchflosse gestanzt wie ein Aktenblatt, einen Faden durch das Loch geschlungen, sodass ein Holzschild baumelte, wenigstens eine Regung, *Ferdl,* ordentlich geschlingelt eingraviert, und an jeder Kante stand ein Teelicht drauf. Der siechende Flammenwiderschein lag starr auf der pinken Stromlinie, piekte spitz an kraftlose Flossen, traf fahle Augen orangefarben, streifte langsam seitwärts aus der Totenschwärze, schwang zurück, während Wachs zu Boden tropfte, ein Äonenpendel, unaufhörlich, dass ich pusten wollte. Dagegen kamen mir die inzwischen notwendigen Wacholderbeerschnapsflaschen nahezu gnädig okay vor. Die Walnussanrichtenscharniere knarzten, als die nikotingelben Scheiben aufschwangen. Das abgegriffene Etikett an dem dicken Glasmantel schwebte schwer auf die Theke, die leichten drei Stamperl flogen noch hinterher, landeten auf ihren Füßchen und schon schwappte der Wacholderbeer durch den Giraffenflaschenhals bis an die Glasränder. »Schnaps irgendwer?«, fragte ich in den Raum. Bis zu meinem Mund hob ich das mittlere Stamperl, der beißende Geruch stieg mir in die Nase, ich schaute über die schwappende Oberfläche hinweg auf die Szenerie am Tisch. Archiebald richtete seinen Blick hinab auf den knienden Wirten, schüttelte seine klammernden Hände ab, indem er die Cowboystiefel schwang, es war kaum als Tritt zu bezeichnen. Der Schnaps rann bereits über meine Finger und ich spürte meine Hand zittern und ich schürzte meine Lippen und schlürfte einen ersten, beseelenden Schluck vom Wacholdergeist, ohne den Blick von Archiebalds Gesicht zu lassen, der angewidert eine Braue hob, pikiert von Wirtenerbärmlichkeit. Ich dachte an das Stutzen der Bedienungen bei Ernstls Bestellungen und das hundertfache Bringen von Ham & Eggs und Toast Hawaii, das Hochziehen der Augenbrauen jedes Mal wieder, immer erneut an diesem Tisch und Wochentagabenden. Rasselnd sog Archiebald einen tiefen Wirtsstubenzug Luft ein, für ihn, das Leiden im Leib, die in sich zusammenfallenden Lungenflügel, musste der Wirt, eine Fettschicht um die andere, der sich wie ein Ballon ausdehnende Bauch eine Beleidigung bedeuten, und erst wie er sich wand auf den Eichendielen, ein gestrandeter Wal, wobei der aber wohl noch mehr gezappelt hätte.

Meinen Kopf in den Nacken kippte ich den Schnaps in meine Kehle, weswegen ich verpasste, wie Archie seine Arme ausstreckte. Erst als sich die wulstigen Wirtenfinger in Archiebalds Pranken schmiegten, stieg ich wieder ein, setzte meine Beobachtung von der Theke aus fort, die Flasche griff ich noch sicher, begriff, dass es hier ein auf der Buchentheke aufgebahrtes Salatbuffet gab, um jeden Wirtenmarsch an die Tische schon im Keim zu erdrosseln. Als ich das Schnapsglas auf die Theke stellte, ohne hinzusehen, den Flaschenhals in die ungefähre Richtung senkte, erklang das Platschen verfehlten Einschenkens. Hin und wieder sollte man hier eh desinfizieren, dachte ich noch und der Geruch von Wacholderbeerschnaps breitete sich in der Stube aus, entfaltete seine jahrelang in einer Flasche gefangene olfaktorische Gestalt, offenbarte sein so lange in Alkohol betäubtes Aroma, biss nicht mehr in die Nasen, sondern schwebte über den Eschenstühlen, auf der Buchentheke, neben den Tischen und zwischen den in ihrem Wachstum gestoppten, vor der Zeit aus dem Strom genommenen Forellen wie ein bitterer Brodem. Er entwickelte seinen vollen Geschmack, wie Waldboden so derb, wie Tau im Feld so frisch, wie Brombeersträucher etwas stachelig, lag über dem Geschehen, während sich in Archiebalds Oberarmen die Bizepse anspannten, der Wirt sich auf seine Sohlen strampelte, die er unter seinen Körper bekam, während Archiebalds Ellenbogen nach außen gingen. Ich hob das zweite Stamperl an die Lippen, während Archiebalds Arme an den Händen des Wirten zogen, der seine Knie jetzt streckte, dass sein Kopf langsam über die Tischplattenkante auftauchte, Archiebald half ihm hoch, brachte ihn nach oben, es war die umgekehrte Bewegung und Begleitung wie er und ich in Böschungen. Ich trank Stamperl Nummer zwei Wacholderbeer und stellte es auf die Theke und sah den Wirten auf seinen eigenen Beinen stehen. Archiebald grinste, der Wirt hievte seinen Bauch auf die Tischplatte, Archiebald ließ seine Hände los, stieß ihn mit einem Fußtritt weg, dass er vom sicheren Ufer und aus dem Schutz des Hafens glitt, nach hinten fiel, maßgenau und Arsch voran auf dem Stuhl landete, auf dessen Sitzfläche der angestrengte und in die Länge gestreckte Körper des Wirten augenblicklich und unmittelbar in sich zusammensackte. Sobald die Rückenlehne den Stoß aufgefangen hatte, schwang sie sogleich weiter, neigte sich, auf den hinteren beiden Stuhlbeinen kippelte das Möbelstück, dem Schwerpunkt entgegen, hob den Wirten wieder, der erst noch sehr zufrieden und jetzt schon ganz verdattert durch die Stube schaute, während Archiebald von der Tischplatte über den Wirten hinweghüpfte, eine halbe Schraubendrehung in die Luft sprang, mit dem Gesicht zur Rückenlehne landete, wobei seine wilde Mähne schwang, ein geschüttelter Löwenkopf, plötzlich kippten die vorderen beiden Stuhlbeine hintenüber, dem Wirten hing Archiebalds Rauschebart ins Gesicht, er hatte ihn gefangen, Millimeter vorm Aufprall, brachte jetzt alle vier Stuhlbeine wieder auf die Eichendielen und ganz seiner Bestimmung gemäß stand der Stuhl, saß der Wirt.

»Schauen wir mal«, sagte Archiebald, und als ich den Wirten so dort hingehockt sah, wo bisher mein Platz war, als ich begriff, dass ich hier hinter der Theke stand und den Ausschank übernahm, wurde mir wacholderbeerklar, dass es überhaupt keine Bedienungen gab. Stets hatte ich nur auf das Hoch und Nieder der Brauen, auf das Stutzen geachtet, auf die tagesaktuelle Verwunderung über Ernstls Bestellung, hatte darüber die Gesichter vergessen. Ihr Wechsel von Tag zu Tag war mir schlicht entgangen, wie ich ja auch erst nach Tagen Mercedes hinter ihrer Zeitung auf der Gasthofholzveranda aktiv wahrgenommen hatte, als sie mit meinem Eisbecher abgehauen war. Archiebald krempelte die Wirtenhosenbeine bis über die Knie nach oben. Ich trank erstmal noch ein Stamperl, offenbar beflügelte das mein ganzes Kaffverständnis. »Wie machst du das denn beim Fischen«, fragte Archiebald den Wirten, der bloß stöhnte. »Längst gehe ich nicht mehr.« Nun war ich sicher. Je nachdem, wer gerade im Wirten saß, fand sich immer irgendein Freiwilliger, der zur Hand ging und das Bedienen übernahm, weil der Wirten ebenso wenig servieren wie fischen gehen konnte, dachte ich. »Das hab ich auch gesehen«, sagte Archiebald und stieß mit der Rückhand gegen den Unterschenkel vor sich, der so weit ausschwang, dass er die Wade daneben berührte. Sofort geriet auch sie ins Schwabbeln, dass es wie Wasserwellen lief durch das Bindegewebe, die verkrampften blauen Adern darunter, die ich gesehen hätte, wenn der Wirt nicht so viele Schichten darüber gefuttert hätte. Lena hatte mir erzählt, dass sie ihn mal im Krankenhaus hatten, wahrscheinlich wegen eines Magengeschwürs, was sich aber nicht zweifelsohne diagnostizieren ließ, weil der Ultraschall das Depotfett nicht durchdrang. »Und da wunderst du dich?«, fragte Archiebald den Wirten, der sagte, es liege in der Familie. Während Archiebald dem

Wirten die klobigen Schuhe und die gestrickten Socken von den Füßen zog, schaute er an die Wand, wo eine Uhr hing. Sie hatte zwar keinen Sekundenzeiger, aber um die Zeit zu messen, die das Fettgewebe noch schwabbelte, brauchte sie auch keinen, mit Sicherheit bewegte es sich eher im Minutenbereich. Ich schenkte mir das Schnapsglas nochmals voll, besah mir die angeschwollenen Füße, die zum Prallen gespannte, dunkelviolette Haut, Archiebald kommentierte, er sei ja der geborene Fischer mit dem ganzen Wasser in den Beinen, der Wirt stöhnte und ich hob das Gläschen an die Lippen wie mein eigener Mundschenk. Und es gab keinen zwischen den Tischen hin und her flitzenden, Touristen abziehenden Oberkellner Gerry in Uniform aus Fliege und purpurnem Kummerbund, hier gab es nur die Trinkgelder der Einheimischen, die eben behielt, wer behilflich seine Hemdsärmel hochkrempelte, dachte ich. Während Archiebald jeden Zeh einzeln von seinem Nachbarn wegspreizte, irgendeinen Vergleich zwischen Psoriasis und Forellen anbrachte, schickte ich den nächsten Schluck Wacholderbeerschnaps hinter die Lippen über die Zunge die Gurgel hinab, und um den letzten Tropfen auch noch aus den letzten Ecken auf dem runden Stamperlgrund zu kriegen, schleuderte ich meinen Kopf nach hinten und das Glas hinterher, wahrscheinlich auch beflügelt von meinen Überlegungen, übermütig. Mitten in das Fallen des von Fliehkräften erfassten Tropfens hinein sagte Archiebald, »Momentchen noch«, meinte aber offenbar nicht mich, denn ich hörte ein Klatschen, wandte ihm meinen Blick zu, den nur der Wirten erwiderte, bloß einen Moment, bevor sich sein Gesicht in eine Grimasse verwandelte, über die ebenso viele Wellen liefen wie über seinen Unterschenkel, neben dem Archiebalds Handkante wie nach einem festen Hieb dahinsegelte, ausschwang wie nach einer Rückhandohrfeige, das ins Brutale variierte Bitte von Ernstls Handrückenschwenken in Richtung Herbergshaustür.

Inzwischen erfüllte ein vollhalsiger und tollgeller Wirtenschrei die Stube, der nur sehr langsam verklang. Es wurde still und ruhig danach. »Mein Knie«, stammelte der Wirt. »Die

Scheibe war draußen«, sagte Archiebald, »und jetzt steh auf, Lazarus!« Ich stellte das Stamperlglas auf die Theke, während sich der Wirt erhob, geheilt von Archiebald, dem Buren, dem Gast, dem Freund, kein Angestellter, keine Attitüde, kein Aplomb, keine falsche Großzügigkeit, mit der Gerry mal eine Runde Freigetränke verteilte, keine wahre Raffgier oder Geilheit, mit der Gerry Ernstl um seine Fliegen und Archiebald um Mercedes brachte, hier galt nur Freundschaft, Gnade, Großmut, Essenslust und Zusammenhalt, dachte ich, und ich bediente diesmal, drei Stamperl vor mir. »Zeigs diesem Dreckssadisten!«, sagte Archiebald. Auf mich zu kam jetzt der Wirt, erst noch wankend, aber immer festeren Schritts, mich ansehend wie während der ganzen Prozedur. »Jetzt geht es bis an die Theke und weit darüber hinaus«, hetzte Archiebald ihn auf. Die Wirtenaugen trieften, seine Hände hatte er zum Balancieren, oder um noch mehr wie Frankensteins Monster zu wirken, geradeaus nach vorne gestreckt, mir entgegen, dachte ich. Schritt für Schritt verringerte sich der Abstand zwischen uns, ich konnte schon den Dreck unter seinen Fingernägeln erkennen, »an deiner eigenen Theke, deine eigene Schenke, in deiner Wirtsstube, dich zum Gehen bewegen, was für ein Schwein!«, schrie Archiebald, und auf den Lippen des Wirten lagen Worte, er murmelte in einer Tour vor sich hin, er habe keine Schmerzen mehr, er könne gehen, er sei geheilt, und rasselnd holte Archiebald Luft und eine Träne lief dem Wirten das schweinsähnliche Gesicht hinab, erreichte über den Mundwinkel wie Geifer sein Kinn, »greif ihn dir, diesen Hund!«, kreischte Archiebald, dass er den Wirtendielenboden mit Sabber sprenkelte, Archiebald im Hintergrund, Schaum vorm Mund, rot verkiffte Augen und ganz ruhige Brauen, kein bisschen Stutzen, stattdessen Zeter und Mordio. Und der Wirt, schon fast bei mir, »jetzt spielts Granada«, das Paradies schauende Glupscher, ein von seinen Qualen geheilter Tantalus, die Hände nach Früchten ausstreckend, die ihm entgegensegelten, einen gewaltigen Tropfen inzwischen am Kinn, der fiel, genau in das Schnapsglas hinein, das ich dem Wirten gerade gereicht.

Archiebald kam nach an die Theke. »Ich setz mich mal«, sagte der Wirt und nahm auf einem Barhocker Platz. »Ist noch so ungewohnt.« – »Wie bei Siegi, wenn er einen Fisch fängt.« – »Oder Archiebald, wenn er nicht nach dem Werfen in der Weide hängt.« – »Jungs, es reicht, ihr habt mich befreit.«

Der dunkle Stundenzeiger ruckelte einen finsteren Strich vor auf elf, vibrierte im Halten von Unruh und Zahnrad. Mit Krachen und infernalischen Farben flog die Wirtentüre auf und Tagesfinallicht herein. Rotes Alpenglühen befiel die Dielen und warf den Schatten zweier abgeknickter, langer Ohren an die Wand sowie das Konterfei einer ekelhaft verzerrten Schnauze dazwischen. Sogleich schwebte ein rosa Schweineschädel herein zur Schankstube, der Schatten an der Wand schrumpfte mit jedem Meter, bis er verschwand. Die Silhouette aber wuchs im Gegenlicht, kam auf zwei Beinen zwischen dem Stammtisch linker Hand und der Salatbar rechts, den Gang zwischen Theke und Plätzen entlang der Anrichte entgegen. Ich spürte Archiebalds raue Hand über den Tresen die meine fassen. Das Schwein schien durch den Raum zu gleiten, warf seinen rosa Rüssel zur einen Seite, taxierte eine auf Schwemmholz genagelte Bachforelle, *Volki*, warf den Kopf in die andere Richtung, wobei seine Schlappohren zuckten. Dann hob es den Schädel, visierte uns an, kam nah genug heran zum Leblosigkeitsschauen in den Augen, glitt an den Holzstühlen und Tischen vorbei. Auf den Dielen wurde der Gang dann zu Schritten, die Schlappohren wippten mit, mal links, mal rechts. Auf Hüfthöhe der Gestalt, an ihren borstig umleuchteten Körper geschmiegt, schwebten außerdem zwei tote Ferkel auf uns zu. Ihr Kopf war blutverschmiert, Archiebalds Pranke packte noch fester zu. Den Schädel ließen die Jungtiere hängen, sodass nicht auszumachen war, ob ihr Leib per Bauchschnitt vollständig auf- oder nur via Halsstich blutleer gemacht war. Zumindest tropfte nichts auf die Dielen, in den Schritt des Monstrums, das wieder eine Bachforelle passierte, und was da einen Fuß nach dem anderen auf uns zu tat, die Ferkel umklammerte und an den Saukörper presste, waren die Arme und Beine eines Menschen, wie sich herausstellte, als der Mann aus dem Gegenlichtkegel trat, hinter die Bar einbog und auf mich zuhielt, den Tresen entlang, gegenüber Archiebald und Harri, die sich vorbeugten, deren Wangen näher kamen, jetzt einerseits erhellt von letztem Sonnenschein, andererseits beschattet. Der Mann hatte den ausgenommenen Schweineleib wie einen Mantel umgelegt, schleifte die Hinterbeine am Boden daher, war mit den eigenen behaarten Armen durch die Schultergelenke geschlüpft, wo die Vorderbeine bereits fehlten, drückte die Ferkel an seine zweite Haut über der Hüfte, steckte mit dem Kopf selbst im Sauschädel, der mich jetzt erreichte, die Zunge zwischen zentimeterlangen Zähnen zeigte, und durch die beiden Schlitze im Rüssel schauten braune Augen heraus.

Es sprach: »Mutter mit Kindern. Servas Siegi, hallo Arch«, der meine Hand fahren ließ und hinter dem Tresen in Deckung abtauchte, »'n Abend dir, zweimal klein, einmal groß«, so wuchtete der Mann die beiden Ferkel, dass die Beine vorne und hinten drüber hingen, auf die Holztheke, wo die Schnapsflasche nicht mehr stand. Ihre Bodenfläche schwebte knapp über der Bar, während ihr Hals wohl versank in Archiebalds Gurgel. »Wie bestellt«, rieb sich der Wirt die Stimmbänder. Die Gläser hielt er in geübtem Griff, wie Vogelkrallen seine Finger. Mit seiner Hand fuhr der dubiose Lieferant über die blau angelaufene Haut, gegen den Strich der Borsten, als wollte er die Tiere nochmals bürsten, klopfte mit dem Zeigefingergelenk gegen die Flanken, was ein Klonken erzeugte, tätschelte den Ferkeln den Schädel, nicht recht viel größer als die eigene Hand, und zeichnete mit dem Mittelfinger eine Linie zwischen den Schulterblättern längs der Wirbelsäule hinab zum Ringelschwanz: »Superfett, vom Rückgrat siehst nichts, tiefgefroren, sauber ausgenommen«, er wälzte das Tier einmal herum und nahm eine Hälfte des Bauches, durch dessen Mitte ein Schnitt klaffte, bog sie heraus, dass der Wirten und ich den Querschnitt sahen. Der Mann musste seine Hand ganz auseinanderspreizen, um das Fleisch zu halten wie mit einer Zange, die Finger außen, darunter die Haut, die Fettschicht, die dicke Muskulatur, ganz unten und innen sein Daumen, und darunter sahen wir die Bauchhöhle, die Rippen, wo es dunkel wurde den Hals, die Gurgel, beinahe bis in die Mundhöhle hinauf, »perfekte Spanferkel«, sagte der Mann.

Als er sich aus der Sau schälte, sie an einem Garderobenhaken hinter sich aufhängte kopfüber, fragte ich mich, ob die Schweineschnauze sein Timbre grotesk verzerrte oder ich ihn sonst nur in seinem Laden oder anderen Rauchverbotszonen sprach, ob sein Klangapparat derart schlimm litt am Kettenrauch dieses Tags draußen, schon steckte er sich eine an, oder ob ich ihn selten überhaupt so viel hatte reden hören, deshalb die Stimme nicht erkannt hatte. »Nimmst?«, sagte Kurti. Der Wirt gab ihm ein viertes Glas, stellte unsere drei zwischen die Ferkel. Archiebald sprang auf einen Barhocker, dass sein Gesicht über der Theke auftauchte wie ein Maulwurf. Die Flasche wechselte die Hände, behände eingeschenkt waren wir allesamt versammelt. »So viel Proben, Oberer«, lachte Harri. »Kontrakt«, sagte Kurti, und schob dem Wirt ein Stück Papier die Theke hinüber, einen Kugelschreiber gleich hinterher. »Herr Oberer, ein Mann von Handschlagqualität«, sagte der Wirt und hob das Schnapsglas, »hoffen wir, dass der Nitsch auch so Wort hält«, er drehte das Stamperl in der Luft um, »nicht, dass er bloß versprochen hat«, und die Flüssigkeit ergoss sich auf das Blatt, »sähe ihm ja ähnlich, so ein Strolch.« – »Was wa warum?«, stammelte Kurti, doch schon unterzeichnete der Wirt so vorsichtig, dass das nasse Papier ganz blieb unter den Kugelschreiberstupsern, der Schmierage, die wohl die Wirtenunterschrift war. »Nur eine Sicherheitsmaßnahme«, sagte der Wirt, »wie die Einknickklingen im Theater. Falls irgendwer die Rechnung bei dir findet, ich nehme an, du versteuerst das nicht?« Kurti schüttelte den Kopf und der Wirt schüttete Wacholderbeer nach, sagte mit Zwinkern: »Und falls es nicht schmeckt, eben nicht geschäftsfähig gewesen.« Kurti packte die Schnauze und die Unterkiefer eines Ferkels und riss ihm das Maul auf, »mein Vater sagt immer, siehst du diese Zunge?«, in dumpf grummelndem Bass ahmte Kurti ihn nach, »der Bub macht das schon super. Nichts Wachstumshormontherapie, nichts Kraftfutter, nichts lagerartige, mit Linealen gezogene Grenzen zwischen Stall und Natur, Mastlager vom Reißbrett, die fast aussehen von oben wie ein KZ. Da fressen wir lieber gar kein Schwein mehr. Können diese Augen lügen, sags ihm, Babe«, und während er jetzt fast klang wie ein Wiener Sängerknabe, mimte er die Sprechbewegungen mit dem Schweinemaul, ein Auf und Ab der Kiefer, unterbrochen von Grunzen:

»Lieber Wirten, Grunz, jeden Tag ist der Kurt gekommen, Grunz, und hat uns seine Küchenabfälle gebracht. Grunz, daran fraßen wir uns satt. Wir verließen auch ganz oft den Verschlag, Grunz. Nicht grundlos sind unsere Zähne so spitz, Grunz, Grunz, unsere Krallen so scharf, Grunz, Grunz, Grunz, unsere Zungen so stark, Grunz, Grunz, Grunz, Grunz. Versuch nur mal, eine Eierschale zu fressen, da braucht es schon was, wenn sie nicht von Legebatterieärschen sind. Jedenfalls sind wir dem lieben Kurt sehr dankbar, mit Grunz, dass er uns vorm neumodernen Massenwahnsinn bewahrt hat.« – »Und wie hat er das gemacht?«, fragte der Wirt gespielt interessiert. Und nun grell verstellter Stimme, ein Koloratursopran, die Ferkelschädel loslassend: »Die Rita würd sagen, der Besowskibauer rollt mal wieder Geldtasche waschen. Auf ein paar Hektar hat er dem Kurti Erstverkaufsrecht eingeräumt. Weil das Herz da so dranhängt, an dem alten Saustall im Wald. Der Besowskibauer und der Vater vom Kurti haben dort im Krieg mal eine Sau schwarz aufgezogen. Davon redet der Altherr Oberer ja heute noch, wenn der Kurti ganz deprimiert ist, weil er nirgends mehr gutes Schlachtvieh herkriegt.« – »Dann muss man es eben selber machen«, sagte ich. »Geh Siegi, sei so gut«, und ich öffnete die Besteckschublade, gab dem Wirten ein Küchenmesser. Wieder wechselte Kurti, machte die Ferkel grunzlos nach, bediente ihre Kiefer wie Sprechpuppen, blieb aber in Ritas Stimmlage: »Ja, das Fleisch hat direkt ideellen Wert. Und wehe, du willst dein Geld zurück, wir wissen nämlich, dass wir schmecken. Sonst werden wir dich aus deinen Alpträumen wecken, und zwar so, dass du hoffst, du schliefest noch, es gibt Gespenster in den Wäldern, glaube mir. Wir sind ja jetzt hier untot. Ich war so satt, ich fraß kein Blatt mehr. Und dann hören wir heute den Schritt vom Kurt vorm Verschlag. Im Stroh mit ihm wie immer wollten wir spielen. Wir werfen uns ihm entgegen, öffnet er uns das Verschlaggatter. Vor uns hin tritt er, wir springen auf am Hinterlauf. Die Arme streckt er aus, wir pratzeln mit dem Vorderlauf. In seine Umarmung springen wir, uns hat er sich zugeduckt. Unsere Zunge an seine Wange, seine Finger in unsere Borsten. In seinem Ohr das Grunzen, an unserer Schläfe der Bolzen. Dann war alles schwarz«, und der Wirt starrte das verkrustete Schussloch an: »Geh Kurti!«, dessen Glieder unter der Theke krampften. »Hat mir der Vater so beigebracht«, er ballte die Hand zur Faust, »du bist so eine Gewaltsau«, dem Blick des Wirten entzogen, »alles andere verdirbt den Geschmack«, Kurtis Knöchel wurden blutleer, »der Friedl elektrifiziert immer alle vorm Abschlag«, Kurti brüllte, »seine Reinanken waren schon scheiße«, sein Trizeps spannte, »sag nichts gegen meine Müllerin, Kurti!«, er zischte lippenlesbar Silbe für Silbe, »Zuchtfischmist«, und schielte zum Plafond, wo die Regenbogen hing, »ich warne dich«, der Wirt hielt die Messerspitze aufrecht: »Provozier mich nicht!« Kurtis Faust war schon oben. Er schlug hinunter auf das Wirtenhandgelenk. Im Hieb sah ich Kurti begreifen, Fassungslosigkeit in sein Gesicht schleichen, da er es checkte, zwischen seinen Gliedern kein Beil. Seine Faust schon voll in Fahrt, noch kurz vor dem Kontakt mit der Messerspitze, federte er so gut es ging, spreizte die Finger. Kuppen patschten auf Knöchel, ein Tätscheln zwischen Kurti und Wirten, über dem offensichtlich eine Klinge war. Kurti schloss die Hand um das Kunststoffstück, wo der Wirt das Küchenmesser anfasste, den Griff lockerte, es losließ, Kurti übergab. Der schaute mich an. »Wie gehts der Familie?« – »Noch alle vollzählig.« Er sah Archie an, der sagte, »und was machst du so, wenn du gerade nicht den Stier ins

Bade führst?« Kurti ließ den Blick durch den Raum schweifen, taxierte meine unterste Öse, tippte sich gegen das Jochbein, »mit Köpfchen«. – »Bitte«, sagte der Wirt. »Gentlemen«, sagte ich und hob mein Glas, »Burschen«, sagte Kurti und seines dazu, »Kameraden«, sagte Archie und der Wirt: »Freunde.« Wir tranken.

Kurti stieß, kaum hatte er den Wacholder als Erster runter, ein Würgegeräusch aus. »Geh bitte«, sagte Harri. »Lass mich raten. Den setzt du nicht selber an. Vielleicht können wir da was machen. Kurti, auf deinem Land ein paar Wacholderbeeren anpflanzen? Was meinst? Wenn der Preis stimmt, könntest dem Wirten ja verpachten. Brauchst ja eh nur den Stall? Und sonst nehm ich ein paar Hektar. Will ja auch expandieren, such schon lange wegen einer neuen Plantage«, sagte Archie. »Jetzt tut doch nicht so. Der Wacholder schmeckt ihm eh. Hast ihn immer getrunken, Kurti. Außerdem, Archie, was sagt denn der Besowskibauer dazu, wenn das Land so ideal ist. Was, wenn der das mitkriegt. Dann zeigt er uns an. Wegen Schwarzmarkthandel oder so. Was sogar stimmen würde bei Wacholderbeer«, lachte Harri und schenkte jedem noch von der klaren Flüssigkeit ein. »Der Besowskibauer? Witzig bist«, sagte Kurti und Archie, »das hat schon einen Grund, warum der heißt, wie er heißt. Kriegt überhaupt nichts mehr mit. Und selbst gemacht knallt doppelt gut.« – »Mach lieber mal die Bude dicht«, sagte Harri und Archie, »warum ich?« – »Weil ich hier der Chef bin und du eben noch am Hosenboden gekauert hast, du Angsthase.« Archie huschte Richtung Tür, hielt inne bei manchem Schritt, beugte seinen Oberkörper vor, hob seinen Kleidsaum etwas an, knapp bis zum Steiß, lupfte sich den Stoff ins Genick, dass die Kniekehlen freilagen, das Gesäß aber noch nicht, verhangen von doppelt grobem Leinen. Die Robe rutschte erst wieder zu Boden, wenn Archie sich aufrichtete. Wenn er weiterging, bauschte es die Toga ordentlich, sie wehte fast um seine Füße, den Wirten zu vergesäßen. Der beachtete Archie aber gar nicht, sah nur Kurti an: »Bitte schädeln, Meister«, der die Zigarette ausdrückte, eine Hubba-Bubba-Rolle aus der Tasche nahm, einen zungenlangen rosa Streifen abspulte, in den Mund nahm und zu kauen begann. Die Sau vom Garderobenhaken packte Kurti sich unter den einen Arm, wandte uns den Rücken zu, verschleppte das Tier in Richtung Tisch, ging schweren Schritts, schmiss das Vieh auf die Platte, beugte sich darüber buckligen Genicks, rückte dem Fleisch mit dem Messer zu Halse. Während Archie die Tür schloss, murmelte er laut genug, dass es in der ganzen Schankstube verstehbar war, zu leise aber, ihn wegen des vermeintlichen Selbstgesprächs zu maßregeln: »So eine Frechheit.«

Kurti, ablesbar an seinem Ellenbogen, säbelte ins Genick der tiefgefrorenen Sau und nuschelte: »Halsschnitt, Halsschnitt, Halsschnitt«, der Wirt schenkte sich und mir Wacholder ein, »der Kurti geht ja jetzt unter die Darsteller.« Archie legte mit einem schabenden Geräusch den Riegel vor, »ein kleiner Feigling also«, und Kurti malträtierte den Nacken, »Halsstich. Halsstich. Halsstich. Braucht noch. Mehr üben. Viel probieren. Es sprudelt nicht. Sie sticht in den Wachshals. Der Blutbeutel hält.« Der Wirt trank und sagte: »Franzi, du weißt schon, Siegi, diese Wolltrottelstalkerin. Sie kennt haufenweise Künstler. Ehemalige Sympathisanten der Anna-Früh-Kommune. In Wien gibt es da so einen Verrückten. Der steckt die Leute in Fleischkostüme und zerstückelt sie. Deswegen rennt der Kurti auch im Sauanzug herum. Garderobenprobe sozusagen.« Archie zog die klackernden Fensterläden zu, »Anprobe heißt das«, sagte ich, »stimmt das, Kurti?«, schrie Harri, und die abstrakt gemusterten Gardinen flogen zusammen mit einem Ratschen an der Vorhangstange, »Fürchten verboten also«, sagte Archie. Das erste Fensterkreuz war verdeckt und er machte sich auf zum nächsten, doch es raspelte und knackte und krachte weiter in der Schankstube, »weil Säue auferstehen«, Archie scheuerte die Metallringe die Aufhängung entlang, »so eine Gemeinheit«, ging weiter zum nächsten Fenster, während das Geräusch verklang an der Vorhangstange, weiterging auf der Tischplatte, an der Kurti stand, das Messer in der Hand, vor- und zurückruckte, die

Klinge versunken, gelangt an die Halswirbelsäule, »Halsstich. Funktioniert nicht. Diese depperten Theaterklingen. Nichts wie Requisiten. Ein echtes nehmen. Mit gscheitem Reibsteinschliff. Ein ordentliches Oberermesser«, Kurti bekam die Gurgel nicht durch, Archie zog Fensterläden zu, Harri schenkte sich nach, ich trank, setzte ab, sagte: »Und wer schaut sich so was an, Kurti?« Archie zog Vorhänge zu, Kurti kitzelte das Wirbelknacken aus dem Sauhals, Harri sagte: »Siegi, witzig bist. Darum geht es ja. Eine ordentliche Orgie unter sich. Nur die, die dabei sind. Nachher kannst es in der Zeitung lesen. Unser Fleischer und die fremde 0815 Heppin mittendrin.« – »Halsstich. Richtiges Messer. Der Blutbeutel platzt. Die Gurgel liegt offen. Das Blut spritzt und sprudelt. Es gibt eine fesche Schweinerei. Das werden die Leute goutieren. Dann wird die Franzi berühmt. Nur Geduld. Ruhig Blut. Es wird schon. Dann werde ich Franzi endlich einstellen. Und ein Machtwort sprechen.« Archie verhing das letzte Fensterkreuz. »Es ist ein Kreuz in diesem Kaff.« Harri schrie: »Wir werden das schon deichseln, Kurti.« Kurti riss das Messer wie das Seil einer Kettensäge aus dem Tier. Der Ruck durchzuckte die ganze Sau. Kurti stieß wieder zu wie mit einem Spieß. Der Streich schnellte und wabbelte den Körper entlang. Es schruppte.

»Immer muss ich schauen, was diesen Gfrastsackeln passt. Die einzige Lösung, Halsstich, Halsstich, Halsschnitt, sprudelndes Blut, Franzi einstellen, sprechen«, Harri trank, setzte das Glas ab, sagte zu mir, »immer dieses saublöde Gerede«, ich schenkte mir nach, Kurti werkte karachokrachend an den Wirbeln, »Halsstich. Halsschnitt. Dass es sprudelt. Nur so herausstrudelt aus der Gurgel. Und dann werde ich endlich sprechen.« Kurti zog das Messer heraus, deutete mit der Spitze zur Regenbogen am Plafond: »Die Trophäe ist gekauft. Aus dem Teich vom Friedl.« Harri rief ihm zu: »Hör auf, dauernd den Verein schlechtzureden«, ich trank, »noch schlechter geht eh nicht.« – »Vom Wolferl präpariert. Wenn auch betäubt vorher.« – »Geh, hört doch auf, wegen diesem depperten Verein«, sagte ich, und

Harri, schreiend, »das ist meine beste Kundschaft.« – »Meine auch«, schmetterte Kurti zurück. Er hieb sich klatschend mit der freien Hand auf den Hintern. »Wie sie dem Vater zugrinsen, wenn sie sich treffen, beim Spazieren im Wald. Ihre Alten haben niemanden narkotisiert. Nebeneinander wurden sie dafür gehängt. Ein Glück, dass die Straßenlampen in Wien alle zwei Hälse haben. Die sprechen nämlich Bände.« Archie schloss zum Tisch auf, sang, »Fascistes à la Lanterne.« – »Hast du das von Mercedes?«, ich, »und das ist noch nicht mal das Schlechteste«, er, und Kurti, »hier hat das Gericht Kurs gehalten. Ist Schlitten gefahren mit ihnen. Einzige Kriegspartei, die Ärzte exekutiert hat.« Und Harri: »Kurti, du denunzierst hier niemanden mehr«, er stand auf, ohne jedwedes Weh, schritt Kurti entgegen, stampfenden Schritts, dass sich der Fleischer umwandte, dass ihm die Kinnlade runterklappte, »im ersten Jahr vom Prozess wollten sie ihnen gleich den Schneid abkaufen. Und dann wars auch wieder gut, als die Reihe an den Herrn Oberer kam«, sagte Harri, stieg fest hin zu Kurti, standhaft, »stimmts?« Kurti grub zwei Finger in den Schweinerüssel, hob den Kopf über die Tischkante, knickte das Genick dran, brachs durch, riss den Schädel ab, sah mich an, »brauchst gar nicht so schauen, Siegi.« Ich richtete den Blick zu Boden, schielte die Dielen entlang bis zu den Tischbeinen, die die Platte stützten, auf der das kopflose Tier lag. »Mein Vater war kein Nazi. Ein kleiner Sprechstundenhelfer in der Praxis. Die haben zugemacht nach dem Anschluss. Der Chef, oh ja, der hat Karriere gemacht. Dem Wolferl sein Vater, der Herr Doktor. Und sein Assistent. Dem Friedl sein Papa. Und der Oberchef, der alte Herr Horst. Die haben sich sicher gefühlt. Weil sie so milde waren, die Amis im Nachbarland.« – »Obwohl mein Opa ja gegen die Engländer gekämpft hat«, sagte Archie, »ich bin raus aus der Sache.« – »Ich hab ganz schön Hunger«, sagte ich. Harri griff den Sauschädel in Kurtis Hand, der ihn aber festhielt: »Und du bezichtigst mich schon gar nicht.« Stumm schauten uns die Forellenpräparate an. »Das weiß jeder«, sagte der Wirt, »mein Vater war auch schon dick, zu fett für den Krieg, nicht mal in ein Flugzeugcockpit hätte der sich pressen können, und wärs die Royal Air Force gewesen, jedes Feldbett wäre zusammengebrochen, jede Kaserne übergequellt. Der Klassenlehrer hat sogar ein Spottlied auf ihn geschrieben, also nur die Melodie, gedichtet haben es die anderen Kinder, die mich peinigen wollten. Ich glaub, ich kann es noch. Irgendetwas mit *der Bauch wird immer fetter*. Vielleicht war es auch direkt auf mich gemünzt, ich weiß es nicht mehr.« – »Wie der Waldheim. Braucht sich keiner wundern, wenn die ganze Bagage den wählt. Heute hab ich sie erst wieder gesehen, die stolzen Herren Trophäenjäger. Stecken alle unter einer Decke. Die hecken was aus.« Und während Kurti den Saukopf dann doch losließ, weil es Wichtigeres gab, Harri sich schimpfend verzog, den Schädel ölte und würzte, erzählte Kurti uns von halbmutierten Wesen, von Bachforellen und Regenbogenforellen, deren Schuppen kaum schimmerten, von Äschen und Saiblingen, die in Stromschnelle abtrieben, von Tieren jetzt schon in unserem Fluss, die völlig verpilzten, von Fischen, die sich nicht mehr fortpflanzen, von aalförmigen Körpern, kein Platz für Laich im Bauch, wie sie lethargisch im Teich standen, den Kaskadenterrassen fern gewachsen, nur noch auf die tägliche Fütterung warteten, um Punkt fünf Uhr nachmittags, wenn die Maschine ansprang, stiegen sie zur Oberfläche, automatisch Industriemastfutter daraufgeschüttet, dass man die Uhr danach stellen konnte, bar jeden Instinkts, der Wildnis entwöhnt, verwirrte, verdummte Viecher, »total degeneriert«, schloss Kurti den Bericht beiläufig, ein nebenher über die Hecke auf Friedls Teiche geworfener Blick, sogar ein Blinder sehe das, und die Ofenrohrklappe schnalzte, der Uhrzeiger tickte zur Geisterstunde.

Archie füllte uns alle in der Zwischenzeit mit Wacholderbeer ab, »auf den Besowskibauern!« – »Auf unseren Fleischermeister und baldigen Superstar!« – »Ageh, auf deine Auferstehung, lieber Lazarus!« – »Auf, was ist mit Franzi?«, tranken wir, und blieben die ganze Nacht unter uns, »patzt euch nicht an, Jungs!«, mit uns Forellen an den Wänden, »bleibt sauber!«, aus einer Ära, da kapitale Tiere noch in wildem Wasser gewachsene Körper hatten. »Prost!«, bis der steigende Pegel die Überlegung hinwegspülte, trieb mich um, was Volki und den anderen Bierschädeln, Bauerndümpeln und Sauftrotteln daran lag, die natürliche Flusspopulation zu zerstören, durch kultivierte Forellen zu ersetzen, unter die Fischzüchter zu gehen, müssten doch gerade sie versessen sein auf den Erhalt von Blut und Wasser. Harri brachte den fertig geschmorten Saukopf auf einem Tablett samt Büchsenöffner, den Kurti dem Schwein im Mundwinkel ansetzte, einmal rundherum drehte, woraufhin Archie wie bei einem Frühstücksei das obere Drittel Schädelplatte abhob, das Tiergehirn dampfend vor uns lag, rosa ineinandergewunden, wobei aber die Zunge und die Schnauze sowie die Augen am besten schmeckten.

38 Siegi versucht den bisher dicksten Fang an den Mann zu bringen

»Siegi?«
»Franzi?«
»Hechttelefon.«
»Wie bitte?«
»Telefonketten kennst?«
»Deswegen rufst du mich an?«
»Bist auch im Verein. Gefahr im Verzug.«
»Hast du vergessen? Die wollen mich umbringen.«
»Park halt bei mir. Der Wasserwart hat ihn gsehn.«
»Den Ferdl meinst du?«
»Den Hecht. Ein Riesending. Zwei Forellen pro Biss.«
»Und warum reißt er den Hecht nicht raus, dieser tolle Wasserwart?«
»Muss die Schleuse warten.«
»Dass noch einer reingespült wird.«
»Es geht nicht drum, wer Schuld hat.«
»Sondern wer die ganze Suppe ausbaden darf.«
»Siegi, bei dem Regen die letzten Tage.«
»Der See dreht sich um, da kann man nichts machen.«
»Aber irgendwer muss was machen.«
»Soll uns halt der Kurti rausreißen.«
»Ein und derselbe Telefonanschluss.«
»Er steht ja eh immer am Ufer herum. Kann sich mal nützlich machen.«
»Weiß nicht, wo er sich rumtreibt. Der Laden ist zu klein für zwei.«

»Das trifft sich ja super. Bist näher am Fluss dran als ich.«
»Sonntags muss ich wursten. Sonst gibts morgen einen Aufstand.«
»Hast du dann wenigstens irgendeine Nummer für mich?«
»Gibt niemanden mehr hier, den du anrufen könntest.«
»Unlängst hab ich sehr nett mit dem Volki telefoniert.«
»Ist beschäftigt, Leitung tot, unerreichbar.«
»Vielleicht hat ihn die Bürgereheweh erwischt.«
»In der Böschung ausgrutscht. Ein Zweig im Weg.«
»Was für ein Obertrottel.«
»Gar nicht lustig. Hat sein Auge verloren.«
»Schade ums Ansehen, so ein toller Obmann.«
»Muss er eben beerbt werden.«
»Vom nächsten Kettenglied.«
»Das das letzte wäre, Siegi Heehrmann.«
»Warum?«
»Der Neue eben.«
»Das ist eine Frechheit.«
»Meinetwegen, der Neueste.«
»Du bist noch neuer.«
»Scheiß dich nicht an, bin die Vorletzte.«
»Ich war in Norwegen.«
»Was für ein Unglück.«
»Vom Volki den Handkuss zu kriegen?«
»Vom Verein und allen Forellen.«
Schon war ich auf dem Weg zum Flussufer mit Vollgas. Um gut vorbereitet zu sein, hatte ich alle meine Grobianfischstangen im Kofferraum dabei. Ohne weiteres konnte ich mir vorstellen, dass dieser ständig obervolle Ferdl vergaß, die Lichtbrechung durch die Wasseroberfläche miteinzubeziehen, und sich so beim Fischlängeschätzen vermaß. Schon schillerte der Fluss in meinem Blickfeld, widerliches Braun in den Schatten. Schnell fuhr ich, bremste voll beim Einparken, dass die Polaroidbrille unterm Innenspiegel an ihrem Wollfaden ganz besonders heftig schaukelte. Ich knotete sie los, befingerte sie dankbar, fitzelte

das Markerl *Mister Wonderlander's* ab, flitschte es in den Autoaschenbecher, setzte die filigrane Fliegenfischerbrille auf, zog derbes Biersäuferequipment aus dem Kofferraum. Nussschalenausrüstung normalerweise, ein Tag am See, dunkle Aussicht in allerhöchste Wassertiefe, mit der ganzen Familie, ein bisschen Brechen für die Kleinen und Gurgelausspülen für die Großen. Mit Glück biss dann sogar was, wenn man nicht gerade Besseres zu tun hatte, wie oft nicht mitgemacht, Lena, lass das, Lukas, Flossen weg von den Messern, Johannes, wo sind die Würmer?

Rudl stand mir gegenüber, als ich mich umdrehte, und der handlange Silberdrilling baumelte von der Stangenspitze zwischen uns. »Das ist verboten«, sagte er, »wir sitzen im selben Boot«, sagte ich, »das Hechttelefon?«, fragte er, lachte dann, »dich haben sie gerufen?«, und prustete weiter, »du?«, und statt etwas zu sagen, hob ich meinen Arm bis in die Horizontale mit ausgestrecktem Zeigefinger, wies so über die Kiesel, den Straßengraben, die Wiese hinweg auf das Flusswasser. »Das weißt du nicht«, zischte er und dann schon ab zum Ufer. Ich stapfte auf ihn zu durch knöchelhohes Gras, weit in der Luft die Proletenstangenspitze, die völlig unaufladbar war, strichliert der Boden, grün und braun: »Aus dem See, nehm ich an.« – »Wer hat dir gesagt, wo er steht?« – »Vergiss es.« – »Ich will es wissen.« – »Ich war schon anderswo schlauer als ihr«, und hielt meine Zeigefingerspitze vor ein Polaroidbrillenglas, dass ich meinen Fingerabdruck sah. »Wie?« – »Schauen, denken, handeln«, ich wedelte von elf auf eins mit erhobenem Finger, versenkte meinen Blick dann ins Flusswasser. Knapp über dem Grund stand er, hässlich unbewegt, wie tiefgekühlt, Rudl paralysiert neben mir, wie schockgefrostet. Ich nahm den widerhakenvollen Drilling in die Hand, wie Fangarme eines Kraken, eine Art Meereskarabiner, für Hechte, ablechtig. Widerlich warf ich ihn hinter das Tier, ließ den Silberklumpen mit den Stachelspitzen neben der Stromlinie versinken und riss dann an der Stange, dass es dem Hecht die Haken in die Seite trieb. »Knips ihn aus«, sagte Rudl, und ich ließ meinen Finger von dem Knopf am

Stangengriff. Wasser leitete zu super, die Forellen vom Stromstoß zu schonen. Darüber war ich hinweg, kämpfte stattdessen eine Stunde mit dem Vieh, das den Fluss hinunterstrebte Richtung See, oberarmdicke Schwemmgeäste einfach zerschwamm. Flussgras rasierte das Biest ab mit seinen panisch schlagenden Kiefern. Das Monster fraß noch eine Forelle im Vorbeitreiben, aufeinanderhauende Faulzähne, dazwischen schillernde Schuppen, knackende Gräten, als ich mein Ohr ins Uferwasser tauchte. Sandbänke passierten wir, durch Kaskaden schwamm das Ungetüm und watete ich, seichte Stellen halfen, Schnur zu gewinnen, immerhin, keine Strömung, mit der er ging, der Hecht, und Rudl hinter mir herzockelnd. All diese Meter tat die Bestie, ohne ihre Flossen zu bewegen, die Augen zu regen, starrenden Blicks, starren Körpers, bis ich Nessi letzten Endes Finger um die Schnur, dass es mir das Fleisch einschnitt, aus dem rauschenden Wasser, über Uferschotter, landete.

Das schlangenartige Vieh schleifte ich am Drilling hinter mir her, zog es durch die Wiese, eine Schneise im Gras hinterlassend, als wäre ein Bulldozer durchgerauscht. Das Ding wand sich wie ein Lindwurm und Blut tropfte aus meinem Griff, indes das Untier im Straßengraben feststeckte, dass ich die Stange weglegte, zu ihm runterging, leblose Augen, Kiemendeckel wie Rinderschultern, fenstergleich schlugen sie auf und zu. Ich legte Hand an krokodilartige Schuppen, der Drilling, steckend darin, beidhändig wuchtete ich den Körper über die Gehsteigkante, sonnenaufgeheizter Dorfstraßenbeton, eine locker drei Schritt messende Schleimspur, ein Kiefer, ständig schnappend, lang wie mein Arm. Beide Handballen aufeinander drückte ich dem Hecht nun ins Genick, rückte ihm zu Leibe, spürte ihn schon verenden und trocknen, kniete mich hin, spreizbeinig wie ein Drachenreiter, seine noch schleimige Rückenflosse in meinem Schritt, zwischen den Jeansschenkeln, die ich fest zusammenzwickte. Seine Schnauze presste ich Oberkiefer voran auf den Bordstein, grade dass die Zähne nicht den Beton einschlitzten. Ich brachte meine Schienbeine auf die Straße, beiderseits neben die Hechtstromlinien, eine einzige Godzillaschwanzform, als kopulierten wir. Als ritte ich ihn, richtete ich mich kerzengerade, drückte mein Kreuz hohl und die Knie durch, mich hoch, fiel wieder nieder, beide Handballen abgestützt, auf seine Rückgratgräten, sie brachen, Knacken. Schweiß fiel von meiner Stirn, in sein seitlich wegstehendes Auge, ich sattelte nochmal, schleimte etwas vorwärts, presste Knie zusammen, abgeglitten die Hand, in sein Maul, Zahnstich. Seine Kiemen ruckelten, ein Zucken, durch den Körper, fast Abwurf für mich, Kiefer schlossen sich, kamen aber nicht zusammen, weil Bordstein. Linkerhandkant schlug ich auf sein Genick, während Rudl absprang, mit ganzer Fallwucht, zehn Finger fest geschlossen, um den Griff eines beiderseitig geschärften Fischermessers, das er wie eine Spitzhacke schwang, im Fliegen, die Landung, links von mir sein rechtes Bein, rechts von mir linkes, beide Füße beiderseits, dazwischen seine zwei verschweißten Arme nieder, dass die Klinge von seinen Fingern stieß durch meine Mittelhand, nur Fleisch, kein Knochenknack, Mittelfingerknöchelchen Stahl Ringfingerknöchelchen, quoll Hechtrückgratflüssigkeit an meine Hand. Ich sprang aus der Hocke, ein bisschen nur, übertölpelte trotzdem Rudl, dessen Messer flutschte, aus der Wunde, rutschte über Beton, sprang und rotierte, kreiselte aus, lag, wie ich auf ihm, der Hecht neben uns, allesamt auf Beton, die Stange im Gras, blutend das Vieh, verunstaltet, gebrochen, meterweise seilartige Schnur zwischen einander.

Rudl stieß mich von seiner Brust, berappelte und schnappte sich das Messer, rammte dem an der Luft schnappenden und schlapp nicht mehr zappelnden Hecht die Klinge zwischen die Augen, putzte sie an seinem einzigen Hemd ab, steckte es in einen Lederfutteral und sagte mir zum Abschied, der ich stigmatisiert am Boden lag, ich brauchte mir nur das Geringste zu leisten, er habe gehört, was da mit Volki war, Entscheidung immer noch beim Obmann, wiewohl ich ihn schlug, Rudl werde alles melden, was ich tat, und sorgen, dass ich hochkant hinausflog aus dem Verein, so schnell ich hineingekommen war mithilfe dieses sich für etwas Besseres haltenden, senil werdenden Judensaufreunds und Bastardproduzenten und Amistiefelknechts. »'tschuldigung übrigens, ein Versehen«, endete Rudl und ging. »Ein toller Hecht«, knurrte ich mit möglichst ernster Stimme.

Franzi stimmte wenig später ein und zu, auch, dass ich kaum ins Spital konnte, als ich das Vieh samt meiner Hand auf ihre Theke knallte: »Ich hab keine Verwendung«, während schon die ersten Fliegen von der Fleischauslage überflogen auf den Hecht, aus dessen rotrissigen Löchern in Stromlinie, Genick und Kopf immer noch Blut zu Boden tropfte. »Super, Siegi, das stellt den Ruf wieder her. Wie mit dem Wolfsgruber.« Ich ballte die Faust und zerquetschte eins der grünen Schillerviecher, presste und pflegte es schleimig ein in mein Stigma. »Und dafür auch nicht«, und ich übergab ihr einen zum Bersten gefüllten Futteral voller Angelequipment, den sie sehr wohl entgegennahm. »Wie es sich gehört, so ein Gentleman, war ja wirklich großzügig von mir, dir das zu überlassen, was?« Ihr Fleischerbeil flog durch die Luft, bewegte sich in der Form von Ernstls penultimo Buchstaben, wie ein kleines l in Schlingenschrift, erst zur Lampe hinauf, dann schob sich die Klinge schnell zur Seite und zurück, zischte schräg geschwungen nieder, wie ein elaboriertes i-Tüpferl, fuhr wie ein Keil in einen Brocken dampfenden Leberkäs hinein, aus dem sogleich eine Scheibe wankte. Erst zitterte der ganze Leib ein bisschen, dann ruhte das Stück für eine Sekunde, langsam, stetig beschleunigend, fiel die Leberkässcheibe heraus und um. Selbiges Fleischerbeil trieb Franzi jetzt in eine Semmel hinein, als würde sie mit einem Falsett zustoßen, und riss es wieder heraus, wie den Stift einer Handgranate, als wären Jahrhunderte vergangen in dieser minimalen Weißbrotaufschneidhalbzeit. Die Fleischerbeilbreitseite wanderte sogleich unter die Leberkässcheibe und die mit einem Handfleischerbeilschwenken zwischen die Semmelhälften, »Senf?«, sagte ich und »hast dir verdient«, Franzi, die mir die Jause gab. Sie dampfte.

»Ja, was ist jetzt damit?«, fragte ich ins Summen der Fliegen. Eine krabbelte gerade in Franzis Rasterlocken, näherte sich ihrem Nasenloch. Sie schnaubte, die Fliege flog weg. Sie nahm meine Hand. »Verdammt«, sagte ich, biss rechts ostentativ ab. »Voll trocken«, schmatzte ich. Links sprayte sie Eisspray, dass auch dieserseits Fleisch von Wolken umgeben war. Noch bevor der Dunst ausflocken und die Partikel sich niederlegen konnten, räumte Franzi ihre gesamte Theke leer. Wursthaufen zwischen Speichen und Bauch verschwand sie durch die hinterwandige Ladentür im Speicher. Sogleich kehrte sie zurück, die Finger wieder frei, grabschte erneut nach meiner immer noch verwundert hochgehaltenen Hand. »Hallo-oh«, sagte ich und ruckte mit der rechten, während sie die Linien links studierte, sie mit ihrem Zeigefinger nachfuhr, wohl wohltuend, obwohl ich vereist nichts fühlte, und dann sagte sie: »Heilt!« – »Scharf!« Sie nickte, »und süß!«, bis die suppende Wunde krustete. »Also?« – »Ist verwurstbar. Aber nein. Keine Knorpel im Leberkäs.«

Ich wollte noch konkretisieren, was ich meinte, aber als ich meinen Mund aufmachte, um mich einerseits zu beruhigen, andererseits zu sprechen, und zwar sehr konzise und einwandfrei artikuliert, sog ich beim Luftholen, das schon zur Show des Klartextsprechens gehörte, mit voller Gewalt eine Fliege in meine Lunge hinein. Franzi musste in zu Tode erschrocken aufgerissene Augen blicken, während sie sich aufplusterte: »Wolfram Gottfried Frederickus Ferdinander«, meine Faust drosch ich auf meine Brust, sie spielte weiter, »wohnt auf dem Berg«, ich ging in die Knie, »du weißt schon«, ich hustete und würgte und die Fliege summte in meinem Brustkasten herum, »der Hügel, gegen den großen Grillenkogel geschmiegt«, und gerade noch rechtzeitig holte mich ein Hieb ins Bewusstsein zurück. Franzis Worte waren klar und deutlich gewesen, auch wenn ich aus ihrem Sprechen nicht die Richtung ableiten konnte, aus der ihre Stimme kam, war sie doch währenddessen um die Theke herumgegangen, um mir auf den Rücken zu klopfen, was mir wiederum entgangen war, kaum verwunderlicherweise, hatte immerhin die ganze Zeit über der Fliegenflügelwiderhall aus dem Zwerchfell herauf gegen meinen Innenohrorientierungssinn geschlagen, wenn auch nicht von außen gegen mein Trommelfell. Hammer, Amboss und Steigeisen dachte ich kurz, auf dem Weg zum Ruhm, Franzi hinter mir und direkt voraus der grausige Hecht, Schnauze auf der Theke und daneben die verstümmelte, von Sabber umgebene schwarze Stubenfliege, die Blinker und Proletenstangen alle schon irgendwo verwahrt, die Leberkässemmel auf dem Boden. Franzi fegte gleich die Krümel weg, die beim Aufprall aus der krossen Kaiserkruste gebrochen waren. Ihre Fliesen waren jederzeit sauber. Ich hob die Jause also auf, zupfte mein Gewand zurecht, und als ich in das immer noch dampfende, super schmeckende Fleisch biss in meiner linken Hand, musste ich das Lenkrad loslassen, gleichzeitig mit rechts einen Gang hinunterschalten, weil die Straße den Hügel hinan eine Neigung annahm, die der Dieselmotor nur hochtourig packte.

Ich drückte das Gaspedal ganz zur Bodenplatte, die Drehzahl ging hoch, der Wagen nahm Fahrt auf, und stetig beschleunigend, exponentiell mehr Abgas ausstoßend, schraubte ich mich kauend die Serpentinen hinauf, an abschüssigen Wiesen vorbei, stets den Blick aus dem Seitenfenster gerichtet auf den unteren Rand der Grasfläche, die ich gleich von oben sehen würde, die ich dann aber immer links liegen ließ, stattdessen wieder nach rechts gegen die nächsten Halme schaute, die ich gleich überwunden hätte auf den Windungen der Schlangenlinie, die Unterseite der nächsten ungemähten Grasparzelle, bis die Straße aus war, in eine erneute Kurve wanderte, und manchmal schweifte mein Blick bis zur bewaldeten Seite des Hügels hinaus, wo ich zwischen den Schlagschatten und Baumstämmen eine Hirschsilhouette auszumachen glaubte. Das Tier verweilte, stand ganz ruhig, und stetig wuchs das Geweih, schon löschte die Straße den Wald aus und trug wieder Gräser in mein Gesichtsfeld, als ich aus der Kurve hinausfuhr, bis ich die Hügelkuppe erreichte, auf der sich nur ein einziges Haus erhob, vor dessen Fassade die Abgase tanzten, die ich während meines Aufstiegs in die Luft geblasen hatte, zarter Rauch, Feinstaub. Ich fragte mich noch kurz, welcher Trottel wirklich hier oben wohnte, doch dann stand ich schon neben dem Zaun, dessen Latten Stacheldraht umwand, und las von dem Briefkasten neben der Gartentüre *Dipl.-Ing. techn. Wolfram Gottfried Frederickus Ferdinander* ab, in jeder Zeile genau ein Wort, Trochäen also, das Gegenteil jambisch gehaltener Grabinschriften, meistens auf einen Sinnspruch bestehend. Hier war ganz gegensätzlich im Rhythmus sich hebender, dem Tod von der Schippe und aus der nassen Erde springender Silben zu lesen, er sei noch immer da und am Leben, in jedem Wort eine Auferstehung.

Als ich den Kopf vom Versfuß hob, sah ich schon die Doppellaufmündung einer Winchester immer größer werdend wie eine zoomisierte, schwarze Brille aus der Verandatür über nussholzbraune Planken durch den kleinen Vorgarten vorbei an lieblich den Kopf hängen lassenden Blumen, Hahnenfuß und Geißblatt, auf mich zukommen, dahinter der breite Bauch, darüber zielend, ein Auge zugekniffen, das von einem bärbeißigen und weiß melierten Bart fast ganz bedeckte Gesicht des Herrn Diplom-Ingenieurs, der den Finger um den Abzug legte, und sein Mund ging auf und zu, war inzwischen auf derselben Höhe angekommen wie meiner. Den Kuss und dass er mich anspuckte beim Reden verhinderte nur die Winchester, die zwischen uns stand und aus seinen groben Holzfällerhemdsärmelaufschlägen über den Zaun auf meinen von Flanell bedeckten Brustkasten lief, in dem es erstaunlich ruhig schlug. Ein Schwarzer habe zuletzt da gestanden, wo ich jetzt stand, und ihm Gemälde andrehen wollen von seiner Frau, sagte er. Ich fragte mich, ob die nämlichen Leinwände wohl ein Selbstporträt zeigten. Er habe dieses Pantherchen natürlich geschasst, ohne sich seine Schmierereien anzuschauen. Wer hatte hier nur an der Uhr gedreht. Aber es sei nicht nur das und er kein Rassist. Auch die Klosterschwestern zuvor habe er vertrieben mit ihren vermeintlich selbst im Stiftsgarten angebauten, natürlich nur aus irgendeiner Kloake von Sumpf gezogenen Heilpflanzen, die ihn sicher vergiftet hätten, sagte er. Ich steckte die letzte Leberkäsesemmelzehe in den

Mund. Und den scharfen Schäferhund des Mannes vom Bestattungsinstitut, der im Übrigen selber Schuld gewesen sei, er hätte seinen Köter ja nicht zu einer Mördermaschine erziehen müssen, habe des Herrn Diplom-Ingenieurs Bauxi noch in Fetzen gebissen, während dieser unverschämte Kerl das Sonderangebot samt und sonders Zahlscheinen und verschiedenen, perfiden Grabsteinsprüchen auf dem Verandatisch ausgebreitet habe.

Ich schluckte. Und jetzt sollte ich runter von seinem Rasen. An der Winchester vorbei schielte ich auf meine Schuhspitzen. Die rechte reichte einen Millimeter über den Kies am Straßenrand hinaus und unter die erste Zaunlatte in das darunter und dahinter wuchernde Gras hinein. Ich fragte ihn, ob er sich denn vor mir fürchte. Er sagte, der Letzte, der ihm so geschissen gekommen sei, mit diesem Psychobrei, der liege jetzt unter der Erde. Von Feng-Shui und davon, die Furcht zu akzeptieren, habe er erzählt. Ein Kollege vom Prostatakrebsstammtisch, der seine Medikamente nicht mehr nahm, der habe gesagt, man müsse die Angst, ins Anorganische überzugehen, annehmen. Ich sei quasi vom anderen Stammtisch, sei von Franzi geschickt, ich bringe einen kleinen, bescheidenen Gruß, ob er sich nicht erstmal anschauen wollte, was ich da für ihn habe, sagte ich. Einen Rülpser verkniff ich mir, dass sich meine Backen plusterten. Ich räusperte mich, die Unappetitlichkeit zu überspielen. Die Winchester, hoffentlich genauso beherrscht. Schnurstracks stützte sich der Herr Diplom-Ingenieur hinter seiner Gartentüre mit dem Ellenbogen auf die Doppellaufmündung, das Schulterstück zu Boden. Warum ich das nicht gleich sage. Dann drückte er die Klinke und winkte mich an sich vorbei, ging hinter mir her durch den Garten, sprach von Gesindel und Gesockse und Zigeunern, von Abschaum, der ausschließlich heutzutage unterwegs war, und als wir die Stufen der Veranda hochstiegen, den Kopf ganz benebelt vom Blumenduft, sagte ich im Angesicht der Stiefmütterchen auf der Fensterbank, man müsse doch nicht alles so schwarz malen, woraufhin er mich an der Schulter nahm, umdrehte, mir tief in die Augen schaute, sagte: »Meine Familie ist im Zerfallen begriffen.« – »Wem sagen Sie das.« – »Natürlich«, sagte er sinnierend und setzte sich auf einen Sonnenliegesessel, hob seine Hand und deutete auf einen Gartenstuhl daneben, auf den ich mich setzte: »Spricht sich ja alles herum in diesem Dorf. Heilige Zeiten. Gerade der Kurti. Die Fleischerei als Schaltstelle. Die Quelle des Schwätzens. Das war einst ein guter Ort. Heute sprudelt das Blut nur so in die Zungen. Im Angesicht dieses Franziskanergfickerts.« Er verstellte den Liegesessel, dass seine Beine hoch lagen, die Rückenlehne, er in der Horizontalen, und wie die gesamte Veranda in der knallenden Sonne, nur seine Augen beschattete er mit der flachen Hand, den Blick gegen die hinter dem Hügel aufragenden Kalkalpenhänge gewandt. In der flirrenden Luft ließ sich die Baumgrenze hundert Meter über uns sehr genau ausmachen, ein gerader Strich, über dem nur noch Nadelhölzer wuchsen, einige hundert Meter darüber dann nichts mehr, und darüber der nackte Gipfel.

»Nach dem Krieg fielen sie in Scharen über die Berge her. Die Schwestern vom Heiligen Kreuz in Allianz mit der Besatzungsmacht. Damals, in den Fünfzigern, meine erste Freundin«, und dann wurde sein Sermon ein Schreien, »Gundl! Gundl!«, vor lauter Schreck setzte es mich auf, ich schaute rundherum, durch den Garten, auf den karg bewaldeten Hang, wo von einer Stelle eine Rauchfahne aufstieg, möglicherweise verursacht durch Glassplitter, Wanderer, Bergsteiger, Kletterer, eine liegengebliebene, später zerstiegene Flasche, die Straße, kein Schattenspender weit und breit, hinter mir die Verandatür, durch die jetzt schweren Schritts eine alte, zaundürre, selbst wie eine Stacheldrahtwicklung ausschauende Frau stapfte. Sie trug mit der einen Hand ein Tablett, auf dem ein Krug voll gräulicher Flüssigkeit und zwei Gläser standen, in allen Gefäßen Eiswürfel. Unterm anderen Arm schleppte sie einen Gartentisch, die Finger um die untere Kante geklemmt. Zwischen uns blieb sie stehen, entfaltete die Stellage und bald war das Tablett auf der Tischplatte, an der ich dann geraden Rückens saß. Der Herr Diplom-Ingenieur hob seinen linken, die Liegesessellehne entlanggestreckten Unterarm, indem er den Ellenbogen abwinkelte, und von Gundls Hand ging ein vollgeschenktes Glas zwischen seine Finger.

Währenddessen redete er weiter. »Sie hieß Marlies. Schöner Name, nicht wahr. Die Kreuzschwestern fanden das nicht. Und sie hatten immer recht. Also peinigten sie das Kind. Sie ging auf die Privatschule im Unterland. Und irgendwann kam sie gar nicht mehr zu unseren Verabredungen, zum Eisbecheressen ins Café Schwan, weil sie jeden Nachmittag nachsitzen musste. Züchtigungen, Scheitelknien, Rutenschläge, auf die Oberschenkel, auf den Arsch, weil sie ihren Rock nicht schön genug gebügelt hatte. Weil ihr Gewand zu hässlich und ihre Beine zu reizend waren. Die brennenden Striemen sollten ihrem Wadenfleisch die Teufelshitze austreiben. So war das damals. Magst du Zitronenlimonade?« In diesem Moment setzte es mich schon wieder und stieß mir sauer auf, ein kleiner Hub noch nicht erbrochener Magensäure schwappte gegen die Innenseite meiner Lippen. Gundl sagte: »Ich habe gleich gedacht, dass Sie Fischer sind und welche gemacht. Er unterhält sich so gern auf der Veranda. Da braucht es was zum Durstlöschen. Und das Eiweiß verdaut sich zitroniert ja viel besser.« Während ich runterschluckte, schüttelte ich den Kopf, jetzt wieder sehr gerade dasitzend, auf Haltung bedacht. »Aber danke«, brachte ich dann hervor, »Gudrun?« – »Nenn sie Gundl!«, er drückte ihr sein Glas in die Hand, »schütt es weg und bring uns, was immer er mag. Wie heißt du eigentlich?« – »Siegmund heißt er«, sagte Gudrun, »bist du immer noch nicht verschwunden?«, er. »Bier bitte«, sagte ich, das mir mit Sicherheit als Reparaturseiterl magenmuskelbetäubend über die Leberkäsesemmel hinweghalf. Doch sie brachte mir Minuten später natürlich einen Halbehumpen, den ich mit links nahm, zu kühlen und zu verbergen.

Inzwischen war der Qualm über dem Berghang dichter geworden und kein Wort gefallen außer meinem Namen, als »Herr Heehrmann«, stellte ich mich vor. »Was bringst du uns?«, fragte er, während erste orangefarbene Schemen sichtbar wurden an den grauen Felsen. »Einen Hecht«, sagte ich, »so wie du es magst, in der Flasche«, sagte Gudrun. »Und stellst mich als einen Proleten hin ihm gegenüber?«, sagte er. »Meinen Sie, die Tiere haben Angst, wenn sie im Hang langsam von den Flammen eingekreist werden?«, fragte ich ihn. Er nahm einen Schluck von der stark schwitzenden Flasche. »Deswegen erschieße ich sie auch. Feuer aus großer Entfernung. Noch nie danebengegangen. Wenn da oben jetzt eine Gämse laufen würde«, er zeigte genau hinein in den immer deutlicher rot lodernden Schein, der jetzt schon den Tanz, das Auf und Ab des Flackerns erkennen ließ, »sie stürbe in Würde, ich würde sie erlösen, ein Hoch!« – »Darauf«, sagte ich, prostete ihm zu, indem ich die Hand hob: »Keine Sorge, Flaschenkind …«, eine Stichflamme zeichnete wie in Zeitlupe einen Pfeil Richtung Himmel, und das Brüllen eines zerberstenden Baumstamms überschrie die eben noch in der Luft gelegenen gegeneinander und trotzdem aneinander vorbei geprosteten Glückwünsche. »Also Abmarsch, Gundl!«, sie nahm mir die Halbe aus der hochgehaltenen Hand, verschwand im Haus damit. Ihre Beine zitterten bei jedem Schritt.

»In Wirklichkeit wollten sie Marlies nur davon abhalten, sich mit mir zu treffen. Ich war ja der Sohn eines SS-Offiziers. Aber mein Vater hat jeden seiner Prozesse gewonnen. Freigesprochen in allen Anklagepunkten«, sagte er und prostete dem Propellerdrehen des Christopherushubschraubers zu, der vor dem stahlgrauen, inzwischen reichlich mit Rauch vermischten Himmel Kurs aufnahm entgegen dem immer verzweifelter um sich schlagenden Feuer. Sogleich regte sich das Sodbrennen wieder, und dass ich mir wirklich ungern Hirnstich und Hautbrand hole, sagte ich. Dass ich heute schon zu lange Zeit dem Sonnenschein ausgesetzt sei, bestand ich. Man gehe doch lieber hinein. Bevor ich hier braunschwarz zum Mohren verkohle, sagte er und sah mich an. Ich musterte ihn, seine bierbelegte Zunge, dies über Jahrhunderte hartnäckige, mitteleuropäische Analogon. Schon Leonardo von Vinci variierte es in seinen Notizen. Der gewiefte Zettelkritzler machte aus der Beschreibung Othellos, schwarz wie carbone, also Kohle, schwarz wie calabrone, also Hornisse. Neulich erst vernahm ich das, während einer Ausfahrt mit dem Auto, das sicher hinter dem stacheldrahtumwundenen Lattenzaun stand. In die Antenne geflogen aus Wien, in dieses hinterletzte Nest geschallwellt die Radiomeldung, begleitet von Surren und Rauschen, durch die Lautsprecher gewuselt zum Mercedesinnenraum herein, auf Frequenz des Kultursenders gestellt, die Rezension einer Biographie des Renaissancemeisters. Sie summte aufdringlich in meinem Gehörgang nach, dann nur noch weißes Rasseln auf allen Kanälen, von der Tischplatte aufgestanden, meinen Kopf selbst hineingehalten in den Empfang, in den Gang, der von den nussholzbraunen Planken in das stumme Haus führte.

Die letzten schweren Schritte und das Schnauben Gudruns verklangen hinter der Verandatür, woraufhin er sein Bier fester fasste und ich ihm folgte in die dunkle Stille mit einem letzten Misstrauensblick auf meinen Wagen. Darüber spritzten zehntausende Tropfen Richtung Bergspitze, froschperspektivisch verkürzt für mich, von der Veranda aus gesehen gen Autodach, in einem silbernen, sogleich spektralfarbig schillernden Bogen, aus den Löschhubschraubertanks gesandt, aus den sich konzentrisch verbreitenden Wellen selbst, meinte ich beinahe. Sie brachten das Blau zum Beben, zerlegten den Himmel in ein Gewitter aus Schallsplittern, verwandelten die Luft zu einem sonnenverbrannten Feld, das fauchende Risse zerklüfteten. Ich komme aus dem Unterland, habe einen Hecht für ihn, und wenn er ihn nicht nehme, noch eine recht lange Heimfahrt bis zur nächsten Tiefkühltruhe, aber drinnen verschlugen mir Hunderte Gämsekrickerl den Atem, auch nur irgendetwas zu sagen. Während wir hintereinander den Gang hinunterschritten, fühlte ich mich mit jedem Meter weniger werden, ausgenommen und leer von innen, immer mulmiger wie eine Mumie, zuletzt fast nicht mehr vorhanden wie das vernachlässigbare Rudiment einer kleineren Grabbeigabe, ein rostzerfressenes Schmuckstück aus irgendeiner minderwertigen Legierung in der letzten Ecke neben

Haufen beständiger, edelmetallener Schätze. An den Wänden zogen die schädeltragenden Holzplatten vorbei, schmale Baumstammquerschnitte behängt im Mittelpunkt der Jahresringe mit skelettierten Gämsköpfen wie eine Zielscheibe. Die Reihe strahlte weitaus weißer als das Mauerwerk, dominierte den Raum wie die Ahnengaleriegemälde eines englischen Cottage. Aber die respekteinflößenden, jeden Porträtierten ehrerbietig hervorkehrenden Abstände zwischen den Bilderrahmen fehlten. Die abgenagten Schädel tafelten die Türenflucht lückenlos und liefen mit uns knapp beisammen längs der knarzenden Dielen. Kaum kam ich an einem rechten Horn vorbei, war ich schon auf Höhe des nächsten linken. Fast überkreuzten sich die Geweihe, so eng gehängt die Trophäen. Hier war nicht das Wachstum einzelner Tiere, bloß ihr kollektiver Tod ausgestellt zu beiden Seiten. Mehr als einmal verwechselte ich rechtes und linkes Horn, bemerkte erst spät, dass schon wieder ein Schädel hinter mir lag. Die Krickerl wurden immer größer. Sie hingen immer höher. Sogar an die Decke waren die Schädel genagelt. Die Wand aus Knochen war wahrscheinlich dichter gefügt als die Ziegel im Mauerwerk dahinter. Die nie verwesten, sondern von Säure aufgefressenen Augäpfel glotzten uns aus leeren Höhlen an. Hohle Schädel sprachen zu unseren dumpfen Schritten in einer stummen Sprache. Die Stille zischte wie eine in Lauge gelegte Zunge. Aus durchtrennten Gurgeln unter abgefaunzten Zähnen in blanken Oberkiefern kam nur das Schwefelblubbern hervor. Die Unterkiefer ruhten in Einschnitten der Holzplattenrückseiten, wie mein Vordermann in wortlosem Umdrehen zeigte. So hörte sich die Ruhe an, die keinen einzigen Fleck ausließ zwischen diesen Mauern, nirgends hätte noch ein Krickerl Platz gehabt und Wolfram sprach, was die Stille keineswegs vertrieb, nur unterstrich.

Schön wie die Sonnenstrahlen selbst, unendlich lang seien seiner ersten Flamme Marlies Beine gewesen, weswegen er dann auch seine Tochter nach ihr benannt habe, deren Haar wie das Medaillon zum Ring war, die vollkommensten Schmuckstücke eines Mannes, sagte er und trank von seinem Bier. Zu einem Zopf gebunden schwebe es jetzt auf und ab vermischt mit Azur vor der Küste Australiens herum, im selben Rhythmus wie ihre Beine schlugen und die Tochter weit unter der Meeresspiegelnull durch das Great Barrier Reef trugen. Tiefseebiologin und eigentlich nur auf ein Semester in Sydney sei sie gewesen, jedoch sei die geliebte Tochter zu intensiv abgetaucht im Flitterstrom, habe sich verliebt in einen Boy und sei dort geblieben, nie wieder aufgetaucht, ihm abhandengekommen das untreue Gesocks, wegen irgendeines Bandleaders, der Walfischlaute auf Magnettonband transferiere, die verschiedenen Akkorde und Melodien sodann via Computer abspielbar über Harfensaiten, er nenne das Walfischlautlaute und trete im Opera House auf. Er für seinen Teil glaube kein Wort davon. Australien, knurrte er, da habe er hinfliegen wollen zur Hochzeit, um sie anzuflehen, nicht den Bandleadernachnamen anzunehmen, den Stamm zu erhalten, den Namen zu behalten, oder zumindest dem Sohn, falls sie einen bekamen, das ließe sich ja nicht ausschließen, selbst wenn sie keinen wolle, den seinen zu übertragen. Aber der Arzt habe gesagt, sein Herz schaffe das nicht, so viele verschiedene Zeitzonen, unmöglich dieser transatlantischpazifisch-ozeanische Flug, tot falle er da um, und auch die Chemo dürfe er nicht machen, die Geburt seines Enkelsohnes noch zu erleben würde nicht klappen, das zahle sich gar nicht mehr aus, weil er eh innerhalb eines Jahres sterben werde an den Herzklappen. Dreizehnfach bypass-operiert sei er schon und jetzt solle er einfach in die Grube hüpfen wegen des Krebses, statt sich zuletzt noch mit der Chemo das Herz zu ruinieren. Er sehe diesen sonst endlos geldgeilen Quacksalber schon auf den frisch geschaufelten Erdhaufen neben der gerade ausgehobenen Grube urinieren, dass es niemandem auffalle und den Haufen hinunterrinne und hineintropfe in der Zeit, die gebraucht wurde, ihn in seinem Sarg hinabzulassen auf seinen Herrn Vater in die Gruft. Immer heimlich erhielten die Herren Doktoren sonst jeden schon von innen verfaulten Leib und ausgerechnet seiner solle verfallen. Das habe natürlich auch nur mit seinem Vater und dessen scheinbarer SS-Vergangenheit zu tun, obwohl er alle Prozesse gewonnen habe, freigesprochen in allen Anklagepunkten. Diese Scharlatane starren den Herrn Vater an, der ebenfalls ein Herr Doktor war, und sehen nur den Schandfleck ihrer ganzen eignen Zunft, des heutigen Abschaums, Hyperhippokraten wohin man schaue, aber es gebe unwertes Leben, so sei es eben. Und er, der SS-Sohn, solle jetzt nachträglich vom Antlitz dieser Erde getilgt werden, in sie hineinwandern vor der Zeit und mitsamt Nachnamen verschwinden. Er freue sich ja auf die Familiengruft, wie sein bayrischer Vater sich auch wohlgefühlt habe im Wiener Untergrund, als die Zeit noch nicht gekommen war, manchmal müsse man eben warten, in seinem Fall auf den Brunftruf Johann-Lukas Gotthardtus', sagte er, als wir eine Tür erreichten. Er drückte die Klinke mit der Winchestermündung nieder, stieß gegen das Holz mit der Schuhspitze und einem Klonken. Die Scharniere quietschten und gingen, dass die Flinte auf Gudrun zeigte. Immerhin waren es in diesem Raum keine Krickerl mehr, sondern hohle Hirschschädel, Zwölfender, gerade, über der Tischplatte, eine riesige Fensterfront sonst, die die ganze Längsseite der Küche einnahm. Gudrun drückte mir ein Flaschenbier frisch aus dem Kühlschrank gegriffen in die Hand. Sogar an der Glaswand, die ansonsten wohl einen wunderbaren Blick auf den bewaldeten Hügelhang geboten hätte, hingen die Trophäen. »Erzählst du von Marlies?«, fragte Gudrun und sagte zu mir, »Haar wie Flachs, schwör ich dir!« – »Wiederhol mich nicht, bei der aktuellen Lage angekommen«, sagte er, trank den letzten Viertelliter in einem Schluck, bei dem es mir allein vom Hinschauen schon den Magen knetete, »Gundl!«, schrie er, »Bier her, mehr!«, und sie gab ihm noch eine Flasche Otterkringel, angeblich eine Firma ehemals jüdischen Besitzes, enteignet und inzwischen selbstverständlich nicht rehabilitiert.

»Ich habe einen Hecht für Sie«, was er mit einer Geste quittierte, die wohl beruhigend wirken sollte, ein Mix aus Winken und Stechen und Hauen. Er setzte sich an den Tisch, brach zwischen den Backenzähnen schmelzzerschmetternd, meinte ich beinahe, den Korken auf. Zisch machte das Bier, er trank einen großen Schluck, die Winchester neben ihm, an den Oberschenkel gelehnt. Sodann zog er aus der Holzfällerhemdbrusttasche eine Packung Rothändle hervor, nahm eine in den Mund, entflammte sie mit einem stahlgrauen Zippo und pustete den Rauch den Hirschschädeln entgegen, deren Knochen in diesem Raum wie altes Elfenbein gelb verfärbt waren, die vielendigen Geweihe ineinandergerankt wie Variationen von Dornenkronen. »Weil er so groß war, haben sie ihn in die SS gesteckt. Sein bester Freund dort und Vorgesetzter war Johann-Lukas Gotthardtus, ein Scharlatan und Wahrsager. Er wusste, was kommen würde, und wusste auch, dass er ins Lager wandern würde, unklar nur, ob er auf Pritschen oder Betten liegen sollte. Also schrieb er schon im Vorfeld viele Briefe und stilisierte sich als germanischer Heilkundiger. In Wirklichkeit war er ein Prophet gewesen in einem kleinen bayrischen Dorf, ein Eremit, der im Wald lebte, sich in die abgezogene Haut eines Hirsches samt flauschigem Schädel und Geweih kleidete, zwei Pilzsuchern erschien und ihnen vorhersagte«, er machte eine theatralische Pause, um sein Bier auszutrinken in einem Zug und die Rothändle wegzurauchen in einem Schluck, auszuhauchen im Deklamieren der Worte, »wenn der eiserne Fuchs durch den Wald pfeift, müssen die Männer weg. Die Menschen verstanden nicht. Die Männer waren ja nie da gewesen. Den ganzen Tag im Feld und danach auf dem Heuboden und dazwischen jeweils beim Dorfwirten. Doch dann begann der Krieg und die Schienen wurden verlegt und die Männer bestiegen den Zug und dann zwei Stockwerke tiefer in die eben ausgehobenen Schützengräben, gruben sich ihr eigenes Grab«, und plötzlich erinnerten die Geweihenden, die Spitzen und Stacheln und Schaufeln vielmehr an Stacheldrahtranken, detonierende Splittergranaten, Schrapnelle und Gewehrschulterstücke und Schulterschlüsse von Männerphantasien beseelter sechzehnjähriger Freiwilliger. »Zwanzig Jahre danach wusste Johann-Lukas dann, dass seine Untauglichkeit für den Krieg diesmal nicht bedeuten würde, dem Bahnhof fernzubleiben, und klagte dem Herrn Doktorvater seine Furcht, der auch noch ein gutes Wort für ihn einlegte in die Kuverts neben die Briefe«, und seine Pupillen glitzerten schwarz im Widerschein der totenkopfförmigen Lampe, die in diesem Raum hing, und als Johann-Lukas dann eingestiegen sei, sagte er, und sich auf seinem erstklassigen Platz niedergelassen, die Zeitung aufgeschlagen habe, da sei er froh gewesen um das Privileg, die Züge abfertigen zu müssen in Zukunft. Jahre nach dem Krieg war ein ordentlicher deutscher Mann aus ihm geworden am Gericht, zum Hofrat habe er es noch gebracht in dieser verkommenen Fünfzigerjahrewelt, habe mit dem Mjölnir auf den Tisch gehauen, bis er selbst in Pension nur mit ordentlichst gebundener Krawatte auf der Couch gesessen und sie erst abgenommen habe, um in die ewige Hapfn zu hüpfen, wie er das Hirschfließ nur abgelegt habe, um nicht in die Grube hüpfen zu müssen, und natürlich habe er niemals ein Fehlurteil getroffen, war er doch eigentlich und immer noch, umso mehr je weniger von Amtes wegen, Wahrsager gewesen. Doch er würde niemals verwesen. Johann-Lukas Gotthardtus sei Wolfram im Traum erschienen, diesmal in Gestalt eines Bären, und habe gesagt, er räusperte sich, obwohl Gudrun ihm eh schon das nächste Bier hinstellte: »Wenn die weiberne Sucht durch das Wasser schweift, müssen die Forellen weg«, und dann hielt ihn nichts mehr auf dem Hintern, er sprang hoch, stand mit einem Mal auf der Eckbank, trat an die Wand, wo über einen Nagel der Riemen einer riesigen Holzfälleraxt lief, die er abnahm, und flink wie ein Fuchs sprintete er auf das Panoramafenster zu, das eigentlich eine Terrassentür war, die Gudrun gerade noch rechtzeitig, scheinbar völlig beiläufig und lange eingespielt zur Seite schob.

Er rannte hinaus und über Gras, ich ihm hinterher, nahm noch einen Schluck vom meinen Magen eiseskalt beruhigenden Bier. Ich blieb stehen auf der terrakottagepflasterten Terrasse. Baumstümpfe, rudimentäres Wurzelwerk, umgehauene Stämme säumten den Garten, ein Axtschaft lehnte blattlos an der

Hauswand. Ein Stacheldrahtverhau wand sich um die Hügelkrümmung, setzte das Grundstück gegen den bewaldeten Teil des Hanges ab. Dort legte der Herr Diplom-Ingenieur jetzt seine Axt an den letzten Stamm, der noch auf seinem Terrain stand. Er hieb hinein ins Holz, den Baum umzulegen sein letzter Wille, mit einer Wucht, dass die Rinde in tausenderlei Stück wegsplitterte, und ich vernahm ein brachiales Surren. Ich schaute rundherum und fand den Unruheherd nicht, roch ihn aber plötzlich, sah einen Hochstand ohne offene Seiten, dafür aber mit Schießscharten, die sich genau auf den Waldrand richteten, an denen der Herr Diplom-Ingenieur mit Sicherheit seinen hochverdienten Ruhestand versaß. Dann erblickte ich eine Rattenfalle, deren Bügel einem hasengroßen Tier, das querfeldein flitzte, mit einem Matschen das Genick zerschlug. Fix hätte die Schnalle das Holzbrett mannshoch in die Luft gewichst, hätte das Gewicht des vollgefressenen und reglos zu Boden gegangenen Nagers das Springen nicht verhindert, und dann sah ich den Haufen dahinter, den riesigen Hügel, den Berg fast schon von Gämsenkadavern und Hirschleichnamen. Wie ein zum Heizen vorgesehener Holzscheitstoß waren die Viecher kopflos aufeinandergeschichtet. Aus den obersten Hälsen sickerte noch Blut, rann über die unteren Leiber hinab, die damit allesamt versaut waren. Sie nährten tausenderlei darin herumwuselnde Zecken und gelb sich windende Fliegenmaden. Niemals würden die Felle Einzug halten in Etuis als fängige Hirschkäfer. Die unterste Schicht war schon fast abgetragen, von Ratten angenagt. Die Larven zerfraßen das Fleisch und ihre Mütter erhoben sich wie ein Geist alle zugleich. Sie schillerten schwarz. Sie waren so viele, dass das Brummen toste. Sie drängten sich zusammen und mir die Erinnerung auf an die Anfangsszene von *Apocalypse Now*. Oktroyiert erschien mir ein ganzes amerikanisches Hubschraubergeschwadergebrumm wie Wagners *Walkürenritt*, ein brutales Crescendo, das sich immer himmelhöher schraubte, obwohl das Geräusch ja näher kam, bis zum fortissimo durchgezogen, der totale Wald im Blick, irgendwo darin der niederzuschlagende

Vietkong, und dann fiel wie Regen auf die Blätter das Entlaubungsmittel auf den vietnamesischen Dschungel und orange explodierte das Bild, so war das in diesem Film. Ich, genau jenen Moment zu Lena gesagt, da es aus den Anlagelautsprechern wummerte, wusstest du, dass seine Frau mit am Dreh war im Urwald monatelang? Und sie sagte, irgendjemand müsse doch diesen egozentrischen und manischen Machern den Forst zeigen und die Pflanzen, ihnen die Bäume entlauben, die Dinge und Blütenblätter auseinanderdividieren, ob sie einander liebten, sie zur Lichtung bringen, zur Welt quasi, Rücken freihalten, klar. Ich brach.

Über den Terrassenrand sickerte die Lache langsam den Hügelhang hinab, in den Humus hinein, den die nun umgehauenen Bäume hier jahrelang schufen. Ein Brocken suppte über eine Rattenfalle und löste sie aus. Dann war ein Drittel des Baumes durchgehauen, die Axt ruhte an den Stamm gelehnt und schnaubend kam der Herr Diplom-Ingenieur zu mir heraufgestapft. »Und warum, sag es mir, sollte ich diesen Hecht brauchen. Ich habe ihn nicht selbst gefangen. Gartenpartys gibt es hier keine mehr. Wie lang ist er? Einen Meter schon schaffe ich nicht. Ich muss nur noch diesen Baum fällen. Dann verdeckt mir nichts mehr die Sicht in den Wald. Und aus dem Hochstand hinaus ballere ich alles nieder, hungere Johann-Lukas Gotthardtus und bügele den Fehler meines Vaters wieder aus. Auf dass seine Uniform glatt und makellos ruhe. Sie haben Bärenspuren gefunden im Humus. Sie tauchen immer über Nacht auf. Es sind dann nur schmale Blutrinnsale im Gras. Er verschlingt die Hirsche mit Leder und Fell, rülpst bestenfalls einen Knorpel aus. Den Ort des Geschehens umweht stets ein eisiger Hauch. In ganz Österreich gibt es keinen einzigen Bären mehr, bei den Bayern, in der Schweiz, in Liechtenstein, in Jugoslawien schon. Andere Nationen halten sich an den Artenschutz. Hier wird die Abschussquote ignoriert, hier stirbt schwarz, was zu sterben hat, und wird Gespenst. Es ist ein Geisterbär, der umgeht im Wald, sonst hätten sie ihn erwischt. Er stünde irgendwo ausgestopft. Von

Wolferl wüsste ich das«, seine Sätze waren lange, gehetzte Stöße wie die Radumdrehungen einer anrollenden Dampflokomotive, der zudem die Kohlen ausgingen, »noch führen seine Tatzenabdrücke nahe ans Dorf, lösen sich aber auf, stapfen ins Nichts, zu Kurtis Laden. Ich habe ihm immer gesagt, er muss seine Ware besser kühlen, sonst lockt er den Dämon an. Johann, er materialisiert sich als Bär, verschwindet kaltschnäuzig, er streift die Dorfgrenze. Natürlich, er hungert schon, habe ich nicht alle seine Hirsche weggeschossen. Er wird hier hochkommen, wenn er den Haufen riecht, seinen eigenen Scheiterhaufen. Das Silberblei wird ihn austreiben. Die Falle ist gestellt. Die Einrichtung einer Selbstschussanlage beschließt mein Testament. Wie beim Eisernen Vorhang, ein Exorzismusstreifen. Flüchtige Leichen. Sie sollen nicht ewig leben. Er wird hierherkommen. Da bin ich sicher. Vielleicht nicht mehr in meinem Leben. In jedem Fall, ich bin bereit«, während wir über die Terrasse larvierten in die Stube zurück, ich wankend, er schnaubend.

Er setzte sich ins Eck, steckte sich hastig noch einen Tschick an, atmete tief durch. Ich spülte die letzten Bröckchen, die zwischen meinen Zähnen hingen, mit einem Schluck Bier hinunter und dachte an die Knorpel in Franzis Leberkäse und meiner Hand. »Früher ging es besser. Bis vor zwei Monaten hatte ich noch Luft, zwei Bäume in einem Zug zu fällen.« – »Und zwei Zigaretten zu rauchen?« Er schätze die Heidenarbeit, die wir uns machten. Er bezahle den Jahresbeitrag, und das wars, habe er dieser Nietzscheferkelflietschen auch gesagt am Telefon, und dem Volki auf der Terrasse, bei einem Gläschen. »So ein fescher Mann«, sagte Gundl, »der hat früher die Hechte gebracht. Aber weißt, er war auch immer so einsatzbereit. Er ist hierhergekommen. Er wollte helfen, den Baum zu fällen. Aber die Axt, die er brachte, war alt. Da hat er wirklich geschlampt. Wie ein Geschenk gibt er sie dem Wolfram. Ich steh mit Volki auf der Terasse, als er ausholt im Hang. Und schon flog das Beilblatt fort. Kann man sich das vorstellen. Die Schraube war rostig. Und in hohem Bogen fliegt die Klinge. Sie rotiert in der Luft.

Sie schraubt sich den ganzen Hang herauf. Der Schneid ist gut. Er blitzt sogar im Sonnenlicht. Ich schenk Volki gerade Limonade nach aus dem Krug. Er hält mir sein Glas hin. Da fällt die Hand zu Boden. Das Beilblatt hintennach. Und das Glas zerbricht. Die Limonade spritzt. So ein Jammer. Nur noch ein Stumpf!« – »Gundl, du Waschweib. Wir haben ja jetzt ihn.« Der Herr Diplom-Ingenieur technicus und Doktorssohn Wolfram Gottfried Frederickus Ferdinander drückte die Rothändle aus und gab mir die Hand: »Es sind die Östrogene. Weil sie alle die Anti-Pille nehmen. Die Klärung ist da chancenlos. Die Forellen werden impotent. Sie bekommen Formen wie Aale. Und die Hechte werden weibisch. Sie schwimmen in das sonnengeflutete Flussbett. Finsternis, Kälte, Tiefe, sie ertragen es nicht mehr, Einsamkeit, Melancholie, der Grund des Sees, urdeutsche Tugenden. Verteidige du an meiner und Volkis statt! Schütze den Strom!«, und er gab mir die doppelläufige Winchester. Aber ich nehme Kupfermunition, Blei verpeste die Umwelt. Und auf die Frage, ob er die nicht selber brauche für Gotthardtus, erwiderte Wolfram, dass er sich schon sehr lange eine neue kaufen wolle, eine bessere, eine deutsche, oder, vielleicht sogar, am besten, eine Steyr Hawk aus Steyr an der Steyr, ein Zufluss der Enns, die im untersten Unterland in unseren Fluss mündete, bevor er in die Donau überging und hinter Wien ins Schwarze Meer.

39 Siegi und Archie haben einen Traum

Den Schwamm auf der Rückbank schlug ich in Zeitungspapier ein, knüllte gleich zwei, drei Schichten, um an den Ecken auf Tixo verzichten zu können, ineinandergefaltet die Kanten. Als ich über die Brücke trottete, hörte ich ein ähnliches Rascheln flussabwärts, wo Rudl eine totgeknüppelte Forelle einpackte. »Du musst Siegi sein«, sagte eine Frau über ihre Schulter, die ich fast eingeholt, beinahe überholt hätte, ohne aufzumerken. Die Sonne glänzte auf ihrer Kopfhaut, und doch hatte sie keinen Tropfen Schweiß auf dem blanken Schädel, nassrasiert, erkannte ich gleich, nicht wegen Aftershave-dermatologischer Irritationen oder dergleichen, sondern eben ohne Stoppel, kompromisslos, auch ihr Blick, thyssenhart, typisch für die frischhiesigen Lungenkrebsler. Der Augenkontakt hielt mich etwas auf Distanz, ließ meine Pupillen pietätvoll zu den Rillen zwischen den Holzbrettern wandern, auf die Wasseroberfläche, unter der gerade unendlich träge eine Schonstreckenforelle zu mir, in Richtung eines Brotbröckchens trieb. »Jane mein Name, die Leute lassen läuten, du seist der Master«, als ich sie, die nun stehen blieb, erreichte. »Freak nennen sie mich.« Der sich ansaufende Brösel sank und trieb schneller weiter als die Forelle. »Die Bauern vielleicht. Ist ein Kompliment. Für mich heißt das, du bist der King.« Indes schwamm der Fisch gegen seinen schwebenden Leib, gegen die Luftblase in ihm an. »Ernstl ist es.« Die Forelle verpasste den Krümel. »Dann bist du der Prince.« Er trieb ab. »*Go to try a new position.*« – »*Let's go fishing in the river.*« – »Wer nicht will, der hat schon.« – »*In the river of life.*« – »Ich bin so frei«, immer diese impertinenten Patienten, ich drängelte mich an ihr vorbei. »Der Tisch mit den Presents ist drinnen in der Lounge«, sie wies geradeaus mit ihrem Arm, ihrer Hand, der Fliegenstangenspitze, die ich erst jetzt in ihrem Griff erkannte. »Kannst ruhig spotten«, eine recht gewöhnliche, eigentlich gar nichts imitierende, schlichte Trockenfliege vor meiner Nase, Rehhaar mit Lametta umwunden. Es flatterte, eine Geschenkbandrüsche. Sie bog links ab auf die Holzveranda und blieb stehen vor Nina, die fragte, wie das Wasser sei. Jane verlor ein paar Worte über ihre liebste Stelle, wie die Forellen heute unter den Zweigen herausschnellten. Ich hörte eine schnappen nach Gerrys Brotfliege, einem Biersumperer Struwwelpeter, wie auch immer, am Horizont, tallängs, gegen die Sonne, bog sich eine Stange, kaum auszumachen die Fischersilhouette. Sollten sie ihre unförmigen Dinger fischen und glücklich werden, sich nicht abmühen, Insekten zu mimen.

Ich sah schon all die Krankenkassenprospekte aus Wartezimmerstellagen in die Hände alsbald eifrig blätternder Lungenkranker und baldiger Kurgäste wandern. Wie sie die Seiten aufschlugen und innehielten bei Fotos auf Glanzpapier, die diesen Raum ohne die nassdunklen Flecken an strahlend weißen Wänden zeigten, die österreichische Redaktionsmitglieder perfide retuschierten auf den Filmen. Noch in der Dunkelkammer wurde mit Buntstiften das gemütlich knisternde Feuer in den Kamin eingezeichnet, der in Wirklichkeit lediglich dekorativen Zwecken diente. Schon wurden die Prospekte ins Nachbarland hinausgeschickt, in die Postkästen der niedergelassenen Ärzte, während die Redaktionsmitglieder sich die Hände rieben, Wärme erzeugten, in ihren Geldbeuteln, Reibung, hinein mit den Scheinen, und Behaglichkeit simuliert in den lungenkranken Herzen, die Verbindung stimuliert, die Aorta, eine Hauptschlagader in den Körper der Tourismusbranche, die Autobahn, von Deutschland nach Österreich. Ich blieb vor dem kaltgebliebenen Kamin stehen, legte das Paket auf den quadratischen Tisch, wo sich bereits viele Geschenke befanden. Die Verpackungen bestanden alle aus veralteten Zeitungen und waren beschrieben mit den Namen von Gerrys Freunden, blauer Edding über Druckerschwärze. Ich nahm meinen Lieblingsprotokollierstift zur Hand, malte so lange Kringel drüber, bis Gerrys Wunsch sich in einer Wirrwarrwolke von Kugelschreibergekritzel erfüllte, wer hier was gab, Schwamm drüber, wenigstens das. Dann zockelte ich in Richtung dieses ekelhaften, an die Außenfassade drangebauten, einen transparenten Schacht hochschießenden, selbst aus Plexiglas bestehenden Aufzugs. Dass man auch hinausschaute während der Liftfahrt, hatte Gerry mal gesagt, auf den wunderschönen Fluss, abgeschnitten von jedem Geräusch, befreit von dem Sonnenwärmegefühl auf der Haut, UV-Filter eingelassen in diese Fahrstuhlverkleidung, abgezwackt von der sauerstoffsatten Luft, die in diesem Ding klimatisiert wurde, dieses widerliche Surren, selbst im Hochsommer unterkühlt, bald betäubt im eigenen Zimmer, an der Herdplatte Hühnchen auskochend, verkühlt sicher nicht vom Fischen, in der Badewanne, keineswegs am Ufer. Dort sah ich nun Rudl etwas schwingen, Totschläger, Stange, es war mir egal, ich packte es nicht, musste raus hier, drückte den Stoppknopf, glasklarer Notfall, nichts, bis eine Hand an meiner vorbeiglitt, eine Nummer berührte, und ich stolperte durch die Schiebetür in einen Gang. Als sich die beiden Glasflügel wieder schlossen, fragte Jane noch »really?« und ich nickte.

Sie wurde weiterbefördert in das Stockwerk drüber, während ich bemerkte, dass ich dem Treppenhaus fern, vielmehr direkt in eine Suite ausgestiegen war. Über mir hatte Gerrys Geburtstagsparty einen anderen Gang eingelegt. Ich hörte die Bässe einer Musikanlage durch den Plafond zucken, die Menschen tanzen und mindestens eine Ohrfeige knallen. Selbst wandelte ich den Gang dieses Appartements hinab, dorthin, wo ich den Ausgang vermutete, vorbei an der Garderobe. Ich fixierte die Tür, sah durch das wurmstichige Holz eine Bettkante. Die Löcher in der Zedernfläche formten den Schriftzug *Gebetsroither*. Ich trat näher, den Alukasten taxierend an der Wand, in den man wohl

Geld schmiss für diesen Anblick anderntags, Burzeltag. Gebetsroithers Kontur las ich totsicher vom Laken ab und lag dann in seinem Sterbeabdruck.

Traurig, schwer getroffen, zerschlagen vom Fensterkreuz erschien Gerrys Antlitz auf dem Glas, gefasst nur noch die Schultern von den Polstern des rostblauen Sportsakkos, in Form gegossen, unter pochender Brust der unterzeichnete Kontrakt. Ein Mauersegler schnitt draußen das Bild, sauste in den Sturzflug und zog ohne Hast und Flattern durch den Garten verfolgt von Gerrys schweifenden Pupillen. Er warf den Blick hin und her, sah den Komposthaufen zucken im Wuseln nacktschwanziger Ratten, erhaschte die von Gittern zerschnittenen Hühnergefieder in den Verschlägen, schaute die auszureißenden Disteln, das wachsende Hornissennest hinter der Herbergsdachrinne, das alles überwuchernde Unkraut, dreiblättriger Klee in voller Blüte, die lianenumwachsene Lenkstange der Harley, die am blutbespritzten Hackstock lehnte, nah der Schuppen und Keuschen, der versifften Regentonne, deren Oberfläche Dunst absonderte, in dem sich Myriaden von Mücken formierten, sich fragten, wo Nina war, während sie umherflogen gleich einem Reigen, in den sich eben frisch geschlüpfte, von der Latsche zu Füßen der Grundwasserpumpe schwirrende Kinder einklinkten, die sogleich mit dem Wind wie Feinstaubwolken an dem stecken gelassenen Spaten vorbeitanzten, dessen Schaufelblattschatten das gescheckte Katerfell kraulte, auf sprungdurchzogener, wüster Erde.

Gerry wütete innerlich, war ganz enerviert, hatte Ernstls perfide Glückwünsche noch im Ohr, »sieh da!«, wandte sich um, nahm Platz auf dem Fensterbrett, modernd und forsch, »willst du das wirklich?«, fordernd und morsch, sich echauffierend, »das braucht doch kein Mensch, Nina!«, die dastand hinter der Bettkante, den süßlich scharfen Zwiebelgeruch noch an den Fingern, erkaltete Fettflecken auf ihrem Kleid, zwischen sich und Gerry die Matratze, die Hitze im Zimmer, der Schweißabdruck des ausgecheckten Wieners auf dem Laken, der unerträgliche Geruch nach frisch geschnittenem Rosmarin, golden auf Forellenschuppenkruste brutzelnder Butter, nach eben erst bedrucktem Papier. Gerrys Herz, so schien es ihm, tat nur einen langen, brustspannenden, schmerzhaften Satz, so krass, dass er den Vertrag in seiner Sakkoinnentasche hörte, wie er knüllte, fast riss, bloß eine Erregung, eine weitgehende Bewegung, in der Nina Gerry glockengrell verlachte, ihren Schenkel um das Betteck schwang, ihren blanken Fuß auf die schiefrige Holzdiele zwischen ihnen setzte und alle weiteren schleifenden Schritte trat, dass ihr Kleid, das Nina vorigen Tags zu Gerrys Burzeltagsparty überstreifte, dass der elektrifizierende Stoff sich in Falten legte, sie sich in Bewegung setzte, ihm den Rücken kehrend, auf sein rasch hervorgeholtes Glied. Sie ritt ihn wie eine flackernde Flamme einen Docht, hoch und nieder zuckend, seitlich vorwärts und nach hinten ruckend, während unter Gerrys Pupillen erste Tränen schwollen ob Ninas wächsernem, ihm abgewandten Gesicht, das ganz langsam desto mehr Farbe gewann, umso mehr das Fensterbrett unter Gerrys Gesäß sich verzog, je weniger es knarzte, weil es seine Form doch längst verloren hatte. Gerry starrte abwechselnd auf Ninas Wirbelscheitel, wo die Strähnenansätze stoben, sog ihren Duft ein und verfluchte den reibenden Stoff seiner Hose, die Torheit, keine kurze angezogen zu haben, starrte dann durch das leere Zimmer, in dem die köchelnde Luft zunehmend flimmerte, indes er wimmerte. Seine Lippen bibberten, sein Atem weinte, während Nina, wie auf wogenden Wellen reitend, regelmäßig und langgezogen stöhnte. Sie beschleunigte ihr Auf und Ab, dass ihre Haarspitzen flogen vor ihre eigenen Augen, die mal in pures Blond, mal durch den hitzestarrenden Raum stierten. Ihre Knie fühlte sie immer wärmer und geschmeidiger werden, wie auch die erst noch aufflammenden Schenkelkrämpfe im Schnellerwerden spürbar verebbten und ihre Fußgelenksknöchel noch und nöcher Schmiere produzierten, bis das anfängliche Knacken ritardierte, zum pianissimo überging und verstummte unter dem Schaben ihrer trockenen Oberschenkel an Gerrys rauer Hose und dem Keuchen. An Ninas krustiger Unterlippe haftete nun eine gesprungene Haarsträhne, die in ihren feuchten Mund gesogen wurde mit dem nächsten Atemzug, hinein über Zunge und Gaumen das Zäpfchen entlang und hinab bis in das schallende Organ, die Spitze an schwingendes Stimmband, bevor Nina überbissig die oberen Schneidezähne auf das tote Eiweiß presste, die Strähne durchtrennte, im nächsten Laut ausspie. Speichelumwunden segelte das Haar Ninas Brust hinab, wurde in ihrer Aufwärtsbewegung von hochwogenden Strähnen erfasst und in Ninas wallenden Schopf eingepflegt, während sich ihr Kleid die Taille entlang straffte und entspannte, als es wieder niederstieß, das Becken in Gerrys Schritt, in ihrem sein Schwanz, das Klatschen ihrer Backen, ein letztes Fensterbankknarzen, sein Lusttropfen, ihr Vaginalsekret, reibende Scheidenwand, gereizte Eichel, vibrierendes Herbergsgemäuer, vom Innersten ins Äußerste, horizontal und vertikal sich ausbreitend, wie der warme Schwung in Ninas Unterleib, der an ihre Haut schlug, den Nina aufnahm, sich wieder hochwippend, hinsitzend, tosend ihr Körper, verbunden mit Gerry, der zitterte, der Fensterbank, die brach, der Holzfassade, die weiterleitete, eine Etage tiefer, bis in den Herrgottswinkel, wo die Spinnenseide flirrte, die Ernstl anstarrte.

Einfach aus Spaß oder Neugierde bewarf er sie mit einer hängenbleibenden Wollnymphe, auf dass die Spinne hinkrabble, ihre Beißwerkzeuge ins Weiche schlug, erstens ihr Gift injizierte, zweitens ihren Verdauungssaft sekretierte, der Insekteninnereien auflöste, in nahrhafte, schlürfbare Flüssigkeit verwandelte, den Chitinleib der Beute aber unversehrt ließ, weswegen die Spinne die Finte auch nicht kapierte. Sodann sollte die gelinkte Jägerin sich sattzusaugen versuchen an der Nymphe, sodass sie Wolle durch ihre Mundwerkzeuge nuckelte, sich selbst von innen ausstopfte damit, dass Ernstl am Ende nur noch den Chitinpanzer ihrerselbst knacken musste, um einen perfekten Innenabguss aus Wolle von der Spinne zu bekommen, den er alsbald auf einen Haken applizierte und an sein Vorfach schlang.

Die Spinne tat den ersten Schritt und Ernstl, ganz geil darauf, begann zu schwitzen, spürte den Plafond kochen, fühlte die Hitze bis unters Dach steigen und dann abwärts kommen, durchs Treppenhaus ihn umwabern und einfangen. Mit Rosmarin und Schweiß reicherte sich dieser Dunst an, vermischte den Zwiebelduft mit Kräutersalz in den Nasennerven Ernstls. Sein schlohweißes Haar nahm das Glissando der Luft ab, zog und rupfte an seiner Kopfhaut, sekierte die Schädelplatte, bis es das Hirn darunter durchzuckte, wer weiß, welcher Reizreflexbogen zuschlug, was für eine Leitung da durchbrannte, wie dieser Funke sprang, der den alten Kapazunder zum Telefon brachte, den trementischen Finger die Wählscheibe rasseln lassen ließ, dem Gebiss, der Zunge, dem Gaumen, dem Rachen, dem ganzen Kiefergewerk, den Stimmbändern Zittern und der Lunge Hauchen sowie dem ganzen Gehörapparat des diensthabenden Sanitäters am anderen Ende der Strippe die Worte diktierte: »Herbergsweg. Es pressiert. Ein absoluter Notfall. Ein Unfall ist passiert. Sturzpartie durchs Fenster. Wahrscheinlich Alkohol im Spiel. Ihr könnt schon mal ordentlich Keta aufziehen. Sagen Sie das dem Notarzt. Wir waren mal Kollegen, selber Sani gewesen. Wir werden es brauchen, ein offener Bruch, wie es ausschaut«, während Herbergsgeberin und Oberkellner, ein Dream-Team wie selten gesehen, gemeinsam kamen, sie ihn stieß mit ihrem ackertrainierten Kreuz, er sie schubste mit seiner portemonnaiegestrafften Hüfte, sie ihren Kitzler reibend ins Zimmer torkelte, wabbelnder Waden, er seinen Schwanz umklammernd gegen die Scheibe fiel, buckelnden Genicks, und das Glas einfach aus dem Rahmen brach, die Dielen simpel im vollhölzernen Boden hielten, Gerry zwei Etagen tief hinab, »nein«, Nina wohl auf beiden Beinen, »ja!«, indes Ernstl um die Herberge marschierte in milchigem Sommerlicht und sein Schatten auf Gerrys nahezu unversehrten Körper fiel wie in symbolischen Unschuldsverlustszenen diverser Vampirfilme.

»Tut uns leid, Kumpel«, Ernstl hob den bloßen Fuß, obwohl Gerry sich daran klammerte. »Alles Gute zum Burzeltag,

Sportsfreund«, in Ernstls Sohle sah Gerry eine Scherbe stecken, in seinem Schritt erblickte er den stehenden Penis. »Bitte sehr«, Ernstl trat so heftig auf Gerrys Oberschenkel, was ihm in diesem Fall ganz recht war, dass etwas tief drin brach, aber auch heraussplitterte, die Luft ruckzuck wegblieb, kurzum Lungenflügel krampften, Blutaustausch angehalten, Pumpbläschen, Stocken. Aus Gerry spritzte es hinaus in einem hohen Bogen, einer Ellipse, für einen Augenblick das Ejakulat in der Luft, silbern schimmernd, eine eben nach hinten gezogene, den Wurf vorbereitende, die Spitze auf elf schlagende Fliegenfischstange samt schwingendem Vorfach wie das Schlingenschriftl in Ernstls Namen. Die Lider schlug ich auf.

Warm und nackt und blond lag das Licht auf den Fensterbänken. In den Plafond geschraubte Gestänge, Energiesparlämpchen daran befestigt sowie einen Stock höher Luftschlangen. Kreppapierumwickelte Stehlampen und ein herumhuschender Optiker, der hunderterlei Linsen aller Konfektion so drehte, dass jede Blüte eines jeden Bouquets auf den Beistelltischchen in diesem schlauchförmigen Raum einen reflektierten Sonnenstrahl abbekam, von Lichtlanzen durchschossen das Loft. In eine dunkle Ecke Charly Fly und Archies Zwergending gestellt, vergnügten wir uns mit der Sauerstoffflasche, die Lachgas abgab, wie Umberto erklärte, kurz nachdem Gerry die Zeitungspapierverpackung abgestreift hatte. Er selbst war anderweitig beschäftigt, steckte sich die Red Tac an den Adamsapfel, überließ uns die Atemmaske, hastete von Gast zu Sektglas, mischte in jeder Runde ein paar Worte unter, rührte in den Pfannen auf der Herdplatte, verdarb damit das Butterbrutzeln, zerstäubte ein paar körnerförmige Gewürze im Mörser, streute Kräuter über die Forellen im Backrohr, kontrollierte die Temperatur am in die Küchenzeile implementierten Räucherofen, legte Scheite nach. Sie glosten auf, die Glut fraß weiß an der Rinde. Der Rauch wallte durch das Auspuffrohr, das in der Wand verschwand, hinaus in die Luft, wehte als krause Wolke vor das Fenster des Appartements im dritten Stock des Gasthofs, wo wir hockten, wo wir aus der Zimmerecke, den Rücken gegen Designersesselpolster, hinausschauten, zur Scheibe hin, auf den dunklen Vorhang dahinter, vor dem sich Mercedes und Jane scharf abzeichneten in ihren frühlingsfrischen Kleidern, himmelblau und pastellgrün. Trägerlos, Schulter an Schulter gegen das Fensterbrett gelehnt, unterhielten sie sich, was Gerry für eine Hampelfigur abgebe, welch Schießbudenfigürchen, dass er aber wenigstens klug genug sei, nichts zu bemerken, Nina ignoriere, sie nicht taxiere, die sich an einem Tisch den Schall verkniff, das Gesicht in die Hände gestützt das Lächeln verbarg. »Andere Haberer denken nach. Es gibt erhellende Momente. Sie sehen sich selbst. Erst lachen sie noch, voll Stolz, dann brechen sie.«

Den Spliff in ihrer Hand führte Mercedes immer wieder an ihren Mund, blies Archie, Umberto und mir den Rauch durch den ganzen, wohl ein Dutzend Meter in der Diagonale messenden Raum entgegen, während Janes Finger immer wieder Häppchen vom Buffet stibitzten. So, forellenvollen Mundes, nuschelten sie beide dahin, wurden immer unverständlicher, palaverten aber alles in allem in etwa über die heutige Ausnahmesituation. Dass es schon okay wäre, ein paar kalt zu machen, k. o. zu schlagen, abzumurksen, zumal es sich ja nur um Hirnlose handelte, die gehörten eh raus, erst ein paar Tage zuvor eingesetzt. Man merke, sagte Mercedes, dass Jane aus England kam, da werde das noch ernst genommen mit dem Fischen. Fachmännisch nahezu klinge dieses Wort, einsetzen, also wirklich, Friedl schmisse die eher in den Fluss hinein. Oh, sagte Jane, Forellen ins Wasser werfen und aus dem Wasser wieder herausreißen sei dort, wo sie herkomme, Volkssport. Am besten mit einem Ruck so brutal, dass die Forelle gleich direkt durch das Fenster in die Bratpfanne der zu Hause wartenden Frau flog. Mercedes wollte wissen, ob das nicht die Fischzeit und Abwesenheit der Männer enorm verkürze. Ja, Mercedes, darauf könne sie wetten, sagte Jane, genau drei Sekunden brauche sie im schlimmsten Falle, eine Forelle zu fangen in England. Außerdem seien alle Gewässer aufgestaut, urbar gemacht für die Schifffahrt. Wenigstens das brachte den Mann dann außer Lande, sagte sie und lachte, griff ein mit Forellenfilet und Frischkäse gefülltes Weinblatt, schnippte es in die Luft. Es fiel vor ihren Stirnfransen auf ihre Nasenwurzel, schlitterte bis zur Spitze, sprang dort wie ein Skispringer über eine Rampe ab, wurde aber aufgefangen von Janes vorschnellender Zunge. Dann kaute sie und war wieder schwerer zu verstehen, nahm ihr Weißweinglas und trank nach, stellte den Pokal wieder auf der Fensterbank ab. Der nun aufbrausende Wind ließ sich nur an der Bewegung des Qualms ablesen, der sich jetzt auflöste, den Blick wieder freigab auf die starren, grauen Berghänge dahinter. Gerry war dann ebenfalls verschwunden, natürlich nicht ohne am Buffet extrascharfen Dijon auf alle halbierten Eier zu streichen und noch irgendetwas abzusondern bezüglich Archies und meines Konsums. Statt der Rauchpartikel draußen schwebte jetzt Grasgeruch hier im Zimmer, eine sich auflösende, von Mercedes ausgestoßene, kalkfarbige Wolke.

Umberto sagte, er schenke den Leuten immer, was er selber gerne hätte, und setzte sich zu uns auf den Veloursteppich, eben nur zwei Designersessel. Ich inhalierte tief und streckte ihm die Atemmaske hin, wobei sich der Schlauch am Flaschenventil spannte, seinen Schatten auf den Boden prägte, dabei wie ein Zeiger zu einem verhunzelten Männlein wies, das ganz allein an der Längsseite des Raumes auf einer Chaiselongue darniederlag. Die Tonsur am Kopfende wandte er den Blick zur Decke und versuchte aus den dorthin steigenden Wolken Rorschachkleckse zu filtern, und aus ihnen wiederum konkrete Formen. Ebro, der Ebro, wie er mir denn gefallen habe, fragte Umberto. Da sei ich doch nie gewesen, nahm mir Archie die Worte von der Zunge und Umberto die Atemmaske aus der Hand, inhalierte tief. Die Fotoreportage im Traumtraunjournal meine er doch, das teuerste Heft ever, die neueste Ausgabe, die Jubiläumsnummer, ritzfliegenfischerfondgesponsort, exklusive Auflage, nur hundert Exemplare, Gerrys Glück und Geburtstag. Schon rauschte Umberto zum Geschenketisch und kam zurück mit einem Heft. In die Linke bekam ich es, in die Rechte die Atemmaske. Das Journal blieb geschlossen, bis Umberto es mir murmelnd abnahm. Seltsam, Wonderlander habe gesagt, er habe mir eines geschickt, nur Gauner, wo man hinschaue. In die Mitte des Heftes war ein im Ziehharmonikastyle gefaltetes Blatt gebunden. Umberto entrollte eine zehn DIN-A4-seitige Fotostrecke vor Archies und meinen Zehen. Über zwei Meter Länge, Falz zwischen den Bildern, die jeweils vogelperspektivisch eine reflexiv strudelnde Flussoberfläche zeigten. Vielleicht lag auch nur der LED-Abglanz auf dem extrem hochqualitativen Papier. Ich nahm die Atemmaske ab und gratulierte recht herzlich, ein bisschen hustend. Umberto räusperte sich und sagte, es werde noch besser. Die Blätter der nächsten Strecke hatten die Form unregelmäßiger Vierecke. Umberto faltete und legte die wohl aus einem Heißluftballon oder so geschossene Panoramatotale zweier ganzer Ebromäanderschlingen durch das halbe Zimmer. Archie sagte, das sei doch scheißegal und bloß Fotografie. Nein, es sei Erlebnis in Licht gebannt, sagte Umberto, erhobenen Zeigefingers über seinem Ebro stehend. Er müsse jetzt nur noch behaupten, die Fische im Ebro bissen toll, ob ihm schon mal aufgefallen war, dass die Wörter Ebro und Forelle mit denselben Vokalen auskamen, sagte Archie, beflissen inzwischen in Sprachwissenschaft, er hatte sich schlau gemacht. Umberto nun sofort auf dem Boden, die Fotostrecken einrollend, Wörter lesend, noch einen tiefen Zug von der Atemmaske nehmend, schon sagend, wie krass sei das, er habe ja nur Saiblinge gefangen. Archie sagte, das sei natürlich alles ein Schme, Siegi würde ja auch mit e geschrieben, wie Scherzkeks, und trotzdem komme niemand drauf, mich für einen unterhaltsamen Typen zu halten, das e sei eben stumm.

Indes versuchte eine uralte Blondine Kurti die beste Bergbauernadresse zu entlocken. Nur der aschgraue Ansatz ihrer Locken und ihr osteoporotischer Buckel verrieten all die Jahre, die jene Frau wohl schon in solcher Milch vermischt mit Archies Löwenzahnhonig badete, so straff ihre Haut. Der Fleischhacker aber bewahrte seine Quellen, ignorierte sogar die Frage, diskutierte lediglich mit Franzi, was da noch hineingehörte. Sie schmeckten gerade die Sauce für die nächsten aus der Pfanne oder dem Backrohr oder dem Räucherofen kommenden Fische ab. Kurti behielt sein Geheimnis im Angesicht der alle möglichen Gesichtszutaten auffahrenden Überredungskunst der Frau. Er wollte von Franzi höhnisch wissen, woher sie denn diese super Butter habe, und die beiden mit der Schürze lachten, die eine mit Blut, der andere mit Sauce bespritzt. Sie wandten sich demonstrativ ab und hin zum Topf, schielten aber zurück zu dieser Blondine, als Franzi spöttisch antwortete, jaja, das wüsste er gerne, der Herr Oberer. Nina erklärte dem Grafen von Kaun gerade, dass Jane höchstwahrscheinlich einfach kein Interesse an ihm habe. Archie hatte inzwischen die Zunge weit aus seinem Mund hervorgestreckt und zeigte mit der Spitze auf mich. Umberto tat es ihm gleich. Ich sah schon den Speichel auf seinen Geschmacksknospen tanzen und hörte das wässrige Blubbern wie einen Triller hinten im Mund, wo das Ausatmen herauskam, wo der Odem Sabber aufwarf in der Gurgel, und dann platzte Kurtis Kaugummiblase, verklebte in weißen Fetzen seine Lippen. Die Blondine machte drüben am Herd eine Wegwerfgeste und aus ihren Fingern spritzten Kleckse, die über den dampfenden Saucentopf schwebten, sich in Achtelnoten verwandelten, sich auf Franzi zubewegten, die gerade die Saucenoberfläche auf einem Probierlöffel in Wellen pustete, dazu die Lippen schürzte, als würde sie stumm pfeifen, und die Noten flogen in ihren Kopf hinein, hinten am Haaransatz wieder hinaus, änderten ihre Gruppierung und Geschwindigkeit, es waren immer nur noch drei Achtel mittels Balken verbunden wie Schöpflöffel, die jeweils in Triolen gruppiert kopfüber hingen an oszillierenden Geschirrleinen, die sich jetzt durch dieses Zimmer spannten, hinüberschwangen zu Mercedes, deren Mundwinkel sich schnell bewegten, und zu Jane, die ihre Lippen fest zusammenpresste, Graf von Kaun bedrängte sie mit einer Cannelloni vom Buffet, die verkostet sein wollte. Als die Noten dann Spiralform annahmen, in einem linksrum gedrehten Strudel zu dem Männlein hinübersprudelten, zu tanzen begannen, zeigten sie unverkennbar die ersten Töne des Donauwellenwalzers. Ich nahm also Nachtisch und tat noch einen Zug von der Atemmaske, inhalierte das Lachgas tief durch den Schlauch aus der Sauerstoffflasche in meinen Kopf, wo es wirbelte, dass, sosehr die Noten auch wogten, sie bloß Zeichen blieben in einer Partitur, Tintenkleckse auf Papier statt Töne in der Luft. Sie waren nur starre Gestalt, regungslos. Solange das Orchester schwieg, keine Musik. Sie bewegte niemanden, solange keiner spielte, leblos, bis sie jemand zum Klingen brachte.

»Arschloch, hier sind wir, verdammt, sag zumindest ein geschissenes Wort, Herr Doktor Musikschulprofessor, aufwachen!«, schrie mich Archie an, der inzwischen stand, meine Schultern packte, rüttelte. Umberto starrte ihn an und fragte, ob das nicht friedlicher ginge, und Archie sagte, dass das alles nichts bringe, er kenne mich ja und ich kenne ihn, da dürfe man nicht zimperlich sein, sonst mache ich nie meinen Mund auf, da müsse man fest anpacken, ich sei eben manchmal ein bisschen weggetreten, Atemnot, als würde mein Brustkasten in einem Korsett stecken, solle jetzt aber mit ihnen reden. Archie schüttelte mich so fest, dass der Designersessel zu kippeln begann, die Stöße auch die Atemmaske in meinem Schoß bewegten, über den Schlauch in die Sauerstoffflasche strömten, die genau da auf dem Fußboden tanzte, wo das Fensterkreuz seinen Schatten hinwarf. Klar, dass darunter die Decke des nächsten Stockwerks war, der unteren Etage, dass auf dem Plafond des einen Zimmers der Fußabstreifer der anderen Ebene lag, und als wäre ich Wasser, tropfte ich die Stockwerke hinab und floss osmotisch hinaus auf die Holzveranda, tanzte zwischen den von Tischplatten stürzenden, den Fischen zum Fraß vorgeworfenen Brotbröckchen herum, die zwischen die Holzbretter fielen wie in Dolinen, ich tauchte nach, hinab, lag über dem Wasser wie Gas, schaute die faulen Schonstreckenforellen an und sagte, es sei Fliegenfischen und Umweltschutz. Dann nahmen die Brotbröckchen, während sie sich mit Wasser vollsoffen, die Form eines greisen Antlitzes an, erst dachte ich an Wonderlander, dann an Ernstl und Jean, Ophelia womöglich, Hylas vielleicht, so Wasserleichenhaut alterte ja, aber den langen Bart hatten sie alle nicht, etwas Weises und Gelassenes lag in diesem Gesicht, das jetzt zu mir sprach, es sei der ›er sei da‹, und aha, da hob ich mich wieder hinauf die Gasthoffassade, sah noch die letzte Kugel Eis im Becher schmelzen, passierte schon den Coca-Cola-Sonnenschirm, ein ganzes Meer von ihnen stand an der Adria-Küste und der schweigsame Meister vom Berg schaute sie an, ich wiederum erblickte ihn, flog einer Scheibe entgegen wie ein Mauersegler, diffundierte durchs Fenster, wusste, ich müsste nur durch die nächste Tür. Ja, sagte ich, ja, ich wolle ja.

»Na super«, sagte Archie, dessen Hand in mein Gesicht klatschte, »Plan ist schon gemacht.« Er schob seine Leinenrobe bis zur Brust hoch. Im Bund der Unterhose steckte ein zusammengefalteter Zettel. Umberto zog das Blatt heraus, packte die Jubiläumsausgabe zusammen. Er schob das Heft wie einen Bierdeckel, ließ los. So in Schwung versetzt schlitterte das Hochglanzmagazin auf dem Velours dahin. Erst der Zusammenstoß mit dem Kork von Charly Fly bremste. »Take it or leave it«, sagte Umberto und entfaltete das Blatt. Es handelte sich um eine Art krakelige, unprofessionell und manuell zu Papier gebrachte Karte, nicht unähnlich meinen Fischstandprotokollen. Es fehlte bloß jede Legende und das Niveau des Machwerks erlaubte das Ding nicht mal mit einer Kinderzeichnung zu vergleichen, viel eher eine Kinderskizze. Die Stimme senkte Archie jetzt und die Schallwellen vibrierten düster vor seinem Bart auf und ab. Wenn die ihren Plan wahr machten, dann ginge das nur hier, da, und dort, er wies auf drei Stellen, die bereits mit einem Hakenkreuz markiert waren, »außer sie roden den ganzen Wald.« – »Die ficken sich doch nicht ins eigene Knie«, sagte Umberto, »und wie nennst du das dann?«, antwortete Archie und sein Zeigefinger ging nieder, beharrend auf das Papier. »Mercedes hat es vorhergesehen«, sagte Archie. »In ihrer Eisbecherkugel?« – »Wie geistreich, Siegi, lach nur. Es wird dir schon noch vergehen. Sie hat immer richtiggelegen. Den Krieg mit Angola, die Kubaner, unseren Gasunfall, den Zusammenbruch, Mister Nelson Mandela, die Apartheid, Ende.« – »Sie liest eben Zeitung.« – »Nein, Siegi«, sagte Umberto bedeutungsschwer. »Die Vibes in ihrem Kopf sprechen jedenfalls recht eindeutig. Die Forellenbisse am Fluss, sogar dass du eines Tages vor meiner Tür stehen würdest, sie hat immer alles gewusst.« – »Das wird das zweite Hainburg«, sagte Umberto. »Sicher nicht«, sagte Archie, »gemütlich wird das nicht.« – »Glaubst du nicht, dass es friedlich geht?«, sagte Umberto. »Ich weiß, wie das geht«, sagte Archie, »Wien ist nicht überall. Hier gibt es keinen Umweltschutz.« Die Angst zerfresse diese Stammtischsitzer. Vogelfang plötzlich verboten oder die Jagd. Diese misstrauischen Bauern wählten schwarz. Das Salzkammergut gebar nur Kleinkrieg und keine Courage. Ziviler Widerstand formiert sich nicht hier um die Ecke.

Beim Wirten wurde gemunkelt. Die Bierdümpel sagten, Archiebald habe endgültig seine Existenz verwirkt, die Krankheit habe sich verschlimmert. Die sei ganz unbemerkt übergegangen ins Endstadium und Archiebald eigentlich schon im Jenseits. Nach dem Burenland damals habe er jetzt auch hier sein Revier verloren. Er wandere durch totes Land, wirble Staub auf, seinen eigenen, ein Gespenst eigentlich, ein Untoter. Zwar sauge er reine Luft in seine Lunge, allein, die bringe nichts mehr, verzögere bloß Archiebalds Ableben, erhalte den wandelnden, verirrten Körper. Lediglich spazieren ging er, wanderte die Flussufer auf und nieder, marschierte Tag für Tag, bei Wind und auch bei Hagelschlag, stromaufwärts stundenlang und dann darnieder wieder, stets die Atemmaske vor dem Gesicht, immer am Schlauch, hinter sich herziehend die auf ein Wägelchen montierte Sauerstoffflasche. Fliegenfischen sah man ihn nie wieder. Auch tauchte er im Gasthof nicht mehr auf. Zur Tarnung, sagte er mir, wenn wir uns besprachen bei ihm zu Hause, wo er die Atemmaske abnahm, wenn wir die Sache beredeten inmitten des

Waldes, auf seiner Grasplantage, von brennenden Spliffspitzen eingenebelt, hinter blickdichten Baumstämmen, in Uferbüschen und Böschungsdickicht, die Deckung spendeten, hinter Hausfassaden, die Schatten gaben, während Autoausfahrten, so klein der Beifahrer, dass kein zufällig durchs Seitenfenster hereingeworfener Blick ihn streifte. Meinen Mund sah man dann wohl, aber als verrückt war ich ja längst abgeschrieben, da konnte ich auch mit mir selbst sprechen oder mit dem Radio, an dessen Knöpfen zu hantieren ich mir immer Mühe gab, sobald mich jemand durch die Scheiben ansah. Ich sang dann kräftig mit und Archie pfiff zu Arik Brauer, wobei es so kettenmäßig in seiner Lunge rasselte, dass ich mich fragte, wo sie war, die Atemmaske. Kurti, verlangte Archiebald, müsse rekrutiert werden um jeden Preis, der sich dann auf ein Etui Hirschkäfer belief. Die Quelle des Schwätzens, wenn aus der nichts sprudelte bezüglich Widerstand, dann waren wir sicher, dann gab es ihn nicht, sagte ich, und Archie sagte, der Fleischer werde sehen, wozu Zwerge gut wären. Umberto verabschiedete sich nach unserer Unterachtaugenredung, versprach niemandem etwas zu verraten und verschwand Graswolken ausstoßend im Dickicht des Waldes, Widerstand auf seine artige Weise zu machen. Scheiße, jetzt brauchten wir einen weiteren Soldaten, beharrte Archiebald, es müssten vier sein, auf meine Frage, wieso. Franzi schlug ich vor, und Kurti schaute gegen die Kalkalpengipfel über den Wipfeln, unsere Familien ließen wir da gefälligst raus. Ich sah auf Archie hinab, der einen Fliegenpilz wegkickte durch die Luft in Richtung Kurtis Schädel, der sich mir zudrehte, und auf drei nannten wir allesamt im selben Augenblick den Namen.

»Zu viel Weichspüler genommen für die Locken«, kommentierte Archie, wie Umberto kurz vor Beginn der Arbeiten die potenzielle Baustelle allein und unbewaffnet betrat. Ich stellte den Motor ab vor der Herberge, wo sich unsere Wege fern aller Beobachter trennen sollten. »Humanistische Heulsuse«, Kurti verächtlich dazu, dass Umberto weinte, während die Schlüssel im Schloss klickten. Ich öffnete die Fahrertür, sagte: »Bemitleidenswert eigentlich«, er kettete sich mit Handschellen selbst an eine Trauerweide, die Fredl fies grinsend einfach durchsägte. Ich schwang die Beine aus dem Wagen. »Ja, armer Irrer«, und Gerry gab Archie die Spiegelreflexkamera. Gestern erst habe der Ober den Postkasten geöffnet und Umberto an der Rezeption einen letzten Brief ausgehändigt. Er habe das Kuvert gleich am Tresen geöffnet wie ein Organ, sich ob des Inhalts in einer lachsfarbenen Lache auf den Foyerboden erbrochen und Gerry die Kamera geschenkt. Goodbye, habe geschrieben gestanden in der letzten Zeile, so viel habe Gerry erhascht.

Am Himmel schlitzte ein Flugzeug einen weißen Kondensstreifen von Südosten nach Nordwesten ins Blau, während ich Richtung Fleischerei schlich. Ich stapfte durch das Regenwasser und den Schlamm, die sich gesammelt hatten in den Spurrillen des neuerdings viel befahrenen Dorfstraßenbetons. Ein Zubringer-Lkw der Baustelle fetzte an mir vorbei und seine Reifen, beiderseits kaum dem Bordstein fern, hinein in die Latschen, dass es spritzte links und rechts, kurz bevor die Tümpel unter der Sonne Siedetemperatur erreichten, die bereits versammelten Mückenlarven brühten. Franzi speiste die Schlange der Einheimischen und inzwischen auch Weithergekommenen ab, unter denen es hieß, die Unzurechnungsfähigkeitsbescheinigung zu unterzeichnen habe die Gerichtspsychiaterin genau fünf Minuten gebraucht. Was habe der denn da überhaupt zu suchen, Umberto, der doch Fotos machen gehen sollte in Dschibuti oder wo auch immer, krächzte es aus einem Hals, indes der Mann im Trachtenjanker sich gegen die Gurgel das Sprechgerät hielt und mir ein Schweißtropfen über die Stirn lief. Der Umberto habe ein mindestens so großes Loch im Hirn wie er da, wo andere den Adamsapfel hätten, sagte ein nicht so netter, junger Mann in Lederjacke, der sich die ganze Zeit das rechte Nasenloch zuhielt, durch das linke den Rotz hochzog, und der Bastard aus Wimper und Braue fing die salzige Perle auf, dass mir nichts ins Auge ging. »Und Eier hat er auch keine«, sagte der Nächste in der Schlange, »hätt ja im Volksblatt inserieren können. Protestler gesucht oder so«, der Mann im Arbeitsoverall, heute in Knickerbockerhose, »die Cobra wär eh gleich vorm Gasthof gestanden. Publik zu machen, da hatte er dann zu viel Schiss«, er hielt sich das linke Nasenloch zu und pustete den Rotz heraus, der ins verbrannte Gras jenseits des rußigen Gehsteigs flog. »Denkt wohl, wenn die Zeitungen erst berichten, kommen die Krawalltouristen ganz von selber aus Wien. So ein Witz.« Es tropfte von meiner Zinkenspitze auf meinen neuen, gebrauchten Bauernschuh, dass es den bereits getrockneten und Packeisschollen bildenden Dreck einweichte in einem Zentimeter Radius und verdunkelte für eine Sekunde.

»Na, na, na«, sagte die längst pensionierte Volksschuldirektorin, die optisch keinen Tag gealtert ein Kostüm trug von gelber Farbe, wie der Stängel einer Frühlingszwiebel, wo er überging in die Knolle. Eine Jause habe Umberto keine dabeigehabt. Hungerstreik sei ein probates Mittel heutzutage. Es wäre sicher noch jemand gekommen, wozu sonst das zweite Paar Handschellen. Eine nette Geste, sagte die Tochter des Mannes im Trachtenjanker, erwachsen, in Latzhose, die gemustert war, als hätte sie den Malerberuf ergriffen. Es handelte sich aber eindeutig um einen modischen Aufdruck irgendwo zwischen Kuhflecken und Action Painting, abstrakt expressionistisch, und dass Umberto seine Kamera zu Hause ließ, aber ein zweites Paar Handschellen mit sich führte, beweise ja, wie sehr er seine Sache schon abgeschrieben habe, »er wollte Fredl nicht so viel Arbeit machen. Als hätt man einen Herzkasperl«, und ginge in den letzten Zügen noch das Stiegenhaus hinunter, um dem Sanitäter entgegenzukommen, während ich einen Schritt aufschloss in der Schlange, das Parfum der liderlichen Dame roch, die damals in den wilden Wiesen nach meinem Bein gegrabscht hatte. So was falle ja keinem alleine ein, verstreute der analphabetische Mafioso seine Spucke, das Partezetterl seiner im nerzgepolsterten Sarg liegenden Mutter wie immer statt dem Einstecktuch aus der Brusttasche schauend. »Der Ferdinander. Der glaubt doch, die Gegend gehört ihm«, sagte Rudl und biss von einem Granny Smith ab, dass es krachte, »ballert im Wald herum wie blöd. Für den war der zweite Anhänger, ja genau. Wie lang hat er kein Hechtessen mehr ausgerichtet für uns. Und den Volki hat er unlängst gar nicht mehr auf den Grund gelassen, ja genau.«

Ich wischte mir den Schweiß von der Stirn am sogleich müffelnden Ärmel meines Polyesternylongemischsweatshirts, das im Hosenbund meiner Arbeitsblauen schrecklich juckte. Oder es könne der Graf sein, der Freund von Umberto, der sich in seinen Adelspflichten und Landesschwüren, in seiner ganzen blauen Eitelkeit gekitzelt fühlte. Als ob den Alten auf seinem Hügel diese depperte Bauerei im Tal kratzen würde. Der schere sich doch um nichts mehr und verwehre deswegen jedem ehrlichen Menschen den Zutritt in seine Wahnsinnspflegeklause. Der glaube an genauso wenig wie der ohnehin endgültig nach Alaska ausgeflogene Graf und der versiffte Harri an seiner klebrigen Theke und dieser verdrogte Fotograf, der eben auf so einem Umweltfimmel tripte. Die hätten sich allesamt das Hirn geputzt. Der eine mit dem dauernden Herumschießen, das kann man ja nicht aushalten, durchgeknallt das Trommelfell bis in den Schädel, den Graf habe wohl ein tollwütiges Vieh auf der Jagd übel zugerichtet und der Harri, das lag ja in seiner Hand, permanent, das Essbesteck, Fressen und Trinken, die monotone Kaubewegung, macht dumm auf die Dauer. Und Umberto, einfach zu viel eingepfiffen, ja, die Indizien dieses immens dilettantischen Pseudokrawalls, der nicht einmal in der Zeitung Erwähnung fand, trügen die Handschrift eines Verrückten viel eher als eines Widerständlers, der in Hainburg dabei war, wiewohl nur den Apparat zu halten. Die Vermutung lag allzu nah, dass er sich direkt aus dem Bett mit einer fessellustigen Rollengespielin auf einen Trip Richtung Ufer begab, in selbstmörderischer Ich-kann-unter-Wasser-atmen-Euphorie, sie ihm krank vor Sorge die Ohren vollsang, bis Umberto sich eben an den Stamm kettete, dass das alles »mit dem Bau überhaupt nichts zu tun« hat. Was ich denn dazu meine? »Ausgezeichnete Theorie«, ich strich die Fingerkuppen immer weiter zusammen bis zur Berührung nachdenklich meinen gefärbten Nikolausbart hinunter, freilich reichlich grinsend. Weil sich die Gespräche kein bisschen änderten, dachte ich, es gebe einfach keinen Unterschied in den Mundwinkeln zwischen rättchenspielenden Fliegenfischern und diskussionsverzückten Bierzischern. In der Praxis allerdings sah das natürlich anders aus, kaum wasserdicht, wenn ich die Drainagen durchschlenderte, die als elendslange Rattenschwänze vor mir lagen, oder wenn ich am Windfang eine Pass Touristen in Empfang nahm, die paar Wiener Jäger abwies, Niederländer Schwammerlsucher oder deutsche Bergsteiger. Dass die Herberge keine weiteren Gäste mehr aufnahm, brauchte ich gar nicht zu erwähnen, im Munde nur die Kunde von Ninas ewigem Urlaub, »tut mir leid. Aber ich biete auch Massagen an«, grinste ich dann und schon waren die Vorbeischneier von dannen gestürmt. Ich sah sie durch das Küchenfenster die Gartentüre passieren, ihren schicken Schlitten entgegenmarschieren, hörte die Passate und Boras aufheulen und sah sie vor den extrem klar im Föhn stehenden Bergen dahinwettern gen Gasthof, wo Gerry ihnen die Erscheinung auf die Südströmung zurückführte. Indes faselte der Alte stundenlang irgendwas vom was weiß ich. Obwohl er aus einem Doppler trank, roch es nach Wacholder.

»Schon um fünfzehnhundert haben sie im Lechtal die Berghänge abgeholzt. Einfach in die Sturzbäche hineingeschmissen, die dem Strom zufließen. Was meinst, haben die Stämme beim Triften angerichtet. Den ganzen Schotter haben sie mitgenommen. Und das Abforsten hat den Humus gelockert. Alles ist erodiert ins Wasser. Der Lech transportiert das Holz dann schon, dachten sie. Allein, die Äste und Wurzeln rissen ganze Uferstriche weg, Fischbruten und Brücken. Die Bäume schoben den Schotter vor sich her, den Sand und Kies. Dann war, oh Wunder, das Rauschen schnell recht still. Die Flusssohle niedrig, die Überschwemmung häufig, der Leute Klage laut. Und schon wurde das Bett ausgebaggert und gestaut. Dass die Strömung langsamer wird. Alle Forellen verenden. Der Lauf des Lebens eben, du Elend«, den Blick weiterhin Richtung Granitpflaster, im Blickwinkel die blinde, ladenverschlossene Scheibe, Zeit, den immer wieder nachsprießenden Bastard aus Wimper und Braue auszuzupfen, ein Toupet musste auch her, aber schnell, markante Gesichtszüge, extrem individuell, ein richtiger Charakterkopf, so Lena, und dann auch noch der unverkennbare Haaransatz, »1870 ist der Donaulachs ausgestorben, weil sie in Wien alles begradigt haben. Aber sie werden es irgendwann begreifen, dass die Fische Plätze brauchen zum Laichen. Fischtrassen werden sie einbauen in die Schleusen. Sie werden schnellere Passagen abzweigen. Sobald vor lauter Schlamm kein Donaudampfschifffahrtskapitän mehr durchkann, du Bauerndümpel«, sagte Ernstl, der jedes Morgengrauen sein Zimmer abschloss, bereits fischfertig aufbrach, die letzten Tage die Kaskaden, die Katarakte und die Klamm voll auszuschöpfen, längst an den Küchentisch zurückgekehrt war, wenn ich kam. Es wäre ein Leichtes, die Perücke zusammenzuzimmern aus den Haaren, die der Greis gesammelt hatte über die Jahre an der Wirtenkreuzung und allesamt in einem Behältnis aufbewahrte, einer wie der andere diese Nichtswisser, der gleiche Hopfen im Kopf, kommt dasselbe raus, wie Ernstl immer sagte, aber wann sollte ich schon in seine Kammer gelangen, »versprengte Soldaten verirrten sich 1916 während der Isonzoschlachten. Die wohlgeordneten Bataillone wanderten weiter, als die Front zusammenbrach. Die Zurückgelassenen wussten nicht, ob sie noch kämpfen mussten, versteckten sich im Wald. Sie hatten Handgranaten dabei und Hunger. Was meinst, wie es da Marmorata gehagelt hat. Und dann war die Einzigartige nicht mehr da. Und Jahrzehnte später haben ein paar depperte Forscher, weil sie das für wichtig hielten, diese Besserwisser, aber wirklich, in einem abgeschnittenen Flussbecken haben die eine regenbogengenlose Population gefunden. Die haben sie dann wieder angesiedelt in der Soča, Sauprolet du!«, so ging es dahin, Stunde um Gluck, eine Minute pro Schluck, während ich die Erdäpfelpüreebatzen von den Wänden schrubbte, den zersprungenen Teller Kehrblech für Scherben auflas zwischen dem Archaeop-T-Rex-Schnabelpicken jener ganz auf den abgefallenen Speck versessenen Henne, wie, stand ich erstmal in Ernstls Zimmer, sann ich nach, das entnommene Haar ersetzen. »1986 ist das Chemiewerk von Sandoz am Rhein abgebrannt. Und frage nicht, was mit den Fischen passiert ist, die zufällig gerade anwesend waren, geschweige denn die Lachse. Dann dauert es eben ein bisschen, dann ziehen die wieder runter den Strom, vorbei an der Lorelei, du Bierschädel«, am wahrscheinlichsten wäre wohl gewesen, durch meinen eigenen Schopf, dann hätte ich das Toupet gleich bleibenlassen, mich glatzert und gleichgesinnt unter die Einheimischen mischen können. Doch dieser Einfall kam nicht in meinen Kopf ohne das Angesicht der in Plastik eingeschweißten, wie Safran in Phiolen bewahrten oder sonst wie asservatisch verpackten Haare, »alldieweil sind Fischzüchter zynisch schon bereit gewesen, haben ihre Halbwesen hineingeschmissen in die Flüsse, aber irgendwann arisieren die sich wieder, du gstunkene Gescheithose«, die Liste ließe sich natürlich beliebig verlängern, man denke beispielsweise an die elende Rotschlammlawine, riesig wie ein umgekipptes Kesselgulasch schwappte sie das ungarische Dörfchen weg, als der gottverdammte Aluminiumwerkdamm brach, der ganze Abfall in einen Nebenarm der Donau lief, »diese depperten Staukraftwerke sind das Normalste von der Welt. Forellen, bitte, fangen wir halt keine mehr oder erst in dreißig Jahren wieder, wir werden es erleben. Uns bleiben immer noch die Äschen, dank dir schön, Scheißkind!«, die Henne legte ein Ei und Ernstl schoss es durch die Küche, zückte Haare aus seiner Brusttasche, »bind uns einen gscheiten Strizzi für die bliebenen Fischli«, die Strähne schaute schon sehr verdächtig nach dem niedergetrichterten Fischereiaufsichtsorgan aus, »im Übrigen, der Gerry sitzt, sollten Sie es noch nicht wissen, Mister Siegi Heehrmann.«

40 Jean boxt Siegi raus

Als ich nach langer Abstinenz meinen Mercedes wieder anließ, klopfte der Motor. Der Wagen zog noch schlimmer als sonst, während er Richtung Dorf stotterte. Die Lenkung ging schwer und einige Zentimeter leer im Kreisverkehr. Ich steuerte quasi das Vehikel eines anderen. Es bestimmte mich, nicht umgekehrt. Schwierig, die Spur zu halten. Seltsam, einen fremden Wagen zum Bahnhof zu fahren. Der gute alte Citoyen, sagte Jean immer. Ich nahm die Abzweigung rechts, kurvte unter reichlich Kurbeln und Umgreifen. Fast übergelenk, knapp am Graben geschrammt. Das ABS beutelte nicht. Die Schlaglöcher schon. Ich versuchte auszuweichen. Schonungslose Stoßdämpferfederung unterm Arsch. Randsteinrattern Bankettknattern Schlacksteingleisstolpern.

»Mercedes tut niemandem was.« – »Hexhex.« – »Die schaut immer so schlimm auf der Holzveranda.« – »Wie?« – »Will den Stammtisch wieder zurückbringen vom Wirt.« – »Ach so?« – »Die hatte doch was mit diesem Oberkellnergfrast.« – »Hatte.« – »Der geht es schlecht genug in ihrem Elend.« – »Eben.« – »Will andere genauso leiden sehen deswegen.« – »Unbefriedigt.« – »Er ist doch Junggeselle.« – »Touché.« – »Ihm gehts schon schlecht genug.« – »Chapeau.« – »Da würd sie sich erbarmen.« – »Ja.« – »Die hat genug zu tun mit ihrem todkranken Mann.« – »Dann war es ja vielleicht sogar der.« – »Nein.« – »Er hätte nichts mehr zu verlieren.« – »Gewiss.« – »Und rennt die ganze Zeit am Fluss herum.« – »Nachts?« – »Um seiner Frau zu entfliehen.« – »Bitte.« – »Oder irgendein anderer Gatte.« – »Na ja.« – »Ein Herzensbrecher war er ja schon.« – »Jein.« – »Dass sich am Ende doch noch einer gerächt hat.« – »Perfid.« – »Hinterrücks.« – »Niederträchtig.« – »Gemein.« – »Heimtückisch.« – »Arglistig.« – »Schäbig.« – »Hinterfotzig.« – »Dieser Franzos.« – »Ja, na.« – »Ein Strolch.« – »Aber nicht so.« – »Fix!« – »Dass es mit dem Ärger gibt.« – »Klar.« – »Der saß doch im Zug.« – »Stimmt.« – »Der Schaffner sagt schon.« – »Alibi.« – »Hab ihn getroffen im Bahnhofsresti.« – »Und?« – »Stunde Zwischenhalt.« – »Soso?« – »Laut Schaffner wie nach Fahrplan.« – »Aha.« – »Hätt er genug Zeit gehabt.« – »Jaja.« – »Womöglich wollt er nur Luft schnappen.« – »Sicher.« – »Steigt raus aus dem Zug.« – »Weiter?« – »Sieht ihn liegen neben den Schienen.« – »Genau.« – »Schleift ihn rauf und aus.« – »Unglaublich.« – »Der Zug fährt an und drüber.« – »Überzogen?« – »Der hat ja gar keinen Grund.« – »Wozu?« – »Wer ist denn so spät überhaupt noch unterwegs.« – »Niemand.« – »Grübel, grübel und studier.« – »Verstehe.« – »Irgendjemand anders ausm Wirt.« – »Gewusst hätten sie es.« – »Ageh.« – »Wer ist denn Nummer zwei im Verein?« – »Ich.« – »'tschuldigung.« – »Will ich auch hoffen.« – »Oder so ein Schwarzfischer.« – »Eher.« – »Er legt nachts die Köder aus und sieht ihn heimstolpern.« – »Neidig.« – »Dass er auch tagsüber fängt.« – »Wahrscheinlich.« – »Und wenn er sogar unter uns ist.« – »Unerkannt.« – »Irgendwann kommt alles raus.« – »Eh.« – »Haben lange niemanden mehr niedergelegt.« – »Polizeiterror.« – »Diesmal lauern wir ihm auf.« – »Vergeltung.« – »Dann spielts Granada.« – »Sowieso.« – »Wollen wir loslegen.« – »Ruhig.« – »Hebt es euch auf.« – »Bald.« – »Davon kommt uns ja keiner.« – »Gemach.« – »Nach und nach machen wir das.« – »Kalt.« – »Mit Maß und Ziel.« – »Unbemerkt.«

»Lange hat ja auch er Schmerzen gehabt«, sagte die Schlange in meiner Anwesenheit, nachdem der hochdekorierte und vollkommen besoffen auf den Schienen liegengebliebene Herr Burschenschaftsundfliegenfischvereinsobmann in aller Herrgottsfrühe überrollt wurde von ebenjenem Zug, in dem Jean als einziger Passagier anreiste. Obwohl ich mit der ganzen Sache genauso wenig zu schaffen hatte wie irgendein anderer, fand ich noch selbigen Abends nach bezauberndem Sprung auf dem Parkplatz, an meinem Wagen, hinter dem Scheibenwischer, ein Strafmandat, und vier Anfahrsperren, in die Felgen gekrallt. Schnell griff ich den Wisch und verstaute Charly Fly im Kofferraum und war schon an der Rezeption, und so schnell, dass die Zederntür noch zuschwang hinter mir, und vor mir, die beiden Kellner, mir entgegen, Jacques und Jack, untersetzt und bohnenlang, und nach Paris verlangte ich und bitte sehr, bitte gleich, zu faxen. Dem Oberkopf nahm eine Hand das Schwenken ab, die über den Paravent eines im hinteren Raumteil gelegenen Separees stieg wie eine gehisste Fahne, und eine andere Stimme übernahm: »'ier, zu mir, ge'ört dies Monsieur, 'ier'er mit ihm«, ein Augapfel lugte durch das Guckloch der Bambuswand, und ich fand mich eskortiert, zwischen weißem Dinnerjacket und schwarzem Wrack, so schnell konnte ich gar nicht schauen, war ich nicht mehr zwischen blauem und rotem Hemd, sondern inmitten der abgekapselten Zelle, die spanischen Wände innen bemalt, Motive wie Eber, Frischlinge und Säue, wilde Hauer, wallende Magritte'sche Vorhänge, Büsten, Schiller, Trafalgar und Beethoven aus Carrara-Marmor dienten als Kerzenständer auf dem Tisch. Eine überdimensionierte Papierserviette bedeckte die Tafel, ihr Pendant aus Stoff auf Jeans Schoß, daneben eine bucklige Frau mit grauem Haaransatz, Candice. Ans Revers ihres bordeauxroten, mit Jeans blauen Augen hitzig harmonierenden Blazers hatte sie eine Fliege gesteckt. Sie sagte, sie freue sich, mich hier einmal zu sehen, da man Zeit habe anders als im Gasthof, wo sie eher dienstlich unterwegs war, spitzelig sozusagen, sie wären erst bei der Suppe. Lippenstift blieb an der Serviette, und die beiden hatten im Übrigen den restlichen Chili, der mir die Augen tränend machte, auf dem servierten Hackbrett liegengelassen, gehachelt, nicht gehackt. Ich las das von den Schwüngen des Wiegemessers ab, deren Spuren das Holz entbehrte, was anders gewesen wäre, hätten sie geschnittene Schoten genommen. Unberührt und ausgedampft waren auch die Keramikschüsseln. Nur auf einem Teller verschiedenfarbiger Pasten durchfurchten Krater die Güpfe, zerrissene Baguettes in einem Bastkörbchen.

»Versuchen Sie«, sagte Jean und gab mir ein Stück Weißbrot in die Hand. Sodann tunkte ich in die grün-weiß gesprenkelte Creme ein. »Und nun Salz«, sagte Candice, und ihre Hand schwebte von einem kleinen Porzellangefäß zu mir, es rieselte aus ihren Fingern auf das Baguette. Ich schob es gänzlich in meinen Mund und jubelte innerlich. »Habe ich mich je vorgestellt?«, sie sprach völlig akzentfrei, »nein, aber man redet von Ihnen«, während Jean sich offenbar köstlich amüsierte, auf mich mit dem Finger zeigte, dann auf das geflochtene Körbchen wies, in dem sich auch haufenweise Baguettebröckchen befanden, an denen Zähne abzulesen und Cremeschlieren zu sehen waren: »Allemande«, sagte Jean, »wie die Schweine, fressen alles«, und Candice widersprach, indem sie sagte, »wie die Schweine, die Franzosen«, und ihre Hand schweifte über die gesamte Tafel, die Spritzer verunstalteten, übergesprudeltes Mineralwasser, zwei Extragläser voll, die den Terrakotta-Krug flankierten, der sich hob von Jeans Hand, eine kreisrunde Spur durchsichtigen Tischtuchs hinterließ, stilles Wasser schwappte in ein mir vom Butler serviertes Glas, und auf dem Papier noch verschütteter Rotwein, dessen Oberfläche schon wieder gefährlich schwankte, als der Pokal von Jeans Lippen auf die Platte wanderte. »Deswegen sind die Tischdecken ja auch, wie sie sind«, sagte er zufrieden und schon wurde mir eine Stoffserviette serviert, Besteck darin. »Wenigstens erschmecken wir«, ich nahm ein übrig gebliebenes löwenzahnblondes Stück Baguette, »dass das Bärlauchbutter ist«, der März gefangen in Fett noch daran, aß ihn mit einem Happen, dachte beim Kauen, dass jetzt nur noch Maiglöckchen wuchsen, Jean und Candice, die Urlauber, und ich, der Zugezogene, mit Bissen ausgelöscht in diesen Bergen, von schlampig brockenden Franzlehrlingen oder bitterbösem Österpersonal,

»ausschließlich Butter diverser Couleur mit Baguette und Salz zum ersten Hungerstillen«, sagte Candice. Um zum zweiten zu kommen, gab ich eine Bestellung und Jean hielt die Bedienung auf, flüsterte ihr zu und ich fragte Candice, was es mit der Fliege am Revers auf sich habe, ich kenne das Muster gar nicht. »Ja, stellen Sie sich vor«, sagte sie und ich tat, was sie sagte.

»Hallo jolie Mademoiselle, ich habe schon eine Menge über Sie gehört, und Sie sind noch bezaubernder, als mir gesagt wurde. Von Ihrem Mann. Er war ein guter Freund. Wir waren über vier Jahre zusammen in diesem Höllenloch in Sankt Johann, über vier Jahre. Ich hoffe, Sie werden so was nie wieder erleben, aber wenn zwei Männer in so einer Situation sind wie Jean und ich, und so lange, wie wir es waren, dann übernimmt man gewisse Pflichten füreinander. Wenn ich es gewesen wäre, der es nicht geschafft hätte, würde Jean, der Boxer, der Eber von Sedan, jetzt mit meiner Frau reden, Catherine. Aber so wie es sich ergeben hat, rede ich jetzt mit Ihnen. Candice, ich habe etwas für Sie. Diese Fliege, diese sogenannte Nymphe blonde hier, tja, die hat Jeans Großvater während des Deutsch-Französischen Kriegs 1870 erfunden. Er hat auszeitweise einen kleinen Seitenarm der Maas im Département Ardennes, Region Grand Est, befischt. Damals wurde es erstmals Mode, Schmuckfliegen anzufertigen. Bis dahin hatten die Leute die Dinger immer nur zum Fischen verwendet. Der junge Infanterist Phillip Lothringer hat sie an dem Tag aus den Haaren seiner deutschen Frau gebunden, als er Paris verließ und als Freiwilliger gen Sedan marschierte. Das hier ist die Kriegsfliege von Jeans Großvater gewesen und er trug sie jeden Tag, den er in diesem Krieg war. Und als er seine Pflicht erfüllt hatte, fuhr er nach Hause zu seiner Frau, wollte ihr die Nymphe blonde ans Revers stecken und erstmal einen trockenen Bordeaux trinken. Aber im Übermut, oder voller unterdrücktem Verdruss, dass die Deutschen gewonnen hatten und den gefangenen Kaiser Napoleon den Dritten voran durch den Arc de Triomphe marschierten, goss er gleich aus der Flasche zwei

Weingläser voll, ohne zu dekantieren, und warf die Fliege versehentlich oder aus Wut in die Karaffe.

Und dann lag sie da so lang, bis Jeans Vater, Luis Lothringer, von seinem Land dazu aufgerufen wurde, Richtung Ardennen zu ziehen und noch einmal gegen die Deutschen zu kämpfen. Diesmal nannten sie es den Ersten Weltkrieg. Jeans Großmutter hatte als gute Hausfrau die Fliege natürlich längst entdeckt und gab sie ihrem Sohn als Glücksbringer. Leider war Luis das Glück nicht so hold wie seinem alten Herrn. Luis war Pionier und er kam damals mit den anderen Pionieren in der Schlacht von Verdun um. Jeans Vater sah den Tod vorher, er wusste es. Keiner von den Jungs hatte Illusionen oder glaubte, man könnte die Schützengräben lebend verlassen, also, drei Tage bevor er aus Wassermangel seinen eigenen Urin trank und starb, bat Luis den Verleger einer Telegraphenleitung zur Kommandozentrale, der Mann hieß Thierry, diesen Mann hatte Luis noch nie in seinem Leben getroffen, er hat ihn gebeten, seiner Geliebten, mit der er damals noch gar nicht liiert war, diese goldene Fliege zu geben. Drei Tage später war Jeans Vater tot, aber Thierry hielt sein Wort. Nachdem der Krieg vorbei gewesen war, stattete er Jeans Mutter einen Besuch ab und ließ der Frau, sie sollte bald feststellen, dass sie schwanger war, die goldene Fliege ihres inzwischen toten Geliebten da, diese Fliege. Und sie war am Revers Ihres Mannes, als wir wiederum bei Sedan nördlich der Maginot-Linie überrannt wurden. Wir wurden gefangen genommen und in ein deutsches Zwangsarbeitslager im siebzehnten Wehrkreis gesteckt. Er wusste, wenn die Schmarnfresser diese Fliege entdecken würden, würden sie sie konfiszieren, sie ihm wegnehmen. So wie Jean es sah, war diese Fliege Ihr Schmuck. Und er wollte verdammt sein, wenn irgendwelche Bierdümpel nach der Brosche an der Brust seiner Frau grapschen würden, also versteckte er sie, an dem einzigen sicheren Ort, den er kannte, in seinem Arsch. Drei ganze Jahre trug er diese Fliege in seinem Arsch. Und dann, als er ins KZ Mauthausen deportiert wurde, gab er mir die Fliege, und ich versteckte dieses blonde Monster über ein Jahr lang in meinem Arsch. Und dann, nach mehr als vier Jahren, wurde ich nach Hause geschickt. Und jetzt, jeune Mademoiselle, gebe ich die Nymphe blonde Ihnen.« – »Ist das eigentlich Ihr Ernst? Sie kommen hierher, in das Haus, in dem Jean aus und ein gegangen ist, in mein Haus. Sie machen mir Avancen und erzählen, Jean sei tot, kurz zuvor homosexuell geworden und sein Vater ein Bankert gewesen. Was bilden Sie sich ein? Dass ich vor lauter Dankbarkeit auf den Diwan sinke und den Morgenmantel aufknöpfe, um diese, Ihre absurde Geschichte fortzusetzen? Wenn Sie nichts dagegen haben, Herr, ich kenne noch nicht einmal Ihren Namen, gehe ich jetzt wieder ins Badezimmer, föhne meine Haare fertig, und wenn ich wiederkomme, sind Sie aus diesem Wohnzimmer verschwunden. Und wehe, ich finde Sie im Garten.« – »Aber was wird aus der Nymphe?« – »Auf der Kommode steht die Dekantierkanne, schauen Sie nicht so überrascht, ich habe gesehen, wie Sie während Ihrer Suada dorthin geschielt haben. Wein wird Ihnen hier keiner mehr ausgeschenkt.«

Die bald schon erste Bouillabaisse überhaupt auf meiner Zunge dampfte mir noch ins Gesicht. Und zwischen Jeans Fingern sank ein Stück Baguette, ausgefranstes Inneres und knallharte Kruste, in die zur Tunke gewordene Suppe, die nun eine pointilistische Linie über die Papiertischdecke tupfte und von den roten Brotfäden tropfte, die hin zu Jeans Schlund flogen, voll wie ein alles aufsaugender Schwamm. Dann schwappte ein Achterl Rotwein aus der Dekantierkanne in meinen vom Butler gebrachten Pokal. Schwenkend, Schlieren am Glas provozierend, fragte ich, ob ich die Nymphe blonde einmal in Händen halten dürfte, immerhin tastet man in Fliegenfischerkreisen die Flussbetten aus wie ein Blinder, nur über das Medium, untergrabe die Umgebung wie ein Maulwurf, dem Spürhund die Nase, mir die Finger, woraufhin Candice sagte, man schaue ja bekanntlich mit den Händen, und die Nymphe freiließ von ihrer Brust, und Jean schluckte und wollte sicher irgendetwas über meine Wichsgriffel sagen, die aber schon das Machwerk abtasteten, weswegen er sich wahrscheinlich dann doch lieber an den Lauf der Geschichte hielt, die er in- und auswendig kannte, und sagte: »Mein Lieber, Tristan, das war einer, isch kann ihm gar nischt böse sein. Mitnischten war isch in Maut'ausen. Ein Casanova und Münsch'ausen, aber mit Charme und Esprit.« Die Fliege in meiner Hand war zwar zur Zierde bestimmt, aber ich sah gleich, was Jean nicht wusste. Aus Scham, verkünden zu müssen, wie Jean wirklich vermeintlich verstorben, zu Tode gekommen sei, habe Tristan eine Deportation nach Mauthausen ersonnen, sagte Jean. Ich fragte, ob die Geschichte geschwindelt oder wahr war, und Jean meinte, es sei alles genau so, nur er nie im KZ, bis Kriegsende wie auch Tristan in Sankt Johann gewesen.

Ich hatte die Nymphe blonde nie in seinem Etui am Fluss erblickt. Doch sie war gewiss fischbar. Der Lack bewahrte bestimmt auch unter Wasser die Form der zwei hakenlangen Locken. Sie waren vor dem Goldkopf an der Öse eingebunden, dann aber kein zweites Mal abgebunden am Haken. Demgemäß flatterten sie, könnte man wie Jean meinen, frei wie zwei Fahnen bis ganz nach hinten ans Fliegenende. Dorthin führten sie in zwei Schwüngen nach außen, wie der Saum eines eng taillierten und unten weiten Brautkleids gingen sie auseinander in einer Hochzeitsglockenform. Einzeln betrachtet ähnelten sie Regenbogen, Lippenaußenlinien, eindimensionalen Augenbrauen, Lidstrichen, Ellipsen eben.

Begriffen hatte Tristan das vielleicht schon im Zug auf dem Weg nach Paris, dass er lügen musste, behalten mochte, was ihm anvertraut war, womöglich erst in dem Moment, da ihm Candice im Bademantel entgegenkam, ich meine, man brauchte sie ja nur anzuschauen, diese Fliege, diese Frau, es tat nichts zur Sache. Und wollte Tristan, gesetzt den Fall, er war kein völliger Idiot, dieses Muster behalten, brauchte er Jeans Tod und Candice' Trauer, aus der so manch unvernünftiger Beschluss entspringt. Nimm sie mit. Ich will sie nicht mehr oder irgend so etwas. Oder bleib bei mir, damit ich wenigstens irgendjemanden habe, und schon hatte Tristan ihre Haare. Die beiden Flügel würden dann von Tristans Händen in Flüsse gelassen, die Fliege gegen die Strömung gezupft. Das Wasser würde gezwungen, an der Innenlinie der nach außen gestülpten Flügelglieder schneller hindurchzuzischen zwischen Haken und Haaren. Die am Haaransatz geteilten Strommoleküle mussten sich an den Spitzen ja wieder verbinden. Sonst entstünde ein Loch im Fluss, ein Vakuum. An der weniger gekrümmten äußeren Seite strömte das Wasser also langsamer vorbei. Das ergab außen mehr Moleküle pro Wegeinheit als innen. Ein Unterdruck entstand zwischen Haar und Haken, eine geringere Dichte an Wasser. Deswegen, der Strom selbst presste die Flügelglieder zueinander, gegen den Haken. Die Haare beißen konnte keine noch so vorsichtige Forelle mehr, ohne sich ebenfalls den Haken ins Maul zu rammen. Und wie diese Haare im Wasser erst tanzen mussten. Unwiderstehlich wäre das. Jeans Großvater hatte die Nymphe blonde geschaffen, schönste Zierfliege und perfidestes Muster zugleich, ich prägte es mir ein, einfach perfekt diese Form, im Trockenen wie im Nass, ich nahm begeistert einen Schluck von meinem Rotweinglas, eine Fliege, die ihre Gestalt erst von Bewegung umgeben preisgab, aquadynamisch, wie ein Flugzeugflügel, wie Engelsschwingen. Um ehrlich zu sein, es sei himmlisch und wunderbar gewesen, wie die Italiener und somit Ernstl sagten, ich hatte seinen Meister gefunden, meraviglioso, noch einige Zeit in Österreich, wie es ja jetzt wieder heiße, zu bleiben und zu fischen, erklärte Jean, die Nymphe blonde gleichzeitig als Zeichen seines Überlebens in Candice' Händen zu wissen, an ihrem Busen. Ich strich die flügelgliedermimenden Haarbogen mit meinem Zeigefinger entlang, drückte sie probeweise schon mal gegen den Haken, den Fliegenkörper, recht phantasielos eigentlich, nur etwas Kupferdraht. Und dann erzählte Jean davon, warum, was ihm erst viel später beim Fliegenfischen in Österreich auffiel, was ihn sofort vom Forellenfangen mit seinen neuen Freunden zurückriss in die Welt, was ihm völlig entgangen war, weswegen Tristan meinen musste, ungeachtet aller Tatsachen, Jean sei tot. Bordeaux gossen wir uns alle drei nach und dann begann die Geschichte wie jede gute mit einer schlechten Flasche Schnaps, die Fremde Fremden hinhalten.

Wodka, gewonnen aus deutschen Kartoffeln auf dem Marsch durchs Alpenvorland, von Russen zum Gruß an Amis übergeben, ein Zeichen der Freundschaft, wo die Fronten zusammenwuchsen. Erschossen hätten die Amis und Russen Jean nun wiederum, wenn er nicht getrunken hätte, von der Flasche ohne Etikett, trotzdem, zur Etikette bekennen, dem vereinten Corps die Freundschaft beweisen, den Amis und den Russen, sonst wäre er ein Deutscher und somit Feind gewesen, wie ihm der einzige Franzose erklärte, den die Amis und die Russen seltsamerweise dabeihatten, entweder aus einem Lager weiter westlich gezerrt und gleich wieder eingegliedert in das Bataillon, oder eben ein Alliierter, aliud, der Andere, das erst macht die Allianz ja aus, ein Offizier, der den Amis vorstand. Abwegig aber das, sonst hätte der Franzose ja befohlen, die Gewehre sinken zu lassen. Stattdessen aber strichen die Amis über die Läufe ihrer MPs und die Russen streichelten ihre Kalaschnikows wie sonst nur weiche Körper, so zärtlich, die Gesichter schmutzig und die Wangenknochen hungrig vom langen Krieg, Jean anvisiert, sie umringten ihn, und er würde nicht so tief sinken, Englisch zu sprechen, das er zwar beherrschte wie das Trinken, aber er hätte nicht mal vergorene Gerste genommen, die Flasche hielten sie ihm hin, um Fahne zu bekennen. Sie ließen ihm keine andere Wahl. Es musste so ausgehen. Jetzt noch mit Französisch anzufangen wäre ein Witz gewesen. Er war ja nicht zu erkennen. Zwangsarbeiterkleidung gab es nicht in Sankt Johann. Zerschlissen und abgetragen waren die Gewänder, aber das machte noch keine Uniform und die Behauptung bestenfalls fadenscheinig, kein Deutscher zu sein, gegürtet in derbes Leinen von den Höfen, wo die Franzosen den deutschen Bauern helfen mussten, widerliches Unkraut auszureißen, Parasiten zu vernichten, zuckersüße Rüben zu ziehen, die in diesen letzten Kriegsjahren zusehends an Geschmack verloren. Doch ansonsten erging es Jean gar nicht mal allzu schlecht verglichen mit anderen Häftlingen, er wurde behandelt nach der Konvention von Genf und es gab sogar eine Kneipe für die französischen Zwangsarbeiter in Sankt Johann und ein Bordell, das er selbstverständlich nie betreten habe. Zunächst hatte er das nicht nötig, wartete doch Candice auf ihn, und wenn sie seine Rückkehr verdiente, so sicherlich nicht syphilitisch. Wenn er jetzt zurückdachte, hätte er sich hin und wieder eines dieser verschleppten Dämchen zu Leibe nehmen sollen. Vielleicht hätte er etwas Russisch dabei gelernt und jetzt benutzen können. Aber Geld verdiente Jean auch zu wenig. Zudem war dieses ganze Abwägen ex post abwegig. Das Einzige, was er von den alliierten Männern bedrängt dachte, war ein einziges, rundes Nichts in seiner Brust, wo sein Herz hammerwerkschnell schlug, wo sich seine gesamte Existenz bis hierher verdichtete, wo die Wärme schon spürte, dass sie gleich ausgehaucht würde. Mit der jungen Bäuerin war er zugange gerade auf dem Heuboden, und völlig übermannt begannen sie beide, auf Deutsch und Knien und allen vieren zu Gott zu rufen, zu betteln und zu flehen, als die Amis und die Russen und der eine Jean am Akzent erkennende Franzose dann das Lager und die umliegenden Höfe stürmten. Die Mündungen richteten sich auf die Bäuerin und Jean und die rußigen Gesichter und das einzige Leuchten, das von ihnen ausging, sich in ihren Augen fing, Feuer, ein angerissenes Schwefelholz, das zu Boden fiel und ihnen gefiel, wie es das Stroh verwandelte in Licht, tiefrotbraun gleißend, eben noch blond wie die Nymphe, wie das Eschenholz, von dem Jean die Strähnen raspelte, die Späne hobelte, wochenlang, monatelang, bis er dann befördert wurde und Baumstämme in Scheiben schnitt mit dem Fuchsschwanz, sein eigener Körper wie die anzufertigenden Werkstücke immer weniger werdend, das Fett um sein Rückgrat nicht mehr vorhanden, wie ein Kupferdraht so dünn und knorrig trank er jetzt vom Wodka, klar fiel er ohnmächtig um sofort, in seinen eigenen deutschen Scheiterheuhaufen hinein. Natürlich trug ihn die Allianz der starken Hände ins Freie hinaus, bevor das Feuergleißen den Hof verschlang, legten ihn auf das Feld, das er selbst beackert hatte nunmehr jahrelang, in dem er dann auch erwachte nach, er wusste es nicht, Sekunden, Minuten, Stunden unter ultramarinblauem und rußerfülltem Himmel, von allen, die nach der Befreiung Sankt Johanns von dannen gezogen waren, für tot gehalten.

Nur die junge Bäuerin und ihr Mann waren verblieben. Sie streiften über das Feld, und mit einem halben Tritt, für einen ganzen reichte die Kraft nicht mehr, eher nur ein Schritt, ohne sich aufzuraffen, die Ferse gänzlich vom Boden zu lösen, wirbelte der Bauer die von brandschatzenden Alliierten hinterlassene Asche auf und sagte, »verbrannte Erde umgekehrt«, und gab zum Schlechtesten Durchhalteparolen, dass er zumindest dem Glauben nach weiter nördlich noch das Fischrecht in einem Fluss voller Forellen habe aus den Anfangsjahren. Zwar sei der während des Kriegs zwangsenteigneter, jüdischer Besitz gewesen, doch Jean hatte Lust, zu essen, und nicht, den Apostel zu spielen. So machte er sich mit seinen ehemaligen Peinigern auf durch die Täler, dachte an Blutschande, fraß Stachelbeeren, Tollkirschen, damit auch die beiden den Nachtschatten aßen, Bärlauch, Sauerampfer und alles, was die Umgebung hergab, um die Bäuerin und den Bauern während eines Anstiegs in irgendeine sich vor dem Dreiergespann auftuende Karstschlucht zu stoßen, in einer Doline sitzenzulassen oder sie ganz einfach mit harten Kalkbrocken zu erschlagen im Schlaf, ihre Leichen zu lieben, nur die noch blutbeschmierten Grabsteine zurückzulassen, gleich eine dritte Grube oder diesen ominösen Fluss zu suchen. Nur sie kannten den Weg aus den Bergen hinaus, also begleitete Jean ihre lebendigen Leiber, selbst halb tot.

Von Hassliebe sprachen wir an diesem Abend in der Marienbrücke, als das blutige Steak aufgetragen wurde umgeben von Unmengen Pommes frites, die Candice *french fries* nannte bei jeder Gelegenheit und lachte. Ob ich noch welche wolle, sie könne das gar nicht alles schaffen, dass sonst alle eben weggeschmissen würden, was ihr dann aber egal war, als zum letzten Mal der Kellner kam und abräumte, nicht einmal ein Zucken mit der Wimper, abgesehen davon, dass Candice zu Jean und mir gewandt noch quittierte, da gingen sie dahin, die *french fries*. Sie wollte Jean wohl ärgern mit dieser Bezeichnung, der auch jedes Mal schmunzelnd drauflosschimpfte, ihr blutschändliches Mundwerk verunglimpfte und sich sogleich bereit machte, die Marseillaise anzustimmen. Erst stampfte er mit dem Fuß das Metrum, sprach die ersten Zeilen, schwang dann die Arme im Rhythmus, und als Candice einmal dann klatschte dazu, hielt nichts mehr die Stimmung im Zaum, sie brach aus, obwohl wir im Separee saßen, sang alsbald das ganze Lokal. Kaum war der letzte Melodieton ausgehalten, warfen die anwesenden Franzosen die *french fries* durch den Raum, eine genau über den Paravent in meine Bouillabaisse hinein. So bekam ich die Gelegenheit, die Bezeichnung *fliegende Fritte* mit e am Ende für die *french fry* einzustreuen, während ich das herausgefischte Ding in die Fleur-de-Sel-Kristalle tunkte, hierhergekommen aus der stürmischen Bretagne, wie Candice sogleich versicherte. Jean brauste währenddessen schon nationalnaturgemäß erneut auf wie der Wind im Ärmelkanal, was wiederum in eine Pommesschlacht mündete. Diesen Pommern wollte Jean es genauso zeigen wie den Engländern, wie den Deutschen, Spießer und Streber allesamt, er, Jean der Boxer, Jean der Eber von Sedan, Jean der Zwangsarbeiter in Sankt Johann, die Nymphe blonde im Arsch, die Handschuhe wieder angezogen, Jean der Fliegenfischer am Salzkammergutflussufer, letztlich war er ja doch hier gestrandet und kam immer wieder. Und wenn er nicht gestorben wäre, glücklich verbrächte er als letzter Gast jede Nacht in eigens errichteter französischer Enklave.

Als ich einen Schluck Bouillabaisse beispielsweise einmal während dieses Diners quer durch meinen Mund spülte, um ein Fitzelchen Rindfleisch aus einem Zahnzwischenraum zu schwemmen, dabei mit der Zunge über einen gerippten Krustentierkörper strich und allzu auffällig begann, auf dem festen Fleisch zu kauen, erzählte mir Jean, dass diese Shrimps von der Côte d'Azur kämen, von minderjährigen Straßenjungen in Nizza geschält, ausgeweidet und geschrubbt würden, die sich damit ihr einziges Zubrot verdienten, nur so am Hungertod vorbeischrammten. Sonst wischten sie die Windschutzscheiben und wienerten die Stoßstangen der angestauten Volkswagenherden und Mercedesheere, deren arrogante deutsche Fahrer es schon ärgerlich genug fanden, nicht wie in ihrem gottgesegneten Land mit zweihundert Kilometern pro Stunde durch die Landschaft brausen zu dürfen, sondern auf einer Stadtautobahn unterwegs sein und auch noch Maut abgeben zu müssen an diese miesen Franzosen, die an jeder Straßenecke, jeder roten Ampel, jedem Parkplatz auf die Deutschen lauerten, angerannt kamen und einen Zwölfrosenstrauch durchs Beifahrerfenster hielten, die dem deutschen Fahrer eigene Gemahlin beschenkten und belästigten, vorausgesetzt sie war hübsch, vorausgesetzt sie kurbelte die Scheibe hinunter oder drückte auf den Fenstersenkknopf und vorausgesetzt sie hatte keine Kinder auf die Rückbank gesetzt. Natürlich hatten diese aufgeblasenen Deutschen nichts übrig für dieses Zigeunerkindergesindel in Nizza, das gegen den heiligen Fahrerwillen die Karosserien säuberte. Die waren makellos genug, extra abgespritzt worden vor der Urlaubsfahrt mit dem Gartenschlauch und jetzt grabschten die Negerkinder daran herum. Letzten Endes bezahlten die Deutschen aber doch, zwar nicht auf der Stadtautobahn, aber in ihren Destinationen, wenn sie ihr Geld ausgaben an Nizzas Stränden für Shrimpscocktails, während der Filmfestspiele von Cannes, wo sie Shrimpsdrinks schlürften, auf den Terrassen der Cafés in Saint-Tropez, wo sie bei Shrimpstoasts saßen und die Yachtanlegestellen in Augenschein nahmen, oder beim Grand Prix von Monaco auf der Tribüne, wo Shrimpssandwiches und Shrimpsburger serviert wurden, sowieso wenn sie in den Nobelcasinos zockten und hin und wieder einen Grillspieß nebenbei genossen, bei reichen Franzosen an den Tischen saßen, Spaghetti frutti di mare aßen, dann war Zahltag. Zwischen all diesen Destinationen fuhren die Deutschen während ihres Urlaubs niemals ruhend hin und her, durch das Nadelöhr Nizza mit den Negerzigeunerkindern auf der Stadtautobahn immer wieder, die ganzen Ferien lang, blitzschnell die Côte d'Azur hinauf und hinunter wie rasende Invasoren, um deutschen Reiseführern zufolge noch neuere, schönere, aufregendere, unbekanntere Gegenden kennenzulernen, dorthin, wo gut Geld auszugeben war, dorthin, in die Kochtöpfe der ortsansässigen Hotels und Küchen und Fertiggerichtfabriken gingen die gewaschenen, geputzten, geschrubbten Shrimps, und hierher, zwischen die Berge, durch den Wald, auf die Lichtung, in die Marienbrücke, dieses Lokal, das Jean mit seinem Partner Albert gegründet hatte als Heimat aller in deutschen Gewässern fischender Franzosen.

Nach dieser von Stolz getragenen Tirade Jeans mir gegenüber, einem Österreicher, dem derart übersteigerte Heimatliebe per se stets und immer unmöglich war, stand mir baff der Mund offen, und die Bouillabaisse tropfte samt dem halbzerkauten, wie eine zerzauste Fliege aussehenden Shrimp auf die Stoffserviette. Da nahm ich eben statt der Suppe einen inzwischen an der Luft gereiften Schluck Bordeaux, um den Rindfleischfetzen aus dem Zahnzwischenraum zu spülen, und fragte vollmundig, da Jean ja den Kellner beiseitegenommen und meine Bestellung vereitelt hatte, damit wir alle einheitlich aßen, was es eigentlich sei, Beiried, Lungenbraten oder Rostbraten. Jean sagte etwas von einer deutschen Abart, Candice sagte Entrecôte und Jean setzte fort, ich kenne das nicht. In Frankreich nämlich zerlege man das Fleisch anders, löse es aus Fett und Sehnen, erlesen und einfach, schneide sodann aus dem gesamten, von andernorts noch gefressenen Resten befreiten Rippenstück nach Gutdünken Scheiben heraus, Entrecôte, ganz anders als international handelsüblich die Wirbel abzuzählen und zu benennen, und danach die Bratenstücke zu bestimmen. Unbekannt war ihm anscheinend, dass es beispielsweise in Wien eine nur dort entwickelte, bis zur Elaboration kultivierte Eigenart gab, das Rind zu zerlegen. Überhaupt machte er an diesem Abend keinen Unterschied zwischen Engländern und Amerikanern beispielsweise, Menschen, mit denen seine Nation niemals alliiert gewesen war, bemängelte die zu seinem Leidwesen steigende Anzahl in der Marienbrücke nächtigender Nicht-Franzosen, gockelte sich auf als Gallier umgeben von fremden, imperialen Barbaren, verzichtete, hin und wieder zumindest von Candice' Seite mit Lachen bedacht, auf jede Differenz zwischen Österreich und Großdeutschland, dem »Dritten Reich«, zwischen Dänen und Schweden, nannte seine Krankheit, den Grund dafür, überhaupt hier zu sitzen, *Kopenhagener Syndrom*, doch sei es, wie es sei, irgendeine Beziehung müsse es ja geben zu den Quälgeistern. Sonst gebe es die ja nicht. Man musste sich mit ihnen einlassen, sie wollten es so. Und noch bevor ich ihn berichtigen, er alles, was ich gesagt hätte, als Perversion beschimpfen konnte, säbelte er schon wieder eine Scheibe von seinem Zwischenrippenstück, setzte die Geschichte fort nach Gutdünken, als wäre nichts gewesen.

Auf ihrem Weg zur Okkupation des Salzkammergutflusses wurde der Trupp, die Bäuerin, der Bauer und Jean, eingeholt und fast überholt von Ernstl und seiner Familie. Die wollten nach Graz, doch die drei brachten sie mit dem Versprechen erfüllter Mägen von ihrer Marschroute in die verwüstete Stadt ab, von ihrem Plan, dort mit der Verwandtschaft zu verharren, bis sich die Lage besserte, von ihrem schwierigen Los. Stattdessen erreichten sie wie eine gewachsene, zwar den Krieg, doch längst nicht die letzte Essensresteschlacht verlorene Genossenschaft das Salzkammergut und wurden alle satt. Das war Jean seit sieben Jahren nicht mehr gewesen. Gemeinsam perfektionierten Ernstl, Jean und der Bauer ihre Fangtechniken und vermehrten die Fische. Wie die beiden neuen Mitstreiter durch diese Weltgegend hatte Jean bisher nur der Hunger begleitet, ihn bloß die Wodkaknockoutstunden und eine bierberauschte Nacht lang verlassen, damals im Lager. Die Bäuerin hatte ihm einmal als Trinkgeld ein paar Reichsmark in die Hosentasche gesteckt. Das Geld dann in der Hand betrat er abends die Schankstube. Mit dem von der Theke gegriffenen Krug Bier, gewahr werdend, dass er hier nie gewesen war, niemanden kannte, gesellte er sich zu den beiden diensthabenden deutschen Aufsehern, zu deren Springerstiefeln ein Schäferhund schlief, ausgemergelt und räudig. Jean, in alter Manier und beseelt alleine schon vom Britzeln des Schaums, knallte das Glas auf den Tisch und sah den beiden unter ihren Mützen frech ins Gesicht. Einer trank seinen Krug in einem Zug, der andere ebenso, und schon zogen die langen deutschen Finger das österreichische Bier über den Tisch an die Brust wie einen nahrungswilligen Säugling oder an die Uniform wie einen goldenen Orden. »Drecksfranzos, danke für das Bier, aber hier, du Kameradenschwein, mein Kollege hat leer. Ist der blind, der Froschfresser? Also dalli oder was, zu viele Schnecken gefressen?« Und Jean zog vorschriftswidrig nicht ab, seine Füße verharrten, verweigerten ordnungswidrig, stattdessen gingen seine Hände dem lageraufsichthabenden Soldaten ordentlich an den Kragen. Jean wandte dann seine Handgelenke um, dass er das Blut durch das eigene Armaderndelta schießen sah, die dünne Haut fast sprengend, blau fließend im schon nicht mehr vorhandenen Fettgewebe, im immer noch pochenden Pulsrhythmus, ins Handgelenk hinauflaufend über die Muskeln, den Trizeps, der sich jetzt anspannte, bis in die letzten Fingerglieder, die sich samt Nägeln in die Uniform krallten an der Aufschlagunterseite, wo vielleicht ein zuständiger Vorgesetzter den Soldaten gepackt und geschüttelt hätte, hätte er gesehen, was er mit sich machen ließ, oder es erfahren vom anwesenden, zeugenden, selbst bibbernden Kollegen, der inzwischen unter dem Tisch Deckung suchte, versuchte, auf allen vieren durch die Schenkentür zu entwischen. Doch die noch um sein Handgelenk gewickelte Hundeleine straffte sich zurück bis an das Tischbein, um das sie ebenfalls einmal gewunden war, und der Wachhund machte keinen Mucks, knurrte nicht mal, jaulte auch nicht, schlief regungslos, von welchen Träumen auch immer betäubt, während Jean den Soldaten in die Luft hob, über sich, schwerelos, traumtänzerisch, selbst auf wackeligen Beinen, aber kein einziges Mal zuckend in den Armen, die stark waren, Jean der Boxer, unbeugsam schob er den feuchten Sack von deutschem Soldat am Kragen von sich und in die Luft. Der Mann wedelte mit den Armen, nur Zentimeter über dem Boden, aber schon wehrlos, verlor dann alle Körperspannung wie ein in Wasser getauchter Waschlappen, wie ein verschütteter Schluck Bier, und genauso nässte der Soldat sich ein, bloß die von Witwen genähte, sich vollsaufende Uniform hielt, was sie versprach. Die Knöpfe spannten zwar am deutschen Bierbauch, aber schossen nicht durch die Schankstube, hielten den Soldaten wie Jeans Hände in der Luft, und immer noch schlief der Hund und starrte der Kollege, und die Fliegenflügel im Raum schwiegen, das Kerzenlicht flackerte nicht mehr, selbst der gerade sicher die Karte zückende und bisher sachverständigst Stiche machende Spieler in der Kartenrunde am hintersten Tisch hielt still inne, brachte den Buben nicht auf die Platte, der Oberausschankmeister, der gerade dem jungen Kellnerbengel eine Ohrfeige hatte geben wollen, war ebenfalls versteinert, die letzte Liedzeile der eben noch übenden, auf einer Exkursion ins Zwangsarbeitslager gekommenen Chorknaben fehlte weiterhin, Albert gaffte, der ebenfalls in Sankt Johann interniert und in der Schenke war, es sollte ihre Freundschaft begründen, als Jean den Soldaten wieder auf die Füße stellte, der so gründlich zu Boden ging, dass Waffenruhe war. Vorschlag, zur Besiegelung von Jeans klarem Sieg, zur Wahrung des Friedens, wäre der Soldat dran, jetzt Bier zu holen und zu zahlen, und zwar die ganze Nacht, nicht zu vergessen für alle Franzosen. Von da an nannten sie ihn Jean, den Boxer, im Zwangsarbeitslager zu Sankt Johann. Als er nach Stunden des Zechens und erstmals während dieses Kriegs nach zuckerrübensaftsüßem Schlaf erwachte, fühlte er zuallererst, bevor er die Augen aufschlug, Hungergurgeln im Magen.

Ich hatte die Übersicht längst verloren, über die Tischplatte, über die Geschichte, in der Marienbrücke. Zumindest war ich seither mit dem Namen von Lenas Tochter einverstanden. Die Nymphe blonde lag immer noch neben meiner Hand, als gehörte sie zu diesem Arrangement stillen Bestecks, kalter Teller und vergessenen Essens. An den Steakmesserwellenschliffen schwieg das Rinderfett, das langsam feste Konsistenz annahm. Der blonde Kerzenflammenwiderschein verschwand von den liegengelassenen Pommes. Sie verloren ihren frischfrittierten Glanz, wechselten die Farbe zu mattem, sich auf den dreizackigen Gabeln spiegelndem Gelbbraun, dazwischengestreut überall die Fleur-de-Sel-Kristalle. Als entzögen sie dem Brot das Wasser, trocknete der wild mit Bouillabaisse und Butter bespritzte und bestrichene Baguetteflaum im Bastkörbchen, auf den Tellern und der Tischplatte. Es war fast, als setzte sich das Mahl noch einmal zusammen aus den zerfaserten Rindfleischfetzen und den Resten zwischen Jeans und Candicens Zähnen, die sie beim Lachen zeigten. Einzig schwappte noch der Wein in den Gläsern, der die Gurgeln spülte. Der Kellner ging zwischen Keller und unserem Tisch hin und her, brachte Krug für Krug, einen nach dem anderen, Jean schien einschenken zu wollen, bis wir brächen. In den eingestanzten Silberlöffelverzierungen, Muscheln und Schneckenhäusern, zeugten letzte Pfützen vom Eintauchen in die Suppe. Ich hatte ganz schön einen sitzen und nahm die Nymphe blonde nochmals in die Hand, als könnte ich mich an ihr festhalten nach dem Festmahl.

»1942 habe ich dann Tristan die Fliege gegeben«, sagte Jean. Ich ergänzte, da wäre es doch am schlimmsten gewesen. Aber das stimmte nicht. Drei Jahre später brach die Hungerkatastrophe schon wieder aus. Aber davon mache man sich ja keine Vorstellung. 1942 war es schon nicht auszuhalten und Jean im Bauernhaus zugange gewesen kurz vor Arbeitsdienstschluss mit Tristan gemeinsam. Sie waren alleine. Jean schaute aus dem Fenster hinaus, auf den Sonnenuntergang, der die Gerste in kupferrotes Licht tauchte, das Feld, das sie bald abernten würden, hohe Ähren, feuervergoldete Garben, aber, so schien es Jean zumindest, ohne ihn. Wer blickte schon dem Untergang entgegen, da musste man blinzeln, der Fassadensichtschatten hinter dem Haus, der flache Weg bis ins Feld, die Stängel dann hoch genug, Deckung zu geben, dahinter der letzte Zwangsarbeitslagerwachmann auf der Brücke, ein kleines Rinnsal, ein

Bach, und direkt dahinter am jenseitigen Ufer wartete der Wald. Jean gab Tristan kurzentschlossen die Adresse seiner Angebeteten in Paris, die Fliege und sprang durch das Fenster, rannte ohne Blicke links und rechts, flankte sich ins hohe Feld hinein, tauchte ab, lag, als wäre nichts gewesen, auf der Erde zwischen Halmen nieder, die ihn überragten. Sie strichelten und siebten das Licht, wie ein Tiger auf der Pirsch schlich Jean auf allen vieren vorwärts, den Baumkronen entgegen, die Berggipfel am Horizont, von der Sonne fast schon touchiert, auf der Straße über die Brücke fiel der lange Zwangsarbeitslagerwachmannschatten. Es raschelte, je schneller Jean sich bewegte, noch war er weit weg vom Bach, aber mit jedem Mal, da seine Hand auftauchte in seinem Sichtfeld, wieder Halme fasste, mit jedem Satz des Vorwärtstastens, kam er der Brücke näher. Den alliierten Einmarsch zu verhindern, würden die Deutschen die Brücken sprengen. Es konnte trotz des grassierenden Hungers also nicht so schlecht stehen, die Brücke war ja noch, der Zwangsarbeitslagerwachmann wartete darauf, auf die Front, noch weit entfernt, seine Blickrichtung tallängs. Er hatte Jean den Rücken zugekehrt und Rauch stieg auf von seinem Kopf. Das Knurren im Magen vertrieb jeden Gedanken, umzukehren und auf die Befreier zu warten, trieb Jean vorwärts durch die Halme. Sein Bauch streifte den Boden, und wenn er blieb, würde sein Blut bald die Pflanzen gießen. Von einem Stängel, den er zwischen die Finger bekam, riss er ein paar Gerstenkörner ab, stopfte sie sich in den Mund, und kauend, raschelnd, magenknurrend kroch er weiter. Die Sonne versank jetzt hinter dem Berg, der Fuchsstich mischte sich ins Licht. Bald schoben die Baumkronen in Jeans Sichtfeld und verfinsterten alles, er lag im Schatten, blind für den Dreck unter seinen Fingernägeln und die Schleifspur, die sein Körper durch das Feld zog. Raschelnd erreichte er den Sockel der Brücke und bemerkte, wie das Wasserplätschern alles andere übertönte. Dann fiel der Zwangsarbeitslagerwachmannschatten auf den Bach, stromabwärts, wo keine Bäume den Lichteinfall verdeckten, und ein Zigarettenstummel ins Wasser, das ihn mitnahm bis zum Horizont, über eine Bachforelle hinweg. Pst, kleines Fischlein, leise, dachte Jean, und das Nass plätscherte lärmend unmittelbar vor seiner Hand vorbei. Wie laut war das? Was könnte es alles übertönen? Wie würde das klingen für den Wachmann da oben, wenn Jean gleich ins Wasser glitt geschmeidig wie ein Fischotter? Hatte Jean jemals einen Fischotter gesehen? Wie sachte sie ins Wasser huschen! Wie ein Handschuh, hatte Henri Michaux geschrieben und damit alles darüber gesagt, meinte Candice. Wie ein Emanglone musste Jean ins Wasser huschen, oder welches Volk es auch immer war, das der Dichter da erfunden hatte, um irgendetwas handfest zu machen.

All das dachte Jean natürlich erst im Hinterher, vermeldete Candice, in diesem Moment dachte er nichts. Er hörte nur die Absätze des Wachmanns auf dem Straßenzement auf und ab patroullieren, und dann wurde ihm bergquellklar, dass der Typ da oben die Bachforelle wegflitzen sehen würde, falls er immer noch flussabwärts schaute. Scheißegal wie leise Jean sich verhielt, die sensible Stromlinie dieses Tiers würde die Wellen spüren. Es war alles einerlei und Jean mit einem Satz im Wasser. Kurz schützte ihn der Brückenschatten. Die langsame Strömung erlaubte, flussaufwärts zu schwimmen. Das Ufer durchfurchten schon die Wurzeln. Zwischen die Baumstämme tauchte Jean ein. Ob ihn das kalte Wasser oder die Angst fröstelte, hatte er keine Zeit zu bestimmen, hinter ihm her schon die Maschinenpistolensalven. Dann die schweren Schritte. Jean schmiegte sich an einen Stamm. Dann leichtere Schritte. Der Waldboden dämpfte den Druck. Jean hörte es noch. Der Wachmann brauchte nicht zu schleichen. Er steuerte direkt auf Jeans Deckung zu. Atmen hörte er schon. Dann schwang erst die MP-Mündung, dann der Mützenschirm, dann die Springerstiefelspitze in Sicht von Jeans nach links schielender Pupillen, ein Brillenglas, die Nase, der halbe Mund, geradeaus schaute der Deutsche, Jean griff zum Lauf, riss ihn herum, entwendete dem Wachmann die Waffe und versetzte ihm einen Schlag direkt ins Gesicht mit dem Schulterstück. Nach hinten torkelte er, fiel um oder sackte zusammen eher, Blut floss aus seiner Nase auf den Humus oder umgekehrt. Jean war nicht mehr sicher. Er schleifte den toten oder zumindest gehirnerschütterten Mann zum Ufer. Jean kniete sich über ihn, knöpfte ihm die Uniform auf, zog ihn aus. Nackt glitt er dann von Jeans Händen geschubst ins Wasser. Während er sich noch auf Knien umzog, überlegte Jean, dass er nicht der erste spurlos verschwundene Wachmann wäre. Es würde sich ausgehen, er knöpfte die Uniform zu. Manche packten die Zustände nicht mehr und infolge ihre sieben Sachen. Hinein in den Wald, fort von der Schuld oder zumindest dem Hunger, hinfort über die Berge, einem Bären oder Rudel Wölfe in die Mägen. Die vergruben als eiserne Reserve die Innereien der Beute. Alle an einer Stelle, nur das Herz woanders. Jean streckte die Knie durch, stand auf, und als er sich aufrichtete gen Himmel als Hintergrund, sah er sein Spiegelbild auf der blauen Wasseroberfläche. Er wandte sich ab. Der Wald gähnte ihn an. Müdigkeit erfasste ihn. Die zinnoberrote Sonne bespitzelte die obersten Kronenzweige. Zwischen den Stämmen umschlug ihn Fäulnisgeruch. Er wandte sich um. Hinter dem Lager bedeckte Schnee die Gipfel. Eis machte den Boden hart. Da verscharrte keine Wolfskralle was. Er fasste die Uniform an. Sie war nicht gefüttert. Die Sonne ging unter. Hinter dem Wald war Westen. Er schaute den dunklen Fluss hinunter. Der Körper war verschwunden. Jean drehte sich. Er dachte an schwarze Rutenbündeltypen in Mailänder Designervatermörderhemden, an westlichen Boden, den großen See, das Hinterland, Vichy-Frankreich, an Burg Hochosterwitz und Nazinorden, eine Kompassnadel, wo war er, der merde Polarstern. Ihm war es nicht möglich, sich auszufluchten. Er verscharrte die Waffe im Humus, suchte einen anderen Platz. Er riss das Kreuz von der Uniform, beerdigte auch sie und steckte den Orden in den frisch aufgeworfenen Haufen. Magenknurrend, in altem Gewand, die Nymphe längst vergessen, vermeldete er, die Bäuerin habe ihn noch länger gebraucht. Grinsen zerriss die Gesichter der Aufseher. Sie wollten gerade Hunde holen. In Träumen verfolgten Jean fortan Grimassen, Fratzen, Masken, Fänge.

»Danke, es war ein Gedicht«, sagte ich, und Candice, dass das letzte Wort noch keineswegs vorbei war. Dann betrat Jacques wieder das Separee, vor seinem gewaltigen Bauch eine umfangreiche Keramikschüssel und eine Cognacflasche haltend. Die Karamellkruste und das Etikett schwebten zur Tischmitte, doch bevor Jacques sie abzustellen vermochte, fragte Jean: »Was ist das?« – »Master, für Sie drei, dachte isch?« – »Du 'ast nischt zu denken, sondern zu flambieren am Tisch. Verzeih, Siegi, pardon, Candice.« – »Im Salamander wird es eh besser«, sagte sie, und dass das nichts mache, ich, und Jean, was dann würde aus der Présentation, er, Jacques, gebe schon mal die Flasche her. Der Cognac also blieb, Jacques ging mit der Crème brûlée vor seinem Bauch wieder aus dem Separee hinaus, Schweigen hüllte uns ein, und dann erschien er wieder im weißen Dinnerjacket, eine noch kühle Schüssel Pudding in der sich rot und blau verfärbenden Hand, flankiert von der Gaskartusche und dem Butler im Frack, zwischen den Fingern drei Cognacgläser und einen gewaltigen Zuckerstreuer. Feuer gab ich ihm, sie stellten uns die Gläser hin, und im sachten Fallen der Kristalle warf die Gaskartusche Flammen auf die Oberfläche des Puddings, bis er verkrustete. Dann züngelte der Brand hinüber, tanzte kurz auf der Speise. Jean sog Luft ein, zwinkerte mir zu und sagte nein. Er wies mit der Handfläche in meine Richtung. Ich pustete die Puddingkerze aus mit Saus und Braus, voilà, sagte Jean, und Candice applaudierte sarkastisch kurz mit nur einem einzigen Zusammenschlagen der Hände. Der Butler entrollte noch eine Stoffserviette, gab drei Dessertlöffel darin preis, zwischen uns enthüllt und sauber hingebettet wie Operationsbesteck. Jacques schenkte den Cognac ein, und Jean langte als Erster zu, nannte sich selbst Vorkoster. Eine kleine Haube Crème brûlée schaufelte er samt Kruste auf den Löffel. Jacques und der Butler sahen zu, dass sie verschwanden, und Candice und ich, wie Jean die eidottergelbe Masse in seinen Mund manövrierte. Mon dieu, voilà, un Crème brûlée, undsoweiter, ich merkte sofort, dass dies Ding aus dem Packerl und ich der Verkoster war. Den Spaßverderber zu spielen nahm mir großzügigerweise Candice ab, viel zu süß sei das. So zuckerhaft und saftig sei das alles, sagte Jean, er wolle es mir nicht wegessen, er könne das ja jetzt jeden Abend haben, bitte, ich lange bloß zu, so lecker. Candice lachte und sagte, er sei wirklich der geborene Vertreter, das habe ihr Vater auch gesagt, als sie ihm gestand, dass er Jean der Boxer war. Niemals hätte sie sich mit einem Schläger eingelassen. Aber diese Muskeln, erzählte sie, und Jean lupfte quasi als Untermalung seinen Hemdsärmel hoch, spannte den faltigen Arm an und aus diesen Vorhängen aus der Form gegangener Haut erhob sich ein Bizeps wie ein Alpengipfel aus dem Firnfeld.

Candice kam aus einer bourgeoisen Familie, die in den Dreißigern fleißig, aber von der Wirkung her eher so lala lasen, als Bergwerksaktienbesitzer Geld wie Heumänner umdrehten und ihre Börsengewinne reinvestierten in das marode Familienunternehmen, statt Schildkröten mit Diamanten zu besetzen. Als Geschäftsmänner alten Schlags verstanden sie sich, die strikt nichts mit dem Pöbel zu tun haben wollten, nicht als verkommener Adel. Eigentlich waren sie Presbyterianer und sicher nicht dekadent, sie vertrieben Jagdequipment, hauptsächlich Flinten und Messer, über derlei Dinge dachte Candice nach, als sie eines jungen Nachmittags schon, noch kaum Frau, auf der Veranda eines Cafés an der Seine saß, ein Glas Champagner trank und ihren Löffel in die Bouillabaisse tauchte. Selbstverständlich ging es nicht jeden Tag so zu, es war Montag und das Dienstmädchen und die Gouvernante in Personalunion bei der allwöchentlichen Sonntagsgesellschaft vor Erschöpfung zusammengebrochen. Candice schüttete ihren Champagner in hohem Bogen über das Geländer in die Seine, als Opfer, dass die gute Dame bald wieder aus dem Krankenhaus kam, und weil das Getränk in der Sonne seinen Spleen verloren hatte, warm und fad und schal geworden war, außerdem war ihr langweilig. Das sah Jean, trat an ihren Tisch. In diesem Augenblick dankte er dem Sommer, der mit Hitze seine kurzen Hosenbeine wenn schon nicht normalisierte, so doch entschuldbar machte. Er lachte Candice an, sacht und mit Anstand, und charmant zeigte er ihr die Nymphe blonde. Ein Fliegenfischer konnte kein armer Teufel sein, saßen doch dieser Tage haufenweise Leute im Ritz beisammen und tauschten sich aus. Candice hingegen war dieser Stunde für Jean das Ziel seiner ganz persönlichen Reise ans Ende der Nacht, das Morgengrauen, in das er sich hineingeboxt hatte. Dem Gesocks in Marseille hatte er seine ganze Jugend über links rechts gegebenen, den Strichern im ersten Licht einer verfeierten Nacht Habacht beigebracht, den Matrosen eins übergezogen und letzten Endes war er an einen Catcher geraten. Als Jean ihn zementfest zu Boden geschickt und gewatscht hatte, ihm dann ganz gentlemanlike via Handineinanderhaken wieder hochhalf, auf den Rücken klopfte mit den Worten, man könne nicht immer gewinnen, er solle mal an 1870 denken, empfahl ihm der junge Catcher, sich zu melden in Paris bei einem ihm bekannten Boxtrainer, Tristan schicke ihn. Kein Vogelküken schrie immerhin dem Kuckuckskind zu, es wolle zuerst aus dem Nest geschubst werden. Also wurde aus Jean kein Catcher, sondern der Boxer, der immer nur an anno 1916 dachte, die Schlacht, in der sein Vater gefallen war, sein Vater, ein guter und statthafter Handwerker, der verkommene Sohn eines Ingenieurs, dessen Vater wiederum noch bourgeois genug gewesen war, der faulen Frucht seiner Lenden ein ausreichendes Erbe zu hinterlassen. Für Jeans unliierte Mutter dann war letztlich nicht mehr genug da und Jean boxte sich durch Marseille, durch Cannes, boxte sich hinauf bis nach Paris, schlug Schmeling und Joe Louis nur deswegen nicht, weil er in diesem herrlichen Frühlingslicht Candice begegnete, von all dem Zuhauen, der Beinarbeit, dem Parieren und Deckung-Hochnehmen schwieg, ihr stattdessen die Nymphe blonde zeigte und das Gold am Haken war schon jener teure Nagel in der Wand und aus der Hand, mit dem Candice die Murmel antippte, an dem der Boxer und seine Handschuhe bald hängen sollten.

Blondes Licht schien in ihrer beider Zukunft hinein und von dem ganzen erboxten Geld und keineswegs von der Stange besorgte sich Jean einen Maßanzug für das erste Diner mit Candice' Familie, die er ebenso blendete wie sie und sich selbst. Begeistert waren alle vom Esprit dieses dahergelaufenen Schwiegersohns in spe, der stets vom Kämpfen sprach, vom Niederschlagen der, na ja, Gewerkschaftsbestrebungen in den Bergwerken, von Finten bei der Körperschaftssteuer, vom Handtuch, das nicht geworfen werden durfte, bevor man vor der deutschen Invasion an der Maginot-Linie eindeutig k. o. ging, oder eben wie damals bei Sedan klar nach Punkten. Am Ende war der Vater so begeistert, dass der Funken übersprang, er die Fäuste hochnahm und Jean die flache Hand gegen die Backe schwang, ein freundschaftlicher Klaps nur zum Zeichen der Sympathie, doch Jeans Reflexe zwangen ihn auszuweichen und dem Kerl einen Nierenmilzschlag zu verpassen genau da, wo die Weste des dreiteiligen Anzugs saß. Ein Fettfleck wäre da gewesen, den wollte Jean ihm schon die ganze Zeit wegwischen, rettete Candice die Situation, weswegen sie auch das ganze Essen über so lachen habe müssen, in ihre Suppe geprustet hatte, statt zu pusten, und überhaupt, Celine, wo wäre denn der Hauptgang. Dann kam der Hummer und kaum wollte der inzwischen wieder sitzende Hausherr den Knacker dann anlegen an den Scheren, hatte Jean sie schon in der Hand, drückte zu, und der rote Panzer barst, gab das nussige Fleisch frei. Ein Flehen war es das restliche Essen über, wie Jean das denn gemacht habe, aber man wisse ja, sagte er, niemals gab ein Zauberer seine Künste preis.

Wenig später reiste Jean in die Ardennen, kurz nachdem der Premier Blum den bezahlten Urlaub eingeführt hatte, um der fliegenfischenden Bourgeoisie Schweizer Taschenmesser anzudrehen und seine Finten weiter zu erproben, ihnen Flinten unter Jubelschreien und Beifall zu zeigen, all die erstmals überhaupt die Berge erblickenden Fabrikarbeiterkinder zu belächeln, vor denen die Fliegenfischer die Nasen rümpften. Als die Nazis dann kamen, war Jean schon in Sedan. So schlecht standen sie nicht. Doch die Deutschen hatten Schlauchboote und bauten die Brücken schneller wieder auf, als die Franzosen sie gesprengt hatten. Und dann fuhr Candice mit der Metro, bis zum Montmartre und darüber hinaus, in die grausigen Viertel, sah Fliegen über die Fleischmarktthekenberge krabbeln, sah Marokkaner das diebische Gesindel, ihre eigenen Kinder, von den Obstständen verjagen, roch den Brodem der Clochards, fühlte die Blicke auf sich liegen, was denn so eine feine Kleine hier tat, fühlte die Enge, ging hinein in den Ring, in die Trainingshalle, in den Dunstkreis der verbliebenen Boxer, der Boys, die keine französische Staatsbürgerschaft hatten, der Alten, der Lahmen, der Einhändigen, der Lungenleidenden, Röchelnden, Panikschweißsondierenden, all derer, die nicht eingezogen worden waren zum Krieg oder noch kaputt vom Ersten herumstanden und sich hatten rekrutieren lassen stattdessen für den Ring. Candice sah ihre Blicke, schüchtern, fast sanft schoben sie die Hand in den Boxhandschuh und schnürten ihn ab am Handgelenk, derweil die Augen zu ihr, zu Candice, hinhuschend aus der Dunkelheit irgendeiner feigen Ecke, möglichst weit vom Ring entfernt. Sie hingegen schritt fester Stöckel auf die Seile zu, wo auf einem dreibeinigen Schemel ein Maghrebmann hockte, eine Goldkette, die den ganzen Bauch bedeckte, so viele Glieder, als hätte man Fort Knox k. o. geschmolzen, und als ihr Blick den des Trainers kreuzte, sagte der, jeder, wirklich alle, aber Jean nicht, der werde unweigerlich abtauchen, nie wieder aufkreuzen, er kenne ihn, keine Disziplin, ein Luftikuss, ein totaler Choleriker, der beschimpfe Offiziere, spucke Deutsche an, falls er in Gefangenschaft war, oder der desertiere einfach so, wenn es ihm eben passte, haue ab ohne vorherigen Blick auf eine Karte. Der Trainer schloss schon Wetten mit seinen Genossen, wann die Exekutionsurkunde kam.

Doch er irrte sich, glaubte Candice zumindest fest, und als schwänge sie die Stange jetzt auf eins, meinte sie, auch Tristan irrte, nur sie behielt recht, da es exakt acht Jahre nach dem Anschluss Österreichs gegen die Tür pochte. Und es war ein Erzählen in der Wohnung und ein Singen. Candice ließ Jean nicht mehr gehen, heiratete ihn sofort. »Ich ’atte keine Wahl«, unterbrach er sie lachend. Candice habe gesagt, es gebe wahrscheinlich nur diese Möglichkeit, dass ihr Vater Jean wieder einstellte. In die Flitterwochen könnten sie ja dann ins Salzkammergut fahren, da habe es ihm doch so gut gefallen. Und bald schwang Jean erstmals eine Stange, die aus Karbonfasern bestand, hatte eine richtige Fischerweste aus dem Fundus des Schwiegervaters um den Leib, eine Ritz D im Wasser vor sich, Candice im Rücken, ihren Sohn am Arm, noch vor meinem Geburtsschrei. »Diese Kerle«, war Candice am Schließen, »er ist gar nicht auf die Idee gekommen, man könnte denken, er wäre unter der Erde. Eine gute Freundin von mir sagt immer, Männer betrügen, ständig, unablässig, aus Dummheit, vor lauter Ignoranz«, Frauen hingegen machten das nur selten, aber immer geplant, mit Absicht, und dann schwang Candice in ihrer Erzählung noch weiter ins Jetzt, als wäre die Eins beim Werfen plötzlich die Elf und es ginge weiter, war in Sedan bei einer Tontaubenschießmeisterschaft, und wie alle diese Jugendlichen, Nachwuchseuropameister und wie sie heißen, völlig baff sahen, wie Jean, der alte Sack, nachts aufs Feld hinausging, außer Konkurrenz und aus dem Stegreif, nach drei Karaffen Bordeaux, schrie, sie sollten alle Maschinen anschmeißen, und die Scherben zur Erde schickte wie nichts, wie richtige Federn, er konnte wahrlich von allen am besten schießen. Doch die Jugend verstand das nicht, hielt es für einen Zaubertrick. Diese Kinder von heutzutage, Candice schüttelte den Kopf. Und Jean zeigte auf mich: »Nur er ist okay«, vielleicht hatten die beiden die Geschichte bloß deshalb erzählt. Die Büste von Beethoven schaute ganz unversöhnlich. Die Kerze auf seinem Schopf war fast niedergebrannt, die Flamme knapp entfernt vom Carraraskalp. Sie beschien den Kopf wie jenes Licht, das dem Komponisten aufging, als Napoleon sich krönte, die Frontseite von der *Heroica* gerissen, hingeschrieben auf das neue Deckblatt, die Symphonie umgewidmet, für einen noch unbekannten Helden. Candice kommandierte den vorbeistrawanzenden Jacques her, wies auf den Pudding und den Ober an: »Aus Bergbauernmilch in Zukunft. Die war so super bei unserem ersten Urlaub hier. Telefonieren Sie gleich morgen mit dem Milchgut auf der Alm nebenan. Oder fragen Sie die Kleine in der Fleischerei. Die weiß wahrscheinlich, wo es den besten Rahm gibt. Schmieren Sie ihr Mundwerk im Zweifelsfall.« – »Unseren Gästen wird das nicht gefallen.« – »Trinkgeld, zehn Prozent, die Preise steigen, Jacques, wie der Pegel, noch eine Flasche, bitte«, sagte Candice.

Auf meinem Weg zur Toilette sah ich nur eine einzige Urlauberin, die nicht mit irgendwelchen Fliegenfischdingen beschäftigt war, sondern im Untergeschoss an einem Billardtisch eine Partie Achter-Pool gegen sich selber spielte, indem sie nur herumstand, ohne zuzustoßen. Sie taktierte auf unentschieden. Am Pissoir dann stand einen Meter tiefer ein verhunzeltes Männlein neben mir, so weit vorgebeugt, dass sein Gesicht verborgen war, ich nur den schneeweißen, schütteren Schopf im Tonsurschnitt sah. Er sagte mir Hallo mit Londoner Akzent, als kennte er mich. Und als ich wieder ins Separee zurückwankte, den Cognac sich mit dem Espresso in der Luft vermischen wahrnahm, sah ich den ganzen Jean, nicht nur Faust, Arme, Füße und Beine, sondern sein Sein. Dann setzte ich mich wieder hin, sah wieder nur den Körper ab der Taille und begriff, dass er mit Candice sowohl fliegenfischen gehen als auch verheiratet sein konnte. Ich gab ihr die Nymphe blonde und ihm damit seinen Goldschmuck zurück. »Wann gehen wir denn mal wieder fischen?«, fragte er mich, sagte dann noch im Verlauf der letzten Flasche, er habe ja extra angerufen, da war niemand dran. Er fange doch nichts ohne mich und meine Fliegen und meine ortskundigen Fischstandprotokolle, ich solle ihm nur zeigen, wohin, übrigens sehr nett, adrett, meine Gattin, die könne ich auch mal mitnehmen, die habe er im Krankenhaus kennengelernt, ihr vom Mich-Kennenlernen erzählt, das ganze Leid geklagt, dann gleich ihrer Aufforderung gemäß verfahren, die Polaroidbrille nie wieder abgesetzt am Ufer. Altersepilepsie, so ein Blödsinn. Aber na gut, er zog ja den Hut vor Ärzten, besonders vor Radiologen und Anästhesisten, schon gruselig, wie die eindrangen in seinen Körper. Dann kam Jacques, deckte den Tisch ab, indem er das papierne Tischtuch einen Rucks unter Geschirr und Besteck hinwegzog. Die Essensreste flogen zauberhaft, bis in die letzten Ecken. Es waren eh schon alle Gäste in den Betten. Die Rechnung entzog sich der Présentation, kam in einem Lederkuvert. Jean steckte seine Kreditkarte hinein, was Candice abwehrte, woraufhin Jean die Faust hob und sie ihm ein Packerl Hausdetschen gab. »La Marienbrücke c'est moi«, sprachs zuckersüß, steckte ihre Kreditkarte ins Kuvert. Schnell kehrte sie wieder, ausgehändigt, gänzlich enthüllt. Meinen Zettel bezahlte Jean.

41 In Harris Umtrunkstube warten vier Freunde auf den fünften im Bunde

Über der Kalkalp brannte die Sonne heute besonders traurig, als die Tür aufging. Glühend gerahmt stob sie so schnell durch die Stube, dass die Schöße ihres eierschalenweißen Blazers hinter ihrem Schritt herwehten. Ihrer kurz geschnittenen, bordeaux-rot gefärbten, zu Gelstacheln gestylten Oberchefgeschäftsfrau-frisur larvierte Kurti nach wie Menschenmassen olympischem Feuer. Sie schwebte auf mich zu, blauer Bluse samt ins oberste Knopfloch gesteckten Ballograph, eine schwedisch-österreichische Firma, eine Spezialanfertigung für die Provinz, dieses Modell, eingraviert *Catering Oberer*. Sie erreichte mich mit Küsschen links und rechts sowie ihrem superpenetranten Eau de Cologne, eben einer Badewanne voller Blütenblätter, Dornröschentraum-schäume und Rosenwasser entstiegen. Ebenso begrüßte sie den Wirt, stellte sich hinter die Theke, deren Kante die dotterfarbene Hose so exakt bis zum Gürtel aus dem Blickfeld bügelte wie das Dampfeisen zuvor den gefalteten, untergeschlagenen Stoff entlang der Beinsymmetrieachsen. Sie nahm ihr Stamperl, die Nägel verziert mit einer Art diagonalem Rankenmuster, das haarriss-feine Striche, die netzartig zu dicken Knubbeln zusammenwuchsen, mit wirrwinkeligen, myzelähnlichen Verästelungen verwob. Kurti fasste das vierte Stamperl, blieb neben mir, Franzi und Harri gegenüber, der unsere Krügerl fertig zapfte und die grün-weiß gestrichenen Keramikhumpen auf den Tresen stellte. »Weiß man ja gar nicht, womit anfangen«, sagte Franzi, trank ihr Stamperl, wobei ihr die Lesebrille von der Spitze auf die Nasenwurzel rutschte. »Ja«, sagte ich, trank vom Bier, schaute Kurti auf der Spiegelung von Franzis Lesebrille an und dann den Wirt, der sagte: »Für den Gerry auch schon?« Von einer Bartlocke zwirbelte ich die Fliege mit Lena-Lukas-oder-Johannes-Haar, vielleicht auch Nina, selbst mir unklar: »Bier und Schnaps, mehr habt ihr nicht übrig für ihn?«, und ich legte das Forellenrauszuckermuster trocken auf die Theke und trank.

Ich würgte den Citoyen beim Anhalten ab am Bahnhofsplatz, als Ernstl einen geflochtenen Sonnenbasthut auf dem Kopf aus den Flügeltüren trat, vor sich die Treppe, zu ihren Füßen wir. Ein beerenfarbenes Hemd hatte Ernstl an, und ich Jean auf der Rückbank, von Tristan und Albert flankiert. Archie war am Beifahrersitz. Unter Licht im August stiegen wir aus und entfernten Schweiß von Stirnen. Archie und ich wischten per Handrücken, Tristan und Albert tupften mit Papiertaschentüchern, Jean via Stofftaschentuch. Ernstl hingegen zog trocken und alleine oben auf der kleinen Rauchergalerie aus seiner mohairenen Sakkobrusttasche das nadelig gestreifte Einstecktuch. Fernab jedweder Hektik legte er es über sein Gesicht, drückte mit fünf ruhigen Fingern dagegen, als wollte er sich ersticken oder zumindest knebeln, denn schon ballte sich eine Faust, schob sie samt Tuch in den Mund. Ernstl biss sich selbst auf die Knöchel, dass jegliches Blut aus seinen Gliedern wich, sie weiß wurden fast wie seine Zähne. So stand er einen Moment hoch oben auf dem oberen Absatz der Pseudomarmorstufen. Sein Gürtel war aus Krokodilleder gefertigt, seine beigefarbene Anzughose gebügelt. Die Falten gingen schneidend scharf den alten Schienbeinen voraus. Nervöse Schwalbenkrallen spielten um Tristans Augenwinkel, der neben mir gegen das Licht blinzelte, gegen Ernstls grelle Geste. Alberts eine Hand fingerte an seinen Gürtelschnallen herum, suchte wohl ein zweites Taschentuch. Sein erstes hinterließ bereits Papierfitzelchen beim Wischen über die Stirn. Gleichzeitig konnte er den Blick aber nicht von dem jetzt in leicht wippendem Schritt herabsteigenden Greis lassen. Wie ich erst jetzt bemerkte, steckten seine Finger in schlumbergerfarbenen Handschuhen, fünf um den Korkgriff der Fliegenstange, fünf herabhängend, so passsicher, dass die Sehnen und Knorpel und Handrückenknöchelchen durch die Seide ersichtlich wurden. Lediglich Jean wirkte gefasst, lehnte lässig gegen den sprungbereiten Kofferraum und hatte die Hände in die Hosentaschen gesteckt.

Ernstl erreichte nun die letzte Marmorstufe, den obersten Hemdknopf offen, dass die andersfarbige Naht um das Loch sichtbar und schneeweißes Haar aus dem Aufschlag sprießend zu bestaunen war. Ein Gleißen lag in seinem Gesicht trotz Schatten, Rasierklingen hatten die Wangen glattgewischt, scharfschnittig die Knochen darunter, Regenbogen die Brauen. Grundglücklich schaute er aus und lüftete den Hut. Ernstl verbeugte sich tief und die Krempe streifte vor nackten Zehen den Asphalt. Archie nahm wie aus Galanterie die Lachgasmaske ab: »Eine halbe Stunde Aufenthalt«, und dann begannen wir, drei Franzosen, Archies Wenigkeit, meine Winzigkeit, ein nicht ganz einheimischer Fremdenführer, Ernstls Abteil auszuräumen, während seine Gestalt im Sonnenlicht flimmerte, die Säume des Kaisers neuen Gewandes flirrend, sein Schatten auf dem Wagen ausgefranst. Während sich Archie auf der Bahnhofstreppe sitzend einen Spliff drehte, versicherte ihm Ernstl, dass er sich in absehbarer Zeit kümmern würde. Seine Hand schwebte zur Flasche, Finger schlossen sich drehend um das Rädchen, weiterjustiert das Lachgasventil. Aber nun, jetzt, eben kein Platz, und damit legte Ernstl seine Stange abschließend in den Kofferraum des Citoyen, stieg dann ein auf den Beifahrersitz. Jean, Tristan und Albert schwangen sich auf die Rückbank und ich fuhr hinaus aus dem Bahnhofsparkplatz, Archie stets noch kleiner werdend im Rückspiegel, während ich sinnierte, dass in diesem Wagen allein schon unter den Passagieren mindestens dreihundert Menschenjahre zusammenkamen.

»Du hattest recht«, sagte Ernstl während der Fahrt, »extra bestellt, feinstes Tuch, aus Sedan. Ah!« Dann gaben Albert und Tristan ihre Geschenke her, reichten jeweils eine Flasche Wein über die Handbremse nach vorne. Um jeden Glashals war ein

Band gewunden in einer neongrellen Farbe, rot und blau, Merlot und Bordeaux, und Ernstl empfing in champagnerfarbenen Händen. Ehrfurchtsvoll zitternde Finger schoben die Kassette in den Autoradioschlitz und wir hörten die ersten Akkorde der Ouvertüre von Berlioz' Faustoper ertönen.

»Gentlemen«, ich wusste nicht, wie Albert, Tristan und Ernstl zueinander standen, »well, well«, ob sie das als Provokation auffassten, »in Grace, viele, wirklich viele Muster entwickelt den Frühsommer über«, Tristan verwarf jede Fliege und Albert gab einen passablen Trockenfliegenfischer ab, war an der Nymphe aber verloren. Besonders gespannt sei er ja schon, an welche Stelle ich sie heute entführte, sagte Albert. Tristan sprang beipflichtend ein, am allergespanntesten sei man natürlich auf Ernstls neueste Kreationen. Jean sagte, es wäre ja gar nicht gesagt, dass wir heute schon mit diesen Fliegen experimentierten, vielleicht blieben wir lieber sicher, sollten womöglich nach Nummer wie immer verfahren, um ganz fix zu fangen, wohin wir auch gingen. Ich musste schmunzeln, den Superköder schon am Vorfach. Erstens noch vorm Bleikopf an der Öse ein Geweih zusammenzwirbeln aus orbital geschupften Alupapieren. Zweitens das archiegiftige Haupt mit mercedesschwarzem Nagellack fliegenaugig tupfen und auf den Haken fädeln. Ernstl hob die Hand und sagte, heute werde ein fantastisch extravagantes Muster angewandt an einer extraordinären Stelle, ja. Damit das Ganze menschlich wird, drittens Lametta wie Haar ins Genick. Viertens die lachmöwenbrüstige Bauchflosse aus zwei Schlumbergerfedersegmenten. Fünftens das Purpurkummerbundabdomen winden. Sechstens die Daunenfeder aufbinden. »Fahr rechts ran«, siebtens ein flanellfellenes Schwänzchen friemeln in Rot, sprach der Meister, und ich tat, was er sagte. Neben uns hob ein Gerstenfeld an wie eine Fliege, die in jedem Moment alles sein konnte. Der Wind peitschte die Ähren über dem Autodach zur Seite, wie ich zumindest meinte, immerhin sah ich sie nicht, aber die Stängel bogen sich. Blickte ich hingegen aus dem Fahrerfenster, sah ich eine Brücke und auch schon die Flussuferniederung jenseits eines abgeernteten Feldes, die zementene Straße, die Scheibe, mein Gesicht, Ernstl, der zu sprechen begann, ich schaltete das Autoradio ab. Die grünen Digitalziffern verloschen. »Woher kennst du denn Monsieur und Missieu?« – »Ernstl, Freunde von mir, Kollegen aus Sankt Jo'ann, ganz gespannt aufs Fischen 'ier, Partner in Sachen Marienbrücke, Investoren aus Paris.« – »Aha, aber wer hat denn gesagt, du seist gefragt, Jean?«

Ein Auto fetzte von hinten mit Landstraßenhöchstgeschwindigkeit und ziemlich vielen Reifenumdrehungen pro Stunde auf uns zu. Ich sah das linke Rad aus dem Innenspiegel in den Seitenspiegel weichen, den durchgezogenen Strich erst touchieren, dann etwas überfahren, das rechte Rad immer noch im Innenspiegel, geteilt in zwei Hälften der Vorbeizischende. Er war jetzt vor uns, ließ sich Zeit, einzulenken auf seine Spur, verdrängte einen zweiten, entgegenkommenden Wagen, nach rechts kollisionsvermeidend, dass dessen Vorderrad auf dem unbefestigten Landstraßenbankett dahinknatterte. Es wunderte mich, dass es den Reifen nicht fing, das Auto weiter an uns vorbeifuhr, es hupte nicht mal. »Kannst du uns vielleicht deine rhetorischen Fragen ersparen?«, sagte ich dann, »Jean hat viel von ihnen erzählt und sie mitgebracht, und sie haben dir was mitgebracht, und wir dir unsere Aufwartung gemacht. Quitt?« – »Siegi, Siegi, quid pro quo, so fit mit der Zunge, kennst du dich noch selber?« – »Vielleicht sollten wir uns langsam verpissen«, sagte ich und schaltete die Warnblinkanlage ein. »Lauter Unbekannte scheints, seitdem du hier bist. Nicht mal Archiebald hat etwas gesagt vor seiner Ankunft«, ich wollte gerade den Motor wieder starten, als Ernstl die Bordeauxflasche in seiner Hand am Hals packte und Boden voran gegen das Armaturenbrett schmetterte. Die Splitter flogen durch den Wagen, vielleicht waren es aber auch nur die Rotweinspritzer oder die Finger von Ernstls andrer Hand, die wild nach hinten fuchtelten, Albert am Kragen packten und nach vorne zogen. Über sein Genick reichte mir Ernstl den scharfkantigen Flaschenhalsrest und murmelte: »An seine Gurgel damit!« Ich sah Alberts Halsadern blau anlaufen oberhalb des Hemdkragens, den Ernstl pulsierender Hand immer noch zuzog. Hoch zu mir stieg beißender Angstschweiß. Ich war mir nicht sicher, wer ihn verströmte. Meine Finger zitterten mit einem Mal an dem kalten Glas und ich verweigerte, dass Ernstl besser selber Hand anlege. »Wie immer«, sagte er, »Gentlemen«, und ich wusste nicht, ob er taktisch als Erster eskalierte, was sowieso passiert wäre, »passt auf jetzt«, ob er absolut wahnsinnig war, »hört zu, aber genau«, oder einfach nur nüchtern Verrat witterte. »Siegis Standing ist nicht gerade das beste. Er hat vor einiger Zeit den Obmann des hiesigen Vereins fertiggemacht. Der andere Haberer hat die Niederlage nicht gerade auf die leichte Schulter genommen. Sagen wir, sein Rückgrat ist als einziges heilgeblieben. Eine Reihe übler Malheurs ist über ihn hereingebrochen. Als fiele ihm der Himmel auf den Kopf. Das geht auf Siegis Kappe. So rechnen die Leute hier. Falls es euch interessiert. Werdet ihr jetzt an die guten Gumpen geführt, euch würde quasi ihr Fluss zu Füßen gelegt. Im besten Fall meinen die Einheimischen, das sei eine Verhöhnung, im worst case eine Okkupation. Seid froh, an Siegi gelangt zu sein. Im Übrigen, fühlt euch frei zu fischen. Es hat mit uns zu tun und denen, nichts mit euch, und jetzt, hinfort!« Als die Hintertüren auf waren, Albert und Tristan schleunigst aus dem Wagen sprangen, sagte Ernstl, Jean bleibe hier, legte seine Hand begütigend um meinen Finger, der gerade auf dem Kofferraumhebel lag. Er schüttelte sanftmütig den Kopf, die Gefahr wäre zu groß, dass sie auch unsere Stangen mitnahmen, Jean solle sie ihnen heute Abend bringen. Dann köpfte Ernstl mit Handkantenkarate die zweite Flasche Wein und hielt sie Jean hin. Rotwein lief über die Etikette, hing an den Splittern, er lächelte, sagte »wie früher«, hieß ihn, zu trinken, und mich, anzufahren. Zumindest überraschte ich ihn, indem ich nach langer Stille an der richtigen Stelle für die heutige Wetterlage parkte, er hatte nichts mehr zu sagen, Jean ebenso, er schlenderte, ohne uns zu beachten respektive auf uns zu warten, in Richtung Ufer. Ernstl wollte aussteigen, ich aber blieb sitzen und legte die Kindersicherung ein, dass er zu klatschen anfing.

»Bravissimo, Impresario.«
»Jean, der Tenor, oder was?«
»Ein Barbar, sonst nichts.«
»Er war im Krieg.«
»Das war ich auch.«
»Aus!«
»Verblendet und verwegen, ungutes Muster.«

Da hörte ich Ernstl nur noch »tu Buße« sagen, das Wasserklatschen die Worte verstrudeln, hatte schon die Ohren auf Durchzug und das Fenster einen atmungsaktiven Spalt runtergekurbelt, schlug die Citroëntür kindergesichert zu und war ausgestiegen, stand im staubigen Straßengraben umgeben von den Fußspuren des Citoyen. Ich folgte der Fährte ins Unwegsame, durch das Feld, dem Jean eine Schneise einschrieb bereits bis ans Ufer, wo er einen letzten goldenen Gerstenhalm zwischen Daumen und Mittelfinger nahm, die Kuppen zusammendrückte und entlangfuhr über die Ähre, die Hand hochwarf und die zerkörnte Garbe in die reißerischen Windböen zerstreute zu einer Wehe in jenes rauschende Wasser, das Jean jetzt betrat, in watendem Taumel, staksender Beine, der Reiher, Kaskaden, schreiend, Schienbeine einfassend, Steine hinabkreischend, schnell wellend das Bett, der tosend wogende Strom, wallend wie schallend in die Passage, leuchtend die feuchten Terrassen, über die das Gewässer sprudelte und sprang, eine Treppe ins Unterland formend, dass der Fluss innerhalb einer Meile zehn Höhenmeter verlor, sich in den Untergrund grub, wo am Horizont tallängs die Klamm stand, hier aber das stehtiefe, abschüssige Rauschen, wie eine Rutsche, die Senke, hingebreitet, unter Sonnenschein, Ufer zu Ufer, drei Dutzend Meter Bettspanne, keine Brücke weit und breit, nur sich überwerfende, tanzende, einander aufheizende, übertölpelnde, silbern glänzende, feistkalte Tropfen an den bernsteinfarbenen Felskanten, die vertikal den flachen, längs gestreckten Wasserfall staffelten wie sich stetig verzwergende Schuhschachteln, ein schieres Paradies ineinander übergehender Trassen, deren Mitte Jean jetzt bestieg, aus dem Rauschen heraus, das Szepter in der Hand auf jenen eisenerzdurchzogenen Stein, den hiesiger Sage nach der Teufel in persona perfide warf in den Fluss, das Land hinwegzuspülen mit Tsunamiwettern infolge der Wasserverdrängung durch den sinkenden Fels, der aber physikalisch gesehen viel zu klein und für alle Zeiten nun zum Zeichen diabolischer Dummheit in einem Fünfundvierzig-Grad-Winkel über das Gewässer gen Klamm und Himmel ragte stromabwärts wie ein mannslanges Surferbrett, oder selbiger Gerätschaft Absprungrampe, die Jean nahm.

Nämlicher Wassersportstar stand baren Fußes mit der rechten Ferse noch am Felsansatz, den pfeilschnell heranbrandendes Wasser überspülte und die zitternde Wade mit Kühle drangsalierte, während der zweite, linke Fuß, an dem die Strömung bestenfalls leckte, bereits belastbar einen kleinen Schritt weiter vorne war, in der Steigung der eisenerzenen Felsplatte, bis zu deren Spitze Jeans Schatten fiel, das dunkle Haupt, genau auf Abschluss, haarscharf auf Klippe karstigen Gesteins, nicht auf rauem Wasser, das einen Meter tiefer sich wieder verband, weiter machte, waberte, ein langes, wehendes, erst noch strömungsschattiertes Band, das die neonrot surrende Schnur spiegelte, Vorfach und Köder aber verwirbelte weiter unten in wiedererstarkenden Strudeln, die nun das Muster überflog, sich schnitt mit einem am anderen Ufer auftauchenden, schwedischen Mähdrescher, der wie ein Webstuhlschiffchen schnurgerade flussaufwärts flegelte drehender Klingen, erntefällig und schwerbehäbig geschoben von einem resedafarbenen Traktierer, dessen Motor absoff, während die Fliege zurückschwebte an Jeans Haupt vorbei, der paganinigleich auf dieser Steinplatte stand, die Polaroid auf der Nase und die Bogen in der Hand, Spitze in Himmel hielt, die Schnur wieder den Fluss hinabpeitschte, alle zehn Dutzend Meter, drei von meiner Hand miteinander verknotete Rollen hinausknallte, in die Luft brachte, zum letzten Umschwung auf elf selbst eine Hundertachtzig-Grad-Halbpirouette vollführte, gegen die Strömung plötzlich stand, flussaufwärts schaute, die Eins hinterrücks und augenblicklich zur Elf verwandelte, dass der eben noch eins gewesenen Position die elf angewiesen, die Trockene im Sinkflug war und Jean das Fischzuckerbrot platzierte, wie Volki es einstmals versuchte in jenem zinnoberroten Morgengrauen von der Brücke aus Ernstl entgegen, der jetzt im Auto saß, nicht mal per Feldstecher zusah, ich als einziger Augenzeuge, wie Jean Charly Fly nach links schwenkte, das Vorfach kurz vor Landung zur Seite dirigierte, in den fischblicktoten Winkel, dass blindlings hinterm Stein, zehn Dutzend Meter stromoberhalb, dieses Bachforellenweibchen biss auf die Kupfermusterrippung à la Arthoferart unter unsinkbaren Ferstlflügeln und nymphe-blonde-mäßigen Ninasowielenaschwingen.

Der Fisch schnellte den Fluss runter, übersprang die Trassen, zischte ab, weg vom Köder, vorm Hintergrund grau geschottert, überackert vom Mähdrescher, hin zum Fischer, der nur gelegentlich mit kurzem Zug die Richtung wies, direkt in seine bereits Richtung Wasser gegangene Hand, die auf den Drill verzichtete und die steinvorbeischwimmende Bachforelle einfach aus der Strömung fasste wie einen massiven, lebhaften Lappen, die Flossen so sehr schlagend und zappelnd, dass ich nur mutmaßte, eigentlich eine Armbewegung Jeans, dessen Mittelfinger und Daumen sich hinter dem Schädel der Bachforelle, als hätte er sie am Schlafittchen, durch die knorpeldeckelversehenen ultrakönigsroten Kiemen gruben bis an das in der Zunge steckende Muster, tief im Schlund, am Gaumen, wo die handlangen, vergeblich schnappenden Kiefer anhoben, nicht ganz gerade, gekrümmt, ein schwungvoller Bogen zum Mundschluss hin, ein torpedokopfförmiger Schädel, eine vollkommene Proportion dann die Stromlinie entlang, dick und muskulös wie Jeans Stangenarm, der sich hob, Hand voran an die Polaroid ging, den kleinen Finger abspreizend die Brille ins Haar schob, die hellblaurosa Tupfen unverdunkelt zu begutachten, sich selbst und mich zu beglückwünschen, zu winken mit dem herabhängenden, zwei Ellen messenden, gestresst zuckenden Tier, das sich freizustrampeln versuchte. Dann fiel ein widerschlagender Querschein weißgewaschenen und strudelsprudelnden Wassers vom Schuppenkleid in Jeans Augenschein, kaskadisierte seine Muskelknotreaktionen, wellte, wallte, waltete, weltete in den alten Nalten und Fervenbahnen, brachte ihn am galen körpitanzen Kaper Zitternis, hirnverwirbelt ergriffsin, niederang rihn eber arst, abermünnte ihn nach letztem Befehl, der geraden, schon zitternden, noch knochentrocken getroffenen Linken nach vorn, die das Forellenschädelinnere zu Bouillabaisse zertrümmerte, dass Hirn und Blut aus den Kiemen spritzten auf das in sich zusammenbrechende Gewand, die Hülle feinsten Tuchs, die jetzt fiel, ein Ablenkungszauber vom Eber von Sedan, der zu Boden ging, Jean der Franzose, in den Niederungen Österreichs, der Boxer, k.o., der Vertreter, den Teufelsfels entlanggestrandet, eine unchollierbar kontrolerische Gliederpuppe, vernäht wie zu Halloween, das Kinn aufgeschlagen am Karst, die Augenbraue geplatzt, Lippe gesplittet, Zuzug neuer Wunden, blaues Wunder, zappelnd, fingerverbunden, im Griff, die aufgespreizten Kiemen, eine Marionette die Forelle, verendet und tanzend daneben, on the rocks, Jean und sie rhythmisch vibrierend und zuckend, immer wieder weich gegen die Härte klatschend, außen bloß hellblaurosa Tupfenmucken, eine einzige innere Ruption, die Schatten ins Wasser warf, das nochmals wallender rappelte, Tropfen warf, forellengeworfene Tropfen spiegelte, spektral schillernd, dachs mir hirnriss, bis überhaupt jedweder Durchflick behlte, ob die Forelle hier in letztem Regen verenbete, dadurch Jean und das Dild im Wasser erebbten, eder der Ober eben dastisch spahin epiplesierte, den Wisch und der Fassas mind uch bebelte, odob er letzes dar stelbst Lichfluss wer, ner dicht alloß blies, des, uns, nahmerzte mundi aichen Gefatemzeug glengenug.

»Es tut mir leid«, sagte Harri, »ich hätte nicht durchrufen dürfen.« – »Er hätt halt die Mercedes nicht durchbudern dürfen«, sagte Franzi. Ich sah sie an und auf ihren Brillengläsern den Ex-Fleischer-Meister einen Schritt nach hinten treten, in meinem Rücken, wie Kurtis Handkante seinen Hals entlangschnitt. Ihre Lippen bewegten sich aber: »Er hat ihnen ja schon mit dem Stilettl vorm Gesicht rumgewedelt. Harri, eine Verhaftung macht doch noch kein Urteil nicht.« – »Anonyme Anzeigen wohl«, sagte ich. Ihr Mundwinkel kippte nur kurz. Ein Grinsen schmiegte sich in die Wange. Einer Maske gleich setzte sie ein hammergeschäftiges Hailächeln auf, ein Fisch, der die Fliege doch nicht nimmt.

»Franzi?«, sagte ich.

»Siegi«, sagte Harri.

»Wie gehts der Familie?«, sagte Kurti.

Dann fing ich zu weinen an. Wahrscheinlich spiegelten sich meine glasigen Augen auf den nikotingelben Scheiben. Kurti tippte den Wirten an und zeigte auf den Schrank. Harri machte die Anrichteflügel auf und händigte Kurti das Partezetterl aus. »Im alten Rom wurden nur Patrizier verbrannt«, als Kurti das Feuer schnappen ließ. »Und im gar nicht so alten Österreich alle, die man vergessen machen wollte«, sagte Harri. Franzi sagte, man müsse nur die Todesanzeigen durchblatteln. Einen Uniabschluss hätten die Krematoriumskunden und Brandbestattungsvagabunden alle keinen. Der Rauch verteilte sich vom Partezetterl im ganzen Wirten und stank kaum. Und die, denen das auffalle, auch nicht grade von der Akademie, sagte ich zu Franzi. Es roch nach Druckertinte und gebleichter Kartonage. Bauern ließen sich auch nicht verbrennen, sagte Franzi und ruckte mit den Schulterpolstern. Kurti sagte »Knödelakademie« und »damals schon ein Trottel«. Franzi sagte, dass es vom Ähnl auch kein Foto gab. Dann flog das Partezetterl in den Aschenbecher. Rot gloste unser Maestro dal Concerto à la Allegro maeostoso Violonsolo Goldkopfzampano »wie Niccolò«, dachte ich immer und sagte ich auch Frau Thalinger, »Niccolò. Von ihm wollte ich Ihnen erzählen. Ich weiß nicht, wie bewandert Sie in Musikgeschichte sind. Von einem Menschen, der nicht viel mehr tat, als sein Geigenspiel zu verbessern, weiter in die Virtuosität fortzuschreiten bis an die Grenze des Menschenmöglichen, davon werden Sie doch sicher einiges wissen. Es wäre schon komisch, wenn nicht, der Unterschied, so groß ist er keineswegs, deswegen Niccolò, nicht Paganini. Er starb achtzehnvierzig, man wusste nicht wirklich woran, da sein ganzer Körper bereits seit so langer Zeit auf dem maroden Verfallspfad war, dass die Bestimmung der einen Ursache schon einer Farce gleichkam. Niccolò waren Jahre vor dem Tod sämtliche Zähne ausgefallen, zusätzlich der sehr früh diagnostizierte Muskelschwund, der Blutsturz. Stumm ans Bett gefesselt war es Niccolò nicht möglich, das Abtrittssakrament auszusprechen, die abschließende Beichte. Auch konnte er seine Sünden nicht aufschreiben, weil die innere Vergiftung wegen der überfließenden Galle ihn müde machte, das Fieber zudem seine wirren Gedanken in einen einzigen Rausch verwandelte, seine Hand zuletzt so arg zitterte, dass die Finger weder den Stift begriffen noch die Zeile hielten. So ging Niccolò also dahin ohne Reue in Form einer Beichte, die meiner Meinung nach, werte Frau Thalinger, wenn Sie erlauben, dem letzten Willen in gewisser Hinsicht gleichkommt. Wenn wir überlegen, dass die Sehnsucht nach Ablass aus keinem anderen Quell entspringt als dem bedauerlichen Abkommen vom rechten Weg, dem Empfinden von Schuld aufgrund des Normalzustandes, in den wir eingegangen sind, in den wir uns begeben haben, so ist der Wunsch davon nicht so sehr verschieden. Aus dem Unbehagen an der jeweiligen Situation und der Empfindung des Ungenügens ebendieser Welt entspringt eben die Suada und die Klage oder aber das Begehren, der unbedingte Wille, dass es anders werde. Niccolò trat seine Reise vom Sterbebett nicht an ins Grab, da man ihm schon zeitlebens eine gewisse Nähe zu Dämonen und ein Paktieren mit dem Teufel unterstellt, er seine Beichte nicht geleistet hatte. Sein Leichnam wurde einbalsamiert und sechsundzwanzig Jahre lang eingelagert in den Sarg quer durch Europa hin und her kutschiert. Der Erbe eines ehemals mäzenisch engagierten Fürsten organisierte den Transport Niccolòs zu einem gönnerhaften Grafen, der den toten Geiger wiederum verbrachte zu einem begeisterten Musikwissenschaftler und Virtuosenforscher, der den tiefgefrorenen Leichnam auftaute und einen Gipsabdruck der rechten Hand nahm. Danach überstellte man den Sarg an eine

Koryphäe der damaligen, in Kinderschuhen steckenden Pathologie, die den Körper öffnete, sezierte, wieder zusammenflickte und nach der endgültig gestellten Diagnose weiterschickte, als hätte man Niccolò Siebenmeilenstiefel angezogen. Zwischen Hutschachteln und Schuhkisten in finsteren Vorräumen, in feuchten Kellern unter ebenso alten Weinflaschen, auf Dachböden neben längst aus der Mode gekommenen Schaukästen der letzten Jahrhundertwende, zeitweilig sogar in einer Gruft neben den Holzpyjamas der Familienmitglieder quartierten Freunde und Bekannte Niccolò ein, den Leichnam samt Sargdeckel, bis dieses elende Gesetz von der letzten Beichte und der Beerdigung dann aufgehoben war und ein an ähnlichen körperlichen Deformationen leidender Cousin dritten Grades des Grundschullehrers der Gouvernante Niccolòs einzigen Sohnes die Kiste öffnete und aus den Latschen kippte. Auch der Hausdiener, welcher den in Ohnmacht gefallenen Herrn fand, stand nicht lange auf den Beinen, undsoweiter, die Stallmädchen, die Mägde, Förster und Saisonschnitter mit der Sense, der Pfarrer. Kaum dass diese Leute aus ihrer Ohnmacht in ihrem eigenen oder benachbarten Erbrochenen erwachten, war ihr einziges Begehr, schnellstmöglich den feuchten Keller zu verlassen. Niccolòs wieder verschlossenen Sarg habe dann im Alleingang ein einfallsreicher junger Techniker ohne Geruchssinn hochgeholt und begraben. Später soll dieser Kerl die Gasmaske erfunden und erstmals die Idee formuliert haben, eine Lavendelgranate zu entwickeln und zivilen Sanitätern an den Gürtel zu stecken, rückten sie aus, einen lange vergessenen Kadaver zu bergen. Bis heute noch und auch schon damals, während der Leichnam Niccolòs auf Wanderschaft war, lauschte man dieser Geschichte viel lieber, als Loblieder auf jene posthum publizierten Werke anzustimmen, die bereits dabei waren, hymnisch zu erschallen und alles, was bis dahin in den Konzertsälen Europas erklungen und gelungen war, Violinenspiel, Publikumsräuspern und Applaus, gehörig umzustimmen, majestätischer, gnädiger, lauter. Bedenken Sie das bitte, wenn ich den Wagen jetzt vorfahre und

Sie den Beerdigern alleine entgegengehen, danke.« – »Wieso solo? Mit der Menge. Wo sind denn alle?« – »Das sind Heuschrecken, Frau Thalinger.«

»Ein richtiger Winkelschleifer. Diese Wiener«, sagte Harri, ohne den säße er noch zehn Jahre, »jeden Cent wert.« – »Groschen«, sagte Kurti, »Goschen«, der Wirt. Das rosa Stamperl schmeckte im Abgang und nach Wacholder, im Voraus zungenabbissig und zahnschmelzwegsüß nach Preiselbeer, in der Mitte bitter wie Ribisel. Neuerdings beutelte Harri einen Shaker, sagte manchmal Cranberry und jetzt: »Hätt er nur im Hefen weniger rumgestresst«, er trank einen Lorbeerschnaps. »Also, ich als Frau hier muss ja sagen, diese neue Polizistin hatte schon irgendwie recht«, es begann immer deutlicher salzigsüß zu riechen aus der Küche, »ich hätt diese Streithammel auch allesamt eingenäht«, nach rosa Krabbenfleisch, geräuchertem Fischfilet, brodelnder Tomatensauce und Shrimps. »Den Rinderfeuerteufel hätt sie fangen sollen.« Kurti legte mir die Hand auf die Schulter, schüttelte leicht und sagte, »wer war denn nicht beim Prozess?« Ich starrte ihn an, »er ist nicht mobil.« – »Ein Spiel wird Wirklichkeit«, sagte Franzi. Harri rief »zu Tisch, zu Tisch«, kurz bevor der Gewürzbrodem unerträglich wurde an der Theke. Ich nahm den Aschenbecher mit und Platz ganz hinten in der Stube, während Franzi und Kurti die Getränke trugen, Harri die Bouillabaisse tablettierte und die wundersamunsinkbare Fliege liegen blieb. »Fleisch in Keramik«, sagte der Wirt, »deine umgekehrte Hüfte«, antworteten Kurti und ich wie im Gebet, während Harri mit einem Knicks servierte. Franzi rührte in ihrer Suppe mit einem Gesichtsausdruck zwischen nah an pietätvoll und unfern totaler Verständnislosigkeit. Sie biss ostentativ zu, in Ermangelung jedweder Serviette, Papier oder Stoff, spuckte sie angewiderten Gesichts auf den Tisch in einer Art Gebetsroitherflugbahn den Krakententakel. »Er kommt nicht mehr«, sagte sie. »Zum Mister Steinkogler wird er nicht gehen«, ich. Kurti nickte in Richtung Stirnwand. Dann hörten wir die Sirenen mit ihren Wellen die Fensterkreuze zum Zittern bringen, mit ihren Stimmen nicht die sirrenden Scheiben durchdringen, sahen das Blaulicht zum Bahnhof fahren und gen Waldrand loderte wohl schon lange der Brand. Unsichtbar bisher vor Alpenglühen erhellte er jetzt den Himmel.

Über dem Asphalt flimmerte die erhitzte Luft. Nur vereinzelt standen ein paar Autos herum. Der Parkplatz wurde kaum genutzt. Ich durchblickte die Windschutzscheibe. Vor den Bergen hoben sich die Wohnblöcke ab. Sie waren auch grau. Aber die geometrische Form schied sie vom Karst. Auf den Balkonen trockneten in tristen Farben Kleidungsstücke. Ihre Besitzer besaßen keine Autos. Rechter Hand vernagelten Bretter die Fenster des Bahnhofsrestis. Die Souterrainscheiben waren noch oder schon wieder offen und zerbrochen. Im Vorbeifahren sah ich ein paar rostige Nägel im Straßengraben und Adoleszente in diesem Halbkeller. Wie in einem Verschlag hockten sie am schattigen Boden, tranken Capri-Sonne. Ein paar Dosen Bier rollten herum. Eine fuhr ich platt. Der Stadtrat hatte ein Treffen mit diversen Jugendgruppen lanciert. Es wurde beschlossen, der nutzlose Parkplatz sollte ein Skatepark werden. Die Fläche war ja immerhin schon betoniert. Die Jugendlichen designten die Bahnen und Halfpipes und Gelände. Der Entwurf wurde fertig. Es ging in Begutachtung. Natürlich ist dann nichts passiert. Der Parkplatz wurde asphaltiert. Archiebalds Haus kam in Sicht. Bedrängt von den Wohnblocks sah es aus wie eine Kröte. Sie hockte sprungbereit inmitten einer Storchkohorte. Die strebte zwar nach oben, schielte aber immer nur zum Boden. Sie suchten Erlegbares. Sie wollten es erledigen. Ich konnte sie verstehen. Hinter den Wohnblocks war der Zaun. Zwischen den Mauern fiel er gar nicht auf. Er spannte sich am Horizont vor den Hängen entlang. Er war von grauer Farbe und in kleine Rauten unterteilt. Er tat nichts anderes, als die Fassade zu erhalten. Er trennte die Bewohner der Siedlung vom Wald dahinter. Der Zaun war genau wie die Wohnblocks. Es war einfach kein Landhaus mehr. Ich drehte den Messingknauf. Wenigstens verwehrten sie den Zutritt nicht. Ein Windspiel klingelte im Vorraum. Den Boden belegte monochromer Teppich. Ich hängte meine Kappe an einen kopflosen Garderobenwiderhaken. Das Spiegelschränkchen bedeckten Staub und Spinnweben. Wie ein Strick hing ein Dreckstrang vom Netz. Die Scheiben waren blind davon. Auf der Kommodenfläche stand ein eiserner Käfig. Eine Stoffpuppe ruhte darin. Spieße durchstießen sie. Ich schwang die Tür auf und hielt inne. Ein schwarzes Tuch verhing den Tisch. Im Eck stand ein Rollkasten. Darauf befand sich ein Fisher Price-Kassettenrekorder. Im Winkel gegenüber drehte eine kleine Modelleisenbahn ihre Dreiecke. Dann war da noch eine Spielecke, Jenga-Steine, halb fertig gebauter Turm, ein Plüschtintenfisch.

Und im hintersten Winkel hockte Archie in einem Sessel. Daneben stand die Sauerstoffflasche. Sein Gesicht versteckte er mit der Atemmaske. Seine Lider waren geschlossen. Die gläserne Verandatür beklebten Zeitungsausschnitte. Tapeziert wäre zu viel gesagt. Die Blätter ließen Freiräume. Die Aussicht war verbaut. Die Selektion der Artikel. Durchschaubar auf einen Blick. Zwei Monate im Jahr mit A, stand da. Ein verspäteter Scherz, schrieben sie über uns. Die Verhaftung und das vermeintliche Geständnis, eine Reportage über Verhörtechniken, der Prozessbeginn, Urteil. Eine Hochglanzfrontseite zeigte auch unter der Schlagzeile *Unsere Kräuterhexen* Mercedes. Wesentlich verhärmteren Gesichts als auf dem Titelblatt saß sie am Tisch. Vor ihr standen verschieden große Paketkartons. Sie waren noch offen. In einem standen Einmachgläser voll Löwenzahnhonig. Im zweiten befand sich das Quaggafell. Im dritten lag die Pelzpicknickdecke. Ich setzte mich. »Schau mal, Archie, wer da ist.« Mercedes ging zu dem elektrischen Backofen. Sie nahm ein ganzes Blech Lebkuchen heraus. Es roch nach nichts. Nur die Raumtemperatur stieg. Archie hob blindlings die Hand. Dann setzte ich mich an den Tisch. Durch das Stofftuch fühlte ich die Intarsien. Mercedes setzte sich mir gegenüber. Kaffee tropfte in eine Kanne. Sie stellte mir einen runden Glasaschenbecher hin. »Inzwischen lese ich darin.« Ein Tabakbeutel landete auf dem Tisch. Ich gab ihr den Vakuumdruckverschlussbeutel. »Kannst mein Zeug nehmen.« – »Die Zeit ist lang vorbei.« – »Es wächst aus Ernstls Grab.« – »Tanz ich drauf«, sagte Archie. Ein Hustenanfall folgte. Mercedes drehte schon einen Spliff. »Das dauert jetzt wahrscheinlich eine Zeit«, und sie behielt recht. Sie drehte derweil einen zweiten Spliff. Er rollte mir über den Tisch zu. Dann rieselte mein Gras aus ihrer Hand auf das Tuch. Mercedes funkte ihre Tüte an und stellte das Feuerzeug in die Tischmitte. Ich zog eines aus der Hosentasche und heizte an, während sie mit der immer wieder aufglimmenden Spitze Tip für Tip meine Blüten verbrannte. Das Glosen fraß sich in Kreisen durch das Tischtuch. Die Stängel schnipste sie vom Tisch. Vor meinem Zug fragte ich: »Woher hast du das?« Ich aschte ab. »Gleich zwei Blocks weiter«, sie aschte ebenfalls ab. »Und die verkaufen an dich?« Sie stand auf und ging durch den Raum. »Einmal hätten sie mich fast gelyncht. Die Nachbarsgschrappen kommen oft her zum Spielen. Einer ist wohl zu lange geblieben. Der fand das voll abgefahren, ein Haus aus Holz.« Sie lachte trocken. »Zeigst du ihnen das Bindezimmer.« Ganz links an der Verandatür klebte ein Artikel aus der Geo. »Bist du bescheuert?« Daneben spiegelte sich der Traumfänger auf dem Foto, Ernstl und die EU-Beitrittsdelegation. »Dann fliegen hier Steine rein.«

Mercedes trat in meinem Rücken an die Kommode. »Derweil habt ihr so schön dekoriert.« Die Schubladen fehlten und anstatt dessen durchmaß das Möbelstück ein umwickelter Zylinder, eine Art Walze. »Was nicht in den Medien ist, ist nicht«, als spräche sie mit niemand Bestimmtem im Raum. Aus der Kommodenseitenwand kam eine Kurbel, die Mercedes jetzt bediente. Die Rolle drehte sich und wie von einer Stoffbahn lief glänzendes Papier. Mercedes zupfte drei Etiketten ab und klebte sie erstmal an ihre Fingernägel. Mit der anderen Hand nahm sie einen Füller von der Kommodenfläche und schwebte an den Tisch zurück. Ich fragte, wo sie noch Löwenzahn brockte. Sie lachte, sie lebe von Vorräten. Sie verschloss die Paketkartons und klebte die Etiketten. Darauf vorgedruckt waren in Grün die Absenderin, vier schwarze Empfangsadresszeilen und der ultramarinfarbige Schriftzug *Amazonas*. Mercedes füllte die freien Felder aus. Ein Reiben an sehr fein geschliffenem Holz erklang, als ob ein Jenga-Turm zu ungestüm berührt würde. Entweder schlug der Tintenfisch sein Bauwerk oder versuchte es ungeschickt zu stützen. Dann klackerten die Scheite am Boden. Es war zu hören, wie sie wieder zu einem Haufen zusammengeschoben wurden. »Tintenfische sind intelligent. Ihre Zellen werden ellenlang. Sie dehnen sich je nach Wassertemperatur aus. Noch fressen Pottwale Riesenkalmare, schon bald umgekehrt. Nach Dinosauriern und Menschen beherrschen dann Kopffüßer die Erde.« Sie huschte vom Tisch weg. »Und du hältst sie schön klein.« Sie hatte den plüschbeklebten Tentakel in der Hand. »Fass das bloß nicht an.« Von der Modelleisenbahnstrecke schwebte sie zur Küchentheke. Sie gab dem Tintenfisch einen Lebkuchen vom Blech. »Damit du schön stark wirst.« Dann schenkte sie Kaffee ein und kam zurück. »Morgen kommt Gerry frei.« Sie stellte sich die Tasse hin. »Wir sitzen beim Wirten.« Ich ging zur Filtermaschine. »Ihr kommt doch?«, obwohl ich es aus dem Kaffeesud hätte lesen können. Ich öffnete den Kühlschrank und nahm mir eine Tasse. Die hatte sie mir zumindest hingestellt. Vielleicht war es auch Archies. Ich schenkte mir Kaffee und Milch und rührte Zucker ein. Von der Rübe. Kam zurück. An den Tisch. »Siegi, fick dich!« Archie hatte die Augen immer noch zu. Ich tat einen Zug. Die vom Traunfänger hängenden Kolkrabenfedern waren vertauscht. Schwarz-weiße Kormoranfedern baumelten jetzt dort. Der Tintenfisch biss von dem Lebkuchen ab, trockene Flocken. »Er hockt für uns im Hefen. Das könnten auch wir sein.« – »Wie recht du hast. Die feinen Oberer schauen auf die Familie. Die Mundwinkel rennen eben schnell, wenns zum Denunzieren geht.« Ich nahm einen Schluck Kaffee. Mercedes ging zu dem Fisher-Price-Rekorder. Ihr Spliff war im Aschenbecher abgebrannt. »Es ist Zeit für seine Hörstunde. Er mag das. Es beruhigt ihn. Kannst gerne dabei sein. Darf er doch, oder?« Archie nickte. Sie drückte auf Play. Erst war Leerlauf, dann weißes Rauschen. Auch ein Artikel über den Umgang mit geistig abnormen Rechtsbrechern im Steinhofer Sanatorium klebte an der Scheibe.

»*Elf Uhr fünfzig, zehn vor zwölf, Operation beginnt.*« – »Archiebald, du bist ein sehr kranker Mann«, sagte ich. »*Mercedes wird soeben eingeparkt.*« Er nickte. »*Charlie noch nicht in Sicht, ten to twelf.*« Sie setzte sich an den Tisch. »*Mercedes soeben abgestellt, over and out.*« Zwischen den Zeilen zweier Artikel klaffte ein Spalt Wald. »*Warum zeichnest du das auf?*« Von jenseits des Zauns trat jetzt an den Maschendraht ein Mann heran. »*Warum öffnet der Verfassungsschutz ab und an die Akten?*« Die Erscheinung trug einen geflochtenen Basthut mit schwarzem Band, ein leichtes, helles, zweischlitziges Sakko, eine strahlend weiße Leinenhose, neben der parallel gen Boden ein Stahlschläger schwebte wie ein drittes Standbein. »*Der Verfassungsschutz?*« Eine abgeragerte, abgewrissene, abgemackte Gestalt wankte diesseits des Zauns in den Spalt der Artikel. »*Freunderl Gerry äußert soeben Zweifel an Skizze, Methode und Durchführung militant-zivilen Widerstands.*« Das zerfetzte Gewand verdeckte die edle Erscheinung zwischen den Ebereschen. »*Wir schauen uns das an.*« Vielleicht sahen die beiden einander in die Augen. »*Elf Uhr zweiundfünfzig, eight to twelf, Observation beginnt.*« Womöglich steckte der jenseitige Mann dem diesseitigen ein Stück Brot durch die Drahtmaschen zu. Kurti kaute Kaugummi, Gerry seine Nägel. Wahrscheinlich sprachen die beiden Erscheinungen kein Wort miteinander. Es klickte und lautlos fiel Asche ins weiße Rauschen. Der Lump, ein Jugendlicher, wie ich dann sah, tat einen Satz und tauchte hinter den druckerschwarzen Lettern über die EU-Beitrittsdelegation ab. »*Elf Uhr fünfundfünfzig.*« Der todschick gekleidete Kerl bückte sich und hob einen eigroßen Golfball auf vom Waldboden. Tschickknistern, Archies Ausatmen, Kurtis Kaugummikauen. Neben dem Foto von Ernstl stand das Gipfelkreuz penetrant gegen den Himmel. »*Nichts.*« Das Ächzen eines Autositzes, das Spannen eines beigen Lederriemens. Hohe Schleierwolken schwebten wie Flügel. Das Knistern von Tschicks. Mercedes nahm mir den Spliffstummel aus der Hand. »*Nachtmodus, Nachtmodus, plus, minus …*« Sie lachte und entflammte den Roach nochmal. Knopfgedrücke mehrmals kurz und ein langer Lungenzug. Sie ließ den Tip in ihren Kaffeesatz fallen. Das Aufgehen eines Autoaschenbechers, klack. »Ich muss dann mal.« – »*Geisterstunde.*« – »Hören wir uns meinen persönlichen Liebling doch auch noch einmal an.« Das Ächzen eines Autositzes, sechsmal klick, klack. Als ich durch die Verandatür trat, Ostbahn Kurtis und der Chefparty *Nachtschicht* im Rücken, »*es wird heit a longe Nocht*«, war das Gipfelkreuz nicht mehr zu sehen wie die beiden Männer. »*Charlie immer noch nicht in Sicht, over and out*«, hallte es mir nach. Zwei Kormorane flogen schwarz-weiß auf hinter dem Zaun. »*Reine Luft.*« Und zu guter Letzt klackte der Fisher-Price-Rekorder zweimal. »*Sind die dicht? Falls es dann regnet. Wenn ein Fünkchen Gehäuse übrig bleibt? Mit einem Abdruck drauf von uns? Was dann, hey, hörst du, bist du dran?*«, ich, Archie, »*Mann, ich war beim Project Coast, verdammt!*«

Ein Windstoß fuhr ins Geäst der Ebereschen. Es herbstelte schon und die Blätter rieben sich gegenseitig, darauf silberner Sonnenschein. Es klang wie ein Rieseln, metallisch, als würden Dutzende Haken aneinandergeraten, auf eine Tischplatte fallen, sich darauf verteilen, dazwischen der Lichtkegel vom Fenster herein, das blaue Morgengrauen und das orangefarbene Gesternlicht die schillernden Pfauenfiebern entlang und am Kupfer. »Morgen, Herr Doktor«, Fredl ließ neben seinen ersten Kaffee die Zeitung sinken. »Ist doch noch richtig, die Anrede?« Es war die von gestern, las ich aus der Kopfzeile. »Fünf Dutzend?«, fragte er ganz wachmeisterlich. »Kannst sie gerne zählen.« – »Kannst ihn ungern aus der Zelle holen«, sagte Fredl, bis dahin sei er durch, und nolens volens schob er die erste Ritz D von der Tischplatte über die Kante. Sie fiel in seine darunter gehaltene Hand. Dann legte er Nummer eins auf die Untertasse seines Kaffeehäferls. »So kleinlich heute Morgen?«, fragte ich und er sagte mit Glitzern in den Augen: »Nur begeistert. Wie kriegst du das hin? So klein. Es könnten glatte zehn Dutzend sein und immer noch gingen alle hier drauf. Wie machst du das?« – »Ich habe lange nichts anderes gemacht.« Er lächelte. »Anders als der Ernstl.« Ich ließ meinen Blick durch die Wachstube streifen, suchte die Kellertüre, die in den Kerker führte. An der hinteren Wand hing eine Sechziger-Bachforelle, auf Schwemmholz genagelt, *Fredl* stand darunter eingraviert. Ein Widerhaken, der den Kiefer durchstach, schaute mich an. Die deformierte Goldkopfnymphe hing vorne heraus beim Maul des Tieres, eingesetzt sicherlich, vielleicht zwei Tage im Fluss geschwommen, eines der drei oder vier kapitalen Zuchtexemplare, die Friedl als Zugabe pro anno in den Strom warf. Der Knopf der Filterkaffeemaschine flackerte rötlich. Womöglich nur das Sonnenlicht. Es prägte das Fensterkreuz an die Wand, in die ein Nagel getrieben war. Daran hing ein schmiedeeiserner Schlüsselbund. Die Tür daneben ging auf und hindurch trat die nicht mehr ganz so neue Polizistin. »Das Gebrabbel hast du also verstanden?«, fragte sie, während sie sich Kaffee einschenkte. Zugegeben, es roch gut in der Wachstube. Die geöffneten, mit Mandalas bedruckten Vorhänge schenkten dem Raum sogar etwas Gemütliches. Das orangefarbene Licht lag sanft auf ihren zu einem Knoten hochgesteckten Haaren. Sie schaute mich an und ich das neumodische Schnurlostelefon in der Ladestation. Es stand auf dem Tisch neben der Zeitung, deren Titelseite ein Foto zeigte, die EU-Beitrittsdelegation aus Brüssel und die Regierung aus Wien, in einem Gasthaus, Anzugträger allesamt, an der Wand eine Uhr und ein Kalender, gestern, im Hintergrund die Nussholzstube, und ganz am Rand, zwar nur zur Hälfte, aber erkennbar, Ernstls Gesicht. Fredl schob jetzt die zwölfte Ritz D über die Tischkante und legte sie auf den Untersetzer. Er blickte zu mir hoch. »Worauf wartest du?« – »Was hat er eigentlich getan?« – »Trunkenheit, Verkehrsgefährdung, fahrlässig fußgängerisch, Erregung öffentlichen Ärgernisses, leichte Körperverletzung«, sagte die Polizistin und setzte sich an den Tisch. Sie öffnete eine Schreibtischschublade und zog ein Dossier heraus, legte es auf die Ritz D. Fredl sah jetzt sie an. »Muss das jetzt sein?« – »Bind dir lieber eine Krawatte!« Ihre saß tadellos. »Um halb vier Uhr früh, beim Wirten, hat er Friedl eine leere Doppelliterflasche ins Gesicht geworfen aus nächster Nähe.« – »Oh.« – »Und er nimmt ihn jetzt mit?« – »Ist schon okay, Major«, sagte Fredl, »besoffen ist er eh immer. Torkeln ist im Wirten nicht so schlimm, eine Bagatelle. Fahren tut der Siegi, das dritte Delikt ist geringfügig und solange ihn niemand anzeigt. Wo kein Kläger, da kein Richter.« Die Polizistin murmelte einen Fluch und rollte den Läufer vom Boden, nahm den Schlüssel von der Wand, steckte ihn in das Schloss, drehte ihn einmal herum und klappte die Falltür auf, weswegen Fredl einen Schluck zur Seite rutschen musste, genau als er gerade eine Ritz D über die Untertasse hielt. Er sah schon auf die Stuhlbeine, ließ im Wegkippeln los und die Fliege fiel in den Kaffee. Bevor er davon trank, sagte ich noch »Achtung«, übernahm den Schlüssel von der Polizistin, die schwor, wir sollten in Zukunft besser aufpassen, und dann stieg ich auf den Grund des Untergeschosses.

Nicht mal ein Boden war hier eingezogen. Direkt auf Erde ging ich an Gerry vorbei. Er war schwarz-weiß gekleidet, Streifen statt Flächen, Zebra statt Pinguin. Ich wünschte ihm nachträglich alles Gute zum Burzeltag, versprach, ihn später zu besuchen, doch erst müsse ich ein paar Äschen unterrichten. Dann schaute ich in Ernstls Augen in seiner Ausnüchterungszelle, ein Euphemismus, wie ich sah. »Du warst auch schon mal schneller.« – »Es ist halb sieben.« – »Höchste Zeit zu fischen.« – »Petri Heil«, sagte er, als wir an Fredl und der Polizistin vorbeigingen, aus dem Halogenlampenschein in die sonnenaufgangslichtgeflutete und kaffeedampferfüllte Wachstube hinein, über den zur Seite gerollten Läufer hinweg, wobei Ernstl kurz stolperte, sich gleich wieder fing, hinaus. »Vorsicht, Thalinger«, rief uns die nicht mehr ganz so neue Polizistin hinterher. Ihre Hand ruhte an der Taille, ihre Finger waren schon zur Glock am Gürtel gegangen, ein Glied am Abzug infolge Ernstls unvorhergesehener, halb fallender Bewegung vorwärts, ein Reflex eben. Auf dem schwarzen Lack der Mercedesmotorhaube spiegelte sich dann das schneeweiße Haar des sturmalten Mannes, bevor er einstieg. Wir schwiegen eine lange Zeit, während das Ebereschenlaub schon am Seitenfenster vorbeizog in Kupferrost und wollenem Rot, die Blätter ausgefranst, zerrissen vom Wind wie krumme Gartenrechen. Ein Gemeindemitarbeiter in gelber Warnweste hakte zum letzten Mal in dieser Saison einen Haufen zusammen am Straßenrand, kämpfte gegen die Böen, und das Schaben über den Asphalt kroch herein, bevor wir ihn im Schritttempo passierten, alsbald einen bösen Blick abbekamen, während sein Haufen hielt und ich erst dann aufs Gaspedal stieg. »Wenn du immer alles als Erster eskalierst, verlierst du niemals. Es kommt gar nicht erst zum Gefecht. Du setzt auf das Überraschungselement. Wir haben die Kennzeichen bereits am Parkplatz gesehen. Aus dem Burgenland kamen sie, aus der Landeshauptstadt Linz, aus dem hochroten Wien, so ein Witz. Umringt haben uns allesamt. Sie hatten Falsette, Rapierklingen sahen wir. Degen und Macheten, Morgensterne, Schürhaken, Knüppel, Krücken, Kettensägen, Schleifmaschinen, Winchesters, Glocks, Faustringe und Kleinkaliber, Schläger vom Cricket, Hockey und Baseball, Billardqueues, Golf und Polo. Diesen Prolos haben wir es gegeben. Immer als Erster eskalieren!« – »Nur wegen dieses geschissenen Bildes?« – »Wegen ihres faschistoiden Films«, und die halbkahlen Ebereschen schauten fast aus wie auf dem Polaroid, das Ernstl aus seiner linken Brusttasche zupfte. »Die wittern überall den Heimatverrat«, sagte Ernstl. Er hielt die Fotografie in meinen Blick, den Straßengang zur Äschenpassage fuhr ich inzwischen eh blind.

Statt der vorbeiwehenden Blätter und der Papierfabrik schaute ich jetzt einen anorektischen Baum voller Kormorane an, Forellentotenvögel, wie eingesessene Fliegenfischer sie nannten, helle Masken und Brüste vorgereckt, dunkles Gefieder zum Abheben gespreizt, ein paar noch in der Luft, sonst hockend die Kohorte, ein bisschen Kot zu Boden fallend, die Schwarzeiche zusammenscheißend, die Kolonie in der kahlen Baumkrone. »Ein Meisterwerk«, er wies mit der Hand zum Beifahrerfenster hinaus, »schau sie dir an«, wo ein Rudel Einheimischer durch den Wald stieg, in Reihen gegliedert, tarngewandet, Gewehre präsentiert,

Suchhunde im Unterholz, »ein Geisterbild«, er imitierte mit seinem Zeigefinger Pinselbewegungen über dem Bild und hin und wieder bückte sich draußen, während wir vorbeizischten, eine der Silhouetten, verkürzte ihren Frühmorgenschatten, las eine Feder auf, fand aber nichts im gesiebten Licht, »wir haben zwei Wochen, so lange brüten sie.« Wir stiegen einträchtig aus. »Was haben wir?« – »Ein paar Tschicks und Streamer, Goldkopf, Red Tac und Spinnen, Lachmöwenfiebern, Bürzelfliegen, ein paar Nasse, Hirschkäfer, Köcherfliegen in Larvenstadium und fertige.« – »Und Ritz D für den Fredl?« – »Nur die schlechten.« – »Aber nicht zu schlecht?« – »Das gleiche Muster«, ich klappte mein Etui auf. »Dann fangen wir mit denen an«, sagte Ernstl, Ferdl, der werde sich anschauen, und nahm eine in die zittrige Hand. »Kormorane«, lachte er in sich hinein, »scheiß Zeitungsfotografen«, krächzte er dann, als er den Knoten nicht hinbekam. Ich machte ihm die Ritz D dreizehnfach dran. »Was war das eigentlich?« Während wir auf das Flussufer zuschritten, murmelte er etwas von der europäischen Umwelt, vom Minister, einem alten Freund, gemeinsame Jagdausflüge, Mecklenburg. Jetzt wäre er Berater für den Beitritt, ein nettes Zubrot. »Aber das vermagst du diesen Bauernschädeln ja nicht beizubringen. Da rennt der Projektor im Kopf, da ist alles Fremdländische schwarz. Da hilft nur ein guter weißer Südtirolerdoppelliter ins Gesicht.« – »Hat er sehr geblutet?« – »Und wenn schon. Sorgt sich in Wirklichkeit nur um seine Teiche. Seine Forellen sind eh gescheites Kormoranfutter. Haben mehr gemeinsam, als er meint. Die Belgier haben angefangen bei ihrem Beitritt. Riesige Aufzuchtstationen im Meer für den Binnenmarkt. Gefüttert haben sie aber bloß die Kormorane. Diese Sauproleten haben uns alles geglaubt. Scheiß Zeitungsfotografie. Hätte fast alles versaut. Immer alles als Erster eskalieren, Überrumpelungseffekt«, und als wir dann am Äschenpassagenufer standen, schwebte eine Forelle knapp unter der Oberfläche.

Diesseits des Flusses fiel bis zu ihrer einen Seitenflosse Ernstls Schatten und sein gespiegeltes Gesicht auf die Wasseroberfläche, schwarz und weiß wie das Bild vom flussjenseitigen Ufer, das bis zur anderen Seitenflosse fiel, ein einziger Kormoran auf einem Zweig, und die Köpfe der beiden berührten sich haarscharf nicht, blieben zwei Wesen, Stirn an Stirn. »Challenge accepted.« Das Tier schaute uns nicht an, war wie Ernstl fixiert auf die Äsche inmitten, reckte den Kopf, dorthin, wo sich jetzt die beiden Spiegelbilder touchierten. »Wer fixer ist. Du trocken von oben. Ich die Ritz den Fluss hinauf.« Ernstl begann zu werfen, von elf auf eins, drüben am Ufer krächzte der Kormoran am Waldrand. Ich sah den Trampelpfad, den sich jemand schwerer Schuhe zwischen den Brennnesseln durch und ins Unterholz hinein gebahnt hatte. Ich zog meine Schuhe aus, sah die Ritz D noch auf elf vollgeladen, auf eins schon spannungslos hängenbleiben im Laub. Nie hatte ich Ernstl verwerfen erblickt, ich dachte schon, ich krieg Herzkasperl, vom Hirn fehlinterpretierter Schmerz, Zwicken im linken Arm, doch Kormoranfedern flogen, Schrotkorn biss Bizeps, wusste ich, den anderen den Rücken zu decken, Ernstl durchgeknallt, meine Aufgabe, das Geschoss, das noch flog, der Schuss, der jetzt fiel.

Ich zog das stark vergilbte, falzzerschlissene und abgenudelte Partezetterl aus der Tasche. »Das zeugt nur von seinem schlechten Charakter«, sagte Franzi. Kurti und ich steckten uns beide einen Tschick zwischen die Lippen und boten dem jeweils anderen, kreuzförmig gegeneinander geschwenkter Flamme Feuer an. Der Tabak und die Bouillabaisse wölkten dann gemeinsam Richtung Plafond. »Ab welcher Temperatur schmilzt eigentlich Blei?« – »Alter Siegi, ohne Schmäh, du bist so ein schlechter Papa, Silvester, Mensch?«, Kurti blies überrascht in seine Suppe und Harri fing bitter zu lachen an, woraufhin Franzi eine Tirade begann, wie Wurst, ob der ausgelaugte Hobbykeller eines Freizeitalchemisten, der saure Niederschlag zwar in chinesischem Grundwasser, aber die Regenwolken, global das Umluftsystem, hochschießende Kehlkopfkarzinomraten allerorts unter Pilzconnaisseuren seit Tschernobyl, Schwermetalle im Boden rund um die verfluchte Landeshauptstadt mit ihren Chemiefabriken,

Autowerken und Stahlhochöfen. Die Sterne draußen verfinsterten die aufsteigenden Rauchschwaden. »Gehst du eigentlich irgendwann mal runter mit dem Niveau?«, fragte ich. Harri schmunzelte, »jeden Monat verklagt mich der Trottel. Fünfhundert Euro, ein total guter Preis, dass ich den Volki nicht mehr seh und seine Bagage«, was Franzi mit einem stirnrunzelnden Nicken goutierte. Ich sagte, die Rampe mache es ja auch einfacher für ihn selbst, indes Kurti stichelte, das sei doch wohl seine beste Kundschaft, dass Harri sein Zäpfchen zeigte, das Zwerchfell tief aus dem Bauch heraus. »Scheiß ich doch drauf. Wenns aus ist mit der Bumpsen, wenn ich die Stiege nicht mehr pack, dann geh ich in Pension. Hab ich meine tausend Euro im Monat, wart, bis es mich umprackt. Ob ich nicht verlier den Gaststamm. Leichteren Schritts hinein ins Glück. Ach Franzi, hör sie dir an. Siegi, Kurti, ihr seid mir vielleicht zwei. Solche Scherzkekserl. Ich schiff mich an. Hahahaha!« Ich durchlöcherte das Partezetterl, brannte das Gesicht aus mit der Marlborospitze, zerdrückte die Kippe, vermischte die Asche im Becher miteinander wie Vanillinpuddingpulver und Milch.

Jean inmitten, weiß gekleidet, Tristan und Albert wieder, in Hemden blau und rot, mit ihrem Fisch an diesem Platz, so nahe am Stammtisch wie möglich, höhnisch, laut redend, dass alle hörten. Ob sie sich diese Forelle sofort machen lassen, fragte Albert. Wennschon, dennschon in einer einheimischen Pfanne, sagte Tristan. Jean stand auf, wobei die Stuhlbeine über den Boden schabten, ein Geräusch, als schuppte er Fische. Er hob das Bachforellenweibchen auf flacher Hand nach oben, als servierte er ein Silbertablett, streckte den Arm Richtung Decke, dem Lampenschein entgegen, dass die Tupfen an der Stromlinie glänzten, alle im Schankraum das wild gewachsene Tier über Jeans Mittelfinger und Handballen schlapp herabhängen sahen. Ich an der Theke, das war ein Tag, er schenke mir nach, Wacholder, Harri, und der Wirt tat, was ich sagte, senkte den Flaschenhals ins Gläschen vor mir. Ernstl hinter mir, Eckrückzug, den Tisch extra dorthin geschoben, dass es nur noch eine Kante gab, an der zu sitzen war, oder eben Blick gegen die Wand, wo eine von Volkis Bachforellen hing im flackernden Schein einer Grabkerze, extra angezündet, Ernstl darüber gebeugt, die Arme rundherum in gebührendem Abstand, auf die Tischplatte die Ellenbogen gestützt, die Hände am Wachs, als wollte er die Flamme beschützen. Der Wirt hob den bestellten Pudding auf die Theke, heiß und dampfend, daneben das Stamperl, es war nicht das erste, Tropfen auf dem Tresen zwischen den Gefäßen, randvoll riechend, mir in die Nase kriechend, sich vermischend. Zu einem Brodem verdichteten sich Bergbauernmilch, Bourbonvanille und Jahre gereifter Wacholderbeer. Dann wanderte der Wirt durch die Szenerie schnellen Schritts. Er ging wie eine Klinge durch den Forellenbauch horizontal durch den Raum, über die Dielen hin zu Ernstl, den Pudding tragend, fast schwebend die Keramik, gefolgt von Dampf, der den Fischgeruch schnitt, vorbei am Franzosentisch, am Stammtisch, stellte dem Sturmalten die Nachspeise hin und der zweite Greis schmiss den Fisch auf seinen Tisch mit einem dumpfen Klatschen. Ich trank, der Schnaps brannte.

Jean zog sein Victorinox und der zurückgekehrte Wirt goss mir noch ein Stamperl ein. Derweil wurde die längste Klinge ausgeklappt, in das fahle Licht gehalten. Matt lag ein Abglanz darauf. Ob das der nötige Schliff nun war, um nachzuschauen, wie viel Laich sie im Bauch habe, fragte Jean Albert und das Armeemesser wechselte die Hände. Der Schneid wurde geprüft vom Franzosen im roten Hemd, der dann blutenden Daumens hin zum Stammtisch wies, wo Wolferl, Rudl, Ferdl, Fredl und Friedl hinter ihren Bieren wutschäumend kochten, man frage am besten die. Rudl stach das Kotelettmesser, die Finger zitternd um den schwarzen Kunststoffgriff, die in Wellen geschliffene Klinge und zuletzt die Spitze voran auf die Tischplatte herab, dass es schwingend, singend stecken blieb, ein hoher Ton im Raum. Na, was meinten sie, und Rudl stand auf, »mit Vernichten kennt ihr euch doch aus«, sagte Albert zu Wolferl hinüber. Rudls Absatzschuh, klackend auf die Dielen gesetzt, vertikal, nur aus den Knien, einen Schritt näher auf Jean zu. Meine Zunge ins Schnapsglas gestreckt, ich schleckte die letzten Tropfen auf und Ernstl rief aus: »Verschluck dich nicht«, einen Flachmann aus der Tasche gezogen warf er mir ein Prost durch die Schankstube zu. Ich bedeutete dem Wirten, mir penultimo zu geben, doch der fixierte die Dielen zwischen Rudl und Jean, die immer kürzer zu werden schienen. »Wir wollen wetten«, sagte Tristan, der ebenfalls aufgestanden war, »ich sage fünfzisch. Fünfzisch Eier. Fünfzisch liebe, kleine, deutsche Bachforellen«, und aus Alberts Daumen tropfte es, er strich die Forellenbauchdecke entlang, ließ eine rote Spur zwischen den Flossen, unter den purpurnen Tupfen an der Stromlinie. »Isch biete siebzisch«, sagte Tristan, »siebzisch auf einen Streich für unseren Meister Jean, unser tapferes Fliegenschneiderlein und seine beiden Gehilfen.« Wolferl säbelte der Länge nach das letzte Stück von seinem Schnitzel, ließ es liegen, griff stattdessen ein Viertel Zitrone, stand auf. Den Kopf ins Genick gelegt triefte er sich den Saft heraus ins offene Auge. Den nun rotweißroten Blick wieder nach vorne gerichtet, setzte er seine Schritte auf die Dielen wild entschlossener Pupillen. Auch Rudl trat noch einen Schluck näher an Jean heran. An die Wand warf Ferdl einen Bierhumpen, der zerschellte und ein Bachforellenpräparat mit zu Boden nahm. Hohl schlug es auf, sprang von der Schwemmholzplatte und ich hätte gewettet, es wäre gleich durch die Dielen abgetaucht. Doch da lag sie nun, blickte auf zu der riesigen Forelle, die eine ganze Tischplatte einnahm, um die sich die Franzosen und nun auch die Bierdümpel rangen. Jean hob die Bachforelle auf, Albert klappte die Klinge ein und eine kleinere aus. »Wir wollen doch die Galle nischt erwischen, das verdirbt nur den Geschmack. Wir denken doch an unsere Mitmenschen. Ihr wollt sischer auch mitessen, mitwetten zumindest. Wie viel darf es sein, wie viel Ei? Bei Siebzisch sind wir. Weniger oder mehr?« – »Wir sind in der Überzahl«, sagte Friedl und tat einen Schritt auf den Franzosentisch zu. »Sogar wenn wir Siegi mitzählen«, schrie Fredl. Jeans Daumen und Zeigefinger, von beiden Seiten durch die Kiemendeckel der Forelle drückend, so rot seien die, so ein toller Fisch, so viele Flusskrebschen gefressen, sagte er und warf die Forelle Albert zu, der sie Tristan gab, der sie nun genauso, zwei Finger in die Kiemen, hochhielt. Wie ein nasser Fetzen hing die Bachforellendame da herab. Das Armeemesser von Alberts Hand an die verborgene, weiße Knopfleiste gelegt. Jean übernahm es, schlitzte sich selbst der Länge nach das Hemd vorne auf, dass die Fäden und die Knöpfe spannten und dann wegschossen wie ein Schrotkugelhagel gegen die anmarschierenden Bierdümpel. Ferdl bekam einen ins Auge und schrie, wimmerte, ging zu Boden, während Wolferl einen Tisch umkippte und hinter der Platte in Deckung und die Knie ging. Jean warf das Messer zu Boden, dass es stecken blieb in den Dielen. Albert nahm ihm sein Hemd ab, und oberkörperfrei begann Jean, auf und ab zu springen vor der Forelle, links und rechts, schnellen Beins, und dann drosch er auf den fahnenhaft herabhängenden Bachforellenbauch ein, dass es klatschte, in schnellen Links-rechts-Kombinationen und Täuschungsmanövern.

Weil ich mich abwandte, entging mir etwas. Ein gutturales Grunzen ließ mich erst wieder hinschauen, Rudls grotesk verdrehten Körper erblicken, zu seinen Füßen das Armeemesser, auf den Dielen liegend, sein Arm spiralförmig nach hinten gewunden, in den Schwitzkasten genommen von Jean. Er drehte Rudl mit einem Ruck um, packte ihn am Hemdaufschlag, die Hosenträger spannten. Zuerst verlor der Absatz die Dielenhaftung, gefolgt von der Sohle. Dann gingen der Rist und letztlich die Schuhspitzen in die Luft. Jean hob Rudl hoch, kerzengerade, Richtung Decke, der Lampe entgegen. Er verlor jegliche Körperspannung. Jeans Trizeps hingegen brutal ausgestreckter Arme hervortretend zwischen den alten, sich unter labberiger Haut abzeichnenden Knochen. In der Peripherie meines Blicks flackerte es auf, der Wachhund schlief nicht mehr, gab Laut und bellte die Worte »ein bisschen Demut« und dann, obschon ich nicht hinschaute, Ernstl von der Tischkante getreten, aus der Schulter, den Arm von elf auf eins, flog die noch brennende

Crème brûlée horizontal und quer durch mein Gesichtsfeld wie ein Komet. Ihr Flammenschweif vorbei am toten Auge einer Bachforelle, *Volki* verdeckt von Feuer auf allen Schwemmhölzern. Das Geschoss passierte die Theke, die etikettenlosen Wacholderbeerflaschen in der Anrichte, zog als Sternschnuppe über Wolfers beschützend aufgestellte Tischplatte dahin, ihr Gleißen flößte dem wimmernden Ferdl wieder Mut und Augenschein ein, der widerflackerte auf seiner Pupille. Ganz knapp verfehlte der Wurf den das Hemd haltenden Albert und den die Forelle haltenden Tristan noch knapper, am knappsten wohl Rudl, und dann klatschte es puddingspritzend in Jeans Gesicht. Es roch augenblicklich nach verbrannten Haaren und noch hitzigerer Schamesröte. Rudl mit einem Ruck wieder Dielen unter den Absätzen und der Sohle. Jeans Hand ging nicht mal zu seinem Gesicht. Der Pudding war erloschen und schmeckte inzwischen super, sicher, aber ihm war wohl nicht danach, den Finger hineinzustecken in die von seinem Schädel tropfende Crème. Die Schüssel fiel herab von seinem Haupt, zerbrach zwischen Rudl und Jean, dessen Abgang die Scherben noch kleiner trat auf den Dielen. Er fand den Ausgang blind, gefolgt von Albert und Tristan. »Heehrmann, lach doch mal!«, rief Ernstl.

Und dann konnte ich Volki sehen. Wie er in seiner Wohnung saß. Wie seine Handfläche das Rad berührte. Wie seine Finger die Drehfelgen griffen. Wie Volki zum Telefon rollte. Wie der Hörer vom Apparat schwebte. Wie Volki Ziffern hineindrehte. Wie die Sprechmuschel das Lippenlesen übernahm. Wie das Ohr das Jawohl vernahm. Wie der Hörer in die Aufhängung knallte. Wie Volki ans Fenster fuhr. Wie das Auge durch die Scheibe schaute. Wie die Hand ans Kreuz ging. Wie die Finger das Fenster öffneten. Wie der Viertakter durch die Gegend heulte. Wie die Motorhaube und die Elektrolok gleichauf waren. Wie der Wagen nach Nordwesten fuhr. Wie die Karosserie durch Wälder glitt. Wie der Zug die Schienen entlangschlitterte. Wie Baumstämme den Blick zerschnitten. Wie auf Lack das Licht blitzte. Wie die Zweige die Sonnenstrahlen siebten. Wie die Waggons Scheinwurfkegel durchliefen. Wie der Wagen die Kurven schnitt. Wie der Zug sich den Hang hinaufquälte. Wie der Allrad die Serpentinen nahm. Wie die beiden den Bergkamm erreichten. Wie die Maas im Sichtfeld lag. Wie der Zug vor der Gleiseinspeisung bremste. Wie der Wagen gen Parkplatz sich verlangsamte. Wie die Elektrolok am Bahnsteig stillstand. Wie der Wagen auf Asphalt stockte. Wie Jean aus dem Abteil stieg. Wie die Reifen in die Lücke steuerten. Wie Jean in Richtung Ardennen wanderte. Wie nahe sie Sedan waren. Wie der Narbengesichtige sich hinterhermachte. Wie Jean die Stange zusammensteckte. Wie in den Koteletten Puddingfitzelchen klebten. Wie Finger die Haare rauften. Wie die Hand den Kopf wusch. Wie der Oberkörper im Uferwasser hing. Wie der Unterkörper im Flussgras lag. Wie der Narbengesichtige in den Wagen einstieg. Wie die Fahrt zu einer Raststätte führte. Wie ein Handtuch den Körper trocknete. Wie der Airwoolf warm blies. Wie der Auspuff Rauch ausstieß. Wie die Wolken Körper wurden. Wie zwei Sturzflüge dem Himmel entglitten. Wie Schwingen die Luft peitschten. Wie Raben am Fensterbrett landeten. Wie Volki die Federbrüste kraulte. Wie das Krähen die Schnäbel öffnete. Wie die Kuverts auf den Boden fielen. Wie Finger einen Holzschaft umfassten. Wie der Ellenbogen in Position schwebte. Wie die Faust gen Boden haute. Wie die Spitze den Umschlag durchstieß. Wie sich das Papier mit der Picke hob. Wie unter Wolframglühen die Spitze blitzte. Wie der Dorn den Brief durchstieß. Wie die Hand den Holzschaft drehte. Wie Volki die Briefe auflas. Wie der Rollstuhl zum Schreibtisch fuhr. Wie Finger die Einstiche begriffen. Wie die Kuverts Fetzen wurden. Wie die Briefe zwischen Papierkringeln lagen. Wie Fitzelchen auf Schrift sich kräuselten. Wie Kuppen die Zeichen nachfuhren. Wie sein Hirn die Bedeutung begriff. Wie Würmer wand sich das Konfetti. Wie die Zunge den Daumen leckte. Wie das Blatt sich wand. Wie Volki die Schrift entzifferte. Wie die Kiefer Lippen zusammenpressten. Wie die Zunge die Wörter formte. Wie stumm es blieb in der Wohnung. Wie der Zettel dem Zettel glich. Wie die Raben auf den Schoß flatterten. Wie die Tiere mit Flügeln schlugen. Wie die Vögel durch das Fenster glitten. Wie die Schwingen segelten gen Paris. Wie die Schriebe nach Österreich flogen. Wie Volki den Poststempel sah. Wie das Kuvert den Absender trug. Wie Finger den Holzknauf umfassten. Wie das Ellenbogenknicken die Schublade aufzog. Wie die Hand zur Liste ging. Wie das Blatt auf Tischplatte lag. Wie die Stiftspitze an der Tabellenzeile ansetzte. Wie die Handbewegung den Absender ausstrich. Wie die Franzosen die Österreicher panierten. Wie die Pariser den Verein verließen. Wie wenige Gentlemen Mitglieder blieben. Wie die Bierdümpel vom Rabenobmann sprachen. Wie die Bauernschädel das Bier sparten. Wie die Pacht für den Fluss stieg. Wie die Sauproleten Kormorane erschossen. Wie die Schrotkugeln einen Raben trafen. Wie ein Bote zu Volki flog. Wie die Klinge das Kuvert aufschlitzte. Wie Volkis Finger den Stift fassten. Wie sein Gelenk ausschwang nach Schmierage. Wie der Schrieb in den Umschlag ging. Wie die Kerzenflamme die Wände abtanzte. Wie die Finger das Glasauge rausnahmen. Wie das Wachs auf Papier tropfte. Wie die Linse den Brief siegelte. Wie das Kuvert auf dem Tisch lag. Wie der Armstumpf über die Platte strich. Wie der Rumpf auf dem Rollstuhl stand. Wie die Post auf die Sitzfläche fiel. Wie Volki der Schoß phantomschmerzte. Wie der Rabe auf die Sendung ging. Wie die Luftpost nach Wien flog. Wie der Brief im Infrastrukturministerium ankam. Wie Volki sich zum Wirten rollte. Wie der Vereinsvorstand in der Stube zusammenkam. Wie Volki die Worte formte. Wollt ihr die total bezahlbare Pacht? Wie Volki ankam. Ja.

42 Der Haberer hat sich ausgelacht

Die dritte Generation orange geschreckter Kätzchen flutet den Garten. Sie klettern immer höher die Stauern hinauf gleich einem steigenden Wasserpegel. Sie erobern Schritt für Schritt die Gegend zurück von der Erde wie ein Sumpf. Sobald ein Hügel auftaucht in ihrem Spiel, sogleich umfließen sie ihn. Der Erdhaufen öffnet sich wie ein Rachen, die Kätzchen packen den Maulwurf. Oft balgen sie sich um den ersten Biss. Am Krawattl schleifen sie ihn durch Gras wie ein Rettungsschwimmer Ohnmächtige. Blind scheuchen sie ihn hin, versetzen ihm Tatzenhiebe. Die letzten in der Kratzordnung putzen mit dem rauen Muskel noch ihr Fell. Schnell kommen sie dran, tollen wieder im Dreck mit dem schwarzen Tier. Krallen zerschleißen seine Haare, Zähne martern ins Fleisch, Rammen zerbricht Schaufeln. Fast ist das Knacken zu vernehmen hinter der Scheibe. Auf ihr liegt der überdimensionierte Terrakotta-Topf gespiegelt. Ein Riss durchzieht mittig das Gefäß oder das Fenster. Genau aus dem Sprung wächst hinter der Scheibe der Rosmarin. Nach dreimaligem Umtopfen hopsen nun flatterhafte Kätzchen um ihn herum. Ihr Krallenwetzen und Nackenkratzen verkraftet die Pflanze gut. Auch das Schnabelhauen narrischer Hähne, die sich für einen Buntspecht halten, macht nichts, Sukkulent, Hartlaubgewächs, richtig robust. Sturm und Dürre und Nebel und schmutzige Luft und kein Humus, ist dem alles egal, Italiener. Der Rosmarin wuchert zur Sonne nördlich der riesigen Graspflanze, die den nadeligen Vater um das Dreifache überragt, mittags in den Schatten stellt, trotz ihrer Frische, dem gewaltigen Altersunterschied, ein halbes Jahrhundert jünger, weniger schwankt sie im Wind. Das Basilikum wächst langsam und in Ruhe vor der Scheibe auf dem Fensterbrett, ginge alsbald dahin in der Hitze, bei der leisesten Böe, jeden Tag begossen, eine Mimose, schwach wie die Bachforelle verglichen mit ihren Regenbogenschwestern. Der Blindschuss zuckt ein letztes Mal inmitten der Kätzchen, die sich gerade abwenden in Richtung Zaun, stillstehen eine Sekunde lang, mit den Lauschern rucken und geschlossen in die entgegengesetzte Richtung laufen, wo ein Maulwurfshügel sich erhebt. Das Rudel schmeißt gemeinsam mit dem Wehen des Windes die Schaufel um, deren stählernes Blatt bis eben in der Erde steckte, der Schaft aufrecht und parallel zwischen Graspflanze und Rosmarinbusch. In den Felshängen sogar wächst er, zumindest von hier aus betrachtet, im Hintergrund die nackten Berge, Alpengrate, die den Fluss hinunter niedriger werden wie die Rückenkämme prähistorischer Tiere, sich gleich bachforelliger Genickflossen einschmeicheln dem stromlinienförmigen Land, durchzogen von granitgepflasterten Gartenwegen, die zu mäandern beginnen und sich selbigen Augenblicks zu Beton verwandeln, in asphaltierte Bundesstraßen, die uns durch den Tunnel führen, aus den Felsen, tallängs erst, schneller als das Wasser, dann vom See flankiert, nach krasser Rechtskurve westöstlich unterwegs über sandsteinerne Hügel und vorbei an verbrannten Feldern, wie diese ganze Nation parallel dem Strom, jedoch stets zu weit entfernt, die niedergestauten Donau-Auen zu sehen, eingesperrt von den Lärmschutzwänden der Westautobahn, ja, nach Wien, das wärs gewesen, hätten sie uns nur umgesiedelt. Dort spielt das Radiosymphonieorchester.

Ich drehe den auf Jeans zugeschlagener Lutherbibel stehenden Apparat lauter. Die riesigen Graspflanzenblüten nicken und Löwenzahnkronen schwenken jenseits der Scheibe. Diesseits sitze ich in rotem Flanell, streichle meinen elendswallenden Bart, tätschle dem blanken Rehkitzschädel die Stirn. Fürs erste Festessen ohne Lena etwas Tiefgefrorenes heraufzuholen ging ich treppab die Kellerstufen. In unserem Abteil hatten die Spinnen weiter ihre Netze gewoben, groß waren sie inzwischen und saßen ungestört dem Fadenkreuz inmitten, selbst ein Kruzifix auf dem Rücken. Höchstens hin und wieder zupften sie an einer ihrer Fangschnüre, spürten über andere Seidenfäden die Insekten in ihre Falle gehen. Eine Spinne trieb gerade ihre zahnähnlichen Mundinstrumente in einen Falter. Schlapp und trocken schlug die Eule noch mit den Flügeln, wurde dann still. Sogleich kamen die Verdauungssäfte, die alsbald alles im Inneren zersetzten, woraufhin sich die Spinne sattsaugte, in Seide kleidete, was übrig blieb. Sie krabbelte in die Netzmitte zurück, legte ihre haarigen Beine an die Saiten, wartete wieder, bis ein Faden zuckte, sich die Kreissegmente zusammenzogen, in Windschiefe die rechten Winkel der Vierecke gerieten, aus denen das Netz mosaikartig, freskenhaft fast aufgebaut war, nur bestand es aus Leere, unterbrochen von feinen Linien, es war Gestalt und Bewegung. Darunter hockte in der Ecke ein Feuersalamander und starrte mich an. Wenn das Haus irgendwann abbrannte, wäre er der Letzte, der die flammenlose Erdoberfläche erreichte, und der Nachbar würde sagen, schau an, da huscht er, hat sogar die Farbe, der Feuerteufel, und warum kriecht er denn weg, etwas verbrochen, obwohl wir beide wüssten, dass entweder er oder ich die Eier der infernalischen Dschungelhenne in den Glutnestern zum Schlüpfen gebracht hatten, entweder Versicherungsbetrug oder Rache, Neid, Habgier, Begehren der nächsten Frau oder von allem etwas, und umso mehr muss ein Sündenlamm verwandelt werden in einen Bock und der Aberglauben bahnt sich und pflastert eine Straße. Fast hatte der Blick des Feuersalamanders etwas Flehendes. Verglichen mit dem Fleisch in der Truhe ging es ihm noch ziemlich gut, aber vielleicht war es gar nicht das, woran das Tier hing, wofür sein Herz schlug, überlegte ich kurz, hob schon hoch den Deckel. Ein geruchloser Hauch stieg mir entgegen.

Am Grund und trotzdem der Nahrungskette obenauf lag im Eis des Menschen nächstverwandter Räuber, einmal gewunden der verschlingende Drache, dass er sich selbst mit Kristallen an den eiszapfengleichen Zähnen in den Schwanz biss, weil er sonst gar nicht hineingepasst hätte, Frostbrand an der fleischigen Schnauze, Schneeschimmer, der die Augen bedeckte, raureifene Flossen. Seine Stromlinienform war an die Wände der Tiefkühltruhe gefroren. Er war so lindwurmlang, dass inmitten des eingerollten Leibes nur ein schmaler Fleck Tiefkühltruhengrund frei blieb. Einer unendlichen Tunnelfahrt gleich musste es sein, von diesem Fisch verschluckt zu werden. Direkt darunter eingepasst schaute mich hechtschweifumkringelt der zwar rasierte, aber noch nicht skalpierte Rehkitzschädel an, dass ich zugriff. Es gab ein schabendes Geräusch dabei, das war, als schrie ein Schwein, und der Eisglitzer, den ich so von den Hechtflossen bürstete, war wie Reflexionen auf dem Wasser. Es war, als spräche es aus diesem Fleisch zu mir, dass ich mich abwandte vom Hechtanblick und mich anstatt der Blinker und Spinner und des ganzen anderen vergangenen Equipments zum Hochseefischen der Feuersalamander aus der Ecke anstarrte, ich die Kellerstiege hochfloh.

Vor der Wohnungstüre in Wintermantel und einem Kleid darunter mit Bordüre, deren Zickzackmuster an den Schultern beiderseits scheinbar nahtlos übergingen in die gezahnten, papierenen Einkaufstütenkanten, stand Lena, flankiert von Johannes und Lukas, die ihre Koffer trugen. »Dann wollen wir mal«, durch den Magen Liebe machen. Zu Abend gab es den Rehkitzschädel und der Hecht fütterte uns durch die Feiertage. Unterm Christbaum lagen dann nach dem Glöckchenbimmeln zu Silvester Rasseln und andere Babyspielsachen, ein ferngesteuerter Modellchristopherushelikopter für Johannes, der nie verstanden hatte, warum der brummbrumm Essenslöffel nicht auch ein schauhubschraubschraub sein konnte, für Lukas eine Bagatelle, die antiquarisch erstandene Frank-Zappa-Platte *Sheik Yerbouti*, für Lena den neuen von Frau Frischmuth, *Über die Verhältnisse*, und in Zeitungspapier gewickelt die Jubiläumsausgabe des Traumtraunjournals für mich. Wenig später verbot mir Lena die Gänge in die Küche, machte Braten oder sonst irgendetwas, sicherte sich die Herdhoheit für dieses Heiligdreikönigessen. Trotzdem lockten mich der aromatische Dampf, das Pfannenbrodeln und das Dunstabzugsurren, die einander überlagerten und zum Verschwinden brachten. »Er kommt nicht«, sagte sie und drehte sich zu mir um. Eben noch stumm vor sich hin gesummt, an den zischenden Töpfen hantierend. »Er wird ein Taxi nehmen«, das könne dauern bei dem Schneegestöber. Ich schaute aus dem Fenster und dachte darüber nach, weshalb ich mich nicht als Chauffeur angeboten hatte, ob ich überhaupt Schneeketten im Mercedes hatte, warum die Flocken außen auf dem Fensterbrett stets wegschmolzen. »Willst du probieren?«, fragte Lena und tauchte in den Saucentopf einen silbernen Löffel, klingelte damit zum Abtropfen in solcher Frequenz an der Eisenkante, dass es fast ein einziger Ton wurde wie das Lautgeben unserer Gegensprechanlage. »Ich vertrau dir eh«, sagte ich, nahm die Zigarettenpackung vom Untertopf und schnippte einen Tschick raus, gab Lena auch. »Das ist schon meine zweite«, sagte sie und nahm sie doch, ließ sich noch Feuer anbieten und ich dachte, dass ich immer gedacht hatte, sie liebe es, zu rauchen beim Kochen, aber nicht zwischen den Arbeitsschritten, weder vor noch nach dem Schnippeln, nicht während des Rührens, sondern sobald alles schon fertig sei, nur noch zu köcheln habe, eine entspannte Zigarette dann, und aufgetischt, so hatte sie mir das mal erklärt, dachte ich zumindest. Es liege am Wetter nicht, sagte sie ohne Pause zwischen den Worten, und am meisten mochte ich, wenn sie wie jetzt so tief inhalierte, dass die Asche noch fiel, bevor sie schnippisch wurde. Die Flocken blieben dem Boden schon fern, rieselten zwar hinab, aber lagen dann auf Lenas wachsendem Hochschwangerschaftsbauch.

»Ein Ehemann, der ständig, fast täglich, zu einer Kilometer entfernten, sogenannten Herberge fährt. Die liegt zwischen zwei Flussarmen und hat wahrscheinlich einen wunderbaren Garten. Man wüsste es ja, wäre man je dort gewesen. Aber langsam stellt man sich eher eine ausrangierte Gartenhütte vor, das provinzielle Pendant zum windigen Motel. Dort trifft der Ehemann dann einen Greis namens Ernstl. So fangen Witze an«, einer ihrer geschmacklosen Scherze, inzwischen freute ich mich wirklich auf das Essen, das machte sie gut, »ich bin auf die Pointe gespannt«, sie hatte Manieren, wartete stets den Abgang ab, nahm den Mund immer zu voll, war dadurch immer unterhaltsam. Sie war super und es klingelte, und Lena sog so heftig an der Zigarette, dass sie schon weg war, ins Abflusssieb der Spüle gesteckt, dass ich verharrte, indes Lena empfing. Obwohl das Furnier meiner Blickrichtung parallel lief, das obere Scharnier jetzt Laut gab, mir die aufschwenkende Spanholztüre die Sicht nahm, spürte ich Ernstls Blick, wie er den Gang durchmaß, die Flucht, abgehende Zimmer, das Licht an der Decke, das nicht ging, und dann kam er an Lenas Rücken vorbei, gebeugt, kretinhaft fast, seinen feinen Mohairanzug tragend, den ich an ihm noch nie gesehen hatte, schneefarben seine Lackschuhe, so trat er ein, eisigen Blicks, geschniegelt sein Haar, pomadisiert, so kam er in die Küche, taxierte mich, und ich sah seiner Haltung, seinem zurückhaltenden Ausatmen, ja sogar seinen Augen an, wie er mich sah, in diesem Zimmer, zum ersten Mal. Er musterte mich von dem Loch in meinem linken Socken, durch das der große Zeh brach, die fleckige Hose und das flanellene Hemd hinauf über meinen kahl rasierten, rot entzündeten Hals bis zu der Polaroidbrille, die ich inzwischen einfach immer aufließ, dann der Haaransatz, langsam zurückkriechend unter die Mütze, die Lukas mir geschenkt hatte, oder war es Johannes gewesen, ich wusste es nimmer, nur dass in dem stoffüberzogenen Schirm die Fliegen steckten, die ich aus ihren und Lenas Haaren gebunden hatte, die Ernstl jetzt anstarrte.

So stand ich da, die nikotinstichige Decke nur einen halben Meter über mir, eingekapselt zwischen vier perfektweißen, fast frisch gestrichenen Wänden, worauf Nina Jahr für Jahr bestand, dass sich nur ja keine Spur fand hin zu blubbernder, aus dem Topf spritzender Tomatensauce oder fliegender, putzabbröselnder Keramik, in Scherben zu Bruch gehend, weil ich so schnell im Ducken war, fallend auf diesen hässlichen Boden, in diesem modulhaften Mehrparteienhaus, umgeben von einem Gemeinschaftsgarten, in dem niemand mit Kindern spielte, in dem niemand pflanzte, in dem sich niemand grüßte, wenn es denn einmal überhaupt zu einer Begegnung kam aus Nachlässigkeit, weil ein Nachbar nicht wachsam genug aus dem Fenster geschaut hatte, bevor er die verkommene Erde betrat, um zum Parkplatz dieser Siedlung zu gelangen, wo die Autos standen, Wagen, die einen nur möglichst schnell wegbringen mussten von hier, zum Supermarkt, zur Schule, zum Bahnhof, zum Arbeitsplatz, zur Musikschule, zum Krankenhaus, alles Kilometerfahrten weit entfernt, dazwischen abgeholzte Wälder, von Monokultur verdorbene Forste, brachliegende Felder, entwurzelte Berghänge, weggeschwemmter Humus, blanker Stein, und irgendwo talaufwärts dann die Herberge, das Dorf, die Flussufer, die Auen, wo die Pflanzen und die Tiere wieder wuchsen, dieser Tage ruhten unter Schnee.

»Das ist aber gar nicht gut für die Menschen in deiner Umgebung«, Ernstls ernsthaftester Blick ging zwischen meine Finger, »deine Nächsten sozusagen, Liebe, Siegi!«, die Asche rieselte zu Boden von meinem Tschick. »Und erst das Baby«, er streckte seinen ruhigen Zeigefinger in die Luft, »beruhig dich. Stress ist noch schlechter«, Lena durch den wallenden Dampf der Speisen. »Wenn Sie das sagen, Frau Doktor«, Ernstl allen Ernstes zwischen mir und Lena stehend, »dann tut es uns leid«, er deutete in ihre Richtung eine Verbeugung an, »die Flasche Wein in der Herberge stehengelassen zu haben.« Lena kam auf ihn zu, trat einen Schritt in die Küche. »Ist eh besser«, Lena griff ins Regal und stellte eine bereits entkorkte Flasche Rioja auf den Tisch. »1979, ich habe sie schon mittags aufgemacht. Und lass das Sie, ja?« Ernstl rümpfte die Nase: »Natürlich, Madame, wenn Sie das sagen. Im Übrigen riecht es wunderbar. Das Salz!«, er klatschte und dann cowgirlstiefelte in Lenas Rücken Nina durch den Gang zur Garderobe, legte ab, catwalkte zurück und schloss die Wohnungstür, schlüpfte in die Küche, übergab, was sie trug, ein Häuflein Kristalle in einer edlen, handgeblasenen, jugendstilartig verzierten Bonboniere, die zwischen Deckel und Gefäß ein kräuselig herunterhängendes, sonnengelbes Geschenkband umwand, samt Mascherl, und Nina umarmte Lena. »Flor de Sal«, sagte Ernstl. »Da weiß ich ja gar nicht, was Geschenk, was Verpackung ist«, sagte Lena, und Ernstl sagte, »wenn Sie wollen, schmeißen Sie alles weg. Dieses Essen, das ist das größte Geschenk«, und rümpfte nochmals die Nase, während Nina, »hey Siegi«, sich schon am Tisch zu schaffen machte, eine Art Terrakotta-Untertasse auf der Platte platzierte, ein Räucherstäbchen hineinlegte. Dann zog sie aus dem Bund ihrer Blue Jeans eine überdimensionierte Streichholzschachtel, die mit dem Namen und dem Logo einer Szenebar in Wien bedruckt war, dem Stammlokal André Hellers. Kurz darauf erfüllte Patschuliduft die Küche und Nina wies darauf hin, dass sich die restlichen Stäbchen selbstverständlich in der Streichholzschachtel befänden. Lena sagte, dann müssten wir das Salz aber auch gleich ausprobieren, und ich versuchte ins Gespräch einzusteigen, indem ich erklärte, dass gute Köche das Salz auf den Tisch stellten, weil ja die Gäste immerhin, je nach Raucher, Nichtraucher, den Schattierungen dazwischen, wie man wisse, anders heftig würzten. Hydren gleich wandten sie sich dreieinig mir zu und warfen ihre vernichtenden Blicke, zornerfüllt wie eine einzige Brust, die drohend sich hob, senkte, aber keine Worte formte momentelang. »Hast ja recht«, sagte Lena und stellte die Bonboniere auf den Tisch, während Nina den Rioja in die Gläser schenkte. Ernstl fragte, was Lena uns zaubere, und ich schrie nach den Kindern. Johannes kam als Erster durch die Tür geschlurft. Mit Lukas, der die Küche im Nu betrat, waren wir dann vollzählig. »Na, wie geht es unseren beiden little Gentlemen?«, fragte Ernstl. »Wenn ich jetzt verhungert wäre, ihr hättet es nicht mal bemerkt, stimmts?«, sagte Lukas gleichzeitig, bevor er sozusagen den Besuch realisierte und sich artig setzte, »oh Mann« stöhnte, laut genug, dass es alle hörten und Ernstl lachte. Dann setzten wir uns und Lena trug die Gazpacho auf, warf noch ordentlich Basilikum hinein und servierte allen einen Milchshake, schokoladenschwarz. »Christus segne dieses Haus«, sagte Ernstl, dieser Blitzgneißer, tauchte seinen Löffel in die Suppe und ich nahm die Mütze ab, dachte Christus mausoleum benedicat. Da bemerkte ich erst, dass ich ja noch den Tschick zwischen den Fingern hatte, und Nina zeigte auf mich, dann auf den Aschenbecher und zischte: »Lass das jetzt!« Lena untersuchte die Streichholzschachtel, schob sie auf, nahm einen Zünder heraus, riss ihn an, machte sich eine Selbstgewuzelte an: »Die qualmt eh noch«, und nickte in Richtung von Ninas Suppe, stieß den Rauch aus: »Ich hab ja schon viel von dir gehört.« Die Kippe glomm wieder zwischen meinen Fingern. »Wie schmeichelhaft. Im Spital?«, Nina schob einen Löffel Suppe in ihren Mund. »Ganz grässliche Spitznamen«, hauchte Lena und blies den Rauch dabei so langatmig aus, schlug die Lider so schnell hintereinander nieder und wieder hoch, verdrehte so rasant die Pupillen, dass ihr Auge ein Flirren zwischen Weiß, Grau und Haut war. »Wenn sie Heuschoberhure sagen, kannst du ziemlich sicher sein, dass sie selber Herbergskunden sind. Ich hab nämlich keinen Strohboden«, gazpachorot war Ninas Zunge, und ich hob und senkte ostentativ meine Hände wie zwei Waagschalen, eine Brise Flor de Sal links, die Marlboro light rechts, mittig ein abschätziger Blick auf Nina. »Wo Rauch ist, ist auch Feuer«, sagte Lena.

Ich dämpfte den Tschick im Aschenbecher aus, schmiss das Salz in die Gazpacho, beinahe umgekehrt. »Vor Ehefrauen redet man dann so. Falls die mal spionieren.« Ich brach das Brot, achtzig Prozent Hopfen und zwanzig Doppelkorn. »Was ist denn dein Favorit?« Als gäbe ich Lena ein Herrengedeck, lehnte sie ab, griff stattdessen zum Jourgebäck. »Wenn Frau Doktor es wirklich nicht lassen kann, im absoluten Zweifelsfall, nenn mich Wildfang«, Lukas hatte sich die Zigaretten geangelt, »das ist den beiden auch am liebsten«, schickste Nina grinsend hinterher und Lukas hielt die Marlboroschachtel auf flacher Hand apathisch im Schoß wie eine Packung Rosmarinchips vorm Fernseher nach

Mitternacht. Ernstl lachte, Johannes sagte, »würdet ihr bitte damit aufhören«, ich vollendete, »euch anzuwichsen.« Lena schluckte das letzte Stückchen Jourgebäck: »Fotze!« – »Genug von mir, wie gehts denn dir?«, Nina nippte am Wein, formte mit ihrer Hand eine Kugel vor ihrem Bauch, »oh Gott, bin ich voll.« Lena nickte ab: »Nicht so gut. Es wird behindert, aber lassen wir das«, ich verschluckte mich am Wein. »Ein Krüppel passt doch wunderbar«, sagte Lukas, in seiner Suppe rührend, auf den Stuhl hingelümmelt, gemurmelt nur. Mit einer blitzschnippigen Bewegung kippte Nina sich den Kantenschutz auf die Nase und riss sich ein Haar aus, ließ es in Lenas Schüssel fallen: »So, ich hab genug.« Nina stand auf, verschwand im Gang, erschien in der Tür. »Bis bald, Siegi«, Nina knickste, schmiss sich erstens in die Lederjacke, ungerippt unter kaputtem Licht, abgeschnitten von der Tischplatte in Lenas fassungslosem Angesicht Ninas Cowgirlstiefel, bloß im Blick die Bluejeansoberschenkel. Sie ließ zweitens den Reißverschluss beißen, schlang drittens den gesperberten Schal, sagte viertens, »wie eine Nabelschnur, gute Geburt, Nimmerwiedersehen«, grinste schlussknotend fünftens und verließ abschließend, sechstens, die Wohnung.

»Warum hast du nichts gesagt?«, auf Lukas' Frage hin blieb Lena starr. Johannes stand auf und ging in sein Zimmer. Ernstl fragte, wie er jetzt noch nach Hause komme, und Lena hatte den Telefonhörer schon in der Hand, dass Ernstl gerne mitfahren könne, während sie wählte. Sie nannte unsere Adresse und sagte, ihre Wehen und ihr Leben fängen an. Abschiedslos ging sie an mir vorbei und wenig später mit dem unausgepackten Koffer zur Wohnungstür. Sie fiel ins Schloss so knallig, dass es den verdatterten Ernstl riss. »Na, alter Mann?«, sagte Lukas. Ernstl löffelte Suppe in sich, »eine Frau mit Biss«, er nickte. »Super, Lena!«, schrie er, so laut es ging, und Lukas sagte, das hätte auch nichts gebracht. Ich steckte den ersten Löffel voll roter Suppe in meinen Mund, und Lukas sagte, man müsse verzeihen, der Kleine sei schon sehr zart besaitet. Während Ernstl all das schleimige Gemüse in seinem Mund einspeichelte, mit der Zunge hin und her bewegte, schmatzte, biss ich auf etwas Hartes, »fuck«, die Amalgamkrone spürte ich im Mund. Der Rioja schwappte rot wie eine Nachgeburt in Lukas' Glas. »Wie alt ist sie?«, ich wusste es nicht. Lukas drehte das Achterl schlierig wie von altem Adel, steckte sich leichterdings eine Marlboro an, während Ernstl von der Flasche nuckelte. »Wird wohl die Endbindung, was?«, sagte Lukas, »kann ich noch was haben?« Ich ging zu den Töpfen und jede Wette ein, dass dem Baby überhaupt nichts fehlte.

Eine ganze Kompanie zu verköstigen war wohl Lenas deklariertes Ziel. Inzwischen hatte der mit fünf Schächtelchen Safran gewürzte Haufen Milchreis alle Brühe aufgenommen. Obenauf glänzte golden die Hühnerflügelhaut. Die Paella hätte den keine Ahnung seit wann an meinem Finger fehlenden Ring viel besser getarnt. Ich vermochte die Gravur mit meiner Zunge zu lesen, spuckte ihn aus, auf meine Handfläche, um sprechen zu können. »Hauptspeis oder nochmal Gazpacho?« – »Schade drum«, sagte Lukas, und Ernstl goutierte, wie viel Mühe man sich gemacht habe. Dann fragte er nach dem Dessert. Ich gab ihm den lenaselbstgemachten spanischen Wind. Pfiffig fuhr die Gabel ins bröselnde Baiser. Ich setzte die Espressokanne auf, nahm den Rioja und ging in mein Zimmer, zog die Tür zu hinter mir. Den Ring legte ich auf die Tischplatte, das Weinglas stellte ich daneben hin und die umfunktionierte Schreibtischlampe knipste ich an, spannte den Faden durch das Bobbinröhrchen und begann. Natürlich war unsere Hochzeitsreise nach Andalusien gegangen, dachte ich noch, doch dann war ich schon mit den Bürzeln befasst. Ich musste sie bloß am Kiel applizieren und whip finishen, ein einfaches Muster, reductio ad kaunum. Tausend Weißflügelseeschwalben hatte der Graf abgeballert in China und Gerry schatullenvoll beschenkt.

Im Gehen begriffen, noch völlig von Lachgas ergriffen, sah ich unseren Oberkellner dastehen im Nebenzimmer mit Mercedes, da ich durch das pfauenaugenförmige Schlüsselloch linste. Federleicht flog sie, glitt abwärts, fiel, tänzelte in der Luft von elf auf eins, in Brusthöhe von Mercedes und Gerry.

»Hier«, sagte er. Neben dem Bett standen sie, berührten sich nicht, zwischen ihnen die tiefe Mitternacht. Darin wirkte die Bürzel fast schwerelos, segelte von eins auf elf, ein langsames Abwärtssinken wie in Wasser. Darüber in Gerrys Händen eine Schatulle voller Federn, der Deckel zur Seite gelegt, ein grauer Gupf schaute heraus. Ihre Fiebern wankten wie von zarter Strömung bewegt, in sanftem Hauch belebt, mit sachten Fingern berührt, mit achtsamem Geist bedacht, das Geschenk. Es wechselte den Besitzer, ging in Mercedes' Hände über. »Ich leg sie ihm hin«, sagte sie. Die schon herabgefallene Bürzel, eben noch schwebend, erreichte von elf auf eins gleitend den Boden und mein Ohr hob ich vom Holz. Rauschig schaute ich durch den Aufzugschacht, sah Fluss und Graf, fuhr hinunter vertikal und lief horizontal den Strom rauf, holte ein den Grafen. Er spulte gerade auf, schloss sich mir an und wir gingen ein bisschen miteinander. »Petri Heil«, sagte ich. »Nichts erwischt«, meinte er. Er fragte, was ich eigentlich hier mache. Ich sagte, das sei mir auch ein Rätsel. Nein, das meine er ja nicht, sagte Kaun. Er habe einen Geigenkasten in meinem Kofferraum gesehen. Ach ja, sagte ich, ich sei Musikschullehrer. Er nickte und taxierte dabei meine Fliege, ein Schleichblick. Sie sei ja ganz schön ersonnen und fein gesponnen. So sei es, aber weg mit den Glupschern, das sei mein Muster. Er sagte, er könne sich nicht vorstellen, dass es mit der Violine anders sei. Ich sei doch bestimmt ein gescheiterter Sarrasatre oder so. So sei es, sagte ich, Mozarteum, Meisterklasse, aber aufgehört, und dann ging sein Gesicht auf. Er strahlte und fragte, ob ich nicht mal zu ihm kommen wolle. Was ich von Franz Liszt hielte, den habe sein Urgroßvater noch gefördert. Ich antwortete nichts. Umberto lade er auch immer ein. Diese Reportagerie sei nur für das Trauntraumjournal. Das sei eben so eine touristische Fliegenfischerzeitvertreibundtotschlagschrift. Brücken wolle er aber schlagen. Umberto sei eigentlich ein Künstler und knüpfe viele Verbindungen via Graf. Er mache so ganz modernes Zeug, Megazoomaufnahmen von Wasseroberflächen, dass die Motive nicht mehr erkennbar und fast abstrakt wurden. Jedoch spielten die Bilder noch mit gegenständlichen Assoziationen. Gesichter in den Wasserlandschaften, tiefes Blau. Als kreuzte man Kandinsky mit Pollock. Die erzielten, sagte der Graf, dank ihm top Preise in den Galerien. Neulich erst sei der Graf auf eine super Vernissage gegangen in Wien. Vielleicht komme die Ausstellung sogar bis ins Unterland. Da habe es vor ein paar Jahren eine Hainburg-Retrospektive gegeben. Umberto tue ja viel für die Jugend und habe haufenweise Schüler rekrutiert, seine Bilder zu kuratieren. Nur dass er in der Zwischenzeit seine alten Freunde nicht vergesse, sage der Graf zu Umberto immer mit Zwinkern.

Er beschrieb mir, wo sein Anwesen lag, und nächste Woche gebe er dort eine Party. Vielleicht nütze mir das ja auch was. Ich sagte nichts zu dem Du-Freund. Vielleicht könnten wir ja gemeinsam etwas machen. Ich solle Umbertos Bilder verjazzen und so. Oder wenn die Diashow dann an die Anwesenswände flog, ganz klassisch etwas drüber improvisiert, na, impressionistisch womöglich, quasi mäandernde Melodien, die den Flussverlauf widerspiegelten. Ich sagte ihm nochmals, dass ich nichts von Programmmusik hielte, und er meinte, er meine das ja nicht so romantisch, sondern ganz postmodern, state of the art, das sei doch klar. Ich solle es mir nochmals durch den Kopf gehen lassen, sobald er mal nicht voller Fliegenfischerüberlegungen war. Mit dieser Fliege, sagte ich, müsse er eigentlich nur bei diesem Eckhaus hier über den Vorgartenzaun steigen. Er dürfe die Strecke sicher befischen, wenn er der Frau eine Forelle abtrete, sie sei sehr nett. Aber, sagte er, er habe gerade eh eine an der Angel. Eine stolze, beeindruckende Frau. Seine letzten Versuche, doch noch drunter zu kommen, unter die Haube. Sonst mache er es wie der Rudi mit seiner Comtessemätresse gemeinsam zu Mayerling in seinem Cottage, »die Cottage«, unterbrach ich ihn französischer Aussprache, das spräche man so, ein Oberabklatsch, die Fin-de-Siècle-Schickeria in Wien mit ihrer Lycée-philie. Alle Avancen, ließ er sich nicht abbringen, habe sie abgewehrt bisher. Deswegen, meine Frau sei doch auch so schön, erzähle man sich. »Die Töne der Liebe. Ich habe dreihundert Krawatten, rote. Welche würden Sie tragen, zum Diner?« – »Völlig wurst.« – »Spucken Sie es schon aus, Sie Experte.« – »Jedenfalls Seide.« – »So kann ich es ihr beweisen, ja, ihren Wert.« – »Zurren Sie nur den Windsor nicht zu fest!« – »Aber in welchem Farbton?« – »Sonst wirds mit dem Sprechen schwierig.« – »Vielleicht lachsfarben?« – »Und Luft kriegen Sie dann auch keine.« – »Wie das Fleisch?« – »Das wäre sehr negativ für Haltung und Charme.« – »Oder wie die Stromlinie?« – »Achten Sie auf Körpersprache und Spannung.« – »Ich flehe Sie an.« – »Wie die Kiemen.« – »Danke.«

Er kletterte auf den Vorgartenzaun, ohne einmal mit der Augenbraue zu zucken oder die Wimper zu heben, und vielleicht war er ja doch einer von den Guten, verlässlich wiewohl vergesslich. Dann wichste es ihn von den Latten hinunter, dass er in den sumpfigen Lilien lag, bis er sich aufrappelte, und ich sah Umberto neben einer reglosen Forelle knien. Er trug die entsprechenden Daten in sein Fangbuch ein klugerweise, weil schon an der nächsten Flussbiegung eine Runde Bierdümpel samt Fischereiaufsichtsorgan Rudl lauerte. Ich freute mich schon auf sein fuchsteufelswildes Kontrollieren, die Unauffindbarkeit von Regelverstößen und alles ganz korrekt in den jeweiligen Seiten beschrieben. Ein Dutzend Meter oberhalb der sich abwechselnden Bauernschädel betrat ich eine Brücke, beobachtete ein Weilchen Wolferl, Ferdl, Friedl, Fredl und Rudl beim Versuchen und Versagen. Sie servierten schlecht und ließen den Salmoniden nur zu wünschen übrig, dass gleich ein richtiges Insekt vorbeitriebe. Sie vergaßen zu menden und montierten so dicke Vorfächer, dass jede Forelle sonnenklares Nylonglitzern erkannte, wusste, was da auf sie zukam. Außerdem nahmen sie kaum einen Meter Vorfach. Zusätzlich verdarben sie den Saiblingsappetit mit ihren Bindeüberbleibseln. Da wechselten sie das missgestaltete Muster, und unsportlicherweise ging ein Streamer mit Widerhaken zu Grunde. Schwere Bleiklumpen waren angemessen, finstere Gumpen auszuleuchten, hier sicherlich dunkle Trockenfliegen, gut zu sehen in hellsprudelndem Wasser. Der Streamer verpasste die Gelegenheit, die Lust wiederzuerwecken im Äschenmund. Geschmacklos hakte er einen kaum mehr aus dem Schotter herausragenden Ebereschenzweig. Befreit vom Schwemmgeäst warfen sie den Bleischädel wieder in die Strömung und irritierten ihn ins Flussgras hinein. Als sie ihn wieder herausruckten, zupften sie die Fliege einfach weiter, vergaßen die ellenlange Grasfahne am Haken. Vielleicht erwischten sie ja mit dieser Wassersalatgarnitur eine vegane Forelle. Die Passage lief doch zu seicht dahin. Dann rissen sie eben ab am nächsten Zweig. Dem hängengebliebenen Streamer attestierte ich mehr Bisschancen allein. Zusammen kamen diese Fischereiaufsichtsorgane, Schleusenwarte, Forellenzüchter, zu beraten, was sie versuchen sollten, es war egal, es fehlte vom Bein, krummes Holz in ihren Skeletten, es würde beim Versagen bleiben, ich konnte ihnen sogar zeigen, wie es ging, ihnen eine super Stelle verraten.

Letzten Endes brauchte es zum Erfolg ja doch mehr als eine oder zwei Komponenten. Also hakte ich die Red Tac aus Charly Flys unterster Öse und warf sie nicht mal im Gebetsroitherstil, sondern einfach von der Hand ins Wasser. Ich dirigierte die Stangenspitze tief hinab zur Oberfläche. Kurzes Ziehen zwischen den Fingern fühlte ich noch links. Da riss ich schon Schnur von der Spule, bündelte die Klänge in der linken Hand. Den Korkgriff stieß ich aus dem rechten Handgelenk nach vorn, trieb so Schnur auf Oberfläche schneller hinaus als das Flusswasser sein Bett hinab, und die Red Tac setzte sich roten Schwanzes reglos in Bewegung. Ein Schwenken wies ich mit der Spitze kreissegmentförmig die ganze Brückenbreite entlang, gab aber keine Schnur mehr und der Widerstand an den linken Fingerkuppen kam, das Geradewerden der Schnur, die schon auf dem Wasser lag, sich jetzt stromlinienförmig streckte im Schwenken und wieder zurück in die Mitte mit der Spitze und das Vorfach spannte sich noch und ich war schon auf Anschlag, in Kontakt mit der Fliege, die jetzt in schnelleres Wasser trieb, vor mir ein weit gemendeter Bogen. Nun fühlte ich die Red Tac dahinschießen, die Kaskade hinab, während das stille Plätschern unter der Brücke zum langsamen Fließen vor meinen Füßen wurde, zwei diagonale Schlaufen Schnur, die sich immer weiter streckten, zick-zack den Fluss runtergingen, dann ebenfalls durch sanfte Strömung führten, sich zu einer Linie dehnten, und dann den Katarakt hinab und jetzt schnell, klack-klack-klack die Klänge raus, in die Red Tac rein mit crescendo und prestissimo, zur Seite, ein kurzer Bogen, und wieder allegro auf Spannung gehen, die Spitze hoch, hinaus die Schnur in largo und trocken wie von Geisterhand hinter den Stein, auf Zack schon mal Charly Fly, eins, die Red Tac verspeist vom steigenden Fisch, eine Regenbogenstromlinie schillernd, Biss im Handgelenk, und hopp. Auf ihrer Flussuferhöhe sahen sich die Bierdümpel überflügelt im Forellenparabelsprung, sie tauchte wieder ein, zweiundzwanzig, und zickzockzuck, auf Zack, da spürte ich, wie meinen Handhakenruck die Forellenkieferinnenseite bremste. Drin hing er. Der Drill, ein Kinderspiel, sie war noch klein. Als sie dann ausgekämpft hatte und im Seichten trieb, ging ich runter von der Brücke, hin zum Flussufer, kniete mich nieder, wässerte meine Hände, hakte sie aus, Zange und Kescher, wie unnütz. Auch den Fisch an Land zu heben, hielt ich inzwischen für Schwachsinn und gleich die Red Tac wieder zwischen zwei Fingern. Schwimm dahin, du schönes Tier, dachte ich, und beiß nie mehr auf diese Fliege, viel Freude werden wir noch aneinander haben, bis bald, bis zum nächsten Muster, bis zum nächsten Kuss, und dann warf ich Rudl ein Zungenschnalzen zu über den raunenden Fluss im Aufstehen.

»Nice«, sagte Jane, die sich hinterrücks von der Straße her anschlich. »Pardon«, und trat neben mich. »Darf ich mal?«, fragte sie, und ich ging einen Schritt zur Seite. »Fahr nicht fort, fisch im Ort, schon mal gehört?« Sie lächelte: »I show you.« Sie warf die Trockenfliege ganz gebetsroitherstylisch. Sie landete auf der Oberfläche, einen ins Wasser ragenden Grashalm vom anderen Flussufer entfernt. Konzentrische Wellen breiteten sich in unsere Richtung aus, erreichten den Stehbereich, hüpften amphibisch verwandelt als Wind weiter und bürsteten die Grashalmspitzen zu unseren Schnürsenkeln. Die Strömung dehnte die Wellenkreise zu Ellipsen und nahm sie mit flussabwärts, geglättet wie Janes Haar, unterkieferlang, schwarze Fransen, schräg geschnitten, Pony sonst, sehr untypisch hier, »look at this«, sagte sie, und da ich die Fliege kurz aus den Augen verloren hatte, sah ich stattdessen eine Forelle steigen in einem Winkel von vielleicht dreißig Grad die Strömung entlang, zur Oberfläche hin, exponentiell immer steiler die Steigung, wie ein Drachen losgelassen von Kinderhand womöglich aufgefahren wäre in den Himmel. Die Fliege schwamm genau diese Bahn in Verlängerung gedacht, am Kulminationspunkt des Forellenmundes mit der Luft. Schon sah ich mehr vom Fischbauch als von der Rückenflosse, vertikal nach oben. Doch die Kurve blieb asymptotisch und im Fluss, die Fliege im Trockenen, die Forelle abrupt abgedreht, gegen die Strömung, der Schwanzflossenschlag, Blubber blieb. Fehlerfrei fischte Jane und ich blickte sie fragend an, worauf sie sagte, sie habe die heute schon erwischt. Die Trockenfliege trieb reglos weiter, obwohl Jane die Schnur unablässig stromaufwärts mendete. Keinen Meter flussabwärts berührte das Neonviolett auf unserer Uferseite das Wasser, lief im Gegenteil ein gewaltiges C beschreibend den Strom hinauf, und dann auf der anderen Flussseite schnurgerade den Stehbereich hinab, bereits ein Dutzend Meter von uns entfernt, diagonal gegenüber. Diesen Bogen zu halten, war Jane beschäftigt. Sie preschte die Schnur nur so hinaus. Sie fegte die Stange die Strömung hinauf. Sie fetzte flussaufwärts Bogen für Bogen. Klang um Klang drosch sie raus. Klack-klack-klack das Rollen der Spule. Und keinen Wellenkreis sandte die Trockenfliege aus. All ihr Turnen mit der Stange hier am Ufer kam gar nicht an. Ruhig und still glitt die Trockenfliege dahin. Währenddessen immer mehr Schnur ins Wasser. Die Bewegungslosigkeit der Fliege verlangte Jane ständig mehr ab. Nur den Arm zu schwenken war zu wenig. Sie machte Ausfallschritte flussaufwärts. Schmiss die ganze Fliehkraft ihres Körpers gegen den Strom. Aus der Schulter, vorwärts, wie ein Axthieb, beide Fäuste um den Kork, klack-klack-klack, aus der Spule aufs Wasser gebracht. Die Schnur schon wieder flussabwärts, zwanzig Meter mindestens auf der anderen Seite, den C-Bogen zu halten eine Meisterleistung. Sie stellte den Spulenbiss leichter, drehte nur mit dem Daumen am Rädchen. Gleichzeitig ein Hieb flussaufwärts. Dann lag die Schnur zur Hälfte draußen. Ein Fußabdruck neben Jane im Gras, wo sie hingestampft war fünfzigmal. Jetzt stand sie zaungerade, ein Strich in der Landschaft die Stange, nun flussabwärts gewandt, die Spitze erhoben. Das C auf dem Wasser wurde elendslangsam zum Halbmond den Strom hinunter. Jane spulte auf und dann glitt die Fliege auf unsere Flussuferseite herüber. Das Muster durchquerte die ganze Breite wie ein ellenlanger Legatobogen. Die Fliege schwamm im Gleichklang mit dem Kurbeln der Schnur auf die Spule. Klack-klack-klack gab sie Takt wie ein Metronom. Heraus lief das Neon aus den Ösen, jetzt vor uns hingestreckt, vertikal zwanzig Meter die Strömung hinab, aber ohne das Wasser zu berühren, durch die Luft wie ein bis zur Trockenfliege ewig langgezogener Sinkflug, ein Segelflieger, eine Rutsche, eine Kurvendiskussion mit Asymptote, die sich an den Nullpunkt schmiegte, die Oberfläche.

Jane sagte: »Und nun ziehen wir sie flussaufwärts«, weswegen sie den Wasserkontakt vermieden habe. Die Schnur wäre aufgelegen und der Fisch gewarnt und das Heraufziehen vergebens gewesen. »Das ist keine Nymphe«, sagte ich. »Eine Nassfliege«, sagte Jane, und der Köder ging unter Wasser, »die saufen sich voll. Pass auf jetzt«, sie zupfte nur mit zwei Fingern an der Schnur und die Forelle biss. »Was?«, stotterte ich, indes sie drillte. »Stay here!«, und sie ging sicheren Rückwärtsschrittes flussaufwärts zur Brücke. Von dort uferte sie den Fisch bei mir und ich befreite ihn, ließ ihn wieder schwimmen. »Da spottest du, was?«, als ich zu ihr kam. Ich war völlig von der Rolle. Sie spulte die Schnur auf. Vor mir schwebte diese Fliege. Dreimal obendrüber-untendurch von elf auf eins wedelte Jane den Köder durch die Luft und dann war er wieder trocken. Die Haare waren aufgestellt, die Tropfen weggeschüttelt. »Ungefähr eine Minute, dann wird sie nass.« – »Jaja, das habe ich schon verstanden, aber warum hat der Fisch gebissen?« – »Wegen seiner stupidity. Wilde Forellen fressen nicht nur every-, sondern sogar anything, das pig der Flüsse. Food muss nur gegen den Strom schwimmen. Reizfliege nennt sich this, aktiviert den Jagdinstinkt, imitiert gar nichts, mimt nur potenzielle Beute, Bewegung gegen den flow, aber attention, ein Veto gibt es though, nur ein Biss pro Muster und Forelle.« – »Aber, aber, aber«, stammelnd. »Und such salmons aren't there anymore in England.« Sie wies mit ihrer Stangenspitze auf die Bierpartie flussabwärts. Aus ihrer Gruppe neigte sich gerade eine Stangenspitze gefährlich ins Gewässer. Ich räumte dem Fisch keine Chance ein, es war wohl ein Dreißig-Zentimeter-maßgenaues-Tier mit einem Widerhaken im Maul, »halb ausgewildert, beißt already auf Fliegen, erkennt aber not yet anything. For instance, zwei Tonnen Zuchtfische pro Fluss in England pro Jahr. Zwei Tonnen Fang pro Jahr. How much schlaue Fische bleiben da?« – »Nichts mit Camelot und Gentleman?«, und Jane lachte mich aus, erzählte mir, dass sie ja echt viel Spaß hatte hier in der Marienbrücke mit Mister Wonderlander und den Forellen und den anderen Fischern, aber das paradiesische England, das wäre das Lächerlichste, was sie jemals gehört hätte. Dass unser Strom hier noch ein El Dorado war, dass sie früher öfters noch auf Urlaub nach Montana flog, wo es auch noch ein paar Flüsse mit wilden Fischen voller Instinkte drinnen gab, aber dass sie die USA boykottierte, seit sie diesen B-Movie-Freak als Obmann hatten, »Guinea-Pigs are meat, really, zero Coke und null Wasserschutzetat, I swear«, sie fliege bloß noch mit Cousinen nach Alaska, das sei »different«, aber sonst könne ihr diese ganze transatlantische Scheißgesellschaft gestohlen bleiben. »Und was ist mit denen«, ich wies auf die Rotte meiner sogenannten Vereinskollegen, die das andere Ufer heraufzogen, die Forelle schwenkend an einem Weidenzweig. »Oh man«, sagte Jane, »die sind halt stupid. Aber wir nehmen uns nichts. Wir schmeißen die gescheiten Forellen wieder zurück.

Sie schmeißen die Zuchtfische rein und fangen sie wieder. Läuft doch alles wonderful. Let it be«, sprachs und nahm ihre Stange, hakte die Nassfliege ein, diese Symbiose aus Trockenfliege und Nymphe, und machte sich weg. Die Sonne touchierte die Kalkalpengrate, sprang hinters Gebirge hinab, wurde fuchsig. Als die Bauernschädel die Brücke passierten, verfärbte das Licht ihre Haarspitzen, abgesehen von Rudls Schopf, den das Fischereiaufseherkapperl bedeckte wie Schleim seine Fingerspitzen, strenger Gestank. Ich sagte Fredl im Vorübergehen, übrigens, es gebe eine ganz nette Stelle, direkt flussabwärts unter dem Katarakt, da fische er hinein hintern Stein und fange sicher eine Forelle, schön wild. »Und lasst mein Auto zufrieden!« Er lächelte. »Danke, Herr Professor.« – »Ja bitteschön.« Dafür erschlage Fredl sie nicht einem tollwütigen Streuner gleich. Er nickte und sagte, er tränke sie wie einen räudigen Kater, »okay?« – »Well. Sieben Leben und viele Kinder.«

Der blondgescheckte Kater lag wohl tot auf den frisch gewischten Dielen. Kein Glanz ging mehr aus von ihnen. Schaum war darauf, aus dem Katermund hing die Zunge und ein Blutstock aus der Nase. Er hatte keinen Puls, weshalb ich ihn in den Garten trug, auf die Erde legte. Ich vertrieb das blondgescheckte Katzenjunge, setzte mich auf Ernstls matratzenbespannten Gartenliegesessel und ruhte. Ich wartete darauf, dass er vom Fluss kam und der Kater zu Humus wurde, passte mich genau ein in den Abdruck, den Ernstls Körper hinterlassen hatte im Stoff. Das rot-schwarze Sonnenaufgangslicht schien in einem fiesen Winkel, schräg an den Brillengläsern vorbei in meine Augen, zwang mich zu blinzeln. Als ich wieder hinschaute, waren an den Kateraugen von Ernstls wedelnder Hand die grünstichigen Fliegen schon vertrieben. Wuselnd flogen die Viecher auf und durcheinander, um den Greis herum, während die zittrigen Finger die Katerlider hinunterstrichen, indes ich die Polaroid hochklappte. »Ein bisschen Pietät bitte«, er kam barfuß auf mich zu. »Runter von unserem Sessel!« Ich wedelte mit meinem Zeigefinger. »Na gut, Entschuldigung.« – »Und was heißt das?« –

»Dass es uns wirklich leidtut und dass wir es nie wieder tun werden.« – »Ausnahmsweise. Bergbauernmilch mit Wacholderbeer, das ist ja wirklich zum Wegschmeißen.« – »Nahezu pervers«, er drehte sich um, schaute den reglosen Katerkörper an, für den sich auch die Jungkatze interessierte. Sie schlich schon wieder herbei, während das nicht mehr ganz so schräg einfallende Licht sie immer besser tarnte. »Die überlebt uns noch«, Ernstl grinste mich an. »Sie hat mich eingeladen.« – »Und wir sind raus.« – »Weil ich unparteiisch war.« – »Loyal hättest du sein sollen.« – »Ich bin eben nicht aus Südtirol. Österreich, feiger Schleimer, Opportunist.« – »Dann mach es wieder gut. Erzähl diesen Ritzlingen etwas Gescheites.« – »Vom Fliegenfischerscheitern«, sagte ich, »darauf!«, er, und reichte mir die Doppelliterflasche Grünen Veltliner. Am Mund vorbei kippte ich den Schluck an meine Wange, auf dass er den immer noch spürbaren Abdruck des letzten Kusses, den ich je bekommen sollte, abwusch.

»Nina, die Sonne ist noch nicht mal aufgegangen.«

»Ernstl ist weg und der Postler gekommen. Mit dem Partezetterl.«

»…«

»Warum hast du nichts gesagt?«

»Candice wollte warten. Ich hätts dir eh gesagt.«

»Hast du Haar. Klebts am Wirtenboden oder so?«

»Ich glaub nicht, dass du das brauchst.«

»Du fährst mich zum Bahnhof, sowieso!«

»Ja, passt, aber Haar hats nicht Not.«

»Was redest du für einen Scheiß?«

»Wenn sie dir das schon schickt.«

»Ja, adressiert wars an ihn.«

»Du musst nur pokern.«

»Der Bub also auch?«

Ich kam noch nicht mal zum Aussteigen und Nina mir schon entgegen. Sie trug ein überdimensioniertes Marmeladenglas, auf dessen Etikett in ihrer Handschrift *Tips* geschrieben stand.

Sie sprang auf den Beifahrersitz und das Weckglas füllte den ganzen Platz zwischen Schoß und Autodach, eingemacht darin bis obenhin hochdotierte Schillingnoten, Sigi im Porträt, Bertha von Suttner und Wolfgang Amade im Halbprofil. »Fahr mich weg«, in Windspieleile pfeilten wir im dunkelsten Frühmorgen durch das Tal nach Salzburg. »Wofür?« – »Trinkgeld, Frühstück französisch, Fahrschein, und wenn ich da ankomm, will ich auch was Ordentliches anhaben. Prinzessinnen kleiden sich.« – »Kaiserinnen ist das egal.« – »Wo kauft Candice?« – »Überall, bloß nicht Chanel«, Ninas Lippen berührten mich flüchtig, die Autotür ging fürchterlich. Sie prallte mit einem Knall gegen die Karosserie des nebenstehenden Wagens, schwang federnd zurück und blieb offen, rastete im letzten Zahnradsegment des Scharniers klickend ein. Ich harrte aus unter zunehmend hellschwarzem Licht, bis der Zug aus dem Bahnhof schallte und die bessere Sicht mir einen Blick auf den wie mit einem Nagel geritzten Kratzer im Lack des Nachbarfahrzeugs erlaubte. Es handelte sich um eine nigelnagelneue Peugeotlimousine 604, deren bourgeoise Besitzer wohl eben einen verdienten Ruhestandsspaziergang antraten, bald wieder zurück auf den Parkplatz kamen, die Beschädigung bemerkten, sich laut echauffierten, ein aufbrausender Mitterrand, seine stetige Begleitung, die extra angeheuerte, in den Präsidentenpalast zitierte, Katastrophen im Staatshaushalt verursachende und gleich mit in Pension georderte bretonische Köchin, der vor lauter Schreck die Einkaufssäcke voller Bergbauernbutter und Wiener Beiried aus den Armen glitten, dass der radförmige, in rotes Alu mit weißer Aufschrift geschweißte Kloster Schlierbacher Stinkekäse eine Farbspirale formend über den Parkplatz rollte bis an das kaum abgefahrene Vorderreifenprofil des Peugeot. Seine Windschutzscheibe wucherte bald zu unter tausenderlei Falschparkmandaten, die jene munter pfeifenden Salzburger Straßenaufseher stündlich unterschrieben, selbst noch um neun Uhr abends, eine Stunde vor Pflichtschluss, eine Parkuhr auf die Konsole legen zu müssen, wobei ohnehin das Wageninnere uneinsehbar wurde hinter den zahlreichen Strafscheinen. Es steckten sogar Reißnägel in den letzten Zetteln, da sich der Scheibenwischer schon so sprunggefährlich vom Frontfenster spreizte, dass die Parkwächter darauf verzichteten, noch mehr Papier unter das Gummi zu schichten, die neuen Knöllchen lieber an die alten pinnten. Aus Unwissenheit vielleicht pfiffen die Scheinchenschreiber neben dem aufschlussreichen französischen Kennzeichen ihre Gassenhauer, eine kleine Nachtmusik manchmal, während sie weiter Mandate ausstellten, damit diplomatische Immunität übergingen, weswegen der längst bestellte Abschleppwagen auch nie kam, weiter wartete auf den Befehl des Sheriffs, des stellvertretenden Kommissars oder überhaupt irgendeines Polizisten, die wohl allesamt gerade und immer beschäftigt waren, jene Parkwächter zu vertreiben, die eben den eigenen Privatwagen in die Mangel nahmen oder in einer unbelästigten Minute den hochverdienten Kaffee einnahmen, wie ich sah, als ich am Salzburger Revier mit seiner Glasfront vorbeischlenderte.

Der Vollmond spiegelte sich über der Julius-Meinl-Tasse, weswegen ich nicht wusste, ob die Diensthabende schwarz, mit Milchschaum oder braun trank, während ich mich selbst nach einem Wachmacher sehnte, hatten doch alle Lokale, die es gar nicht gab am Bahnhof, dicht, noch eine Stunde bis zu meiner Abfahrt. Ich trat an die Glasscheibe heran, klopfte dagegen, bis eine Polizistin in legerer Uniform, zwar mit Krawatte und zugeknöpfter Bluse, aber ohne Blazer sich von dem nierenförmigen, das ganze Foyer einnehmenden Konferenztisch erhob, im Zugehen auf die Glasfront mit kritischem Blick ihren Lidstrich kontrollierte. Nur auf wiederholtes Klopfen hin ließ sie sich locken aus dem Gebäude, die Glock schon gezogen und hoch erhoben, gestreckten Arms meine Stirn anvisierend, ich Sandler solle schauen, dass ich Land gewinne. Ihre Miene entspannte sich erst, als ich akzentfrei und ohne Stottern oder Zungenschlag versprach, dass ich hier eh nur auf meine Abfahrt warte. Ich hätte während eines kleinen Spaziergangs, ja, ich benutze Genitiv, einen auf der Straße Aufgeplatzen gefunden, der wohl mit dem Lift im Innern des Selbstmordberges hinaufgefahren, ein paar Schritte die Richterhöhe entlanggegangen und dann in die Stadt hinuntergestürzt war, wo er jetzt lag zu Füßen des Mönchbergs und anonymer Dahinflanierer, »ich dachte, das melde ich besser mal.« – »Ach Mensch, nicht schon wieder!« Ich versicherte, mir mache das auch keinen Spaß, woraufhin sie ihre Waffe wegsteckte, mir zuredete, dringend einen Friseur aufzusuchen, sich entschuldigte, es sei ganz schön viel Gesindel unterwegs seit dem europäischen Picknick, rostig der Vorhang. Sie beklagte, dass einfach nichts zu retten war, erst heute habe sie zugesehen, »wie die Sanis einen vom Zug kratzten.« Den Kaffee im Aluminiumbecher vom Automaten runtergelassen nahm ich dann an, marschierte noch eine kleine Runde, suchte eine horizontale Fläche, die es auf diesem gottverdammten Bahnhofsparkplatz aber auch nicht gab, und drehte mir meinen Spliff eben im Sitzen, auf dem Bordstein, die Blaulichter im Rücken. Sie mischten sich mit dem Mondlicht, strichen das gute alte Gesicht so stark ins Ultramarin, dass der Mann dort droben ganz schön dumm aus den Kratern schaute, so kränklich und siechend, dass sein schwacher Schein fast zu verwechseln war mit dem Zugspitzensignal der einfahrenden Inter-City-Express-Triebkopf-Lokomotive.

In einem Altpariser Café an den Champs-Élysées traf ich Candice, die bei meinem Eintreten ihren seidenen Ärmel hochschob und auf ihre Rolex blickte. Sie trug bereits einen veltlinerweißen Hautstreifen statt des Eherings, schon einen Bob neuester Berliner Mode und Armani-Pumps sowie immer noch die Nymphe blonde am Revers ihrer Robe neben dem feingestickten Markenzeichen von Lacroix. Als ich mich setzte, schlug sie den New Yorker zu, steckte ihn zurück, hinter ihren Rücken, in den Zeitschriftenschuber auf der Fensterbank, neben die aktuelle Ausgabe der Vogue, die ich im Ersteklassewagen gelesen hatte, und bestellte bei dem schnell hinzugetretenen Kellner für uns beide. Als sie mich anlächelte und begrüßte, entdeckte ich erste Grübchen zwischen ihren Brauen, die sich immer weiter einprägten, und Schwalbenkrällchen neben den Augenwinkeln, die sich stetig vertieften. Ham & Eggs, Baklava und Café kamen und sie lächelte satt. »Wie gehts Nina?«, ich nahm ein süßweiches Stück Baklava, zerdrückte es mit der Zunge im Wissen, dass da keine Biene stach, dass nur Zuckerwasser meinen Mund verwöhnte, unfruchtbare, arme, arbeitsame Drohne. »Sie leitet unsere Hotelkette. Ihre Vorschläge sind gut. Beispielsweise die Marienbrücke. Darüber wollte ich sowieso mit dir reden, Siegi.« Ich nickte, während Candice den Dotter mit der Gabel stach, das beiliegende Stück Baguette brach und das Eigelb wie ich damals den Melonensaft auftunkte. Ich trank den Espresso in einem Schluck und Candice hieß die Bedienung gleich, mir noch einen zu bringen, Meinl am besten, ich gehöre zu ihr, im Übrigen Österreicher, bloß anständig, wehe schlechter Kaffee. »Und was macht der Herr Sohn?« Ich werde ihn kennenlernen, oh, er sei ja so ein toller Citoyen, geboren für die Völkerverständigung organisiere er Gedenkfeiern und Märsche, schreibe Briefe nach Deutschland haufenweise, »man kann es ja gar nicht glauben, wie viele Straßen und Plätze die Namen Hindenburg oder Sedan tragen«, während mein Blick durch das Fenster ging und die Sonne immer höher stieg hinterm Arc de Triomphe.

Nina stob auf das Café zu vor Zorn sich hochlockender und doch locker hinter ihr herfliegender Haare, die dann schlappmachten, als sie stehen blieb an der Tür. »Er züchtet auch Fische. In den Ardennen liegt ein kleiner Seitenarm der Maas«, er habe eine Mühle gebaut. Das Wasser ströme ungehindert durch ein Gitter. Und hinten an der meilenlangen Passage sei wieder eines. Dazwischen pulst und brodelt der Sauerstoff. Dass die Gfraster gscheit wachsen, gegen den Fluss, »wie wunderbar, deine Familie«, und unser beider Blicke schweiften auf meinen Ring, wobei sie den glänzenden Finger taxierte, ich ihn wie Ernstl einen Hakenbogen anfasste und drehte, die Augen auf das Scheibenabbild hinter Candice' Schulter gerichtet. »Immer noch?«, Nina setzte sich in den Lesefauteuil an der Querseite des Tisches. »Schlechte Gewohnheit«, ich steckte mir eine Zigarette an. »Bevor wir uns also deinem Vortrag widmen«, nach einem Kamm schrie meine Frisur, besser zu bezeichnen als Tonsur mit Geheimratsspitze, der verfettete Dreiwochenbart, mein Flanellhemdaufschlag fleckig, am Bein der Plastiksack von Franzi, Gepäck wie ein Clochard, ein vagabundierender Petrimann, hutlos sogar, barfuß. »Ich habe etwas für dich«, erstens einen vergilbten Zettel, den ich mit Sicherheit bekommen sollte, hätte Jean noch einen Notar getroffen, diesen deutschen Schrieb, das original Elsässer Bouillabaisse-Rezept, von der Oma. Zweitens fasste sie aus ihrer herbstzeitlosgemusterten Smith-Handtasche einen Plastikbeutel, darin vakuumverpackt die beim letzten Besuch ihres Stammsalons in Madrid vom maghrebinischen Handlanger zusammengefegte Haarpracht, drittens die schwarze Schatulle, mein Name eingraviert, das habe ausschließlich Unglück gebracht. »Er hätte die Nymphe blonde fischen sollen.« Ja, das hätte er, und die Sonne über dem Triumphbogen beschien den türkisen Citroën, fiel zum Fenster herein, traf den Schriftzug und Candice' Handgelenk, von dem sich eine Note Gabriela Sabatini erhob, wie sie auch Lena derzeit leidenschaftlich gerne auflegte während meiner Besuche. Ich goutierte. Nina quittierte, man wisse gar nicht, ob dieses argentinische Ex-Tennis-Ass besser zudrosch oder roch. Sie setzte den Füllfederhalter an.

Beim Eintritt in die Marienbrücke zeigten mir die Touristen den Handrücken. Dahinter tuschelten sie, der Fliegenbindepapst sei da. Jacques bot mir als Aperitif einen Kir Royal an sowie einen Tisch, die Vertreibung dreier anderer Gäste. Ach, was rede er da, vier, eine ganze Tafel, wenn ich wollte, zwölf, doch Getränk wie Tisch lehnte ich kleinlaut ab, schielte nach einem freien Barhocker. Im Gefolge von Umberto und Kaun kämpfte ich mich Richtung Tresen. Obwohl die Menge überschaubar und niemand betrunken war, rempelten mich die Umstehenden an. Sie nuschelten, »Verzeihung Meister«, knüpften Gesprächeröffnungsfloskeln und fassten meine Haare an. Selbstbewusstere tippten mir auf die Schulter, gaben mir die Flosse, versprachen, sie nie wieder zu schrubben. Als ich dann an der Theke saß, nahmen sogleich die meisten eben noch stehenden wieder Platz. Jack übergab ich den l'oréalgesiegelten Brief aus Paris. Der Butler stutzte, schlitzte das Kuvert auf, brachte ungefragt drei Jagertee, »so then, happy hour«. Er zog sein Frakko aus und hängte es wie einen Sack auf einen Nagel. »Na, genießt du das?«, fragte Umberto und von Kaun schwadronierte, wie er bei seinen Besuchen einstmals begrüßt worden war. »Na klar, irgendwann ab, der Lack, Adelsmörder«, was Jane habe, ausgerechnet hier immer abzusteigen. Er tunkte und hob und drillte seinen Teebeutel am Schnürchen in der Keramik hin und her wie eine unwillige Forelle im Gumpen. »Zugegeben, der ist gut«, sagte Umberto, taxierte von Kaun, schnalzte mit der Zunge, »na?«, Schweißperlen erschienen auf der Grafenstirn. Er tupfte sich mit der Krawatte ab, die ein Rankenmuster verschiedenster Lachstöne zierte. Dann hob auch Kaun die Tasse mit der trüben Flüssigkeit, die streng nach Hagebutte roch. Als gäbe der Butler diese Früchtchen zu Juckpulver zermörsert und samt der Dornen in den Tee, ruckte es hinter Kauns doppeltem Krawattenknoten. Als er die Keramik abstellte, riss es ihm den Rachen auf, die Zunge belegt, als erglühte sie. Er brachte keinen Ton heraus, während es rot in seinen Kopf schoss, hochprozentiger Inländer. Er bestellte sechs Schnaps für uns und Umberto legte schon mal seine Packung Atemdragees auf die Bar.

Am Nebentisch diskutierten Männer in Fischerwesten die Ruten dieser Saison. Ein vertreterartiger Typ in Nadelstreif wie von der Stange machte sich Notizen. Ein Kerl mit feinen Gliedern, in karbonfarbigem Rollkragenpullover polierte seine Hornbrille. Den ganzen Tag mit den Prototypen unterwegs gewesen. Dieses und jenes Exemplar von Firma XY fanden sie gut. Die österreichischen Totschlägerfabrikate seien zu empfehlen, besserwisserischen Gewissens. Die Köder kaufe man am besten hier und dort. Sie sprachen wirklich vom »Angeln«. Ich stürzte den Cassis. Kaun sagte, er zahle. »Trinkt, bis euer Kragerl voll ist. Hebt, bis die Blase platzt. Ich geh jetzt aufs Klo, ihr kommt nach. Die Frau am Billardtisch, euer Ziel, Jane. Sie wird bald verschwinden aus diesem Kaff, meinen Informationen nach, frage nicht. Sie wird uns weder lange beehren, noch je wiederkehren, fraglos, letzte Chance. Sie ist eben erst angekommen, völlig absurderweise, aus Alaska. Seid so grob ihr könnt. Ich spüle und stürme aus der Klokabine, ihre Rettung.« Im Abschwirren zog und hob er in einer gluckernden Bewegung aus der Westentasche und in seine Kehle einen Flachmann. »Besser wir als jemand anders«, ich bestellte einen Drink. Der Butler schwärmte von den Spezialitäten des Hauses. Aristocrate à la Lanterne klänge doch gut. »Nichts lieber als das«, Umberto machte mit Mittelfinger und Zeigefinger ein V. Dann knickte er den ersten Finger nach unten, steckte sich den unflätigen in den Mund, drückte von innen die Wange aus. Das Schnalzen verzögerte sich, er hing fest mit der Kuppe an der Schleimhaut, bog den Finger zu einem Haken, »ah, ah, ah, ich kriegs nicht mehr raus«. Der Butler brachte die zwei Gläser. Der Drink schmeckte nach Cassis, so stark wie die kandierte Kirsche auf einer Torte, »Malakoff oder Malakow?«. Umberto trank, »einem Vogel die Flügel brechen und ihn durchs Fenster werfen, am besten in Prag«, dass ich lachte. »Die Torte ist sogar nach einem General benannt. Der war Franzos und hat eine Festung gewonnen im Krimkrieg.« – »Da hätten wir uns besser mal eingemischt.« – »Haben eh die Mehlspeis annektiert.« – »Wir sind abgespeist.« Schimpfend trat Jacques an die Bar, gab uns noch zwei Gläser, die nach Zimt, Safran und Vanille rochen. »In Deutschland draußen heißt sie kalte Charlotte, nach der Prinzessin von Strelitz und Come on Wealth, Cheerio«, sagte Umberto. »Verzeihen, der Butler, er hat verwechselt, dieser Bourgeois!« Der zweite Cocktail fußte auf Korn, mit einer satten Note Marzipan, Biskuit adabei, Mohn sowieso, Kakao. »Was ist das Cremige?« – »Sahne.« – »Scherzkeks.« – »Eierlikör.« – »Ja.« – »Ah!«, und Pistazie im Abgang, wie ein Mozartbetthupferl. Umberto holte weit aus, hielt nicht ein, ritt Steckenpferde, erklärte, die Besonderheit am britisch-deutschen Königshaus liege darin, dass die Häuser Windsor und Hannover sich selbst als Monarchen nach und nach abschafften, ohne Gewalt. Ich nahm mir rosa Strohhalme aus dem Ständer, während Umberto die Erbfolge von Wilhelm von Oranien bis hin zu dieser Charlotte von Strelitz aufzählte. Ich trank beide Drinks gleichzeitig, indes Umberto sich über zeitgenössische Umstürze ereiferte, Supergauschwarzwälderkirsch in meinem Magen, aus der die Früchte gorigen und vergiftet sprossen direkt nein ins Blut, da Bertl herda redede vom Nitzsch, wie a schrieb, wie Abbrüsten bloß ged, wenn allee mitdun, ohne eigenen Vordeil und Spionasch und so und Gorbadschof.

»Diese ganzen Rebolutionen, verschtesst, was ich mein.« – »Die happen nie was pracht?« – »Imma nur Diskreditierte geadelt.« – »Awa die Valschen.« – »Ielleicht soit ma was essen.« – »Wisso trockene Cookies, wemma nasses Wollkorn hom.« – »In Fahrtwassa vodie Rebobluzzer.« – »Ja wassar mit die Wrauen.« – »Undie Gsindelkinder.« – »Unde Bauern.« – »Waradie Barteleifunzionara eklat.« – »Imma bloss um Adel ganga.« – »Ia lass man itz sitzn.« – »A la Kloschissl.« – »Kim wir miassn.« – »Manst onst uns baud a an Schass.« – »Haud aufd Kack.« – »Hatjaaan siezzn.«

Und di Rumpelstufen runterpumpel. »Sturzbetrunken, meine zwei Haudegen.« – »Haudie Chain.« Unsie lacht. Lambda Haar. Das wald da. Vie Wellen vom Weinfluss. Lamda schschwatz un trillporig. Vorm Kötisch mit Billardschläger. À ganzallanig spieltz da granada solo. Reissdie am Kragerl Sicky. »Come on, try!«, nimmtma den Trank ab, »I dry«, und gibtma das Holtzal. A sooo grün der Filtz. Unso raua. Bertl und sie blaudern a. Weiss, Schwatz, Grünweiss gstreift, einfach. Wiich grad schissn will, nimmtz mir das Kabberl kegg, held sichs ins Gsicht. Schirm über Kinn. Stoff bis Stirn. »Ein picture?« Kamera da Hand Klick. Chain schwatzharrig im Blitz. »Machen wir eine Serie draus.« Und er Bert lächelelt. Backma wieda den Kö. Ruig, ruig, urig, und, dack. Chain nimmtz in die Hand. Staub blaut. Ruck-zuck-zack-prack-klack-schwatz. Treimal Bande und rindie Acht, Komplizett komplettiert, à le Achtung. »Du hasst ia Eia«, sackich unsie, »meine können sogar springen«, nimmt außa ausda Hosentasch das Backerl un nimmd tie Bille un wirfftz zun Blafond wi aine Fontän. Bertls Bubille hinther in diefem Grün. Um in Chains Numd glandt die Andybabiebille schnackzapp. »What shall we do with the drunken Berto«, und lächelelt ihn an un der zück verrürürselig so seer, als wer er der Teddybeer. So palavans da die Newsblattlkschichtn wie zwei Herzplattl. »Ich geb dir einen aus«, backte Bertl am Kragerl. Si wangten kegg wi tswai schwatze Gorgenzieger. Gaunstaun fraglos tahinter wer weiss schon seid wann wie lang. Ohnmachdig paumelnter Grawattl laxfaben tot àl erkraut. Drink ten ganse Flachmanngraus frei aus. Gehd eh Tee à Tee auf mich.

Epilog: Zampano-Opas

Von dem toten Tier trat Ernstl weg, ging mir voraus in die Herberge, tat bloß ein paar immer langsamer werdende Schritte auf seine offen stehende Zimmertür zu, ein Ritardando des Schonverstandenhabens, aber doch noch nicht Begreifenwollens, bis er sich umdrehte, seinen Blick über die Blutspur auf den Dielen streifen ließ an meine Schuhe, die Pupillen hob, mich anschaute, sich abwandte, barfüßig schmatzte, durch die Tür war, sein Gemach hinter sich abschloss. Ich ging in die Küche, nahm das Partezetterl vom Tisch, klappte das Foto auf, betrachtete all die Ähnlichkeit und hörte die Hühner flattern, sah sie durch den Garten gackern, trat selbst hinaus, traf wieder vor dem Gartenliegesessel mit dem Greis zusammen, der lachte, sagte, mit ihr wäre das nicht gegangen, da sie manchmal stundenlang vor diesem Verschlag gestanden und danach immer etwas glücklicher ausgesehen habe. Diese ganze depperte Erbeherberge verdanke sie sowieso bloß ihm, »wir haben den Anwalt aufgetrieben, zu Ninas Geburt schon, ein gerissener Strizzi aus Wien, patenter Freund unserer Frau. Galeristinnen kennen in Österreich immer gute Rechtsverdreher. Derselbe, der auch Franzis Fall dann übernahm«, er legte sich hin. »Man hilft sich ja gegenseitig. Zu ihrem Geburtstag quasi machten wir Nina ausfindig, holten sie aus dem Waisenhaus heraus, sicherten treuhändisch die Herberg.« Ernstl tat einen Berserkerschluck von der Doppelliterflasche, ein Stoß Richtung Hals, den Rachen runtergegurgelt. »Wir mussten uns Kurti ganz schön vorknöpfen, luden ihn zum Abendessen in die Marienbrücke ein ums andere Mal. Aber er spuckte auf unsere Gastfreundschaft und den Namen nicht aus. Zuletzt wurde unser Kurti eben zwischen spanischen Wänden per Jutestrick an einen Sessel gefesselt. Wir kitzelten es aus ihm heraus, kraulten ihm die bloßen Fußsohlen, bis er sich bepisste vor lauter Lachen und fast erstickte. Rita nahm es nie so strikt mit der Verschwiegenheit. Ihr loses Mundwerk kam Kurti zugute. Er wusste, welches das Kind war. Und dass wir das ahnten, das wusste er auch. Wir hörten und horchten erst, als er im finalen Ausatmen bettelte, auf, au, hechelte. Die nun volljährige Frau. Ja, Nina hieß sie, verriet ihm Rita, stammelte Kurti. Achtzehn Jahre zuvor, da stiegen wir so oft in der Marienbrücke ab, dass wir lieber hier als in Graz Sani fuhren. Da haben wir die Selbstmördermutter vom Balken dieser schäbigen Keusche geschnitten.«

Die Fliegen umsurrten Ernstl und ein paar landeten auf der Flasche, krabbelten durch den sauren Hals zum Bodensatz. »Lass mich raten, eine neonfarbige Schnur um die Gurgel.« Er schwenkte die Flasche horizontal und die Viecher summten gefangen. »Mit einem Seil«, und der farbenfrohe Hahn pickte an dem erschlagenen Kater herum. Ernstl starrte die Flasche an glänzender Stimmung und Augen. »Ja, aus Flachs. Aus Verzweiflung, munkelten die Einheimischen. Aber wirklich. Entweder bekam die Frau das Kind vom eigenen Vater. Oder sie machte ein Engerl, vielleicht auch zwei, zur damaligen Zeit, einundsechzig. Da verreckst du dann stundenlang vor dich hin an einer Sepsis. Dann doch besser gleich der Gnickstrick. Dass dieses windschiefe Hüttengebälk den Aufhang überhaupt aushielt, war eh verwunderlich. Das Baby im Bauch der Fünfzehnjährigen war schon schwer lebensfähig. Die Keusche hingegen heruntergerockt bis zum Gehtnichtmehr. Der letzte Dreckswinkel vom Besowskibauern. Wir vergönnten es ihm. Es war fast schon schön, dass die Tochter sich in seiner Hütte aufgeknüpft hat, ha.« Ernstl kam richtig in Fahrt. »Der hat ja nur noch gesoffen. Er beglich seine Dauerrauschschulden. Haute das ganze Land auf den Kopf, das Erbe. Und den Fluss hat er auch verkauft. Der war ja schuld am Unglück. Er ist also schuld an dieser ganzen Misere. Der Bundesforst bekam den Fluss. Der machte einen Pachtvertrag mit dem Verein. Und er, der Bauer, schaute ein. Immer hat er eingeschaut, wie er glaubt, die alte Rauschkugel. Die Tochter wollte er zur alten Engelmacherin schleifen. Die gab es damals schon gar nicht mehr. Sie arbeitete in ihrer neuen alten Stellung als Hebamme im Krankenhaus wieder. Der Besowskibauer aber meinte, es gäbe sie noch. Bis sie es selber glaubte, hat er die Teenagerin mit diesem kalten Gruselkaffee traktiert. Weil sie semmelblond war wie wir. Auf diesem Film war er unterwegs. Aber das Rad im Kopf lief alles andere als rund. Die Spule rannte ungesund. Er hatte ja keinen Arierschädel. Er projizierte schon immer den ganzen Selbsthass auf das Kind. Er enterbte sie, kaum dass er an einen Anwalt kam im Nachkriegsösterreich. Jean hat sich damals schleunigst zurück nach Paris verpisst. Wir sind mit der Familie weiter nach Graz aus lauter Angst vor diesem Typen. Aufgelauert hat er uns. Oft fanden wir ihn am Flussufer, schon nach dem Abendsprung. In die eine Hand schmiegte sich eine Axt, in die andere die leere Flasche. Er brannte den Korn noch selbst, damals, nach dem Krieg, achtzig Prozent, dieses Elend. Er soff ihn gleich aus, machte sich Mut und entschlossen auf in die Au, hielt Ausschau nach uns, nickte ein, schlief dann immer tief und fest, den Kopf an einen Stein gebettet. Auf die Schienen hätten wir ihn legen sollen, aber heimgeschleift haben wir ihn zum Hof. Dort ist unsere ganze Familie untergekommen und die verstorbene Frau vom Besowskibauern hat auch noch aufgebahrt herumgelegen. Am Grab seiner eigenen Mutter hat der Säugling nächtelang gewacht. Jean wickelte und fütterte den Krabbler, weil der Besowskibauer noch ausnüchterte, so ein feiner Papa. Die alte Engelmacherin hat dieses Baby der reglosen Frau vom Besowskibauern herausgezogen am Dreikönigstag im sechsundvierziger Jahr. In den Wehen jenes Unglücks ist er komplett in den Wahnsinn gefahren. Seine Frau starb im Kindbett. Das war normal oder ein Racheakt von der alten Engelmacherin an diesem Nazi. Wir haben sie nie gefragt.«

Der Flug der Tiere erstarb in der Flasche, sie haxelten im Wein. Ihr Hautflügelschlag soff sich an mit Feuchtigkeit. Ihnen und Ernstl wurde ganz schwer ums Herz. »Zu dritt haben wir immer in seinem Fluss fliegengefischt unmittelbar nach der Befreiung. Die Wehrmacht hat schon kapituliert, in Ostasien herrschte noch Krieg. Buchstäblich durchgefüttert haben wir ihn mit dem Fang. Sogar auf Quartier und Doppelbett im Vierkanthof verzichtet. Wir schichteten uns ein in diesem fischschleimverstunkenen Schuppen. Diese versiffte Herberge hier taugt noch mehr zur Klause. Wir schliefen auf diesen grindigen Pritschen wie Häftlinge. So kamen wir morgens noch schneller ans Wasser. Vielleicht ging es dann auch nur vergnüglich her, weil die Keusche so derartig ekelerregend war. Das waren Morgengrauen dort unten in der Au, herrlich, wenn wir hinaustraten in den Sonnenaufgang. Und aus dieser rosaroten Quelle, unserer Selbstlosigkeit, hat der alte Grantsack Verdacht geschöpft. Da fragst du dich schon. Weil uns seine Frau manchmal Frühstück gebracht hat. Das musst du dir mal vorstellen. Die Gräten hat sie uns vorgesetzt von unserem eigenen Vortagsfang! Den haben wir nämlich immer abgeliefert an den Hof vom Besowskibauern. Eben bei diesem Restefrühstück von gestern haben wir seiner Frau die frischen Forellen ausgehändigt. Gerade erst waren wir aufgestanden und hatten die Viecher aus dem Fluss geflaschelt mit aller Kraft und Raffinesse. Das war damals nämlich noch dasselbe, drüber den Prügel übern Schädel, abgeklatscht mit dem Totprackholz, jawohl, und die Innereien rausgenommen, mit wildgebrockten Kräutern eingerieben, einen Zweig durch die Kiemen. Und dann kommt die Frau vom Besowskibauern, nimmt sich die Fische, bringt dafür den Hofabfall, ja, unser Fressen, haarscharf nicht gut genug für den Haushund, aber zu schade für den Komposthaufen. Irgendwann haben wir angefangen, die Eingeweide zu mampfen mitsamt den Kräutern, und zum krönenden Abschluss, beim Weggehen, winkt sie noch ganz kess mit den Forellen, danke Jungs. Sie konnte nichts dafür, sonst hätten wir den Fischen eh längst einen Oleanderstecken durch die Kiemen gefädelt. Sie war eigentlich eine gute Seele, wussten wir, mochten sie, kannten ja ihren Mann, der uns hier fischen ließ, der die Regeln machte. Seine Frau blieb ihm dann, irgendwann, wohl an einem taufrischen Frühlingstag, zu lang weg. Es war ja wirklich weit zum Hof und mitten an den Kasernen voller hungriger Soldaten vorbei. Durch die Gossen mit den streunenden Hunderüden musste sie gehen, und frage nicht, weder kastriert noch sterilisiert. Zuletzt führte der Weg in den finsteren Wald, wo verzweifelte Wolfsrudel lauerten. Erst auf der dritten Lichtung stand dann der Hof. Jean hat ihr immer Geleitschutz angeboten. Aber sie wollte ja nicht. Wir haben extra die alte Engelmacherin geholt für die Schwangerschaftsvorbereitung. Der Besowskibauer meinte sie nicht zu brauchen. Er hat sie davongespaukt. Aber sie war eine Koryphäe. Die kannte so Kräutersachen und gymnastische Übungen. Hanf hat sie angebaut, gegen die Schmerzen. Sie hat auch Gedärmepariser und Spülungen verkauft. Im Krieg hat sie so einige Mutterkreuze verhindert. Und auch die Not im Widerstand hat sie oft gelindert. Alle paar Monate ist sie hinaufgestiegen in die Berge, zum Kurtiopi, die Ungeborenen von den Revoluzzern umzubringen. Und am nächsten Tag macht sie gleich wieder Nachtschicht im Spital. Einige Einheimische sagen, bei besonders arischen Kindern habe sie die Fenster auf der Station zugemacht über Nacht. Vielleicht eine Doppelagentin, wahrscheinlich eine Überläuferin, aber so genau weiß das keiner.«

Ernstl kippte die Flasche aus. Die inzwischen reglos gewordenen Fliegen klatschten ins Gras. Er sprang von dem Liegesessel, produzierte sich vor mir rückgratgereckt, hob den bewegungslosen Zeigefinger: »Nie wieder Marienbrücke seit Nina. Sie als Erbin rehabilitiert. Das ist der Dank. Wir sitzen hier«, ich ließ mich auf den Liegesessel fallen. Tier für Tier ging die Fliegenschwarmbewegung durch die Luft in ein Sichniederlassen über, erstarb jetzt endgültig, hauptsächlich saßen sie auf dem Katerkopf. »Sie sagt, sie hätte dir das Fliegenbinden beigebracht.« – »Niemand bringt dir das bei, indem er dir ein, zwei Muster zeigt.« Ich streckte alle fünf Finger in die Luft, zog mit der anderen Hand, zwischen Daumen und Zeigefinger, langsam meinen Ehering nach oben. »Willkommen, Herr Heehrmann!« – »Mister Thalinger, Mitbewohner sind ehrlich zueinander.« Er wisse überhaupt nicht, was ich meine, und legte sich neben mir nieder auf die gelbe Matratze, unter uns der leere Doppler, beide den Blick in den Himmel gerichtet. Die Farbe des Weins und des Mittagslichts glichen sich. Gerede von orangefarbenen Katerfellmustern hob an. »Hat sie irgendwas hiergelassen?« – »Vielleicht in der Regentonne.«

Als mir damals der Kupferdraht ausging, machte ich mich auf in Lukas' und Johannes' Zimmer. Ich schlich hinein, sah das Gesicht meines Sohnes, dominant wie immer im oberen Bett, und darunter der jüngere, größere. Sie schnarchten so synchron und harmonisch, als wäre ihr Klang extra aufgenommen für diesen Moment und würde über einen Regler gesteuert. Die Anlage aber schwieg auf dem Fensterbrett, verdeckte den Fuß des Panoramafensterkreuzes, beiderseits flankiert in den Fensterecken von den Boxen. Ihren Eingang verband jeweils ein magnetisoliertes Kabel mit dem Ausgang der Kenwood. Ich fasste in meine Hosentasche, fand das Schweizer Armeemesser, zog es heraus und auch die Klinge klappte ich auf. Dann sah ich mich nach meinen Söhnen, ihren mondgeweißten Gesichtern und der gleichfarbigen Verteilerleiste um, die die Anlage, den Fernseher, das Radio mit Strom versorgte und direkt stolperfallenartig vor mir lag. Sacht hob ich den rechten Fuß vom Boden, legte mit dem großen Zehennagel den rot leuchtenden Schalter um, es klickte, Schnarchen. Ich legte das Messer eine Armlänge vom Anlageneingang an das magnetisolierte Kabel. Der Mondschein hing an der Schneide, als ich die Klinge hinunterdrückte. Leise ging ich zu Werke, löste mit gespitzten Ohren die Klemme am Anlageneingang, was klang wie Grillenzirpen. Stibitzender Finger zog ich dann das vom Kunststoff befreite, reine Kupferdrahtkabelendstück aus dem Anlageneingang. Es gab ein Kratzgeräusch, als krallte sich das Metall in seinen Halt wie eine Katze, die ich vom Boden hob, und Johannes stellte das Schnarchen ein, schlief aber anscheinend weiter, nur sein Schulterblatt zuckte kurz. Das Kabel lief nun ins Leere, lag darnieder auf dem Fensterbrett. Ich nahm die Box aus der Fensterecke, stellte sie jene fehlende Armlänge näher an die Anlage. Dem Querschnitt nach einmal rundum und einen Zentimeter vom Kabelende entfernt schnitt ich den Kunststoff sacht ein, schabte den magnetisolierenden Mantel von den etwas zerfransten Kupferdrahtfasern. Ich zwirbelte sie zwischen Daumen und Zeigefinger zu einem einzigen Faden zusammen, schon die raue Ritz D fühlend, und steckte den Zwirn wieder in den Anlageneingang, klemmte ihn ab, bemerkte, dass Johannes wieder schnarchte, aber rhythmisch versetzt zu Lukas. Um die fabelhafte Tonqualität wiederherzustellen, für die ja gleich lange Kabel nötig waren, und um die Familie wieder in Einklang zu bringen, schob ich auch noch die andere Box einen Meter übers Fensterbrett, näher an die Anlage, machte auch ihr Kabel frei, diesmal am Boxeingang, woraufhin Lukas aufhörte zu schnarchen. Ich schnitt nach einer Armspannweite durch, schabte den Kunststoff über die neu entstandene Schnittfläche einen Zentimeter ab vom Kupferdraht, zwirbelte ihn zusammen zwischen meinen Fingern, steckte ihn zurück in die Box und Lukas schnarchte wieder, rein, raus, im selben Moment wie sein Bruder.

Zwei Armlängen Kabel in den Händen stand ich da, drehte mich noch einmal zu meinen Jungs, und als ich sacht einen nackten Fuß in Richtung Tür auf den Boden setzte, die Nase rümpfte, Sperma roch, selbst vom Vollmondschein getroffen, als mein Schatten auf die beiden fiel, sah ich mich neben dem robbenbabybedeckten Busen, dem Poster von Brigitte Bardot, deren Gesicht Lenas grellster Lippenstift durchstrich in Form eines Hakenkreuzes. Ich fasste die Kupferkabel fester, presste die Spanholztür hinter mir in den Rahmen, hechtete den Gang entlang und tauchte ab in meinem Zimmer, wo sämtliche Fliegen am abgenadelten Christbaum hingen. Dann wollte ich den Kunststoff von der Bronze schälen, doch, schoss es mir ein, das Victorinox lag ja noch auf dem Fensterbrett, glänzte stiller Klinge im Mondschnarchen meiner Kinder. Mir blieben nur die wenigen bereits frei liegenden, aus dem neonfarbenen, magnetisolierenden Kabelmantel geschälten Zentimeter stummes Kupfer. Bronzen leuchtete es auf im Schein der umfunktionierten Schreibtischlampe, bevor sich Daumen und Zeigefinger darum schlossen, während die rechte Hand hinten Kunststoff umfasste. Die linke zog an der Spitze erst noch achtsam, zupfte schon sachte, ruckte dann, »ganz langsam«, zuckte bald, versuchte, alles vergebens, das Drecksstück von Kupfer gegen den widerständigen, rechtshändigen Kabelgriff herauszuziehen, bis darauf geschissen war, Daumen und Zeigefinger links zusammenhielten, »stoßweise heraufziehen!«, die andere Pranke dahinter eben so richtig zulangte, zupackte, was solle es, wie bescheuert an dem Kunststoffkabel riss, dass sicher kein Fisch mehr biss, sodass die Schnur entglitt, war doch am anderen Ende kein nennenswerter Widerstand, einfach eine ganze Armlänge im Ellenbogenschwung wegschnellte, im Zug der rechten Schulter nach hinten schoss durch den Raum. Das Kupfer peitschte frei aus dem Lichtkegel hinaus zwischen die Fichtenzweige hinein, dass die längst daran aufgehängten Fliegen wippten, und weiter in die finsteren Bereiche, passierte schattige Stellen, streifte silbern schillernde Nadeln, touchierte Geäst, worunter immer die wolllüstigsten Forellen auf Beute lauerten.

Das Kupfer am anderen Ende des neonfarbenen Kabels flog einfach mit dieser Handbewegung in lichte Passagen, strebte, ohne einmal innezuhalten, dem Tier Zeit zu lassen, dem Schnurruck nach, dem ungeduldigen Befehl der rechten Hand, die längst an der Spule lag, das Drehrädchen zwischen Daumen und Zeigefinger immer schneller im Kreis bewegte. »Halt ein!«, mein Schrei und kämpfte mir den Weg aus der Böschung frei, keine Zeit, die Hosen auszuziehen, eh schon nass vom ganzen Vormittag, das Waten durchs Wasser, bis zum Nabel, die Flusskühle, diese Sommerhitze, »warte doch!«, zu der Sandbank, auf der Archie stand, klack-klack-klack, die Klänge zu seinen Füßen aufrollte, die Rutenspitze über seinem Kopf schon spannungslos, die Ritz D aber noch im Wasser. »Verhunz es nicht, zupfen, Archie, zupfen, die Nymphe steht super!«, genau oberhalb der Äste, es war zu vergessen. Die Stange ihm abzunehmen, die Forelle herauszukitzeln, im Trillern der Fliege, im Schillern von Kupfer und Pfau, machte ich mich aus dem Wasser, hastete hin zu Archie, stand neben ihm, der die Schnur mit allen Fingern umfasste, einen letzten Klang von Fliege über Vorfach via Schnur durch die Spitze aus den Ösen herausriss, dass die zwei Armlängen Neon halb im Wasser lagen, dass ich ihn fassungslos anschaute, indes er den Daumen auf die Schnur presste, sie gegen den Kork arretierte, mich irritierte, die Fliege in einem hohen Bogen durch die Luft schwang, dass sie auf Sand landete, ich ihn anschrie, er habe es vergeigt, während seine Hand die Stange gleichzeitig los- und fallenließ, mich mit dem Ellenbogen hopsend von unten gegen das Kinn stieß, dass es mich erst nur langsam aus dem matschigen Treibsandstand hob, bis meinen Schuhspitzen und der Schlagwucht bloß noch der Luftwiderstand entgegenwirkte und es mich plötzlich in einen Meter Schwebe riss, blitzschnell. Ich rappelte mich auf, staubte mir klopfend den Sand ab, marschierte dem irren Zwerg hinterher, überholte ihn, mandelte mich vor ihm auf, er schnaubte, ging weiter, ich rückwärts, einredend auf ihn, »das hätte aber nicht sein müssen«, sein Blick ging an mir vorbei auf diesen Typ. »Manchmal muss es schnell gehen, Siegi.« Der Kerl trug ein beiges Oberteil, vielleicht eine Weste, falls Reißverschluss, dann ebenfalls unterhalb, im Wasser. Auf seinem Hinterkopf saß eine Baskenkappe. Nur ein paar schüttere Haare standen unter dem Bund hervor. An einem davon hing ein Wassertropfen, der bis zur Spitze rann, in den Fluss tropfte. Oder, was die Oberfläche aufwühlte, waren in Wirklichkeit die von unterhalb, seitlich an den Wangen aufsteigenden Blasen. Ich sah Archie an. »Du hättest die Schnur zwischen Daumen und Zeigefinger nehmen müssen, schön zupfen, weißt du? So eine Insektenlarve bewegt sich doch, so ruckig. Dann hätten wir einen gefangen.« – »Ich bin besser als du. Und jetzt sei leise. Er schläft so süß«, flüsterte er. Ich drehte mich nochmal zu dem Mann. Seine Hosenbeine waren bis zu den Kniekehlen hochgekrempelt, dunkel durchweicht das graugrüne Leinen. Darunter waren seine Schenkel blass, auch rasiert, die Füße noch an Land liegend, auf Sand, knapp am Ufer, als wäre er achillessehnenrissig nach vorne übergekippt. Nur die Zunge und die offenen Schnürsenkel hingen ins Wasser, die Schuhspitzen und die Kautschuksohlen hingegen sonnentrocken. Langsam soff sich der Stoff an, dass ich den dunklen Farbverlauf sah, einen Strich, wo das Segeltuch noch nicht gesogen hatte, und ich fragte mich, ob die Fasern wohl aufnahmefähig genug waren, den ganzen Strom auszutrinken, die Sandbank bis zu beiden Ufern auszudehnen. Der Sommer würde das Übrige tun und das ganze Flussbett in einen länglichen, von Furchen und Erdspalten durchkämmten Krater verwandeln, eine Wüste aus unserem El Dorado machen. Erste Mückenschwärme ließen sich schon nieder. Sie saßen dem Mann im Nacken, der nicht von der Sonne verbrannt war. Um seinen Hals war ein Lederband gelegt, das flussabwärts lief, in etwas Abstand waren die beiden Enden an die Bügel einer Polaroidbrille geknotet. So gehalten hing sie in der Strömung, dümpelte im Spiel des Lederbandes und der Wellen von links nach rechts durchs Wasser.

»Lange liegt der noch nicht hier«, sagte ich und schaute Archie an. »Aber wird er bald schon, keine Sorge, so etwas Dummes gibt es ja wirklich nur einmal, der hat ja wirklich nichts anderes im Schädel als Wasser, was da aus einem wird«, und unter solchen und ähnlichen Beschimpfungen stakste Archie an mir vorbei, packte den im Stehbereich liegenden Mann am Schlafittchen, zog ihn auf die Sandbank, kniete sich neben ihn hin, drehte ihn mit dem Gesicht zum Himmel, bückte sich und küsste ihn wach. Dabei fiel Archies Mähne ins Gesicht des Fremden, verdeckte es kurz, bis Archie sich wieder aufbäumte, den Rücken des Mannes auf seinen Schenkeln. Archie schien, was Mund-zu-Mund-Beatmung anging, ein richtiger Profi zu sein. Er ließ ihn jetzt auf den Boden, kniete sich auf ihn. Im Auf und Ab von Archies Herzmassagearmen, dem Durchstrecken der Ellenbogen, die keine Sekunde knickten, sondern ganz sachgemäß den Brustkorb wieder komprimierten, brachen mindestens drei Rippen. Ich hörte es zwar nur zweimal knacken, aber der letztere Laut ließ die Luft erzittern, war so brachial, dass ich beide Augen zudrücken und denken musste, das war mit Sicherheit nicht nur eine. Dafür küsste Archie den Alten dann weiter. Wasser suppte aus seinem Mundwinkel, als Archie wieder anfing zu pumpen. »Hilf mir!«, japste Archie. Ich ging rückwärts Richtung Archies Stange, von deren Spule ja immer noch ein Klang Neon im Wasser dümpelte, umfasste meine eigene Rute fester, setzte zaghaft meine Fersen, ohne den Blick von den beiden zu nehmen. Dann spulte ich, klack-klack-klack, Archies Stange auf, wobei sich die Schnur um den Hals einer in Ufergrund verbauten Weinflasche schloss. Ich verbuddelte die Korkgriffe im Sand, dass unsere Schäfte vertikal gen Himmel standen, zog die Flasche aus dem Schlamm. Keine Post war darin, allem Anschein nach Wein, ein Schraubverschluss, und nur halbvoll, dachte ich, wie merkwürdig, während Archie zu schreien anfing, mich alles Mögliche nannte, dass ich rannte, im Laufen sah, wie er an dem Kerl herumfuhrwerkte, ihn bedoktorte.

Wie eine Gliederpuppe zappelte der Körper im Rhythmus von Archies Herzpressmassage, dass es mir selbst unter der stechenden Sonne im Sprinten den Angstschweiß auf die Stirn trieb. Die Druckstöße zupften wie Pizzicati in Arme, Beine, Kniekehlen, Ellenbogen, Adamsapfel und Halssehnen, und ich biss hoffnungsvoll die Zähne zusammen die letzten Meter. Wie ein Tropfen horizontal meine Schläfe entlang nach hinten rann, als schlitzte er mir den Schädel auf, das spürte ich, dann war er weg, verweht. Ich blickte nicht zurück, nur den Alten an, dessen Kiefer immer wieder aufeinanderstießen, bangte, dass er sich nicht die Zunge abbiss und an seinem eigenen Blut erstickte. Japsend, mir ans Herz fassend, rasend kam ich an, da Archie dem Mann den Mund aufklappte, die Nasenflügel zwischen

Daumen und Zeigefinger zusammenquetschte. Ich beugte mich hinab, so schnell, dass die Fliehkraft die Schweißtropfen mein Gesicht runterriss, als ich auf Sand kniete, meine Lippen auf seine legte, tief ausatmete, möglich, dass ich ihm noch etwas Schweiß in den Hals pustete, jedenfalls richtete er sich wie ein Vampir aus einem Sarg schlagartig auf. Archie geriet dabei ins Taumeln und fing sich, indem er ein paar Schritte rückwärts tat durch den Sand. »Um ’immels willen. Wo bin isch? Und wo ist meine Stange?«, erst fassungslos mich, dann die Sandbank, zuletzt den Fluss taxierend. Misstrauisch schauend rappelte er sich auf. Dann hob er seine Augenbrauen, während Archie im Sand saß und einen Spliff aus dem Ärmel zauberte. »Mein Retter?«, fragte mich der Alte und hustete mir ein paar Wassertropfen ins Gesicht, vielleicht auch Spucke, oder Schweiß. Ich wandte meine Wange ab. Archies Brauenspasmus regte sich schon wieder. »Pardon«, der Fremde streckte mir ein Stofftaschentuch entgegen, schüttelte und lüftete es mit einem Handschwenken. Tropfen spritzten daraus auf den Sandboden. Beide lachten wir, wohl eher aus Verlegenheit. Als der Mann begriff, dass ich auch vor Nässe triefte, wandte er sich zu Archie um. Der, relativ getrocknet während des langen Drills auf der Sandbank, kniete gerade über seinem Spliff, versuchte ihn anzukriegen, indem er Sonnenstrahlen mit einer Lupe bündelte, den Brennpunkt genau auf die Spitze richtete, ein knisterndes Geräusch erzeugte und Rauch stieg auf. Archie nahm einen tiefen Zug, pustete Qualm durch die Nase, sein zottiger Bart, der krause Rauch, zur Ununterscheidbarkeit vermengt, er winkte ab, der Alte wandte sich mir zu: »Mein Retter, Jean, zu Ihren Diensten, Monsieur.« Zitternd streckte er mir die Hand entgegen. Mit der anderen hob er die Mütze vom Kopf. Ich wollte seine Finger greifen, doch dann fasste ich nur Luft, weil der Alte sich tief verbeugte, dabei die Hand wegzog, zum Boden die Mütze im Halbkreis schwenkte. Die Baskenkappe wanderte wieder auf das schüttere Haar, dann stand mir die Hand erneut vor Augen. Sie war es mit Sicherheit gewöhnt, nach dem Duschen eingecremt zu werden, wenn sich dieser Mann überhaupt brauste und nicht ausschließlich französisch badete, ohne Chemie in reinem Wasser, eine emaillierte Wanne. Es war, als reckte sich diese Hand über den Rand, noch nass vom Liegen, eben gepflegt, perfekt manikürt. Kein Fitzelchen Nagel stand ab und ich hörte die Feile singen zwischen den Fingern. »Jean, und der Name meines Retters?« Ich sagte ihm meinen Namen, während er kein bisschen gewillt schien, meine Hand loszulassen, sie jetzt noch dazu doppelt umfasste und weiter schüttelte.

Sanft ging mein Gelenk auf und ab, der Arm rührte sich nicht, er schüttelte nur aus den Fingern. Dass er anders warf, hoffte ich. »Oh mon dieu, isch bin, das 'eißt, isch war, 'andelsvertreter, und jetzt, isch bin Jean, und isch wäre fast, wie sagt man, Jean gewesen, oh mon dieu.« – »Fliegenfischer, nicht wahr«, Archie kam mit dem Spliff heran. Er hielt ihn Jean vor die Brust. Der zuckte reflexhaft zurück. »Gegen die Schmerzen, Sie verstehen«, sagte ich und nahm einen Zug. »Ah. Na dann. Lassen Sie misch meinen Retter beschenken«, aus einer Westentasche zog er einen roten Gegenstand, hielt das Ding in der Rückhand, es war aber zu klein, um dann noch zu sehen zu sein. Er quetschte wohl auch seinen Handballen zusammen, um den Gegenstand nicht fallen lassen zu müssen, alle vier Finger Jeans waren nämlich ausgestreckt, und dann schwenkte er seine Hand vor mein Gesicht, öffnete seine Handfläche, drehte ein Schweizer Armeemesser nach oben. »Sehen Sie«, er zog eine Pinzette aus dem Kunststoffgehäuse, legte die beiden Schenkel an mein Revers und operierte aus dem Flanell einen winzigen, schwarzen, sich kräuselnden, im Sonnenlicht glänzenden Zwirnsfaden, hielt ihn mir direkt vor die Augen. »Gleisch viel besser!« – »Na bravo, ein Schamhaar«, Archie, und »na, danke«, ich. Jean zog einen Plastikbeutel aus einer weiteren Tasche, der vakuumdruckverschlossen war. Darin befanden sich bereits zwei filterlose Zigarettenstummel, deren Markenaufschrift ich zur Hälfte zu erkennen meinte, *Roth*, doch da warf Jean den Faden schon dazu und steckte das Ding wieder ein. »So 'abe isch immer etwas von Ihnen, meinem Retter, mon dieu, dabei.« – »Den Tschick schmeißt er nicht weg«, flüsterte mir Archie ins Ohr, wofür ich mich erst bücken musste, mein Blick auf Sand, weswegen ich versäumte, wie Jean die Pinzette zurück ins Messer schob, es mir aushändigen wollte.

»Ja, Fliegenfischer, wo'er wissen Sie?« Kaum hatte ich mich wieder erhoben, den Spliff noch zwischen den Fingern, entstand eine merkwürdige Pause. »Nein, lassen Sie misch raten. Die Weste?« Ich schüttelte den Kopf und reichte den Spliff, wogegen er mir das Messer hinhielt. Die beiden Dinger kreuzten sich wie Degen, und jeder von uns hatte während der Vorwärtsbewegung der einen Hand die andere darbietend, einen Knicks in der Hüfte, hinter den Rücken genommen, »auf drei, Musketiere!«, Archie zählte herunter, »drei!« – »Die 'ose 'abe isch 'ochgekrempelt, das ist es«, und ich versuchte mit dem Kopfschütteln zwar die Verneinung, aber mit dem Blick mein aufrichtigstes Bedauern auszudrücken, »zwei!«, sagte ich dann und Jean meinte, es habe dann sicher etwas mit seiner Mütze zu tun, aber Basken standen zumindest hier, in unserem Land, im besten Fall für Terrorismus und Widerstand. »Un!«, und Jean spekulierte auf noch irgendetwas, da brüllte schon Archie hinein in unser Gespräch, was das denn jetzt wieder war: »Drei!«, in sanfter Aufwärtsbewegung des Handgelenks warfen Jean und ich uns gegenseitig an der Flugbahn des jeweils anderen Gegenstandes vorbei das Armeemesser respektive den Spliff zu, »und zwei!«, und wieder tauschten wir schupfend, »und ein Letztes auf eins!«, rief Archie, und wir taten wie geheißen und begannen mit den Dingen zu jonglieren und Archie klatschte dazu und tanzte eine ganze Runde Polka, dass der Sand nur so flog um uns herum, bevor er »super« sagte, den Spliff aus der Luft fing und in einem Zug fertig rauchte. Das Armeemesser blieb zwischen meinen Fingern, ich steckte es ein. »Wunderbar«, sagte Jean zu Archie, »ist Ihre Fliege da?« – »Seine Nymphe«, entgegnete Archie, »seine Stange«, schloss ich. »Isch 'abe nur diese«, Jean öffnete die Schachtel, die er inzwischen aus der Westentasche gezogen hatte. Größtenteils waren diese verschiedensten Variationen der Ritz A, B und C schnell und schlampig gebunden. Haufenweise hatte ich sie mit Ernstl seinerzeit von den Brücken geschnipst und ihre Unfängigkeit verzeichnet. Viel zu bisslos, um sie ernsthaft in Erwägung zu ziehen. Doch zumindest fehlte der Widerhaken.

Wir nahmen ihn mit und auf zwischen uns, halfen ihm die ersten Schritte durch den Fluss, von der Sandbank weg, indes er noch monierte, seine Flasche Burgunder habe er auch verloren, bevor er recht beschwingt, endlich wieder festen Boden unter den Segeltuchschuhen, ohne unsere Unterstützung weiterging. »An der Polaroid wirst du mich erkennen!«, und weil der Erfolg heute schon mein gewesen war, bevor ich Archie getroffen hatte, weil der Kleine inzwischen auch genug vom Fischen, die Fichtenunterstände sausen hatte lassen, kurzum, in stiller Übereinkunft also, wenn auch nur eine kleine, vielleicht konnte Jean doch noch eine Forelle fangen mit meiner Stange. Wir spähten in die stillen Uferecken, ob irgendwo seine angespült worden war, es war ja sowieso auch der Weg zu meinem Mercedes. Während wir die passenden Stellen für Jean aus meinen Notizen herauslasen und aufsuchten, trocknete uns die Sonne. Erst meinte sogar Archie noch, Jean anweisen zu müssen, wie er die Ritz D zu führen hätte, aber da schwenkte er meine Stange schon wie ein Stofftaschentuch zum Gruße aller Fliegenfischer, mit Grazie und Gefühl. Er beherrschte das Gebetsroithergewerfe ebenso wie das Mending, er führte die Nymphe maestoso in langen Legatobögen durchs Wasser und ließ sie prestissimo die Katarakte hinab, ständig auf Zug, die Spitze zum Himmel, pizzicati an den Klängen in seinen Händen. Er war in den Stromschnellen genauso zu Hause wie in der Wasserstille hinter den Steinen und Archie und ich hätten diesem virtuosen Dirigenten gerne ununterbrochene vier Minuten dreiunddreißig lang gelauscht und zugeschaut, wenige Takte schon lullten uns ein wie die Fische, doch letztlich war es doch eher Haydn, in stetem Metrum weckten uns die Paukenschläge der berstenden Wasseroberfläche.

So unmittelbar, so gierig und so gereizt stiegen die Forellen, dass wir fast meinten, ihnen wüchsen Flügel, und sie stießen, wie ein Zugvogelschwarm es wohl tat, alle gleichzeitig zu, in die Fliegenschar hinein, und wir erstaunten, als wir begriffen, dass ja nur ein fundamentalgenialer Fliegenfischerkollege und eine einzige Ritz D am Werke war. Kaum dass sie auf dem Fluss landete, war schon ein Fisch herangeschossen, eben noch Mittagsruhe, schon der pure Hunger. Es war kaum von Bissen zu sprechen, eher ein Maulaufmachen und Hineinschwimmen, so schnell ging es, so sehr lockte Jean die Tiere, sie warteten nicht. Obwohl die Fliege wie alle Nymphen zu Grunde gesunken wäre, schossen ihr die Forellen ernstleskalativ entgegen und übers Ziel hinaus. Die Ritz D bereits im weit geöffneten Mund, flogen sie über den Fluss durch die Luft, bis ans Ufer in den Kescher hinein, er wurde gar nicht mehr trocken. Archie und ich ließen die Fische frei im Akkord. Es beschämte mich, Jean die Stange zuletzt wegzunehmen, als ich in die Musikschule musste. Im Gegenzug überließ ich ihm die Ritzlinge. Was hatten Archie und ich denn schon mit diesen filigranen Fliegen zu schaffen. Allenfalls galt ich als Schöpfer, Jean jedoch war die in der Welt waltende Kraft. Aus blaugrauen Augen beschaute er zärtlich das geöffnete Etui. Die Pfauenkörper schillerten nicht. Ich band ab.

Dank

Ich danke Thomas Klupp und Guido Graf für unermüdliche Lektüre, hilfreiche Lesetipps und Ratschläge, die sich teils arg widersprachen. Nur so fängt man selbst zu denken an. Christian Schärf sei gedankt für einen Satz über die ersten Seiten des Don Quijote. Der Kerl aus der Mancha sei zwar nicht total, aber schon ziemlich abgehalftert, beste Bedingung, mit dem Schreiben zu beginnen. Also danke ich auch dem Land Niedersachsen, dem Ministerium für Wissenschaft und Kultur. 2019 wurde ich mit einem Arbeitsstipendium unterstützt, das die drohende völlige Verwahrlosung hinauszögerte. Außerdem durfte ich an der Hannoverschen Autor*innenkonferenz teilnehmen. Allen Mitdiskutierenden sei gedankt, ganz besonders Annette Hagemann, Gabriela Jaskulla und Alexander Rudolfi, dem ich außerdem fürs Dasein danke, für feinfühliges Gegenlesen, für anregende und ausufernde Gespräche. Danke auch für Nachbarschaft, ertragenes Gejammer und lautes Lachen. Selbiges gilt für Leonard Brauch, der mich ins tiefste Kärnten begleitete, wie auch Alexa Dietrich, Kumpanin in allen Lebensbelangen, genauso Achim Jäger, den ich in Klagenfurt vor Ort traf und der den Text in meinem Gepäck kannte, Jahre zuvor in statu nascendi kommentiert hatte. Eingeladen zum Wettlesen hatte mich Hubert Winkels. Euch ein riesiges Dankeschön. Zudem danke ich für »Butter bei die Fische«, ein Textbesprechungszirkel und wohl auch das Motto vieler mitunter literarischer Umtriebigkeiten mit Nora Haddada und Phillip Kampert. Christopher Heyder und Lara Huesmann danke ich, auch für das Lektorat im Vorfeld der Publikation der Hildesheimer Jahrgangsanthologie »Blauer

Salon«. Dank an Mimi Wulz, die das Projekt einer Agentur empfahl, danke Elisabeth Ruge, die das Geschriebene annahm und vertrat, und danke Julia Tautz, für behutsame Kritik und Vermittlung an die richtige Adresse – Wallstein in der Göttinger Geiststraße. Alles, was jetzt hier stünde, wäre eine untertriebene Unverschämtheit. Was Menschen in diesem Haus, im Home-Office und überall unterwegs unentwegt für Texte, Bücher, Literatur im Allgemeinen und mich im Speziellen tun, danke, Svenja Frederike Bischoff, Florian Welling, Thorsten Ahrend, Thedel von Wallmoden, Claudia Hillebrand, Claudia Sandu und Louisa Kröning. Danke Maria, Leander senior, Anna Maria und Barbara, allesamt Fischer, die Hauptleidtragenden zweier Dekaden. Ludmilla Novak-Herndl, Gabriele Max sowie Silvia Plasser, danke für wertvollen Stoff, für Montessori-Unterricht, marxistische Bibelexegese sowie tiefenpsychologische Fragestellungen, kurzum für lebensnotwendige Lichtblicke inmitten gebirgig eingeengter Horizonte. Danke Knut Boeser, Werner König, Andreas Unterpertinger und Arno Kundlatsch für Achtundsechzig. Danke für alles, Nikolaus Stein, Julian Klammt, Florian Stern, Timo Brandt, Luca Manuel Kieser und Charlotte Constanze Poller.

Bibliografische Information der Deutschen Nationalbibliothek
Die Deutsche Nationalbibliothek verzeichnet diese Publikation in der Deutschen Nationalbibliografie; detaillierte bibliografische Daten sind im Internet über http://dnb.d-nb.de abrufbar.

www.wallstein-verlag.de
Vom Verlag gesetzt aus der LD Fabiol Pro
Umschlaggestaltung: Stine Wiemann
Druck und Verarbeitung: Pustet, Regensburg

ISBN 978-3-8353-3730-5